盛世

全3册

〈上〉

闻棠
著／
WEN TANG
WORKS

天津出版传媒集团

天津人民出版社

图书在版编目（ＣＩＰ）数据

　　盛世：全 3 册／闻棠著 . -- 天津：天津人民出版
社 , 2021.9
　　ISBN 978-7-201-17564-5

　　Ⅰ . ①盛… Ⅱ . ①闻… Ⅲ . ①长篇小说－中国－当代
Ⅳ . ① I247.5

　　中国版本图书馆 CIP 数据核字（2021）第 167399 号

盛世（全 3 册）
SHENGSHI QUANSANCE
闻棠 著

出　　版	天津人民出版社
出 版 人	刘　庆
地　　址	天津市和平区西康路 35 号康岳大厦
邮　　编	300051
邮购电话	（022）23332469
电子信箱	reader@tjrmcbs.com

责任编辑	玮丽斯
策划编辑	肖　博
特约编辑	章　娟
营销编辑	章　娟
装帧设计	梦幻鱼

制版印刷	北京联兴盛业印刷股份有限公司
经　　销	新华书店
开　　本	710 毫米 ×1000 毫米　1/16
印　　张	61.75
字　　数	1222 千字
版次印次	2021 年 9 月第 1 版　　2021 年 9 月第 1 次印刷
定　　价	126.00 元

目录

CONTENTS

目
录
CONTENTS

目录

CONTENTS

目录

CONTENTS

目录

CONTENTS

目录
CONTENTS

第一章
幼缘

夏末，夕晖初临。

水岸边枫叶成荫，与周围青青草木一起被金绯色的光晕包拢，似笼薄纱，远处河面波光潋滟，涟漪如银微漾。

安静的渡口此时围拢了一群孩子，吃惊地看着草丛中的流民。

昏过去的一共有四个人，从其外相来看，大抵来自中州，其中年龄最小的是个眉目清俊的少年，受了伤，脸色苍白，衣上血迹斑斑。

"呀，他快不行了！"个头较大的孩子将少年的身子翻过来，霎时一片血红入目，惊呆了所有孩童。

一个猎夹紧紧夹住少年的左肩，突出的锋利齿刃嵌进肉里，汩汩涌血。

面对这些不省人事的外来者，少不更事的孩子们紧张得不知所措，不知谁提议了一句，便都七手八脚地围上来，抓住猎夹两边，试图合力扳开它。

"别动！"突然，背后一句清喝响起，及时制止了孩子们的冲动做法。

来人是个劲装少女，扎着高高的马尾，皮甲护身，腰悬柳叶短刀，脚蹬靴子，一身装束干练利落。相较于同龄女孩的亭亭玉姿，出身将门的她更像个意气风发的小子，观来格外飒爽。

"夹子上有毒，要是不小心割破了手，你们也会遭殃的。"少女御马而来，稳稳停在他们面前，落地后像个大人一样快速将孩子们疏散，再一观情势，有条不紊地安排道："多儿去到河边打些水，阿淘跟吉吉回村去，找些纱布和止血药，童童到附近拔些马蓟，注意不要走太远。阿布你力气大，跟我一起把它撬开。"

说完，少女利落地解下皮甲，抽刀割成两半，分一半给阿布叫他包住手，然后与他一人一边攥住夹子使劲拉，两人费了九牛二虎之力终于扳开了夹口。

少年的肩膀已经鲜血淋漓，剧痛让半昏半醒的他下意识皱了皱眉，额上沁出细密冷汗。

少女绞碎马蓟草，敷在少年的伤口上作为救急之用，暂时压制住了他涌溢的鲜血。

"霍姐姐，不把他们带回去让巫爷爷瞧瞧吗？"任务完成后，孩子们围在一旁担心地问。

"还不能。"少女端着大叶子，往少年口中送了点水，得空摇头道，"阿爹说了，最近外面情况不好，要提防靠近关口的陌生人，尤其是从中州过来的，谁知你们还淘气乱跑，害得我好找。"

"出什么事了？是不是要打仗了？"孩子们已经从大人的口中听到了些风声，顿时紧张地问。

"这个不能对你们乱说，反正就是要小心一些，敌人很狡猾的。"

"啊？"孩子们惊呼一声，小脸开始发白。

"别怕，这里机关遍布，敌人打不进来的。"少女赶紧安慰他们一句，抚平了孩子们惶惶难定的心，"你们看这些流民，就是不小心着了道，才成了这副模样。"

孩子们觉得确实如此，遂又喜笑颜开，重拾信心，跟着她给其他人喂了些水。

下一刻，一个严峻且棘手的问题又摆在了他们面前——该怎么安置这些可怜的人呢？人小鬼大的少女也不禁忧愁起来。

前不久她听爹娘商量事情，说是中州大敬国的君主近年日渐颓庸，耽湎酒色荒淫怠政，已然天怒人怨，不仅天家子嗣阋墙内斗，抢争帝位，连分封于远陲之地的藩侯亦趁机蠢动，植党勾连，皆欲取敬天子而代之。各方势力明争暗斗，数年来搅得中州动荡不堪，许多百姓深受其害，流离失所。除了对内黩武称雄，那些藩侯和王嗣还向外用兵，不断侵吞中州境外的异域邦族，扩增各自领地，劫夺金珠矿藏，攫占劳力和田粮……种种恶行擢发难数，据说已有数个族落先后被毁。

然而那些人的暴行非但没有停止，反还变本加厉，阿爹之所以如此担心，便在于此。他们世代赖以生存的青桑，更与中州东南边境接壤，不亚于虎口之食。就在上个月，阿爹竟从营中揪出数名细作，还在盘查中，中州大军已在关外列阵演练，浩荡兵马雷动九霄。除此之外，从水路进村的枫林渡口也时不时会冒出迷路的外人，央求玩耍的小孩们带其入村借宿，诸多异况不一而足。故而边关的将士们早已严阵以待，阿爹亦命人昼夜动工，重新改造了周遭的机关，以防外敌突袭。

所以不怕一万就怕万一，谨慎起见还是遵从阿爹的命令，不要擅作主张带这些不知底细的外邦人进村，以免祸及族民。

但如果……他们真是因为中州连年烽火而无处可归的无辜流民呢？

少女低头看着重伤的少年，细思一通，想了个折中的法子："这样吧，你们再回去一趟，到我家拿顶帐篷，同时带些食物过来一并留给这些人。他们已经吃过教训，等身子恢复后自然就走了。"

孩子们听话地点点头，颠颠地跑了回去。

偌大渡口就剩少女守在原地，仔细在附近寻找适宜的搭帐地点。

身后，一双双紧闭的眸子忽然睁开，宛如黑夜中的狼目，幽森森地注视着少女的背影。

"少公子……"一人小心爬过来，愧疚地低唤少年。

是他把这里的障碍想得太过简单，一入渡口便误触机关，导致暗器突发，径直袭向心害。好在少公子眼疾手快，抢身而来冲倒他，他才幸免于难。然而未及起身，地上一把猎夹骤然合上，堪堪钳住了少公子的肩膀。不消片刻，就见少公子脸色发白，力气渐失，竟是那齿刃有毒。

比这更焦灼的是，偏巧不巧一群顽童的声音闯入耳中，这就表示他们已经地处村落外围，倘若为了掩藏行迹仓皇退出恐会前功尽弃。但若继续留在此地，少公子的伤不一定能得到救治，只怕……

"趴下！"没等他们拿定主意，少年低喝一声，忍痛趴在草丛中。

来不及细想，孩子们的玩闹声已经近在咫尺，三人只得听令佯装饿昏的模样。

少公子的意思很明显，如果孩子们被吓跑，就可以跟踪他们找到进村的安全路径，再逐一摸索破解机关的方法。

这原本也是萧王转达给他的命令。

"许胜不许败，如期回营交差，即使归来的是一具横尸，亦不得有误！"

刀子一样戳心的命令回荡在校场内，令在场的将士大为惊讶，不等出声，萧王冷冰冰的背影已经远离。

短暂风波过后，晨训照旧进行，无数双眼睛盯着少年离队的孤影，暗暗唏嘘。

是日晌午，他便踏上了可能会有去无回的险路。

"少公子，少公子……"三人一面提防着远处的少女，一面焦心地摇了摇少年。

似是毒性发作，少年的眉宇皱得更紧，额上汗水涔涔，四肢却越发冰冷。

"管不了那么多了，把这女娃抓起来，逼她给解药！"左右想不出个稳妥的办法，一名下属一横心，伸手入袖，然而短匕未出，臂腕忽地被一只手拼力攥住。

少年缓缓撑开眼帘，制止了他，阴郁而幽暗的眸子遥遥望着前方。

身后响动入耳，少女回头，一眼对上了一张苍白而冷俊的面庞，一双瞳仁漆黑如夜，深似古潭。

"你们醒了？"她返回来，目光探察似的从他们身上逐一掠过，然后将采摘的浆果分给他们，一边问道："中州来的吧？那边常年战事吃紧，听说好些人被迫背井离乡，逃难到远处去了。"

眼见他们饿极却不敢食，只是紧紧盯着自己，少女扑哧一笑，往自己嘴里丢了一颗浆果，带着戏谑的口吻道："化毒止血的，叫野落茄。别看这里山清水秀、鸟语花香，却到处都是毒障，若待个五六天的光景，保准你们软成烂泥，爬都爬不起来。"

"谢了。"少年默然看了她一眼，撑着站起来，三名下属见状欲扶住他，他摇头婉拒，一个人捂着伤口走向河边。只是因为伤毒所致，他每走一步都比正常人艰难许多，脚步也越发飘忽。

"他都那样了，你们也不帮他？"少女责备一句。

"我们少……这孩子的性子就这样，不跟人打交道。"三人被说得不好意思，看得出这女娃没有害心，便逐渐放松了紧绷的神经，问她："小姑娘可知道这夹子上的毒如何解？"

"放心吧，不是很快死人的急毒。"少女粲然一笑，稳住了他们的心，然后追到河边，一看少年肩上那两排可怖的血口，也不禁头皮发麻。

"需要帮忙吗？"见这少年忍力极高，这么重的伤撑到现在也未喊叫，少女委实佩服，她从怀中掏出干净的帕子，打湿后递给他："喏，用这个吧，比那些软藻好使。"

少年侧目，视线顺着雪白的帕子往上移了移，落入目中的是一张热情的笑脸，像绽放在路边的烂漫繁花，极尽生命的绚丽和热烈。

"谢谢。"他没有接，谢绝了她的好意，默不作声地继续用水藻擦洗伤口周围的血迹，每碰一下，眉头便皱深一分。

"夹子上的毒要巫爷爷配药才能解，不巧他出门了，要明早才能回来，晚上你得吃点苦头了。"少女有些不忍，犹豫顷刻还是留了下来，丢了他手里的水藻，仔细用帕子清理他肩上的血迹。

少年神色一僵，似是对外人多有抵触，习惯性地侧了侧身想避开她，奈何浑身瘫软使不出分毫力气，他只得暗自挣扎。

"要放松，不然发作得更厉害。"少女看了出来，及时叮嘱他，想了想试探性地问了几句："你们是从中州哪里来的？怎会出现在渡口？是逃难到我们青桑来的吗？"

看得出来，眼前这个少年即便满身仆仆风尘，亦掩盖不住他眉目间的俊逸和光彩，他就像一块静置于红木盒中的冷冷寒玉，孤绝明澈，疏离中带着尘俗不染的清贵。这样的容仪内韵绝非池中之物所有，所以纵使他们看起来不像坏人，也还是得提防些，最好能摸清他们的底细，再决定要不要救到底——少女如是打算着。

少年唇齿微动，很久之后才轻吐两个字："西川。"

少女恍然明了，眼里既有羡慕的亮光，又有对外敌的警惕："我听说过，那里的兵马很强盛，经常出战，却很少败仗。"

少年看了看她，眸底光芒闪动，尔后又低头凝视着河面，沉默未语，不知心里在想着什么。

她见这少年孤冷寡言，心觉怕是也问不出什么端倪出来，只得就此作罢，一门心思给他包扎伤口。

"霍姐姐，都搬来了！"过了一会儿，孩子们牵着一头小毛驴，欢快地向渡口奔来，还没走近，就七嘴八舌地抢先道："阿娘不在，我就多偷了两根红薯，烤熟了可香啦！"

"我家的烧饼更好吃，还是刚出炉的！"

"沙果是我爬树上摘的，很甜呢！"

"这个是阿婆煮的豆子，要剥皮才能吃！"

"……"

"真能干！"少女掂了掂驴背上满口袋的果腹食材，卸下来后笑着称赞，一边小大人一样摸了摸他们的脑瓜，"阿布，快些领着弟弟妹妹们回去，等会儿找不见你们，爹娘又得着急。"

"嗯！"像是打完了一场胜仗，孩子们牵着手兴奋地沿原路返回，一路上尽是叽叽喳喳的热闹对话声，仿佛枝头黄鸟在放喉赛歌。

少年独自坐在水岸边默然望着孩子们远去的背影，恍惚出神，心海如同蜻蜓点过的水面，微微荡漾。

一名下属靠过来，声音压得极低："少公子，看起来这些娃娃对我们极有用处，要不要使点计，待会儿悄悄跟踪这女孩摸进村子？"

出乎他的意料，少年没做任何回应，视线落在卖力搭建帐篷的少女背影上，久久不出声响。

"少公子，总共就剩一个月的时间，我们马不停蹄地赶回大营也需二十多天，所以得抓紧时机，要误了萧王的令，只怕……"

"过去帮忙，让她停下来。"蓦地，少年淡淡的语声飘出，堵住了他的嘴。

下属们着了急："少公子，那我们的事……"

"过去。"少年平静地下令，容不得他违抗多言。下属们只得奉命去了，三人合着拉篷布搭柱子，将少女换了下来。

能在不将陌生人带进村子的情况下安置好他们，少女也去了心头忧事，她长长舒了口气，从袋子里挑了个通红的沙果，洗净后递给他："饿了吧，给你这个。"

语音未落，一颗红扑扑的果子已经映入少年的眼帘，散发着诱人的香气。

这一回，他只是短暂愣怔了下，没有排斥她的好意，最终伸手接住了果子："谢谢。"

少女欣喜地笑了笑，将食材逐一掏出、洗净，最后整整齐齐地摆在他旁边，心细地叮嘱道："这两天你们就将就着吃这些吧，晚上睡帐里遮遮潮气，等巫爷爷回来了，我就跟他去要解药。"

"他是谁？"少年摩挲着手中的红果子，安静地看着她忙来忙去的娇影，终于肯主动开口。

"他啊……"少女拖出长长的尾音，伸手在下巴上捋了捋，冲他神秘一笑："他是白胡子老怪，可凶呢。"

大抵被她阴阳怪气的语调和举止所逗，少年冰冷的面容上也隐现微不可觉的笑意，不过转瞬即逝。

摆弄完后少女起身拍拍手，环顾一周道："天色不早了，我得回去了。"

少年神色一凝，跟着就要起身，不料还没站稳就跟跄了下，头晕目眩，眼前亦黑了一截。

"你别动。"少女赶紧扶他坐下，"那毒很厉害的，大灰熊碰到了都使不上劲，不过你别担心，我会把解药给你拿来的。"

"谢谢……"他捂着锐痛又刺灼的伤口，呼吸有些急促，握得手中的沙果都似要脆裂一般，强撑着直了直身说："你回去吧。"

"那你当心了。"少女担忧地看着他，知道这是毒发前的症状，如果不能解毒，他可能每隔两三个时辰都会这样，并且一次比一次难受。

所以，必须尽快去找巫爷爷配解药。

少女一边这样想着，一边迅速翻上马，朝他挥了挥手绝尘而去。

少年望着她远离的背影，挣扎着往前走了几步。

"少公子，不行我们悄悄跟上去。"眼见这女娃越走越远，三人焦急不已，径直劝道："看这女孩有点心眼，跟那群小鬼都不走一条路，明显是在防着我们，难保她的话是真是假，更不知道她带来是解药，还是围杀我们的人马……"

少年不露声色地低头沉思，眸子不觉暗了暗，不经意间，手中鲜红而飘香的沙果闯入视线，像一团燃烧的火焰，似乎少女明亮的笑容还映在上面。

走着走着，他便恍然停下，耳畔下属的劝告仿似未闻，或者也未曾把完不成军令而要面对的惩罚放在眼里，只轻描淡写地道："等着。"

也许，这里的人只是不喜欢中州那些攻城略地的贪婪屠手而已，本身还是心地善良的。

所以……还是等着吧。

他在心里跟自己打赌。

然而，漫长的夜晚熬过去，第二天的朝阳从东山移到头顶，再从头顶斜到西山，一直到明月高悬，星子亮了又消，破晓霞光复又洒满大地，也不见任何人影。

少年的脸色已经惨白如雪，身子骤冷骤热，伤口就像虫蚁啃噬，刺痛难耐。忍不住的时候，他会拿匕首去剔剐逐渐变得青黑发肿的伤处，以免毒素扩散引得左臂颓残。

黑夜又悄无声息地再次降临，天边黯月枕山，乌云压来。渡口死寂，只有草木丛中虫鸣吟唱，岸边河水叮咚。

"等不了了！一定是骗子！"纱布褪下后，伤口周围又有一大片乌黑淤肿，三人心如火焚，尤其被救的那名下属更是做好了违令的打算，准备今夜趁少年睡下，就去寻找进村的路。

只要抓到任何守关的将士，就有一百种法子逼他说出破解机关的玄妙，那样他们就可以按时回去交差。

剩下的，就等萧王的兵马整饬而来，夷平此地！

"咔嚓……"一道白光急急落下，阴风倒卷而来，撑着帐篷的柱子被吹得摇摇晃晃，帘子亦呼啦直响，不时有劲风扑进去。

少年原本倚靠着木柱昏睡过去，冷不丁被轰隆雷鸣惊醒，撑着走了出来。

夏天的雨说来就来，只酝酿了须臾便噼里啪啦砸下，很快斜风扫射，雷电交加。

三人正在大帐四周心急火燎地挖排水沟，心下恨死了这鬼天气，这雨早不下晚不下，偏偏在他们即将行动的时候出来添乱。

这么恨恨地怨念时，突然一人耳尖听见了什么响动，低喝一声："有人！"

三人顿时目冷面寒，戒备地围在帐口，低低道："少公子，情况不妙……"

靠近的不只是一个人的脚步声，听起来至少有十数人，杂乱而急促。

少年的神色亦渐渐阴寒起来，声冷音沉："杀。"

也许他早就赌输了，只是被双眼看到的假象所蒙蔽，自欺欺人而已。

大雨瓢泼而下，电光映容。

对方快速逼近，一声清啸过后，一柄长刀当先掠出草隙，随之一群头戴斗笠的蒙面人先后冲出，纷纷拔刀刺来。

"少公子小心！"三人大喝一声当先迎上去，与对方激战在一起。

一名蒙面人身形一折，直冲过来，持刀刺向帐口。

少年错身掠开，黑暗中与他过了几招，尔后一步退到他身侧，手中匕首如光横出，沿腰刺向那人要害。

"轰！"又一道霹雳炸开，映白了所有人的面容。

对方底细不知，不过各个出手狠毒，显然欲置少年一行于死地。但有一点可以肯定，这些杀手皆来自村外，与先前离去的那名青桑少女无关。然而无论受谁指使，对此刻的少年来说，唯有诛除殆尽，才无性命之虞。故而他亦未心慈手软，在下属的掩护下，几人很快合力将这些蒙面人逐一击毙。

劫后余生，三名下属大松口气，一面清理尸体，一面借着忽明忽暗的电光在他们身上细细搜查，但并未找到任何可以表明这些杀手来路的线索，想必幕后主使分外谨慎。

就在这时，远处又有脚步声响起，一点点缓慢靠近。伴随着闪电落下，来人如数映现出来，皆着劲装黑服，各个形容戒慎。

"楼小公子？"想必不曾料到活着站在自己面前的竟是少年，乍一见到他，领头的黑衣人颇感诧异，随后才命令身后的随从止行，自己则好整以暇，上前故作笑颜道："我等奉命而来，途经此地，方才听见打斗声响亮，不知何故，遂一路追查过来，竟不知是楼少公子下榻此处，惊扰之处，还望海涵了。"

"你们是……萧王的人？"三名下属护在少年身侧，同样认出了这些人。

当日就是萧王带着这些下属前来军营传令给将军，命他负责破解枫林渡的机关，运兵入内。谁知将军借故搁浅此事，迟迟按兵不动，似有推却之意。萧王心中自然不悦，又等不得要拿下青桑，遂将此事转交给了少公子，并放出狠话逼他立下军令状。现下萧王竟也同时派遣自己人来，要么是他并不怎么信任将军和少公子，要么就是迟迟不见喜讯传回，他急了起来。

也难怪，区区一个青桑，疆土不足中州的十之一二，却成为最难攻陷的烫手山芋。因为青人擅匠，将边关的军防布置得奇巧森然，即便是从水路下手，渡口周围也遍布机关。纵然千军万马压境，也得自损过半。

以上猜度或多或少都有，除此之外，或许萧王还别有目的……

对于这点，少年心下已然雪亮——从他遇刺到现在，不过一盏茶的间隙，这些黑衣人若非事先跟踪并潜藏在附近，定难在极短时间内察知此处动静且第一时间赶来。再观对方行举鬼祟，神情可疑，由此可测其与顷刻前的杀手或属同党，前者制造他执行军务不幸殉职的假象，后者再紧随其后收尸，自然而然回营交差，不留任何暗杀的蛛丝马迹。

幕后主使是何居心，不言而喻。

"小的眼拙，莽撞之处再赔不是，只是这天……"刺杀失败，领头的黑衣人似有不甘，但见少年负伤在身，遂又萌生希望，于是假借宿之名意欲强留，再伺机下手。

"少公子，你看……"三人沉声征询少年的意思。

"滚。"没有丝毫犹豫，一个清冷字眼从少年齿间飘出，凌凛如刃。

语声散尽，他已转身入帐。

黑衣人抽了抽嘴角，顿时僵立在雨中，脸色要多难看有多难看。

"走吧，我家少公子不答应，休再纠缠！"三人催了催，亦随之进帐。

倾盆大雨中，就剩下一群黑衣人铁青着脸待在外面，浇了个透心凉。假意示好行不通，一群人登时铁了心，那头儿挥手一令，余众迅速上前，将欲围帐强攻。

忽然，帘子掀开，出来一名下属。

他冷眼扫过这些人，放话道："我们少公子说了，从哪来回哪去！周围的路被他包了，没他的允许，谁也不准靠近！"

黑衣人并不清楚周遭道路有何玄妙，以为少年已经探得进入村中的安全途径，于是妄想一箭双雕，既斩杀他于此，又能借助截获的情报向上邀功，便冷笑一声："楼小公子，小的身负萧王之命，这些路可是走定了！"

"你试试。"滚滚雷鸣中，一句不急不缓的清音飘来，肃杀而冷绝。

少年长身立于帐口，不动如山，像黑暗中蛰伏的一头危险而嗜血的狼。

黑衣人怯了怯色，却仍不改决定，兵分两路行动，一拨冲往入村的方向，一拨汹汹杀向少年！

潇潇雷雨中，电光与白刃交织，划割出一道道冷弧，血雨横流。

不消片刻，通往村口的途中已被横七竖八倒地的尸体堵住，积血如绸。

少年的身形渐渐因伤失稳，手中的刀却不减余力，很快又从一人心口横贯而过，尔后他越过尸体，快速杀到了为首黑衣人的面前。

那人如遇鬼魇，脚步颤颤，环顾一圈，随行生还者寥寥无几，至此彻底害了怕，慌乱中迎了一招，伺机逃窜。

一柄沾血的匕首从少年手中嗖然飞出，划过夜幕，切过他侧脸。那人惨哼一声，踉踉跄跄地爬起来，捂着半张脸逃离了此地。

其余同伙见状，亦丢刀弃剑紧随其后遁走了。

"咔！"雷霆炸开，将暗夜一撕为二，滂沱大雨悬垂如瀑，从九天一泻而下。

人一走，少年强撑的力道霎时匮竭，伤口在大雨的冲刷下已经泛白，血水顺着袖子滴淌而下。他抬手掀开帘子转身进帐，然而没走几步便一个趔趄跌倒在草铺上。

"少公子！"三人大吃一惊，已经顾不上去追杀那些人了，慌忙奔进去扶住他，一观他面色，急得如热锅上的蚂蚁，其中一人道："你们在这里照看着，我去找解药！"

"回来！"少年喝止他，令道："等天一亮，随我回营。"

"可萧王那里如何交代？还有少公子的毒，回去后解不了怎么办？"

"要是死在途中，就把尸体烧了……"

"少公子！"

少年极度虚弱，没再接话，缓缓阖上眼帘，倚柱休息。

漫漫雷雨夜，变得煎熬而焦灼，如火焚心。

"簌簌……沙沙……"随风摇曳的草木中，有轻微的摩擦声不断传出，越来越近，越来越响，盖过了雨声。

"谁！"一波未平，一波又起。经过方才的恶斗，三名下属本就神经紧绷处在极为敏感的状态，一听到异动，当下折身出帐，挥拳出掌，击向草丛中一个正在移动的人影。

"是我！"对方身姿矫捷，一个侧偏头轻巧躲开了冲向面门的拳头，语带薄怒地道。

"你终于来了！"认出来人后，三人大喜过望，高兴地看着淋成落汤鸡的少女，仿佛抓到了救命稻草，急不可待地问："解药呢？有没有带来？快些给我们，那孩子快撑不住了！"

"有呢有呢，别着急。"少女豁开草丛，几步跨进帐子，卸掉头上的斗笠，一看少年肩上的伤口，惊道："怎么会这样？"

"方才……"语方脱口，他们又及时刹住，诓骗道："等不到解药，这孩子怕伤毒废了手，只得自己折木枝，磨尖了剔血，不小心戳伤了。方才又淋了雨，就成了这副模样，昏过去了……"

他们自然不能告诉她，刚刚萧王派来的人闯进渡口，少公子为了逼走他们，自己拿匕首割开肩头的毒血，近乎同归于尽地刺伤了那头儿。好在他们已按照少公子的吩咐将那些人的尸体清理完毕，万幸没被这女娃看出周围打斗的痕迹，否则只会加重她的戒心，指不定她就不会再给解药了。

"你们可真够铁石心肠的。"想象得到那种痛苦，少女听得不忍，慌忙解下胸前的皮袋子，从里面掏出一瓶药倒了两颗喂给他。

"你们把柴火加大些，给他暖暖身子，注意对着排烟口。袋子里还有我阿哥的一套新衣服，快点帮他换上，要是再染上风寒就不好了。"

三人忙不迭点头，手忙脚乱地照做起来。

一夜雷雨，一夜难眠。

破晓时分，雷电渐渐向北折转，头顶乌云散尽，风歇雨霁。黎明的微光穿过东倒西歪的草木洒满狼藉一片的渡口，凌乱中有种静谧而祥和的韵致，一切都仿佛历经摧折后的新生。

少年醒来的时候，三名下属已经禁不住困意在一旁沉沉睡着了。他环视一周，有片刻的陌生感，直到起身时肩头的痛感传来，意识才清明起来。药效发挥得很快，只一晚的功夫他便觉得气力恢复了些，挣扎着走向帐外。

一掀帘子，一个娇丽而灵动的背影映入眼中，像路边藤蔓上绽放的朝颜花，成为清晨一道亮丽的风景。

少年定定站在那里望着她的背影，心田如河中波动的水纹，一圈一圈漾开。

可以肯定的是，他赌赢了。

"你醒了？"少女正围在火堆旁烤弄红薯，听见响动后回头，顿时喜出望外，跑过来关切地问他："怎么样，好些了没？现在还觉得难受不？"

他摇摇头，抬眸注视着她："你昨晚来的？"

少女扶住他，歉疚地道："本来说好第二天就给你拿过来的，谁知巫爷爷昨晚才回来，等把药配好就很晚了。我怕拖久了出事，就赶紧给你送来了。"

说完她又指了指他的伤口，又怜又责："你可真够狠的，居然自己去剜，不得疼死了。"

少年低了低头，没说什么，想了想问她："姓巫的……有没有为难你？"

少女一愣，继而失笑："逗你呢，这都信。巫爷爷长着白胡子没错，却不凶人的，跟我们玩得可欢了。"

他抬头，看着她一脸狡黠的灿烂笑容，并没有因为被戏弄而生气，不过生性使然，他一直保持着沉默。

"我先扶你进去休息，马上就有好吃的了，对你恢复体力有好处。"

"不了，谢谢。"他摇摇头，视线落在渡口的水岸边，表示自己可以。

见他比昨晚奄奄一息的模样好了许多，少女便放了心，送他到河畔后便返回去继续翻弄红薯。

少年默默遥望着她的背影，不出声响，向来清定的神思有些恍惚难平，像有什么东西悄然拨动了心弦，余音回荡不绝。

雨后的河面上涨了些，清澈见底，水中游鱼成群，穿梭在荇藻间，欢快地吐着水泡。

他发怔地盯着这些小东西，突然想起了那群天真无邪的小孩，比他小四五岁的光景，懵懂又有朝气，很热闹。也许他们还不知道，再过些时候这片乐土会发生什么样的变化。

还有她，应该跟他一样自小就开始学武吧，指挥起那些小孩来就像个聪慧而敏捷的小将军，胆子也大，敢一个人摸黑冒雨跑出村子。

就在他出神的当儿，鱼儿不知受了什么惊吓，摆了摆尾就全散开了。

少年一慌，伸手入水，想把它们挡在一起，小鱼们甩了个头，轻易就从他指缝间溜走了，各分东西，不复聚合。

他目光一黯，怅然若失，呆呆地看着它们越游越远，消失不见。

"看什么呢？"少女突然出现在他背后，弯下腰来，好奇地顺着他的视线俯视，却只看到他们两人的倒影和河底光秃秃的鹅卵石。

他才回神，一根散着热气的红薯已经端在他面前，芳香袭人。

"吃吧，给你烤的。"她笑笑，眼睛弯成了月亮，然后陪他坐在大石头上，双手托着腮帮，不言不语地眺望远处的河岸。小小年纪就已是一副若有所思的深沉模样了，与之前判若两人。

想了一会儿，她仰头看了看斜出山顶的太阳，蹬腿跳下石头，不得不跟他道别："我得赶快回去了，不然会被爹娘训的。"

少年一愣，怔怔站起来。

"瓶子里还有两颗解药，都留给你了，要是不舒服的话就加服一颗，巫爷爷的药很管用的。"说完，少女把药瓶塞到他手中，紧接着又回到帐篷前，掀开帘子向里瞅了瞅，看着靠在一起酣睡的三人，不禁皱眉："他们可真坏，也不管你，你一个小孩子跟着这帮坏蛋流浪可要小心了，别受他们欺负。"

少年的脚步随着这个小忙人移来移去，跟在她身后欲言又止，很久之后沉声问她："你……还会来吗？"

"应该不会了……"少女面上的笑容黯了下去，叹了口气，面有忧色，"我们碰到了大麻烦，爹娘和哥哥都很忙，我得回去帮他们。"

那群该死的中州兵马，又在关外百里之地擂鼓叫嚣了。从上个月起，阿爹就跟哥哥频频出入军营，连阿娘也经常换上戎装，代父亲去边关巡察。

毫无疑问，这次他们遇到前所未有的棘手事了，很紧迫，也非常危险。

少女担心地想着，暗暗在心里祈祷，希望他们所有人都能安然应对过去。

少年望着面带愁容的她，有些不忍，更有深深的负罪感，齿间飘出无力而苍白的字眼："会没事的……"

"借你吉言啦。"很快，少女又一改忧态，粲然一笑，给自己鼓劲："我们会小心的，你不用担心。"

说着，她拍了拍掉落在肩头的露水，戴上斗笠冲他挥挥手："我走了，你保重啊……"

话锋一落，人已转身离去，渐渐没入高低交错的草丛间，不见踪影。

少年伫立在原地，默然凝望着她远去的背影，久久不动。

噩梦，在他们分离后的第十天到来……

◈ 第二章 ◈

国殇

青河古道上，四匹烈马各载一人，在漫漫长路上徐徐穿行。

"少公子，这么空手而归，萧王铁定严惩不贷，何况我们还杀了他的人马……"一路上，身后的三个下属不停唠叨，这会儿又管不住自己的嘴巴了。

为首的少年一脸漠然，听见了也不搭理，只一心驱马，按辔缓行。

三人没辙，只得怏怏地闭了嘴，随他撤往西川。

然而走不过几步，少年忽地面色一凝，勒马止步，极目远眺。

三人惑然，刚要开口询问，却在一瞬间俱是变色，二话不说翻身下马，以耳贴地，屏息静听。

这本是条寂静少人的僻道，此刻地面下却传出好似洪波怒撞的闷啸声，一声接一声，轰隆如雷鸣，听来格外骇人。

行伍出身的他们顿时明了，吃惊地道："有骑兵！"

很快，顿闷蹄声混合着萧萧马鸣刺破九天云海，以快得惊人的速度飘散。旋即远方的晨雾破开，苍茫天际里映现出一排排冷甲白刃的轻骑兵，踩着一地飞尘飒沓而过，如飓风卷境。

眨眼的工夫，约莫三万精骑自西而来，折道向南，从眼前一晃而过，扬起的滚滚沙尘遮天蔽日。

望着远去的兵影，一人小心拨开路旁的草木，隔着缝隙忍不住惊道："是萧王和他的亲兵！竟然动用了他们，莫非他坐不住，打算冒险强攻了？"

少年敛容不语，心海被千军万马奔腾而过的铮铮怒吼搅动，起伏不定。突然，他在下属们的惊呼中一提缰绳，冲出草隙，调头向后。

"少公子！你干什么？" 三人惊住。

"回去，不用管我！" 他头也不回，一挥鞭，扬长而去。

只是速度再快，也快不过无情而惨烈的战火。

此时的青桑，已是人间炼狱。

关隘之内战鼓隆隆，刀剑铿然，震天的厮杀声充斥在血色天地里，淹没了万千铁蹄下青桑百姓的哀号和呜咽。战马所过之处，尸首横陈。

"将军！敌军闯入归龙关了！"

一声急禀，让还在枫林渡拼死杀敌的青桑残军猝然一惊，人人不可置信。

领兵的女将柳长缨同样无比震惊，被血色浸染的瞳眸里一片惊疑。

为防异族入侵，边关到处设有陷阱，一旦踩中埋在地表的机关，剧毒急散，致使人马倦怠，甚或中毒身亡，根本没有反抗的余地，敌军怎么可能轻而易举地攻入？

"阿娘，我跟赫将军杀过去，截住那些人！" 就在这个女将的思绪急速运转的间隙里，一个满含悲恨的清亮声音从她身后传来。

说话的是一个年方十二的少女，五官凌厉，眉眼凛凛如剑，面庞上没有同龄女孩半丝半毫的稚嫩和怯懦，反而透出刀剑洗礼后的果敢与坚毅。

此刻她手执一柄比她高出半个身子的长枪，仰起满是血污的苍白小脸，抓着自己母亲的手臂愤然道："我跟赫将军带兵截住那群人，杀光他们！"

说完，少女转身抓住缰绳，行将翻向马背，肩膀忽地被人扳住。

"回去！" 女将悲喝一声，眼里血泪闪动，将少女强行拽过来，紧紧抱在怀里："跟巫爷爷逃出去，不要回来，有多远就走多远！"

"他们杀了阿爹和哥哥，我不走！我要跟阿娘在一起，杀光他们！" 少女的身子在自己母亲的怀中簌簌发抖，纵声长咽，声音却坚如铁石，入目的断肢残颅没有让她生出任何胆怯，残留在目光里的只剩下狼一样的戾气。

"拿上这个，不要落入敌军手中，听阿娘的话，不要回头，更不要回来，杀出去！" 女将从腰间扯下可以号令千军万马的令牌，将它塞到少女的掌心，决然下令："巫修，带她离开这里！通知族长，率领族民从青河下游转移！留一半镇守枫林渡，余部后撤，抄捷径杀向归龙关！"

"是！"

受令的青兵不敢再在枫林渡恋战，在这个女将的率领下往归龙关的方向杀去。

少女抬手抹去眼里不争气的泪水，不顾身后一个老者的阻拦，瘦挑的身子重新翻上马背，踩着满地鲜血追随大军而去。

拼死赶到的时候，那里已是狼藉一片，血流漂杵。

狂风倒卷，战火燎原，狼烟四起，断壁残垣与死尸堆积在一起，将这片不久前还是千岩竞秀、万壑争流的邦族变成了修罗场，如画山河转瞬成空。

望着眼前的惨烈景象，少女不觉然视线模糊。她拼命克制着泪水，端弓搭箭，嗖地射向迎面一个敌军统帅的心脏。

她出身于将门世家，性子又好动，从幼时起就跟着父母和家族里的长者们习武修兵，练就出较同龄孩子更为敏捷的身手和过人的胆量。但到底只是一个十二岁的孩子，心有余而力不足，没等那把长箭贴到敌将的甲衣，就在半空中被他挥动的长枪打偏。

少女不甘心，抹去面庞上的污血，复又朝那些猖狂率众的敌军将领们杀去。

虽已是强弩之末，仅剩的三万残军在这对母女的带领下没有一个退缩不前，以血肉之躯与十万敌军鏖战于归龙关内。但再有不惧死之心，当一个又一个噩耗相继传来时，将士们心中尚存的希望亦不得不被现实剿杀得干干净净。

"报！青河上游被人下药，掩护百姓逃脱的士兵下水后皆中毒倒地！"

"报将军！族长遭人暗算，尸体在山坳中发现！"

"谁干的？上游由乌德带人守卫，他人在哪！"

"乌德将军不知所踪，归龙关内其他机关都被损毁，一支挂有'萧'字旗的敌军已经杀到了村镇，大肆抢掠银库，屠戮民众！"

天杀的魔鬼！

女将奋力杀出一条血路："众军听令！杀不尽修罗鬼煞，杀一个是一个，用他们的头颅祭我同泽！"

"杀！"千军嘶吼，万马奔腾。

眼见家国将殒，死亡对这些濒临亡国的铁血将士而言已经微不足道，充斥在心间的只剩下宁为玉碎不为瓦全的誓死信念。

"阿娘，是他！"疯狂杀戮中，少女忽地遥指敌军中一个熟悉的面庞。

那人高坐马上，畏缩在浩荡大军中间，视线多有闪避，对上这对母女投来的目光后身躯一颤，趔趄着从马背上跌了下来。在他身后，敌军汹汹涌来，山洪海啸一样踏在青桑土地上，震得山河颤抖，大地呜咽。

竟然……竟然是这个叛徒投诚于敌方，帮助他们破坏了归龙关的毒障！

女将眼里浸染的血色瞬间变为幽杀，身上的伤痛已然不觉，勾脚挑起一支利箭，旋身接住，搭弓拉弦，直直对准了他的脑袋。

"来人！毒妇柳长缨与其女心怀不轨，勾结青桑数名将者残害族长，其心可诛！给我……给我杀了她们！"乌德惨白着面色，就地打滚几圈，堪堪避开了飞向脑门的利箭，声音颤抖地道。

"你胡说！"少女无比愤恨，使了毕生气力挥动长枪，朝蜂拥围来的敌军杀去。

一时间，广袤关塞内血流成河，尸横遍野。

厮杀声、呐喊声、硝火爆破的轰隆巨响，混合着顿闷的战鼓声充斥在暮色里，将偌大一片归龙关变成人间地狱，凄惨如斯。

浴血鏖战，少女已经杀得不知日夜，负伤累累，大脑却感觉不到任何疼痛，唯剩麻木和痛恨，阿爹临终前的遗言历历在耳——守住青桑，守住家国！

家国……

少女心生悲痛，阿爹惨死敌军箭下，兄长战死沙场，阿弟被人加害，阿娘临危受命披甲上阵，身受重伤奄奄垂绝，家已不再……而今城池沦陷，百姓遭劫，曾经世外天境一样的青桑此刻像一个刀口下待宰的猎物，被敌军肆无忌惮地屠杀、劫抢、毁灭……

十二岁的孩子不敢想象下一秒的情景，唯有一刻不停地挥动着手中的刀枪，将从父母身上学到的招式发挥到极致，刺透一个又一个敌兵的胸腔。

只要还有一口气，她便不会放过这群鬼煞，哪怕同归于尽，也要让这他们为自己的所作所为付出代价。

"叮……"一声箭啸夹杂在厮杀声中笔直飞向少女。

命悬一线时，一道身影横冲而来，将她的要害牢牢挡住。

少女陡然回头，留在她视线中的，只剩下被利箭穿心的母亲颓然倒下的身影。

"青珑，听……听话，杀出去……走！"

"阿娘！"少女悲痛欲绝，哭得像一头失群的狼崽，发疯一样扑向自己的母亲。

"给我杀！杀光霍家人！"乌德歇斯底里地大喊着，猛然拔刀出鞘，当先冲上来，一刀刺向哭得撕心裂肺的少女。

决堤的泪水模糊了少女的视线，等她反应过来，刀口已然刺穿了她单薄的肩身，鲜血如注。

仿佛昼夜变幻，一下子从白日进入漆黑的午夜，那些在她眼前奔动的狰狞脸孔一点一点消失不见，而她也像堕入无底黑洞中，在那里越陷越深，不想醒来……

乌德意欲斩草除根，遂咬牙拔刀，对准倒在血泊中的少女的脖子咔嚓切下。

人头离地，血溅苍野，喷了足有数尺高。

然而掉落的不是少女的脑袋，而是扑过来的另一个士兵的，只不过又有一柄战刀猝然飞出，先那兵一步，沿着他的颈项横削而过，掠过的刀锋劲势不减，斜掠到乌德臂上，豁开一道血口。

"啊……"乌德手中挥下的长刀叮然掉落，与此同时，他的口中发出呼天抢地的惨叫声。

混乱战场上，一个蒙面的黑衣少年打横抱起少女，穿过漫天飞射的箭雨疾速奔向杀阵之外。

当他踏着满地尸体找来时，怎么也不敢相信，此前还一起玩耍的天真孩童顷刻间就被铁蹄碾糅进战火中，音容不复。还有这个笑得烂漫如花、勇敢又慧黠的女孩，即使知道面对强敌叩关也毫不畏缩，就像一个顽强而无畏的小小将领。

可最终，他们还是没能逃脱恶魔的爪牙。

少年满目惊痛，紧紧抱着重伤的少女，不顾刀枪流矢，风一样向外冲。

"杀了他们！给我追！"乌德扯着嗓子，发出野兽般的惊吼，却渐渐被少年抛远。

那一天，从黄昏到夜幕垂下，足有十年二十年那么长。偌大一片关口几乎没有驻留之地，到处都被厮杀声淹没。

"你不要死！"少年脸色发白，声音有些克制不住地颤抖，他匆匆解下自己外衣包住少女血淋淋的肩膀。

未喘一息，他又抱起少女没命地向关外跑。

不能死！必须找大夫救她！一定要救活她！

怀中的少女眼睫微闪，似乎听到了耳边的声音，意识有片刻的复苏。她感觉得到身体在快速移动，撑开的双眼却看不清救他的人，依稀中对上了一双似曾相识的眼睛。

好像是渡口的那个少年……为什么他会出现在战场？为什么他一走敌人就杀进来了？他和那些敌兵有什么关系？是不是他们都是杀死阿爹阿娘的凶手……

她不能走，阿娘还在后面，叛贼乌德要杀阿娘，她不能扔下她不管！

少女痛苦地挣扎，双手推搡着少年的手臂拼命想要挣脱。只是失血使然，没多久她便耗完残力，陷入昏迷中。

未干的余泪沿着她的眼角滑下，打在少年的手背上，如针如芒。他抬手替她擦掉眼泪，复又抱紧了她，拼了最大的速度和力气向前疾走。

突然，脑后一股阴风扫来，数支火矢划破黑夜，齐刷刷射向他后心。

"杀！不留活口！"又一支约莫千人的队伍从北而来，冲进关内，旗上镶嵌的大黑"罗"字在战火中分外醒目。

来敌汹汹如兽，个个手起刀落。

少年惊觉，抱着少女迅速闪身，堪堪避开了致命的箭口，身形还未稳，又有一阵乱箭呼啸袭来。

生死一瞬间，一只大手攥住他胳膊及时将他拽向一边：飞箭嗖嗖而过，在他臂膀外侧擦出一道伤口，所幸并无性命之虞。随之一枚流火弹抛出，在那群士兵面前炸开，一团团青白色的毒雾迅速扩散，熏得人马东倒西歪。

"走！"来人匆忙抱起少女，往她口中塞了一颗药，带着她翻上一匹烈马，没等他看清对方的面容，他们就已疾驰远走。

少年亦扯来一匹马，挥鞭紧追而去。等到置身阵外，他才借着冲天的火光看清了，方才出手的是一个白胡子老头。

他就是……这个女孩说的巫爷爷？

少年心底的希望陡然升起，他急急扯下蒙面的黑巾，问道："她……"

"唰"的一声，长剑离鞘，以快得惊人的速度袭来，刺向他眉心。

少年惊住，定定地看着剑尖。

老者衔悲茹恨，眼底有烈焰滚动，仿佛眼前这个陌生的少年就是那些摧毁家国的魔鬼，持剑的手止不住地抖动。

他应该杀了这个可疑的孩子永绝后患，那样就没人知道霍家丫头还活着，乌德日后也休想找到她灭口。

可最终，老人还是缓缓收回了剑，抱起奄奄一息的少女，扬鞭远去。

旷野战火飘飞，就只剩少年一人怔立在当下，凝望着化成黑点的他们，站成了一座孤独的石雕，浑然不觉伤口的血顺着手臂滑到指尖，一滴一滴往下砸……

一月之后，他孤身一人回到了西川。

方一踏进营门，迎面一声尖叫便传来："是他！就是他阻止我们！"

喊叫的是那夜闯进渡口的黑衣人头目儿，蒙着下半张脸，依稀可见上颊浮肿乌青，连上下眼皮都肿得挤在了一起，可见那毒确实厉害。

此刻那人正弓着身，跟在一名峨冠博带、身披金裘的男子身后，情绪异常激动："就是这小子！他根本就不把王爷您的命令放在眼里，还使计下毒，害得属下……"

男子横了他一眼，示意他闭嘴，然后踩着浑厚而迫人的步子不紧不慢地上前，停在了少年对面，呼吸深重，神情冷肃。

少年同样直视着他，眼底冷芒闪转，暗暗攥紧了拳头，像一头行将出手的危险小狼。

关于那晚的刺杀，他已心如明镜，事实上从小到大，这种攸关生死的场面他已历经数次，而这一切，皆拜眼前之人所赐。

但最终他还是克制住了，象征性地略微点头，漠然走向营中。

"小崽子站住！"不等男子发话，那下属已经着了急，大喝一声："王爷在此，还不乖乖把解药交出来！"

少年止步，冰冷眸子看过来，伸手入怀，掏出一个白瓷小瓶。

那人大喜，火急火燎地准备去拿，谁知少年手腕轻转，瓶口向下，仅剩的一颗解药顺势掉落，在地上弹了一下，滚到了远处。

"你……"

少年收回瓶子，继续向前走。

"站住！"男子冷喝一声，面色凌厉，眼底的杀意剧烈起伏。

恰此时，几名部下簇拥着一个刚刚结束晨训的将领走了过来。

将者正当而立，伟岸俊朗，喜怒不形于色。初见归营的少年，他只是淡淡扫了一眼，只语未言，握刀的拇指微微动了动，呼吸加重。

"楚大将军教的好部下啊。"男子一改肃杀神色，伪笑着踱到那颗解药前，左脚半抬着停了下来："下不敬，过在上不严，本王正想请教大将军，依军法该当何罪？"

"还有贻误军机的大罪！要不是这小子下毒加害，小的们早就破解了机关，也不至于要王爷您动用三倍的兵力去打青桑。不知他无视军令，胳膊肘往外拐，到底怀了什么叵测心思……"

"是吗？"男子似笑非笑地扫视一眼少年和将者，虽是玩笑的口吻，声音却似从牙齿里磨过，阴冷瘆人，转而反问下属："也就是说，他不让你们去，你们就乖乖回来了？"

"王爷息怒！这小子再三阻拦，又使了卑劣手段，小的只好……"

"咔嚓"一声剑啸响过，血溅营门！

来不及解释完，那下属已然倒下。

男子归剑入鞘，冷目扫过全营，杀鸡儆猴般地道："本王的天下，只留听话的臣！统兵摄下莫不如是，楚将军认为呢？"

将者睨视着他脚下的药丸，不动如山，双目如锋刀利剑，直直迎上男子的目光，霎时两人似虎狼对峙，彼此都在试探和揣度对方的心念。

空气凝结了片刻，将者最先抱拳回话，态度却不卑不亢："萧王高见，一席话点醒了臣下。军中立规：上将之过，罪加一等。既然失职在先，便该降罪论处，依军法杖责三十！"

"来人！"一声厉喝响起，唤来了行刑的士兵。

"将军……"在场的心腹部将脸色瞬变，接连求情。

他们心里其实清楚，将军已与萧王貌合神离，并视其为敌，再也无法像以往那样心甘情愿追随他，更不可能替他打天下了。

萧王道貌岸然、表里不一，为达目的无所不用其极，暗中算计害得将军家破人亡，连他岳父一家上下也被牵连进去，所活者无几，将军早已暗中查得真相，只不过他并不知情，仍视将军为攻城略地的棋子，欲摆布利用。或者他已察觉到了蛛丝马迹，但尚不确定将军是否悉数知晓，故而屡次试探，就如月前他出兵青桑，事先下令将军破除关卡毒障即是。

而将军，似已彻底同萧王决裂，借故不为所动。

正当局面紧张时，萧王主意大改将命令转达给了少年，一来在大军面前自捡颜面，二来反给将军下马威。

因为这个少年是将军的养子，西川大军未来的少将。

若将军执意护犊，不允少年执行王令，只怕此刻打起来的，就是萧王的亲兵和西川大军。

在这藩候割据、内战丛生的节骨眼上，两方一旦自相鱼肉，后果不堪设想。

所幸少年去了，事情才得以转圜。

而今为了圆场，他还得担下这失职之过，委实叫营中这些将领们不忍。毕竟大人之间的恩怨，怎么也不该让一个孩子去承当，更何况他还在长身体，三十大杖搁到脊梁骨上，只怕……

"呼……"竹棍带起的阴风扫下，没等他们的求饶再次发出，就已经抡到少年的膝窝上，一个踉跄不稳，逼得他跪倒在地。

"将军！"众人心惊不已，争相规劝。

将者不发一语，胸口却隐隐起伏，内中翻涌难平，被他极力压制着。

少年眉宇深皱，原本挺直的脊梁向前倾了倾，一口气还未换上，又一棍落下，力如千钧。

整座大营死寂而沉闷，唯有棍杖刑于脊背的声音一下一下响起，盖过了所有人短促的呼吸。

时间仿佛停滞不前，一秒一秒艰难地向前推进。

萧王的脸色已经由冷转青，双手交握于背后，震怒却未言，眼里杀意激荡。

"十三，十四，十五……"

"二十一，二十二……"

五杖又过，少年忍不住咳了下，肺腑震伤，一口气息堵在胸腔，几乎窒息而亡，整个人仿佛坠入万丈深渊，摔得粉身碎骨。

还剩几棍，他已不清楚，潜意识里挣扎着撑起来，双手还未完全离地，最后一棍便猝不及防地袭来，重如巨石，犹自听得见脊椎脱节发出的咔嚓脆响。耳畔的声音、周围的脸孔、清湛的长空、苍黄的大地，所有一切都变成了重重叠叠的影子，越来越黑，只有滑出手心的药瓶闪着苍白的光，刺开他渐阖的双眼。

他伸手拾起瓶子，固执地谢绝了旁人的搀扶，独自挣扎着爬起来，单薄身子撑成了一张弯曲的弓背，一寸一寸地远离了所有人的视线。

姓巫的，会治好那个女孩吧？

他这样想着，仿似一架枯朽的机械，拖动着渐失知觉的躯体，手中的药瓶攥得越发紧。

但愿上天垂怜，能让那个一夕间失去所有的女孩静好无恙……

深山密林，人迹罕至。

茅庐外的凤凰花树下，一个右臂上戴着孝布的素衣少女挥动长枪，对着空荡荡的山谷习武练枪，没日没夜，一刻不停。

过了最初号啕恸哭的绝望时日，安静下来的她不说话，也不进食寝息，曾经灵动而秀凛的生命，顷刻间被抽走了心魂，不复生气。

檐下的老者眼睛通红，哀然叹息一声，端着熬好的药走上前，声音哽咽："丫头，趁热喝了吧。"

少女一言不发，猛地回身一枪击碎了药碗，溅起的药汁浸了两人一身。

她就像一根木头，直挺挺地站在那里，目光凶狠地盯着面前的老人。

老者怒极，抬手欲掴，却忽而悲从中来，缓缓收手，哀声道："就是把自己作弄死，也毫无半点用处！"

"我要出去。"孩子眼睛红肿，眸底戾气弥漫，声音嘶哑而肃杀。

"出去也是送死，丫头，就断了这个念想吧。"老人眼角泛红，态度却坚决，哽咽着道："记住你娘的话，好好活着，把这一切都忘掉……往后就随巫爷爷寂居在此，学些治病救人的本事，安安分分过完这辈子……"

少女攘着手中的长枪，眼底血泪交融，通红如火，嘶吼一声："我不救人！我要杀光他们！教我用毒！"

老人痛心疾首，内心何尝不怀着跟孩子一样恶毒的想法，甚至比她更浓更烈。可是单靠不择手段地去杀人，就能挽回失去的一切吗？造孽的毕竟是那些攻城略地的敌者，而非世间无辜苍生。如若把这毒术传给她，万一她悟出其中门道，破了此处毒障跑下山，为了报仇无所不用其极，善恶不分滥杀无辜，又与那群魔鬼有何差别？

想到这里，老人不由心生悲凉和无奈——孩子一心只想杀人，无论如何都不会钻研这岐黄之术去悬壶济世。而他年事已高，能做的就是在这所剩无几的岁日里竭力保忠门之后平安顺遂，救回她的心，不至于让这国仇家恨泯灭了她的良知。

再深的伤，总会随着时间的流逝一点点弥合。

"丫头，不愿救人的话，那就好好活着，巫爷爷陪着你……"

"巫爷爷……"少女扑通跪下，眼中泪光滚动，簌簌滑了下来："我要出去，杀光他们！"

老人如鲠在喉，心似刀绞，见她不死心，便粗暴地拽住她的衣领，拎小狗一样将她提到入口的小道边上，指着桑蚕丝织成的薄如蝉翼的密网，悲喝道："区区一道毒障你都没有能力跨过去，拿什么去杀他们？"

她不甘心，用帕子包住口鼻，拾枪起身，整个人如同魔怔了一般，对着挂网的树枝疯狂乱砍！

杀了乌德！

杀了他们！

杀光那些魔鬼！

枝叶簌簌坠地，断开的丝网上有青白色的粉尘飘落，袅袅微尘如烟如雾，在幽深林木间漂浮。

老人往自己鼻中塞了一团药棉，然后跟在她身后，并没有上前阻止，而是任由这个可怜的孩子发泄，目光悲悯而沉痛。

但凡吸入毒网上的这些细末，哪怕极微极浅也躲不过去，三十丈内必晕厥倒地，昏睡不醒。而一旦遭遇风雨天，这些毒尘则更甚，沾水化雾，扩散的范围更广。

果不其然，不出十丈，少女的脚步开始虚浮不定，东倒西歪，任是她再撑着气力，也照旧难逃此障，又走了不过十几步，便身子一软，颓然倒下。

“丫头，何苦呢……”老人抱起孩子，摇头叹息，心下悲怆。

“巫爷爷，阿爹和阿娘还在外面，我要找他们，我要出去找他们……”少女抓着他的衣服，口中发出痛苦而绝望的哀求，不消片刻便双手垂下，在幽咽和低泣中昏睡过去。

“死了，都没了……”老人长叹一声，热泪滚滚而下。

彼时战地马鸣萧萧，杀声震天，交合成一曲惨烈而悲壮的战歌，于九霄云外激荡，余音不绝。

史载嘉和十四年，中州敬王朝暴乱，天家子嗣合各地藩候争相上位，攻内犯外，陷青桑，朝夕间尸骨盈城。青桑霍氏遗孀柳长缨临危受命，披甲上阵，力不敌，殁。霍氏孤女逃于战火，音讯尽失，世以为夭。

嘉和十五年，四方王侯拥兵竖旗，清庙堂、枭敬帝、废宫储、占城池，改易国号，皆谋自立。

百年王朝由此瓦解，溃散为亓、燕、夏、凉，大乱复始。

第三章

素志

春华谢了又盛，秋实凋了又盈，时光静静流淌，转眼间六载光阴已经悄然逝去。

夜，黑如墨铸。

长街上灯火萧疏，泛着幽暗的光泽，随风飘曳，在地上拖出一道道诡异的细影，斑驳而阴森。

已过子时，万籁俱寂。

突然，一声暴吼炸响，刺破了黑夜的平静。

"在那里，追！"

语音落地，人影忽动，十几名武丁从不同方向扑来，拔刀出鞘，刺向一个瑟瑟抖动的竹筐。

霎时间，血光飞溅。

"小兔崽子，敢从我刘大眼皮子底下逃走，找死！"领头的武丁大骂一句，抬刀挑飞了竹筐，顿时露出一个咽颈中刀、已经气绝身亡的可怜孩子。

"啊……"惊恐声从不远处传来，再次吸引了这些武丁们的注意，转身奔了过去。

遮掩物后面，另一个女孩张开的嘴巴迅速被人捂住，孩子吓得瞳孔陡睁，脸色发白，如同狩猎者箭下无处逃窜的麋鹿，瑟缩着四肢，颤颤抖动。

"不哭……"护着孩子的是一个年方二九的女子，她看起来灰头土脸，呼吸短促，身上血迹斑斑，肩背和手臂上翻着几道长短不一的伤口，正顺着划烂的衣服缓缓洇血。

很明显，为了躲避这些人的追杀，她已经处于筋疲力尽的状态，体力和耐力快要达到极限。

"不怕，别哭……"霍青珑抬手擦掉孩子脸上的泪水，帮她系好凌乱的衣襟，暗哑着声音安慰她。无辜孩子的惨死让她惊痛不已，但在又一轮生死关头，她不得不强压悲恨，在最短时间内让自己恢复理智，寻找自救的方法。

脚步声快速逼近，锃亮的刀光顺着杂物的缝隙照到她面上，宛如魔鬼的触手。

她屏住呼吸，指了指一个方向，压低声音对女孩道："听着，想活下去就不要害怕，顺着这里一直往前跑，有多远就跑多远，知道吗？"

"我、我……"女孩惊悸不已，嗫嚅着摇了摇头，颤抖地抓住她的手臂，不敢松开。

"犹豫只能等死，快跑！"急得催了一声，眼见孩子不敢动，她便拾起脚下的长棍，倏地从杂物堆后折身闪出，以己为饵，箭步跑向另一个方向。

"逮住她！"武丁们发现，大喝一声，一群人汹汹如豺狼，一窝蜂似的提刀杀了过去。

青珑猛地顿步，双臂聚力，长棍抡起，回身，横甩，嗵地挥到并排两个武丁的额头，恨不能砸爆他们的脑袋。

"找死！"领头的啐了一口，大手一挥，手下迅速围上来，将青珑困在死角，长刀舞动，急如骤雨纷纷砍向她要害。

闪转在刀光剑影中，青珑丝毫不敢懈力，攥住棍子对着扑上来的武丁一通狂揍。几个回合过后她冲出重围，反扑到一人背后，弃棍夺刀。

"全都给我上！愣着干什么！"领头的武丁暴怒，一脚将却步的手下踹了出去。

青珑不敢放松戒备，拼足劲力，在他们复又杀来时手起刀落，几招下去了断了数人性命。

那些无辜的孩子，就是这样惨死在这群人手中的。

领头那人见状，大叫一声："把这刁女给我抓起……"

青珑暗暗攒了一口气，没等他的话音落地，她已持刀冲过围杀，疾奔至他身前，刀锋下劈刺进他裆部，一刀挑飞了他的命根。

"啊……"一声惨嚎霎时炸开，凄厉刺耳。

那人抱着流血的下体痛得满地打滚，歇斯底里地狂吼："杀！杀了她！把她往死里剁，剁碎了喂狗！"

余下武丁群攻而来，将她的退路堵得丝毫不剩，有一人拾起长棍狰狞着脸孔重重挥来，混乱中击中她的枕部，打得她两眼一黑，险些倒栽在地。

青珑猛靠住墙壁，晃了晃脑，勉力让自己保持清醒，在又一股阴风从头顶落下时堪堪避开，回身时手中长刀横空刺出削过两人脖颈，趁机钻出了包围圈。

下一秒，她已经无法保持平衡，眼前似有无数颗星子飞闪，缭乱而纷杂。在最后的意识消散前，她拖着昏昏沉沉的身子，就地打滚扑向暗角，很快隐匿了踪影……

长夜过后，清晨第一缕阳光洒向万物，温暖舒心。

南燕国都烨城西街的奴隶场中，一个奴孩使劲摇着昏迷不醒的女子的肩膀，拼了九牛二虎之力才将她从栅栏外拖到了里面，小心翼翼地低唤着。

"喂，你快起来，场主来抓人了，快醒过来！"奴孩是个十三四岁的少年，衣衫褴褛，身量单薄，瘦得像一架皮骨相连的躯干，面上满是污渍，只辨得一双眼睛黑亮如玛瑙。

见这个救来的姑娘唇角干裂，他拿起地上一只破碗，将里面存留的水喂给她，末了用瘦弱的肩膀将她背起来，挪到了墙角一处没人注意的地方。

"咳咳……"挪动的过程中，少年的肩骨磕到了那姑娘的胸口，终于将她从昏迷中激醒，缓缓撑开了眼帘。

昏迷前的景象依旧残留在青珑的脑海中，适应了强烈的日光后，她眼里的迷茫瞬间消失，转头环顾，远处几个拿刀的壮丁正在人群中搜查着什么，粗言粗语，骂骂咧咧。

不是冤家不聚头，正是昨晚那群武丁。

青珑目光紧紧地盯着他们，见其朝这边走来，忙撑着站起来，抓着少年背过身去，以作闪避。

"你命真大，伤成这样还能撑到现在，着实不简单。"少年起初不知道她在躲避那些人，见这姑娘终于有了反应，适才放下心来，抬起袖子擦擦额上冒出的细汗，仰头冲她笑了笑，露出一排整洁的牙齿。

"多谢……"青珑轻轻摇了摇头，递给少年一个万分谨慎的眼神。

少年回看一眼，再一观她神情，立时意会，心猜她可能得罪过那些人，便在一旁帮她打掩护，一面压低声音担忧道："他们是舒大公子的手下，京都没人敢招惹，弄不好会被那些人活活打死，拿尸体去喂狗，你可要小心了。"

"哪个舒大公子？"青珑无心细究，随口一问。

巫爷爷告诉她，当年是一个黑衣少年将她救出了战场，她才幸免于难。那之后，她一直跟随巫爷爷隐居在山上，苦练武功，研读兵法。六年来她几乎没有下过山，巫爷爷在他们生活的竹屋周围布置了毒阵，决计不允许她出去。

因此，六年间中州的王朝更迭和外面的风雨乱世她所知无几，直到几天前，巫爷爷因病故去，她才得以走出那个像牢笼一样将她囚禁的山头，去寻找当年投敌叛国的乌德。

而谁知，甫一进入中州这座陌生的城阙，她便碰到了这样的棘手事。

少年窥望了一眼，将她往隐蔽处拉了拉，摇头道："我也没见过，奴场那些大人这么说的，好几个伙伴被抓去了就再也没回来过。看你面生，应该不属于西街这里的，怎会昏倒在栅栏外边，差点被游荡的黄狗叼走了？"

"你说这是……奴场？"青珑面色一白，因为疲惫而无力撑开的眼皮霍地睁大，心跳不受控制地加快起来，满目惊疑。

难道这就是巫爷爷不让她下山的真正原因？

周围这些衣衫褴褛、面黄枯瘦的人们，都是无家可归没了自由身的奴隶？

"你别难过……"少年当她无法接受自己沦落奴场这样的事实，同情使然，安慰她一句。尔后他从怀中摸出剩下的半个窝头，犹豫片刻终是一狠心，将它递到青珑手中："你刚醒过来，一定饿坏了，先将就着填填肚子，晚上场主才会给大家发吃的。"

说完他猫腰小心跑开，拾回那只破碗，到远处的木桶里舀了些水拿过来，却见青珑执意离开，赶紧搁下碗拽住她："你不要乱跑，被场主发现后会挨打的，舒王府那帮人就更不用说了。"

"小兄弟，谢你相救，保重。"青珑心绪难平，将果腹的窝头还给少年。此时的她不能跟任何人有瓜葛，否则一旦被那些家丁认出模样，必会连累对方。

少年于心不忍，跟过去扶住她："你看你站都站不稳，孤孤单单一个人肯定没活路。就算侥幸逃走了，中州四国之间不停打仗，到哪都不安全，你一个女孩子怎么活下去？"

青珑脚步一顿，愕然道："你刚说什么？四国？"

当年中州敬天子穷奢极欲，不思兴国，致使朝局动荡，缭乱不堪。内有皇嗣争储，拉拢各派党羽互相倾轧，外有分封远疆的藩王借机蠢动，欲取而代之，诸多势力明争暗斗，搅得朝野风云变幻。但不管怎样，百年王朝始终为一，基业未曾被撼动过，又何来四国之说？

除非短短数年间，敬天子被弑不存，帝家子嗣和各藩候在经历了长时的内斗后，最终各自拥兵建政，割分了中州泱泱国土，所以才会有方才少年口中所说的"四国"？

一念之间，青珑惊在当下，倘若中州时局如自己所测，那些帝嗣与藩王必会为了开疆拓土大肆攻伐，侵夺城池、洗劫金银、吞占矿藏、攫取劳力……诸多恶行不一而足。当年青桑便深受其害，会不会在归龙关一战过后，它就已经……

思及此处，青珑的脸色开始发白，不敢相信自己的臆测，越深想心海越加起伏。她也总算明白过来，巫爷爷千方百计将她困在山上，就是不想让她知道这件事，怕她接受不了，冲动之下寻找敌者，做出什么追悔莫及的傻事。若她所猜不假，早在六年前那场鏖战过后，青桑就已成为史书中的一个亡国之邦了……

少年惑于她的反应，仔细观察着她，愣了须臾才道："就是西夏和南燕，还有……"

正解释着，一把长刀忽从拐角处现出，迫得少年到口的话生生吞回腹中，他赶紧将青珑拉开，给来到近前的一个魁梧壮丁让开道路。

"你，还有你，都过去！"那壮丁一脚踢飞了脚下的破碗，已经走过去的身子又折了回来，拿刀指了指青珑和少年，粗声喝令。

"我被场主卖给了别家，明天他们就来带人，不是舒大公子的。"眼见喝水的东西被这人毫不客气地踢碎，少年拳头紧攥，忍了忍终究没有动手，"这个阿姐才来，身子还没好，你们抓去了也干不了活。"

"嘴巴还挺硬，谁准你在爷爷面前放肆了！"想不到一个奴隶敢这样跟他说话，那壮汉脸一拧，从腰间抽出软鞭，二话不说甩了他一鞭子，还待下第二回，却被人抬手攥住。

"找死！"见这灰头土脸的姑娘竟敢阻挠他，那人大骂一声，说着抽回鞭子就要狠狠教训她。

青珑一把揪住长鞭端头，抬脚踢向他右腕，隔空接住从他手中飞出的利刀，撕拉一声从柄部割断马鞭唰唰朝他面上接连抽打。

少年看得惊呆在地，张开的口久久合不上，万般想不到这个救来的姑娘竟有这等身手。等他视线转到那壮汉的面上时，那人已经皮开肉绽，万分可怖。

这边的响动惊动了远处几个壮丁，他们牵着两头凶猛的黑狗阔步赶来。

"快停下！打死他你就没命了！"少年一慌，死死抓住青珑，连声急劝："那些人会把你喂狗的，赶快跑！"

果不其然，语方脱口，两只健硕的黑狗从赶来的那些壮丁手中脱出，龇牙咧嘴地汪汪叫着。其中一只一跃数尺，张口咬住青珑的小腿肚。

青珑眉头一蹙，已经不晓得自己还剩了多少力气，本能地反肘挥刀，咔地削飞了它脑袋。

"小心后面！"少年吓得面色惨白，心脏都能跳到嗓子眼，惊愕于这个随手救来的姑娘如此骇人的胆量——在奴场中，她还是第一个敢这样跟那些人对着干的，不死也难逃厄运。

果不其然，她的反抗惹恼了那群人，对方很快齐聚一地将她团团围住，拳脚刀棍纷纷落向她身。

打着打着，领头的壮丁像是发现了什么端倪，盯着青珑的背影上下打量，最终记起，暴喝一声："就是她！是她昨夜伤了大哥，给我逮住她！"

短短一瞬间，原本平静无波的奴场因为偏僻角落里的斗殴变得沸沸扬扬，满地污血吓坏了那些奴民，缩成一堆观望着，谁也不敢开口替这个姑娘求饶。

少年骇然，一时手足无措起来，到最后实在看不下去这些壮丁以众欺寡的作为，拾起旁边的棍子朝一个人后脑抢去。

"兔崽子活腻了！"那人恼怒不已，一把攥住少年的脖子，正想掐死他，却被同伙拦住。

"管他死活，逮回去让大公子教训，凑够了人数我们也好交差。"

那人闻言遂才罢手，狠命踢到少年腹部，在他痉挛倒地后揪住他的衣领，粗鲁地拎着他往奴场外拖去了。

这边青珑看见后，拼命杀出包围圈追向少年。不过她终究势单力薄，半途中后背吃了那些人一刀，踉跄着栽倒于地。还未等她挣扎着爬起来，又被人重重一踩跌回冰冷地面，动弹不得。

"告诉你们这些贱奴，敢在大爷面前不敬，她就是你们的下场！"

长期在这样受人欺凌的境况下生活，那些奴民骨子里的血性已经被现实磨灭，只求苟安。见这姑娘被那些人狠命踩在脚底，虽都心生不平和怜悯，但嗫嚅了半晌，终归还是没人敢大声说话。

那一脚踩在伤口上，痛得青珑额上冷汗涔涔，险些气滞而眩晕过去。耻辱混合着愤恨像海啸一样敲击着身体内每一根神经，她长吸一口气，暗暗积攒了些力气，忍痛挥出手中长刀，贴地平划一连割过身旁数只脚踝。

"啊……"刹那之间，那些壮丁趾高气扬的狞笑戛然而止，纷纷抱脚跳开，惨呼不已。

青珑逮到了空隙，就地一个翻转，迅速滚到了围栏处，挥刀斩断了几根木柱，忍着身上的伤痛窜了出去。

是夜，华灯初上，照亮了定南王府内每一处角落，映得楼阁璀璨耀目。

因为白日里折腾太久，等到抓够所需数量的奴隶后，已是夜幕降临时分，秋日的寒气也渐渐袭来。

为了避免被府上其他人发现，那些壮丁将抓来的奴隶全部用药迷晕了，掩埋在草垛中押往柴房，然后匆匆跑去复命，丝毫没注意到身后忽然飘过一个丫鬟的影子，紧随其后闪入柴房。

匆匆掠一眼，一字排开将近十来个衣衫破烂的人，他们昏睡在草垛中，身上被鞭笞过的伤痕历历在目。年纪最小的不过十一二岁，一如今早在奴场见到的那个少年，骨瘦如柴，形容憔悴，可见这些人平日里所受的苦。

青珑看得鼻子一酸，轻轻推摇那些昏迷过去的人，逐个叫醒他们。

"是你？"救他的那个少年也在其中，醒来后惊呼出声，幸而被她及时捂住嘴巴。

"穿上这个，跟我出去。"她解下背上的包裹，掏出几件从府中仆人身上扒下来的衣服，让他们换上，以作乔装。

随后青珑打头，带着他们匆匆离开柴房，一路小心躲避，并未惊到王府后院守卫。而当他们捱到墙根处相继翻墙逃出去的时候，背后突然发出一声骇人的嗥吟声，旋即一个全身长满浓密长毛的庞然大物飞奔窜来，形似狮兽，动如虎豹，凶猛异常。

"下去！"青珑大惊，从未见过这种长相凶残的猛兽，见其朝这边汹汹扑来，她一把将爬上墙头的少年推了下去，自己也急急翻墙。

那只猛兽的速度快如光电，一息间就已咬住她的衣角，向后一扯将她从围墙上拽下。末了它血口大张，露出一排锋利如刀的尖锐獠牙，直朝她脖子咬去。

青珑骇然失色，拼力在地上打了个滚，躲出去快速爬起来，点足攀上院中一棵大树。肢体的剧烈动作牵痛了她后背上的刀伤，稍一呼吸，便是阵阵钻心的痛。

见那兽物跳起的高度够不到自己，她略微喘口气，正要想法翻墙逃走，一支利箭却从正前方嗖嗖飞来，几欲透穿她面额。

她惊觉异况，屏息，空翻，闪转，堪堪避开了致命的一箭。

长廊上，一群家丁尾随在一个面色阴寒的贵公子身后，大声叫喊着，更加激发了那兽物的嗜血野性，倏忽间它腾空一跃，一口逮住了青珑手臂，顺势将她扯下树身。

"咬死她！咬死她！"家丁们的脚踝曾在奴场被青珑重伤，心有怨恨，见状十分解气地助威。

"她是谁？"那公子眯眼看了片刻，收了手中弓箭，冷声问道。

"回大公子，就是这刁女杀了我们不少人，您一定要给小的们报仇啊。区区一个贱奴，竟敢跟您作对，放走抓来的那些人，活该被鬼獒咬死！"

"刘大又做了什么？"王府长公子舒长轩神色慵懒，侧目又问。

家丁们语塞，在他的逼视下也不敢撒谎，支支吾吾地道："他改不了自己那副臭德行，见到姑娘就对她们动手动脚，连正在换牙的黄毛丫头都不放过。昨个儿他奉您的命令去抓人，一时没管住自己，就逮了几个女娃解馋，不巧被这刁女碰到，就打了起来，同她结下了梁子。谁知……谁知她会两下子功夫，一刀把他的命根给切了。好在她吃饱了撑的将抓走的小女娃救走了，要不是被那些娃娃们连累，我们也伤不到她，估计早就让她溜之大吉了……"

闻言后，舒长轩眼里的光明明暗暗，视线从青珑身上收回，转而落到他们面上，冷斥一声："一群饭桶！"

一句话，唬得那些家丁皆数噎了声响，再也没人敢开口打扰他。

"明日继续去抓，不够的话拿你们的狗命来试！"他一脸冷色地道，转身离开。

众人频频点头，又指了指与那只猛兽恶斗在一起的青珑："大公子，那她……"

舒长轩的面上如蒙霜雪，脱口而出的话吓得那些家丁不由哆嗦了一下："若连一个身受重伤的奴女也对付不了，养着它有何用？一盏茶后拿不来她的尸骨，提上你们的脑袋来回话！"

"再是奴女，也是无辜人命一条，况且无冤无仇，大哥何必赶尽杀绝？"蓦然之间，从走廊上传来一句温静语声，轻飘飘散入灯火璀璨的夜色里，仿如春风拂面，撩怀舒心，随即迎面走来一名年轻公子。

那人身着一袭雪青色云衫，腰坠碧玉，如墨一样的长发在夜风中微微浮动，清雅如竹，温俊面容上漾着柔和而清浅的笑意，在夜灯的映照下犹显一身风华。

见是自己的手足，舒长轩面上的表情微微起伏了下，止步道："九弟好兴致，这么晚了不去休息，跑来后院做什么？"

舒九容朗声笑笑，看不出丝毫敌意，视线穿过他落到青珑身上，答非所问："绝境求生，靠意念驱使，难免生出外人想象不到的力量，平常人尚且如此，何况一个身怀绝技的习武之人？大哥苦训鬼獒数月才去其暴戾，换来它的不二忠心，若那姑娘选择同归于尽，孰得孰失？"

舒长轩负手而立，阴鸷面容上牵出一抹冷笑："九弟向来耽于文墨，不理外事，谁想权衡轻重的本事也叫为兄另眼相看。"说罢他冷哼一声，也没示意那只猛兽停止进攻，绕过舒九容大步离开了。

舒九容盯着他淡漠而冰冷的背影，未再言它，转而问那些家丁，眼底的笑意明灭不定："需要我亲自上去阻止它伤人吗？"

家丁们怯怯不敢言，深知府上诸事都是这个九公子做主，无论如何都不能得罪，连忙跪地："不不不！九公子息怒，小的们这就带它走！"

彼时，青珑已经濒临虚脱，身上多处被这只猛兽咬伤，快要撑不下去。

"白前，救人。"舒九容对着虚空沉声下令，说着快速移往这边。

闻令后，随行的一名黑衣影侍从暗角闪出，手抓铁链冲向那只兽物，几招上去就将它的脖颈捆住，扔给了那些家丁。

青珑适才脱离险境，挣扎着从地上爬起，恰在这时，一只修长的手及时递了过来，带着夜灯洒下的暖暖光晕，丝毫没有介意她的卑下身份。

她抬头，一眼对上了一张莞尔静笑的雅致容颜，如兰之清幽、竹之静逸。

"谢谢……"青珑绕过他的手，自己挣扎着站起来，因为担心外面那些人的状况而不欲多留，扶墙就走。

舒九容并未因为她拒绝自己的好意而介怀，抱歉地道："大哥生性偏执，多有不近人情之处，还望姑娘见谅。"

说完，他又吩咐身旁的侍女："去拿些止血和止痛的药，替这位姑娘处理一下伤口，送她出府。"

"不用了，我没有大碍……"青珑婉言谢绝，从知道这些年来外面历经的一切变故后，她便恨不得立刻找到当年背叛的乌德，叫他血债血偿。

见青珑没有停留的意思，舒九容未再强求，但是看她身上的伤实在撑不了多久，便又劝了一句："性命为上，姑娘何妨稍做停留，待我请来郎中查看一番，确定只是外伤后再走也不迟。"

"不了。"青珑一口回绝，撑着虚软的四肢加快了速度。

六年前亲眼看见同袍一个个倒在血泊里，曾经言笑晏晏的族民被敌军肆意屠杀，她如何做得到将他们的尸骸抛在归龙关里不闻不问，心安理得地去眷顾自己的性命？

久积的悲恨皆数涌入心口，让她一时气滞眩晕，脚步飘飘忽忽，勉强维持住的神智也猝然消散，视线愈发模糊，一个踉跄跌倒，落入目中的一切渐成层层叠叠的重影，黑暗一片……

"烛下寒窗一十载，得来衔职一二官。虽有人人竖指赞，却陷庙堂诡诈贪。终成小人或佞奸，不如腹中不藏卷。管他……管他功名与利禄，山水玩遍赛神仙！哈哈，多逍遥自在！"

安静的房间内，一个十五六岁的紫衣侍女自我陶醉的笑声忽然响起，清脆如莺，打破了片刻前的沉闷。

自顾自念完后，她指了指满面忧色地守在榻边的一个少年，叫他过去："她还有气，肯定死不了，你放一百个心。过来这边，我给你念我刚刚作的打油诗，你再给我评评，待会还要拿给公子看呢……嘿嘿，不过这么不求上进，估计要被他训死了。"

少年转身看了一眼这个整日活蹦乱跳的侍女，欲言又止，明显对她叽叽喳喳的说话声不满。不过碍于自己与昏迷在榻上的青珑寄人篱下的处境，他便没有出声，偏过头去不理会她了。

"小子，都跟你说了她没事，你还担心什么？"那侍女撂了纸和笔，移步榻边，凑过去摸了摸青珑的额头："你自己看看，烧都退了，没准很快就醒了。"

末了她看看这个洗漱后秀净如竹的少年，来了兴致，问他："你叫什么名字？从小就在奴场长大的吗？"

那晚少年被青珑眼疾手快推下墙头，侥幸躲过那只猛兽的攻击，没再添伤。但良心使然，他不放心青珑，就趁后院打斗时又翻墙进了舒府，刚一落地，就见青珑体力不支摇摇晃晃地倒了下去，身上腿上到处是被抓咬的伤痕，入目凄惨。

那之后，他们就被九公子留在了府中，他还请来大夫给他们诊治，同时叫这个名唤琼儿的贴身侍女照顾他们。

"我叫小奴，跟我阿娘，还有一起长大的辛泽和辛宁兄妹俩住在奴场，后来他们被卖到了别处，阿娘也染病没了，就剩我一个人。"被琼儿盯得紧，少年犹豫片刻，面色一黯，如实答道。

"真可怜……"琼儿叹了口气，又问他："当奴隶的好多都是俘虏的青人，你是青桑来的吗？"

少年点点头，神色黯然而失落，间或夹杂着迷茫和悲愤，抿了抿唇，不言不语地盯着她。

"六年前灭掉你们青桑的是中州各藩王，又不是我干的，干吗这么瞪着我？"打小生活在王府无忧无虑的环境里，这个侍女想象不到那些奴民的艰难，一见少年这副表情，就当他把怨恨落到她身上，撇嘴不满地道，"还有，谁给你起这烂名字，难听死了，以后不准叫了。"

少年拳头紧攥，极力克制着心头悲怒，正要开口，却见青珑一下子从昏迷中惊坐起来，面色比纸还白，四肢微微打战。

"她醒了，我去喊公子！"琼儿赶紧跑出屋去通知舒九容了，把少年留在了屋里。

"你怎么样？是不是做噩梦了？"少年摁住她的肩膀，不让她下榻："是九公子将我们安排在这里的，你不要乱动，先把伤养好再说。"

青珑神色恍惚，昏迷时琼儿和少年的对话模模糊糊落入耳中，将萦绕在脑海里的那些血腥画面一下打断，回到这样完全陌生的现实。

"青桑……灭国……"回想起那些残忍的字眼，她的面容惨白无血，失魂一样喃喃重复着。

听到自己故国的名字，少年心口也发酸，低低道："奴场里那些大人们说，当年归龙关没能完全守住，几乎所有参战的将士都惨死关内，就连长缨将军也没能幸免。随后敌兵就把归龙关作为缺口，长驱直入，疯狂杀往各城，如同饿狼一样抢银夺地，拿不了的便一把火烧光……剩下的俘虏不是被他们驱遣到边关修筑城垣，就是抓到奴场换钱，给那些富人当苦力。每逢祭祀大典，或者那些贵族人家操办丧事，他们还会拿好多奴隶去陪葬，活活埋掉……"

青珑看着少年带着病态的瘦削面容，心沉如石，悲酸不已，可以想象得到那之后青人所遭受的不公待遇和折辱。

少年把被子往她身上拢了拢，喑哑着声音道："归龙关被攻破以后，敌军还带了好多兵力挖山寻矿，勘采金玉。那些人彼此之间更是你争我夺，把他们的皇帝都杀了！打到最后便都各自执政，先后占地称王，瓜分了中州疆土，谁也不服谁……一直到现在，西夏、南燕、北凉，还有那个靠海的东沅，四国之间依旧打得不知疲惫，隔一段时间奴场就会多一些无家可归的人，跟着我们青人等待东家来买。"

见青珑眼中泛泪，脸色失常，少年顿了顿语声，换了那些令人悲恨而无奈的话题，转而安慰她："虽然没有自由，干的活又苦又累，但总好过饿死在外。你不要难过，说不定日后碰上个好人家，就不用挨打受骂了。"

"是谁把你们卖到那里的？是不是乌德，他在哪里？"青珑打断少年的话，问他："归龙关没守住，还有枫林渡……枫林渡怎么样了？"

乍听此话，少年不免惊讶："那时你不过一个小姑娘，怎会那么清楚青桑跟中州的那场战事？是你家人告诉你的吗？"

青珑脑中一片混乱，震惊、悲痛、幽恨，混合着难以启齿的自责和愧疚，沿着身体每一根神经窜动，窒息而闷痛。

家人……听到这样的字眼，她眼角潮湿，怔怔望着虚空，说不出一句话。

没了，巫爷爷骗她，一切早都没了……

隐居了六年，换来苟且偷生的机会，出来时已经物是人非。家国不再，山河殒殁，族民沦为奴隶，没了自由和尊严，甘为牛马，忍辱受欺。六合八荒风云变幻，征伐不歇，流民遍野，为了生计屈身权贵脚下，人命不值草芥……

她心口生疼，不敢想象那场血战的最后时刻，以及归龙关里那些将士不甘受侵的血红眼睛。

"你叫小奴？"记忆不得不回到现实，她转头看去少年带着几分病色的清秀面容，仿佛看到了自己的阿弟，忍不住湿了眼角，哑声歉道："对不起……"

少年不知道青珑的身份，也未深想，顺着她的话答道："他们要我们绝对顺从，谁都不许叫自己原本的名字，更不准再提青桑，大家的名字都是东家随便叫的，有些都没有。我就是这样，已经被转卖了好几次，每次都要换，但我没忘记自己家族姓褚，衣者无寒的褚。"

稍稍停顿了下，他敛去了眸里的黯然，抬头道："还有，该说对不起的是我。你本来就被他们打伤了，要不是冒险来舒府救我们，也不会再添新伤，好在终于醒了。那个九公子很好，不仅赎回了我的卖身契，还派人照顾我们，你就安心休养几日，等伤势好后我们再想办法出去。"

少年给青珑倒了一杯水端过来，递到她手上，乖巧地笑道："你喝完水躺下歇着，我就在门外，要是伤口疼了就喊我进来，我陪你说会儿话，不想它就会好受许多。"语音落地，他离开床榻，回头冲青珑笑笑，转身出了屋子。

青珑眼里一片水雾，在少年的身影行将被合上的门扇隔绝时，蓦然喊住他："你们不是那些人的奴隶，你也不叫小奴！从现在起，你有属于自己的新名字，叫子逍，褚子逍！就像刚才那个丫头念的那样，不管发生什么，都要过得逍遥自在。我辜负了父帅、阿娘和族人的厚望，对不起他们，也对不起你们……但是我发誓，只要自己还有一口气，就不会放弃！一定找到乌德，为你们报仇，也替我们寻回故国和家园，不会让你们白白受这六年的苦！"

"父帅？"少年神色一惑，"你是不是青桑哪位将军的后人？"猜到此处，他不禁心头一热，急急奔过来，激动地道："如果是，一定要想办法把大家救出来！否则他们早晚都是死路一条，跟我一起长大的辛泽和辛宁兄妹，他们就是被那些人抓走卖了，到现在还不知道生死下落。你教我武功，我跟你学本事，一起把他们救出来！"

青珑强咽心中悲苦，揭被下榻："你跟我走，我带你离开这里，不会让你再受那些人的欺负。"

"谁欺负你们了？"正说着，门外一句响亮的反问声传来，说话的正是返回来的琼儿。

在她身后，一个面含清浅笑意的温俊公子踏月而来，疏朗月华在他周身洒下斑驳辉光，雅静一如晶莹剔透的美玉。

"叫小奴的，你说谁欺负你们了？"许是倍得舒九容宠护，琼儿在他面前也不拘礼，柳眉一挑先他开口："公子给你们这么好的地方住，你还说他欺负你们，有点良心好不好？"

"我不叫小奴！"少年不喜欢她的娇气，回驳道："我叫褚子逍，不叫小奴！"

"不是你说自己叫小奴的，干什么又变了？"琼儿一奇，还待打破砂锅问到底，却对上舒九容投来的责备目光，顿时噎了声音，垂手乖乖退到他身后去了。

舒九容无奈笑笑，对着青珑和少年浅笑致歉："琼儿心直口快，言语多有冲撞，但天性纯真，没有坏心思。冒犯之处，望两位海涵。"

青珑摇了摇头，回礼道："言重了，承蒙公子相助，我二人在此谢过。只是不便打扰，就此别过了，保重。"

"我已命人传过大夫，烦他过来细诊几番，确定没有大碍后再离开也不迟。"舒九容笑笑，解释道："鬼獒生性凶残，被咬后需及时处理伤口，否则一旦染上病患，后果不堪设想。两位又被府中人伤过，确保你们无碍也是应该。"

褚子逍听罢变了脸色，不知道那个大公子在府里养着这样凶险的烈兽，整个王府的人怎么过活。

舒九容细细嘱道："若无它事，两位多加休息，我会派人看护此间，避免大哥手下人滋扰，尽可放心。"

纷扰在心，青珑不欲多留，正要婉言谢绝，不料一阵巨吼破窗而入，使她到口的话不得不打住。

发出那般骇人吼叫的，就是嗜血的鬼獒。

舒九容闻声后，面上的笑意霎时凝住，交代了几句便匆匆作别。琼儿作为他的剑侍，平日负责保护他，见势不对，急步追出去了。

青珑预感事有不妙，也拉着褚子逍紧追而去。

◈ 第四章 ◈
辞别

———————————————————————————————————————

几人去的是后院，靠近围墙的地方，十几个武仆手里拿着弓箭一字排开，与情绪激愤的鬼獒对峙着。虽有武器在手，但人人四肢颤抖，面色惶恐。在他们身后不远处，躺着几具被咬得面目全非的尸体，万分可怖。

一见这般景象，舒九容向来温和的面容上如蒙霜雪，一片寒意。

"公子别过去！"琼儿看得胸腹翻江倒海，忍住胃中的不适，拔剑护在他面前。末了她看站在旁边冷眼静观的舒长轩，不满地责道："大公子从军营回来才几天，府上就被你搞得乌烟瘴气，王爷回府后要是知道了，肯定给活活气……"

一语未毕，一支利箭忽地穿透夜空，朝她脑袋直直飞来。

"白前！"舒九容眼疾手快，伸臂将琼儿推开，并朝虚空喝令一声，随之一道黑影闻令现身，一脚踢飞了那支利箭。

"原来是九弟身边的丫头，恕为兄看走眼了。"舒长轩敛势收弓，转头看了过来，面上牵出一抹似是而非的歉笑。

舒九容压下了琼儿将欲脱口的驳词，似笑非笑道："京都十里之外有片荒山，频多虎狼，伤了不少过往行人，大哥若有兴致，不妨带上鬼獒野外驯教。明日小弟作陪，顺便开些眼界，见识一下大哥百步穿杨的奇技。"

"是吗？"舒长轩勾了勾嘴角，阴鸷面容上始终挂着挑衅的冷笑，"九弟言下之意，为兄非去不可了？"

舒九容不怒自威，笑意迫人："这点薄面，大哥不愿给？"

舒长轩语噎，冷哼一声，仍旧命令鬼獒进攻："回府这些天无所事事，它也好吃懒做了起来，不似在营中那般威猛。既然明日要供人观赏，大哥自当加紧训练，免得到时出丑，坏了九弟雅兴。"

"拿活人当靶，太过分了！"躲在暗处的褚子逍忍不住低斥一声，双拳紧攥，愤愤不平。

青珑挡回他："先静观其变，我想舒九容会有办法叫他长点记性。"

这边琼儿同样见不惯舒长轩暴戾恣睢的脾性，张口欲怼，却被舒九容摆手拦住，他侧视一眼身旁的黑衣影侍白前，巧言道："大哥实心，小弟岂能虚情？白前景仰大哥，早有请教之心，既然大哥执意试练身手，顺道也请赐教一二，助他长进。"

白前闻言会意，展身而出，几个跟斗落到了鬼獒背上，扯了扯它颈上的鬃毛，将它的注意力吸引到自己身上。

那些武仆得救，皆作鸟兽散，连滚带爬地躲到一边去了。

舒九容后退几步，从一旁的下人手中拿起三支利箭，横到舒长轩胸前，面上依旧是惯有的清浅笑意，叫人如沐春风，既对他道，也向那个叫白前的影侍下令："点到为止，不必伤了和气，大哥请。"

舒长轩骑虎难下，自知不是白前的对手，碍于脸面又拒绝不得，当下怒气冲冲地接过，搭箭开弓，瞄准白前嗖然松手。

利箭破空袭出，带着强大劲力飞向白前后心。

褚子逍大吃一惊，忍不住起身。

"别冲动。"青珑已经看出了苗头，及时拉回他，沉声道："放心，他打得过。"

应了青珑的话，危险临近，白前却丝毫不见慌乱，疾速换步，从那只烈兽背上翻落在地，轻易就避开了。

一招落空，舒长轩不甘地再放一箭，直对他后背空门。白前从容闪开，飞出一脚，踢偏了来箭方位，使其斜飞向舒长轩。

王府长公子恰要射出最后一箭，见状慌忙躲避，谁想手中长箭脱弦飞出，在鬼獒腾空扑向白前时，狠狠扎进它肚子。

"嗷……"一声长啸穿透九霄，仿若雷霆炸开，吓得满院的下人瑟瑟发抖。

褚子逍激动不已，忍不住赞道："打得好！"

青珑也开了眼界，断没料到那个与琼儿年纪相当的影子护卫身手竟是如此了得，移步换位、以假乱真的虚招已经练得滴水不漏，若非故意露出破绽引诱舒长轩上当，那一箭根本不会射伤那只兽犬。

这样一个高手对那个不谙武学的九公子都言听计从，想来他在舒府的地位不容小觑，也难怪兄弟阋墙，貌合神离。

舒长轩断没料到自己会中计，怒不可遏，又从下人手中抓来长箭，就要为鬼獒报仇。

舒九容的声音及时响起："小试锋芒而已，大哥切勿当真。"

"白前出身江湖，为求速胜，多有投机取巧之嫌，相较大哥沙场上应敌千万的真本事，实难服人。唐突之处，小弟赔声不是，日后定严加管教，也感谢大哥慷慨指教。"

"输了就是输了，哪来什么资格指教？公子不应该谦让……"琼儿得意地讥笑一声，暗地里不断给白前竖拇指。

舒长轩的表情要多狠就有多狠，只是还未发作，一名手下突然急急跑来，附耳在他身边说了几句，就见他面色陡变，然后借口有事，留下一堆烂摊子匆匆离开了。

下人连忙将受伤的鬼獒关进笼中，行将运走时，一句警告语声传来。

"从军营带回府上的兽物，无论老幼，一律拔了它们爪牙，放归山林。日后再有人助纣为虐，草菅人命，杀无赦！"

"九公子恕罪！小的们再也不敢了……"下人惶恐跪地，为难地道："可是要拔了牙齿放走它们，大公子会要了小的们的命啊……"

舒九容回头，神色平和无害："那么现在，你们就可以为自己准备棺椁了。"

"公子饶命！小的这就照公子的吩咐去做……"

处置完凌乱场面，舒九容吩咐琼儿道："去看看那位姑娘怎么样了，带郎中去复诊一番。府上近日不甚安宁，没事的话尽早送他们出去，以免又生枝节。"

琼儿撇撇嘴："还不都是被大公子弄的，待在军营里有什么不好，偏偏带着个鬼东西回府住，吓得人半死，巴不得他赶快走！还好公子今晚给了他教训，不然还要嚣张到什么时候……"

舒九容不动声色地盯着她，面色沉肃，立马叫琼儿顿住话口，像个妹妹在兄长面前撒娇一样，摇着他手臂，讨饶地嘿嘿笑笑："方才我作了一首打油诗，公子要是觉得不够的话我再去写……"

舒九容拿她没办法，却也欣慰于她的纯真和率直，敛了眸里的责意，道："行伍生涯不无艰辛，既然回府了，一家人也难得相聚，对他好点，日后你也不会后悔。"

"大公子好不好跟我有什么关系？"琼儿十万个不乐意："琼儿只喜欢公子，讨厌他！"

舒九容凝目看着她，表情与平常大不相同，似有满腹心事无法言出。

琼儿更加好奇，伸手在他面前晃了晃："公子？"

"没什么，回房做功课去，以岁寒三友为题，明日给我交三首七律，抄袭一句加罚两首。另，言志也好抒怀也罢，尾联不要总以'山水玩遍赛神仙'收笔，哪个神仙愿意跟你比赛？"

"公子……"琼儿瞠目结舌，偌大后院里，立时传来她哀声求饶的声音。

一场风波平息下来，青珑与褚子逍心里的担忧也落了地，起身欲回，但见舒长轩带着几名手下大步离开，少年又一阵忐忑："奴场那些尚有力气的人都被他抓光了，又去干什么？"

青珑思量着事有蹊跷，同样不放心，几经三思后道："随我去看看。"

出乎意外，两人一路跟踪，发现舒长轩赶去的地方并不是料想当中的奴场，而是一间普普通通的酒坊，坐落在烨城西街尽头一条偏僻的巷子里，不过与奴场相去不远，这让青珑更加迟疑。

她与褚子逍悄悄翻上墙头，小心趴在酒坊的瓦檐上，窥望着那些人的一言一行。

那些手下带着舒长轩匆匆赶来，一时慌张大意，不曾留意到有人尾随，遂而一到目的地，便火急火燎地推开酒坊大门，映入眼帘的场面无不让所有人震惊。

偌大正堂内，挺躺将近二十具身穿铁甲的士兵尸体，大多面色青黑，口吐鲜血，不少人眼睑翻开，眼珠突兀，死状尤为可怖。

此情此景，令舒长轩无比恼恨，冷脸看着扑通一声跪地求饶的老板。

"大公子您再给小的一些时间，等找到那味药后，我保证一定不出差错！"

"那些奴隶吃了不都好好的，为何换成俘虏兵就全死了！"随行的下人赶紧关了大门，另一人粗声苛责，"难道他们的体格还能比这些整日舞刀弄剑的壮丁强？"

酒坊老板无以为答，解释道："不是这样……初时的确没问题，可过了没几日他们就间断性地吐血，一直持续了五六个时辰，方才我过来检查，才发现这些兵早已气绝……还有那些试药的百名奴隶，也都开始出现不适，同他们的症状一模一样，估计……估计也活不过今晚……"

"那味药是什么？"舒长轩移步到那些尸体前，睃视了一眼，寒声追问。

"回大公子，是……是阿芙蓉……它的枝叶和果壳有毒，一旦吸服此物，极易着魔，瘾劲只增难减，可致沾染者性情大变，形容枯槁。且其亦有致幻之奇效，醒神是假，伤身是真，放到敌营或者宫中很难被发现，所以大公子尽可放心。"

"阿芙蓉？"听到这个药名，趴在檐上的青珑面色一变，十指紧紧扣着瓦砾，以免自己情绪失控："竟然已经丧心病狂到这种地步，拿它去害命。"

再看这间酒坊，原来只是掩人耳目，到处摆放烈酒也只是为了掩盖炼药时飘散的气味。

还有，那个老板根本不是开酒坊的，而是本该治病救人的药师。

她瞅了瞅这间四合院落，对面一间私室外守着一个打杂的伙计，正用油纸糊窗户。

完成后他又拿起瓢，从旁边堆放的缸里舀酒，往地上乱洒一通，顿时酒香四溢，闻之如醉。

如此看来，那间房十有八九就是他们的炼药之地，留着只会贻害世间，必须毁干灭净。

"子道，你先待在原地，稍后起火后躲到安全的地方去，找机会离开。"她叮嘱少年道，然后从怀中掏出帕子蒙住脸，顺着瓦檐往远处爬了爬，在那伙计开锁进屋时，瞅准时机翻落在地，三步并作两步冲过去，一掌击晕他，闪身进去了。

褚子道本想追过去帮她忙，却被正堂里传出的一个异常熟悉的地名惊住，趴在檐上屏息静听。

药师的话让舒长轩面上的阴冷消融了些，他肃声而问："何处有此物？"

"回大公子，小的多方打听，得知有一处地方存量颇丰，就是枫林渡，只不过……"

舒长轩明白他的担虑，自己也陷入沉吟中，半晌不语。

药师见他不说话，也不知道他同不同意，便仔细窥视着他的面色，小心补充道："当年中州大军大败青军后，破坏了许多青人用来自保的机关，导致毒气流散，难以消解。据说曾有不少不明细由的拾荒者跑去捡些甲叶卖，出关不久就病死了。鉴于垦荒代价巨大，得不偿失，四国无奈弃之，自那之后归龙关便成为一处荒凉关隘，渐为萧条。枫林渡毗邻归龙关，难免受到毒障的影响，若要采撷此药，只怕得舍去不少人力，劳烦大公子费心襄助……"

"废物！区区一味药都弄不到，公子花银子雇你来干什么？"药师的建议惹恼了舒长轩身边的手下，有一人提起他的衣领呵斥道，顺带痛揍了他两拳。

舒长轩几经思量，最终摆手制止了他，下令道："照他的提议去做，一月后若无成效，后果不用我说。"

仿若得了特赦令，药师忙不迭俯首应是："大公子您放心，小的一定尽力给您配好那药……"

正说着，一股焦味忽而蔓延过来，下人跑到院中一看，霎时大惊失色："不好，失火了！"

一语出，堂内众人无不变色，大步朝私室奔去，竟见一股焦黑浓烟从焚毁的内间飘出。不过眨眼的工夫，火光连片，已经蔓延到药匣处，将其引燃，一瞬间烈焰滚滚。

眼见一切成果即将付之东流，药师慌得没了主意，往私室里面冲，却被浓烟阻住，吓得退出来抱住舒长轩的脚，求他开恩。

舒长轩恨得咬牙切齿，一脚踹开他，转身退离火区。

青珑躲在酒缸后面，趁机推倒几口缸，酒液遇火渐燃，"轰"地一声扑向室内，宛如一条窜动的火龙，歪斜着身子扫射而去，将私室的出路堵得严严实实。

一时间，里面烟火弥漫，将一干人熏得满面灰黑，形同鬼煞。

混乱之时，一支利箭冲破烟火，嗖然射向药师脑袋。

"啊……"惊呼声只喊了一半，便戛然而止，消失在屋梁倾塌的哐当声中。

身为悬壶济世的药师，不去救死扶伤，反而谋财害命、为虎作伥，炼制毒药，拿活生生的人去试毒，万死不赎其罪——青珑如是想着，手握从那些俘虏兵身边拾来的弓箭，对着焦烟中的人影连番射杀，随之惨叫声不断响起。

无法想象，在她和巫爷爷隐居的漫长六年里，她被迫成奴的族民如何在这些人的欺凌中煎熬到现在。

舒长轩左躲右闪，破门冲出，一脚飞向青珑所在。

她迅速避开他的袭击，退向正堂处。

舒长轩抹去满脸的烟灰，穷追而来，出鞘的刀锋上寒光闪闪，却见凶手不过是一个蒙脸的女子，顿时戾气腾腾，挥刀斩杀。

青珑拼力闪开，正要撤逃，冲天火光中突然有人大喊一声："快走！"

那人身子瘦弱，挥动着一节着了火的长棍，朝舒长轩的后脑狠狠砸去。

不过很明显，以少年的身量和力气，根本就是以卵击石的行为。

舒长轩轻而易举避开了他的攻击，大手一伸，一把攥住冒着火花的长棍端头，挥拳冲向他胸口，末了掐住他喉咙，当即可闻喉骨断裂的咯咯脆响。

青珑顿步回头，飞奔至舒长轩身侧，踢他手腕，夺他长刀，反手刺出，一下子送进他后背。

"呃……"舒长轩痛哼一声，松手回击，一记重拳猛然劈出，冲向青珑肩膀，几乎要震碎了她的骨头。

彼时火势越来越烈，通天火柱似一条盘旋而上的巨龙，吞噬了原本的黑暗，映得夜晚白亮如昼。

青珑忍痛拉起倒在地上的褚子道，扶着他急急朝外撤离。然而刚刚踏出门槛，行将转弯的一瞬间，她的脚步不由顿住，眼里戒备横生。

正门之外，数十名王府府兵现出，朝这边飞驰而来。

"怎么办？"子道以为是舒长轩的手下，紧张地抓着青珑的手，眉宇痛苦地皱着，呼吸越来越急。

青珑扶住他，就要冲出去，孰料背后一股刀风扫来，直逼后脑。

她惊觉，拉着褚子逍迅速闪身，虽然堪堪护住头颈要害，却没能全部躲过，长刀顺势落至她肩膀，斩开一道伤口。

"快走！"青珑急急俯身，从刀口下挣脱出来，拼足力气冲出火海，带着子逍跑了出去。

隐秘被人发现，舒长轩对其杀心更甚，持刀猛刺，俨然是要灭口。

青珑正要反击，一名黑衣影侍当空飞来，一脚踢走刀身，随后出手拦住舒长轩，仅数招就已击得他连连后退，无法再靠前。尔后那人才收手，恭敬退到一名年轻公子身后。

"天子脚下，杀人放火委实放肆。"出手搭救的是白前，而来人正是其主舒九容。下马落地后，他的目光从青珑和舒长轩身上浅浅飘过，神色明明暗暗，意有所指地道。

彼时整座酒坊被大火吞没，滚滚烈焰沿着屋梁不断蔓延，引燃了撒漏在地的酒水，粗闷的爆破声频频响起。街上也已聚集了许多闻讯赶来的百姓，围着火海议论纷纷。

事情落败，舒长轩冷脸看着这个异母兄弟，双拳紧握，攥得咯咯直响，眼里杀意涌动。

青珑正在思量如何应对眼前的局面，忽然听到一阵急促的喘息声，她偏头借着火光的映照，只见子逍异常难受地抓着胸口，呼吸困难，气息紊乱，额上尽是冷汗，唇色也隐隐发紫，身体止不住微微痉挛着。

青珑不知何故，惊白了脸："子逍！子逍！"

"是喘疾。"舒九容接触过医理，略懂皮毛，从症状上看出了些名堂，唤来琼儿："派人送他们去找大夫，余下府兵就近汲水熄火，无关人等即刻疏散。"

琼儿慌忙牵来马车交给青珑，并令数名府兵前头引路，带着他们火速奔往医馆。

支走青珑后，舒九容转向舒长轩，神色平静如常，并未对他的伤势表现出特别的关切，只嘱咐随行的府兵："带大公子回府疗伤。"

舒长轩毫不领情，不屑地冷哼一声，甩袖而去，令府兵着实为难起来。

"跟着吧，以防失血晕厥。"

"是。"府兵们也忌惮这个长公子，小心跟了上去，还没走几步，舒长轩倏地回头，吃人一样吼道："滚！"

琼儿平日最见不惯他的做派，见他冷脸对待公子的好意，于是两眼望天，翻给他一个大大的白眼："这下可好，吃的刀子不轻，指不定得窝在屋里躺上个把日，妄想再横行霸道，里里外外总算可以消停一阵……"

舒长轩目露凶光，猛地拾刀，狰狞着脸孔返回来劈向她脖颈，几欲削掉她脑袋。

舒九容见状，快速将惊呆了的琼儿拉开，那一刀便落空，惊险万分。

"口舌之过，我自当管教，但罪不至死，何故杀人夺命？"

王府长公子怒火中烧，吃人般血红着眼睛，挥刀又斩！

"告诉你舒九容，我是王府长子，做什么事轮不到你干涉！教训一个找死的丫鬟，没你插手的份！"

烈焰腾空，映得他的眸子如火似血，积压了千般万种不甘和盛怒，理智全无。

舒九容也似对他的所作所为忍耐到极限，未予妥协："同居一府，叫一声大哥是让你，不要得寸进尺！"

舒长轩杀气腾腾地扑向他："不需要你的假仁假义！"

"无视人命，蓄意行凶斗狠，押大公子回府，移交父王发落。"

"轮不到你来拘押我！"

"兄弟之间有什么解不开的结？大庭广众之下，到这里来给我丢人现眼！"忽然，一个浑厚有力的声音由远及近传来，飘入耳际。

那人端坐在一顶华轿内，被侍从扶着下地，虽然两鬓渐现银霜，却精神矍铄，一双眸子深不见底，在大火的映照下泛着幽幽亮光。

舒长轩脸色瞬变，忙收回刀，略微慌张地抱拳俯首："父王……"

周围未及撤走的百姓俱是变色，纷纷跪地叩首："拜见王爷。"

定南王舒晋眉目沉肃，无声扫了一眼熊熊燃烧的火海，允了所有人起身："该留下的留下灭火，没事的都散了，带大公子回府。"

舒长轩似是有话要对他说，颇为不甘："父王……"

定南王睇他一眼，语带薄怒："还嫌事情闹得不够大？"

舒长轩不得不遵令，阴沉着脸离开了火场。

送走了他，定南王转身看向舒九容，训教道："他自小乖悖违戾，品性如何你不是不知。人各有志，既然见地不合，他的事勿再过问，以免祸及自身。"

琼儿快言快语，见舒九容被他误会，辩解道："王爷不知道，您外出的这段时间里，大公子把府上搞得乌烟瘴气，公子看不下去才制止，根本不是故意给大公子难堪……"

舒九容伸手示意她住口，自己则回话道："父王训诫的是，孩儿谨记。此地危险，交我处理，父王归府，尽早回去歇脚，晚些时候孩儿再去拜见。"

定南王仰头看看被烧毁的酒坊，道："此事派人知会衙门即可，这里火光太刺，对眼睛不好，自己的情况自己掂量着，切莫忘了大夫的嘱咐。"

"是。"

定南王颔首，折身回到轿内，视线再度在漫天的大火上停留须臾，这才垂下帘子，被侍从驾车载往王府。

人一走，琼儿便忍不住微词："简直丧尽天良，连自己兄弟都下毒手，迟早在战场上遭报应！王爷说的是，他爱怎么做就怎么做，公子你不要管他了！"

"越发不知收敛，管好自己这张嘴。"舒九容责她一句，正说着，他突然被地上一截烧了大半的根茎吸引住了，弯腰拾起来，细看一眼放在鼻翼下浅闻。

"这是什么？"琼儿一奇，凑了上去。

"狼毒。"他沉沉道。

"这里还有。"琼儿又拾了两截奇奇怪怪的干草茎，递给他。

舒九容闻了闻，面色更沉："曼陀罗和……钩吻。"

"那不全是毒药，酒坊里哪来这些东西？"

舒九容疑色更重，沿着方才打斗过的痕迹在地面上找寻，相继发现了不少散乱的草药，越深想表情越凝重，遂问旁边一个正在扑火的百姓："此间酒坊何时建成的？"

"回九公子，有半年多的样子。"那人恭敬应道。

"可有蹊跷？"

那人摇摇头，摸着后脑勺想了想，旋即又道："要说蹊跷的话，就是当时落成后一直不见他们开门做生意，大家也都纳闷着，不晓得那老板靠什么过活。"

"公子？"琼儿见舒九容沉吟不语，面色也不大好看，担心地唤了唤他："不会出什么大事了吧？"

他敛了所有思绪："没什么，随我去看看那位姑娘。"

舒九容和琼儿找到的时候，大夫正在给褚子逍施针。

隔着纱帘看去，褚子逍面色苍白，神情虽然较方才平静了一些，但依旧微蹙着眉宇，呼吸不顺。青珑坐在他旁边，紧紧抓着他的手给他鼓劲，生怕他熬不过这一关，浑然不觉自己的伤口还未及时上药包扎，正缓缓洇血。

舒九容心有触动，上前劝她："若不尽快止血，恐有性命之虞。"

见大夫实在腾不出手，他便吩咐琼儿去打水，自己掀开药盒找到止血药和纱布，来到青珑身边，安慰她："喘疾发作急促，但去得也快，幸而送诊及时，已经救了过来，姑娘不必担心，顾好自己才能让他安心。"

青珑抬头望着笑意清浅的他，仿似在茫茫雪海里见到一堆篝火，温暖舒心，由不得自己消去心里的顾虑，为自己带着褚子逍不辞而别的行为致歉："事出有因，还望见谅……"

舒九容莞尔："该道歉的是我，若非大哥一意孤行，也不会害人至此，连累你们几次身陷险境。"

舒九容说着，就要给她处理肩上的伤口。

青珑感激地道："我自己来。"

舒九容神色自若，哂然一笑："世俗之见不必在意，性命要紧，如何放不开？我虽不是起死回春的杏林妙手，但打小与药石为伍，略知一二，应该不会帮姑娘倒忙。"

青珑这才放开心怀，渐渐相信了他的疏阔和豁达，安静须臾后向他坦白："那场火是我放的，你大哥也是我伤的。"

舒九容的表情微微生变，却是转瞬即逝，道："猜得到，否则他也不会置你们于死地。"

这样平静的反应倒让青珑有些意想不到，心觉他与舒长轩之间只怕不睦已久，虽说是手足，感情却不见得有多深厚。个中原委，她多少也能猜到几分。

"酒坊地面上发现了不少草药，许是你们方才打斗时带落的，且都是慎用的含毒之药，稍加推测，也能料到其中蹊跷，以及引发你们干戈相向的原因。"舒九容仔细清洗着伤口，得空后补述了几句，并没有要将她和褚子逍擒拿归案的意思。

"倘若大哥的所作所为有失仁义，烧了也是了却后患，免他泥足深陷，并无不是，姑娘无须自责。善后之事交我即可，官府那边也自有我应付，姑娘与令弟不必担心。"

同是手足，一个杀人一个施救，一言一行截然相反，让青珑不得不对他的心怀生出几分敬佩。再听他的分析，她亦叹服于他的洞明和剔透心思，恐言多必失，也实在无话可说，她便沉默下去，咬牙忍痛，任他捣弄着伤口。

一时间，药堂里安静无声。

"还未请教姑娘芳名？"上药的时候，见她额头隐现冷汗，舒九容从琼儿身上抽来手绢递给她，随口笑问着，分散她的注意力。

言者无心，听者有意，这问题不由让青珑眼里的戒备开始生根发芽，间或夹杂了些明明灭灭的恨在眸底徘徊。

六年前战场上的一幕幕血腥光景恍如昨昔，历历在目，每每噩梦，她都能看到亲人被万箭穿心的凄烈景象，一会儿是兄长，一会儿是父帅，一会儿又变成阿娘，一遍一遍地叫她："青珑，杀出去！杀出去！"

舒九容自然看得出她对外人颇有警觉，见她不答，也就没再追问："若有不便，姑娘不必勉强。"

她才知自己过于度人心腹了，便敛去了那些纷乱思绪，应道："霍青珑。"

之所以放心说出来，是因为当年那场血战她也是第一次真正随母上阵，除军中将士，不见得外敌中有几人能叫得出她的名字。何况事情过去那么多年，霍家母女或许已经被人遗忘，就算还有人想斩草除根，比如投身敌营的乌德，在找不到她的情形下，也必然会抓别的与她年龄相仿的女孩子当替死鬼，一则向上交差，二则封住悠悠众口。

至于会不会继续寻找霍家人灭口，永绝后患，那就是他暗地里进行的事了。若果真如此，那么她说出真名，无人怀疑固然是好，反之传了出去她也可借此敲山震虎，引他出来。

"青青桃李，碧玉玲珑，抑或青霄瀚海，蟠龙欲王。"舒九容琢磨着那个名字，再看看她凌凛的五官线条以及坚韧的眉眼，启齿一笑："小家碧玉或者巾帼红装，姑娘更担得起后者。"

"巾帼红装"这样的猜测让青珑敏感地绷紧了神经，回道："区区孤女，实难堪此殊称，公子过誉了。"

舒九容却是真心佩服她的胆魄和身手，笑道："至少进能除恶铲奸，救人于火海，退能从容对阵，保命于刀下，女辈之中，姑娘乃舒某平生所见第一人。"

青珑付之一笑，没再多说，转而望向纱帘后的褚子逍。见他紧蹙的眉宇渐渐舒展，她心里的石头终于落了地，一颗七上八下的心才归为平静。

"大哥心性偏执，今晚发生的事恐怕难以让他释怀。为了避免见面后再结怨恨，只怕要委屈两位借宿在外了。我让琼儿张罗两间上房，两位暂先住下休养，待伤势痊愈后再作打算。"

青珑心里感激，自然也知道此地不宜久留，否则以舒长轩的狭薄气量，必定要遭他报复，以自己现下半死不活的状况，根本撑不了多久。

"不了，等子逍醒来后我就带他离开，不会给你添麻烦。"

舒九容明白她心里的顾虑，浅浅一笑，安慰她："无须多虑，京都里没有我保护不了的人。"

"就是！你别看公子不会武功，整个王府和舒家产业都是他管的，本事不比大公子小！"琼儿直言快语，一脸崇拜地插了一句嘴，"你就跟叫小奴的好好养伤，将来还等着你去教训大公子，灭灭他的威风！"

正说着，舒九容递过来一个异常平静的眼神，不怒而威。

琼儿立马住了嘴，讨饶地嘿笑两声，垂手乖乖退到他身后去了。

青珑失笑，还真是一个天真纯善的黄毛丫头，不知道天高地厚，又或者舒九容把她当妹妹一样疼护，没有给她灌输任何人情世故，才让她像疏林沙洲间一只叽叽喳喳的翠鸟，伶俐可人。

"如你所测，那间酒坊的确有问题，日后当心你大哥。"

舒九容颔首默认，也感谢她好意提醒，此时大夫已经给褚子逍针灸完毕，开了几帖药。他让琼儿结了账，喊来影侍白前驱赶马车，一起将青珑姐弟转移到了客栈。

　　安置好后，舒九容含笑请辞："这里靠近王府，稍后我会安排几名府兵住到左右客房，暗中护着。一旦有何变故，他们会第一时间通知我，霍姑娘尽可放心，与令弟安心住下。改日若有空闲，我再过来探望，两位保重。"

　　"保重。"青珑不知道该如何表达自己的感激，凭栏独倚，目送他被琼儿拉着手臂，缓缓下楼，俊雅背影渐渐从灯火摇曳的客栈里消失，融入外面银光皎皎的月夜里。

　　几日死里逃生的拼杀总算换来片刻的安宁，送走他们后，青珑独坐桌前发呆。未及歇息，内间细微的响动飘入耳中，于是她入内查看。

　　"你怎么样？他有没有伤到你？"褚子逍的意识还停留在昏迷前的一刻，醒来后一骨碌从榻上爬起，着急地问她。

　　"没事，都过去了，不用害怕。"青珑怜疼地摸摸他的脑袋瓜，含笑宽慰道，说着扶他到桌边坐下，倒了一杯热水递过去，叫他抱着暖手："方才你病发，已经找大夫施了针，暂时脱险了，现在还难受不？"

　　褚子逍环顾一圈，想必从未住过如此清雅的客房，眼里光芒闪亮，很快又恢复如初，闻言他摇摇头，又低头歉道："打从被卖到奴场，我就落下这不争气的病根，已经跑了好几次鬼门关。我不知道它会在不该来的时候发作，并不是故意连累你，你别怪我……"

　　青珑忍不住鼻子发酸："不会，你就跟我弟弟一样乖巧，我怎会怪你？"

　　"你有弟弟？"褚子逍一奇，眼里亮光再现。

　　青珑的心口隐隐作痛，沉默顷刻才摇了摇头，哑声道："没了，都没了……"

　　大抵从她的表情上猜到了她的遭遇，褚子逍神色一黯，也跟她一样陷入缄言不语中。不过思量了片刻，他仰头安慰她："我也没有亲人，玩得最要好的伙伴辛泽和辛宁也不知道被卖到哪里去了，就剩我一个人……要是你不嫌我有病，就做我阿姐好不好？我给你当弟弟，跟你学武功长本事，将来有一天把奴场那些伙伴们全都救出来！"

　　难得这乱世里还有人可以完全相信，青珑由衷欣慰，点头答应："好。"

　　"那这里是什么地方？我们什么时候走？"

　　青珑暗暗盘算了下，道："还有后半夜的时间，你先休息，明晨起来如果身体没有大碍，阿姐就带你离开这里。"

　　褚子逍不由心血翻涌："那我们先去哪里？"

　　"归龙关，枫林渡。"她面色一沉，寒声道："去找一样东西，毁了它。"

"是不是找他们口中说的阿芙蓉，那东西真有那么厉害吗？"

青珑没有明说，扶他躺下静休，随后自己研磨铺纸，借着闪闪烁烁的烛火留下书信。

翌日破晓时分，她便带着褚子逍悄然离开了那间客栈。

跟随着人群穿过烨城城门，驻足楼门之下，回望一眼这座飘荡着秋日寒气的城楼，她对身旁的少年沉声道："踏出这里，便再没有机会回来。往后的生活不是奔波跋涉就是辗转流浪，甚或刀光剑影生死搏命，一直到复兴故土，让奴场那些人重得自由为止。也许历经血腥杀伐后可以素志成真，重建青桑大军，也许你我蝼蚁之力，撼不动乱世风云，反而葬身火海。子逍，你怕不怕？"

褚子逍的心里自然存留着对奴场那些伙伴们的不舍和担心，此刻听着她的凝肃话语，思虑长久，终是摇摇头："阿姐不怕，我也不怕！"

"好。"青珑欣然一笑，从巍峨城楼上收回目光，"从今天起，不管发生什么，都不要退缩犹豫，勇敢面对一切。"

褚子逍狠狠点了点头，与她转身融入人海中，向着晨曦微现的前方大步行去。

"姐，舒九容这么帮我们，不要亲口跟他道别吗？"

"不了，我在客房里给他留了封信。定南王府看似平静，但有舒长轩在，只怕会风波不断，我们在烨城多逗留一刻，便极有可能被他卷到风口浪尖上，自顾不暇，指不定还会连累舒九容。"

末了，她望了望远方雾蒙蒙的天际，一字一句沉沉解释："子逍，有一点你要明白，你与阿姐的出路在未知且漫长艰辛的远方，而非脚下这片土地。不管碰到什么样的好人，都不能依靠他们的救护苟安于世，枉费时日不说，还会消磨心里的意念。你和我等得起，奴场那些族人等不起，你的那些受人毒打欺凌的伙伴们等不起。"

褚子逍听懂了她的意思，点头道："阿姐的话我记住了，那就把他对我们的好记在心里，祝他们主仆一世平安。"

青珑越加喜欢这个跟自己弟弟一样乖巧聪明的少年，也感谢上天给了她这份可以慰藉心中悲楚的信赖和温暖，展颜笑道："嗯。"

褚子逍不再多想，跟着她的脚步，一点一点向远方的长路上移去。

两人一路跋涉，辗转着走出燕境，来到当年的旧地时，已经是红枫染霜的深秋。

举目望去，枯木连绵，尽剩下残枝和败叶，萧瑟冷风在空旷得不见人烟的关塞里游弋，扑打在雕刻着"归龙关"三个大字的旧石碑上，凄声诉说着六年来这里历经的沧海桑田。

视线穿过长满野草的荒塞望向那头的百止山，一片片接连成海的红枫扑入眼帘，犹似飘散着腥咸气息的鲜血，借着雨露和甘霖的滋润，在日月流转中盛衰消长，岁岁枯荣。

重回故土，青珑不知道在界碑处站了多久才压下胸口的剧烈起伏，然后缓缓蹲下身，剥开地上一层层的残叶，徒手刨挖着冰冷的土地，一直到深红色土壤里露出一点惨白，她才蓦地停下，眼角潮红。

褚子逍也惊住，刨土的动作倏然停止——被地表浅浅覆盖的是一个空洞的骷髅，套在一具已经生锈的盔甲里，无声望着昏暗高空。

"这是……"褚子逍起先吓了一跳，到最后隐隐明白过来，哀然看着青珑带泪的面容。

"是我们青桑的战士。"青珑哑声道，六年前浴血厮杀的声音恍似在耳畔重新响起，"与我阿娘并肩作战，共御敌军，以血肉身躯抵箭挡刀，最后……最后惨死沙场，剩下我一个人苟活在世……"

褚子逍没有目睹过血腥场面，却能想象得到当时的惨状，想起自己因为战祸而家破人亡的凄凉景象，也不免心有戚戚，抬起袖子帮她擦掉夺眶而出的泪水："姐，不哭……你就像一堵墙，风吹雨打都不会倒下。有这些战士在天之灵保佑我们，一定能救出我们的族民！"

青珑重重点头，对着那些被腐土湮没的忠魂烈骨暗下誓言。

褚子逍望着茫茫荒野，不用想脚下也是枯骨遍地，魂魄无数。起身的时候，他见青珑将那个头颅小心拾起来放到界碑上，接着咬破自己手指蘸血在碑上写着什么，一笔一画苍劲有力。

他跟过去，一个字一个字往下看——青空碧水回，桑田沧海归。

而到最后青珑落笔署名"霍氏将门孤女青珑誓"时，他颇显吃惊，不可置信地看她："霍家？阿姐，你是……你是霍将军的女儿？就是霍铎大将军，你认不认识他？你真的是霍大将军的女儿？"

"是，我是青桑大将军霍铎与柳长缨夫妇之女，却不配做霍家后人……"青珑点点头，双膝及地，对着那个头颅深深叩了一拜，为那些死去的亡魂祷祝。

"不是这样。你没死，原来你没死！霍将军家还有后人在世……你身手这么好，一定是的！一定是霍将军的女儿！"褚子逍激动得语无伦次，连声道："阿娘告诉我，当年霍将军战死后，如果不是霍夫人临危受命率领我们青桑将士浴血奋战，中州那些敌军早就闯进村中，杀的人会更多。那时她女儿也才十一二岁的样子，却像个勇敢的战士一样跟着她上阵杀敌，根本就不怕那些人。可是后来她却没了音讯，所有人都说她因为伤重死在战地，被烧得面目全非……"

对于那对母女的传闻，褚子逍只停留在奴场大人们的回忆中，此刻真正见到，心情久难平静，跟着她一同跪下，向那些忠魂重重叩了一拜。

族民们的宽容让青珑心里的感激无以言表，与此同时她却更加愧疚和自责，凄凄道："我没用，害死了阿娘，跑到深山野林里苟且偷生，一过就是六年，把你们扔在奴场中不管不问……"

褚子逍却不这么认为，此刻他内心感受到更多的是知道霍家还有后人存活在世的惊喜，以及带给那些在奴场受尽苦难的族人的希望。

"阿姐，如果大家知道霍家人还活着，一定很高兴，就跟我一样欢喜！"

青珑抬手抹掉他面颊的土渍，点头承诺："以后阿姐不会让你再受任何人欺负。"

说完她从怀中拿出来这里之前准备的一些草药，递给他一半："这是我们族人自制的灵药百草丹的几味主要配方，巫爷爷临终前告诉我的，能化解这里的毒障，把它们全部吞下，跟我到枫林渡去，毁了阿芙蓉。"

褚子逍点头接过，与青珑一起咽下那些苦涩的干草，既作充饥也可抵挡归龙关里的残毒。

对于故国，自打当年一战后他就再也没有回来过，仅有的一些印象也是小时候残留在脑海中的残缺片段。等到跟着青珑穿过归龙关，沿着半山腰来到一条瀑布下时，映入目中的景象让他瞬间呆住。

许多晚开的花木在微风的吹拂下轻摆茎身，像极了风中起舞的窈窕佳人。新奇的是，硕大花朵抱茎独生，颜色却非单一，红如晚霞，丰艳妖娆；粉如桃樱，羞眉赧颜；白如皓雪，不沾俗尘；还有如晶石一样的黛紫，魅惑而贵雅。

如斯美景，看痴了驻足水瀑下的少年。

"阿姐，你说它们……它们就是阿芙蓉？"褚子逍不敢相信，也无法将这样妩媚而妖冶的花与毒药联系起来。

青珑也看得微生痴态，闻言后点点头："最初的时候，我们的祖辈也不知道它们有毒，后来发现不少牲畜误食后就会发昏不醒，于是就把它们移植到了枫林渡，这样也能防止野兽进村伤人。"

"可是这么好看的花怎么会有毒？"褚子逍就近拔了一株放到鼻下，闻不出明显的香味，甚是诧异。

青珑看了一眼少年清澈明亮的眼睛，语声沉沉："子逍，这世上许多东西并不是你表面看到的那样，就像这些花，看起来很美好，但一旦陷入，许会万劫不复。"

说完她将那株花从他手里拿了过来，拔了所有花瓣，只露出芯部尚未成形的小小蓣果，重新递给他："有毒的是藏于美景之下的它，不是花。"

"啊？"褚子逍更奇，惊呆在地，差点将光秃秃的果球扔了。

"有些人的好表里如一，不掺杂任何歹念，而有些人的好就如这阿芙蓉，呈给你最为绚烂的光景，却笑里藏刀。你看不到，只有危险临近才能有所察觉，等到后悔之时，代价可能已是不能承受之重。"

青珑一字一句解释道，脑海中一个人影不断在眼前浮动，让她面上的杀意愈发浓烈。

褚子逍听得似懂非懂，一观她的表情，有些明白她的言外之意了，小心问道："姐，当年背叛青桑，帮着敌军杀我们族人的是不是乌德将军？奴场里有人这么偷偷说过，可是也有人说不是他。"

青珑收了久远的回忆，道："子逍，放火烧了它们，然后跟我一起找乌德报仇，让沉睡在这里的每一位将士瞑目！"

褚子逍使劲点了点头，从怀里拿出火折，与她引火烧了这片妖艳的花海。

"往后的路，我们就一边流浪一边刺探四国虚实，大到兵政和朝局，小到风土人情，知彼而后发。最好的结果就是能想办法混到军营取得兵权，否则一切都是枉然。不过你我就都做不成自己了，无论来历与身份，甚或一言一行，都要学会伪装，其中的伪善和无奈可想而知。子逍，你可能做到？"

褚子逍毫不犹豫："只要能把那些伙伴们救出来，怎样我都不会怕！"

青点头一笑，指了指瀑布下的水潭，道："那条河流叫青河，从这里发端，流遍我们整个青桑，沿着下游走出去，就是它的一段分流离水，会与中州接壤。"

褚子逍跟上青珑的步伐，小心穿过水帘，来到青河边上，用方才从土中刨出的生锈战刀砍倒几根竹子做成了一个竹筏，然后与她涉水而行，缓缓驶出枫林渡。

彼时向晚风凉，水波潋潋，青青长河中涟漪微漾，交织出一曲缥缈天籁，轻飘飘散入水上。

昏黄天色里，两人轮流摇着竹浆，单薄背影渐行渐远，不多时融入暮色里，化为黑点消失不见。

第五章

世出

光阴荏苒，日月流转，十丈软红中行南走北，跋涉流浪，不知不觉已经过了两个年头。

大夏国边疆一座偏远村镇的街市上，人群突然作鸟兽散，如同见了夺命瘟神，惶恐奔逃。片刻前整整齐齐的摊位一个接一个被砸倒，无论上面摆弄的物什是贵是贱，都被洗劫一空，纳入一群彪悍的衙役囊中。

"官爷您把东西还给我吧，我家里还有小孩和老伴，再吃不上饭就会饿死了。我昨日已经交了地税，您把东西还回来，我这就走，求您了……"眼见十数件刚刚雕好的木质艺品被衙役们顺手牵羊揣入怀中，一个粗布麻衣的驼背老人慌忙拉住他们的袖子，扑通一声跪在地上，磕头求道。

衙役不耐于他的纠缠，抬腿将他踹开，拧眉斥道："昨日是昨日的，今个儿还没交！就你这破东西值几个臭钱？滚开！"

语毕，衙役们扛着手中大刀阔步向前，看见一个卖珠饰的商贩后，勾指叫他过去，一边用牙线剔牙一边教训道："知不知道北凉敌军快打过来了，镇上所有人都得撤离，你们还有心思在这做生意？看看你卖的这些赝品，光天化日之下坑蒙拐骗，有没有王法？走走走，跟我们去一趟衙门！"

他们嘴上虽如是说着，却一人抓了几条翡翠和玉镯等饰物，掂了掂塞入袖中。

老板是个实诚人，目睹血汗钱被这些街头恶霸顺走，心疼之余却不敢还手，一听要被抓去衙门，登时脸一白："官老爷冤枉啊，小民卖的这些虽不是上等玉石，可都是实实在在的正品，您再仔细看看，这不是赝品……"

"是吗？"衙役们勾嘴笑笑，"不过占道经营，影响旁人疏散，一样要去衙门问罪。

来人，把这些东西全都没收了，统统带回去！"为了避免落人口实，将走之时那些人话口一变，对那哀声苦求的老板道："这西川一带马上就要打仗了，军营里也不能没有军饷发放，所以这些东西会由官府出面分发到西川大营，没准楚大将军还会记你这大功劳呢。这不好事嘛，哈哈哈……"

衙役们大笑着继续前行，突然被身侧一间堂屋内传出的犬吠声吸引住，偏头一看，三个故意写得歪歪扭扭的大字横书匾上——龙虫堂。

"汪！汪！汪！"还没靠近，两只幼犬摇晃着尾巴冲到门口，冲他们叫开，一派势要将这群恶霸驱逐出境的架势。

"滚滚滚！"见其主不予制止，衙役们踹走它们，大步跨进门内。

屋内正中坐着一个身着竹月色布衣的女子，不簪朱钗，未施粉黛，端正而朴素，正在给一只受伤的小猫清理伤口。

见其面生，领头的衙役喝问："你哪来的？没看到张贴的公牍吗？马上打仗了，从今起镇上不准再住，赶快收拾东西走人！省得到时东躲西藏，反说没人通知你们这些刁民。"

青珑未曾应声，只埋头做自己的事，唤道："子逍，再拿些药来。"

在她手中，一只划伤了后腿的流浪小猫喵呜叫着，受惊加疼痛让它万分怯懦地缩在青珑怀中，不敢动作。

褚子逍瞪着那些鱼肉乡里的衙役，拳头从他们进门的那一刻就没松开过。

"上头有令，知不知道？走走走，不然拆了这里！"衙役脸一拧，横身挡住去路，说着拔刀一劈，将桌上摆放的一个小瓶砍飞了。但是与此同时，他自己也捂上双眼惨叫连连，竟是那瓶体摔碎后药粉随风扑散而出，飞向了他脸面。

褚子逍气不打一处来，就要挥拳揍他，青珑及时过来拦住他，反问这些人："离了遮风挡雨之所，外面天灾人祸如魔似鬼，寒冷饥饿何以承受？平民百姓逃也是死，不逃也是死，与其这般，何苦多此一举？"

"不知好歹的刁女，胆敢强词夺理，看我不砸烂这里！"衙役动怒，大手一挥，身后的喽啰齐数涌入，提刀欲砍。

青珑似有准备，所以并不慌张，从容警告道："龙虫堂里遍布机关，防止暴徒恶霸欺民打劫，跨过那里再往前一步，可就有好戏看了，不信试试。"

一帮人正在气头上，只想教训她，对她的话置若罔闻。不料果如青珑所言，当他们气急败坏地踢飞一条挡路的长凳后，不知撞到了什么，屋梁上搁置的几篮烂柿子"哐当"翻落下来，不偏不斜砸向了他们脑袋。

衙役们抱头躲避，偏又踩到地上四处滚动的烂柿子上，脚下一打滑，摔得狼狈不已。

"别起来，不然还有更惨的。"青珑忍笑，索性解开了两只幼犬脖子上的绳索，放任他们围着那群恶徒撒劲吼叫。

说完她上前几步，提住为首那人的衣领，甚是可惜地道："现如今兵荒马乱，穷人家没东西吃，捡了些烂柿子过冬用，却被你们给糟蹋了，真是造孽。自己数数，一个两个三个八十一百个，够吃多少天？"

语音落地，她一脚飞出，踢到刚爬起来的衙役后膝盖，在他重新跪倒后移步过去，迅速从其怀中拽出几串玉链："欠债还钱天经地义，姑且拿这些抵去十个。子道，接着！"

她将那饰物扔给褚子道，紧接着又掏出一个木雕："这个看着衰了些，像急着赶去给你们奔丧，只能一抵三。子道，拿着！"

末了她丢开那人，转而揪住另一个挥刀扑来的衙役，夺下一幅画："这榆钱树画得有意思，抵两个。还有这镯子，品相尚可，但质地欠佳，抵偿五个了。掐指一算远不足，加上门外那些强抢的物件才够，子道，全部解下！"

褚子道手忙脚乱，一面接过青珑丢来的物什，一面将它们还给聚在门口哀叫的摊主，然后就近夺过一个衙役手中的长刀，快步跑到堂外，一刀断绳。

人群顿时炸开了锅，大家纷纷寻拿自己的东西。

"阿黑阿黄，上！"

听到主人的命令后，两只幼犬凶相毕露，汪汪叫着扑向那些衙役。

"啊……救命！救命……"紧接着，一声声惨嚎漫天散开。

一时间，大街上嘈杂不堪。

突然，远处响起一阵闷雷般的蹄响，随之马鸣萧萧，飞尘卷天，竟是一队银甲轻骑飞速驶来。

人群恐然，所有的争抢瞬间消停，行人纷纷让道。

青珑抬头望去，领兵的是一个二十出头的年少将军，仪容俊逸，凛凛特立，身姿挺拔如松，神情清寒而淡漠，最是一双黑眸深如古潭，一眼望不到底。原本他笔直注视着前方纵马飞驰，却被龙虫堂外的喧嚷惑住，勒马止行，一见那些衙役四仰八叉的场面，俊眉立蹙。

"出什么事了，怎的如此难堪？"出声询问的是那个年轻将军身边的一个下属，与他年纪相仿，面相俊朗而温厚，生得比他多了几分亲近感。

说话间那下属跳下马，来到近前，出乎意料地狠狠补了一脚："平日里仗势欺人，这回终于得了报应，被狗追着咬，知道教训了？"

"不是这样，军爷您要给小的们做主啊！是这些刁民不听官府命令，都快打仗了还在这里经营，碍着各位军爷的路不让。还有那刁女，她、她把小的们打伤，还放狗咬我们，求军爷给小的们做主！"

这将军年纪虽轻，但就这份孤傲和他率领的这些兵将杀伐狠厉的阵势就可看得出来，他的品阶绝对不低。

衙役们慌忙爬向他的马蹄，磕头控告："求军爷将此刁女绳之以法，给小的们做主！"

年轻将军一脸漠然，偏头侧目，深眸移向龙虫堂，落在青珑面上，幽邃目光仿佛寒刀掠出的冷芒，意味不明。

一眼对望，轻飘飘转瞬即移，青珑却不知为何，原本平静的心海无端端泛起一丝涟漪，被岁月尘封的过往也在一刹那犹如河面起波，渐渐显现，有模糊而朦胧的影像从她脑海一闪而过——飘飞的战火，黑衣蒙面的少年，幽深的瞳眸……

时光荏苒，轻易就带走了许多东西，霍青珑的心里现在只剩下国仇家恨，即使偶尔回想起儿时的点点滴滴，那个曾出现在渡口的孤冷少年也不过一个可疑之人罢了，即便他于她有活命之恩。只是她不知道，一个陌生的年少将军，为何会莫名勾起她那段快要从脑海中排空的回忆，是因为那双似曾相识的深邃眸子吗？

就在她失神的当儿，耳畔尖叫乍响："就是她！是她把小的们打成了这样，军爷您一定要将这刁女缉拿归案！"想着官官相护，衙役们遂以为自己有了靠山，添油加醋起哄："还有这些东西，本是要换成军饷送到西川大营的，谁想全被他们抢走了……"

"血口喷人！"褚子逍再也听不下去，正要反驳，青珑示意他不要冲动，静观其变。

"谁是领头？"一直没有说话的年轻将军突然启齿，冷声问道。

"回军爷，是小的。"衙役往前爬了爬，匍匐应道。

"多少年？"

"啊？"衙役愕然，愣愣地抬头看他，不明其意。

身旁那下属踹他一脚："啊什么啊！做了几年市吏自己算不出来？"

"算得出来，算得出来！"衙役恍悟，忙不迭道："回军爷，算起来有四年零五个多月了。"

"亲友呢？"年轻将军表情肃穆，俊冷面容上看不出任何情绪的变化："可有在官府任职？"

"有有有，小的三叔在寥城任职，掌收支核算，还有堂兄就在我们这儿的府衙当差，方圆十里的人都知道。"

"叫什么？"

"回军爷，叫邝达，不信您可以打听打听。"衙役心道果然军中也是这风气，案前先摸清底细才决定怎么运作。这样想着他又攀附着诓道："最开始他在军中当值，跟的都是名不见经传的佐将，因为表现好，三军统帅楚定云楚将军都当着众军的面嘉奖过他，把他推荐提拔到名声更甚的部将麾下了，可不神气！后来……"

"瞎编！"那下属不屑地打断他，"哪个部将？报上名来，楚将军何时安排过这等事？"

"不是的军爷，小的不敢在您各位面前欺瞒不敬，就是、就是……"衙役一时真不知道报出何人名字才能震住这支骑兵，支支吾吾了半晌，终于计上心头："回军爷，就是楼西越楼少将军！小的堂兄离开大营调职到这后，每每出营巡查，楼少将军都会到府衙转转，同他叙叙旧。听说这次凉军叩关，楚将军指命楼少将军为主将，没准这一两天就会发兵了，经过这儿的时候他准会来看看。"

一语出，不只那下属，连那年轻将军原本寡淡的神色也微微变了变。

而"楼西越"那个名字更仿佛一个魔咒，令得周围人闻之色变。

青珑也微微眯了眯眼，生了些兴致，默然观望着。

离开南燕的这两年里，她与褚子逍混迹市野，想尽办法暗中打探各种讯息，以期对他们以后要走的路有所帮助。在那期间，他们也知道了中州四国不少风云人物，楼西越便是其一。

楼西越运兵诡诈，冷血无情，且为人狠戾，市井皆称他为"战地修罗"。相传沙场上他率兵驰骋而过，无不留下满地血尸，可谓是一个毁誉参半、聚讼纷纭的传奇年少将军。

除此之外，坊间还有流言传出，说他是坐拥西川百万雄师的大将楚定云的养子，无怪乎这群衙役狗急跳墙，拿这众人忌惮的恶名当唬人的幌子，也亏得那楼西越不知道，不然他们不死也得掉层皮。

衙役见奏了效用，挺了挺胸道："求军爷明察，严惩这刁女，为小的们做主啊！"

下属刚要开口，就见年轻将军翻身下马，不动声色地停在了衙役面前，按柄握刀，眼神冷厉，居高临下地盯着他。

衙役被他冷冰冰的模样惊了一下，往后缩了缩，又不甘地道："满车的东西都被那刁女抢走了，求军爷替小的们做……"

一语未毕，一道寒光倏地掠过，旋即四截断指飞起，在空中划了道血弧后落到地面。

"啊……"

惨叫声骤然划破长空，凄厉万分，惊白了围观人群的脸色。

青珑瞳孔一睁，心里咯噔一下，吃了一惊。

没等周围的惊声落地，年轻将军已经归刀入鞘，转身上马，冷然下令："景威，以我之名拟案上报，彻查邝氏所有在籍吏官，枉法者严惩不贷，押走他们！"

"是！"叫景威的下属抱拳领命，等他再抬起头的时候，年轻将军已挥动马鞭，绝尘而去。

景威蹲下来，拍拍衙役的脸，将他激醒："换成你景爷我，准一刀劈了整条手，一年一根手指，便宜你了！说，当官这么多年，欺了多少民？"

衙役惊骇地抬头，痛得直抽冷气，话都说不出来。

景威痞痞一笑，戏谑而叵测地问他："你可知道，剁指之人是谁吗？"

衙役恐极，捂着血淋淋的断指关节，几乎又要痛死过去，摇摇头，又似乎意识到了什么，猛地瞳孔放大。

景威嘴角的笑意转冷，拿刀柄拍拍他吓得惨白的脸："这就对了，想要狐假虎威，先给自己备口棺材，免得死无葬身之地。"

说完他翻上马背，扬声喝令："全都给我拖走！"一语毕，他快马追向离去的年轻将军。

队伍一走，人群开始沸沸扬扬，惶恐声此起彼伏。

伫立人潮之外，青珑的视线追寻着那队轻骑兵已经化成黑点的背影，似在心里盘算着什么——这么多兵马到镇上走动，看样子战事确实紧张起来了。

褚子逍从那下属的话中听出了些蹊跷，面有惊色地问她："难道他就是……"

青珑若有所思："子逍，觉得他如何？"

想起年轻将军一刀断指的场景，褚子逍心有余悸："如果他就是楼西越，那与坊间传言不差了，话不多，却杀伐决断，够狠，心思不好揣摩。这么问，莫不是阿姐有什么想法？"

"八年，等得够久了，也许我们可以巧借这次战事混入战场。当年犯我青桑者，其中之一就有罗家兵，领兵之人即是罗傲，我略有印象。巧的是，此次率军扰夏的凉兵主将也是他。不仅如此，他还与另一个人干系甚密。"

"谁？"褚子逍把她拉进龙虫堂，谨慎追问。

想起那人的可憎脸孔，青珑眼神发狠，一字一句道："叛将乌德。"

"是他？"少年无比吃惊，即刻猜到了什么："难怪奴场有人私议，说乌德当年惧敌畏死，为了苟活一命竟不惜与其勾连，诛害同泽。这么猜来，他所串通的敌者，就是阿姐所说的罗家兵？"

青珑点头默认："战败后我重伤昏迷，之后的情形不太清楚，直到巫爷爷故去后，我整理他的遗物，无意间发现了他的几封手记，才得知这一切。但是乌德叛变之事千真万确，我亲眼看见，这两年你我到处查探，也知他已更名改姓为陈晟，在夏都锽城任职，并未追随罗傲，想必也是怕他事后卸磨杀驴威胁到自己性命，所以才逃离了北凉。"

褚子道了然："那阿姐方才问我楼西越如何，难道是想……借力打力？"

"没错。既借楼西越之力斩除罗傲，又借罗傲此人引出乌德。"

褚子道听罢激动不已，两年来他们姐弟亡命天涯，吃了数不清的苦，无不是为了等待这一天的到来，于是带着难掩的些微紧张小心问她："那你是有主意了，怎么做？"

青珑拿来笔墨，将一张桑皮纸铺于桌上，边写边画，解释道："据巫爷爷手记所言，罗傲此人草寇出身，生性急躁，好勇斗狠却鲜少谋计，不过一介莽将。四国之中兵力本就以大夏为最，西川大军更是骁勇善战，面对楼西越这样身经百战的对手，只怕他胜算无几。"

"你再看这里，"她指着一处简笔勾勒的山丘继续道："凉军进犯西川，如若败北，与青木原交界的这座浮顶山是他们最为可行的退路。楼西越若率军正面穷追，我们大可在此山截堵，暗中与其腹背夹击，将罗傲逼至绝地，再敲山震虎，利用他诱出远在夏都的乌德。倘若乌德对自己当年所犯罪行犹有惧意，或恐事情败露影响仕途，自然会在闻讯后想方设法奔赴西川，一探究竟。要么他会亲自动手，要么派人行刺，目的都是将所有知情者灭口。若是前者，我们便坐等他前来，一石二鸟斩除乌、罗二人；若不巧是后者，亦可顺藤摸瓜接近乌德，日后报仇的可能也更大。"

褚子道有些担心："可楼西越的为人你我所知无几，仅凭今日之事和坊间传言难以断定，万一他怕战情大变，会不会不留阿姐活口……"

"虽然不敢肯定，但某种程度上来讲我们与他目标一致，他若不犯傻，在罗傲没有毙命之前理应不至于如此，我们多加小心就是。子道，明日天一亮，随我去浮顶山守着，届时我们见机行事。"

浮顶山是北凉边境的一座险峰，与西川青木原接壤，其势陡峭，山脊连绵不绝，状如长龙舞空，巍然挺立于天地间。

此刻放眼山下平原，原本的死寂已被阵阵厮杀声淹没，刀光剑影在暮秋寒凉的气息中疾速划掠，鲜血飞溅，格外惨烈。

这场战火因北凉兵马耐不住等待，入境后夜扰靖安镇，大肆烧杀抢掠所致。彼时他们不知道，镇子里早已埋伏了一批弓手，没等他们带着抢夺的钱粮衣食等物杀出镇口，就已被射了个精光，一场交火迅速结束。

消息传回后，凉军驻地一片惊声，主将罗傲不敢再贸然行动，队伍盘山据险，静观其变。然而迟迟不见西川大军出击，如此白白消磨了十数天，这让他甚为焦灼。毕竟远赴异国，再这样下去，粮草的空耗将成为他们的隐患，加之入秋天凉，一日胜比一日寒，一旦大雪早临，对凉军而言无疑是一场严峻考验。因此对方越是按兵不动，北凉将士们越是焦躁，在探子始终摸不准其动向的情况下，罗傲索性出动两万主力于天阙关外叫阵。

杀戮由此开始，愈演愈烈。

凉军全部穿山过岭，沿着预先修筑的栈道迅速集兵下山，十万兵马浩浩荡荡杀往青木原，势如雄狮咆哮。

无人知道，半山腰处还藏匿着两个人，正是青珑和褚子逍，他俩始终谨慎窥视着山下的战况。

最初青珑的注意力大都集中在仇将罗傲身上，观其身手与智计，恰与巫爷爷所言不差。除却一身蛮力盖人外，在错综复杂的战局下，他明显反应迟缓，远不及对手来得果决迅巧。

也正因此，青珑的视线渐渐转移，放到另一人身上无法挪开。

不知是被他的沉着和冷静所折服，还是冥冥之中有什么牵绊，望着杀阵中的那抹清疏背影，她的心竟无法自若如初，记忆不由自主飘飞到血淋淋的过往。

那里是她疮痍的族落，飞矢如蝗，吞吃了整片关塞，她无路可退。险阵之中，依稀闯进来一个蒙面的黑衣少年，抱起重伤将晕的她，向着生路一步一步疾行……

他是谁？

每每想起，青珑都无比感激他的救命之恩，记挂他是否脱险离开，现如今安好与否。不过同时，她也心中存疑，那个少年缘何得以进入沙场？

一切不得而知，随着时光的流逝和国仇的加深，那件事也逐渐退居到她心底最安静的一角，却没想到，现在会无故被那个仅在龙虫堂外有过一面之缘的少将激起。

这边正在观战的褚子逍看得惊心动魄，面对直线进军的凉兵，只见年轻将军迅速号令将阵型换为楔形，让擅长骑射的精兵占据犄角之位，迎头开路，利剑一样直击而上，沿腰横贯敌队。打散敌阵之后，他又抓准机会命令弓弩手和盾手冲前，趁乱近程射杀，逐渐将凉军化整为零，然后围圈打点，逐一击溃。

一息间，漫天箭雨连成了遮天幕布，嗖嗖飞射。

观此情景，他忍不住赞道："坊间传言当真不假，他果然像一个罗刹。不仅自己身手了得，一杀一个准，审度和应变同样机敏，百密无疏。若非在沙场上长久历练，以他这个年纪很难做到这般。"

说着他转头，却见青珑仿佛灵魂出窍了一样，盯着某个方向不动，遂唤她："阿姐？"

青珑猛然回神，收了目光，掏出黑巾蒙住脸面，并拿出所备弓箭，道："凉军败象已现，我们往山下迁移。"

两人从山腰下到山脚，小心隐藏在杀阵外围，青珑曾几次尝试着放箭射杀罗傲，却因距离较远而未能达成，她亦不甘心错此良机，于是道："子道，你藏在这里从旁策应，没有我的暗示不要出来，我从近处下手。另外你身骨薄弱，不宜长战，记得拿好这个以备万一。"说着她把一包迷药交给他，作为防身之用。

叮咛完后，青珑身背劲弓闪出草丛，借着阵中被摧毁的战车的掩护小心移向罗傲所在，最后停在他背后不远处，趁他忙于布阵的间隙，三箭齐发射向他要害。

"有人偷袭！"混乱中有人惊觉，挥枪劈飞暗箭，率兵围护在罗傲周边。

青珑俯身速移，穿过漫天箭雨，躲藏到另一处，伺机复又下手，两箭齐齐射向罗傲当阳穴处。

罗傲已有警觉，慌忙闪避，那两箭虽然落空，却将他的战盔打下，也在同时迫得他从战马上狼狈落地。

一瞬间，附近的凉兵们慌成一团："保护将军！"

事发突然，令对面正在厮杀的西川大军也稍感惊愕，一名部将打马上前，同样不解："少将军，敌方有变。"

年轻将军按辔止行，顺着来箭方向举目遥望，只见得一抹着玄青色劲装的矫捷身影从飘飞的战火中一闪而过，转瞬即消。

那人是谁？

他清眸一凝，翘首搜寻，再顾无影。

"少将军，看这样子会不会是罗傲的仇家？"部将景威猜测道，"若是，那便是天助我军！是否需要属下杀过去策应此人，前后夹击摘了罗傲脑袋，如此敌方便会瞬间失控。"

楼西越的分神只是一瞬，很快专注于眼前的杀阵，情势缭乱，他却不能大意丝毫，沉声道："未知真假，不要妄断冒进，当心对方设陷惑诱。"

景威汗颜："还是少将军谨慎持重，属下思虑欠周了。"

"先查下，确属敌者之敌，方可友之。"

景威颔首领命，调转马头火速去了。

惶惶战场上，独剩楼西越坐镇阵中，从容指引着大军进攻。

也许是心中大恨难消，执念太深，青珑不肯错过此次机会，两度失手后再次现身，佯装成尸体侧匐于地，在罗傲率众追杀过来时三箭斜上发出。一箭射入他胯下马腹，一箭震碎了他胸前的护心镜扎进他体内，一箭不幸被他打飞。

"砰"的一声闷响，罗傲栽倒在地，半天缓不过气来。若非他及时伸手抓箭，只怕它会穿胸而过，当场要去他半条命。而青珑也因铤而走险未能安然脱身，很快被凉兵发现行踪，追至战地一角。

"偷袭者何人！"罗傲大怒，被部下扶起后暴喝一声，拾刀飞掷而出，刺向偷袭者后心口。

褚子逍身处阵外，最先观察到危险，慌忙开弓，将欲打偏飞向青珑的劲刀，然而一支急箭却先他一步凌空飞来，"哐当"一声击偏了刀身，一箭一刀倏然散落。

青珑得以脱险，她以为是褚子逍暗中出手搭救，循声匆促一望，一个年轻少将收弓敛势的清俊身影赫然入目。

是他？

不及她细想，罗傲的声音再次传来："何人行刺！"

数十个凉兵层层合围，将青珑困于中央，逼迫她招出幕后主谋。

罗傲心想，若是此刻与他们明刀明箭交战的敌军，这般做法实属多此一举，那么除了楼西越，还有谁想置他于死地，且等不得要跑来战地刺杀？

青珑冷目而视，声音幽幽："除了八年前惨死罗家兵刀下的青桑亡魂，你大概还忘了一个人。"

罗傲仍不知其所指，捂着伤口走上前："说！"

"姓乌名德。"

听到那个名字，罗傲魁梧的身量一震，瞳孔扩大，明显惊了一下。

他想了起来，当时天下动荡，诸侯混战，他出身低微，在军中只是一个杂牌将军，之后因劫夺青桑捞得不少财物，借此疏通了一些关系，才品阶渐升。而这契机的得来，全归于一个贪生畏死的宵小之徒——乌德。若非他投诚示好，从内损毁归龙关的机关，他也无法成功杀入。

这种无甚节气的叛徒，他焉能信之，事后自然是要屠杀的，只不过那厮倒精明，早一步逃之夭夭。他派人搜寻过一阵，无果，便也渐渐淡忘了，毕竟以他现在的地位，早不将此人放在眼里了。

但问题是，时隔多年，乌德又怎会突然冒出派人行刺他？他能想到的理由只有一个，那便是乌德想要杀人灭口，遮其丑行。

不请自来，找死！

"他在哪？"罗傲阴沉着脸孔，上下打量几眼，才从身形上判断出偷袭者竟是女流，再听她话里有话，复又逼问："你是青人？"

青珑旁观着远处快速逼近的西川大军，故意拖延着时间，冷然道："是谁不重要，重要的是杀人偿命！"

"亡国的贱奴而已，杀！"罗傲怒极，就要拔刀劈来，身旁的部将却将他劝住："将军，事分轻重缓急，请以大局为重，此女交由底下人处置。"

眼看楼西越的兵马如履平地，浩荡杀来，再不专心应敌，大军是生是死也就在一瞬，如此紧要关头，万不能被这形迹可疑的蒙面杀手激得失去理智，否则因小失大。

罗傲这才明白自己中了此女之计，连胸口的伤也来不及处理，赶忙翻身上马，临走时吩咐道："拿下她，若不从实招来，杀无赦！"

一令下，凉兵齐数出手，争相擒拿此杀手。

很快，这边的状况被探子传报到了对面。

景威禀道："出手狠绝，招招要命，那一箭距离若再近一些，只怕罗傲当场就被横着抬出阵了，看起来并非假象。"

楼西越也已目睹，否则方才不会替陌生杀手解那一刀之险，随口问他："来历可知？"

"暂不知，但那人提到了青桑，想必与此有关。"

"青桑？"楼西越心下一动，素来淡漠的面容上显出些微诧异。

没人知道，从八年前起，那两个字眼已成为他百炼成钢的心扉中柔软而隐秘的一角，存留着一丝丝惋伤和怜惜，从未言出。

景威点点头，随后又补充道："不只青桑，那人还交代，说自己是受一个叫乌德的人指使，前来刺杀罗傲。"

往事越发清晰地涌入脑海，竟让这个沉静少将的心海悄然起伏——那一年战火纷飞，他从沙场救出的青桑少女，如今过得怎么样？

乌德巧借此战派人诛杀罗傲，若其得手，是不是还会继续行刺知情者，并且目标就有她？

一念至此，他忽而眼神一狠，被血色浸染的眸子里寒光滚动。

景威全然没有注意到他的变化，满面兴色地道："少将军，亏得那人搅局，我们进击大顺，不出两日就可全数退敌。"

"好，一个不留。"他冷冷道，一挥马鞭，驰骋而去。

烈血成河，尸横遍野。西川青木原上，两军杀声震天，如落雷惊地。隆隆战鼓声激荡在赤色天地里，震得山川颤抖，荒野战栗。

对付那些溃散的凉兵，青珑尚还游刃有余，正当她脱身杀出，拾枪翻上一匹无主的空马寻隙追向罗傲时，头顶一记阴风忽而落下，刀锋直直斩向她肩膀。

她察觉到险情，勒马闪身，挥枪刺向袭击之人。

那人正是楼西越。

眼前刀光剑影迷乱，彼此都不知道对方的真正底细，便都全力以赴。

青珑当他改变决策要赶尽杀绝，于是不敢松懈。但到底刚才得他相救，她的心中还是感激居多，所以并无杀念，只想尽快摆脱他。

而楼西越却以为这个来历成谜的杀手确是乌德所派，为保心中牵念之人的周全，意欲擒之，继而追查乌德所在，斩草除根。

近距离对打几招之后，他才注意到这名杀手竟是女儿身，但真正叩动他心门并让他惊疑的是，越靠近此女，他便越发有种似曾相识的感觉。尤其与她四目相触的刹那，他恍惚有种错觉，似乎透过那双笃定眼眸看到了另外一个人。

记忆中，曾有一群天真无邪的孩童围着一个女孩叫她"霍姐姐"，她就像一个干练又聪慧的小小将领，深得孩子们的信赖。她笑起来的时候宛如六月怒放的火红榴花，热情而开朗，却终究抵不过战火的摧残。

依稀记得她满身是血的样子，哭得撕心裂肺，抱着自己母亲的尸体不肯撒手。所幸一位白胡子老头把她带走了，自那以后她就人间蒸发，再也没有听到关于他们的任何音讯。

史官笔下记载，道是那一战过后，青桑霍氏满门绝命，无一幸存，就连当年拿着令牌逃走的霍家女儿也葬身火海。上位者寥寥数笔，欺弄了无数世人，而他们也自愿选择相信，或者说根本没有把一个孤弱孩子所带来的隐患放在眼里——寡不敌众，就算活着又能怎样呢？

那时的他冷眼旁观着，永远脱离于这个话题，心底的秘密一藏，就变成了久远的回忆，不经意间遥想起来，也只能空对珍藏在盒中的白瓷小药瓶追忆。

而现在，她似乎突然回来了，一举一动隐约有她母亲的巾帼遗韵，却变得陌生而可疑。

是来报仇的吧，但真的会是她吗？

乌德叛变投敌，她一定对此人恨之入骨，怎可能心甘情愿受他驱使？

寒光映目，他一念忽醒，手中长枪一扫，挡开了青珑的袭击。

青珑担心事态失控，非但杀不了罗傲反还无法从战地脱身，便不与他纠缠，得空就走。

楼西越快她一步，横身挡住去路，抬眸注视着她，语声沉肃："你是谁？"

青珑怔了一瞬，明明彼此素不相识，可一旦对上这双眼睛，她便无故心旌摇曳。但对于这样的问题，她却只能屡缄其口，于是强行冲开他的拦阻，迅速离开了。

这边罗傲见状，号令下属火速开弓，近百支利箭对准青珑和楼西越的要害嗖然袭出。

楼西越催动战马当先迎上去，挥枪挡箭。侧目对望一眼，两人虽然没有言语交流，心下却似达成了默契，解围后并肩杀向同一个目标。一个凌厉萧肃，一个飘逸轻快，恍如龙骧于野，凤跃于空，不一会儿就冲出一条血路来到罗傲近处。

青珑当机立断，持枪从罗傲面庞削过，力能断骨。

罗傲没能完全躲过，痛得捂住脸从马背上狼狈滚下。

楼西越催动坐骑火曜驹，一步数尺冲过去，倒转枪尖倏地刺入罗傲肩窝。

罗傲惨哼一声，凭借一身扛鼎蛮力反攘刀头猛然上推，挣脱出来，极为不甘地吼道："杀了楼西越！杀了他们！"

凉兵们闻讯涌来，片刻间围成一排排人墙，后面已经有人将受伤的罗傲抬离了战场。青珑再想接近便是难上加难，无奈只得放弃这次行动。

主将一倒，溃败的凉军顿时成为无头苍蝇，不堪一击，没撑几时就争相逃遁了。

楼西越并不给这些犯境扰民的敌兵退路，毅然令道："景威，带兵追击，于十里外设伏，并改用火攻，炸毁山道，断其后路，拒降者杀！"

"是！"景威血脉偾张，依令率兵而去。

下一刻，年轻少将视线一转，雪狼般锋锐的目光落向远处。

那里有一个黑巾蒙面的劲装女子正迎风策马，撤离杀阵。

他指腹摩挲着刀柄，似在思索该不该擒捕此人，毕竟战事紧要，不容他分神。但与此同时，他又似在挣扎，一旦放她离去，在乌德的指使下，未来他们会不会威胁到当年那个幸存的青桑女孩的性命……

刹那间，他五指一顿，心意下定，向着青珑撤退的方向绝尘追去。

第六章

盗药

此次出手，青珑没能如愿，多少有些不甘，却也心知欲速则不达，只要凉军没有败走还京，仍在两国地界处徘徊，她就还有机会再下手。

此事刚刚想开，还未与褚子逍会合，她又碰到了更加棘手的大麻烦。那少将追得她无处遁形，左右摆脱不了。

青珑挥鞭策马，拼命撤逃，但随手抓来的战马哪里敌得过火曜驹的速度，不下两刻就被对方赶超。

楼西越猛顿缰绳，烈马骤然换向，载着主人拦腰挡过来，将前路堵得严严实实。

马背上的少将不动声色，一双淡漠的眸子轻轻掠来，不张不扬，却远比逮住猎物的雪狼危险。

青珑警戒地倒退两步，暗中搜寻可以绕开他的最佳方位。

"我不杀你。"楼西越逼近一步，声音沉冷，字字如刀，"只要实话。"

青珑不明其意，更无意与他为敌，攥紧缰绳一心只想开溜。

楼西越眼疾手快，横身阻住她，直视着她的眼睛，冷声逼问："你究竟是何人？"

她怎能向他开口，更不清楚这个少将出于何种目的要在这节骨眼上针对自己。怕拖下去横生枝节，于是她发了狠，后退数步取箭张弓瞄准他的心口，即将松弦时又往上抬了抬，射向他肩上虚空。

趁他抵挡的空隙，她猛甩一鞭再次企图溜走，却有一道寒光从身侧扫来，转瞬间刀锋架在她脖子上，只消她敢妄动，颈脉便会在瞬间被削断。

楼西越目光如炬，单手持枪，岿然不动。

青珑没有远距离攻击的趁手武器，自然不占优势，索性孤注一掷，头一偏身一起，足踏马镫，借力反扑，灵蛇般凌空跃去，缠在他坐骑颈下，右手顺势攥住挂在他腰畔的战刀，叮的一声抽出，刺他战马腹部。

出于本能的自卫，楼西越屈腿护马，且急速收枪削向她手臂，然而刀刃即将切进她肌肤的刹那，他却不知为何猝然收手，是因为低头的一刹那，那双坚韧而决绝的眼睛复又闯入他眸底，像草叶上轻轻滚动的露水，砰然落进他心河。

而这一瞬间的迟缓，却使青珑手中的刀错刺进他小腿，当即见血。

恰在此时，一支暗箭从后方呼啸而来，射向他后背。

楼西越惊觉，顾不得腿上的伤蓦地回身反击，一枪打飞了来箭。

箭身上串着对折起来的纸被那股大力震落，竟有白色的细粉从中飘出，随风扑到他面上。

青珑看出了猫腻，慌忙松开马脖子，就地打滚闪到远处，伸手捂住了口鼻。

腿伤失血加刺痛让楼西越的反应慢了几分，尽管他也以最快的速度背过身去，却还是吸入了些许迷药。药效发挥得极快，他渐渐感到天地倒转，身子轻飘飘如坠云端，想要使力，四肢却不受他控制，只撑着枪杆从马背上翻落下来，整个人就已站不住脚，颓然跌入草地，伤口的血一点点向外洇出。

青珑惊怔失色，小心翼翼地靠过来，俯身蹲下，唤了唤他："楼西越？"

"姐！"远处，褚子逍牵着一匹马，后悔犹存地朝她急急奔来。

方才他跟踪两人到此，一路心忧不已，生怕青珑被打伤，差点忍不住冲上去助阵，却忽然想起了青珑交给他的迷药，于是计上心头，想用这样的方式将它递给青珑让她伺机迷倒对手，却没想到鬼使神差地一下子达成了目的。

"怎么样？他有没有伤到你？"褚子逍紧张地问。

两人成功会合，青珑大松口气，表示自己无碍，道："此地不宜久留，尽快撤走。"

"那他怎么办？"褚子逍屈膝蹲下，颇有些不解地看着昏迷中的人，"此人反复无常，实在费解，一开始他还出手替你解围，现在又为何对你下手？我怕阿姐受伤，一时着急就用上了那药，总算有惊无险。"

青珑同样不知道缘由，倍感困惑，从楼西越的问话来看，他似是急于知道她的身份，所以才会穷追不舍，可她与他素无瓜葛，何至于如此？更加蹊跷的是，就在刚才，以他的身手轻而易举就能挡开她的攻击，那样她的手臂能否保住都是未知，可他却在千钧一发之际住了手。

当中缘故，她百思不解，但不管怎样，此人向她伸过援手，确保他没有性命之虞实属应该。倘若将他安全送给西川大军去救治，保不准他们会像他一样围捕她，届时她和子逍该怎么脱身？但若将他扔在此处，等他的部下寻来，那期间又会不会发生什么意外，一旦血味引来觅食的饿狼，只怕他会凶多吉少……

青珑摘下蒙面的黑巾，仔细替他包扎住伤口，左右想不出妥当的方法，只得道："先带他回龙虫堂，保住命再说。"

褚子逍吃惊道："可他在追捕你，万一醒来后……"

"此事好说，你我稍加乔装便可，再说他根本不知道我是谁。"

褚子逍想想也是，便不再多虑，与青珑一起将他扶上马，载他回镇。

因为战火殃及，街上已无人影，落日的余晖斜洒下来，打在狼藉一片的物什上，投射出长长的细影，更给镇子平添一抹苍凉和萧瑟。

龙虫堂的铁锁不知何时竟被撬开，大门虚掩，里面凌乱不堪，像是遭了贼，被洗劫一空。万幸的是地窖没被发现，里面存储的水粮勉强够他们维持几日，只可惜治伤的药早已用完，不剩丝毫。青珑只得外出拔些常见的止血草药，捣碎后敷在楼西越的伤口上，然后替他掖好被角，守在榻边留意着他的状况。

屋外霞光散尽，天色渐沉，黑暗犹如一望无垠的帘幕，沿着天际缓缓铺开。

时间一分一秒地流逝，缓慢而紧张，静得让人窒息。

长风怒吼，血色无边，远处烽烟乍起，战鼓如雷。

到处都是杀红了眼的狰狞脸孔，血魔一样嘶吼着，挥起的战刀快如疾风，所到之处带出一地血红，恍如九天垂幕。

千里沙场，万里鬼地。

年轻少将置身其中，拼力杀敌，浑然不知身上的伤痛，手中挥出的战刀原本落向敌将，却被一个劲装女子拦截，先他一步斩毙那人。

他猛撤回刀锋，纵马冲开重重迷雾，想要锁清她的面容，她却像变戏法似的消失不见，一息间漫天血幕变为飘雪的天，脚下枯草成冰，一望无际。偌大一片西川，眨眼间化成苍茫雪原，皑皑无垠。

伤口的血迹涌出，一点点侵夺他的意识，可他必须对刺骨的疼痛麻木，于是强定心神，正要上马掉头，却怔立在原地。

飞雪飘飘，一个容颜倾世的白衣女子款款而来，停在他面前，素手伸出，欲帮他包扎伤口。

他认出了她，依旧是幼时记忆当中的模样，如空谷幽兰，清婉出尘。

"疼吗？"白衣女子抬头问他，拿帕子小心擦拭他伤口的鲜血。

他抿唇不语，无声从她掌心挣出。

女子抓住他手臂，观他身骨清瘦，伤痕累累，忍不住红了眼睛："疼不疼？"

他眼神空洞，静如死水。

"为什么不说话？"他的沉默让白衣女子的情绪有些波动，扬声反问，说着她伸手遥指远方，眼中泛泪，语声悲切："看清楚，那些哀叫的冤魂，都是白楚两家人，萧家人害的，都是萧家人害的……"

飞雪连天，一支送葬队拉着数不清的棺椁，从女子所指之处徐徐现出，似幻亦真。他看不清楚那些人的面相，只听得人人垂泪呜咽，似乎是他们即将带着亲人入土，又仿佛他们就是棺中的亡魂。

"为什么你也是？"女子泪容戚戚，伸手轻拂他衣上的雪花，像天下所有母亲一样，爱怜地端详着自己长大的孩子，语声却又难掩悲苦和痛恨。

他眼睛发红，无声垂下了头。

欠下的，是命债，千刀万剐不足抵，这辈子他都还不清，偿不了。

"为什么你也是，为什么……"女子伤心欲绝，悲不可抑，似是过往什么事刺激到了她，眼神逐渐变得冰冷而狠绝："不该留下的，不该留下你……杀人偿命知道吗？"

"杀了萧家人！"恨到极处，她猛然抽出他腰间战刀，作势欲杀。

"玉珠！"身后有人惊喊一声，旋即那人冲破风雪，从飞驰的马背上跳下，紧紧将情绪失常的她揽入怀中，柔声安慰："都过去了，有我在，不害怕，不怕……"

来人是一名将者，威严冷峻，凌厉的眼神从他面上狠狠扫过，如刀似剑："弃军不顾，依军法处死，杀！"

弓手们领命，振臂开弓，飞箭卷雪，嗖嗖袭来。

他催动战马，奋力挥枪格挡，眨眼间那些弓手又都从西川大军变成了犯境的凉兵。

眼前幻象飘掠，虚实不定的人影、一遍遍回荡的处死令、似曾相识的蒙面女子、汹汹杀来的敌兵……一切真实的、烙印在记忆里的、相关的或不相光的片段全部交织在一起，如光飞闪。

昏迷的人猝然惊起，几乎喘不过气，额头冷汗淋漓，噩梦中的光景似乎还在脑海交织，让他习惯性地去拔刀，然而五指抓到的，却是软软的被角。

他惊怔，意识有片刻的恍惚，不知自己身处何地，脑袋也昏昏沉沉，疼痛欲裂。

"你醒了？"恰在此时，耳畔传来一句清音，紧接着烛光亮起，刺得他不由偏头闭眼，缓了缓才睁开。

昏黄的光线中，一个衣着朴素的女子持灯走来，步履轻盈，从容不乱，眉宇间颇具英气，透着被风霜洗礼后沉积的坚韧与刚毅。

有那么一瞬间，他以为她就是那个蒙面女子，因为那双眼睛与之何其相似，而当她摆好灯台重新坐回榻边后，他才注意到了一些不同，她的右眼角下方有一颗小痣，色淡如灰，远看不甚明显。

但究竟它是真是假，只有青珑自知——那颗痣是她故意蘸灰画上去的，以掩人耳目，因为要从眼睛上辨认一个人，还是有极大可能的。尽管她与他并不熟识，但近距离交过手，为防万一还是谨慎些。也正因此，她有些心虚，怕露出马脚，忙偏开视线，避免与他直视。毕竟不知为何，每逢看到那双幽深的眸子，她便无来由地心神不定，那种感觉莫名其妙又挥之不去。

"我见过你？"低沉而无力的声音从年轻少将的口中飘出，却不是十分肯定的语气。

青珑放了些心，假装自若地笑了笑："当然。"

没等楼西越略显诧异的苍白俊容完全看过来，她感激地道："楼少将军贵人多忘事，不记得我们这些无名小卒也在情理。那日若不是你出手，一刀断指惩一儆众，并将那些以权谋私的污吏收押入狱，只怕此地永无宁日，特此补谢一声。"

楼西越垂眸回想，很久之后才记了起来："是你？"

放狗追咬那些污吏的人，就是她。

随着神智的清醒，昏迷前的场景也开始在他脑海回放，他记得自己正在追捕那名杀手，为何会在此处？

青珑早有准备，依照捏造好的说辞，无比歉疚地编织着谎言，以解其惑："你受了伤，昏在荒原上。堂中存粮不足，昨日舍弟随我外出狩猎，恰巧碰见，顺便将你带了回来。"

正说着，地窖的门打开，少年端着盘子走进来，放到桌上，一边道："我们本该替你找大夫诊治，但是昨夜寻遍全镇也没能找到，看样子有远亲投奔的都躲到外地避战去了。你伤口很深，阿姐怕有危险，便摘了些草药给你敷着，暂先止住血。"

"我熬了些吃的，你昏了这么久，一定饿坏了，同我阿姐一起填填肚子吧。"说着褚子逍从盘中取下一碗，盛了些羹汤小心递到楼西越面前。观他面无血色，整个人也疲惫无力，又万分后悔自己给他下药。

青珑接了过来，叮嘱他："这里有我照顾着，子逍你身子弱，用完膳后安心去歇息，不用担心。"

褚子逍点点头，转身退出了地窖。

青珑舀了一匙羹，吹凉了送到楼西越唇边，欲喂他吃下。

"谢谢。"他挣扎着揭被下榻，因为牵挂着战情，所以无心在此地逗留休养。尽管对这对姐弟的来历心存疑点，但得他们照料，他也心存感激，于是没再多问，请辞道："相救之恩，改日再报。"

因为步履匆匆，走不过三两步，他便趔趄了一下，幸而及时抓住桌沿才稳住身子，拖着一条伤腿一瘸一拐地继续向外走。

青珑看得于心不忍，追过去扶住他："无医无药，你不能走动，否则若止不住血，情况不容乐观。眼下伤势紧要，其他一切再从长计议了。"

"无碍。"身为主将，肩上担的是万千将士的命，他却在战时离军消失，一旦那期间发生万一，只怕万死也难辞己咎。

更何况……他再也欠不起任何无辜者的命债了。

"大军已经退敌，你不用担心，保重自己。"青珑劝不住，便向他坦白："相较前几日，今晨镇外安静如常，也听不到青木原传来的喊杀声。倘若凉兵能冲关入内，一定到处烧杀抢夺，绝不会是这般景象，可见他们十有八九已败走。"

"但愿。"他低低道，并没有停步回头的意思，包扎过的伤口处渐渐有血迹溢出。

"你不能再走了。"青珑悔恨自己当初下手太重，伸手拉住他，蹲下来检查。果不其然，她最担心的事还是发生了，伤口不仅开裂涌血，周围亦泛红肿胀，隐有染受毒菌的迹象，再一触他额头，竟已发热。

青珑心惊不已，伤口本就不浅，眼下硬捱是不行了，必须尽快寻药救治。

偏巧不巧，头顶突然传来一阵窸窸窣窣的脚步声，杂乱不堪。

褚子逍守在甬道口，最先听到了外面的动静，匆促跑下来道："有人来了。"

青珑不由戒备起来："可能听出是谁？"

"凭脚步声判断，那些人都穿着皮底硬靴，不似寻常人等。敢在这兵荒马乱的节骨眼上私闯民宅的，非兵即盗，暂不确定是哪方。"

青珑寻思不出，叮咛道："我出去看看，你留在此地，与他互相照应着，若有万一，就把地窖的门封死。"

褚子逍极不放心，追她到甬道处，还未开口，头顶倏地压来一个浑厚的脚步声，迫得他连忙止声，屏息静听。上面依稀有对话声飘来，听不清字眼，旋即响动消失，那些人也渐次撤走，一切恢复如初。

有惊无险，青珑彻底放心，正当她准备返回时，却不知想起了什么，脑中灵光一闪："子逍，有了。"

褚子逍一奇："什么？"

"营中不是有随队的军医，那里伤药齐全……"

"你疯了！"还未等她说完，少年一口否决："那么危险的地方，弄不好被当成细作杀了，我不准你去！"

"再耽搁下去他的腿就要废了，我良心不安。"青珑压低声音道："凉兵大败收场，军心受挫，内里定然人心惶惶，草木皆兵，正是良机。"

"所以你要到凉军驻地去偷药？"褚子逍满面紧张，死活不答应："把他送回西川大营就是了，为什么要多此一举，冒那么大的凶险？如果非要去，那我跟你……"

"你去了谁来照顾他？你放心，阿姐会小心。"她劝住少年，说话间目光渐沉："这一趟外出，为了他，也为了我们。"

褚子逍愕然。

"不从戎不统兵，敌不过千军万马，你我蚍蜉之力想要撼树，无异于天方夜谭。治好楼西越，落下这份'人情'，日后我们才有希望承他情面进入大营，这是其一。其二，罗傲身负重伤，眼下却只是退居浮顶山，并未率领残兵败卒回朝，可见他尤有不甘，还想伺机杀回来。在他心意未改之前，大可激他一把，让这浮躁轻率的莽将再来送死。否则他若就此败走，我们再想杀他便力不能及了。"

褚子逍怎肯心安，正要劝她，忽见楼西越出现在甬道那头，拖着伤腿跌跌撞撞地追了出来，走上台阶。

"子道，照看住他。"青珑亦及时止声，揭开木板，趁机爬出了地窖。

远离了西川，在浮顶山整顿的这几日里，罗傲满面阴云，持刀站在秋风游弋的山头。

放眼山下，高低起伏的旷野上旌旗匍倒，断刀交叠，烈血与残肢杂糅在一起，骇人心魂。

他越想越气，一拳砸在树干上，震得枯叶纷纷飘落，自己也禁不住伤口的剧痛，闷哼了一声。

"将军，只是开始，不必消沉。"下属裴战见他情绪失常，持刀上前，劝他息怒。

"可有查到那人来历？"

裴战摇摇头："尚未可知，当日那刺客行动失败后便逃得无影无踪，不知去向。"

"哼！"罗傲嗤之以鼻，"不过一介女流而已，妄想得逞，倒是姓乌那小人，活腻了出来找死！"

裴战并不清楚他的旧事，也未深究，禀道："将军，有一事甚是蹊跷。"

罗傲捂着伤口回头："说。"

"探子来报，昨夜敌方动静大变，楚定云不知因何，突然改派三军副将宋令宣指挥众军。"裴战狐疑不已，斟酌着道："开战至今，对方一直都由楼西越坐镇，为何他会在我军溃败之时被撤换？不仅如此，那刺客消失后，楼西越也不知所踪，属下猜测，他是不是出了事？恐军心受挫，士气大损，故而楚定云速遣宋令宣前来压阵。"

罗傲一奇："属实？"

裴战肯定地点点头。

罗傲踱着步子，低头揣摩，一条斜划的狰狞刀伤爬满他半张脸，观来异常可怖。

"莫不是他与那刺客在一起？为了一个不知从哪冒出来的无名杀手，却置大军于不顾，这不像楼西越的做派。"

"或许未必。"裴战思量着道，"即将收战之时，确有人看到过，楼西越单人单骑追踪那杀手去了……会不会就是那个时候，他出了事？"

罗傲不愿相信，却又心觉他的话有些道理，至少对方放弃乘胜追击的打算，且毫无出手的迹象，单从这点来看，敌军内里定生变动。若能在这个时候出其不意，给他们痛快一击，未必没有反败为胜的机会。

"放出消息，就说楼西越战死荒野，最好派人做些伪迹，让夏兵信以为真。然后通知所有人，做好准备，等到合适的时机出山再战。"

裴战虽然点头答应，却并不怎么干脆。

罗傲冷目看他："怕了？"

他赶紧摇头："将军误会了，末将担心的是我们伤亡众多，加上粮草不济，倘若再鲁莽出击，只怕……"

罗傲一怒："你的意思是要当缩头乌龟，然后领着残兵败将滚回浣城，等着被朝中那群酸儒和迂腐之徒嘲辱？"

"将军请息怒，末将并非此意。只是楼西越虽然不在，但还有宋令宣，他是个沙场老滑头，跟随楚定云打了半辈子仗，不见得会吃亏，据传楼西越就是他一手栽培出来的。而且……"

"够了！"罗傲怒其不敢为，额上青筋颤颤，厉声对传事兵道："通知裴原，清点剩余兵力，尚能站起来的伤兵加紧救治，不能杀敌的全部编为死士！并警告他，要是还想做这冲锋陷阵的将领，就不要心怀妇人之仁，任何时候，都不要让自己背着无用累赘！"

裴战大吃一惊，跪地求道："此次被迫退兵，士气萎靡，亟待振奋，这么做只会更寒兄弟们的心，请将军三思！"

"难道要让他们拖垮整个大军？"下属的劝告仍然撼动不了罗傲的决心，他冷声冷气地道："不激其斗志，那些孬兵永远也不会知道，只有拼了命才能在这人吃人的战场上活下去！你兄弟二人尽快去办，别让本将失望。"

"将军……"

"别废话！"

裴战请求无果，见事情没有回旋的余地，只得颓然起身，踏着沉沉的步子领命去了。

还没走开，一个小兵突然慌里慌张地奔来，满脸黑灰，大声喊道："将军不好了！"

裴战顿步："发生何事了？"

"营地失……失火了！"

一语出，将属二人俱是变色，向着驻地急急返回。

未到近前，滚烫的热浪扑面打来，连天火海将阴沉沉的天际映得惨红无比。借着飘荡的山风，火势急速向后蔓延，瞬间引燃了附近数排大帐。雪上加霜的是，水源稀缺，山路又坎坷，导致汲水不便，他们就只能眼睁睁看着一顶又一顶帐篷被大火吞没。

罗傲无比震怒，揪住一个冲出火海的士兵，吼问："谁干的？"

"回将军，方才巡军发现一兵行举鬼祟，便全数追击，一时大意，疏忽了此地防守。谁想人没逮住，还叫对方混到此处，纵火行凶……"

罗傲气炸了肺："一群窝囊废！"

一波未平一波又起，这边大火还未控制住，又有士兵匆忙跑来："将军，出事了！"

罗傲目眦尽裂，阔步而去。

裴战见势不妙，也赶紧跟了过去。

匆促赶到事发地的时候，只见周围一片狼藉，地上躺着十几个巡兵，已经了无一息。一名身着凉军战服的女子手持匕首架在军医喉咙上，正与周围的士兵僵持着。

"大胆细作！"裴战拔刀而起，身如猎鹰，猛刺向她脑袋。

那人一把将军医推到他胸前，旋身避开了刀锋。

裴战步步紧逼，直刺其要害，然而对方身手矫捷，反应惊人，十几招下来他竟近不了身，顿时喝道："去叫裴原！"

巡兵忙向罗傲请命："将军，您看需不需要加派……"

罗傲的面色要多阴冷有多阴冷，挥了挥手，示意他照办。

不一会儿，营地兵影攒动，形成一个包围圈，将激战正酣的那人困在中央。

率领弓手围来的是一个与裴战年纪相仿的将领，他毫无迟疑，喝令道："弓手备箭！"

一时间，弓弦作响，箭光刺目。

"且慢。"箭雨将发之时，那女子忽地罢手，表示不再做困兽之斗。但见罗傲一直盯着自己胸口，她忙将偷来的东西往怀中摁了摁。

"交出来。"罗傲不知道她偷了什么东西，面色阴寒地一步步靠近她。

那人正是青珑。

面对这个莽将，她不由回想起了当年此人率兵屠城的狰狞模样，一瞬间杀念骤燃，恨不得将其千刀万剐，哪怕为此同归于尽。但很快，她便松开拳头，强迫自己冷静下来，用着不同于她在沙场上的假音道："仅是一些破药，诸位不至于如此吝啬。"

罗傲凶狠地打量着她，一度以为此女就是那名来历成谜的蒙面杀手，但两人却又是完全不同的声音，这让他一时无法肯定，更不知其意。

青珑同样在察言观色，适时给他递假话："少将军被人挟制，身受重伤命在旦夕，作为他一手调教的暗探，自当替他卖命寻药。听说北凉极寒之地漠北盛产神仙药，顺道过来看看……"

果然，事关楼西越的隐情让一众北凉将士既惊又喜，罗傲与裴战对视一眼，断没料到方才的臆测成了真。

但他仍然将信将疑，再次盘问："何人挟制？"

青珑故作迟疑，久不答话，在被他吼喝着威胁一声后，方才徐徐开口："未露真容，无人知其样貌，但听她胁迫少将军时所言，似是从青桑而来，将门之后，其父霍铎。"

"霍家人？"罗傲颇为惊诧，突然想了起来，行刺他的蒙面女杀手同样提到了早已亡国的青桑，是否她们同属一人，且是当年霍家并未死绝的孤女？

如果是，那么消失的这几年里她在做什么？难道已与背叛青军的乌德泯尽恩仇，一致针对起了外敌？

青珑摸准了时机，再接着道："从我窃听到的隐秘来看，她与一个叫'乌德'的人联手要挟少将军，逼他为其所用，然后借助西川的强兵劲卒，诛尽外敌，似乎……"

见她打住话口，罗傲恐吓的目光再次瞟来。

青珑这才补充完整："似乎罗将军只是目标之一。"

"你的主子是什么样的人，你会了解？"仅凭三言两语，罗傲并不十分相信，拇指一挑，刀锋赫然亮出，警告性地映到青珑面上。

青珑不慌不急地道："少将军志存高远，自然不会受人威胁，但若他将计就计另有想法呢？权途难登，荆棘与刀光剑影同存，多一个援手总没有坏处。"

"将军，此人花言巧语，所述虚实难辨，请莫……"裴战抱拳对罗傲道，生怕他大意信之，逮住楼西越"命在旦夕"这个不知真假的机会，做出将大军送往绝路的轻率决定。

但是话没说完，罗傲便挡了回来，吩咐他："派人查下霍家孤女和乌德。"

说完，他踏着沉沉的步子走过来，逼视着青珑，从齿间磨出的字眼冰冷如刀："人在哪？"

青珑自然明白他问的是楼西越和"霍家人"，故意含糊其词，拖延时间，以便思索该怎么脱身。

"想活命就老实交代！"一个清亮有力的声音传来，重重警告她。

她这才注意到罗傲身旁的两名部将，暗暗惊奇，竟是如此相像的样貌，心猜他们若不是亲兄弟，天理都难容。只不过一个看起来老成忠厚，另一个眉眼有神，眸子精亮，想来是完全不同的性情。而方才恐吓她的，就是后者。

裴原刀指她要害："说！楼西越在哪？"但见青珑左右环视，便知她意欲逃遁，他断然喝令："放箭！"

一息间，拉弦声森然乍响，箭光灼灼。

青珑渐感不妙，将要拖延不下去的时候，突然神思一转，有了主意，伸手指着那两人，斥道："你们贪生怕死！少将军性命堪忧，还不设法营救！"

这话一出，所有准备放箭的弓手，连同罗傲在内，也一脸震惊，上百人齐刷刷看向兄弟二人。

"少将军待你们恩重如山，视同兄长，如今他身陷险地，你们助我来到此地，却不设法保我周全为他带回良药，居心何在？"

"信口雌黄！"莫名被推到风口浪尖上，兄弟俩无比惊愕，拔刀就上，却被罗傲竖手拦住。

两人大惊，紧张地澄清："此女妖言惑众，将军莫要受她挑拨！"

青珑不给他们辩白的机会，步步紧逼："既然难逃一死，我也不怕让你们陪我下地狱！少将军将你们安排在罗傲身边，便是信你二人如手足，靠你们暗中递送情报，一举歼敌。并待此次凯旋后予你们重职，岂料你二人背信弃义，半路见风使舵，见他生命垂危却无动于衷。原来助我混入驻地并不是为了给药，而是除掉知晓你们真正面目的我。你们不仁，休怪我不义！"

"刁女，含血喷人！"兄弟二人心齐如一，拔刀杀向她。

青珑身形骤闪，避开了他们的合袭，却也不敢拼力反击，否则自己稍稍占些上风，周围这些待命的弓手必将她射个千疮百孔。

不过现下唯一有利的是，自己的挑拨虽然没能让罗傲全信，但是看他的脸色，似乎多少对这两名部将心生疑虑。

这样一来，只消加以离间，北凉大军内里就会自相鱼肉。这于她而言不无裨益，既有机会斩除罗傲，并借他之手引出乌德，又能顺利为楼西越偷到药，不枉她犯险来此。

正沉吟着，眼前寒光一闪，两把战刀夹击成剪朝她脖颈削来。

青珑弯身避开，继续挑唆："你二人忘恩负义，少将军若是知道，做鬼也不会放过你们。"

"挑三豁四的刁女，闭上你的嘴！"

罗傲没有应声，阴沉沉的目光在兄弟二人和青珑身上游移，心思揣摩不定。不过冷眼旁观了几招，他的耐性很快消磨殆尽，忽地一挥手，弓手再度依令攒动。

搭箭，拉弓，瞄准，上百支利箭森森然待发。

青珑不敢再恋战，依眼下这局面，再不想法走开必被射成刺猬，且放手一搏了。

她做好了打算，在裴战和裴原人各一脚飞踹而来时不闪不避，当空结结实实地挨了他们两脚，整个身子便如飞盘，直直飞往箭阵外。

落地滚动的时候，她倏地翻身起来，看准了一个下山的陡坡，点足一跳，抓着藤蔓猴子一样利索地扑了下去，顺带丢了两个异常响亮的字眼——

"谢了！"

兄弟二人大惊，才知这狡猾的刺客顺势借力离阵逃走。

罗傲气得齿关颤抖："放箭！"

刹那间，乱箭如雨，沿着陡坡鱼贯射下。

忽然，山下传来火器爆炸的回声，轰隆巨响如山崩海啸，直抵此处。

那是……西川大军的火蒺藜！

短短一瞬，大喝声在驻地火急火燎地传开："全军备战！"

◈ 第七章 ◈

筹算

罗傲的猜测偏离了事实。

因为是溃败后被迫躲到浮顶山，对于任何让他们感到不安的变况或异动，所有将属无不惊慌失色，在那阵爆炸声频频传来时当即调兵遣将，如惊弓之鸟一样拔刀戒备。

但是等到隐藏好队伍，潜伏在荒山中静观了片刻，那阵令他们心惊胆战的爆破声却渐微渐弱，到最后终于消失不闻。而在此过程中，没有听见一句敌兵的呐喊或叫嚣，更不曾看见一个敌兵的身影。

"将军，我们上当了。"

还在犹疑不解的时候，侦察兵仓皇跑上来，急急禀报："将军，那探子有同伙。那些火器都是他们从青木原上拾来的，拿来惊吓我军，制造混乱，然后趁机把她接应走了。"

"混账！"罗傲气得身子发抖，拳头握得咯咯直响。

青珑也不知道到底出了什么状况。

彼时借着陡坡的缓冲，她攀着一条条藤蔓疾速往山下逃，加上突出的岩石作为掩护，可以一面躲避从上方射来的利箭，一面出手反击零星围攻上来的步兵。但是逃命的时候，惊慌失措的呼声突然传遍整个山腰，接着她就看见凉军迅速集结，完全顾不到她。

她暗暗庆幸，身形急掠，快速逃到山脚，却在快要转入平川的时候，听到一个万分熟悉的声音。

"姐，这边！"

子逍！

她惊然，抓住他拍过来的一匹马，顺势溜上马背，语带责音地道："谁叫你来的？这么危险！"

"楼西越也来了，你快走，我去接应他。"褚子逍抬腿一蹬青珑胯下坐骑，迫使她连人带马转了个向，顺着平川飞驰而去。

"回来！"青珑匆忙勒马，回头一看，见楼西越从山脚下的密林里打马冲了出来，数十名凉兵驭马狂奔，紧追不舍，打头的几人冲到他身后，挥刀舞枪，悉数刺向他后背空门。

楼西越身子一倾，手中长枪一扫，一刀削过数人脖颈，然后挥鞭驰骋，追到调头杀回来的青珑身边。

两相对望，他不动声色，一双深邃而幽远的眸子笔直探视着她，内中尽是猜疑。

孤身一人独闯营地，这样的身手和胆魄，他已无法将其视为寻常农女。

但是轻重缓急他心有分寸，只一眼便收回目光，杀向扑来的凉兵。

终归纸里包不住火，藏得再深，总有显露马脚的一刻，眼下便是。青珑自知露馅，不敢多言，随他一起冲出凉兵的包围，杀出血路撤了。

短短一瞬间的工夫，三人消失在赤地千里的青木原上，融入天际不见，直至摆脱了追兵的纠缠，方才停下歇脚。

楼西越下马落地，连日作战加上因伤失血，他疲惫不堪地坐在一块大石头上，就近扯了些马刺草，揉碎贴在涌血的伤口上。

一只手急急伸过来想要帮他敷药，却猛然被他攥住手腕。

青珑一惊，向他解释："是我……"

他面容冷峻，目光幽幽地审视着她，整个人像一把出鞘的剑，想要刺穿这张皮囊下的真面目。

她的出现，究竟是意欲掀风起浪之人的阴谋，还是，她就是年少时他认识的她？

褚子逍以为他要对青珑动手，急忙道："阿姐看你血伤难愈，铤而走险去找药，你不说声感谢就是了，为何还要如此无礼？"

"抱歉。"楼西越意识到了自己的不该，松开手，低低道："你们走吧。"

说完他拖着伤腿站起来，解开缰绳，牵马离开。

有些执念该放便放，大局当前，不容许他心猿意马。何况过去那么久，也许他早就成了她生命中的匆匆过客，不留痕迹。

青珑褪掉扒来的凉兵军服，追上去拦住他："我的话你可能不信，但是凉军败退，今日你已亲眼看见，总该相信自己的眼睛。就算急着回营报平安，以定军心，至少也得先上点药，稳住伤情。"说着她从怀中掏出盗来的药，伸手递给他："止血退热消肿的都有，你尽快用上吧。"

"行走乱世不易，自己留着吧。"楼西越谢绝了她的好意，拽了拽缰绳，牵着马绕过她走了。

"喂……"青珑喊不动他，却发现他并不是往西川大营的方向去，更没有随她回龙虫堂养伤的意思，一时惑住："你去哪里？"

楼西越不答，一瘸一瘸地埋头走自己的路。

受到冷落，青珑本想就此离开，但又实在不放心他，于是和褚子逍默默跟在后面，当作送他一程，看到他平安到达目的地再走人。

楼西越生性孤僻，不擅交际，一路上闷声不语，似在思量如何婉拒旁人的好意，又怕自己不知好歹的样子伤人善心，便任由他们跟着。

远处青岚袅袅，天野一色，一座两层竹楼在向晚氤氲的薄雾里若隐若现，被后方一座不甚险峻的山坳包围着，远离俗尘纷扰。楼前三丈开外有一条小溪，两旁栽了几株垂柳，轻轻摇曳，战祸的血腥和惨烈并没有殃及这里，小楼依然安静如往。

看到竹楼，他停了停，沉声道："进去坐吧。"

"你的住处？"青珑呆住，有些不可置信。两月前她与褚子逍辗转到西川，就听那里的百姓窃窃私语过，说楼西越是西川大军统领楚定云的养子。倘若此事属实，他不是应该与楚定云同住将军府，为何独居陋室？

难道那些风言风语只是谣传？又或者他与楚定云之间有什么嫌隙，连将军府也不回？

钥匙埋在一棵柳树下，楼西越刨了出来，开门而进，楼内宽阔亮敞，但摆设简陋，除珍藏了一些兵械和兵书外，就剩下日用物什，再没有其他多余的东西，甚是空荡冷清。

"蓬门简陋，请自便。"他打完招呼，默不作声地去了二楼居室，很快又拎着一个药匣下楼来，独自走向门外那条溪水边，倚树坐下，低头处理伤口。整个人像一幅安静而遗世独立的水墨画，与落日余晖融为一体，孤绝清然。

"姐，情况有些不对。"褚子逍满腹狐疑地道。

青珑临门而立，眺望着夕阳下那抹安静的孤影，何尝不是同他一样，脑海中画了无数个问号："子逍，你先进去歇着，我去看看他。"

晚霞将她徐徐走来的细影拉到他身边，旋即她蹲下来，想帮他打下手。

"我可以。"楼西越侧了侧身，婉言谢绝了她，随后道："天黑之前我会回营，这里留你们借宿了，夜里当心。"

"我们好说，在外漂泊居无定所，露宿荒野也是常有之事，早已习惯。"

闻听此言，楼西越稍稍抬头，面有不解："龙虫堂不是你们的？"

青珑摇摇头："说出来你可能不信，原本是一个采花贼开的绸庄，却挂羊头卖狗肉，明面上经商，实际拐卖弱女，将她们藏在地窖内，然后再经过人贩高价倒卖给权贵人士，供他们享乐。要不是上当受骗了一次，我也不知道会是这样，所以将计就计端了他的窝。自己初来乍到，暂无居所，舍弟身体抱恙，不能经受风寒，于是就和他将那个地方稍加改造，当做避风之地。他诨名青虫，我叫青珑，合起来就是龙虫堂了。"

听完她的解释，楼西越的目光有些凝重，不知是怀疑还是相信，肃声问她："你是什么人？"

"穷人。"青珑坦然迎上他的视线，笑了笑："楼少将军看不出来？"

他语噎，心知她在闪烁言辞，问也不会说真话，就没再多言，埋头给自己上药。

"疼不疼？"青珑想帮他，却被他拒之千里，在一旁干着急。

像是被什么字眼刺到，楼西越手中的动作慢了几分，一瞬过后又恢复如初，草草洗净伤口周围的血，倒了些药，抽来纱布就绑，全然对这伤痛已经麻木的样子。

"你这人真是奇怪。"青珑禁不住担心，从他手中拿来药，轻轻给他敷匀，一面道："心眼看起来不坏，生得也俊，为何总是闷声板着脸？不知道的还以为催命鬼找上门了。闷葫芦敲打着还能梆当应几声呢，你都比不过它。"

楼西越极不适应与陌生人如此近距离的接触，身子侧到哪她便追到哪，尝试几次无果，只得僵直着脊背任她鼓捣。对于她的话，素来寡言的他显然是默认的，他宁愿画地为牢把自己困在里面，也不会主动尝试着与人往来。

青珑撬不开他的嘴，实在服气此人，干脆将这绰号送给他了："闷葫芦。"

头一遭被人如此称呼，年轻少将坚决不答应，俊眉一蹙："我有名有姓。"

青珑失笑，接下来要说的话有些敏感和冒险，所以她仔细斟酌着言辞，甚是谨慎地问他："我能否……向你打听一件事？"

楼西越侧目看她一眼，意思就是：说吧。

"听闻西川大军常年募兵，若我前去应征的话，不知……"

这样的问题出乎意料，令楼西越颇感诧异，深眸里即刻蕴生出一些警惕。

尽管明面上没有说，但对于面前这对姐弟的身份和来历，他的心里一直存有诸多疑虑，比如她一介孤女，为何会身怀绝学，竟能从驻地全身而退？若仅是单纯寻药，她断无必要以身犯险搅扰凉军，是否她还有别的不为人知的目的？除此之外，当他追捕那名行踪诡秘的蒙面女杀手时，突然遭人偷袭下药，接应她的人是谁？更为可疑的是，从那之后，她便人间蒸发了一般销声匿迹，而这姐弟俩偏巧不巧就碰到他，还将昏迷的他救回龙虫堂。

所有一切是巧合还是蓄意谋划，他不得而知，嘴上虽未说，却心觉必然与他们有关。

除此之外，还有另外一个问题萦绕在他脑海——沙场上行刺罗傲的蒙面女子，究竟是不是当年渡口的那名少女？

一念至此，他的心海无端端泛起一丝涟漪，混漾难平。

"为何从军？"不管相信与否，毕竟得她援救，她又冒死替他去盗药，他也就做不到对这对姐弟的艰难视而不见。

青珑无法言明，只能换种方式避实就虚地解释道："实不相瞒，我与子逍曾沦落奴场，为了摆脱控制逃出来，得罪了高门子弟。那种被人追杀的日子过得如履薄冰，而大营里既不用担心食宿，又不会跟人起争执，还能保家卫国，自然就想从军了。"

听到这话，楼西越沉思良久之后才开口："如若没去处，这间竹楼留给你们，还你二人相救之恩。沙场上刀枪无眼，从军非是儿戏，三思。"说完他掏出钥匙递给她，便起身回楼，单薄身影被余晖打上了一圈朦朦胧胧的光晕，倍显萧瑟。

青珑心生感激和愧疚，喊住他："这是你的家，就这么让出去，你怎么办？"

楼西越没有想过，但觉自己孑然一身，比起他们来说，总归好将就。

青珑本就对误伤他又欺瞒他之事内疚不已，怎肯平白无故再拿他东西："无功不受禄，我怎能厚颜至此，这跟明抢有什么区别？"

"我愿意。"他头也不回地道，言语之中并无惋惜和不舍，似乎"家"于他而言，不过一座竹木搭成的冷冰冰的空壳，除此之外再无任何意义。

"闷葫芦，你的好意我们心领，但这住处是决计不会要的。"她将钥匙还给他，郑重其事道："从军之事我已思虑再三，决意不改，但毕竟身为女儿家，叫人听来多少有些荒唐。不过天无绝人之路，办法总是会有的，来日方长，我与子逍再另做打算了。"

"这些都是上等伤药，你拿着，按时给自己用上。"她把盗来的药全部交给他，仔细叮嘱："回营后尽快找军医诊治一番，以免拖久了落下遗症，战事固然重要，但同样也要保重自己的身子。天色不早，我与子逍也就此作别了，后会有期。"

楼西越怔视着她离开的背影，心底莫名有些空落，短暂沉默过后，他忽地大步上前抓起她的手，把药一股脑儿塞到她掌心。没等青珑说上话，他又拽住她手腕，把她拉到了楼前的柳树下，径直道："上马。"

这一声干干脆脆，毫不拖泥带水，叫一旁正在优哉游哉啃草的马儿惊了一下，抬头喷了个响鼻。

青珑颇为诧异，一时没反应过来："做什么？"

"我可以将你们引荐给楚定云，但能否如愿，全凭本事说话。"

青珑张口结舌，既有出乎意料的惊喜，又有无以名状的感激，却又不能不顾他的伤："那就等你伤势痊愈后，我们再去大营找你，不在乎这一时半刻。你肩负着戍关卫国的重任，当下先全力应敌……"

"上马。"楼西越恍若未闻，一语打断她，不明白为何旁的人总是有那么多话可说，索性自己解开缰绳，塞到她手中。

"这就去了？"青珑只是试探而已，并无十足把握，在没有任何心理准备的情况下，这样的决定令她心中七上八下，更服了这个少将说风就是雨的做派，以及拗不动的倔脾气。

正要动身，远处高低起伏的旷野上忽而现出数个若隐若现的身影，冲破向晚地平线上袅袅升腾的薄烟，纵马奔来。

带队的是一个与楼西越年纪相仿的部将，剑眉星目，明朗如日，观来沉稳忠厚，此刻却满肩仆仆风尘。后面跟来的数个士兵亦如他，身上沾满风干的污血，一群人形容狼狈，眼里盛满了显而易见的疲惫与担忧，但在看到静伫水岸的楼西越后，瞬间化为克制不住的喜悦，挥手激动地大喊："少将军！"

"景威？"认出部下后，楼西越苍白清容上神采渐现，大步奔过去，一见他们的模样，心中顿时了然，自责又愧疚："对不住……"

景威喜出望外，如同在生死边缘捡回一条命，心有余悸地道："少将军失踪后，属下带人没命地找，整个西川都快被翻遍了。我们最早来的就是这里，却不见人，只途中碰到了独自在荒原游荡的火曜驹，我以为……以为……"

最后那些不吉利的字眼，他无论如何都说不出口，高兴地将一匹健硕的战马牵到楼西越身边，继续道："直到今日午后，宋叔突然派人来报，说我们的探骑生擒了数名凉兵，从他们口中得知敌营出了大乱子。宋叔思量着事有蹊跷，遂让我顺着凉兵指引的方向继续寻，没想到就是少将军……要是还没有，属下不知道该怎么办了……"

生死兄弟安好无事，楼西越亦倍感欣慰，眼里滢光闪动，抬手抚了抚火曜驹的脖颈，拍拍它脑袋，苍白俊容上露出一丝难得一见的清浅笑意。

青珑站在一旁静静看着他们，许是想起了什么，这般在刀枪箭雨中换来的铁血情义看得她不由动容，鼻尖发酸，心口生疼，带着些许难以启齿的刺痛和酸楚，将她的思绪拉到久远得回不到的过去。

"姐。"褚子逍知她定是睹物追昔，想起了归龙关那些已经化身枯骨的青桑将士，所以才会黯然神伤，便哑声安慰她："不难过。"

感谢在这烽火连天的乱世中，还有这个少年与自己相依为命，青珑冲他笑笑，去了悲思，极力使自己不去回想那些悲郁旧事。

"少将军，这两位是……"几番诉衷后，景威这才注意到旁边站着两个陌生人。

楼西越转身看了一眼他们，沉声道："救过我。"

景威毫无迟疑，当即抱拳致谢，言语中那份由衷的诚恳倒让青珑和褚子逍甚感受之有愧，赶紧上前回之一礼。

要说相救是有那么些许，但若不是她失手伤人在先，也不会害他至此。

"收拾一下，带他们回营。"楼西越没有过多寒暄，吩咐一声，行将上马时，忽地怔立在火曜驹身旁。

空旷的原野上，忽而飘出一阵马蹄声，急促而钝闷，随后又有两人朝此处奔来。

不多时，两匹战马上各跳下一名中年将领，一个清朗威肃，面上笼罩着冬雪一样的冰冷气息，不怒自威，正是三军统帅楚定云。另一个是副将宋令宣，不同于前者，看见楼西越后，他的面上露出如释重负般的喜色，系好缰绳匆促来到他身边，上下查看，询问他有无受伤，言语之中尽是关怀。

楼西越愧对他的关怀，内疚不已，抱拳致歉："害宋叔担心，对不起。"

眼角余光落到一旁的将者身上时，他面色微变，眼里的光亮黯了黯，短暂挣扎过后，最终依着军礼问候一声："见过将军。"

楚定云目光如炬，胸口隐隐起伏着，似在强压心头怒火，闻言也不答话，而是付之以冷哼。

景威分外焦忧，急声作解："少将军已经大败罗傲，重挫凉军，最终逼退了对方，或许他出于别的考量才在事后离队，并无心弃大军于不顾，请……"

楚定云置若罔闻，冷目睨了一眼楼西越，出口的话没有半分温度："大敌当前，身为主将，却在紧要关头抛下大军，不告而别，缩到这里过舒坦日子！"

"将军……"事情来龙去脉都还不知，就一厢情愿如此认定，重语伤人，宋令宣看不下去，愤而责他："事出必有因，这些连问都没问，你怎能如此断言？"

"错在我身。"楼西越无法向任何人解释清楚，自己那一瞬间的冲动之举到底是为了什么，唯一庆幸的是，在他消失的那段时间里战局没有发生异常，否则这辈子他都无法原谅自己。"两军对垒，本该心笃神定，末将昏聩妄为，险铸大错，其罪难恕，回营自当受罚，以儆效尤！"

这般意想不到的场面看得青珑和褚子逍心生惊疑，因为气氛不对便没有贸然开口，不晓得楼西越与楚定云之间有什么嫌隙，以至于将属貌合神离到这地步。

市井传言他们是养父子，又是并肩作战出生入死的将属，本该亲密无间，为何看到的一切截然相反？

"景威，回营。"就在她思量的当儿，楼西越的声音再次传来。

见这少将隐忍至此，青珑不免替他担忧，上前一步抓住马缰："你伤势未好，不能长时纵马。这件事我也有考虑不周的地方，责任不可推卸，早知会这样，当初就应该第一时间将你送回大营，不该留在龙虫堂，白白害你背上这罪责。"

"与你无关。"楼西越夺回缰绳，翻身上马，将走之时向她许诺："放心，答应你的事不会食言，此处留你们安身，夜里注意山中走兽，告辞。"语毕，他一挥鞭子，绕过楚定云飞驰而去，清隽而单薄的身影瞬间消失在苍茫原野中，唯余一路铮铮铁蹄的回音。

宋令宣没能阻住他，急忙让景威带人跟上。

短短片刻，竹楼外安静如斯，只剩下青珑姐弟和楚定云将属，因为彼此不认识，便都不发一语。

"您就是大名鼎鼎的楚将军？"目送楼西越离开后，青珑的视线落到将者身上。

楚定云听得出她语气中的责备，也不回答，转身跨上马背。

"统兵摄下，不单靠严刑峻法，为将者亦当量情酌理，恩威兼具，是是非非更不由一己偏见裁定。若只记过不论功，有何道理让他在沙场替你卖命？"作为旁观者，又是晚辈，本不该逾礼指责，怕就怕闷葫芦哑忍不言，回去后被他重罚，青珑无法心安，忍不住开口："晚辈冒昧直言，楼少将军遭人暗算，受伤昏迷一夜，且无药可医，在亲眼看见凉兵悉数败退后才肯安心回楼敷药。纵有失职之过，却无畏葸退缩之心。相识一场，并非出言替他脱罪，只是转告事实。"

楚定云默然听着她的话，没有说什么，只是眼里的悲楚若隐若现。他低头沉默顷刻，才调转马头，原路返回了。

宋令宣长叹口气，颇显无奈和伤怀。将要走的时候，他又回身看了一眼青珑姐弟，寻思了下来到他们面前，含笑道："姑娘仗义执言，本将代小楼谢过了。"

青珑自己也有不该之处，赶忙向他致歉："适才放肆，恕晚辈冒犯了。"

"无甚，姑娘所言颇在情理。"宋令宣摆手笑笑，言语间尽显平易近人的温和脾性。

笑过之后，他随口问了一句："两位可是小楼的朋友？怎的之前不曾见过，也未听他提起过？"

这问题叫青珑脸色凝了凝，看得出来这个副将谨小慎微，对无故接近楼西越的陌生人多有防备，大抵是怕他受到伤害吧。

"非是。"她快速斟酌了一番说辞，应道："仅是萍水相逢，朋友不敢当。"

宋令宣眼里的疑惑敛去了一些，颔首笑道："那孩子自小孤僻，凡事搁心里，不会诉诸人。两位被他安排住在这里，日后相处中若有不快，可也见谅些许，莫要怪他照顾不周。性情使然，并非那孩子不懂待人接物之道，而是外冷内热罢了。"

"岂敢，将军言重了。"见这副将不同于楚定云，对楼西越的关怀不亚于一个父亲，青珑心里也一阵暖意，莞尔应诺。

只是不知道，到底因为什么解不开的结，会让楼西越与楚定云之间产生那么大的隔阂，以至于他竟搬出将军府，独自落脚在这远离人烟的地方。

她收了游思妄想，嘱托道："楼少将军伤势未愈，战事虽然要紧，但也劳烦将军多加照顾了。"

难得有人惦记着楼西越的身子，宋令宣欣慰地笑笑："姑娘放心，本将会多加留心的。外面风大，两位快进去吧，战事未曾告结，没事的话就待在楼中，不要随便走动，注意保护好自己。"

送走宋令宣走后，褚子逍再也忍不住心里的不解，颇显吃惊地道："姐，不是说楼西越是楚定云的养子吗，那两人之间怎会是这样？"

青珑也心觉不该如此，惋惜地摇摇头，怕褚子逍的病身受不住外面的寒气，便跟他一起回到了竹楼。

"事情突然弄成这样，我们还要去西川大营吗？"

"自然。"青珑不改决定："不入军营，不掌兵马，谈何重建青军？这次不成，往后我们再寻机会。"

"可看楚定云对待楼西越的态度，就猜他十有八九不是好相与之人。"褚子逍想了想，将心中的疑惑和盘托出："这两年流浪下来，我们已经查到些微线索，得知当年叛贼乌德现如今改名陈晟，在夏都锽城担任公车尉，掌宫门警戒与巡视，与西川大军一朝一野。这两方瓜葛不多，平日里很难照面，如果要杀他，我们也应该想方设法混入京城军，但你决计要进入西川大营，除了空惹楼西越怀疑和防备外，能得到什么好处？又如何接近陈晟？"

"但是杀了他之后呢？"青珑不答反问，"还有罗傲，还有屠城最凶的萧王，也即现在的夏皇，以及许多我们甚至不知道名字的敌兵敌将，单单只是这样的话，一辈子也杀不完。"

褚子逍语塞，才觉自己的想法太过短浅了。

"子逍，这两年来你我亡命天涯，见过不少我族遗民，可还清楚他们的现状？"

褚子逍默然颔首，神色间多有悲戚和无奈："八年前乌德投敌叛国，导致我们青桑死伤无数，百姓流离失所。那之后，不仅疆土沦陷，我们的族民也成了那些权贵手中的玩物，凌辱、毒打、杀剐尽由其喜恶，过着牲畜不如的悲苦日子……除此之外，被拉去陪葬的也数不胜数……"

说到这里，他不忍继续下去，担虑道："阿姐，单凭我们两个人的力量，即便杀得了陈晟报得了仇，又如何改变族民的命运？再者就算我们如愿混入营中，万一被楼西越查出了你的身份，知道我们从军别有目的，我怕他……"

"所以必须巧借东风。"青珑拍拍他肩膀，给他信心："你放心，跟着巫爷爷在山上隐居了数年，受他悉心管教和开导，阿姐也已冷静下来，不会莽撞冒失的。至于什么人该信，什么人不该信，我心里有数。"

她一边沉思一边道："综观如今四国兵力，东亓临海，物资充盈，水师虽强但步骑两军不占优势，大范围攻伐还有不少顾虑。南燕国富地沃，不过疆域有限，兵力不多，也隐忍避战，走险中求安之路，抑或静观其变，待机而起。北凉君主傀儡痴儿，做不了主，诸臣觊觎帝权，争相倾轧，因而离心离德，内乱不歇，偏偏对外生事，此次罗傲进犯西川便是一例。西夏国土广袤，兵力最盛，但朝野分治，如若楚定云有一二野心，必是一代枭雄，恐怕大夏也该改元易姓了。"

"所以，你要从夏军下手？"褚子逍认真听着她的分析，约莫明白了她的用意。

"算是。你我没有一兵半卒，想要重振青军，光复故土，便只有在沙场上建功立业，培养心腹，逐渐囤积兵力。当下东亓中立观望，南燕避战，北凉一盘散沙，唯有大夏最为合适，只消挑拨朝野，便是风云际会！"

◈ 第八章 ◈
北商

———————————————————————————————————

　　褚子逍被她的胆量吓到了，惊得离座而起："姐，你不要忘了楚定云是什么人，楼西越又是什么人？他们将属虽有不和，但从未出现过在沙场上背道而驰的景况，可见这也许只是一时嫌隙。更重要的是，楼西越答应帮我们仅是出于还恩，跟相不相信我们是另外一回事。你别看他不言不语的，只观他看我们的眼神，如何猜不出来你大有来头？"

　　青珑不希望这个冰雪般剔透澄澈的少年过忧，抬手将他摁坐在凳，肃声道："两年前阿姐留信辞别舒九容，便是不想将时间荒废下去，这次趁夏凉交战，正好可以动手。想要成事，若不踏出第一步，永远也看不到结果。"

　　两年的相依为命让褚子逍深晓青珑的决心，对她的所作所为除了担心外，他都会毫无保留地支持。"但要在楚定云或楼西越麾下待下去，取得他们一二分信任，借他们之力来达到目的，你就得委屈自己。不管发生什么，都得听他们命令行事，不敢有自己的行动，否则后果可想而知。"

　　"大丈夫能屈能伸，没什么委屈的。既然上天怜我青桑，没让我霍家绝后，他日风云际会，必秉承同泽遗愿，收复故土，重振家国！"

　　褚子逍被她的话一激，心中顾虑瞬间消散，注视着她沉静却犹有千钧之力的目光，感激道："青桑能有阿姐这样的将门之后，是我们的福泽，以后你就是我们的大将军。"

　　见他肯放开心怀，青珑怜疼地摸了摸他的脑袋，心里很是自责："阿姐只恨自己没用，早先被仇恨冲昏了头，隐居的那几年里不肯听巫爷爷的劝，跟他学习医理，净顾着舞刀弄枪钻研兵法，未能承袭他的岐黄之术。以至于非但不能治好你的病，而今还让你跟着我到处奔波吃苦。"

褚子逍心头暖热，并不这么认为："要不是跟阿姐逃出奴场，我早就被人打死了，你别这么说自己。不管发生什么，只要你没事，我就比什么都开心。"

青珑破颜浅笑，心里积压的悲郁被少年的乖巧消磨了一些，末了对他道："天色已黑，今晚我们先借宿此处，明日再走。"

"去哪？"

"浮顶山。明面上难以接近罗傲，我们不妨混入驻地，乔装成凉兵，伺机动手。再者他已派人调查乌德，顺便也可刺探进展。"

翌日天方破晓，两人早早起身离开了那座竹楼，纵马直奔浮顶山。到日薄西山时，终于赶到北凉边地。

自从凉军兵败退居山上后，山下的小镇惶惶不可终日，到处充斥着紧张不安的气息，家家窗扇紧阖，闭门不敢出。

因此，当看见一间敞门营业的客栈时，两人不禁有些诧异，加上饥饿使然，便停了下来。

从门口向里一望，竟见里面坐满了壮丁，约莫有三四十个，像是一群饿死鬼投胎，个个狼吞虎咽，忙得老板与小二焦头烂额，一面摇头叹息一面抹汗，仿似在供养一群吃不够的恶霸。

"有没有觉得哪里不对？"乍一见这场景，褚子逍惊了一下，谨慎地道。

青珑也觉得这场面壮观得有些不正常，碍于小二上前招呼，就没有多说，在角落里找了一处位置，与褚子逍相对落座。

"小二哥，怎的这时候还有这么多男丁在贵楼吃喝？如此招摇，都不怕被官府抓去充兵吗？"褚子逍忍不住疑惑，在小二给他们倒茶的间隙悄悄询问，"该不会是……山匪吧？"

"嘘，两位小声点。"奉茶的小二顿时变色，慌忙做了个嘘声的动作，压低声音道："都是从山上下来的，不晓得是不是飞贼，说是给那些打仗的将领们带些酒肉上去，好给他们暖暖身子长长劲。但是看这样子，八成是白吃白喝的主，掌柜的都把家底赔上了，只望能保住命。"

"是吗？"青珑一奇，忍不住抬头环视一圈，目光却在将要收回的时候倏然凝住。

褚子逍不明所以，顺着她的视线看去，见她与一个二十出头的年轻男子互相对视。吃惊的是，那人看了几眼后突然丢了杯盏，大喝一声："抓住她！"

一语未毕，他拔刀起身，不由分说当先杀来，其余手下见状，亦群起而攻。

"快走！"青珑猛抓住褚子逍的肩膀，与他踏桌跃起，几步攀上楼梯的护栏。

不是冤家不聚头，原来那名男子就是裴原。

裴原万万没想到会在此处碰见这个纵火偷药还诬陷他们兄弟的暗探，若非是她从中挑拨，罗傲也不会怀疑他兄弟二人与楼西越有染，无形中与他们生出芥蒂。再加上她狡猾无比，借他们兄弟之力逃之夭夭，就更加让罗傲心生疑窦，从那之后看他与大哥的眼神都不同往日，派给他们的净是些无关紧要的杂务。

一想起这些，裴原就觉得心中憋屈，既恨那人离间挑拨，也恨罗傲疑三惑四，对他兄弟百般猜忌。现下竟在这荒凉小镇上狭路相逢，果然上天有眼，让他们有了洗脱嫌疑的机会。

想到此，他怎肯轻易放过此女："拿下她！"

众兵闻令扑杀，移动的身影左右夹击，将青珑和褚子逍团团围住，密不透风的刀锋纷纷刺向两人要害。

"他们是谁？"褚子逍不认识这些人，打斗中惊问一声，不晓得青珑何时与他们结下这么大的梁子。

"先保命，回头再说。"青珑无暇细说，一面抵挡这些人的围杀，一面护着褚子逍往外撤。

何曾想，肚子没填饱，竟招来一场杀身之祸，而且还是罗傲的手下。

不过也难怪，深秋山上霜寒露重，靠囤积不多的粮草，一众残兵恐怕难以维持长久，饥寒交迫在所难免。加之不少走兽渐入冬眠，猎捕不易，想要吃上一顿酒肉暖暖身子，不亚于做白日梦。想必罗傲也是耐不住，才遣这些人下山寻点酒菜带上去，以解饥寒。

不过，既然夜里她要上山，现下又被认了出来，为绝后患，必然不能手下留情了。

一时间，狭小客栈里血色如绸，刀光剑影交织不绝，吓得掌柜与店小二抱头跑往厨堂。

突然，二楼一间客房的窗户徐徐打开一条缝，露出一双深沉而漆黑的眸子，饶有兴致地注视着底下的厮杀场面。

这边裴原瞥见了掌柜的身影，顿时心生一计，追向后堂。返回来的时候，他拎了一桶滚烫的开水斜搭在二楼栏杆上，待青珑杀到正下方时，瞅准时机一倾木桶，沸水顺势瓢泼而下。

"小心！"褚子逍惊叫一声，没命地冲向她。

青珑也有所觉察，电光火石间慌忙扑开他，抓着他滚出水圈。

热雾滚滚，落地的沸水四下飞溅，打在身上如火灼日炙，烫得皮肤通红一片。

青珑拾刀而起，身形一掠，踏着桌椅攀上栏杆，一翻身越到二楼走廊上，堵住了裴原的逃路。

"别过来！"他无计可施，抓住掌柜当人质，胁着他连连后退，脚跟一蹬，踹开一间房门，将人质拖了进去。

房间里有一个约莫十四五岁的少年，见陌生人闯了进来，霎时面上杀意涌起，抬手拔剑。

一双深眸及时从靠近栏杆的窗边收回，落到他身上。少年意会，不得不收回剑锋，默然来到窗前。

倚窗而立一个年轻公子，二十又一的样子，俊美无双，身量清健，着一袭莹白色饰竹纹锦衣，腰坠貔貅碧玉，墨发用白玉簪半束半披，清朗华贵。

所谓谦谦君子，恰如其人。

面对先后闯到房间的陌生人，他的表情毫无起伏，从容又莫测，仿佛方才的厮杀于他而言不足为奇，浑然惊不到他。

裴原不知此屋还有住客，且看起来来头不小，当下退无可退，硬拖着掌柜到后窗，一把将他推了过来，自己则寻隙翻身跳了下去。

青珑正要跳窗追出去，那年轻公子却先开了口，含笑相劝："凡事好商量，打打杀杀惊动到官府，对姑娘也没有好处。"

青珑不知此人是谁，防备地盯着他："听口气，跟他一路的？"

这般臆测令年轻公子笑了笑，移步过来，挡在了她面前："何以见得？"

看似不经意的动作，却叫青珑谨慎地后退一小步，上下打量他——一个斯斯文文的富贵公子，能在这样的打杀场面下处变不惊，想来见过世面。更重要的是，他有意挡住她去路，想必深藏不露。

至于那个凉军将领，逃走了也不见得是坏事。他的属下全部命丧此处，而他却独自跑了回去，加上日前青珑的挑拨，未尝不会加深罗傲对他们兄弟的怀疑。

想通了这点，青珑也就释怀，抱拳请辞："那就多谢提醒，告辞。"

"相逢不如偶遇，何不坐下小酌一杯？"没等青珑下到一楼，那公子的声音从栏杆处飘来，说话间他已经踏过木梯，款款而下。

直觉告诉青珑所遇者不善，否则他不会一而再再而三地追挡她。

"两位好身手。"到了跟前后，他不吝嘉言赞语，谦和笑意始终挂在俊美面庞上，叫人看来叵测而难揣。

青珑没有见过他出手，也就不知道此人身手如何，但想着他既敢拦路，想必也不是泛泛之辈。因此面对这不知善恶的盛情邀约，她自然分外警惕，马马虎虎回一句"过奖"，便不再与其搭话，转身走向褚子道，仔细查他有没有被那些凉兵伤到。

"令弟似是身子抱恙？"那公子细察着姐弟两人，从少年异于常人的苍白脸色中瞧出了些名堂，于是主动提供帮助："在下游历各方，恰巧认识一位妙医，相信请其出手，用不了多久便能解去小兄弟的疾苦。"

青珑如何会相信此人，但这样的美好愿景还是像把针，深深戳到了她的心口上。

"姐，别信他，一定不怀好意。"褚子道的声音及时在她耳畔轻轻响起，生怕她上当受骗。

少年审视那人一眼，尽管此人外相谦谦君子，但笑起来总有一种让人捉摸不透的意味，想必表里不一，肚子里全是坏水。又怕青珑被他的俊美外表迷惑住，他赶紧拉住她："别看他，我们走。"

就在两人转身将离的刹那，那公子再度出声："两军交战，行走在外多有凶险，何不彼此结伴，互相也多个照应？在下随行备有糕点，泡些茶水将就着，也好过忍饥挨饿。"

他彬彬一笑，一举一动尽显温和之性，虽然锦绣华服在身，名贵珍玉作饰，可猜其殷实家底，但举手投足间毫无纨绔子弟的傲慢与轻狂，反倒随性自在。

青珑一语谢绝："公子好意心领，不必了。"

"能认识两位，看来缘分不浅，不妨一起赶路？"那公子又上前一步，始终笑得意味不明。

青珑紧紧盯着他，仅从其言语当中，难以猜知他如此大献殷勤的背后有着什么样的目的。但若强行动手，不知自己与子道能否从他手下全身而退。

不，应该说他们主仆二人，因为他身后还跟着一个少年，眉眼阴沉，危险得像一头野狼。

"公子也已看到，我二人惹了命案，倘若结伴，可要提着脑袋了。"青珑思量再三，最终还是没有冲动用武，拿不知输赢的后果做赌注。

"姑娘风趣。"那公子浅笑而应，也不再隐瞒自己的身份，道："四国纷争不断，乱世难行，杀人绝命之事屡见不鲜。从贾之人走南闯北，讲求门路通达，凡遇能人异士，自是欣然结交，故而冒昧了。"

一听这话，青珑心中方才有数，约略明白了此人的目的，一笑应之："如此，一道走吧。"

那公子回头，对身后的少年打了个手势，示意他出去准备马车。

青珑错愕，没想到这名随从竟是失语之人。

"哑奴延龄。"那公子含笑介绍，说罢摆手让道，示意青珑先行。

褚子逍极不情愿，拉住青珑，耳语道："不能上他的车……"

青珑挡回他紧攥的拳头，细声嘱道："你我不一定是他们的对手，先上车，稍后再寻机脱身。"

马车行驶得很快，不多时远离了那片小镇，行至荒陌，向着北凉境内转去。

彼时已是掌灯时分，星星点点的鬼火在荒冢周围不断闪烁，不时有犬吠声从远处的村落飘散开来，打破了夜晚的宁寂，使得这片田埂小道异常阴森。

"现下烽火连天，无论交战的夏凉，还是作壁上观的南燕与东兀海国，四处动荡不安，姑娘与令弟欲往何处？"茶过三盏，那公子随口笑问。

"浪迹天涯，漂泊四海。"青珑笑笑，想借打趣套出他的意图："看公子这势头，恐怕也同我们一样，虽说四处奔波，不过所图有别而已。"

"是吗？"那公子看起来兴致颇高，"姑娘认为，在下所图为何？"

"既是从贾之人，自然财利为先。"

"战乱频发，姑娘认为有何财利可谋？"

"公子方才有言，杀人屠命之事见过不少，可见不是干这行的，便也跟这行脱不了干系，没准行商问贾只是假象。"青珑端坐在马车内，神色平和，丝毫看不出戒备，漫不经心地笑道："时局动荡，生意不好做，容易碰到的便是身怀奇能异技之人了。若能物色到，养作爪牙和耳目加以利用，日后做起什么勾当……不，行当，所获岂不更多？所谓放长线钓大鱼，说的就是这般筹算。"

一语出，气氛顿时僵滞下来。

那公子面上的笑容凝了凝，却是一闪即逝，很快又现出谦谦笑意："姑娘风趣。"

"这不叫风趣，而叫口不择言，千万不要当了真。"青珑也不再同他打哑谜，直问："行了这么久，还不知道公子贵姓？"

"免贵姓沈，单名隽，北凉人士。"

青珑恍然知晓："原来如此，恕我眼拙了。沈家富可敌国，闻名遐迩，天下无人不知，难怪行头如此豪阔。"

"不敢当。"他启齿笑笑，"敢问姑娘芳名？"

"好说，一条龙，青龙白龙黑龙随便叫。"毫无预料地，她大言不惭地道，拍了拍褚子逍僵硬的身背，潇洒一笑："此乃舍弟，一条虫，青虫白虫黑虫也随便叫。"

"姑娘当真风趣。"沈隽愣了愣,又顿时失笑。见她不明说,他也就不再追问,顺着她的话道:"大虫为虎,龙虎生威,两位不同凡响。"

"这话担当不起。"青珑撩开车帘,望了望愈发深沉的夜色,道:"喝多了,我去小解,候我一时。"

"姐……"褚子逍紧紧拉住她,不知道她独自下车做什么,就差跟她一起去了。

青珑拍掉他的手:"要一起吗?这么大一人,害不害臊?"

沈隽再度失笑,安慰他:"小兄弟无须担心。"

"照顾好我弟弟。"青珑叮嘱一句,在哑奴停下马车后当即跳下去,朝远处一片枯林去了。

褚子逍望着她远去的背影,眉目间的担忧藏也藏不住。但对上沈隽投过来的笑容时,他无论如何都不能让那抹担虑表露得太过明显,是以不得不敛去忧色,收回脑袋,七上八下地收回了目光。

等待的时间超过了所有人的预料,久到沈隽也坐不住,从车内探出脑袋观望,一面使唤驾车的侍奴:"延龄,到这附近去找找龙姑娘。"

哑奴受令,顺着青珑方才离开的方向寻过去了。

走了不过数步,一声狼嚎突然在这片旷野飘荡开来,入耳森森,响声传来的方向正是青珑所去之地。紧接着一个求救声划破夜空,异常响亮地闯入所有人耳中。

"阿姐!"褚子逍吃了一惊,在那狼嚎声此起彼伏地飘开时,想也不想从马车里展身跃出,提过长剑飞奔过去。

沈隽一脸疑色,也与哑奴跟了上去。

褚子逍怎么也想不到,那阵狼叫是青珑故意发出的。

等他首先冲进枯林后,一个暗影突地窜了出来,二话不说将他扳倒在树丛中,示意他别出声。

"快走!"青珑停止了呼救,掬起一把土扔到别处的草叶上,然后与他沿着方才探好的其他僻径猫腰大步跑了。

沈隽这才惊觉上当,旋即抽出哑奴手中的长剑,朝颤动的草隙间飞掷而去,

但那里早已空荡无一物,也并非青珑逃走的方向。

"追!"他面上阴霾横亘,原本的谦谦笑意早已不再。

两人没命地奔逃,持续了将近一个时辰,确定摆脱了沈隽主仆后,这才停下歇息。

"果真不是好东西。"她大口大口地喘着气,看了看空荡荡的身后,总算稳下心。

"你就不怕他给茶水里下毒?试都不试就跟他以茶代酒碰杯。"

青珑抬袖擦擦他额上的虚汗，给他整了整散乱的衣襟："你确定我们就一定是他的对手？若非装傻充愣，哪能轻易逃走，早在客栈里就两败俱伤了。"

"无商不奸，那沈隽笑里藏刀，一看就不是什么好东西，你以后少跟这种人搭话。"褚子逍握紧了剑，责备地提醒她。"还有，以后有什么想法提前招呼一声，方才若不是你及时给我暗示，我当真以为你被狼叼走了。"

青珑被他逗笑："你姐再不中用，也行过军打过仗，怎会栽在狼崽手中？之所以不告诉你，就是不想让沈隽看出破绽，否则别想离开马车。再者，他在我们面前冒充好人，并未动武，可见同样心里没底，不敢轻易露手。之所以强行拦载，我猜想八成是他看中你我的身手，想让我们效命于他，替他干些见不得人的勾当，否则也不会把我们往北凉境内载去。但若不从，想必他还会生出什么手段来胁迫你我。不过……"

说到此处，她有一点想不通："他一介商贾，不理战事，到这烽火之地落脚作何？"

"你管他做什么，难不成日后还想招惹那种人？"褚子逍见她认了真，就拉她快些走，生怕沈隽主仆追上来。

青珑也有后顾之忧，但见夜色正浓，就没敢停留，与他加快了步伐，向着浮顶山速速行去。

夜里的凉军驻地一派安宁，却又透着显而易见的紧张气氛，除过持刀巡逻的士兵外，其余将士们都不敢沉沉睡去，稍稍有一点风吹草动便立刻惊慌起来。

日不能休夜不能寐，又饱受饥寒，这样的煎熬将罗傲的耐性消磨得所剩无几，但凡遇到不顺心的事，便大发雷霆。

此刻看着裴原狼狈不堪地跪在面前禀报山下遇到的变故，他气得咬牙切齿，肩膀直抖："一介女流也对付不了，窝囊至极！"

尽管知道自己也有不是，但裴原还是听不得这般责骂，暗地里不服气地斜他一眼，正要辩解，被兄长拉住了，单膝及地代他谢罪："将军，她在山下小镇现身，很有可能来我大营查探军情，务必留心。"

"这还要你来提醒本将？"罗傲气极，从齿缝里磨出一句森冷的话："该当何罪，自己去领受！"

裴战大惊，跪地央求："若非将军点拨提拔，我兄弟二人至今不过街头穷小子，将军对我们有知遇之恩，我们绝无叛心，更不会跟人串通，一切都是那人的挑唆之词，请将军明察！"

罗傲气得伤口生疼，挥袖喝道："我没时间听你们狡辩，要么拿回她和楼西越的首级，自证清白；要么停职卸任，接受调查！"

不同于兄长的敦厚实诚，裴原年轻气盛，最先看不惯他的专权独断，回驳道："倘若技能压人，根本无须将军多言。仅凭三言两语便抹杀我们的忠心，这与赶我们走有什么区别？"

裴战断然喝住他，示意他住口，自己则向罗傲解释道："裴原一时冲动，说的都是无心的气话，请将军海涵。"

然而罗傲明显并不领情："拿不出本将想要的结果，休再废话！"

"将军！自相猜忌，只会令军心涣散，一旦……"

"不要讲那些有的没的，道理本将比你更懂，一切只看本事和结果！"

裴原气不过，起身卸刀解牌："不听就不听！"

下一刻，他决计不想再看到这个莽将气急败坏的嘴脸，负气离帐。

"裴原！"最不愿看到的局面还是发生，令裴战痛心不已，喊也喊不住他，匆匆追出去劝说了。

如此行径令罗傲更为恼火，正要喊人拿下他，传事兵却匆匆跑进来，禀道："将军，朝廷来人了。"

罗傲不得不压下怒火，冷哼一声，整装霁颜，随那兵去了。

裴战被剩在当下，不知如何是好，只得先去追劝离走的兄弟。

帐外围了一群身受重伤的士兵，见状欲言又止，默默给他让开道路，虽然没人敢开口询问，但他们眼里混杂着的渴望和绝望，还是深深刺痛了战将的心。

"没事，都散了吧，各自做好防卫。"裴战不忍相顾，将他们散开了。

临走之时，背后终于传来一句低沉的声音："裴将军，我们……真的要被将军编为死士去诱敌？"

裴战的脚步定在原地，再也挪不动，听着飘入耳中的窃窃私语，心头百感交集。

"将军连你们的话也不信，他还会管我们的死活吗？"

裴战无以为答，能说出口的，只有连他自己都骗不过去的用来安抚军心的借口："他正在气头上，并没有下那样的命令，叫兄弟们都打起精神，不要捕风捉影。"

"那这仗是要打下去吗？已经败成这样，死的死伤的伤，连将军自己也……"

裴战无法消除军中越来越多的质疑，正要想法安抚他们的情绪，裴原却折了回来，先他开口："怕什么？大不了另谋生路，谁的命都不是白捡的！"

"放肆！"裴战喝住他，将他拖到远处无人的角落，责备道："领兵作战，唯军令是从，你怎可如此任性，说不干就不干？"

裴原依旧气不过："就因为输不起，他押上那么多人的性命当赌注，却还不把旁人的耿耿忠心当回事，自己蛮横暴虐，一意孤行，换谁肯心服口服？"

裴战找不出反驳的理由，显然对罗傲也颇有微词，默认了这些事实，只不过天生厚道的性子让他恪守住了一名下属应尽的本分，哪怕自己也在犹豫和挣扎，却始终不敢说出逾礼的话，更做不出逾规的事。

"大哥，你就别再指望他能回心转意了，这次他怀疑你我，下次说不定就要除掉我们了。趁这事有回圜的余地，我们另想出路吧，总不能陪着他白白送死。"

兄弟俩还在继续对话，丝毫没注意到方才被疏散的队伍中有两个伤兵悄悄移向这边，一直躲在附近窃听，直到巡兵走近，才不得已匆促离开。

"站住！"裴原瞧那两兵背影生疏，听见响动后喝住他们。

突然被叫住，令两兵有些措手不及，一直攥着拳头，戒心甚重。但见避无可避，两人迅速掏出黑巾蒙住脸，转身回头。

对方身处暗角，裴原看不清他们做了什么，以为是不想被编为死士的伤兵跑来找他们兄弟求情，故踟蹰不前，于是大步走过去："哪个营的？躲这里做……"

话未说完，锃亮的刀锋倏然袭来，裴原惊觉不妙，仓促迎击，但因全无防备，对打数招便被对方合手挟制，一人困住他双手，另一人扼住他咽喉，堪堪将疾奔过来想要报信的裴战也逼退了。

"如若喊人，他妄想活命！"说话的是一名女子，声音低沉而陌生，却又像在哪里听过。

"什么人？胆敢擅闯……"裴原试图挣脱，方一动作，喉颈便被对方拼力掐住，险些岔过气。

"且慢！"裴战大吃一惊，不由顿步，强稳心神道："寡不敌众，伤了人，今夜你们妄想全身而退。"

"那就要看罗傲对你们是否笃信无疑。"对方挟持着人质谨慎后退，闻言同样语出威胁："话由人说，你我能对立为敌，同样可以串通一气，信不信？"

"找死！"裴战怒而拔刀，然而刀身还未完全离鞘，便定在当下，只要他敢妄动，人质的膀子便在瞬间被扭折。

"我算是听出来了……你是、是刺杀罗傲的霍家人，是不是她……"裴原痛得头冒冷汗，又呼吸不畅，说话声含含糊糊。

青珑也不隐瞒，刻意压低嗓音道："直呼其名，听起来你对姓罗的颇有微词。"

"休要搬弄是非！"裴战大喝一声，手中的刀霍然出鞘，旋即挥斩而来。但令他吃惊的是，喊他住手的不是面前这两个可疑的蒙面人，而是他的兄弟。

"大哥……他不死，我们……我们都得白白送死……"

这样离经叛道的想法惊得裴战瞠目结舌，压低声音吼他："这两人是敌！你竟然……"

"罗傲是生是死我不管，但是陪我作战的兄弟，他们不……不能白白送命……"

"你……"

青珑顺势接话，堵住了裴战的责问："不明事理之忠顺，是为愚。"

"你们……想怎样？"裴原被她扼得快要窒息，拼力挣出一口气息，开门见山直问。

"我取罗傲的命，你带你的兄弟走，你我双方要么井水不犯河水，要么互相帮衬，可明白？"

裴原正要答话，一个清朗声音出乎意料地飘来，干干脆脆替他应了："两全其美，何乐而不为？"

话音落地，那人挥手支走周遭巡兵，尔后从黑黢黢的角落信步走来，一张脸孔由暗转明，带着一分慵懒两分温良，外加七分似是而非的莫测，渐渐从阴影里浮现移出。

乍一看清来人面容，青珑霎时变色，眼里尽是不可置信，怎么也想不到竟会在驻地与他狭路相逢。

褚子逍亦是惊愕地望着来人，脑中念头飞闪，以为他和阿姐的行踪被此人追查到。

"沈隽，奉天子令，随军督战。"他谦和一笑，不等愕然相顾的裴战出声询问便已自报身份，同行的哑奴随后上前出示了一枚令牌，这才彻底消除了裴战的惊诧和困惑。

"此二人混入我营地，试图刺杀三军主将，本该缉捕审讯，甚或置之死地。敢问大人，为何却要……"裴战虽施以一礼，但却仍举棋不定，更不知沈隽方才所言究竟意欲何为。

沈隽侧目审视一眼青珑，笑如和风细雨，却诡谲难测，尔后反问裴战："败局既定，你认为明智之选是同归于尽，还是东山再起？"

裴战被问住，虽不是擅谋之人，但他心里却有数，西川大军骁勇善战，如若选择前者，以凉军当下的状况，就算援兵能杀出重围及时增补进来，只怕也得折损十之六七。届时既难以撼动敌军精锐，又徒增伤亡，胜算渺茫，因此打心里来讲，他并不赞同罗傲困兽犹斗的偏执决定。

"可军令难违，兵不唯将命是从，这与叛军何异？难道大人来此，意不在制敌，而是……"

"何以见得？"沈隽笑问一声，恰到好处地截住了他的下文。

裴战无以为答，嗫嚅半晌，自己都无法说服自己认可罗傲的行径，最终指向青珑姐弟："可这两人居心不良……"

"若只救罗傲，你们自然只能为敌；但若想救大军，他们从旁拖住罗傲，反而是助力，不是吗？"

裴战哑口无言。

沈隽笑笑，转向青珑："久仰青桑霍家大名，今日得见霍家后人，荣幸之至。"显然在来营之后，他已探清一切，并且知道了青珑的来路。

青珑抬眸直视着他，满目戒备，不知此人心里打着什么如意算盘。

"既不是敌，姑娘何不放人，共商后计？"

青珑并未松开裴原："空口无凭，如何信你？"

"不信我无妨，但你们别无选择。"他侧了侧身，让开些微亮光，远处已有一拨巡兵朝这里走来。

"先把我兄弟放了，我自会保你们无事，否则大家鱼死网破，谁都别想好过。"裴战着了急，一旦惊动罗傲，只怕事情不好收场，铁定被他质疑为何不传讯示警，内里再生嫌隙。

青珑退无可退，只得赌一把，与褚子逍渐渐松手放人。

裴原如同离水之鱼重回河中，大口大口地喘息着，身子还未挺直，便被裴战扶住，两人并排而立，挡住了走到近处的巡兵，挥手令道："到那边去看看，都盯仔细点。"

队伍听命而去，有惊无险。

沈隽看向隐匿在暗角中的青珑姐弟，趣笑一句："这份人情，霍姑娘如何偿还？"

青珑森森然盯着他，犹如面对一只表里不一的假面狐，语声幽冷："置大军于绝境者，是罗傲；救他们的，也可以是罗傲——就看强兵劲敌之前，谁才是真正的诱饵。当然，我只为杀他而来，办法难免有失偏颇，就看你们做不做。"

裴原早已按捺不住，不顾兄长的阻挡，当先应下："留得青山，为何不做？"

"好胆量。"如此干干脆脆的应允倒令青珑有些诧异，听得出来，他对罗傲积怨颇深，这对她来说大有裨益，至少不用担心他会中途倒戈。

"你呢？"沈隽再问裴战。

裴战语塞，犹疑不定，若跟着罗傲继续打下去，势必要眼睁睁看着余下五万弟兄丧命，可听信了此女，那就等于背叛了他。

裴战左右拿不定主意，一想起那些伤兵殷切又绝望的眼神，于心不忍，无奈心一横：

"事到如今，且豁出去了。"

"如此甚好。"沈隽含笑颔首，"忠而不愚，进退有度，方不失明智，有劳两位谨慎安排了。"

兄弟俩点头答应，随后便着手去办了。

人一走，气氛安静下来，沈隽含笑望来，示意哑奴将一个锦盒打开，呈到青珑面前。

映现在视野当中的，是一块色泽舒润的青碧色圆雕玉琥，雅净鲜透，灵辉熠熠。其身云纹流畅，精致奇巧，旖旎流光闪烁四射，一看便知乃稀世珍物，价值不菲。

"何意？"青珑冷然视之，约莫猜到了他的意图，果真禀性难移，到哪都想收买爪牙。

"白手兴兵，此为必需之物，于霍家人而言，会有其用武之地。"沈隽彬彬笑道。

褚子逍在一旁看得傻了眼，愣愣地盯着那块玉琥，若非不能轻举妄动，他早就将那盒子扣到他脑门上了。

然而从青珑口中吐出的话更加让他吃惊。

"想让霍家人成为你手中棋子替你卖命，仅一块烂玉破石就成敬意？"

沈隽粲然一笑："姑娘放心，仅作见面薄礼。"

"那好，你可以走了。"

沈隽了然一笑："两位在营地的行踪，我会设法隐瞒，希望此战结束后，能一睹霍家后人真容，把酒言欢。"

"姐，你这是……"褚子逍再也无法淡定，沈隽前脚刚走，他便急声劝阻。

青珑压下褚子逍的责问，将那块玉琥塞到他怀中，嘱道："少说也值几万两，拿好了，日后必然有用。"

褚子逍不可置信，端直想扔了它："他是什么样的人你不明白？还收他东西？"

青珑有些心酸，反问他："没这东西，怎么把奴场那些奴民赎出来？"

一句话，问得褚子逍哑口无言，神色黯然，怔在原地说不出一个字。

青珑背过身去，思量道："刚才阿姐突然想明白了一个道理。"

"什么道理？"

"有钱能使鬼推磨。"

褚子逍哭笑不得，以为是什么神乎其神的大理，却听青珑继续道："既然他到处给自己培植心腹，我们被他盯上，与其避而远之，不如与他彼此利用，各取所需。"

"可你怎知他想做什么？做的事又会不会伤天害理？"

　　"这点放心，我会慎之又慎，眼下这仇我们先报。一旦两军杀起来，你就混在那些凉兵当中，盯住他们的去向，一路留下暗号，等到风平浪静，阿姐就去找你。期间注意照顾好自己，要是不舒服了就赶紧服药，知道吗？"

　　"姐，我……"褚子逍心下慌慌，不晓得一旦兵变青珑会不会有事，又为自己病弱之身处处给她添麻烦而自责不已。然而他也明白，一旦付诸行动，这一刻迟早都要到来，往后的日子许会危险重重，聚散无常。

　　他强忍心中牵挂，暗哑着声音道："你也小心……"

　　青珑更加舍不得跟他分开一刻，怕他照料不好自己，但事已至此，她不得不下定决心，将随身备着的缓解喘疾的药塞到他手中，千叮万嘱："记着阿姐的交代，晚上不要迎风睡，不要受寒……阿姐答应你，等到日后去锽城找乌德，一定在那里给你找最好的大夫，把你的病治好！"

　　褚子逍吞下满腹担心，艰难地点了点头："我会听阿姐的话，你也要当心，不管发生什么，都要以自身安危为重。"

◈ 第九章 ◈
决 战

罗傲的冲动超过了青珑的想象，几日下来，因为意见不合，他与几个下属之间摩擦不断。同意他一鼓作气的有，反对他鲁莽行事的也不少，一时间大营里沸沸扬扬，两派口角四起。

罗傲烦不胜烦，挥旗出动，率先下山，并放出狠话：违令者斩！

所有人霎时止声，再也不敢生出与他相左的意见。队伍不得已再次启程，在他的率领下向着青木原阔步杀去，企图背水一战。

裴战进退两难，权衡利弊，他并不看好这次的形势，只凭一腔孤勇，并不一定能扭转局面。何况对手是素有修罗之称的楼西越，那是鬼魔般的存在，沙场上几无败仗，他早已料定结局，不过徒增死伤而已，因此心里仍然希望罗傲能回头，并量力而行。

但这话他又说不出口，不然铁定要被当成懦夫责骂，可是眼睁睁看着这么多兄弟去送死，他又于心不忍。一路上心事重重，那晚霍家人的话不由在他耳边回响。

"置大军于绝境者，是罗傲；救他们的，也可以是罗傲——就看强兵劲敌之前，谁才是真正的诱饵。"

裴战心念摇摆，忍不住偏头环视，对上了远处一个混在伤兵中的蒙面者，明知她并非凉兵，也意在诛杀罗傲，却没有揭穿她的身份。

"大哥，拿定主意就别再想东想西了，举棋不定只会坏事。既然横竖都为难，总要拼一把才知结果！"裴原靠近他一些，声音往低压了压："如果担心此人兴风作浪，大可在事成之后除掉她。"

裴战神色凝住，半晌不语，最终一挥鞭子，默然加快了速度。

接到凉兵下山的急报后，西川大营一片沸腾。

楚定云端坐在几案前，闻讯后翻看兵书的动作戛然而止。

他微微抬起头，看了一眼伫立在大帐中央的年轻少将，向来冷肃的面容依旧如往。对于敌将罗傲，他已多方打探到一些，心知以他赢得起输不起的性子，迟早都会因为不甘败北选择生死肉搏。况且凉军后路被截，援兵又打不进来，困在山上消磨也是等死，这一战的来临是早晚的事。

楼西越一如既往，木然看着地面，与他之间几乎没有说过战事以外的任何话。说完了该说的，很久不见楚定云有反应，便漠然请辞："若无他事，末将告退。"

语毕他片刻也未停留，转身出帐，只是刚一揭开帘子，忽然被楚定云叫住。

楼西越垂帘回身，原地待命。

楚定云望着他苍白的面容，喉咙有些发酸，失神了片刻才从口中脱出几个略带迟疑的字眼："你的伤……"

突然从将者口中听到这样关切的话，一旁的副将宋令宣端直以为太阳打西边出来，忍不住面露微笑，附和着道："小楼，将军问你伤势可有好转？"

楼西越抬手抱拳，机械一样应道："皮肉之伤，不劳将军过问。"

楚定云胸口一窒，像被一根针狠狠扎了一下，瞬间复如以往，冷声下令："如此，左翼由你带兵，从旁切入。机会给你，既是戴罪立功，本将不希望再有差池！"

"将军……"宋令宣以为楚定云突然良心发现，当真关心起了这个养子，谁知却是这样的结果，不禁来气，进言道："罗傲鲁莽，上阵杀敌只逞匹夫之勇，不足为惧。现下敌军被困数日，早已士气不再，就算带兵杀来，我军只需虚耗，使其疲累溃亡即可。小楼他腿伤才见好转，这几日守着山脚，没合过一眼，将军怎可再让他……"

楼西越打断了宋令宣的话，道："末将犯错在先，能有戴罪立功的机会已属万幸，宋叔请放心。另，北凉财商沈由之子沈隽也于日前去了浮顶山，目的是何，尚不可知，务必当心。"

然后他一语作别，转身离开了大帐，单薄身影挺拔如山，仿佛任何惊涛骇浪也冲击不倒，丝毫看不出来半点疲惫的迹象。

西川，青木原。

秋风飒飒，猎猎呼啸，吹得枯黄野草东摇西摆，裹着一阵阵挥之不去的血腥味，漫天飘散。彼时日薄西山，落霞将半边天空染成绯红色，流云如血似火。

罗傲率兵靠近青木原，看着不见人烟的莽莽荒野，走着走着渐渐勒马止步。饶是脾性急躁，这样安静得太过诡异的景象还是让他升起了些微戒心。

大军迁徙下山，不可能惊动不到敌方，但现下看来，却一点动静也没有，着实让他心里发紧。

"去前方探探。"队伍停下来后，罗傲将一个瘸了腿的侦察兵唤到前面，下令道："你们出队，到这方圆二十里细细查探，一旦发现伏兵，即刻报讯！"

"将军，现下天色还早，若有万一，在这平川平地上根本无处藏身，不如等到夜里再……"裴战将那些伤兵拦了回来，诚恳劝他。

"沙场斩敌，若处处像你们这样畏首畏尾，一将风骨何存？"

裴战还想再劝，却见沈隽朝他摇了摇头，便吞下了到口的话，拱手道："如若等不得，末将带队先行一步，作为诱饵，将敌方精锐引出来，将军再与裴原合手围攻，前后夹击。"

"我如何再信你们？"罗傲对裴原冲撞他一事耿耿于怀，哪里肯放心将兵马交他掌控。

裴战无可奈何，转而看去并肩同行的沈隽，抱拳请教："大人高见？"

沈隽偏头看一眼混在队伍中的青珑，一笑置之："莽夫焉能将兵？"

"你……"罗傲气得按柄拔刀。

裴战赶紧上前，将他拉住了。

罗傲不屑地哼了一声，催马向前，自己打起了头阵，向着青木原飞驰而去。

片刻工夫，荒原上战马腾腾，铁蹄铮铮。

山脚一片密林里，箭光闪闪，兵影幢幢。

一名探骑奔到宋令宣身边，兴奋地道："将军，出动了！"

"杀！"宋令宣一声令下，隐藏的士兵顿时跳出来，手中火蒺藜飞掷而出，爆破声如雷惊天。

"后面！敌兵在林子里！"凉军队伍的尾翼瞬间失控，仓皇如鼠。

罗傲惊然，调转马头往后杀，拔刀喝令："不许逃！弓手放箭，给我杀！"

两军甫一照面，便如仇人相见，生死搏杀。

一刹那，漫天箭雨恍如幕布拉开，遮空蔽日，嗖嗖袭出。

但这一场突围对凉军来说，无异于飞蛾扑火。

罗傲不愿以败将之名撤兵回朝，任人嘲辱，于是破釜沉舟，选择孤注一掷。他的私心，是宁愿马革裹尸，轰轰烈烈战死沙场，也不愿像朝中那群奸诈鼠辈和宵小一般，明明暗地里互相攻讦和倾轧，钩心斗角，表面上却还要装出十分和气的模样，虚与委蛇。

他的信仰，只有成王败寇，拿起战刀，不是生，就是死！

裴战劝不动他，说得越多，他反而越怒其不争，也就越发往前杀。

"将军，撤吧！"裴战一刀放倒一个扑上来的敌兵，抹了抹溅在脸上的鲜血，跟在罗傲身后大声道。

罗傲置若罔闻，转眼间已经纵马冲向前方。

裴战远远看着他的背影，想起青珑的话，心里慌乱不已。

她的意思是让他们兄弟二人做主，与罗傲背道而驰，率领手下兄弟杀出敌兵的包围圈，争取一线生机。罗傲既然一意孤行，那么诱饵就由他自己去充当，分散敌军的注意。

"大哥，快做决定吧！"裴原打马杀来，不断催他，"探子来报，亲眼看着楼西越率领两千精骑往东杀去了。那里是水路，如能赶在他之前杀出去，我们就有机会从水路逃生，否则唯一的退路都没了。已经别无他法，只能豁出去了，权当与天搏命吧！"

裴战心跳如鼓，内心剧烈挣扎。

"大哥，别犹豫了！"裴原又何尝不晓得，但横竖都是死，比起盲目送死，他更愿意带着手下兄弟，朝着生的方向赌一把。

"可将军怎么办？难道就眼睁睁看着他……"

"可他不再相信我们了，更不把大家的命放在眼里！"

"那也不能看着他去送死！"裴战终究还是心软，对他道："你跟着她，带领兄弟们往水路杀去，我留下来掩护你们。"

裴原大惊："大哥！"

"没时间了，带着弟兄们杀出去。"

"那你怎么办？"

裴战不欲纠缠，挥枪拍向他胯下坐骑的后臀，战马嘶鸣一声，猛然起蹄，狂风般冲了出去。

裴原惊白了脸，骤然勒缰，复又调头往回杀。

忽地，一柄长枪横过来，阻止了他。

"是生是死，全在你一念之间。"青珑目光深沉，平静对视着他。

"可我……"

"难道在你们的心里，一个置万千将士生死于不顾的莽夫，也比不过身后这些抛头颅洒热血的兄弟？"

裴原心下一痛，举目远望，西川大军浩荡挺进，杀声震天，海狼一样呼啸卷来。而近处，一个又一个部下尸首分家，接连倒在血泊里，被铁蹄践踏得血肉模糊。

"愣着干什么，从水路杀出去，走啊！"远处，裴战见他不动，血红着眼睛吼了一声，然后抬手抱拳，声沉音重："霍姑娘，拜托了！"

战士高坐马首，对着她郑重拜了一拳，目光炽烈，眼神坚定。

青珑心中一动，忽然间觉得自己有愧于那种生死相托的信任，她真正的目的，不是想救他们，而是欲将他们送入虎口。

隔着千军万马，她看到了楼西越的身影。一旦这些凉军听信了她的话杀往水路，等待他们的，一定是楼西越的屠刀。

她不可能让罗傲活着回去！

当年那些刽子手如何屠戮青桑，如何残杀无辜百姓，如何害死她的至亲手足，如何让千千万万个铁血将士变成一堆枯骨，如何欺辱她的族民，今日她就要让他们如何去死！

可是那一刻，她突然清醒过来，不是所有跟随罗傲的士兵都是当年犯境的魔鬼，他们也饱尝与至亲生离死别的痛苦，家国四分五裂的无奈，所有的厮杀和搏命，都不过是为了能在这人吃人的战场上活下去。

扪心自问，庶士何辜？匹夫何辜？苍生何辜？

青珑迎上裴战的目光，重重点了点头，也在同时改变了决定——与其行小人之道离间他们，不如换取他们的信任，日后为她所用，总好过两败俱伤又一无所获的结局。

裴战放下心，率领三千兵马调头杀向罗傲所在，余下队伍全都跟着裴原火速撤退，匆促逃往水路。

"不许撤！全都给我回来！"罗傲面色铁青，嘶声长吼，长枪飞掷而出狠命扎向一个士兵的后心。

裴战拦腰冲过去，甩枪将其打飞："将军，活着才有希望，先撤回去，日后我们再想办法杀回来！"

"贪生怕死的叛徒，滚！"

裴战做不到对他的生死不管不顾，跳下马冲到他身边，漫天厮杀几乎将他的声音淹没："大丈夫能屈能伸，请将军听属下一句劝，留着性命，我们还有卷土重来的机会。"

"回去被人耻笑吗？"罗傲眼里尽是血丝，见他抓着自己不放手，气得拔刀而出狠狠劈向他。

裴战躲闪不及，右臂被削开一道血口，他却仍旧死死拉住罗傲："裴原已经带着余部全部撤走，再往前冲定是死路。"

罗傲怒目圆睁，蓦地揪住他衣领，血红着眼睛怒斥："叛徒！那你替那些孬兵去受死！"

震天的喊杀充斥着耳膜，将罗傲的理智全部击溃，一语未必，一刀送出："叛徒！全都给我去死！去死！"

裴战猝不及防，正要闪身格挡，一股凉意猝然穿透整个腹部，夺走了他近乎一半的呼吸。

"将军……"他险些提不上气，双手紧紧抓着罗傲，话没说完，刀子猛地抽出，鲜血如注。

所有人的背叛让罗傲濒临疯狂，他一脚踢开裴战，扭头跨上马背。

裴战踉跄欲倒，撑着一口气挥动长枪，咬牙击他后脑勺，想将他打晕了拖走。

罗傲已经失去了理智，翻身跳下马，扑到他面前，长刀飞掠而过，唰地削飞了他脑袋！

"大哥！"隔着漫天血色瞥到这一幕，裴原身躯大颤，霎时白了面色，扯着嗓子大叫一声，发疯般扑过去。

青珑也惊在当下，呼吸一室。

纵然知道以裴战的忠厚性子，定要将罗傲那头莽牛拖走，摩擦之下难免失手，见血那是必然。可她无论如何也想不到，他会将自己的性命白白葬送在罗傲手中。

"大哥！大哥！"裴原扑到兄长的尸体旁边，抱起他血淋淋的脑袋，看着那双死不瞑目的眼睛，战士被血色浸染的面庞上蓦然滑下两行泪水，扯碎嗓子喊他唤他，纵声长咽。

"叛徒！全都给我去死！"罗傲狰狞着脸孔，挥刀刺向他后心。

青珑一惊，拔箭开弓，飞矢如光掠出，射向罗傲后脑。

与此同时，另一道箭光猛地划过眼帘，以透骨之力冲向前方，合着她飞射而出的利箭，一齐扎穿了罗傲脑袋。

罗傲庞大的身躯砰然倒地，战马飞驰而过，铁蹄踩进他的眼窝和口鼻，践踏得面目全非。

青珑侧目，正好看见远处沈隽收弓敛势的身姿，以及他面上挂着的莫测笑容。

四目相对，沈隽嘴角轻扬，漾出一抹意味不明的笑意，不复初见时的谦逊，更像一个舐血的妖魅。然后他收回视线，在血色天地间从容转身，御马而去。

那一刻，青珑总算明白了他来到浮顶山的目的——督战是假，取罗傲性命才是真。但这背后的缘由，她无暇探究，于是收回目光，将悲恸不已的裴原催上马，载着裴战的尸体迅速向水路撤退。

如她所料，那里早有一排排骑兵严阵以待，像一堵伫立在巨浪中的坚固壁垒，生生将他们前行的道路阻住。

领兵的是一个年少将军，面色苍白，眼神却冷凛而肃杀，瘦挑身姿裹在闪着寒光的银色护甲中，不动如山，整个人像一匹伺机而起的雪狼，隐忍中不乏嗜血杀气，手中紧握的银枪刀尖尚还滴淌着淋漓血珠。

望着对面打马在前的蒙面女子，他声色不动，似在推测进攻的最佳位置，安静得恍似凝成了一座雕塑。

依旧是似曾相识的眼眸，轻易就搅动了他的心海，只不过前一阵子她还意图行刺罗傲，此刻竟已投身凉兵队伍，收拢其心为她所用。

如此千面如狐，哪一个才是真正的她？

青珑心有戚戚，因为屡次欺瞒，突然觉得自己有愧于闷葫芦，但事到如今，她只能前行，没有退路。另一方面她也心知，想要全身而退，并不是一件轻而易举的事，所以也有心理准备。但见楼西越只带了两千骑兵，她的信心还是存留了十之五六。

褚子道就混在随行的凉军中，看到楼西越的刹那满面惊色，生怕青珑的身份被他识出来，因而惴惴不安，呼吸都是长进短出，一双眼睛死死盯着他。

刹那间，两军对垒，剑拔弩张，气氛紧张到了极点。

"姑娘，我们杀过去！"兄长的死让裴原悲痛欲绝，握紧战刀，俨然已经豁出了性命。

青珑拦住他，低低道："我拖住他，留下三千人马佯攻，其余由你率领，突围后带着他们只管往水路撤，能逃多少是多少。记住，不要回头恋战。"

裴原眼睛通红，里面尽是血色："你带着兄弟们走，就算同归于尽，今日也要卸了楼西越脑袋！"

"听我的劝，大局为重，现在不是发泄痛苦的时候。"

"要走也是你走！"

"我答应过裴战，就不会再看着你白白送死。"见他不动，她低喝一声："难道要让所有人横尸在此！"

裴原满面惊痛，怔怔看着她，最终横下心，依令而为。

一时间，两军再度扑杀，千军万马驰骋在山麓间，势如大河决堤，浩水奔腾，震耳欲聋。

青珑试图阻止对面的西川大军，但甫一靠近，身侧一把银枪当空落下，将她手中的兵器困在地上。

她抬头，一眼对上一双幽深的漆黑眸子。

楼西越笔直看着她，眼神如刀，似要割裂她蒙面的黑巾，一探究竟。

青珑下意识避开视线，却又不得不欺他到底，一使力，刀尖上挑，扫向他下盘。

楼西越面上的表情毫无起伏，一心专注于千变万化的招式，整个人似与手中的兵器融为一体，枪花连扫，快如光电。

青珑挥枪反击，身如灵蛇，闪转灵动，挥洒自如。

几十招下来，两人平分秋色，伯仲不分，他近不了她的身，她亦无法将他打下马，只能拼尽全部气力拖住他。

时间在漫天的厮杀中快速流逝，斜阳如火，映红了一方天际。

两万多残兵，对战两千精骑，不到半晌的功夫，前者已经阵亡逾万。万幸的是，裴原带领幸存的余兵杀开血路，终于破了西川铁骑的围困，蹚河而过，沿岸深入山岭。

青珑不再耗费时间，一枪冲开楼西越的攻击，追随尾翼凉兵而去。但当她刚刚转过身，正要落鞭，一柄枪刃俯冲而下，斩向她头顶。

她惊觉，侧身，回头，聚力，枪尖笔直刺出。

楼西越一把攥住刀尖，冷冷看着对面那双惊怔不动的眸子。

青珑面色发白，心口像被什么东西堵住，呼不出气息。

就在她怔忪的瞬间，楼西越倏然抬枪削向她面庞——他要看看，这个一人千面的女子到底是谁！

刀锋飞掠而来，惊得青珑猛然回神，仰面向后一倾，堪堪躲开了那一刀，身子顺势一斜，倒挂在马脖子上，挥枪反击。但当对上那双弥漫着血色眼睛时，她心念一动，不知不觉停了下来。

肃杀、凌凛、决绝，以及连日血战的疲倦在他眼底深埋着，沙场上的他，全然像一把麻木的出鞘锋刀。

到底有什么化不开的结，或者说他与楚定云之间有何嫌隙，让这个沉默寡言的少将把性命付诸炼狱场，已然到了不在乎自己生死的地步。

目光交错的刹那，楼西越也有片刻的迟滞，紧紧逼视着她。不过一瞬间的停顿，他已强迫自己清醒如常，一使力倾身过来，伸手抓向青珑面庞。

青珑大骇，情急之下本能地出手防护，挥掌冲开他手臂。

楼西越仍旧不放弃，反手扣住青珑的肩膀，将她拖下战马。

青珑余悸犹存，但见没有被他抓下面巾认出模样，一颗七上八下的心才归为平静，从地上爬起来，拾枪跳上战马，火速撤离了。

楼西越正要追击，却在抬头的刹那忽而身形不动。

飞溅的血花中，一个身着便装的男子纵马缓缓行来，笑意谦谦，叵测而优雅。在他身后，寸步不离地跟着一个哑巴少年，神色平静如狼。

"能够目睹楼少将军临终前的风采俊姿，沈某不胜荣幸。"沈隽驱马靠近，用惯有的谦恭笑意道，耳畔的杀戮和血腥恍若未闻。

楼西越眉目冷峻，眼里杀意浓浓，幽幽道："黄泉路上有陪葬的伴，倒也少了寂寞。"

"楼少将军风趣。"沈隽对他的自信表示赞服，语音落地，面色骤冷，从箭筒里抽出一支白羽箭，振臂弯弓，"嗖"地飞射而出。

楼西越一裹马腹，持枪迎击，在那箭尖几乎要贴到心口时蓦然侧身，伸手抓住箭尾，反手一掷，直直扎向沈隽喉咙。

沈隽旋身避开，又发三箭，飞矢快如光电，破空射向他胸口要害。

楼西越仰面后倾，身子几乎与马背齐平，风驰电掣般挥枪杀来。

毅力所驱，抑或者将生死抛之于外，反而让他没了顾忌，整个人与胯下坐骑默契配合，没等沈隽射出第四箭，他已然折到他跟前，枪花扫动，如狂潮巨浪，卷向沈隽脑袋。

沈隽未曾经过沙场的历练，不擅长远距离搏击，但在楼西越的进攻下，却也闪转从容，丝毫不见慌乱，可见一身功夫深藏不露。仅十几招下来，他便转守为攻。

哑奴少年在旁边助他，一面斩杀扑上来的西川铁骑，一面背后袭击楼西越。

短短一瞬间，山脚下血雨腥风，不歇不止……

青珑的筹划进展得也不顺利。

当她追上裴原，率领一众残兵冲进山岭的时候，一支又一支绑着火球的飞箭向大军尾翼横空射来。很显然，身后的西川大军已经追上来了。

火箭所及之处，烈焰腾空，引燃了周围干枯的草木，映亮了掌灯时分的昏暗天际，熊熊烈火四处蔓延。

裴原停了下来，意欲回身阻拦。

"不用管后方了，沿岸撤走。"青珑挡住他，将他往河岸推。"天色已晚，利于藏身，休要再回头！带着余兵快走，一夜马程足够你们撤出去，转入云霄岭。那里地势险要，可盘踞天险，躲过此劫。"

"姑娘，那你不跟我们一起走？"裴原惊问。

"我守在尾翼，掩护你们一时，尽快走就是了。"

不过寻思了片刻，她又补充道："记住，虽然这些都是不想枉死之士，但终究是逃兵，离开后不要想当然去投靠任何将领。一旦朝廷知道你们的行踪，必将严惩不贷。另外放出话口，就说青木原一战，凉兵全军覆没，无一生还和逃亡，如此可暂保你们的亲眷不受株连。走时给我留下线索，我会去找大军，届时再作打算。"

裴原紧张地点点头："我明白。"

情况紧急，也不容再细想，裴原振臂招呼了一声，所有死里逃生的士兵便跟着他匆匆撤离了。

青珑亦调转马头，将要离开的时候，视线忽而扫到了一个混在凉军中的熟悉身影，顿时喉咙一酸。

两年流浪下来，她与褚子道相依为命，甚少分离，现在却要吞下所有担心和牵挂，无声对他说：走。

她怕他照顾不好自己，或者出现突然病发无人照顾的情况。但她又不能将他叫来身边仔细叮嘱，只得敛去那些不快的情绪，朝他点了点头，一横心挥鞭而起，片刻间消失在夜色里。

出了水路后，她钻进林子里，解下蒙面的黑巾，褪去凉兵军服，露出一身再寻常不过的普通衣衫。出于谨慎，她就着余灰在眼角轻点一下，乔装成一颗浅痣，然后将所有外衣扔进大火中，焚为灰烬，就近拾了把称手的短剑揣在腰间，又重新找了一匹无人的空马，骑上它返回战场。

彼时天已黑透，星月皆无，可见度不高，只有熊熊燃烧的战火在夜风的吹拂下东跳西蹿，映亮了一方夜空，勉强可以辨清两丈以内所有人的模样。

也正因此，让赶回来的她大吃一惊——忽明忽亮的光线里，十几个兵影交错闪转，合力伏击一人。

被围杀的是楼西越，而主谋竟是沈隽。

隔着火光望去，戎装在身的少将身上添了几道刀痕，血迹从伤口缓慢洇出，一点点晕染着他的战衣。但这些伤丝毫没有减缓他反击的速度，面对欲置自己于死地的劲敌，他反而更像一匹绝地求生的孤狼，单枪匹马独战群兵，努力争取生的希望。

纵然人多势众，沈隽却也没有占到便宜，左肩上有一处贯穿伤，涌出的鲜血染红了他半边身子，在夜火的映衬下尤为凄艳，宛如黑暗中喋血的魅妖。此刻他因伤退居外围，却并未撤出，而是在哑奴合众兵之力围住楼西越之时寻隙跃起，挥剑刺向他腹害。

"闷葫芦！"青珑脸一白，策动战马飞奔而去，一剑挑开他的袭击，护住了楼西越的要害之处，与他同战于血夜。

无边夜色里，两人珠联璧合，彼此锦上添花，虽然招式不甚默契，却呈寒木春华之势。一个如落雷惊天长虹贯日，一个似飞花狂舞苍雪漫空，洋洋洒洒从容不迫，几下逼得沈隽再难靠近。

乍一认出她，沈隽愣了愣，竟见她与楼西越在一起，顿时嘴角轻扬，笑得邪肆而挑衅："龙姑娘，可是想好随我回北凉了？"

"小人，伪君子！"青珑心跳如鼓，生怕他在楼西越面前挑拨离间，于是挥剑削向他脸孔，恨不得刺烂那张嘴。

这一回，她总算见识到此人的手段，不仅到处散财笼络人心，欲给自己培植爪牙，而且总在背后出阴手，射杀罗傲如此，乘人之危偷袭楼西越亦如是。

"闷葫芦，你怎样？"她从旁掩护，担心地问道。

楼西越扫视一眼沈隽，转而看向她，却一脸冷漠，并没有回应，眼里的猜疑远远大过方才的惊怔。

青珑自知缘由，心下发虚，不敢与他对视，正在思量用什么样的理由才能瞒天过海，远处突然马蹄声急，轰隆如雷，不一会儿黑影如潮卷来，快速向这边汇集。

正是景威率兵杀来。

沈隽还想对楼西越痛下杀手，却在看清来兵后面色一变，即使不甘心失去这难得的机会，他也不得不在千军万马面前妥协，于是就此罢手，捂着伤口与哑奴纵马撤逃了。

楼西越翻身跨上火曜驹，鞭子还未落下，就被青珑紧紧抓住："你受了伤，不能再追了，保重身子要紧。"

楼西越的体力快要耗尽，气息有些急促，被她一挡，苍白面容上顿时显露寒色，两湾深瞳直直逼视着她的眼睛，似要透过那双眸子看穿她的本来面目，语声幽幽："你是他的人？"

与"青桑"有关却不知身份的蒙面杀手，来历成谜隐于市井的怀武孤女，与凉人似有瓜葛却又救过他的恩者……总是何其相似的眼神，以及太过巧合和及时的出现，所有种种，无论如何都无法让他等闲视之。

"怎么可能！"青珑心惊不已，昧着良心撒谎道："我不放心你，与子逍离开了竹楼，找你的过程中碰到了一群凉兵，对方二话不说便击杀。我为了躲避他们，不知怎的就逃到了这里，连我弟弟也走散了……"

"不放心我？"如同听见一场笑话，让他觉得自嘲又讽刺，"非亲非故，你又担心我什么？"

青珑无言以对，只能破罐子破摔："担心就是担心，没什么道理……"

正当她伸手欲扶住他时，一只沾满血迹的手横过来，掐住了她的咽喉。

青珑始料不及，说不出话。

"说。"楼西越压制着上下起伏的心海，声音冰冷，"给我实话。"

青珑呼吸不畅，脸色涨红，面对他的质疑，只能与天搏命拼赌一把，挣扎着道："我为了找你，与子道都走散了……你不要、不要……没良心……"

"你究竟是谁？"他五指聚力，强迫自己不要为这样的话而动容，世情凉薄，从小到大他已见惯。

青珑尝试着抓开他的手，断断续续地道："要出人命了，放手……如果要害你，当初我就不会……不会救你了，早在龙虫堂就已经……"

"是不是细作？"他打断她的话，直问。

青珑的头摇得犹如拨浪鼓。

"乌德，你可知？"

她颇为诧异，不清楚楼西越怎会知道此奸人？但她没有时间细想，只能先用能够保命的方式回他，摇摇头："不知……"

"青桑呢？"

她迟疑了下，最终轻轻点头。

楼西越眸子亮了亮，如暗夜灯火，光点烁烁，掌心不觉然开始懈力。

"已经没了。"她的呼吸得以恢复，低低补充一句："世人皆知……"

他的心被那几个字眼刺中，随之一哀，出口的话有几分迟疑，似是害怕得到的答案会如它一般沉痛："青桑霍家，认不认识？"

青珑眼里的惊色遮掩不住，抬眸望着他，误以为自己引诱罗傲上当的话被他通过什么方式查探到了。

"你祖姓是何？"她的踟蹰不语燃起了他心头的期盼，因而急于知道结果，连声追问："是不是霍？"

如果不是，为什么从第一眼看到她的那刻起，他会无端端地心神恍惚，莫名想到了很多年前，他在枫林渡口遇到的那个被众多顽童唤作"霍姐姐"的女孩。

青珑强压心头紧张，点头默认，心里已有辩白的借口。

楼西越掐着她喉咙的手一颤，仿佛抓到了挣脱那种无故令他心荡神驰的困境的渺茫希望，素来付诸于外的冷漠和疏离渐渐从他俊容上消减，换之以殷切："你是不是霍家后人？"

"当然了！"青珑心中无法平静，还在思量他如何猜晓到这一切，怕万一身份不保有麻烦，只能尽最大可能去掩饰，故作平静地道："我祖姓是霍，不是霍家后人，难不成是你楼家人？"

他语噎，蹙眉再补述："青桑霍家。"

青珑越发忐忑，同他打马虎眼："我曾流浪过，认识的霍家人数都数不过来，祖籍青桑的也不少，有撑船打铁干苦差的，走镖卖艺闯江湖的，或者占卜打卦看八字的，还有像我这样亡命天涯的，三教九流应有尽有，你想知道哪个，我可以带你去找，甚至连杀猪宰牛的屠夫也认得……"

"你够了！"楼西越眼里寒光滚动，已经不知不觉松开的手又有重聚起来的迹象，兀自攥得咯咯直响，垂眸狠狠瞪着她，正处于发怒的边缘，却又拿耍贫嘴的她没办法。

青珑怕他再问下去，自己找不出可以应对的说词，又着急他的伤势，于是反手将他胳膊搭在自己肩上，欲扶他上马回营："这世上姓霍的千千万万，总不能个个都是你要找的人吧？我姓霍，但只是凑巧与你打听的人同姓而已，之前并不认识你。"

不认识……

平平常常三个字，犹如一盆冷水泼下，凉到骨子里，也浇灭了他的执念。

陌路殊途，也许他一厢情愿放在心角的女孩，只不过把他当作生命中的匆匆过客而已，不知也不识。

他有些落寞，一些还想询问的话也就此打住，从青珑手中挣出来，撑着翻上马背，低低道："你来历成谜动机不明，若想活命，就从这里自行离开，否则别怪我不客气。"说完他掉头转向，杀向溃乱的凉兵，逐渐与迎面而来的景威汇合上了。

青珑被剩在当下，望着他毅然决然远去的背影，将要喊他保重身子的话不由堵在喉间，默默呆视片刻，独自一人怅然离开了。

"站住！"走不过几步，背后突然响起一句清喝，旋即一人一马飞冲过来，停在她面前。

马背上的人一如往日，剑眉微蹙，薄唇紧抿，挡住她后也不说话，伸手揪住她肩领，将她拎到了自己背后。旋即他又提缰调转方向，与她同乘一骑，继续冲锋陷阵，期间只丢给她两个硬邦邦的字眼："坐好！"

青珑心中大悦，展颜露笑，紧紧抓着他的战衣，由衷谢道："闷葫芦就是好。"

楼西越侧目回视一眼，却不吭声，全然一副要不是她救过他，他才懒得管她在战场上是死是活的模样。

◈ 第十章 ◈

半信

这一场截杀迅如光电，不到夜半时分便将犯境的凉兵悉数击溃，大获全胜。除继续防守和侦察的士兵外，余部整饬回撤，于翌日破晓时分渐次还营。

捷讯传回的时候，大营的将士们喜不自胜，楚定云亲自出马，于辕门十里外迎接连日作战后归来的队伍，为他们接风洗尘。

是日，军中畅饮畅聊，觥筹交错，热闹不已。

此时楼西越的帐内却安静如常，军医正在为他清理伤口。从昨日前半夜被沈隽带人伏击，到坚持完成截敌，期间落下的刀伤已与亵衣粘连在一起，撕与不撕都不是，着实令军医紧张，犹豫着道："少将军，你忍着……"

"磨蹭什么，还不赶快上药？"宋令宣草草喝几杯，应付了下众人便仓促离席，赶过来看望，但见军医束手束脚，不禁着急地催了一声。

中年得子的他儒雅平和，追随楚定云半辈子，忠贞无二，因而是看着楼西越长大的，自然视这个晚辈如若己出。现下楼西越伤痕累累的羸弱模样，自然看得他心不忍，舐犊之情油然而生，心里无比希望能有一种不用尝痛的法子，让这孩子少遭些罪。

恰在这时，帐外有兵来传，大抵是酒宴上不见后来救场有功的主将宋令宣，楚定云派人邀他，传事兵兜兜转转寻到了此处。

"你去问他，看伤重要还是喝酒重要？"约莫是嫌楚定云对这个养子不闻不问甚至百般冷落和牵制，宋令宣不服他这偏私薄情的做法，在有关楼西越的事情上始终无法对他和颜悦色。

"我无大碍，宋叔去吧。"楼西越劝他一声，同时屏退了军医，自行处理伤势，只留了景威在旁边打下手。

宋令宣怎肯放心离开，禁不住担忧，说了他几句："这都成什么模样了，还死心眼到底？他对你没情没份，你自己都不知道顾念自己，将功补过也需量力而行，非得拼到不要命的地步？"

"摆明了就是他对少将军有成见有防心，回回小赏大惩，换着法子压制，见不得他半点好。"景威不满地撇撇嘴，附和着嘟囔一句，还要继续发泄牢骚，却被楼西越一个平静眼神挡回了。

"宋叔去吧，往后我会注意。"似是不想谈论此事，他一语作结。

从小到大，宋令宣再怎么叮嘱他都死不开窍，无济于事，了解这孩子说一不二的犟脾气，更怕这样僵持着反倒坏事，当下也不敢跟他较劲，无奈只得先走了。

甫一出来，迎面有一兵匆匆走来，手中端着一盆水，正往楼西越帐内赶。

那人正是青珑。

她能暂入营中，也是宋令宣帮忙遮掩，因为见不得楼西越战后还未回营需先快马加鞭送走她的伤累样子，便叫她换上兵服一起跟来了。二则那也是一个长辈的私心作祟，他琢磨着女儿家心细周到，托她照料数日，也对楼西越伤情恢复大有好处。

想到此，宋令宣颇为感激地道："战后琐事繁多，我这做叔父的顾不过来，小楼就托姑娘关照了。"

青珑对这个慈父般的儒将甚有好感，躬身一礼："宋将军请放心，少将军不辞辛苦为大夏百姓驱挡外敌，护我们平安，我理应看护照料，助他早日康愈。"

宋令宣含笑点头，方才去了。

青珑进入帐中的时候，楼西越已褪去战衣，后背够不到的地方让景威帮忙抹药。她还未靠近，对方听出她的脚步声，就叫景威停住了，自己重新拉上衣服，遮住了令人不适的狰狞伤口，顺便吩咐一声："你安排下，天黑之前送她回去。"

"干吗说翻脸就翻脸？"青珑实在无法安心离去，只当他的话是耳边风，依旧留了下来，"受人之托忠人之事，你若不允，岂不是让我为难？再者宋将军的话我都记着，不会在营中到处招摇乱跑，只在你这里待着，按时帮你换药。"

说着她浸湿帕子，就要揭下衣服帮他清洗伤口周边的血迹，楼西越却不让："我自会处理。"

"身子紧要，再倔也不能跟自己过不去。"青珑不依，硬是按住他肩膀，细心给他清理上药。

楼西越起初是拒绝的，打死不接受，却向来哑忍话少，只言片语讲不过她的如簧巧舌，只得闷声僵坐着，任她鼓捣。

实话说，打小孤僻自立的他，再大的事也一力而为，因此对旁人的关照或帮助，总是习惯性地婉拒谢绝，在营中也就偶尔肯和景威这个同他一起长大的发小兼护从说些话，除此之外再无知交。甚至连谆谆教导和栽培他的宋令宣，他也从不主动亲附，有意敬而远之，更遑论其他人了。

时间一分一秒缓慢流逝，忙活一大阵子，青珑才帮他包扎完毕，出去倒水时，意外地见到了一个转身走远的伟岸身影，不知是他原本站在帐外徘徊许久犹豫着进与不进，还是仅恰巧经过此处。

那人步履匆忙，几下绕过这里拐向别处，似是去慰问其他负伤将士了。

景威见她端水站在帐口，往里闪了闪，以为发生了什么事，揭帘张望。

转瞬之间，那人的背影从眼前消失，被远处另一顶大帐垂下的帘子隔绝了。

景威认出了他，心下寒凉，登时气不打一处来，忍不住斥了一声："楚定云他就是个懦夫，就只知道拿少将军你泄恨！"

楼西越因伤困顿不已，正准备歇息，却在毫无预料的情况下听他发出如此怨言，偏头往这边看了一眼，对于无端致使景威悲愤不平的事由，他多少猜到了一些，却没多言，只低低道："烂命而已，死不足惜。"

青珑微惊，怔怔看去他的苍白面容，那上面有隐忍，有决绝，有冷漠，还有对痛苦的麻木不仁，以及对这副躯体无以言表的厌恶和痛恨。

"少将军……"景威不胜悲酸，完全没意识到自己在外人面前失了言。

"没事去休息吧。"楼西越有些累，不想多说，堵住了他的话，也无心在那些俗事上纠缠。

景威只得怏怏地吞下满腹牢骚，从青珑手中拿走水盆，自个儿去倒了。

青珑复又返回来，却见楼西越抱着一床被子，跑到屏风后面打铺。没等她开口，他头也不抬地道："劳你照顾，去歇吧。"话未说完，他拿了件裘衣盖上，就要闷头睡下。

"你这是做什么？"青珑喊他起来，"身上有伤，放着好好的木榻不歇，躺地上着凉了怎么办？"

"那要怎么睡？"孤男寡女理应避嫌的酸腐话楼西越讲不出口，只能用行动让她明白，他负不起那责任。

青珑失笑，心里自然比他还亮堂，打趣一句："你一边我一边，各睡各的，又不会吃了你，怕什么？"

楼西越俊眉直皱，闷声闷气地警告她："该害怕的是你。"

就冲姓沈的说出带她回北凉这样的话，他便下定决心，此女若不主动离开西川，仍然动机不明地继续在大营周边徘徊，来日他就必须要彻查她。

青珑噎住，心虚地摸摸鼻尖，岔开话："我是来照看你的，又不是给你添麻烦的，快起来挪地儿了。"

楼西越雷打不动，嫌她左一句右一句，索性一裹裘衣，背过身躺下了。

"闷葫芦，你别总是想着旁人，好歹也要对自己上些心。"青珑着急起来，费尽口舌相劝，对方依旧不给反应。

她追到另一边，就差把他拽起来了，趴在他耳边轻轻道："你安心休养，我就在旁边看着，行不行？"

"不行！"他虽已阖目，却毫不含糊，回答得干干脆脆。

"……"青珑张口结舌，呆坐着看了一会儿，发出一声叹息："真拿你没办法。"

耳畔细微的脚步声离去，地上躺着的人忽然撑着半坐起来，透过屏风歪头朝榻上望了望，见她和衣歇下，这才缩回脑袋安心睡过去了。

彼时天色渐晚，大营的将士却兴致犹在，帐外依稀还回荡着他们对酒放歌的笑语。

伴随着热闹的庆功声，楼西越渐渐进入梦乡，呼吸清浅，几不可闻。

这一觉歇了多久他不知道，醒来时只觉天昏地暗，像是过了一生那么长。令他吃惊的是，自己不知怎的挪到了榻上，偏头一顾，自然而然看到一个熟悉背影，那人正在用手扇动香炉，丝丝缕缕的熏香飘向这边，安神养心，这就是他睡得如此之沉的原因。

察觉到动静后，青珑快步走过来，见他比昨日无精打采的模样好了些许，心下悦然。

楼西越脑袋昏沉，经久终于理清了来龙去脉，心里虽然感激，嘴皮子却不饶她："谁让你动我？"

"不把你弄过来伤怎么好？"青珑笑他的别扭劲，边说边搬来凳子，在他对面坐下，沾湿帕子给他擦擦额头，助他清醒。

从小自立的他极不习惯被人这么照顾，又是授受不亲的女儿家，更觉不舒服，遂闷声偏过头："我有手有脚，你放着就行。"

"碰一下又怎了？看把你难受得。"青珑当他拘礼，故意开他玩笑："你这一睡就是一整天，总不能不换药，衣服一揭看都看过了，还怕碰这一下？"

楼西越脸一黑，俊眉皱得更深，看着她欠揍的點笑，半晌挤出了两个略带薄怒的沙哑字眼："下流！"

青珑哑然失笑，索性破罐子破摔，伸手将盖在他身上的被子往下拉了拉，露出线条分明的锁骨，自己摸着下巴啧啧道："光模样已经颠倒众生了，再加上这十足标致的身量，错过可不得悔青肠子。反正你也不会损失什么，就让我养养眼，未尝不可。"

　　楼西越面容一冷，狠狠瞪她一眼，原本受她照理，心中念记着这份人情，却被她的一言一行冲击得烟消云散，恨不得立刻撵走这个泼皮。不过因为挣扎下榻时动作过甚，牵痛了伤口，致使星星点点的血色洇染开来。

　　青珑止了玩笑，赶紧扶住他，半是慨叹半是劝道："何苦呢？非得死要面子活受罪，跟自己过不去？"

　　她不知道楼西越与楚定云之间到底有什么嫌隙，以至于彼此之间似是长期处于冷战状态，偏这个闷葫芦软硬不吃，针尖对麦芒一样跟他僵着。

　　而楚定云更似对他的生死不闻不问，在他休息的这段时间里进都没进来看一眼。撇去养父子这层情分不说，单就是出生入死并肩沙场的将属，他也应该聊表关怀。

　　但是，那个将者会去看望其他受伤的将士，却唯独绕过了这个少将，不免让她这个旁观者也心寒。

　　难怪乎期间每次宋令宣过来探望，一见他沉睡不醒的模样和单薄消瘦的身骨，都是十分不忍地离开。

　　"倘若你有难处，不用向楚定云请示了。"她看着他苍白的倦容，为自己此前的所作所为道歉："那时我不知道你在营中的处境，只自私地想要达到我的愿望，期待着通过你的引荐从军入伍。强人所难之处，向你赔声不是了。"

　　楼西越倚着靠背，沉默了一会儿："然后呢？"

　　青珑淡然一笑："天无绝人之路，再想办法了。"

　　楼西越定定看着她的眼睛，声音坚定，毫无怀疑："我会查出你的。"

　　"是吗？"青珑笑笑，视线也不闪避："倘若楼少将军如此坚信，我便更加不能找你帮这个忙了。弄不好成为你麾下一员，哪天自己突然缺了胳膊少了腿，都还不知道谁剁的。"

　　说这话时，她想起了长街初遇那会儿，他拔刀挑断衙役手指的情景，心下不禁唏嘘。她可以想方设法应付这个人对她身份的怀疑，却做不到不担心褚子逍的安危。

　　"倘若你与霍家有关，我便猜得到你的目的，无非是起兵反乱，复辟故国，为你的百姓讨要公道和自由。此般筹算，也属人之常情，我不会因此杀你，沙场上公平较量便是。"那日他在沙场上因伤神志恍惚，只通过一双相像的眼睛和一些似是而非的感觉，一时也无法确定眼前这个女子与行刺罗傲的蒙面女是否同属一人，但从相识到现在，前前后后她总是太过偏巧的出现却让他的疑虑不断加深。

　　说到最后，他面色转寒："但若是他国细作，却假借霍家人的名义搅弄风波，露出任何蛛丝马迹，不用缺胳膊少腿，一个脑袋就够了！"

青珑语塞，相信以这个人的果决手腕绝对做得出来，不过她面上却没有现出慌张，而是趣笑一句："看不出来，楼少将军也会讲笑话，虽然有点冷。"

楼西越的表情凝住，看了看她，缄默下去，不再接话。稍稍缓了缓，他伸手拿过枕边长剑，撑着下了榻。

"伤口都出血了还不坐下让我上药？"青珑不放心地跟过去，想要劝回他。

楼西越不管不顾，一直走到屏风处，都还能听到她的声音看到她的人，忍不住回头，皱眉道："我换衣服，转过去。"

"……"青珑愣住，老半天才反应过来："我是泼皮了点，但又不会对你动手动脚，裹那么严实做什么？"

"你试试。"楼西越黑了脸，从齿缝里磨出三个森冷的字眼，危险如狼。

"好好好，我自戳双目，这样可消得了楼少将军的气？"为了挽救自己毁掉的形象，青珑做了妥协，勾起食指和中指抠向自己双眼，趣笑道。

楼西越瞥她一眼，从屏风上抽下外衣，换到身上，懒得理这个人。

鏖战过后，整个西川上空弥漫着一股浓郁的血腥味，随风飘散。远处升腾的焦黑余烟在四野交织成奇形怪状的诡异画面，仿佛张着血盆大口的恶灵。

"将军。"宋令宣远远望见执刀站在营门外的楚定云，径自走了过来。

见是生死兄弟，楚定云默然点了点头，算是回应，尔后又抬首望向远方，威肃面容上毫无表情起落，随后出声问了一句："他怎样？"

"已无大碍，总算稳定下来。"原本想过来责备一通的，但见楚定云还算有良心，宋令宣就和善着语气，如实道："军医说了，几处伤口太深，若是再偏一点，伤及要脉，只怕后果难以预料……"

说着说着，他的心情也跟着忐忑起来，再也克制不住心底的怨怼，恼容道："你想把那孩子逼到什么地步？他并不欠你们什么，却一直负疚于心，把自己的命交给大军，出生入死，又有哪点对不起你？"

楚定云默然接受着责备，听到最后眼眶微红，不过深吸了口气，极力抑住："他从小练武，虽然体格清瘦，但身骨不弱，一点刀伤承受得住，派人多加照顾就是了。"

不说则已，此话一出，宋令宣向来温朗平和的面容上怒火蔓延："夫人生前冷落他，到你这里同样不受待见，从小到大他从未得过你们正眼相看，整日孤僻不言。莫说外人，就是跟他一起长大的景威可曾知道他心里想些什么？别的孩子正值贪玩的年纪，他六岁就被你拎到军营，寒暑不问地习武修兵，十岁被你拽到刀枪无眼的战场，死活不顾，可有贪生怕死违过你一个命令？受了伤从来不让任何人过问，回头又跟没事一样纵马杀敌，你说他身骨不弱，又曾知道他当真如此，还是一直都在死命强撑？"

这些话宋令宣不吐不快，越说情绪越激愤，到最后他不得不打住，放出狠话："末将想过了，日后如有机会，就放那孩子回他师父身边，还他自由。再在营中待下去，迟早都会把自己折腾死！"

楚定云无声听着那些控诉，才知道自己已经可恨到了这种地步，被宋令宣接连指责，却找不出一个能够辩解或反驳的理由。

"真不知道小楼上辈子造了什么孽，给了他那样的身世，又得了你这冷血无情的养父，连夫人生前对他也不闻不问，嫌他是……"宋令宣不胜悲酸，意识到自己失态后，这才打住言语，多半也是说不下去。

楚定云不知道该说什么，举目眺望着远处的茫茫川野，默然不出声音，经久才轻吐一句："没事的话，派人多照顾他。"

"顶个啥用！"宋令宣一听，更是愤怒，不惜粗言骂了一声，"让他带着腿伤去截堵敌兵，这就是你的照顾？眼见他那样，连看一眼都不去，这也是你的照顾？好在那两千人马留了敌兵逾万尸首，如若不然，你是不是还要治他追敌不力之罪！"

楚定云喉咙一堵，知道再多话都抹不掉自己的冷酷和无情，所以不答。

"我把那姑娘留在了军营，托她照顾小楼。虽然她来路不明，但毕竟女儿家，比景威心细些，看护起来更周到。"几经克制，宋令宣才压下了胸口的怒气，却依旧没给他好脸色。

楚定云心底稍安，即便对青珑的来历心存防备，也没再多说，沉沉道："那样也好。"

"将军，只是那姑娘的来历……"宋令宣也是谨慎之人，同样心有顾虑，一语挑开，沉吟道："末将派人盯过她，从其行举当中看不出疑点，她在营中的这段时间也规矩，私下无甚动作。"换到正题上后，他本是心有所疑的，但听景威说青珑救过楼西越，再想想她日夜操劳的景象，他又顿时生出感激，因而宁愿选择相信。

楚定云却不能这样坚持，肃声道："她来历不明，不排除是他国眼线的可能，事关长远和大局，容不得万一，不能感情用事，多留份心吧。"

"这个将军放心，末将自会掌握分寸，我将她暂留下来，也是借机探察下。"

楚定云问他："可有问到那日伏击他的主谋？"

宋令宣点点头，神色微凝："就是北凉财商沈由的幼子沈隽，之前小楼也提过此人，只是不知道他的目的。听说罗傲便是死在他手中的，这让末将百思不得其解。"

楚定云一时也无从得知，低头沉思了片刻，猜测道："沈家公子坐贾行商，人脉甚广，借那些高官望族的引荐暗中跻身朝堂不足为奇。罗傲这个人粗莽自负，向来不服人，说话更不积口德。既然能下暗手射杀罗傲，想必是他在政事上冲撞过沈家，何况凉帝早薨，诸臣离心，互相倾轧也是常有之事。"

宋令宣觉得在理："这般猜来，沈家这小子怕是心有所图，射杀罗傲为除内敌，伏击小楼意在除外患。"

楚定云颔首，语声突然转寒："此次北凉犯境，帝都那位猜来也不会善罢甘休，熬过这个秋冬，等到天时顺正，想必也会咬敌一口。"

"我看将军未必把帝都那位的旨令放在眼里，斩草除根，这未尝不是你的筹划。"

楚定云笑笑："万事瞒不过你眼。"

"得了，高帽子姓宋的戴不起，自个儿消受去。"

楚定云失笑，正要出声，远处忽然传来一阵"哒哒哒"的马蹄声，紧接着三十来个士兵出现在视野中，快速向营门靠近。

到了跟前后，领头那人把一枚证明自己身份的令牌呈上来，单膝及地参见："小人魏恺，见过两位将军。"

宋令宣扫视一眼，方知这些兵来自京都，是卫尉属官公车令下辖副职公车尉，其主陈晟。

他一奇，并不认识此人，再说卫尉兵主掌宫门警戒，他们来此作何？但见楚定云声色不动，他也就没出声。

"事出突然，请两位将军见谅。"被允起身后，那人抱拳解释："皇上寿辰将至，却逢凉贼扰境，举朝生忧，纷纷请缨援战。陈大人虽然品阶低微，但杀敌之心却盛，遂告假急赴西川，谁想还是慢了一步。幸有诸位将军英勇，平此战祸！"

对于这种奉承又闪烁其词的虚假话，楚定云并不为所动，面色冷肃地看着他，意在让其明说来意。

那人犹疑了一番，这才表露了本意："实不相瞒，陈大人一行已经到了西川清平郡。虽然空走一趟，但他素来景仰诸位将军，想着平日里一朝一野无缘得见，既然此战告捷，便想借机拜谒，顺道好酒好肉为各位将军庆功，因而命小人登门求见，还望将军能赏份薄面……"

话说到这里，楚定云心中已明，当这姓陈的溜须拍马，曲意逢迎，遂回绝了他："军务缠身，无暇接见。"说完他便转身回营了。

魏恺连声喊他："将军！"

宋令宣含笑上前，挡住他："别见怪，青木原一战才见消停，善后之事还得花些功夫处理，近日确实抽不开身。"

"如此，恕小人唐突了，我会转告陈大人，改日再登门请见。"

宋令宣大度地笑笑："无碍，同朝为官远来是客，大营将士随时欢迎。"

魏恺面现喜色，点了点头："谢宋将军，小人这就回去传达。"

宋令宣驻足在营外，望着他们离开的背影，面上的笑意渐渐消失，换之以沉肃。之后他回身追上了楚定云，瞥了瞥他的臭黑脸，责道："不就奉命传话的小兵头而已，犯得着跟人较劲，摆一张臭脸？"

楚定云侧目，反瞥了他一眼："明知故问。"

"行，你是大将军，手握百万精锐，称雄一方，普天之下谁敢对你姓楚的不敬？"

听着他故意拖出的阴阳怪气的尾音，楚定云忽地站住，笔直盯着他。

宋令宣面不改色，看也不看他，继续走自己的路。

楚定云心知，因为自己冷心冷情地对待楼西越，这个与他出生入死了半辈子的兄弟看不下去，没有一天不在生他的气，在这事上总是同他唱反调。但是他也拿宋令宣没办法，就不了了之："公是公私是私，说话不要带情绪。"

"那好，"宋令宣压着心中不快，正色问他："如若皇帝寿宴有请，到时你去还是不去？还有小楼，你又打算如何安排他？"

最后的问题让楚定云面色一沉，举目远望，眼里隐隐生出一丝悲恨，冷言冷语地道："那是他萧家人，想去便去，没人拦着。"

"将军！"如此铁石心肠的回答让宋令宣心寒不已，却见他撂下话后大步离开，再怎么喊都无动于衷，只得无奈摇摇头，自个儿去了楼西越大帐。

宋令宣揭帘进来的时候，景威正在给楼西越后背换药，望着爬在他身上的狰狞伤疤，宋令宣禁不住心头一怜，有些难受。

楼西越提起衣服，盖住了那些丑陋的伤疤，然后整衣回头，欲起身行礼。

"不用了，我过来看看就走。"宋令宣如鲠在喉，摆手阻止了他。说着他接过景威端来的茶水，随意挑开话题，笑容可掬，温和近人："将军这几日忙于琐事，脱不开身，一直没机会过来，特意托我多留心着你。听宋叔的劝，好好休养，莫再让他担心了。"

"他是什么样的人，我早就看透了，宋叔不必给他打幌子。"景威不屑地切了一声，一脸的埋怨："他要真有这么好的心，就不该把所有怨恨都撒在少将军身上，作孽的是皇帝，又不是……"

楼西越偏头，横了他一眼。

景威只得咽下心中不满，不服气地住了口。

宋令宣哑然，才知自己自欺欺人了，遂而无奈笑笑："景威，药先搁着，待会儿再进来敷，去外面看看那姑娘，当心她在营中迷路了。"

景威一听这话，顿时紧张起来，看宋令宣毫无随意之态，不知道他要给楼西越说些什么，所以才会支开自己，更不晓得那事会不会让自己少将军再次吃亏，因而杵在那里，极不情愿离开。

楼西越抬头，沉声催了一句，才将他屏退。

帐里霎时安静下来，只一旁的沙漏静静流淌，发出轻不可闻的细细摩擦声。

"小楼……"宋令宣欲言又止，语声吞吐不定，看了看他消瘦的面容，踟蹰良久，实在不忍心，就又打消了念头，转而道："往后几日你就安心养伤吧，期间晨训的事宋叔替你接手了，等伤势痊愈后再去校场。"

楼西越婉言谢绝："只是皮肉伤，不会耽搁军务，宋叔过忧了。"

宋令宣不免心酸，给他鼓劲："你放心，有宋叔这把老骨头顶着，姓楚的若再为难你，我先跟他过不去！"

"宋叔不必顾虑，有话不妨直言，小侄认真听着就是。"

骗不过他的剔透心思，宋令宣也就没了借口，斟酌着道："再过些时日便是皇帝的寿辰，快马赴京的话，少说也得十余日。你伤势才见好转，不能再奔波，宋叔寻思着你就待在西川，把身子养好比什么都重要，莫再遭这颠簸之苦。皇帝若问起，自有将军和宋叔给你担着，至于夫人的忌日……"

见楼西越陷入恍惚中，宋令宣突然喉咙发酸，停顿了顷刻才继续说了下去："夫人在天有灵，能体谅你现下状况，只将军去看看她便可。你师父那边，宋叔也会将你的问候带到。陆先生心性豁达，不会怪罪你的。"

楼西越低头看着地面，很久才回过神，翻了翻几案上的兵书，从里面拿出一封信，交给他："不久前写给师父的信，烦宋叔替我带给他，并叫师父保重身子。"

宋令宣接过来收好，心下五味杂陈："说实话，宋叔最希望你能去听花小筑看看，毕竟……血浓于水，再有不是，她也是你的生母……"

楼西越埋着头，一动不动，有些根植于心的回忆随着时间的流转，不是腐烂消失，忘得干干净净，而是疯狂滋长，噩梦一样萦绕在脑海，挥之不去。

"我去，怕脏了夫人安息的净土。"

宋令宣一听，心口堵得难受，再也说不出话，拍拍他肩膀，叹口气起身离开了。

人一走，大帐一片死寂。

楼西越一言不发地坐在那里，摩挲着药瓶，头埋得很低，整个人陷入长久而无声的沉默中。过往一些久远却无法忘记的景象不受控制地涌入脑中，在他眼前交织碰撞。

隆冬飘雪的夜里，身着素衣的女子跪在宗祠前，悼念故去的亡灵。

伴随着凛凛风啸，有男子低沉的脚步声夹杂在其中，徐徐飘来，旋即窗外一黯，一个颀长身影伫立在外，隔窗唤她："白姑娘。"

"哐当"一声，祠堂的门破开，大雪飞入，男子逆光站在门口，脸孔被阴影掩埋。

女子仓皇惊顾："你是谁？"

对方不答，投射在地上的影子一步一步朝这边靠近。最终，他的面容被堂内的烛火照亮，俊如天人。

那人两手各拿一杯酒，将其中一杯递向她，声音幽幽而叵测："本宫仰慕白姑娘，你我之间已有夫妻之实，只差这合卺之礼了，喝了它，你就是本宫名正言顺的女人了。"

女子认出了他，情绪顿时失常，挥袖拂杯："滚！"

"为什么拒绝？是因为楚家小子吗？"男子靠过来，附在她耳边，笑如蛇蝎："白楚两家勾连反政，已被本宫清剿，很快楚家小子的人头也会被带来……"

"萧恪！你疑神疑鬼滥杀无辜，不得好死！"女子如临恶鬼，拔下绾发的玉簪，猛刺向他咽喉。

男子轻易便擒住她的手腕，语出威胁："霸业宏图，本宫势在必得，凡有人挡，杀无赦！"

"白楚两家虽是世交，却诚心侍主竭力护国，从无勾连逆反之心！不过看着天子昏聩怠政，屡谏无果，忠良之心灰冷，罢官退隐而已，却遭宵小构陷！"

"是还乡归隐还是择木而栖，身为白家长女，你会不知吗？"男子冷冷一笑，并不相信任何人的话。在这内有帝家子嗣各植党羽，外有藩候作乱犯上的当儿，他无法容忍既笼络不到又迟不表态的中立者，于他而言，他们就像不知何时会出鞘，更不知锋尖最终会刺向何人心口的屠刀，留之如同养虎，白家如此，楚家亦如是。

女子深陷失亲之痛与失贞之辱中，望着凶手狰狞如魔的嘴脸，眼噙泪花，却心念决绝，同归于尽般掐住他喉咙，恨不得将其碎成肉泥骨沫，为冤死在东宫暴兵刀下的白楚两家人雪恨。

男子恶毒的笑声在祠堂门口响起，她报不了仇，因恨失心，追随着那阵狞笑扑过去，一直杀他到堂外。

"记住，天下与你，永远都是本宫的！"男子长身立于雪中，只手擎起金盏，对着她的方向，做了个交杯而饮的动作，尽情宣示着自己的野心和欲念。

"不得好死……姓萧的，你不得好死！"失贞的耻辱凌迟着她身心，令她悲痛欲绝，紧攥发簪扑过去，跌跪在雪天，对着雪地疯狂刺杀，要把这满门尽毁且清白尽失的痛苦通通从凶手身上讨回来。

"夫人……"她的样子吓呆了楚府的仆人，管家惊慌失措地大喊："去传将军，夫人的癔症又发作了，快去通知将军！"

刹那间，满院皆惊。

慌张奔走的人影中，一个约莫四岁的孩童站在雪夜中，怔怔望着她的背影。

年幼的他怕她在无意识的状况中伤到自身，想上前阻止，但他似乎又隐约明白，自己的存在就是她的耻辱，靠近她只会令她更厌恶，所以哀然站在她身后，伸出去的手僵在半空，不敢碰她丝毫。

女子时常如此，稍稍受到外物的刺激，那段不堪回首的往事便会像恶魔一样困住她，夺走她心神的同时，也把她带入一个臆想的复仇幻象中，一步步摧折着她的心智。

孩子终归不忍相视，半跪在雪中，稚嫩的双手环住她手臂，无声望着她，盼望她快些清醒，走出心魔，不要折磨自己。

女子有短暂的愣怔，心念有一瞬间的恢复，知道这是她唯一的骨肉，无辜而可怜，从小到大不应该遭受她的冷落与厌弃。

就在这时，一个略带责音的低吼传来，在他耳畔乍响："放开！"

匆匆回府的将者急步奔来，大手一伸，不由分说将他从地上提起，丢给了慌乱的下人："带他离开，不要靠近夫人！"

很明显，他担心这个孩子的出现会再次刺激到自己的妻子，加重她的癔症，只能把他隔绝开。

就这样，孩子被管家带离了那里，经过祠堂门口的时候，里面一排排的灵位映入目中，同样也成了纠缠他一生的梦魇。

天地萧瑟，重重高墙伫立在风雪中，像一座牢笼，囚得他无处遁形。

"想什么事，这么出神？"冷不丁，一张熟悉的面容整个儿出现在他眼前，打断了他的思绪。

楼西越抬头一顾，别开目光，将药瓶置于桌上，离座而起。

"坐下。"青珑摁住他，就要给他换药。

"不用你管。"楼西越无来由地一阵烦闷，自己生自己的气，蹙眉挣开她。

"怎了？"青珑有些懵："谁招惹你了，拿我来撒气？"

楼西越神色僵住，意识到自己的不该，沉声道："抱歉。"说完他重提起剑，转身就出帐。

青珑不忍，追上去将他堵了回来："伤势才好不过三成，这就不老实了？要有个闪失，哭死都来不及。"

"管好自己就是了，要你瞎操心。"

青珑不让，重新将他拉回桌边，摁坐在凳子上："没见过你这么不知好歹的人，关心你都不行，非得刀子嘴跟你对着干才高兴？"说话的过程中，她扳直了楼西越挣扎欲起的僵硬身子，解去他的外衣，撩开衣服仔细替他抹药。

楼西越动弹不得，身子绷得僵直无比，像根木头一样直挺挺坐着，浑身不自在，每被青珑碰到一处肌肤，就多绷起一根神经，显然这么近距离的亲密接触让他极为难受。

"我又非礼你，怕什么？"蘸药的间隔，不经意瞥到他耳根上泛起的些微红晕，青珑扑哧一声，暗笑这少将也是一个脸皮薄的人，偏还死要面子活受罪，在任何人面前都是一副倔骨头，打死也不低头。

是以，她拍了拍他的肩膀叫他放松，有一搭没一搭地和他说话，转移他的注意力："闷葫芦，你不会长这么大都没跟女孩子打过交道吧？怎的一副硬邦邦的表情，一点都不讨喜，以后可如何讨得小娘子？"

她一说话，呼出的气息喷洒在他脖子上，间或掠到耳根处，微痒中带了些许温热，撩怀舒心，使得他僵滞的身体逐渐松懈下来，终于肯在青珑低头抹药的时候看一眼她素净如莲的侧容。

青珑并未注意到他在看什么，一心专注于换药包扎，久久等不到楼西越出声，她推搡了一下他："问你话呢？"

以为自己见不得人的举动被青珑捕捉到了，楼西越耳根发热，慌乱中忙不迭收回视线，脑袋别向一边。

"哑巴了？"青珑腾不出手，于是环臂扳住他脖子，将他的脑袋转了回来："使劲绷着伤口你疼不疼？人家和你说话，怎的就不支个声？"

"我六岁就来到军营，十岁上了战场，到哪去跟女孩子打交道？"楼西越眉头直皱，闷闷地道。

这么说着，他向这边微微瞟过来，落到她的清秀侧颜上，记忆中那个青桑少女笑如榴花的灿烂面容恍惚在眼前浮现，一时令他心乱如麻。

"六岁？"青珑没有注意到他的小动作，略为诧异，随口问他："是你太调皮还是你爹娘冷心冷情，才六岁就把你扔军中不管了？"

楼西越表情一顿，眼神空洞，没再出声，垂睑看着地面，长久而死寂的沉默过后，他才在青珑的对视中决绝丢下一句："我没有父母。"

青珑的面色凝住，定定看着他的苍白面容，心口突然像被什么东西牵动，微微生疼，上药的动作不觉然停了下来。

很大一会儿她才回过神，避开了有关父母的话题，回道："难怪坊间都称你为战地修罗，道你屡战屡捷，原是那么小就开始习武修兵，这份令人闻风丧胆的赞誉来得也名副其实。"

打小以来的孤立让楼西越没有意识到与人倾诉也是一种释怀的方式，只知道有事就该自己承担，担不起的就死命去撑。因为习惯了与所有人都保持着距离，故而任何心事都不会轻易向人诉衷。见自己一时失言在青珑面前说了不该倾吐的事，他便不再接话，埋头沉默下去，任她鼓捣着伤口。即便药粉沾染伤处引来阵阵刺痛，他也只是微皱着眉宇，毫不发声。

"做人有时候要灵活，有什么委屈不要总藏在心里，说出来或许会好受许多。"青珑心有不忍，尽量放轻手上的力道，低头注视着他的侧容，道："有些事，该承担的自当竭力而为，但若有些过错不是自己一手造成，用不着把所有责任都压在自己肩上，像个傻瓜一样闷声去扛。"

"我没什么，谢你好意。"楼西越不欲多说，始终垂着脑袋，机械一样道。

青珑张口欲责，看看这人还能撑多久，不过终归忍了所有言语，抽来药纱轻轻给他缠绕着伤口。

"失散这么久，不担心你弟弟？"不晓得她要在自己身边待多久，为了避免尴尬，楼西越费尽思量才找到了一个自认为不会冷场的话题。

有些事情，他心中所猜已经八九不离十，只差一句话捅穿真相，还有所谓的失散或许只是一个借口。但冲着曾经的相救之恩，冒死为他盗药，以及悉心照顾他的情义，他选择了忽略她的身份和来历以及她想方设法从军的动机，也可以不去计较她为达目的以千面模样示他的伎俩。

青桑霍家……

他突然自私地希望她的身份只有这一个，除此之外再无其他，与任何人都无瓜葛，比如沈隽。

久无回应，他抬头看她一眼："他身子不好，你能放得下心？"

这回轮到青珑沉默下去，眼里的忧色藏也藏不住。

在营中的这几日里，她照看着楼西越，看似嬉笑如常，但到了夜深人静的时候，却辗转反侧，夜半做梦都梦见褚子逍病发时无人照顾缩在草堆里苦苦挣扎的模样，惊醒后自责得不行。另一方面，也不知道裴原将那些留存下来的凉兵带到了何处。

所以，是时候抽空出去一趟了。

《第十一章》
惊变

看得出青珑对褚子逍的担忧，此刻见她埋头沉吟不知在想什么，楼西越也就不再追问，待伤口包扎好后随即更衣。

期间青珑一直坐在桌边，默默发呆。

他敛了敛容，沉声劝她："要是不放心的话，出营去找吧。"

"那你行吗？"青珑望着他，有些担心："我要是走了，楚定云若为难你，你再拿这不开窍的心眼跟他倔着，不小心一命呜呼了，回头我见不到你了怎么办？"

楼西越一听，脸一黑，懒得理这个乌鸦嘴。但是不知道为什么，一股说不出感觉的温暖忽而毫无征兆地弥漫开来，沿着早已麻木的神经传入身体，在心田某个看不见的角落里缓缓游走。

青珑只是随口一语，谁想在楼西越眼里把它当成了一种牵挂，但她亦感谢他对他们姐弟的念怀，故而移步到他身边，啧啧羡道："长得俊就是好，生气也这么销魂。闷葫芦，知不知道你要是去青楼走一遭，得多少姑娘为你丢魂？"

"下流！"楼西越受够了这个莫名其妙的绰号，将她从自己面前推开了。不过语方出口，见青珑身子一斜，一个趔趄向地上栽去，他又急急伸手将她拉住，后悔自己用了太多力。

"你这人真是无趣得紧。"青珑彻底打消了同他打趣的念头，顾虑道："闷葫芦，我确是想我弟弟，可又放心不下你的伤。"

真心或假意，那种话都让习惯了在人前从不示软的楼西越莫名觉得心口一暖，间或有一丝从未有过的些微悸动。他想也不想，径直道："我同你去找。"

"你疯了？"青珑心中有鬼，怎肯让他同行，坚决摇头："你才从阎王殿跑了一回，要再有什么闪失，我怎担得起这个责。"

"死了不关任何人的事！"才知自己会错了意，楼西越心底一空，扔了几个冷冰冰的字眼。

青珑低估了他的固执，再怎么说也劝不动他，对褚子逍的担心又让她不能再继续僵持下去，只得万分愧疚又不安地由着楼西越在景威的随同下一起去了。

系念着他的伤势，一路上青珑没有加快速度，只在西川边境几个村镇里四处打听，自己则私底下窥寻褚子逍留给她的暗号。饶是她万分谨慎，第三日傍晚时分，在快出大夏边境的一处幽林里，还是被眼尖的楼西越发觉到了。

"你在南燕住过？"看着雪松树上刻着的一个既像文字又像图案、颇具南国风俗的奇特符号，楼西越打马上前，让景威将火把往前靠了靠，看清后回头问青珑。

原本夏、燕、凉、兀同属敬王朝，后来诸侯割据，各藩王拥兵自立，彼此攻伐，血洗了中州朗朗乾坤，致使山河分裂，邦国鼎立。

此后四国各自为政，各事生产，生生走了殊途。仅仅八年的功夫，无论文字、度量还是货币等都发生了些微变化。

楼西越六岁来营，在楚定云帐里颇受冷落，宋令宣不忍心他受委屈，便将他接到了自己帐中，请来多个学识渊博的先生细心栽培。因此，他自小修习的东西便不限于诗文韬略和武学之类，加之行兵作战所需，对各地百姓的风俗也少不得要了解，故而一眼就从那个暗号中琢磨出了一些蹊跷。

青珑暗惊于他的眼力和洞察，心知瞒不住，便不再遮掩，如实道："非是，只是在南燕流浪了一段时间，或多或少沾染了一些习俗。逃出奴场后，我与子逍曾经被人追杀过，几回与他差点走失，后来我们就约定了这样的暗号，一方找不到另一方了，就在树上刻下它，方便找寻。"

楼西越听完，倒也没多想。三人下马离开了那棵松树，在一处避风的低处生了堆篝火，席地而坐稍事休息。

"那你们在南燕哪里流浪的？"景威一时好奇，忍不住插了一句嘴："看你身手顶好，跟奴场那些手无缚鸡之力的贫苦人家大不相同，怎会沦落到那里去？又是被谁追杀的？"

青珑神色幽幽，过往的一幕幕恍如昨昔，在眼前徘徊，但对景威的问题，她却不知道该如何回答。为了避免露出蛛丝马迹，她捡了些无关紧要的情况道："我弟弟曾被定南王府的舒长轩抓过一回，为了救人我与他结下梁子，被他记恨上了。奴民命如草芥，自然不高兴了就杀，眉头皱都不带皱的。"

"舒长轩？"景威听说过那个残虐而嗜杀的王府公子，咋舌道："不是好惹的主！沙场上见过他，身边总是带着凶畜，你们怎么跑出来的？"

青珑带着回忆的口吻，感激地笑了笑，说道："多亏了九公子，若非他出手相救，估计我也命丧在那东西的爪牙之下了。后来怕他们兄弟因此事反目，就没敢再接受他的好意，同子逍留书辞别了。"

她敢放心说出南燕舒家，是因为相对北凉和东亓而言，夏燕两国关系处得尚尽人意，不说内里如何，至少表面上邦交友好，每逢重要节日，彼此都会派遣使者或重臣前去访晤，说出来不至于使他们多心。

楼西越默然坐在一旁，低头拨弄着柴火，听到最后，抬头看着笑意温和的她，声音有些酸："后来呢？没再见过舒九容？"

"你知道他？"青珑一奇，凑到楼西越身边，借好奇消去他投来的深湛眸光。

不为什么，每每对上这个少将的眼睛，她就觉得自己好像成了一个透明体一般，所言所语是真是假都赤裸裸地呈在他面前。

"闷葫芦，你们怎么认识的？"青珑无法将一个驰骋沙场的果敢少将和一个赋诗写画的雅致公子联系起来，还当他们之间有什么深厚交情，追问一句。

楼西越言简意赅地丢了四个字："点头之交。"

话到此处，青珑也不便再多细问，念及心中牵挂之事，她道："不行明晨你与景威先行回营吧，把身子养好比什么都重要，等我找到了子逍，自己去向楚定云请命。"

她怕心中不可告人的秘密被楼西越发觉到，几日来不敢往凉境靠近，多半都是在瞎晃悠——只要那些暗号不断，便说明子逍十之八九无恙，所以她也放了大半的心。现下观察那些暗号的指向，明显看得出是北凉，往前再走半天的脚程便会暴露，所以她不敢再继续下去，想着自己找机会私下去看看。

正说着，楼西越忽然侧目旁顾，旋即俯身下来，以耳贴地静静聆听，一手瞬间扣上剑柄，另一手将她往后推了推。

青珑神色一变，察觉到了远处细细的动静，当下不再多说，与景威三下五除二扑灭了火堆。

三人各执一剑，迅速闪身避到了一旁的沟地，屏息观察。

响声不是人的脚步声，而是马蹄踏过后留下的隆隆回音，犹如闷雷落地，愈发清晰地映入耳际，不多时已在方圆一里之内，约莫有数百兵马。

青珑心下一个咯噔，以为裴原没有听从自己的劝告带着那些败兵又杀了回来。偏偏又不能现身查看，窥视的间隙，她的手心已经隐隐冒汗——倘若真是如此，自己此前的所作所为怕是要付之东流了。

响声越来越大，对方不断在逼近。

突然，三匹战马被惊醒，"嘶"地发出叫声。尤其火曜驹，灵性十足，随楼西越驰骋沙场数载，早已熟悉了兵马奔驰的声音，当下霍然起身，仰天嘶鸣一声，当自己主人不知道变故，好给他通风报信。

马鸣划空，响亮传开，夹杂在其中的还有一声又一声的惊呼："有刺客！快去禀告！"

"快停下，有刺客！"

"速速禀报陈大人！"

陈大人？

不是裴原一行？

青珑大大松了口气，诧异于来者是哪个陈大人。但不管是谁，惊动了这队人马注定是要扣上"刺客"的帽子了。

不过多一事不如少一事，能不见血自然是最好，三人也没有动手的意思，连忙安抚住受惊的坐骑，牵着它们快速离开。谁知对方并不放过，当先出手，一支支利箭猝然划破夜空，飞向此处。

楼西越一惊，一把搂住青珑的脖子，压着她扑到地上。

箭雨纷纷，朝着三人所在之处不断逼近。

很显然，对方也不知道刺客藏身何处，人数几何，所以对着黑空一通乱射，意欲逼他们现身。但一直射到箭羽将尽也没见血，然后就有三三两两的巡兵攥紧刀小心朝这边走来，进行地毯式搜索。

青珑屏息直起身子，脑袋探出凹坑，小心拨开草丛窥望了一眼。夜色深沉，距离较远，看不清他们的模样，也就无法分辨出来人是谁。

楼西越冷冷盯着几个缓缓靠过来的人影，拇指一扣，剑光映目。

"景威，与她上马，右走。"他沉沉下令，长剑一寸一寸地缓缓出鞘，锋芒灼灼。

语毕，就见他以己为饵翻向左边，闪进那边的草丛，灵蛇一样从中穿行，快如疾风。

来兵面色一变，蓦地大喊："刺客在那里！"

队伍被惊动，马蹄骤起，朝那兵所指的方向疾驰而去。

青珑大惊，忙与景威翻上马背，一拍火曜驹，匆促追向他。

"闷葫芦，一起走！"她低喝一声，纵马过程中伸手出去。

楼西越怒其忤令，但见情势紧急，也就没说话，顺势抓住她的手，借力一越，翻到火曜驹背上。

"驾！"长鞭扬起，唰唰落下。

马蹄轻疾，飞驰如光，带起风势，卷动草木。

"在那边！刺客在那边！"

"快去通知陈大人！"

几声惊喝乍开，又有人发现了目标，拔刀紧追，紧接着兵马奔动，蜂拥围来，片刻间将他们困住，不由分说放箭射杀。

青珑奋力抵挡，却不知被谁纠缠上，交手中一剑割破了对方的衣带，旋即有表明这些人身份的腰牌从那人身上掉下，没入草隙。

起初她没有在意，想着这队人马既然把他们当成刺客二话不说便痛下杀手，可见分外忌惮真正想要行刺他们的人。若不澄清误会，必定引发一场恶斗，难免两败俱伤，无端端如此，怎么也不应该。

"闷葫芦，你认不认得他们？"她得空问道。

楼西越同样不知对方是谁，且夜色深沉，人影杂乱，仅从他们行头上也观察不出什么端倪。

"放着官道不走，偏绕小路，还怕被人行刺，行踪如此怪异，我看一定有鬼！"纵使三人无意结仇，对方却仍然步步紧逼，景威登时被激怒，大开杀戒，"我掩护，你们先走！"

楼西越护着青珑后撤，混乱中踩到了什么，见是一枚腰牌，遂俯身拾起，仓促一视，隐约看得到上面的刻字。

"公车尉？"景威杀到跟前扫了一眼，颇为惊讶，"卫尉兵怎么会来此？"

彼时青珑正在一旁挥剑挡护，突然听到"公车尉"三个字，心头一震，下意识沉吟了下。她以为是巧合，慌忙奔过来，急问："哪个公车尉？"

公车尉，陈大人……

这是她与子逍花两年时间从各处刺探到的结果，矛头所指只有一人——陈晟！

也是害死无数青桑同泽的叛贼乌德！

这些人口中所说的陈大人是谁？

这是夏境，来自大夏的公车尉，而且其主姓陈……

难道、难道是……

"是不是陈晟？"她的脸色开始失常，一颗心如涛翻浪涌，迫切想要知道结果，激动地从楼西越手中拿来腰牌，翻过一看，两个大字赫然入目——陈晟！

一息间，那些印刻在记忆的殷红画面不受控制地涌现出来，在她脑海飞闪，交织成一片血海尸堆。炼狱场中，还有一张刻于骨铭于心的狰狞面孔，到死她都不会忘记。

乌德，拿命来！

杀念忽涌，她已无法从容如往，更做不到放任那奸贼离去，魔怔般汹汹杀向那些兵，搜寻陈晟的下落。

八年了，那些葬身归龙关的忠魂烈骨，以天为棺以地为椁，足足死不瞑目了八年！天可怜她，终于让她等到了这个叛徒，必要将他碎尸万段！

楼西越渐渐注意到了青珑的异常，竟然激动到当真与对方拼命的地步，情急之下拉住她："撤！"

青珑恍若未闻，谁挡杀谁，招招夺命。

因为三人均是便装在身，那些卫尉兵也看不出来他们出自西川大营，只当是行刺陈晟的刺客。想起陈大人的交代，更见这女子剑风凌厉，领头那人忙派了十数人前去禀报，同时率领余部迅速围攻过来，将三人堵得密不透风，长枪铁戟直刺要害，蜂拥扑杀。

青珑毫无退念，眼前血光如绸，将过往那些刻骨铭心的血腥景象映现出来，八年前的一幕仿似重新在眼前回放。

青桑沦陷，族落分崩，子民流离，骨肉失散，手足折命，家国殒殁……烈血与白骨铺就的修罗场上，到处是孩子惊恐而号啕啼哭的声音，一个接一个的头颅相继落下，滚到血泊中……

那之后，许多当了俘虏的幸存者被拉到了奴隶场买卖，当牛做马，命如草芥，为了苟且活命，像牲畜一样匍匐在这不公不正的冷血统治之下。

没有救出子遒前，他就是那些奴隶中的一个，那一身稍稍见寒便反复发作的病症，便是因为被东家鞭笞后扔进大雨里浇了整整一夜后落下的顽疾，至今药石难去。

而助长这一切厄劫的人，就是乌德，如今的陈晟！

"说，姓陈的在哪？"她揪住一个士兵，长剑抹在他脖子上，眼里血色涌闪。

那兵骇然，猝然抬刀刺向她腹部。

楼西越撞见这一幕，面色一变，猛然推开她，剑光顺势下劈，断了那兵半条手臂。

鲜血飞射而出，溅了青珑一脸，沿着额头滑向下巴，狰狞如魔。

"回撤！"楼西越对她如此失常的反应大为吃惊，说话间提住她肩膀，翻到马背上。忽然，一支箭矢穿透血夜，破空飞来，直直射向他后心。

青珑赫然被惊醒，一回头，箭光入目。

她大骇，一手扳过楼西越，一手挥剑，哐当一声斩飞了来箭。没等她稳住身子，周围已经飞矢如蝗，嗖嗖袭来。

楼西越与她同坐一骑，惊觉后倾身过去，将她压向马头护在自己身下，另一手剑花连卷，将近身的利箭纷纷打落。

所幸对方余箭已经不多，没几下便耗光，这才让三人有了喘息的间隙。

"闷葫芦，你怎样？"青珑挥鞭策马，冲出包围圈，撤退的时候急忙问他。

"不会比你早死。"楼西越摁回她脑袋，身子挡护着她，并唤过景威，三人御马奔驰，绝尘而去。

抄近路返回去的时候，军营里一派安宁，除过巡逻的士兵外，其余都还处在梦乡中。

见这少将归营甚晚，身上还带有血迹，形容十分狼狈，守营的士兵吓了一跳，以为出了什么大事，就要去禀告楚定云。

楼西越出声拦住他："不用了，稍后给宋将军打个招呼，我去找他。"

末了，他见青珑的右臂在方才的乱战中被利箭划噌出一道伤痕，又吩咐道："再传军医来我住处，勿惊动其他人。"

"是！"守兵抱拳领命，转身去了。

楼西越回头，意味不明地盯了一眼一脸污血的青珑，大步回帐了。

青珑头埋得很低，一声不吭，跟上了他。

回到帐中后，楼西越翻出一瓶药递给她，脸色要多难看有多难看："疼不疼？"

她摇摇头："我就只破了点皮，先看看你的伤势吧。"此刻，她的心是极虚的，后悔自己被仇恨侵夺了头脑，在没摸清状况的情势下扑了个空，平添楼西越对自己的怀疑，这是其一；其二，他们所杀乃朝廷卫尉兵，此事若被陈晟那小人传回京城，借机搅弄一番，皇帝势必要追责，对闷葫芦大为不利。

事到如今，只希望那些人不要认出是他。

楼西越沉着脸，眼神像刀子一样剜向她："回来再找你算账。"

随后他快速清洗整顿一番，吩咐景威："看紧她。"一语落地，已是足音清远，揭帘出去了。

去的是宋令宣住处，与迎面匆匆赶来的他半路碰到。

"又跑哪去了，怎的这个时候才回来？有没有伤着？"禀告的士兵不知道实情，说得含糊不清，宋令宣也问不出个所以然，又听说三人浑身血迹，顿时就变了面色，连忙赶来了。

"没什么大碍，宋叔不必担心。"

见他身上未再添伤，他一颗志忑跳窜的心这才稳下来："到底怎么回事，弄成这副模样？"

楼西越抱拳："末将冲动，与一队卫尉兵起了冲突，杀了他们不少人。"

"卫尉兵？"宋令宣一疑："怎会发生这种事？"

语方出口，他突然想起不日前在营外见到的那队人马，便问他："杀了多少，可有被认出来？"

"不少，数十名。末将便装在身，又是深夜，并未与其主陈晟正面交手，只知他们确属朝廷卫尉兵，正往西川赶来，行踪诡秘，疑心甚重。"

说完，他单膝及地，请罪道："朝野之间早有芥蒂，若此事传到宫中，皇帝必然以此为借口，诘问降罪。末将鲁莽，连累大军，愿承担一切罪责！"

宋令宣扶他起来："事情已经发生，自己没伤着就比什么都好，不管谁对谁错，这件事都不必放在心上。"他拍拍楼西越的肩膀，有些心酸地道："宋叔知道，从小到大把你禁锢在西川，要你面对这铁石心肠的养父，确实委屈你了。但你能心向大军，宋叔也知足了，哪一日他们君臣刀剑相向，宋叔不会让你蹚这趟浑水。"

楼西越点点头，没再接话。

宋令宣对这事并不怎么上心，反而担心他的身子，严肃警告他："去休息吧，从明日起安心在营中休养，没我命令，休再到处乱跑。"

"是。"楼西越点头答应，这才去了。

等他再次回到自己住所时，青珑已经包扎好了伤口，规规矩矩地坐在桌边等着。一见他进帐，她二话不说跑过去扶住他，给他披上一条暖裘，并把火炉往他身边推了推。

她心中七上八下，连声问道："怎样？宋将军有没有怪罪下来？"

"想好说辞了？"楼西越坐在火炉旁，开门见山问她，并不在意这事的后果，只想查问她此前的可疑行径。

青珑哑然，该来的还是逃不掉，也就不再躲避，狠狠道："我与陈晟势不两立！"

"为何？"楼西越抬头看来。

"若不是他，子道不会生病，我跟他也不会到处流浪。"青珑挑了些可以成为理由的实情，回答道："他害死了我们家人，害我们成为孤儿，被卖到奴隶场任人欺凌。我学这一身功夫，为的就是有朝一日报仇雪恨！"

明白为将者手上沾染的血腥和罪恶，保得身后沃土平安，却也害得对立者家破人亡，无怪乎坊间称他为杀人如麻的罗刹，听完她的解释，楼西越有短暂的怔忪，良久才沉沉道："若你当真与青桑霍家有渊源，我也该死。"

"你跟他不一样……"青珑一惊，以为楼西越肯定了她的身份和来历，急于掩饰，却被他打断了。

"奴场我去过，大都是一些贫苦人家为了生计卖掉的孩子，兼因为战祸而无家可归的流民，你们能逃出来，算是幸运。"

他低头拨弄着炭火，像是想起了什么事而出了神，神情安静而疲倦，没了方才的冷凛。昏黄火光打在他苍白面容上，留下一圈朦朦胧胧的光晕，减了五官线条上的些许疏离，平添几抹温和，像月色下无暇剔透的美玉，一光一泽撩人心怀。

"如若无处可去，那座竹楼就留你们住着，明天你就可以搬过去。往后一些时日，我会派人将你弟弟送到京都，那里有我认识的一位杏林妙手，相信定能医好他。"他看着闪闪烁烁的炉火，神游物外，对她承诺。

青珑看得心绪怦然，盯着他的侧脸，始终移不开视线，心里既感激又愧疚："闷葫芦，那你往后住哪？"

"只要不跟你做邻居，怎样都行！"楼西越收了渺远的思绪，偏头就看到她一双直勾勾的眼睛，不禁眉头一皱，没好气地道。

青珑调侃一句："我决定了，以后偏跟你做邻居，天天深更半夜去你家。"

"龌龊！"楼西越没见过这般没羞没臊的姑娘，躲瘟神一样远离些，"你不要脸面，别赖上我。"

青珑笑道："上药的时候，我都解衣看过你了。"

楼西越语塞，后悔任由她给自己敷药包扎，气得耳根泛红，半晌才蹦出一个怼得过她的事实："那是你脸皮厚！"

"那还睡过你木榻，我不去，你非说不行。"

这话没说错，令他无以为驳，闷声闷气地道："谁叫我好心让给你？"

"那现在还共处一室呢，你情我愿的。"

对于这样的玩笑，素来一本正经的他显然不知道如何反怼，遂不服气地哼一声，偏过头去，假装出一副谁情愿跟你待在一起的样子。

青珑暗笑他的刀子嘴豆腐心，实话说，她同他打趣，也是借此不断分散自己的注意力，以掩盖重重心事——从得知陈晟线索的那一刻起，她就难以心平气静，外表虽如往常，内里却跌宕起伏。

"闷葫芦。"她收了玩笑，随后的声音变得有些凝重，"你的伤还要不要紧？"

楼西越回顾她一眼，只观她表情，心里已经预感到了什么，无端端一沉。

"我得走了。"她思量再三，决定向他辞别。一则不甘心放过陈晟；二则不放心子道的病情，想尽快找到他；三则她想顺便看看那些凉兵的状况，既然救下他们，总得想办法妥当安置。至于从军一事，还待日后从长计议。

"什么时候？"沉默许久，他才开口问她，心中自然明白这是迟早的事，也从来不敢奢望旁人把时间和精力在他身上浪费丝毫。

果然，听到的答案与他料想的结果毫无差别。

"越快越好。"她应道，虽然有些不舍，却不得不走。

他心底空落，像有什么东西往下坠，迟疑了须臾，低低追问一句："还会来吗？"

青珑不知如何回答，太多的事情需要她去做，何况人算不如天算，未来会变成什么样，她预知不到，良久回他："应该不会了……"

他一下子说不出话，眼里的光黯下去，默然为她准备行囊和盘缠去了。

青珑心里百感交集，起身追到他身后，歪头看着闷闷的他，笑道："我可以想你啊。"

他怔住，以为是自己的幻听，素来禁闭的冰冷心门被叩开，有些许暖光照入，不由露出不着痕迹的清浅笑意。

是日晌午，楼西越送青珑离营，甫一踏出辕门，却被赶来的景威喊住了："少将军，出事了。"

两人俱是一疑："什么事？"

景威道："方才有一队兵马来大营，求见将军，刚巧我经过，一时好奇向人打听了几句，你猜来者是谁？"

楼西越惑住，与青珑面面相觑，皆猜不到，问他："谁？"

"陈晟。"

此话一出，青珑面色顿变，楼西越亦感不妙。

景威担虑道："少将军，会不会与昨夜那事有关？"

楼西越也不知道，不过细想片刻，摇头道："我不常去京都，卫尉中认识我的人没几个，应该不会被认出。再者那些人兵分两路，其一作为诱饵打头阵，大抵担心有人会行刺陈晟，因而心存戒备。昨夜那队人马将我三人误认为刺客，显然是防着真正的刺客，没道理是我。"

景威还是怀疑："那他来我大营做什么？"

他斟酌一番，看向青珑："你先安心走，我去看看。"

"我跟你一起去。"青珑把事情想到了最糟糕的地步，委实不放心："他要真把你当成刺客，假皇帝之名跑来问罪，你就说人是我杀……"

"我会怕他？"楼西越不屑地道，并不担心这事，反而怕她忍不住去找陈晟算账。

青珑确有打算，但不放心他这边，想留又留不下来，无奈只得一步三回头地先走了。

楼西越目送她离开，兀自沉吟须臾，肃声吩咐景威："查下陈晟。"

一个常居都城的公车尉，缘何与浪迹天涯的她结下梁子，令她深恶痛绝？

恰在这时，传事兵跑来禀报，道是楚定云有请。

楼西越应允一声，随那兵去了。

一入帐，首先映入眼帘的便是楚定云惯有的冷肃面容。

他对那种姿态早已麻木，面上同样不起波澜，依着军礼见过他。

"早闻楼少将军大名，小人今日得见，实乃三生有幸！"突然，一个洪亮声音传来，在偌大军帐内显得异常刺耳。

楼西越转头，便看见一个身量健硕的中年男子，一双细长眸子里的光精明而忽闪，唇上两撇八字胡为其添了些圆滑，衬得整个人春风得意，正是公车尉陈晟。

在他身后，侍立着一个与他年龄相仿的下属，从年轻少将踏进大帐那一刻，那人面上的诧异始终未消，目光一直落在他身上，不可置信又犹疑不定。

初见陈晟的那刻，楼西越略现惊色，因为那张面容似乎在他的记忆里出现过，虽然久远，但因为与青桑有关，所以他留有模模糊糊的印象。

疯狂屠杀的战场上，他歇斯底里地大喊着，挥动血刀砍向倒在血泊中的少女的脖子……

是他！

楼西越倏然忆起，怎么也想不到，眼前这个人居然就是当年想要杀害那个女孩的叛徒。岁月在他脸上添刻了几道皱纹，除去蓄留的胡须外，面相皆已定型，无明显变化。

若不是相像之人，他几乎可以肯定，他就是乌德！

那么她在哪里？

会不会……就是青珑？如若不然，她为何对此人恨之入骨？

刹那之间，他万念涌动，心海久久难以平静。

"小人拜见少将军。"陈晟没有认出当年从他手中救走霍家女儿的蒙面少年，还在纳闷这个少将为何如此看自己，遂躬身再礼："没有想到，楼少将军年纪虽轻，却风姿卓绝，气宇轩昂，着实惊艳。"

宋令宣察觉到了他的异常，轻唤道："小楼？"

楼西越方才回神，马马虎虎应一声："过奖。"

陈晟窥视一眼帐内诸人，细细斟酌着字句，道："实不相瞒，小人此次前来，亦是奉了皇上口谕，今岁天子寿辰，务必要将西川诸位将军一并请去，犒劳嘉赏！"他自顾自笑着，却没有一人接话，不禁有些尴尬。

到底久居朝中，世故之风甚重，宋令宣虽然不喜，但想着他毕竟是皇帝的耳目，落下话柄于西川大军也不利，遂笑着上前，圆此冷场："小楼，陈大人远道而来，想打听一人，听说你与此人交过手，不妨一解陈大人心中困惑。"

楼西越漠然看向陈晟，等着他开口。

陈晟咳咳嗓子，小心道："也不是什么了不起的大人物，不过为着大夏江山着想，小人才不敢大意。"顿了顿，他继续道："据传夏凉交战之时，有一身份不明的女子混入战场，行刺敌将罗傲，对他说了些胡话，把幕后主使嫁祸于小人。之后罗傲大肆派放眼线追杀，竟到我帝都生事，有碍皇城守卫，小人亦深受其害。后经逮捕眼线多方审讯，小人才惊知那女子是青桑已故守将霍铎之女，好在罗傲已死，此女遂不知所踪。这事往小了说，纯属子虚乌有虚惊一场；但往大了说，不排除别有用心之人挑唆引战之嫌，若被其利用了去，后患难料。还望楼少将军略施援手，助小人查明端倪，如此感激不尽。"

楼西越一字一句听着，听到"霍铎之女"时，平素一颗隐忍而淡漠的心有些微克制不住的激动，至少当年那个女孩还活着。尽管没有直接的证据证明青珑就是行刺罗傲的霍家女儿，但凭着那双极其相似的眼睛，以及她们总是此消彼现的事实，他就足以认定。

唯一的不同，就在于青珑的眼角下方多出一颗若有若无的泪痣。

难不成……是乔装？

他侧目掠向颇显紧张却又佯装无所谓的陈晟，终于明白了一件事：昨夜他兵分两路来营，小心防备的刺客十之八九便是霍家女儿。但这不是他关注的重点，重点是他在如此短的时间内火速赶来西川，背后不为人知的目的。

很明显，杀人灭口。

一念至此，他眼神一冷，幽幽然视之："确与她交过手，不过楼某不才，惨败收场。"

"这么厉害？"陈晟吃了一惊，很快又意识到自己不能在这些大将面前失态，遂强装笑脸："但不过一介女流而已，妄想兴风作浪。当然了，凉贼犯境，诸位将军退敌千里，实在大快人心，想必皇上此刻也……"

"不用费舌了。"一直没有发话的楚定云抬头看来，冷冷出声："告诉皇帝，本将自会赴宴。"

陈晟嘴角一抽，厚着脸皮待在此处令他如坐针毡，于是道了几句客气话便请辞了。

经过楼西越身边的时候，跟在陈晟身后的下属忍不住偏头，多看了这个少将几眼，神色间多有诧异，欲说还休。

　　楼西越也不闪避视线，凌凛侧容孤清如冷月。

　　从楚定云帐中出来时，景威已在外等候，急忙跑来追问："少将军，怎么说？"

　　"不足为惧。"往回走的过程中，楼西越一直在思量着一件事，神情时而专注时而迷茫。

　　"此事既无后患，少将军还在担心什么？"回到住处后，景威不解地问了一句，"属下已派人跟上陈晟，相信很快就能刺探到这个人的底细了。"

　　"不急。"楼西越抬头看了看他，生平第一次向这个下属流露出求助似的目光，欲言又止。

　　景威大为困惑："那少将军在想什么？"说着他给两人各倒一杯茶，邀他就坐歇息。

　　楼西越落座，攥着茶盏，拇指反复摩挲，半晌才开了口："问你个事。"

　　"少将军请说，属下知无不言。"

　　"你知不知道，怎样接近一个人？"

　　"什么人？"

　　他委实难堪，低低道："桃李之女……"

　　"咳……"景威口中的茶水差点喷出，强行咽了下去，呛得他肺都能咳出来，憋红了脸，忍住笑："少将军，你平素独来独往，跟谁都不打交道，怎的青珑姑娘刚走，你就起了……春心……"

　　"胡说！"楼西越瞪着他，极力辩争："我问的是，男女有别，是否有什么不失礼的借口接近她，名正言顺入她闺房？"

　　总有梳妆之时，倘若那颗泪痣是假，他就不信她能伪装到底！

　　景威听得既欢喜万分又不可置信，笑得不怀好意："少将军，真这么快就……"

　　楼西越急于求证，未意识到自己越描越黑，被他这么一问，适才哑舌："算我白问！"

　　但他仍不放心，左右坐不住，遂提剑而起，转身出帐。

　　景威搁杯追过去："少将军，你去哪？"

　　他头也未回："出一趟营，替我挡着。"

　　"这不就对了嘛，千思万想牵肠挂肚，不如当面一见……"

◈ 第十二章 ◈
俱伤

西川的暮秋不同于京都，没有灯红酒绿的璀璨流光，亦鲜有高楼华阁的奢靡之气，有的只是满目苍茫与磅礴。

落木萧萧，衰草莽莽，飞鸟腾腾，青空缈缈，一派壮阔。

也正因此，让习惯了旖旎春光的陈晟颇觉难受，行走在绵长而曲折的小道上，时不时掀帘张望，神色间多有焦忧。

"停。"快走出西川清平郡的时候，望着远处一片随风摇曳的野竹林，他忽地出声下令，一行人不得已停止前进。

"大人有何吩咐？"魏恺上前待命，这个下属并不知道陈晟的过去，也就不理解他行举当中的小心翼翼。

陈晟对楼西越的话依旧耿耿于怀，回京途中更加多了几分心眼，看了看昏沉沉的天色，改变了主意："先回清平郡，找间客栈暂住一宿，明日天亮再起程。"

"大人，可还怕有人夜里行刺？"魏恺没有学会陈晟的圆滑，直言直语，不假思索地探问。

陈晟自觉面上无光，干咳了一声，以作掩饰，往回走的时候问他："派去北凉的耳目可有回来？"

魏恺点点头，回答道："快到了，月芜密信来报，罗傲兵败惨死确属事实，不过那女子来历成谜，至今不知其行踪。"

说到此处他又有些不明白，思量着问道："大人，不过一个孤女而已，何须如此兴师动众？"

"谁知道那叛女数年隐忍不出，暗中会不会在招兵买马？这次她突然现世，若没有十足把握，岂会这般张狂？"陈晟说完心里更悬，出口的话也让他略噎了一下，催促马车加快速度。

魏恺颔首遵令，一边走一边思量，将自打见到楼西越那一刻后一直强压在心里的疑虑和震惊也一并道了出来："大人，有一件事，属下百思不得其解……"

陈晟颇是诧异，这个下属在他面前从来都直言不讳，但从离开大营后，说话就一直吞吞吐吐，心事重重的样子。

他掀开帘子："说来听听。"

魏恺细细回想了下那夜的情景，斟酌着道："那晚碰到的三个刺客中，有一个颇为眼熟。"

"谁？"陈晟惊住，慌得从马车里探出头来。

魏恺不敢欺瞒，如实道："与楼少将军甚是相像。"

"楼西越？"陈晟意想不到，更想不通，径直愣住。

魏恺补充道："不过当时夜色深沉，加之生死血斗，属下也看得不甚清楚。当中还有一名女子，身手亦不赖，三人合将起来，杀了我们不少人，最后冲出重围撤走了。"

陈晟坐立不安，手心沁出了汗，觉得不管是谁，都有必要加固防线，于是吩咐："即刻飞书月芜，让她与蔺池夜里来见我！"

说完，车队调转了方向，往清平郡的官道上赶去，丝毫没有察觉到身后一处枯草丛中，一个身背劲弓手持利剑的蒙面女子徐徐起身，魅影一样无声无息地跟上了他们的步伐……

下脚的地方是一间生意兴隆的客栈，即便如此，陈晟还是让魏恺等人埋伏在屋子外面，自己才能放心入睡。

前半夜算是清静无扰，但到三更天的时候，一阵凄厉的狼嗥突然在客栈周围散开，异常清晰地传入耳中，吓得许多住客再也没了睡意，纷纷起身查看。

一时间，原本安安静静的客栈里议论不断，住客皆不明白闹市里怎会跑来狼，并且向着客栈的方向快速逼近。

陈晟再也睡不下，下榻出门，望了望走廊上沸沸扬扬的人群，叫几个下属下楼去察看。

恰此时，人群中有一道身影快速移动，不断靠近他。紧接着三把泛着寒光的银箭已然搭在弓上，"嗖"的一声朝他脑门飞射而来。

"大人小心！"魏恺瞥见了这一幕，大惊失色，说话间拔刀出鞘，横身而前，劈断了两支飞箭。

陈晟惊觉过来，旋身躲避，致使最后一箭擦肩而过，只划出了一道口子。

"戒备！"魏恺慌忙将陈晟挡住，喝令所有暗卫现身防护。

一瞬间，走廊上炸开了锅，楼客惊恐地争相逃窜。

暗卫们正在奔逃的人群中搜寻，一个矫捷身影避开他们的目光，躲到柱子后面，复又搭箭拉弦，毫厘不差地对准了陈晟的脑袋，暗箭再次袭来。

陈晟面色大变，情急之下拉过一个下属，让他当了自己的替死鬼。挡下那一箭后，他扬声吼喝，立时从四面八方涌来数十名护卫，将走廊密密麻麻地围住了。

青珑躲在暗处，锁清了陈晟的面容，长箭搭弓，使了毕生力道接连放出数箭，穿透十几名护卫的胸腹，借杀出的一条血路闪到护栏处。之后她就地打滚移到走廊上，对准被魏恺护送着往楼下逃走的陈晟又是一箭放出，直直扎入他大腿。

未做停留，她复又拉弦，三把利箭疾速飞出，带着穿骨裂髓的劲势又飞向陈晟心脏。

魏恺挥刀格挡，将陈晟护在自己身后，拼命阻拦，连累自己被射中右臂。

"来人！保护大人！"他大喝一声，十几名护卫闻令冲过来，将陈晟紧紧护在中心。

青珑心有不甘，无奈被一众持刀杀过来的护卫纠缠住，再也无法靠近陈晟分毫。

"护送大人离开此地！"厮杀还在继续，叮当交错的响声中，突然传来一个清音。

来者是一名女杀手，面如冷霜，现身后她拔剑奔来，"哐当"一声将青珑射出的飞箭拦腰斩断。

"退下，护送大人转移！"女杀手斥退那些护卫，抢身冲到走廊上，挥剑杀向青珑。

与此同时，又有一个黑衣的男杀手从角落现身出来，几个连翻越奔到青珑背后，与那女子合手，剑法快如厉风，默契相当。

几招不成，竟引来这等厉害角色，青珑不得已弃弓拔剑，在两人的合击下左右相抵。

吃了那一夜的亏，她也有了理智，不断告诫自己，不管如何都不能被仇恨冲昏了头脑，所以她今夜并未打算与陈晟同归于尽，何况没有找到子逍，万般都不能鲁莽送命。但敲山震虎摸清他的虚实，还是有必要的。

一个两面三刀卖国求荣的叛徒，竟能在京都混得风生水起，必然有其过人之处，于今一见，印证了她的猜测——不仅那些护卫对他死心塌地，就连这两名杀手亦是以命相护，足见他收买人心的能耐。

如此一来，想要取他狗命，恐怕一时间难以遂愿，不费些功夫和心思怕是不行了。

这么想着，一剑忽来，刺向她背害。

"蔺池，留她活口！"女子低喝一声，像是有什么原因，并没有让同伴下杀手。趁青珑转身去格挡的间隙，女子剑锋上抬，猛然刺穿她肩口。

青珑身子一颤，咬紧牙关，长剑平直切过来，削向那个名叫蔺池的杀手腰腹，掠出一道血伤。而后她握柄屈肘，剑光穿过腰间虚空，反向后刺出。

一声闷哼从身后那女子口中飘出，浓郁血腥味霎时扑入鼻腔。

"月芜姐！"叫蔺池的杀手大惊，忍痛撑起身子，拾剑而起，刺向青珑心脏。

青珑屏息拔剑，踏着护栏一跃，翻过蔺池身后反斩向他头顶。

电光火石间，月芜忍着腰腹的伤痛挥出一剑，将她的方向打偏，致使青珑一招落空。

"杀了她！"就在双方两败俱伤的时候，陈晟洪亮的叫喊声突然从一楼角落里飘上来，紧接着那些护卫再度围成一圈，手中刀剑已在方才退出去的过程中换成了弓箭。

得到命令，月芜与蔺池便不顾自己身上的重伤，提剑又杀。

青珑目光一沉，刚要迎击，却不知从哪里飞来两箭，倏地穿过她眼帘射向那两个杀手。

她吃惊，顺着来箭方向望去，却什么都没看到。

陈晟脸色大变："杀了她！她有同伙！杀……"

没等他说完，又有三箭离弦，从某个角落飞出，袭向他脑门。

"大人小心！"月芜与蔺池大惊，双双点足而起，奔上护栏，长剑在半空拦腰劈下。

紧接着，楼下箭雨如幕，循着暗箭来向唰唰飞射，眨眼间将一扇半敞的房门扎得千疮百孔。

门后，一个黑影旋身一掠，快如厉风，转瞬间换到别处。

青珑震愕不已，身形伏地，借着走廊栏杆的掩护快速滚到那间屋子，里面空空如也，只窗户大开，随风晃荡着，发出咯吱咯吱的响声。往窗外一看，一匹烈马稳稳停在空地上，正对这间屋子，就好像是专门来接应她一样。

谁在暗处襄助？

她捂着伤口，惊疑不已，终究还是轻视了陈晟的防守，如果继续杀下去，她有把握取了他性命，但以她当下的状况，代价无疑是同归于尽——那不是她的目的，她不能只为手刃这奸贼而活，还有比这更重要的事去做，一切还需从长计议。

"哐当"一声巨响，房门破开，月芜与蔺池先后杀入。

来不及考虑，青珑翻上窗户一跃而下。

"驾！"马蹄骤起，奔动如风，刹那间消失在夜色里，唯余身后冷箭穿空的低啸声，渐行渐远。

一路上青珑甩鞭疾行，不敢驻马回望，可是跑着跑着，有些地方却让她觉得不对劲，莫名熟悉得紧……

她低头俯视，心头一颤，猝然提缰勒马。

火曜驹！

那么，刚才替她解围的人是……

她的心情已经无法用震惊来形容，举目四望，月影沉黯，四下草木高低错落，前方缓缓现出一个人影。

那人一袭夜行衣在身，蒙着脸，身形修挺，冷峻如山。

青珑呼吸吃紧，屏息握紧了剑。

"道不拾遗，可否物归原主了？"楼西越拉下黑巾，从斑驳树影间走了出来，清冷月色洒在他苍白面容上，留下明明暗暗的交错光影。

青珑心乱如麻，既感谢闷葫芦出手相救，又怕自己重伤之身敌不过他，被他认出模样。

为今之计，只有走为上策。

这样想着，她攥紧缰绳，望着那袭不动如山的修俊身影，一挥马鞭，飞驰而来。

夜风呼啸，光影划空，疾速向后倒退。

她凝目直视，拼了所有残力御马狂奔，似要带起火曜驹从他头顶一越而过。

然而月下那人依旧如故，纹丝不动，一湾幽亮如潭的黑眸越发清晰地逼入她眼中。

青珑一惊，心脏险些跳出嗓子眼，手心早已被血水和汗水浸湿，屏息直视着前方，策马飞奔。

五尺，三步，片羽之隙……

"嘶……"一声马啸忽然刺穿夜空，在寒霜暗月中飘散，回音不绝。

终究，那是闷葫芦。

她误伤过他，骗过他，甚至还想着利用他从军，可他默默承受着，不挑明不揭穿，帮助她，解救她，只因为那份不得已而为之的相救之恩。

无论如何，她都下不了手。

生死一线间，她勒马止步，高坐马首，戒备地望着他。

"火曜驹性烈，未曾贴身之人，驾驭起来不会如此得心应手。"楼西越静驻马前，抬手抚上火曜驹的脑袋，随意而幽幽地道。

青珑脑袋一轰，才知道胯下坐骑已经认识了自己，所以半点脾气也不使。

"在下认识一位身怀绝学的姑娘，也与陈晟不共戴天。"楼西越逗弄着火曜驹脖颈上的红缨，语声莫测，就在她万分警戒的当儿，忽然变了话口："抛开身份不说，亦不论成败，一介女流忍辱负重，敢身挑国耻，一马当先，尝大丈夫怯为之事，这份魄力和决心，楼西越深表折服。"

听多了世人轻看女流的话，不经意捕捉到这样的字眼，令青珑心头微暖，低头注视着那抹挺拔如竹的身姿。

"有些猜疑心中有数即可，说出来便誓不两立，毕竟你为青桑奔走复仇，而我是夏人。"楼西越抬眸，对视着火曜驹一双漆黑而溜圆的大眼睛，意有所指地道。

说完，一个白瓷小瓶忽而从他手中掷出，抛向马背上方。

青珑猝不及防，以为是暗器，险些挥剑斩飞，接住后才知道是疗伤止血的药。

"八年前外敌犯境，抢我城池屠我子民，以你夏军最为猖獗，亡国之耻历历在目，他日必将雪恨！"

她用假音冷冷道，心中虽有恨，却知冤有头债有主，该杀之人是陈晟、夏皇之流，一切与闷葫芦无关，所以没有将那药反扔回去。再者往前走便深入凉境，险山恶水，百里之内人烟不寻，伤口再不上药止血，非得昏死在地，成为虎狼的腹中餐不可。

"此药赠你，还你照料之恩。道不同不相为谋，他日兵戎相见，定不留情！"楼西越一语落地，一拍马颈，就见火曜驹身形一动，猛地人立而起，决计不允许马背上的人继续坐下去。

青珑惊觉，以为他使诈，仓皇丢开缰绳，展身下马，不料牵痛伤口，失手摔落下来。然而身子即将摔地的刹那，一双手臂及时横来，将她稳稳接住，免她再次遭罪。

那人的眉目映入她眸中，像一滴水落入河中，泛起的涟漪击溃了她心底的防线，连同对他的警惕和猜疑也一圈一圈带走。

但失神只是一瞬，很快她清醒过来，挣扎欲起，楼西越却没有松手，从她掌心拿起药瓶，默不作声地给她敷抹。

"好自为之。"策马离开时，他回望一眼怔立在原地的她，留下这四个渐行渐远的字眼。

青珑凝望着他远去的背影，心头百感交集，正当她捂着伤口准备赶路时，周围忽地传来动物嚼草的细响，窸窸窣窣飘入耳际。

她一奇，循声一搜，竟见草木之后停着一匹悠然扯着蹄前野草的黑马，可喜的是还带着一辆马车，里面备足了干粮和盘缠。

青珑心下暖热，忍不住唇角轻扬，漾出一抹感激的笑，鼻子有些发酸。那种感觉，就像身处悬崖快要掉下去摔得粉身碎骨时，忽然有一双手将自己拉上深渊。

她回头远眺，离去的人早已没了影子，就连哒哒的马蹄声也已经消失不闻。调整好心情后，她钻进马车匆匆包扎完伤口，然后驾车远离了那片荒野，孤身一人向着北凉境内行去。

翌日，清平郡的城墙上贴满了缉捕告示和画像。

画上是一个劲装短靴的女子，黑巾蒙面，看不见面相，唯一可见的只有一双眼睛，深邃幽然。

百姓们围着告示纷纷议论，唏嘘声不绝于耳。

人群之外，站着一个身穿乌黑色劲衣的男子，侧目望着画像上的女子，目光沉沉，然后牵着一匹健硕的枣红色烈马从画像前经过，走向前方。

清平郡，来兮楼。

重新住回这里后，陈晟依旧心有余悸，摸着包扎后的伤口心慌不定，冷脸看着面前的两个杀手。

蔺池强忍伤痛，跪地请罪："属下该死，让大人受惊了。"

月芜见陈晟动怒，亦屈膝下跪，道："此女身受重伤，短时间内不会走太远，请大人给我和蔺池一些时间，我二人定将那叛女擒回！"

魏恺怕陈晟降罪于这两个孩子，将房间内一众不相干的人全部屏退了，求情道："月芜与蔺池伤势不轻，此刻行动，就算找到她也奈何不了对方，何况她还有一个深不可测的帮凶在暗中施救，还请大人三思。"

陈晟看了看伤重的两人，为了掩盖事实，不得不敛去怒气，听从了魏恺的建议，放缓声音劝他们："行了，都冷静下来。昨夜你们也都见识到了，她以一敌百，手段狠辣，想要活捉逼她供出当年背叛青军的奸党，岂是易如反掌之事？"

"大人对我们恩同再造，如今被那叛女陷害，就算是豁出去这条命，我二人也会为大人报此仇辱，也为我死去的族民除去那叛女！"月芜听罢凛声道，清冷面容上尽是掩不住的幽恨。

一听这话，陈晟立即放了心，忍痛从椅子上起身，来到两人面前扶起他们，自责道："是我没用，看着我族百姓被中州大军屠戮却救不出所有。如今在大夏任职，忍辱负重了八年，依旧一事无成，找不到合适的机会举兵起义……"

"大人，此处不宜言此。"魏恺见陈晟动情之下说了不该说的话，当下赶紧提醒他。

然而没人知道，陈晟是故意说出这种大逆不道的话。此刻他仔细观察着这些下属的表情，确定青珑的出现没有使他们当中任何一个人怀疑自己的所作所为，心底的石头才彻底落了地，于是安慰蔺池和月芜道："当年归龙关一战，霍铎作为主帅却畏葸避战，害我青桑沦陷。他的妻子柳长缨为了苟活一命，不惜忤逆将令，率众叛军，向中州投诚，致使你们的父兄和亲人黄沙埋骨，死不瞑目。谁想她死不悔改，非但将所有罪名嫁祸在我身上，还把令牌交给了她女儿，到现在都没有下落。"

"月芜、蔺池，你二人放心，无论被她怎样诬陷，大人都会拼尽全力，助我青军重见天日，也给你们枉死沙场的亲人报仇！"陈晟拍拍他们的肩膀，悲情地承诺道。

月芜俯首："大人视我们如若己出，有月芜在世一天，便不会让大人受那叛女丝毫伤害！"

陈晟满意地点了点头，松了一大口气，补充道："这几日你们先把伤养好，然后同我尽快回京，去一趟东市奴场，把真相告诉那些被蒙在鼓里的奴民，就说此女现身沙场是来祸乱世间的。切莫叫她捷足先登，私下散播谣言，反过来道我是叛徒，以免落下不好的名头，既影响我在京中的处境，也对我们日后行动不利。"

"是。"两人颔首领命，将要退下，突然神色一冷，双双戒备地望同一个方向，手按剑柄，将欲拔出。

陈晟面现惊慌之色，以为是那霍家女儿又跑来刺杀，谁知被下属领进来的，是一个清冷如月的年轻男子。

那人他见过，并不陌生。

"楼少将军？"陈晟始料不及，甚是诧异，忙俯身抱拳："小人见过少将军。"

一旁的魏恺见到楼西越后，再三辨认，终于可以肯定他就是那晚的凶手之一了。

楼西越不动声色，也不拐弯抹角，开门见山："听闻陈大人遇刺，受了重伤，特来看看。"

陈晟一奇，精亮的眸子里疑虑重重，说罢摆了摆手，示意月芜与蔺池先行退下，自己俯首笑道："一时图近走了小道，谁知竟是绝路，惹来一帮盗匪。怕出事端，小人不得已返回郡内，却被他们盯上，胆大包天跑来客栈打劫了，真够让人切齿！"

他无所谓笑着，一面邀请楼西越就座，一面给自己圆场："倒是少将军耳朵灵光，这么快就得到了消息，还专程跑来慰问小人，让诸位将军见笑了，实在惭愧。"

"岂会。"楼西越瞥了一眼他身上的伤，似笑非笑："需要大军帮忙擒凶吗？"

本就对楼西越突然来此心有疑窦，再听他居然主动示好，陈晟摸不着北，不敢轻易答应，拂袖笑笑："不了不了，贻笑大方的事，怎能劳烦少将军蹚这趟浑水？皇上寿辰将至，耽误不得，得尽快启程回京，此事小人已上报官府立案追查了。"

"也好。"楼西越不再多说，离座告辞。

经过魏恺身旁的时候，他忽地侧目看着他，眼底一片冷光："不久前本将奉命出营办差，行至夜里人困马疲，便与部下和友人露宿荒野。谁料半夜一队兵马经过，二话不说放箭就杀。"

听到这话，魏恺吃了一惊，呼吸发紧。

楼西越的视线移到陈晟面上，语声森然："这件事，想必陈大人已经知道了。"

陈晟闻言，这才琢磨着当中许是生了误会，连忙抱拳道歉："原是误会一场，误会一场啊。好在楼少将军安然无恙，若是有个万一，这西川大军不得与卫尉兵结上梁子了？万幸，真是万幸啊……魏恺，还不谢罪！"

魏恺才晓得自己那夜鲁莽了，非但空惹恐慌，还给陈晟引来麻烦。好在虚惊一场，没有伤到这个少将，他赶紧屈膝跪地，抱拳请求宽恕。

陈晟的脑子飞快权衡着，楚定云掌兵百万，称雄一方，皇帝不可能不忌惮。现下其养子楼西越杀了守卫宫门的卫尉兵，他虽可以借此大做文章，顺着皇帝的心思挑唆几句邀功，但最先动手的是魏恺，真要计较起来，只怕拿不出能痛打西川大军脸面的切实证据。再者楼西越私下来此，将这事挑明，明显也在警告他。若自己不知好歹，回京后肆意将事态放大，只怕不得好死。毕竟楚定云手握重兵，权倾朝野，自己区区一个公车尉，明面上虽能与皇帝套上近乎，暗地里却连那些阉人都不如，干的更是些替皇帝抹屁股的阴损事，远没有得罪楚定云和西川大军的必要。

抛开楚定云不说，单就楼西越一人，年纪轻轻便军功卓著，称神沙场，丝毫不逊楚定云。若非性情冷淡远离庙堂，朝中各党谁不想拉拢这个年少俊才。自己现下已被霍家人盯上，处境堪忧，唯求明哲保身，万般都不能再与他对立起来。

这样斟酌下来，横竖都冒犯不起。

想到此，陈晟赶紧笑笑，圆场道："都是效命皇上，以和为贵啊，楼少将军千万息怒，小人给您赔声不是了……"

楼西越漠然看他一眼："返京途中多有凶险，陈大人，一路走好。"

陈晟噎了口气，心里不痛快，面上却发作不出来，一直到楼西越离开，他眼里的疑虑也还无法完全消除，不晓得方才的对话有没有被他听到。

离开来兮楼后，楼西越牵着火曜驹独自回去，在营门口碰到了正要出营去寻他的景威。

"少将军，怎样？"景威凑过来，贼兮兮地笑着。

楼西越瞥他一眼，牵马入营，边走边道："走了。"

景威白高兴一场，嘴角一耷，一副就知道你不行的样子。

"你可知道她是谁？"

景威略为诧异："少将军有何发现？她真的是……"

楼西越沉着脸，没有摇头，默认了他一直以来的猜测。

景威当下不安起来，最初他一心把青珑当成楼西越的救命恩人，后来发生那么多变故和巧合，寻思着不对，越发觉得事有蹊跷，渐渐起了疑心。现下既已确证，他就更加不安了。

但于楼西越而言，担忧的却不是她的真正身份，而是她与沈隽之间有无勾当。

若有，那她接近自己伺机混入军营，必然心存歹念，此次身份败露却目的未达，往后是否会生出其他花样出来？

若无，那日他遭沈隽偷袭，两败俱伤时偏巧不巧她就现身出来助阵，照沈隽的话，似乎他们认识，并且姓沈的还问她是否会随他一起回北凉，这又说明了什么？不只如此，那些被她救走的北凉残兵，又去了哪里？

想到此，他的心里无来由地有些空——八年了，那个慧黠而灵动的青桑少女已经长成了如今的她，谜一样盘桓在他身边，经历了这么多，她还会是当年的她吗？

是否他早该清醒，明白什么叫陌路殊途？

乱麻不斩，勒住的终将是自己的脖子。

"少将军，照这样说，将军那边是否要去知会一声，以作防备？"

楼西越垂睑沉吟着，最终做出的决定出乎景威意料："暂先守住她身份，不要在楚定云和宋叔面前透露半分。"

"为什么？"

"哪来那么多为什么。"

"可她居心叵测，总得有个留她性命的理由啊。"

楼西越回答不出，便嫌他话多，也不吭声，从他手里要回缰绳，自己牵着火曜驹拐向别处去了。

"往前走是校场，不是马厩。"景威愣了愣，追了过去："少将军，近日你越发反常了，做事总是言不由衷，到底那霍家女儿给你灌了什么迷魂汤，要这么护着她？"

楼西越被问得心乱如麻，再也无法像往常一样淡定，反呛他一句："谁说霍家人就该死？"

"可问题是她在利用你。"

"她能利用我，我就不能利用她？"

"你利用她做什么？"

"哪来那么多问题，做事去。"

景威问不出所以然，但想着青珑的身份在少将军面前已经掩饰不住，往后只怕也不敢再来大营，总归是彻底走了，也就去了担忧，无奈"哦"了一声，准备将火曜驹关到马厩去喂它。谁知道楼西越失了魂一样，顺势牵着马就走了，丝毫没有察觉到，一路上埋着头不知道在想什么，出神到这地步。

景威怔在当下，喊也不是不喊也不是，索性耸耸肩由他去了。正要走，他却又被楼西越叫过去了。

"宋叔他们何时启程赴京？"

"就这几日，已经安排好了，少将军又不打算去，问这是……"

"准备下，宋叔他们一走，就随我动身。"

景威会错了意，以为他顾忌自己的身份刻意避开楚定云，顿时愤愤不平："皇帝阴险歹毒，楚定云也不是什么好东西，少将军又没做错什么，何必要为难自己，大不了……"

楼西越的目光扫过来，盯着他，死水一样平静。

景威自知失言，戳到了他的痛处，只得吞下心中怨怼，缄口不语。

楼西越没有怪罪他，只道："去收拾吧，便装出行，去医庐看看师父。除此之外，再去趟东市。"

"东市？"景威错愕不已："东市是奴隶交易的大场地，少将军身上的伤方才见好，碰不得污浊，去那里做什么？"

"先别问，去了就知道。"

北凉境内。

青珑艰难地翻过浮顶山，一路深入到与之接壤的云霄岭，发现褚子逍留下的暗号愈来愈少，不由担心起他，行走的速度也越来越快。但是有心前进，身上的伤却不允许她剧烈动作，稍稍使力加速，便疼得牙齿打战。

眼看楼西越给的药也将近用完，再不服用些内调的药，只怕人没找到自己便先倒下去了。她伫立在半山腰，瞅了瞅环山而建的一排矮屋，沿着山路缓缓往下走。

彼时正值黄昏，犬吠不止，炊烟袅袅，天青色缭绕的烟雾将这些古朴村落包揽在怀，仿似母亲抚育幼儿，温软涤心。

打听一番，才知道这些人都是迁徙来的，大多为躲避战祸而隐居在此。虽然日子过得清贫，来来去去诸多不便，却也清宁无扰。

倒是个好住处。

青珑静静立在村口，看着这些简陋屋舍被风雨洗涤过后留下的沧桑痕迹，突然有种久违的家的感觉，连日来的疲倦消失殆尽——如若那些在乱世中颠沛流离的难民都能过上这样平静的生活，何尝不是一种天赐的福泽？

意识到自己异想天开了后，她收了这遥不可及的念头，一打探，终于在矮屋的尽头寻到了一间医馆。

医馆有些破旧，但通风尚可，一进去便可闻到阵阵清爽药香。

大夫是一个十七八岁的姑娘，生得水灵剔透、精致无暇，一颦一笑都不失闺秀风韵。一袭缥碧色布衣虽然不甚光鲜，但比照周围这些零星住户的着装来说，倒多了几分亮色。

"此处贫寒，姑娘莫要介意。"见青珑的目光在此间上下流连，那姑娘启齿一笑，露出一对深浅适中的梨涡，分外惹人。简单招呼了一声后，她便给旁边一个病者施起了针，手法娴熟，非常老练。

青珑观察了一番，看得出那一身本领并非造假，也就稍微去了心头戒备，待所有人都离开后才落座，解开衣襟。

"只是寻常剑伤，所幸没有伤及筋骨，尚能治愈。不过拖延了些时日，想要见好的话得精心调理，切勿走动了。"那医女查看一番，安慰她，声音清甜，如林间莺歌，婉转而动听。

"可有内服的丸药，方便带走？"青珑没有时间在这里长久休养，于是问道。

医女有些为难，歉然一笑："我并非在这里长久行医，只是隔段时日过来小住几天，看看这些乡民便离开。此间无人看管，丸药未敢炼制，怕家禽跑来觅食，打碎药瓶后误食，生出什么好歹。"

"医者仁心，恕我冒昧了。"青珑抱歉地笑笑，无奈只得拿了些草药，顺带问她要了个陶罐，想着只能自己一边赶路一边生火煎煮了。

不过付药钱的时候，却被那医女阻住，她含笑解释道："这些草药采自山上，并非我费神种植，平日里都是不定时来此义诊，姑娘不必客气。"

"这怎行？"青珑心里过意不去，却也不能强行塞到她手中，辱她一番善心，便指着自己怀中抱着的陶罐，道："权当买了这东西，姑娘好歹收下，不要叫我自责。"

医女笑笑，也就没再为难她，接了过来。

青珑言谢后出了医馆，却在将要翻上马车的刹那定住脚步，不经意间眼角余光掠到一个清瘦的身影，如同被人施了定身术一般，一动不动，眼里的喜色瞬间蔓延。

朦朦胧胧的烟色里，一个瘦削而孤寂的人影朝这边走来，带着久违的熟悉和亲切，春风拂面一样徐徐靠近，到最后愈发迅速。

《第十三章》
谋合

"姐……"

瞥见屋檐下的女子后,褚子逍先是不可置信,愣了有一秒,确定不是自己的幻觉后惊喜交加,疾风一样加速跑来。

"子逍!"青珑也不敢相信自己的眼睛,与这个日思夜想的少年相拥在一起,喜极欲泣,连着声音都有些颤抖。

姐弟俩互诉牵挂的场景看得那医女有些惊愕,不晓得两人竟会是如此关系,倒要感叹世事难料,当真神奇。

想起青珑肩上的伤,她上前一步,莞尔提醒褚子逍:"令姐负伤在身,小公子千万当心了。"

听到这话,褚子逍面上的笑容瞬间凝住,抓着她紧张得上下查看,只差扒了她衣服看看严重与否了。

"兔崽子,手脚规矩点!"见他安然无恙,青珑欢喜得不行,挥掌拍开他的手,借趣笑抹消他心里的慌张和担忧。

不过分别才月余,再见时原本剔透清隽的少年面上已经染了些许流浪后的沧桑和落魄,叫青珑看得自责而悔恨,抬袖擦掉他额头的尘渍。

"绿盈姑娘,谢谢你!"意想不到的惊喜让褚子逍格外激动,弯腰对那医女鞠了一躬,无比诚挚。

"救死扶伤乃本分所在,不足挂齿,倒是公子与令姐之间的至真情义叫人感动。"叫绿盈的医女微微欠身,回了他一礼,含笑道。说罢转身进屋,出来时她手里拿了几包抓好的草药,递给褚子逍。

"绿盈姑娘，我不能这样……"见青珑怀中也是大包小包的药，褚子逍再也厚不下脸皮白拿人家东西，死活不肯接了。

绿盈一笑如浅水涟漪，舒怀拂忧："已经付了药钱，两位不拿，倒要让我愧疚了。公子所患乃寒喘，夜里就寝避开风口，平日要少奔波。"

褚子逍感激莫名，这才敢放心接受她的好意，又见天色已晚，便不再打扰她休息，郑重行了一礼后扶着青珑离开了那间小医馆。

不相逢还好，一见褚子逍这几日住的地方，青珑眼圈有些发红，暗暗责备自己当初不该狠心，将他一个人撂在这山洞里过活。

"好好的，你哭什么？"褚子逍笑她一句，然后生了一堆火，将她拉到石洞内坐下，说话间他伸出双手，捏了捏她两颊。

"去去去，别弄脏我！"青珑这才破颜一笑，敛去心底的悲思，将他的爪子打掉。"才一月不见，就成乞丐了，不是让你逃跑后就去西川大营找我吗？怎么等了好几天都不见人？非要害我跑出来不可……"

"看你当初那么坚定，我当你嫌我是个累赘不要我了。"褚子逍一边拨弄着柴火给她煎药，一边看她一眼，撇嘴道。却见青珑听后眼睛又红，快要滴出眼泪，他就失声笑开，抹掉她眼眶前的水雾："跟你开个玩笑而已，至于这么动情？"

"净给我填堵。"青珑心底才安，抬头看了看冷寂的石洞，那些行将出口的自责话语也就强行咽下，以免伤怀。

褚子逍把火堆往她身旁拨近了些，侧身给她挡住风口："我随那些逃兵离开后，就一直在云霄岭上徘徊，不敢贸然下去，怕泄露了行踪。可是实在担心阿姐，最终还是偷跑出来了。哪想自己没用，还没翻出山就在半途病发了，幸好被上山采药的绿盈姑娘救到，否则早就被狼叼走了，你也就见不到你弟弟我了。"

"笨蛋！半大个人了连自己都照顾不来，当初怎么交代你的，就不让我省心？"青珑面色陡白，好一阵子心跳才归正常，末了把自己的外衣脱下来，给他披上。

感受到来自她身上的真真切切的温暖后，褚子逍的心才彻底踏实下来，连日来的孤寂和寥落一扫而光，笑开："我是想去找你，但又怕裴原将那些残兵带到你不知道的地方，若断了联络，那阿姐此前冒险所做的一切不就都前功尽弃了？所以我就暗中跟上了他们，不然也不会住这地方，一来方便上山偷窥他们的动静，二来绿盈姑娘好心，叫我隔天去她那里拿药，近半月调理下来，晚上睡觉已经很少再胸闷了。"

"是吗？"青珑听完喜不自禁，将他的俊脸端来眼前，仔细用袖子给他擦掉灰尘。但见少年虽然瘦了一圈，但气色比之前有了改善，两颊上隐隐透出红润光泽，顿时高兴得不行，眼里泪光又闪。

"你看你，碰到好事也这么没出息。"褚子逍从她手掌中别出脑袋，将火候加大了些，想起绿盈说青珑身上有伤，担心起来："姐，你怎么受的伤？严不严重？叫我看看……"

"不碍事，不小心将马车驾翻了，磕到了肩膀，擦伤而已，不紧张。"青珑勉强挤出一丝笑容，也没把自己行刺陈晟一事告诉他，以免他担心。顿了几秒，她问道："那些逃兵现下情况如何了？"

褚子逍摇摇头，颇是无奈："没什么吃的，全都落草为寇了，隔三岔五就派人下山去打劫，抢些银两买些吃的，轮流填肚子。再这样下去，我看不出个把月准会被官府发现，搜山清剿。"

青珑听完倒也没感到奇怪："裴家两兄弟也是穷苦人家的小子，几年前被官府抓去充兵，归入罗傲麾下，随他上阵杀敌。罗傲原本就是草寇出身，他二人既然追随他，多少会受他影响。现在裴战已死，裴原走投无路，又带着那么多手下，为了果腹只能苟且过活了。"

"那现在要怎么办？"褚子逍一时难以适应有那么多人需要照顾的境况，担虑不已。

想了想，他从怀中拿出之前青珑留给他的那块玉琥，道："不行咱把这东西当了吧，备些干粮给他们，撑一日是一日，靠打劫太伤天理，也不是个办法。"

青珑沉吟了片刻，叫他不要多想："那些人先饿着，到生死关头再去拉一把，那样才能让裴原彻底对北凉死心，像追随罗傲那样听命你我。这几日先跟我暗中观察，同时去拜会那绿盈姑娘，烦她施诊。能将你的病治好，阿姐比什么都高兴。"

"可人家是出来义诊，看病不要钱，我们又帮不上什么忙，老是白拿东西不太好……"褚子逍实在不好意思，阻止她。

青珑也觉得不妥，但一想到褚子逍经绿盈施救后病情大有改善，也就不想放弃这个难得的机会："你要觉得过意不去，这厚脸皮的事就交给阿姐去做吧。"

不过这样打算的时候，她又有些顾虑——一个窈窕女儿，为何要不计艰险来这大山里义诊？

虑及此处，她问道："子逍，那姑娘是何来历，你可有私下打听过？"

褚子逍知她受过乌德的背叛，故而对外人多有防备，也理解她的顾虑，但是自己所知无几，便摇了摇头："如果阿姐信不过绿盈姑娘，那我们就不看了。"

"说什么胡话。"青珑意识到自己度人之腹了，就敛去那些杞人忧天的念头，将他额前微显凌乱的发丝抚平，沉声道："子逍，阿姐在这世上就只你一个亲人了，日后无论发生什么，都不会再把你一个人丢下。你跟在我身边，什么都不要想，把自己身子养好就是让我最开心的事，知道吗？"

"嗯。"褚子逍强忍着心底的感激和温暖，听话地点了点头。尔后将她的脑袋搁在自己肩膀，抚上她后背，柔声道："阿姐先休息片刻，等药煎好后我再叫你起来。"

姐弟相逢，那一夜两人依偎着彼此，睡得很踏实。

半夜青珑醒来过一回，听着褚子逍比之前夜里较为平稳的呼吸声，心里的担忧去了大半，由衷露出笑颜。

然而第二日当他们再次找到那间医馆的时候，里面却空无一人。

到周围一打听，才知道那医女清早跟附近人打过招呼，道是天气转冷，寒冬将至，恐大雪封山被困在外，就背着药筐走了，要看病只得再过些时日。

青珑听完悔不当初，想起绿盈说她不定时来此义诊的话，只恨自己当初没有多嘴问一句她家住何处，也好登门问药。

"绿盈姑娘给我留过药方，还在山洞里，先按照它抓着喝吧，日后再来细诊。"褚子逍比她看得开，劝道，"反正已经出来，就直接去山上，看看裴原那些人如何了。"

青珑没办法，只得与他绕道上山了。

不亲眼看见，想象不到草寇的生活会是何种模样，等到两人趴在一块巨石后面真正见到裴原的那一刹那，险些不认识他了。

他不过二十出头的年纪，正值意气风发之龄，虽然五官算不上精致，皮肤也略呈麦色，但组合在一处，却是一种别样的硬朗和俊挺。而此刻，他却蓬头垢面，形容狼狈，连下巴上拔尖的青色胡茬也懒得剃刮。在他周围，十数个士兵仰面躺倒，四仰八叉地闭目休息，只几个人手里拿着战戟，游魂一样无精打采，在周围散漫巡走着。

青珑怒其不争，实在看不下去，道："子逍，你在此处候着，我去一趟就来。"

过了最初胆战心惊的时日后，裴原及一干逃兵渐渐放松下来，加之这几日得过且过，所有人也就去了大半的戒心，没事便待在山上休息。当一个人影突然掠来揪住裴原的衣领时，众兵方才惊醒，慌忙从地上爬起来。

"姑娘！"裴原认出了她，眼里喜色骤涌，挥手将一干散兵屏退了。

"忘了你大哥是怎么死的，就这样浑浑噩噩苟且偷生？"青珑扫视一眼狼藉场面，恨铁不成钢，松手丢开他。

裴原垂头丧气，不语，片刻后才悲声道："大哥走后，我把他葬在山上，没地方去，就跟一众兄弟窝在这里……"

兄长的死在他心里留下了阴影，说到后面他眼圈发红，声音有些暗哑，抱拳相谢："姑娘救我们一命，这份大恩，兄弟们此生不忘！"饶是对眼前这个女子的来路心存芥蒂，但终究被她救了下来，他也就不再多想。

倒还算是个不失性情的血性男儿，青珑面上的薄怒渐渐消失，沉声问他："日后如何打算，就在这山上当一辈子土匪？"

裴原无以为答，也不知道自己顶着逃兵的名头，带着一大帮兄弟下山后还能干什么正当行业，始终垂着头，不出声响。

青珑也心知，行伍虽然艰辛，但他总归在营中受这些下卒拥戴，日子不会难过。如今虎落平阳，为了填饱肚子偷生下去，一时半会怕是难以为业。

"现下还剩多少兵力愿意追随你？"久久等不到回应，青珑换了话题。

裴原隐瞒不住，如实道："最初那几天一日不如一日，近来才稳定下来，剩了约莫五千人，其余有家室的几乎都逃下山了。我明白，落草为寇不是长久之计，但是不这么做，根本无以为继，可是……可是又对不起大哥的在天之灵……"

"你的意思，是还想重上战场？"

裴原嗫嚅半晌，点了点头："这段日子我也想过，现下四国纷争不断，乱世一日不统，战火便不会消停，如若散了弟兄们各自逃亡，一旦被朝廷发现，势必连累家人。就算流亡异国，也一样摆脱不了被逮去充兵的运数。与其被动受制，不如戴罪立功，请姑娘给我们指条明路，让兄弟们有一个可以放心投靠的主！"

"我一介女流，能有多大本事，助你们逃出战场还要保你们生计无忧？更何况我是青桑霍家后人，有自己要做的事。"

"如若不弃，这一众兄弟愿誓死跟随，以报姑娘相救之恩！"裴原心里七上八下，也不知道日后出路在哪，听青珑这么说，便径直道出了自己的想法。"姑娘若有差遣，兄弟们定一马当先，只望能有一个正经路子活下去，不再打劫行窃便好过所有。"

"你知道我要做什么。"青珑示意他想明白后果，"青桑被灭，一半因为国力悬殊，一半因为遭人背叛，致使归龙关不攻自破。幸有众多将士拼死相护，才保霍家后人大难不死，既然还有一口气息，便要遵循他们的遗命，兴我故国！这在你们中州人眼里不亚于起义造反，一旦败北，后果你比我清楚。"

裴原默然，心下摇摆不定，看了看四周寥落的景象，很久之后终是一横心，坚定道："横竖都不好过，兄弟们权当豁出去了。兴许拼一把，能躲过这劫难，换来太平日子！"

"那好。"青珑亦是如释重负，"从现在起停止劫掠，但是这座山先占着，粮草的事我会想办法供给过来。这个冬天就在山上习武演练，任何人都不要招惹，也谨防官府发觉，寒冬一过再作打算。"

"另，"她转身，附加了一句，语多威胁："青桑非是北凉，既然愿意跟随我，这一众兄弟便以我族军法整饬，若吃不了苦受不了累，但可另择他主。"

"姑娘厚望，我等定不辜负！"裴原骨子里的热血被激了出来，凛然承诺。

青珑渐感心安，嘱道："有空的时候，你们或派人多去各处奴场，将那些尚还健壮的人赎来，若他们愿意，一并充入这五千兵阵，作为后备军训练，教些筑基之功，也利于日后从长计议。"

说完，她将那块玉琥抛给裴原："先用着，加上你们劫掠所得，维持一月足矣，期间我会设法弄来粮草。"

裴原捧着这块不菲美玉，感激不已："姑娘恩情，兄弟们没齿不忘！"

"客套话不用多说，日后不要叫我失望便可。"

离开的时候，一个问题始终萦绕在青珑的脑海：到哪去捣弄糊口的粮草，来维持这么多人的生计。

褚子逍止不住心里的担忧："姐，你真要收拢这些凉兵了？"

"白白得了这么多兵，不好吗？"

褚子逍一万个不放心："我们自己都没有着落，怎么去管他们的死活？"

青珑想了想，解释道："那一群人刚从战场下来，意志尚存，若不抓紧的话，时日一久骨子里的血性必会被磨灭，当真沦落成打家劫舍的草寇山匪，训将起来耗时费神，得不偿失。这几天你跟我再私下观察，等确定他们确实有心归附后再想办法倒腾食粮。若能暗中将他们训练成以一敌百的精锐之师，什么都好说。"

"容易吗？"褚子逍沉声问，却是心知肚明。

"不容易。"青珑也不妄言，"奴民散落各地，仅靠你我蝼蚁之力难以聚集在一处，更遑论说服他们，只能等我们有了起色后，依靠声势将族人聚拢来。再者在没有外力的情况下，我们只能靠自己，自寻契机。"

她沉声分析着，到最后拍拍少年的肩膀，给他信心："子逍，固然世情难测，多变如风，但是有一个道理你必须知道：兵不厌诈。所谓疑人勿用，用之莫疑，不见得十二分正确，陈晟那混蛋便是一个血训——人心险恶，你无法确定可用之人永无二心，可疑之人对自己所图之事便毫无所利。破规革矩有时候要胜过规行矩步，谋政如此，兵戈亦如是。"

褚子逍重拾起勇气，心里的担忧也烟消云散，漾出一抹明朗如溪的笑容："没有阿姐救我逃出奴场，教我武功强身健体，就算我不病死，也早被那些人打死了，所以不管阿姐怎么做，我都会支持你！也相信我们将来一定能有一番作为，让那些受尽欺凌的奴民免遭不公。"

"这才是条乖虫。"青珑舒然一笑，抬手捏了捏他白净的脸颊，庆幸自己孤身一人行在这物是人非的乱世，还有这个少年可以毫无保留地去信任。

"姐，你还有伤在身，要去哪里弄那么多粮草？"

青珑心里已经有了主意："可以去会会那个人。这几日先养好伤，等找来粮草安顿好裴原他们，我们即刻转道夏都，让陈晟血债血偿！"

北凉的暮秋寒风冷冽，打在脸上刀割般生疼。冬至将来，寒霜漫漫，远方的天际也雾蒙蒙一片，苍茫无边。

休养了一些时日，左肩的伤口虽然已经结疤，但是一抬手臂，牵动的筋骨还是会隐隐作痛，让凭栏而望的年轻男子不由皱了皱眉，片刻后才缓缓舒开。

哑奴少年垂手立在他身后，手里拿着的剑闪着幽寒的光。

"沈公子好雅兴。"蓦然间，周围的宁静被一句阴柔而尖细的笑语打断，随之一个身着深绛色绣蟒袍服的中年男子缓缓行来。来者寒暄一句，面上泛着笑意，细长眉眼眯成一条缝，透出一缕精亮的光。

"费公公。"听到那个声音，沈隽的目光冷了冷，旋即又恢复如初，莞尔相迎。

"使不得使不得，老奴担当不起啊。"费弘英作受宠若惊状，回他一礼："沈公子阅历深厚，学识渊博，屡次应召入宫侍读，可见深得皇上信赖，朝中有此殊荣者能有几人，就是伺候他到现在的老奴也歆羡不已啊。还指望日后能得沈公子照应，帮老奴在皇上面前美言几句，如此，我这把老骨头也就心满意足了哟……"

"费公公高抬了。"沈隽微微一笑，一身锋芒皆数掩藏，彬彬有礼道："皇上年幼，朝中诸事由费公公劳神处理，三公九卿唯公公马首是瞻，沈隽不过奉旨侍读而已，怎敢与费公公相提并论。"

费弘英一扫拂尘，坦然绽笑，不置可否，寒暄过后即道明了来意："今儿个天寒，老奴腿不好，本来要在火炉旁休息的，奈何皇上听说沈公子昨日回了府，就十万火急地将老奴催来，非要叫公子进宫陪读，给他讲些好玩的逸闻轶事。皇上的脾气你我清楚不过，这要叫不去，定会使性子不上朝。老奴实属无奈，只得亲自登门相请，可莫嫌老奴扰了沈公子雅兴啊……"

"皇上盛情难却，公公费心，沈隽岂敢拂逆。"沈隽谦恭一笑，自然听出了费弘英的话外弦音，遂向哑奴延龄使了个眼色。

哑奴会意，暂时离开了一会儿，等到返回时，手中多了一个纹理瑰丽的金丝楠木方盒，灿若云锦。

沈隽接过，打开后呈给费弘英。

费弘英故作吃惊，连连摆手："不过跑个腿而已，老奴分内之事，怎能让沈公子破费？这可使不得！"不过推辞了一两句，见对方没有收回的意思，他也就将那颗夜光石顺入袍袖了，客套了一两句便一语作结："话就传到这了，可要烦沈公子尽快动身了，老奴这就去向皇上回话。"

"慢走。"沈隽面上笑意谦和，一双眸子却似寒冰利剑，阴冷瘆人。

璀宫华殿，熏香缭绕，烛影摇红。

锦衣男子临案而坐，挥笔作画，神色淡然，不为外物所动。

"沈隽，终于让朕等到你了！"刹那之间，珠帘掀开，一个响亮声音打破了书房内的死寂。

约莫八岁的少年皇帝飞奔过来，带着久违的欣喜扑到男子身后，伸手蒙上他眼睛，万分高兴地道："快猜快猜，说说朕是谁，答对了才准你讲话！"

黑暗袭来的时候，沈隽面色骤寒，握着画笔的五指一聚，最终还是缓缓松开。

"皇上，别闹了。"在小皇帝兀自欢快的笑声中沉默片刻，沈隽才幽幽开口，掰开他的手，起身行礼。

心智不甚健全的北凉小皇帝不依不饶，拽着他衣摆，非要叫他坐下，央求道："前几天朕看见水塘里那只大乌龟背了个小鸭崽凫水，很好玩，你带朕去玩。费弘英那老东西老是骂朕，说朕游手好闲，朕讨厌他！除了皇兄外，朕最喜欢跟你玩了！"

"皇上。"沈隽冷然一笑，依令落座后淡淡回应："既为侍读，微臣便该为皇上讲学授书，不能置分内之事于不顾。"

"不嘛，你这么长时间都不来，朕害怕……"小皇帝抽了抽鼻子，一脸委屈地道："那些人很凶，动不动就骂人，朕坐在上面都不敢跟他们说话。你替朕去上朝好不好？还有这里，你就住在宫里，这样朕就能天天看你捉鬼了……"

沈隽侧目看来，对上小皇帝带着些傻气和委屈的稚嫩面庞，不由失笑："皇上可知，我不见的这段时间去了哪里？"

小皇帝咧嘴一笑："那你有没有给朕带好玩的回来？"说完他迫不及待地在他身

上搜寻，一面欢喜地道："你对朕最好了，一定给朕带了好玩的，快拿出来。"

沈隽向屋梁上方静静瞟一眼，便见隐匿在那里的人点头会意，随之一个用透明丝线绑着的黑匣垂挂下来，落到小皇帝的脑后。

"好玩好玩！"见那玩意能凭空挂着，小皇帝傻里傻气地拍了拍手，扑过去一把抱住，兴奋地将盒盖揭开。

以为会是非常有趣的奇珍异宝，小皇帝无比期待，谁知打开的刹那，他吓得尖叫一声，见鬼一样将盒子丢开，藏到沈隽背后："鬼！鬼！快捉住他……"

半空摇晃的黑盒里，赫然装着一个用冰块冷冻的血淋淋头颅，双目圆睁，狰狞而可怖。

沈隽无动于衷，只叫屋梁上那人收了盒子，任由小皇帝在自己身后害怕地颤抖，语声阴沉："我去了青木原，将那个平日总骂皇上是废物，又说微臣接近皇上图谋不轨的人教训了一顿。"

"真的吗？"小皇帝仰头，眼里的恐惧渐渐消失，傻傻地问。

"是。"沈隽木然道，视线却一直落在虚空，带着蛊惑一样的沉缓声音幽幽然继续道："他说我狼子野心图谋不轨，还说皇上愚昧无知。皇上气不过，便写了圣旨，派我去西川教训他。"

"那他有没有伤到你？"小皇帝没有半点印象，却对他的话信之不疑。

沈隽冷冷笑了笑："没有，只不过落下了麻烦。"

"那你快说，只要能让你消气，天天陪朕玩，朕什么都答应你！"

"他在宫中的旧部还不听话，一个个想着怎么爬到他的位置上去。等到那时候，他们就会来找我麻烦，砍了我的脑袋，然后再献给皇上。"沈隽声音低缓，神游物外，仿佛在讲着一件无关自身的事。

小皇帝吃了一惊，许是想起了早朝时文武百官彼此狰狞怒骂的模样，身子一抖，急道："那怎么办？你快想办法把他们撵走！要是你也跟皇兄一样出了事，就再也没人陪朕玩了，他们只会骂朕。"

沈隽勾了勾唇角，低头看着这个只比傀儡会说话会动作的呆傻皇帝，笑道："有办法让他们听话，那就是我做他们的将军，用军令去管他们，那样就没人敢说皇上坏话了。就像费公公一样，虽然是把老骨头，但站在很高的地方，只能被人仰望，宫中那些人就都不敢对他不敬。"

"这样可以吗？"小皇帝迟疑了一下，不多时又喜笑颜开："朕就知道你最聪明。那你教朕写圣旨，朕这就封你为大将军，一定要压过费弘英那只老鬼！这样他也不敢骂朕了……"

"皇上。"沈隽似笑非笑地唤住他，并不着急，"现在还不能做将军。"

小皇帝一万个不解："为什么？"

沈隽耐性犹在，看着虚空沉沉解释道："费公公长了许多眼睛，也有不少耳目，能看见朝臣私下的动作，要是惹他不高兴了，他一生气，就会摘了我的脑袋，当成礼物送给皇上。"

小皇帝吓了一跳，朝方才垂挂黑盒的方向望了望，见它已经不在，这才大松了口气。

"不怕。"沈隽冷笑道，"要想骗过费公公的眼睛，就得制造假象，让他认为所有人都听他话，这样他就会放松警惕。在他最惬意的时候，皇上再找机会把他推下去，让他永远也爬不起来，那样就没人敢骂皇上了。"

"你对朕最好，你说什么朕都听你！"见有了法子，小皇帝无比开心，乐呵呵傻笑道，末了央他："你今晚就待在这里好不好？朕怕黑，费弘英会捉鬼来吓朕。"

沈隽重新执笔，笑道："去玩吧，我再想想怎么让费弘英那些耳目听不到皇上同我说过的话。"

"那你别回去，就待在书房……"小皇帝像一头被人遗弃的幼兽，迟迟不肯离开，把这个对他总是温言浅笑的俊美公子当成了汹涌暗流中唯一的依靠，紧张地道。直到沈隽点头答应，他才放心地独自去玩了。

是夜，沈隽垂帘而坐，临窗独饮，尽管夜色渐深，而他的神思却愈发清明。

知道每次从宫中回来，公子都会积攒一些心事，今日同样如此，哑奴没敢打扰他，低头侍立在侧，担心地看着他将自己整个儿浸在浴池里，久无声息。

蓦然间，一阵叩门声轻轻响起，哑奴放下浴袍，转身去开门。

来人是一个年及天命的瘦雅男子，疏疏朗朗的细须遮了下巴，眉目间多有沧桑。

进了屋后，他没出声，只示意哑奴暂先出去，自己穿过纱帘，来到了浴池边，看着倚池斜靠的沈隽，唇齿开开合合，半晌才道："费弘英耳目众多，不择手段，在他身边斡旋，必定凶险万分。隽儿，你收手吧，本本分分做生意……"

沈隽没有出声，被浸湿的眼睫上滑下一颗水珠，晃得他的眼皮也跟着闪动一下。

沈由的目光落在他身上那道刺眼的伤疤上，眼里的担忧开始蔓延："先皇托孤非良，致使宦臣当权，朝野争轧。不仅皇长子遭他加害身亡，连新皇亦受他残害，幼年丧智，成为痴傻。宫廷诡谲，朝不保夕，一旦招惹上费弘英，为父担心……"

"担心什么？"沈隽半靠在羊脂白玉铺就的浴池边缘，面上的表情无起无落，沉声反问他，"诛九族吗？"

"隽儿……"沈由心情复杂，不知如何开口。此子虽为庶小，但才情和心智却远胜他两个嫡出兄长，又因为生意的缘故从小游历，涉世较深，故而让他操心最少，付出的关怀也最少。

近年来，沈隽的行踪越发诡谲，到底他在外面做了什么，沈由过问不出，因而也最难看透，更不知道他往来宫廷到底意欲何为，是想同读书人那样攫取功名，还是藏有更大的欲望？

"江长风您认识吧？父亲昔日的同窗。"就在沈由暗自猜度的当儿，沈隽慵懒而略显淡漠的声音传来，"比起他，父亲还是稍显优柔。"

沈由的脸色明显惊了一下，适才后知后觉，自己的儿子能进宫陪读，有极大可能是他暗中部署。

"隽儿，你实话告诉为父，你们里外相合，究竟想做什么？如果……如果你不喜欢做生意，为父也不强迫你，安分待在家里，再这样下去，为父担心迟早被费弘英盯上，那时……"

"一不做二不休，杀了他。"肃杀而狠绝的声音飘来，堵住了沈由的下文。沈隽转身看来，面上重新挂着漫不经心的笑："清明之政，何以为阉人所控？当然，倘若觉得我的所作所为有损沈家安宁，父亲大可防患于未然，逐我出门。"

沈由忐忑不已，宦臣揽权，朝纲大乱的境况如何不令他痛心，可是匹夫之力薄微，如何扭转乾坤？一旦事有万一，后果不堪设想。作为商贾，他没有这样的胆量，所以被自己儿子的话惊到失色，久不出声。

"父亲可以再斟酌。"沈隽复又回身，一头扎入水中，没了动静。

子夜时分，沈府来了一位陌生的客人。

那人伫立阶下，并未多言，只将一封信交给看门的下人，托其转交于沈府隽公子。

沈隽打开一看，偌大一张素笺上，仅书有一个字：青。

只凭这一字，他已猜到来者是谁，当下出屋。

大门打开的刹那，一个蒙面女子持剑立于檐下，默然静候。

他谦谦一笑，将文人的儒雅和商贾的敏锐结合得天衣无缝："如约而至，姑娘诚不欺人。"

青珑回头，清亮目光落在他面上，淡然应之："客气。"

沈隽摆手邀她前行，走向街头一处幽僻的巷道口，一边歉笑道："今夜良景可观，怕是美酒难奉了，不周之处，他日悉数补全。"

"不敢当。"青珑睨视他一眼，不欲拐弯抹角，遂直言："想要收买我为爪牙，将来为你所用，那么我需要什么，想必你心知肚明。"

"如此说来，姑娘可已想好？"沈隽眼睛一亮，这样毫无掩饰的意图让他有些佩服她的干脆和坦率，启齿一笑："现今烽火滔天，黎民生计艰难，食不果腹，所需者不外乎糊口之粮。霍姑娘意在复国，养兵买马之根本，亦在于此。"

青珑未曾反驳，予以默认。

沈隽的笑容变得有些叵测，反问她："姑娘冒险前来，可有想过沈某需要什么？"

果是不遮不掩的真小人，青珑暗道一声，轻笑道："仁不统兵，义不行商，以你沈家富可敌国的财力，不跻身上位可会甘心？"

那次她在沙场上亲眼看见姓沈的暗杀罗傲，身为凉人，他却反其道而行，甚是蹊跷。但换个方向一想，一武一商一朝一野，竟能扯上瓜葛，到了非杀不可的地步，两人必定有着某种利益上的剧烈冲撞。沈隽此人叵测诡谲，不像是屈居人下的样子，倘若他有攀爬高位的野心，趁机移除绊脚石的做法便在情理之中了。

"姑娘洞明。"沈隽含笑承认，径直道："既然不谋而合，姑娘之事便是沈隽之事，定当竭力而为。"

沈隽倒是爽快，也是青珑也不再含糊："二十万石粮草，千车军火。"

这样大的手笔让沈隽面色一凝，不由笑出声来："粮草事小，军火之事姑娘强人所难了。沈家财力再大，也不敢私运军火，稍有差池，那便是满门抄斩的代价，这份罪责沈隽担当不起。"

"是吗？"青珑笑了笑，看着他并无惊色的眉眼，话有弦音地道："大军主将都敢射杀，且杀后依旧谈笑风生，沈公子的能耐和胆量当真不容小觑。若没打听错，令尊与贵国中护军江长风曾为同窗。两人虽商武有别，但同窗之谊依旧深厚，逢年过节互诉挂念。相比令尊，沈公子与他之间的忘年交情似乎更胜一筹。此事若是传出去，不知道北凉朝廷会作何想法。"

沈隽沉了沉脸，俄尔笑开："看来姑娘来之前已经做足了准备，抓到了沈某把柄，倒也为我指了明路。"

"明不明路你心里清楚，即便我不威胁，相信以沈公子的能耐，必也能在十日内给我满意答复。话不多说，你的条件？"

沈隽被她的快言快语所打动，也直接切题而入："经商亦如谋政，凡事须看长远。北凉党羽争伐，是为内患，当以怀柔之法处置。若要坐享盛世太平，外敌不除，其实难为。"

到此处，他微微顿了顿，偏头看了一眼青珑，许是想察言观色，但到底只看得见黑夜里一双泛着凛凛寒芒的眼睛，他也就不得不收回目光，继续道："千军易得，一将难求。西川有楚定云一干将帅戍守，壁垒难侵。此次罗傲带兵冲杀，也验证了这点。"

饶是他打住了后面的话，青珑也已经听出了他的企图："你想在西川诸将身上动手脚？"

"姑娘频频在西川出没，难道不是如此筹算？"沈隽移步向前，隔着暗沉沉的夜空望向北凉朝都的护城墙，笑道："想要横跨一座坚如磐石的巍峨壁垒，有时候并不需要攀到比它更高的地方，只消抽去奠基石，便能让它轰然倒塌。楚定云和楼西越这对养父子若有万一，我想对大夏来说，不亚于断臂折足之重创。"

青珑冷笑一声："如此算来，你北凉去了劲敌，我却只得了几车军火，换作是沈公子，这样的买卖可会答应？"

"岂敢。"沈隽看过来，意有所指："前不久西川清平郡发生了一起凶案，道是公车尉陈晟在客栈遇刺，而凶手似乎人间蒸发了，至今不知所踪……"说到这里，他故意停了停，笔直望着青珑的眼睛。

好一只狐狸，消息来得真快真准，轻易就拿捏住了她犯案的把柄，青珑心道自己日后不得不加倍提防这个人了，轻笑道："沈公子聪明人，既然想方设法收买爪牙，相信你不会轻易泄露其行踪。各取所需还是两败俱伤，算起账来你当比我精明。"

"那要看姑娘的筹划，是仅止于诛杀陈晟，还是着眼于西夏，毕竟现在的夏皇可是当年侵夺青桑最凶者。你之仇敌，我之外患，杀之而后快，就看姑娘敢不敢赌一局？"

"有慧者襄助，大好契机岂会放弃？"

"如此大好。"沈隽哂然："姑娘女中真丈夫，胆识与慧略不输男儿，沈某由衷佩服，自己损失事小，岂敢让霍家人亏折？粮草与军火，十日之内定悉数奉上。日后但凡需要姑娘出手之处，还望能鼎力相助。"

青珑给的十日期限不过是试探而已，并没有期望立即得到他的回应，毕竟这不是一件似牛羊换铜银一样简单和放心的事情，当中利害，牵涉的不在少数。

然而沈隽的速度，却快得超乎她想象。

时隔仅仅六日，二十万石粮草他已经皆数筹买到，允诺的千车军火也准备将半。此后不过三天时间，剩下的全部集齐。

咋舌之余，她不得不叹服这个人的手腕。只怕除了中护军江长风以外，他在北凉朝中已经打通了不少便捷门道，真要攀爬权途，想来定也八面玲珑，游刃有余。

一番精细安排，以生意为幌子，两天时间内，沈隽又再度买通了守关之人，顺利通过各项排查。因为东西装载过甚，为了避免不必要的麻烦，商榷后两人将这批货分为两部分，其一走水道，沿江直下，由沈隽自己派人负责运送到指定地点。另一部分走陆路，由沈隽雇佣镖行，青珑与他暗随其后，只在有麻烦的时候才出面调和。

尽管期间出现了些变故，耽搁了几日的行程，但总归比预料中的进展顺利许多，整整二十日的跋涉和奔波，一切就绪。

"再过些时日，想必夏都锽城定盛况非凡，星夜兼程赶过去的话，应该不会错过。"分别的时候，沈隽眸中笑意深远，简单留了这样一句话后便与哑奴绝尘离去，清俊背影转瞬消失在雾茫茫的长亭口。

褚子道一直在暗处尾随着，确定沈隽主仆已经走远后，他再也克制不住心底的隐忧，现身出来提醒青珑："姐，这种人表里不一，不是想象当中的那么简单，你要谨慎了。"

"我会当心的。"青珑点点头，自己也确实松了一口气，"东西先藏在这里，我们上山看看那些凉兵的状况，再确定要不要给他们。"

好在凉兵这次大不同于先前的懒散模样，裴原一面指挥众兵摆阵演练，一面安排几拨人动工修整峭壁间的通路，并砍树建屋，为即将到来的寒冬做准备。

青珑欣慰于自己的辛苦和冒险没有白费，在米粮充足的情况下，如若留给他们一些上乘武艺和行军布阵的战术让裴原严加整训，磨掉那些士兵的惰性，那时她就可以想办法将他们转移到归龙关。

终归是白手兴兵困难重重，在巨大军需的压力下，青珑需要的是一批机动而迅捷的野战军，做到快而厉，准而狠，如狼似虎，不怯不惧。

"姐，不行你留下来看管他们，我去京都找陈晟。"褚子道想着两边跑也不是办法，见不得青珑受累，于是这样建议道。

青珑摇摇头："先把这些粮草和军火留下，然后你再跟我去找找绿盈姑娘，实在无缘的话，我们就直接转道夏都，相信那里名医不少，一定能治好你的病。等去了那里杀了陈晟，替我惨死归龙关的青桑将士报仇后，我们就不用四处奔波，只需一心兴兵，光复故国了。"

❦第十四章❧
邂逅

冬至过后没多久，天气急速转寒，银霜倚枝，薄雾缭绕，天地万物似幻亦真。

尽管北风呼啸，但因天子诞节将至，届时将大赦天下，举国欢庆，故此丝毫不影响夏都锽城提前到来的鼎盛景况。加之青木原一战西川大军捷报频传，百姓们更是交耳称赞，嬉笑如歌。

已是掌灯时分，放眼望去，青石板铺就的长街上人潮如海，车马喧嚣，欢声笑语不绝于耳。两旁楼台上飞檐点金，灯火璀璨，流光溢彩，看得人目眩神迷。

青珑与褚子逍漫步在人群里，牵马缓行，目不斜视，眼前的盛况仿似不曾入眼。

褚子逍理解她的心情，知道这个为了掩藏身份而伪装得嬉笑如常的阿姐，其实把所有事都藏在心里。

"姐，你要不喜欢热闹，我们到巷子里找间农户借宿吧。"褚子逍望着行人面上洋溢的笑容，沉默顷刻道。

青珑意识到自己冷落了这个弟弟，当下本想笑说他一句，嫌他爱想东想西，但是话到嘴边，看着少年几经颠簸后又渐现苍白的面容，就又吞了回去，半是散漫半是郑重道："但逢重要节日，我们青桑的百姓也会如此，饮酒欢唱，载歌载舞，一直闹到天明都还不够……八年前你还小，不记得我们族人闹腾起来的景象有多忘情。今晚好好看看，玩累了再跟我找间客栈歇息，明天一大早随我去城西山头，找那陆前辈给你把把脉。"

褚子逍心底一酸，知她定是想去奴场看看。但现在就算去了，一时半会也无法让他们脱离苦海，不过徒增伤感和悲痛而已，他也就没再多说，只嘀咕了一声："我又不是懵懂稚子，有什么好玩的。"

"无趣。"青珑明白他的好心，也知道那些情景已成过往，回首难及，便收了不该存有的念想。

"那要不……阿姐，我给你生篝火，你给我跳支舞看看？"褚子逍想逗她开心，咧嘴一笑，实在想象不到她一个浴血沙场的姑娘扭起纤腰来是何景象。

不过话刚脱口，他的额头便受到嘴巴的连累，吃了一个爆栗。

"说话当心你的嘴巴！"青珑羞红了脸，啼笑皆非，外加白他一眼。

"明明每次遭罪的都是脑门。"见她重露笑颜，褚子逍心中的酸楚也一并烟消云散，正要收住话口时，不经意间似是看到了什么，表情忽地一变，直直望向前方。

"怎么了？"青珑惑然。

褚子逍伸了伸脖子："姐，我好像看见他了……"

青珑一奇："谁？"

"楼西越……"褚子逍还在纳闷中，不过等他换了个角度再去观望时，方才掠入视线当中的侧影已经转弯不见。

青珑心里一顿，踮脚循着他的目光搜寻，却一无所得："在哪？"

褚子逍这才确定自己看错人了，忙摇了摇头："不是他，是他身边那个下属，好像是叫景威的那个，可能我一时眼花，就看错了。"

虚惊一场，青珑这才放下心来，长舒口气。正说着，身后有人走来，随之一阵酒味扑入鼻腔，酸腻难闻。

青珑皱眉，拉着褚子逍侧身让开路。

"哟，这位姑娘去哪玩啊？"不避则已，一让道倒是惹了个喝醉酒的公子上来搭讪，身后还跟着几个家丁打扮的壮汉，一左一右搀扶着行将倒地的他。

那公子说完，打了个酒嗝，酸臭难闻。

青珑嫌恶地捏住鼻子，拉着褚子逍又往边上让了让，那人却跟过来，停在少年面前，醉言醉语地眯眼笑道："这里人太挤了，不如哥哥……哥哥带你去护城河划船好不好？"说完，一双沾满酒渍的手便朝青珑脸上摸，一看就是一个极不正经的纨绔子弟。

褚子逍惊得下巴都快掉地上，反应过来后无比恶寒。青珑反应倒是迅速，头一偏从那醉酒公子手臂下滑开，拉过褚子逍手腕调头就走。

"别走嘛……"那人不依不饶，连忙扯住青珑的衣服，还想往她身上粘。

蓦地，一记拳头迎面送来，又快又准又狠，嗵然落在他鼻梁上，不多时两行鼻血淋漓滑下。

青珑收拳，实在无法容忍他如此侮辱人的轻佻行径。

下一刻，反应过来的家丁们登时追了过来，但姐弟两人早已一溜烟翻上马背，将他们远远甩在了身后。

翌日，姐弟二人去了城西一座山头，寻找一位众口传颂的名医——陆鹤之。

青珑初来夏都时曾多方打听，坊间称赞这位年近天命的陆先生妙手回春，有起死回生的能耐。

陆先生住在城西一段山脉的半坡处，沿着碎石堆砌的小径拾级而上，一路绿意盎然，松柏林立，常青木叶中间或悬挂着铜铃，随风轻响，恍若天籁，可见主人闲云野鹤般的自在心境。

景致虽美，但对青珑来说，却没有心情欣赏，更多的是紧张。

不晓得陆前辈能否药到病除解去子道的病苦，让他日后不用为药石所累。毕竟那位绿盈姑娘也说过，子道的病症打小就落下，又没有得到及时医治，拖到至今未曾卧床已是万幸，她所能做的也只是缓解疾症。

"姐，想开些，能不能治好听天由命，又不是快断气没得救了，看你紧张得。"站在偌大的医庐前，见青珑敲门的手都有些颤抖，褚子道笑她胆小，打趣了一句。

青珑调整好心情，屏息静候。

三声清响过后，医庐的木门吱嘎洞开，走出一人。

看清那人模样的瞬间，两人俱是变色，不可置信全写在脸上。门口那人也如他们一样呆住不动，三人面面相觑。

开门的是一个身着水碧色夹袄的姑娘，眉眼弯弯，两湾梨涡如春水涨漾，分外惹人，却随着她的笑容一起凝结在脸上。过了一会儿，她才从惊讶中恢复常态，笑道："世事无奇不有，当真与两位缘分不浅。"

"绿盈姑娘，原来你是……"褚子道认出了这个曾经给她把脉就诊的女子，又惊又喜。

青珑想起山下那些难民说绿盈因为外出已久，挂念恩师，适逢天气转寒，恐熬不住外面的风霜，便暂时停诊回去了。何曾想，绿盈姑娘的恩师竟然就是这位居于夏京郊外的高人。

"麻烦过姑娘，还要再来叨扰尊师，恕我姐弟冒昧了。"想到这，青珑克制着激动的心情，欠身一礼。

经绿盈一个不过二九年华的姑娘开方诊治，子道的气色便大大转善，如能请陆前辈施诊，他的病治愈的希望岂不更大？

这边绿盈还待还礼，医庐里便传来一位长者的醇厚嗓音，带着几分玩笑语调："谁在外面说老夫坏话？"紧接着走出来一个年近半百的儒雅男子。

前辈面色红润，观来和蔼可亲，一双眼睛炯炯有神，清亮如星，盛满慈父般的温暖。出来后他停在门口，脑袋往褚子逍面前凑了凑："小公子是来看病的？"言行举止逗趣，叫人觉得无比亲切。

"晚辈有罪，打扰前辈静休了。"褚子逍赶忙俯身拜见，郑重行了一礼。

"瞧师父说的，人家姐弟与您非亲非故，不远万里跑来这里，不是看病，难道是来看望您的？"绿盈掩唇失笑，将陆鹤之搀到自己身边，然后邀道："外面风大，两位里面请。"

医庐内宽敞明亮，角落里皆放置着炉火，烧得正旺，将此间烘得暖如阳春。靠窗的矮几上摆着尚还冒着热气的茶盏，以及下了一半的残棋，想来在青珑姐弟到来之前已有访客，只是来不及撤走棋盘而已。

"未约登门，扰了前辈雅兴。"青珑心生愧疚，在绿盈将那盘残棋收走后抱歉地道，一面被药童安排着坐到了褚子逍身侧，等待陆鹤之问诊。

"快别提了，懒得跟那逆徒切磋，姑娘来得正好，替老夫挡来清净。"陆鹤之甩了甩袖，摆手叫她不用自责，顺带瞥了眼内间，像是对他口中提到的那个徒弟颇有微词。话虽如此，但这语气叫外人听来，却是满满的慈爱。

青珑也就不再多说，静下心思等待他给褚子逍诊治。

陆鹤之先问了一些褚子逍平常病发时的症状，然后将手指探到他的手腕上闭目把脉，过了一会儿才睁开眼，微微叹了口气："得受些苦了……"

"前辈，可能根治？"青珑呼吸一紧，勉力克制着情绪，不让自己乱了方寸。

陆鹤之让她不要担心，笑容可掬地对褚子逍道："乖孩子，待会施针的时候，千万别怕啊。"说完，他吩咐绿盈去准备针石，又对青珑道："虽不是什么绝症，但拖了数年，也成了顽疾，想要康健如初，只怕一时难以做到，得靠日后慢慢调养了。再者这孩子身骨瘦弱，经不起猛药急效，贸然下手只会适得其反，引发新症。时值喘病多发之季，老夫先以大剂汤药喂服，健体养身，再辅以针石定喘，平息去闷，若能长久坚持，兴许可以康愈，但也因人而异，姑娘需得看开。"

"前辈肯施妙手，晚辈感激不尽！"青珑闻言后希望陡升，当即起身，俯首拜谢。

"傻孩子，快别这样。"陆鹤之赶紧劝住她，一回头，朝里间入口的方向喝了一声："兔崽子，出来！"

随着一声令下，里间缓缓走出一个劲装疾服的年轻公子，黑衣黑靴，仪容清绝。

从青珑所在的位置看过去，就只看得到他的侧影，那人眼角眉梢的神采，丁点落不到她眼里，也就只见得他一身江湖人的干练装扮，潇洒又利落。在他身后，还跟着一个与他年纪相仿的男子，却显得比他热情，偷偷看向这边，朝他们招了招手。

那一刻，青珑像被人施了定身术，半天盯着那黑衣公子，一动不动。

经过那两人身旁的时候，褚子道亦是吃惊不已，若非绿盈催促，只怕早已石化。

年轻公子让开路，移至窗前，一双眸子望向青珑，亮如星光，熠熠生辉，然而面上却依旧淡然如往，声音里甚至有几分终于揪出她狐狸尾巴的傲气："叫你装。"

他特别注意到，长在她眼角下方的那颗泪痣已经毫无痕迹。

四目相对，青珑心如小鹿，乱跳不止，又愧疚不安，心虚地低头摸摸鼻尖，硬着头皮走过来，停在他对面，声音压得极低："你跟踪我？"

"跟你作何？"那人看她一眼，倒茶递给她一杯，自己也悠悠然品了起来。因为他知道，清平郡里青珑刺杀陈晟不成，找到子道后他俩十有八九会辗转到京都再伺机下手。但是报仇总需从长计议，而子道的身子经不起折腾，因此她必然会要先寻找济世良医将子道的身体调养稳定。师父医技精湛誉满华京，放眼帝都无出其右者，青珑稍一打听便能找得到，自己只需光明正大地在此等着即可，何须鬼祟跟踪？

不过青珑一时理不清他跟陆鹤之的关系，或者说无法将一个鲜衣怒马的年少将军跟一个杏林妙手联系起来，不过突然涌入脑中的一些话让她不得不接受这个事实。

面前这个人曾说，等有空闲的时候，会派人将子道带到京城，请他认识的一位名医给他诊治。那时她只当他是好心，没有留意他言语当中的满满信心，现下回想起来，才知自己疏忽了不只一二。

那么问题是，他来京都做什么？倘若一路跟踪她，那她与沈隽之间的勾当不知道这人……

绝对不会！

青珑想了想，又断然否定了这个想法。沈隽身手不赖，与他一起两个人一路上不可能察觉不到，何况还有子道在暗处跟随着，所以至少在北凉的那些时日里应该不会被他盯上。

青珑心绪纷乱，抬眼窥视着他，见其依旧是往日无喜无悲的淡漠表情，实在猜不透他心中所想。

为了避免尴尬，她压下起伏的心情，脑袋往他跟前靠了靠，凑到他面前："闷葫芦，那你想我吗？"

楼西越始料不及，愣了愣，旋即匆促躲开目光，闷声闷气地道："自作多情。"

"青珑姑娘，托公子相求，陆师父从昨晨起就在医庐等候。"尽管因为她的身份，景威心里有了芥蒂，但楼西越不言明，他也只得睁一只眼闭一只眼，插嘴笑道："陆师父妙手回春，既然答应下来，肯定能治好你弟弟的病，不用担心。"

青珑感激地朝他点了点头，看着楼西越凝望窗外云天的单薄背影，想起了一事，低声问景威："那他的伤恢复得如何？可有请陆前辈复诊一番……"

话没说完，景威便无奈摇头："死活不让我开口，陆师父若是知道此事，只怕少将军也得挨他教训。"

青珑心里一阵失落和自责，默然移到楼西越身侧："闷葫芦，既然你肯定了我身份，为何还要帮我们？"

楼西越侧目凝视着她，许是想起了幼年初见时的场景，收回视线后神情有些微恍惚。

"一切如你所见。"青珑的目光游弋在雾蒙蒙的天际，首先坦白道："最初救你回龙虫堂，也是因为我误伤你在先，而且我待在西川，原本也有自己的打算，你应该能猜到……"

"若我答应你从军，进了军营后，你会如何作为？"楼西越沉声反问。

四目相对，青珑柔肠百转，想起自己刚与姓沈的勾结上，却要再次欺瞒闷葫芦，心中愧疚万分。

楼西越没能等到她的答案，于是自问自答："建功加爵，掌握军机，离间挑拨，哗变夺权。最后，整个西川便手到擒来？再往后，可是拥兵自重，纵横捭阖，光复你青桑故土？"

"那晚我刺杀陈晟未遂，又身受重伤，你有机会杀了我永绝后患，大可不必出手解围。"

"活命之恩还你，答应你的事也必会兑现。"楼西越从她身上收回视线，重新落向窗外的苍茫远山，不过说到最后，他的语声渐渐转冷："但若你的所作所为有损西川大军，我定不留情。"

楼西越此话既是说给青珑听，也是在警告他自己，尽管他并不知道若真有那一天，自己能不能狠得下心。

终究没能在他面前保住身份，青珑略感惋惜，敛容应道："如若是沙场真相逢，定与少将军奉陪到底，但是……闷葫芦对我的好，我会永远记在心里，不会做任何伤害闷葫芦的事。"

楼西越微微动容，几度以为是自己的幻听，却又甘愿饮鸩止渴，声音低缓而凝重：

"你的花言巧语，我也信了。"

许是不想在此事上多说，没等青珑解释，他以一句不着边际的话打断了她："明日带你去一个地方。"

青珑还陷在不安中，闻言一愣："哪里？"

楼西越也不说透，留了个悬念，转身离开了窗前。

青珑还想追问，突然看见几个人影朝医庐的方向大步奔来，气势汹汹，便道："有人来了，看起来不善。"

楼西越秘密来此，不愿被外人知道，他本想避开，不过移到窗前望了一眼，发现并不认识那帮人，便未回避。

"陆先生！快救救我……救我……"来人还没踏进医庐，呼天抢地的求救声已经传开，紧接着又是一阵急促的敲门声，咚咚不绝。

景威不悦于这帮人的无礼举止，噌地开门。

那人没站稳，一个趔趄冲进来，险些扑倒在地，幸而身后几个家丁及时扶住他，才不至于出丑。

"陆先生，快救救我！快给我看看……"那人捂着脸，哭爹喊娘地叫嚷着，抬头在医庐内众人的面上扫了扫，却在看到青珑时眼一瞪，忽地伸手指着她，大叫："是她！给我抓住她！"

"谁啊这是，在我医庐里嚷嚷？"听见响动后，陆鹤之从内间走出来，一手被药童搀扶着，一手竟还拄了拐杖，脚步颤颤巍巍，老眼昏花一样眯着眼睛看向来人，与之前康健的身量大相径庭。

"哦，原来是公车丞朱雄大人的小公子朱吉啊……"说话间他已经晃晃悠悠地来到他跟前，万分和蔼地凑近瞧了瞧，吃了一惊："哟！鼻子怎的歪了？"

景威没憋住，与药童扑哧笑了出来。

青珑也认出了那人，差点没忍住笑，憋红了脸。一屋子人中，唯独楼西越目光森森地盯着那群刁徒，眼里一片寒意。

"陆先生，快给我治治。这蛮女将我打成这样，我不敢回府见我爹了，你一定要给我看好。"想必先生威望甚高，朱吉也不敢造次，抬手指着青珑，在陆鹤之面前诉苦。

"打架又打输了啊？难怪歪到一边去了。"陆鹤之的反应有些迟钝，伸出手指往他鼻梁上捏去，正好碰到痛处，疼得朱吉龇了龇牙，嗷嗷惨叫开。

"歪得怪厉害的，治起来有些麻烦。先来后到，你且候着啊，屋里头还有个病人，待行完了针，爷爷我马上过来给你看，将它歪回去。"在朱吉的惨叫声中捏了几下，陆鹤之这才松开手，和笑着道。转身之际，却被他拉住胳膊，死活不让走。

"你先给我治好！我还要回家，陆先生，快点先给我看！"

楼西越眼神一冷，面上如蒙霜雪，向景威使了个眼色。

景威会意，上前一步拿开朱吉的手，差点将他的手腕拧断。

陆鹤之顿了顿拐杖，示意景威不要过了分，也停下脚步，好心问朱吉："这要歪回去的话得尝些苦头，朱小公子可受得住？"

"受得受得，只要能治好，我受得住。"朱吉小鸡啄米一样忙不迭点头，见有希望，便什么都不在乎了。

陆鹤之慢腾腾地将拐杖递给了药童，思量一番，在所有人的注视中将景威拉到朱吉的对面。

"陆先生，这、这是要做什么……"

"不怕不怕，疼一下就好了。"陆鹤之拍拍他后背，眯眼指着窗外一颗竹子，比画道："你看啊，要是刮东风，那竹子就往西边歪，反过来刮西风的话，它就往东边歪。要是刮北风的时候你在南边扶住它，它就不会歪喽，同样刮南风的话，你从北边支住它，它就不倒。"

朱吉愣住，一脸茫然地看着他："这讲的啥？"

陆鹤之笑道："简单来说，就是要治好病，先得寻到根，然后对症下药。"

"怎么个对症下药法？"

陆鹤之和气地一笑，给他解释着："你看啊，你这鼻子是往左边歪的，可见是从右边打了一拳，要是再从左边打一拳，那它就往右边歪。这左右各歪一下，嘿，刚好不就正了嘛！老夫年纪大了没劲，得多揍几拳才成，找个年轻人一拳就解决了，你看哪个受得住？"

朱吉大叫一声："陆先生，那鼻梁骨会被打断啊！"

"断了怕什么？再看那张纸啊，把它撕碎后，和一碗糨糊抹上去，碰一碰不就粘起来了？或者你再看老夫身上这袍子，要是不小心划开一道口子，拿根针缝起来不就可以继续穿了？你这鼻子若被打断了，等放完了血，干净后拿糨糊先粘起来，然后再拿针缝住，这不就接上了，扯都扯不掉。丫头，把糨糊和针线给为师备好……"

"我、我不治了……"

"唉唉唉，年轻人跑什么？老夫我不是能治好吗……"

像是好不容易碰到了一种新症想一试身手，陆鹤之不予放弃，拉着朱吉的胳膊，蹒跚着脚步一直追到了门外。到最后实在追不上，他只得作罢，极为不舍地挥手送别：

"不治就不治了啊，慢些跑，小心摔倒后歪不回去了……"然后，他便若无其事地掸了掸衣服，进屋继续去给褚子逍行针去了。

医庐内，除楼西越以外几人都憋着笑，愣愣地看着陆鹤之瞬间抖擞的身子板，面面相觑。

第二日，青珑已经忘了楼西越昨日说过的话，她陪褚子逍去医庐针灸时，楼西越突然将一个行囊扔给她，什么话也不说就将她往山下拉。

青珑看着塞到怀中的行囊，有些摸不着北："去哪？"

"别问那么多。"楼西越不解释，态度却坚决。

"孤男寡女的，你不说我怎么去？"

楼西越自顾自收拾着马具，听到这话，立即投给她一个鄙视的眼神，指了指行囊道："下山换上。"

青珑失笑，心知要能跟这个寡言少语的少将玩笑起来，除非太阳打西边出来。但见他神色凝重，像是颇为重要的大事，不过一想到陆鹤之还在给褚子逍施针，她便收了好奇之心，回道："子逍还在里头，我得看着。"

"师父脾气怪了些，还不至于欺负晚辈，留在这里怕什么？"楼西越这才肯开口解释："我跟师父打过招呼，今日留在医庐用膳，绿盈会照顾他。"

说到这里，他已经解开缰绳，牵着火曜驹走了过来，顿了顿又附加一句："那个地方对你有用。"

青珑更奇，观他面色沉静，又觉得这人不会开玩笑，这才将信将疑地随他去了。

两人行了约莫一个半时辰才到闹街，一路上楼西越没有主动说话，目不斜视地走自己的路，神色平静如水。跟他比起来，青珑简直成了话痨，不过正是因为她时不时调侃几句缓解气氛，两人倒也没有因为一些彼此已经心知肚明的真相而太过拘谨。

"闷葫芦，你跟陆前辈怎会是……"从昨天开始，许多问题一直压在她心底，到现在还相信不过来。

楼西越平视着前方的川流人海，觉得这个问题一言难尽，就懒得开口。

"还有，子逍迷了路，跑到了北凉境地。我找到他的时候在半山腰看到绿盈在那里义诊，她还给子逍开过几帖药。"青珑难以想象，半真半假地道。"她是陆前辈的徒弟，也是你的师妹，不是应该在你大夏给人看病，怎的一个姑娘跑去北凉那么偏僻的大山里义诊？"

似是对这个问题没有抵触，楼西越沉了沉脸，答非所问地应了一句，却叫青珑更觉不可思议："她是亓人。"

青珑大为惊异："她是东亓人，却拜师西夏名医，去给北凉难民义诊，这……"

楼西越回头催了她一声，连着话匣也被打开，想了想，才说了相识以来最长的一句话："一年前师父新收的她，当时她流落街头，被一群地痞欺负，师父碰见便救了下来，一问才知她非夏人，为躲避战祸而背井离乡。那之后她感恩于师父，经常过来医庐帮他打理琐事，师父也才看出她在医术上颇多造诣，精于久治不愈的顽疾，尤擅肺痨之症。加之人也谦逊好学，时常向他请教，师父可怜她无家可归，便顺带收在自己名下了。"

"那她怎么会去北凉义诊？前辈不担心吗？"青珑有些同情绿盈的遭遇，追问一句。

"不全是北凉，一年来各处都去过，那是她自己的意愿，师父屡劝无果。"说到这里，楼西越眼里的光芒隐隐灭灭，看不出来对绿盈的做法持疑还是赞许。"我不常回医庐，前些天来时师父才告诉了我。"

青珑这才知晓，对那个仁心仁术的女子又多了敬佩。不过当她看向楼西越木头一样不为所动的俊容时，不禁神秘一笑："闷葫芦，福运来了。"

"什么福运？"楼西越常年驰骋沙场，克己自律，性情又冷淡，不像那些纨绔子弟到处厮混，花天酒地纵情风月，对某些事情的反应有些迟钝。

"自然是桃花运了。"青珑真不知道该笑他的呆还是傻，仔细教导开："没准陆前辈就是为你做打算的，所谓近水楼台先得月，你这榆木疙瘩总是一副臭脸，又没跟女孩子打过交道，自然得逮住机会，切莫让外人捷足先登，否则讨不到小娘子，到时候哭死你。"

"要你操心！"楼西越一窘，并没往这方面想过，却被她如此言说，俊眉立蹙，提了提缰绳。

火曜驹喷了个大大的响鼻，听话地蹦跶过来，挤到中间，将自己主人和这个毫不矜持的女子果断隔开了。

青珑失笑，赶紧退开几步，一时没注意，撞到了一个抬着轿子经过的轿夫，致使对方脚步失稳，踉跄着倒向一边。

楼西越旋身过去，及时抓住了她和那轿夫，这才稳住情势没有连累其他抬轿的人倒地。

"东雯，出什么事了？"与此同时，轿内传来一个妇人的清素声音，旋即轿帘掀开，那人探头出来，询问带路的丫鬟。

青珑见势不妙，赶紧与楼西越欠身道歉："民女无意冲撞，惊扰了夫人，还望夫人见谅。"

见未出岔子，那美妇就没有介怀，素净清容上绽出一抹淡淡笑意，示意青珑无碍。然后她垂了轿帘，招呼一行人继续赶路。

然而当她的视线即将与轿外隔绝时，不经意间却瞥见了那个年轻公子抬头后的侧容，面色生变，已经掩下的轿帘又被她重新揭开。旋即她探出头，举目向后望去，却见那对年轻男女已经走远。

"娘娘，怎么了？"叫东雯的丫鬟不解，退到她跟前。

"东雯，那公子长何样？"那美妇的身子往外倾了倾，目光追随着楼西越的背影，略有些焦急地问她。

小丫头向后望了一眼，脸蛋一红，羞答答地绞着衣角，抿嘴笑了笑："回娘娘，很俊呢……"

"停轿！"那妇人没有理会东雯的话，一声令下，慌忙从轿里出来，也不让任何人搀扶，更不准他们跟上，自己匆匆追去已经拐弯离开的楼西越，不确定地唤了一声："铮儿……"

青珑正与楼西越走着，突然听到身后的声音，疑惑地一回头，见是刚才那位美妇，还以为自己闯了祸被她追上来了。但是看她一直盯着一旁的楼西越，像是与他相识。

青珑悄悄将视线移到楼西越面上，只见他的表情也发生了些微变化，目光定在那美妇身上。待认出来后，他迟疑了顷刻，俯首一礼："蕙妃。"

"铮儿，真的是你……"蕙妃看着面前的这个晚辈，声音哽咽，和婉而沉静的面容上绽开一抹久违的笑容。

乍一听到这个称呼，青珑惊了一下，难道楼西越不是他的本名？

但见这蕙妃与楼西越像是故人，她也就不便打扰，行了一礼借故回避了，将这条僻静的巷道让给了他们。

"一年多没见，你又拔高了一截，快叫蕙姨认不出来了。"青珑离开后，蕙妃走上前，抚上楼西越的肩膀，眸光里尽是慈母一样的温和笑意。

金戈铁马的沙场练就了年轻少将的坚毅和隐忍，加之他又自小孤立，这样亲昵的动作让他极不习惯，或者所谓的亲情对他而言犹如一张白纸，生命的轨迹中没有留下任何关于它的温情，所以从记事起，他已不再相信、更不敢坦然去接受。楼西越僵滞着身子，沉声谢罪："末将有罪，未能常来帝都拜见，望蕙妃恕罪。"

"铮儿，你跟蕙姨之间也要见外？"万分生疏的称呼让蕙妃心头一酸，忍不住眼角潮红。

楼西越神色一黯，始终垂睑看着地面，很久之后，才在蕙妃的凝视中改了口："蕙姨……"

蕙妃这才去了胸口酸楚，转悲为喜，爱怜地摸了摸他脑袋："过几日便是皇帝的诞辰，他这些天心情好，恩准妃嫔们出宫散散心，蕙姨这便往听花小筑赶去，看看你娘……"

楼西越知她们姐妹情深，不由想起了记忆中那张冰冷而淡漠的面容，于是劝道："逝者已矣，锦阳夫人在天有灵，定希望蕙姨看开。"言语之中，他始终与所有人保持着一段距离，不近不远，不亲不疏。

"铮儿，她是因为接受不了那件事才那样对你，不让你称她一声娘亲并非她本意，你不要怪她……"缅怀往昔，蕙妃不胜悲慨，用绢帕拭了拭眼角的湿泪，哑声道。

生性使然，楼西越不知道该用怎样的话劝慰她，便只能保持沉默，任她抓着自己的手臂，聊以慰藉旧日往事带来的悲愁。

蕙妃意识到自己情绪失控，便不再去回想那些郁郁旧事，强颜欢笑道："聚少离多，一年也就见那么一两面，浩儿时常在蕙姨耳边念叨你。那孩子好动，佩服你在战场上的军功，这几年什么都不干，成天往练功场跑，还说将来要跟你拼个高下……铮儿，你既然来到京城，蕙姨寻机会让他出府一趟，你们兄弟俩见一面，叙叙旧。"

见蕙妃不再神伤，楼西越面上浮起一丝象征性的笑容，却是蜻蜓点水，转瞬即消。略微迟疑了片刻，他歉道："蕙姨好意，我已心领，只不过此次来京并非与将军一道，看看师父便动身回营，时日不多，还望见谅。皇上寿宴亦不便搅扰，不敬之处，在此谢罪。"

蕙妃面色一变："铮儿，这些年你在军营过活，楚将军他……待你可好？这么远的路，为何不与他同来？"

"将军体恤宽厚，视部下如己出，我亦有幸，蒙其颇多关照。只因私事紧急，不得已告假离营，事成之后便须归岗待命。"

听到这话，蕙妃心里的担忧落了地，莞尔道："难为你从小吃苦，刀光剑影里行走却毫无怨尤。沙场凶险，切要保重身子，不管胜负都要先保护好自己，这样蕙姨也就放心了。"

说完，她抬手拂开楼西越额前发丝，像天下所有母亲抚摸自己的孩子一样，神情专注，自豪笑道："长高了，也更加俊了，是个堂堂正正的男子汉！就是这身骨偏薄，叫蕙姨看得不忍，日后要多照顾自己，不要让蕙姨担心。"

"嗯……"楼西越身子发僵，下意识地别了别头，却终究不忍伤她一片关怀，颔首答应。

"铮儿，既然来了，可以在京城多待些时日吗？陪蕙姨一道去看看你娘，就一眼也好……"

这般请求让楼西越陷入两难之中，眸光复杂，沉默不语。

久久等不到回答，蕙妃心里发酸，最终只能放弃："实在不行，蕙姨也不勉强你了。只要你能开心，姐姐定也高兴，看了徒增伤感而已，回去后定要照顾好自己。"

"回营之前，我会抽空去听花小筑看看……"

蕙妃一时心伤，突然跳入耳中的字眼让她一怔，几近喜极而泣："好孩子，委屈你了……"

估摸着时间不多，楼西越没再说什么，请辞道："外面天凉风寒，蕙姨切勿久待，保重身子，恕我要事在身，不便相陪了。"

纵然心有不舍，蕙妃也知道市井之地不是她一个宫妃逗留的地方，便只得敛去牵挂："去吧，顾好自己的身子，有空多来京都看看蕙姨和浩儿。"

楼西越点了点头，转身去了。

"铮儿……"许是想起了什么，蕙妃突然唤住他，千叮万嘱："帝都不同于西川，万事当心。"

楼西越感谢她的关怀，回首默应："蕙姨也是。"

蕙妃静伫于幽巷，凝视着他单薄却坚挺的背影，久久不曾抬步，直到东雯因为候不到她而着急寻来时，才哀然叹息一声，缓缓收回了目光。

◈ 第十五章 ◈
罚思

从巷子里出来后，楼西越神色黯黯，一副心事重重的模样，牵着火曜驹，一言不发地赶路。青珑不时担心地看看他，却又不便询问他的私事，便默默跟着。

期间楼西越随意找了间客栈，解下行囊塞给她，叫她换上。待她出来时，已然男装在身。

未作停留，楼西越又带着她七拐八绕，走了约莫半个时辰，来到了一座豪宅正门前，抬头一望，两个疏狂黑字书于横匾之上：陈府。

陈府……陈晟！

那一刻，青珑面色失常，五指紧攥，一些久远而刻骨的记忆在脑海中疾速撞击，梦魇当中那张狰狞的脸孔也愈发清晰地浮现在她眼前。

"越是心里有恨，便越该冷静。"楼西越已有所料，抬手将她挑出的剑锋推回鞘中。

青珑极力克制，平复着因为猝涌的恨意而急速起伏的心情，随他继续前行。

门口守卫上前一步，将他们拦下："什么人？有何事？"

"奉丞相命，有事见陈晟。"楼西越神色清冷，一直将她挡在自己身后。

一听是相府的人，那些守卫的态度陡转急上，忙去了傲气，道："陈大人进宫轮值，现下不在府中，丞相大人若有急事，只怕得……"

"无碍，府中相候一时。"

见他没有任何可以证明身份的东西，态度又如此强硬，领头的守卫颇为犹豫，小心道："不知丞相大人有何急事，可否让小的代为转达？"

楼西越也干脆，从怀中拿出一封信函："有封私信，丞相多有交代，务必面呈陈晟，并令其即刻回复。既然如此，这便回去复命，明日让丞相亲自登门求见。"说完他扳过青珑的肩膀，起步就走。

"两位息怒！息怒！小的绝不是那个意思，这话可说不得，说不得啊……"扫见信封上确有丞相署名，但又辨不出是否为真迹，那守卫心中疑虑难消。但见两人撂下这样的话，又怕事有万一，便是大不敬之罪，于是权衡过后，他赶忙将他们拦下，赔笑道："不如两位先进府坐坐，小的这就快马加鞭，托人去宫中传告。"

楼西越依旧是惯有的淡漠表情，头也懒得点，带着青珑进了陈府。

等候的过程漫长而无聊，期间除了丫鬟奉茶外，陈府管家时不时跑来解释一两句，说陈晟出宫后转道去了别处，府上正遣人急寻着。

楼西越的耐性出奇的好，悠悠然品着茶，只青珑一直冷着脸，看见陈府任何下人都是一副恨不能将其碎尸万段的样子。

"两位再候几时，已经派人去找，老爷马上便回……" 陈府管家面上赔笑着说，而事实上，因为久寻陈晟无果，他也不知道该如何是好了。

"若有不妥，明日便叫丞相亲临府上，时候不早，也该回去复命了。"楼西越正在观赏厅堂内一个錾珐琅方座玉水仙盆玩，尚在兴头上，闻言后转身道。

管家心里发慌，忙上前一步，见他对厅内摆放的这些景饰兴致甚浓，便极尽说辞留人："府中前几日新开了不少秋海棠，可是惹眼！老爷知道丞相酷爱花草，正想找机会送过去，两位既然来了，又实在无趣，不妨到院中四处看看，顺便挑几株，改日小的派人送至相府……"

这话说到楼西越心坎里去了，他淡无表情的面上浮出一丝莫测冷笑，话也懒得说，只看了看青珑，意思是：跟上。

为了拖延时间，管家只希望两人赏得尽兴些，将其带到园中后寒暄几句，便借故走开了，也不让任何人打扰，只命一些来来去去的奴仆留点心眼。

没了陈府下人跟着，青珑才有机会开口："闷葫芦……"

楼西越未卜先知，略略摇头，示意她缄言，假意赏景，实则遥指花木前方的走廊，沉声道："穿过直廊，左拐约七丈通往陈府后门。"

说完，他移步向前，指引青珑来到游廊，行至尽头方才停下："出了后门，右拐是正街，左行约三里为公车丞朱雄之府。"

青珑起先不明其意，听到最后恍悟："你探过此处及周边？"

她想了起来，他在来之前对自己说：那个地方对你有用。

楼西越默认，继续"观赏"院中的时令花草，又从游廊徐徐绕到另一处："正前方为陈晟所居，周围埋伏数十死士，加上夜间巡守的武卫，合计不下百人，且均被陈晟授以暗号，每日由他亲自核查，两日一变，想要冒充他们接近陈晟几乎没有可能。皇帝寿节将至，因选购贺礼一事，近日他频繁出入府邸，也定会加派人手相护。"

"向东再行一丈，有两间书斋，左为明，右为暗，有些不见光之事，便在右斋密谈。右斋内设密室，旋钮置于书架正中档格，启用后可通往陈晟居室，有两名杀手常在其中与他密会，即是那夜刺杀陈晟时与你交手之人。"

"另，各室均设有机关，一旦发生不虞之变，暗箭连发，百密无疏。"说到这里，他低头看了看屏息观望的青珑，问了一句："怕吗？"

青珑的目光随着他的指引在一间又一间屋室上扫过，一一记在心里，自然也明白了他的用心，感激不已。

知己知彼，这就是他要告诉自己的。

大抵因为当年犯下的重罪，所以陈晟疑心甚重，私下培植了如此之多的暗卫，进出相护。想要明着接近他下手，怕是比较艰难，何况他在清平郡已经遇刺一回，日后只会更为谨慎。

正当她开准备口回应时，有一个下人朝这边靠近，一双眼睛狭长如狐目，不断在他们身上打量。

"丞相耽于花中四君子，素喜筛风弄月之竹与剪雪裁冰之梅，但对独具风华之物亦情有独钟，若比照这株棠木的枝形造一个玉质盆玩赠他，定能博他开怀。"青珑随意指着一树海棠，像大部分下人挖空心思讨好主人一般装模作样地道。

楼西越身子微微一侧，挡住了那仆人投向青珑身上的目光，待其走远后，他才带她移向陈府大院。

青珑紧随其后，默默凝望着他的背影，心里万般不是滋味——闷葫芦，我发誓，倘若日后我与沈隽勾连，一定不会做任何伤害你的事，姓沈的也不行！

下人们见这两人赏玩没多久便退出，匆忙去叫管家了。

此时仍旧没有陈晟半点音讯，管家也慌得没了法子，又不知道丞相让陈晟答复的事情紧急与否，只能竭尽借口，强留他们："这都到午膳时间了，估计老爷被人留了下来。两位苦等这么久，也不差一时，不妨坐下来一起用膳，老爷马上就回。若误了两位差事，惹丞相大人责骂，老爷一定替两位开脱几句，不打紧的……"说完，管家派人将他们领往花厅。

青珑不知道是否楼西越暗中动了手脚，致使陈晟没了消息，但见管家劝了几句后他就信步去了，所以她也收了心中杂念，一并跟上了。

"葭月初九为皇帝诞辰，朝野共庆，陈晟作为卫尉次属副官，为逢迎皇帝，正备厚礼。明着不易动手，但可以转移视线，从其贺礼上下手。"楼西越端坐在桌前，待陈府下人尽数离开后，蓦然开口。

明白他在给自己指引报仇的明路，青珑感激之余，仍有些困惑——同为夏臣，倘若彼此之间没有宿怨，闷葫芦不至于襄助她这个对大夏来说是为隐患的外人。

"闷葫芦，你既已肯定我来历，却还冒险帮我，意在何为？"

楼西越抬头凝望她一眼，想说的话顿在齿间，最终含糊其词："自然有我心中所图。"

"那夜为了脱身，不得已杀了卫尉兵，事后陈晟去过西川大营，是否你担心此事成为把柄，被他传到皇帝耳中？"言至于此，青珑能猜到并且着边的理由只有这一个，却又觉得甚为牵强。"为这个杀陈晟灭口，不是你的气量，况且你也未必将他放在眼里。"

"何以见得？"

青珑哑然，实在想不出其他原因。

"除了陈晟，你还欲手刃何人？"他想知道，当年那个虽然救她逃出沙场，但同样疑点重重的少年，会不会也被她疑恨于心？甚或不值一提早已忘却？

青珑略微变色，低低道："很多，千万张鬼魔之相，细数不清。但我苟活的目的不是为杀他们，还有许多比这更值得我为之竭力求取的事。"

"明白。"楼西越浅浅一笑，如浮水而过的清风，不遗痕迹："我欣赏这样的你。"

青珑略感意外，捕捉到他一闪而过的浅笑，心旌有一瞬间的悸动，凝视着他："闷葫芦，你是夏人，会阻拦我吗？"

楼西越摇摇头："你之故土，我之新城，公允取守。"

青珑粲然绽笑，以茶代酒敬之，感谢他的磊落和坦荡，非但没有在得知她的身份后下暗手诛除隐患，反还给予她公平抗争的机会："成王败寇，定当奉陪。"

楼西越迎杯轻碰，眼底波光潋潋。

厅外脚步声响起，陈府下人持酒端菜，正欲设宴。

"不必了。"楼西越一语谢绝，起身告退。

青珑晓得再不走就真要惹陈府人怀疑了，便随他离开。

管家极尽说辞，千方百计挽留，想等到陈晟回府后确认一下这两人的身份。无奈劝不动，他只得作罢，顺带还不忘拜托他们在丞相面前替陈晟美言几句，以免一朝国相不高兴，日后给他使什么绊子。

就这样，两人光明正大地踏出了府邸。

穿街而过时，楼西越遥望一眼另一座豪宅的背侧，告与青珑："同为卫尉次属副官，公车丞朱雄与陈晟私下相交，物以类聚，人以群分，作为帝家眼线和耳目，两人迎合天子的本事不相上下。还有，昨日去医庐闹事那人，便是朱家幼子。从陈府后门出去，可抵朱府，以你的身手，短时间内来去两地不成问题。"

青珑听他话有弦音，有所彻悟："你想借我之手一箭双雕？不只陈晟，朱雄也被你列入死单。"

楼西越本就喜怒不形于色，此刻更是，从表情上看不出来心中所想。

"看来猜对了。"青珑了然，肯定了心中猜疑。

倘若所猜不假，那么他费尽苦心帮助自己，也是为了得到她的帮助——因为他秘密来京，自然不便到处走动，弄不好身份暴露，连累西川大军背上杀害朝官甚或居心叵测的嫌疑，徒增朝野之间的芥蒂。

朝野芥蒂……

想到此，青珑心中大亮，莫非他是想借自己之手除去对西川大军不利的朝官？

早在大夏建国之前，曾经作为萧王手下猛将的楚定云不知何故突然辞去一身职务，请缨镇守边疆，此后便从王府卸任，驻守西川。因其戍边有功，威望日升，深受边疆百姓的敬畏，声誉不比萧王来得低。

那之后的十余年里，西川大军也逐渐插手附近州郡的兵吏和政事，明面上臣服，实际上许多事情都已摆脱朝廷的管制，到了全由楚定云及西川诸将做主的地步。

将在外，君命有所不受。时日一久，这种"不受"可以演变为"不从"，再甚一步，许会相持抗衡。而远在京畿的皇帝不可能睁一只眼闭一只眼，一旦时机成熟，必然以铁血手腕镇压。

楼西越身为西川大军少将，自然会将援手伸向那些出生入死的兄弟，未雨绸缪，先下手为强。

但这些只是她的臆测，真真假假，她这个外人自然难知。

"在你提到的消息中，总共涉及五个人：皇帝，丞相，陈晟，朱雄及其幼子朱吉。"

"很显然，丞相只是你我进入陈府的幌子，除他之外，且先不论皇帝，剩下这三人既能让英威素著的楼少将军不惜下暗手，想必德行也好不到哪里去。陈晟不用说，我必杀之！朱雄无关我仇，但其子对我不敬，歪他鼻梁也算给了教训。不过上梁不正下梁歪，难保他日后不会欺惹良善，不做一二，天理不容。最后，便剩下皇帝萧祈。当年外藩犯境，屠我青桑最凶者，非萧王大军莫属，我做梦都想将他碎尸万段。你身为大夏将臣，理应阻我，却反过来助我在夏皇诞辰期间煽风点火，不给他安生，莫非与他……"

说到这里，青珑有些难以置信，带着揣测的意味看向他。

楼西越不动声色，坦然迎上她的目光，意思就是：随你怎么想。

青珑愕然，难道果如自己所测，他与皇帝之间也有过节？

不过此事她不便探究，于是就此打住，转而问他："陈晟那边，你是否动过手脚，致使他失去音讯，连管家也找不到？"

楼西越表情淡然，语出却意味深长："师父喜欢欺负他不喜欢的人。"

青珑语塞，想起陆鹤之对朱吉说的那个万分在理的对症下药的治歪鼻方法，险些捧腹。寻思一番，她心里的疑惑才彻底解开。

自己一箭射伤了陈晟大腿，听坊间议论说伤了筋脉，到现在他行走还有些瘸拐。估计府上郎中不称心意，所以他定期去医庐找陆鹤之诊治。楼西越估计是提前知会自己师父一声，于是陆前辈便假借诊治将陈晟耽搁在了医庐。

好一对师徒！

可惜的是跟风趣幽默的陆前辈比起来，面前这人简直就像一根没有喜怒哀乐的木头，全然没有传承自己师父半点好处。不过一想到褚子逍还在医庐，她又紧张起来，怕他知道陈晟的身份后跟他动手，遂不敢在外停留。

两人快马加鞭，终于在夜幕降临前回到了医庐。

褚子逍不知道青珑去了哪里，一整天忧心忡忡，见她安然无恙地回来，这才放下心。

不过陆鹤之面色有些不悦，拐杖一横，将他们姐弟挡下来一起用膳，却单单将自己徒弟驱离了饭桌。

一桌人诧异不已，却听陆鹤之开了口："坐外边给我思过去，想好怎么解释了再进来。"说完，他将拐杖扔了过去，面带薄怒地吃了起来。

青珑以为他们回来晚了惹前辈担心，所以他才不高兴，歉疚之下替楼西越辩解，还没开口，就被陆鹤之打断："都吃自己的，谁也别说话。绿盈丫头厨艺不错，给她些面子，把这桌菜都解决了。"

楼西越本就寡言隐忍，被当众指责了也不说话，接过师父丢来的拐杖搁好，转身出了医庐，一个人去了外边。

景威见状一慌，忙起身将他拉住，却被陆鹤之喝止住，不得不忐忑着坐回自己的位子。

气氛顿时降到冰点。

就这样，一顿晚膳在所有人的不安和担忧中草草结束了。

离开的时候，青珑过意不去，去看了楼西越，见他独自一人坐在医庐后面的一块青石上，垂头不语，只有火曜驹安静地依偎在他身旁。

昏暗的暮色里，一人一马互相倚靠的身影显得有些凄凉，无来由地让她心头一酸，将自己藏下的一个包子拿了出来，递了过去。

"天快黑了，跟你弟弟下山去，夜里小心。"凭脚步声判断出了来人，楼西越头也不抬，低头抚弄着火曜驹的脑袋，沉声道。

"我陪着你。"青珑于心不忍，无法安心离去。

"我知道怎么解释。"楼西越抬高了声音，"你走吧。"

事发突然，更加不知道缘由，青珑连为他说好话的说辞都没有。干站着看了很久，也不见陆鹤之答一声，她跟站在远处同样担心的景威和绿盈面面相觑片刻，只得在他们的劝慰下先行下山了。

掌灯时分，陆鹤之将景威和绿盈也遣回了屋，自个儿去了医庐后面，双手背在身后，一声不吭。

楼西越起身，俯首问安。

"饿吗？"陆鹤之适才开口。

楼西越摇头。

陆鹤之张了张口，心疼得想训他几句，话到嘴边又咽了回去，睨他一眼："想好了？"

"不孝徒为图一己之便，为师父添累，当严惩。"知道陆鹤之对趋名逐利之人颇多不喜，他以为今日假借治病拖延陈晟一事惹他反感，于是回答道。

"还有呢？"

"医庐藏酒已尽，应置佳酿，以敬师父，不该空手而回。"

"继续。"陆鹤之负手而立，浑然没有松口的迹象。

楼西越左思右想，实在找不出自己还犯过哪些错，于是便维持着低头认错的样子，抿唇不语。

也似乎狠不下心来当真惩罚他，陆鹤之终于挑明话口："今日为了应你之求拖住陈晟，我借口缺一味药下山去拿，将他空留在医庐里等了些时辰，不巧碰到你蕙姨出宫，往听花小筑赶去。"

楼西越心下一惊，抬头看去自己师父阴沉沉带着愠色的面容，解释道："弟子无意间与蕙妃照面，请师父……"

"谁说为师因这事恼你了？"陆鹤之打断他，"蕙兰心地纯善，娴静明理，虽是同胞姐妹，却不似你娘那般爱恨都太过极端。你这逆徒欺骗为师就算了，有这样一个亲人不计后果地怜你疼你，竟连她的心都伤？当所有人都老糊涂了？"

约莫明白是说漏了嘴，纸里包不住火，楼西越垂头看着地面，默然承受着撒谎所要付出的代价。

"我问你，你是一个人来的京都还是跟楚定云一同来的？"

楼西越嗫嚅半晌，最终如实坦言："与景威一起。"

"逆徒！那你如何跟为师说的？"陆鹤之气得身子抖了抖，若是拐杖在手，只怕当即会抢起来敲他，"那我再问你，楚定云待你如何？"

"将军坦荡宽厚，未有偏私，一视同仁。"

"我问他待你如何！"听到这话，陆鹤之蓦然加大了音量，几近吼开，唬得火曜驹也感觉到了气氛不对，脑袋在楼西越手臂上蹭来蹭去，不时冲这发怒的师父喷一个响鼻。

"……视如己出。"等了不知道有多久，楼西越才沉声道。

"景威！"一声长喝蓦然穿透夜色，将站在远处微红了眼睛的景威唤来，同时吓了绿盈和药童一跳，因为他们根本没见过这个风趣慈蔼的长者动怒。

见楼西越自始至终都不肯吐露真言，陆鹤之极力克制着情绪，命令景威："把你下午坦白的话再说一遍！当着这兔崽子的面说！"

又见绿盈惊在当下，他拂了拂袖："丫头，没你的事，回屋睡觉去。"

景威后悔自己被逼无奈将这些年楼西越在西川的状况告诉了陆鹤之，惹得他责备少将军不管受了什么委屈和不快都欺瞒不诉，怒其不争。但见楼西越似黑夜里一尊雕塑般缄默不语，冷凛面容毫无所动，景威到口的话语再也吐不出来，哽咽着喉咙垂下头，以示谢罪。

"也没你事了。"陆鹤之的怒气渐渐平定下来，眼见将属二人没一个开口，拂袖支他走。

楼西越得不到原谅，景威也无法安心就寝，便一直不走，希望陆鹤之息怒。

"我不会将他怎样，最多再思过一个晚上。"

景威不忍心，道："那些实情是我不该说，与少将军无关，陆师父若要怪罪就怪我，少将军他……"

"你先回。"正要说下去，楼西越突然出声，将他到口的话逼了回去。

景威无奈，只得不安地返回屋子。

人一走，周围复又安静下来。

夜风呼啸，带着刺骨的寒意迎面刮来，打在山间空冷的树洞里，发出诡异的声音，入耳凄凄。丝丝光线从医庐半合的窗扇中倾泻出来，洒在楼西越静如石雕一样的清姿上，留下斑斑驳驳的阴影。

"告诉师父实话，这些年是怎么过来的？"也许是爱徒的隐忍触动了他的舐犊之情，两相沉默许久，陆鹤之首先打开话茬，说话的语调已然慈和许多，隐隐带了些喑哑。

楼西越紧抿双唇，看着地面影影绰绰的光影，应道："若无将军关照，徒儿活不到今日。"

听到这样的回答，陆鹤之喉咙一酸，胸口似被堵住，长长吸了口气："那好，回去睡吧，明晨收拾一下行李，搬回将军府去住。"

"……是。"楼西越怔住，料想不到师父会做出这样的决定，点了点头，默然朝医庐返回。单薄身影逆光而行，被细光打上一圈朦朦胧胧的光晕，在昏暗夜色里亦幻亦真。

"小楼……"陆鹤之越发心疼，忍不住出声叫住他，抬步移到他跟前，哑声责问："你真以为师父会狠心赶你走？你离开这里会回将军府，还是自己随便找个地方将就？"

陆鹤之说着从楼西越背后移到他面前，看着他的眼睛连声逼问："你蕙姨告诉我，说你瞒着楚定云独自来到京城，而你却告诉我你是与他一同前来，住这里是想孝敬我，你何时学会欺师瞒上了？倘若楚定云待你不薄，你与他亲如父子，何至于分道扬镳？还有景威，你知道他如何跟为师说的？他说楚定云根本不把你的命当回事！死了也就死了，眼皮子眨都不会眨……"

说到最后，陆鹤之眼睛发红，也似说不下去，便就此打住，只道："回去休息吧，哪也别去了，就待在医庐。明日我再下趟山，当面质问姓楚那小子，让他给我一个说法！"

楼西越喉咙动了动，感谢师父一片好心，却又不能让他涉入其中："倘若因此连累师父受皇帝猜忌，徒儿罪无可恕。"

楼西越一句话将陆鹤之满腹不平霎时浇灭，他面色一黯，无以为应。

陆鹤之心知，楚定云虽为夏臣，但因为当年白楚两家被萧王设计冤害，早与其貌合神离，暗中对峙。自己这爱徒能与天家染上瓜葛，皆因萧王人面兽心，无所不用其极。

当年萧王为了排除异己培植羽翼，两面挑唆。在前朝储君萧恪面前，他虚造伪证陷害忠门，编织白楚两家联手反乱的假象，致使萧恪心怀疑忌。加之白家长女玉珠仙姿佚貌，堪称人间尤物，萧恪见之倾慕，却不知佳人芳心早许于青梅竹马楚定云，且二人亦有指腹婚约。萧恪求之不得，甚至将聘礼备放于白家也未能征得白父首肯。获知此事后，萧王再次推波助澜，反间君臣终致萧恪妒恨萦怀，酒后失态对白玉珠行禽兽之举，辱了她清白，才在后来给了这孩子一个有却不如没有的见不得光的身份。

如此行径令白父对昏聩暴戾的皇室心灰至极，怨怒之下罢官还乡，举家离京。楚父与之世交，情谊深厚，又结为姻亲，自然不会旁观，遂从军中解职，与独子楚定云护援白家南下。

谁曾想这事再被萧王利用上，他谎称白楚两家勾连造反，并传报假讯给萧恪，致使东宫太子疑妒之心更甚，误以为皇室放虎归山，于是率领逾万亲兵半途截堵两家，并大开杀戒。一夕间血洗忠门，幸存者寥寥无几。

更为可恨的是，萧王又在同时充当假好人，暗中派兵搭救保住了楚定云和白府两个女儿的命。事后他"不辞辛苦"四处奔波，洗刷忠良遭受的冤屈，楚定云理所当然对他感恩荷德，而他也顺理成章将这个沙场俊秀笼络到手，并将其对东宫太子的恨淬炼成一把锋利屠刀，助自己起兵争权，最终扳倒同堂之兄萧恪，并秘密割下他首级。

为了骗取楚定云的信任，萧王还亲下聘书，求娶白家幼女蕙兰。念及白楚两家尚在孝期，出于照顾他们心情的目的，他允诺一切从简，无媒无客，天地为证。

一对王臣，一对姊妹，于战乱中誓结良缘，却不知所有人都不过是萧王手中的棋子，生生死死都被表里不一的他博弈在手。

当然，这些真相都是楚定云后来无意查获所知，不过那时萧王羽翼已丰，同样也对他起了卸磨杀驴之念。

王臣二人的暗斗，由此而始。

现下楼西越身为西川大军少将，又是楚定云名义上的养子，若为了他踏足将军府，难免会让皇帝怀疑自己是西川大军安插在京都的耳目，届时只怕别想再有安宁日子过。

想到此，陆鹤之不免心酸，抬手拍了拍楼西越清瘦却挺拔的肩膀。同时，思绪也不由飘飞到了久远的过往……

陆鹤之依旧记得，他第一次见到这个孩子的时候，是在一个初夏的午后。

阳光透过茂密的紫藤花架慵懒洒下，在玉阶上留下斑斑驳驳的阴影。蝉鸣枝头，雀鸟欢歌，池塘里金鱼游弋，水波潋潋，一切再平常不过的动景，倒也为这座清冷的楚府增添了一抹喧闹。

给锦阳夫人诊治完毕，陆鹤之跟在管家身后提着药箱走向府外。

行至走廊尽头，院中几个顽童嬉戏玩闹的情景叫他会心一笑，他随意瞟了一眼，却见老管家一挥手，那些佣人们的孩子皆作鸟兽散。

"快走快走，夫人方才歇下，别在这里捣乱……"见紫藤花架下的柱子旁还坐着一个孩童，背对所有人低头鼓捣着什么，老管家蹒跚着脚步移过去，喊了喊他，孩童却似未曾听见一样无动于衷。

"谁家的孩子？这么不听话……"老管家老眼昏花，嘀咕了一声，隔着远远的距离看不清，再靠近几步，这才认出："小公子？"说着，他便招手叫侯立在走廊尽头的陆鹤之过去。

陆鹤之一奇，信步而去，却被看到的一幕惊住。

孩子左手背被利刃割伤，缓缓洇血，在日光的反照下泛着刺目的光泽。叫他揪心的是，孩童竟似木偶一样不觉疼痛，兀自埋着头，拿另一只手蹭弄血迹，整个人默默缩在花架下，远离一切喧闹，安静得像一只离群的小兽，独自舔舐伤口。

"是不是那些人伤的？"老管家愤愤不平，忍不住痛斥一声："天杀的小人！"

他知道，锦阳夫人癔症复发，与清晨数名乔装成庖夫混入楚府行刺的杀手有关，而其目标，就是当时独自在水榭中捧书晨阅的小公子。

庆幸的是，当那些杀手靠近水榭即将动手时，恰巧被赶来授课的教书先生看到，惊喊一声，楚府护卫当即奔来将其悉数击毙。

夫人闻讯后脸色失常，仓皇跑来，看着孩子平安无事，一颗心才稍稍稳住。作为母亲，她应该是担心且在意自己骨肉的生死，但因为这个孩子身体里流淌的另一半血是她毕生洗涤不掉的耻辱，更何况他的生父还是残害白楚两家人的凶手，所以她对这个孩子始终是又怜又厌，爱恨喜憎难以自持。

似乎不喜欢靠近任何人，孩童没有答话，抓着花架起了身，默默走向远处。花径两旁的荫翳铺洒下来，像一张无形的灰暗囚笼，将他的身影牢牢困住。

陆鹤之诧异不已，追到那孩子身边，二话不说抱起他，奔往就近的房间，为他涂药止血，一面安慰他："不怕啊，上完药就好了……"

孩子看着他不说话，眼神死水一样平静，不起任何波澜，一瞬间的失神过后，孩子从他手中挣出了手。

那种麻木和冷漠让身为医者的陆鹤之又惊又怜，他转头问管家："发生了何事？"

老管家摇摇头，哀然道："清早有人混入府中行刺，幸未得手，夫人受了些惊，惹得心疾复发……"

陆鹤之惊问："何人下此毒手？"

"小人！姓萧那小人！"提及凶手，老管家深恶痛绝，"不得好死……就算他将来万人之上，也必遭天谴！"

"为什么？"外人所知的大将楚定云和萧王，对彼此而言就是如虎添翼的存在，陆鹤之的认知也不例外，今日得闻此事，实属难料，忍不住望向身旁的孩子："稚子年幼，何故对他……"

"陆先生，那是你不知道，许多事情并不是表面看到的那样。"想起白楚两家数十口人被冤害的景象，老管家眼睛发红，看向孩子的眼神也发生了些微变化，恨不起来，却犹有怨念。"姓萧的杀他，是丧尽天良斩草除根；夫人和将军疏远这孩子，也是事出有因，换谁心里都有芥蒂……"

陆鹤之又惊又疑："老管家，究竟是怎么回事？"

老管家扼腕叹息，迟疑须臾道："这孩子不是将军的骨肉……"

陆鹤之瞠目结舌，吃惊地看着孩子，难以置信。

"陆先生端人正士，白老太爷生前与你又有忘年交情，我是念你胸襟坦荡，才毫无所忌多嘴多舌。夫人的心结便在于此，实属无奈，劳烦先生尽心诊治，平日里也帮忙多加劝解，老仆感激不尽……"

陆鹤之扶住将欲俯身表谢的老管家，怕自己今日追问的事被眼前这个孩子听懂，影响他往后的成长，所以把管家拉往远处。

老管家懂他的意思，摆手摇摇头："没什么藏不藏的，夫人心疾发作时，总会胡言乱语，说起旧事，叫唤着要萧家人赎罪……从小到大耳濡目染，这孩子又怎会听不明白……"

"楚将军也不理会？"

"该怎么理会？"老管家痛心疾首，"把他当成亲子疼着护着？可楚家的列祖列宗都在天上看着呢！还是让他父债子偿以解大恨？可他偏偏又是夫人十月辛苦怀胎所出……"

说着说着，老管家已凝噎难言，最后长长叹了口气，颤颤巍巍地离开了屋子。

陆鹤之的心情久难平静，怔视着孩子，而孩子垂着头，渐知人事的他大抵知道自己不受待见，所以始终与旁人保持着远远的距离，也不与任何人说话。

陆鹤之半蹲下来，想给他包扎伤口，但甫一碰他，他便触电似的抽出手。

身疾可医，而心疾却非药石之力能愈，陆鹤之心有戚戚焉，尝试着靠近他："乖孩子，不怕啊……"

孩子不接受旁人的帮助，总是走向没人的角落，独自待在那里，深埋着头，不发一语。

医者的仁善令陆鹤之不忍，倘若不是当日从楚府获知那些隐情，得知萧王的所作所为和这孩子的身世，他也不会与这个孤僻自闭的无辜孩子结下师徒之缘。

转眼十几载年华已过，离了那座囚笼一样的府邸，脱不去的依旧是这孩子骨子里的隐忍和不屈。

从旧日往事里收回思绪后，陆鹤之不免心疼，喑哑道："乖孩子，如果待在楚定云身边太多委屈，就解职离开回来陪师父吧。天大地大，总有你的容身之处。"

"我没事，师父不用担心。"楼西越神色一黯，低低应了一句，歉道："只是不能常来医庐尽孝，愧对师父的恩情……"

一句话，说得陆鹤之心口一堵，如鲠在喉。

"罢了罢了，你有自己的过活，不愿解职就算了，师父也不勉强你。"陆鹤之了解这个徒弟的脾性，只是拍拍他冻得发僵的身子，不再多说什么，

"给你留了消夜，吃完后泡个热澡，跑了一天早些睡吧。什么都别想，就当师父不知道你在西川的一切，以后在他帐下该怎么过就怎么过，不要觉得欠他而拿命去还。错在已故之人，不关你的事，不用你去替他赎过。"

陆鹤之不知道楼西越心里如何作想，却预知得到结果——哪一日楚定云因为心中怨恨而拥兵自重为皇帝忌惮，君臣当真到了势不两立的地步，他必会将背影呈给那些同生共死的将士，不会因为自己身体里流着先朝皇储的血而与西川大军刀剑相向。

楼西越回到房间的时候，景威潮红着眼睛站在门口，一动不动，见自己少将军终于被陆鹤之从外面放了回来，二话不说扑通跪下。

"时间不早，去休息吧。"楼西越将他扶起来，拍拍他臂膀，说话的语气听不出来是否责怪这个下属违背他的叮嘱，或者经不住陆鹤之的逼问。

景威仍旧自责，但不认为自己说实话就做错了事，却又不知道如何跟他辩驳。

楼西越理解景威是为自己好，没有指责他，只嘱道："师父有自己的生活，是是非非不能将他牵连进来，日后不该说的话不要在他面前提及。"

"少将军，属下……"

"你记住，自己是冲锋陷阵的战士，其他的不要妄想。金戈铁马是我之命，锦衣玉食非是我愿，我不姓楚，也不姓萧！"

景威听罢心酸不已，等抬起头来时，楼西越已经进了屋子，不多时从屏风后传来

哗哗水声。

陆鹤之不知何时来到了他身后，摇头叹气，叮咛他谨慎："医庐里来去病者，勿再以将属相称，免得被有心人听到，给我惹事。"

"是。"景威点点头，适才掩门离开。

兴许在外头待的时间过长，冻僵了身子，让楼西越长久都没有离开浴桶的意思，泡在舒适的热水中发呆，时不时透过氤氲水雾看去虚空，神游物外，不知道在想什么。

突然，窗外传来一阵窸窸窣窣的轻响，旋即他便看见一个人影趴了上来。起先他不知何人偷窥，面现寒色，迅速出水，一裹睡袍，持剑靠近窗下。

窗户上有两个戳破的窟窿，在那窟窿对面，贴着一双忽闪忽闪的明亮眼睛，直直与他对视，毫无所惧，忽地就笑弯了。

他皱眉，瞬间认出那人，开窗而视，顿时耳根泛红，声音里颇有些恼羞成怒的意味："下流！"

"我发誓！除了偷窥楼少将军沐浴发呆外什么都没见着！"青珑一饱眼福，竖手立誓，非常欠揍地道。

楼西越瞪着她，怒而无语，怪只怪自己脸皮薄，使不出比她更没羞没臊的手段教训她。但怒归怒，他还是转身去开门了。

青珑得以进入，双手背后，似是提了什么东西，落座后道："我不放心你，下山后越想越担心，就又来了。"

楼西越瞥她一眼，虽是一副算你还有良心的余怒未消的冷傲表情，心里的怨念却早已抛到九霄云外，但想着面子得捡回来，于是故作矜重，偏头自喝自茶。

青珑暗笑他的口是心非，但知他挨了训，心里多少添了些堵，再者自己也确实心有愧疚，便道："离开时还好好的，回来后突然成那样，我想要不是你好心带我去陈府，也不会遭前辈责罚。"

"想你自己的事去。"

"你放心，得你暗中相助，我知道该怎么去对付陈晟。我只担心你，前辈真不生你气了？"青珑犹有担虑，再三确认。

"关你何事？"

"那我去解释，前辈仁心仁术，又风趣幽默，不会给我一个姑娘家为难。"

楼西越偏过头来，反问一句："怎么解释？"

青珑见他好受些了，遂放下心，想了想，咧嘴一笑："这简单！就说你心血来潮，一个人又不好意思去，就拿我当挡箭牌。迫于你的淫威，我只好舍命陪君子，硬着头皮跟你到青楼找姑娘乐呵去了……"

不听则已，一听这话，楼西越立刻吃人一样瞪来。

"别……"青珑早有预料，识趣地向他认错，说着拿出食盒，摆到他面前，神秘一笑："生怕你饿到天明，幸好我赶在店铺打烊前买到，猜猜是什么？"

楼西越始料未及，心生暖意，然而一想到她满肚子的坏水，就知准没好事："黄鼠狼给鸡拜年。"

"有那么差劲吗？"青珑笑得极为心虚，"不就一不小心多看了几眼而已，又不掉皮不掉肉的，至于如此记仇……"

哪壶不开提哪壶，楼西越杀气腾腾的目光再次瞟向她。

青珑忍笑，揭开食盒，一盘不知灌了何物的红不溜秋的藕片呈在他眼前，外搭一碗黏糊糊的蜜汁，看着就古怪。

果不其然，楼西越嫌弃地蹙了蹙眉。

"可别嫌它其貌不扬，把这桂花蜜浇上去，一口下肚，保准甜到你心坎里。"青珑给他细细解释："铺子的师傅说了，这叫灌藕，以糯米填充莲孔，加水焖煮，水中置糖霜、枣肉、桂花等料，熟后切片摆盘淋蜜。虽说食料普通，但寓意却是极佳的，莲藕连偶嘛，连双成偶，亲厚和睦。陆前辈与你到底师徒一场，虽说罚了你，但我想着定然是为你好，你想开些，也别跟自己身子过不去，多少吃一些。"

絮叨这么多，楼西越就只记住了四个字——连双成偶，目光不由自主移到她面上，将信将疑："又想戏弄我？"

"怎么会！"青珑叫屈："前辈能当着那么多人的面训你，可见缘由不小，我这外人又不便多嘴过问，左右想不出名堂，实在不安心。但不管怎样，还是希望你与陆前辈和和睦睦，不要……"

"没那么严重，也与你无关，别多想。"楼西越打断她的话，筷子一夹，先喂她一片蘸满蜜汁的莲藕。

"我是专程为你……"

"不许说话。"

青珑无奈，张嘴咬住，忍不住笑道："真甜。"说着夹一片递到他唇边："尝尝。"

楼西越抬眸凝视着她，轻咬一口，清醇软糯，齿颊留香。

"怎样？甜不甜？"

"甜。"他由衷道，莲藕入口，连双成偶，食之如饴，抵得过他平生封禁于心门，难诉于人的所有苦郁和罪伤。

青珑欣喜不已："那就多吃些，闷葫芦要是喜欢，我再给你买，学着做都行。"

"方才那两字……"楼西越望她一眼，迟疑片晌，郑重警告她："以后不许在我面前说。"

"哪两字？"

"外人。"他埋头夹藕，递向她，一字一句掷地有声，绝不容许反驳。

青珑面上的笑容突然凝住，心河一晃，一方平静被打破，乱了方寸："可我……骗过你……"

以为是她之前隐瞒身份一事，楼西越未曾多想，道："往后不骗我就行。"

"可如果就在往后呢？"

楼西越怔住，心下有些沉，两相默视，经久轻应一声："那我认了……"

◈ 第十六章 ◈
缭乱

应了锽城近日的鼎盛景况，十一月初三那日，天空中乌云横亘，灰蒙蒙似一张密网，酝酿少顷便飘起了雪花。瞬息间雪势骤来，苍茫天地间飞花狂舞，碎玉扑颜，洋洋洒洒酣畅淋漓。

京城第一楼缥缈楼二楼的阑干处，凭栏独置一桌酒宴，面对面坐着一个年轻公子和一个中年男子。

年轻公子捻转着手中酒杯，将视线从楼外的飞雪中收了回来，转而看去对面略显吃惊的中年男子，蜻蜓点水一样笑着招呼："陈大人。"

"沈公子？"见来人非是自己所约，陈晟胡子一抖，不明所以，相对就座之后，面上的诧异经久才消，随意寒暄道："千里迢迢来此，可是辛苦，不知令尊身子可好？"

"托大人的福，家父安好无恙。"沈隽欠身回他一礼，旋即笑着致歉："遣了大人贵客，沈隽有罪。"

陈晟尚还在迷糊中，听到这话稍微明白了些许，虽然心里戒备不减，面上却不能失了气度，撩了撩袍，趣责道："你们这些生意人哪，彼此之间总是不给对方活路。早先与令尊有过几笔买卖，那时他就有将你引荐给我的意思，说你头脑精明，是块好料。这不连大人我的客商都给你这小子赶走了，果是吃了熊心豹子胆啊。"

"要论精明，大人独占鳌头，沈隽一介庸才，不过为瞻仰大人风采，无奈使了些拙计而已，岂敢造次？"沈隽彬彬笑道，说罢，向一旁的哑奴使了个眼色。

哑奴受令，上前一步，将一个用云纹锦缎包裹的方盒从背上卸下，打开后呈到陈晟面前。

"东亓怒海颇多奇珍，这对玉龙啸却是凤毛麟角之贵物，其形天赐，状若蛟龙游云，轩昂浩阔。听说贵国皇帝心向往之，谁想被私商王扈不明圣意下捷足先登，陈大人近日也为了此物频频奔走。"沈隽笑笑，将其往陈晟桌前推了推，"皇帝诞辰将至，如今麒麟在手，大人可也了却心头烦忧。"

陈晟眸子里光芒闪动，见那名贵珍玉正是所图之物，不禁怦然心动，欢喜之情溢于言表。不过碍着下属魏恺在身边，他便极力忍着，微为平静地合上了乌木香匣，抬头看去对面含笑抿酒的俊美公子。

若没猜错，这应当是沈隽暗中倒手从王老板手中高价买来献给他，但是这其中的目的……

陈晟不得不凝目细思，与魏恺交换了下眼神，双双不得而知。

多年游历让沈隽阅人无数，揣摩他人的心思已是信手拈来之事。安静须臾，他笑着看向陈晟，道："敝国无知，前不久对贵国多有冒犯，皆因罗傲枉顾圣意发兵鲁莽闯关，才使两地百姓徒遭战火，皇上知道后已削其将衔，并枭首示众。这对玉龙啸拱手相送，既感谢陈大人能赏个薄面来此，也谨望大人能在贵国皇帝面前替敝国美言几句，双方化干戈为玉帛，共谋长远。"

"都说商贾贪财重利，谁知沈公子却是忧国忧民的热忱俊少啊！"陈晟顺着他的话爽朗笑笑，不吝嘉言："好！既是为国事，这份厚礼大人暂且收下，日后有什么买卖，沈公子这里当是首选。说不定皇上也会被你的诚心打动，与贵国结个秦晋之好，到时沈公子可谓劳苦功高啊……哈哈哈……"

"生意人以和为贵，陈大人言重了。大雪天连累大人受寒，本就有罪，岂敢妄攀功名。"

陈晟拂袖一笑，命令魏恺接过那只装着玉龙啸的锦盒，起身告辞道："皇上寿辰将至，宫中琐事缠身，这便得回去归岗待命。待得诞节一过，再约沈公子府上相聚，不醉不归！"

沈隽莞尔颔首，目送陈晟主仆离开，眸里的笑意莫测难揣。

离开了缥缈楼，魏恺再也压不下心里的疑惑，隔着轿口看向陈晟，犹疑道："大人，沈家父子行南走北只问生意，无权参政，这次突然假国之大义，送大人如此贵重的礼物，会不会……"

陈晟端坐在轿内，自己也闭目思量，半晌才睁开眼睛，望着身旁那个装着宝物的乌木锦盒，想到了另外一件让他担心的事："那日来府中的两个人可有查到行踪？"

魏恺摇摇头，心觉最近陈府怪事连连。

先是管家说有两个年轻人以丞相的名义入府求见，空手而归后便再也没了音讯，这事一度让陈晟坐立不安。然而几日苦等下来，一国之相看都没看他一眼，全然没有这回事的样子，这才让他发觉可能上了当。现如今，北凉沈家的公子突然送来这及时雨，他也着实猜不透当中蹊跷。

陈晟如坐针毡，想起那次在西川遭人刺杀的一幕，已经不影响行走的大腿犹似隐隐作痛，止不住发抖起来："府中各处再增设陷阱，叫所有暗卫都多留心眼，无论何人鬼祟潜入，一律处死！"

马车在风雪中疾速行进着，快到府邸的时候，刚转过弯就被两个熟悉的身影阻住，不得不停了下来。

"月芜，你们……这是作何？"见月芜与蔺池二话不说双双跪地，魏恺颇为讶异，也已经注意到站在他们身后的两个瘦小孩童。那俩孩童身着单薄破烂的衣裳，举止畏缩，在冰天雪地里冻得瑟瑟发抖，惧骇地看着面前一排魁梧壮丁，呆了数秒方才扑通跪下。

观此情景，魏恺心中已明，却也觉得他们甚为可怜，上前一步叫所有人都起来，问月芜："这两娃可是奴场带来的？"

月芜没有说话，颔首默认，眼睛微红，伸臂将孩子拉到自己怀中。

沉默片刻，蔺池首先开了口，声音悲沉："今早天降大雪，我和月芜姐去给奴场那些人送些热食，却在半路见到卓大哥的尸体……"

魏恺心中一恸，看着孩童满是污渍的畏讷面容，追问："不是应该在奴场待着，怎会在半路上……出什么事了？"

两个孩子是姐弟，年幼懵懂，又打小出生在人命不值一钱的奴场，无人教导，对生死没有确切的概念，只知自己父亲不动了就是睡着了。听到蔺池的话后，小女孩小心翼翼地拽了拽月芜的衣摆，见她眼睛湿红，不禁一慌，仰头问道："月芜姐姐……阿爹什么时候醒来？"

稚子一言，听得魏恺一介粗汉也不禁红了眼睛。

"前些日子卓大嫂被朱府买去当浣女，有天夜里朱大公子在外面喝得烂醉如泥，半夜撒酒疯跑到卓大嫂居处，借着酒劲欲行不轨，卓大嫂拼命反抗，最后被他掐死，尸体扔到了井里……"

月芜深吸口气，哑声继续道："昨天朱府又派人到奴场买人，那些下人议论时说漏了嘴，道是朱府死了浣衣女……卓大哥听说后坐不住，托李嫂照顾这两个孩子，昨夜趁场主不注意便冒死逃了出去。今早他在朱府外大闹一场，说要见卓嫂，结果被那些护卫一阵痛打，扔到了街上，然后……然后他就被活活冻死了……"

听到那个字眼，两个孩童身子一颤，哇地放声大哭："我要阿娘和阿爹……蔺池哥哥，你带我们去叫醒阿爹……"

风雪之中，魏恺与月芜和蔺池面对面站着，听着孩子无助而恐慌的哭声，心里五味杂陈。

陈晟等得颇不耐烦，突然听见哭声，下轿来到近前，一看孩子邋里邋遢的模样，嫌恶地皱眉："哪来的？"

"大人。"蔺池持剑跪下，求道："他们没了父母，如若弃之不顾，定会饿死在奴场……求大人略施援手，让他们暂住府中，等到这两孩子身子调养好后，我们会想办法安置他们，绝不给大人添麻烦……"

陈晟吃了一惊，极不情愿，碍于脸面又不好直接拒绝，便搪塞道："你们也知道我在宫中的处境，不过区区一个公车尉，怎敢公然在府上收留青桑奴孩？若被皇帝察知，这……"

"怪可怜的，大人不如将就几天吧……"魏恺实在不忍心，附和道："只要不说，没人知道他们是谁的孩子。"

因为有许多事情瞒着心腹魏恺，尤其是面前这两个精心培养的杀手，陈晟担心众叛亲离，不敢表现得太过薄情，只得硬着头皮应允："行行行，带他们回府去吧。记得别乱跑，否则夜里被当成刺客误杀了别怪我！"说完绕过他们，冷脸离开了。

魏恺听着孩子脆嫩的哭声，心里着实不好受，拍拍蔺池和月芜的肩膀，安慰道："外头风大，快些带回府中，回头魏叔请个郎中过来给他们瞧瞧身子。至于以后……慢慢再给他们解释吧……"

蔺池年少气盛，闻言后给魏恺磕了个头，猛然起身，一脸杀气地奔向朱府。

"站住！"魏恺喝住他，略带责备地道："就这样冲进朱府去报仇，害得大人与朱雄反目，可有想过后果？"

"可是魏叔……"

魏恺摆手阻住他："你们的心情魏叔明白，但凡事三思后行，不要冲动妄为。快些回府，大人那边还得时刻守卫，莫耽误了。"

蔺池一忍再忍，方才冷静下来，依令将孩子带入府中。

入住陈府后，两人便将大部分精力放到孩子身上了，常常私下带他们外出玩耍，消解孩子心中的阴影，不知不觉忽略了对陈晟的守护，惹得他极为不满，偏又不能责骂，怕自己长久以来伪装的和善脸孔露出马脚。但他实在坐立难安，便将管家叫来了房间。

"找机会暗中弄死他们，看见就烦！就说是他们乱跑，误触机关被杀，别让魏恺发现，尤其是月芜和蔺池。办得好有你好处，办不好给我卷铺盖回家种地去！"

"是是是，小的明白。"

彼时为十一月初八，翌日便是皇帝的诞辰。

陈晟临窗而立，颇显烦躁，想起上次在清平郡遇刺的情景，心中忐忑难安，于是阖窗，独自进了密室。

甬道里已经有两个眼线静候。

"可有查到她的行踪？"陈晟直问。

"已派人去西川各州郡暗查过，她行刺大人未果后便杳无音讯，会不会伤势过重，已经……"

陈晟沉吟一番，即刻否决："月芜并没有伤到她要害，一点剑伤于习武之人而言不至于如此，若是找不到，便将人手撤回来。她既然要置我于死地，断不会在西川死守，指不定已经跟到京城，躲在某个看不见的地方伺机下手。还有，明日皇上诞辰，务必多加小心，但凡进出宫廷之人，如若身份不明，一律拦阻在外！"

"是！"

吩咐完后，陈晟遣退了他们，自己在密室里思量，想着这段时日以来频频碰到的可疑之事。

五更之时，他做了一个噩梦，梦到自己被一个自称霍家后人的女子追杀，逼到绝地一跟头栽入了万丈深渊，吓得他惊坐而起，满头冷汗。

那之后陈晟全无睡意，他起身穿过甬道，转到了书房那边的出口，刚一出来，竟见一个人影掠过窗外。

企图闯入的，是一个蒙面的黑衣人。

陈晟大吃一惊，骇然喝问："谁！"

说话间，他仓皇奔到角落拉动响铃。

铃声脆亮，如魔音穿耳，满院暗卫惊动纷纷向这边围护过来。

"月芜姐，有异况？"蔺池耳尖，听到了异响，道："你守在这里，我去看看。"

月芜正在给孩子们喂药，也被屋外的响动打断了："一起去。"说着叮嘱孩子听话，她便提剑而起，与蔺池匆匆出屋查看。

两个孩子不知道发生了什么事，趴在窗前向外观看，只见中院人头攒动，火把熊熊燃烧，映亮了白惨惨的雪夜。

突然，屋门被推开，进来一个中年男子，面露狞色，冷笑道："小不点，这可是老爷的吩咐，到了那边别来找我。"说完他打了个响指，随即一名仆人猫腰闪入，匆匆掏出一包药末，悉数倒进孩子的药中，撬开女童的嘴不由分说硬往下灌。

女孩年幼体弱没有反抗的力量，挣扎中半碗药汁生生被灌进腹中。

仆人复又揪住男童的后衣领，将抱着自己阿姐哭泣的他扯开，强行灌喂。

"哐当……"生死一隙间，窗扇大破，一个蒙面黑衣人跳入。那蒙面人乍一见屋内场面，目露惊色——女童倒在墙角，捂着肚子左右打滚，嘴里吐血，没几下就开始剧烈抽搐。

匆促扫一眼，黑衣人瞬间了然，一脚踹飞药碗，再一剑刺死了作恶的帮凶，堪堪救回了命悬一线的男童。

恰此时，蔺池的惊喝在屋外响起："那边！"

管家始料不及，怕自己的行径被蔺池和月芜发现，于是倒打一耙，惊喊道："杀人了，他杀人了！快救孩子！"

黑衣人目光骤冷，挥剑削向他脖颈。

而就在这时，另一把剑飞速刺来，直逼后心，他不得不抱着孩子回击，两剑叮当撞击，擦出灼灼火星。

"放了孩子！"蔺池扑过来，痛喝一声。

管家连忙躲到他背后，继续嫁祸："他连孩子也杀，分明丧尽天良……快！快杀了他！"

月芜随后杀进屋内，一度信了管家的话，以为是此人下的毒手，与蔺池双双围杀他。

黑衣人将孩子护在身后，交斗中几次尝试着救走他，无奈被这两名杀手缠住，被迫转攻为守。但见对方对孩子并无杀心，反而意欲施救，所以他稍感心安，也未再恋战，趁机杀了出去。但甫一杀到天井，密密麻麻的箭羽便当空飞来，穿透雪夜刺骨的寒气，袭向他周身。

"接住！"千钧一发之隙，一个清亮的女声传来，夹杂在嗖嗖箭啸中。紧接着，高檐上抛下一条飞爪。

黑衣人顺势抓住，尽端的那人猛然提绳，他借力一跃，凌空掠至屋檐，与接应自己的同伴逃之夭夭。

陈晟被自己培植的暗卫紧紧护在中间，见状脸色瞬变："追！"

暗卫们受命，循迹追去。陈晟惊慌不已，正要同去，突然前院有人跑来传话："大人，宫中来催了！"

陈晟一拍脑袋，惊乱中竟忘了今日是皇帝的诞辰，该提前去巡守宫门。

该死！他暗咒一声，望着消失于公车丞府的两个蒙面人，忐忑不安地返回前厅，却在中途被两个人挡住了去路。

他顿时气急败坏，数落道："方才怎么回事？中邪了？为什么无动于衷！"

"大人……"挡路者是蔺池和月芜，两人眼睛泛红，面色沉痛，各自怀中抱着一个孩子，默默站在飘雪的露天中，哀然又将信将疑地望着陈晟，欲语还休。

月芜抱着女童了无一息的尸体，哽咽失声，最终径直问他："不过是懵懂幼孩，孤苦无依……为什么却被管家……"

最初情势紧迫，无暇细思，她与蔺池听信了管家的谎言，以为凶手是那黑衣人，但是后来他们却发现溅落在地的药中被人掺杂了剧毒，方才恍然彻悟——真相若如管家所言，那人为何多此一举，并且随后一直挡护着另外生还的孩子？

更为可疑的是，管家为何会带着自己的手下人跑去安置孩子的房间？

如此一思，其言有诈。

管家办砸了事，心中发慌，但见他们并无确凿的证据，遂诬道："老爷您明察，月芜和蔺池不在，小的见俩娃在屋里不停哭闹，就去喂他们喝药，哪想刺客突然闯入，投毒杀人，把这女娃害死了……小的没能挡住，还差点死在他手上……"

"滚！"陈晟一脚踹走他，恨他千不该万不该，偏偏在这节骨眼上捅娄子。

他长吸口气，勉力让自己冷静下来，斥责月芜和蔺池："这点离间你我的拙计都看不出来，平日里我是如何栽培你们的！"

"大人！"蔺池扳回话题，扬声质问："究竟管家是受了谁的命令，跑去杀……"

"够了！"宫中还在催，刺客又未捉住，陈晟哪有闲情同他们交涉此事，一口回绝，连稍事休息的时间都没有，带上礼盒匆匆赶往皇宫。

与陈晟不同的是，公车丞朱雄是被下人慌里慌张的禀报声惊醒的。

没等他披衣下榻，陈府一帮人已经在门外喧嚷，扬言要他交出刺客。

朱雄吃了老大一惊，尚未弄清出了什么乱子，陈府众人便已闯入，挨个房间搜寻。

一时间，朱府上下鸡飞狗跳，惊叫声此起彼伏。

"杀猪呢，叫得如此瘆人。"青珑褪掉夜行衣，换成朱府烧火丫头的着装，将站在膳堂门口张望的楼西越拉到灶台处："闷葫芦，你怎样？有没有伤着？"

楼西越亦乔装成朱府打杂的，闻言摇头表示无碍："你那边呢？"

青珑颔首："一切顺当，只不过……"

"不过什么？"见她言语略有吞吐，楼西越惑然。

青珑望着他，似有心事相告，但几番踯躅还是缄口，转而道："只不过我与陈晟之间的仇怨，不该把你牵连进来，我可以应付……"

楼西越脸一沉："别忘了陈晟培植的那两名杀手。"

"你放心，倘若不出差错，今日陈晟必定有去无回。那两人身手虽好，但我们在暗他们在明，只要身份不败露，不难对付。"

"非是。"楼西越摇了摇头，道明了心中顾虑："今日一闹，势必让陈晟怀疑与霍家人有关，倘若他们受陈晟蛊惑，是非黑白不分，到处摇唇鼓舌，道你没了人性，孤孺也杀，后果是何你自己清楚。"

"杀什么孤孺？"方才楼西越声东击西引开陈晟的时候，青珑暗中在做另外一件事，尚不知道管家害死女童一事，故而不解。

楼西越将自己看到的情形告诉了她，自己也非常内疚，若能早一步，或许那个无辜的孩子也不会遭此横劫。

青珑听完怔住，默然望着跳动的火苗，心情跌到谷底，许久才回过神："已经尽力了，便看开罢，既然起了杀心，他们的机会不只这一次。若非你误闯进去，说不定连另外一个小孩也躲不过这命劫……方才未见那两人追来，想必是在安抚生还的小孩。如若他们不分青红皂白咬定是我下的毒手，那也只能扛下这恶名了，日后也留不得他们。"

正说着，外面的响动越来越大，青珑即刻打住话口，抓起一把灰，抹到楼西越的脸上。

"干什么！"楼西越还陷在自责中，猝不及防遭她袭击，伸手打掉她爪子，抬袖擦了擦，却越抹越脏。

青珑阻止了他："我貌不惊人无所谓了，你长得这么让小姑娘脸红心跳，粗布麻衣也难掩风采，一看就非凡俗，哪会屈居膳堂？不惹他们怀疑可说得过去？"

话音落地，陈府众人已经踹门闯入，角角落落翻找，折腾了一阵却毫无所得，遂又换到了其他地方。

对方一走，两人也趁机溜出膳堂，小心移到前院，见朱雄神色匆匆，官服邋遢，一边走一边系腰带，被下人拥着离开了府邸。俨然也是因为这事耽搁了时间，急着赶去为皇帝祝寿，连陈府人的放肆行径也已经顾不上了。

十一月初九那日，大夏帝都盛况非凡。

尽管大雪没踝，寒气逼人，十里长街上依旧欢歌不断，鲜衣丽影比比皆是。

皇宫内雕梁画栋璀璨耀目，贝阙珠宫里钟乐齐鸣，歌舞喧嚣，金台赤殿上诸臣并立，个个面庞盈光溢采，极尽笑颜。

皇帝笑意连连，端坐在龙撵上，在内监和宫人的簇拥下朝宫殿缓缓行去，不时留下阵阵欢声笑语。

诞节在三公九卿和各地封疆大吏的祝寿中开始，随着内监尖细而洪亮的嗓音响起，一件接一件的奇珍名贵在诸臣交耳称赞的啧啧声中被呈报出来。

"太常掾谭正康赠君敷釉水龙纹双耳瓶！"

"京兆尹王长义赠君联珠纹缂丝麒麟织锦！"

"灵台侍诏于晖安赠君嵌岫玉紫檀插屏，并附祝词一阕！"

御殿里奇珍异宝光彩夺目，惹得群臣唏嘘不已。

内监念完贺词，相继又报完几个贺礼，随后掀开锦缎，呈现在众人视线中的，是一个毫不起眼的普通木盒，瞬间将满殿的赞叹声浇灭，就连高高在上的皇帝也禁不住好奇，微微眯住眼，望向大殿中一名位次靠前的威肃男子。

"大将军楚定云赠君……"内监从木盒中取出一张卷轴，打开一看，脸色生变，犹犹豫豫地看向皇帝。得到默允后，他才敢出声，面对诸臣念道："大将军楚定云赠君贺联一对……上联一字：靡；下联一字：殁……横批：民……"

一语毕，百官不由噤声，所有视线刹那间集中了楚定云身上。

这样的贺联令楚定云同样面露诧异，身旁的宋令宣没能忍住，难掩惊色地在他耳畔私语道："将军，这不是你的……"

楚定云已然深晓，贺联定是被人偷换过，然而惊讶只是一瞬，很快他便恢复常态，从容如往，凛然望向龙椅上的帝王。

皇帝眼里寒意顿生，却不得不克制情绪，在百官面面相觑的间隙里朗声一笑，挥袖拂了死寂的氛围。

"奢靡殁国，民为上，方能兴邦。字字珠玑，妙！楚将军不愧为国之大将，这份逆耳忠言，朕深记于心！"嘴上如是说，那个回荡在脑海中的"殁"字却让他耿耿于怀，凌厉目光定格在将者身上，内中尽是试探和揣度——那仅仅是臣子的谏言，还是他的耀武扬威？

楚定云不动声色地迎上他的视线，擎杯的五指早已攥得泛白，积恨如火，汹汹上涌，但是当着百官的面，他必须让自己冷静。

皇帝只言片语一扫尴尬，群臣也便抛却杂念，左右附和着皇帝的话，赞语又出。

内监抹了抹额角冷汗，继续念道："公车丞朱雄赠君青釉描山水盖罐，并赠镶金黑檀座玉竹盆玩一座！"

锦盒打开的刹那，所有人瞪大了眼睛，震愕相视——右边檀香木盒里装的不是贺礼，而是一个泥偶头颅，七窍流血，眼珠突兀，而那头颅的模样，与陈晟的面相如出一辙。

霎时间，满殿噤声，片刻前的欢松消失无存。

"将军，这是……"宋令宣也看得惊住，附耳在楚定云身边，看向同样面露不解的他。

夏皇亦已变色，他饶有兴致地揣测意味俯视着殿中诸臣，最后挥手下令："继续。"

内监俯首听令，颤颤巍巍地拿起礼单，继续念道："公车尉陈晟赠君怒海玉龙啸一对，兼血如意一只！"

一语毕，又一幕不可思议的事情发生了。

一对乌木盒打开后，只见两条玉龙啸泛着剔透光泽，静静躺在其中，但另一只盒子里装的却不是血如意，而是一个年轻男子的头颅，同样是个泥偶，睁着一双犀锐的眼睛，与手扶龙椅的帝王平静对视。

那一刻，大殿内噤若寒蝉，诸臣目瞪口呆。

此次为夏皇祝寿的，除了大夏的文武百官，还有来自南燕的定南王父子一行。

看到这样的贺礼，定南王先是惊异，扫了一眼面色各异的大夏君臣，随后收回目光，悠悠然擎杯饮酒，如同一个作壁上观的看客，这出戏的结局越意外，他才觉得越精彩。

"皇上，老奴、老奴该死……"认出那头颅是何人后，内监大惊失色，跪倒在地。

诸臣见状，也是骇然噤声，无一人敢说话。

尚且在岗的陈晟和朱雄并不知道御殿内发生了何事，直到宫中守卫将两人逮捕入内，方知出了大乱。

想起府中的变故，陈晟瞬间了然，竟是借刀杀人，明着接近不了他，所以对方就在贺礼上动手脚。

而欲置自己于死地的，除了霍家后人，还会有谁？

"一定是她……是那霍家妖女使的诈术！求皇上明鉴，微臣忠心耿耿，并无任何歹念，求……"偌大殿堂内，他歇斯底里的求饶显得异常刺耳。

被人如此羞辱，皇帝的胸口起伏不定，拳头握得咯咯作响，面色也由初时的冷肃变为铁青，但在理智的驱使下并没有怒极失态，而是从齿间磨出几个幽冷的字眼，似笑非笑地道："公车尉这份贡礼可是煞费苦心，连朕年轻时的模样都还记得清清楚楚。"

陈晟惊慌不已，身子伏地，极力辩解："臣知道原因，是那妖女……是她使的妖术！

一定是她偷梁换柱调换了贺礼，臣绝无此意！求皇上……"

"朱大人可是事先知道此事？"皇帝没有理会陈晟，转而看向已经呆若木鸡的朱雄，笑意明明灭灭。

朱雄惊愣不敢言，抬头望向龙椅上的帝王："回皇上，臣……臣……"嗫嚅须臾，他却口舌打结，自然还未想好如何应对这突发的异况。

他不知道自己的贺礼为何会变成陈晟的头颅，唯一能够想到的就是今早来朝前府中那阵混乱，但是闹事者不是别人，而是此刻犯了不赦重罪的陈晟。如果他要嫁祸，何至于搭上自己的性命？再者自己与他素无恩怨，近日也并未得罪过他。

"来人！"就在群臣缄口结舌的当儿，皇帝赫然发令："押下去！"

守卫闻令上前，不顾陈晟声嘶力竭的解释和求饶，将他拖了下去。

朱雄额上冷汗连连，虽幸免于难，却仍觉芒刺在背，余悸难消。

"特赦之日，廷尉不插手任何案件，既然先知先觉，这件事就交公车丞朱雄去查办。"皇帝冷视着殿中诸臣，龙袍一甩，假颜笑道："今日高兴，莫让此事扰了诸卿雅兴，继续！"

内监惴惴不安，碍于圣令，只得颤抖着双手拾起礼单，继续报读，尖亮嗓音穿透御殿，飘向宫外纷纷扬扬的雪花中……

《第十七章》
欺瞒

那一场寿宴在群臣看似高高兴兴，实则战战兢兢的虚颜伪笑中草草结束。

回到寝宫，不等洗去一身的疲惫，一桌酒器蓦地被皇帝拂袖摔碎！

宫人们吓得哆嗦跪地，大气也不敢出。

"龙体紧要，皇上千万要保重啊……"就在皇帝的怨气持续发作的当儿，一个娇甜声音及时传来，随即一名盛装美妇款款而来，一面喝令惊怔的宫人收拾残局，一面抚着皇帝的胸口，帮他顺气。

皇帝余怒难消，挥手撵走了所有宫人，一个都不想看到。

"先下去吧。"戚皇后屏退他们，见皇帝愤懑不已，便充当和事佬，笑劝："气大伤身，皇上您千万要息怒，可别叫那些人看了笑话。"

一整日强颜欢笑下来，皇帝确实也疲惫无力，渐渐从恼怒中恢复平静，坐了下来。

戚皇后展颜，盈盈上前，移到他身后，玉手轻抬，给他捏拿肩膀。虽已过了花信妙龄，但她风韵犹存，一袭云霏妆花缎织牡丹锦衣笼住她的丰腴身姿，直衬得人比花娇。

短短一刻的推拿，皇帝全身的疲软去了大半，面色渐趋和善。他长舒口气，睁开眼睛，揉着太阳穴问她："这么晚了皇后跑来作甚？朕今日累了，不用侍寝。"

戚皇后柔声笑笑："皇上不高兴，臣妾心里又岂会好受？方才辗转反侧，实在睡不着，就冒昧过来看看。还好来得及时，否则不知道皇上要亏待自己到何时。"

"你这张小嘴，就会惹人开怀。"难得一整日都在吃闷气，还能听到这般关怀，皇帝得了些安慰，趣笑一句，"照你看来，朕成了一个没有度量的君王，连这点气都受不了？"

"哪敢。"戚皇后一双玉手环住皇帝的脖子，笑意缱绻："不管怎样，在臣妾心里，皇上始终英明神武，凡夫难比。"

"捏捏这里。"皇帝推开她的手，指了指自己右肩，面无表情地道："区区一个公车尉，给他十个狗胆也不敢这般放肆！"

被她冷脸推开，戚皇后面现杂色，却转瞬即逝，依令继续捶打肩膀，笑着附和道："所以才说皇上英明神武，在那种情况下还能不失理智。"

"此话怎讲？"皇帝眉毛一抬，回头看她一眼，带着些许兴致笑问。

戚皇后笑道："陈晟向来规矩，以往皆言听计从，岂敢公然给皇上难堪，竟还是当着前来祝寿的南燕舒家父子的面，除非他自寻死路，这当中必有诡诈。"

顿了顿，她继续道："还有，朱雄既然能献出陈晟的头颅，可见他对陈晟的动作通晓一二，否则怎会帮皇上捡些颜面？但就算如此，他也有知情不报的嫌疑，如是做法实在蹊跷，他也犯不着给自己树敌，何况此人与陈晟并无宿怨，这当中也许暗藏玄机。"

见皇帝闭目静听，神色平和，她组织了下辞藻，道："朱雄与他同属卫尉次属副官，并不完全清楚廷尉的办案法则，他在那边又鲜少人缘，皇上并未立即处死陈晟，而是将这事交与朱雄去办，短期内定然不会有结果。这样一来，一则可以观察幕后主使，也就是陈晟当场提到的霍家妖女的进一步筹划，二则皇上也可环视其他臣子的反应，看她在朝中有无帮凶，毕竟孤掌难鸣，仅靠一人之力，很难同时算计上陈、朱二人，防着总是好的。"

"你倒是朕肚里的蛔虫，连朕怎么想的都一清二楚。"皇帝趣笑一句，点了点戚皇后光润如玉的额头。

"臣妾不过妄加揣测而已，哪及皇上精明睿智。"戚皇后娇嗔一笑，说不尽的风情万种。似是突然想起了什么事，她又附在皇帝耳边，斟酌着言辞，将话题一步步往正点上引："皇上素来对楚将军父子格外关注，今日怎没见他的养子楼少将军入宫祝寿？"

提到那对养父子，皇帝面色瞬变，眼底滚动着刀锋般的冷芒，但面对戚氏，他不得不克制，遂诓道："朕只是惜才，觉得他年纪轻轻便名扬沙场，实不简单。国中翘楚不止他一人，不来便不来，有何念想的？"

"臣妾失言。"戚皇后歉道，叹了口气又颇为不平地道："不过提到楚将军，臣妾心里却总是疙瘩……"

"为何？"

戚皇后眼波幽怨，为他打抱不平："好歹也承蒙皇恩，才能让他稳坐大将军的位置，在西川只手遮天，今日却一点礼数都不懂，送了副如此不吉利的贺联，不知是装傻充愣，还是怀了什么歹心……"

皇帝的五指已在不知不觉中紧握成拳，却依旧装作无所谓的模样："妇道人家，就是肚量小，当中深意你懂多少？"

"明眼人谁看不出来？"戚皇后愤而忘情，几番委婉兜转，终于将话题绕到正点上："他与蕙妃关系最亲，若不是仗着宫中有人，岂会这般放肆？傍晚寿宴散后，丽嫔闲来无趣，与臣妾聊些家常琐事，无意中说漏了嘴，道是她看见楚定云与蕙妃避开众人，在御花园的角落闲步，谈得甚是开心……"

到这里，她恰到好处地及时打住话口，颇是委屈地低头看着皇帝。

"皇后啊……"皇帝一如方才，面上挂着虚假宠笑，丝毫未动怒，却问了一个不相关的问题："你知道朕为何迟迟不肯册立太子吗？"

戚皇后一听，心跳不觉加快，却暗暗压制着："皇上自有皇上的打算，臣妾自当遵从，不敢妄猜圣意……"

"因为你太聪明了。"皇帝离座起身，朝龙榻行去，留下一句不辨喜怒的话，"聪明得有些不该过问，甚至知道了也必须睁一只眼闭一只眼的事都了如指掌。"

戚皇后面已失色，跪地委屈地道："臣妾不敢，臣妾只是尽己所能，想为皇上分担烦忧之事，没有左右皇上的意思……"

皇帝没有回身，边走边道："楚定云敢冷脸对朕，凭的不是一个不得宠的蕙妃，而是自己的真本事，以及手中随时可以翻云覆雨的兵权。"

"皇上，臣妾……"

"听朕说完。"皇帝耐着性子沉沉道："有一点朕非常服你，你知道是什么吗？"他返回到戚皇后面前，屈膝蹲下来，捏着她保养得娇嫩细滑的下巴，笑意若有若无。

戚皇后不敢说话，抬头望着他，惶惶等待着。

"你知道自己最大的敌人是谁。"皇帝蓦然松手，缓缓站了起来，难辨赞讽地道。

"蕙妃虽然不得宠，但她与楚定云有那么一层不可小觑的关系，朕虽然心里不自在，却没有亏待她的理由。明面上是楚定云仰仗她，实则是她们母子依靠楚定云。他在西川拥兵自重，哪一日心生歹欲，又为了不落下弑君夺位的千古恶名，必然会扶持蕙妃母子上位。别说朕没有立储，就是册立了，想你们母子也妄想有安宁日子过。从这点上来说，你怕的其实是楚定云，巴不得朕除了他，可是？"

事与愿违，戚皇后不由慌了神，连声分解："楚将军镇守边疆，功不可没，臣妾没有对他不敬的意思，求皇上……"

"天底下哪一个母亲不为自己的孩子着想？"皇帝摆手打断她，道："朕常常在想，自己被人跪拜了这么多年，却连谁是敌人，谁是可以毫无保留去信任的人都不敢确定，就连那些同床共枕的妃嫔，以及膝下承欢的孩子们都要防着，真真可怜——所谓的孤家寡人，莫过于此。所以朕羡慕你们母子同心，却又因为你的放肆而不得不提防你。"

"相较蕙妃，你的聪明仅限于耍斗心眼，小慧而大蠢，非但不自知，反还沾沾自喜。"他勾嘴冷笑，继续道："楚定云手握重权，又是她姐夫，若是换作皇后或其他妃嫔，必定目中无人，恐怕连朕都奈何不了。但是蕙妃却相反，一直在宫中默默无闻，知书识理不说，什么事也不过问。就连朕偶尔想起她来，故意在她面前说些言不由衷的话借机试探，她都一笑置之，转移话题，端方温淑，一度让朕觉得她没有心机。甚至连浩儿，也被她教导得奉命唯谨，不若其他皇子那般飞扬跋扈。"

皇帝说得毫无间隔，戚皇后便只能埋头听着，没有任何插口的机会。

"但是现在想想，她其实很聪明。明面上楚定云臣服于朕，可私下如何谁也不知，但毕竟当年朕对白楚两家做过那样的事，万一他查出真相，你相信他还会如此克制吗？包括蕙妃在内，她若在宫中大动手脚，反而过早暴露其心，同时给了朕先发制人的借口：将妃植党，图谋不轨。这份罪责一旦坐实，足以让他们声名狼藉，万劫不复。"

皇帝透过半合的窗扇眺望着寝宫外面的华灯，往事涌上心头，不禁让他有些惴惴不安——他并不怕那对养父子知晓真相，而是怕他们既知真相却仍然显露出隐忍克制的模样，表象上顺命而为，暗中却已蓄势待发，只差一个导火之索……

一念至此，他心头咯噔——防患于未然，杀！

可他们兵权傍身威望盛传，绝非等闲之辈，如若对自己当年的所作所为并不知情，枉杀二人势必导致边疆失稳，内乱甚会殃及整片河山。何况还有北凉、南燕、东兀三国在旁虎视眈眈，一旦他们君臣自相鱼肉，不亚于给了敌国可乘之机，这将陷大夏于生死存亡之险境，他输不起。

还有蕙妃母子……

皇帝越发心神不定，揉揉太阳穴，强迫自己不再乱想，继续道："对比一番你就知道，她的无动于衷看似柔善，实则在无形中配合着楚定云。所以，不要拿你的小聪明去招惹大智若愚的人，不然你们母子只会死得更惨！"

"朕迟迟不立太子，便是在警告你戚家人，谁知你愈发不知收敛。朕尚还健在，你便敢明目张胆地在后宫搬弄是非，唯恐天下不乱。若朕入土为安了，那些皇族血脉你打算留几个？是否他们都要随了你戚家人的姓！"

"皇上，臣妾没有那样的歹心，求皇上……"

"出去！"冷不丁一句带着恼怒的喝令乍响开来，迫使戚皇后来不及说出口的话生生卡在喉咙，狼狈起身依令退了出去。

皇帝长舒口气，维持住了一丝冷静，想了想忽又下令："来人，移驾毓秀宫！"

听闻宫监禀报皇帝驾到的消息后，正与儿子谈笑的蕙妃一惊，忙丢了手头果片，跪地相迎。

"浩儿也在此地？"皇帝敛去方才的怒色，换之以平和，允了母子二人起身。

"回父皇，母妃脾胃不好，儿臣带了些山楂果片过来给她泡水喝，以助消食。"六皇子萧璟浩抬手抱拳，朗声应道。弱冠之龄的皇子眉目间颇多英姿，配着面上的朗朗笑容，衬得他丰神俊朗，却又行举有度，礼数周到，自然而磊落，叫皇帝看得不由心头一酸一喜。

"现下刚泡好，父皇劳累一天，可也浅尝几口。虽然不比茶酒来得清醇，但却养胃活血，对身子有好处。"萧璟浩见皇帝未答话，才晓得自己的做法有失偏颇，忙适时加了一句。

"难得你有这份孝心。"皇帝得了些宽慰，招手邀道："与你母妃都坐过来，一块陪朕尝尝味道。"

皇帝的突然到访让蕙妃有些始料不及，但见他言语和善，她怔了片刻也就回过神，给他倒了一杯泡好的山楂水，依令坐下。

"这几日琐事繁多，能张罗上的就帮朕多操劳些。老了不中用了，才忙活一天就走不动了。"皇帝啜了一口山楂水，看了看颇有些拘谨的蕙妃和萧璟浩，没话找话，尽量缓和气氛。

"能为皇上分忧，乃臣妾无上荣幸，一定竭力而为。"蕙妃逐渐放松心情，恭声道。

"辛苦了。"皇帝点头笑笑，瞥见几案上放了一盘棋，便来了兴致，撩袍道："浩儿，过来与朕杀一盘。"

萧璟浩心下痒痒，就差答应下来，却见蕙妃欠身道："浩儿不学无术，整日往马场跑，委实不敢在皇上面前献丑。臣妾教导无方，该当……"

"宫中其他妃嫔能把自己儿子夸到天上去，到了你这里却一无是处，天下哪有你这般做母亲的？"皇帝抬头看着她，假装无心一笑。

萧璟浩心痒难耐，也忍不住喜欢，就依着皇帝的命令，与他相对落座。

蕙妃心乱如麻，虽然诧异于皇帝毫无缘由的热情，但见父子二人难得没有旁骛地聚在一起，便没有多说，只在旁边给他们添水。

"最近武艺练得如何了，可能干过十人？"皇帝手执黑棋，神色慵懒，却见萧璟浩盯着棋盘杀得全神贯注，好笑地随口问道。

萧璟浩落下一子，对弈过程中也没有故意让步的意思，应道："可不只十人，再多两倍都能将他们全部撂倒，就是不知道那些臭小子是不是故意诈败的。"

"不给他们点颜色瞧瞧，那些孬兵怎会拿出真本事，自然难知虚实。不过能到这程度上，比你皇兄及朝中那些官家子弟强多了。整日里就只知道吃喝玩乐，过得比朕还逍遥舒坦！"

"那是喜好不同而已，真要跟皇兄们比起诗文来，儿臣连垫底都不够格。"萧璟浩一眼不眨地盯着棋盘，将皇帝的退路堵得严严实实，一心却能两用，一边落子一边回应。"母妃也一直劝儿臣静下心来读书，奈何就是提不起兴致，唯一向往的就是纵马疆场！不说成为楚将军那样的名将，能与楼少将军那样的沙场俊彦并肩而战，那也是……"

"这孩子，净说瞎话！"蕙妃惊了一下，立时截住他的话："真当自己长本事了，这么大个京城都圈不住你的心？少在外头给你父皇惹是生非。"

皇帝的面色因为"楚将军"和"楼少将军"几个字眼微微生变，却并未生气，而是摆手拂了蕙妃的责语，笑赞道："年轻人就该有志气，这才是朕的好儿子！"

萧璟浩见蕙妃给自己递眼色，当下也意识到自己说太多了，于是憨声笑笑，没再接话，一心专注于棋盘。

一时间气氛死寂下来，安静而清宁的毓秀宫里声息不闻。

皇帝最先开口，打破了沉闷："爱妃，过几日便是锦阳夫人的忌日，宫中闷得慌，你与她姐妹一场，一块陪朕出去走走。"

蕙妃再度变色，道："政务劳神劳心，臣妾应当规劝皇上眷顾身子，岂能让皇上再度奔波？"

听到这样的对话，萧璟浩颇为纳闷——锦阳夫人是自己姨父楚定云早已亡故的妻子，也就是自己的姨母，母妃与她姐妹情深，在她忌日时去吊唁合情合理，但父皇贵为天子，也要去祭拜，似乎……于礼不合？况且姨父还在着呢，父皇若不避嫌，这会叫他怎么想？

不过这话他可说不得口，偷偷窥了一眼皇帝便转回脑袋，专心下棋。

"无碍，就是出宫散散心，爱妃不往别处想就是了。"皇帝的态度强硬不改，低头一看棋盘，立时笑道："你这兔崽子，在朕面前也说谎话，棋艺精湛到这等地步了，还谎称自己只知皮毛？"

萧璟浩挠了挠头，嘿笑道："父皇净顾着与母妃说话，儿臣就投机取巧了一招，才能杀出重围，侥幸活了棋，这点伎俩，哪能逃得过父皇的眼睛。"

"嘴巴可是越发甜了。"皇帝笑笑，离座而起，伸了伸有些僵硬的四肢，道："天色不早，朕也累了，就不打扰你们母子谈心了。"

蕙妃给他系上披风，与萧璟浩恭送他离开了毓秀宫。

皇帝一走，萧璟浩心里的不解这才敢问出来，搀着蕙妃重新就座，边走边问："母妃，父皇怎么突然要去看姨母？"

"你这嘴巴何时才能给我封住？"蕙妃责他一句，自然心知肚明，皇帝借机要见的并不是锦阳夫人，而是楚定云。

低头沉吟片刻，她觉得有必要让楚定云知道此事，以免心怀怨恨的他与皇帝不期而遇，发生谁也想不到的变故，遂唤来贴身宫女东雯，叫她在旁研磨。

蕙妃移步过去落座，冥想片刻，提起笔，埋头疾书。

萧璟浩好奇地凑过去，瞅了瞅竟是一个方子。待墨迹吹干后，蕙妃将那纸对折起来，也没有装入信封，而是直接交给了东雯："明日你借口张罗琐事出一趟宫，将这个交到将军府，勿叫人发现。若在宫里被人看见了，就谎称是我身子不舒服，依照症状摸索出的方子，顺道请郎中看看配伍及剂量是否妥当。"

方子上一共七味药，分别为：地黄、余甘、白及、金兰、洋紫荆、茯苓、忍冬。

蕙妃言下之意是：黄帝欲拜祭锦阳夫人。

萧璟浩没有看透，甚是诧异："母妃，您这是作何？"

蕙妃看着死缠烂打的儿子，教训开来："后宫是非最多，日后说话行事多加收敛，别不经过大脑。尤其楚将军父子，你父皇若是不说，你就莫再提及，免得惹他不高兴。"

"楚将军是我姨父，楼少将军虽为养子，但按礼也是我表哥，为何不能提？"萧璟浩更加不解，一个劲追问，自豪地道："儿臣练就这一身本事，就是想着有朝一日去军营历练，像他们那样冲锋陷阵，杀敌斩将，要多威风有多威风！"

蕙妃失笑，心头却无比悲苦："你当沙场是玩闹的地方？趁早收了那心思，安心呆在京都，听你父皇安排就是了。母妃就你一个孩子，没事比什么都好，不指望你建功立业，更不想落得当年一样的下场……"

"母妃，您刚说什么下场？"越到后面声音越低越含糊，萧璟浩逮了几个模糊的字眼，甚为疑惑。

"没什么，说多了……"意识到自己失了言，蕙妃忙用帕子擦了擦有些湿润的眼角，强颜欢笑。

"那母妃方才叫东雯带什么话给姨父？这般神秘……"

偌大宫殿里，回荡着萧璟浩因为好奇而打破砂锅问到底的声音。

皇帝回到寝宫后，彻夜未眠，想了很多七七八八的事，有御殿上楚定云送的那副贺联，还有戚皇后对他暗示的话，以及蕙妃韬光养晦的恬淡心性……

最终他坐不住了，叫来了亲信黑羽卫的首领，交代了几声，就见他依令退出寝宫，火速去办了。

皇帝诞节一过，市井之间开始恢复到一如既往的平静，但到底京畿繁华之地，再是天寒地冻，也丝毫不见萧条景象。清晨伊始，各家铺子相继营业，不多时叫卖声此起彼伏，飘散在风雪中，犹显热闹。

一间远离正街的客栈门前，一个手提药盒的绿衣女子掸了掸斗笠上的碎雪，被另外一个身着绀青色劲装的女子迎了进去。

见是绿盈来施针，褚子道耳根泛红，左右坐不住。

青珑没有料想到陆鹤之如此费心，竟让自己爱徒亲自下山，只顾着感激和招待绿盈，根本没有注意到少年面上泛出的红晕，直到该解衣时，才好笑地看着褚子道一脸难受的样子。

"我弟弟没见过世面，看到姑娘就脸红，可要委屈绿盈姑娘受他这副模样了。"青珑一把将拘谨的少年拉到身边，摁坐在凳，迎上绿盈温静似水的笑靥道。

绿盈笑如春水，宽慰少年："无须紧张，行针时放松就好，过一阵便会好受许多。"

她见这少年委实腼腆，就一边说话一边分散他的注意："这几日雪大，两位上山辛苦，最近东城伤寒者也多，我便向师父请命，每日过去义诊。恰好经过此地，顺便也一起为令弟施针了，虽然针法不及师父精湛，但稳住病情不成问题，两位不用担心。"

"绿盈姑娘过谦了，有劳了。"青珑心里的感激无以言表，掩门退出的时候，才见褚子道慢吞吞地褪了外衣。

也难怪他会尴尬——日前由陆鹤之下针，绿盈就算在旁边打下手，他也只解衣那时尴尬片刻而已。现下一切交由绿盈来做，又主要在胸腹几处穴位捻针，男女授受不亲，对着一个花容月貌的姑娘，那小子不脸红才怪。

退出屋子后，她在楼廊上有一搭没一搭地转悠，借消磨时间来等待，走了没几圈，不期然一个万分熟悉的身影映入眼帘。

那人面容冷峻，身量单薄，始终黑衣劲装打扮，内敛低调，像山崖上挺拔的孤松，凛不可犯。奈何那副俊相却叫人移不开视线，即便载着满肩风雪，行举不张不扬，依旧惹得从他身旁经过的姑娘赧颜羞眉，秋波暗投。连老板娘看见了，也忍不住丢了手头敲得噼里啪啦的算盘珠子，万分殷勤地跑过去招呼，就差贴在他身上了。

那人眉宇微蹙，远离几分，眼神如刀，声音冷淡："找人。"

老板娘吃了个闭门羹，悻悻走远了。

到哪都是这副讨债般的黑脸，青珑苦笑着摇了摇头，自己心里也发虚，硬着头皮下去迎他。

"闷葫芦，天还飘着雪，你怎的下山了？"

楼西越侧目看着她，唇齿微动，欲言又止，最后绕过她独坐一角，叫了一壶酒，看起来像是心里有什么不痛快的事。

"你的伤才恢复过来，暂先别碰……"青珑担心地想拦住他。

楼西越毫不理会，独自斟了一杯酒，一饮而尽，随后问她："你没有需要解释的吗？"

青珑哑然，就知事情一旦传开，铁定是瞒不住他了："情非得已，我不得不先瞒你一阵，闷葫芦，对不起……"

那日他与楼西越合手，一个在明一个在暗，声东击西调换了陈晟的贺礼，当时所调之物为蛊偶，而今陈晟银铛下狱，寿宴上发生的那事便在坊间议开了，都道他不知死活，竟敢进献天子"首级"。如此，她先前的谎言便也不攻自破。明眼人稍加猜度，便知她还有帮凶。

至于是谁，她无法告知。

因为这事，闷葫芦心中定然不快。

"你放心，这事除了你我，没有第三个人知道，绝不会连累你。若有万一，我一力承担。"

"是吗？"楼西越直视着她的眼睛。

青珑无言以对，良久才道："我有苦衷，所以不得不……"

"明白。"见她仍旧不坦白，楼西越心底一凉，没再追问，沉声道："上去吧，我坐一会儿便走。"

他希望，自己的冒死相助换来的是对等的信任，至少不应该在欺瞒了他之后，还把他当蠢货一样敷衍。

青珑心里不安："我陪你坐着。"

"不用，你去吧。"

青珑越发歉疚，劝道："绿盈也在楼上给子逍施针，你去看看她……"

"砰！"一声闷响传开，酒杯被他重重砸在桌上。

她始料不及，惊得住了口，半晌无言以对。

"闷葫芦，实话实说，你已经知道我身份，这个把柄落到你手中，于我而言不得不防，何况你护守夏城，而我誓夺故土，立场殊异，有些做过的事我无法悉数奉告，因为你输得起，我输不起。"

八年前输了一战，便彻底葬送了家国，以及族人的自由和尊严。她做不到拿无可预知的代价去打赌，不知道再错信了人，上天会不会给她补救的机会。

这番话令年轻少将陷入长时的沉默，眼底盈溢的光华黯黯如灰，才知一厢情愿的至情至意并不一定能瓦解防守心门的盔甲。

"抱歉。"他为自己方才失控的怒态向她道歉，说完离座而起，结账离去。

"闷葫芦……"青珑没来由地鼻子一酸，追到街上喊住他："感谢你一直以来的照顾和帮助。"

"你的意思，我可以彻底滚开了？"楼西越没有回头，提剑站在风雪中。

青珑一惊："我不是那个意思！"

"放心，彼此都没有达到目的，我不会罢手，会与你互相借力，继续利用下去。"语音落地，他迈开脚步，迎着风雪前行。

青珑不放心，紧紧跟上，默默注视着他的清冷面容，随着他的前进倒退着行了很久也没有放弃的意思。

"子逍还在里面。"楼西越一如既往，面上不现喜怒，但实在受不了路人投来的怪异目光，冷声提醒她。

"我骗你又防你，活该这样。你不原谅我，我就跟你走到底，天南地北亦随。"

楼西越心头一晃，倏然止步，极尽可能不让自己的心再被动摇。

"这世上我相信最多的人，第一是子逍，可以托付性命，第二是你和舒九容，虽然现在还做不到那般，但绝不会视你们的性命为儿戏。"青珑停在他面前，仰头望着他的眼睛坚定道。

怕自己一不留神再复蹈前辙，楼西越故作冷漠："受宠若惊。"

"我身负国耻深仇，有时候为达目的，免不了伤及无辜，更避不开手段和利用，做不成坦荡无欺的正人君子。倘若有些无法宣之于口的言行欺骗了你，你就当我……当我是你脚下一只蚂蚁，踩死就是了！"

听着她的诚言挚语，楼西越面上的冷色逐渐消融，心下有些发酸。

究其根本，他恼的不是她的欺骗和防备，而是自己与生俱来的罪孽，穷极毕生之力也赎还不清。

凝视着风雪中这张不算明艳动人，但却承载了万千力量的凛凛面容，他只手微抬，犹豫长久，最终穿过肩头移到她后背，将风帽给她扣上，避免落雪。性格使然，动作有些生硬和笨拙，却小心而认真。

青珑心底一暖，如释重负："闷葫芦，你不怪我了？"说话间，她也抬手替他拂去肩头的雪花。

楼西越习惯性地又蹙眉，对任何关怀都有抵触，别过脑袋，扭头而去："你回吧。"

青珑见他不是往上山的方向去，遂紧步跟上："雪下得这么急，你要去哪？"

楼西越这才发觉走错了路，并不知道自己要去哪里，随意丢了一句："我散步。"

青珑失笑："怪胎！"

"你有同党？"毫无征兆地，从他口中跳出一个让她极为心虚的问题。

青珑的心跳加快了几拍，但知瞒不住，如实作答："……是。"

她与楼西越折腾的只是陈府，事后又将陈府下人引到朱府，为的就是让陈晟疑上朱雄，二人自相内斗，两败俱亡，这点他知道。

但是万一"刺客"只是走投无路，慌不择路跑到朱府去躲避追杀呢？这种万一她不得不防着。

毕竟陈朱二人与楼西越没有多深的宿怨，纵然此前因为误会，他与卫尉短兵相接落下短柄，但于他而言，还远没到非杀陈晟不可的地步，朱雄就更不用说。所以，借她之手能先斩后奏最好，若不成，他仍能全身而退，断不会与他二人缠斗到底，空惹祸端，也许不见得会对此事十二分上心。

可青珑不同，陈晟她必杀无疑！甚至做梦她都想将他碎尸万段，告慰忠烈的在天之灵。明着她接近不了陈晟，但将朱雄拉下水使二人彻底对立，将对她大有裨益。

所以一不做二不休，这就是朱雄手中的贺礼会在同时出现纰漏的原因。

子道当时不知道他们的行动，不可能参与进来，一番推测，便猜得到她背后还有人手。

但是，她顾全了所有，却唯独遗漏了，他虽不是热心于此，却会对她的安危报以十二分的眷注。

楼西越也不知道自己究竟固执于什么，是对那年她所遭遇的大悲大痛的同情，还是怜惜于曾经言笑晏晏的她变成今日这般难以捉摸的千面模样，又或者愧恨于那些如他一般的魔鬼对她的国人所造成的锥心之痛，或者还有其他，他说不清楚。

只是到头来，十二分心力换来的却是她深藏其内的防备。他只能清醒地告诉自己，仅是互相利用而已，何必自作多情陷太深。

　　人情惨淡，冷暖自知。他在刀光剑影中赎罪还命，十几载出生入死，也未能换得朝夕相对的"养父"的半分信任，又缘何去苛求志不同道不合的她呢？

　　楼西越复又停下，并未追问那人的任何底细，只问一句："楚定云的贺联，也是你们联手调换的？"

　　以他的了解，如此内敛抑制的将者，从来都将仇怨积压于内，时机未熟前，他断不会做出那般暴露其心的放肆行径。

　　青珑颇感意外："我只在事后听坊间议论过，并不知道楚定云那副贺联也被人动过手脚。"

　　"当真？"

　　"我可以对天立誓，所有歹行只付于陈朱二人，并未触及楚定云丝毫。闷葫芦，纵然为了报仇玩弄手段，但你不同，我不会做任何对你安危不利的事。"

　　"你不会，不代表你所深信的同谋不会。"

　　青珑恍悟，无话可驳，相信以那个人的手段，绝对做得出来。

　　"我的死活无关痛痒，倘若你们的目标是西川大军，先踩过我的尸体！"楼西越没有回头，语音落地，人已远走，留下两排凹陷的清晰脚印，无声无息地向前蔓延，一如他的沉默。

　　青珑心底五味杂陈，愧疚地凝望着他的背影，突然觉得他就像一个没人要的孤儿，在茫茫雪天中不知何往。因为好不容易有了一处容身之地，所以固执地用自己的性命去回报，根本不会在乎那些人对自己的态度。

　　走着走着，楼西越突然停了下来，像是听到了什么议论，与酒坊里一个沽酒的客官说了几句，随后便匆忙转向另一个方向。

　　青珑一疑，不晓得发生了什么事，竟使他主动与人攀谈起来，担心之余便截住那名酒客，一番打听，自己也面色陡变，疾步追去。

◈第十八章◈
疑案

两人去的是将军府。

此刻那里已被市井百姓围得水泄不通，嘈杂声此起彼伏，时不时有人大声叫嚷着"不可能"之类的字眼。人群四周，还有不少执刀的捕役，阻止他们叫喊。

"楚将军清名远扬，下官甚是敬仰。此事放眼天下，想必也鲜有人信，奈何发生在府上，法理不可罔顾，卑职也徇私不得，您看这……"执掌刑律的廷尉属官廷尉监仲远上前，掠了一眼地上用白布遮盖的尸体，抱拳对伫立在阶上的将者道。

见楚定云无动于衷，他又补充道："皇上将陈晟殿前犯上之事交于公车丞朱雄查办，眼下案情毫无进展，却突然发生这样的事，实在叫人意想不到……要说他顶不住重压自缢谢罪，那在自己府上便可，断不敢悬梁于楚府檐下，可尸体又在将军府门前被发现，个中蹊跷，卑职委实困惑，又怕冤枉了楚将军，因此接案后火速赶来督办。"

面对突如其来的变故，楚定云依旧是惯有的威肃之色，垂睑冷视着地上横躺着的朱雄的尸体，声息不发。

受了冷场，又被周围这些百姓的叫嚷淹没了声音，仲远转身，暗暗对那些捕役们使个眼色。

众兵受令，当下拔刀出鞘，驱赶围观的人群。

"左不过去一趟大牢，仲大人此举何意？"楚定云下了台阶来到仲远身旁，目光从一排排捕役和快手身上睨过，不怒自威："不下百人，倒是有备而来，抓本将一人，未免抬举了。"

仲远勉强挤出一丝笑容："楚将军乃国之大将，就连皇上都敬重有加，'抓'字一说，卑职实在不敢。只是朱雄乃朝廷命官，近日又肩负皇上厚望，主审陈晟一案，谁知他却悬梁身亡，不调查彻底，恐生民怨。尸体是在将军府屋檐下发现的，所以还烦将军走一趟，若当真冤屈，卑职定会还将军清白。"

"拭目以待，倒要看看廷尉处如何还法。"楚定云冷然盯着仲远的眼睛，先他一步，行往大牢。

"将军！"闻讯后火速赶来的宋令宣大吃一惊，欲同仲远争辩。

楚定云阻止了他："你们先回西川，不必牵挂这里。除此之外，任何人不得入牢探视。"

仲远见状，打了个手势，众兵慌忙跟上，围着楚定云赶往牢狱。

事出突然，无不让人惊异，看着那具被渐渐抬远的尸体，青珑的思绪飞速运转。忽见楼西越追向离去的仲远，她死死拉住他："这明显是嫁祸。"

楼西越转而看向她，眼里的光明明暗暗，变幻不定。

青珑目不躲闪："你怀疑我？"

"我叫你放开。"楼西越从她面上收回视线，目中疑虑经久消失。

青珑语塞，愣而松手。与此同时，另外一个人的名字一直在她脑海徘徊，对于杀了朱雄并且嫁祸楚定云的凶手，她隐隐有了些眉目。

但有一点，她又不敢肯定。

若当真想嫁祸楚定云置他于死地，以那个人的手段和心机，岂会用这种破绽百出的方法？杀了人不设法藏尸，反还堂而皇之地将尸体悬于府前坐等官府来擒拿，除非自寻死路，否则谁相信凶手会愚笨大意到这地步。再者，莫说朱雄不是楚定云所杀，即便是，以他手中足以撼动大夏根基的兵权，只怕皇帝轻易也奈何不了他。

可若不是他，还有谁会横插一脚进来，下这等暗手？

就在青珑思量的当儿，楼西越忽地拉着她胳膊闪到一堵围墙后面，仓促带她远离了。原来是人群散尽后，宋令宣转过身面朝这边对将军府的下人交代着什么，楼西越怕一照面，自己背着他离营来京的事情被发现，于是避开了。

"现在怎么办？"青珑有些担心，怕他冲动行事。

"你先回吧，我自有分寸。"楼西越没有明说，只嘱托她："你给绿盈带句话，让她告诉师父，就说我这几日住客栈，暂时不回山上了，别让师父和景威知道此事。"

青珑不由紧张起来："你别胡来。楚定云不让宋将军他们去探监，想必也是怕中了圈套。现下不知道凶手出于什么目的，你若去劫狱，岂不等于加重了他的嫌疑，这与不打自招并无二致。"

"你先回去，我暗中去一趟大牢，静观其变再说。能将尸体神鬼不知地悬在楚府檐下而不惊动府上守卫，作案者身手可想而知。再者，仲远此人明显有备而来，且时间太过巧合。倘若没有猜错，应该是早与凶手算计在先，只为了为难楚定云，因而并不在乎是否留有破绽。”

青珑点头默认，心知要找到凶手，得从仲远身上下手，故而大牢非去不可。“不过你也别太担心，楚定云身为一国重将，此案没有定罪前，廷尉那些人也不敢对他不敬，不会在牢中吃苦。”

“我知道，你去吧。”楼西越颔首，转身将走的刹那，忽地定在当下。

风雪之中，一个身披玄青色绣金丝氅衣的中年男子款款行来，身侧并肩跟着一位妆容清素如兰的美妇。两人身后约略还有二十多个便装护卫，轮换着为他们撑住绸伞，防止沾雪染寒。

青珑定睛看了几眼，认出了那美妇正是日前他与楼西越在街上不期而遇他唤作“蕙妃”的那位。

而她身旁那名男子，毫无疑问是夏皇——萧祈！

当年在战场上，她见过他的狰狞模样。

八年已过，岁月在他面上积淀了些许阴枭之气，不再似年轻时那般跋扈狂傲，快要叫她与印刻在脑海中的那张面容联系不到一处了。

想起当年屠杀青桑兵民的便有夏皇萧祈的大军，她面现冷意，眼底杀气骤涌，不可抑制地暗暗握紧了拳头。

楼西越也不曾想过会在这种情况下见到皇帝，下意识五指紧攥，面露杀色。然而顾虑到青珑和蕙妃均在场，几番克制，他才罢手，拉住她转身走了。

“楼少将军？”皇帝不期然瞟到他，阴沉沉喊了一声。

青珑的拳头握得咯咯直响，就要回身，却被楼西越伸手拦住。

“你先回去。”他挡住一脸杀气的她，自然明白她心中积压的怨恨。

但皇帝微服出宫，既敢放心来这人多嘴杂的市井，想必除了露面的这些随从，暗处不知道藏了多少隐卫跟护着，此时动手，绝非良机。

另一方面，皇帝已经发话，他若再视而不见便有失分寸，在这之前只能先保她安然离开。

青珑自然深知当前的处境，怕自己再待下去，会控制不住失去理智当街行刺夏皇，无端端给闷葫芦惹上祸端，于是极尽可能压下心头杀念，应他好意先行一步了。

只不过随从却不乐意她对当朝天子如此无礼和不敬的冷脸，按柄拔刀，将欲拦她训斥：“大胆刁……”

"哐"的一声，刀未完全拔出，随从的手便被挡住，刀身顺势回鞘。

楼西越敛容收拳，面上仿似蒙了一层霜雪，神色冰冷，不无警告："大夏的王法，不是用来欺民的。"

这个少将并不经常在帝都露面，那随从也不认识他，仗着天子在此，怒火正要发作，却被皇帝幽森森地出言拦住了："出来散心而已，计较什么礼节？"

随从这才罢休，弓身退到一边去了。

虚惊一场，一旁的蕙妃捏了把汗，看得心惊胆战，生怕出什么事端——楼西越的脾气她多少了解些，与皇帝照面，不亚于针尖对麦芒，个中恩怨，难以言说。

"你先走。"楼西越催促青珑。

她正了正色，克制着心头杀意，颔首离开了。

冬雪依旧，纷纷扬扬。

气氛骤然降到冰点，偌大空间变得逼仄起来，令蕙妃不由呼吸急促。

"既然来到帝都，怎的楼少将军都不入宫觐见？"皇帝一改面上的阴寒之色，敛尽疑忌，首先出声，佯装笑脸："莫不是朕的诚意不足？"

楼西越象征性地回他一礼，声音毫无温度："天子殿堂，匹夫岂敢擅入？"

皇帝上下打量着他，有意无意地探问："将军府的命案，都知道了？"

楼西越看他一眼，目光里有猜疑，也有探究。

蕙妃适时补充："今早我与皇上出宫，准备明日去听花小筑，途经此地，方才听市井私议，才知楚将军府上出了凶案，正想赶过去看看。"

"清者自清，相信朝廷必不会让真正的凶手逍遥法外。"楼西越冷视一眼皇帝，话有弦音地道，尔后抱拳请辞："恕末将有事在身，不便奉陪，告辞。"

皇帝面现寒意，向随从使个眼色，便见他们上前一步，将他挡下了。

"听起来，楼少将军似是对朕颇有微词？"他抬步移到楼西越跟前，笔直盯着他的眼睛，笑意冰寒："倒不知对此案有何看法，可否说与朕听听？"

见皇帝步步紧逼，蕙妃圆场道："皇上，查案缉凶属廷尉之责，楼少将军乃斩敌护国之良将，权职有分，应是不便评议的。"

皇帝转而看向她，假笑探问："据朕所知，楼少将军是楚将军的养子，除此之外，不知与蕙妃有何渊源，使得蕙妃多方关照？"

蕙妃强作镇定，回道："皇上言传身教，时常训导我们要上和下睦，作为长辈，臣妾自当遵从，以免折损皇家颜面。"

外界传言楼西越乃楚定云的养子，既对也错——从他呱呱落地起，就时常遭人行刺，楚府终日惶惶，为保稚子性命，楚将军只得对外谎称他不幸夭亡。实际上，陆鹤之陆先生出于怜悯，收他为徒，暗中将孩子接到医庐去了，此事密而未宣，所知者无几。

后来的"收养"一说，不过是楚将军虚造名头借机将这孩子转往西川而已。毕竟他身份特殊，长期收留在陆先生身边，对他的安危也极为不利。

如今皇帝将信将疑，屡屡猜忌，自然是不希望放龙入海，宁可枉杀，也不留隐患。

"说到上和下睦，倒是提醒了朕，照民间叫法，朕还是楼少将军的姨父，就像楚将军之于浩儿，哪怕不常照面，总还是沾些亲带些故，心意相通，少将军说是也不是？"皇帝故作笑颜，幽幽地看去年轻少将。

"素人何敢高攀？"敛尽肃杀后，楼西越的音容上只剩冷漠。

皇帝反笑一声："抛开身份，就当是寻常亲戚不期而遇，姨父做东，盛邀贤甥，小聚一场如何？"

"皇上……"蕙妃急寻借口推脱，却被皇帝打断。

"小聚而已，蕙妃何故如此紧张？"

楼西越岂会不知，小聚是假，试探才是真，纵使这辈子都不想见到此人，甚至……欲杀之而后快，但为了不为难和连累蕙妃，此刻他也只能忍恨到底。

"却之不恭。"冷凛声音从他齿间飘出，穿过风雪，压住了蕙妃略显焦急的推说，他亦以眼神示意她不必担心。

皇帝笑里藏刀："甚好！"语毕，他唤了唤强装冷静的蕙妃，当先一步而去。

随从摆手让道："楼少将军，请。"

楼西越冷视着皇帝的背影，握掌成拳，缓缓抬步，挺拔身影渐渐被风雪吞没。

彼时青珑并未走远，仍在附近等他，瞟见这般景象，不由心中生忧。

当她匆匆返回去的时候，入宿的客栈已是沸沸扬扬，楼客窃窃私议的皆是将军府那件事，唏嘘声此起彼伏。

也难怪，楚定云戍守边关功不可没，坊间谁人不敬，加之他为人刚正严峻，威名远播，除了沙场斩敌外，公然在天子脚下缢死朝廷官员之事，叫这些对他敬佩有加的百姓听来确实难以置信。

"姐，到底怎么回事？朱雄怎会死在将军府？"褚子逍已经听到了风声，惊得不敢相信，与绿盈面面相觑，连声追问青珑。

青珑一时也理不出头绪："被人嫁祸，不知凶手，楼西越也被皇帝带走了。"

褚子逍更惊："他也被牵连进去了？"

许是医者心性平和，听到这些不虞之变后，绿盈的反应要比褚子逍稍稍沉静些，饶是如此，还是掩不住言语之中的紧张："师兄这两日一直在医庐，分身乏术，他怎么会有嫌疑？"

"暂不知是否因为此案被请去问话。"青珑安慰她道，将楼西越交代的话转述给她，让她不用记挂，先安心给人看病。

绿盈也知道自己帮不上什么忙，只得先点头答应："那我先去了，师父那边我会依照师兄的嘱咐，帮忙瞒着此事，以免他担心。"

"子道，你陪绿盈一块去，帮忙打个下手。"

"你要做什么？"见青珑想支走自己，褚子逍心下发慌，决计不放心。

青珑也没有隐瞒他："不用多虑，我先去会会那个人，探探他的口风。"

京城第一楼缥缈楼。

一如大街小巷，楼内的客人们亦是交头接耳，私下议论着同样一件事，就连掌柜老板也耐不住，凑过去与那些楼客争相辩说，忘情加激愤到不顾生意的地步了。

"楚定云威名素著，较之于夏皇更得民心，小小一桩命案能奈他何？" 沈隽倚栏静坐于二楼，一面听着楼底下的喧嚷声，一面捻转着酒杯笑看对面的蒙面女子。

"你的目的，不就是置西川诸将于死地。"青珑审视着他，想从那张看似恭谨端正，实则诡诈阴险的俊美面容上察觉些蛛丝马迹。

沈隽的目光始终不闪不避，笑问："这么蠢的手脚，姑娘认为是我动的？"

"除了你，还会有谁？"

沈隽失笑，不紧不慢地道："沈某有言在先，朱雄之死确与我无关，信不信就看你自己了。"

"你背着我偷换楚定云贺礼，直接导致他在御殿上触犯皇家威严。夏皇碍于情面虽未计较，但心里岂会好受，私下记恨那是必然，你会错过这个顺水推舟的契机？"

这番显而易见的偏见让沈隽不由发笑："如此说来，姑娘拿到了粮草和军火，便打算出尔反尔了？"

青珑无言以对，顿了一下才道："其他人不管，但是楼西越，你妄想动他分毫！"

沈隽阴郁一笑，擎杯一饮而尽："国之大敌，我若一个都不放过，又会怎样？"

长剑叮然出鞘，穿过沈隽肩上的虚空架在他脖子上，有些微血迹从划开的细痕中缓缓沁出。

哑奴见状，亦拔剑横出，防备般地划向青珑脖颈。

寒冷空气里，烈酒的清香混合着鲜血的腥味倏然飘散。

"若想触我底线，尽可一试！"青珑没有收剑，盯着沈隽幽幽然警告："北凉宦臣当道，国势危乱，想要改变现状，不除内患，却只在西川诸将身上付以歹念，妄想得逞！沈家不过一方豪贾，朝中无甚根基，靠你拿银子笼络人心，一时可行，却非长久之计——胃口太大，小心噎死！"

哑奴面现怒色，手腕蓦然使力，剑刃渐渐切入青珑颈中。

沈隽非但没有动怒，反还示意哑奴收剑。对于青珑既是忠告又是威胁的冰冷话语，他显得颇为慵懒，含笑而向，声音叵测："敢问一句，我与霍姑娘，谁更有可能得手？"

这话问到了青珑的痛处——比之于他，自己一没有招兵买马的充足饷银，二没有忠厚可信的心腹，三没有八面玲珑的广阔人缘，甚至还是世所不容的孤女，遭受乌德的暗杀。唯一雪藏的那些凉兵还不知道是否忠心无二，现下靠给予他们存活下去的粮草，才能暂时收拢住。

"姑娘上过战场，应该深知妇人之仁遗祸无穷，军争如此，谋国亦不例外。"沈隽拨开脖子上的剑，彬彬笑道："楼西越内敛克制，国之重将自有分寸，他能给你放心和信任，却纵容不了你暗藏精锐的行举，走到最后，迟早与他兵戎相见。除了我，姑娘还有何人可以放心倚借？"

这样的预见让青珑心口突然一疼，那句出自楼西越口中的警告不觉然在她耳畔回响——倘若你们的目标是西川大军，先踩过我的尸体！

片刻失神后，她摒去杂念，冷声道："你为北凉，我为青桑，各取所需后，你觉得我会放心留你在世上？不要告诉我反过来不是如此。"

"但就当前来说，姑娘离不开我这样日后会过河拆桥的盟者。"沈隽也不避讳心中盘算，笑应。

"希望你的暗箭来得不要太早。"

沈隽但笑不语，随后将话题转开："当堂呈送天子头颅，这意味着什么，人尽皆知。说来也怪，夏皇却并未即刻处斩陈晟，看起来姑娘的仇不好报，还要继续吗？"

"我的事不劳你插手，若再借此推波助澜，休怪我不客气！"

沈隽正要开口，靠近栏杆处的哑奴似是看到了什么，在他面前比画了些手势。

此时青珑转身将离，他略略琢磨一番，出言唤住她："难得今日如此热闹，姑娘不妨留下，有位素友片刻即来，可也结识一番，兴许日后用得上。"说完他抬手将颈间的衣领往上提了提，掩住了那道剑痕。

青珑正忧心楼西越的境况，对他的友人并无兴致，正要谢绝，却见楼梯拐口处从容走来一位年轻公子。

那人容止俊逸，雅致如竹，眉眼温润，面上含着微微淡淡的笑容，在这寒冷雪天里犹似一道拂面春风，看得人舒心而安然。

只一眼，青珑目中惊色毕现，像被人施了定身术般立在当下，一个久远的名字从她的记忆里忽然涌出，汇成三个字眼跳到她齿间，却久久发不出声。

"舒兄恳予薄面前来一叙，沈某不胜荣幸。"沈隽离座而起，上前几步含笑招呼那位公子。说话之时，他并没有注意到青珑眼里的异样。

"沈兄言重了。"那人朗朗笑应，在他身后，跟着一个十七八岁的姑娘，面带娃娃气，穿得粉嫩甜美，一举一动极是俏丽。

舒九容，以及他身边的剑侍琼儿——青珑没想过能与他们重逢，竟还是以这样的方式相见，着实有些吃惊加内疚，视线微微闪躲。

"这位是……"客气过后，舒九容注意到了即将离开的蒙面女子，含笑望来。

沈隽侧目，笑着引荐："来自青桑，霍铎之女。"

舒九容目光一凝，抱拳一笑："久仰令尊大名，霍家一门忠烈，舒某佩服。"

"南燕才俊舒王府九公子，果如世人所传，雅致无双。"青珑避无可避，只得迎上他投来的清浅笑意，刻意压着声息，放缓语速，用蒙骗外人的假音和伪声回道。

"虚名而已，姑娘谬赞了。"舒九容一如当初，笑得温和如风，"倒是姑娘纵马疆场，摧锋陷阵，可谓女中真丈夫，这份丹心碧血，舒某由衷钦佩。"

沈隽唤来小二重置酒器，粲然一笑："难得外面的风言风语不会搅扰到这里，雪静酒香，巾帼才俊共聚此间，今日沈某做东，与两位共醉一场！"

"要事在身，不便奉陪了。"青珑不知道待下去会发生什么事，当即谢绝，说完也不停留，请辞走人。

琼儿不乐意了，伸手挡住她，娇声责开："你别这么扫兴好不好？这么俊的两位公子请你喝酒，一点薄面都不给？"

"琼儿，不得无礼！"舒九容斥责的声音即刻响起。

青珑不敢回头，提剑匆匆离开。出了缥缈楼后，她只觉脑袋晕胀，胸口堵得慌，纳闷于沈隽如何与舒九容结识，并且两人看起来关系还不错的样子。不过一细想，沈隽那厮坐贾行商，各处游历，自然广交名士，尤其像舒九容这种权贵子弟，因为生意上的往来，互相结交也不足为奇。就像闷葫芦，领兵作战驰骋四方，走的地方多了，见识的人也就多，隐约记得他说跟舒九容也算是点头之交。

闷葫芦……

一想到他，青珑不由心慌意乱。

大雪连下数日才消停，四野苍茫无垠，宛如天宫。

"真漂亮！南国的冬天很少下雪，长这么大还没见过这么大场面的！"离开缥缈楼后，琼儿扶着舒九容小心往回走，天性好动的她按捺不住对这天赐之物的喜欢，神采飞扬，麻雀一样欢腾，"公子，千里迢迢难得来一趟，不如我们在锽城多玩几天？"

舒九容笑道："公子无所谓，就看白前那小子肯不肯了。"

琼儿四处一瞅，心知那个叫白前的影侍就潜伏在某一个她看不见的地方，于是撇嘴道："公子偏心，就会欺负我打不过他。"

舒九容摇头一笑，望向城外的雪峰，眉目清和，神色悠闲，边走边道："出门在外总要有个分寸，日后学着他，别总是长不大的样子。"

"他就整个一根木头，学他多无趣。"琼儿十万个不喜欢，说着跑到街边摊铺前，买了一个胶泥捏成的呆小子和一个翩翩佳公子，呈到舒九容面前："喏，跟白前这愣头青比起来，公子就是天上的神仙，他就是地上的烂木头！"

说话时，旁边低头走来一名女子，步履仓促，将那泥人碰倒在地，四仰八叉地散落于雪中，就像被人肢解了一般。

"你还我白前！"琼儿一急就要捉住她，却被舒九容摆手拦下了。

他审视着这名始终垂着脑袋的女子，俯身捡起地上一截泥肢，含笑道："大街宽敞，姑娘为何执着于此道？"他自然看了出来，那人是硬着头皮故意撞上来的。

"舒九容，对不起……"那人心里愧疚，始终抬不起头："我不辞而别，离开南燕流浪到大夏了。"

过了这么久，不知道他还认不认得自己，但实在是有求于他，她也就只得厚着脸皮贴过来。

一语出，琼儿疑惑地凑到她面前，经久才想起来，先是一脸不可置信的表情，尔后幸灾乐祸一笑，最后大声斥责："霍青珑，你个忘恩负义的！枉公子差人到处贴画像找寻，以为你和叫小奴的被大公子暗地里杀了，内疚了好久！"

舒九容静伫当下，没想到会在锽城与她邂逅，心情顿时就像落石的河面，溢出喜悦："霍姑娘，久违了。"

青珑对他心存感激，沉声作解："那时我与舒长轩水火不容，不想给你添麻烦，就留了封信带着子逍离开了，几经辗转，最后来到了大夏。"

"这两年过得可还好？"舒九容关切地笑问，"我事后派人找过你们姐弟，一直没有消息，还以为……所以就无奈放弃了。"

青珑愧对他的挂念："我知道自己没心没肺，没法报答你的救命之恩，所以干脆走得彻底，只把你对我们姐弟的恩情记在心里，这辈子都不会忘记……"

她说这些话的时候一直垂着脑袋，以无比歉疚的姿态表明自己良心的不安。当年若不是舒九容施以援手，她不知道自己与子道能否安然离开烨城。

"平安无事就好，都是些举手之劳，不足挂齿，却要被人记在心里，倒要让我诚惶诚恐了。"舒九容大度地笑笑，将她从回忆里拉回现实。

末了，他又问她："子道的病情可有好转？你们住在何处，方便过去造访吗？"

还是一如既往听来让人觉得舒服温暖声音，青珑心口发热，道："我带子道来锽城，找了陆鹤之前辈给他诊治，这段时间病情已经稳定下来。"

"陆鹤之？"听到那个名字，舒九容的眼里满是歆羡："前辈艺精德劭，誉满杏林，不过这些年寂居世外，已经鲜少出山施诊了。此前父王膝骨寒痛，曾派人登门拜谒，意欲邀至府上，却未能如愿，你能请到陆前辈，可算本事。"

青珑心里清楚，自己其实是托了楼西越的福，如实坦白："倒不是我自己有这能耐，而是得人美言才能有此殊荣。他是我在大夏结交的第一个朋友，对我们姐弟好，我却总是欺负他，就在刚才，他出了事……"

"是吗？"琼儿插了一句嘴："我一看就知道你是个黑心肠的家伙，柱公子当初费劲辛苦救下你，还被大公子记恨……"

"怎么了？"舒九容阻止了她，追问。

青珑犹豫了一下，道："他被微服出宫的夏皇带走，不知去向，更不知安危与否……"

"夏皇？"琼儿吃了不小一惊，"能认识一国之君，你这朋友一定大有来头！"

舒九容忽然明白青珑方才为何会以那样的方式出现在他面前了，了然笑笑："所以让我帮忙打听？"

青珑惭愧不已，又找不到旁的可信之人相助，脸皮只得一厚到底，点点头。

"方便告诉我他是谁吗？"

"楼西越。"她语声清朗，因为相信他而干脆地道。

舒九容面上的笑容凝住，随后又恢复如初，笑道："久仰楼少将军大名，其人端正磊落，军功累累，乃沙场上数一数二的翘楚俊彦。我与他有过数面之缘，看起来他寡言少语，不怎么喜欢与人打交道，难怪会吃你的闷亏。"

"舒九容，我知道这样做可能会给你惹麻烦，倘若你有为难之处，就不要勉强。"

舒九容也在低头沉吟着，有片刻的沉默，但最终还是答应了，笑道："准备一下，随我去看看。"

《第十九章》
夜杀

东苑毗邻皇宫，地广而精绝，苑景绮丽恢宏，是夏皇暇时赏猎的去处之一，间或在此接待外使和召见朝臣。

是日，萧璟浩偷溜进来，几经摸索，方才寻到人。

"你小子真不够意思！"年轻皇子血性方刚，狠狠拍了拍楼西越的肩膀，面上漾出久违的笑，丝毫没有生疏感，"好不容易来趟帝都，连声招呼也不打？"

"六皇子？"楼西越料想不到，面现诧色，很快恢复如初，抱拳一礼："行程仓促，还望殿下海涵。"

萧璟浩心知时间不多，也就不拐弯抹角，朝随行的宫女东雯使了个眼色，命她在外把风。

"听母妃说，你被父皇召来此处，她不放心你，托人带话叫我过来看看。"萧璟浩将心中困惑开门见山抖了出来，问他："表哥，父皇故意把你支开，是否因为姨父那案子？明眼人都能寻思出个中蹊跷，唯独父皇信以为真，单凭楚府悬尸这一点就认定朱雄的死是姨夫所为，着实有失偏颇。不行明日我上奏父皇，求他……"

楼西越劝住他："蕙妃及殿下好意心领，但此事不必上心，置身事外即可。"

萧璟浩会错了意："这般见外做什么？再怎么顾虑，母妃是你姨母，你是我表兄，总不能因为这事就不敢认了。"

对于楼西越"养子"的身份，萧璟浩自懂事起就知道。

据悉楚将军与锦阳夫人当年原有一子，但对其管教颇严，常年不允他出府，见之者寥寥。此子命数也薄，年方五岁便不幸"夭折"，雪上加霜的是，一年后锦阳夫人也抑郁而终，独留楚将军伶仃一人。为了消减悲痛，他便收养一子。

　　领养的那个孩子就是现在的楼西越，最初他随的楚姓，唤作楚铮。但不知为何，他却给自己化名为楼西越，且沿用至今，以至于他的本名几无人知。

　　萧璟浩曾因好奇问过蕙妃，得到的答案却语焉不详，大意是说楼西越被楚将军领养前，曾被一陆姓之人收入门下，受他教诲，师徒感情深厚。之所以弃名改姓，是因为这位陆前辈的子嗣早年死于战火，获悉此事后，他才有如是决定，楼与陆音近，言外之意显而易见。

　　这些都是萧璟浩零零散散从蕙妃口中问出来的，且她还告诫他不得外传。

　　如此，他觉得自己与楼西越在血缘上虽然毫无瓜葛，算不得表亲，但辈分上终归是，更惊慕于他的赫赫军功，期待着有朝一日也能像他那样放马疆场杀敌斩将。

　　敛去那些无关的思绪后，萧璟浩道："不行我先找借口探探父皇的口风，他召你来此，却以政务繁忙为由把你晾在此处，出又出不去，摆明了就是监禁。"

　　楼西越感谢这个皇子的率真和坦诚，并不让将他涉入其中，便婉言谢绝，转而问他："楚将军可好？"

　　萧璟浩道："这个你不用担心，姨父虽被带走，但那案子破绽不少，到现在也没什么动静，廷尉那边不敢亏待他。我想去探监，不过母妃说什么都不让去，也就没再惹她不高兴了。"

　　楼西越稍稍放了些心："蕙妃如此做法自有她的打算，殿下能体谅，孝心可鉴。"

　　两日来在东苑中仔细思索了一番那日的情景，有些事情他也想明白了些许，恰恰最不可能的人，或许才是凶手，无论蕙妃知与不知，都不能自乱阵脚。

　　萧璟浩还想细问，谁知东雯忽然跑了进来，说是外面来人了。于是他只得作罢，速速撤离。

　　来人身着一袭素雅衣衫，眉如远山，面含温笑，似春日暖阳，消融了一方寒冷。在他身后跟着一个身着紫棠色夹袄的女子，还没辨认出，她就已经迫不及待地奔了过来。

　　"闷葫芦，你怎样？"总算见到人，青珑一颗悬着的心方才落下，触他双手冰凉，于是一把抓来给他搓着取暖。

　　楼西越的表情还停留在见到这个南国权贵公子的诧异当中，愣而失神，顷刻后才摇摇头，示意自己无碍。

　　舒九容抱拳一礼，含笑道："楼少将军，久仰。"

　　他回之以礼："九公子，幸会。"

"情况特殊，舒某不便久留，改日再叙。"舒九容笑意平和，叮嘱青珑长话短说，便阖门出去，静立在屋外一棵蜡梅树下，借赏花来望风。

"东苑戒备森严，你不该冒险来此，尽快回去吧。"

"我不放心你。"青珑堵住楼西越的话，"皇帝借口把你请到这里，与监禁无异，我生怕他不择手段，背地里下暗手……"

见惯了她没心没肺的模样，如是担忧令楼西越微怔，目光躲开："你瞒着我与人为谋，意在于此，不正好？"

青珑无比歉疚，紧张道："闷葫芦，我与人勾连不假，但害你之心从未有过，更不允许他打你的主意！"

"当真？"

"千真万确！"

他垂睑沉思，像是警告自己一般，恨恨地道："暂且信你。"

青珑适才破颜："我会想办法，帮你从此地脱身……"

"不用管我，我会小心，但有一事，需要你相助。"

青珑毫不犹豫地点头答应："我一定全力以赴，替你办到。"

"帮我，也是帮你。"

青珑惑住，等待他的下文。

楼西越道："缢死朱雄的幕后主使，我已猜知几分，其嫁祸楚定云，大有借机试探之意，想以此逼他暴露本心，率军哗变，从而有个名正言顺镇压权臣的借口。"

朝野僵持，一山二虎，始终是皇帝的心头大患，但因为没有捏住楚定云的短柄，他始终不得机会出兵剿杀。而若以硬治硬，稍有差池，不仅生乱，外敌亦将蠢动。

所以尽管皇帝对楚定云的"忠心"始终存疑，更怕自己当年的所作所为遮掩不住而意欲斩杀，但那样的后果他又承担不了，故而数年来未敢妄动。不过这并不表示他不想动，事实上，只怕他做梦都想将楚定云除之后快。

然而两虎相搏，需要旷日持久的忍耐，既留存战力又锁定死穴，方能给对方致命一击！

楚定云能做到不动声色稳打稳胜，皇帝却疑忌愈重，显然按捺不住了，所以等不得欲逼他迎战。

青珑也一直在思量此事，既然沈隽并未涉入，那么以楚定云的威望和军权，敢公然用这漏洞百出且自相矛盾的手段算计他的，她能想到的，也只有一人。

"那日据楚定云所言，接案后仲远瞬间赶至事发地，而从大牢到将军府，一来一回少说也需一炷香的时间。排除他恰好就在附件办案的可能，最有可能的就是他已经埋伏在侧，听候指令。但就仲远本人来说，他没有陷害楚定云的动机，可他却是为皇帝办事的，那么事情就不一样了。而且偏巧不巧，那日皇帝也出现在楚府附近，想来是怕事出有变，必要时自己出面。"

楼西越颔首默认："事到如今，大可将计就计，祸首既能被转嫁于楚定云，同样也可移至戴罪之人。如此，你之大仇可报，楚定云亦能无罪获释。"

青珑顿悟："闷葫芦，你的意思……以彼之道，施彼之身？"

他点头承认："朱雄一案由仲远查办，近日他会多方搜取证物，可借此契机翻案。"

"我明白怎么做了。闷葫芦，皇帝阴毒狠绝，你在这里务必当心，我会托舒九容间或过来照看。"

"不用，我会谨慎。舒九容身为异国王臣之子，身份特殊，无故频繁在此走动，传到皇帝耳中，他会如何作想？"

青珑也知道后果，只得无奈嘱他："那你千万当心了。"

"你也一样，量力而行。"

青珑轻轻点头，不舍地看他一眼，方才离去。

夜色已深。

舒九容将青珑安然送出东苑，便与她作别。

"放心吧，若有机会，我会替你去看看楼少将军。"看得出青珑犹有牵挂，舒九容笑着安慰她，"恰巧夏皇安排我与父王居于东苑，往来也便宜。"

青珑感激不尽："总是在最狼狈的时候求助你，都不知道该怎么报答……"

舒九容大度一笑，示意她不必客气："世家子弟各自为利，最难得的便是坦怀相待，你能毫无顾忌地相求于我，便是拿我当朋友。这份信任，足以抵过万千谢字。"

青珑心口一热，吞回将要出口的谢语，离开的时候，忽地听见了什么声音，抬头望向身后高高的围墙。

舒九容也有察觉，及时出声阻止了她："不用回头，白前的身手不成问题。"

想到那个如影随形护在舒九容左右的黑衣影侍，青珑这才放下心来——琼儿在明，却只不过是个贪玩好动的丫头，白前大多时候都在暗处，才是他真正的护卫，并且那个影侍的身手登峰造极，鲜有对手。

不过有一事她不解，往后倒退了几步，问他："舒九容，你不曾习武，怎的耳力如此灵光？"

毫无预料的问题让舒九容愣了愣，面上的表情顿住，片刻后复才绽笑："眼瞎过，只能听声辨位，所以耳力较常人敏锐。"

青珑惊住，立在当下一动不动。

"吓着了？"舒九容趣笑一句，抬头望着远方的茫茫夜色，笑道："幸好，又看得见了。"

青珑不知道该说什么，心底五味杂陈，后悔自己过问。但见他笑容温和，眼如星子，熠熠生辉，她又渐渐释怀，坚定道："上天一定不会亏待好人。"

她说这话时，忽而明白过来，为什么他身边有了白前那样无可匹敌的高手暗中保护，却还要带上琼儿那个身手平平的剑侍，并且与她形影不离——或许在他失明的那些时日里，她一直充当着他的眼睛。所以尽管那个丫头顽劣，却依旧被他当妹妹一样宠着，其实也是在还恩吧。

"借你吉言了。"舒九容笑笑，如和煦春风，融了寒霜冷雪，"夜里人少，路上小心了。"

青珑颔首："你也当心。"

说完她望了一眼围墙那边的动静，确定没有意外后，才向着夜色深处徐徐去了。

高墙之上，影侍白前几招就解决了跟踪舒九容的细作，并搬离了尸体，然后快步走过来，俯首将一个腰牌呈给他："公子，此为皇家令牌，从这些人身上搜到的，若没猜错，应当是夏皇一直在盯着王爷与您。"

舒九容心里清楚，本该喜庆的寿宴，却变成如今的局面，夏皇自然也得提防父王，怕他暗中推波助澜。

"毁了吧。"他没有看那腰牌，淡然道："这里不是王府，夏宫中的事少掺和，否则牵连的便是整个南燕。另外父王若是问起，就道我近日在锽城游玩，其他的不要多说。"

"是。"白前恭敬答应，末了扶住他手臂。

舒九容摇摇头："一直都有找大夫调理，只是夜里偶尔会无故复发，现在没事了，看得清路。"

白前见他步履从容，也就放了心，不再固执，恭敬地跟在他身旁，返回居处。

青珑在赶往客栈的路上碰到了褚子道，原来是少年担心她，独自出来寻找了。

在这之前他不知道青珑做过什么手脚，但是近日帝都不断出现事端，加之她频频外出经常跑得不见人影，褚子逍也已猜到了几分。

青珑送他回到客栈，想了想，又有出去的打算，便道："子逍，今天阿姐碰到了一位故人，约在晚上相聚，就不回……"

"哪位故人？"褚子逍敏感地绷起神经，楼西越被皇帝请去，不知道会不会因为楚定云的疑案而受到牵连，她不相信阿姐还有这种闲心去聚会。

"就是早先我们身陷奴场和王府时救过我们的舒九容，他们父子代替南燕皇室来给夏皇祝寿，完了之后就在锽城赏玩几日，不巧碰到他了。"

"舒九容？"褚子逍面现喜色，当年他和青珑一走了之，一直没有机会报答他们主仆。

青珑点点头："你就在客栈安心睡觉，夜里寒气重，晚上不要外出，切记陆前辈和绿盈的叮嘱。"

褚子逍差点就信了，正欢喜着，忽又多了个心眼，觉得不对劲——就算故人重逢，要把酒言欢也不可能约在这么晚的时间。

这一定是借口！

"我跟你一起去。"不知道她之前做什么也就罢了，现下既然晓得，褚子逍再也放不下心。

"子逍！"青珑不耐于他的固执，不觉然加重了语气，催他回房去睡："听话，我不让你去，是考虑你的病情，等把身子养好了，我们……"

褚子逍依然不走，挑明了话："你实话告诉我，陈晟那事，是不是你挑起的？"

青珑心知纸里包不住火，迟疑须臾，只得点头："只不过生出变故，朱雄之死搅乱局势，陈晟的大不敬之罪便被搁浅，我心里不甘。"

褚子逍了然："所以你今晚出去，就是为了这事？"

"我只是去看看状况，不会做什么，你别……"

"那我跟你一起去。"褚子逍坚定地道："打从认识以来，你总是想着我，我做得到看着你涉险，却做不到无动于衷。"

一句话，击溃了青珑的执拗。

"阿姐……"意识到了自己的倔强，褚子逍又补充道："我知道自己身子不好，总是让你担心，但我已经长大，有些事情能够与你一起做，就应该承担起来，不能总是被你护在身后。"

青珑心下酸涩，为自己的固执向他道歉："对不起……阿姐总是一意孤行，没有考虑过你的感受和想法。"

褚子逍释然一笑："你说过我们姐弟二人相依为命，既然是这样，无论是斩除国奸还是兴兵复国，就应该一起担当。"

青珑欣然，点头答应："那好，随我去一个地方。"

此时夜已深沉，除了更夫提着铜锣打更的身影外，大街小巷上已经难见行人，这让身着夜行衣的青珑和子逍二人少了许多麻烦，他俩快速而谨慎地朝一座挂满缟素的府邸行去。

因为朱雄的死，近日朱府行丧，白日里人来人往，嘈杂不堪，直到夜里才安静下来。

仆人和守卫都已疲惫不堪，各自偷懒休息，两人钻着这空子，潜入府内。

"从哪里开始？"褚子逍的声音压得极低。

"随意，只要能留下蛛丝马迹，将疑凶转嫁给陈晟就行。"

如闷葫芦所言，皇帝以朱雄之死为由开始针对楚定云，若以其人之道还治其人之身，反将凶手变成陈晟，那么既乱了皇帝筹算，陈晟也妄想再有活路！

褚子逍瞧见一间屋子，趴在门外窃听片刻，听到里面传出窸窸窣窣的细响，于是唤来青珑："里面有动静，就这个了。"

青珑小心拔出剑，伸进门缝一点点拨开门栓，之后与他一前一后偷偷摸进去。然而转到内屋的时候，看到的景象让两人大吃一惊，双双愣住。

空气突然凝滞不动，唯有榻上缠绵在一起的人的对话在他们耳边回响着……

"你虽是嫡子，但你爹生前更器重你大哥，公车丞可是你能沿袭得到的？"

朱吉紧紧搂着怀中人儿，哄道："怕什么？嫡庶有别，再是庶长再比我有本事，那也轮不到他！宝贝儿，亲一口……"

"你轻点……那如果有万一呢？等你爹下葬后，你不得守孝三年，谁知道这当中会发生什么变故……"

"那你说怎么办？"朱吉想了想，觉得有些道理："宝贝儿，你说怎样才能躲过这三年孝期？"

怀中人思量少顷，道："这简单！你爹生前是皇上的耳目，到了你身上，那还不一样？只要在皇上面前表露忠心，若能夺情起复这不就成了。或者想办法让你大哥去守孝，事成之后再寻机会打压他，彻底了却后患。"

朱吉听罢喜不自禁，搂紧了怀中人，与她卿卿我我。

青珑与褚子逍看傻了眼，咬牙斥道："好一对狗男女！"

朱吉身子一震，鲤鱼打挺跳起来："谁？"说着竟见两道黑影嗖地从内间掠出，声息不闻。

逃出来后，青珑彻底打消了再次潜入那间屋子的念头，一把揪下面巾，脸上烫得厉害。褚子逍更是羞红了脸，恨不能找个地缝钻进去。

"褚青虫，回去抄一百遍'非礼勿视'！"

"哦。"褚子逍只怪自己听不出那是什么声音，糊里糊涂地撞了进去，没敢反驳，闷声答应，"给你房间也挂一半。"

青珑狠狠拍了拍自己脑袋，适才渐渐恢复平静，暗斥那朱吉真不是东西，非但在自己父亲尸骨未寒时行那苟且之事，竟连他的丧也不想守，朱雄生前养着那样一个不孝子，算是瞎了眼了。

"还要去吗？"褚子逍从阴影中探出半个身子，望着朱府瞬间嘈杂不堪的场面，转头问青珑。

青珑自然不愿放弃，探身出来，竖耳一闻，脸色忽变："你听，什么声音？"

喧嚷的朱府内院里，隐约传来一个孩童的啼哭声，抽抽搭搭幽咽不止。夹杂在其中的，还有叮叮当当的尖锐细响，越发清晰地向远处扩散，像是有人在恶斗。

两人心生疑惑，重新蒙好面巾，循声追去。

朱吉不知道方才闯入房间的人是谁，裹着寝袍奔了出来就要喊人去逮贼人，谁知刚一踏出屋门，一见外面的场景，面色陡变，吓得双腿一软又赶紧缩回去了。

冷寂的庭院中，一男一女两个黑衣人手持利剑，仿佛地狱归来的恶鬼，与府中的护卫厮杀在一起，招招见血，毫不留情。其中一人背后绑了个小孩，眼睛用黑布蒙着，放声大哭，不停喊着"我要阿爹""我要阿娘"之类的含糊字眼。

那是……月芜和蔺池？

青珑隐藏在暗角，借着院中灯火的映照认出了那两人，正是替陈晟卖命的杀手。

起初她有些惊讶，不清楚这两人为何会跑来朱府杀人。再看蔺池背着的那个大声啜泣的男童，她隐约想起楼西越曾说过，那日他们声东击西调换陈晟送给皇帝的贺礼时，他曾遇见陈府管家对两个幼孩下毒手，致使一个女童惨死，侥幸活下来的男童他没机会救出来，最后落到那两个杀手手中。

这样想来，他说的那个男童，或许就是此刻这个哭泣的孩子。

只是有一点她不明白，管家敢明目张胆地残害幼小，想必也是受了陈晟的命令，那两个杀手既然为他卖命，为何会违背他的意图，不顾危险保护这小孩？

莫不是他们对陈晟的话并不是十二分听从？

"姐，他们是谁，你见过没？"褚子逍不认识他们，问青珑，"要不要借他们之手，捅点篓子？"

青珑也正有此意："他们是陈晟的手下，如此一闹，正中我们下怀，先过去静观其变，必要时搭一把手，顺水推舟。"

褚子逍会意，与她转移到院中的大树后面，屏息窥视。

"朱和，滚出来！"蔺池背着那孩子，与月芜挥剑杀开一条血路，挨个房间搜寻，怒声叫唤朱雄的长子。

"哐当"一声，房门破开，两人冲进去。

"别杀我……"朱吉吓得扑通跪地，双腿打战，骇然变色，动也不敢动。

"谁是朱和？"月芜杀红了眼，见朱吉不答话，横剑架在他脖子上。

朱吉瘫软在地，指着对面一间房，惊恐地求饶："我不是朱和！别杀我……大哥、大哥在那间……"

蔺池与月芜毫不犹豫，又折向对面，果见一个男子趴在窗户上，欲跳窗逃逸。

月芜眼疾手快，一剑掷出刺穿那人后心，尸体仰面栽下，轰然倒地。

来到窗前后，她揭开遮住男童眼睛的黑布，声音幽幽地道："豆豆，你看清楚，就是这个人害死了你阿娘，命人打伤你阿爹，将他丢到街上活活冻死……"

孩童没见过如此血腥的场面，惊恐地盯着地上怒目圆睁的尸体，一听月芜的话，哇地放声大哭："我要阿爹阿娘抱……要跟阿姊玩……"

"不哭，月芜姐和蔺池哥哥带你去找他们……"月芜抬手替孩子抹掉眼泪，重新用黑布蒙住他双眼，以免这样的景象在他幼小的心灵里留下阴影。

这边两人杀了朱和，只顾着安慰孩童，稍稍放松了戒备，一时间没有注意到门外频频攒动的人影。等察觉到异动时，外面大火忽起，烈焰扑面而来。

"给我倒，全部往上倒！烧死他们！"真正的朱和站在屋外吆喝仆人点火，并抬来麻油，拿着瓢盆拼命往烈火中泼洒。

火势冲天，犹如游窜的巨龙，甩头摆尾，眨眼间蔓延到整间屋子。

两人大惊，刹那间醒悟，方才杀死的竟不是朱和！

情势紧急，他们没有时间多想，抱着孩子疾速向外撤离，刚一踢开门，一罐麻油迎面飞来，溅起的油液遇火骤燃，急火扩散逼得两人掩面退回，瞬间锁死出路。

月芜奔入内间，将一壶凉茶倒在桌布上，抽下来裹在男童身上，对蔺池道："我开路，你随后，一起冲出去！"

蔺池点头答应，在她的掩护下背着孩子快速移到窗前，抢凳砸框，拼足劲力纵身扑出烟火。

较之于已经逃得不见踪影的朱吉，朱和比他多了些胆量，见这两人强行冲了出来，喝令众仆："杀！"

然而语方落地，一条飞钩忽从暗处袭来钩住他后衣领，猝不及防将他整个儿提起。牵索之人顺手扯开他缟服带子，环住他脖颈悬于树下，并将一封密信悄然塞到他袖中。

朱和气息卡住，发不出话，胡乱挣扎着，没几下两眼一翻，气绝而亡。

很快，又有数名朱府武仆相继被勒颈致死，死法与朱雄毫无二致，行凶者是两个蒙面黑衣人，无人识得。

月芜和蔺池双双愣住，同样不认识这两人，心有戒备："来者何人？"

对方并没有明说助他们突出重围，之后其中一人上前，查看孩子并未受伤，道："先别问，出去再说。"

火势危急，并无时间多想，况且这两人伸出援手，帮助他们替孩子的父母报了仇，月芜与蔺池便对他们没有敌意，当下在他们的挡护下，背着孩子速速离开朱府。

然而在掩护他们撤离的过程中，蒙面人趁其不备悄然斩断了蔺池腰间的令牌，并故意将其遗落在了事发地。

远离了朱府后，月芜和蔺池疲惫不堪，加之身上多处被大火烧到，伤势不轻，便倚墙坐下，稍事休息。

青珑退掉孩子身上的湿布，借着雪色一看，孩子两颊有些泛红，但并未起泡，只裸露在外的额发被烧了一些，除此之外别无他伤。再一探孩子呼吸，尚还均匀，想来是惊吓过度，哭昏过去了。

"两位是……"月芜抬头问青珑，说话时目光在她身上来来回回打量，观其身形，竟似在哪里见过。

青珑没有隐瞒，揭下面巾，迎上她的视线，语声幽幽："取你们性命之人。"

一语出，月芜和蔺池双双变色，终于想了起来，不久前陈大人在西川遇刺，行凶者是一蒙面女子，其身形举止与眼前人如出一辙。

刹那间，两人拔剑出鞘，撑着站起来，已经放松的神经再度绷紧。

"不用害怕。"青珑冷然道，看着蔺池背上的孩子，神色间多有揣测："我只是不解，陈晟给了你们什么好处，能让你二人对那个卖国求荣的奸徒死心塌地。还有……"

"信口雌黄！"没等青珑说完，蔺池断然回驳，拔剑指来，怒道："你们到底何人，是不是霍家余孽？因何诬陷陈大人？是不是你们对贺礼动了手脚！"

褚子道拦腰一截，将蔺池手中的剑挡下，愤声驳斥："那是他咎由自取，死有余辜！你们不明事理睁眼瞎，护那奸贼，还污蔑霍家人，与为虎作伥又有何异！"

蔺池绝不听信谗言，不顾身上的伤，与月芜挥剑杀来，然而轻易就被两人避开，几招之后心余力绌，颓然倒在墙根，一脸决绝地盯着他们。

"我可以不杀你们。"青珑剑指着她，视线从昏睡的孩童面上飘过，厉声道："能舍命庇护无辜幼小，便说明你二人良心仍在。我只问你们，为何信口雌黄，在东市那些奴民面前毁谤当年拼死抗敌的青桑忠烈？"

初来京都时她不知道这件事，还是楼西越告诉她，因为她刺杀陈晟未遂，陈晟担心日后失去人心，便授意这两个杀手这么做。

褚子逍义愤填膺，附和一声："背叛青军的奸贼是乌德，就是现在的陈晟，不是霍家母女，为什么你们要含血喷人？"

青珑怕少年因为情绪激动而病症复发，拦住他，冷目看向月芜，道："是是非非自有上天在看，凡事只求问心无愧！霍家世代为将，忠心无二，从未做过叛逆反乱之事。若你们再颠倒黑白，让忠良蒙羞，休怪我手起刀落，替那些尚还知道是非曲直的青桑百姓清理门户！"

说着她从蔺池背上解下孩子，交给褚子逍——不是担心两人会亏待这孩子，而是怕他们将他带走后，像陈晟荼毒他们那样荼毒这个孩子的心，将他教成一个良莠不分，只知杀人的工具。

月芜仍不相信他们的话，誓要夺回孩子："放下豆豆！"

褚子逍拦住她："若他是我青桑同泽，便不由你们教诲；若不是，也不会交与恶人收养！"

月芜正要杀过去，却在听到这话时忽地顿住，面现惊疑："你是……青人？"

"是又如何？"褚子逍余恨未消，愤愤不平："我族虽亡，但那些流民也是人，不是任由你们欺辱的牲畜！"

仿似心底最深处的伤疤被揭开，两名杀手眼里同归于尽的绝烈逐渐消失，默然不语。

青珑并不知道他们的底细，只当是陈晟为自己培植的暗卫，但见两人不再拼杀，她也就罢手，道："别的我不多说，只警告你们，死去的青桑将士中没有一个生过叛国歹心，即便粉身碎骨，亦不会投敌苟活，再有人构陷忠良，我必除之灭之！回去告诉陈晟，八年荣华尝尽，殊荣过后，便该自提脑袋，向那些惨死归龙关的忠魂谢罪！"

说完，她裹紧了孩童身上的衣服，与褚子逍带着他转身离开。

$$第二十章$$

穷途

"你是不是霍铎之女？"月芜望着她的背影，敛去心底的悲楚，上前一步拦住他们，喝问："陈大人隐忍这么多年，便是伺机起义，救我同族，为何一再遭你反咬？当日在西川刺杀陈大人的，是不是也是你？"

"起义？"青珑只觉可笑至极，笔直对视着她，凛然反问："他跪舔敌寇，坐拥荣华，又是公车尉，八年来可有为奴场那些受尽苦难的同族发过一个兵？到底是想起义，还是在苟活，回去盘查清楚，再来过问。"

月芜与蔺池面面相觑，回答不出。

"还有，"见两人并非冥顽不化之人，青珑的语气渐渐和缓，偏头看了看怀中昏睡的孩童，道："若非陈府中人加害，他的阿姊也许不会死于非命，即便无父无母，至少在这世上还有一个可以相依为命的亲人。你二人救了他们，却因识人不明而直接送羊入虎口——是继续助人下石，还是浪子回头，两条路由你们选。若不知反思悔过，下一次相见，我必不会手下留情！"

"慢着！"蔺池疾步上前，伸臂将他们拦下，"你二人口口声声道陈大人不是，可有证据？"

青珑抬头，正色道："证据就是归龙关内的累累白骨，还有受尽屈辱无家可归的族民，睁大你们的眼睛看清楚！"

说到最后，她的眼睛微微泛红，想起了关内那些死去的将士被腐土填埋的尸骨，无一不戳她心口。

"子逍，我们走。"看着孩童安详的睡容，青珑收回久远的回忆，带着孩子往回返。

此时月芜和蔺池彻底沉默，凝望着他们远去的背影，经久才开口，声音恳切："你们说的，我二人会找陈大人问清楚，这期间烦你们照顾豆豆。"

说完，两人毅然转向大牢的方向，很快消失在雪夜里。

青珑回望一眼，迟疑顷刻，将孩子交给了褚子道："你带着他先回去，我去看看。"

"陈晟现在走投无路，迟早都要出事，你不要冲动。"褚子道喊住她，怕她控制不住，跟着那两人跑到大牢去刺杀陈晟，那样不亚于同归于尽，一旦被捕役围攻，阿姐定然没有活路。

"你放心，我会冷静。"青珑答应他不会失去理智，"换作任何同泽，都不会容忍那些殉国的忠魂和英烈被人诬陷，我倒要亲口听听，陈晟如何给他们解释。"

大牢阴森可怖，到处充斥着死亡的气息。落到这步田地，陈晟如坐针毡，无论如何都接受不了这横祸，每每有下属前来探监，他都会情绪失控，央求他们想办法为他开罪。

这会儿魏恺带着月芜他们前来探望，他激动地从地上爬起来，奔到牢门前，急急问道："怎样？可有查到那叛女的行踪？皇上怎么说？"

"大人莫慌。"魏恺安慰他一句，徐徐道："那日他们在我府中闹腾了一大阵，杀人作恶，留有证据，属下已经报案，仲远也去了府上调查取证，已经肯定贺礼被人动过手脚。"

陈晟放了些心，想到自己的处境后又不安起来，喝令月芜和蔺池："这几日若无要事，就加快速度查到那叛女的去向，掘地三尺也得给我把她挖出来！只有将她交给朝廷，才能彻底还我清白。"

"大人……"月芜一听，与蔺池迟疑不动，并没有像往常一样立刻受命，而是小心道："昨晚我与蔺池一时冲动，去了朱府，杀了朱雄的长子朱和。"

"谁让你们干的？"陈晟惊愕不已："贺礼一事已经让我背负弑君的嫌疑，那事还没查清，你们倒好，火上加油跑去杀朱和，再给我摊上刺杀朝官的大罪，是否嫌我在这牢里待得太舒服！"

两人俱是变色，辩解道："既已确定是嫁祸，皇帝却依旧不肯赦免，明显背后藏有猫腻，指不定他在利用大人！不如趁此机会，我们举兵……"

"放肆！"陈晟震惊不已，喝止了他们，并朝牢门外观望一眼，确定这话没有传到有心人的耳中，他才稍稍松口气，低吼道："找不到那叛女，就不要在我面前说这种话！"

魏恺微微皱了皱眉，心中的不解如数道出："大人隐忍这么多年，难道只是为了杀那叛女？况且时隔多年，没人知道她的身份是真是假，大人为何如此固执？现今得不到皇上赦免，再不想办法脱身，势必祸及性命。与其坐以待毙，不如……"

"住口！"陈晟怒吼一声，语出又意识到自己失态，所以强行稳定心神，放缓声音解释道："我不过是一看守宫门的公车尉而已，拿事的始终是皇帝，岂是说调兵便能调得动？贺礼那事让我遭此横劫，不想法洗脱，如何作为？"

"不曾尝试，怎知胜负？如果一日不成，大人是否打算安于现状，就这样一直等下去？"月芜心底一空，疑窦丛生，笔直迎上他的目光，近乎逼问。

陈晟哑口无言，见月芜面带质疑之色，他下意识地避开视线，冷冷道："没有十足把握，我不会枉费工夫。"

"大人等得起，那些奴民等不起。他们积贫积弱，衣食无着，饱受欺辱，骨子里的血性早被无望的现实磨灭，只求苟且度日。长此以往，还有几个人记得自己故土是何？"

陈晟想不到他们两人竟敢顶撞自己，声音不由变得凌厉起来："你这话是什么意思？"

"敢问大人，可还记得自己故国？"月芜长吸口气，抑制着心中悲思，肃声反问。

陈晟话口一顿，目光始终躲闪不定，渐现不耐，拂袖喝道："照我吩咐去做，其他的别来烦我！"

月芜与蔺池不走，双双立在牢门外，追问他："两个孩子还小，不过因为没了父母，夜里吵闹几阵，扰了府中清静，大人为什么要派管家对他们下毒手？"

"谁说是我指使的！"陈晟眼一瞪，端直喝开。

"养育活命之恩，我二人没齿不忘，从小到大敬大人如父，即便有些做法心难苟同，也从未拂逆大人的命令，可是那日……孤孺懵懂，并无过错，为什么要对他们痛下杀手？他们姐弟没了父母，就剩下彼此相依为命，又是我青桑子民，大人既然有心帮助那些流民，又为何对他们下此毒手？"

"事已至此，节哀吧……"魏恺听罢心有不忍，劝慰一声，才使两人忍住了眼角涌出的热泪。

末了，他看去陈晟，道："管家已经招供，说是大人授意他那样做的，对一个孩子，这么做确实……"

"我说过不是我做的！"陈晟烦不胜烦，吼道。

"陈大人这是在生谁的气啊，怎的如此激动？"突然间，一个陌生的声音传来，惊得几人转身回顾。

见是廷尉监仲远，陈晟面上堆笑，圆场道："府上人没用，一点小事也跑来征询我的意见，不值一提。倒是仲大人，查案缉凶本就繁忙，还来这等污浊之地看我一个戴罪之人，实是委屈了。"

说完他冷冷看了看三人，低喝道："还不走！"

"既然来了，无妨多待些时刻，这么着急回去作甚？"仲远睃了一眼他们，似乎没有放三人离开的意思。

陈晟惊了一下："仲大人这是何意？"

仲远拂了拂衣上的霉气，漫不经心地笑道："陈大人认为那事不小，可在皇后娘娘眼里却了不得。"

一语出，几人瞬间明白他所指为何，蔺池性子冲些，站出来道："朱和是我杀的，与陈大人无关！"

"是吗？"仲远失笑，并未计较他在自己面前的无礼态度，"怎么朱府频现命案，本官调查的结果，是朱家父子手握公车尉陈晟之底细，为销毁物证，陈大人遂买凶杀人呢？"

说着，他悠悠然从袖中拿出一封信，拆开后呈于陈晟面前，并将一块杀手令牌也一并示与他。

信中寥寥数语，概述了陈晟当年反叛青军，投诚凉将罗傲，后又改名换姓栖身夏都的经过，两个大字尤为刺眼。

"乌德……"仲远咂摸着他的真名，笑得意味不明："既是青人，又与凉将勾连，还在夏廷当职，如此三反四覆，倘若此事被皇上知道，这项上人头可就难保了。不过……"

恰在陈晟恐慌不已时，他一脸莫测地打住后文，停顿顷刻，话锋忽转："陈大人向来忠于皇上，断不会给圣上添忧，莫说本官对这结果存疑，就连皇后娘娘听了也相信不过来。"

官场里摸爬滚打，有些事不便明说，便都委婉暗示。这话当中的言外之意，蔺池与月芜显然抓不住，就连魏恺也只听了个一知半解，但陈晟转瞬明了，看向仲远，惊疑不定："你是……戚皇后的人？"

仲远笑笑："跟谁不都是混口饭吃，陈大人何须分得如此清楚？皇上这个人防心甚重，陈大人跟了他这么多年，难道还看不出来？"

就在陈晟惶惶不定的当儿，他又笑开："别的暂先不论，就说说当下这事，一旦从朱雄长子身上搜到的这封信交到皇帝手中，陈大人觉得自己还有希望脱身吗？"

"你想让我投奔戚皇后？"陈晟不知道自己何德何能，突然让戚皇后看重，不惜派人来拉拢，但谨慎之心尚还存在，并未表态。

仲远含糊其词："都是为朝廷出力，日后少不得要方便彼此，能帮得上忙的，自然会尽些绵薄之力，不会看着同僚走投无路。"

"这种人两面三刀，大人不要相信他的话！他……"到此处，蔺池彻悟，惊道。

但他的话还未说完，便被陈晟一语喝止："闭嘴！"

仲远莫测地笑看着主仆四人，并未动怒，请辞道："时候不早，改日若得空闲，本官再来看望陈大人。"

陈晟望着他离开的背影，心乱如麻，却见这三个属下依旧待在原地，不禁来气："杵着干什么？全都给我回去！"

蔺池不依，固执地问他："大人心里究竟作何想法？当年大夏王侯掠我城池，屠我百姓，就属姓萧的最猖獗，难道大人还要为他效命？"

陈晟烦躁不安，大吼一声："别跟我废话，出去！"

语方开口，一直伫立在牢外的一名"男子"来到近前，一双眸子阴狠而肃杀，叵测地道："陈大人，好久不见。"

陈晟吃了一惊，蓦然回头，视线对上一张陌生的面容，在那人眼底深处，藏着掩盖不住的杀意。

他并不认识此人，一对上这双眼睛，心脏怦然乱跳，声音抖了抖："你是谁？"

"草民不才，受不了奴场里的凄苦岁月，从那里跑了出来。"青珑强忍杀念，冷森森地道，"后来天涯漂泊，苟且活命。"

陈晟心里无故打了个突，如此陌生且阴阳怪气的可疑外人，月芜和蔺池竟毫无所动，他只寻思了一下，便在刹那间恍悟："是你们带他来的？你们到底瞒着我做了什么？他又是谁？"

月芜和蔺池看着他，却不答。

陈晟的喝问再次响起："说，你们带他来这里做什么？"

"不做什么，陈大人无须害怕。"青珑的声音幽森而冷冽，缓缓道："不过有些陈年旧事想当面问清楚，弄明白了自然就释怀，陈大人也就不用辛苦隐瞒了。"

陈晟无端端地心慌起来，避而不谈，催赶所有人："滚，全都给我滚出去！"

"陈大人不用担心，就近的狱卒被草民打昏了，一时半会醒不过来，接下来你说的每一句话，除了天地你我和他们，不会被任何人听到。"

青珑不动声色地逼视着他，冷壁上投过来的火光照进她眼里，飘飘忽忽左右闪烁，映得她的眸子幽亮如狼目。

看着陈晟几近发狂的身影，月芫与蔺池只觉心中空寒，似有冰石压入喉间，堵得胸口窒闷且难受。他们既想立刻开口询问，又害怕得到的答案不是心中期望的那样，因而面现紧张，屏息静观。

魏恺不知道青珑的来历，只因为月芫央求，才答应带她进来。现下见陈晟失态至此，他也顾不上青珑，劝他道："皇帝不立太子，咸皇后自然想方设法拉拢人手，培植党羽，今日大人对她有用，可以得她相救，明日或许她就会翻脸不认，大人何苦做这为人作嫁之事？既然横竖都逃不过一劫，何不放手一搏，兴许……"

"够了！该怎么做，不需要你来指点！"陈晟只想求生，听不进任何劝告，指着月芫和蔺池怒责道："还有你们，吃里爬外的东西，这些年来算是白养了！"

"陈大人将他们当亲信栽培，还是当棋子玩弄？"青珑冷声反问，垂下的拳头咯咯作响。

"滚！这里没你说话的份！"见此人添油加醋搬弄是非，陈晟额上青筋暴跳。

青珑心里的恨愈发浓烈，从见到这个奸贼的第一眼开始，她就一直在克制和忍耐，如果理智再丧失一点，她也许就会不顾一切地冲进去，卸掉他首级！可她不能冲动行事，一旦那样做了，万一这三人心念动摇中途倒戈，为了救陈晟而与她大打出手，届时必将惊动大牢守卫，群起围攻，那样她妄想活着走出去。

青军待复，故土待收，族民待救，家国待建，还有更多更重要的事情等着她去做，她不能死在开始。

想到此，青珑的拳头才渐渐松开。

她压抑着心情，盯着陈晟的眼睛，从齿缝里磨出诅咒一样的阴森字眼："不知道乌德这个人，陈大人可曾认识？"

乍一听这名字，陈晟震惊不已，面无人色——除了月芫、蔺池、魏恺这三个心腹，没人知道他的族名，这个人怎会知晓？

"不用紧张，好好回想一下。"青珑目光冷凛，寒如冰霜，隐隐泛着水雾，一字一句道："归龙关外，二十万敌军浩荡杀来，五万青桑将士浴血顽抗，不惧生死捍卫家国；归龙关内，守将乌德贪生怕死，投敌叛国，无视族人悲苦，心安理得地坐享荣华，整整八年……"

"乌德，"青珑极力将那段记忆阻隔在脑海深处，不让自己想起同袍一个个倒下的血红身影，凛然问道："若让你来审案，这样的叛徒当受何惩？"

"你是谁？"陈晟身躯颤抖，吼道："动手！将这妖人拖出去！"

"妖人？"青珑失笑，眼里水雾迷潆，幽幽道："是，苟活了八年，无时无刻不被噩梦缠身，早已疯癫成魔了。"

她目露凶光，五指咯咯作响，失魂般朝他靠近。

月芜面有悲色，但见青珑眼中杀意腾腾，及时挡住了她。

青珑逼视着她："要动手吗？"

月芜与蔺池双双说不出话，如果方才陈晟能反驳出一句，他们或许还会相信是这个人含血喷人，污蔑大人，他们还会奋不顾身地保护他。

可是……

陈晟现在的样子就像一个无处躲藏的过街老鼠，惊恐万状，慌乱失控，与往日在他们面前悲天悯人的性情大不相同，完全就像换了一个人。

更重要的是，他只会歇斯底里地喊她滚，却连一句辩驳的话也说不出。

到底以往的他是真面目，还是此刻的他是真面目？

两个杀手，包括魏恺在内，三人心神不定，无法给自己一个肯定的答案，望着此时焦躁不安的陈晟，心海难平。

见他们无动于衷，陈晟心慌不已，低吼一声："他是那叛女的同党，就是他们里应外合陷害大人，现在还想挑拨离间！他在妖言惑众，拿下他！"

月芜没有听令，心中对他依然有些许期望，哑声问他："大人，他说的这一切……这一切是否属实？"

"他胡说！他是叛国的余孽，你们的父亲就是中了他们的圈套才战死沙场，凶手就在眼前！"陈晟容忍不了下属的怀疑，情绪失常，面色发白："不要听信这妖人，把他给我拿下！"

青珑忍不住向前走了一步，却被魏恺伸手拦下："此处不是动武之地，弄不好谁也别想活着出去。"

她攥紧了泛白的指骨，几经抑制，才冷静下来。

"我送你出去。"月芜也担心情势失控，一边请她出牢，一边问她："可否告诉我们，你是不是霍家孤女？"

"是谁不重要，重要的是睁大你们的眼睛看清楚，不要认贼作父了还引以为傲。如果还不相信，就去归龙关看看，那些白骨中或许就有你们至亲的遗骸。数年来经风历雨，尸骨虽枯，丹心不死。"

月芜眼睛潮湿，没再理会陈晟的咆哮和怒骂，与蔺池加快了速度，眼不见耳不听为净。

魏恺犹犹豫豫，不知该以什么样的态度来面对此刻的陈晟，只觉自己不认识眼前这个平日里和言善语的主子，莫名有些自嘲，就仿佛自己被人愚弄了一般。

"大人……你保重。"他摇摇头，长叹口气，一横心也大步出去了。

"魏恺！魏恺！"陈晟惊慌失措，如同失去了最后的救命稻草，大声喊他，却再也得不到回应。

正当几人从牢头那里取回探视前被扣押的刀剑等物准备离开的当儿，大牢内却不知从哪个地方突然闯出四个蒙面黑衣人，径直奔向陈晟所在，领头之人掏出钥匙，快速解开牢门的大锁。

陈晟始料不及，吓得不轻："你们……何人？"

对方来势汹汹，并没有多余的废话，一脚踹开门，齐齐冲了进去，拔刀就杀。

陈晟大吃一惊，猫腰躲开一击，连过几招后，从一个蒙面人手中抢来刀，疯也似的砍向他们。

蒙面人手段狠辣，几乎不给他喘息的间隙，其中一人眼疾手快，绕到他背后，刀锋迅如光电，猛地送出，捅穿了他左肩。

另有一人顺势斜劈，刀子毫不留情地划过他后背，割烂他囚服，豁开一道长长的血口。

陈晟险些痛晕，咬牙撑住，挥刀冲开包围圈，惊恐地逃出大牢。

蒙面人追了几步，却意外地没有纠缠到底，于中途放弃了杀他。

陈晟重伤在身，一心只想着活命，所以头也不回慌慌张张地直往牢外逃，生怕那些蒙面人杀上来，却丝毫没意识到自己这样做的后果。不仅如此，诸多蹊跷也被他忽略了，比如那些蒙面人是如何进入大牢的？为何在他们动手，以及他逃跑的过程中，没有惊动任何狱卒？

等到跑出去后，他才惊觉这一切都是陷阱。

大牢之外，已经有将近两百名捕役和狱卒候在那里，森然林立。

领头之人，正是仲远。

"陈大人这是畏罪潜逃吗？"仲远上前一步，看着浑身血迹的陈晟，不紧不慢地笑问。

陈晟回望一眼空荡荡的身后，骇得脸色惨白，这才后知后觉自己竟被仲远算计了。可自己与此人远日无怨，近日无仇，为什么他要置自己于死地？

难道是因为戚皇后？因为自己没有当场表态，所以仲远就起了杀心？但他留了时间让自己考虑，不可能这么快就出尔反尔，那眼下这阵势又是为什么？

陈晟此时的心绪如同一团乱麻，种种困惑无法理清，并且因为孤立无助，心中更有对死亡的恐惧，强作镇定地喝问："仲远！你想怎样？"

仲远停在离他十步之遥的地方，漫不经心一笑："此处离宫中也不远，用不了多久皇上就会收到陈大人畏罪潜逃的消息了。陈大人认为，在皇上到来之前的这段时间里，能救你的还有谁？"

大牢的旁门处光线昏暗，那里除了几个守门的狱卒之外，还站着探监完毕即将出牢的魏恺等人。

最开始他们并不知道仲远突然集结如此多的狱吏意欲何为，颇觉吃惊，但是还没想出个所以然，就见陈晟负伤从牢中逃了出来，当场被包围。

一眨眼的工夫便发生这种事，几人无比吃惊，尤其魏恺，最先按捺不住，前去查看究竟。

"魏叔……"月芜和蔺池没能当场拦住，追过去想劝回他。

独剩青珑被留在原地。

事发突然，她没有走，决定静观其变。

"魏恺……"陈晟瞧见了停在外围的魏恺，顿时把他当成最后的救命稻草，伸手呼喊他："救我……救大人……"

"陈大人，"仲远侧目一视，声音不由拔高，"时不我待，生死全在一念之间，倘若不从，那就休怪本官不客气了。"

陈晟捂着伤口，勉强站住脚，心头思绪乱飞——若求助魏恺，与他们负隅顽抗杀出去，自己必然身败名裂一无所有，往后亡命天涯，既要被朝廷通缉，还要遭受霍家余孽的追杀，提心吊胆永无宁日。一旦月芜他们听信霍家人的话去追查真相，等到水落石出那一刻，必定与他反目成仇，他如何斗得过？但若听了仲远的提议，虽然保住性命，却等于做了戚氏一党的走狗，处处受他们摆弄。何况他们如果真心想拉拢他，为何要派人刺杀他，将他逼出大牢，这背后有没有什么阴谋？

怎么办？

到底该选那条路？

陈晟举棋不定，惶惶然权衡着。

仲远没有耐性等下去，及时递话："一旦皇上移驾此处，事情可就没有转圜的余地了。"

陈晟惊然，望一眼仲远，又看着赶来的魏恺，踯躅良久，最终一横心，点头接受："好，我从……"

下一刻，他手指魏恺等人，忽生杀念："但是他们，必须死！"

培植的心腹非但与他见地不和，反还倾向霍家人，既然自己择木而栖，那么他们全无留命的必要了。

仲远玩味地勾起嘴角，自然会意，竖手一令，身后的捕役迅速围过去，反杀向惊觉不妙而转身逃离的魏恺等人，片刻间将他们困在死角，企图诛杀。

陈晟漠然旁观着血战，下一刻，他拾起一截血刀悄然扑到奋力冲杀的魏恺身后，毫不犹豫，一刀刺入他后心。

魏恺心口一凉，身子弓成了虾，连痛苦的呻吟声都发不出来，没多久了无一息，尸体滑倒在地。

"魏叔！"月芜和蔺池大惊失色，发疯般扑过去，挥剑杀向陈晟。

瞎了眼，是他们瞎了眼！可怜魏叔一直忠于这个人面兽心的东西……

陈晟大骇，在地上一滚，躲开了致命的一剑，惊恐万状地逃了。

仲远作壁上观，见陈晟遇险，却意外地没有派人搭救的意思，而是对就近数名捕役交代了几句，那些手下便领首领命，不知跑向何处。待他们再次现身出来时，悉数换成夜行装，粗暴地扯着伤重求救的陈晟将他拖走了。

青珑藏匿在黑暗角落里将这一切看得清清楚楚，不免唏嘘和感伤。倘若他们肯听劝，早早对陈晟死心，也不至于被他害到如此境地。

但见陈晟被仲远派人带走，她忽而萌生杀念，毕竟机不可失，眼下事端一桩接一桩，越发诡谲，一旦错此良机，就不知道何时才能再除去那奸人了。可恨的是，她势单力薄，还没靠近陈晟，就被一群捕役围住，无法脱身。

仲远留了一半的人围杀他们，接着率领余部转身离开了囚牢。

牢外刀光剑影，与之邻近的皇宫同样不得安宁。

消息已经传开，宫中兵影奔动，正在各处搜寻。

在这之前，萧璟浩闲来无事在自己府中打拳，因其居处与大牢相距不远，依稀听到了那边嘈杂且慌乱的打杀声。等他出府一看，竟见一帮捕役在仲远的带领下匆忙往皇宫的方向赶去了。

他一时好奇，寻思着事有蹊跷，便换掉练功服，身着便装，借口给皇上和蕙妃送点补品，紧跟着也进宫来了。途中他截住一个狱吏，一问才知道是陈晟畏罪越狱，不知被谁接应走，潜逃到宫里来了。

蕙妃听他一说，也甚是诧异，为了避免惹上麻烦，也未久留他，放下东西说了几句话便将他打发走了，顺道叫他去一趟东苑，叮嘱楼西越务必小心。

萧璟浩再次溜到东苑时，却意外地碰到了另外一个人。

那人也正要离开，不过萧璟浩来得匆忙，他避之不及，两人遂打了个照面。

舒九容不慌不惊，从容行一礼，见过他："六皇子。"

萧璟浩敛去面上的惊色，回之以礼，朗声笑笑："九公子。"这么说着，他又颇为纳闷，舒九容何故跑来这里？

恰在这时，琼儿慌慌张张地从外面跑进来，张口要说什么，却见大夏皇子也在此，于是收住声，改口道："公子，王爷喊你回去呢！"

舒九容点点头，向楼西越和萧璟浩请辞，之后带着琼儿离开了。

两人一走，萧璟浩这才方便询问："表哥，舒九容怎会来此？"

楼西越的视线从外面的夜色中收回，道："朋友有心，托他关照。对了，方才殿下神情焦灼，可有急事？"

"可不是，都快翻天了，说是陈晟不安分，从大牢里跑了出来，逃到宫中了。此事惊动父王，这会儿他正责令仲远四处搜捕。母妃叫我顺路叮咛你一声，当心那厮狗急跳墙胡乱跑，窜到你这里来，那时你就百口莫辩了。"

楼西越听完，甚是不解："大牢戒备重重，陈晟如何逃得出去？既然逃之夭夭，为何又跑至宫中这种有进无出之地？"

萧璟浩也对此事存疑："当中疑点我也不完全清楚，只是打听到的小道消息。不过我来这边的时候，确实见禁兵火速集结，大抵是父皇动用他们捉拿要犯去了。"

正说着，屋外忽然传来一阵急促的脚步声，紧接着跑来一个宫女，走得太急，一个趔趄绊倒在地。

"东雯？"见是蕙妃的贴身宫女，萧璟浩不明所以，上前将她扶起来："你来这里做什么？"

东雯脸白如纸，惊慌不已，声音颤抖又结巴："娘娘……娘娘出事了……奴婢趁乱跑来找殿下，您赶快、赶快回去！"

"母妃怎么了？"萧璟浩眼皮一跳，急问。

"殿下刚走没多久，廷尉的人就闯入毓秀宫，说要抓娘娘审讯……"

萧璟浩脸一白："为什么抓母妃！"说着他足下生风，大步奔往皇宫。

东雯向楼西越福了福身，也匆匆跟去了。

这样的变况让楼西越再也坐不住，紧追而去。

不同以往那样冷清，今夜的毓秀宫沸沸扬扬，宫娥的求饶和呼喊此起彼伏。大理石铺就的地面上残留着一行猩红血迹，触目惊心。

一众禁兵执戟而立，将毓秀宫团团围住，罅隙不露，皇帝也已移驾此处。

萧璟浩不知细由，挥拳冲开那些禁兵的拦堵，强行闯了进去。

只见蕙妃跪在冰冷地面上，身子隐隐作颤。在她近旁，躺着一个满身是血的囚犯，人事不知地倒在血泊里。

那囚犯不是别人，正是陈晟，萧璟浩认得他。

"父皇！母妃她……"年轻皇子面色煞白，不可置信地看着这一切，末了扑通跪地，欲做解释，却被皇帝沉声打断。

"窝藏重犯，罪当问斩！念其贤良淑德，死罪可免，活罪难逃！"皇帝面色阴沉，并未给萧璟浩说话的间隙，令道："来人，将蕙妃押往大牢，严加审讯！"

数名禁兵上前，就要将蕙妃押走。

"放开我母妃！"料想不到的变故让萧璟浩无法保持冷静，扑上去踹开众兵，将自己母亲牢牢护在身后，怒声辩驳，"母妃甚少走动，根本与陈晟没有来往，又怎会窝藏他？一定是有人陷害！求父皇明察！"

这一切发生得太过突然，让赶来的楼西越惊在当下，脑海中思绪乱飞。

皇帝没有理会萧璟浩声嘶力竭的辩解，递了个眼色，身侧的禁兵即刻蜂拥上前，强行将萧璟浩拉扯开，与他打斗在一起。

仲远见状，急忙勒令两个士兵将蕙妃押走，但刚踏出宫门，便被人迎面拦下了。

"陈晟身受重伤，命在旦夕，如何能躲过狱吏的追捕，孤身逃至此地？"楼西越站在他们面前，没有让路，一双深邃眸子笔直盯着仲远，冷声反问，"此外，蕙妃若有心窝藏，岂会不加掩饰，静候廷尉来问责？"

"何意？"见是楼西越，皇帝移步过来，负手而立，神色肃然。

楼西越的目光不闪不避，凛凛道："皇上心知肚明。"

皇帝敛去面上的阴寒，换作若隐若现的疑虑，带着些许揣测的意味看了一眼廷尉监仲远。

事实上，他也不知道陈晟为何会藏在毓秀宫里。

最初他接到的消息是陈晟畏罪潜逃，紧接着事情就发生了转变，廷尉那边派人传话，说陈晟被人接应，逃往宫中。于是他转道回宫，就在刚刚得知，救走陈晟的从犯乃蕙妃。

当时他的心情不足以用震惊来形容，连楚定云坐事下狱她都能沉住气，无甚动作，又岂会在陈晟的案子上动什么百害而无一利的手脚？

但事已至此，他只能相信自己亲眼看到的。

因为事态向着对他有利的方向进展，他只得先做出有益于自身的决定——当年白楚两家被萧恪率兵屠杀，所余无几，寥寥生者患难与共，其心必齐。虽说蕙兰是他的妃，但靠他算计和施与的名分捆绑而来的帝家之情，远不足以与他们母子对楚定云的信赖相媲美。他心知肚明，蕙兰和浩儿的心，并不在这九重宫阙中。一旦他的所作所为被揭穿，这份亲情便会在瞬间土崩瓦解，换之以深恶痛疾。

蕙兰如是，楚定云更如是，他必须防。

而后者，为人臣子却对帝家淡漠至极，与最先誓死追随他打江山的态度大相径庭，似乎早有明修暗度的迹象，是因为……他早已查知当年白楚两家遭难的真相？

皇帝心下一颤，无端端地慌神起来。若是如此，楚定云必与蕙妃母子里应外合，联手报复他。未来上位的不是浩儿便是楚定云，甚或、甚或是他这个来历成谜，身份存疑的"养子"……

养痈遗患，先下手为强，他必须打压扼杀！

仲远上前一步，笑着解释道："查案缉凶只讲证据，楼少将军所言纯属臆测，是真是假有待定夺。法不容情，无论是谁，只要有嫌疑，都应当接受审查。皇上仁厚，既然加以宽恕，立案之前定不会为难蕙妃，还请殿下和少将军放心。"

楼西越字叮句咬，不予让步："廷尉所捕重犯为陈晟，现今主犯在此，却视而不见，蓄意针对蕙妃，居心何在？如此草率办案，又视法理为何物？"

"楼少将军，"皇帝面上阴霾横亘，踱步向前，肃声道："查案缉凶乃廷尉之职，莫要越了界限。"

说完，他赫然下令："来人，将蕙妃押入大牢！陈晟无视王法，畏罪潜逃，择日逐出京畿，发配边疆！"

众兵闻令而动，不顾楼西越的阻拦，强行将蕙妃押走了。

萧璟浩义愤填膺，铁青着脸，吼问皇帝："母妃本本分分，没有过错，更没跟任何大臣来往，为什么不问青红皂白就抓她！"说着他几拳将钳制着他的禁兵打倒在地，不顾一切地冲向皇帝。

"冷静！"楼西越死死扣住他肩膀，自己亦是尽力克制着情绪，压低声音对他道："你是亲王，蕙妃不会有事。"

萧璟浩脸面涨红，形容悲愤，快要失去理智，还欲动手，却突然听到这样的话，神色一凝，瞬间醒悟，几经挣扎，方才压下了那股冲劲——他是亲王，只要自己没事，那些人便不敢给母妃太多为难，日后还有机会替她申冤，救她出来。但若自己冲动之下触怒龙颜，负罪在身，他不敢想象父皇会怎样对待他们母子……

◈第二十一章◈
问宗

辞别了楼西越后，舒九容带着琼儿返往居处。

宫里宫外动静颇大，他们已经听闻陈晟越狱一事了。

"大夏的破事可真多！"琼儿心里藏不住话，一路上不停唏嘘和埋怨，"来给那皇帝祝个寿都不得安宁，真够折腾！"

"你以为皇帝好当？"舒九容责她一句："叫你收了玩心，不要随处乱跑，当耳边风了？"

琼儿撇撇嘴："看热闹本就不嫌事大，我又不知道发生了什么，一时好奇就打听了几句，哪想会这样……公子，这里是非如此之多，我们回王府吧，当心遭霉运。"

"既然知道轻重还不加收敛。"舒九容笑责道，神色清和而洞明，"何时启程须看夏皇的安排，公子何来资格做主？"

琼儿觉得在理，想起了一件事，于是将脑袋凑到他面前，细声问道："公子，是不是因为商讨北伐之事，夏皇才留着王爷？"

提及此事，舒九容的神情变得庄肃起来："子虚乌有之事，也敢乱嚼舌根？"

"那可不一定，这大夏皇帝是个记仇的主，哪里容得下旁人在他地盘上撒野，先前凉军如此嚣张，夏皇岂肯轻易放过？这几日他天天粘着王爷，没准就是给王爷灌迷魂汤，想说服我们南燕也一起出兵。"说到此处，琼儿小心翼翼地问他："公子，你说王爷会答应吗？"

舒九容陷入深思，不想她在此事上多嘴多舌，正颜告诫："两军开战，牵连甚广，哪有如此简单？小道消息，不得摇唇鼓舌，当心祸从口出。"

"哦。"琼儿敛去好奇之心，挽着他手臂，乖乖引路："雪地路滑，公子你慢些走，不着急。反正待在锽城也没什么事，不如我带公子找大夫看看，成不成？"

"放心吧，时好时坏，早已习惯如常，并无大碍。"

琼儿望着他的眼睛，心中担忧，不断央求："可我还是不放心，公子你就听我的劝，好不好？"

舒九容架不住她的纠缠，无奈笑笑："行了，随你吧。"

琼儿这才开颜，正要接话，舒九容忽而变色，竖手示意她缄口。细听少顷，他问道："外面发生何事了？"

时值深夜，墙外不远处却依稀飘来急促而慌乱的脚步声，踩雪而过，发出咯吱咯吱的细细回音。

白前亦有察觉，翻墙而过，循着脚印追查。

前方遮掩物后面似是藏着人，察觉被人跟踪后，对方误以为是官兵，当即现身欲杀。

雪色清亮，对打不过两招，在看清彼此面容的刹那，双方几乎同时停手。

"白前？"青珑无比诧异。

说话间，舒九容已经从东苑侧门出来，见状同样吃惊："出什么事了？怎的浑身是血？"

"皮外之伤，不要紧。"不期而遇，多少有些欣喜，但事出紧急，青珑只得长话短说："我们遇到了麻烦，他二人伤势惨重，不宜久停。舒九容，外面不安全，你们也快些回去，后会有期了。"

舒九容扫视一眼，这才发现她身后还有三人，身上伤痕累累，其中一个是名中年男子，浑然不动，情况似乎不甚乐观。

他虽不知道几人碰到了什么麻烦变得这般狼狈，但一想到今夜牢中发生的变故，多少也能猜知些许。

恰此时，远处隐约传来杂乱人声，快速向这边逼近，已有不少捕役寻迹追来。

略一沉思，他果断道："随我走。"

"不行！这会连累……"

"先别说，保命要紧。"舒九容截住她话茬，转而吩咐道："白前，去引开他们，随后备一辆马车，至就近医馆会合。"

瞬息间，几人从此地悉数转移。

时值子夜，医馆早已关门，大夫被敲门声喊起来时仍旧一脸惺忪之态，哈欠连连，直到一摸魏恺脉象，瞬间惊醒："人早都没了，还背来做什么？快些去料理后事。"

月芜与蔺池眼睛一红，呆滞不动，泪水在眼眶前打转。

青珑心里同样不是滋味，除了劝他们"节哀"外，不知道该说什么。

舒九容理解他们此刻的心情，也没有多说，待青珑包扎好伤口后，与她出了医馆。

"舒九容，"青珑望着白惨惨的夜雪，心有亏欠："总是给你添麻烦，对不起……"

"举手之劳，不足挂齿。"舒九容看着她，也没过问他们遇到了什么事，只叮嘱道："凡事安危为上，千万小心了。"

青珑心口一热，感激不尽："有些事不好坦白，感谢你的谅解，欺瞒之处，再赔不是了。你与琼儿快些回去，这里我会清理干净，不会留下蛛丝马迹。"

舒九容自然也明白，若是自己插手此事，被夏皇发现后会带来什么样的后果，所以便没有固执，随了她的好意，点头补充道："医馆里最好也不要久待，处理完伤口尽快离开，近日少走动，待风声过后再做定夺。"

青珑望着他恍如星子般的明亮眼睛，愧疚地道："舒九容，你还是没变，对任何人都那般好，若我做伤天害理的事，便有负于你的救助，天打雷劈也不为过。"

"你说的，上天不会亏待好人，当是给自己积德，不想再瞎一次眼。"舒九容趣笑一句，"去吧，我将白前留在你们周围，有何动静可及时通知你们，明晨再让他回来。"

"这不行！你……"

"无碍，让琼儿跟着我即可，这里离东苑不远，片刻即到。"舒九容浅浅一笑，离开的时候，他犹疑了下，又道："楼西越那边你不用担心，一切尚可，只不过……"

青珑先是放了些心，随后听他言辞吞吐，又不安起来："不过什么？他怎么了？"

"别担心，非是楼西越出事，而是听说陈晟逃至后宫，受蕙妃庇护，夏皇正在处置此案。我不知道这事你是否在意，顺便相告一声。"

青珑断没料到事情变成这样，吃了不小一惊，不清楚蕙妃怎么会卷进陈晟的案子当中，并且还包庇他？

她想了起来，当时自己趁乱意欲斩杀陈晟，几个黑衣人在廷尉监仲远的授意下将他拖走。那个时候陈晟已经受了重伤，独木难支，他一个人怎可能轻而易举躲过重重守卫，逃进后宫？

难道……

再溯源寻根，仲远在大牢中对陈晟说的那番话，表明他早已是戚皇后的人，那么蕙妃包庇重犯一事，是否是仲远与戚皇后的阴计？

另一方面，蕙妃看起来对楼西越颇多关切，若她出了事，闷葫芦会不会为了替她解围，冲动之下做什么傻事？

舒九容见她陷入深思，道："霍姑娘若不放心，明日我进一趟宫，探探此事进展。"

青珑连忙摇头："不了，你已经帮了我这么多，不能再牵连到你。"

舒九容也知轻重，于是请辞："那你多加小心，稍后与他们尽快离开，我先行一步了。"

青珑点点头，目送他们主仆离开，神情恍惚，直到身后脚步声响起才收回目光。

"今晚的事，谢你相救……"月芜眼眶潮红，来到青珑跟前，低头相谢。

青珑看着蔺池背上的魏恺冰冷不动的尸体，心有戚戚："日后什么打算？"

月芜抬手拭了拭眼角的泪花，声音哽咽，心情低落："魏叔待我们不薄，却被……离开后，我二人先找个地方将他安葬……总之谢你施以援手……"若非眼前这个人搭手，单凭她和蔺池二人，保得了自己的性命，却难以从那些捕役手中将魏叔带出来。

青珑没再说什么，权衡颇久，才道："往东城去的后街上有一家客栈，我弟弟将孩子带去了那里。安顿完后事，你二人便去找他，将就着先住下，隐藏好行踪，届时我会去找你们。"

"你去哪？"背着魏恺尸体的蔺池一惊，抬头问她。

"此地不宜久留，你们先走吧。"青珑没有告知，提剑步入黑夜中。

案子审理得奇快，不到一天的工夫就被皇帝定罪，并罚蕙妃幽禁于冷宫。六皇子萧璟浩无法承受这样的打击，屡次替自己的母亲申诉，皇帝却避而不见，他怒不可遏，一气之下与侍卫们动起了手，愤然冲进上书房，当面斥责皇帝为君者昏聩暴戾，为夫者无情无义。

结果不言而喻，龙颜震怒。

皇帝当即下令，削了他亲王的名衔，贬为郡王，遣往北疆苦寒之地历练，勒令其择日离京，若无圣旨召见，不得踏入帝都半步。

一时间，此案在宫中传得沸沸扬扬，作壁上观者有之，落井下石者亦有，认为蕙妃母子蒙冤，为他打抱不平者亦不乏其人。

当夜几名守兵来东苑换岗时，围在一起窃窃私语了几句，说到此事，楼西越才获悉了蕙妃母子的遭遇。

一个是对他关爱有加的姨母，一个是耿直真性情的兄弟，看着他们突然遭此不白之冤，再冷静再克制，他也等不下去了。

甫一打开屋门，一个身着明黄色龙袍的伟岸身影映入眼帘，那人临门而立，踩着迫人的步伐徐徐入内。

"这两日事杂，未能来此，宫人可有怠慢？"皇帝徐徐步入，神情清爽，脸上的笑却有几分刻意。

楼西越被迫止步，不期然的碰面，令他心海跌宕难平，目光转瞬如刀，以至于为人臣子，他已忘记行礼问安，抑或面对仇者，他做不到虚与委蛇。

皇帝却未在意，朝外招了招手，即有数名宫娥端来酒肴，逐一摆置完毕，方被屏退。

"贤甥难得来京，与姨父痛饮几杯，如何？"他一撩龙袍，当先坐下。

楼西越克制着情绪，经久回身落座，目里寒芒漫开，声音幽冷："聊什么？"

皇帝故作轻松，摊手指他，笑意叵测："眼前人。"

楼西越冷视着他："想知什么？"

皇帝的身子微微斜了斜，以一种打量又怀疑的眼神端视着他："贤甥是楚将军的养子，此事可当真？"

楼西越面不改色，带着是又如何的冷漠。

皇帝默认是了，笑意难揣："但不知双亲可还健在？"

"无母可恃，无父可怙。"

"楚将军收养贤甥至今，难道不能称之为父？"

"养不如亲，孤子高攀不起。"

皇帝抬眼观察着他，面上始终挂着探究般的伪笑："听起来，贤甥心系血亲？如今年少有为，名满天下，可有想过寻宗认祖？"

"不想。"他挺肩端坐，不动声色，回答得毫无迟疑。

于他而言，那是毕生捆缚于身的枷锁，割斩不断，更是人命白骨堆积起来的罪孽和血债，万死难赎。

皇帝似有些出乎意料，身子不由往前倾了倾，笑容之下藏了几分隐忧和敌意："萧恪，朕的堂皇兄，贤甥可有听过？"

似被那个名字刺中，楼西越眼底的冷光凝住，转瞬恢复如初："国有其所讳，民忌不言，天子何以自谈？"

皇帝没能探到什么，反被问住，强颜作笑，斟酒两杯，其一递与他："抛开所有，来，与姨父大醉一场！"

酒液清透，光影滉滉，涟漪经久不消，一如深海水流中未知的漩涡。

楼西越没有接："酒乱心神，故不沾。"

"是吗？"皇帝先干为敬，借打趣来探查其心："这般谨慎，莫不是楼少将军把朕当外人来防，怕这酒中藏有猫腻？"

楼西越的目光笔直投向他："难不成当真如此？"

皇帝显然不太清楚他的性情，一时语噎，俄尔放声一笑："只知贤甥纵横沙场，凛若冰霜，却不知竟是如此风趣之人，开得出这等玩笑。"

"家常谈毕，若无要事，臣告退。"

皇帝面上的笑渐渐消失："等不及要离开，是想看望蕙妃母子，还是为楚将军的案子奔波？"

楼西越隐忍克制，敛尽杀意，回他以象征性的请辞之礼，声音冰冷无温："八方未靖，外患频仍，论审时度势之远见，当属一国之主为最，相信皇上不会以乌有之事，寒将臣之心，处断不当，适得其反。"说完他起身告辞，笔挺背影穿行在东苑长廊上，化成雪夜中的动点，渐渐被黑暗吞噬。

皇帝临门挺立，森森然遥望，檐灯投射的光影落入他眼中，明明暗暗。

少顷，有一护卫持刀现身，恭敬走上前，俯首征询他的意思："皇上，要不要……"

皇帝的嘴角牵出一丝冷笑，竖手制止："刀会伤己，也能杀人，与其因噎废食弃之，不如牢牢掌控，试着用它砍折另一把刀。冯烈，你用惯了这玩意，应当比朕领略深厚。"

那人恍悟，听出了话中深意，但犹有顾虑："那万一驾驭不住，只怕……"

"双拳难敌四手，一个一个对付，胜算的可能才大些，损失也能降至最低。再者时机未熟，真正要动手，也得等他们奉命征讨北凉拿下那片泱泱国土之后。"

"皇上见地深远，臣受教了。"

皇帝令道："派人仔细查查，他的身世、来历、党徒，以及当年如何被楚定云收养。"

"臣遵旨。楚定云那边，可是依据廷尉监仲远查获的结果论定？"

皇帝没有出声，不知不觉握紧了拳头，似是不甘心放虎归山，但对方忍力极佳，不到时机绝不妄动，这让他按捺不住又不得不强忍。操之过急，只怕事与愿违，一旦当年旧事抖出来，自己便会成为众矢之的。

冯烈见他未答，便知是默认了，遂不再追问。

须臾之后，皇帝念叨了一个人："仲远……当日咬定蕙妃窝藏陈晟的，便是此人，留意着他。戚氏那边，稍后朕也去走一趟。"

冯烈颔首领命，之后禀报给他另外一件事："陈晟的底细，想必皇上还未获悉。"

皇帝诧异地看向他："区区一个公车尉，会有什么来头？"

冯烈将一封信呈给皇帝，道："此信是仲远从朱雄长子的尸体中搜获所得，若属实，那便是欺君之罪，当斩。"

"乌德，青桑……"皇帝轻蔑地勾了勾嘴角，"还真是百足之虫死而不僵，不安分的贱奴，就用更好的方法将他们一网打尽！"

"是，微臣这就去安排！"

离开东苑后，楼西越意外地碰到了一个人。

那人藏在东苑侧门十丈之外的暗角中，身着夜行衣，脸面蒙得严严实实，正鬼鬼祟祟地向这边张望，似在寻找击毙守卫，企图潜入苑内的契机。

经过那里的时候，他察觉到了动静，误以为是皇帝派人行刺，正要逼那人现身，对方却自己窜过来，一把拉住他胳膊，声音里有如释重负的惊喜："闷葫芦，是我！"

楼西越倏然收剑，快速将那人拉到远处，边走边责备："不要命了？跑这里做什么？"

青珑拉下蒙面的黑巾，看到他安然无恙，悬着的心才渐渐安定下来："听说陈晟越狱一事害得蕙妃被抓，我不放心你，就想摸进去看看……"

楼西越对蕙妃母子的遭遇无限同情，目光一黯，愧疚而悲切地低了低头，一想到皇帝那张阴鸷而虚伪的脸孔，心头的杀意便越发浓烈。

倘若蕙姨的冤情没有被定案，那就还有查证平反的机会，但皇帝为了一己之私，不惜对枕边妃膝下子痛下毒手，迅速且无情地草率结案，一纸谕令如刀似剑，生生将他们母子打入绝地。靠翻案去还他们清白，这条路太过漫长，有生之年里不是所有人都能等得起。

最快的路，还有一条——不在皇帝，也不在楚定云，而在于六皇子……

"闷葫芦……"青珑凝视着这个倍显落寞和孤寂的男子，见他闷声不言，就知他在为蕙妃的事伤神。

楼西越抬头，与她四目相对，却不知该说什么。

青珑心里也有自责，垂头道："事发之前我去过大牢，还未完全离开，陈晟不知怎的就从狱中逃出。闷葫芦，对不起，我不知道蕙妃蒙冤与我去大牢有没有关系，但想着如果不是我的出现威胁到陈晟，他也许不会逃狱，也就没有后来的事了……"

"与你无关。"楼西越从恍惚中收回思绪，伸手拉住她手臂，带着她快速离开此地。青珑被他碰到伤处，暗暗抽口冷气，最终忍住未出声。

楼西越察觉到了异样，转身回头："你受伤了？"

"没，"青珑摇摇头："你攥太紧了……"

挨没挨刀子，对常年驰骋沙场的他来说轻易就能捕捉到蛛丝马迹，他掌心懈力，松开她胳膊换到手上，拉着她加快脚步，最后将她带到了陆鹤之开在山下的储存各类药石的药堂。

一进去，楼西越将青珑按坐在椅子上，自己跑到内间翻箱倒柜，顷刻才出来，手中除了包扎伤口所用之物，还多了一把明晃晃的小匕首。

"一点皮外伤，我已找大夫处理过，不要紧……"

"坐着别动。"楼西越置若罔闻，二话不说割开她半截袖子，呈现在眼前的，是手臂上缠绕的一圈纱布，上面洇出了些微血迹。

他一副嫌她自找苦吃的责备模样，重新给她清理伤口，上药的过程中，始终不言不语。

"轻点……"青珑的胳膊被他攥得生疼，稍一挣扎牵动伤口，没能忍住。

楼西越这才意识到自己太过生硬，于是放缓力道，但生性使然，依旧看不出半点温存。

青珑一直思索着蕙妃那事，对他道："我在大牢的时候，碰见仲远也去探视，他还为了戚皇后当场拉拢陈晟。那奸贼逃狱后，就是仲远趁乱派人把他拖走的，当时我就寻思着不对劲，现在想想，这一切很有可能就是仲远跟戚后的手段。要是我那时再快一些，追上去杀了那奸人，也许蕙妃就不会落到如此田地了……"

"官场那些人阳奉阴违，诡谲叵测，你当自己手眼通天招架得住？"

青珑语塞，为蕙妃遭难而愤愤不平，片刻后问他："闷葫芦，之前见蕙妃挺关心你的样子，现在出了这事，要找谁能帮忙为她平反？"

楼西越如鲠在喉，难受地垂了垂头，声音低哑："已经定罪了……"

青珑不免惊愕："我可以当堂去做人证，证明蕙妃是冤枉的！陈晟那奸人能轻易逃出大牢，一定也是仲远有意放行，那些拖走陈晟的黑衣人，十有八九是戚后和仲远的耳目，蕙妃是被他们联手陷害和打压的！"

楼西越语声沉重，制止了她："管好自己就是了，蕙妃这冤情没你想的那么简单，谁去申诉都翻不了案。"

他心知肚明，除非皇帝良心发现，否则蕙姨母子遭受的这场无妄之灾在他有生之年里不可能得到昭雪，因为他不会给楚定云扶植六皇子的名正言顺的机会。

只有暂时忍住，日后伺机而动将六皇子推到九五之位，才能彻底洗刷蕙姨的冤屈。而这条路，也是楚定云从很早的时候起就在暗中筹划的。

青珑见他失神，唤了唤他："闷葫芦？"

楼西越回神，替她包好伤口，嘱道："这里安全，晚上你暂且住下。"

"你去哪？"青珑见他要走，心里一紧张，起身追他。

楼西越没有回头，答非所问："陈晟被发配边关，数日后遣出京畿，对你来说，兴许是最后的机会了，万事小心。"

皇帝从东苑回到寝宫后，召见了一个人，即为戚皇后。

蕙妃母子的事她早已知道，也听说了宫中的一些风言风语，这次突然被皇帝传唤，戚皇后也心中忐忑。但她并不知道案情的细由，所以就抱着身正不怕影子斜的心思，强作镇定地俯身跪见。

"你可满意了？"皇帝抱着手炉端坐着，没有允许戚皇后起身，冷睨着她。

戚皇后明白他所指为何，紧张地道："皇上，重犯陈晟越狱一事臣妾一概不知。臣妾也愿意相信，蕙妃绝对不会做出包庇罪臣的举动，可事实摆在眼前，宫人们有目共睹……"

"这么说来，你只相信眼睛看到的？"

戚皇后不知道自己有什么把柄落在皇帝手上，思量之余不敢随便接话。

皇帝目光凌厉，像把刀子一样盯着她："朕听毓秀宫的宫女解释，事发之前，皇后派人传过蕙妃。但在途中，她又被告知是宫人误传，只得返回，一来一去约莫一盏茶的工夫。"

"事情很巧，"皇帝顿了顿话口，继续道："在这期间，除了与蕙妃同行的宫女外，毓秀宫内的其他宫娥全部不知所踪，恰在蕙妃踏进宫门后，仲远就带人找了进去，并发现了陈晟。"

戚皇后一听，大喊冤枉："皇上，当晚臣妾很早便就寝，那些侍奉的宫娥都可以作证，臣妾没有差人传话给蕙妃！整件事情臣妾浑然不知，一定是有人蓄意栽赃……对了，只要揪出传话那人，然后顺藤摸瓜逼出是谁唆使他这么做，就能知道幕后主使了……请皇上明察，还臣妾清白！"

确如戚皇后所言，在蕙妃这件冤案上，她并没有动过什么出格的手脚。寿诞那晚她已触到了皇帝底线，被他毫不留情地斥责警告，自然心有忌惮，这几日安分了许多，甚至指使仲远拉拢陈晟一事也都与她毫无瓜葛。

皇帝将信将疑，事实上他已经派遣亲信暗中找过那名传话的人，但无果，此人就像人间蒸发了一般，消失得无影无踪。现下看来，他不是被幕后主使转移走，就是在事成之后被焚尸灭迹了。

但这不是重点，重点是陈晟怎会跑到毓秀宫。

最可疑者，莫过于仲远。

皇帝起身来到戚皇后身边，居高临下地冷视着她，开门见山直接逼问："实话说，仲远是否与你戚家人暗通款曲？"

戚皇后惶惶然，替戚氏一党申冤："皇上，戚家人忠心为主，耿耿寸心天地可鉴，从未做过植党营私、对不起皇家的事。除了公务上有所交涉，我戚氏一门，包括臣妾在内，私下从未与任何大臣来往，皇上您明鉴……"

"够了！"那些台面上装得委屈巴巴，实则大言不惭的话皇帝已经听得耳朵生茧，每次都恨不得抽她一耳光，以泄心头怒火。偏偏这事他不能同时动戚家人，因为牵涉的越多越广，蕙妃母子的冤案被人追查到底的机会就越大，这是他不愿看到的局面，所以才以雷霆手腕速速了案。

就眼下来说，仲远此人深藏不露，不知其主何人，以往倒是忽略了这个人，但不管他是不是戚氏走卒，日后定要除之而后快！

就当、就当是为蕙兰和无辜被牵连的浩儿抱此仇怨吧……

皇帝如是想着。

为人夫也好，为人父也罢，他的心中都有愧疚。

"来人！"皇帝敛去悲思，朝外厉喝一声。

宫人入内待命。

"传朕口谕：仲远看守不力，致使陈晟逃狱，渎职之罪一样该罚！削其廷尉监一职，择日押解流犯离京，不得有误！"

说完，他目光凶狠地剜了一眼戚皇后，拂袖冷哼："跪安！"

戚皇后如获特赦，不敢再纠缠他，灰头土脸地走了。

《第二十二章》

素情

因为陈晟越狱一事，大牢加派了狱卒看管，显得里面的空间尤为逼仄。

彼时仲远还没有收到自己被罢黜的消息，听说皇帝要来大牢，忙躬身相迎，带着他去见了一个人。

隔着牢门望去，里面那人逆光而立，坚挺身背仿佛冷石雕刻而成，一动不动，更像一只蛰伏在黑暗角落里养精蓄锐的虎豹，不乏凛冽和肃杀。

仲远含笑上前解释："此前查案需要，不得不委屈楚将军在这里待些时日，现今朱雄的案子已经明了，确是有人栽赃陷害，可算还了楚将军的清白。"

顿了顿，他用眼角余光窥了窥皇帝，最后收回来，斟酌着言辞小心翼翼道："皇上知道后也责备下官头脑昏钝，得罪之处，还望楚将军大人大量，勿要记恨，下官也给楚将军赔声不是了。"说着，他毕恭毕敬地抱拳行了一礼。

楚定云徐徐转身，威严如斯，不屑地盯着仲远："仲大人说说，帝都里有谁看本将不顺眼，故意诬陷？"甬道上投射过来的昏黄火光照在他面上，映得他的瞳孔幽亮如魔，平添几抹阴冷。

仲远语塞，半晌回答不出，只得赔笑兼搪塞道："权当是个误会，楚将军切莫与下官计较……"

说完他挥了挥手，命令狱卒打开了大牢的门，尔后带着征询的目光向皇帝看去。

皇帝摆摆手，屏退了所有人，自己伫立在牢门口，目光阴寒地望着楚定云刀刻般冷硬的面庞。

彼时帝王冷峻，将者凛然，两个拥有不世之功的男人就像角斗场上两匹争锋的烈豹，虎视眈眈地注视着彼此，眼里的光芒忽明忽暗，像在寻找对方的死穴，然后伺机而起，食其血肉。

"楚将军，委屈了。"皇帝暗暗攥了攥拳头，最先开口，虽笑意在眸，却明灭不定，吐出口的字眼却如针如芒，不见热度。

"天子做主，还臣清白，不敢当。"楚定云的目光幽邃如鹰，笔直落在皇帝面上，寒意透骨，冷冷应之，唇角没有扬起任何弧度。

皇帝笑笑，面对这样一个不知有无二心的将臣，不得不适可而止地收敛敌意："沙场上刀口舔血，多有辛苦。"

"得天庇佑，性命不丢。"楚定云长身而立，神色凌冷而萧森。

皇帝听得出楚定云话中的威胁，目中的寒芒愈加明显，但很快便被他掩进眸子，故作笑颜："如此，便是我大夏万民之幸！"

"过奖。"

僵持少顷，皇帝最先打破了窒息一样的死寂："蕙妃母子的事，想必楚将军已经知道了。"

楚定云未应声，心中默认。

皇帝满不在乎地笑笑，吐出口的话意味深长："狼终究是狼，驯养得再听话，也难改其嗜血野性，平日里还是要防着。不过……"

楚定云面色一沉，带着七分冷意三分不解看向他。

"认祖归宗也属人之常情，并无理由苛责，怕就怕苦心收养之人忘恩负义，为达目的不择手段，表面上却还装出忠心耿耿的模样，用假象迷惑所有人。"

就在楚定云略显疑惑的目光落在他面上时，皇帝故意露出恰到好处的伪笑，挑拨离间："当然，不是说楼少将军，楚将军切莫误会。只不过朕还是想规劝楚将军一句，虽说养不如亲，但到底也是心血，倘若厚此薄彼，对眼前的养子不闻不问，却过分帮扶外甥，难免令他心中不平，指不定就会报复，亲手毁掉楚将军所在意的一切，这不已经应验了。"

楚定云更为惊愕，只不过内心的起伏皆数隐藏在冷淡外相下，他并不知道楼西越也来到锽城，更不知道他与蕙妃的冤屈有何关联，但是"认祖归宗"这样的字眼却触到了他最为敏感的神经，自始至终，他都无法说服自己不做防备。

"年终将近，楚将军要是想休息的话，就在京都多待些时日，等年后再启程返回西川，那时浩儿也要动身去北疆了，朕也可同时送你们出城。"皇帝的面上始终挂着慵懒的笑，客气了一句，转身走向外面。

仲远见状，摆手请道："委屈楚将军配合下官调查，待出去后，下官亲自为将军接风洗尘，以示赔罪。"

楚定云双目黑沉如墨，浸满牢壁上飘晃的昏黄火光，幽幽发亮，像黑夜里闪着寒光的狼目，紧紧锁定在猎物的背影上。

离开大牢后，楚定云没有回将军府，而是在宫内耳目的掩护下秘密去了冷宫，在那里，他碰到了一个熟悉却又陌生得仿似十几年未曾谋面的人。

那人刚从冷宫出来，与萧璟浩并肩而行，见到他后脚步凝定，抬头看来。

一时间，两人面对面站在遍地积雪的破旧冷宫前，一言不发，各自冷漠地看着对方。

"姨父……"见楚定云已被释放，萧璟浩一扫心中郁结，首先出声打破了僵局。他不知道这对养父子的关系自始至终都是这样，所以也没有刻意去察言观色，拉了拉失神的楼西越。

楼西越适才回神，木然看着地面，依礼问安："见过将军。"

初时与这个名义上的养子不期而遇，楚定云的心里多有酸楚，间或夹杂着怜疼和愧疚，但当他的视线落在冷宫破败的轮廓上，想起蕙妃以后的孤苦岁日皆因萧家人造成，不免一阵悲恨。

他不知道，未来的某一天，眼前人会不会因为自己的身份而踏上权途，如同他的生父萧恪，无所不用其极，抑或者成为第二个他。

认祖归宗……

痴心妄想！

楚定云没有理睬，只安慰地拍了拍萧璟浩的肩膀，然后径直绕过楼西越，大步迈进了冷宫。

"表哥，你跟姨父之间……"萧璟浩这才觉察到了不对，诧异于为何两人一见面，竟连话也不说一句。

楼西越没有回答，歉道："委屈殿下在北疆待一段时间，日后我会寻找机会，将殿下接到西川，将来再救出蕙姨，保重。"

语声散尽，他已告辞离去。

冷宫里帷幔乱舞，窗扇咯吱作响，幽森而萧条。

楚定云推门而进，转头看到镜台前坐着一个柔弱妇人，素颜清容，不饰朱钗，长发漆黑如墨，直直垂下，遮了她孱弱的身姿。在她身旁，躬身立着一个身着鹅黄棉袄的宫女，默默为其梳理三千青丝。

仅一眼，楚定云便看得心口发酸，哑声叫道："蕙妃……"

蕙妃怔住，也已看到镜中人的模样，仿佛在绝境中抓到了可以倚靠的支撑，瞬间红了眼，强颜一笑："楚将军……"

语毕，她挥了挥手，示意贴身宫女东雯暂先回避。

楚定云心生自责，疾步上前，声音有些颤抖："连累你受苦了。"

蕙妃离座起身，缓步移到他面前，打量几番，见他没事才放心，红着眼睛道："楚将军安然脱身，我心里也就没有牵挂了。"

楚定云内疚而悲恨，腔子里热血涌动，毅然道："你放心，有姓楚的在世一日，便不会让白家人再受半分伤害！无论是你的幽禁之苦，还是浩儿的贬谪之辱，我定会让姓萧的血债血偿！"

"姐夫……"蕙妃惊痛交加，伸手拉住决然离去的他，哽咽道："蕙兰不求任何，只希望姐夫在沙场上逢凶化吉，平安无事。并求白楚两门亲者在天眷佑，庇护浩儿此生平安，如能遂愿，我便知足，不管什么苦都受得了。"

楚定云的眼前也蒙上了一层水雾，想起两门冤魂，心有戚戚："蕙兰，不要害怕，我会在宫中安排人手，护你周全，浩儿那边我亦会托付北疆旧部，予以照拂。姓萧的人面兽心不择手段，也就不要怪我姓楚的手不留情！终有一日，我会摧毁他的一切，并拼尽血力，将浩儿推至九五之位！"

"姐夫，你不要冲动！"蕙妃惊白了脸，哀然劝他："蕙兰不希望姐夫为了我们母子担上千古骂名。浩儿有他自己的命，该是什么就是什么，他是我唯一的骨肉，我只求他平平安安地长大成人，从来不强求他往更高处走……"

"这不是冲不冲动的问题。"楚定云长舒口气，咽下胸中久积的怨恨，"萧恪辱我妻子，害我家破人亡，这么多年来我没有一刻不活在悲苦与思念中。现在萧祈又用你们母子威胁，步步紧逼，就算我不下手，他也会对我，甚至对你和浩儿动手。当年我请缨戍守西川，在远疆拥兵，便是等着有朝一日，让萧家这对同堂兄弟自尝孽果！"

"姐夫……"蕙妃如鲠在喉，低声求他："小楼他是无辜的，希望你不要牵恨于那个孩子。姐夫心里有多恨，那孩子心里的苦便有多深，从小到大，他过得并不比我们当中任何一个人好……"

提到楼西越，楚定云心里一阵痛楚。他是他的下属，也是他的养子，却是与他势不两立的仇者的骨肉。多年来彼此朝夕相对，每每看到他，对至亲和亡妻的轸念瞬间化为隐恨，无论如何都无法付诸那个孩子以亲情。

"你放心，我知道怎么做。"楚定云敛去悲切难言的心绪，最后叮嘱蕙妃："在这里照顾好自己。"

蕙妃悲喜难抑，颔首点头："保重……"

心知此次一别，再见无期，楚定云回头凝视着她，无声与她告别。不多时，他的脚步声淹没在窗外呼啸的冷风中，渐行渐远……

出了皇宫后，楚定云在赶往将军府的途中碰到了一个独自穿梭在黑夜里的人。

楚定云倏然勒马，居高临下地看着他，声音冰冷："从血缘上讲，六皇子既是你远堂之亲，又是你表亲，虽然他身处钩心斗角的宫闱，却秉性耿直，不擅虞诈，不及你来得阴沉狠绝，算计起来，必不如你这个兄长。"

他睥睨而视，长长吸了口气，冷声警告："你的生父萧恪死于当今天子萧祈之手，当然也有本将佐助，若想复仇认祖，希望你就事论事，有什么怨怼和不满尽管冲我来，不要祸及无辜，将来对六皇子付以歹心。无论何人，天子也好帝家遗嗣也罢，一旦触我底线，杀无赦！"

那些字眼沉沉而有力，像无形的刀，无情戳在听者的心上，猝不及防。

楼西越有些懵，独自停在冗长的街上，一直到将者的背影从他眼前消失不见，都还未回过神。一时间，他不知道自己该去哪里，也无力再往前走，就近坐到一户人家的屋檐下，若有所思，如石如雕，一坐到天明。

破晓之时，一阵熟悉的马蹄声哒哒哒响起，间或夹杂着踩雪后发出的咯咯细响，由远及近飘入耳畔，才让他意识到自己坐过了头，撑剑想起身，却被人一把按住肩膀，重新摁回原地。

"心里不痛快的时候，认认真真发一阵呆，就都烟消云散了。"青珑将火曜驹拉到他左侧，让它贴着楼西越伏下，自己换到他右侧，紧挨着他坐下来。

"以前不觉得发呆有这好处，只当是无趣的人做这太过无趣的事。后来经历了许多，知道有些事和有些伤只能搁在心里，就钻研出了这门道，一发呆就是一整晚，比喝酒来得省银子，也不费力气。"

青珑从朦胧天际收回目光，落到楼西越冻得发紫的面容上，抽走他手中的剑，又将他僵冷的胳膊抱在自己手中，一边给他搓着取暖一边继续道："不过发呆得选个不会亏待自己身子的好地方，不要糊里糊涂地走到哪就坐到哪，不然想开后心里痛快了，身子又得遭殃，一样得不偿失。"

说完她跑到火曜驹身边，从皮囊里取出一个包裹，解开后露出一个精巧食盒，飘来阵阵热香。

"这么长时间不回山上，前辈不担心你，景威那小子坐不住了，牵着它下山来找你了。"青珑低头捣弄着食盒，解释的过程中看了看火曜驹玛瑙一样圆溜溜的眼睛，对着它嘿嘿笑笑。

她盛了一碗姜汤出来，递到楼西越的面前，看着他的眼睛认真道："我这人有些泼皮，好几次戏弄你，在你眼里差到没救了。作为补偿，我特意给你熬的，驱寒暖身。"

楼西越定定注视着她，一言不发，闻着飘散在鼻翼下的清香，只觉全身的冰冷被阵阵热气驱散，醇软入怀，温暖舒心。

"闷葫芦，看在我花了一番功夫的份上，好歹喝一口，暖暖身子，不然冻坏了腿脚走不了路，我可背不动你。"

楼西越听完，用眼角余光扫了一眼火曜驹，意思是：笨。

"那也得问它愿不愿意驮你。"青珑失笑，伸手将他的脑袋扳回来，舀了一勺汤，抵到他冻得发紫的唇边，笑责道："大活人晚上一声不吭坐这地方，没吓死路过的更夫吧？"

"跟它回去。"楼西越也不管烫不烫，拿起碗一饮而尽，辣得他喉咙灼热。他三下五除二收了碗勺，将食盒包起来，哑声道了一句，便撑着僵硬又发麻的四肢起了身，往远处走了。

"你这样怎么去见前辈？等着被他指责，还是自己乖乖去面壁思过？"青珑跟上去，挡在他前头，"药童这几日下过山，听说了城中发生的事，自然会告诉前辈。就你这模样回去，除了空惹他担忧外，能给他多少放心？"

"我很好，谢你关心了。"

见他终于肯开口说句良心话，青珑心底一热，望着他瘦削的脸庞，继而又有些心疼，问他："饿了多久了？"

这问题让他有些错愕。

"舒九容身边还有一个影侍叫白前，是个江湖人，身手了得，能让我嫉妒死，有他帮忙跑腿，你在东苑什么情况我知道得一清二楚。皇帝阴险，他派人给的东西，自然不能轻易下口。"

楼西越神色一凝，本能地抬起头，目光在四周逡巡。

"又没做亏心事，你怕什么？"青珑失笑，又想欺负他，于是一本正经地胡说八道："不过他有案底，是个采花大盗，晚上喜欢偷窥美人沐浴。别看你房间的门窗关得严严实实的，保不准刚出浴，就被他看了个精光，下次当心了啊。"

"下流！"楼西越皱眉，头糟反补她一刀："说的不就是你？"

青珑搬石头砸了自己的脚，哑口无言，但见他终于肯开口，也便心安意落："丢开那些不快后就都好了，景威就在客栈等着，你先跟我过去，给他报个平安，不然那小子真会坐不住闯进东苑。"

不知道为何，每每对上她明亮又慧黠的笑容时，楼西越心里的阴霾莫名就被驱散，拨云见日一样豁朗。

不管真真假假，她还是那年的她，这就够了。

楼西越这样对自己说。

重新坐在火曜驹背上后，青珑不知道他在想什么，一双手臂从后面伸出，毫不客气地环住他，紧紧抓住。

楼西越极不适应这样亲密的姿势，顿觉呼吸不畅，拧开她的手，却以失败告终。

"路面这么滑，你那速度我坐着忐忑得紧，没准摔下去就一命呜呼了，得抓你做个垫背的。"

楼西越没跟姑娘这般搂搂抱抱过，极为难受，眉头一拧："叫你坐前面去！"

"偏不。"青珑不依，也不准他下马换位置，催他快走。

被她抱得紧，楼西越的呼吸有些吃紧，身子也僵硬无比。

青珑蹬了下马，又催了一回。

楼西越的俊眉紧紧皱着，能夹死蚂蚁："坐好就行，别抓我。"

"那就是让抱着你了。"青珑干脆地松手，双臂往上一移，紧紧抱住他。

"……"楼西越彻底无语。

青珑嘿笑一声，神色忽而凝肃下来："闷葫芦，跟你说个事。"

楼西越转头，十分嫌弃地冷哼了一声，没理她，意思已经很明白了，就是狗嘴里吐不出象牙来。

知道他口是心非，定会仔细听着，青珑自顾自地道："在我认识的人当中，你是最好欺负的一个。"

听到这话，楼西越不淡定了，顿时回头，杀人般的目光落在她面上，顺带警告性地剜了一眼，方才解了气。

"你看，这就是铁打的证据。"青珑无比感激，"不管我怎么戏弄，你除了不言不语和横眼瞪我外，就没其他多余的反应。子道那家伙都比你强上一百倍，时不时还会反过来捉弄我一下，你就十足一个闷葫芦，成天板着一张讨债的黑脸，死不开窍。"

"你要觉得厌恶，走开就是了！"楼西越会错了意，胸口一堵，当即扔给她一句，然后放马前行。

"干吗这么说自己。"青珑心有不忍，双手从他胸口移到腰间，坐稳后徐徐解释道："我是说凡事不要总闷在心里，独自一人去承受。还有，碰到高兴的事就敞怀去笑，其他人会有的喜怒哀乐你也得有着点，不要除了疏冷就是疏离，像头虎狼一样把自己关在笼子里，即便外人接近了也不敢触碰。知道的说你生性孤僻，寡言少语，看不上计较这些，不了解的还以为你盛气凌人不可一世。"

楼西越一动不动，静静眺望着远方白茫茫的雪景，视线有些模糊，过往的点点滴滴不知不觉涌入脑海，将他的记忆如数填堵。想忘却，它却已然扎根心底，千刀万剑也斩不断。良久，他低低问她一句："幼岁时，我几乎不跟任何人说话，是不是更讨人厌？"

青珑鼻尖发酸，因为不晓得他的幼年经历，也就不知道该说什么，却能想象得到从那种孤僻和自闭的境况中走出来的艰难。一如自己当初，不敢也无法相信这个物是人非的乱世当中，亲人和故国都已化作白骨废墟，花了不知道多长时间，才敢去面对那样一个残酷的事实。

"是有些，人们大都喜欢能在他们面前献笑撒欢，让他们开怀大笑的孩子。可是闷葫芦，我却要庆幸自己当初接近你，否则也就没有机会认识你了，并且得感谢上天。"

楼西越惑然："谢什么？"

"感谢你从自闭阴郁的境地中走出来，却没有长成一个内心阴暗的人。"她把他的后背当成支撑，脑袋趴在上面，喃喃道："你是我认识的人当中最不好相处的一个，却又是最好相处的一个。"

青珑顿了顿，一字一句缓慢道："你在刀光剑影里跌爬，手上血腥无数，但是心思却纯正——但凡对你聊表关心的人，即便只是随口一言，你都不会忘记他们的好，纵然自己赴汤蹈火，也不会让他们受到丝毫伤害。"

回想与他认识以来的一点一滴，她由衷笑道："第一次见你，你手起刀落，一刀切去恶吏的手指。当时我甚是唏嘘你的狠绝，却又不得不佩服你的决断，就想着我要是揣着自己的目的混到大军当中，得时刻把脖子跟脑袋捏紧，不然稍有差池，被你逮到蛛丝马迹，脑袋怎么飞的都不知道。"

"坊间称我为鬼魔，说我杀人不眨眼，你应该有所耳闻。"楼西越不愿谈论任何有关自己的事，一言蔽之，催了催火曜驹，加快了速度。

"如果你能让更多人走近你，他们就不会这样说了。就像我这样，与你真正接触后才发现，你的心其实并没有你手中的刀和剑那样绝冷。"

"看走眼了。"楼西越不欲多说，一口否决。

"好不好拿事实说话。"青珑驳了他："你我立场不同，既然确定了我的身份，自然清楚我接近你的目的，为了大军安危，你完全有理由杀我以绝后患。但是那夜我刺杀陈晟未遂，身份暴露后，你非但没有如此，反还说我敢尝大丈夫怯为之事。你可知道，在那之前我听到最多的，就是女辈自不量力之类的污言秽语？"

"随口一说而已，逗你开心的。"楼西越想了起来，面无表情地应了一声。

"你这个人除了不讨人喜欢外，嘴巴也特别硬。"青珑忍不住发笑："那就说说来到京都后，你请求陆前辈亲自给子逍治病，又冒险潜入陈府替我摸清他的底细，暗中帮了我这么多……"

"我有自己的目的，只是不便出面，稍加利用你而已，不是你说的那样。"楼西越不愿敞怀，毅然打断她的话。

青珑看着他冷冰冰的侧容，换了个姿势趴在他背上，有些难以理解地笑道："你看，这大概就是你不好相处，却又是最好相处的矛盾所在吧——你不接受任何人对你的关心，却又会不言不语地记住他们的好，然后再默不作声地去回报他们，哪怕为此抛掉性命也在所不惜，却又不愿意他们把你的好记在心上。"

"你会读心术？"这样一针见血地剖析让楼西越怔住，不知不觉单手扣紧马缰，放慢速度，回头看着她。

青珑摇摇头："不信那东西，无非是些察言观色的伎俩罢了。真能看透人心的话，这世上的是非善恶和恩怨情仇就不会那般纠结难辨了，人都有矛盾的时候。"

楼西越若有所思，陷入沉默中，很久之后才耳语一样低低道："除非拿命去还，否则欠下的债，这辈子都还不完。不想再欠任何人，还得太累，不知道自己能撑到什么时候……"

第一次从这个隐忍要强的少将口中说那种话，叫青珑听得胸口一堵，说不出话来，双臂不由环紧他，不愿松开。

"闷葫芦，你还有我。"她轻轻窝在他肩头，静静道："从前不知你的喜怒哀乐，从今往后我与你共尝。"

他怔住，以为是自己的幻听，暗沉沉的眸子现出一丝不可置信的亮色，如孤星闪耀，微光铺陈于黑夜。

片刻迟疑过后，他空出的另一只手徐徐上抬，最终轻握住环在身前的双手，同样冰冷，却是他这被罪孽捆缚的一生最为温暖的所在。

回到客栈的时候，两人与焦躁不安的景威打了个照面，想必若是晚回来一刻，他已经不管不顾地跑去东苑找人了。现下楼西越总算回来，他这才心定神宁，依着他的交代回医庐去给陆鹤之报平安了。

这边绿盈正在内间给褚子逍针灸，捻转推行，神情专注。屋子正中，一个瘦小男童趴在桌边，自顾自玩耍着，乖巧安静。

青珑站在屋外，推开一道门缝，笑着对那孩子招了招手。

孩童扭头看过来，发愣地盯着她，双手往背后缩了缩，显然对陌生人多有惧怕。

"不怕，她不是坏人。"褚子逍听出了青珑的声音，柔声对那孩子道："去阿姐那里。"

孩童又看看嫣然浅笑的绿盈，经她点头后，讷讷地盯着青珑，犹豫了许久，这才迈开小步，谨慎走向她。

"乖乖，告诉阿姐，你叫什么名字？"青珑怜疼地摸摸他的脑袋，将他拉到隔壁自己的房间，蹲下来笑问道。

孩童呆呆地看着她，闭口不言，听到身后有脚步声响起，回头望了一眼，面色忽然紧张起来，躲到青珑背后去了。

"不怕不怕，这人就这样，天生一副冷脸，但心肠却是极好的。"

孩童歪了歪脖子，偷窥了一眼门外人，良久才放松。

楼西越杵在房门外，看着孩童畏讷的模样，才意识到自己有多可怕，于是没再往前，只道："你歇着，我先回了。"

青珑追到走廊上，喊住他："闷葫芦，蕙妃这事因我报仇而起，你夹在中间，往后楚定云会不会为难你？"

楼西越没说话，将要走时，再次被青珑唤住。

"那你等着我。"她上前一步，决心不变："等我杀了陈晟，就跟你一起去找他，看看有没有办法为蕙妃申冤。归根到底，这事因我而起，我良心不安。若有需要，我可以当堂指认仲远，证明这一切都是他不可告人的阴谋！"

楼西越何尝不想为蕙妃平反，可他深知深晓，案子的根本并不是有没有窝藏重犯，而在于皇帝的私心，以及他对楚定云的畏忌。就算证据再全又怎样？只怕拿不到公堂，就会被皇帝下暗手灭口，这条路除了徒增伤亡外，并不能让蕙妃的处境有任何改变。

只有以血还血！

他攥紧了手中的剑，一股强烈的意念在胸臆间涌动，经久才被他压制下。

"闷葫芦，我可以指证！"青珑的声音复又在他耳畔响起，笃定不改。

"没人让你强出头，管好自己就行了。"楼西越并不想让她涉入其中，驳了她的请求，然后头也不回地走了。

青珑还想追劝，却见孩童不知看到了什么，从她身后跑远了。她只得又返回，站在孩子所在的位置望向楼下，看见两个戴着斗笠的年轻人踏进客栈，快速上楼。

经过楼梯的时候，两人与楼西越擦肩而过，彼此盯了对方几眼，各走各路。

"月芜姐，蔺池哥哥……"孩童认出了两人，扑到他们怀里啜泣起来。

两人卸掉斗笠，神情哀戚，见孩子哭闹不止，更为悲怆。月芜将孩子揽到自己的臂弯，替他擦掉泪水，如鲠在喉，不知道该说什么。

青珑理解他们的心情，心底也生悲凉，不知道这么小的孩子，没了父母和阿姊后，在这烽火连天的乱世里该何去何从。

"外面冷，进屋再说吧……"

月芜点点头，敛去心中的悲痛，牵着孩子的手进入客房。

"魏恺的后事，都处理好了？"青珑给他们泡了热茶，递过去沉声问道。

蔺池攥着杯子，一直垂头看着地面，声音喑哑："魏叔待我和月芜姐不薄，只恨我们有眼无珠，错信了陈晟，害得他……你与我们素昧平生，却冒险相救，这份恩情我二人没齿不忘！"说着他情绪一激动，搁了茶杯就往地上跪，被青珑及时拦住了。

"救你们的是舒九容，若不是他施以援手并令手下人引开狱卒，以我们当时的处境，恐怕难以全身而退。"青珑拍拍他的肩膀，劝慰道："事已至此，便想开些，悬崖勒马总好过执迷不悟，以后的路还很长，凡事往前看。"

两人哑然失声，依旧陷在自责中，良久才从愧疚不安中走出："谢谢……"

"陈晟那边，你们如何打算？"斟酌片刻，青珑问道。

终究逃避不了这个问题，两人面色生变，眼里有幽幽的恨意。

月芜低低道："他是他，我们是我们，再无瓜葛。"

青珑稍感欣慰，为他们肯放开心里的执念，道："如果心意已决，以后的路就好好走下去。无论投奔何人，希望你们引以为戒，不要再重蹈覆辙，被人利用而不自知。"

末了，她看去那个孩童："这个孩子，你们怎么安排？"

见所有人的目光齐刷刷聚集到自己身上，孩童骇然，缩了缩脖子，往蔺池怀里钻。

长路漫漫，数年的努力和坚持竟是一场笑话，两人的心里都不是滋味，低头看着孩子惧讷的稚嫩面容，久久说不出话。

"明白……"青珑了然，深吸口气，压下了胸口的闷痛："无论身处何处，奴民都命如草芥，任宰任杀，王法也不会给他们公道，就像他的父母和阿姊……"

月芜与蔺池自知无法改变这样的现状，神情怆然，但有一事，他们仍旧牵萦于心，问她："我们想知道，你是不是霍家女儿？抑或不是她本人，但与她有关，那么清不清楚她身在何处？"

在霍家人和陈晟之间，必有一人隐瞒了真相。现今他二人没有任何理由来说服自己继续相信陈晟的所作所为，那么此前一直被他们误会并且称为叛女的霍家孤女，以及眼前这个与之相关的女子，必定知道当年青桑覆灭的真相。

《第二十三章》
雪恨

青珑并没有明确回答他们："是与不是，知与不知，对你们来说又有何干系？"

月芜眼里饱含歉意，愧疚而自责地道："一直没有告诉你，我与蔺池也是青桑人士。家父林誉，为桑都守将，当年曾率兵增援霍将军的大军，不料战死沙场。归龙关失守后，敌兵大肆入侵，掠我城池。那时我尚还年幼，幸被府中护卫相救才逃此一劫，后因战火连天，逃难时与府上亲仆失散。所幸流亡途中认识了蔺池，得知他是蔺嵘校尉的遗孤，从此便与他亡命天涯，寻亲无果，辗转到了夏都。那时我们碰到些麻烦，机缘巧合被外出谋差的魏叔救下，他见我二人可怜，就收留了我们。"

"我们跟着他，没多久在陈府寻到差事，便留了下来。陈晟应该查过我们的底细，心中有数，所以时常在我们耳边提及青桑，并请人精心培养，传授我们武艺。也是那个时候，我们和魏叔才知道了他的身份，对他就更加信任了⋯⋯"

青珑安静听着，想象得到年幼失亲的他们担惊受怕且颠沛流离的心酸景况，深感同情，也大致了解了来龙去脉："所以他就在只知父将战死，却不知实情的你们面前假造谎言，将他叛国求荣的罪责无耻转嫁给归龙关内一干誓死抗敌的忠烈？还谎称自己为了拯济族民忍辱负重，骗得你们的忠心，死心塌地地替他卖命？"

"是⋯⋯"月芜红着眼睛点了点头，因为内心深深的负罪感，已经有些说不下去，"一跟就是好几年，虽然有时会怀疑他踟蹰不前的举止，却很少违抗他的命令，直到现在⋯⋯"

房间内的所有人都陷入缄默不语中，空气静寂无声。

孩童仰头看了看月芜，见她眼含泪光，嘴角一垂，也跟着小声啜泣开来，奶声奶气地道："月芜姐姐，不哭……去找阿爹和阿娘……跟阿姊玩……"

月芜抹干眼前的泪花，将孩子拉到自己怀中，低头哄了几句，才使他的情绪渐渐稳定下来，哭累后徐徐进入梦乡。

青珑接过来，小心放到榻上，替他盖好被子。

一切重归安静后，月芜启齿道："从良心上来讲，陈晟于我和蔺池有养育之恩，但是被他利用了这么多年，为他做了许多有违本性的事，这份恩情也一笔勾销，无论他是死是活，都与我们无关。若你认识霍将军的女儿，烦你转告一句，是杀是剐，我二人绝不会插手！那些出自我们口中的诬陷之言，我与蔺池会逐一向奴场中的族民澄清，还同泽以真相。"

"然后呢？"青珑继续追问："魏恺已死，陈晟之事若有了结，你二人打算隐居世外，还是带着这个孩子浪迹天涯？"

"不知道，走一步是一步……"月芜长吸口气，自言自语一样低低道："这些年来，以为自己的所作所为都是为族民着想，到头来被人利用，反成为他手中的傀儡，没脸再去请求任何同袍的谅解……"

"未曾尝试，何以知道他们不会原谅？"青珑正视着他们，肃声反问："大错已铸，逃避不是办法。护得了这个孩子，还有千千万万个遭人欺凌的孤孺亟待救援，既然身傍奇技，有用武之地，就没想过倾己之力，救同泽于水火？"

两人听她话有弦音，怔怔望来："那你可知，霍大将军的孤女现在身处何地？"

"身在何处不是关键，就看你们愿不愿意重新来过，随她重振青军，光复故土。"青珑一字一句沉声道："纵使青桑不复已成定局，但四国之间征伐不歇，山河离乱不统，王侯将相穷兵黩武，公卿权贵酒池肉林——流民之着落，苍生之疾苦，上位者鲜少人在意，这对我们来说，未尝不是契机，合众之力，足可颠转乾坤！"

两人一直抱愧于心，闻听此言不可置信地看着她，眼中渐渐发亮，里面的内疚、自责和迷茫渐渐被驱散，换之以无以名状的豁朗，就好像穿过漫漫长夜，不知方向之时突然看见东方破晓的曙光。

青珑随后的声音冷厉起来，字眼如刀："后天便是陈晟流放的日子，不出意外的话，也是他的死期。我理解你们的心情，会不会因为心软而出手相救，那是你们自己的事，但是该讨的债，我必让他以命偿还！"

"你可是霍家女儿？"月芜心下慌慌，看着她的眼睛，几乎可以肯定自己的判断。

青珑不再隐瞒，从怀中拿出一枚刻有"霍"字的令牌，凛然呈现在他们眼前："霍家孤女青珑即是。"

"你、你真的是……"两人注视着令牌上的"霍"字，心中既有猝涌的震惊，又有难以言说的喜悦，不敢相信却又深信无疑，久久回不过神。

"我不强迫你们，往后的路怎么走，由你二人自选。若肯相信我，并愿意同我联手，那么从现在开始振作起来，做我们该做的事！但若是这样，便只能先委屈这个孩子，将其寄养在善良人家，待日后有了起色，再接他回我们青桑，否则带在身边，只会给他带来危险；反之若不肯信我，你二人就带着孩子浪迹天涯，但不管怎样，你我终究同出一族，我也不会因此给你们施压，更不会为难你们。"

青珑收回令牌，注视着他们沉声道："望你们三思，告辞。"

说完，她离开了屋子，留下沉默的两人暗自思量着，斟酌着，挣扎着。

隔壁屋子里，绿盈已为褚子道行针完毕，提着药箱刚刚走出内间。

青珑感激她这段时间以来对子道的照顾，却觉千言万语也道不尽心底深处的谢意。

绿盈莞尔笑笑："师父有交代，自当竭力而为，这也是医者分内之事，霍姑娘不必客气。"说完她看了看褚子道，又嘱咐道："我给子道把过脉，这些天诊治下来病情已经稳定，比初来乍到时好了许多。不过平日里也不可疏忽，细微之处还需谨慎，相信再仔细调理一段时间便无大碍了。"

"谢谢绿盈姑娘。"褚子道也为自己有机会摆脱这副病身而由衷高兴，克制不住心里的喜悦和激动，抱拳行了一礼。

"无须如此，师兄的朋友便是我的朋友，日后唤我绿盈就可。"绿盈款款一笑，露出两个深浅适宜的梨涡，犹如春水清波，明净而澄澈。"再过几日我就要离开京都了，子道的病便由师父亲自诊治，霍姑娘尽可放心。"

青珑一奇："怎么不过完年再走？"

绿盈笑着解释道："山脚下还有一些难民病情危急，不能久拖，我答应过他们看看师父便尽快赶回去，完了之后再转道别处。而且我常年行诊，已经习惯了东奔西走的生活，就是不能孝敬师父他老人家，一直心里有愧。"

青珑听罢，不由佩服起这个医女仁厚博爱的胸襟："倘若世间能多得绿盈姑娘这样的神医妙手，何惧疾患？前辈通情达理，必不会责怪，而是以你为荣。"

"霍姑娘谬赞了。"绿盈莞尔请辞："城东还有一位病者须要诊治，我先赶过去，不打扰你们了。"

青珑让褚子逍将绿盈送到目的地，无奈被绿盈婉言谢绝，她只得作罢。两人陪她到半途，然后目送她提着药箱漫步在寒冬凛冽的北风中，一袭莹碧色夹袄给这苍茫大地带来一抹舒润的绿意，如暖春枝头上新发的脆芽，平静而安宁。

"姐？"褚子逍见青珑一直望着绿盈远去的背影发呆，给她扣上风帽，唤回了她的神思。

青珑叹口气，愧疚道："阿姐当年被仇恨冲昏了头，要是能听巫爷爷的劝，习武的同时跟着他研习医道，指不定现在能救人，也就不会害你抱病至今了……"

褚子逍怆然，不想她太过神伤，笑责她："你看你，就会瞎想，要什么都被你学到，那还让不让别的郎中谋生计了？"

青珑收住回忆，抬手捏捏褚子逍带着红晕的秀净脸颊，由衷笑道："以后就可以这样肆无忌惮地欺负你了。"

褚子逍拍掉她的爪子："我装死来吓你。"

"去去去，再说那个字，看我不收拾你！"

能重见她的笑颜，褚子逍心里也高兴，郑重道："姐，等病好以后，我就做你的左膀右臂，帮你重振青军！"

青珑心下暖热，仔细嘱他："但是得答应我，不管发生什么都先顾好自己的身子。你没事，我才能安心。"

褚子逍粲然一笑，点头应允。

"好好休息一下，届时与我出一趟城。"返回客栈的过程中，青珑一改方才和缓的语气，肃声道。

褚子逍立刻明白过来："那你的伤要不要紧？"

青珑摇摇头："一点皮肉伤，不碍事。原本不想让你去的，但你也是青人，深受其害，我就不应该让你置身事外。"

"嗯！"褚子逍没再赘言，重重点了点头。

隆冬的清晨雾霭茫茫，极目远眺，朦胧迷漾，十丈之外难以视物，只依稀从周围传来车轮滚动的辘辘回响，隐约夹杂着对话声。

"跟了皇上这么多年，说倒就倒，陈大人不可惜，本官都替你感到不值。"说话声顿了顿，见对方没有回应，那人继续道："这一去千里，想要再回来，估计是黄粱美梦了。"

陈晟嗤之以鼻："官衔被罢，与我这样的人打交道，你也好不到哪里去！"

"是吗？"仲远望着前方的苍茫迷雾，轻笑道："都说伴君如伴虎，你我同朝为官，为他鞠躬尽瘁，却换来如此结局，不觉得可笑吗？"

陈晟转了转脑袋，看去马背上的仲远，冷哼道："看不出来，你早已倒戈，成为戚氏走卒。"

仲远嘴角的笑意更大："原想着陈大人圆滑世故久了，脑子也能利索起来，没想到仍旧这般愚钝，究竟自己落了谁的圈套，都还不知。"

陈晟痛恨这两面三刀的小人，斥道："你与戚氏狼狈为奸，在背后推波助澜，利用我陷害蕙妃母子，除了你们还会是谁？"

"事到如今，难道陈大人还不明白，戚氏只不过是本官的挡箭之牌罢了。"

听到这样莫测的话，陈晟狼狈不堪的面容上现出吃惊之色："何意？你的主子……不是戚氏？"

仲远轻蔑地笑开："那个蠢女人哪里扶得上台面，若非戚家人在朝中党羽庞杂，她也不可能稳坐后位。"

话到一半，他才意识到自己说远了，便适时收回，笑道："做人得有远见，当官须放开眼界，换了陈大人，愿意去效命那样一个自作聪明的人吗？"

陈晟顿悟，大惊道："你背后……背后还有人？"

"陈大人觉得呢？"仲远玩味一样笑笑，吩咐两旁的士兵加快脚程。

一队车马在晨雾中疾速前进，一路南下，走得还算平静和顺利。但对于囚车中的陈晟来说，心情却无法平定下来，因为仲远的话一直徘徊在脑海。

他更想知道，究竟是何人指使仲远从中挑唆，害得他落入如此田地！

仲远从车队前方来到陈晟跟前，笑道："这京都无论如何都回不去了，不着边的事还是别再妄想了。弃你不用的是皇帝，不过以你这罪责，他竟没有下令处斩，倒是让人匪夷所思。"

听到"处斩"两个字眼，陈晟心下一个咯噔，看去似笑非笑的仲远，恨得咬牙切齿："卑鄙小人，陷害本官的人是谁？"

仲远不怒反笑，点拨他："陈大人真该冷静想想，到底是旁人加害，还是自己心贪手贱，无故拿人钱财所致？"

陈晟一下子陷入震惊中，提到拿人钱财，他的脑海中猛然涌入一张面含笑意的俊美容颜，顿时瞳孔大睁："是他！"

仲远了然笑笑，不答。

陈晟一个当头棒喝被点醒："你是他的人？"

原来真正的幕后主使，并不是戚后，而是凉人！

仲远既然是他的耳目，那么他定然清楚蕙妃与楚定云的关系，所以见机行事，指使仲远唆弄事端。蕙妃母子若被皇帝冤害，楚定云必会心生恨意，一旦君臣失和，则朝野不统，内患更甚，于北凉而言，未尝没有裨益。

仲远笑得意味深长，送到此处结束："流放之地迢远，是生是死就看陈大人的造化了。"

陈晟惊得面色陡白，以为他要杀他灭口。

仲远并不需要亲自动手，因为主子说过，霍家人不会放过他。

果不其然，前方朦胧的晨雾里，隐约有人影靠近。

陈晟也已看见，面色失常，慌乱起来。

行走的队伍冲开浓浓的雾气，渐渐将前方那人的身影映现出来。

来人不止一个，而是一双，皆着夜行衣，黑巾蒙面，手持劲弓，挺身伫立在缭绕晨雾中，阴恻恻似索命的无常厉鬼。

"何人挡路！"士兵们并不知情，以为这两个蒙面人是来劫囚的，故不相让，拔刀欲杀。

青珑拔出三箭驾于弓上，直直瞄准了陈晟脑袋，赫然松弦。

长箭破空袭来，发出尖锐的低啸声，恍如夺魂的鬼音，入耳森森。

陈晟嗅到了死亡的气息，骇得面色惨白，拼命拽拉着锁链，惊动拉车的烈马，堪堪避开了致命的击杀。

仲远旁观着这一切，没有插手，而是趁乱打马后退，渐渐远离队伍，最后飞驰而去，消失得无影无踪。

他一走，队伍变得杂乱起来，众兵围住拦车的两人，试图将其擒获。

陈晟侥幸躲过一劫，吓得面无人色，四肢打战，额上冷汗涔涔。

恰在此时，又有两个人打马冲进队伍，他认了出来，如同抓到了救命稻草，疯狂拽扯着手链脚链，冲他们大喊："月芜！快救大人！大人知道错了……我一定改，求你们相信大人，救我……蔺池救我！"

一声声的求救声落入耳中，但闻者已经漠不关心。若在以前，哪怕自己受伤，他们也会拼死护他周全，然而现在两人对他只有切齿之痛，决定来这里也并不是救他，而是为豆豆的阿姊报仇，为魏叔报仇，为那些因为他的背叛而惨死敌军刀下的同泽报仇。

"姑娘，我们来晚了！"月芜一剑刺倒一名士兵，纵马冲出包围圈，驶向青珑，到她跟前后伸手向下。

青珑欣然，为他们终于肯直面这个国奸的决心而快慰，往后有了他们的襄助，她的阻难又少一分。

而今日，则有仇报仇，有怨报怨。

青珑伸手握住月芜的手，借力跃上马背，顺势从背后的箭筒中拔出三箭，瞄准跑走的囚车。

褚子道和蔺池人各一边，奋力抵挡涌上来的士兵。月芜拼却最快的速度，挥鞭驱马，冲破一层又一层的迷雾，疾风般追向陈晟。

烈马狂奔如风，两旁物影向后，距离快速被缩短，瞬息间与囚车平齐。

陈晟仿佛一头无处躲藏的牲畜，躁动而癫狂，面上尽是对死亡的恐惧，撕破嗓子，扯着锁链喊救。

青珑眼底血色滚动，端稳弓弦，瞄准囚车里疯狂嚎叫的人，嗖然飞出。

铁箭低啸如浪，穿透雾气，破空而去，猝地爆穿陈晟眉眼，穿脑而过！

鲜血四溅，染红一地雪色。

求救声戛然而止，冻结在寒冬冷冽的北风中，余音不绝。

陈晟的双眼和眉心被扎穿，脸上留下三个空洞的口子，鲜血从里面涌出，沿着鼻梁和眼窝蜿蜒滑下，像一条条歪扭的红蛇，很快爬满他整张脸，异常可怖。

他似乎没有死绝，以无比恐惧的样子立在囚车中，嘴唇打战，双手缓缓扭动着。

青珑盯着他，从马背上翻落在地，迅速攀到囚车顶部，伸手从箭筒中拔出三箭，搭于弦上，对准他的脑顶，用尽毕生力道，鱼贯射出，直没箭尾。

如果可以，她恨不得一刀刀割他肉抽他筋，去偿补沉睡在归龙关内的每一位忠魂的命债，叫这叛徒知道什么叫生不如死！

眼见重犯被杀，负责押运的士兵们骇然大惊，群起攻之。

就在这时，远方突然响起一阵浑厚的钝响，声音犹似山崩海啸，飒沓奔来，震得城外这片荒野都似在颤颤巍巍抖动。

蔺池脸色生变，惊道："姑娘，是骑兵！"

说话之时，铁蹄声越发响亮地靠近，在广袤无垠的郊外四下飘散，发出的闷响宛如大河决堤。

四人俱是变色，隔着浓雾难以辨认是哪路骑兵，也就不敢再在此地耽搁，各自拽来一匹烈马，翻身而上，火速撤离。

对方将近三百兵力，来势汹汹，速度奇快，眨眼间已经与那些押运兵会合在一起。

领头的是一个身量魁梧的中年男子，面呈麦色，眼如鹰目，肩膀的战甲上别着鹰形徽章，率领身后三百精骑飞速行进，追向撤走的四人。

彼时天方初亮，霜雾浓浓，北风呼啸怒吼，刺得人睁不开眼。

"这些人是哪路兵马？"褚子逍回望一眼，吃惊不已。

"黑羽卫，是皇帝从禁军中百里挑一，培植的精锐谍卫。"此前月芜和蔺池跟随陈晟，在宫中走动过，故而认识这队人马，得空解释道，"擅长突袭、刺杀、网罗谍情，骑射之术亦是炉火纯青……"

仿佛应了那句话，还未说完，一支接一支的利箭忽而凌空飞来，密集如雨，百步穿杨竟无虚发。四人不得不专心抵挡，前行的速度被迫减缓，不出片刻，已经全部身陷箭阵。

四人断没想到，虽然杀了陈晟，却惹来这等厉害人物，皆不敢懈怠，拼尽全力杀出重重包围，等到冲出一条血路，均已遭受不同程度的重创。

庆幸的是，前方有一片野林，如能冲进去，便可躲入其中避难。

不过等他们到林子入口的时候，正在后方穷追不舍的黑羽卫忽地全部勒马停住，铮铮蹄声戛然而止。

四人不明所以，回首竟见两个人纵马横穿过来，稳稳停在领头那将领面前，拦腰将黑羽卫截住了。

一时间，空气似乎静止不动，唯有四野飘荡的寒风低低咆哮着，在冰天雪地里幽幽回响。

黑羽卫卫长冯烈认得拦路那人，一双鹰目注视着他，面冷如霜，暗暗握紧了手中的长刀。

隔着不近不远的距离，那人的背影映入青珑眼中，观来极为熟悉。

那一瞬间，她心下猛跳，因为重伤而涣散的神智渐被激醒。

"是楼西越！"褚子逍几经辨识，终于认出，正是楼西越将属二人。

因为担心他被牵连进来，青珑几乎是本能地勒马调头，想要返回去，被月芜及时拦住："姑娘，此时过去，我们谁也走不了。"

青珑强压下心头的紧张，观望一眼正前方疏密交错的枯林，有了应对的法子，沉声道："先走……"

"阿姐，那楼西越……"褚子逍生怕黑羽卫抓不到人，恼羞成怒与楼西越动手，后果不堪设想。

青珑又岂会不知，但明白楼西越在为他们争取逃脱的时间，道："先进去，我自有打算。"说着她打马向前，冲进雪林。

三人亦不敢耽搁分秒，紧随其后，速速跟了上去。

这边冯烈见状后，面色阴寒，握着刀柄的五指咯咯作响，却又顾忌着面前人的身份，轻易不能妄动。

"楼少将军？"他眯了眯眼，极力平复着心情，似笑非笑地寒暄道："天寒地冻的，楼少将军不在城内待着，怎跑来这荒郊野外？"

楼西越按辔止行，迎上冯烈投来的阴沉目光，不动声色："卫长大人不也一样？"

原本他应该待在医庐里陪着师父，却不知道为何心里总是七上八下，从夜半开始左右静不下心，一连串的问题在他脑中飞闪——陈晟即将被流放出京，不知道她能否大仇得报？皇帝不杀陈晟，却选择将他流放远地，这其中会不会有什么猫腻……

五更之时，天色还黑，他实在坐不住，于是提剑牵马，与景威摸黑离开医庐，追了出来。

果然，看到的景象便是这样。

现在他才后知后觉，皇帝流放陈晟，原是利用他引蛇出洞，然后将霍家人一网打尽！

他心有余悸，唯一庆幸的是，来得尚算及时。

冯烈紧盯着他，皮笑肉不笑："临近新年，三教九流之士也蠢蠢欲动起来，尤其是一些不自量力的狷徒狂辈！当然，不是说楼少将军。皇上因此下令，但凡形迹可疑者，一律押解入狱，听候发落。"

楼西越同样冷视着面前一排排虎视眈眈的黑羽卫，声冷音寒："无凭无据，卫长大人怎知旁人该抓？"

"圣命难违，冯某也只是秉公办事，楼少将军莫要给卑职为难。"冯烈按捺着腹中的火气，森森然道："妨碍公务者，一并缉拿归案，来人！"

一令下，身后的黑羽卫纷纷上前，就要将楼西越将属二人团团包围。

楼西越的耐性出奇的好，他需要的只是拖延时间，所以也不与他对立："天大地大，你我各走一方，何来妨碍一说？卫长大人，诽谤构陷之罪，是否需要移诉公堂处决？"

"你！"冯烈怒目切齿，像一只被戏弄的猴子，他要追杀余孽，没时间在这跟他耍嘴皮子，当下拨马调头，欲绕过他追向林中。

谁知就在这时，一个凄厉的呼救声忽而划破长空，飘向这边。

"救命！救命！杀人了……杀人了！"

众人循声望去，只见前方的林子里跑出来一个瘸腿的姑娘，踉踉跄跄奔向这里，模样惊骇不已。

看清那个女子面容的瞬间，楼西越神色一震，调转马头，急急奔了过去。

冯烈的面上尽是疑虑，当下喝令一声，率领黑羽卫紧追而去。

那姑娘拖拉着一条腿，跌跌撞撞地扑到跳马落地的楼西越怀里，面色极为惊慌，抓着他的胳膊急声求救："要杀人……他们要杀人！公子救我……"

"你是谁！"赶来的冯烈下马落地，伸手将她提了过来，粗暴喝问："说！哪来的？"

楼西越面色一寒，长剑出鞘，以快得惊人的速度划向冯烈手腕，迫使他为了自保而踉跄松手，那姑娘便顺势落入楼西越的怀中。

突然凭空出现一个手无缚鸡之力的姑娘，怎么都让冯烈觉得她形迹可疑，又见楼西越如此护着她，他就更加肯定了心里的猜测，拔刀就砍，想从他手里夺人。

楼西越将浑身血迹的她紧紧护在臂弯间，挥剑迎击，决计不让冯烈靠近她分毫。

眼见双方就要大打出手，那姑娘惊叫一声，指着雪林语无伦次地大喊："在那里！我在那林子里挖紫兰根，他们冲进去把我的药全抢走了……要杀人……那些人拿着剑，流、流血了……要杀我……公子救我！"

冯烈停止了攻击，顺着她手指的方向看去，只见被大雪压弯的枯林间，隐约有四个人影依次逃走。四人一路飞驰，眨眼间纵马驶出丛林，向着远处疾速逃去！

"就是他们！抢药了……他们抢药了……阿爹还在家里等着我熬给他喝，那是救命的药……公子救我！"那女子紧紧抱着楼西越的胳膊，神色恐慌，连声求救。

楼西越伸臂环住她，指尖克制不住地轻颤着，安慰她道："没事了，我明白……不怕，没事了……"

冯烈仍不相信这个孱弱姑娘是平民百姓，想从楼西越怀中将她夺过来一同抓走，却见她已经奄奄一息，没坚持多久便头一偏，昏了过去，不知是死是活。

他怕因小失大，当下也不敢贻误时机，扬声喝令："追！"

得令后，黑羽卫踏雪疾行，向着四人逃逸的方向浩荡追去。

楼西越看着怀中人伤痕累累的样子，惊痛不已，当即打横抱起她，准备就近带她去找大夫。

"闷葫芦，你有没有事？"黑羽卫一走，青珑撑开眼皮，挣扎着站起来。

楼西越按住她："别怕，有我在，不会有事。"说着他匆匆脱下自己的外衣，包住她的身子，欲将她抱到火曜驹背上。

"不……"青珑决计不答应，阻止了他："我从这边离开，闷葫芦，你带着景威随黑羽卫去追，权当做做样子，不然会连累你……"

"少将军你别冲动。"景威也在一旁劝他："霍姑娘说得没错，黑羽卫毕竟是皇帝的亲信，若被他知道你介入其中，定会惹来不少麻烦，指不定姓楚的也会疑你居心不良。"

大抵是受了皇帝挑拨，楚定云竟将蕙妃母子的遭遇怪罪到少将军头上，以为是他联合外人在背后推波助澜，更加防他。倘若此事再惹出什么乱子，景威不敢想象那个铁石心肠的将者日后会怎样为难少将军。

楼西越正紧张她的伤势，哪里管得了那么多，断然道："先别说了，救人要紧！"

说着他不顾青珑的劝说，扶着她翻身上马，与她同乘一骑，飞驰而去。

景威阻挠不住，只得从命。

就近回到城中后，青珑因伤失血，神智有些恍惚，楼西越抱着她去找大夫，恰在街上碰到了外诊完毕正要回医庐的绿盈，于是将她拦下了。

绿盈不知道出了什么变故，竟使她伤得如此惨重，一边跟着楼西越赶往储药堂，一边惊问："师兄，出何事了？"

"先别问，救她。"楼西越面色焦灼，三步并作两步走，须臾到达目的地，"哐当"一声推门而入，将青珑侧放在榻上。

"闷葫芦……"青珑还有一些意识，喊了喊他。

楼西越知道她要说什么，安慰道："你放心，我让景威照你说的地方追去接应了，子道他们不会有事。"

青珑这才稍感心安："谢谢……我心太急，没想到陈晟竟是皇帝撒出的诱饵，他竟派黑羽卫袭击……"

绿盈正给她处理伤口，闻言插了一句嘴："师兄，霍姑娘怎会得罪到皇上？到底发生什么事了？"

楼西越给她打下手，没有多说，只催她："先给她治伤，别停下。"

相识也有一阵子了，但生性使然，楼西越却不怎么跟这个师妹说话，偶尔碰面也只是点点头，算是对她的问候的回应。为此陆鹤之暗地里数落过他，嫌他脑子不灵光，开不了窍，总是一副见外的疏冷模样，日后都要发愁他的终身大事。

被训教一番，楼西越长了些记性，由点头变成了点头加一个字：嗯。

陆鹤之哭笑不得，实在没办法助他长进，就懒得操心这榆木疙瘩了。

倒腾许久，青珑的伤口才被包扎完毕，整个人无精打采，昏昏欲睡。

绿盈给她留了些内补的丸药，顺便交代一些养伤需要注意的细事，便先行一步回去了。

一切妥当后，屋子里安静下来。

楼西越照看着青珑，随着她伤情渐趋平稳，他原本七上八下的心情亦开始稳住。

青珑的伤大都在后背，无法平卧，于是侧靠在榻边，睁眼看到了他，轻唤一声："闷葫芦……"

"没事了。"楼西越的声音及时响起，伸手拂开她额前被冷汗打湿的碎发，问她："有没有成？"

青珑知他所问为何，点点头。

想起终于死绝的陈晟的尸体，她的心海久久无法平静，有大仇得报，终于让青桑无数英魂瞑目的欣慰；也有上天不睁眼，既让这一天太过迟来，也将她的族人无情打入奴场的悲酸；还有将来她重振青军光复故土，所要面对的重重危险和阻难的艰辛……

"只是开始……"她低低道，无论前路如何凶险，都不会轻易被打倒。

楼西越理解她的心情，有些怜疼地抬起手，轻轻拭掉她额上沁出的细汗，沉声道："不怕，有我在。"

对于他的好，青珑铭感于心，但她不能只顾自己，而忽略他的立场："我不能连累你，更不能在将来让你为难……"

"相信我。"他决意不改，语声笃定："喜怒哀乐，你与我尝；刀山火海，我陪你闯。"

青珑鼻子一酸，眼眶前有水雾漫出，心头百感交集："闷葫芦……"然而语方脱口，她却哽咽难言，突然觉得再多感激的话，都不及一声"闷葫芦"婉转动听，似乎它已经在不知不觉中刻入心尖，抹消不掉。

一辈子很长，荣光与荆棘并存，欢也好悲也罢，只要闷葫芦安然无虞，那就是最让她欣喜的事。

◈ 第二十四章 ◈
送归

————————————————————————————————

临近除夕的时候，锽城风声鹤唳，家家户户锁门阖窗，轻易无人外出，各处通行的关卡亦被封锁，守兵昼夜盘查，一时间人心惶惶。

原因无它，重犯陈晟在流放途中被人截杀，凶徒为青桑霍家人，已逃之夭夭。不仅如此，连负责押解陈晟南下的仲远也杳无音讯。得知黑羽卫无功而返后，皇帝拍案震怒，责令官府缉拿霍家党羽。

时间紧迫，为了完成任务，受命的官员也就不管坊间安宁，加派兵力将整座京都围拢起来。

大街之上，一排排士兵拿着大刀长矛，角角落落搜寻，罅隙不剩。

缥缈楼二楼靠近栏杆的地方，添置了一桌酒水。

仲远端坐在桌前，看着对面含笑自若的男子，拱手抱拳："那日混乱，多谢公子出手搭救，否则以今日的局面，我必难逃一死。"

沈隽但笑不语，望着街上萧条而又剑拔弩张的景象，无声捻转着酒杯。

待得一杯烈酒下肚，他才收了视线，看着已然改头换面的仲远，赞道："以前不太相信江湖上的那些歪门邪术，但这人皮假脸倒是让我开了眼界，一年来借仲远之身潜伏在大夏，却没有露出蛛丝马迹，不得不赞你心细如丝。"

"这还得仰仗公子暗中斡旋，否则以我的能耐，万般都做不到这等地步。"仲远敬他一杯，饮尽后又担忧道："只是这次事情闹得不小，我若离开了大夏，日后再想回去的话，恐怕……"

"莫不是大人舍不得这荣华富贵了？"沈隽趣笑道。

"这倒不是。"仲远诚惶诚恐地摇头，"但不知公子下一步如何打算？倘若回不了夏都，公子可是让我诈死，从这世上消失？"

"不，活人总比死人有用。"沈隽一口否决，莫测笑笑："放出风声，就道你已被同党救往南燕。"

"公子言下之意，可是要……离间夏燕两国？"他沉吟着道："夏燕交好，日前定南王父子来给夏皇祝寿，宴罢却迟迟不回，甚为蹊跷，我担心……夏皇意欲拉拢定南王，筹划什么大事。倘若属实，双方便是如虎添翼，这对我北凉和东亓来说，无疑是堪忧的一件事。"

"未必，也许南燕是夏皇箭下的猎物也说不定，就看南燕君臣看不看得透表象下的险情。"

仲远不解："公子这话怎讲？"

"大夏虽然兵强马壮，但常年小打小战，自然物资紧缺。南燕乃天府之国，民康物阜，若能得手，必能充盈国库，更大范围进行攻伐。喂饱了狼，你说它会好心放过周围的羊吗？"

仲远了然，点头道："我明白了……以现下局势，四国之中只有不出现狼，所有的羊才能活下去，虽然为了一方城池你争我夺，但至少动不到彼此根基。"

"明白就好。"沈隽笑笑，擎杯回敬他："这一年在异国官场忍辱负重，辛苦大人了，沈隽不胜感激。"

仲远受宠若惊，举杯碰上："这话使不得……若非公子器重，想我在北凉朝中也不过是小皇帝身边一个名不见经传的护卫而已，岂能有今日之建树？还有'大人'一称，在公子面前实不敢当。"

沈隽没再谦让，道："既然不能重去夏宫，大人便随我回北凉，我会想办法授大人以官衔，暂时保身。日后若有需要，还烦大人不忘旧情，再行出山。"

"公子考虑周全，我自然犬马效劳，岂敢不从？"

正说着，哑奴从一旁的角落里折身过来，在沈隽耳旁比画了几个手势。仲远看得似懂非懂，但见一个头戴斗笠的白衣女子朝这边盈盈走来，同时沈隽也命令小二重置酒器，好奇之余，心想是有贵客到来，便借口退下去了。

女子仪态轻盈，妍丽婉转，一袭轻纱垂下，似潺潺水波般轻柔，隔绝在其后的容颜若隐若现，如幽兰凝露，清荷蘸水。

"连日奔波，辛苦云姑娘了。"沈隽迎上去，含笑邀那女子就座。

"那个人的身份你已知悉，别忘了管住自己的嘴。"女子款款落座，也不客气寒暄，开门见山道。

沈隽笑笑："在下虽不是正人君子，但说过的话不会食言，定然不会置云姑娘于险地。何况你我目的相同，彼此也算借力，断不会出尔反尔，尽可放心。只不过……"

见他顿住话口，女子隔着轻纱侧视他一眼，等他开口。

沈隽片尘不惊，笑着提议："只不过云姑娘孱弱女流，行走乱世多有凶险，总需想法稳定下来。"

那女子难辨赞讽地道："看不出来，沈公子会有这等好心。"

沈隽失笑："难道在云姑娘眼里，沈某除了敛财谋利外便一无是处？"

"是不是你自己心里清楚。"那女子说话干脆，也不拐弯抹角："有话直说。"

沈隽莫测一笑："到了合适的时机，我会襄助云姑娘，既助你达成目的，又保你性命无虞。但愿不愿下手，届时就看云姑娘自己了。"

那女子垂了垂眸，似陷入沉吟中，没有应声。

沈隽倒了一杯清酒递给她："这是缥缈楼特制的梨花琼，甘甜清醇，相信云姑娘定能品出一番风味。"

"谢了，我不沾酒。"她摆手挡住，语声清冷："锽城我不会久待，不日便启程离开，后会有期了。"

沈隽颔首作辞："云姑娘慢走。"

说完他让哑奴去护送，却被她谢绝，他也就没再强求，目送她从后门离开了缥缈楼。

随后，沈隽准备回房休息，却被街上一阵叮叮当当的清脆巨响惑住，凭栏俯瞰，只见兵影奔动，像是发现了凶徒的线索，纷纷朝西城门的方向跑去。

就在他疑惑之时，哑奴走过来，打了几个手势，大意是说仲远来报，在快要出城的街市上发现了霍家同党，那些追兵已经赶过去抓人了。

"是吗？"沈隽略感诧异，寻思道："去看看。"

不过最终他没能去成，因为经过一座教坊的时候，一个衣衫凌乱的男子被人从里面粗暴地推了出来，绊倒在他脚下，他被迫停步。

"臭叫花子，滚！也不撒泡尿照照自己什么模样，再来这里瞎叫嚷，小心当家的找人打断你的狗腿！""砰"的一声钝响，教坊的大门被人毫不客气地重重关上。

"我求你给当家的带个话，就说我是朱吉，让他叫阿双出来见我一面！"那男子从地上爬起来，扑了过去，使劲敲着门环，哀求道："她给我唱曲，我给过她很多金子银子，你让阿双还我一些……我已经三天没吃东西了，你让阿双带点吃的给我，她以前对我很好的……"

朱吉身着肮脏不堪的衣裳，跪在教坊的厚重大铁门前，无比屈辱地向里面磕头求救。

其父死后，朱吉想承袭官职，奈何朝廷看不上这庸徒，并未表态准允，他辗转斡旋良久，始终无果，只得悻悻放弃。原以为靠着祖上积蓄他可以继续挥霍度日，哪想祸不单行，万贯家财全被府中管事席卷一空，更可恨的是连宅子也被他偷卖给了黑帮，朱吉前脚刚踏进门，后脚那些人就找上来腾挪家当。不过与对方犟了几句嘴，他便挨了一顿猛揍，朱吉怕死得不行，立马软下来仓促逃走了。

见他落难，曾经与他花天酒地的绮襦纨绔却没一个肯接济他，不出几日他便沦落至此，实在走投无路，遂求到教坊来了。

哑奴见沈隽停下，就在他耳边啊啊着唤了一声，打了一个手势，随后徒指在手上写了一个名字。

沈隽一奇："朱府的？"

哑奴点点头，继续比画着，大意是说这两日来，他一直在此地嚷嚷，说是要见这间教坊里的头牌戏子。

"戏子？"沈隽看了一眼万分狼狈的朱吉，一时感慨又自嘲："被一个戏子玩弄，到头来还去求她施舍果腹之食……为了苟活，人果然可以丢得下脸面。"

哑奴见他面色乏善，也就不敢再多言。

"延龄，是不是在想公子为了培植羽翼，同样低三下四到处求人，与他无异，没资格看轻他？"

哑奴脸色一白，急欲解释，却被他摆手阻止了。

沈隽继续向前，头也不回地冷冷道："拿些银两打发他走，日后别让这种人出现在我面前，否则见一个杀一个！"

哑奴听命，从怀里拿出一锭银子摆在了朱吉跟前，旋即追上了沈隽。

突然从天而降一锭白花花的银子，朱吉喜不自禁，火急火燎地捧在手里，咬了一口，竟是真银！

他欣喜若狂，忙追过来拽住沈隽的衣摆，给他磕头："谢谢公子！谢谢公子！谢谢……"

沈隽不胜嫌恶，却仍旧声色不露，俯视着他："你是朱吉？"

"是朱吉，我是朱吉，我爹是公车丞朱雄……"朱吉小鸡啄米一样点点头，更加抓紧了沈隽的衣服，哀然道："阿双那个没良心的东西骗走了我所有银两，连一碗饭也不给我……公子求你救救我，我给你当牛做马报答你！求公子救救我！"

"怎么报答？"沈隽屈膝蹲下，直视着他笑问。

朱吉被他璨若金玉一样的俊朗眉目惑住，怔怔看了长久，忍不住咽了咽口水，连声道："公子要我怎么做都行，当牛做马任由公子差遣！我一定好好报答公子……"

沈隽的眼底漫出一丝试探的笑意，问他："两肋插刀，就现在，敢不敢？"

朱吉被吓住，惊愕地看着他，半晌嗫嚅不出完整的话。

沈隽眼角眉梢的笑容渐渐消失，化为冰雪一样透骨的寒意，未再理会这个丧家之犬，转身离去。

朱吉以为自己诚心不够，慌忙爬过去，抱着他的腿苦苦哀求："我没有说谎，我一定好好报答您！求您收留我，给我一口饭吃……那些乞丐会打我，阿双也不要我了，只有公子肯出手救我……您相信我，我将来一定好好报答公子！"

沈隽抽不出脚，手中拳头攥得咯咯直响。

朱吉如同捡到了救命稻草，死活不撒手："公子求您了，我一定报……"

忽然，一道剑光切来，快如光电，直直从他脖子削过！

朱吉吓得脸白如纸，呆立在地。

所幸，那一剑只是警告，伤痕仅停于浅表，未深及命脉。

他亦不敢再撒泼，惊恐地松开双手。

沈隽睨他一眼，别剑入鞘，寒声道："不用理会这里了，随我回朝。"

哑奴看着自己手中被拔出又归合的冷剑，绕过朱吉，无声跟上了沈隽的步伐。

锽城，西城门。

据探子传报，刺杀陈晟的可疑凶徒，也就是缉捕告示上所说的青桑霍家党羽，今日在西城门附近出没，城中闻讯的士兵匆忙赶往那里，意欲搜抓，一时间闹得满城风雨。

一间地处闹市的医馆里，大夫给一位年轻公子抓完药，便催他快回："公子那眼疾甚是怪异，恕老夫见识浅薄，说不出所以然，只能先开几帖明目的药控制住它。要是夜里还发作的话，就请公子另择高明，年纪轻轻的可别耽误了。外面正在抓人，快些回去吧……"

琼儿听罢脸一白，缠着那大夫求他："他们说这里是专看眼疾的，求大夫无论如何都要给公子看好……"

"都说了，老朽实在无能为力。"大夫忙着应对外面的乱况，对这个丫头的纠缠显得很不耐烦。

舒九容制止了琼儿，命令白前将她拉走，然后付完诊钱提上药，便向大夫请辞了。

一出来，才知道街上早已鸡飞狗跳，到处都是急走的士兵，骇得行人争相躲避。

"公子，你现在感觉怎样？"琼儿抓着舒九容的手臂，一路上不敢放开，生怕他的眼睛像以前一样生出万一，另一只手颤抖地在他眼前晃了晃，心中七上八下。

"公子不是没瞎吗，哭鼻子做什么？"舒九容看得开，安慰她："放心吧，后天我们便会启程离开，回到王府后休养一阵，就不会像昨晚那样了。兴许是这几日陪着父王与夏皇酬酢周旋，无奈多喝了几杯，所以才会这样，日后多加注意就是了。"

"是不是因为北伐之事，皇帝才迟迟不让王爷走？公子，王爷会答应与夏军结盟去征讨北凉吗？"

舒九容的面色凝重起来，沉声道："这事不简单，当中利害不可小觑，父王也是从沙场和庙堂里滚打过来的，看得透局势，该不该应承，自然心里有数。说过多少回，这些不确定的小道消息你就当作耳旁风，勿再随意讹传，以免徒生事端。"

琼儿吸了吸鼻子，仰头注视着他的双眼，声音里有浓浓的哭腔，想起昨晚他突然出现短暂失明的景象，不由紧张起来："可是我害怕……夏皇根本就不是什么好东西，他给王爷施压，指不定对我们南燕也不怀好意，那公子和王爷……"

"净会乱想。"舒九容抬手拭去她眼角泛出的泪花，笑责一声，"看看白前，虽小你半载，却比你稳重许多。"

"我想好了，这辈子都跟白前护着公子，赶也不走！"

"又说傻话。"舒九容啼笑皆非，"公子何时说过要赶你们走？"

琼儿这才宽心，心里的担忧渐渐被他的暖暖笑容涤散，不再胡思乱想。

白前话少，提着药，一直默默跟在后面，像一头安静的狼，保护着他们。

一路上，三人避开那些士兵返回东苑，却在途中与一位熟人不期而遇。

那人身穿斗篷，头戴风帽，低着头匆匆赶路，舒九容最先认出来，隔街轻唤一声。

"舒九容？"青珑顿步，从对面小心转过来，一眼看到了白前手上提的药，顿时一惊："谁生病了，要不要紧？"

"无碍，风寒而已。"舒九容温和一笑，见她行色匆匆，一脸着急的样子，以为她碰到了麻烦："可有急事？"

"没……"青珑摇头，说话间将风帽往下拉了拉，似是怕被人认出来。

但嘴上说没事，她心里还是有些发急。

那日杀了陈晟后，他们四人遭受黑羽卫的突袭，幸有楼西越拖延了一些时间，才换来逃脱的机会。进入林中后，他们匆匆折了些树枝，粗搭成人形，然后用各自外衣裹住，乔装扮成四具人偶，并剪掉袖子割成布条，紧紧固定在马背上，后将其拍走。当时雾霭未霁，从远处难以辨认马背上的"人"是真是假。就这样，四人以假乱真，侥幸惑住了黑羽卫，得以金蝉脱壳。

彼时青珑不知道楼西越那边的状况，她怕他不知道其中猫腻，为了阻拦黑羽卫而与其大动干戈，伤到自身，于是便叫三人先行离开，她返回去策应。后来楼西越将她救回城中，安置在陆鹤之的药堂里养伤，期间她就与月芜等人失去了联络。

直到今日，她在药堂里听到外面兵声嘈杂，说是西城门附近发现了凶徒的踪迹。尽管楼西越告诉她景威已将三人转移走，她心里还是有些不安，担心他们脱身后并未按照她的嘱托返回西川，仍滞留在城郊之外。

左右坐不住，青珑便出了药堂，一来去观望下那边的状况；二来闷葫芦说他回医庐拿些药，经久未归，她实在担心，遂想去寻他，巧的是在半路遇到舒九容。

舒九容见她将自己遮得严实，眼角余光时不时望向那些士兵，似在防备着他们，多少猜到了几分——想必她与夏皇派兵缉捕的青桑霍家一党息息相关。

再一想到她的姓……

他目光沉了沉，心中已明，就算不敢全部肯定她的身份，所测也八九不离十。

但他没有揭露，嘱道："若是着急的话，霍姑娘先行一步，我让白前护着。"

"不了，不能再给你惹麻烦。"青珑谢绝了他的好意，抬头道："舒九容，这几天我会想办法离开此地，你帮过我的那些，可能无法这么快报答你了，唯一能做的就是在你们动身南下的时候，薄酒一杯替你饯行。"

舒九容洒然笑笑："不用说什么报答的话，太过见外。夏都一别，日后再要相见，恐怕遥遥无期，我会在城楼外候着。但若不便露面，霍姑娘不要勉强，友人无虞，我才心安。"

青珑清浅一笑："我会小心行事，你保重。"

"去吧。"舒九容目送她离开，想了想还是让白前跟上她了，暗中保护着，以防事有万一。

青珑埋着头，顺着巷子快速赶往西城门，却在快要到达目的地的时候，肩膀忽地一沉，被人紧紧摁住。

她惊讶抬头，看到的是一张略带薄怒的俊脸，依旧是平素淡漠的模样，却叫她禁不住展笑颜开。

"谁叫你跑出来的？"楼西越皱眉责她一声，脸上仍有忧色。在这之前，他去过药堂，打算安排她出城，却没见到人，差点以为她出了事。

"闷葫芦，黑羽卫有没有找你麻烦？"青珑一直担心这事。

虚惊一场，楼西越的一颗心才悬下："别问了，你伤势怎样？"

"我休养了几日，已经不妨碍行走了。"

"那你跟上，我送你出城，子逍他们就在郊外。"

青珑惊出一身冷汗："果真是他们找来了？"

"没事了，被我和景威撞见，拦回去了。出城后你们就回西川，在龙虫堂待着。要是还愿意从军，等我回去后就带你去见楚定云，向他请命。"

"闷葫芦，我不能再……"

楼西越知道她要说什么，毅然打断，回头催道："还不走？"说着他伸手向后。

青珑感激不已，吞下到口的千言万语，默默递出一手，被他握住，紧跟他去了。

城楼下负责盘查的士兵不认识楼西越，却认得代表他身份的少将令牌，也就不敢太过为难，盘问几句没查出什么，遂予以放行。

景威正在城外等候，顺利接到人后，便驾车载着他们去了郊外，与褚子逍等人顺利会合。

楼西越已将盘缠、伤药等物准备妥当，交代完车夫，将四人全部送走，看着马车消失在雪野中，才和景威返回。

然而走了的人心里却不安。

青珑挑开帘子一角，一直凝目回望，最后道："你们先走一步，我缓一缓。"

褚子逍知道她担心什么，道："我问过景威，他说楼西越已经被传过了，但他死活不松口，黑羽卫也没有切实的证据证明是他救的人，无奈只能释放。"

青珑脸色一变："有没有严刑逼供？"

"这倒没有，他是赫赫战功傍于一身的少将，黑羽卫再残暴，这种有伤体面的手段也不能随便滥用。"

"怕就怕，楚定云再找他事端……"青珑更加坐不住了，"子逍，我再观望几日，你们先走。"

"那我跟你留下来，多一个人多一份照应。"

青珑不允，但劝他无果，最后只得答应，最后让月芜与蔺池先走，并叮嘱二人道："记住那日我在林子里交代的事，五千兵马暂时安置在北凉境内的云霄岭上，你们回去后暗中盯着，先不要打草惊蛇。等这边事情一了，我会即刻动身前往北凉，与你们会合。"

两人面色凝重，点点头："姑娘放心，我们会遵照你的意思，看住他们。"

"好，一路当心，来日我们再见！"说完，四人就此分成两路。

青珑与褚子逍暂时留了下来，月芜与蔺池在决定斩杀陈晟之前，已将那个名叫豆豆的孤儿寄养给了城外一对农家夫妇，心中牵挂已消，便直接绕道，赶往北凉。

两日之后。

清晨伊始，城门三里之地华盖飘飞，在隆冬透骨的寒意中猎猎作响。

今日为定南王一行南归之日，城楼外卫兵林立，夹道护送车马。

夏皇身着灿金龙袍，被两侧的臣下簇拥着，与定南王舒晋笑着寒暄几句，道了些两邦交好共谋大业之类的愿景，之后将目光转移到了旁侧的舒九容身上，不吝嘉言："令郎才慧绝伦，雅量高致，早已名倾四方，偏还生得翩然俊迈，不知羡煞了多少世间男儿！"

定南王抱拳，象征性地回笑一句，没有多说："乱世里安邦定国的实为武者，要这些华而不实的东西只会落人笑柄，贵国皇上谬赞了。"

皇帝摆手笑笑，态度强硬："自藩侯并立以来，贵我两方邦交深重，虽然为了小利小惠动过干戈，但也是受了有心人的离间，大可不必理会。孤掌难鸣，协规同力方成大事，王爷日月入怀，当非争长论短之人，事关两国大计，还望多加酌量，若有意愿，随时恭候！"

定南王敷衍一笑，不咸不淡地道："南燕置锥之地，兵势不显，比不得贵国沃野千里，雄师劲旅叱咤八方，岂敢布鼓雷门？"

"王爷切莫谦让，如能协力同心，于此于彼都是如虎添翼，何乐不为？"

兴许是心中另有打算，在夏凉之间的战事上，定南王仍在观望，并不想过早表态，况且对方如此直接地暗示大夏有北伐之意，未必是想拉拢南燕为盟，不过是借机试探他而已。就在他思量敷衍的措辞的当儿，耳畔一个温和声音先他开口了。

舒九容浅笑道："兵争之事关乎国之兴亡，理应天子决策，臣父若越俎代庖，恐犯天家大忌，还望皇上海涵。当然，夏燕往来已久，一荣俱荣，回国后臣父定代皇上禀明此事，若有需要，义不容辞。"

"如此，那就静候佳音！"皇帝的面上挂着无所谓的笑，至此方才打住，命人奉酒："政务繁忙，朕就送到此地，王爷与令郎慢走。"

身后一个小兵听令，抢先一步端过盘子，埋头上前，将其擎在皇帝身边，待他拿走一杯后，又低头移到定南王和舒九容身边，恭敬奉上。

舒九容起先没有注意这个小兵，待得酒杯在手，正要与定南王回敬夏皇的时候，那小兵微微抬头，将端着的盘子往高举了举，做了个不甚明显的"请"的动作，一双眼睛含笑看着他。

目光锁清那人面容的刹那，他既惊又喜，定定注视着那小兵，瞬间明白了"他"的用心，眼底亮光闪闪。随后他手上执拿的杯盏下意识往"他"面前移了移，对着这个小兵点头一笑，仰首饮尽，以感谢"他"冒险潜入卫队，用这样特殊的方式来给他送行。

与此同时，舒九容侧了侧身挡住琼儿的视线，以免那丫头吃惊之下叫出声音，让周围这些卫兵察觉出端倪。

"后会有期。"放下酒杯的时候，他用耳语一样的声音对那小兵低低道。

"一路顺风。"青珑声若蚊蝇，笑应一句，接过酒杯后俯身退了下去，站在寒风凛冽的大道上，目送他与一众侍从沿着护城河缓缓南下。

送走定南王父子的车队后，皇帝的面上再也不见笑意，寒声下令："移驾十里长亭！"

两排卫兵迅速合成一列，簇拥着当朝天子浩浩荡荡赶往长亭。

青珑端着盘子垂头站在官道旁边，给那些护兵让开道路。

队伍一走，周围的空间敞阔起来，她长长舒了口气，端着盘子跟随礼队返回城中，却故意放慢脚步，越走越靠后，最后被队伍落下，趁前面的人不注意一溜烟闪身不见，躲到旁边一处角落去了。

褚子逍就藏在那里，看守着先前被他们打晕的士兵，见状招手唤了唤她。

青珑大步奔过去，匆促退掉从那兵身上扒下的兵服和令牌，连盘子一股脑儿丢给他，然后与褚子逍逃之夭夭。

送走舒九容后，他们又去了另外一个地方。

在这之前青珑已经打听到，被贬皇六子萧璟浩也于今日离京北去，闷葫芦必定会去为他送行，楚定云亦如是。不知道将属二人见面后，会不会因为她这事再生出什么嫌隙出来。

陈晟是她所杀，并不关楼西越的事，她不能让他替自己善后，无辜担这罪责。

如若楚定云为难闷葫芦，她就只能一人做事一人当，向他坦白一切。

◈ 第二十五章 ◈
命誓

十里长亭，雾霭茫茫。

"去吧，到了北疆后照顾好自己，届时姨父会飞书一封，让旧部接应，顾你周全。"楚定云拍了拍萧璟浩的肩膀，看着年轻皇子发红的眼睛，心如石堵，安慰他道："宫中姨父也已安排人手，不会让你母妃受到伤害，顾好自己才能让她安心。"

萧璟浩点点头，极力忍下心中的悲酸，坚定道："到了北疆后，我一定勤加苦练，有朝一日像姨父一样驰骋疆场，建功立业，从冷宫救出我母妃！"

"好孩子，委屈你了……"楚定云如鲠在喉，沉黯眸光里尽是对萧璟浩和蕙妃的歉疚。

正说着，远处华盖飘飘，有人走了过来。

楚定云瞥见了那张阴沉的脸孔，眼底的愧色瞬间化为浓浓的幽恨，目光变得像剑一样锋锐。

"年关将近，过了这个新年再离京不可吗？"皇帝抬手屏退了两旁的侍从，信步上前，阴冷眸子迎上楚定云，笑笑："楚将军也一样，常年驻守边陲多有辛苦，来一趟帝都实属不易，你我君臣还未把酒言欢，却要着急离开，朕心里实是过意不去。"

楚定云握着战刀的五指越聚越紧，咯咯作响，近乎克制到极限，声音冷漠："不差这一次，余生还长，仍有机会再见皇上。"

"那好，朕等着。"皇帝大笑一声，眼底杀意弥漫，很快便掩盖在他的虚言伪笑之后。

他转而看去萧璟浩，拍拍他左肩："浩儿，你母妃的事朕也无能为力，不这么做难平众愤，希望你不要怪朕狠心。那日气极失言，才说出削你名衔、将你放逐在外的狠话，好在你也一直向往疆场，算是圆了一梦。过去后好好历练，父皇深信，以你的能耐，必能干出一番成就！"

萧璟浩漠然凝视着面前这个打小就敬畏的父皇，只觉他面上的笑容如这冰天雪地一样空冷，愈发让他觉得陌生，喉咙也被一抹难以言表的酸涩堵住，别了别脑袋，眼睛酸红，机械般无声点了点头。

"西川路途迢远，姨父也尽快启程。" 萧璟浩没有理会皇帝，行将离开时对着楚定云抱拳一礼，感谢这个将者对自己和母妃的关照，但在皇帝面前不便明说，便一语作结，转身跨上马背，正要挥鞭，一阵急促的马蹄声忽地传来。

萧璟浩抬头一望，前方稀薄的雾气里隐隐现出两个人影，一前一后朝这边疾速行来。

来者是楼西越将属。

他眼睛一亮，翻身下马。

行得太急，楼西越一袭黑衣尽染霜华，衬得他的面色有些苍白。

下马落地后，他象征性地微微欠身，算作一礼，却不知道是对着楚定云还是皇帝，然后解下身上的行囊递给萧璟浩，沉声道："远疆凶险，我找人赶制了这件金丝甲，留给殿下，可作护身之用。"

"那你……"萧璟浩心生暖意，却万般不肯接受，正要推辞，被皇帝出声打断了。

"难得楼少将军情深义重，对你如此关照，浩儿便收下，不要辜负他一番好意。"说着，他靠近几步，扫视一眼楼西越，又睃了一眼楚定云，意有所指道："想必楚将军已经听说了，半路截杀陈晟的凶徒，据说是妄图死灰复燃的青桑霍家党徒。原本黑羽卫可以将其一举抓获，岂料中途有人插手，百般阻拦冯烈，事后又极力庇护凶手，不知怀了什么心思。"

他顿了顿，阴冷眸子在这对养父子身上浅浅飘过，似笑非笑："当然，毕竟是为我大夏打江山守边关的大将，功不可没，单凭这点小事也不能说明什么。不过楚将军需要留个心眼，人心隔肚皮，明面上乖顺，不见得背地里就没有结党反乱之心。一旦他伙同那奴女祸害了西川大军，楚将军半辈子的心血可就要付之东流了。"

楚定云目光灼灼，冷睨了一眼楼西越，眸底寒光明暗交替。

一旁的萧璟浩听罢心跳加快，忍不住道："儿臣以人头担保，楼少将军对西川大军和大夏忠心耿耿，绝对不会做这种事，请父皇明察！"

"时辰不早，殿下启程吧，一路当心。"楼西越不动声色，催了他一声，不愿让他带着挂念离开。

蕙妃的冤情让萧璟浩对皇帝多少生了些偏见，更加寒心于这个父亲的冷血寡情，现下又见他挑拨姨父与表哥，不免忧心忡忡，固执地抱拳请命，却无果。直到楚定云和皇帝同时出声催他尽早动身，他才不得不一横心，带着十几名下属纵马离开了。

一行人在雾色里渐行渐远，眨眼间化成黑点，留下一路蹄声，回音不绝……

送走了自己的儿子，皇帝又转头看过来："楚将军既然不肯在京都多停留几日，朕也就不强人所难，慢走不送了。"说完，他转身离开了十里长亭，摆驾回宫。

大队人马走光后，周围瞬间安静下来，近乎死寂，只北风在空中游弋，一点点吹散氤氲的流雾。

楚定云的视线从离去的萧璟浩身上收回，冷冷看去一言不发的楼西越，缓步上前，握着战刀的五指渐渐聚力，眼神凌厉而肃杀。

景威下意识侧了侧身，试图挡住他投向楼西越面上的吃人般的目光，一面紧张地解释道："六皇子说得没错，少将军不会做任何有损西川大军的事，请将军不要偏信皇帝一面之词！"

楚定云伸手推开景威，鹰目般锋利的眸子逼视着楼西越，寒声问道："是不是此前那女子？"

"是。"楼西越表情漠然，目光落在虚空，声冷如冰。

"你早已知她身份？"

"是。"

楚定云的拇指在刀柄上摩挲着，跳出齿间的字眼仿佛结着一层冰："为何不上报？"

楼西越也不示软，直视着他："她所犯何罪，为何要上报？"

"蕙妃蒙冤，与她有无干系？"

"没有。"

"你再说一遍！"

"没有！"

楚定云的面色愈发阴寒，拇指扣刀，森然道："人在哪？"

"走了。"

楚定云不觉然提高了音量："在哪？"

楼西越无动于衷，木偶一样望着雪天，不应他。

景威心里发慌，忍不住插嘴道："霍姑娘的身份少将军也是后来才知道的，根本没有引狼入室的嫌疑。而她也只是杀了陈晟，并没有算计过蕙妃母子，少将军念她救过自己，所以才帮她脱险，事实就是这样！"

"我再问一句，人在哪？"楚定云置若罔闻，逼视着眼前人，字字冷绝。

楼西越幽幽地盯着他，不改颜色："杀了陈晟报了仇，自然远走高飞。"

楚定云的忍耐达到了极限，胸口上下起伏，猝地抬手，一巴掌挥来。

掌声清脆，带着他忍受不了的怒和恨，倏然散开在凛凛朔风中。

"这一掌替蕙妃和六皇子打。"楚定云极力克制着自己的情绪，森然启齿："为了一个居心叵测之人，犯上作乱，死有余辜！只怪蕙妃与六皇子遇人不良，才会视你这狼子野心之徒为亲者！"

"冤害蕙妃母子的是那狗皇帝，跟少将军没有关系。"景威向来对楚定云不满，再也压不下腹中微词，豁出了性命，扯着嗓子愤声吼他："你心里有仇有恨，拥兵自重却迟迟不反抗，从小到大只会拿少将军泄恨，跟懦夫又有何异！"

说着说着，景威的面色忽而一变，望去稀薄雾气里缓缓走来的一个长者，惊道："陆师父……"

陆鹤之被绿盈搀扶着走向这边，之后他将她摒退到十丈开外，独自来到楚定云面前，笔直对视着他，面色异常平静，再无往日的风趣和随性。

"先生……"认出来人后，楚定云俯首低头，揣着万分复杂的心情向这个曾经对落难的白楚两家暗施援手的人欠身一礼。

陆鹤之未曾出声回应，自己从楚定云腰中拔出战刀，反递到他手中。

"先生……"楚定云指掌紧握，看着陆鹤之冷静得近乎危险的神色，喃喃惊道。

"不要叫我。"陆鹤之没有给他开口的机会，使力掰开他紧攥的五指，将战刀推到他手心，"去，要是觉得那个狼心狗肺的东西看着碍眼，一刀把他宰了，省得惹你猜忌和怨恨，也不用我再劳神替他担心，一了百了，谁都落得清静！"

"陆师父！"景威着急地道："蕙妃和六皇子的事就算没有少将军在，皇帝也一样有借口针对他们，跟少将军没有关系，他没有生过任何加害他们的歹心……"

"事已至此，别再跟我说谁对谁错。"陆鹤之截住了景威的话，看了看楼西越红肿的侧容，不由得鼻尖发酸，看向楚定云："你是三军主帅，他只是你麾下卖命的战将，对错都是你说了算，你嫌他结交了不该结交的人而该死，那他就该死。拿上这把刀到他跟前去，挫骨扬灰还是千刀万剐，随你处置。今日我看着，不会阻你动手，只念在师徒一场的情分上，替他收回尸骨，哪日有空了再去埋个衣冠冢。"

楚定云神色哀戚，内心五味杂陈。

"为将者当断则断，不喜欢的东西就不要强迫自己去面对，最好的办法莫过于让他从眼前彻底消失。你觉得他罪无可恕，自己也有生杀予夺的权利，那就不要委屈自己，也不要假装仁义。世情凉薄，没人会念记你的恻隐之心，要杀要剐尽随你便。"

楚定云突然沉默下来，垂了垂头，纹丝不动。

陆鹤之使力将他推到楼西越面前，让他攥紧手中的战刀，见他毫无动作，禁不住抬高了音调，喝道："刀在你手中，动手啊！杵在那里给谁装不忍？"

楚定云喉咙动了动，说不出一句话。

"方才不是打得很干脆很理直气壮吗，现在让你动手，为何这般矫情？"陆鹤之低喝一声，红着眼睛吼道："动手啊！"

将者无动于衷，眼里有水花闪动。

"你说他狼子野心死有余辜，今日就当着我这个做师父的面，给我一条条讲出来，他狼子野心在哪里？又因何死有余辜？如若证据确凿言之有理，不劳你楚大将军动手，姓陆的一刀砍了他，消你心头之恨！"

楚定云如鲠在喉，胸口被难以启齿的苦楚和愧疚堵得严严实实，隔着模模糊糊的视线望了一眼楼西越残留着掌印的侧脸，手中的战刀不觉然开始颤动。一连串的质问直击心田，当头棒喝一样敲打着心扉，他才晓得自己可恨到了什么地步——不欠任何人，唯独欠了面前这个孩子一份亲情，却又始终做不到对他付诸关怀。

陆鹤之还想责问，却被楼西越打断："景威，扶师父回医庐。"

过往的是非恩怨他不想记起，更不愿师父替他担心。

"回什么回！"陆鹤之吼他一声，转而看过来，半是怜疼半是责备地道："你这榆木疙瘩，从小到大死不开窍！杀人放火的是萧恪，始作俑者是皇帝萧祈，他们堂兄弟造的孽，跟你有什么关系？上辈人欠下的债，轮得到你去偿还？你又欠了楚定云什么东西，非要看他一张冷脸？我收你做徒弟，接你出将军府，把你当儿子来对待，就是希望你安安心心为自己而活，你想没想过身为师者的感受？让我替你操心到什么时候……"说着说着，他眼角潮湿，几度失声。

楼西越眼底泛红，眼前水雾滚动，单膝及地跪向师父："弟子不孝，不能常伴师父左右，让您安享晚年，罪该万死！哪一日不幸马革裹尸，师父就当没有我这个不孝徒，养育教诲之恩，弟子只能来生再报……"

"别说了！胡言乱语些什么……"陆鹤之听得一阵恐慌，陡然喝住他，拉他起来，抬手抹了抹蔓延到眼眶前的酸泪，几经克制，才平复住了悲沉沉的心情。

明白自己无法插手楚定云和皇帝之间的恩怨，他便没再继续下去，瞥了一眼楚定云，寒声道："你与姓萧那伪君子终究会如何我管不了，但这孩子我视如己出，既然养父不亲亡母不认，关乎性命之事便由我做主。姓楚的，你给我记着，倘若他在你手中有何万一，我让你这辈子都不得安宁！"

"景威，旁的人不用理会，带你的少将军回医庐。"陆鹤之吩咐一声，之后看也不看楚定云，沿着来时的路大步返回了。

楼西越愧对师者的庇护，叫景威护着陆鹤之回去，自己准备去牵马，目光不经意间瞟见了一张熟悉的面容，惊得他面色一变，僵在原地。

那人匆匆赶来，向陆鹤之俯身拜了拜，问候一声，便朝这边走来。

面对这个威严的将者，青珑的目光毫无闪避，迎上他的清冷面容，沉沉道："陈晟死于我手，黑羽卫要抓的人也是我，若追根究底，蕙妃的冤情也是因我寻仇而起，但这一切无关楼少将军，希望楚将军明察，勿要错怪他。"

楚定云看她一眼，不动声色，又转向楼西越，警告般地道："倘若西川大营出现细作，致使军机泄露，引狼入室且与其勾结者，概杀不论！"说完他转身走向自己坐骑，解了缰绳。

青珑张口欲辩，却被楼西越挡住，他盯着楚定云的侧容，正色道："霍家孤女虽为女流，但刚正不屈，不让须眉，于国赤诚，于同泽仁义。末将敬其丹心，得她请愿，从今起入我麾下，若她包藏祸心，楼西越自奉人头，谢罪全营将士！"

青珑惊住，料想不到他会做出这样以性命为担保的决定，方要拒绝，已经跳到舌尖的"不"字被他生生打断。

"蕙妃母子遭此厄劫，我深表歉疚，定当为此负责。若六皇子愿意，必竭尽所能助他荣登九五。在此期间，若我心存私欲，你大可手起剑落，斩首断头尽由处置！"

说完楼西越掌心一松，佩剑脱手掷出，在半空中划了一道冰冷的弧线，最后落在楚定云面前。

一小截剑身裸露出来，镌刻在上的一个"楼"字仰面向天，无声无息映入他眼底。

"你疯了！"青珑大吃一惊朝那把长剑奔去，想让那些命誓一一收回。

然而指尖即将触及剑柄时，她的手腕被人紧紧攥住，随之身形趔趄后退被楼西越强行拉到火曜驹跟前，二话不说将她抱坐在马背上，两人同乘一骑，绝尘远去。

清冷雪天里，留下一路飒沓奔行的马蹄声，夹杂着踏雪而过后发出的细微响音，顿闷如古钟，愈来愈远……

"师父，师兄和楚将军之间……"这边绿盈跟在陆鹤之身后，随他往回走，途中欲言又止，与褚子逍面面相觑，并不知道他们之间到底有何嫌隙。嗫嚅了半晌，她终于忍不住，谨慎地问他。

陆鹤之眼底生悲，长叹一声，答非所问："丫头，让你一个姑娘家经常在外奔波，师父心里过意不去，要是觉得辛苦，日后不用外出义诊了，安安心心待在医庐里。"

绿盈怔住，有些歉疚地回道："家父曾有教诲，医者要有悬壶济世之心，尽自己最大能力解人疾苦，徒儿一直铭记他的话，所以……"

"罢了罢了，都走吧。"陆鹤之不免心伤，打断了她的话，"想做什么就去做吧，只要你们都平安无事，师父就别无所求了。"

绿盈强忍心中愧疚，低了低头，向他请辞："这几日大雪肆虐，徒儿想尽快启程，赶在大雪封路前离开锽城，在外面行诊一段时日，完了之后一定回来看望师父。"

"去吧，自己一个人当心了。"陆鹤之劝不住她，只得顺了她的意，没再说什么，望了望前方的茫茫雪天，无声前行。

"前辈不用担心，我会送绿盈姑娘一程。"褚子逍跟在一旁，听得出这个恺悌长者对自己爱徒的不舍和担心，于是安慰道。

绿盈莞尔，没有接受他的好意："已经习惯了东奔西走的生活，不用劳烦了。你的病才见起色，又有伤在身，应该多加休养。"

"我已无大碍，不会有事的，你与前辈帮了我们这么多，我理所应当要……"

陆鹤之开了口："丫头说得没错，你就安心调养身子，其他的不要牵挂。若是不急着离开锽城，这几日再来几趟医庐，我给你把脉行针。"

"陆师父……"听到这般邀请，景威面色微变，迟疑地唤了唤陆鹤之，似在提醒他什么。说话的同时，他忍不住回望一眼，原本站在那里发怔的楚定云不知何时已经离去，长亭周围复如此前，一片冷寂。

他心里七上八下，一阵忐忑一阵忧虑，视线又转向方才楼西越和青珑离去的方向，那里亦是苍茫空冷，人影皆无。

褚子逍明白，碍于阿姐的身份，景威对他们姐弟二人生了顾忌，他也不想再连累他们，于是谢绝了陆鹤之的好意："我跟阿姐也想尽快动身离开，所以就不再麻烦前辈了，这段时间多有搅扰，晚辈给您赔不是了。"说完他俯首欠身，向着陆鹤之郑重行了一礼。

"傻孩子……"见这少年懂事乖巧，陆鹤之自然喜欢，不忍他为疾病所累，然而念及自己徒弟日后的处境时，他又不想楼西越因为与这姐弟俩有染，空惹楚定云猜忌。但若就此罢手，他的心里却又总觉得过意不去。

"但凡经我诊治之人，不到无药可救的那一刻，没有半途而废之说。"医德使然，陆鹤之最后还是收回了那些庸人自扰的念头，趣笑道："陈晟那般世故，我都肯给他扎几针，你一不是十恶不赦之人，二非不仁不义之徒，为何就不行了？莫不是还得让我亲自下山，提着药箱去客栈找你不成？"

"晚辈不是此意！"褚子逍着了急，连忙解释道："我和阿姐还有其他事情做，原本也没有打算在京都逗留。这段时日多有打搅，心里已经很不安，不能再给前辈增添任何困扰。"

陆鹤之摆了摆手，当作没听见他的话，也未曾理会景威的细声劝解，语出不容反驳："有什么要紧事比得上性命重要？什么都别说，只管治病养伤就是了。"

褚子逍内疚不已，脚步不由顿住。

"师父向来说一不二，既然他这么说，便是对医好你的病极有信心，你不用多想，照师父说的去做就好了。"绿盈回头劝他一句，"况且治好身子才能不给你阿姐添忧，现下有这个机会，便应该珍惜。"

褚子逍婉拒不了，只得点头答应。但一想到青珑，他又忧忡不安起来，不晓得楚定云若是知道了她身份，会不会像皇帝那样，怕她居心不良而斩草除根？还有楼西越拦着阿姐，又对楚定云说了什么，说完就直接将她拉走了，不知何往。

楼西越带着青珑一路飞驰，经过城外一处角落时，暂停少顷。

那是青珑这辈子最想去，却最没脸去的地方。

那里被栅栏围了起来，里面关着三十多个面黄肌瘦的憔悴奴民，已被东家选定，准备今日拉走。

隆冬清寒的天色里，奴隶们身着单薄而破烂的衣裳，瑟缩着身子倚坐在墙角，三三两两依偎在一起，安静而急切地等待奴场主叫唤自己的名字。一旦有了响动，便迅速起身，向发放伙食的奴场主鞠一大躬，毕恭毕敬地道："谢谢主人！"

偶有妇人怀抱婴小，孩子因为饥寒交迫而嘤嘤啜泣，却被自己母亲拼命捂住嘴，禁止他们发出任何干扰听觉的声音，以免听不到自己的名字，那就意味着这一整天都得忍饥挨饿。

青珑定定望着他们，眼睛发红，过往一幕幕场景在她的脑海徘徊游弋，生生将她的回忆拉到了那年的战场上。彼时遍地狼火烽烟，空旷关塞里，到处都是声嘶力竭的喊杀声，无情淹没了族民的哀号和呜咽，化作今日的平静与苍凉……

"这就是今日的青桑，想哭的话就哭，没人会笑你。"楼西越身子侧过来，挡住了她投向那些奴民的目光，沉声道。

青珑的目光穿过他落到远处，仿佛看到了那些面目狰狞的屠城者，森然道："我不怕被人笑，只恨那一声耻辱的'主人'！"

楼西越明白，对于将士而言，眼睁睁看着家国在自己眼前消失殆尽，心里深埋的恨和痛永生难忘。怕她控制不住失去理智与那些人大动干戈，楼西越便带着她继续往前。

这次去的，是城郊一处清幽小居。

小居四周梅林成海，暗香扑鼻，透过被积雪压弯的梅枝看去，檐下横书四个隽秀小字：听花小筑。

楼西越停在入口五丈之外，举目凝望着它，若有所思，须臾才收回目光，劝青珑："京都不是你久留之地，已经报了仇，就不要再回来。"

"闷葫芦，谢谢你。"青珑心中感慨万千，倘若志同道合，她希望能这样一直陪着他，无论前路是荆棘还是荣光，始终不弃。可现实不同，这一点贪恋只会给他带来困扰和凶险："离开锽城后，接下来我会做什么你心知肚明，纵然蝼蚁之力，但只要性命还在，便不会放弃。你是西川大军的少将，我是世所不容的孤女，所守不同，立场相悖，我不能为了一己之私连累你为我担上罪过，更怕走到最后，你我短兵相接，所以……"

最后一次，她深望着面前这张苍白而冷峻的面容，良久压下了心中酸楚，肃声道："闷葫芦，那些请愿就此收回，往后你我各自珍重……"

他原本明亮的眸子如被阴影遮覆，一瞬间黯了黯："你以为，我今日的决定只是冲动之说？"

"奴场我也去过，几乎在每战告结后，看着有人狂欢有人呜咽的景象，便会觉得自己如坊间所言，十足一个地狱鬼煞，保得了一方沃土，却也不知断送了多少无辜人的命。明知罪孽深重，却又不能在烈血与白骨铸就的战场上迟疑一步，原因何在，你可有想过？"楼西越缓步上前，看着她的眼睛，若有所思，敛容反问。

青珑抬头，映入目中的是一张隐忍克制，而又倔强深沉的面容，历经刀光剑影的洗礼，风吹雨打不动摇。

"因为四海分崩，疆土坼裂，烽火无歇无止。"楼西越目及远方，仿似在那片虚空里看见了硝烟弥漫、厮杀怒吼的战场，容色不无萧肃。"稍退一步，身后的城池黎民便会被杀戮、欲望与野心吞噬，侵夺得残骸不剩——就像当年的青桑，你的故国。"

"闷葫芦，如是这样，当初在西川，你完全有理由取我性命，了除遗患。"青珑迎上他的目光，肃容道："因为我要走的路，是你不会纵容的那条道。"

就像沈隽所言，眼前这个人给得了自己信任，却容不下她养精蓄锐的行举，倘若没有共同的目的，迟早干戈相向……所以，长痛不如短痛，当断则断。

"天下与青桑，孰轻孰重？为何要做一只井底之蛙，只见一隅？"楼西越不答反问，凝视着她的眼睛，声沉音重，"倘若你的眼界仅止于复兴故土，你我必然只能做敌人。"

青珑望着他，眼里光芒流转，想从那张残留着掌印的苍白面容上看出些许端倪，心下却已经百转千回，那些她从前没有心力去实现的念想克制不住地交碰撞击，沿着身体内每一根神经冲向大脑。

四海分崩，疆土坼裂……与之相反的景象，是这个寡言少将一直深藏于心的夙愿，还是他的一己之私和欲望？

她心有恸动，却仍有些微不可置信，抬头问他："闷葫芦，倘若入你麾下，与你并肩沙场，有生之年你我得见天下靖平，盛世繁华，那一刻是否会变成青桑彻底消亡之时？"

楼西越的目光亦未闪避，一字一句反问："你相信我会变成那些屠你家国，据城池为己有的鬼魇吗？"

青珑哑然，无以为答——作为以命相惜的朋友，她可以对他付诸全部的信赖；但是作为家国有别的青人，她做不到与他推心置腹，许多事情上必然会有所保留，比如她曾与沈隽有所勾连，更比如那五千凉兵……

"回去吧，一路小心。"两相对视长久，见她沉默不答，楼西越心下已经了然，眼里期许的光芒渐渐黯淡，化为深不见底的孤寂和寥落，转身走向听花小筑。

"闷葫芦……"青珑鼻子发酸，唤他。

"我答应过蕙姨，来这里看望一位故人。"他没有回身，背对着她低低应道，"之后会在医庐待几日，陪师父一段时间，年关一过再启程回西川。"

青珑心乱如麻，脑海中思绪万千，愧疚而自责："感谢你一直以来的关照……"

就这样……结束了吗？

楼西越唇齿微动，心里的期待化为一潭冷水，没再多说，抬手拂开蔓延到小径中央的几株梅枝，孤独身影缓缓向前，逐渐没入梅海之中。

"闷葫芦……"青珑克制住上下起伏的心绪，在他行将转弯的刹那唤住他，隔着飘香的寒梅扬声道："我在龙虫堂里等你，来日与你浴血沙场，诛乱安邦，平定四海！"

盛世

<中>

闻棠

著/

WEN TANG
WORKS

天津出版传媒集团

天津人民出版社

◈ 第二十六章 ◈
夜 归

初月已过，大雪依旧飘飞，洋洋洒洒随风急坠，吹得人睁不开眼。

半山腰处，一队在夜色里徐徐穿行的人马不得已止步停下，驻足在狭道上观望情势。

"真是晦气，下个没完没了！"终于找到了可以栖身的山洞，领头一个邋遢又落魄的男子招呼了一声，旋即将百十个人逐次引进去，生火取暖，自己站在洞口望了望惨白的雪山，忍不住抱怨："要是再来场雪流沙，这鬼天气还让不让人活了！"

"反正这次劫的货不少，够大伙大吃大喝一阵了，大哥就消消气，别跟自个儿过不去。"出声劝解的是一个年方二十又三左右的年轻人，面相硬朗，比领头那邋遢男正派些许。说罢他解开身旁一口麻袋，与周遭人戏谑几句，趁机夺出一串红缟玛瑙，起身来到他身边，一面在他眼前摇晃一面侃侃笑道："有这东西，大哥还怕将来美人不卧怀吗？"

"兔崽子！"邋遢男被他逗乐，这才消了心头郁闷，一掌拍到他脑袋上，从他手里夺回那串玛瑙石，拍拍胸脯自豪道："我梁上君一报大名，县衙那昏官都得给我让道八分，那些搔首弄姿的娘们算个啥！"

一语出，所有人调侃开来，笑声高亢，撞击在坚冷的石壁上，荡出阵阵回声，飘向洞外的风雪中。

那年轻人也随这群盗匪玩闹着，甚显开心，然而他的一双眼睛却时不时瞥向洞外，间或假装出去拾柴，避开众人后匆匆折断几支枯枝，隔三岔五地在雪地上摆成一个个指引方向的箭标。

那一夜这群人将就着窝在山洞里，连日奔波让他们疲倦不已，不多时一个接一个倒头大睡，丝毫没人发觉到洞外另一队人马亦在俯身前进，蹑手蹑脚地朝这边靠来。

子夜时分，那年轻人在一阵窸窸窣窣的响声中翻了翻身，见周围瘫倒的这些盗匪没有动静，便谨慎起身，猫腰踱到洞口。正要招呼同伴进来动手，他却见到了一个意想不到的蒙面女子，猝不及防，惊得呆立在原地："姑……姑娘……"

"七尺男儿，这就是你们的作为？"青珑眼里怒火蔓延，但她极力克制着。

裴原发慌地道："姑娘恕罪！今冬遭逢雪灾，天寒地冻难以为训，眼见余粮将尽又迟迟不见姑娘现身，所以我……我……"

"言外之意，是等着我来给你们倒腾食粮？"听到这话，青珑目光愈加阴寒，冷声反问。

离开锽城后，青珑径直转道北凉，星夜驰骋赶到云霄岭。一则因为今冬暴雪成灾，那五千人马若在山势陡峭的高崖上频繁活动，极易造成雪体崩塌，想办法转移为当务之急；二则因为楼西越，如若被他发现自己雪藏着这五千凉兵，这些人不死也妄想躲过西川大军的截杀，所以必须先他一步将这些兵力转移到安全之地。

哪知回来后她接到月芜和蔺池的消息，说他们从正月月末开始，就已经因为忍不了山上的饥寒而开始怠怠起来，竟与云霄岭下的一帮穷寇往来，就连县衙也奈何不了他们。

青珑怒其不争，拳头握得咯咯直响。

裴原被她盯得心里发虚，支吾道："兄弟们不是此意，只是……只是……"

"有胆做便该有胆说！"

"只是兄弟们想着天降大雪，军械粮草运输不便，没有哪路大军会冒着雪崩的危险犯境，战火许会消停一阵子，官府也不会再大肆抓人充军，所以就都心有动摇，想回家去……"裴原的声音越来越低，抬头窥了青珑一眼，这才继续："现下已经走了数百人，我心里发急，又不能率领他们冲动下山……后来无意得知山下聚集了一帮盗匪，县衙那昏官奈何不了这群人，又怕事情传到朝廷后乌纱帽不保，便都不作为，对他们的行径睁一只眼闭一只眼，只警告他们不要太过张扬，草草了事……"

"此事属实？"

裴原点点头，见她语气转善，便直了直身子，补充道："为首那人名叫梁上君，手下喽啰众多，他们只是少部分。"他指了指四仰八叉地躺倒在石洞里酣睡的那些盗匪，解释道，"不过前半夜被我下药迷晕了，一时半会儿醒不来……我寻思着他们所得也都是不义之财，所以就当了他身边的暗线，想找机会将劫到的东西倒腾到兄弟手上，也好稳住大伙的心。"

青珑低头看那些盗匪，似在沉吟着什么，脑海里思绪翻飞。

"姑娘？"久久等不到答复，裴原唤了唤她，担心道："如果这场大雪继续飘下去，云霄岭上便再也不能待了，可那时又不知道能去哪里……"

"我来找你便是因此。"青珑从那些人身上收回视线，令道："从今起渐次下山，分批疏散那些士兵。"

裴原也早已耐不住山上的透骨寒意，闻言一喜："那要将他们安排到何处？"

"你忘了？这世上还有一个地方，无一人敢贸然踏入。"

裴原不解，一脸困惑地看她。

"归龙关，枫林渡。"

一语出，裴原陡然变色，顾忌道："那里早成了一片荒塞野林，到处都是毒障，根本走不过去！而且据说燕军曾经遣派兵力进去过，结果不到半个月，就都被迫退出来了。"

这事青珑自然知道，出于防守机要考虑，化解毒障的解药配方除了族长和巫爷爷知晓外，只会传告戍守归龙关的历任要将。当年乌德不知如何破解机关，为了苟活一命将所有毒障一律摧毁，帮助中州大军强行闯关，后来那些余毒便成了归龙关的一道天然防护。

此后四国为了将这片关隘据为己有，曾不吝财资物力先后遣派兵民到此处开荒，但因他们始终摸索不出解除毒障的方法，遂连累劳作的人力大片折损，随行监工的将士亦相继倒下，甚至引发过尸疫，损失惨重，最终不得不放弃。而更重要的原因，则是四国之间征伐不歇，频频互扰，彼此外患深重，在时机欠缺的情况下，一片开垦代价巨大的荒塞短期内带给他们的裨益远不足以填补其所需，故而抢夺完青桑所有城池后，各国朝廷的主要精力也不在此处了。久而久之，归龙关一带便逐渐荒芜下来，萧条至今。

算是福祸相依吧，青珑暗自叹息，至少可以打开归龙关这个自己再熟悉不过的缺口，在任何人看不见的地方养兵买马。

"这个你不用担心，我自然会给你们解药。"青珑收回思绪，承诺道。

裴原犹有担心，与一众手下交换眼神，不清楚这样做到底风险几何。

有所顾虑也是人之常情，青珑自然理解他们，道："道不同不相为谋，倘若你不敢下赌，那就领着这些残兵败卒趁早走人。"

"姑娘……"眼见青珑头也不回地转身离开，裴原心下慌张，不知道该去何从，喊住她："诺不轻许，许不负人，我既答应过姑娘效命于你，便该说到做到！如若姑娘所言不假，兄弟们便该兑现诺言，任凭姑娘差遣，上刀山下火海在所不辞！"

"那好。"青珑欣然，从怀中拿出一卷桑皮纸呈给他，"归龙关接壤大夏东南疆域，又毗邻南燕西北防线，撤兵之时稍有疏忽，便会被两国巡兵察觉，所以尽量在夜里行动，选择山林沟壑等便于藏身的地方行兵，不要惊动任何人，尤其是西川大军——一旦发生冲突，后果是何你们心里清楚。"

裴原展开那张桑皮纸，借着雪色的映照仔细看着上面书画的蜿蜒路线，问道："那这中间若有万一，兄弟们如何跟姑娘联络？"

"这个不用多虑，我会派人将你们带去归龙关。他二人身手敏捷，必要时可以身为饵，调虎离山助你们脱困。所以至少在出了云霄岭、离开北凉境地转到大夏边界的期间不会出任何纰漏，你们谨慎些便是。"说完，青珑朝外喊了一声，"进来吧。"

语音落地，两个年纪相仿的年轻男女先后步入。男子正当弱冠，生得端正方刚，剑眉英挺。女子素颜清丽，冰雪出尘，如傲雪之寒梅，不可逼视。

裴原不认识这两人，目光却被这女子吸引，看得心中怦然一动，久久移不开视线。

月芜察觉到了那道目光，偏头看过来，与他四目相触，不动声色，依旧是惯有的冰冷。

蔺池瞧他这痴醉模样，眉头一皱，身子往前一站，喝道："看什么看？"

裴原冷不丁清醒过来，耳根一红，仓促移开眼，一颗心却再也静不下来，惶惶乱跳，低头致歉："对……对不起，唐突了……"

青珑见他并非色相，便未计较他的无礼，道："就是这两人，撤兵之时，一切听他们指令行事。"

裴原暗暗调整着呼吸，强迫自己冷静下来，点头道："姑娘的交代，我记下了。"

青珑颔首，视线转到那些酣睡的盗匪身上，探问道："这些人……"

裴原见她话说一半又停下，不明其意："姑娘尽可直言。"

青珑将那些人挨个打量个遍，问他："你说官府也奈何不了这些人，与他们狼狈为奸？"

裴原再度点头，指了指被梁上君枕在脑袋下方的一袋糜谷，道："实不相瞒，今冬大雪成灾，边地贫民开始骚动，朝廷为了稳住民心便临时拨放少许口粮。这些人听说后将主意打到了官粮上，前几日竟潜到县衙去了，想必与那县官合伙分了些赃，捞得了不少好处。"

"谁想官欺民匪劫官，一物降一物。"青珑心下有了计较，道："给你们个把月的时间转移，届时我会亲自去一趟归龙关，若还是这般散漫，你我就此分道扬镳，自生自灭也好，为贼做寇也罢，一概与我无关。"

裴原从她的语气里听得出几分威胁，半晌终于狠下心，将那卷桑皮纸收入怀中，抱拳道："兄弟们定当从命，若有食言，任凭姑娘处置！"

交代完一切事宜后，青珑快马加鞭，仅用半月的工夫便赶回了龙虫堂。

因为久无人居，加之期间大雪不绝，当她开门进去的刹那，一股阴寒的湿气迎面扑来，冻得她忍不住打了个哆嗦。与此同时，地上一张素笺随风飘起，在半空中打了几个旋，无声落到她脚下，许是有人从门缝里塞进去的。

青珑一奇，弯腰拾起来展开一看，一个苍劲挺拔的"楼"字映入眼帘，除此之外纸上再无其他字眼，单单只那一个字，就已经道出了所有。

青珑的心里没来由地有些酸涩和愧疚，拿着那张便笺怔立在龙虫堂的门口，良久才回过神，小心将那纸对折起来装入怀中。她也没在这里久待，略做整顿，顺便换了一身男装，然后背着行李跨上马背，向着西川大营的方向绝尘奔去。

彼时天色已暗，当她到达辕门附近的时候，已接近子夜。

担心被当成细作，下马后青珑牵着坐骑，驻足在营门一里外一个扫起的雪堆后面，想着到明日天亮再作打算，看是否能碰到较好说话的士兵，求他帮忙捎个口信。

"谁！"饶是她万分谨慎，眼尖的巡兵还是发现了她，纷纷涌了过来，拔刀指着她脑门喝问。

"大哥别紧张，是良民……"青珑拉了拉马缰，示意它别再叫唤，连忙道："夜里急着赶回镇上，走得仓促迷了路，误打误撞进了军机重地，实在对不住。"

领头那兵见这年轻人背着行囊，在雪色映照下确是一副疲惫远行的模样，因而就没有鸣锣递信，不过谨慎之心未曾减去，命道："先带回军营，待将军盘查过后再说。"

青珑着了急，连声作解，倘若被这些守兵当成他国细作带到已经知晓她身份的楚定云面前，一时她还真找不出借口为自己的行为开脱。而对方出于谨慎，并不放人，眼看快到强行抓捕她的地步，冷不丁背后一个清肃声音传来，随风入耳，打破了僵局。

"出什么事了？"

守兵回头，认出来人后忙拱手一礼，指着青珑道："回少将军，此人形迹可疑，属下正要抓他盘问。"

楼西越长身而立，一言不发地打量了青珑几眼，沉声令道："去向宋副将军禀报一声，就说人被我带走了。"

领头那守兵有些迟疑，但见青珑没离开的意思，也就未曾多心，点头应是。尔后一招手，十数人这才收了刀，快速小跑着回营去了。

众兵一走，青珑的眼前豁亮起来，却觉此刻偌大的雪地变得尤为逼仄。

"伤势怎样？"尽管楼西越心中存疑，第一想问她的话也是"去哪了"，但真正说出口，却变成了这般。

青珑愧对他的关切，木偶般点点头："已经无碍了，闷葫芦可好？"

他未答话，从她背上卸下行囊，又从她手中牵过缰绳，道："外面冷，进去吧。"

青珑注视着那抹清瘦而坚挺的背影，心里委实发虚，默不作声地跟上了他的步伐。

去的是楼西越大帐，里面敞亮温暖，驱散了一身的寒冷。靠近几案的地方放置一个暖炉，上面正煮着一壶茶水，不时从壶嘴飘出阵阵清香，沁人心脾。

"用完消夜后漱洗一番，尽早休息。"楼西越拾走几案上的兵书，倒了杯茶水递给她，又从炉膛的炭渣中拨出两根焖熟的地瓜，洗净后摆到她面前，转身出帐。

"闷葫芦，"青珑喊住他，嗫嚅半晌，却不知道如何跟他开口解释，只得转开话题，呢喃道："子逍他……"

楼西越停住脚步，头也不回地应道："医庐周围有护卫，不会有人搅扰，他在师父身边尽可安心休养，待病症无碍后我会派人到京都接他回来。"

"那你何时去的龙虫堂？"见他又有离开的迹象，青珑没话找话，从怀里掏出他留下的那张便条，上前几步呈在他面前。

楼西越垂睑看了一眼，言简意赅地道："昨日晌午。"说完他又觉得不妥，遂适时附加了一句："率兵巡街，路过时顺便留下了。"这么说着从她手里将那纸张拿来，揉成一团扔到了火炉里。

"丢它做什么？"青珑没能挡住，懊恼地看着它快速变成灰烬，"从昨晨开始就未再降雪，大队人马经过的话定会留下痕迹，但我回去的时候街上没有任何足印。"

楼西越眼里波光微漾，不知道该怎么圆谎，下意识别了别脑袋，避开她的视线，闷闷地道："看走眼了。"

青珑扑哧笑了笑，一想起自己在听花小筑里对他许过的承诺，盘亘在心头的歉疚又越发浓烈起来，再问他："你当时是不是很失落，觉得自己被人骗了？"

像是心里的秘密被人窥探了一般，楼西越扭头看她，蹙眉驳了一句："自作多情。"说完他再也不欲多留，绕过她大步向帐外走去。

"这是你的地方，该出去的是我。"青珑横身向前，挡住了他的去路，指了指桌上摆放的热茶和飘散着微香的地瓜，感激地道："从龙虫堂回来后，是不是每晚都要等一阵才肯就寝？不然大半夜的煮茶做什么？你也没有吃夜宵的习惯，烤那地瓜又是给谁留的？"

被她像审问牢犯一样连声追问，楼西越眉头皱得更甚，没好气地道："景威那小子近日贪吃贪喝，给他备些还要经过你的首肯不成？"

青珑失笑："那我这就拿过去给他解馋，免得那小子饿着，你快些去睡吧。"说着她快步返回桌边，端起盘子陶醉似的嗅了一口，径直朝外去了。

楼西越的眉头拧成了川字，到最后实在忍不住，一把将她摁回桌边，冷声警告："这是军营，不是你的龙虫堂，夜里不要随便走动。"

青珑乖顺下来，安安静静地落座，抬头望着他道："闷葫芦，你知不知道宋将军曾对我们姐弟说过一些话，而且是关于你的。"

楼西越瞥了瞥她，眼里生出些许好奇的意味，不过终究好面子，没有吱声。

"他说你自小孤僻，凡事都搁心里，不愿向任何人坦露。"青珑凝视着他渐渐舒开的眉宇，自顾自道："还说跟你相处过程中若是有什么不快，都要见谅一些，并不是你清高冷傲，而是打小就这性子，嘴是刀子刻的，心却是豆腐做的。"

听到这话，楼西越默然不语，并不喜欢谈论任何关于自己的事，便岔开话口："用完消夜尽早休息，我去巡营了。"

青珑怔望着他离去的背影，心头百感交集。

从帐里出来后，楼西越持刀在营中巡视，不期然看到了一个熟悉的身影，对方正神色匆匆地朝他这边赶来。

"宋叔。"只观来人表情，已然明白了他的来意，楼西越俯首欠身，招呼道。

宋令宣面色怆然，看了看他灯火通明的大帐，又回头望望远处楚定云的居所，确证一般问他："她……终是来了？"

楼西越点点头，指了指左手边一处僻静的角落，邀他过去。

"宋叔先将军一步回到西川，从他口中得知了后来发生的事。"宋令宣心下后悔，忍不住摇头叹气："早知如此，当初就不该留她在你身边……"

"这是我自己的决定，无关任何人，宋叔不必自责。"楼西越目及远方，望着空茫夜色，语声微沉："只是一旦放手去做，日后免不了会有擅作主张之处，谨望宋叔见谅。但请宋叔放心，无论发生什么，小侄不会做出任何有损西川大军之举。也烦宋叔代话给楚定云，只要性命犹在，楼西越必当竭力而为，南征北战，助大夏皇六子萧璟浩荣登九五之尊！"

"小楼……"宋令宣一惊，继而又是一阵怜疼："你这是何苦？"

楼西越沉沉道："若非萧家人阴狠，白楚两门忠良不会尽数冤亡，将军与锦阳夫人亦可安享天伦之乐，断不会阴阳相隔。总需有人偿还旧债，这身骨血既为夫人所赐，自该有所承当。"

"那你怎么办？"宋令宣哽咽着反问他："最是无情帝王家，你将一切让与六皇子，若被他知道你身上也流着萧家的血，又会不会心生芥蒂，对你下手？这些你就没有顾虑过？"

"不是让不让的问题，"楼西越迎上他的悲切目光，肃声道："而是烽火该歇，乱世该统，总需有人君临天下，与民为安。"

一句话，将宋令宣满腹酸楚浇灭，换作略带欣慰的沉痛，他点头承认道："不瞒你说，宋叔一直都有担忧，就怕将来有一天，你因为自己的身份走上一条追权逐位的不归路，众叛亲离。所以我时常自私地委婉劝你放开心怀，奈何你心思剔透，早就明白宋叔的用心。"

楼西越遥望着黑暗的虚空，心海有一刹那的涌动。

平心而论，男儿立于天地，南征北战纵横沙场，见惯了生之荣耀死之苍凉，面对一呼万应的铮铮铁骑，任谁都逃不掉心中萌生的欲念。何况天地本浩大，山之巍峨，海之激昂，日月之高远，草木之繁盛，没有人不会对波澜壮阔的河山与俯瞰六合的诱惑怦然心动。

可他明白，与之同存的是伏尸百万的血腥屠戮，是刀枪冷剑刺穿一个又一个鲜活躯体的残忍，是狼烟烽火中千万无辜苍生雪上加霜的离散和悲苦，以及他的不得好死……

而所谓的身份，说好听点是前朝国储萧恪的私生子，说难听点，是见不得人的野种——他恨这到死都摆脱不了的命运，却只有忍，才能让自己麻木。

"如果真有那一天，便是我的死期，就算是死，我也只会死在西川。"他看着宋令宣的眼睛，立下这个让他放心，也让楚定云安心的毒誓。

"好孩子，委屈你了。"宋令宣心下苦涩难言，拍拍他的肩膀，没再继续这个令他伤痛的话题，只道："你是宋叔看着长大的，秉性如何，宋叔深信不疑。"

楼西越点了点头："小侄感谢宋叔一番信任。"

"那她……"宋令宣欣然一笑，一想到青珑的身份，不免又有担心，"她的目的很明显，你与她联手，事成之后，将来如何安置青桑一族？"

说到这里，楼西越面色微黯，脑海中浮现出青珑曾经灿若山花一样的璀璨笑容，以及那双承载了万千力量的沉静眼眸，一时怔然，心口微微生疼。长久缄默后，他才抬头望去那顶大帐，沉声道："既欲平定四海，便不会任其鼎立，我会给她交代。但有一事，望宋叔成全。"

宋令宣眉目一凝："何事？"

楼西越正了正色，抱拳道："霍青珑身为将门之后，本该禀受无上尊荣，却命舛多难，大到失亲之痛与亡国之悲，小到颠沛之苦与漂泊之艰，无一不曾历经。如今还要以柔弱身骨担起复兴故国的艰险重任，既为世不容，又无外援可依。可无论怎样，她依旧果敢坚强，与天抗争，从未胆怯退缩。这样的女子，小侄平生罕见，更敬其赤诚丹心。

所以，不管日后走到什么地步，都不希望有人伤她害她。她是我麾下新兵，自当由我管束，若有差池，罪加我身！"

这样的请求让宋令宣陷入担忧中："倘若只是与她互相借力，宋叔定然答应。可就怕你交出真心，将自己陷进去，她却只是利用你……"

楼西越心口一窒，旋即沉沉道："路是我选，是喜是悲皆由我尝，只希望她在我身边一时，我就能护她周全。"

语毕，他单膝及地，恳求道："恳望宋叔答应，不伤她害她，有何闪失尽由我担！"

宋令宣如鲠在喉，良久才放开心怀，俯身将他扶起来："宋叔答应你就是，但是你也要在意自己，多加防备，不要被她利用了真心，空落伤悲。"

楼西越点了点头，没说什么，然后沉声请辞，向着皓雪遍地的辕门走去了，清俊身姿片刻间融入夜色里，化作徐徐移动的黑点。

楼西越怕自己返回后会吵醒青珑，所以一整夜都在外面巡查，天微微亮的时候才回去。揭帘而进的刹那，只见青珑一动不动地伏在几案上，不知已经和衣睡去几时了。

他微微皱了皱眉，脚步放得极轻，缓缓步入，拿起暖裘盖到她肩上。

"闷葫芦，你回来了？"正掖着襟领，突然听到她的声音，惊了他一下，做贼心虚一样立时松手，直起身子肃容而视。

青珑脑袋一歪，眨巴着眼睛看去他故作清冷的面容，蜻蜓点水一样浅浅笑了笑。

"外面很冷吧？"她起身拉他就座，注视着他被烛光打上了一圈朦胧光晕的侧容，歉道："对不起……"

始料不及的话让楼西越举到唇前的杯盏蓦地顿住，跳动的烛火映进他瞳中，在眸底左右浮摆，明明暗暗地无声交替着，一如他上下起伏的心情，在某个看不见也摸不着的地方悄然翻涌。

"从锽城离开后，我没有像答应你的那样回到龙虫堂，而是转道去了另外一个地方，直到昨日酉时才回到西川，看到你的留书后便赶来大营。"她静静看去虚空，解释的过程中给他停滞在胸前的杯盏中添满茶水，尔后继续道："至于这期间具体做了什么事，你可能猜不到，但是最终目的是什么，闷葫芦应该清楚——总归人都是有私心的，做不到不给自己留条后路，以防万一。"

夜凉微静，只细细的风声在帐帘处低啸浅吟，夹杂着沙漏轻不可闻的簌簌声，淹没了帐内所有声响。

"明白……"楼西越仰首饮尽了杯中清茗，"长时奔波，定也疲惫不堪，何况此前有伤在身，去休息吧。"

　　"闷葫芦，我发誓，不管发生什么，都不会做任何对你安危不利的事。"青珑看着他的眼睛，坚定道。

　　"真正到了那一刻，你不会想起今日的话，毕竟你为青桑，它是你的全部……"

　　"还有你。"没等他说完，三个笃定果决的字眼飘来，像无形的密网，一瞬间俘住了他的心。意料之外的欢喜，让他恍惚以为是自己的幻听，怔视着眼前人，竟至于不知如何接话。

　　青珑凑近他："闷葫芦，你都不问有多少？"

　　一颗背负着家国的柔韧之心，竟能为他留下一席之地，令他始料未及："无问少多，有则足矣。"

　　"比我还重要千倍万倍。"

　　他突然拙舌起来，为了压住唇角向上泛起的些微弧度，只得端着往日凝肃又淡静的样子，借此转移话题："既然答应入我麾下，与我并肩沙场，以戈止乱，希望在这期间你能谨言慎行，至少不要被楚定云抓到把柄，我只有一颗脑袋替你担保。至于日后是何景况，成王败寇，作为刀口舔血的战将，你我彼此心知肚明。"

　　"还有，想要封衔拜将或掌控一二兵力，靠的是军功而非私情，你也不会例外。从今起编为伍兵，骑射格斗、列队排阵等一切筑基之功从头开始，至于提拔至何，全权由你能耐决定。"

　　"是！"一听这话，青珑无比激动，抛却了一切对不可预知的未来的杂念，抱拳而应："青桑霍氏将门遗孤青珑，代我族民向大夏少将楼西越致谢！感谢楼少将军予我重返沙场之机，它日风云际会，定奋勇杀敌，平定河山！"

　　楼西越凝视着她笃定无畏的身影，唇齿微动，顷刻道："既然被我知道，有件事你必须无条件服从。"

　　青珑愣住，愕然抬头。

　　他一字一句掷地有声："千倍万倍的珍视，放在你身。"

　　四目相对，不等青珑应声，他离座而起，从常备药箱里拿出一瓶药，递给她："刀枪无眼，多加注意。"

　　青珑心中暖热又感激，"闷葫芦"这三个印刻在口更在心的字眼差点跳出舌尖，好在及时收住，拱手相谢："属下感谢少将军体恤关照！"

　　突然正经起来的模样委实让楼西越有些不适应，眉宇微蹙，却也没有多说，行将离开的时候道了一句让青珑诧异又欣喜的话——

　　"近日稍做休整，若不出意外，月中一过集兵北上。"

　　"哪里？"

楼西越未曾明说，只拔刀出鞘，刀尖抵着帐内地图上标示的一处深渊，语声萧肃："横穿此地，拿下遥州两郡，北上浣城！"

青珑来到那张画满四国所有山河和疆域的地图跟前，顺着刀尖所指的地方看去，一片郁郁葱葱的深潭映入眼帘，四周山麓绵延，清溪流淌，三个玄青色小篆书于那一方水域正中，落笔匀圆而不失遒健：琅环渊。

再往上看，一个巍峻大字赫然书于其中，道出了这片渊岭的所属国——凉。

青珑的心跳在那一刻快了不只一拍，呼吸有些短促，她强压心头悸动，沉沉问他："你是主将？"

"所以许胜不许败。"楼西越归刀入鞘，几个坚定有力的字眼跳出唇齿后，已然足音清远，随之孤傲背影被垂下的帐帘隔绝，留她在此处歇息。

北地多山漠，较少河海和平原，琅环渊是横贯中州东西向的浩浩汪洋——遏江蜿蜒至北地的一条分支，环绕云霄岭而过，其水汤汤，周围多是深潭和峡谷。崎岖而险峻的地形虽然有利于藏军，却也严重阻碍了行军速度，加上雪地路滑，在不出意外的情况下，直接率领的这两万兵马要想完全穿行过去，至少需耗时一月，还不算后续不断补给来的后备军的行程。

然而这却正中青珑下怀——她随楼西越领兵深入北凉境地，蔺池与月芜则在半月前就已经按照她的吩咐，与裴原合手将那五千凉兵转移出了云霄岭，这样正好避免两方照面。

剩下的，就看月芜和蔺池带着裴原等五千士兵回到归龙关后，能否按照自己的交代如期完成任务，比如筹粮筹银，修复关塞护障，藏兵练武……

此刻置身在琅环渊外围的峡谷中，望着四周冻结的冰面，青珑若有所思地随其他士兵一起凿冰寻鱼，以期在日落之前能填填肚子，好为即将到来的夜行补充些体力。正当她埋头在雪窟窿里费力搜寻时，一阵淡淡的鱼香味飘入鼻中，旋即手中短刀被人拿走，换成烤鱼。

青珑过意不去，将烤熟的鱼又还给他："少将军，你吃。"

楼西越背对着她，恍似未闻，只专注于冰下游窜的鲜鱼，相继叉了几条出来，交给了身旁的士兵，然后命令所有人退回雪地，以免过多活动造成冰层开裂，引发意外。

待一切都安顿就绪后，他招来几个部下商讨了几句，然后才歇到一块岩石上，枕着箭筒小憩。

青珑轻轻走过去，见他一身疲样，便不出声息地坐在他身边。

"尽快填饱肚子，夜间加速行军，十日后深入琅环渊腹地。"楼西越有所察觉，一睁眼便对上了她的双眸，不由怔了怔，旋即坐直了身子，嘱道："届时虽然能与运粮的兵马会师，但形势更为严峻，极有可能被凉军发觉行踪，自己留心戒备着，不要心有旁骛。"

"心有旁骛"四个字眼让青珑心里咯噔了一下，当下不敢再有任何杂念，抱拳应道："属下谨记！"

听着出自她口中的"属下"一称，楼西越只觉心里有些酸涩，忍不住道："你也是青桑叱咤风云的将门之后，身份不比我低下。"然而这样提醒的时候，他又不免对她的忍辱负重深表敬服。

青珑面色一沉，那些跟随亲人纵横杀阵的倥偬过往都已经烟消云散，如今站在世人面前的，仅是一个无国无家的流浪女，背负着先烈的遗命，在这烽火连天的乱世里隐忍苟活。

她俯首抱拳，应道："好汉不提当年勇，如今属下身为少将军麾下一员，便该谨遵军令，不敢有非分之想。"

那样庄肃的字眼不断从她齿间蹦出，落入耳中后越发觉得陌生，楼西越没来由的一阵烦闷："别在我面前装正经。"

青珑失笑，戏谑一句："那是让属下当着众多将士的面与少将军打情骂俏？"

这般调侃让楼西越面色一肃，深眸中蕴生出一本正经的警告迹象，看她一眼。

青珑收住玩笑，举目远眺，望着大军后方的浮顶山巅，又看了看即将要深入的陡峭腹地，道："雪地行军最是忌讳，粮草难以输运不说，人马体力的耗损亦颇为严重，何况还在崎岖深渊，一旦被北凉边城的将士发现端倪而后援军又赶不上的话，便会陷入孤立无援的境地，甚或被包围剿杀。再者以现今状况，若想事半功倍，需得出其不意，否则被发现的话极易使这些兵马陷入被动局面。"

楼西越看着她同样因为连日跋山涉水而疲惫的面容，一脸肃然地道："长途行军本就耗损颇巨，一旦事有万一，则需机变巧应。"说到这里，他想起一事，带着些许揣测的意味看去青珑："陈晟身边那两个叫月芫和蔺池的杀手，可是被你安排到了别处？"

青珑心中一跳，强装冷静，但也没有欺瞒他："他二人与我同出青桑，护他们周全也是人之常情，相信少将军是一个通情达理及光明磊落之人，不会使出暗杀之类的拙劣伎俩。"

"你在防我？"不等青珑开口，他随即又问："你可知道，我为何要冒此凶险，从北凉下手？"

被他逼得紧，青珑不得不理正头绪，顺着他的话应道："其一，南燕乃天府之邦，若能顺利拿下，便可免去粮饷之患。但夏燕两邦交好，倘若没有合情合理的借口发兵，贸然出师只会为日后收服民心埋下隐患。其二，若沿江东进，直攻水军强悍的东亓岛国，一则等于以己之短攻彼之长，二则等于将两肋要害直接呈给燕凉两国，若他们暗中横插一脚进来，西川兵马便会陷入孤立境况，莫说拿不下东亓，就是能否保命还是未知。故此，燕亓两国现下还不可妄动，但是北凉不同。"

她缓了缓，寻思着道："此前罗傲率兵犯境，西川大军正好以此为借口讨伐，师出有名。若北凉将士不敌我军，最有可能求援的就是东亓，几乎不可能去找与大夏交好的南燕。东亓虽然水师强劲，但步骑两兵却落了下风，就算他们肯出手援救，那也不足为惧。如此推断下来，北伐是为上策。"

见这寡言少语的少将一直盯着自己，眼神叵测难掩，猜不透他到底在试探她什么，青珑下意识地别了别头，避免跟他目光相触。

"若观大局，你说的都是我的考虑，但是，"楼西越话锋一转，语气也渐渐转冷："携手缔盟，最怕的不是共同面对的敌人，而是彼此怀有二心，袖中藏刀。"

"现身沙场后，你曾帮着罗傲与我作对，出手援救他的部下。在我被沈隽暗算的时候，你又恰逢时机地出现，并且阻我杀他……后来你去锽城找陈晟报仇，期间发生了许多不虞之变，我曾问你背后是否还有同党，你没有否认。那时我虽然不确定他是谁，但是细想一番你此前的所作所为，也能猜得到一些眉目——所谓的同党不是沈隽，便是罗傲的部下，或者说他们都是。"

青珑听出了他的话外弦音："那么少将军选择从北凉下手，也是出于私心，想断我后路？"

楼西越端视着她，声音里无故多了些酸味："他是你的后路？"

青珑意识到自己说错了话，正要否认，却听他道："那就等着瞧。"

"少将军说过，成王败寇，既然棋逢对手，属下自当全力以赴——踏平这烽火狼烟，谁能活着走到最后，尚未可知。"

"好。"看得出她的决心和抱负，楼西越的视线从她的面容上移开，抬头眺望着远方的雪渊，沉声道："另外两路追随的三万人马不是我麾下直属兵，率队的将领也都是楚定云的亲信，至于他为何要将自己部下安排在我身边，你应该猜得到。我没有让景威与我同行，便是授意他支开那些人。所以日后在军中，有些话你可以无所顾忌地对我说，但有些话希望你掌握分寸，不要太过暴露自己的意图。"

"还有，名义上我与楚定云是养父子，实际上情分无几，甚至……"说到此处，他有些微哽咽，最终吞回话口，转而道："蕙妃母子之事让我在他面前落了短，既然能在我身边安插耳目，他日若我做了对不起大军的事，他必然不会心慈手软。你的身份既然被他知道，又是我麾下之兵，便与我唇亡齿寒，一旦有把柄落入他手，后果不用我说。"

青珑面色一变，望着他素来无喜无悲的清冷面容，抱拳歉道："属下不知好歹，连累少将军被将军提防，更不懂少将军一片良苦用心，该当责罚！"

"我只是提醒一句，自己注意了。"

青珑心情郁郁，片刻犹豫后将心理积压的一些想法坦白给他："云霄岭下有几个偏远村镇，隶属北凉桃源郡，与琅环渊腹地接壤。那里聚集了一帮盗匪，与县衙的贪官污吏沆瀣一气，滋事生非，近日频频活动。"

冷不丁听到这些话，楼西越目光一凝，心思暗动。

青珑斟酌着道："若要神鬼不知地将我们的兵马转移到琅环渊腹地，而不引起边地敌军的注意，兴许我们可以从那些盗匪身上下手。"

楼西越凝视着她，一些不谋而合的默契想法也在他心里盘算着："准备一下，随我去会会那帮盗匪和桃源郡太守。"

青珑点头领命："是！"

《第二十七章》
风起

初春这场雪灾已经持续了两月有余，多处郡县深受影响，尤以气候相对恶劣的北凉为最。放眼望去千里冰封，道路行走不畅，朝廷派送的救济粮也迟迟运不到，越来越多的老弱幼小在贫寒交加下冻死饿死，生活难以为继。一时间，边地百姓开始慌乱起来，时不时跑到县衙击鼓求援。

桃源郡郡守府内，刘敬半醉半醒地躺在摇椅上，张口吞下身边美姬剥给他的一瓣甜橘，忍不住跑向珠帘后一群正在翩跹起舞的歌女，与其戏耍。满室飘散着醉人的胭脂香味，游弋在欢快的丝竹声中，迷离而香艳。

突然，门外下人的禀报传来，才使一室欢歌笑语戛然止住。

"大人，白水县县令曹义安求见。"

一场好梦被打断，桃源郡太守无比扫兴，阴沉着脸哼了一声："区区野民都管不住，白养了那饭桶！"

话是如此说，在这天灾成患的节骨眼上，他还得处理一些必要的公务，不得已屏退歌女，自己则整了整凌乱不堪的衣衫，随那下人去了厅堂。

一看见跪在地上的曹义安，他就莫名来气，冷睨道："前几日不是让你将那群土匪打发走了，那些乱民也都被关进了大牢，又来作甚？"

曹义安也是苦不堪言，不停叫屈："大人有所不知，桃源郡依山傍水，自然靠天养活，去年风不调雨不顺，收成甚低，交了地税后许多人家就只能勉强度日。今岁又遭逢天灾，那些刁民一听说朝廷下派救济粮，就都眼巴巴地等着天上掉馅饼，整日在衙门外滋事……下官愚钝，实在不知道该如何安抚那些暴民了，特请大人指教……"

"堂堂七品县令，掌管一县治安，这等小事还要烦扰本官？当初那顶乌纱帽是如何戴到你这猪脑上的！"刘敬惦念着府上那些新买的舞姬，不耐烦地斥他，"再有人聚众闹事，给我杀一儆百，看还有谁敢在太岁头上动土！"

"大人！"眼见刘敬头也不回地离开了，曹义安连忙爬到他前方，求救道："下官知道怎么处置那些乱民了，只是、只是……"

"有屁快放！"

"只是那梁上君又带人跑来衙门，开口就要五百两银票，还扬言让我整个桃源郡的百姓供养他们，否则就带人砸了太守府牌匾，将您侵吞皇粮、抢占民田及行贿受贿的事告白天下……"

"反了！"刘敬暴躁不已，猛踹他一脚，又拂袖摔碎一桌杯盏。

恰此时，又有下人急急跑来禀告："大人不好了！府外聚了一大帮乱民，拿着凶器跟守卫们动起了手，小的拦也拦不住！"

刘敬面色一变，急匆匆奔往往堂外。曹义安一见形势不对，也赶紧从地上爬起来，跟了过去。

"狗官！还我救济粮！"还没来到府门前，一波又一波的斥骂声如海浪翻腾一样跳入耳中，聚集的上百名百姓个个情绪激愤，不顾阶前守卫们的阻拦，蜂拥向前，恨不能踩烂太守府的厚重大铁门。

一听这阵势，刘敬面上怒火蔓延，偏偏曹义安使劲拽住他，不让他亲自现身，否则徒增门外那些百姓的怨念。他也觉得在理，适才克制住情绪，喝令道："将闹事刁民通通抓进大牢，严刑拷打！"

守卫们得令，纷纷拔刀出鞘，将门外十数个闹得最凶的百姓钳制住，往大牢的方向推搡去了，并语出威胁，这才让叫骂声渐渐消停下去。

这边事情刚有转机，没过一盏茶的工夫，一封加急文书又被送来，再度搅乱了刘敬逐渐平静的心情。

原本以为近期桃源郡一带的骚动引得朝廷不满，因而上头发文降罪，谁知当他怀着惴惴不安的心情阅完后，紧锁的眉头忽地松开，面上顿时笑容涌溢。

曹义安见他神情喜悦，以为事有转机："大人……可是、可是喜报？"

刘敬"啪"地合上文书，心情极为开朗："原以为在这穷乡僻壤还要窝些时日，不想总算可以出人头地了，上天果真待我不薄！哈哈哈……"说完他不屑地睨一眼曹义安，拍拍他深垂的脑袋，用教训的口吻轻蔑道："撒泡尿照照你这孬样，一辈子就只有跟那些土匪周旋的份！"

曹义安不明所以，被他讥笑了也不敢还口，因着自己稳稳当上白水县县令也是得他庇护和提拔，是以只得将龟孙子装到底："下官愚昧，还请大人明示。"

刘敬适才言明："这几日朝廷会派人接手桃源郡一切琐事，务必在我调走之前确保一切妥当，万不要出什么岔子，尤其那帮土匪，要是走漏了风声，唯你是问！"

"是是是……"总算知道了来龙去脉，曹义安忙不迭点头道贺："恭祝大人飞黄腾达！下官无能，日后还劳烦大人多加提携了……"

刘敬像对待看家狗一样不屑地拍拍他脑袋："乖乖跟着爷，自然有你的好处。"

"下官一定誓死追随，犬马效劳！"

"若不出所料，唐佑年一行十日后便可从无幽郡转到桃源郡来，届时你麻利点，筹备好迎接及换职事宜。必要时看紧那些刁民，别让他们出来闹事。"

一提到这事，曹义安又头疼起来，忧道："实不相瞒大人，前段时日那些市井小民还不敢如此猖狂地在府门前叫唤，谁知从前天开始，一波接着一波，来势越发汹涌，县衙牢狱数量有限，快关不住这么多刁民了。还有梁上君，如果他们在唐佑年一行到来之时横生枝节，下官担心……"

"蠢货！"好不容易高涨起来的心情又被这些麻烦事击垮，刘敬无比烦闷，踢球一样将所有烦心事摊给他："照我说的去做，杀一儆百！梁上君若再不知好歹，给我派兵清剿，大不了鱼死网破！"说完拂袖离去了。

曹义安叫不住他，又不知道该怎么做才能不让那些百姓大肆喧嚷，只得揣着七上八下的心情暂先回到县衙去了。

已是子夜，原本该拥被沉睡的时候，此刻的白水县大牢却不尽如此，嘈杂而混乱的叫喊声此起彼伏："狼狈为奸，私吞公款公粮，迟早会遭天谴和报应！"

这样的喧嚷持续了数天数夜，随着关押人数的增多，越发拔高的叫喊像鬼哭狼嚎一样充斥在白水县大牢里，惹得曹义安再也按捺不住，当着众多人的面，下令斩首了一名大喊大叫的囚犯，血溅铁牢！

众犯惊住，人人噤若寒蝉，气氛骤降到冰点。然而恐慌只是一瞬，片刻的死寂过后，有人带头痛斥："狗官！滥用私刑，草菅人命！"

一声叱责再度让场面失控，群情激愤，旋即事态扩大，吵闹中并无人注意到几名囚犯互相交换了下眼神，不约而同移向牢门。

曹义安压不住众犯暴涌的怒火，开始发慌起来，焦头烂额之际，又有一则噩讯传来："大人，梁上君带人打到衙门了！"

曹义安吃惊不已，当下顾不上与这些关押的百姓周旋，仓促离去。

看守的狱卒忍受不了牢中的嚎叫，纷纷远离此处，跑到一旁躲清静去了。恰在此时，一名衣装简朴作农家女打扮的姑娘入内，说是探监，希望能通融。

狱卒一手摸摸下巴，一手捏搓着拇指和食指，比画了几下："通融可以，有这个吗？"

"这是自然，少不了。"姑娘笑笑，伸手入袖，拿出来的不是碎银，却是一柄锃亮的匕首，没等狱卒们反应过来，刀锋已然出鞘，直削其腰畔，割断一串钥匙。

"青珑姑娘，这里！"牢中有人认出了她，挥手呼应一声。

青珑会意，顺势抓住钥匙丢了过去。顷刻间，被羁押的怒民像冲腾的海啸，踩倒守牢的狱卒，争相从逼仄的狱中涌出。

是夜，大牢深处惨叫连连……

黑夜一过，还在破晓的寒气中搂着美姬酣眠的刘敬被下人一声大呼惊醒，道是不日前从无幽郡转道过来准备接手桃源郡一切事宜的新任郡守唐佑年一行已距城门不足十里，稍后即可赶来，比预算的期限早了足足三天。

"快快快，快点给我藏回去……"刘敬慌里慌张地将那美姬推到一边，掀被下榻，更衣过后匆匆出府迎接。

早在年前，刘敬就听说过，朝廷原本有意调派新升迁的才俊唐佑年到边地郡县任太守，谁知他偏偏看上桃源郡这块穷山恶水之地，欲将它作为一展才华的沃土。

此处田地贫瘠，生产低下，酒不足肉不鲜，养出来的姑娘也糙得像汉子。万幸这里被唐佑年那浑仔看上了，自己也因此可以远离这片穷苦之地，到繁华昌隆的帝都浣城逍遥快活去。与唐佑年相对落座后，刘敬看着对方清疏而冷峻的淡淡表情，有些幸灾乐祸地如是想。

只是有一点让刘敬颇为诧异，原本以为这个新任郡守会如自己一样已近不惑之龄，却不想是这样一张年轻而俊逸的面容，令他有些不可置信，直到现在还不时偷窥一眼他埋头审阅桃源郡户籍和相关公文的清俊侧容，心下起伏不定。

唐佑年的视线停留在那些文书上，随意而懒散地翻阅着，始终不抬头，这让厅堂里的气氛有些冷。

"想不到唐大人年纪轻轻便深孚圣望，荣升郡守高职，本官实为佩服。"刘敬咳了咳嗓子，面上努力挤出随和的笑容，抱拳寒暄道。

"过奖了。"新任郡守这才抬头瞟他一眼，神情淡漠，丝毫没有同僚之间应有的热情。待放下手中公文后，他追问一句："今岁雪灾成患，圣上仁义，下旨开仓放粮，灾地每户农家可领取半斛口粮。桃源郡多县深受牵连，尤以白水县为最，但不知救济一事是否料理妥当？"

刘敬暗地里抹了抹汗，庆幸自己早已伪造好了所有证据，遂向身旁随从使了个眼色，旋即一个记录着每家领到的救济粮款明细的簿本呈到了唐佑年手上。

"圣上有令，这要紧事可万般都不能怠慢。这些都是刘某命人详细记录的明细，按斤拨两，毫厘不敢疏忽。另外不少农户地处偏远山脚，行走实在不便，我也差人亲自送过去了。"他小心翼翼地解释着，哀声叹了口气："好在天公终于开眼，让这场大雪消停下来，否则不知道还有多少百姓深受其苦。"

"刘太守心细如发，悲天悯人，本官代桃源郡百姓谢过了。"唐佑年看他一眼，带着不温不热的语调道。

"都是百姓父母官，应该的应该的，唐大人如此客气，倒要让本官惭愧了。"见他没在此事上过多追究，刘敬大舒口气，窥望一眼他身后下人手里拿着的似是装有官印的包裹，谨慎相问："但不知唐大人准备何时交接印章？"

"不急，凡事都需按部就班。"新任郡守似笑非笑："初来乍到，本官对桃源郡一带多有生疏，还烦刘大人带路，随我到各县县衙查巡一番，待获悉详情后，再着手交接一事。"

"那是自然，自然……"刘敬虚汗连连，暗忖自己已经命令曹义安打点好了一切，应该不会出什么岔子，便放心地点头答应。

在郡守府内短暂停留后，一行人马按辔徐行，往白水县的方向缓缓行去。

此刻白水县早已鸡飞狗跳，不是刘敬预想中的平静模样。被关押的百姓冲到县衙里频频击鼓鸣冤，武吏们阻拦不住，在曹义安的授意下动用武力，不下片刻即有数人相继倒在血泊中。

一时间衙门内血迹斑斑，原本干净整洁的地面随着人群的踩踏留下了一串串殷红脚印，血证一样无声控诉着这些污吏奸徒的滔天罪行。

事情传开后，附近闻讯的百姓们义愤填膺，纷纷奔往县衙，合力反打那些武吏，将其追得无处遁形。恰在这节骨眼上，山头盗匪梁上君率众而来，直奔县衙后堂，道是前日官府派兵缴走他们所有银粮，故而索要。

曹义安并不知道是谁在背后煽风点火招惹悍匪，还将此事嫁祸于他，支吾半晌说不出所以然，仓皇欲逃。对方怒不可遏，一气之下手刃了他，方才解气撤离。

通往白水县县衙的正街上，刘敬正陪同新任郡守巡视。他不知发生了何事，竟见三三两两的百姓持棍冲来，围追堵截逃窜的狱吏，场面混乱不堪。他颇为难堪地抽了抽嘴角，对着身旁一脸淡然的新任郡守搪塞一笑："此地人多嘴杂，不如我们转道僻静之处？"

"巡访而已，无须遮掩。"新任郡守依旧是平素清冷而疏淡的神情，不惊尘，问他："听闻桃源郡频多匪乱，可有此事？"

"没、没有……从无此事。"刘敬心下一慌，强颜作笑："不瞒唐大人，任职这些年来刘某虽不敢说鞠躬尽瘁，但也兢兢业业，凡遇伤天害理之事，便都严惩不贷，因而得罪不少达官显贵，时常被其恶语构陷。但不管怎样，公道自在人心……"

刘敬假装无奈地叹口气，但见唐佑年没有反应，他刚准备继续往下说，谁知前方竟突然出现逾百匪徒，朝着他们飞驰而来，惊得他脸色瞬变，勒马顿缰。

"敢背后捅老子的人，下场只有一个——死！"说话的正是匪首梁上君，他打道回山的途中似是受了埋伏，因手下死伤惨重，怒而反杀回来，欲报此大仇。

刘敬猝不及防，吓得从马背上摔滚在地，东躲西藏喊人护卫，最终不敌，死于对方乱刀之下。

利益使然，奸官恶匪之间原本互相掩护的谎局再难维系，双方明刀明剑杀开，更令情势失控。

身处乱阵，谁也没有注意到一直安静不语的新任郡守忽而一踩马镫，御马退离的间隙身子一斜，袖中长剑袭出，顺势削过数个匪徒喉颈。

梁上君暴怒，喝令手下围攻他，恰此时巷子里忽然冲出十数名百姓，各个身怀武力，反将这些匪贼堵杀。其中有一名农女，淡妆素裹，仪容清朴，身手灵动迅捷，片刻杀入阵中，护在新任郡守身侧，冲他欣然一笑："少将军，大功告成。"

抛卸掉伪装的身份后，年轻少将神色肃然，颔首应她之时忽而推她向后，反手一剑袭出，刺中挥刀扑来的梁上君，一刀封喉！

"撤！"楼西越凛声下令，携着青珑跃至马背，与她同乘一骑，驰骋而去。

乔装成平民的西川士兵亦得令撤离，人人罢手退出，沿着偏僻巷子往城门的方向移去。

翌日，整座白水县狼藉不堪，大街小巷上随处可见早已冻僵的匪贼和武吏的尸体。衙门的横梁上挂着两颗头颅，俨然是白水县县令曹义安和桃源郡郡守刘敬的首级，眼目外突，仿若鬼煞。

不到半月的时间里，原本饱受饥寒的边地百姓因为县官与郡守的死而沸腾开来，他们手持棍棒等器物，砸了曹、刘二府，将所有本该属于自己的救济粮夺回手中。不少绿林豪士以此为契机，将打家劫舍的余匪赶出了村落，并发动这些长年累月深受欺压的百姓揭竿而起。此后暴乱的范围越来越广，以白水县为中心，向桃源郡其他县镇疾速蔓延开来。

消息传到北凉京都浣城后，举朝哗然。

年仅十二岁的小皇帝不安地坐在高堂上，被御殿中央文武大臣们争执得不可开交的阵势吓得不敢吱声，手足无措地看向身旁的内监总管费弘英。

"皇上，桃源郡虽为荒野之地，但其地势险要，易守难攻，又毗邻琅环渊，一旦被敌军占领，极易助其屯兵积粮，后果不堪设想！文人儒士总是心怀妇人之仁，靠其镇守后患无穷！"嘈杂而混乱的大殿上，一名武将情绪激昂，向着簌簌颤抖的小皇帝毛遂自荐："末将不才，愿穷己之力坐镇把守……"

"一派胡言！"不等那武将说完，旁边一个文臣拂袖斥责开："长治久安靠的是仁政义举，而非草莽野将的匹夫之勇！皇上，微臣斗胆进言，与其以强硬手段制服边地百姓，平添他们的怨念，不如更法减税……"

"王法乃先皇所定，岂能视作儿戏随意变更！"又一个激愤的声音传来，侃侃而道："自古有言：定乱者武也。如今四国之间烽火连天，最大的隐患莫过于兵战，山野之民目光短浅，只知道争一口饭吃，被有心人稍一挑拨便都自相内讧，不给圣上安宁。如此愚钝之举，该当处置！"

不等那人道出心中计较，另有臣子极不同意地驳道："民心所向方能得天下，若不体恤黎民百姓，不加安抚他们，谈何国祚昌隆？臣奏请皇上三思，务必择贤纳良，升任仁悯宽恤之臣为桃源郡郡守，绥抚边地百姓。"

"言外之意是朝中诸臣都不及你悲天悯人？晋职加位靠的是真本事，而非一张只会卖弄口舌的嘴皮子！"

……

偌大宫殿内，为了争得一块疆地的掌管权，诸臣你一言我一语，滔滔不绝地相互批驳着，谁也不服谁。

这般盛大而聒噪的场面看得小皇帝如坐针毡，不时在龙椅上扭动四肢，唯诺不敢言。

费弘英看一眼小皇帝，勾嘴笑笑，提醒他道："皇上，诸位朝臣爱国心切，都不想我泱泱北国四分五裂，内乱丛生。皇上贵为天子，腹中自有经纶，无妨指点诸卿，定下除乱安邦的良策。"

"反正，反正也吃不完……费公公你就下令，把粮仓里的粮食都发给他们，叫他们不要再打了……"小皇帝喉咙吃紧，不知该如何应对眼前的局面，又被费弘英盯得紧，嗫嚅了半晌才结结巴巴地道。末了他求助似的看去他，带着哭腔小声道："费公公，朕以后不想来这里了，你让人把沈隽给朕叫来……"

费弘英阴声笑笑，细声安慰了他几句，适才重新看去殿中争吵的诸臣，尖锐嗓音压过了所有人的言语："皇上龙体不适，不宜劳心费神，桃源郡暴乱一事请诸位商议，待无异议再行上奏，报与皇上定夺。"

　　"燃眉之急情，岂能搁浅？"见费弘英越俎代庖，一名官员忍无可忍，愤声道："费公公掌管宫中琐碎杂务，朝政之事关乎国体，该由皇上决策，岂能越权代职？"

　　费弘英没有计较那人的无礼，转而看去小皇帝，扬着不阴不阳的嗓门道："老奴一片忠心，本是为皇上分担忧愁，谁想被人误会，当成奸佞犯上之徒，恳请皇上为老奴做主！"

　　"费公公没有说谎，朕、朕……"小皇帝急得眼泪都快掉下来，小脸憋得通红，"朕不想上朝了，朕要读书……"语方说完，他竟不顾众臣劝阻，跳下龙椅，撒腿而逃。

　　诸臣愕然，更加气愤于这个呆傻皇帝的懦弱无能，却又不能当面谩骂，便都争相劝留他，直到一个尖锐的嗓音压来，方才噤声。

　　"退朝！"

《第二十八章》
绸缪

雪霁初晴，历时一季的严寒终于在暖阳的照耀下被驱散，换来点点温意。

沈府别院里，一雌一雄两只羽色艳丽的红嘴相思鸟在笼中上下跳跃，万分欢腾地叼啄着主人喂予它们的食物。吃到尽兴处，它们不时鸣啭啁啾，好似在感谢主人馈赠的美食，或啄喙嬉闹，像一对耳鬓厮磨的恩爱恋人，娇羞而动人。

"沈隽……"蓦然间，满院的婉转鸟鸣被一声脆亮的声音湮没，吓得笼中那对相思鸟扑腾着翅膀不安地退到了角落里，再也不肯探出脑袋来啄食。

"沈隽，你替朕去上朝，那些人很凶，朕不敢说话，你坐在上面他们一定听你的！"跑离御殿后，小皇帝不肯见任何人，不顾宫人的阻拦微服出宫，直奔沈府，向陪读的沈隽诉苦："你替我去当皇帝好不好？我不想见那些人……沈隽你以后替我去上朝……"

见那两只鸟儿因为这个痴子的到来受到惊吓，沈隽的兴致也因此消减下去，且小皇帝如此出格的话多少令他不悦，故而未应，依着礼数与一旁的侍奴延龄跪地迎接。

纵然痴傻如傀儡，但终究贵为天子，小皇帝的突然到访打破了沈府的安静和清宁，来往仆从纷纷跪拜。厅堂里正与客商谈生意的沈由听完下人的禀报后，亦是面色一变，慌忙来到沈隽的别院恭迎当今天子。

这样的阵势反令小皇帝愈发无措，站在偌大的别院中央，手脚都不知道往哪搁，连声央求沈隽，叫他替他去上朝。

满院的下人被这话吓住，皆匍匐在地，不敢吱声。沈由自然也是吃惊，窥视了一眼自己儿子，不知他入宫侍读的时候，都教了天子什么话，竟能使他把全部的信赖都付诸他。

"那毛头小子到底是装傻还是真傻，这种话都能说得出口，先皇的棺材板都快压不住了……"沈府长子沈卓目瞪口呆，忍不住嘀咕一声，更对沈隽的居心存疑，"还有，三弟不好好做生意，跑去当什么天子侍读，莫不是藏了什么不可告人的野心……"

"住口！"沈由听罢，呵斥他一句，不由想起了早先沈隽对他讲过的话，心中七上八下。

"我看大哥说得没错。"与沈卓一母同出的胞弟沈恒忍不住插了一句嘴，转过来低声附和，"要能把他骗住，不在话下！依我看，三弟准是居心不良……"

"闭嘴！"沈由陡然抬高音量，斥责身边这两个嫡出的顽劣儿子。

沈隽习武之身，耳力较寻常人敏感，自然听到了这边的细微声响，偏头看一眼，并未答话。

沈由抬头，与他四目相对，一时思绪万千。私心来讲，他对阉人当政的国局痛心疾首，希望端人正士肃清纷乱，保盛世靖平。但换到自己骨肉身上，由不得他多出一些担虑，怕他欲壑难填，走上不归路，毕竟株连之罪，阖府难当。

"朕怕鬼，沈隽你说过会帮我捉鬼的，你现在就跟朕去宫中……"这边小皇帝抓着沈隽的袖子，哀声央求，急得快要哭出来。

"抱歉，臣近日偶感风寒，需遵医嘱，故告假静休，请皇上见谅。"百般纠缠下，沈隽的耐性渐渐达到了极点，假言敷衍道。一语方落，一阵细亮的笑声突然飘开，由远及近传了过来。

"老奴有罪啊，竟劝不住皇上，让皇上不辞辛苦移驾贵府。"游廊深处，费弘英手执拂尘，被一众宫人簇拥着步履匆匆地往此处赶来，一见满院跪着的主仆，忙歉笑道："皇上微服出宫，沈老板无须多礼，与三位公子都快起身。"

"傻皇帝都没说话，何时轮到这老不死的发号施令了？"总算可以舒展一下发麻的双腿，沈府二公子沈恒暗地里白了一眼阴声阴气的费弘英，撇嘴鄙夷。

"先皇早早驾崩，皇上自小无人教导，许多事情做得不尽如人意，老奴得帮衬着些，失礼之处，还请沈二公子见谅。"遣散了院中所有下人后，费弘英审视着面带不屑的沈恒，话有弦音，似笑非笑。

沈恒噎了一声，忙闭了嘴。

对于朝中局势，沈由自然比这两个成天风流快活的嫡出儿子了解得多，眼下见拿事的是费弘英，他也就不好怠慢他，俯首邀道："大雪初霁，院外寒气浓重，公公不妨与皇上移驾厅堂，到寒舍歇息片刻。"说完他借故命令下人奉茶，将沈卓和沈恒都遣走了。而当视线转到沈隽身上时，他的面色禁不住变了变，忐忑不安。

费弘英双眼微眯，睥视一眼，勾嘴笑笑，谢绝了沈由的好意："近日边地不甚太平，政务繁杂，老奴就不搅扰沈老板了。不过……"他看向不动声色的沈隽，意有所指地笑道："这几日皇上因为桃源郡一带的动乱始终心神不宁，长此以往，恐龙体承受不住。沈公子也算天子之师，深得皇上信赖，还望赏些薄面，入宫劝导皇上。"

沈由心下一颤，他并不清楚费弘英是否探出沈隽对他怀藏的杀心，若他知而不宜，这不亚于请君入瓮。

就在他沉思婉拒的理由时，沈隽却先答应了："皇上及费公公抬爱，这份殊荣来之不易，岂有不从之理？"

"如此甚好，皇上能安然回宫上朝，老奴也就放心了。"费弘英满意地笑笑，晃了晃手中拂尘，笑语相邀："沈公子，请。"

夜色沉沉，冷月的光华透过半合的窗扇流泻进来，打在寝宫内飘飞的帷幔上，在地上拖曳出长长的细影，诡异而阴寒。

小皇帝百无聊赖地坐在书案前，持笔胡乱涂画，不时偏头望望一旁捧书默看的沈隽，实在无心读书，低声唤他："沈隽……"

"去看看费弘英有没有走。"沈隽头也不抬，冷声道。

小皇帝以为自己做错了事惹他不高兴，所以他来到宫中后就一直阴沉着脸，不禁心有戚戚："朕、朕不敢出去，外面有鬼……"

没用的废物！

沈隽眼神一狠，陡然从他手中夺过笔，飞掷而去，打灭一排灯火。

光影骤消，只有窗外幽森的月色照入，冷寂而空寒。

小皇帝眼前黑了一截，惊恐得像一只迷途的小兽，呼喊道："有鬼！有鬼……"

语声落地，窗外有人影悄然爬上，竖耳细听。

沈隽斜视一眼，未曾理会窃听者，移步灯台处，重新点亮灯火。

小皇帝慌忙跑向他，手指窗外："那里有鬼！沈隽，你替朕把他们赶走……"

"不怕。"沈隽安抚他一句，语声渐渐恢复到一如既往的温恭，"天色不早，今日授课到此，皇上尽早安歇。"

窃听至此，窗外的人影悄悄离开，向着费弘英的居处快步跑去。

那人刚一走，沈隽收拾书卷的动作戛然而止，清寒月辉洒在他面上，映得眸子幽亮如狼。

小皇帝也已犯困，揉揉双眼，一想起明天还要去御殿上面对费弘英和那帮大臣，便心惊胆战，哀声求他："朕不想去上朝，你替我去好不好？你会捉鬼，费弘英和那些人一定怕你！沈隽你替朕去上朝……"

沈隽被小皇帝傻里傻气的话逗笑，兴致渐来，俯首看他："此话当真？"

小皇帝小鸡啄米一样点点头："朕不会骗你，你去上朝的话，他们一定打不过你！"

"那样的话费弘英会把我五马分尸，摘了脑袋送给皇上，或者直接丢到水塘里，喂他养的那些食人鲳。不过……"他冷然笑笑，一脸莫测地打住了后文。

"不过怎样？"见他有了法子，小皇帝急不可待，追问他，"朕不想看见费弘英和那些人，沈隽，你快想办法把他们赶走。"

"除非我能做比费弘英还大的官。"沈隽问他："比如像之前死去的罗傲，统领万军，这样他才不敢嚣张妄为。如果我要做将军，皇上会答应吗？"

小皇帝喜出望外："只要能赶走费弘英，你要做什么朕都答应你！朕这就去拿圣旨，你教朕怎么写才能封你为大将军！"说完他重拾笔墨，却被沈隽伸手阻住。

"不急，否则若被费弘英知道，皇上与我别想活。"沈隽不紧不慢地道。

"那要怎么办？"小皇帝着了急，发慌道。

沈隽斟酌了片刻，问他："皇上可还记得不久前我向你举荐的一个人，名叫唐佑年？原本他初任郡守，接管桃源郡，不过中途大雪成灾，道路难行，便在无幽郡困了些时日，没能及时赶过去。据说此次桃源郡百姓动乱，便是因为有人冒充他，假他之名暗中挑拨，致使刘敬和曹义安被杀。"

小皇帝根本就不记得，茫然地摇了摇头："那他还活着吗？"

"不记得也没关系。"沈隽笑道："他还好，已经快马加鞭赶往桃源郡，这些实情就是他派人告诉我的。他还说自己会尽力绥抚百姓，查出幕后主谋，保我盛世河山。"

"那你怎么跟他认识的？"小皇帝不解，"这跟赶走费弘英有什么关系？"

"自然有。"沈隽审视着这个呆愣的小皇帝，不知道自己的话他能听懂几分："皇上与臣皆无实权，自然奈何不了费弘英，但若在他眼皮子底下蠢蠢欲动，被他发现后只有死路一条。所以必须在他看不见的地方行动，这样才有机会出其不意，攻其不备。"

小皇帝依旧把这两件事联系不起来，抬头迷茫地望着他。

沈隽漠然笑笑，一语点明了自己的目的："唐佑年说他需要下手，让我过去帮忙，只有离开京城，我才能摆脱费弘英的掌控，将来也有机会替皇上赶走朝中那些居心叵测之人。"

"你不要走……"小皇帝害怕了，不敢想象眼前这个唯一的依靠走后，他该如何在恶鬼遍地的诡谲朝堂里活下去。

"不走的话，皇上是希望我被费弘英五马分尸？"沈隽笑问一句，眸底却是一片肃杀。

小皇帝被他的眼神吓住，往后缩了缩，也似乎意识到了事态的严重，讷讷地摇摇头：

"那你什么时候回京？"

"很快，我会想办法替皇上赶走费弘英。"沈隽容色冰冷，似一把出鞘的利剑，"只是往后一段时间皇上不要在他面前提起我，否则回来的就不是我的人，而是我的人头。"

小皇帝惊住，惧怕地看去月色下那张冷异的面容，似懂非懂地点点头。

桃源郡那一场暴乱持续月余，其中以白水县最为严重，大大小小近乎三成的村镇被隐匿在山野间的绿林侠士控制，发动百姓与朝廷作对。在此期间，大街小巷上随处可见游行示威的三教九流之士，阵势浩大而庞杂，殃及范围广泛，一度让白水县的管治处于失控状态。

直到真正的郡守唐佑年来到桃源郡，这种动乱局面才得到缓解。

唐佑年着手一切职务后，以最快的速度将官粮下放到灾地每户农家手中，稳住了他们的情绪，后又派兵清山，将余匪擒获归案，斩首示众。与此同时，他还与鼓动百姓起义的绿林豪杰斡旋和谈，愿意妥协的招安善待。就这样，他将怀柔之术与强硬手段兼而用之，短暂时间就得到了桃源郡不少贫民的信赖，长久以来积压的民怨渐渐消散，换来片刻的平静与安宁。

但树欲静而风不止，在北凉朝廷将心思花在应对边地暴乱而疏于军防之时，一支来自西川的铁甲奇兵悄然行进，护送着粮草和军械往琅环渊的腹地一点点深入。而另一支已经到达那里的队伍，则在歇整之后沿山勘察地形，寻找适宜的储粮地点。

"这里处于风口，地势高峭，并且远离水源，土质干燥，不出意外的话，至少可以保证储藏的粮草一两年内不会变质腐烂。"伫立在琅环渊的一座高地上，青珑举目望了望远处一条解冻后缓缓流淌的河水，将一旁的楼西越唤了过来。说着她拔出刀，在地上挖了一个深洞，从里面鞠了一小把黄土，放到他掌心。

楼西越摩挲着细土，再看看周围隐现嫩芽的初生野草，审察片刻，遂下令周围的士兵开工动土，准备在这片高地上挖窑储粮。

青珑也跟过去帮忙，脚步刚抬起却被楼西越沉声唤住："不用了，休息去吧。"

青珑愣住，一时不知道应不应该接受他的好意。

楼西越蹙眉看了看她，见她无动于衷，不禁抬高了音量："这是军令。"

"是……"话到这份上，她也就不好忤逆，犹疑着回去了。

她一走，一名监工的将领暗戳戳一笑，像是察觉到了这个疏冷少将不同寻常的蛛丝马迹，故意拉长尾音，说给他听："偏袒，明目张胆地偏袒，这叫重什么轻什么来着……"

另一名部将闻言，笑捶他一拳，众人难得开怀须臾，连日困倦一扫光。

楼西越在琅环渊周遭巡视许久，确保无异方才回到驻地，途中却见青珑蹲在山麓下那条解冻的河流边，似是在找寻什么，甚为专注，连他的到来都毫无察觉。

"丢什么东西了？"他停于河畔，沉声询问。

突然传来的熟悉声音惊了青珑一下，她迅速起身，略为结巴道："没……只是无聊把玩着这些玩意解闷，多谢少将军关心了。"语声落地，她犹豫了下，随手一抛，将掌心紧攥的几块贝壳和石子扔进了河心，洗净双手上岸。

见她不愿坦怀，楼西越也就没再追问，视线从湿漉漉的河岸上收回，目光却下意识地在她徒手刨开的那几个深坑里多停留了片刻，被一粒与无名指尖大小相当且闪着舒润光泽的萤石吸引，瞬间恍然，有些不可置信地看她，目光了多了些许柔和，少了几分冷肃。

"离开锽城这么久，也不知道子逍的病情如何了……"青珑怕他多心，于是岔开话题，遥视着远方的茫茫天际自言自语。

楼西越凝视着她，当即允诺："若你不放心，今晚我飞书一封，派人去锽城接他回来。"

青珑看着他常年一副讨债般的冷峻模样，不禁失笑："我既然能答应与少将军并肩沙场，踏上平定四海的血路，便是信你如初，更不会怕你拿子逍掣制我，大可不必多想。再者他虽然与我没有血缘关系，却是我在这世上唯一的亲人，打从相识以来，不管遇到什么危险和困难，几乎都没有分开过。况且他身体不好，时常发病，我想他念他也是人之常情，只不过没忍住说了出来，少将军却说风就是雨，这般与属下较真？"

楼西越见她笑得出来，也就放了心，没再固执。

行军这么久，好不容易见他有短暂休息的时间，青珑找了个大石块，吹走沙尘，招手邀他："过来这里歇歇。"

楼西越抬头瞅瞅，四下松柏林立，山石嶙峋，恰好掩住这片静地。确保不会被人发现，再拿来当笑料，他才硬着头皮走过去，一边叮咛她："累了就歇回驻地，孤身一人，不要离军太远。"

说着他跳上石头，与她并排而坐，一双手却从身侧伸过来，轻轻给他捶肩，对方还问他："怎样？舒服吗？"

楼西越猝不及防，本能地攥住她手腕，阻止了她："坐好，别动。"

青珑笑道："我是见不得少将军劳累才这样，就你这不解风情的性子，给你把全城的姑娘问遍都没人肯嫁，往后的日子还长着呢，若是讨不到小娘子，可让陆前辈操心。"

楼西越缓缓松手，像是为了不使说出的话太过突兀而郑重思索了一番，这才埋头问她："全城的姑娘……也包括你吗？"

青珑双手撑石，正抬头眺望琅环渊的落日余晖，本是无心之说，被他这么一问，忽而哑口无言，尴尬地摸摸后脑勺，试图转移话茬："那个我……"

"这个那个不要说，"楼西越正色看她，端的是一副少将的威严神色，恰到好处地掩盖了自己期待答案的些微紧张，"也不要拐弯抹角，就回答是不是。"

"不包括。"青珑被逼无奈，只得如实作答。

他如食蜜糖，面上露出罕见的清浅笑意，这才罢休："算你识相。"

"错了。"青珑一口否定："这不叫识相。"

他侧目，颇感意外："那叫什么？"

"把手伸出来，我教你。"

楼西越将信将疑，以为她又想出什么捉弄他的把戏，但还是照做了。

青珑抬指在他掌心空画开，从轮廓看，无疑是一只眼睛，就在他不明所以时，她又往眼睛上面连添三道光，最后得意一笑："喏，有眼有光，这叫有眼光，懂吗？"

他忍不住嘴角微微上扬，笑她的幼稚，却被她的解释甜到骨子里，低头端视着掌心，持刀之手喋血万千，铁骨之下，终还深藏脉脉柔情，被他悄然紧握。

歇过之后，青珑的思绪回到筹备已久的战事上，与此同时想到了一个人，问道："少将军，不知你如何看待唐佑年这个人？此前我们利用曹刘等人之死，将北凉边地的防守重心转移到了白水县的动乱上，从而使我军免除兵戈之阻，顺利深入琅环渊。但如今真正的唐佑年现身出来，且在极短时间内平定乱局，想来不乏手段和心计。"

"据探子报，不只此人，还有后来者，为他出谋划策。"楼西越敛容道，说话的同时从怀中掏出一张纸，递了过来。

青珑展开一看，是桃源郡内外布局的草图，各城通行的要道和屯兵的军机重地皆一览无余，不禁道："琅环渊腹地与桃源郡相距不到百里，一旦开战，朝发夕至，郡内往来私商鱼龙混杂，若能借此下放更多耳目进去，则可里应外合，便宜不少，只可惜……"

见她突然顿住，楼西越接过她的话茬："只可惜陈晟身边那两个杀手被你收拢后安排到了别处，否则以他们的身手和阅历，做起这种事来易如反掌。"

青珑语塞，甚是警觉地窥他一眼，跟他打马虎眼："少将军这是在揪着属下的尾巴不放？"

楼西越面色一沉："你何来把柄让我抓？"

"那就好。"她心虚地笑笑，想起己军的处境，不免又有担忧："攻其不备固然是好，但我们长途涉军，兵士俱疲，倘若过早行动，我担心……"

"不急，会有休整。"楼西越已有考量，眼里血色渐涌，抬头望去西天冉冉飘散的霞光，仿佛在那里看见了硝烟弥漫、兵戈交错的战场，语声萧肃："除此之外，敌在明，我在暗。"

青珑点头会意，正要回应，远处一个高亮声音传来，打断了他们的对话。两人迅速起身，循声而去。

"少将军！"一个满面风尘的护将大步赶来，一脸喜色，可不正是景威。在他身边跟着一个约莫二十又五光景的将领，面呈麦色，形容若朗朗乾坤，神采奕奕，乃楚定云麾下得力部将贺别。

"后方三万大军如期而至，已按照少将军的吩咐扎营在附近，只等时机成熟，出击迎战！"所有一切进展顺利，景威不胜欢喜，言语中尽是掩饰不住的兴奋。

"一路跋涉，辛苦贺将军了。"楼西越满意地拍了拍景威的肩膀，心下也松了口气，抱拳回那将军一礼。

"都是刀口舔血过来的，这点辛苦算什么。"相比于这个沉默寡言的少将，贺别要显得热情爽朗许多，也不拘礼，当即摆手一笑，"何况你是主将，我也是奉将军之命在旁辅战，一切由你发号施令，贺兄我哪敢不把后援军给你带足？"

楼西越清然笑笑："如此冒犯了。"

"看看，对谁都这般客气，难不成把兄弟当外人？"贺别皱了皱眉，笑责一句，寒暄过后，他的视线不由转到了一身戎装的青珑身上，又看了看楼西越，欲言又止，不过终究没有开口多问。

楼西越了然，从容道："她是我已故部下樊振之义妹，无亲无故，虽然生就女儿身，一身胆略却不让须眉。早先樊振不幸战死沙场，临终前将其引荐于我，托我多加照顾，这才随我左右。"

青珑感激他替她隐瞒身份，顺着他的意思抱拳礼道："属下霍青珑，见过贺将军。"

贺别喉咙动了动，神色有些复杂，似有心事欲言，语方脱口又改了话茬，笑赞道："难得樊振耿直忠厚，不吝才俊，将自己义妹引荐给我大军。少将军慧眼识才，霍姑娘在他身边尽可放心，相信多加锤炼，假以时日必是沙场一员勇将！"

话虽如此，但一想到临行前楚定云叮嘱的话，贺别还是没忍住，摆手示意楼西越借一步说话。

远离了青珑后，他开门见山，压低声音道："不瞒你说，将军突然对我下达密令，且与你们有关，着实令我不踏实。平日里没见你在营中拉帮结派，一直也都谨言慎行，并未做过出格的事，为何会被将军谨慎提防起来？这当中……会不会生了什么误会？"

楼西越了然，对他的好心提醒深表感谢，沉声道："将军自有其用意，作为麾下将士，楼西越不敢妄加揣度。贺将军身负监军重任，必然深得将军信任，如此，北伐战况是何，全权由你传报至西川。"

"这怎成！"贺别吃了不小一惊，"你是主将，这等越俎代庖之事，叫我如何擅作主张？"

"贺将军赤胆忠心，楼某信之无疑。"

贺别心下不安，斟酌少顷后直言："话到这份上，贺兄我也就不遮遮掩掩了，有些事藏掖在心里始终不痛快——出发前将军曾对我暗示，叫我留意你身边那姑娘，若她有不臣之举，便叫我瞒着你将其处决，然后让我取你主将之位，遣你回营。这命令是他单独授意给我的，宋将军也还不知道，将军也似乎有意瞒他。"

说到这里，他的思绪又豁然开朗，建议道："不行你将这事说给宋将军，若真与将军生了误会，可叫他从中周旋几句，毕竟都是把脖子拴在一条绳上的，总不能因为一些你不说我不言的误会就心生猜疑。将军与宋将军可是出生入死了大半辈子的兄弟，他信不过你这个旁姓养子，难道还信不过宋将军？"

楼西越未答，只道："贺将军一片好心，我铭感于内，倘若楼某所作所为触了将军底线，贺将军但可不必顾虑，当断则断。"

贺别也无可奈何，不得不就此打住："罢了，这种事我也不好多说，你自己掂量着罢。眼下先抛开这些不快，想法拿下桃源郡再说。"

楼西越颔首，将怀中那张纸递与他："贺将军暂先过目，稍事歇息后来我帐中议事。若无万一，全军休整五日，拔营进军！"

"遵少将军令！"贺别匆促扫了几眼，眼里光芒绽放，喜得大声答应。

贺别一走，楼西独自驻足在原地，举目远眺，若有所思。

青珑缓步上前，默然望着他的背影，不知如何开口，自然明白他心中的苦闷。

"天塌下来由我先顶，你不用多想。"楼西越回头，嫌她想东想西，往回走时又不由自主望去河床上方才被青珑刨开的那些石坑，说她道："那些未经雕琢的碎玉烂石能卖几个钱？沙场上斩敌立功，少不了你的犒赏。"

青珑语噎，暗忖这人看着寡言少语，心眼倒藏得比海还深，一眼看穿了她的目的，赶忙颔首遵令。

"少将军要对你不上心，才懒得理你。"景威因为青珑的身份多少对她有些芥蒂，但见她一身锋芒被自己少将磨得所剩无几，也是无奈失笑，附耳过去劝慰她。"再说了，他从小在军营长大，没跟女孩子接触过，说话哪懂软硬分寸？日后他要出言责你，你就想着那是在变相地关照你,这样心里就舒坦了。"

青珑啼笑皆非,打趣道:"敢情哪天他要不高兴了,赏我棍子吃,我还得感恩戴德三跪九叩?"

正说着,一张沉肃不语的俊容转了过来,盯着窃窃私语的他们。两人识趣地闭嘴,迅速跟上了他的步伐,向着被血色霞光晕染的驻地大步行去。

◈第二十九章◈
取城

清晨伊始，经历暴乱的桃源郡像一个刚从猎户脚下逃生的麋鹿，从连月来的余悸中缓缓复苏过来。城中炊烟袅袅，鸡犬争鸣，大街小巷上各种吆喝和叫卖声渐次响起，生产逐步恢复。东来西往的客商也在城门打开的刹那争先涌进，为着生计辛苦奔波。

城楼上，一个年轻俊逸的公子望着远方起伏的山脊，又看看脚下浪潮一样涌动的人群，不吝嘉言，称赞身旁一个身着官服的中年男子："到底久经官场，唐大人果真手段过人，很快便收拢民心。"

桃源郡新任郡守唐佑年受宠若惊，摆手将随身侍从遣走了，躬身笑道："一切全凭公子庇护，若非如此，我早已客死夏都了。"

"言重了，"沈隽笑笑，"举手之劳而已。"

"那时公子将我逃往南燕的口风放了出去，但不知夏皇可有追究？还有夏燕两国联兵之事，公子是否派人打听到些许眉目？"

"该来的躲不掉。"沈隽片尘不惊地道，"唐大人只管在费弘英的爪牙触及不到的地方招兵买马就是，朝政上的纷争，沈某自会帮大人打点，不会让你的身份暴露于外。"

唐佑年恭敬答应："如此，辛苦公子了。"

沈隽颔首，忽然被城门处吵吵嚷嚷的喊闹声惑住："出何事了？"

唐佑年循着他的目光看了看，只见城门通关的地方，把守的重兵将一行押镖者挡了下来挨个搜身，到了那车东西上时，似是对方不让检查，百般阻挠，于是就与他们起了冲突。

"回公子，日前发生动乱，我担心有人趁机作祟，或者他国细作潜入城中，故而给每户人家增发通关牌。凡无此牌者出入城门，一律押至衙门，待盘查过后再放行。"

沈隽对他的做法不无赞赏："唐大人心细如发，沈某领教了。"说完与他下了城楼，往城门那里拐去了。

"官老爷您行行好，走南闯北的，接一趟生意着实不易，这要误了东家的事，小人可赔不起呀……"镖头一见有官员来此，忙跑到唐佑年身边，极尽好话："前阵子因为雪灾，这趟镖已经耽搁了不少时日，眼看赶得及时，马上就到城中了，要再出什么岔子，一大帮兄弟真就没活路了。大人您行行好，通融一下……"

"东家是谁？"沈隽审视着这些陌生人，笑问。

那镖头迟疑了一下，应道："看公子您这行头，猜来也是见过大世面的人，应该知道干这行有这行的规矩，这要不小心说错话坏了镖局的名声，日后谁还信得过我们？"

"这倒是。"沈隽点头笑笑，不紧不慢地道："走镖有走镖的规矩，守城也有守城的律法，既然都明白这点，诸位又何苦为难这些将士？"

那镖头语噎，心想靠嘴皮子是混不过去了，也就不再坚持，抱拳赔笑："公子说的是，那算兄弟们冒昧，冲撞之处，给官爷赔声不是了。"

"带走！"唐佑年蜷起食指，在马车上装载的两个大箱子上敲了敲，说着摆了摆手，一排守兵当即上前，将这队人马悉数押走了。

城门之外，一个在高墙下逡巡的壮汉看见这边的情形后，当即向身旁几个同伴使了个眼色。那些人会意，谨慎地靠过来，只听那壮汉耳语一样低低道："通知少将军，最后一批也顺利进城。"

"是！"语毕，那些人跨步上马，绝尘而去。

这边唐佑年跟着沈隽往衙门去的过程中，心情一直起伏不定，不时回头看看城楼外熙熙攘攘的人群，心头无端端地一阵不安。

"公子……"他欲言又止，喊住了沈隽，"据守将杜海呈报，从三天前起，进城的三教九流之士越发多了起来，今日更甚，会不会有些蹊跷？"

沈隽的目光一直停留在那些走镖人的脚步上，示意唐佑年仔细观察他们。

唐佑年细细看去，只见那些人虽被守兵押解着，但走起路来个个步调一致，岿然有序，俨然经过了极其严格的训练，习惯成自然。

"公子怀疑这些人是……"唐佑年面色一变，隐约觉得事态有些严重，心跳也止不住加快起来。

"先不要打草惊蛇。"沈隽截住他的话，视线在人来人往的大街上浅掠几眼，低低道。

唐佑年面色发白，朝人山人海的四周望了望，心情再也无法平静，呼吸急促，只觉自己被万千利箭指着脑袋，一举一动都在对方的眼皮底下，而自己却还不知道危险来自何方。

"听着，这些走镖者，加上之前发现的所有形迹可疑之人，无论来路是何，务必追查到底，概杀不赦！"沈隽面上的笑意在思绪运转间渐渐化为阴寒和冷肃，沉声命令唐佑年，"然后通知守将杜海，从现在起全城禁闭，所有人一律不得外出。另，十里加急文书密报朝廷，边城告危。"

"公子，若这些人不是来自军营的士兵，奏书一出，便成了谎报危情、造谣生事之罪，会不会……"唐佑年愈发忐忑，极力让自己保持冷静。

"能将细作安插进城，桃源郡已然无异于刀口上待宰的羔羊，敌方迟早都会动手。先知先觉总好过后知后觉，有备无患最好。若当真虚惊一场，找个替死鬼替你扛下所有罪责便是。"

"明白。"唐佑年点点头，长声喝令："停！"

闻令后，随行的守兵止步待命。

"将这些人马押至东街，露天盘查！另，近日城中整顿治安，本官要重新登记户籍，为免纰漏，外来人士一概拒之门外。今日午时一过，禁闭城门，昼夜不开，十日后再行宵禁！"

一令下，那些走镖者各个神色生变，互相传递眼色。

这样细微的表情被唐佑年捕捉到，他越发肯定了沈隽的猜测，赶紧叫来领头的守兵，附耳在他跟前交代了几句，就见那守兵握着长刀的手抖了抖，惶惶不安地向四周望去，失声叫了出来："大人！这事……"

"照我吩咐去做！"唐佑年长喝一声，及时封住了他的口，"加强城门防守，尽快疏散街头百姓，没有本官命令，一律不得走动。"

就像平静如洗的河面上突然掉下一颗石子，激起一波又一波的涟漪，以微不可觉的态势扩散，等到发觉时，已经悄无声息地绵延到了四周水岸。

是日晌午，一声急禀穿透九霄，惊白了一众守城将士的面色。

"大人！城外六十里处发现一队兵马飞驰而来。"

"多少？"饶是已经做好了最坏的打算，却没想到一切来得如此迅速，唐佑年惊得肩膀一颤，急声喝问。

"不下五千，从西南方向直奔过来，快到护城河了！"

"调集弓弩手于对岸射击，务必截住敌军，其余人马驻守各处城门！"他高喝一声，匆匆奔下城楼。

短短一瞬间的工夫，城中片刻前的平静被打破，大街小巷上兵头攒动，急急往城墙处聚拢而去，鸣锣告急的声音更是一浪盖过一浪，如流星划空一样疾速传扬，就像平地起雷，惊醒了这座刚刚复苏的城堡，骇得城中所有人仿如惊弓之鸟，仓皇奔逃。

兵临城下，战火忽发！

护城河畔，纵马奔来的夏军以迅雷之速排阵前进，百十盾手架起一排排铜墙铁壁般的坚固防护圈，将身后抛沙袋填水渡河的士兵紧紧护住，谨慎而小心地向着河岸靠近。

河面不宽，隔着约莫二十丈的距离，两军乱箭连发。飞射的乱矢刺穿长空，以透骨之力隔空袭来，穿甲破胄，溅起满地血光。

这场杀戮来得快如光电，短短两日，数不清的尸首和沙袋混搅在一起，层层垒叠，筑成一条大坝，拦腰截河，铺出一条通往巍然城墙的血肉大道。

眼见护城河被填，敌军像奔腾的巨浪怒吼着涌至城下，固守城门的将士将一批又一批的敢死队推了出去，试图以血肉之躯阻挡敌军的大肆进攻。

"杜海！少将军有令，若你们识时务弃甲投诚，但可免去血刃之灾，保降者不死！"一路急袭挺进，贺别意气风发，扬声劝阻高楼上迎战的守将。

在他身前，楼西越手握腰畔战刀，不露声色，长身而立，一双眸子幽深如潭，紧紧远眺着城楼上的守兵，肩头的血色披风在风中飞扬，如战旗飘荡于长空，猎猎作响。

城楼之下兵戈交错，青珑置身于葬尸场一样的杀阵中，除了奋勇向前，脑海中已无其他。仁义、悲悯、良善、恩慈……所有一切君子之德在鲜血与屠刀面前都沦为怯懦者的借口，在白骨铸就的战场上，哪怕只退一步，身后的万千性命都有可能在下一轮的屠戮中葬身火海，被欲望和野心剿杀得残骸不剩。

"就像当年的青桑，你的故国。"面前这个隐忍如狼的少将曾在听花小筑外，一字一句对她道。

青桑……一想到这，青珑眼里血色蔓延，攥紧战刀在刀光剑影中一点点杀往城门。只有拿下这座城池，她才有脸踏进奴场，将援手伸向那些受尽苦难的族民，以霍氏将门遗孤的身份告诉他们，霍家人必当秉承先烈遗愿，光复故土，重振青桑，再也不会让他们做那些权贵脚下的牲畜！

"楼西越！你这个人间阎罗，你以为这些铁骨铮铮的将士都是贪生怕死之徒？"贺别的劝降惹恼了桃源郡的守将杜海，他斥骂一声，振臂引弓，锋锐箭尖直指马背上的年轻少将，朝他脑门飞射而来。

青珑抢身过去，长刀横劈直下，将那支飞箭拦腰斩断。与此同时，她手腕一转，长刀脱掌掷出，扎倒了一个迎面扑来的敌兵。

"杀！"劝不得对方投诚，楼西越不再等待，寒声下令，语毕率领众军，向着城门奔袭而去。

"抬火油往下浇，火矢射杀！"凉军被这群虎狼之师惊得仓皇反攻，抬来数口大缸，将里面的火油泼向攀城的夏兵，旋即以火羽引燃。

"弓手掩护，攻城塔靠墙！"敌兵的死守不降让楼西越越发狠厉，他迅速奔至攻城塔的顶端，拔下两支扎到望眼处的火矢，搭箭于弓，嗖然击出，射向对面油缸。

一声巨响轰然爆开，数十凉兵纷纷摔下墙头，防守缺口敞露无疑。几乎在同时，十数条飞爪凌空抛出，紧紧勾住墙垛，攀缘的夏兵逐次蚁附而上，数拨兵力先后成功登楼，上下齐头并攻，其势迅猛，很快令防守的凉军措手不及。

日落之时，凉军疲态尽现，节节败退。

"鸣金吧，不要等到尸骨盈城那一刻。"楼西越对视着面前的敌将，沉声道。

"休想得逞！"仍有凉将不甘落败，持刀怒指他眉心，猛刺而来。

青珑错身向前，长枪拦腰上挑，"哐当"一声击飞来刀。对方并不死心，拾刀而起砍向她的脖颈。

楼西越眼神一寒，长刀倏然出鞘，从后往前刺穿那人身体，那人来不及惨呼，一头栽下楼墙，被城下战火吞噬。

"杀！不许投降，继续杀！"守将杜海痛喝一声，率领众部，再次发起反击。

"我军不日即踏平琅环渊，浩荡杀来，桃源郡已是强弩之末，劝你们早识时务！"景威率领数十名部下靠向这边，将楼西越层层护住，扬声向对面的守将喊话。

杜海啐了一口，一双充斥着血色的眸子里怒火正盛："拿起刀，只有战死的英雄，没有退缩的懦夫！碎骨粉身，也绝不向阎罗低头！"

"大人，东城门撑不住了！"蓦然间，一声惊慌失措的禀报传来，杜海惊得瞳孔放大，急急奔到墙垛处，俯视城下战况。

"轰！"宛如霹雳惊天，震得城楼簌簌颤动，惨烈拼杀中，夏军们抬着冲车奔突前进，尖锐铁头已将城门撞得凹陷变形，横梁即断，情势堪危。

楼西越伫立在杀阵中央，肃声道："桃源郡历经浩劫，已是笼中困兽，强撑下去势必自损无辜。楼西越再劝一次，请鸣金罢手！"

杜海抬手抹掉满脸的鲜血，勾脚挑起一尺铁戟，拿到手后挥舞着挺身杀来："痴人说梦！"

"不急，你还有考虑的机会。"楼西越面色渐冷，跳动的战火在他眼底左右摆动，发出幽亮的光泽。他默然看着这些负隅顽抗的守将们，寒声吩咐："带上来。"

景威领命，转身朝向内城，一连投射两枚烟火弹。

先前早有夏兵浑水摸鱼混进城中，得到指示后他们很快依令聚来，押解数人登楼。这些人皆是被生擒的凉将，现下已成为要挟对方就范的筹码。

杜海张口结舌，才知敌兵早已渗入己军内部，不禁又气又恨："楼西越，你这个卑鄙小人！"

"败局已定，诸位若冥顽不化拒不妥协，无疑是用城中百姓之命来成就自己的英名，谨望三思。"青珑上前一步，肃声劝道："少将军向天起誓，只要诸位肯投诚，绝不枉杀一兵一卒，更不会动城中百姓一根手指。"

"宵小之辞，焉能轻信！"

青珑与景威正要回驳，却被楼西越挡住，他似乎对这样的咒骂早已麻木，自始至终薄唇紧抿，神色如常，只问他："降还是不降？"

"妄想！今日不是你楼西越葬身城楼，就是我姓杜的命绝于此！"尽管无力抵抗，杜海依旧不肯低头，他挥枪猛扑过来，明显是想同归于尽。

但显然，以楼西越的身手，他的做法无异于飞蛾扑火。然而令他吃惊的是，楼西越躲开攻击并且一招掣住他后并没有杀他，而是给他留了活路。

年轻少将亦欣赏他的傲骨，道："空有一腔孤勇，偏执却不自知，杜总兵头，他们的生死，全在你一念之间。"

"大人……"眼下局势越发不利，进退无路，坚持打下去势必伤亡惨重，人城两失，有部下拦住杜海，痛心疾首道："留得青山在，来日还可从长计议。东门已经失守，再杀下去，势必全军覆没！探子来报，琅环渊里又发现了夏军出动的迹象，不出一日，就会阖郡被围……"

仿似应了那人的话，远方的深渊里突然响起一阵闷重号角声，浑厚而辽远，穿透高山和峡谷，飘然入耳。

那是西川大军集结出兵的讯号！

青珑深吸口气，上前继续劝他："我军既能犯险叩关，杀其不意，必已做好了万全之备，不怕拖耗不起。桃源郡地处边陲，山险水阔，通行不畅，即便从外郡调兵过来也需十数日，期间还要不惊动大夏北疆兵马，其艰险可想而知。再者以你北凉君主傀儡痴傻、朝官离心离德的景况，援兵来了也未必会有各位的铮铮铁骨，是否会与你们同仇敌忾尚不可知。"

"与这些冥顽不化的人不必消磨嘴皮子，再不识相，休怪本将的刀不长眼！"一旁的贺别扬了扬刀，显得有些不耐烦。

"大人，妥协吧……"

青珑打量着对面神色迟疑的诸将，凛声道："最后再问一句，弃甲议谈，还是率兵顽抗，等待琅环渊里的精兵锐卒踏平这边关城郡？"

杜海冷冷看向她，眼底的血色浓烈，旋即目光转至楼西越面上，毅然决然质问："试问换成是你，岂会贪生怕死，做旁人的鹰犬走卒！？"

到底人算不如天算，料想不到这个杜海乃铮铮汉子，软硬不吃，宁死也不低头，青珑不想放弃议谈的一线希望，继续争取着："杜总兵头，只要你一句话，便可免去战乱之患！"

杜海神色凌凛，不改本心。

如是风骨和气节，不免令楼西越钦佩，招降不了，多少有些惋惜。但事已至此，他亦无话可说，于是断然下了杀令："留全尸。"

一令出，刀光剑影相峙，映白了城墙上所有人的血色容颜。

城楼之外，厚重而高昂的号角声怒号于野，混合着漫天激荡的战歌，在长空呼啸……

◈ 第三十章 ◈

索债

"大人！你忘了唐大人的交代？"剑拔弩张之时，一声劝告急入杜海耳中，浇灭了他的冲动。

他似乎想起了什么，有一瞬间的怔愣，独自挣扎良久，方才做出了艰难的决定："好，不敌你千军万马，姓杜的今日认了命……"

楼西越始料不及，眸子里杀气横亘，却在听到那句话后渐渐敛尽，及时收回军令，向他承诺："楼西越以人头担保，倘若麾下将士违令不遵，烧杀劫掠一户人家，必以军法严惩，重者斩首示众，亲疏不计！"

杜海愕然又迟疑地望着他，经久放下执念，长叹口气，终于低头："叫他们停下……"

一语出，身后的西川将士们喜不自胜，纷纷鸣金收罗，欢呼雀跃声此起彼伏。

楼西越心下一舒，然而面上的欣然之色还未泛起，随后从杜海口中飘出来的话却让他再次变色，身为战将的敏感再度让他眼里戒备横生。

"唐大人有自知之明，他已心生退意，罢手叫停。只是我杜某与这些兄弟们不甘，一直心存侥幸，撑着打到现在……"说到这里，杜海眼中的凛冽杀意又蕴生了些许，但被他压制着，遵着唐佑年的命令肃声道："但在歇兵之前，他要见一个人。"

杜海的目光飘来，在这些戎装凛凛的将士身上睃巡了几眼，缓缓抬刀，刀尖笔直指向楼西越，最终却出乎所有人意料地换到了他身旁一个女兵身上，一字一句道："就她，一个人。"

欣喜瞬间被浇灭，换做惊异和不解，窃窃私语之声当即从夏兵们的口中传出。

青珑更加吃惊，不晓得自己与那唐佑年有何过节，竟使他绕过楼西越，单独见自己。

莫非……此前她挑唆那群匪徒杀了曹刘等人，此事露了马脚，让新上任的唐佑年查出了猫腻而欲治罪？

青珑能想到的只有这个原因，但即便如此，理由也甚是牵强，远不至于让他在败阵后撤下议谈不说，选择见她这个名不见经传的小兵，无故让楼西越怀疑他的诚心。

"何意？"楼西越的面上也是疑窦丛生，转身看了青珑一眼，摆手压下了身后部下的议论，旋即迎上杜海的灼灼目光，冷声道："若有不甘，但可以命顽抗。楼某既能率兵攻来，引燃这边城战火，便不怕世人诟病痛骂。"

"兵不血刃，对我军来说是最好不过的结果。"青珑拉了拉楼西越，示意他不要冲动，"听他怎么说，指不定是个陷阱引我们上钩。"

楼西越置若罔闻，他紧紧攥住青珑手腕，不准她出列。

"杜总兵头，本将可以在你鸣金后歇兵和谈，也可以出尔反尔，踏平这万户城池！"楼西越抓着她的手，将她挡了回去，冷目看去对面的杜海，声沉音重："不要触我底线。"

"唐大人有令，杜某只是奉命而为。"杜海面不改色，凛声道："只她一人。"

"众军听令！"楼西越眼里的阴厉再度蔓延开来，扬声令道："列阵再战！"

一语出，与城中守兵相持的西川大军霍然亮刀，弯弓拔剑，挥枪舞矛，惊得胯下战马引颈嘶鸣，起蹄欲奔。

青珑惊然，低声劝他："为我一个无名小卒大动干戈实是不值，不要冲动行事，且看他葫芦里卖什么药。我去会会他，少将军先静观其变，也趁这个空隙牵制住这些守将。这些人已是强弩之末，心下自然有所顾忌，不敢明目张胆乱来，若当真事有蹊跷，届时再下杀令也不迟。"

楼西越眼里的固执始终不减，五指攥得越发紧。

青珑感激他对自己的担心，敛容低低道："少将军信不过唐佑年，还信不过我？你不怕被人口诛笔伐，我却怕被城中那些奴民称为鬼魔，同族之间百般排斥。"

一句话，将他的固执熄灭，换作长久的沉默，他抿唇看着她，眼底光芒黯然，良久缓缓松手，沉声问她："你可知，这一去是何后果？"

"少将军放心，我应付得过，也自会担待。"青珑冲她笑笑，将长枪交到他手中，反握着他的五指将其攥住。

楼西越冷冷看去杜海等人，寒声命令城下士兵："调兵进城，包围郡守府！"

青珑平复着七上八下的心情，随杜海等人下楼。

杜海将她领至郡守府后花园便退走，留她一人在那里静候。

不多时，一个身着便服的中年男子从游廊处徐徐走来。

乍一见到他的身形，一种似曾相识的奇怪感觉从心底涌出，无来由地让青珑心生诧异，脑海中极力搜索这个陌生人的印象。

"西川大军压城，桃源郡已无力抵抗，唐某有自知之明，不会拿万千黎民的性命来成就自己英名。"唐佑年款款上前，摆手邀她到附近一个凉亭就座，见她神色戒备，不禁笑了笑："此次邀霍姑娘来此别无他意，仅是叙旧，不必紧张。"

听得那个称谓，青珑万分惊诧，不由得保持高度警惕："你认识我？"

她敢肯定自己绝对没有见过眼前这人，但他又如何知道自己姓什么？然而，唐佑年随后脱口而出的话更让她震惊和不解。

"只见过姑娘。"他莫测笑笑，"姑娘贵人多忘事，不记得本官也是人之常情。"

"明人不说暗话，还请唐大人开门见山。"青珑的脑海里关于这个人的影像是一片空白，肃声道。

唐佑年的嘴角始终挂着叵测难揣的笑意："原本不相信，但这些天看到霍姑娘忍辱负重，甘当楼西越麾下小卒受他调遣，我倒有些吃惊。"

"当然，本官绝无嘲辱及落井下石之意。"唐佑年不紧不慢地笑着解释，"霍姑娘巾帼不让须眉，单就这份能屈能伸、不惧生死的胆魄，也令我等七尺男儿望尘莫及。"

"既是叙旧，旧日恩怨还请直言，倘若邀我来此仅是寒暄客套，恕不奉陪！"

"姑娘言重了，恩怨绝不敢当。"唐佑年回笑道，点明了自己的意图，摆手邀道："只是有些旧债，我家公子想与霍姑娘清算，相信姑娘磊落之人，必不会狡赖不认。"

公子？难道他背后另有其人？

青珑面上的异色和警觉越发浓烈，暗暗握紧了拳头，随他去了一座别院。

较之于外面的混乱和惨烈，这座别院清宁安逸，虽然占地不广，却别有一番景致。春木扶疏，花株柔媚，一株因为受此前雪灾影响而晚绽的垂丝海棠妖娆怒放，犹似一位在战火中翩跹起舞的乱世佳人，极尽生命的光耀和绚丽。

这样幽静而略显诡异的气氛让青珑的神经崩到了极限，一种无以名状的不安从心底隐隐冒出，沿着四肢百骸冲向大脑。

"公子已在里面静候，霍姑娘请。"唐佑年客气地道，指着一处雅静的屋子邀她入内。

青珑提了口气息，抬步朝他手指的那间屋子谨慎走去。

屋里光洁如洗，不染杂尘，黄昏的霞光从窗户流淌进来，投射下迷濛而绰约的金绯色泽，为屋里物什平添些许柔和。

"孤身前来，龙姑娘胆量过人。"就在青珑万分警惕地环顾四周时，珠帘后一句谦谦语声拂耳飘来，如掠檐的缕缕清风，带着些熟悉的语调，将她的思绪拉到久远的回忆中。

青珑吃惊地望去，一眼对上了一张温恭俊逸的容颜，那人也彬彬含笑，带着三分诡谲七分慵懒，从容迎上了她的视线。

目光相触的刹那，青珑脑中思绪乱涌，眼里的杀意不觉然在眸底深处生根发芽。

"是你？"她强压胸口的起伏，冷容道。

"难得姑娘还记得在下，不胜荣幸。"沈隽的神色随意而散漫，颇显好笑地看了看她紧攥的拳头，"上次荒野同乘一车，龙姑娘不告而别，在下担心姑娘与令弟安危，一直差人寻找，谁料今日楼西越带兵攻城，才在他身边看到了龙姑娘。"

说到这里，他忽而顿住，叵测而意有所指地笑了笑："总归打过照面，邀来叙叙旧也不枉那一场萍水相逢，龙姑娘，或者说霍姑娘觉得呢？"

"你早已知道我身份？"青珑极力压下心底的震惊，冷目看向他。

她记得清清楚楚，自打此人偷袭闷葫芦被她恰巧碰见，两人合手将他逼退后，那个自称"一条龙"的女子便与他再无瓜葛。后来虽然与他做了些勾当，但她都是以自己真正的身份约见，一言一语皆是假音，不可能露下蛛丝马迹，让他将这两个八竿子打不着的身份联系起来。

那么他又是如何知道的？

如此听来，唐佑年口中的"旧债"她也隐约明白过来所指为何。

这个唐佑年又是谁？又为何对他毕恭毕敬？

"天网恢恢，疏而不漏，隐藏得再好，总有第三双眼睛在你看不见的地方盯着你。"沈隽的唇角漾起一抹轻笑，话有弦音地道，言罢邀她就座。

"讨债没有，"青珑无动于衷，隔着一丈之遥的距离看去他："要命，就看你拿不拿得去！"

"龙姑娘以为，沈某就这般不念旧情？"见她不接受自己的好意邀请，沈隽也就不客气，自斟自饮，听到这话后不免失笑。"多个朋友多条道，今日只是立场不同罢了，你我要走的路还很长，谁能保证日后没有携手之机？莫不是如唐大人所说，龙姑娘现下有了楼西越这个靠山，从我手中拿了粮草军械后非但抵赖不认，还想与沈某划清界限了？"

平心而论，单就这点来说，青珑是有欠他，且不说那些粮草她还不起，就是还了也妄想不受他牵制——因为他已经知道了她的真容，传扬出去，她处境堪危，行动受限。首先楚定云派来的心腹贺别不会留她活口，纵使楼西越给她编造一个多么合情合理的身份瞒天过海骗过所有将士，她也妄想再在大营待下去，更何谈拥兵拓土，解救受尽屈辱的族民？

"龙姑娘现在可是后悔与沈某做那笔买卖了？"猜得到她此刻也是思绪纷乱，沈隽了然笑笑，"喜新厌旧乃人之常情，何况楼西越手握重兵，纵横沙场攻城略地，翻云覆雨的本事远在沈某之上，这也是龙姑娘最为需要的。"

他自顾自说着，杯酒下肚后，眼里的笑意缓缓散去，化作若隐若现的威胁："只是不知道，这份并肩沙场的信任能坚持到什么时候，否则龙姑娘也不会瞒着他雪藏兵马。莫不是怕自己辛苦所得被他发现，一声令下断你后路，而自己无以为抗，只能坐以待毙？"

"沈公子聪明人，眼下对我说得如此明白，不也是拿这把柄要挟我？"青珑冷嗤一声，挑明了他的意图，"大军压境，沈公子若以为拿我一个无名小卒去牵制楼西越，逼他罢兵归去，未免太过天真。"

"这当然是痴人说梦。"沈隽的语声渐为转冷，蛊惑如魅："姑娘入军不久，自然威胁不到浩荡大军，但若换作楼西越一人，未尝不会乱他想法，否则他也不会紧张至此，带兵包抄了郡守府。"

青珑心下一跳，方知他的算计："你以为我今日来此是束手就擒，甘愿受你挑唆？"说话之时，她蜷在袖中的拳头逐渐聚力。

沈隽笑笑："是与不是，就看楼西越是何态度了。"

"那便看你有没有这本事！"青珑低斥一声，抢身向前，聚指扼向他的喉咙。

沈隽神色一冷，旋身掠离桌边，攥在手中的酒杯当空一掷，向她眉心笔直抛来。

青珑侧身避开，抬腿踢向他后膝盖。沈隽疾步向前，斜掠开身子，在青珑一脚不成又改攻他腰际时盘住她臂膀，附耳在她跟前轻然一笑："若像现在这样与我在大军面前耳鬓厮磨，不知道楼少将军心里会作何想法？"

"下流！"青珑一怒，一巴掌挥向他右脸，旋即胳膊肘一屈，朝他心口回击。

沈隽轻巧避开，顺势拿住她手腕，恶毒而又慵懒地笑道："果真如你所说，铜臭换来的信任靠不住，龙姑娘第一个如是警告我，也是第一个应验之人。"

"我还说过，胃口太大，小心噎死！"青珑聚掌成拳，一拳击向他胸口，在他松手反击的当儿展身奔到桌边，屈腿将那瓶酒壶踢向他面门。

"叮……"脆响炸开，一把银剑拦腰斩下，击裂了那酒瓶，酒液卷着碎片四处迸溅，满室沉浸在浓烈的酒香中，令人迷醉。

现身出来的哑奴错身前进，替沈隽挡下了所有来自青珑的进攻，抬手搅起漫天剑光，直逼她命害。

青珑的武器早在入府前就被杜海没收，没有反击的利器，当下只能后退保身。她点足一跃，借力翻过哑奴头顶避开击杀。

"退下。"沈隽倒似并没有要取青珑性命的意思，喝退哑奴，横插一脚进来，踹向她膝盖。末了他闪转急上，在她收腿躲避的间隙箍住她手腕，附身过去，笑意缠绵："不用急着分出胜负，好好玩一场，也算大战过后给自己放松一回。"

青珑眼里怒火蔓延，但理智尚在，明白他在等楼西越到来，好用这样醍醐的方式将他们曾经暗中勾结的事公之于大军，挑拨她与楼西越之间那份因为彼此借力才能走到一起的信任。

好一个宁为玉碎不为瓦全的下流之举！

青珑斥道："青楼里姑娘多的是，改日姑奶奶给你物色一个，春宵一刻值千金，足以抵过万石粮草！"说罢她骤然抬足，脚尖向上，咬牙踢向他胯下。

沈隽怎么也想不到她会使出这样一脚，吃惊之余不免难为情，急忙松手，略显狼狈地往后退去，待稳住身形时，面颊不由染上一抹绯红。

"恕不奉陪！"青珑身如灵蛇，跳窗而遁，逃之夭夭。

哑奴拔剑欲追，却被沈隽挥手拦下了，少年不得不敛去眸子里的杀意，躬身退回。

"不用你费尽辛苦，外面那人自会给她好果子吃。"

出来的时候，郡守府外兵甲林立，只消年轻少将一句命令，便可碾平这座落日余晖中的府邸。

青珑的心情起伏不定，一半是因为知道唐佑年身后还有沈隽此人，却不知道他是通过什么方式，认定曾经自称"一条龙"的流浪女就是与她暗中勾结、倒卖军火的霍家人。而另一半，自然是府外这些将士们投向自己面上的灼灼目光，齐刷刷掠来，逼得她的视线无处闪躲。

她深吸口气，待心底的不安散去后，适才抬头挺胸，从容上前。

彼时楼西越高坐马首，向门而立，右手五指紧紧握在腰畔的刀柄上，单薄而修挺的身子笔直伫立，山脊一样冷峻。身后的流霞笼罩过来，在他蕴染着血光的银色戎装上洒下一缕缕迷蒙光晕，似幻亦真，将他周身的戾气涤去了些许。

看到她安然出来，他因为高度警惕而紧蹙的眉宇才缓缓舒开。

"对方如何说？"贺别心中的疑窦最先按捺不住，照常人的猜测，自然以为她与敌方之间关系匪浅，如此则事情更为严重。但毕竟楼西越在场，他亦不便明问。

可对于这个问题，青珑无法作答，只得承担后果："属下思虑不周，轻易受其挑拨，扰乱议谈，甘愿受罚。"

一介无名小卒，却先楼西越一步被唐佑年单独邀见，撇去其中惹人猜疑的端倪不说，也不亚于将三军主将的脸面和威严踩在脚底——这就是沈隽的算计，离间她与夏军，在别院看到他出现的那一刻，青珑已然深知深晓。

楼西越盯着她，沉默良久，方才启齿："扣缴半年薪饷，杖责十军棍，以示警诫。下不为例，下去吧。"

"少将军，扣发薪饷够呛了，十军棍就免了吧……"景威不忍，低低劝了几句："这次顺利攻进桃源郡，她也立了头等功，最不济的功过相抵，没必要……"

楼西越恍若未闻，但见青珑不应，反问一句："不服？"

青珑欲言又止，嗫嚅片刻，最终吞回话口，没有提出自己的不情之请，正色挺身："服。"

楼西越唇齿微动，转身对贺别道："贺将军，烦你审讯监刑。"

事已至此，贺别也就不好多问，敛去眼底的疑虑，沉声受令。

楼西越驱马向前，扬声再令："押唐佑年来见，戌时议谈！"

是夜，残星点点，在高空中闪闪烁烁，幽灵之眼一样俯瞰着脚下这片残破不堪的城楼。

街上死寂无声，此时却独自走来一个女兵，那人身躯微弓，一手扶墙一手撑刀，狼狈地穿行在夜色里。

"一语成谶，果真赏棍子吃了……"想起自己曾经的玩笑话，青珑无比悔恨。不过好在借着这次挨打，她才能假借到城中找姑娘给自己上药之名暂时远离贺别安排在她身边的耳目，做些迫不及待想要去做的事。

前方便是奴场，关押着待售的奴隶，此刻他们缩在笼中，互相拥着睡下。

场中有黄犬看守，听见有人靠近，它立时竖耳起立狂吠不止，惊醒了看场之人。

青珑躲在暗角，咬牙挺住，伺机飞出，先后打晕了数名提灯前来查看异况的人，并顺走钥匙和契书。

"都起来，快出来！"她逐一打开笼子放出那些奴隶，将契书还给他们，仔细叮咛道："拿着卖身契离开此地，日后你们都是自由之身，不要再回来。"

"你是谁？"奴民们喜不自禁，又因为不认识她而将信将疑，甚至不乏戒备。

青珑明白这种屈辱处境带给他们的阴影短期内定然难以消除，她从怀中掏出积攒的银两和行军途中在河床中捡到的烂玉石，悉数交给他们："出去后将这些都换成铜钱，给大家备好干粮，回到你们的故国去，那里已经有人在等待你们回归。"

她希望，月芜和蔺池能与裴原等一干凉兵隐居归龙关，精心传授他们武艺，整饬并调教他们，将其练成一支行动敏捷、动如虎狼的野战之师。

"姑娘，你到底是谁？救我们会有危险的……"一位老妇人拥着怀中骨瘦如柴的小孙儿，一边问青珑，一边把自己被迫按下的指印指给孙儿看，眼中泛泪，激动得呢喃低语："拿到了，等了这么多年终于拿到了……我可怜的孩子……"

青珑不胜悲酸，抬手拂去孩子脸上的污渍，替那老妇人擦干泪花，哽咽道："霍铎大将军，您还记不记得？我是她女儿，当年阿娘拼死相救，才使我逃过一劫。"

"霍将军？"奴场中发出一阵低低的唏嘘声，有猝涌的惊喜，也有难以言表的震惊，更多的却是不可置信，"你、你……你是霍家女儿？你没死……"

"是，幸有我青桑忠烈在天庇佑，让我活了下来。"青珑重重点头，攥住老妇人枯槁的手掌，将它贴在自己面上，"老阿娘，不要害怕，跟着我们的族人一起回到青桑。相信我，只要霍家人还有一口气在，就一定会拼尽全力将我们的亲人救出奴场，不让你们再受任何人的欺辱！"

"真的……是她，是我们的孩子！"老妇人激动不已，想起死于战祸的亲者，泣不成声："你终于来看我们了……都没了，活活被杀光了啊……"

"老阿娘，青珑对不起你们……"她眼角朦胧，环臂抱住老人瘦弱的身躯，悲咽道："相信我，终有一日，霍家人一定会找回我们失去的家国！"

迷失了家园的奴隶们依偎在一起，低低啜泣抽噎，宛如孤兽的悲鸣。

"拿上这些东西快走，到归龙关里去找林誉守将和蔺嵘校尉的后人，他们会在那里接应大家。"心知时间不多，不能放任自己陷在悲恨中不可自拔，青珑抬袖擦掉眼角的泪水，嘱咐他们。

说完她将自己一身戎装褪下，拔刀割断丝线，撕掉甲叶包给他们："还有这些，全部拿去卖了，不要饿着自己。等到城禁结束后，大家就一起结伴离开，路上有什么事互相关照。记住，不管发生什么，永远都不要再回到这里。"

　　仓皇而紧迫的境况容不得青珑多说，在一阵窸窸窣窣的细响飘入耳中后，她领着众人匆匆逃离奴场。

　　"孩子，一定要回家……"离别之时，老妇人的声音不断回响。

　　"会的，我一定回归龙关看你们！"青珑哑声答应，挥手送别这些佝偻着身背的人儿，直到他们的背景缓缓消失在夜色里……

《第三十一章》
逼降

"在那里，快点搜！"就在青珑恍惚之时，方才那阵细响由远及近传来，将她的思绪拉了回来。她不知出了何事，撑着闪避到暗角，正要速速回营，一个瘦小身影突然闯入视线，在暗沉沉的夜里拼命奔逃着。

隔着朦胧月色看去，是一个十余岁光景的小女孩，怀中紧紧揣着一个包袱。

"在那里！抓住那毛贼，抓住她！"一声长喝乍响，惊得那小姑娘回头望了望，一眼对上了几个彪形大汉，正狂奔着追来。

毛贼？青珑一奇，总算理清了来龙去脉，但想着这么小的孩子行窃，必是碰到了什么难处，遂伸手出去一把将那姑娘拉了过来，并掩住她的嘴，及时逼回了她的惊叫。

待那些人跑远，青珑才松手，刚想询问个究竟，被救的小姑娘倒先噼里啪啦数落起她。

"你什么人啊，干什么拉我？"当青珑要抢她东西似的，那小姑娘越发小心地抱紧了怀中的包裹，戒备地看了她一眼，仰起小脸责道。

青珑语塞，暗想竟救了个白眼狼："好你个丫头，我好心救你一命不道谢就算了，还这么伶牙俐齿？年纪小小的不往好处学，偷人家东西干什么？"

"好姐姐，原是小丫头没心没肺错怪你了，你别跟我计较……"见青珑额头有汗，眉头紧锁，站都站不直，似是身体欠佳，小姑娘眼珠一转，咧嘴笑了笑，挽住她的胳膊跟她致歉，一面解释道："这东西是我自己的，那些人仗势欺人要打劫才那么说的，好姐姐你不要听他们胡说。"

"桃源郡失陷，夏军就在城门看管着呢，谁敢大半夜去打劫？再不老实，跟我去衙门吃板子。"说完青珑攥住她手腕，佯装要抓人吓唬她。

小姑娘挣脱不出，心猜青珑是有练过功夫的，顿时小脸一白，央求道："好姐姐我说，我实话跟你交代……丫头没爹没娘，从小到大一直在外流浪，方才碰见个醉酒的富家公子，不省人事倒在路边，就扒了他衣服，想拿去换些银子使。那些家丁撞见后，铁定认为是我将他们家公子打晕了，就没命地追，非要教训我一顿……"

说到最后，小姑娘抬头瞅了瞅青珑，见她沉默下去，就抬起袖子擦擦眼睛，抽着鼻子委屈地道："好姐姐你救救我，我是被逼无奈才去干那事的……你要不相信，那我把这些东西都给你，你把它们还给那些人，我不要进大牢……"言罢她解了身上的包裹，一股脑儿塞到青珑怀里。

青珑咋舌："你个小滑头，还想栽赃陷害不成？"但见她满面污渍，头发乱糟糟地粘在耳鬓处，身小体瘦，一副乳臭未干的模样，猜想平日里也吃了不少苦，青珑便软了语气，并将那东西还给她："你且跟我找个没人的地方，帮我后背够不到的地方上点药，姐姐我自会保你无事，只是你以后规矩点，别再干这种见不得人的事。弄不好偷鸡不成蚀把米，把自个儿性命搭进去了。"

一听这话，小姑娘眼睛一亮，连声作保。

青珑不欲跟她计较，带着她离开了那些壮丁的搜查范围。

"好姐姐，看你腿脚挺利索的，怎的被打成这副惨样？不会你偷了军爷的甲衣，挨他们揍了？"小姑娘扶正青珑，瞅着她身上破烂不堪的戎装，一边上药一边有一搭没一搭地问她。

"别提了，自作自受……"青珑悔不当初，系好衣带回头看她："你在哪住着？我送你回去。"

"我哪里有家？"小姑娘小脸一扬，满不在乎地切了一声，随后眼珠子咕噜一转，凑到她耳边，声音极低道："好姐姐，我一个小丫头不懂行情，容易被人骗，不如你帮我把这衣服拿去卖了，到时我们三七分，你也好给自己买件像样的衣服穿，如何？"

青珑瞠目结舌，这小丫头心眼哪里像个涉世未深的孩子，顿时啼笑皆非："你自己偷了东西怕被逮住不敢明目张胆地去卖，差姐姐我去当替死鬼，给你跑腿卖命？"

"啊呀好姐姐，丫头不是跑不过那些人么……"小姑娘嘴角拉下来，万分委屈地摇了摇青珑，撒娇一样哀求道："大姐姐你心眼好，就当救我一命嘛，我已经饿得两天没吃东西了。要实在不成，你我……你我四六分！"

青珑被她碰到了伤处，痛得嘶了一声。

"五五分！大姐姐你就行行好，不要欺负我一个没爹没娘的丫头了，好不好……"

青珑这才体会到哑巴吃黄连，有苦说不出的滋味，敢情还真救了个心术不正偏偏又古灵精怪的白眼狼。不过她也没有跟那丫头较真的意思，从自己戎装上拽拉下几片残留的甲叶："喏，给你这个，拿去换点铜钱买些吃的，怀里那衣服自己先留着，风头过后再拿出去卖了，日后休再坑蒙拐骗，知道吗？"

"谢谢好姐姐！"小姑娘见状神采奕奕，其实她早在给青珑上药时就想扒拉几片甲叶下来，无奈怕被逮住就没敢下手。眼下青珑自己送上来，她也就毫不客气地揣入自己兜里了，道："那阿姐你自个回吧，丫头我这就走了，咱们后会有期。"

说话的同时，那丫头一双瘦胳膊小手一聚拢，像模像样地对着青珑抱拳行了一礼，不等语音落地，人已经撒腿开溜了。

"回来！倒是把剩下的药还给我啊……"望着她灵猴一样奔逃的背影，青珑哭笑不得，心口却也被一股难以言说的辛酸堵着，说不出什么滋味。

她敛去所有无关的思绪，抬头望了望，夜空中那轮孤月渐渐隐退，被一片乌云掩住，光华不再，盘亘在心头的要事莫名让她紧张起来。

不知闷葫芦与唐佑年议谈如何？沈隽又会不会捏住她这个把柄，故意使些绊子？

希望一切都能顺利，她如是想着。

寂静的屋子里，两个修眉俊目的男子相对而坐，虎狼一样盯着彼此的面容，眼里寒芒涌溢，恍如万年玄铁打造的冰冷剑刃。

"楼少将军，好久不见。"沈隽着一身绛紫色织金边薄衫，袖端挑绣着几朵绌色流云纹，自在随意地坐着，然而一双擎着酒杯的五指却似聚集了千钧之力，看向对面年轻少将的眼神也如万年不化的冰雪，笑意透骨。

楼西越银甲在身，在灯火的映照下闪着星星点点的冷芒，如削骨断颅的剑光，灼灼耀目。此刻他面色虽然平静，眼神却与暗夜里的雪狼无异，只消猎物稍动，便会奔腾出崖，断其喉骨。

看着敬到眼前的一杯酒液，他抬杯回敬，声冷音沉："别来无恙。"

杯酒下肚后，沈隽散漫笑笑："上次西川一战，楼少将军当真狠辣，沈某一条手臂差点就此作废。"沈隽说着抬手抚了抚左肩，那里犹似隐隐作痛。

"本将今日奉上两臂，就看你有没有本事拿去。"楼西越冷然一应，眼里的光阴沉而狠绝。

"千军万马压城，沈某岂敢造次。"沈隽慵懒一笑，笑意背后却隐隐现出刀一样锋利的幽芒，一字一句从齿间磨出："只是我泱泱城池失陷，难免心里痛恨，不过成王败寇，沈某愿赌服输。"

楼西越敛容看来，映入眸子里的烛火左右闪动，如疆场上的血色战火："自知之明，胜过困兽之斗。"

"是吗？"沈隽失笑，"若这万户城池里的将士不惧生死，以血肉之躯顽抗，只怕楼少将军未必能得逞。"

嘴上虽是这样说，但沈隽却心知肚明，城中守兵在西川大军的进攻下，再怎么拼命都是徒然的挣扎。唇亡齿寒，一旦桃源郡失陷，下一个遭殃的必是无幽郡。若舍近求远从朝廷调兵过来，且不说敌兵来得迅猛如潮，时间上根本不允许，单是北凉朝臣离心离德的现状，来了也未必把守得住。何况那个痴儿只是费弘英手中的傀儡，帝位形同虚设，而费弘英要的是九重宫阙中的荣华富贵，根本不会在乎一个边地穷城的生死存亡，肯不肯答应出兵还要另当别论。

另外一条路，便是调派无幽郡的兵力过来，里外夹击，反将楼西越一马。但这样做无异于空虚后方，如若事有万一，失一郡等同陷两地，再要补救，则为时已晚。

所以，桃源郡能保则保，保不住便只能忍痛割去，但有一人，他必须竭力拿到手。

楼西越眉梢一抬："可要试试？"

"沈某一介商贾，何来能耐调兵遣将。"沈隽识趣地笑了笑，眼角眉梢渐渐退了此前的冷意，变得迷离而柔魅，笑意缭绕，似河池微漾的涟漪。"议谈之前，想与楼少将军聊一个人，讲些无关征战和杀伐的风花雪月之事，不知楼少将军可有兴致垂听？"

看着面前这个柔美公子一脸的绵绵醉态，年轻少将抿唇不语，眼底的光芒却越发阴寒起来，握着战刀的五指渐渐聚拢。

纵然面无表情，但是不知为何，他的心跳却不受控制地加快了几拍。任是他极力告诉自己只是彼此借力而已，没道理去在乎她的一切，"风花雪月"四个字眼还是让他的心口一窒，像被什么东西堵住，呼吸渐重。

"她很狡猾，却猾得不做作，狠起来也像一匹难以驾驭的野马，不见血不收蹄。"沈隽醉眼迷离地看着虚空，仿似在那里看见了一个闪转腾挪的矫捷身影，语声浅浅，"说来也怪，她没有世间凡女的扭捏羞态，却又最会撩拨人心……"

到此处，他倏然打住，抬头看来一脸沉静的少将，蛊惑而暧昧地笑笑："春宵一刻值千金，沈某第一次从女人口中听到这样温情的话。楼少将军常年浴血沙场，刀光剑影里出生入死，早已练就了坐怀不乱的韧力，但不知这样的似水柔情，可会令你心旌荡漾？"

楼西越的面色静如死水，冷冷迎上沈隽挑衅一样的笑容，心河如落碎石，溅起一圈又一圈的涟漪，搅乱了他素来的疏冷和漠然。

此刻，贺别的部下应该正在审讯她与凉敌有无干系，无论能否搪塞过去，她都少不了一顿打……

楼西越于心不忍，如果可以，他愿意放低身姿替她去承受所有惩戒。但在千万只怀疑的眼睛前，她只能自己担。

"你们的风流韵事本将没有兴趣知道，旧日血债稍后也一并找你清算。现在，请你出去。"楼西越收回所有不该让自己动摇的思绪，森森然打住了沈隽的下文，朝屋外寒声一令："押唐佑年和败将杜海来见！"

沈隽粲然笑笑，语多胁意："不必了，他二人在此。"

"贺将军，入内议事！无关人等一律遣离！"楼西越扬声朝破门进来的景威令道，"猖獗狂妄及妨碍议谈者，格杀勿论！"

"是！"景威俯首受命，认出沈隽主仆的那一刻，他已经忍不住拔出了腰畔战刀，若非顾虑着大局，早已挥刀杀了过去。

西川青木原一战，就是此人乘人之危偷袭少将军，这回既然狭路相逢，必要他以血还血！

转瞬之间，整个屋内涌满了精兵，密密麻麻的刀刃直指沈隽主仆脑袋，只要他们敢妄动一下，便会刀剑齐上将其扎成马蜂窝。

唐佑年见状神色明显一惊，但见沈隽眉目不动毫无退惧之意，他一颗七上八下的心才缓缓归于平静，冷笑一声："面前这位乃唐某主上，若他有何不测，赔上整郡也必与楼少将军拼到底！"

"但可一试！"楼西越眼里杀意渐涌，长刀叮然出鞘："贺别听令，率兵围城！若有持械反击者，杀无赦！"

"末将遵令！"贺别的面庞上尽是杀气，受命后阔步迈出逼仄的屋子，大手一挥，外面的士兵即刻脚步奔动，在他的带领下浩荡而出，留下一路山洪海啸般的顿闷回声，势如大厦倾颓。

跟在唐佑年身边的城守杜海一见，不由得重新握上了腰畔长刀，眼里一直压抑的血气喷涌而出："楼西越！你出尔反尔，休怪我杜海言而无信！"

一语毕，他挣脱身后壮兵的钳制，按柄拔刀，朝楼西越心口笔直刺来。

景威眼疾手快抢身冲了过去，与十数个部下刀锋交错，一齐朝杜海的前胸后背袭去。护在沈隽身侧的哑奴面色一变，当空一跃，奔到了刀阵中的杜海面前，漫天剑光迅速逼向景威等人。

议谈不成，楼西越强撑的耐心一点点消失殆尽，肃声道："杜总兵头，是你假意投诚在先，既然不知好歹，恕本将食言了！今夜留不下你的脑袋，明日便血溅全城！"

"奉陪到底！"杜海凛然一喝，横腿一扫，绊倒了束缚他前进的一个士兵，踏着他的身子扑过来，咬牙砍向楼西越的肩膀。

楼西越眼里尽是杀意，被这些人三番玩弄而蕴生的耻辱再也无法隐忍下去，手中寒刀破空飞出，直贯杜海心口。然而刀尖方一贴到他甲衣，拦腰一把利剑击来，堪堪挡下了致命的一击。

沈隽错身掠入杀阵，一手推开杜海，一手挥剑，直刺楼西越命害。

他要保的人，不是那个过河拆桥的霍家女儿，而是身后的杜海——留住他的命，来日才能借他的耿直和忠勇去镇守无幽郡。

桃源郡已然失陷，顽抗只会落得死无葬身之地的下场，但他也不会让这地狱修罗一样的少将在得了城池后，还能稳稳收住民心——撤走之前，必要逼楼西越大开杀戒！

这里不安稳，无幽郡才有喘息备战的机会，他不想再像这次一样，在敌军兵临城下了却还不知。

想到此，沈隽手腕飞动，剑光如丝，猝然切向楼西越颈脉。

哑奴见状，当即折身过来，就地打滚一圈，避开了景威的攻击，飞鸟一样乍然腾跃，刺向楼西越后心。

年轻少将腹背受敌，却半无慌张，手腕飞动，搅起的刀芒纵横交织，头一偏身一旋，长刀毫无停滞地送入沈隽肩头。

"呃……"沈隽闷哼一声，抬手攥住入骨的刀刃，嘴角却牵出一抹恶毒而狠绝的叵测笑意。

明白过来公子以自己为饵掣住楼西越，哑奴吃惊之余飞身掠起，一脚踢飞了景威贯来的长刀，光电一样奔到楼西越身后，抬剑刺入他身体。

楼西越面色一变，当即拔刀反击。然而刀身被沈隽攥得紧，为了避免受阻，他索性弃了战刀，迅速侧身护住要害部位，致使哑奴那一剑偏离了心脏，只刺入了他的肩胛。

"少将军！"景威惊然，点足踏上桌缘，发力奔到了楼西越身前，就近拾起一把长刀，奋力抵挡沈隽主仆的袭击。

楼西越的眸子被无边无际的血色铺盖，浑然顾不得疼痛，飞身折向杜海，一刀斩向他！

平心而论，楼西越是敬佩这个铁血硬汉的耿耿丹心，因而没有采取更为血腥的强硬手段逼迫他就范，为的就是希望他能心甘情愿臣服。这样攻下桃源郡后，他还可以做这万户城池的守将，用他的一片赤诚之心去管治城中百姓，这比从锽城中调派官员来整治，更能在短时间内收服民心，也更能让楼西越放心。

然而于今看来，杜海的忠诚太过固执，近乎到了冥顽不化的地步，再留下去便会成为沈隽对付西川大军的用具。日后转攻无幽郡，他必会是第一个阻拦者。长远来讲，这未尝不是隐患。

因此，招服不来这个铮铮铁骨的守将，那就只能斩除。

虑及此处，楼西越手腕飞转，贴到杜海肩颈的刀尖瞬间换位，移到他后心口。然而正待刺入，背后一句高喝乍然响起，就像无形的绳索一样牵制着他的手。

"放了他！"沈隽冷冷一笑，肩口鲜血染得他满身嫣红，而他全然不顾，一手扼着景威的喉咙，另一只手中的长剑从背后刺穿他的肩膀，只见得血红剑尖透体而出，血珠沿着剑刃接连滑落，染红一地。

生死兄弟命悬一线，楼西越无比惊痛，握着血刀的五指捏得咯咯作响，却不敢再有任何动作，已经触及杜海后心的刀刃倏然一掠，横到他脖颈。

"一命换一命，放人！"他森森然道。

杜海尚不知道自己是这两头虎狼一样的男人干戈对峙的原因，见楼西越以血还血，将自己牵制住反过来要挟沈隽和唐佑年，当下没了苟活之心，头一偏，凛然抵向刀锋。

"放人！"楼西越挥手挡住，阻止他自寻短见。

"楼少将军，没打听错的话，他可是你的左膀右臂。"沈隽手握剑柄，五指缓缓加力，笑得阴暗如魅。

"少、少将军……杀他！"景威痛得牙齿打战，额头上尽是细密的冷汗，又被沈隽紧紧掐着喉咙，呼吸紧滞，艰难地从齿间发出含糊不清的字眼。

楼西越眼底潮红，似要洇出血，宛如一头幼兽目睹同伴被捕猎者擒获，悲愤难平。为了保住景威的命，他不得不在沈隽的威胁下妥协，喝止了群攻而来的士兵："退下！"

众兵不敢再前进，被逼无奈让出通道。

沈隽挟制着景威，再次提出新的条件："楼少将军，烦请备足车马。"

"休想！"景威咬牙忍痛，一横心，手肘向后猛屈，欲击他腹害，岂料这一反击被哑奴发觉，一脚踢到他手腕。

钻心的疼痛让景威额上冷汗直冒，越来越多的鲜血从他的伤口涌出，顺着锋刃淋漓滑落，染红了一方地面。

"景威！"楼西越唇齿颤颤，眼底一片赤色。

"不疼……不犹豫，少将军杀、杀他们……景威不疼，不要管……"景威强行挤出一丝比哭还难看的笑容，有气无力地道。

每一字一句，落在听者耳中，无不是凌迟身心的刀。

楼西越紧紧抓着杜海，果决如他，此刻却没有勇气做出斩草除根的决定，因为他无法置生死兄弟的性命于不顾，更不敢拼赌这万一，须臾吩咐了下去："备车……"

冷寂的夜，黑云滚滚压来，片刻间遮住了满天残星，似是大雨来临前的征兆。风势渐盛，扑打着竿顶高悬的酒幡，猎猎急音不绝于耳，混合着大队兵马飒沓奔行的顿重回声，令人心神不宁。

"出什么事了？"青珑被这样紧张似开战的阵势惊住，撑刀从巷子里奔了出来，拉住队伍边缘一个小兵急问，生怕今晚的议谈出变故。

"少将军有令，命我等包围全城，若有人反抗，一概擒杀！"

"围城？"青珑脸色瞬变，一股不祥的预感直冲脑海，不等她细问，士兵已经握紧了手中长矛，大步追向远去的队伍。

她的心脏上蹿下跳，忍着棍伤迅速赶往郡守府，映入眼帘的景象让她惊立在长街对面。

借着檐下灯火投射的光亮望去，只见景威重伤难立，气若游丝，正被沈隽紧扼喉部充作人质，一点点往敌地撤离。

闷葫芦也似受了伤，身染血色，却全然不顾，随着沈隽主仆和唐佑年等人的前进而谨慎后退。在他身后，杜海被数名夏兵持刀掣制着，动弹不得。

瞅见不远处停靠的一辆马车和三匹烈马后，青珑约略明白过来，转身在一旁烧毁的木杆上抓过一把灰渍，胡乱抹往自己面颊，然后褪掉身上戎装，悄然没入黑暗里。

这边唐佑年和哑奴掩护沈隽上了马车，却并不满足于此，再提要求："楼少将军，能否保住心腹大将，就看你想不想要了。"

说完，唐佑年手指杜海，幽幽然道："他，我家公子也要，请开城门。"

楼西越强压的杀意骤然被激起，但在理智的驱使下，终究还是再三忍耐，示意众兵放行。

城门打开后，三马一车飞掠而出，在漆黑的夜里狂奔，回音不绝。

"兵分数路，取径城外所有小道，务必在百里内截住所有！"对方一走，楼西越大步奔到火曜驹身旁，一跃而上，扬声下令，"余兵随我之后，快马追击！"

短短一瞬间，城外的官道和各条小路上烈马奔腾，所过之处，飞沙走石。

通往深岭的一条荒林里，疾行中的烈马忽而停住，马背上的主人迅速翻了下来，以耳贴地，细听须臾面色大变："有追兵！"

"公子，是磷粉！"不经意间，唐佑年在他们跑过的地面上发现了一道幽亮光芒，失声惊道。

沈隽因伤失血未能及时包扎，神智开始发昏，视线渐渐模糊，闻言后摇了摇头，勉强让自己清醒过来，揭帘回望，观察周围的动静。

"道高一尺，魔高……魔高一丈……去、去死吧！"景威伤势惨重，脸色煞白，口中发出微弱得几不可闻的诅咒。

如此不知死活的话，明显触到沈隽的痛点上，他心下一狠，猛然从景威肩背中拔出血剑。

剧痛袭来，景威身子一抖，颓软倒下，然而还来不及缓口气息，喉咙又被死死掐住。

"公子使不得！"车夫掀开帘子奔了进来，攥住他手腕，急声劝道："他是楼西越的发小，两人情同手足，杀了他非但我们逃不了，日后更无容身之地！"

沈隽因为失血而力气涣散，一时挣不出那车夫的束缚，闻言冷笑一声："这辆车交给你了，载着他的尸体一直往前走，若被追上，就看你对杜总兵头有多忠诚了。"

"公子！"车夫陡然变色，两手并上，使出吃奶的劲阻住他："小的明白公子的意思，可是杜大人一家老小还在城中，楼西越要是拿他们威胁杜大人，那就是把他往死路上逼……求公子给小的一条活路，也给杜大人一条活路，先不要杀他，这样万一被追上了，小的也好有个交代，再想办法取信那些人，救出杜大人一家老小的同时也可以当公子的耳目潜伏在楼西越身边。"

"阿昆说得没错，公子跟唐大人先走，不用管我了……"杜海大口喘着粗气，跳下马来急劝道，"桃源郡失陷，杜某愧对城中百姓，早已没有脸面苟活于世。哪怕同归于尽，我也不会让楼西越轻易得逞！"

"公子，来不及了。你跟唐大人他们快走，小的驾着此人去引开他们！"那车夫拼尽全力劝挡，目光不停往艰难挣扎的景威身上瞟视，似在给他递眼色。

沈隽未曾留意车夫，已然痛下杀心："他，必须死！"

屡次劝阻无果，车夫焦头烂额，偏偏多耽搁一秒，景威存活的希望便少一分，情急之下，他猛然松手，迅速拾起掉落在一旁的血剑，倏地刺向沈隽后背。

沈隽始料未及，突然透入胸口的剧痛让他瞳孔一睁，眼里的血色如海浪翻涌，忍痛屈肘，一拳击向那车夫胸口。

车夫被那股大力推开，后背结结实实地撞到马车上，却半分也不敢松懈，伸手拔剑，在杜海等人发觉异常而掀帘攻来时将剑横到沈隽脖颈，用真音喝止一声："谁敢妄动！"

景威还陷在迷糊中，不期然听到一个万分熟悉的声音，甚是吃惊，神智蓦地被激醒，咬牙翻身起来。

青珑紧攥剑柄，大气也不敢喘，冷声喝令："下车！"

"是你……"听出了声音来自谁人，沈隽的唇角漾出一抹惨淡而叵测的笑，被她逼迫着下车时，暧昧而无所谓地笑笑："这么快就忘了价值千金的春宵一刻了……对我、对我也下如此重手？"

"闭上你的嘴！"青珑低斥一声，看去景威："快去通知大军！"

景威担心她："这小子交给我了，你先回去告诉少将军……"

"你那半死不活的模样怎成？"见他依旧不放心，青珑急得吼道："快去啊！"

景威当下不敢再耽误，捂着涌血的伤口，沿来路拼力赶回去了。

"还不退下！"景威一走，青珑稍稍松了口气，喝退了蠢蠢欲动的哑奴和发现自己不是阿昆而震惊莫名的杜海。

"龙姑娘……"沈隽气息短促，眼角余光看着神色凛然的青珑，蛊惑而阴柔地笑了笑："自己人，非要……非要赶尽杀绝吗？"

"识相的给我闭嘴！"青珑呵斥他一句，听着耳畔越发逼近的马蹄声，冷声道："告诉你，粮草和军械我是还不起了，今日姑且饶你一命，你我就此两不相欠。来日相逢，必不会手下留情！"

"是吗？"沈隽的嘴角牵出一抹冷魅的笑容，反问的同时面色一寒，手肘聚力，向后一屈击向青珑腹害。

青珑吃了一惊，忙弓腰后退。一旁的哑奴一见，嗖地拔剑刺来，直逼青珑心脏。

"慢着！"沈隽及时出声，抢身过去踢开利剑，在青珑疾速躲避的间隙折身向左，旋身揽住她腰身，笑得阴诡如魅："龙姑娘，要不要当着楼西越的面，与我行一场风花雪月之事？"

青珑悚然，指掌聚成拳头，狠狠击向他胸口，恨不能让自己的手臂化成利刃，在他身体上捅个窟窿。

沈隽反抓住她手腕，语出随意而威胁："今日总算看穿了龙姑娘，做不成盟友也无妨，你既无杀我之心，我亦当礼尚往来。但是，往后的路会走得更精彩，不信等着瞧。"说完，他像一个舔血的魅，俯了俯身，缓缓贴近她。

"放开她！"蓦然间，一声低喝乍响于空，带着警告，幽幽然落入耳中。

沈隽故意停在距她咫尺之隙的位置，邪肆一笑，偏头看向来人。

《 第三十二章 》
问情

暗沉沉的夜里，楼西越满面戾气地翻身下马，银甲上洇染的血色映得他脸色苍白，一双眸子如刀似剑，笔直注视着纠缠在一起的两人。

沈隽停止了所有故作暧昧而放肆的动作，抬头看一眼楼西越锋锐的目光，继而又俯首看去青珑，在她耳边柔魅笑问："这么多人看着，龙姑娘可是觉得风光？"

青珑咬牙切齿，暗暗积攒了一些力气，抬腿向上一挑，狠命踢向他额顶。

"温柔一点，才会招人喜欢。"沈隽仰头一避，挑衅地笑着，还想贴向她面颊的时候，一把长箭忽从楼西越手中射出，直刺他眉心。

沈隽恶毒地笑了笑，头一偏，手一使力，忽而将青珑拽扯到正对箭尖的地方。

楼西越大惊，就要扑过去，却见青珑脚一顿，霍地踩到沈隽脚上，在他吃痛松手的时候身子一弓，堪堪使那把飞箭从虚空中划掠过去。

沈隽发了狠，格闪、前进，一连串的动作皆在电光火石间完成，使力将青珑的双臂从身前困到身后，犹自听得见肩骨发出的咯咯脆响。

他极力维持着神智，拼尽残力禁锢着青珑的双手，冷目看去周围一众虎视眈眈的弓手，神色间的慵懒和冷魅全然不在，化作幽寒和狠厉："楼少将军，三声过后，倘若这些士兵和你胯下坐骑还在我的视野之内，便替她收下第一根手指！"

说话之时，哑奴手中的长剑当空一掠，锋刃贴到青珑的右手拇指上。

楼西越神色冷厉，握着劲弓的五指隐隐作颤，他有把握声东击西袭中沈隽，但却不敢将她的安危搁置不顾，拼赌这一注。短暂相峙过后，他默然弃弓，并挥手屏退了所有追来的弓箭手。

"少将军……"一名部下担心沈隽使诈，不想放弃除杀他的机会，忍不住建言。

楼西越毫不犹豫地喝道："退下！"

那人劝不住，只得遵命，牵走火曜驹，率领众兵谨慎后退，独剩他一人。

风从琅环渊的山巅刮来，吹得乌云大片飘动，遮星蔽月，天地间的清辉转瞬不再。须臾过后，雨点如珠，滴答坠落。

"唐大人，与杜总兵头先行一步，延龄随我一道，上马！"沈隽伤势不轻，快要支撑不住，他强行将青珑推上马背，挟制着她绝尘奔去。

楼西越未曾停歇，像一头发怒的雪豹般狂奔追去，纵然心知自己的脚力不及烈马速度之一二，却依旧固执得不肯停步。

青珑心急如焚，生怕闷葫芦出事，偏偏自己受制于沈隽，无法挣出他的束缚，一着急身子猛然侧倾，试图借力坠脱马背。

沈隽惊住，横臂一揽，及时将她扳回马上，见她仍然对身后之人死心塌地，横掌一劈，重重击向她后颈，将她打晕过去。

夜半过后，酝酿许久的大雨终于在狂风的夹击下斜坠，其势愈急，恍似天穹铺垂白幕。

夜雨之中，徒步奔跑着一个银色戎装的男子，举步生风，奔如天马。那人从头到脚已经湿透，整个人仿佛从泥沼里打滚而出。额上汗水混合着雨水嗒嗒急落，模糊了他的视线，却洗去了他一身的疲惫，竟至于重伤之下的他像一架不知疲倦的机械，拼了全部的力量在旷野中飞速奔追。

"少将军……"远远的，身后传来一声又一声的大喊，紧接着轰然现出一队兵马。在他们面前，空跑着一匹健硕烈马，跟随众兵前来寻找主人。

"过来！"楼西越朝它长喝一声，身形一错，点足跃到火曜驹背上，策马扬鞭，单人单骑率先一步，光电一样飞驰而去。

那一夜如同一生一样漫长，纵然拼尽全力去追逐，却始终到不了希望的彼岸。

十几年征战沙场，不知在死亡边缘攀爬了多少次，他已然看轻看淡，这是他生平第一次真正知道了什么叫害怕。

所幸，找到青珑的时候，她只是昏迷在滂沱大雨中，除了后背棍刑留下的旧伤外，并没有新添任何致命的大伤，这让楼西越长长舒了口气，奔跑加长时驰骋的身子颓然一个趔趄。

他片刻也不敢耽搁，抱她上马，一调头，风驰电掣般奔驰在狂风骤雨中……

两日后，雨霁日出，天光晴好，万物竞长。

一间简陋的屋舍中，哑奴持剑侍立在床榻一侧，担心地看着榻上昏睡了三日的男子，一直到他缓缓睁开眼睛，少年紧锁的眉宇才舒展开，小心扶他起来。

沈隽面色苍白，神智有些不清，待适应了映入眼帘的强光后，带着些茫然看着这间虽然清贫但却拾整得一尘不染的屋舍。

"醒了？""吱嘎"一声响，屋门打开，进来一个蒙着白色纱巾的女子，清姿曼影，高洁出尘。那人手持方盘，仔细将端来的药和水摆置在桌，带着不冷不热的语调道："伤势危重，失血过多，幸好找对了人，否则你看不到今夏的骄阳。"

听闻此话，沈隽抬头看去哑奴。

少年默然垂首，用这样的方式无声向他谢罪。

沈隽了然，这才明白是延龄将昏迷的他带到了此女面前。待气息平缓后，他白惨惨的唇角牵出一丝微扬的弧度，笑道："我曾救你一命，今日你还我恩情，这笔债算是两清了。"

"到底坐贾行商，做什么都要算计得毫厘不失。"白衣女子"嗤"了一声，心下却也未曾忘记他的活命之恩。

为了得到稀缺良药，那次她冒险深入山林，谁知半途天色突变降起了大雨，她不得已背着药篓退出，哪知因为走得急，下山时不幸迷路，兜兜转转至傍晚才绕出，却在即将出山时被群狼环伺。

她惊恐万状，动也不敢动，眼见饿极而狰狞的狼群不断尝试着逼近，吓得没了主意，大叫一声撒腿便跑。果不其然，狼王腾空扑来，逮住她的脚凶残地在地上拖拽。

眼看喉咙就要被狼王咬住，她以为自己会成为狼群的腹中餐，谁知突然数支火把扔了过来，旋即有人奔来，手起刀落"咔"地切断了狼王半个身子。

血溅数尺，喷了一身，吓得她当即昏死过去。一直到她从行走的马车里醒转过来，才知道扔火把吓走狼群的是支商队，而出手救她之人，便是沈隽。

从噩梦般的过往当中收回心思，白衣女子没有多说什么，只将药水递给哑奴，叮嘱一句："五日内卧榻静养，不要有过激动作，否则久伤难愈，做好余生抱痛的准备。"

说完，她看了一眼榻上脸色苍白的男子，不再多说，转身将走。

"云姑娘，"沈隽出声喊住她，挂在唇角的笑容叵测，"猎物就在眼前，不想去捕获它吗？"

听到这话，白衣女子眸光一凝，脚步顿时僵在当下。

沈隽不顾哑奴的阻止，挣扎着坐直了身子，虚弱地倚在靠背上，笑得慵懒却难揣："沈某曾亲口承诺，帮云姑娘找一处安身之地，如今机会已来，就不知道姑娘有没有胆量冒这个险。"

白衣女子回身，冷笑着反问一句："我一介女流，孤身一人行走在乱世，不及沈公子耳目众多，又怎知你有没有将我推向火海之心？受了骗又找谁去解救？"

沈隽迎上她的盈盈眉眼，诡异一笑："只怕为了你罹患肺痨的那个他，云姑娘会冒这个险。"

"肺痨"两个字眼让白衣女子眼神一痛，继而又是一寒："你派人调查我？"

"何止查过，"沈隽直言不讳，轻笑道："而且查得一清二楚。"

"令尊乃当世大儒云士鸿，官居太傅，一生孤高清傲，不流于俗徒。令堂谢氏乃已故国公谢晋庭之千金，出身尊贵，纯善温良。令兄云弋天资聪颖，文武俱佳，三年前请缨入伍，军威深厚，屡立战功，频受天子拔擢……"

沈隽看着白衣女子眼里起伏的波光，徐徐道："而你心心念念的天子，本有问鼎中州之鸿鹄壮志，怎奈天妒英才，自小身患顽疾，近些年病情每况愈下。为了避免朝中党羽起事，兵营哗变，他一直瞒着诸臣苦苦挣扎。若非造化弄人，也许你已是后宫三千佳丽中最为得宠的一个，而不是像现在这般，为了他的天下委曲求全，以纤弱身骨辗转奔波，为他寻求良药。"

沈隽一席话让白衣女子清冷的目光里滢光闪闪，间或有一层水雾蔓延在眼角，模糊了她的视线。

哑奴递来药和水，小心喂沈隽服下。稍做缓解，他继续道："倘若他的病情被天下人知道，想你东兀会是何种境地？眼下夏军已经开始行动，攻陷了桃源郡，若我北凉被夷为平地，你们的下场会是怎样？"

白衣女子吸了吸鼻子，强压心中悲苦，语声冰冷："我虽是女流，但唇亡齿寒的道理尚还懂得，不需要你来提点威胁。"

"提点不敢，威胁更无此意，只是给姑娘指个明路，就看云姑娘想不想得通。"沈隽懒懒一笑："世事难料，有所求取，自然有所舍弃，比如情爱、恩义……背负太多，只会成为累赘。想做什么，就该痛痛快快去做，不要被世俗仁义所牵绊。何况立场不同，所要守护的东西也不同，不见得对方就是仁义之师，而你也未必就为大奸大恶之徒。"

"不用你说，我知道怎么做。"白衣女子敛去了神色间的踟蹰，冷声截断了他的话，抬手推开了屋门，举步向外走去，清丽身影转瞬间消失在夏日的炎炎光晕中。

窗外，一只翠黄色的飞鸟驻足在碧叶扶疏的绿藤上，上下跳跃，尽展歌喉。

东日璀璨，透过藤隙流淌进屋，在临窗的榻上投下斑驳细影，间或有几缕光点跳跃到一个戎装在身的男子肩上，清辉熠熠。

那人手里拿着一瓶药，正用竹簪沾药，小心翼翼而又略显僵硬地往趴在榻上的女子背上涂抹，神色凝重，眉头紧锁，对窗外的景致全然不察。

涂药带来的刺痛惊醒了昏迷的女子，她忍不住闷哼一声，挣扎须臾终于睁开眼。回头一视，落入目中的是一张清俊而苍白的面容，正是心之所念，令她喜出望外："少将军……"

"别动。"不等她的话音落地，楼西越便伸手拦住，总算见她清醒，他暗沉沉的眼里终于有了光亮。然而看到青珑背上青一块紫一块的瘀伤时，他又心生自责和愧疚，给她点药时的那种肌肤之亲又让他觉尴尬，耳根不由发热，仓促间埋头收走药。

青珑这才意识到自己仅剩亵衣，腾地一下脸红如火，片刻前的惊喜变成羞赧，迅速缩回被窝，恨不得钻入地缝："少将军，我是如何回来的？记得姓沈的……"

一听到"沈"字，楼西越条件反射般地面露寒色，丝毫没意识到自己说出来的话无故添了几分酸味："还惦记着他？"

"怎么可能！"青珑懊悔不已，人算不如天算，早知今日，当初打死也不会同他串通一气了。现下可好，搬起石头砸自己的脚，姓沈的当着闷葫芦的面故意离间他们，任是她跳进黄河也洗不清了。

"你先养伤。"眼下楼西越最担心她的伤势，既无大碍，他也心安，于是不在此事上过多纠缠了。

"少将军……"想起他被沈隽伤到过，不知轻重，青珑急声喊住转身将走的他。

"缩回去。"对方伸手摁回她脑袋，不许她乱动，说话间替她掖好被子，拖着疲惫的身躯转向另一间屋子。

另一间屋子里躺着的是景威，从他被救回到现在，仍无醒转的迹象，这让楼西越心忧不已。

"药搁桌上，你出去吧，随贺将军一道张榜安民，筹备招兵事宜，稍后我去议事。"楼西越坐在临榻的凳子上，对照顾景威的一个部下道。

"少将军，"部下担心地劝他："军医说了，景威的脉象已经渐趋平稳，且伤不在要害，以他平日里操兵演练换来的体格，这伤夺不走他的命，多睡一阵子就醒了。少将军也有伤在身，却两边来回换着照顾，自己不曾合眼休息，身子吃不消……"

"我无碍，你去吧。"楼西越挺了挺身，沉声催道。

那部下劝不来，只得作罢，行将离开时又被楼西越叫住了。

"贺将军昨夜抓的那些人，现在何处？"

"回少将军，全部关押在大牢里。贺将军的意思是让我等放出口风，以他们为诱饵，引杜海自投罗网。"

听到这话，楼西越陷入沉默中，短暂思量后敛容道："放了他们吧。"

"少将军……"那部下一惊，愤愤不平道："杜海玩弄我大军，现下又逃之夭夭，怎可让他杜家人好过！"

"告诉贺将军，就说这是我的命令，若他持有异议，稍后来找我。"楼西越肃声道，拿起药碗，一点点小心喂景威喝下。

军令如山，纵然不甘心，那部下也不得不听令而为，躬身退出去了。

屋外，青珑静立在门口，听到里面的对话后大大松了口气。纵然担心楼西越的身子，不过她也深知他与景威之间情同手足，相信以他的偏脾气，不到看到自己兄弟安然醒来的那一刻，是绝对不会闭眼休息的，她也就没有出声打扰，在外静候。

"叫你好好养伤，跑出来做什么？"没过多久，屋门打开，走出来一个修俊身影。

青珑忙行一礼，劝道："景威有人照顾，还请少将军保重身子，稍做歇息。若是不放心，属下在外守着，一有动静即刻派人通知。"

"跟我回去。"楼西越置若罔闻，伸手拽住她手腕，带她回屋。

青珑瘀伤未愈，无法完全直起身，速度慢了几分，有些跟不上他的脚步，追得跟跟跄跄。

楼西越有所察觉，突然停下，反手将她背到自己背上。

青珑惊住，念他有伤在身，于心不忍，想要挣脱下来："少将军还有伤，我自己可以……"

楼西越不管不顾，命令她停止挣扎，随后神色凝重，似有重重心事，走了几步后沉声问她："我扣你薪饷，这恰恰是你当前最需要的，你会埋怨我吗？"

青珑呼吸一窒，沉默下来，想起那些无家可归又饱受饥寒的奴隶，鼻子有些酸。尽管随军北伐，但碍于身份，且被楚定云的心腹盯着，她能做的微乎其微，每到一处，只能尽自己最大努力，救一拨是一拨。

这点心思，总归瞒不住少将军，最知她懂她的，始终还是闷葫芦。

"我本不想打你，但想到大军面前，暂扣薪饷定然难以封住他们的口舌，不过覆水难收，想要改口已经不能，只能让你受点皮肉苦，至少不能让贺别怀疑你与凉人有染。"

青珑悔不当初，怕他误会，急急解释："少将军，我与姓沈的真的没有任何……"

"那你还跑去见他？"楼西越偏头看她一眼，声音很酸。

"是唐佑年跟杜海故意使绊子，我也没有千里眼顺风耳，又怎知在背后唆弄的人是沈隽？"

"那你见他就是有罪！"

"姓沈的摆明了就是在挑拨我们，如果少将军信不过，那属下不知道如何解释了，任由处置。"

楼西越回头，严肃警告她："以后不准跟他往来！"

青珑巴不得如此，怕就怕对方已经知道她底细，以此为把柄胁迫："他要再玩什么把戏怎么办？"

这话一出，更令楼西越来气："还想着同他藕断丝连？"

"什么叫藕断丝连？"哪想越描越黑，令青珑哭笑不得，"照少将军的说法，单只是说下他就亲成这样，那天天跟你处在一起，该成什么了？"

楼西越语塞，一时回答不上，却仍不服气，暗自思量须臾，终于想到了最契合的答案。

"连双成偶，"他埋头走路，声音低闷，有那么一丝终于解气的称心如意，"你说的，记清楚了！"

青珑愣住，脑中画满问号，经久才回想起它的来历，顿时失笑，对着他的后脑勺，认认真真立下军令状："是！谨遵少将军之令，这辈子，下辈子，下下辈子，刻于骨铭于心，永生永世不忘！"说着她伸臂环住他肩膀，从身后牢牢拥着他，哪怕地老天荒，也不愿松开。

欢愉只是一瞬，下一刻她就得为自己的失误悔恨不已——因为疏忽大意，碰到楼西越伤口，尽管他强忍未言，但身子不经意一颤，还是被她察觉到了，心疼地责他："就算是铁打的，也经不起那般折腾，路长雨急，你还跑去追……"

"我没事。"缓过那阵剧痛，楼西越紧蹙的眉宇才渐渐舒展，见她不停挣扎，两手便抱得愈发紧："别动了，我疼，你也不好受。"

青珑如鲠在喉，看着这个男子隐忍的苍白侧脸，心里五味杂陈。犹豫长久，她坦白道："要说埋怨，并不完全准确，更没到那种地步，我明白少将军的用心自然是为我好。毕竟众多将士在场，唐佑年却故意撇下议谈单独约见我一个无名小卒，能不让旁人怀疑我与敌军有染？少将军让贺将军审讯我，便是为了消去他心里的疑虑，我甘愿承受，只是……"

说到这里，她眉间隐现愁闷："只是子逍身子不好，如果陆前辈能将他治好，我这个做阿姐的必然不敢再大意，日后定要加倍给他补身子。入军之前我可以自由来去，大不了吃些苦多做几份活。现下随军北上，我被贺别盯得紧，行走受限，到哪去给他存钱买补品？好不容易每月能拿一贯铜钱，一出这档子事，半年的心血说没便没了，多少觉得有些对不住他，当时未曾吐露的不情之请，也在于此……"

楼西越面色一黯："不扣薪饷，那你忍心叫我罚你二十军棍？"

"少将军是楚将军的养子，打小衣食无忧，自然不知流离失所的艰辛。比起没了活命的根本，我反倒情愿干脆点，长痛不如短痛。"

"养子"两个字眼仿似一种讽刺，以无比嘲笑的姿态游荡在眼前，毕生不灭不消。沉默良久，他才决绝地回了一句："我不会拿他一文钱。"

想起那个将者对他不闻不问的冰冷模样，甚至芥蒂到派部下贺别盯他的地步，青珑心里不免一阵寒凉，也意识到自己说错了话，悔得想要补救，但是还没来得及开口，跳到舌尖的字句就被压了下去。

"单靠野外行军时跑到河床里捡些烂玉石能攒几文钱？有我一口气在，不会饿到你们姐弟。"

"少将军的好意属下心领了。"青珑心底一暖，趴在他背上摇头笑了笑，语声有几分苍凉，几乎轻不可闻："但是你不懂，并不是我们饿不饿的问题……"

楼西越唇齿微动，欲言又止，默然加快了行走的步伐。

回屋后，楼西越将青珑小心放在榻上，嘱她勿动，给她盖好被子后便转身离去。

青珑想查他伤势给他上药，却怎么也喊不住人，正要下榻去找，不想他又风一样闪进屋，再见时手里多了一个匣子。

"拿去吧。"他也不直言里面装了什么，二话不说推到青珑手中。

青珑不解，打开一看，顿时惊得目瞪口呆——一尺见方的匣子里，竟装着几锭闪着耀眼光泽的元宝，压在厚厚的一摞银票上面。

"什么意思？"她强压心头震愕，抬头询问。

"明知故问。"楼西越懒得回答，应了一句，旋即又道："每次给师父寄过去，多半他又寄回来，放我那里也没用处，你爱怎么用就怎么用，不要让贺别发现就行。毕竟楚定云下令给他，他也有难处，一旦抓住把柄，不可能做到睁一只眼闭一只眼。不过他也不是毫无恻隐之心的人，真被他撞见也没什么，不要触他底线即可。再者我是你的顶头少将，他要真敢背着我对你动手，先过了我这关再说。"

"闷葫芦……"青珑眼角潮湿，拿着匣子的五指有些颤抖，喉咙被一股说不出来的温热填满，"你心里早有打算？"

已经很久没有听到那个让自己只想皱眉的绰号了，突然间重新回荡在耳边，不知为何非但没有让年轻少将反感，反而莫名多了些亲切。

楼西越敛了敛容，答非所问："桃源郡失陷后，沈隽和唐佑年带着杜海连夜向东北撤离，必然是探到我们下一步的目标在无幽郡，从而调兵戒备，甚至也有冒险反攻的可能。所以待后备军补充上来，便要替换掉战后这些伤累之师，继续北上，抢占先机，尽快养好身子。"

顿了顿，他补充道："我虽然惩了你，但你此战英勇杀敌，立了头等功，昨夜又不顾自己刑伤之身，冒死从沈隽手中救下景威，没有让本将痛失兄弟，自然不会亏你所有功劳。从今天起赐你千夫长之衔，待安抚好城中百姓，处置完战后事宜，我便会差人送令牌过来。"

青珑料想不到，喜得一下子从被窝里探出脑袋："真的？"

"难不成逗你开心？"

青珑顿觉神清气爽，将匣子还给他："这是少将军拿命换来的，我不能无功受禄。暂时用不着也没关系，搁那又不会长翅膀飞走，权当留着将来给自己成家用。"

"要你操心！"楼西越将她摁回被窝，重新拿起药："趴下。"

青珑脸一红，往后退了退，裹紧被子："皮外伤而已，我会处理……"

"谁爱看你？"楼西越不管不顾，虽然自己面颊也发热，下意识避开目光，但拉不下面子，遂将她摁趴在榻，小心而笨拙地揭下上衣，接着方才没有上完的部位仔细点药。

"轻点……"青珑怕了他铁打的一双手，咬牙道。

楼西越这才发觉自己的手法有多僵硬，却始终学不来半点温存，等到青珑终于放开了戒备，安静趴下来后，他才盯着她的后脑勺，用低不可闻的声音道："问你个事。"

"什么事？"

楼西越面色凝重，似在组织话语，半晌没有开口。

青珑一奇，扭过头来看他一眼："何事这般难以启齿？不是少将军的做派。"

"转过去！"楼西越将她的脑袋扳了过去，良久沉沉问道："你跟沈隽什么关系？"

听到这问题，青珑面色一凝。

此前走投无路，她从他手上倒腾了些粮草和军火，这才稳住了裴原等一众凉兵的心。但是她和子道到锽城去找陈晟报仇，沈隽插手进来欲推波助澜，搅弄风云。说到底，她与他不过彼此利用而已，事成之后，他必不会留她活口。此次她与他大动干戈，又被他知道了真容和身份，再与他纠缠下去，势必对少将军不利。

既然她答应闷葫芦与他踏上一统四海的血路，那么她就该收了所有杂念，一心随他。而且只有攻下城池，她才能最大程度地放出奴场中的人，这也是她会答应楼西越与他联手为盟的原因。但归根究底，楼西越始终是为大夏打江山的将臣，又有平定离乱山河之志，不可能放任她暗中拥兵。

所以该防的，青珑不得不防。就像沈隽所说，他可以给她信任，却不会纵容她雪藏兵马，这个问题和矛盾迟早要解决，只是不知，如若到了那一刻，闷葫芦会成全她吗……

"问你话，听见没？"长久不见她回答，楼西越上药的动作顿住，原本想表现得随意而无所谓一些，但是语气当中的些微焦急还是泄露了他心底的紧张。

青珑这才回神，半实半虚地道："他是他，我是我，能有什么关系？无非是早先为了给子逍看病，拿了他一些银两，一时还不起，这就被他记恨上了。"

"当真？"年轻少将眼睛一亮，像个固执的孩子般再跟他确认。

"那我这就对天发毒誓……"她假装虔诚地伸出手，心里却祈祷着老天不要打雷。

"幼稚！"楼西越"啪"地打掉她的手，没来由地呼吸一下顺畅了许多，满肩的疲惫也渐渐消散，声音虽然低沉，却毫不犹豫："我信你。"

青珑趴在榻上，看不到他唇角浮起的一丝微不可觉的浅浅笑意，只当他绕着弯子盘问她跟沈隽干了些什么勾当，就不敢再多言语，转了话题："少将军快些上完药，我也好看看你的伤口。被你占尽便宜，这亏怎么也咽不下，定要加倍讨回来。"

楼西越眉眼一横，恶声恶气地道："谁想占你便宜？自作多情。"

青珑气极反笑："这点玩笑都开不起？"

楼西越嫌她插嘴，摁回她脑袋，始终不让她回过头，略有些焦躁地道："再问你一个问题！"

"什么问题？"

想必那事很难开口，或者说出来后有些尴尬，年轻少将踟蹰许久，才道："那他说的春宵一刻和风花雪月……到底有没有？"

"谁说这话？"头回从他口中蹦出这等醍醐又风雅的字眼，委实让青珑惊讶，肩膀一抖，险些失声笑出来。

"谁说不重要，你只回答我！"楼西越面色不大好，黑着一张脸。

青珑想了起来，准是沈隽带坏了他，偏这闷葫芦当了真，于是打趣道："这世间有一处地方最是销魂，去一次便想醉死其中，别说春宵一刻，几刻都不在话下。那些绮襦纨绔有事没事就去溜达，少将军可知是哪里？"

见她笑得不怀好意，楼西越猜得到她没安好心，就只埋头上药，不理她。

青珑戏谑一句："怎样？少将军可以考虑下，改日属下带你去乐呵一回，保你这辈子回味无穷……嘶！要命啊，轻点……"

楼西越像是报复她一般，想拿竹簪狠狠点她后背伤口，见她嗷嗷惨叫开，又下不了手，只眼神渐寒，警告道："再跟他纠缠，我叫他竖着来横着走！"

青珑噎住，心知沈隽主仆上次在西川偷袭他，这次又当着他的面重伤了景威，最后还溜之大吉，这难免让他心里不痛快，就没再敢接话，只道："那你小心了，还有他身边那个唐佑年，只看他的身形和举止，我总感觉有些似曾相识，倒似真的见过一般，但就是想不起来。"

"管好自己就是了。"上完药后，楼西越替她盖好被子，命令兼叮嘱，"我去看看景威，之后还要处理战后琐事，你自己多加注意，想要喝水喊一声，外面会有人。"

"少将军，"青珑出声唤住他，将匣子递还给他，神色凝重："这个你拿回去，你能给我军衔，我就已经很高兴，不能平白贪图这些。"

能够有权掌管兵力，哪怕只有一千人，这对她来说都是一种莫大的欣慰。假以时日，如能靠杀敌斩将立功，晋升到可以管治所攻获城池的地步，那么她就可以亲手烧毁那些代表耻辱和不公的契书，彻底还奴场中所有人的自由。

"不要就扔了！"见她不愿接受自己的好意，楼西越看也不看那匣子，丢了一句毫无留恋的话，便踏出了屋子。

"你别急着走，让我看看你的伤……"青珑阻拦不及，眼睁睁看着那抹背影从她眼帘消失。

总是这样一个人，见不得身边的人受伤害，却对自己遭受的伤痛麻木不顾。

第三十三章

控罪

端阳节前，一道传至西川大营的捷报让全军热血沸腾。

是夜，待长久的喧闹和庆贺结束后，聒噪了一日的大营才彻底安静下来。

三军帐里，楚定云抚额埋首，借着灯火翻阅近月新招士兵的履历，不时抬笔圈划几点。方才被那些把酒相庆的部下们拉去灌了几杯，让他的脑袋有些昏沉，却又毫无睡意，便起身动了动筋骨，想让自己清醒一些。

不经意间，他的眼角余光瞥到了剑架上一把泛着疏冷寒光的长剑，安安静静躺在那里，不动声色，像夜空中高悬的孤月，极尽光华，看得见，却触不到。

楚定云忍不住伸出手，拔出一截，但在指尖将要触及剑格下一个镌刻的"楼"字时突然停住，就像被无形的力量禁锢住一般，再难靠近它一分一毫。

那个孩子，应该会排斥他吧……他如是想着，默然收回了手。

突然间，他想起了亡妻白玉珠，以及他被冤害的亲人和岳家，世事沧桑，转眼间十几载年华已过，恍惚中不该走的人全都走了，留给他的只有无尽的思念、寂寥、悲苦以及隐恨。

萧恪，夏皇萧祈，这对同堂兄弟……

楚定云容色一狠，眉目如刀似剑，眼底的光明暗交替，随着心情的起落而变幻。

"将军。"蓦然间，一个温厚语声传来，打断了他的思绪。那人原本是带着怨尤来的，但是看到楚定云异常沉黯地站在那柄剑架旁，他满腹的不平不由消去。

见是出生入死的兄弟，楚定云收去回忆，肃声问他："可有消息传回？"

"将军所指是何？"宋令宣终究压不下心中的火气，没给他递话，就座后拿出一张战报压到几案上，故意弄出响声，明知故问地道。

楚定云话口顿住，抬头看了看他略为不善的面容，沉沉道："朝中，北疆。"

"还有呢？"宋令宣赌气般追问一句，语带怨责。

楚定云垂睑看着那张由贺别从桃源郡传来的捷报，没有说话。

宋令宣喉咙一堵，言语乏善地道："六皇子那里有你的旧部卫臻照顾，在北疆大营里活蹦乱跳的，不用你操心。朝中耳目来报，惠妃在冷宫虽然日子孤苦，但性命无忧，她的丈夫还没死，轮不到你这个做姐夫的担心。另外……"

说到大事，宋令宣微微霁颜，回道："末将得到消息，黑羽卫近期势头渐盛，在帝都频频走动，其卫长冯烈更被皇帝钦点为五十万禁军武师，其意自明。另有传言，戚后倚仗母族之势，在后宫横行无忌，皇帝似有密谋废后之意。此事牵连甚广，真假不得而知，朝中耳目还在继续查探核实，一有进展即刻回传。"

"只怕没那么简单。"楚定云忖度道："皇储悬而未决，多因后族党羽繁杂，根患未绝之前，萧祈自然不敢草率拟诏，稍有不慎，则皇权旁落于外戚，这样的结果他无法容忍。偏偏立储之事攸关社稷，他又不能无视朝臣谏议，冯烈突然上位，想必皇帝欲借黑羽卫之力肃清外戚之患，废后一说只是敲山震虎，时机一到，便可斩草除根。没了后族依靠，若嫡长皇子萧璟昌当真不堪造就，立储再废，戚氏那边也就掀不起多大的风浪。退一步讲，即便他们依例掌御储宫，但能否监理国事，犹未可知。"

宋令宣亦是此般思量："年前锽城事多，他借机将惠妃打入冷宫，贬六皇子为郡王，并将他遣离朝中，压制了将军的动作，这才能喘口气去对付戚氏外族。"

"可还有其他消息？"楚定云接着问他。

宋令宣点点头："将军可还记得仲远？陈晟死后，他便杳无音讯，据传是被当时准备回朝的定南王的人救了，秘密带回了南燕。皇帝接到风声后，即刻以搜抓罪臣为由派兵南下，一番折腾却查无所获。"

"有这种事？"楚定云一奇。

"末将也难以相信，但他确实就像人间蒸发一样，凭空消失了。依末将浅见，皇帝铁了心要拿下北凉，又担心外邦从旁作梗，遂借此施压于南燕，迫使其亲拢大夏。意外的是，定南王舒晋果真屈从，上个月派出使臣前来洽谈，说是愿与我朝联手伐凉，并且已经派出一拨兵力北上，辅援我军。"

"舒晋……"楚定云琢磨着那个名字，突然冷冷笑了笑，"年前未予表态，现下终于妥协，主意大变，只怕也是巧立名目，另有筹谋。"

"定南王独揽南燕朝野大权，若他想要翻云弄雨，也不是没有这个可能。不过燕军能襄助，总好过我军单枪匹马独战，于此于彼都是如虎添翼。不管怎么说，先拿下北凉才是首要。"

　　楚定云默然首肯，片刻后拿出一封书信交给他："明日你找机会差人将它秘密送到北疆，交到卫臻手中。"

　　宋令宣一听，这才意识到自己只顾着跟他说正事，忘了来此地的目的，顿时脸一拉，看也不看那信："军务繁忙，恕末将抽不开身，这等棘手事将军信谁便让谁去做。"

　　"令宣……"楚定云神色一黯，也知道自己理亏，便没有强令他，默然将它收了回来。

　　"将军可有他事？"宋令宣不甘心一走了之，忍着心中怨尤给他递了一句话。

　　楚定云看了看那封被他拍在几案上的捷报，唇齿动了动，终究还是摇摇头，略显疲惫地道："近月招兵筹粮一事劳你费神了，没事的话下去休息吧，保重身子。"

　　始终得不到一句想听的话，宋令宣心里的怨气再也压制不住，迅速将自己腰牌解下，同之前一样拍到几案上，单膝及地跪下，凛声道："府上来信，道内人风寒加重，这阵子一直卧病在榻，小儿懵懂年幼，顾之不及。恳请将军体谅末将难处，允我解甲归田，陪家人安享晚年！"

　　"令宣，你这是作何？"楚定云惊住，俯身下去，想扶他起来，奈何宋令宣就是雷打不动，看都不看他一眼。

　　楚定云心底酸涩，劝了几个来回却无果，无奈之下这才道："我让贺别前去没有别的意思，单单只是让他在旁辅战，你不要多想……"

　　"那这又是为什么？"宋令宣反问一句，从怀中拿出一张书信，扔到他手上，愤懑不平："从始至终，就只给我这个叔父寄回一封信，还不是报平安，告诉我他在桃源郡安危与否，而是跟我说他与卫臻没打过交道，托我给卫将军写封信，差人递到北疆去，就跟你的打算一模一样！他绞尽脑汁地想法子不是为着自己，而是想着如何将六皇子从北疆调到西川来……你自己一个字一个字地看，除此之外可还有其他目的？"

　　楚定云怔怔看着那封呈在自己眼前的书信，眼底澄光闪闪。

　　"你只知道为六皇子做打算，可有为他担心过一次？如果仅是让贺别前去辅战，那他作为主将，为何从头到尾一封战报也没有往回写过？"有些事情知道后宋令宣不吐不快，只想骂醒这个铁石心肠的将者，"那孩子六岁来营，不管他如何疏远排斥外人，我一直把他当作自己的孩子来管教，将军疑他防他，便等同不信末将。一片赤胆忠心既然换来这等结果，这里也待不下去了，还请将军干脆些，解了我与小楼的职务，还我们叔侄自由。好歹出生入死一场，大家好聚好散！"

　　"令宣……"楚定云心口沉沉，拉他起来。

　　"我就是气不过你的所作所为！"宋令宣推开他，自己站了起来，向来温和的面容上尽是愠色，"他身体里虽然流着萧恪的血，可也是夫人的骨肉，若你对夫人念念不忘用情至深，为何就容不下那孩子？"

提及亡妻，那个因为爱恨太过极端而将自己逼疯的女子，楚定云黯淡的目光渐渐发红，别了别头，背对他哀然道："玉珠临终有言，蕙兰是她在这世上唯一的亲人，深宫多虞诈，叫我照顾好她，还有……还有尽最大努力，避免阋墙之争。所以我不顾他是懵懂稚子，将他从繁华盛京扔到了军营，并百般防备。"

听到那样的解释，宋令宣只觉得可笑和心凉："难道将军就认为六皇子磊落耿直，知道真相后不会生出任何歹心，为你大军和百姓卖命的小楼就铁定是个心狠手辣之人？这样强加的臆断对那孩子公不公平？"

眼角余光瞟到剑架上那把刻有"楼"字的长剑后，宋令宣扬声质问："明知道那是冲动之言，为何还要捡回它？是否想着他要真有认祖归宗逐鹿天下的野心，借霍家人之力夺回本该属于自己的一切，你就可以名正言顺地拿着这把剑，让他为自己食言不遵的行为付出代价，是不是？"

"令宣……"楚定云打断他，不想在这件事上多说，背过身往几案移去，沉声命道："战火一旦开端，耗资颇巨，明日我会撰写一封奏章，请旨增拨一批军饷过来，届时你安排可信的专差护送到京。至于数目，我会开大，至少维持百万大军一年的开支！"

"将军！"宋令宣郁郁而不平，任是再怎么劝他都得不到期望当中的回应，不禁愤声道："明日末将便率兵出营，调回贺别，我叔侄二人共赴一线！也省得你花心思去防备，只端端正正摆好你大将军的威风，坐这里祝我叔侄二人马革裹尸埋骨沙场！"

说完他从几案上抓回腰牌，又从楚定云手中夺回书信，连同楼西越之前让他转交的那封密信也一并抓在手中，大踏步转身走了，再也不想看这个冷心冷肺的将者一眼。

知道那是这个兄弟为了拿回腰牌又不想丢了面子而说的气话，楚定云摇头苦涩一笑，手头上的事情却无论如何都没有力气去处理了，怔怔坐在几案前。

灯火昏暗，将他的肩背拉在地上，拖成一道长长的细影，如苍老的枯藤，又似一尺冰冷的刀刃……

端阳节后，一道加急送至锽城的奏章让大夏满朝文武大臣唏嘘惊叹。

见皇帝面色阴沉，朝官们也意识到了事情的严重，皆低下了头。

夏皇勾起嘴角，居高临下地看去一个官员，冷笑道："刘爱卿统筹我朝财货贡赋之事，不知这巨额饷金可该拨放给西川？"

那人出列，俯首道："禀皇上，国库储金备银，不只用于军防支出，更不是只给西川大军专用。眼下楚将军提出这等要求，恕微臣斗胆进言，实有……实有妄自尊大、井蛙语海之嫌……"

"可他统率千军万马半辈子，应该知道从国库增调这天价军饷必然不易，就算朕考虑不全首肯答应，诸位爱卿也不会同意，又为何还敢冒天下之大不韪？"

此话一出，诸臣哑然，少顷那人小心道："其中端倪只是微臣臆测，若有不敬之处，还望皇上恕罪。"

皇帝摆摆手："爱卿有话直言。"

"回皇上，据传从数年前开始，楚将军在西川一带大肆募兵，凡有奇能异技者皆深受优待。另传他在城中私开兵工厂，镕钢造器，淬炼兵刃。以臣下猜测，楚将军此次这般做法，是假请增军饷之名，行招兵买马、暗造军火之实……"

"好大的胆子！"皇帝陡然长喝，"楚将军不辞辛苦坐镇边关，耿耿忠心苍天可鉴，刘爱卿如此言说，可是认为他有拥兵自重、自立为王之嫌？你的目的，可是借故离间我君臣？"

"微臣冤枉！臣只是实话实说，绝无不臣之心，请皇上明鉴！"那人赶紧跪地谢罪，为自己辩解道："据臣所知，楚将军还私开边关海岸，与中州境外的蛮夷族落通商。他在西川数郡也都有自己名下商号，买卖虽小，但量多庞杂，三教九流之士来来往往，是收递情报的最佳渠道，近年连毗邻锽城的丽秀、临风两郡都有他的客商和耳目。"

纵然已经深知这些事实，但是从别人口中高声说出来，还是让皇帝强作冷静的面容上阴云横亘，抓着龙椅的五指咯咯作响。

"皇上，刘大人所陈只是九牛一毛。"就在皇帝调整心情的当儿，有一个臣子躬身上前，禀报道："每年从边关征收的粮税，也都被楚将军暗中拦截，抽调部分揽入大营，或者分发少许给边地百姓，收买民心。此外他拥兵自重，倚仗百万雄师自作主张，掌管西川六州共二十郡，并天潭、玉水、香饶等富县，我大夏近半壁江山都落于他手。皇上仁厚，念其镇守边关有功，未加追究，可其贪得无厌，此次更是大开口舌，公然请调巨额军饷，分明是在向皇上示威！"

皇帝勉力克制着情绪，冷睨着殿中诸臣，再问："这些事情连朕都不知晓，两位爱卿又从何得知？"

"这……"那两人顿时语塞，低头不再言语。

皇帝将朝中外戚党徒们挨个看了个遍，视线落在殿中一个魁梧武官身上，意有所指地笑笑："冯卫长，朕听闻你雷厉风行，治军有方，兼任禁军武师以来以雷霆手腕整治部下，令分驻帝京和外地的禁兵军心大稳，由此可窥得出你的通天能耐。但不知对付心术不正、构陷功将之人，可还有良策？"

冯烈挺身出列，奏道："治军之要在于稳心，如此才可让将士协力对外，治世安邦无不如是。若有人拿虚妄之事张扬，夸大其词，既犯了扰乱军心之罪，又有挑唆离间之歹心，若任其造谣生事，势必遗患无穷！民定军安，乃国之大本，若有人不顾于此，必该重惩不赦！"

"冯烈！你仰仗天子之威，暴戾恣睢，草菅人命，锽城内外谁不道你蛇蝎心肠！"眼见冯烈鼓动皇帝铲除异己，刘姓官员面色一变，扬声叱道。

"刘大人，"皇帝压下了他愤怒的声音，针锋相对地问道："且不说楚将军有无歹心，单就说你在京为官，却将这些小道消息搜罗得清清楚楚，若上头无人指使，手下没有一二眼线，又如何得知？不在其政却谋其职，刘大人又抱着什么样的目的来弹劾楚定云？"说到最后，他眼神渐冷，喝令道："冯卫长所言令朕茅塞顿开，若放任摇唇鼓舌之辈横行朝野，必生事端。来人！解去此人官衔，收入大牢严查！"

"皇上！臣只是将自己知道的实情公之于众，没有受人指使诬陷楚将军……"

"退朝！"皇帝态度强硬，不容置喙，转身离开了御殿。

是日晌午，皇帝顶着炎炎夏日微服出宫，移驾去了城郊一座矮丘，停在半山腰一间医庐外——冯烈查探到的消息，是这里寂居着一位杏林高手，此人曾为先朝太医令，因生性旷达恣意，不随俗浮沉，遂辞官游历，悬壶济世，著述颇多。

这对皇帝来说不重要，重要的是，楼西越曾出入过此地，这令他疑心暗起。

何曾想，这些线索的查获，皆源于一个谁也想不到的人——已故公车丞朱雄之幼子，朱吉。

彼时冯烈奉他之命暗查楼西越的身世，起初多方走访查无所获，谁料最后误打误撞问到沦为乞丐的朱吉，他竟似对画像上的这位少将有所印象，几番盘问追查才记起，道是自己曾在陆鹤之的医庐里见过此人。

如此紧要之事，皇帝无论如何都坐不住了。

正想着，竹门洞开，视线对上从里间走出来的一个矍铄男子时，皇帝叵测笑笑："未约登门，见谅。"

毫无预料地见到当年的萧王，或者说当朝帝王，身为医者的陆鹤之不免吃惊，但见他便服在身，他亦心明而不言明，只当他是求医问药之人，转身对搀扶着他的一个清俊少年道："你与药童打些水提到后山，将我种植的那片天南星浇灌一下，这天靠不住，晒死就可惜了。"

"是。"少年抬头看了一眼这个突然来访的陌生男子，遵了陆鹤之的吩咐，提着木桶与药童到后山去了。

支走所有人后，陆鹤之这才迎他进屋："阁下所患何疾？"

"既然年轻时做过太医令，陆先生理应认得朕。"皇帝开门见山，表明身份。

不期然听到这话，陆鹤之自是一惊，一种不祥的预感由此而生，他强作镇静，假装打量他几眼，随后俯身一礼："皇上亲临寒舍，实属意外，草民有眼无珠，还望恕罪。"

"时隔久远，有所淡忘也属人之常情，不知者无罪。"皇帝接过他递来的茶水，始终带着莫测笑意审视着他，"陆先生也曾是走马飞鹰的热血儿郎，虽从医却尚武，意气焕发，如此风采，理应成为国之栋梁。奈何朕政务繁忙，多有疏忽，让慧才流落山野，屈居贫寒之所，实在惋惜。"

陆鹤之拱手笑笑："这里山清水秀，风光无限，比城中自在清净了许多，草民何德何能，敢劳皇上牵挂。"

皇帝却不认同他的话，带着回忆的口吻笑道："据悉朕当年举兵起事时，先生也曾联络各方豪杰接济粮饷，如同楚定云楚将军追随朕一般，功不可没，朕一直铭记在心，于今终于有机会……"

"各藩侯率兵作乱，国不成国，任谁都不希望家国离散，自然有钱出钱，无钱出力，草民当年也只是尽了应尽的职责，不足挂齿，更不敢妄攀功名。"陆鹤之截断他的话，回应的过程中始终与他保持着远远的距离，谦恭却不卑不亢，将礼数拿捏得分寸不失。

皇帝语噎，沉思少顷，幽幽然道："提及楚将军，便少不了另外一人，据说他曾来过此处，似与先生有所交情，但不知所为何事？"

陆鹤之心下一跳，隐约知道他说的是谁，却不挑明，反装糊涂："医庐里伤患病者往来无数，请恕草民粗心，实在无法记全，亦不知皇上所指何人，更遑论交情了。最多是一些顽疾难愈者，需分次诊治，故而多来几趟，留了少许印象罢了。"

皇帝笑笑："这其中，也包括楼西越楼少将军？"

陆鹤之极力抑制着自己的心情，沉着应道："楼少将军英名远播，在我大夏无人不闻，但有幸识他的却少之又少，草民久居山野，更无这份机遇了。即便他隐瞒身份化名来此问诊，草民亦无从知晓。皇上如此相问，着实令草民为难，不知如何回话……"

"陆先生聪明人，应该明白朕的意思，有些事还是慎重思量，以免纷扰不断。"

陆鹤之笑答："皇上此言差矣，草民本分行医，日子虽然清贫，但一不招奸佞，二不惹邪肆，何来纷扰？"

"陆先生，"皇帝搁杯，抬头直视着他，声音里多了一丝威胁的意味："朕可以给你时间考虑，但希望结果如朕所愿，后会有期。"

说完他撩袍起身，向医庐外走去，恰与从后山下来的少年迎面撞见，定睛打量了几眼后阴沉着面色离开了。

"前辈，那人是谁？"第一眼看见他的时候，褚子逍只觉这陌生男子威肃难近，眼里藏了太多的肃杀，莫名替陆鹤之担心起来。

陆鹤之伫立在医庐外的斑驳竹径上，视线一直注视着皇帝远去的背影，心情久久不能平静。

终究如他所测，该来的躲不掉吗？

"前辈，您没事吧？"褚子逍扶住他，见他面色有些白，担心地道，"我扶您回去歇下。"

"无碍。"陆鹤之这才回神，冲这个乖巧听话的少年笑了笑，犹豫须臾，问道："子逍，近日身子恢复得如何了，可还有不适？"

褚子逍甚是高兴地摇头，忍不住心里的感激，当即后退一步，给他跪下："晚辈打小就落下这病根，要不是被我阿姐救出奴场，拼命赚钱给我买药喝，说不定我已经病死了。现在能遇到前辈这么好心的人，不但不让我干重活累活，还把我当自己孩子一样疼爱，每天尽心尽力地给我治病，去我疾苦，这份厚恩晚辈至死不忘！"

"傻孩子……"陆鹤之扶他起来，拍了拍少年的肩膀，眼里尽是慈父般的恺悌光芒，"我孩子刚长到你这么大就早早去了，无福消受，小楼他肩上担子重，抛不下大军常来医庐，难得你懂事孝顺，肯留在这里，陪我过几天清静日子。"

"在我心里，早已经把前辈当成跟我阿姐一样的亲人了。"少年满心激动地道。

"想你阿姐了？"陆鹤之被他扶着往回走，看着少年满面的喜色和蔼问道。

褚子逍重重点头，分开这么久，不知道阿姐现在如何了，跟楼西越在一起作战会不会有危险，那些西川士兵又会不会为难她……这样想着的时候，他又很快意识到自己的不对，连忙道："可是如果前辈一个人孤单，那我就在这里陪着前辈，阿姐走时有交代，叫我好好听前辈的话。"

伶仃大半生，陆鹤之也早已习惯了那种孤寂的岁日，能得这个懂事少年的陪伴，聊以慰藉舐犊之情，已属不易，故而不敢奢望太多。何况皇帝突然来这里，语出威胁，指不定会使出什么卑鄙手段，再让这少年待在此地，反而会牵连他。

他长叹一声，摇头笑笑："你还小，不懂得人生聚散无常，能有机会跟亲人多相处，就该把握。至于你的身子也不用太过担心，虽然短期内拔不了病根，但按照我的叮嘱休养调理，便无大碍，你阿姐见了自然欢喜，为何不能让她早些知道，跟着一块高兴高兴？"

"可是晚辈不放心您，刚才那人……"

"有药童陪着，能出什么事？光天化日之下，难不成他敢绑架了我不成？"陆鹤之趣笑一句，压下了少年心底的隐忧，"小楼不听我劝，医庐跟山下的药堂周围都有他派来的人，这些年来一直在暗中护着，有什么事他们会应对。你且放心去吧，要是能看到小楼，也替我给他带句话，就说我在这里一切安好，叫他不用挂念，自己行兵作战，也多加小心。"

褚子逍恍悟，暗想难怪这个誉满杏林的医者不受那些公卿王侯的搅扰，守得清静，于是咧嘴一笑，俯首给他重重鞠了一礼："前辈您保重，若有机会，晚辈一定回来看望您！"

离开医庐后，褚子逍一路策马飞驰，从夏都官道上径直绕行，抄近路赶往北凉边地桃源郡。途中在一家茶馆歇息时，他从身旁茶客的口中听到了一些谈资，心情不由一沉——据那些人传言，前月夏皇与定南王不知因何于两国锁钥之地会晤，与此同时，定南王的长子亦率兵北上，种种迹象表明，夏燕确有暗中联兵，共同伐凉之意。

诸国之战势嬗变无常，褚子逍深感唏嘘，除此之外，还有一个人出乎他意料——定南王长子。

他们说的那个人，可是舒长轩？

褚子逍暗暗琢磨着，一些铭刻在脑海中的惊险画面飞闪而过。仍然记得，那个阴枭暴戾的长公子以人试毒，其恶行被阿姐识破后他竟欲置她于死地，多亏了舒九容相救，他们姐弟才免受灭口之灾。这次舒长轩带兵去北凉，而阿姐亦跟随楼西越北伐，如果夏燕两军照面，被这狠戾歹人认了出来，那她……

一念至此，他心下生忧，速速结账。正要牵马离开，前方小径上现出一个身背药筐的轻衫女子，远观竟有几分熟悉，姿影婷婷，翩跹而来。

褚子逍以为自己眼花，再三确认，立时又惊又喜："绿盈姑娘？"

女子闻声看来，同样面露不期而遇的喜色："子逍？你怎会在这里？"

褚子逍朝她走去，一边帮她解下药筐，一边喜得道："前些日子我从医庐离开，正要赶去桃源郡。前辈还在我耳边念叨过你，盼你回去看望他，不想竟让我碰上了，可是凑巧！"

绿盈拭去额上香汗，整了整衣衫，观这少年面色水润，再不似初见时的苍白虚弱，便知道师父将他调理得好过大半。问候过后，她又从他口中得知陆鹤之身体无恙，也万分欣慰，笑问："北凉边城数个城镇不久前才打完仗，现下正乱着，我怕出事，便从无幽郡折道过来，正要去别处看看。你孤身一人去桃源郡做什么？"

褚子逍没来得及回应，被一阵由远及近的马蹄声惊住，举目一望，约莫三十名壮汉从林道里纵马奔来，各个腰佩大刀，身背弓箭，汹汹如虎。

起初褚子逍不知道对方来路，故而没有多想，护着绿盈往路边避了避。这边两人正欢谈着，竟见那些人倏地勒马停步，悉数围到正在攀谈的茶客面前，揪住其中一人衣领，不由分说连掴数掌。

个中缘由，不过是那人抱怨了一句，道是王府长公子好勇嗜杀，若其率兵进驻北国，于凉人而言不亚于雪上加霜。如此怨言被路过的那些壮汉听到，遂出手打人。

茶客们不明所以，还了几句嘴，这便激怒了对方，纷纷拔刀，作势欲杀。打斗中，众客才惊知这群壮汉正是舒长轩的手下，难怪方才行径暴戾。

危险降临，有人大喊一声："燕兵侵来了！"

众客闻言哄然四散，争相逃命。但那些人并未罢手，以众客侮辱自己主子为由，围追堵截，大开杀戒。

面对突如其来的变故，褚子逍吃惊不已，他迅速牵来马将绿盈抱坐于马上，与她同乘一骑，绝尘而去。

"呼！"一箭穿空射中马臀，烈马吃痛一歪瘫倒在地，连带将两人甩了下去。

"抓住我！"褚子逍眼疾手快，环臂揽住绿盈，携着她滚到一旁的草丛，堪堪避开了接连飞来的利箭，仅右臂外侧擦伤，洇出血迹。

绿盈何曾见过这种场面，眼见那些恶兵手起刀落毫不留情，先后杀倒数名茶客，最后追向这边，她吓得花容失色，有一瞬间的惊怔。

"绿盈别怕，有我在。"褚子逍安抚她道，说话间当先扑出放倒一名壮兵，反夺过他手中的刀，与杀来的余兵恶斗在一起。

绿盈躲在旁边，看得又惊又忧，手足无措之际，她忽而想起一物，连忙掏出携带的针具，得空抛给褚子逍："用这个，针芒淬过毒。"

褚子逍仓促抓出数枚，当空一掷扎中数人。不出片刻，便见中针者脚步虚浮，身子失稳，晃晃悠悠地倒了下去。

"绿盈快走！"对方人多势众，褚子逍没有十足把握，故而不敢恋战，护着绿盈匆匆跑向深林里。

❰第三十四章❱
夺兵

是夜，数名燕兵跪在一名男子面前，磕头求饶："大公子饶命！并非属下故意误事，而是那些人信口雌黄诋毁您的英名，我等容忍不了这才跟人动手，却不知那小子会些功夫，还携藏暗器，所以才让他们逃了……"

"愚蠢！大公子此行隐秘，为的就是出奇制胜，你们行事张扬，非但没有刺探到军情，反还泄露了公子的行踪，论罪该杀，拖出去！"

"公子饶命！属下只是无心之失，往后一定谨记，求您……"

端坐在桌前的男子冷睨一眼，不发一言，漠然端起茶杯浅啜，显然默许了这样的惩罚。

这时，一个年约廿三光景的护卫快速入内来到舒长轩身边，低声道："大公子，毒性虽烈，但未伤及性命，他们也已醒来，您看……"

舒长轩悠悠然品着茶水，少顷方才搁杯抬头，声音冷漠："既有现成的荤食，何不投喂那些刚长牙的鬼獒，叫它们解解馋？"

那护卫闻言脸色一变，胃中不适，但最终还是强忍未言，依令而去。

"常琰，你在王府当了几年差？"方一转身，舒长轩意想不到的问话传来，唤回了他。

"回大公子，属下从十六岁开始就在王府当差，算起来整整七个年头。"那护卫复又回身，答道："大公子对属下恩同再造，属下没齿不忘，若有需要，定当竭力而为，两肋插刀在所不辞！"

"你饿昏在街头，将你救回府上的是舒九容，而不是本公子，恩同再造从何谈起？"

常琰凛声道："大丈夫立于世，当功成名就光耀门楣。九公子虽然施救于我，仅是一饭之恩，大公子却破格提拔属下，知遇大恩，无以为报！"

舒长轩冷然一笑："也就是说，将来再有人给你更大的功名，你就会像背叛舒九容那样背叛本公子，去奉承那人？"

常琰神色一变，陡然跪地："属下绝非此意！论功绩，大公子掌管南线十万兵马，护我南燕泱泱城池，屡获战功，这份丰功伟绩就连王爷也望尘莫及，属下敬之畏之。论仁德，大公子不吝重财，待我如手足，几次施恩于我妻儿，给他们优渥生计，属下铭感于内。今生有幸被大公子垂青，旁人便再难入常琰之眼，更不会去接受他们的恩德！"

"到底上过学堂，学了些理，本公子随口一问，就激得你巧舌如簧，日后倒要向你讨教讨教辞令了。"

"属下不敢，只是想起大公子的恩泽，一时激动难耐，便在大公子面前失礼了。但方才所言句句属实，绝无欺瞒，都是属下的肺腑之言。"

"起来吧，说笑而已，何必当真。"舒长轩冷声道，随后问他："让你查的事可有查到？"

常琰点点头："已经查清了，与夏皇会晤结束后，王爷先行回朝，九公子一行滞留在夏境。不日前他从红杉岭启程，过紫荆湾向北折转，一路尾随我们至此，仍无退离之意，不知何故，甚是蹊跷。"

"大公子，您看……"见舒长轩陷入沉默中，常琰谨慎地问他，一面又提醒道："按照王爷传来的密令，是要我们从侧翼切入，杀进北凉。无幽郡已经有了开战的迹象，再耽搁下去的话，只怕会赶不过去……"

"赶不过去？呵！"舒长轩讥笑一声，面色乏善，满目嘲讽，"身为长子，应有掌管王府之权，父王倒好，将我丢在沙场不闻不问，派人处处提防，却对舒九容分外上心，诸事与他商议，一颗心端得当真平。"

闻听此言，常琰住了口，不再插话，就在他低头候命的当儿，舒长轩倏然转过身，看着他冷然笑问："要是没了他，你觉得会怎样？"

常琰面现惊色，不敢言。

"还有，"舒长轩慵懒笑笑，再问："赶着凑热闹的话，你说时机选在双方开打之前好，还是选在他们拼个你死我活之时更精彩？"

常琰愕然："大公子的意思，是要……"

"如何让本公子相信你的忠诚，就看你的表现了。"舒长轩笑意阴冷，转身离去，只留下常琰怔在原地，久久不动。

向晚氤氲的天色里，一队人马轻装简骑，行走在紫荆湾码头，不多时停靠在河岸边歇息。彼时青烟袅袅，将远处的青山绿水环绕其中，一切静谧而安宁，只岸边的芦苇丛轻轻摇曳。

安顿好车马后，为首的年轻公子将一个随行的侍从唤到身前，轻声对他吩咐一句。那侍从领命，当即带着几名下人走到码头，不知对船夫们说了什么，并给他们每人各塞一锭银子作为补偿，停泊等客的船只便相继被放入水中，顺流而下驶向远方。

一时间，码头附近人影皆无，只剩下这支约莫二十余人的队伍。

"公子，已按照您的吩咐，全部疏散了。"

舒九容温和一笑，点了点头，被那侍从扶着手臂，小心走向马车，摸索着揭开帘子——里面躺着一名姑娘，困顿至极，睡得正香，对外面的情形丝毫不知。

"公子，来了。"这时，身着黑色劲衣的影侍白前持剑走来，在他耳边低低道："不下百人，都在附近。"

"去吧，没我的暗示，不要现身出来。"舒九容倒无惊慌，依旧从容淡然。

白前不肯放心退下，抱拳道："属下职责便是保护公子。"

"父王尚还健在，他不敢将我如何。"舒九容温声笑笑，目光清远，如山岚烟雨。

待白前退下后，他抬头看去岸边那丛摇曳的芦苇，像在招呼客人，含笑道："相逢是友，诸位一路暗随多有辛苦，车上备有陈年花雕，何不现身出来，痛饮几杯？"

一语出，隐藏在芦苇丛中的蒙面杀手们眼神一寒，快速游向河岸，出水后拔刀出鞘，纷纷袭来。

"保护公子！"方才还一脸疲态的侍从们顿时起身，袖中软剑纷纷亮出，以光电之速围拢上来，将舒九容紧紧护在中间。

"动刀动剑难免两败俱伤，既然盛情相邀，在下便随各位走一趟。见了你们的主子，届时要杀要剐也是易如反掌之事。"伫立在刀光剑影间，舒九容自若如常，落日的余晖倾洒下来，将他的身影环绕其中，在素青色羽纱缎外衫上留下璀璨绯光，丝毫不见戾气。

领头的杀手闻言后拉下面巾，神色悄然转换，只在对上舒九容的清和面容后，沉声道："如此，恕常琰不敬了，连同马车全部带走！"

短短一瞬间，一行人从紫荆湾向北兜转，拐向无幽郡。

那里，已经风声鹤唳，草木皆兵。

放眼望去，城楼上兵影林立，垛墙上也已配备了连弩和发射弹药的装置，一派剑拔弩张的巍然景象。

城门百里之外，一对疲惫至极的男女实在走不动，便停下歇息。

"绿盈，你有没有伤到？"褚子逍将她扶到道旁的草丛中，找了块干净的草地让她坐下。

"不碍事，就是被吓到了。"绿盈冲他摇头笑笑，尔后从怀中拿出药瓶，倒了一粒药递给他："针上淬过毒，你虽然没碰到，但还是小心为上，这是化毒丸，你服下它。"

褚子逍依着她的叮嘱照做了，庆幸道："要不是你那东西，还不知道我们能不能安然脱身。"不过说到此处，他又不免好奇："绿盈，你怎会随身带那毒针？就不怕误伤了自己，或者给病人行针时拿错了？"

绿盈掏出帕子将要给他包扎伤处，听他这么问，面色凝了凝，答道："荒山野岭常有虎狼等烈兽出没，我没有武功，怕采药时出事，就给自己备着，谁想今天竟派上用场了。"

说完，她看了看褚子逍右臂上的伤口，道："你坐着不要动，我到这附近找些止血的草药给你敷上。"

"一点小伤，不要紧的，只是赶得急没注意，让伤口裂开了。"褚子逍笑着道："以前同阿姐逃亡的时候就经常擦伤碰伤，早都习惯了，不疼。"

"你会武功，逃出那些人的追杀本不成问题，却被我连累了。"绿盈心生自责，起身就去寻药。

褚子逍劝不住她，便陪着她走向草丛深处，拔了些刺蓟，捏碎后敷在伤口上。

"羞羞羞……"就在绿盈替他包扎之时，草丛里突然传来一个讥诮的声音，旋即露出一个脏兮兮的小脑袋，朝他们扮鬼脸："光天化日，小俊哥哥占漂亮姐姐的便宜，羞羞羞！"

以为被舒长轩的人马追上，谁知不过是一个十来岁的黄毛丫头，两人紧绷的神经顿时松开。褚子逍本就腼腆乖顺，一听这话，立马两颊发红："小毛孩不懂事，休要胡言乱语。"

绿盈扑哧一笑，将那小女孩拉了出来，见她衣衫褴褛，头发乱糟糟地贴在脑袋瓜上，满脸污渍，柔声问道："小妹妹，你怎的一个人待在这种地方？城中马上就打仗了，你家人呢？怎不带着你一块逃走？"

说着，她将那小女孩嘴里叼着的狗尾巴草拔了出来："不要乱嚼这些野草，当心闹肚子。"

小女孩毫不拘谨，偷偷看了眼俊俏的少年，眼珠子咕噜一转，又观察了下绿盈温柔似水的眉目，似在盘算着什么。听到绿盈关切的询问后，她靠过来，垂头丧气地道："漂亮姐姐，你不知道，爹娘嫌我是个丫头，传不了香火，就带着弟弟跑了，把我和妹妹扔在了野外……"

"那你妹妹现在何处？你回来是找家人的？"见这小丫头模样实在可怜，褚子逍取出包裹，将干粮和水递给她一些："西川大军马上就打过来了，你一个小孩子千万不要再回去，边城很危险，弄不好会被抓去卖到奴场。"

"小俊哥哥，求你们救救丫头好不好？"吃饱喝足后，那姑娘屈腿跪地，连声哀求，不停给两人磕头，"我妹妹在半路上被人贩抓走了，他们要我拿五十两银子去赎她，否则就把她卖到青楼里去。她才八岁，牙齿都还没换全，我不想她被人糟蹋……可是我连肚子都填不饱，整日吃这野草充饥，不知道什么时候饿晕在草丛里了，听到你们的对话才醒了过来……"

小姑娘越说越伤心，到最后一把鼻涕一把泪地抽噎着，伸出满是污渍的小手抓住绿盈："漂亮姐姐，求你们给我一些银子，好去赎我妹妹……再不去她就被那些人拉走了……"

"你别着急，我们会想办法把你妹妹救出来。"饶是从一个只有十来岁的孩子口中说出"青楼""糟蹋"这样太过早熟的字眼，不免让人唏嘘，但出于对她的同情，二人就没有多想，只是柔声安慰着她。

"不行的，那些人要我拿银子去换，还不准我告诉别人，否则就把我妹妹丢到河里去喂鱼。"不劝则已，越劝反而让那姑娘越发难过，声泪俱下："我求求你们给我些银两，去救我妹妹……爹娘不要我，妹妹是我唯一的亲人了，我不能不管她。求小俊哥哥和漂亮姐姐给我些银两，丫头赚到钱后一定还你们！"

"你别哭……一下子拿五十两确实困难，把我们剩下的全部盘缠凑起来也才三十两有余。"褚子逍悲悯她的不幸，当下将自己和绿盈兜中的银两全部给了她，"你先拿着这些跟他们周旋，我们在暗中跟随着你，帮你把那些人抓住，不让他们再去害别人。"

小姑娘眼睛一亮，顿时有了神气，伸手接过银两揣入自己怀中："谢谢小俊哥哥！谢谢漂亮姐姐！"

看着她一双小手万分利索的动作，褚子逍和绿盈面面相觑，只觉有些不对劲，探问道："小妹妹，那些人贩现在何处？你带我们过去……"

"不用了，只要有银子，丫头自个儿能应付过来，漂亮姐姐不用担心。"小姑娘喜得嘴都合不拢，一脸灿然生辉的笑，与方才泫然欲泣的可怜模样大相径庭。说完她抱拳对他们行了个礼："小俊哥哥和漂亮姐姐是丫头这辈子遇到的最好的人，无论身在何地，丫头都祝你们福如东海，寿比南山！还要赶着去救妹妹，丫头就不跟你们多说了，这就去了，咱们后会有期！"

说完那小姑娘拍掉屁股上的草渍，转身一溜烟儿跑了，竟比猴子还利索，片刻间便消失在高高低低的草丛间，不见了身影。

"喂！小骗子……"两人有些懵怔，这才意识到那孩子利用他们的同情心行骗，可恨他们完全没有防备，未将一个可怜兮兮的小丫头跟心术不正的歹人联系起来，这才当头一棒吃了个教训。

"小俊哥哥，漂亮姐姐，给你们留点赶路的盘缠！"已经跑远的小姑娘忽又停下，想必觉得自己的行径太过分，于是又掏出两粒碎银当空扔了过来。

褚子逍猝不及防地接住，嘀咕一声："算你有良心。"

"算了吧，怪可怜的。"绿盈叹息道："若非为了生计，也不会撒这种谎，说不定真有难处。"

褚子逍想那姑娘面色蜡黄，模样狼狈，显然也吃尽苦头，委实可怜，就没有计较，颓然道："那我们先离开这里，去找我阿姐，告诉她舒长轩率兵过来了，叫她留些心。"

"你们姐弟二人与他不合？"绿盈奇道。

褚子逍点点头，道："从前跟他起过冲突，被他派人追杀了些时日，所幸与我阿姐跑得彻底，就摆脱他了。"

"那你阿姐能找到我们吗？"绿盈想起他在无幽郡外树上刻下的记号，心里没底，担虑道。

"你放心，她要跟着西川大军一起打过来，准能看到这些记号，会给我们暗示的。"

绿盈恬然一笑，去了心头忧虑，与他结伴同行前往战地。

封狼驿是北凉内陆的第一个军防重关，严格来说，在其之外还有隶属于遥州的桃源、无幽两郡作屏障，且其傍有云霄岭和琅环渊陡峭而险峻的天堑，易守难攻。加之北凉皇权旁落，朝廷便无力顾及此处。

是以，北历九年四月末，西川大军急袭攻坚，短短半月顺利拿获桃源郡，铮铮铁蹄踏平了遥州脊背，直击其心腹无幽郡。一时间，杀戮和攻伐像余烬中的火星，复被疾风引燃，趁势发端。随之而来的惶恐亦如决堤的大水，横流蔓延，占据了边城兵民的心。

然而就在所有人将注意力集中在无幽郡的时候，一支约莫一千精兵的人马乔装成难民夹杂在出逃的百姓里面，分批次赶往北凉内陆。

"夫长，再有十天脚程便到封狼驿关口。"疲惫前行的队伍中，传来极低的耳语声："何时动手？"

青珑往这边移了移，刚要回应，就被负责运送百姓的官兵发出的粗暴呵斥声阻住。

那官兵一鞭子甩到他们面前："磨磨蹭蹭干什么？还不走快些！"

青珑给同行者使了个眼色，幽然道："就现在，庶民勿伤。"

那人会意，吹了声口哨，霎时一呼百应，潜伏在队伍中的夏兵抽出藏匿的匕首，纷纷冲向凉兵。

一切发生得太过突然，快到凉兵不及反应便已倒下大片。人群瞬间炸开了锅，仿佛受惊的田鼠四处躲蹿，场面混乱不堪。

接到消息之时，还在无幽郡紧张备战的守兵们面色大变。

"娘的被耍了，跟老子玩阴把戏！兄弟们操刀，随我出城追击！"无幽郡守将汪图永愤怒地啐了一口，拍案而起，大步流星奔向屋外。然而一只脚刚跨过门槛，他却被一个迎面走来的年轻公子拦下。

"汪大人如此急躁，就不担心这是一个陷阱？"沈隽缓步向前，面上虽然含笑，但眸子里却冷如冰川，逼得汪图永下意识往回倒退。

在他身后，哑奴一手持剑，一手托着一个玉盘，玉盘上放着一把镶金的宝剑，光华流转，夺人眼目。再往后，唐佑年和杜海左右并立，神色如常地看着屋内一众惊愕的士兵。

"好大的狗胆，谁准许你们进入郡守府！"见这些人脸孔陌生且语出威胁，汪图永大喝一声："来人，拿下！"

"谁敢！"杜海上前一步，拿出盘中宝剑，横在那些人面前："圣令在此，谁敢放肆！"

这话非但没有震慑住汪图永，反倒令他讥笑一句："谁不知道拿事的是费公公，痴傻呆儿的命令管得住他？一群来路不明的说客，莫不是吃了熊心豹子胆，敢拦本官去路？"说着他挥手下令："打断他们的狗腿，轰出去！"

哑奴抢身向前，不及汪图永拔刀反击，数个脆亮的巴掌已经落到他面上，打得他晕头转向，脚步踉跄。

"藐视天威者，杀无赦！"唐佑年朝外喝令，顿时从郡守府内院涌出近百名手持劲弓的壮兵，将这间屋子围得水泄不通。

"你们、你们何人？"汪图永眼皮一跳，捂着半边脸惊问。

唐佑年冷笑一声："汪大人，怎么说你也在朝中走动过，中护军江长风的兵马，相信你不会不认得。"

汪图永一惊："你们是他的人？"

唐佑年笑笑："这不重要，全看汪大人识不识相。"

汪图永往后退了一步："你们……你们想干什么？"

沈隽抬手拔出那把剑，手指摩挲着剑刃，笑意冰冷："不做什么，只是想让汪大人长点记性，皇帝虽然痴傻，但泱泱北凉还不是费弘英的囊中之物。既然触怒了天威，便该为此付出代价。"

哑奴闻言按柄拔剑，身形快如疾风，在汪图永企图跳窗逃逸时倏地掠来，一剑削飞了他左臂。

汪图永倒栽在地，血如泉涌，痛得齿关打战。

哑奴横飞一脚踢到他嘴角，将他到口的求救声封在喉间，然后便有数名弓兵依令进来，准备将他押走。

沈隽忽而上前，停在半死不活的汪图永面前，笑问："边关动乱，汪大人是否有必要拟书一封，传报费弘英？"

唐佑年颇为吃惊："公子……"

沈隽示意他缄口，兀自对汪图永道："无论用什么样的借口，能让他亲自来一趟是再好不过了，可以做到吗？"

汪图永艰难地抬起头点了点，接着便被押下去了。

人一走，唐佑年按捺不住心中疑惑，问道："公子，费弘英如若来此，只怕我们凶多吉少？"

"何以见得？"沈隽回身反问，"夏兵也在，也许可以借力打力，除掉他呢？"

唐佑年了然："那杀往封狼驿的夏兵怎么办？"

"先查查，若是楼西越声东击西之计，务必联络江长风派兵增援，半路截杀。若他当真冒险绕过无幽郡，向北进军，但可与江长风的兵马前后夹击。不过楼西越久经沙场，断不会将背后空门留于我军，小心有诈。另，密切注意南燕兵马的动静，以舒长轩的为人，不会做这种自折羽翼却为他人作嫁衣的事情，最有可能坐山观虎斗，短时间不会轻易露面，只消戒备即可。还有……"

他快速盘算了下，看去一旁的杜海，嘱托道："桃源郡一战，沈某对杜大人的忠勇果敢深为折服，故而冒昧将大人带来无幽郡。大难当头，相信杜大人也不希望边关两郡落入敌手，所以还请大人以大局为重，务必坚守战地，重振城中将士斗志。"

杜海郑重点头应下，神色悲慨："我明白，一旦无幽郡被攻下，那就等于向敌方敞开关卡，可恨阉人独揽大权，贪得无厌，不肯耗费财力稳固边关军防。楼西越擅长急袭和攻坚，素以快狠著称沙场，麾下将士又都骁勇善战，一旦他横穿遥州进入漠北原野，必然如履平地。这道防线有多重要，杜某心知肚明，必会全力迎战，公子尽可放心。"

急袭两个字眼让沈隽沉默了片刻，若是针对楼西越一人，想尽办法拖耗他也可暂保一时平安。但是现如今，霍家女儿选择了与他并肩沙场，一狼一猎，对付起来更加不易。不过……

沈隽恶毒地笑了笑，千不该万不该，最不该的是明知道若没有一人肯妥协，最终极有可能干戈相向却还冒险借力的两人中，任何一方的心里都有了另外一方。

收回思绪后，沈隽谦谦一笑："只可惜沈某无通天之能，更枉论上阵杀敌，只能做这幕后暗手，接济粮饷，助大军一臂之力。"

杜海领首，领命而去。

看着他大步离去的背影，唐佑年却有些担心："公子，桃源郡失陷，势必让杜海心里愤恨难消，只怕他一见到楼西越便极有可能失去理智，拼尽血力鲁莽顽抗，再让他来守城会不会太过贸然？"

"你要明白，我还受制于费弘英，不便在战地现身，更没有调兵遣将的资格。杜海虽然空有一腔热血，鲜少谋诈，但比起费弘英的鹰犬走卒汪图永来说，他二人谁更容易驾驭？"

唐佑年不及哑奴对他的决心了解得清楚，见哑奴听到这话后使劲冲沈隽摇头又点头，眼神坚定，还将那把鎏金闪闪的宝剑横在他面前，寻思了下也就没再深问，俯身告退了。

沈隽看去哑奴略显激动的面容，从他掌心拿起那把剑，幽幽然道："揽权而不作为的阉人不除，尔虞我诈庸庸碌碌的奸佞不杀，北国永无希望。我虽是天子侍读，奈何没有实权，外有费弘英提防，内有手足百般排挤，亦不知生父对我的所作所为持何种态度……为了摆脱困境，每每外出游走，我都会不择手段不顾脸面，到处给自己拉拢耳目，却也心知金银换来的信任靠不住，所以活得如履薄冰。所幸还有你，始终如一地跟在我身后，这世上公子最信任的人也莫过于你了。"

沈隽抬手摸了摸哑奴的脑袋，抚平了他眼底狼一样的煞气，启齿笑笑："你想说费弘英不是公子的对手，叫我不要妄自菲薄，是吗？"

哑奴口中发出嗯嗯啊啊的声音，拼命点头。

"你还想说，小皇帝虽是傀儡，但终归是正统，费弘英尚未杀他，便说明他在等待良机。在这期间，公子同样也有机会，可是？"他看着少年的眼睛笑问，尔后又摇了摇头："但是你不明白，我若真的上了位，第一个将我拖到费弘英面前请求他赐我死罪的不会是别人，而是整日嘲讽我视我为眼中钉的兄长，要被他们知道我在外边培植羽翼，必然不会顾念情分，更不会对我心慈手软。"

哑奴听完后情绪再次激动起来，狠命摇头。

"不过你放心，所谓的兄弟无情无义在先，我也没必要顾虑他们的安危，既然下定决心斗到底，那便放手去搏。"沈隽说着拍拍少年的肩膀，鲜少阔达而明朗地对他清浅一笑，消了哑奴心底的紧张和担忧。

"少将军，舒长轩来消息了。"入夜时分，西川大军的驻地里传来一封急讯。

"跟那些孬兵联手，还不如自己干！"贺别万分鄙夷地盯着那封信，颇是气愤地斥道："什么主力大军迷路，还需月余才能赶到无幽郡，分明是在作壁上观，妄图坐收渔利！"

楼西越的情绪没有其他将士那般激动，依旧喜怒不形于色。当初接到密报说是夏燕联手伐凉，且定南王长子舒长轩亦已率兵前来助阵，以他对舒长轩的了解，这样的结果也在他的预料当中，现下已然应验，故而不惊不急。

沉思少顷，他命道："严回，你率五百伏兵隐于城外，开战后适时放出假讯，谎称燕兵来援，乱敌方寸。"

"末将遵命！"

"孟捷，无幽郡百姓大多都已闻讯逃走，无异于空城一座，可放手进攻。由你负责火攻，务必烧毁凉兵据点。之后李竟率兵掩护，凿河挖道，引护城河水入城，淹毁凉兵火器库。"

"末将得令！"那两名将领当即抱拳领命。

"季云，你率百人埋伏在城门外，届时会有北疆的精兵挥师前来援我大军，由你负责接应。"

"得命！"

楼西越点点头，转而看去贺别："贺将军，杀往封狼驿的人马已经动手，烦你率领两千精兵速去襄助，做好假象，但要注意适可而止，不要引起封狼驿一带北凉守兵的攻击。一旦有来自无幽郡的敌兵从背后追击，即刻往回杀，随时传报我一切变况。"

"是！"贺别抱拳领命，招呼一声，随部下大步踏出了营帐。

交代完该交代的，楼西越陷入短暂的沉默中，看了看景威："伤势可还好？"

景威挺直了身背："休养这么长时日，已经无碍了。少将军不必担心，随你上了战场，照样杀敌不误！"

楼西越舒然一笑，却摇了摇头："你率一百精兵，随贺别一道，与千夫长会合，避免她与舒长轩碰面，若有万一，即刻将她遣回。"

"为什么？"景威错愕，突然间想起青珑曾说过，她们姐弟与舒长轩结过梁子，逃出奴场后被他派人追杀过。

"少将军担心她？"他几乎是条件反射般地脱口问道，末了又撇撇嘴："可惜你不顾贺将军的反对，封她为千夫长。她现在干劲正足，就想杀敌立功，尽早拿下无幽郡，好救出城中奴民，恐怕未必肯回城。再说舒长轩是什么人？他倨傲自负，向来不把任何人放在眼底，要真不幸让他们撞上了，铁定免不了一场纷争。"

"拿上这个传我口令，若有人公报私仇伤我麾下任何将士，一律严惩不赦！莫说他舒长轩，即便燕皇和定南王在此，也照打不误！"

景威心下一跳，想起楼西越不同以往的微妙变化，不免吃惊，试探性地道："少将军，你不会是……脑袋开窍了吧？楚定云还派贺别提防着她，甚至连你都防着，你要真对她起了什么歪心思，日后如何自处？"

楼西越无以为答，只道："我自有分寸，你去吧，自己也多加小心。"

景威虽然担心，却不便多问，于是拿着他递来的令牌转身退出去了，与贺别率兵，连夜赶往封狼驿。

原本以为楼西越冒险绕过无幽郡，将大军背后空门留出，杀往封狼驿乃声东击西之计。因此，驻守无幽郡的杜海就没有派兵鲁莽追击。然而不到三天的时间里，探子呈报又有两千夏兵弃无幽郡于不顾，不惜绕远路往封狼驿的方向快马行去，一路畅行无阻，势如破竹，这让他不由心慌起来。

"传令下去，即刻调遣三千守兵，出城追杀！"不想在煎熬中焦急等待，接到消息的第五日，杜海将两名守将唤到身边，高声下令，"其余六千人马留守城中，待命出战，切不可大意，做好随时反击的准备。"

是日掌灯时分，无幽郡的南城门轰然大开，旋即一队黑甲白刃的壮兵飒沓奔出，踏过护城河上的索桥，以沧海横流之势奔突前进，直击敌兵尾翼。

◈ 第三十五章 ◈
干戈

三日之后，在远离无幽郡的断马坡上，北凉守兵终于追上了夏兵。偌大沙坡上兵马林立，双方驻足在高低丛生的草木中，围列布阵，抬盾引弓，瞬间杀开。

殊不知，这不过是为了引蛇出洞而已。

连日来，青珑率兵一路挺向封狼驿不过作势佯攻，其真正的目的是引凉兵出城。比起攀城越墙强攻强袭，野外开战的机动性和灵活性大大提升，于西川大军而言无异于困龙出海。眼下杜海的判断受此前败局的影响，在虚虚实实的战况下出了差错，果真派了三分之一的守兵出城击杀，只要放倒这些人，后续攻城的阻力和伤损将大大减少。

"贺将军，昨日我命人探过路，往前约十里有一段沙坡，高逾半引，坡长绵延十三丈。若能倚借这段地势，将对歼敌大有裨益，不知贺将军意下如何？"青珑猫腰躲过纷乱的箭雨，快速移到贺别身边，从怀中拿出一张桑皮纸呈给他。

贺别转头看过来，映入眼底的是一张面上沾满血渍的污容，五官凌凛如剑刻刀琢，眼神肃杀而从容，在这人吃人的战场上，她丝毫不输七尺男儿，狼一样沉静无畏地在刀光剑影里奋勇拼杀。

这一刻，贺别突然明白了楚定云为何要对他下达那样还有回旋余地的命令。如果这个女子当真别有用心，以将军的眼见绝不会因为她乃女流之辈而手下留情。而现下，他却给了考验她的机会，想必她若安分守己没有二心，日后西川大营里指不定会出现一位巾帼女将。但若情况相反，只怕没等她羽翼丰满起来便会倒在血泊中。

可惜了，希望少将军不要看错人，否则纵然有他袒护，为了大军着想，贺别也必会遵循将军的意思办事，毕竟不能养虎为患。

"此次追击我们的以骑兵居多，绕过坡顶后，往前便会俯冲直下，速度迅猛。一旦前锋冲倒，势必阻碍尾翼进程，致其阵脚自乱。"青珑并不知道他在寻思什么，展开图纸指与他看，沉声建议道。

贺别一个恍惚回神，低头审视几眼，手指半坡处"所以，这里早就被你使了绊子？"

青珑笑笑："使没使绊子，待大军踏过断马坡后即见分晓。"

贺别笑她的狡猾："这点地形优势都能让你利用到，你比少将军还滑头。就依你之言，即刻行动！"

青珑依令而去，命道："一半截敌，余众进军封狼驿！"

"追！"北凉守将以为敌方不改目标，见其像离弦的箭一样冲往沙坡，当下迅速调整方略，逾半劲兵跨上马背，蹄下生风，犹似出笼之虎豹，腾腾追杀。

偌大断马坡上，战马引颈发出震彻九霄的鸣叫声，扬起的尘土漫天飞扬，如吞天卷地的沙霾，令人生畏。

谁曾知，下一刻，冲在前方的战马突然前蹄一屈，踉跄倒地，纷纷栽入虚掩的沙坑里，背上的凉兵由于惯性作用也控制不住纷纷倒栽而下，竟是下坡的一段路面上早被挖了陷阱，等到凉兵反应过来为时已晚，前锋将近一半的兵力摔得人仰马翻，损伤惨重。

下一刻，尾翼追兵慌忙勒马回撤，随之而来的却是密集如雨的飞箭，追得他们无处遁形，不消一盏茶的工夫，凉兵就已阵亡逾四成。

"漂亮！"贺别血脉偾张，大为痛快："弓手射杀，一个不留！"

"是！"青珑领命，带领数百弓弩手奔行在飞沙走石的断马坡上，奋勇杀敌。

那一场诱杀持续了约莫六个时辰，从炎热的中午拼杀到子夜方才消止。彼时凉兵的尸体堆积在断马坡上，一把火过后灰飞烟灭，化作黄沙地里的残骸。

"之前乔装成难民不便携带兵器，所以我们沿路预藏了几批。贺将军先行回城支援少将军，我带百人去林子里将兵器逐一找回。"折回无幽郡的途中，青珑迟疑再三，借机对贺别道。

贺别放慢了马速，边走边道："这次几乎没有折损兵马，又从敌兵手中缴获了不少军械，数量不多的话没必要再去寻了，免得因小失大。"

"藏数不少，将近百筒箭矢，五百多柄长枪和战刀。"

"派些人去就行了，千夫长不必辛苦。"景威驱马赶过来劝她，说完他当即清点了百名精兵。

"他们也未必知道具体地点，你们先速速回城，稍后我从林子里抄小路赶回城中，不会很久。"

纵然心有不解，但贺别也没再固执，点头应允，嘱道："你们随千夫长一道，拿回兵器后护送她尽快回城。"

说完，他与景威率领大军火速返回无幽郡。

队伍走远，青珑面色凝重起来，强压在心底的担忧再也压制不住——早在伪装成难民往北逃亡的时候，她就在沿途的树身上发现了不少记号，熟悉得不能再熟悉，因为那是她与褚子逍互为联络的暗号。

难道他离开了陆前辈的医庐，跑到无幽郡一带了？

那时她就十分担心，但是大战伊始，不容许有半点分心，于是她便全身心投入战事。如今大获全胜，她才有喘息的间歇，举目望着黑沉沉的林木，暗暗搜寻。

"夫长在寻找何物？"一名士兵以为她丢了东西，跟过来关切道。

青珑一个激灵回身，匆忙移开手中的火把，避免被人发现树上的记号。

那兵禀道："已清点妥当，差不多就这些。贺将军说不定放慢了行军速度在前方等我们，夫长还是快些走吧。"

"那就走吧……"青珑不得不就此放弃，率领众兵返回。

然而行不过百步，一阵细细的响动突然落入耳际。

"停！"青珑翻身下马，静听少顷才听出端倪，似是混杂的人马车声。谨慎起见，她喊停众兵，队伍闪避到狭道两旁的草丛里，屏息静观。

同样，一群穿行在幽林里的人马也在听到动静后停止了前进，人人按辔徐行，围着一辆马车小心而戒备地移动着。

对方也察觉到前方的异况，有人示警道："常护卫，有埋伏。"

常琰观察着四周，右手下意识按上了腰中长刀，眼神一寒，令道："是敌则杀。"

"明白。"那人将数匹空马拍入草隙，立刻惊到隐匿其中的青珑等人，双方谁也不认识谁，便都以为来者不善，因而大动干戈。

"发生什么事了？"正在打盹的琼儿被惊醒，一个鲤鱼打挺坐了起来，按柄拔剑。只不过身形未动，车帘被一双修长的手指掀开，来人驱马上前，摇头示意她静观其变。

"不要出来，安心待在车内。"舒九容声音沉静，不慌不急。

琼儿着急地问："是不是大公子使诈，背地里又派人行刺公子？"

舒九容摇摇头，表示一时半刻也不知道对方来路，隔着朦朦胧胧的视线望去，他只看得见一些疾速交错的身影，分不清他们的面容。就在他试图听声猜度时，常琰这边有人吩咐道："速去通知大公子，派兵支援！"

显然，他们低估了对方的实力，快招架不住了。

不过令所有人吃惊的是，对方首先喊话求和，且从声音来判断，领头的还是一名女子。

"停！"青珑喝令部下罢手，方才那一声"大公子"让她想起一事，即夏燕意欲联手伐凉，定南王还派遣其长子舒长轩率兵参战，莫非……他们口中说的大公子是指舒长轩？这些半路杀出来的黑衣人，也是他的手下？

一念至此，她扬声道："冤家宜解不宜结，无意与各位为敌，还请阁下就此罢手，各走各道！"

常琰也在心里揣度着，倘若这些兵马是驻守无幽郡的凉兵，埋伏在途中想截杀燕军，那不可能就只杀出百十来人，除非他们没有打算活着回去复命。如今无幽郡周围只有凉、燕、夏三支大军，再观这些士兵骁勇善战，难道……是夏军？

"住手！"他面色顿变，急急喝止了手下，上前几步来到青珑身边，抱拳一礼："原是误会一场，权当是我们冲动不对，在此赔声不是，诸位军爷请海涵。"

青珑不欲多事计较，扫了一眼这些行踪诡异的黑衣人，翻身上马。即将离开时，不经意的一瞥，她的眼角余光掠见暗夜中一抹清俊不动的身姿。因为相隔较远，她看不清楚那人的面相，但是一种似曾相识的感觉却让她的视线在他身上多停留了片刻，好似记忆里不只见过此人一次。

是……舒九容吗？他怎会来这烽火惶惶的异国战地？

舒九容也从方才的对话声中听出了对方头领是那个出身奴场却身怀绝技的女子，他面上漾出一丝浅笑，不期而遇多少让他有些欣喜。但是刚一驱动坐骑，周围这些黑衣人当即警告一声，将他重新包围了起来。

他无奈笑笑，适才意识到以现在的景况，还是不要与她打招呼的好。

"误会已消，道路也已让开，各位军爷还请继续前行，莫要与我等山野匹夫计较，否则动起手来，对双方都不好。"见青珑的目光突然停留在舒九容身上，常琰怕出万一，用略带威胁的口吻道。

青珑越看那人身形越觉得像，再观他处境，不由想到了最坏处，冷然看着常琰，面现寒意："抱歉，方才是想走，但是现在不想走了。"

常琰瞳孔一聚，忍不住按上了刀柄："下人胆小怯懦，一碰事就只知道大喊大叫，这不已经跑去搬救兵了，军爷赖着不走，莫不是还想再与我们切磋几招？"

"尽可一试！"青珑足踏马镫，借力而上，当空跃至常琰近前，在他闪身格挡的间隙拔刀出鞘横到他脖颈，挟制着他一步步靠近舒九容所在的位置："放人！"

常琰暗地里正准备拔匕首反击，听到这话他忽然收手，并阻止手下人进攻，问她："各位军爷认识他？"

眼下掩藏不住，舒九容只得出声，笑劝两方："各位都是性情中人，凡事有话好说，动刀动枪难免有伤和气。"

"常护卫，舒九容既然心甘情愿来此，便是有意去见你的主子。只是我这位朋友不知细由，见我被困，这才宁为玉碎不为瓦全，可否容我同她解释一番，然后随你们继续赶路？"

常琰倒也大度，没有驳他的请求，让开通路。

"姑娘，借一步说话。"舒九容翻身下马，和笑着来到青珑身边，指着一旁的小道邀道。

见他虽然步履从容，但行走的速度较常人慢了许多，青珑心口一窒，紧张问道："舒九容，你的眼睛……"

"夜里有些模糊，但勉强看得见光影，不用担心。"舒九容牵马伫立在林中，颀长身姿被婆娑阴影笼罩着，看不到他面上的温淡笑意，却听得出声音里的豁达和疏阔。

"那些人可是你大哥的手下？"

"你放心，我应付得过来。"舒九容安慰一句，隔着不甚清晰的视线看去，只见得眼前一个身着戎装的英凛女子的轮廓，不禁笑赞道："最初有眼不识泰山，不知道霍姑娘非是池中之物而妄加评议，好在困龙终于出了山，日后定会大放异彩。"

青珑喉咙一酸，为他的眼睛，为那份活命之恩，也为自己一直以来对他的欺骗："当时沦落奴场，不敢以真正身份示人，否则会招来杀身之祸，感谢你猜出一切后还肯拿我当朋友，几次施我以援手。"

"举手之劳而已，不必记在心上。"舒九容清浅一笑，眼里仿似盛满了无数星光，灿然生辉，"只是没想到会在受制于人的境况下与你不期而遇，见笑了。"

"舒九容，你的眼睛变成这样，是不是舒长轩加害的？还有白前和琼儿，他们为何没在你身边？如果是，我现在就用这些人的尸体替你开路！"

"不，"舒九容系好坐骑，摸索着上前一步，刻意压低声音，阻止了她："我来这里自有打算，白前和琼儿也都安好。大哥很快就会过来，你带着手下尽快离开，不要被他认出来。"

"你曾救我在先，我不能看着你身陷险境而不管不顾。"

舒九容迟疑了下，这才向她坦白："不是安慰你的话，常琰是我的人，你放心走。刀枪无眼，自己领兵作战也多加小心。"

青珑愕然，望着他如三月春风一样温和的笑容，才知道自己杞人忧天了。早先就知道他不同于那些沉迷酒色的权贵子弟，看似温和风雅与世无争，实则心思剔透，自然不乏城府。加之从小生活在尔虞我诈的王府深宅，在那样钩心斗角的地方长大，手中不可能不握有暗棋。

"如此，凡事一定当心。"青珑去了心头忧虑，从树上解下马缰递到他手中。

"谢谢。"舒九容点头笑笑，离开之时，似是听到了什么动静，又不放心地回头来看。

青珑耳朵很灵，自然听见了由远及近的马蹄声，冲他笑笑："你放心去吧，我会带着手下绕开你大哥的兵马。夏燕两国联手，你大哥率兵前来参战，我又在楼少将军麾下，大局当前，我断不会公私不分，因为当年的过节跟他拼个你死我活，否则有损两国邦交。"

舒九容感谢她的大度，于是未再隐瞒，颇有些歉疚地道："国之用兵，牵连甚广，无论内中筹算还是表象行动，皆不可轻信，对不住了。"

"你的意思，南燕并无……"

舒九容无奈一笑，点点头，默认了她的猜测。与此同时，定南王对他说过的话不由在他耳边回响起来。

当时他们父子结束了与夏皇的面晤，返燕途中手下人呈来如是消息："回王爷，探子来报，大公子现已兵出燕境。只不过不知因何，他放慢了行军速度，您看需不需要前去催促……"

马车里的定南王闭目沉吟，做出的决定令众人无比诧异："盯着就好，是快是慢由他去。"

"可王爷刚与夏皇谈好，承诺于月内运兵至北国助阵夏军，倘若逾期，只怕……"说着说着，随从似是意识到了什么，不再多舌默然退下。

一时无人再言，气氛变得安静。

"父王的做法，你似乎不太认同？"突然间，定南王抬头看来。

出于对至亲的尊重，舒九容没有反驳，只道："孩儿并无此意。"

定南王笑笑，目光里有看透他心思的洞明："狼终究是狼，啃再多羊也还是会饥饿，你得防着它贪想麋鹿——父王的戒心在此，东亓亦不例外，与其助狼捕羊自耗心力，不若群集众鹿，伺机反扑。九容，你目力不佳，但心界清明，比起长轩的争强好胜，父王更希望得到你的理解，以及往后的支持。"

话到此处，他也不便藏掖了，劝道："父王，事有万一，阳奉阴违，代价无可估量。"

定南王摇摇头，笑得有些失望："你还是不肯与父王交心，抑或对父王的苦心和抱负知而存疑。"

"父王励精图治以振南燕的雄心，孩儿深信不疑，只不过比起杀夺，孩儿更希望南燕乱中自稳、自和、自立。兵之要务在护己，其次防外，其下攻伐，一旦本末倒置，伤人之筋骨，亦动己之血力，还望父王三思。"

定南王看着对面的儿子，捋须不语，神情尤为沉肃，须臾放缓态度："罢了，你既不愿，父王也不强迫，此事从长再议。"

劝谏无果，他只得暂先放弃："是。"

"长轩这孩子，野心越来越大，不太听话了……"行不过数步，定南王再度出声，话有深意："放养的虎，也该让他收爪了，你去做吧，就当是为你母妃。"

"父王……"舒九容颇感意外。

定南王摆手制止，不容他违抗："不要让我亲自动手。"

车轮辘辘滚动，细响不绝，一如他难以平静的心海。

"舒九容？"青珑关切的声音传来，将他从回忆里拉回，"你是不是有什么难言之隐？"

回神后的他摇头一笑，歉道："隔岸观火有失仁义，但囿于国力悬殊，不得不另做打算。所以告诉楼西越，夏凉之战，南燕不会插手，大哥的人马我会设法截回。权当舒某在天下人面前落了笑柄，不敬之处，烦霍姑娘代我向楼少将军道声抱歉。"

青珑嫣然一笑："无碍，总归你们一来，挫了凉军的士气，少将军不会介怀。"

"珍重。"舒九容莞尔道别，翻身上马，缓步离去。

青珑敛去心底的隐忧，命令手下士兵放了常琰，一行人速速上马，绕向林外。但就在他们快要走出时，一支泛着锃亮光芒的利箭刺穿叶隙迎面射来。

青珑倏然勒马，拔刀一斩将来箭一分为二。此时前方骤然现出一队黑压压的兵马，巍然如山，疾速向此处逼近。

常琰首先认出来人，率众上前，拦腰截住了来兵，并向高坐马首的将领禀道："方才发生了些误会，与这些人动起了粗，好在只是虚惊一场，他们也还识趣，准备离开，并没有过多为难，大公子尽可放心。还有，九公子……属下也已经给您押来。"

"押来？"舒长轩居高临下地俯视着所有人，再睃一眼他身后的那道清影，说话的口气寒如刀剑："九弟随父王西行赴夏，商榷的还是攸关邦交的大事，于国而言乃无上尊荣，本公子让你带人暗中保护，你做了什么？"

料不到此人说话比变天还快，常琰心有微词，但仍尽力克制："属下该死，不过这一切都是按照大公子的指示行事，并无违令之处，还请大公子明察……"

舒长轩冷嗤一声，按辔来到舒九容面前，似笑非笑："下人不知死活，惊扰了九弟，好在他们没有伤人，实属万幸。不过对于不听话以及犯了错误却依旧狡辩的奴才，再也没有留命的必要了，包括对九弟大不敬之人。"说罢他一摆手，跟在他身后的弓手如潮翻涌，眨眼间包围了林中所有人。

青珑目光一寒，冷冷看去那个残暴的王府公子，眼底杀意涌动。恰此时，一个清雅身影驱马行过来，挡住了她。

"至少听完解释，才能确定是他们的主人一时口误下错了命令，还是他们耳背听错了命令。"舒九容单人单骑停靠在青珑面前，从容笑对神色冰冷的舒长轩，"还有，身后这些勇士以为小弟落入歹人手中，因而出手搭救，与常护卫们起了冲突，并无不敬，赶尽杀绝未免有失仁义。相信大哥也不想落个忘恩负义的狼藉声名，可是？"

"是吗？"舒长轩的眼神寒如冰霜，嘴角牵出的笑意也阴冷无温，带着些许好奇和不屑往这边瞅了瞅，随后行来，幽幽道："那倒要看看，是哪位勇士路见不平出手搭救九弟，回府后大哥也好上报父王，张榜嘉奖。"

舒九容错身向前，挡住了他的目光，付之一笑："如此张扬行事，一则不是这些勇士心中所喜，二则让小弟贻笑大方。倘若坊间以讹传讹，世人会以为我定南王府的子嗣都是怯懦无能之辈，有损父王声誉，连带大哥被人妄议，小弟心里也不安。"

"这样说来也在理，既然嘉奖不得，当面谢一句总是应该。"舒长轩靠前几步，欲强行绕过他。

舒九容横身挡住他的去路，虽然笑意温和，但瞳眸深处却渐现胁意："大哥执意如此，莫不是逼小弟做些不敬之举了？"

舒长轩冷笑道："那倒要试试，这些人有何能耐，竟能受九弟庇护，将来也好重用。"一语未毕，长刀嗖然从他手中挥来！

青珑按柄拔刀，展身从马背上跃下，一刀斩偏了送到自己喉咙的致命一击。却见舒长轩不甘心，再次冲来，迫不得已退无可退，她只得硬着头皮接他招数，又实在不想将事情闹大，颇是为难。

舒九容的目力在夜里尤其欠佳，分不清交战在一起的人影哪个是青珑哪个是舒长轩，他素来温雅的面容也在瞬间冷厉起来，朝虚空低喝一声，顿时一个黑衣影侍迅速现身。那人密如雨点的招式全部送到舒长轩身上，不下三十招就将他掌心的长刀击飞，逼得他狼狈后退。燕兵们见主子吃了亏，全部在他的授意下蜂拥杀来，场面一度失控。

舒长轩不甘地另拾弓箭，掠见青珑护着舒九容移向外围，于是三箭上弦，倏然射向他们。

"小心！"舒九容最先听到箭啸，情急之下奋力将青珑推至一侧，并携着她迅速闪避。三箭呼啸而来，擦着他的右臂飞过，划开一道血痕，若是慢一步，后果不敢设想。

"公子！"琼儿刚从马车中跳下便望见这一幕，惊慌之际，竟见舒长轩复又放箭袭杀，她想也不想扑过去，一剑送入舒长轩后肩。

王府长公子肩膀一颤，忍痛往前，脱身后握掌成拳，轰然回击，恨不能将这个讨他厌恶并且不知死活的丫头震碎成粉末。

琼儿身材娇小，承受不住那一记猛拳，整个人斜飞了出去。

"景爷当心！"伴随着一阵闷雷般的马蹄声，驰骋而来的一队人马中发出一声惊呼，景威正要闪躲，竟见摔至蹄下的是一姑娘，吃惊之余骤然顿缰，战马人立而起斜向旁侧，才未造成踩踏的悲剧。

"喂？"他慌忙下马扶起她，一看并不认识，又见她半昏半醒，遂将她抱至安全地带，自己重新杀入阵中，几经搜寻，才找到青珑："出了何事？怎么打起来了？"

未料到景威会率兵折返，青珑一边护着舒九容撤离，一边道："舒长轩的人。"

"交给我了，你去跟贺将军会合，先走一步。"

"特殊时刻，能避则避，不要大动干戈，以免消息传至凉营，受其挑拨，于我军不利。"

见她肯做退让，景威点点头："你先撤，我会掌握分寸。"

青珑扶着视物不清的舒九容，在白前的掩护下杀至阵外，匆匆掏出帕子替他包住臂上涸血的伤口。

再打下去怕局面失控，舒九容轻喝一声，喊来常琰，并从怀中掏出一物交给他："传父王口谕，收兵！"

常琰依令而去，厉喝众兵："王爷有令，谁敢造次！"

还在打斗的燕兵们闻言惊住，不知不觉停了下来。

"大公子，"常琰来到舒长轩面前，一改之前的低下神态，不卑不亢道："王爷勒令你带领手下亲兵，速速回营！"

后知后觉的舒长轩冷视着他，鄙夷而不屑地一笑："既然是我手下亲兵，父王的命令便管不到本将，谁挡杀谁！"

见舒长轩咄咄逼人，景威大步向前，喝道："传少将军令，谁敢伤他麾下一兵一卒，格杀勿论！"说完他挥手一令，同来的精兵们快速围上来，虎视眈眈地注视着对面拔刀动剑的燕兵。

片刻消停过后，双方再度剑拔弩张。

舒九容没想到自己这个兄长会因为对他由来已久的偏见而偏执到不顾军令的地步，冷然训斥："常琰，你身为中郎将，如何统兵摄下！"

常琰会意，遂不再顾忌，肃声喝道："违令者，斩！"

舒长轩捂着伤口，恼羞成怒："谁敢！"

语方落地，便有一名亲兵当场被常琰所毙。

余下燕兵们面面相觑，再不敢妄动，僵持顷刻，便相继退后了。

常琰再令："舒长轩忤令不遵，依军法当斩不赦，念其往日军功，先行收押回营，交王爷处置！"

"干什么不直接砍了他……"一场风波终于平息下来，琼儿跌跌撞撞地跑向舒九容，极为不甘地嘀咕一声，不过方才被舒长轩打得重，行走尚不灵便，险些摔倒。

"你这黄毛丫头，真不知天高地厚。"景威大手一伸，就近扶住她，这才没使她摔个狗啃泥。

"我是黄毛丫头，那你是呆头小子。"琼儿被他捏得手腕生疼，"啪"地一下打掉他的手："不过，还要感谢你刚才救我。"

"牙尖嘴利，算你有良心。"见她伤得甚惨，走路都有些不稳，景威便当做好人将她抱至舒九容身边，随后向他一礼："九公子大义，景威代少将军谢过了。战事紧迫，千夫长还请速速返回。"

青珑亦牵挂楼西越那边的战况，不敢久停，颔首听令，又不放心地叮咛白前和琼儿，务必照看好他们公子。

"皮肉之伤，不碍事。"难得无意碰面，再见却遥遥无期，舒九容虽不舍，却非感情用事之人，遂也看得开，劝慰她："另外还有常将军在，不会有事，霍姑娘安心去吧。"

说完，他再次抱拳，向景威等人歉道："今晚的事让诸位见笑了，南燕军心涣散，亟待整治，恐此次无法出兵参战，还望楼少将军海涵。"

景威客气回道："少将军通情达理，不会介怀，各位慢走。"

"喂，"琼儿喊住他，"你救过我，我还不知道你叫什么？"

景威哈哈一笑，下令整饬队伍的空隙打趣道："姓景名爷，叫景爷。"

"去你的！"琼儿气极反笑，对着他的背影大喊一声："毛头小子。"

"琼儿，不得无礼。"舒九容笑说她一声，最后向青珑作别："霍姑娘，后会有期。"

"舒九容，你也珍重。"青珑将他曾经的活命之恩深藏于心，望着他的眼睛沉沉道。

剔透如他，听出了她话里的担心，豁然一笑："看不见也有看不见的好处，没什么可惜，不用伤情感怀。人生就是如此，兵来将挡水来土掩，总有一种方式可以让自己活得安然自在。霍姑娘上过战场，生离死别也已见过不少，不会比我这个当事人看不开，只管放心离开，为了你的族人去南征北战。"

青珑喉咙发酸，重重点了点头："感谢你不流于世俗，一早猜出我的身份还选择守口如瓶，出手相助，这份厚恩我没齿不忘！"

"上了战场就该摒弃所有牵绊，那里只有干戈相向的敌我，没有互帮互助的朋友。你要走的路很艰难，夹缝里求生存要放弃许多累赘，恩泽也好情谊也罢，万不能付诸敌方。一旦善念先于理智，一切都将前功尽弃，那时断送的远不是万千性命，而是更多奴民站起来的希望。黑暗里有灯就有光明，你的族人需要什么，霍姑娘最为清楚。"

肺腑之言萦耳，让青珑不由握紧了手中的战刀，心念更坚，郑重道："舒九容，当真到了那一日，希望你也一样。"

语毕她翻上马背，一裹马腹，凛凛身影片刻间化为林中一个移动的黑点。

◈ 第三十六章 ◈

心 防

景威见她追了上来，下令加快了行军速度，有些庆幸地道："所幸赶得及时，不然被舒长轩认出你来，指不定得耗上一阵子。"

两旁的林木疾速往后倒退，风声在耳，犹似激荡在九天的战歌，充斥着耳膜。青珑一心驰骋，闻言感激地笑笑："谢你又带兵折返回来，不然我也不知道能不能说服自己不与舒长轩动真格。"

"这是少将军的交代，要谢你就谢他去。"景威洒脱一笑，"原本我还担心你不肯示软，会跟他拼个你死我活，谁想你倒先做了退让，没与他动武。"

"若当真与他杀上了，惹得他一怒之下倒戈向北与凉兵联手攻击我们，那我不成了西川大军的千古罪人？放心吧，孰轻孰重我分得清。"

"你能这样想，少将军也就大为放心了。"

"少将军让你折回来的？你们怎知道我与舒长轩结过梁子？"

"你忘了，早先你跟少将军提过这事，他就记在心上了。无幽郡到封狼驿沿途多为沙地，藏身不便，唯一可行的就是断马坡这片荒林。舒长轩打着坐收渔利的算盘不肯现身，定是带兵藏在林子里观望情势，而你又率兵在这附近杀敌，自然就有极大机会碰面，这不果然被少将军料到了。"

"我就是随口一说，他竟记下了……"

"你别看少将军整日不言不语的，可他的心思比谁都亮堂，什么打算全藏着。"

青珑心里一暖，突然想以最快的速度见到他，于是一挥马鞭，飞驰而去，火速奔往无幽郡。

那里，早已刀光剑影，烽火连天。

远远望去，城墙脚下掩埋的火器轰然乍响，烈焰腾空而上，宛如冲天的飞龙，将箭楼烧得焦黑一片，浓烟滚滚遮天盖地。以杜海为首的凉兵将两千西川大军包围在瓮城中，接连发动火力攻击。

"公子，来了！"登墙的石阶处快速奔过来一个身影，那人的声音里尽是掩盖不住的喜悦和兴奋，仿佛在绝境中看到了生的希望，"探子来报，江大人的兵马已距离城门不足百里，今夜若我们能守住瓮城，明晨便可与他带来的一万援兵集结，里外夹击夏军！"

"费弘英呢？"一旁的沈隽面色一顿，将欲射出的利箭倏然松开，追问他。

"至今没有他的消息……公子，要不要再逼汪图永诱他来此？"

"不用了，自己动手吧。"沈隽复又搭箭，瞄准了城墙下方一个年轻将领的后心口，寒声对唐佑年道："瓮城内的守兵还可抵抗一时，交给杜海镇守即可。擒贼先擒王，你和延龄正面攻击，我在暗处射杀，先合力摘了楼西越的脑袋。"语音落地，搭在弓上的长箭离弦破空，呼啸而去。

还在交战的楼西越察觉异况，身子一侧，手中长枪顺势回扫，一把将来箭打落在地。没等他稳住身形，前方两匹烈马各载一人，踏过熊熊战火齐齐杀了过来。

他一勒缰，胯下火曜驹嘶鸣一声，仿似与他合为一体，迅速调转方向反杀向对方——他认得他们，一个是唐佑年，一个是沈隽的随身侍奴。

"你我不谙枪法，远身搏击难以接近他。延龄，你主上，攻他胁下要害，我杀他胯下战马，乱他方寸，背后空门交给公子。"

哑奴点头应允，策马扬鞭，以追光逐电之速飞驰杀开，攻向楼西越腹害。唐佑年手里紧紧握着一把长枪，亦在一旁见缝插针，试图削断火曜驹前蹄。

楼西越提缰一顿，胯下坐骑扬声怒吼，人立而起。避开攻击的同时他掌腕一转，手中长枪斜扫而下，挡开哑奴的偷袭，收势时又快速提枪，笔直刺向唐佑年。

恰在这时，背后一股浑厚的劲力袭来，直逼后心。楼西越一惊，足踏马镫，借力错身，一个回马枪横挡过来，震飞了来箭。抬头的刹那，他一眼对上了箭楼处一个俊美的年轻公子。

那一瞬间，楼西越眼底戾气蕴积，只匆匆一眼便收回目光，整个人与胯下火曜驹合二为一奔袭向前，一招挑飞唐佑年手中兵器，再一枪送出，刺他心肺。

哑奴大惊，人剑合成一线，灵蛇般从右下方窜来，攻向楼西越胁下空门。

一息之间，楼西越倏地收枪，顺势一掠削向哑奴脖颈。这一招凌厉而决绝，看得箭楼处的沈隽面色骤变，他匆促搭箭射向楼西越背害，旋即点足而起，抓着飞钩从城墙上跃下。

"退下!"沈隽冲破熊熊燃烧的战火杀出一条血路,奔到受伤的哑奴身边,唤他下马包扎,自己则拾枪上马,疾风般驰骋而来,直刺楼西越心脏。

霎时间,两把长枪在各自主人的挥动下铿锵交错,擦撞出点点寒星,灼人眼目。两个修俊笔挺的身影宛如游龙飞驰,在血光与火海中起落翻动。

沈隽未曾真正涉足沙场,枪矛一类远身攻击的兵器不是他所擅长的,即便楼西越久战力竭,但凭借纯熟的技法和敏捷的应变,依旧可以在他的进攻下自如应对。沈隽深知自己的短处,于是避其锋芒,有意拖延时间,来虚耗他的体力。

哑奴和唐佑年见沈隽只守不攻,瞬间明白了他的用意,当下再次合手,发起又一轮围攻。

彼时瓮城内战火轰鸣,两军杀得天昏地暗,厮杀声冲破黑夜,在亘远的天际击撞,发出一波又一波激昂的回声,凄烈如歌。

是日破晓时分,一声闷雷一样的巨响炸开,泱泱长河如泛滥的洪水猛兽,呼啸怒卷,冲破西川大军凿挖的河道,一齐涌入城中。

敌军骁勇,攻势迅猛,杜海已经杀得濒临脱力,靠血肉相搏和火力进击强撑了两日,总算守住了瓮城。就在他等待援兵的到来并且以为自己可以喘口气息的时候,传令兵一声惊慌失措的禀报将他心头的希望顿时浇灭。

"报!追杀敌兵的三千兵马遇袭,全部被剿杀在断马坡,杀往封狼驿的敌军也突然折了回来,在城外截住了江大人的队伍,仅两千援兵冲破阻力杀进了城中。"

没等他从震惊中回过神,又一个仓皇声音传入耳中:"大人,西城门附近的河段被夏军凿穿,对方开挖地道,引水进城淹浸我军存放火力的兵器库……还有……还有东城附近发现了异国兵马,他们打着南燕的军旗,在东门墙下叫嚣!"

"什么叫异国兵马!到底是不是燕军?"

"回大人,只杀出数百人,不知道是真是假……"

杜海的脑中一片混乱,在越发紧张的战况下已经理不出应敌的头绪,唯一能想通的就是,楼西越分散兵力,改攻封狼驿确是假象,目的是为了引诱守兵出城,从而减少攻城的阻力和伤亡。此外无幽郡的城门构造不同于桃源郡,外面均设有瓮城,倘若集合所有兵力强行进攻,极易被困死在里面。所以从开战到现在,他就只率领两千精兵攻杀北门瓮城,看似是不惜一切代价强打强攻的举措,实则是拿他这个大军主将作诱饵,让他信以为真,从而将最为精锐的兵力都集中在了北门。而一旦此地被他们击溃,入城便易如反掌。

就在他的思绪惶惶闪转的当儿，一道人影从他眼帘飘过，他惊视，纵马奔来的是一名英凛女子，速度快如光电，在他还未反应过来的时候，那人一枪掠来将他打下战马。随后她率众杀出血路，如鱼得水般深入瓮城中央。

"拦住她！"杜海已经发慌，挣扎起身，喝令己军截击青珑，却以失败告终，眼睁睁看着她浴血而去。

视线穿透瓮城内缭乱而熊熊的战火，一眼看到楼西越被人围杀，青珑胸口一窒，拼却最快的速度冲到他身后，"哐当"一声挑飞了射向他后背的暗箭。

"少将军，我答应与你浴血沙场，以杀止杀，就不会再心猿意马与他有所瓜葛，你大可不必像个傻瓜一样支开我！"她跳马落地，纵身杀入战圈，支撑住力竭的楼西越，冷冷看去对面的沈隽。

"你怎样？"楼西越与她肩背相贴，得空问道。

"杀得了他们！"青珑掌腕聚力，说话间人枪合一，斜跃出去直刺沈隽喉咙。

楼西越亦在同时杀了出去，鹰隼啄兔般扑向哑奴和唐佑年。

连夜激战让沈隽也力殆体虚，见青珑毫不留情地刺他要害部位，持枪格挡的间隙他蛊惑笑问："龙姑娘当真绝情绝义？别忘了上次挟制你逃出桃源郡，沈某可并未取你性命，这笔命债要如何偿还？"

青珑不动声色："今日先送你上路，他年我到了阴曹地府，再来找我索要！"说完一枪横出，削他脖颈。

沈隽身子一侧，避开后璀然一笑："那就是说，让我在那边等着你……不知道你的少将军会不会让我们在黄泉地底私会？"

"闭上你的嘴！"青珑喝止他，持枪刺向他脸面。

沈隽偏头闪避，谁知迎面而来的刀刃忽而变了位置，改刺他咽部。他抬手攥住锋利的刀尖，堪堪躲过致命的一击，仅侧颈被划开一道伤痕，未深及动脉。

"你真的会杀我？"他面色渐寒，笑意却依旧停留在眼角眉梢。

青珑抽出刀身，冷冷道："说到做到！"

将要动手之际，沈隽突然停住，似是眼角余光看到了什么，于是一改决定，笑得叵测而邪肆："那好，等着看吧，我会活到让你后悔那一日。"

说完他扔了兵器，翻身上马，喝令哑奴等人撤离："延龄，撤！"

青珑拾弓捡箭，朝他纵马离去的背影嗖然射出。

出乎她的意料，沈隽似是急着撤出瓮城，并没有回身反击，任由飞箭射入肩胛。她有些吃惊，正要追杀过去，突然一个身着宫服的内监踩过数个士兵脑袋凌空飞来，伸臂似刀，并指如剑，光电一样刺向她后心。

"让开！"楼西越惊喝一声，原本刺向哑奴心口的长枪迅速收回，拦腰斩向那双手臂。

青珑眼疾手快，俯身向下，掌腕翻转间急急送出一记枪花，扫向那内监的双腿，迫得他收住攻势，收招后撤。

"他是谁？"躲过一击后，楼西越与青珑抵肩贴背，吃惊于这个太监异于常人的阴诡招式。

青珑压制住心跳，沉声道："若没猜错，应该就是掌控北凉朝政的阉人费弘英，身手远在你我之上。少将军，你可行？"

"撑得住。"楼西越虽然满面疲色，目光却坚定如铁。

"好，你我合手，能战则战，打不过就撤，勿在他身上空耗体力。"青珑一招刺倒一个敌兵，凛声道："西门泄水口已破，河道挖通，大水入城，浸了火器库。贺将军亦截住了凉军的后援队，对方火力和援兵不足，正是攻城良机。另，燕兵中立观望，不会出战，但收到北疆卫臻将军的来报，道六皇子萧璟浩率兵一千，成功杀来助阵！"

"那好，直接撤，杀上城楼！"楼西越一个急转身，从她背后绕到正前方，举步生风，枪尖笔直刺向那内监的咽喉。

青珑会意，就地打滚奔向火曜驹，解下箭筒拔箭搭弦，接连射向费弘英的心害。

凭着彼此不知从何时起练就的默契，两人互相借力攻守相合，数招后从费弘英的攻击下脱身，率兵冲破瓮城的战火，向城内进击。

彼时护城河内大水激流，偏离了原本的轨迹，转而冲向挖通的地下河道，蔓延进城，令凉兵慌乱无措。

城池之外，景威与贺别各自领兵围堵，将北凉中护军江长风增派的援兵截挡在城门五十里之外，于遥州的心腹之地与对方展开了一场殊死搏斗。

是日黄昏之时，西城门内十之八九的凉兵倒在血泊中，大批的西川士兵冲破阻难，纷纷杀入城中，于翌日子夜时分占据了城内的通行要道。

第三日午时，东南两门过半数守兵阵亡，余部或弃械投降，或伤势惨重难以为战，能够坚持抵抗的只剩下零星数十人。与此同时，大夏皇六子萧璟浩率领一千精兵，从北疆大营浩荡奔来，与贺别和景威统率的大军顺利会师。两支队伍里应外合，围圈打点，将北凉援兵打得溃不成军，噩耗频频传往守将杜海耳中，无幽郡告危。

此后，鏖战又持续了三天三夜，被坊间称为鬼魔的年轻少将和那个不为人知的青桑霍家孤女合手齐进，率领部下杀上城楼，于第六日拂晓之时，将西川大军的战旗竖立在巍峨的城墙上方。

尸骨盈野的城郭上，描金的旌旗迎风激扬，飒飒如风。自此，遥州两郡尽数攻破，通往北凉内陆的天堑和屏障彻底打开，无数个浴血奋战的将士舞动着手中的兵刃高奏战歌，声音洪亮高亢，回荡在血色苍穹里，余音不绝。

青珑伫立在断壁残垣上，望着城楼脚下欢腾而激昂的景象，胸口如浪涛激荡，那些曾与青桑将士们浴血顽抗的场景犹似在眼前回放，不由让她眼睛潮红："少将军，感谢你。"

楼西越的眼底滚动着随风摇曳的战火，默然俯瞰着脚下的土地，闻言后偏头看去她，映入目中的是一张承载着千钧之力的坚定容颜，沉静一如远方的苍茫大地。

"十二岁的时候，我随阿娘第一次登上战地城楼，城下也是一浪盖过一浪的嘹亮战歌，千军嘶吼，万马齐啸，却不是今日这般欢呼雀跃的景况，人人衔悲茹恨，胸臆难平。那时脚下尸首遍野，血流成河，数不清的族民和将士命绝于屠刀之下，再也醒不来……所以，我与阿娘对着我父兄和同泽的遗体饮血为誓，只要活着一口气，必将那些犯我家国、屠我百姓的人驱逐出境！"

楼西越凝视着她的凛冽眉眼，薄唇紧抿，静静听着有关她的那些血腥过往，心田涌动。他有预感，一些一直压在彼此心底的问题将要由她挑明，折中得好，今日将是他和她征伐之路上的全新开始，反之，将会一步步走向终结。

青珑迎上他的目光，自嘲而哀然一笑："谁曾想到数年过后，青桑不再，族民未绝，却成为乱世中的浮萍草芥，卑微地活着，却也已经死了……"

"你还记不记得，当年那场血战的最后关头，你是怎样逃出去的？这些年过得怎么样？"楼西越喉咙动了动，良久沉沉问她，眼底的肃杀化为若隐若现的怜惜，记忆不由回到那场久远的血战中。

他还记得她，可她能认出他吗？

逃走？青珑哑然失笑。

"大军压境，家国危难，城池沦陷，百姓流离，面对无数死不瞑目的忠魂和烈骨，又怎能逃呢？可是最终我被巫爷爷带走了，远离一切纷扰，苟且偷生活到现在。至于过得如何……被巫爷爷的毒障困在山中，每天对着阿娘和父兄的灵位修习武功，研读兵法，无时无刻不想着将烙印在脑海中的那些狰狞面孔碎尸万段，不知不觉间已经过去了这么多年，不见沧海桑田与王朝更迭，却要接受族民为奴为隶的事实。"

听到这样的话，楼西越眼底的光芒愈发沉黯，低低道："对不起……"

青珑眼底珠花闪闪，目光却灼灼如火："我是该恨你守护的那片江山的帝王，因为我忘不了他将战刀挥向我青桑族民时的可憎模样，恨四国那些一呼百应率兵屠城的王臣，恨这乱世间所有践踏我族之人。"

"倘若就这样走下去，你会因为我是夏人而后悔吗？"

"不，因为那个人是你，是闷葫芦，所以我从不后悔。"青珑笃定道，"但是青桑出过乌德这个前车之鉴，我不会再让自己重蹈覆辙，走一条因为错信于人而后悔的路。所以少将军，有些事属下不得不向你确证。"

楼西越压抑着心海泛起的涟漪，眺望着辽远的天际，沉沉道："明白。"

青珑压制着心口的剧烈起伏，一字一句道："遥州两郡我已助少将军踏平，你有所获，我也有所求。我的目的少将军明白，倘若属下招兵买马，重振青军，少将军能接受到什么程度？"

"夏皇不会容你，楚定云不会容你，沈隽心有所图，但不擅兵略，更想收拢利用你，难保日后不会斩草除根。舒九容世家子弟，家族利益为上，即便能给你活路，也不会帮着你反他南国江山，定南王和舒长轩更不用说。东亓天子赵彧早有问鼎四海之心，必不会放任青军死灰复燃。"

"我问的是你。"四目相对，青珑神情肃穆，声音沉重："少将军可以自欺欺人，霍家人却不能一叶障目。"

楼西越定定注视着她，心田如激荡的海浪，眼底亦波澜涌动。良久，几个沉重如石的字眼从他口中脱出："只允自保。"

青珑已有预感，家国有别，立场殊异，各自都有各自的坚守，这是谁也无法改变的事实。

"倘若并肩沙场以杀止杀，有生之年里你我得见天下靖平，如何安置青桑？"

"划州封地，偏安一隅。"

"如若我的百姓不甘受压，揭竿而起，又当如何？"

"一山不容二虎，怀柔不能，便是……杀无赦。"

"好……"青珑付之一笑，眼帘却被一层晶亮而潮湿的水雾遮住，怔怔望着这个寡言而隐忍的男子，心中五味杂陈："少将军，你对我的恩义，霍青珑铭记于心，生生世世不忘，并由衷感谢。倘若少将军信得过，这场征伐我会陪你走到底，只不过往后每过一城，我都会拼却血力，救出身陷奴场的青人，将受尽屈辱和苦难的他们带出牢笼。更要教会他们勇敢站起来，努力让自己变强，像他们不惧生死的先烈一样，与敌抗争，同天搏命，争取公平存活的机会。"

说完青珑转身向下，踩着满地血迹走向城中。六月的霞光流淌开来，将她的背影笼罩在其中，萧萧肃肃。

"若不愿臣服，走到最后，真有短兵相接那一日，你可会杀我？"楼西越背对着她，城楼下山洪海啸一样的战歌仿似不闻，落入耳中的只剩她沉重的脚步声，一声一声地回荡在耳边，敲击着他的心田。

"不知道……"青珑心有戚戚，最不愿那样的事情发生，"可是一旦族人有难，我做不到无动于衷。"

年轻少将回身望着她，抿唇不语，默然伫立在战火纷飞的城楼上，心底黯然。

如果可以，他情愿这样自欺欺人地走下去，哪怕豁出性命也会为她保住那一方寸土，让受尽屈辱的青桑重新立足于世，不让任何人强制干涉，包括皇帝和楚定云，以及这乱世中的铮铮铁蹄。

可是，他身上的命债又该如何去还？

夜色静谧，林木扶疏，在微风的吹拂下发出婆娑轻响，间或夹杂着凄厉的狼嚎声，诡异而阴森。

一顶临时搭建在林中的大帐里，年轻公子忽然停止了给伤口涂药的动作，抬头看去揭帘而进的一个宫监，眼神变幻。

在他身旁，拿着药瓶的哑奴也面色忽变，呼吸愈急。

"就说怎么不见沈公子在府上，原来是跑到边境战地来了，这要让皇上知道，可不得担心死了。"费弘英手执拂尘落座于他对面，笑声细锐，似铁器划割着耳膜。

见对方只语不言，他从哑奴手中拿来药，意有所指地笑着："沈公子十四岁入宫侍读，说起来老奴也算是看着沈公子长大的，平日里不见你舞刀弄剑，这次若不是来得凑巧撞见那一幕，还不知道沈公子乃怀武之身。这身本事要是多加历练，恐怕连老奴都要望尘莫及了。"

"不过为了保命胡乱耍些把戏而已，公公看走眼了。"沈隽因伤失血，脸色泛白，经久笑应一句，眼底深处却藏着寒意。

"是吗？"费弘英阴声笑笑，说话间起身移到他身后，拿起桌上的纱布，仔细将他脖子上的刀伤缠住。"那好好待在宫中读书不是什么事也没有，为何要不知死活地跑到这边陲战地？不过一州两郡而已，让他楼西越去打，北凉一十二州，打不死他也早晚累死他，沈公子何苦要急着站出来？这不城池没保住，倒把自己弄成这副模样，怎么都不划算。"

见他手指逐渐聚力打结，哑奴万分紧张，不顾自己身上的重伤，上前几步欲从他手里夺下纱布。

"这一刀都已见血，不系得结实一些，就不怕同人交手时发生万一？"费弘英警告性地睇了一眼哑奴，语方落地，手指骤然用力一拉，紧紧打了个死结，阴笑着趴在沈隽耳边问道："沈公子说是不是？"

沈隽呼吸一室，几乎是本能地握紧了拳头，却始终没有出手，并以眼神示意哑奴不要妄动，轻笑道："但凡出自费公公口中的话，没有一句不在理，放眼北凉，也无一人敢反驳。"

费弘英冷笑一声，将他紧攥的拳头一点点扳开："那沈公子觉得，沈家其他人会不会认同？"

听到这样的威胁，沈隽眼中的寒芒加重，然而不等他开口，费弘英便挥了挥手，旋即几名宫人依令将一个男子推进大帐。那人的脑袋用一口麻袋套着，双手反绑在身后，嘴里似乎塞满了东西，不能言语，故发出狼狈而愤怒的嗷嗷声。

"要不是他整日在京都张牙舞爪，去赌场和青楼这些乌烟瘴气的地方，因而被一些街头恶霸盯上遭他们绑架，老奴还不知道原来沈老板已经分了家产。"费弘英边走边道，笑得阴柔而叵测。"沈公子自小经商，赚的金银富能敌国，不过因为庶出的关系，本事又比你的两个嫡出兄长高，多少受他们的妒忌和排挤，沈老板再聪明，分家的事自然也让他为难。横竖都是心头肉，处理得好他可安度晚年，处理不好便要看着骨肉相残，为争这金山银海而反目成仇。"

说到这里，旁边那男子愤愤不平地嚷开，抬脚朝着虚空胡乱踢打，直到被两旁的宫人踹到后膝盖才消停下来，扑通一声跪到了地上。

费弘英没理会那人的斥骂，只命人将他脑袋上的麻袋解下，然后从怀中拿出一纸契书，端端正正地呈在沈隽眼前，不紧不慢道："想来沈老板是等不及了，这不沈公子还未成家立业，他便做好了一切打算。除了祭田外，祖业和钱粮十之七八都分落到了沈家两个嫡子手中，留给沈公子的，就只剩下十之二三的家产——先斩后奏，竟连知会一声都没有，老奴听了都有些心寒呐。"

正说着，一句响亮的咒骂声乍然响起："费弘英！你这老不死的，有种放开我！"沈府二公子沈恒挣扎着从地上爬起来，叫嚷着骂道，一见端坐在桌前的沈隽，立时像头暴怒的狮子般朝他扑去。

哑奴一惊，横身过来挡住，死死扣住他肩膀，生怕他伤到公子。他不知道沈家发生了什么事，竟使沈恒落在费弘英手中。更为蹊跷的是，沈老爷为何毫无征兆地提出分家？除此之外，无幽郡失陷以后，江长风只差人留了一封密信送给公子后就带着残兵匆匆回京了，连个照面都没打过。现下再听费弘英的口气，明显话里有话。直觉告诉哑奴，在他和公子顾及不到的京都里，必然发生了什么。

难道是费弘英早一步查到了沈家和军中人暗中往来之事？沈老爷有所警觉，为了不连累那两个混账儿子，所以借故将他们调离出沈府？

沈隽的眼中也显露出猜疑之色，转头看了一眼狼狈不堪的沈恒，没说什么，只迎上费弘英的视线平静道："生不带来死不带去的身外之物，强求不得，倒不知家兄做错什么触怒到公公？沈隽在此道声抱歉，还望公公海涵。"

"你这狼子野心的东西，别在我面前假装仁义！"沈恒使劲挣脱哑奴的束缚，扑过来掐住沈隽的咽喉，怒声斥道："说！是不是你从中作梗，勾结中护军江长风图谋不轨？不但气得父亲生了病，还害得大哥被抓去大牢审讯，差点被他们打死……这一切都是因为你！你想把我们害到什么地步！"说着说着他竟动起了手，接连朝沈隽胸口重重击打。

哑奴惊然，当即拔剑出鞘朝他后背刺去，谁想费弘英先他一步，伸臂用力一挥就震飞了他手中的剑。随即，费弘英又向手下人使了个眼色，就见他们一起围上来，将沈恒钳制住，从沈隽身边拉开了。

"阉狗！放开我！"沈恒不甘心，歇斯底里地叫骂着，忽感下体一痛，他的额头上顿时冷汗直冒，眼珠也似要迸出眼眶，异常惊恐地盯着面前的费弘英。

"沈二公子，年少是好事，可以风流快活游戏人间，但轻狂过头的话，就要为自己的无知付出代价，这可是金山银海也换不回来的。"说完，费弘英指掌聚力快要揪断沈恒的命根。

沈隽一惊，拾起掉落在地的长剑，撑着伤弱的身子从桌前急掠过来拦腰斩向费弘英手臂。

费弘英快速松手，旋身扼住沈隽的脖子，似要掐断他的喉骨，阴笑道："方才还说放眼北凉，没有一人敢反驳老奴的话，怎么这么快沈公子就忘记自己说过的话，对老奴刀剑相向？"

沈隽沙哑着声音道："家兄自小被父亲骄纵，不知天高地厚，因而语出不敬，费公公豁达大度，岂会与小辈计较？"

见识过费弘英的手段后，沈恒方才的傲气彻底消失不存，夹着双腿频频点头，面色白如苍雪，显然方才的一幕让他后悔犹存，再也不敢大声叫骂一个字眼。

"难得沈公子有心，还肯护着这个败家子。"费弘英缓缓松开双手，还了沈隽呼吸的自由，说话间语气渐渐转寒，不无威胁："敢问无幽郡郡守汪图永的手臂被人砍断的时候，沈公子可也在场？好歹都是为小皇帝效命的人，为何就不肯出手搭救，反而让败将杜海取而代之？唐佑年又是何时与沈公子认识的？不会沈公子在宫中也安排了不少这样的耳目吧？比如中护军江长风。"

沈隽的嘴角牵出一丝冷笑："费公公是看着我长大的，一言一行都落在公公眼里，沈隽又岂敢任意妄为，做些不知死活的事。"

"那就好，死字写起来，也就一眨眼的时间。"费弘英警告性地拍拍他肩膀，"沈公子聪明人，应该知道天子侍读的本职是什么，除此之外的事情还是少插手为妙，赔上自己性命是其次，弄不好沈家满门都要遭殃。"

"费公公好心提点，沈隽受教了，也感谢公公海涵，放家兄一马。"沈隽冷目看着他，苍白面容上挂着复如以往的彬彬浅笑，然而笑意背后却是极力克制的肃杀，平静如狼。

"那么马车已经备好，沈公子可是该启程回京了？"

沈隽迎上他满是威胁的目光，俯首笑笑："有劳公公安排了。"

费弘英狭长的眼睛在帐内扫视一圈，瞥了瞥沈恒，这才带着手下人离开了。

他一走，沈隽强撑的力气也在瞬间消散，颓然跌坐在椅子上。

"你跟我老实交代，到底跟江长风干了什么勾当，是不是想陷害我和大哥？"沈恒壮着胆子来到他身边，揪住他的衣领逼问，"我和大哥都是沈家嫡出的苗子，本就比你位分尊贵。你要不服气，尽可去找父亲理论，为何要害我落入费弘英手中，被他如此羞辱！"

"羞辱？"沈隽麻木地冷笑一声："你风流快活的时候，可有想过挥霍的都是谁的血汗钱？回去告诉大哥和父亲，沈家家产爱怎么分就怎么分，我就是饿死在外，也不会向你们讨要分文！"

"你买通江长风与他勾结在一起，不就是为了给自己找个撑腰的将来好对付我和大哥，你以为我看不出你的狼子野心？别在我面前故作清高！"

沈隽嫌恶地挥开他的脏手，寒声命道："延龄，送他走！"

哑奴恨不得痛揍沈恒一顿，自然对他不客气，反手将他拽走，顺带狠狠踹了他一脚。见他又想扑过来叫骂，索性拾剑横到他脖子上，这才将他唬住，连滚带爬地夺门而出。

哑奴顺手拿起桌上的茶杯，狠命砸向他后脑勺，只不过还没来得及扔出去，就被沈隽出声拦住了。

"让他滚。"沈隽微蹙着眉宇，以手抚额，万分疲惫地坐在灯光下，声音低沉而幽杀。"杜海十之八九已经遭了费弘英毒手，所以江长风才不告而别。明日你与唐佑年先行一步回沈府看看，并联络上江大人，探探宫中的情况。"

哑奴归剑入鞘，奔回他身边，抓着他的手臂使劲摇头。

沈隽偏头看着万分担忧的少年，眼里的戾气渐渐敛去，缓缓解释道："费弘英已经察觉到我对他持有杀念，拿二哥要挟我，我若继续隐忍下去，就再也妄想从他手中翻身。一旦错过这个机会，不知道下次还要等到什么时候，所以不得不冒一次险。"

哑奴惊慌不已，扑通一声跪下来，一面摇头一面打着手势，告诉他自己要留下来保护他，不会让他一个人去冒险杀费弘英。

沈隽默然打量着这个眉眼笃定的哑巴少年，怆然一笑，问了一个让哑奴意想不到的问题："延龄，你可知道自己为什么会变成一个哑巴？"

哑奴愣住，面上的担忧渐渐消退，换为若隐若现的哀凉。他无声垂下了头，到最后发出低不可闻的啜泣声，犹如一只被遗弃的狼崽。

因为家里贫寒，长到七岁的时候，他被父母卖到宫中当侍监，以换取微薄的收入维持一家的生计。与他同去的还有隔壁村子里的壮壮，那时他还小，不懂什么叫净身，只听着下蚕室时壮壮发出的惊恐而凄厉的惨叫声，吓得撒腿就跑，因而冲撞了将要给他动刀子的宫监，被他下令杖毙。

用刑的地方是在一个偏僻角落里，那些宫人们下手甚重，将他打到半死的时候，一个陌生的男孩子突然出现在了他面前。彼时他的意识濒临涣散，看不清那孩子的面容，也听不清他对领头的宫监说了什么，就感觉自己被人架走了。

从昏迷中醒来后，他置身在一间敞亮的屋子里，睡在一张宽大而舒适的暖榻上。一抬头，桌边端坐着一个穿着华美衣服的俊秀男孩，比他略大几岁的样子，正慵懒地品着香茗。

意识到自己是被这个大哥哥救了下来，他挣扎着爬起来，连连给他磕头谢恩，却不知道为什么，从口中发出的字眼变成了含糊而沙哑的啊啊声，任他再怎么纠正都无济于事。

那之后，他就彻底变成了一个哑巴。

是那些宫监干的，一定是他们！是他们将他打成了那样！

想到此，哑奴的眼神一寒，五指一聚，蓦地攥紧了剑。

"不是他们。"沈隽从少年的表情中猜出了他的想法，一字一句道："派人喂你喝药让你变成哑巴的不是他们，而是我。"

哑奴面色一变，不可置信地看去沈隽，满目惊疑。

"宫中那个地方，不小心说错一句话都有可能招致杀身之祸，所以想要给自己身边安插耳目，就必须先封住他的口舌。"沈隽自言自语般道，语声疲惫而冰冷，"在决定追随我的那一刻起，你就应当明白我是一个什么样的人，为了达到目的无所不用其极，可以利用自己，同样也会利用身边的人。"

听到这样的解释，哑奴渐渐沉默下去，垂头看着冷冰冰的地面，一动不动。

沈隽的视线穿过摇摆的烛火，落在昏暗的虚空中，低低道："费弘英已经给过我警告，若我杀不了他，下场是什么你心里清楚。告诉你真相只是让你明白，当年我救你一命，也害了你一辈子，两不相欠。若你继续跟着我，将来只有死路一条，想活命的话现在离开还来得及。"

哑奴的胸口不断起伏，感激夹杂着悲恨一起在心田翻涌，让他心绪难平，不知道该怎么回应这个害他、骗他却又对他恩重如山的主人。

"去吧，拿上这个，若是碰到我名下任何钱庄，你都可以随意支取银两，衣食无忧地过完这辈子。"沈隽没再多说，从腰间解下一个玉佩交到哑奴手心，然后撑着虚弱的身子离开桌椅，向着烛光深处缓缓走去。

哑奴茫然不知该做何回应，踯躅不定，挣扎须臾奔到他面前跪下，紧紧抱着他的双腿，眼泪吧嗒吧嗒往下掉。

沈隽摸摸他的脑袋，安慰道："放心走吧，还有一个云姑娘在我手中，无论楼西越还是费弘英，他们都不会好过。"

《第三十七章》
决意

战后的无幽郡一片狼藉，断壁残垣随处可见。烽燧上狼烟徐徐飘散，在落日的余晖中交织缠绕，像幽灵游荡在虚空，无声俯瞰着这里经历的血腥杀伐。

远处残阳西斜，将伫立在城楼上的一个清瘦身影笼罩其中，凝成一座纹丝不动的石雕。那人心意难平，目光始终定格在城中一个角落里，看穿梭在街巷中的一个女子，用自己疲惫却坚挺的身躯将奴场中的老弱幼小一个接一个背出城门。

"少将军，"景威见他不言不语，有些不忍地走上前来，禀道："大战方才结束，城中现在乱作一团，亟待整治，贺将军和六皇子一直率兵在城中巡查。千夫长此举若被他们撞见，尤其是贺将军，只怕要惹他怀疑……"

"告诉他，就说她是奉我之命放人。"楼西越没有回头，沉声应道。

"少将军……"景威万分担心，劝道："她是霍家人，志在重振青桑，跟你走不到一处，你不要将自己陷进去！"

"我知道，你去吧。"楼西越收回了视线，转身朝楼下走去。

"在她心里，最重要的始终还是那些奴民，你能排第几？"景威扬声喊住他，神色间不无愤慨："楚定云将六皇子从北疆调来你这里，明显是要分化你的战功，若他有心扶持六皇子上位，日后会怎么压制你，你可有想过？要再被他发现你包庇千夫长，后果会怎样？"

楼西越停步，唇齿微动，最终没有答话，继续前行。走不过几步，石阶处迎面走上来一个人，他不得不就此停住，示意景威先行退下。

萧璟浩从远处看见他与景威似是在城楼上争执，好奇之下赶了过来。将近半年行伍生涯的历练消去了这个皇子面上的娇贵，多了些沉稳和坚毅，间或夹杂了些若隐若现的哀凉。想必蕙妃的事依旧让他牵萦于心，虽然身在军营，却无时无刻不挂念自己的母妃。

看着这对原本同出一源，既是堂亲又属表亲的兄弟，景威的心情异常复杂，却不得不将那个说出来许会天下大乱的秘密埋藏在心底，遵了楼西越的命令，默然退下了。

"表哥，你们吵架了？"萧璟浩走过来，关切问道。

楼西越摇摇头："没什么，殿下多心了。"

"她是谁？"见楼西越神色恍惚，萧璟浩顺着他的视线望去，一眼对上了一个英凛女兵，不禁疑道。

楼西越这才回神，忙道："新收的部下。"

因为怕萧璟浩看出端倪，楼西越将他的注意力从青珑身上引开，转而安慰他："蕙妃那边殿下不用担心，将军在朝中安插了眼线，会从中照应。"

提到自己的母亲，萧璟浩的心情低落而悲郁："我不明白，父皇为何如此狠心。母妃向来本分，从不会说长道短，更不会包庇陈晟那样的罪臣，父皇为什么不问青红皂白就将她打入冷宫？"

"是非之地，人心嬗变，单靠建功立业来换取蕙妃的自由，远不是殿下想的那般易如反掌。"

"可我拼死杀敌，就是为了将功折罪，希望父皇能开恩，放了我母妃！"萧璟浩愤愤不平，声音不觉加大了些，"母妃就我一个儿子，我不能眼睁睁看着她在那种暗无天日的地方度过余生。如果父皇不同意放她，大不了我带母妃离开宫中，永远也不回京！"

楼西越欣赏他的一片孝心，却并不认可他的做法，反问一句："一旦叛逃出宫，四海虽大，可会有殿下的容身之地？"

"难道父皇非要逼死母妃才甘心？她没有跟陈晟那样的人结党，更没有做错什么事，为何要接受莫须有的罪名，一辈子待在不见天光的冷宫里！"

楼西越理解他的心情，肃容问他："除了建功立业，以功勋换取蕙妃的自由外，殿下就再无他法？"

萧璟浩微为错愕，仿似在黑暗中看到了一丝光明："表哥的意思……还有其他办法？"

楼西越举目望去城楼外的苍茫大地，意有所指："办法就在那里，就看殿下是否愿意。"

萧璟浩更为诧异，随他一起看过去。

远处层峦叠嶂，江河奔涌，浩荡而激昂，一如震彻九霄的战歌。长空大地间流霞飞舞，映红了无垠的万里河山，一切仿如血色挥就的诗画，看得年轻皇子心旌摇荡。

那样开阔的景致有着什么样的魔力，能将内心的阴霾瞬间驱散，他说不出来。只感觉胸中似有一股无形的力量冲腾而上，像匹脱缰的野马，不受掌控。

"一直以来，楚将军便是这般打算。"楼西越的定力胜过这个自小生活在宫闱中的皇子，很快就从眼前的壮丽景象中平复了心情，"倘若殿下有心，西川百万大军必会竭力扶持，襄助殿下一统乱世！"

终于明白过来的萧璟浩一脸震惊，仿似被雷霆击中一般呆立当下，一动不动地盯着楼西越，心脏砰然直跳。

"这些话即便今日我不说，他日将军也会找机会对你言明。"楼西越迎上他的目光，一字一句道："自始至终他都在等待良机，即便没有殿下与蕙妃的遭遇，没有他被皇帝嫁祸而身陷囹圄的耻辱，有生之年里迟早都会动兵，辅你上位。"

"表哥，你……你说的这些……"萧璟浩的心里七上八下，脑子里一团乱麻。打从懂事以来他就清楚，自己不是嫡皇子，在嫡皇兄都还安好健在的情况下，根本轮不到他去染指那九五至尊，否则非但连累母妃跟着受罪，还要被后人诟病。

但是现在……现在姨父和表哥竟然心存如此大不韪的想法，并且一直在暗中筹谋，连身陷冷宫的母妃都不知道。

"表哥，姨父这么做到底为什么？"萧璟浩极力压制住上下跳窜的心脏，喉咙发紧地追问他："天下无人不知，他乃大夏镇国功将，戍守边疆功不可没，而且素来清心寡欲，根本不会做这大逆不道的事。为什么他一定要辅佐我上位，让我去跟父皇作对？"

为什么？楼西越自嘲而苦涩地笑笑："他隐忍这么多年，若非不想陷无辜百姓于水深火热之中，早已发兵入京了。"

"为什么？姨父跟父皇虽是君臣，上下有别。可年轻时他们也曾一起驰骋沙场，杀敌立功，亲如手足兄弟。到底发生了什么事，为什么会变成这样？"萧璟浩面色失常，急急向楼西越索要答案。

"殿下，"楼西越压下他心里的紧张和忐忑，郑重道："有些事当事人不愿提及，自然有他们的道理，那就不要再枉费心思去猜度。如今将军在等的只是殿下一句话，若你有志平定四海，免去万千苍生流离之苦，楼西越即便赔上身家性命，也必赴汤蹈火，肝脑涂地而无怨尤！"

萧璟浩此刻的思绪已如纠缠在一起的细丝，怎么都理不出头绪，他只想弄清楚事情的真相，一个劲地摇头，喃喃自语道："我不能有这痴心妄想……一旦败了，非但母妃会被父皇处死，姨父和表哥也会成为千古罪臣，还有那些出生入死的将士……我不能这么做，不可以觊觎不属于我的东西……"

"以皇帝的秉性，殿下认为有生之年里他可会放出蕙妃？"

"可是母妃没有罪！父皇为何要如此狠绝无情？"萧璟浩煞白着脸色质问一句，仿似站在自己面前的这个人就是那个让他敬畏又愤恨的生父。

"宫闱不是沙场，庙堂不比市井，功过是非只在那人一念之间。即便枕边妃膝下子，上一刻可以是毫无芥蒂的血脉至亲，下一秒也许就会成为居心不良的犯上之徒。"楼西越看着他，平静对他道，"蕙妃与殿下深受其害，理应想得通。"

萧璟浩依旧不愿相信那些有伤亲情的尔虞我诈，面色苍白地站在城楼上，抓着墙垛的五指隐约发颤。

楼西越明白他此刻的感受，没再多说，只是抱拳道："一切全凭意愿，并非将军逼迫，殿下可再行斟酌。若无他事，末将先行告退。"

"表哥——"萧璟浩长吸口气，扬声喊住他，尽可能让自己保持镇定，"你是姨父的养子，为何口口声声喊他将军？年前你跟他去冷宫看望母妃的时候我就觉察到了不对，后来你们送我离开京都，彼此之间话都不说一句，是不是发生了不愉快的事，跟父皇有没有关系？如果没有，那你为何会选择跟姨父合手，帮我去争夺皇权？这种事一旦败露，后果是什么你不会不知道，为何还会心甘情愿这么做？"

"没有，一切都好，殿下不必多想。"楼西越背对着他，半无迟疑地道，"不称他为父，是因为楼西越本就微命一条，高攀不起。"

"可是表哥……"

"殿下，"楼西越截住了他的话，回头看着年轻皇子急于知道真相的迫切眼神，抱拳淡淡道："该说的我已经说完，要做的便是依令行事，还望殿下见谅。另，无幽郡虽然顺利攻破，但多数村镇的百姓民心不稳，还对我百般排斥与仇恨，强行镇压不亚于火上浇油。况且家国沦陷，有如此过激情绪也属人之常情。殿下宽厚仁爱，若以你的名义广发檄文安抚百姓，当是上上之选，也利于日后招兵，谨望殿下妥善处理此事。如此，末将感激不尽。"

萧璟浩还想追问，但是没等他开口回应，楼西越已转身离开。

楼西越走下楼，最后出现在了另一个人的面前。

青珑停了下来，抬头看到来人，不由顿步，心下发酸，问候道："少将军。"

在她身后围着三个衣衫褴褛的瘦小孩子，七八岁的光景，小手紧紧抓着她的衣摆。见有陌生人挡住了去路，孩子们齐刷刷望向这个沉肃不语的少将，眼神如同受惊的小鹿，纷纷往趴在青珑背上一个昏睡过去的老妇人身后躲，其中一个甚至发出了惧怕的嘤嘤声。

楼西越这才意识到自己的出现对这些整日被困在阴暗墙角的奴民来说意味着什么，他伸手往前似要安抚孩子，谁想孩子却躲得更厉害。

"大战才过，少将军若无要事，还请先行回去歇息。"青珑腾出一只手拍了拍孩子的脑袋，示意他们不用害怕。

楼西越似是未闻，默然上前将昏迷过去的老人从她背上换到自己身上，二话不说就往前走。

"呜呜……阿婆……"年幼的孩子们不知道这个少将要做什么，以为他要将他们唯一的亲人抓走，立马放声大哭，紧紧扯住老人的衣服不撒手。

见孩子的情绪越来越糟糕，青珑一边安抚他们，一边劝住楼西越，重新将老人换到自己背上。

楼西越有些不知所措地站在那里，笨拙地伸出手想去抚慰那些幼小的孩子。只是抬到虚空的时候，看着孩子水汪汪的眼睛里盛满的恐惧、无助、孤独和若隐若现的悲怒，他才明白造成这一切的，就是自己这双沾满血腥和罪恶的手。

"对不起……"他后退一步，低了低头，向畏缩在青珑身后的孩子们沉声致歉，同时对青珑承诺道："我以人头担保，相信我一次，哪怕就这一回也好，给自己一个机会，不要螳臂当车。"

青珑如鲠在喉："少将军明白，身为霍家人，我毕生所愿就是带他们重回故国。他们身陷奴场，吃不饱穿不暖，白天做比牛马还苦还累的重活，夜里像牲畜一样被关在笼子里，拳打脚踢算是轻的，陪葬、贱卖、踩躏更是常有之事……他们没有做过伤天害理的事情，为何不能像普通百姓一样平凡过日，做自己想做的事？"

"少将军，不是我不信你，而是我做不到向曾经毁我国、屠我子民的仇者俯首称臣，这是我的底线。他们只剩半条命，连反抗的余力也没有，如果再有万一，便是万劫不复。我无法拿少将军一个人的命去赌他们所有人的生死，那会置少将军于险地，所以难卜胜负的赌注，我不能下，也不会下。"

"没有回圜的余地吗？"对于她的遭遇，楼西越感同身受，将心比心，便不能偏私地强求她将青桑交于大夏。可是眼前人，他割舍不下，所以仍在小心翼翼地争取："一次就好，无论你信与不信，我都会拼尽命力护你周全，保你故国常在。"

青珑无语凝噎，心中百转千回，可是长痛不如短痛，经久沉痛道："任何事我都可以答应少将军，唯独放弃青桑不行，对不起……"

楼西越无以为应，眼里期许的光芒黯淡下去，如星子隐没。

青珑不忍相视他被霞光打上一圈朦胧光晕的单薄身影，无声背着老人离开，走着走着眼睛有些潮湿泛红，心中似有难以割舍的东西被她决绝舍去，不知道自己的坚守和抉择是对是错。

"阿姐……"恍惚之间，衣袖被人抓了抓，随即一声脆嫩的童音从身后传来，打断了青珑的思绪。

孩子们紧跟于后，仰起污浊的小脸，睁着一双双怯懦而澄澈的眼睛，脆生生地问她："刚才那个人是不是要抓人？他会不会派人打我们，然后又把我们抓回奴场……"

"不会。"青珑将老人小心放到墙角歇息，蹲下来擦掉孩子们面庞上的污渍，摸摸一个小男孩的脑袋瓜，酸涩着声音道："他是想帮阿姐一起将阿婆背出奴场去治病，不会打你们，更不会再把你们抓回这里。"

"那他就不是坏人了。"孩子脸上的怯意消减了些，绽出明亮的笑容，又问她："那他为什么又走了，他不帮阿姐了吗？"

青珑鼻尖发酸，摇头低低道："不是，是阿姐赶走了他……"

"为什么要赶走他？"孩子们有些着急，抓着她的手臂追问。

"因为……因为阿姐说过，不能做伤害他的事。"

"为什么？"孩子们不解，"为什么帮我们就是害他了？"

青珑注视着这些自小生活在奴场，只知道不让他们总是吃窝头的人就是好人的纯真孩子，苦涩地笑笑，柔声解释道："因为上面还有大将军和皇帝，他们不会让你们去习武读书，将来当大官或者做可以保护我们青桑的将军。如果他帮阿姐，那就是不听大将军和皇帝的命令，他们不会放过他。"

"那他为什么还要帮阿姐，他不怕大将军和皇帝打他吗？"

青珑百感交集，说不出什么滋味，换了方式告诉他们："因为他就是这样一个人，就像阿婆一样，一旦有坏蛋来奴场抓人，总是先把你们护在身后，不让你们被那些坏人抓走，从来都不想那些人会不会伤到自己。"

青珑抚上孩子们的肩膀，沉声对他们道："所以你们要听阿姐的话，不要总是躲在阿婆身后等她来救你们。你们已经长大了，回到故乡后要跟着那里的大哥哥们用功读书，专心习武，好好学本事保护阿婆，将来还要像你们的阿爹一样拿起战刀，救出更多跟你们一样被人欺负的兄弟姐妹，知道吗？"

"嗯！"孩子们用力点点头，一起将老人搀到青珑的背上，跟着她往城门的方向艰难移去。快要到那里的时候，却见守城的士兵将两个形容狼狈的年轻人拦在了城门外，不肯放行。

青珑无意间看了一眼，认出那两人后，她原本疲惫不堪的面容上忽然绽出一抹喜色，心里久悬的石头终于落了地。

"子逍——"青珑带着孩子们加快步伐，匆匆走向那里。

"阿姐！"少年万分激动，使劲朝青珑挥手，情难自抑下紧紧抓上身旁一个年轻人的手臂，高兴地道："绿盈我没说错吧，我阿姐一定在城中，她没事！"

绿盈身着男装，与褚子逍同样满面风尘地站在城门外边，看到青珑后心中一悦，污容上露出两个梨涡，温暖如初升的朝阳。

战后与亲人重逢，青珑心潮澎湃，片刻前的悲郁也消散了些。但见两人狼狈地站在一起，面色蜡黄，身体消瘦了不少，仿似逃荒的难民，惊喜之余她又不免心疼。正要开口细问，一个清朗的声音却先她传来，随即周围这些士兵们纷纷向来人行礼问安。

"你是……楼少将军的部下？"萧璟浩踱步来到近前，认出了青珑，摆手免了所有人的礼数。

青珑之前只听说过这个杀来遥州助阵的皇子，却未与其接触过，见他颇是热情地打招呼，她有些戒备，与褚子逍面面相觑少顷，肃声应是。

"听营中兄弟们提过千夫长，他们说你虽是女儿家，身手和胆略却不输七尺男儿，此前一个简单设计，在断马坡大败北凉三千守兵却未损兵折将，当真大快人心！"萧璟浩注意到了她身后这些畏讷的孩子们，倒似把他当成了吃人不吐骨头的凶猛恶兽，有些好笑地伸手摸摸孩子们的脑袋瓜。

青珑抱拳，不卑不亢道："雕虫小技而已，殿下过奖了。"

"只是路过这里，别无他事，千夫长不必紧张。"萧璟浩见她神经紧绷，洒然笑笑，抬头看去褚子逍和绿盈，疑道："这两位是……"

青珑稍稍放松了心情，指着绿盈沉声道："师从陆鹤之陆前辈，乃少将军的同门师妹。"

"先生何时收了这么一个如花似玉的爱徒，我怎的不知道？"萧璟浩有些惊奇，上下打量了绿盈一眼，趣道："难不成是给表哥做打算的？"

绿盈俏容微红，听青珑唤他殿下，便得知了他身份，上前福身一礼："民女绿盈，见过殿下。"

"不必拘礼，母妃脾胃不好，常暗中托先生给她开方调理，姑娘是他门下爱徒，自然就都是熟人了。"因为方才楼西越的一番话，萧璟浩的心情到现在还难以完全平静下来，无甚闲情多问，适时结束了话题："大战刚刚告结，不少兄弟受了伤，军医一时忙不过来。绿盈姑娘既然师承陆先生，医术定然高明，可否辛苦几阵子，帮他们都瞧瞧？"

绿盈不晓得他是寒暄还是当真，犹豫了下也就顺着他的意思道："能为大军效劳，乃绿盈无上荣幸，定会倾尽所学，不辱师名。"

萧璟浩笑笑，招手叫来几个壮兵："找间民宅将他们安置下来，派人好生照顾着。"

连日的奔波和辗转让绿盈与褚子逍筋疲力尽，眼见终于有了可以休息的地方，顿时喜出望外。青珑为了避嫌原想婉言谢绝，但想到有绿盈在，她是楼西越的师妹，萧璟浩定然不会驳他情面，如此做法人之常情，自己再另作安排便有失分寸，于是应允谢过，目送萧璟浩离开了。

"姐，楼西越已经封你当千夫长了？"被那些士兵往城中带去的路上，褚子逍忍不住满心的喜悦，连声问青珑，"你在营中生活得可还好？上阵杀敌会不会有危险，有没有受伤？"

青珑插不上一句嘴，只得逐一回答完他的所有问题，之后才问他："子逍，不是让你好好待在医庐陪伴陆前辈，你怎会跑来无幽郡这么危险的地方，还弄成了这般模样？"

这问题让少年挠了挠后脑勺，他与绿盈对视了一眼，不好意思地搪塞道："这个说来话长，不太光彩，你就别问了……反正已经见到你，看着你没事我就放心了。"

青珑更加不解，却听绿盈苦笑道："说来也怪我，要不是一时心慈手软拦住子逍，我们也不会被那丫头骗走银两，潦倒成这样。"

"你们被一个丫头骗了？"青珑想象不出那是怎样的情景，颇为诧异。

"别提了，一个十岁出头的小丫头，非常狡猾，专门坑蒙拐骗。我跟绿盈找你的那段时间听逃难的百姓提起过她，说她已经在遥州一带行骗了将近一年，远近几个县城的人都认识她。而且她什么人都敢骗，已经不止一次被人追着喊打了，却还死性不改。姐，你要是碰见她要小心了。"

"小丫头？"青珑的脑海中立马闪现出一张古灵精怪的面容，再细问一番她的相貌，竟与之前她碰见的偷衣服那女孩极为相似，心中暗想莫非就是她，可笑自己早就在那丫头手里栽了一回。"想必也是为了讨生计，年纪小小的不容易，暂且不计较了。你先与绿盈好生歇一晚，明日我再去找你们详谈。"

只观她的神情，以及跟在她身边的三个孩子，褚子逍已然猜到了些许眉目，便没有当着这么多西川士兵的面追问她要做什么，点头与绿盈先行一步。

是夜子时，忙碌了一天的楼西越刚回到大帐，就见帐外侯立着一个人，面带倦意，想必已经等候多时了。

"少将军……"青珑徐徐走过来，依礼问候，想起白日与他的对话，心中不由一阵酸楚。

楼西越注视着她，喉咙微动，欲言又止，最终咽下满腔悲郁，低低道："进去说吧。"

青珑默然跟着他进帐，随后表明来意："一晚上都找不到少将军，问了景威也不知道。"见他虽然戎装在身，却未佩刀，背上还系着行囊，她有些不解，一边帮他卸下一边问道："少将军出营了？"

楼西越没有回答，将行囊搁于桌上，问她："找我有什么事？"收臂之时，手背上一道数寸长的划痕忽然映入青珑眼中，似是刃器所伤，周围沤出的血已经凝结。

她面色一变，抓起他手臂："怎么弄成这样了？"但是还来不及细查，楼西越已经缩回手，不痛不痒地道："上阵杀敌谁不留伤，大惊小怪做什么，又不是要命的事。"

"就不能对自己好点？姓沈的和那北凉阉官都没能伤到少将军，这伤又是怎么来的？"青珑心忧又心疼，庆幸的是伤口不深，于是拿些药敷上，顺便掏出帕子给他包好。

楼西越怔视着她，突然希望时间倒退，定格于初见之时，青桑仍在，家国无虞，那时的她明慧可人，笑如榴花，烂漫无忧……

正当他失神之际，青珑抬头，四目相触，刹那间扰乱了他的心河。他仓促收回心神，问她："何事？"

"子逍和绿盈找来了。"青珑将此事告于他，道："六皇子将他们留了下来，安置在城中民宅里，顺便叫绿盈帮军医照料伤员。"

"什么时候的事？"这个消息让楼西越意想不到，"子逍在医庐养病，怎么突然与绿盈来这里？师父可好？"

"我问过子逍，陆前辈一切安好，少将军不必担心。他与绿盈途中偶遇，两人受了些波折，恰逢遥州动荡，无处安身，便寻了过来。我寻思着少将军明日应该找时间去看看绿盈，就过来提前说一声。"

同门相见，楼西越的表情并没有青珑预想当中的那般惊喜，反倒有些凝肃，他略沉思道："你在帐中歇着，我去看看。"

青珑劝住他："绿盈这段时间吃了不少苦，想必也累坏了，早已就寝。这会儿夜色正深，去了恐扰她歇息，不若明晨少将军起早去趟城中，师兄妹叙叙旧。"

"我的意思，子逍可以久留，绿盈不行。"

"这是为何？"青珑颇为错愕，"来时绿盈身穿男装，本本分分，六皇子看在少将军的面上留下她的，少将军不同意，可是另有打算？"

楼西越态度坚决："我可以派人将她护送至安全之地，但不能留于军中。"

"可这样等同于逐客，会不会让绿盈难堪……"青珑有些不忍，同他商议道，但另一方面，也大抵猜得到他的顾虑："虽说她是亓人，但医者悬壶济世，救死扶伤，无分国界。现值盛夏，尸体腐烂甚速，攻城时又挖了河道，污水淤积，再加上伤员，倘若善后稍有疏忽，极易引起尸疫，这对我军来说后患无穷。绿盈常年行走乡野，阅历甚广，此次好心效劳，帮军医一块料理这些事，便更不能薄待她了……"

"正因为她熟谙药理，才不能让她留下，不要因为她给子逍治过病，就只对她心存感激，却毫无防备之心。"楼西越斩钉截铁地道，说完离帐而去。

青珑来不及相劝，怕他直言直语赶客伤了同门和气，便也跟去了。

入城后，楼西越直奔绿盈和褚子逍暂居的民宅。彼时大宅内灯火通明，伤兵们正歇在角落，逐一等候诊治。见楼西越风风火火地赶了来，军医以为营中有人伤势复发，忙丢了手头的活，上前见过他："天色已晚，少将军来此有何吩咐？"

"没事，过来看看，忙你的吧。"楼西越俯身蹲下，查看了几名伤势偏重的士兵，见其伤口都没有恶化或感染的迹象，心下才安。

恰在这时，偏房的屋门吱嘎打开，走出一个扎着高高马尾的女子，那人正是绿盈。她手捧方盘，上面整齐地摆放着几碗熬好的汤药。

"师兄？"大半夜突然见到这个沉默寡言的师兄，绿盈惊道，旋即端着药走向这边。

"少将军白日里忙于军务，子夜时分才见到人，听说绿盈姑娘找来后就马不停蹄地赶来，确定你安然无恙就放心了。"青珑抢先一步，和笑着应一声，暗地拉了拉楼西越，示意他暂先别说那些有伤情面的话。

楼西越不得不吞回话语，转而问绿盈："师父身体可好？"

绿盈莞尔答道："师父身子硬朗，师兄尽可放心。原本我在无幽郡行医，听说要打仗便离开了，偏巧不巧在途中碰到了子逍，后来出了些意外，就同他辗转到了这里。"

"平安便好，今晚先住这里，明日我差人护送你出城。"楼西越点了点头，不解风情地又说到了本意上。

果不其然，这样的逐客令让绿盈始料未及，有些难堪地看了看青珑，旋即婉言谢绝："行军作战本就辛苦，不用师兄费神了，歇歇脚我便自行离开，不会给师兄添麻烦。"

青珑暗地里捅了捅楼西越，替他圆场道："绿盈误会了，少将军的意思是你乃女儿身，城中到处是伤员，将你安置于此太过委屈，他心里实在过意不去，所以就另做安排……还有你刚来这里，本该好生歇息，熬药这种事交给兵医即可。夜已深沉，你快去休息，不要累坏了身子。"

绿盈没再说什么，点头笑笑："那这些药我先放这里，烦霍姑娘嘱咐他们喝下。"

青珑谢过后接住，顺口问道："这是什么方子？"

"紫雪散。"绿盈仔细解释开："方中冰、鹊两石泻火清热，犀角玄参等解毒，麝香醒神，辅以沉香、木香等开窍，外加朱砂安神。现值燥热之际，适量服用可助熄风止痉，加快伤势好转。"

青珑不胜感激："有劳绿盈姑娘了。"

作别两人后，绿盈转身回屋，进去休息了。

待她走后，楼西越从盘中拿下一碗药，凑在鼻翼下浅闻，又怕自己未曾正式跟师父学过开方用药，医道方面仅知皮毛闻不出名堂，遂唤军医过来细细查验，且嘱他救治之事只允军中侍医操持，外人不可介入。

一则出于谨慎，二则青珑也理解他的周全考量，于是没再多说。

出了大宅后，楼西越没有回营，牵马拐向城中其他地方巡视去了。

青珑困意已去，便也一块跟去了。

"关于青桑，你可以……再考虑一下吗？"楼西越低沉沉的声音飘来，带着执着的期望，再次征询她，"不管多久，我都可以等，未知的凶险，我替你挡。"

青珑顿步，默然凝望着他的背影，柔肠百转："少将军……"

"六皇子宽厚仁义，非是当年屠你青桑的萧王之流，若能问鼎天下，当是一代明君。即便划州封地，亦不会视你青桑为牛马草芥。"楼西越亦随之停下，徐徐回身，用一种劝说和近乎请求的语气诚恳道："攸关生死，希望你的选择是最平安的那一个，给自己一条活路。"

"少将军，不需要考虑。"遥想当年，青珑语声悲痛而坚定："从中州万千铁蹄踏入归龙关的那一刻起，阿娘就告诉我，在这弱肉强食的乱世里，活路不是摒弃自己的尊严低三下四向别人讨要而得，而是拿起自己手中的武器努力去和他们平等竞取。"

"好……"明白柳长缳对她的影响有多深，楼西越沉默下来，须臾缓缓道："我尊重你的意愿，若你不能，我替你去赌。"

❰第三十八章❱
命 劫

翌日破晓，还在睡梦中的褚子逍被一阵叮叮当当的收拾行囊的声音吵醒，起身到内屋一看，眼前的景象令他吃了一惊。

"绿盈，你这是做什么？"他急急奔过去卸下绿盈肩上的行李，万分不解道："好不容易安顿下来，你不好好休息收拾这么多东西去哪里？"

绿盈自然说不出原因，苦涩一笑："军中余药不足，我出去采些回来晒着以备万一，你不用担心，在城中休养一段时间。和你阿姐分开了这么久，见面了就好好跟她聚聚，说些知心话。"

"那你告诉我到底发生了什么事，为何说走就走？"

绿盈摇头笑笑："没事，只是出来久了，有些想念师父他老人家了，所以就回医庐看看，尽些孝道。"

褚子逍想不通，着急地道："昨晚我太累倒头就睡着了，半夜迷迷糊糊地听到外面有人在叫少将军，是不是楼西越来过？他让你回去的？"

"子逍，你在这里安心休养，把身子调好你阿姐才会放心，其他的事不用多问，保重。"

"绿盈！"眼见绿盈头也不回地背着行李出了屋，褚子逍惊愕之余更加担心，来不及细想便追了出去。

绿盈走得匆忙，一路上任褚子逍怎么追问都不解释，只叫他回城去，这让他更加困惑，一路紧随，不知不觉已经追着她远离了城楼，来到了城外一片杳无人烟的林子。

"再往前走说不定就会碰到北凉逃兵，楼西越的兵马还在清剿他们，双方之间都有仇恨，你我又穿着西川大军的战衣，被他们认出来定会群起围攻。"见绿盈走得决绝彻底，褚子逍扬声喊住她，追上去恳切道："绿盈，你救过我的命，又陪着我到处流浪，我们一起死里逃生过，有什么事就该一起担待。要是楼西越不让你住城中，那我跟你一起搬出去，我不能看着你流落在外而不闻不问……"

"子逍……"绿盈打断他的话，始终垂睑看着地面，脸色有些发白，欲言又止。

"绿盈，发生了什么事你跟我说，我一定帮你！"褚子逍揽上她肩膀，试图平复她的情绪，"你告诉我到底发生了什么，为何一大早起来就要离开？楼西越是你师兄，为什么不让你借宿？"

"我不知道，可能我不是夏人，师兄打心里防着我……你不要再问了，回去找你阿姐，不要再跟着我，对你没好处。"绿盈说完推开他，转身又走。

"绿盈……"褚子逍急忙拉住她，不想手指刚刚触及衣袖，她忽地转回身来，有些失常地道："回去啊！"

这样反常的举动让少年万分错愕，即刻呆立在当下，不认识一样看着她苍白的面容，喃喃道："绿盈，我是子逍……你怎么了？"

绿盈这才意识到自己的异常，整了整鬓前凌乱的发丝，低低道："对不起……我知道你的好意，但是请你不要再过问，我说过对你没好处，不要再逼我……回去找你阿姐，在她身边好好休养，这样病情才能彻底稳住。"

褚子逍怔怔站在草丛里，望着绿盈黯然离去的背影，心底无端端地失落起来，恨不能立刻奔回城中找楼西越或青珑问清事情的缘由。但到底担心使然，他终究还是默默地跟在她身后，随她穿行在林子里，直到黄昏时分才停下。

放眼望去，远处一缕青烟袅袅飘动，空气里飘散着若有若无的肉香。草丛里的蝈蝈啾啾鸣歌，被他们的脚步一干扰，便都左右跳窜，像逃荒的难民般四处躲闪。

"绿盈，不要再走了。"已经出来了一整天却没有跟青珑知会一声，褚子逍有些焦急，他抬手指着那缕飘荡的青烟道："前面野炊的不知道是什么人，再走下去万一碰上一群逃跑的北凉守兵，你我根本脱不了身。"

"回去吧，不要再跟来，你阿姐会担心的。"绿盈依旧没有停下来的迹象，看着少年微微喘息的模样，神色间有几分迟疑和挣扎，最终还是没有回头，越发加快了步伐。

长时急走让褚子逍的胸口有些难受，呼吸也渐渐急促，他站在那里不知道何去何从。继续往前走，他能想象得到阿姐发现他一整天都不在城中后到处寻找的焦急样子，可如果沿原路返回将绿盈一个人扔在荒郊野外，万一她遇到危险又怎么办？

"杀了她！杀了她！"犹疑之间，一阵响亮的起哄声突然传开，打破了荒野的平静。

褚子逍面色一变，循声急追过去，却见一大群逃难的士兵跟在一个万分狼狈的年轻公子身后，正挥动着手中大刀，邪笑着围向绿盈。

"哟，还是一个美人儿，杀了多可惜。"领头的公子将一双满是油渍的手在衣袖上使劲擦了擦，拨开贴到绿盈脖子上的长刀，凑到她面前闻闻："真香……哪来的啊？怎的穿成这样？"说着就要撩开她的甲衣。

褚子逍大惊，疾奔过去一脚踹开他的脏手，将绿盈护到自己怀中。

"二公子，又来一个。"许是两人都穿着西川大军的战甲，这群逃兵心里多少有些忌惮，冲那年轻公子谨慎地道。

"毛头小兵而已，怕什么！看这样子，指不定是不好好上战场跟着小情人私奔的。"沈恒一掌拍到那兵的脑门上，"想跟大爷我混，先把她给我弄到手，去！"

面对二十多个北凉痞兵，褚子逍没有把握自己能否将其悉数制服，遂将绿盈护到身后，并叮咛她："我挡一阵，你沿着来路往回跑，找一个安全的地方躲着，我收拾完他们就去找你，快去。"

"子道，我……"绿盈没料到会发生这种事，极不放心他，犹豫不决。

"快走！"褚子逍催她一声，说话间踢飞了一个士兵挥来的大刀并顺手夺住，将随后扑来的两人砍倒在地。

"蠢货！宰了他！"沈恒大喝一声，又将身旁几个痞兵推了出去。

沈恒日前被费弘英抓去险些成了阉人，自那以后他后怕不已，一直东躲西藏，直到遇到了这群逃兵，打闹几阵认识上并做了他们的老大后才有了安全感。眼下天降美人却被这小子搅浑，这令他愤懑不已。

就在两方打得激烈之时，远处忽有一队阵势庞大的车马经过，闻声止步，拐向这边来了。

"费、费弘英！"沈恒一眼认出了来者，惊得面如土色，再也没了方才的嚣张气焰，一个激灵转身逃遁。谁知脚步匆忙被丛生的藤蔓绊倒，等他抬起头来时，面前已经站着一位身着紫色绣蟒长袍的宫人，手执一柄拂尘居高临下地盯着他。

"费、费公公……"沈恒下意识向后爬去，舌头打结话都说不顺。

"沈二公子，毛病多了就得改，不要好了伤疤忘了痛。"费弘英阴笑着，并没有将这个草包一样的纨绔子弟放在眼里，绕过他继续向前走。

褚子逍护着绿盈谨慎地往后退离，暗暗握紧了刀柄。他自然看了出来，眼前这宫人步履轻浮声息不发，可见气足力劲，身手远在他之上。再观其架势以及他周身的衣着装扮，猜来在宫中也有着超乎常人的身份。

"西川的？"费弘英靠近几步上下打量起来，带着些兴致阴恻恻地笑问，"有两下子，比这些酒囊饭袋强多了。无幽郡到此地也就一天的脚程，这么猜来，楼西越的兵马还在附近驻扎着，并没有急着继续北上？"

"她是谁？"费弘英的目光又移到了绿盈的面上："西川大军治军严谨，怎会让一个女子混入其中？难不成真如沈二公子所言，她是你的小情人？那这胆子够大了，可就不怕掉脑袋？"

见他手中的拂尘在绿盈面上戏弄，褚子逍神色一冷，手腕翻转，长刀倏然横出，将他手中的拂尘拦腰斩断。收势之时他一记虚招送出，直攻他下盘，却在费弘英抬手阻挡时猝然换向，改刺他胸口。

费弘英并指夹住刀刃，轻易就避开了致命的一击，另一只手臂笔直刺出，掌中紧握的那柄被斩断端头的拂尘随之透穿甲衣，刺入少年的肩胛，将他钉在了一棵大树上。

"不要杀他！"绿盈面色惨白，不知哪里来了勇气伸手攥住费弘英的手臂，不让他再使力。

"绿盈……你先走，快跑……"褚子逍气室，长久才从锥心的疼痛中缓解过来，颤抖着唇齿对绿盈道。说话间他暗暗积攒了一些体力，飞起一脚踢到费弘英膝盖处，在他错身闪避时一屈肘，咬牙拔出了贯穿肩胛的拂尘柄。

一旁的沈恒被费弘英的手段吓呆了，急急从地上爬起撒腿就跑，那些痞兵见状也都慌不择路地追着沈恒逃走了。

褚子逍本就是宿疾之身，此刻又受了重伤，赢弱力虚，无法向那些人一样快速逃走，脱身后护着绿盈仅跑数步便被费弘英追上，喉咙亦被其怒而扼住。

"别杀他！"绿盈惊恐万状，极为后悔自己一意孤行带来的后果，情急之下她扯断一截带刺的菝葜藤反绕到费弘英的脖子上。

这样的反击自然是螳臂当车，没等她发力向后拽，那节菝葜藤就已经一分为二。费弘英大手一伸，同样一把掐住了她的喉咙。

"与其杀了他们，倒不如做个把柄握在自己手中，多少可以左右楼西越几分。"生死一隙间，一个谦谦语声散入耳中，费弘英旋即好奇地松开手中力道，问来人："此话何意？"

沈隽回望一眼自己的兄长仓皇逃走的窝囊模样，收回视线后从容上前，对着脸色煞白的绿盈叵测一笑，缓缓道："她与楼西越师出同门。"

"哦？"费弘英不觉然松手，颇为惊奇地看了看绿盈，"沈公子莫不是在怜香惜玉，用这种把戏来博老奴开心？"

"话已至此，信不信就看公公自己了。"

费弘英暗自忖度，有些迟疑地审视着他，忽而轻笑起来："看来离开皇宫的这段时日里，沈公子做了许多让老奴意想不到的事。"

沈隽但笑不语，眸里的光如针如芒。

"且先信你一回。"费弘英骤然将绿盈推了出去，另一只手忽地一聚，力能断骨。

"不要杀他！我随你们利用，放他一条活路……"绿盈胸口一窒，拾起方才被他拧断的藤蔓朝他脑袋一顿猛抽。

褚子道呼吸困难，意识也愈发涣散，生怕绿盈以卵击石的做法将这宫人激怒，危及她的性命，因而强撑着一口气息，握掌成拳猛袭费弘英腹害。在对方松手闪躲的当儿，他忍痛拉着绿盈，想带她逃离此地。

费弘英目露凶光，飞身乍起，蜷指如鹰爪剜向少年后心。

"子道！"绿盈吓得四肢瘫软，就要扑过去，忽被人攥住手臂，动弹不得。

"留他性命，或许比她更能威胁楼西越。"生死攸关之时，沈隽慵懒而轻淡的声音响起，让费弘英剑一般飞速前进的身子突地停了下来。

"此话怎讲？"他拂袖罢手，面上尽是疑色："不会他也与楼西越有瓜葛？"

"现下算不得，不过日后兴许能当上小舅子。"沈隽挡下了绿盈，深眸里蕴生出一抹异样的轻笑，不紧不慢地对费弘英道："兵法有云：兵强者，攻其将；将智者，伐其情。楼西越的软肋不在他自身，而是他身边另外一个人，偏偏这个少年与那人相依为命。一石二鸟的买卖，不知公公可愿意做？"

褚子道面色一白，瞬间听出了沈隽的言外之意——如果自己落到他们手中，不只楼西越会受他们摆布，还要连累阿姐被他们要挟。她是霍家唯一幸存的后人，手握号令青军的令牌，是带领族民重建家国的希望。她好不容易杀了乌德，为枉死归龙关的将士们报了仇，并重新踏上了战场，一切才刚刚开始，不能有任何闪失。而且他曾说过要帮阿姐的忙，和她一起救出奴场中的族民，不能没有兑现诺言反倒连累她，死也不能让这些人得逞！

一念至此，褚子道顾不上伤口的剧痛，在费弘英敛容琢磨的当儿旋身从他掌下脱出，同归于尽般杀向他。

"活腻了！"费弘英身躯一欠，彻底被他激怒，聚掌运力猛袭而去。

"子道！"

深寂的夜里，一声呼唤响彻荒野，打破了月夜的平静。

从发现褚子道失踪到现在，方圆百里之内能找的地方都被青珑纵马踏遍，不过依旧杳无音讯，这不由让她开始胡思乱想。她深知子道向来乖巧懂事，真有急事的话不会招呼都不打就不辞而别。还有他们平常联络用的暗号，一路找寻下来竟然一个也未见到，那就说明一定出了什么事，何况他是跟绿盈一起消失的。如果楼西越因为绿盈是元人对她的防备和怀疑应验，那她能将子道诱骗到何处，又会不会对他下毒手？

青珑不敢往最坏的地步想，她拨开一丛又一丛的野草，在荒野中焦急地搜寻着。

长夜漫漫，五更天的时候，一众仰面躺在草丛里酣眠的逃兵被她的脚步声惊醒，鲤鱼打挺坐了起来。

"谁？"沈恒万分吃惊，猫腰躲在草丛中，急声问道："是不是费弘英的人？"

"二公子莫怕，不是他的人。"从身形看出来人是个女子，一群逃兵顿时松了口气，四仰八叉地又倒在草地里，昏昏欲睡。

"再听听！不像普通姑娘，还骑着马。"沈恒涉世不深，比这些逃兵更害怕死亡，容不得万一发生，当下将身旁一个睡眼惺忪的人揪了起来："你到前方去探探，看看来人到底是谁，免得着了道被人揪了命根子还当自己在做梦。"

"二公子，你是不是又犯馋了？"那群痞兵戏谑一句，贼笑道："得，谁叫兄弟们没地方去，得仰仗二公子照顾呢。不过丑话说在前头，回到浣城后，您可得说话算话啊！"

"去去去，当我沈恒什么人！"他不耐烦地推了推那些痞兵，"自己送上门来，怪不得别人，把她给我弄来！回京后一人百两，少不了你们一文钱，别跟个婆子一样斤斤计较！"

"爽快，兄弟们这就去逮她。"一群人嘿嘿一笑，一想到白花花的银子，满身的倦意也消失殆尽，猫腰拨开草丛，躲在前方等着她上钩。

青珑察觉到了异常，冷目注视着远处微微晃荡的草尖，放缓速度，五指暗暗握紧了刀柄。

夜色昏暗，那些痞兵也看不出来她穿着战衣，在沈恒的催促下便如市井混混一样扑到青珑跟前，将她团团围住，举止轻浮地吹着口哨。直到一柄泛着银光的长刀突然出鞘，他们才惊觉来者不善，想要撒腿逃跑时刀刃已经横切三人喉颈。

"又是一个西川的，快跑！"

青珑惑然，刺向一兵后心的刀锋及时收回，反将他揪住："什么叫又是西川的？"

那兵傻了眼，一面求饶，一面结结巴巴地道："黄昏时碰见个西川小兵，被、被抓走了……"

"被谁抓走了，抓哪去了？快说！"青珑面色一变，西川小兵这样的字眼终于给了她一些线索。

"费、费弘英，往东南方向那个镇子走了……就知道这些，求……"那痞兵还想讨饶，谁知话刚说完喉咙就觉一凉，没等他反应过来身子已经委顿倒地，扭动了几下便一动不动了。

其他幸存的逃兵一见，呼啦一声皆作鸟兽散。

青珑顾不得收拾这群北凉逃兵，重新跳上马背绝尘远去，眨眼间消失在高低起伏的野草丛中。

是夜，一队车马一路南下，穿过冗长的街巷停在了一户深宅大院门前。

"看紧他们。"费弘英下了车，阴森森地扫了一眼队伍中两个手脚被捆缚的伤重之人，整了整衣衫走向这间宅院。

沈隽紧随在他身后，步履从容，不露声色。经过那两个伤者身旁时，他倾身过去伸手探了探他们的气息，所幸都还活着。

彼时夜深如墨，可见度低，沈隽刻意侧身挡着，加之一行宫人疲惫不堪，大都放松了警惕，所以当他将一块棱角尖锐的碎瓦片悄然塞到绿盈手心时，并无人发觉。

绿盈一惊，面有异色，呼吸发紧地盯着他，蜷起手掌暗暗握紧了那块可以救命的碎瓦片。

沈隽莫测一笑，在费弘英转头看向他时及时回身，若无其事地跟了上去。

"奉北凉天子之命，特来拜见南燕舒王府大公子！"很快，宫人尖锐的嗓音在大门外响起，将院内已经熄了灯火正准备就寝的主人惑住。

"公子你的伤还没好，不要出去，当心来人不怀好意。"琼儿慌忙从屋外退了回来，横身阻住舒九容，万分戒备地道："我叫白前出去打发，告诉他们公子已经歇下了，休要搅扰。"

"只听来人口气，今晚还能安睡吗？"舒九容无奈笑笑，说话间重新披上外衫，系好衣带，命道："通知下去，奉茶招待，随我出去看看。"

琼儿没办法，只得重新点灯，扶着他小心出了屋子，拐向厅堂。

乍一见这间宅院的主人不是自己意欲造访的对象，费弘英虽然惊讶，但仍旧极尽客气："实不知九公子在此，深夜冒昧登门，不敬之处还望恕罪了。"

沈隽在他身旁一言不发地落座，并无过多言语，只在对上舒九容沉静的目光时微微点了点头，算是朋友之间的招呼。

舒九容目力不佳，看不清楚来人的相貌，只能听声辨音，好在琼儿认出了沈隽，附耳过去，低低告诉他："公子，北凉财商沈由之子沈隽也在，坐于费弘英右侧。"

舒九容料想不到他会和费弘英在一处，浅笑着回他一礼，眉目平和如远山，所有困惑尽藏眼底，丝毫不露。"费公公远道而来，未及恭迎，本就怠慢在先，岂敢心生责意。但不知公公费尽辛苦所为何事？"

"早先听闻九公子雅致无双，才情及天，奈何老奴虽然识得，却不曾说上一句话，今夜可算万幸。"费弘英不知为何领兵驻扎在此地的不是舒长轩，而是这个不问兵事的舒府九公子，有些拿不准该不该开口，因而没有明说，继续与他寒暄。

"过奖了。"舒九容了然，含笑摆手，示意屋内的护卫们暂作回避，只留了琼儿和白前在身边看茶。

费弘英这才放心，不解地问他："此前听说大公子带兵过来，怎的不见他人？"

此话一出，沈隽垂睑品茶的动作忽而顿住，眼角余光瞥了瞥费弘英，终于明白他拜见舒长轩的目的所在，却未发话，继续饮茶。

舒九容也从他的话中琢磨出了一些名堂，浅酌了一口清茗，笑道："大哥虽然不在，但有些事我这个做小弟的尚还做得了主。"

费弘英看着他似三月春风一样温和的笑容，暗自忖度良久，这才道明了来意："实不相瞒，此次造访乃是奉了圣令。早在仲春时老奴就想奉旨到贵国走一遭，奈何流年不利，皓雪泛滥，一直疲于应对天灾。后来发生了些谁也不愿发生的事，想必九公子已经明白老奴所指为何，这道圣旨就被搁浅下来。日前战火消停，才有时间过来造访。"

舒九容自然洞明，笑而不语，静静听着。

费弘英并不知道他的眼睛不便审阅，径直从怀中拿出一卷文书，恭敬呈给他："这些是根据我朝皇帝的旨意拟写的盟书，九公子尽可过目，倘若觉得这笔买卖划算，老奴随时恭候大驾。"

琼儿清楚自己公子的情况，为了避免被这些人察觉到，忙接过那份盟书，展开后细细审读。

"这……"费弘英心里不快，伸手想拦回她。

"无碍，她是我近身剑侍。"舒九容清浅笑笑，神情自若，眼里光芒澄澈，借着透进瞳中的微弱亮光正视着费弘英，让对面的他看不出丝毫异样。

"公子，"琼儿看得喜色渐现，笑靥如花，俯身在他耳边高兴地道："上面说，北凉小皇帝想与我们南燕联手。只要我们肯出兵助他们一臂之力，合手击溃西川大军的兵马，他们愿以定山为界，奉上盛、迎两州，年贡万斛珠，悍驹千匹。"

这样的买卖让沈隽眼里的光芒闪闪烁烁，抬头看了一眼难掩兴奋的琼儿，又将视线转移到舒九容平静无波的面容上，神情叵测。

"当然，这是我朝皇帝并不成熟的决定。买卖本就是讨价还价，九公子若有其他想法尽可开口，凡事好商量。"

舒九容的目光在那些模糊的字眼上左右睃巡，半晌浅笑道："兵戈之事九容向来不谙于此，自然拿不了主意。且兹事体大，莫说大哥，就是父王在此也需禀明我朝天子，再做定夺。公公若有诚心，无妨遣人入朝觐见，届时再做考量。"

如此大的诱惑居然没能撼动他的心，费弘英不禁面色微冷，语气也渐渐乏善："九公子可要想好，若是大公子在此一定不会这般推三阻四。老奴能来造访，必然是知道了些内情，令尊在南燕翻手为云覆手为雨，岂会做不了这主？"

"公子能招待你算是给足了面子，区区一个奴才也敢口出威胁，在我王府卫队面前撒野！"琼儿不明白这么好的事公子为何不答应下来，但见费弘英语出不敬，忍不住挑眉呵斥一句。

舒九容摆手制止了她，付以淡然浅笑："当局者迷旁观者清，南燕国势如何，费公公比九容看得清。父王既然沉寂于兵戈，自然有他的道理，九容不敢妄加揣测，也无权替他做主，还望公公海涵。"

"难道九公子甘于仰人鼻息？"费弘英冷声笑笑，警示他："令尊雄才大略眼光独到，必不愿让南国沦落成大夏的走卒之流。"

"心肠歹毒的老奴才，满口胡言乱语！"琼儿心直口快，抢先一步斥道。

被一个黄毛丫头斥责，费弘英不禁面色转寒，拿在掌心的杯盏旋掷而出，笔直袭向她眉心。

琼儿没料到这个太监的身手如此之好，一时惊在当下，直到眼前一道黑影飘过她才后怕地反应过来。

"费公公，手上茶盏乃千年寒玉精制，摔碎了奉上身家性命也赔不起，拿好了。"白前眼疾手快，伸臂一挥将挡下的茶杯反弹至他胸前，话有弦音地警告道。

沈隽勾嘴笑笑，继续把玩着手中普普通通的茶盏，当作看不到费弘英面上的怒色。

"时辰不早，公子还要休息，恕不远送。"黑衣影侍神色冷峻，恭敬伫立在舒九容身旁，将桌上的盟书收起来推到费弘英跟前，冷声下了逐客令。

舒九容面上依旧是往日的和悦表情，但只听费弘英渐渐粗重的呼吸声，他也想象得到这个宫监难以自持的愠怒，却也只是执杯浅酌，不发一语，以示困意。

费弘英吃了闭门羹，颜面尽失，几乎克制不住胸臆间的恼怒，握着茶杯的五指渐渐聚力。就在他的怒火濒临发作时，厅外忽地响起一个惊慌失措的声音，旋即跑进来一个宫人，附在他耳边急急道："公公不好了，人跑了！"

费弘英面色顿变，陡然看去一旁默不作声的沈隽，眼里疑色重重。

沈隽懒懒迎上他的视线，无所谓笑笑："公公如此眼光，莫不是认为沈隽会分身术？"

费弘英冷哼一声，拂袖而去。

"唐突之处，在此赔声不是了，九公子留步。"沈隽离座而起，抱拳对舒九容歉笑道。

舒九容起身，回之一礼："沈公子慢走。"

人一走，琼儿再也压不下心里的困惑，迫不及待地问道："公子，北凉小皇帝拱手奉上盛州和迎州，省得王爷将来派兵抢占，白白捡了这么大的便宜，你为何不答应下来？"

舒九容离开桌子，朝大厅外走去，并没有回答，只和笑着训她一句："白前虽小你半载光景，却比你沉得住气，你却越发长不大。"

琼儿不满，朝一旁的黑衣影侍努努嘴："净会耍酷，我才不要长成一根木头！"

舒九容摇头笑笑，像兄长一样亲昵地揉揉她的脑袋："随你们怎么长，自己高兴就好，公子不会勉强你们。"

这话让琼儿琢磨不透，却没来由地让她心里一个咯噔，她不安地仰头看去，伸出五指在他眼前晃了晃："公子……你看不看得见我和白前？"

舒九容摇了摇头，神色间的怆惜转瞬即逝，静静道："习惯了就好。"

"那你告诉我为什么会突然看不见？我偷偷问过郎中，他说这不像是一般的眼盲，而是……而是中毒后的遗症……"

闻听此言，舒九容脸色微沉，俄尔柔声笑笑："你忘了公子对你说过的话了？母妃也是如此，打从落地起，大夫就说我的眼睛极有可能随她。若不是生在权贵之家，自幼依靠上等药石调理，怕是早已目不能视，能撑到现在已属奇迹，还敢奢望什么？又干中毒何事？"

听琼儿难过地抽了抽鼻子，他趣笑着安慰一句："这般想不开，莫非公子若是彻底瞎了，你就要离开我不成，非得在乎我看不看得见？"

"不是！"琼儿抹去眼里不断打转的泪花，拼命摇头，"就算公子撵我走，我也会死皮赖脸地缠着你！只是方才公子提起王妃的眼睛，让我想到了被王爷关在梅院的年夫人，听下人说王爷当年挖了她的双眼去救王妃，结果却是徒劳，王妃还是不幸走了。公子，我怕……"

提到年夫人，舒九容的目光落到远处的夜空里，思绪也随着回忆飘飞到了久远的过往。

片刻沉默后，他对着身旁这个明眸皓齿的丫头歉疚一笑："若有空闲，多去看看年夫人。下人们不知细由，以讹传讹，可你已经长大，该明事理，不能断章取义。还有大哥，同居一府，就算没有亲情也是一家人，日后不要再与他发生刀剑相向的事，知道吗？"

"公子，你怎么了？"琼儿心里极不踏实，仰头追问："为什么突然对我说这莫名其妙的话？年夫人被王爷关进梅院，我为何要去看她？大公子不把你当兄弟，总是跟你作对，我才不管他是死是活，只要他敢害公子，我就绝不会放过他！"

"琼儿，我的话你也不听了？"舒九容面上的笑容淡去，略带责意。

"我……"琼儿不情不愿，半晌才点头："我听公子的话就是了，可你得答应我一定要好起来。"

舒九容笑应，他不知道费弘英要自己手下人去抓谁，听着街上越来越嘈杂的打斗声，一时好奇，就转身吩咐白前："去看看出什么事了，顺便通知常琰，尽快将大哥带来的兵马全部撤回南燕大营。另，仿我字迹给王爷写封信，就说此事已办妥，叫他放心。"

白前俯首应是，毕恭毕敬地退出了大厅。

琼儿唉声叹气，万分无奈地道："公子，这一来一回算是把夏皇耍了，指不定得受他报复，往后恐怕安生不了。"

"夏皇屡次施压，无非是逼迫父王顺从他，与其同战一线，既为夏军北伐增补外援，又间接让我南国损兵折将。未来他下一步的军事筹划，要么南下燕境，要么兵指兀地，就看谁先谁后。父王假意逢迎，也只是为了解除邦交上的约束，为南燕另谋生路蓄存时间而已。只不过……"

琼儿好奇起来："公子，那王爷的打算是什么？听起来你好像不太认同。"

"父王所选择的盟者，并非善类，不可轻信，且防着吧。"

"那要把费弘英这件事告诉他吗？"

"已经被我拒绝，告诉了又如何？"

琼儿不解："你还没有告诉我，为什么不跟北凉合手捅他夏军一记刀子，这样他夏皇就不敢摆黑脸了。"

舒九容被她的天真逗乐："你以为北凉君臣会心甘情愿奉上大好河山？"

"可是白纸黑字写得明明白白，他们皇帝的印玺也都盖上了，还能狡赖？"

舒九容只当费弘英的造访是个玩笑，根本没有放在心上，同她道："若你是羔羊，愿意去虎山吗？"

琼儿摇头。

"既然知道后果，那为何还要答应费弘英，做这为人作嫁之事？"

"这怎么讲？反正是他们送上泱泱国土来求我们，又不是口说无凭的事。"

"成天就知道吃喝玩乐，不长进。白前话虽少，但远比你通透。"舒九容责笑着敲了敲她的脑袋。

"公子你别卖关子了，快给我说说，为什么不能收取他们的地盘？"

"盛州与迎州地处漠北，上有崇山峻岭为屏，下有急流险湍为障，草盛马肥，看似是养兵胜地，极具诱惑，但那只是针对凉人而言。燕、凉两国隔江相望，接受费弘英的美意收下那两州容易，但要横跨遏江在那养精蓄锐却是痴人说梦之事。因为于我南国而言，左翼有大夏精兵虎视眈眈，右翼有东夼水师伺机蠢动，这与送羊入虎口的道理有何不同？费弘英借机转移夏军目标的歹心，你还猜不出来？"舒九容仔细给她分析。

琼儿茅塞顿开："好个老东西！还是公子想得远，识破了他的歹心。我要是能嫁给公子这样的人，肯定睡觉都能乐死。"

舒九容摸索着够到她脑袋，轻轻抚弄着，任凭她像个黏人的妹妹一样拽着他手臂，说出的话既像玩笑，又像是在给她某种暗示："那如果……换成兄长或母亲，不也可以照顾人，你可会接受？"

琼儿想也不想脱口而出："那得看他们有没有像公子一样对我好！要是成天像大公子那样祸害人我才不要，我就要公子！"

生在王府世家，深宅大院里的恩怨纠葛舒九容从小到大自然经历了不少，深知有些陈年旧事和秘密只能埋在心里，或者当作过眼云烟。对于琼儿天真而又单纯的想法，他只能付之一笑："也好，不管怎样，你过得开心就好。"

琼儿仰头注视着他的双眼，只恨上天将要夺去那里仅剩的半点光明，而她和白前却都无能为力，顿时心生悲凉，伤心地埋下头，劝他道："天色已晚，公子，我扶你去休息。"

舒九容估摸着时间也不早了，本想应是，但见白前迟迟不归，外面的打斗声也越发响亮，心里有些不踏实，又改变了主意："你去通知常琰，叫他派人到这附近巡视一番，不要闹事。"

话刚说完，院门哐当被踢开，竟见常琰扶着一个伤重的少年折了回来，身后还跟着一个身着战衣的女子，发髻凌乱，面上尽是污血，难辨眉目。她紧张地呼喊着半昏半醒的少年的名字，生怕他逃不过这一劫。

多亏沈隽暗地里给了块碎瓦片，绿盈和子道才能在费弘英离开以及看守的宫人打盹的间隙里偷跑出来，逃跑途中他们碰到了一个劲装疾服的黑衣少年，可喜的是他竟认得子道，并喊来这个姓常的男子救走他们，自己则将费弘英的人引到别处去了。

"你是……小奴？"琼儿认出了当年那个跟随在青珑身边的秀净少年，被他此刻惨兮兮的模样吓坏，焦急地叫道："公子你快过来，是霍青珑的阿弟！"

舒九容面现惊色，疾步过来，听着从少年口中发出的微弱的"阿姐"声以及充斥在他周身的血味，即使看不太清也能猜到他的惨状。

舒九容伸指摸到褚子道的脉搏上探查，并安抚他的情绪："不用害怕，这里已经安全了，告诉我你阿姐在哪里？伤你们的人是不是费弘英？"

褚子逍现下神智有点不清，失血拼杀已经让他撑到极限，气息奄奄地道："阿姐会找……不要来……费弘英……"

"跟你阿姐走丢了？"舒九容稍稍明白了事情的缘由，即刻吩咐常琰："速将他们移至后院，然后找个郎中过来，务必救活！琼儿，眼下也只你认得霍姑娘，快马加鞭去一趟西川大营，告诉她人在此地。"

"费弘英要是找来，公子你怎么办？"琼儿一百个不放心。

"我应付得过，你去吧，路上小心。"

地上的血迹刚被清理干净，宅院的大门忽然洞开，冲进来一群北凉宫人。

"费公公？"舒九容端坐在凉亭中，月下抚琴，一副全然不知费弘英为何又折返回来的淡淡表情。

"到底不比年轻人，折腾了一夜，眼皮早已打架，倒是九公子精力充沛，还有这等闲情逸致。"费弘英一双精亮而狭长的眼睛在院子里搜寻着，朝他走去。

舒九容心下雪亮，明白今夜不留他，此间宅院必要被这些人翻个底朝天，甚或两方干戈相向，索性道："公公去而又返，莫不是无处借宿？若不介意此地简陋，尽可与诸位安置下来。难得今夜月满风凉，九容斗胆献丑，可也为公公奏一些静心安神之曲。"

"老奴岂敢叨扰九公子？"费弘英叵测地盯着他，想从他那双似是正对着自己却又像是看着别处的瞳眸里瞧出些许眉目，"只是确如九公子所言，夜已深沉，一大帮人找不到地方落脚，不得已转道回来了。"

舒九容半无迟疑，含笑吩咐侍立在身侧的护卫："传令下去，将厢房全部腾出，带费公公等人去歇息。"

费弘英的视线在院子里不断搜索，闻言后笑笑："九公子热心，那老奴就却之不恭了。"

舒九容神色从容，摆手笑道："请。"

待所有宫人被舒府护卫带走后，隐藏在黑暗角落里的白前疾步走过来，担心地道："公子……"

舒九容心中明了，截住他的话："吩咐所有护卫，严加盯防。若有人夜里鬼祟走动，靠近后院拱门，即刻活捉！你在后院守着，先上点药止血稳住子逍的伤势，务必在天亮之前将他从此地转移。"

白前颔首领命："公子万事当心。"

彼时夜色清凉，宅院四周无声无息，仿如一幅静止的水墨画。宅门外伫立着一个冷峻的背影，举目望着院内通明的灯火，莫测不语。不多时，他翻身上马，将要挥鞭离开的时候，一阵窸窸窣窣的细响忽地传入耳畔，令他眼神一寒，袖中长剑叮然出鞘，整个人飞身掠起，刺向暗处一个角落。

"啊啊……"生死一隙间，一个瘦小身影从角落里移出来，扑通一声跪在地上，口中发出嗯嗯啊啊的含糊声。

"延龄？"沈隽料想不到，贴到他眉心的长剑急收回来，"你没走？"

哑奴奔到他身边，一面摇头一面不停地比画着同一个手势，到最后死命抱住他的手臂，生怕沈隽赶他走似的。

沈隽有些发怔地立在那里，低头看着他，视线有刹那的模糊："你一直跟着我？"

哑奴拼命点头，尔后又不住地摇头，意思是他不会离开公子，并求公子不要赶他走，他要留下来帮公子杀掉费弘英。

想不到世上还有人不惧危险和死亡，心甘情愿并死心塌地地追随自己，沈隽自嘲一笑，良久将哑巴少年扶起来，点头应允："好，公子不赶你走了。"

少年嘴角一扬绽开一个大大的笑容，打了几个手势，道是公子伤势未愈，不能劳累，要做什么就告诉他，他会拼尽全力去做。

"好，你跟着云婧混进夏营即可，剩下的事交给公子去做。"

是夜，一匹快马停在了西川大军的驻地，随即从马背上跳下一个姑娘，二话不说向里冲："霍青珑呢？快叫她出来，出大事了！"一语未必，人已经奔到栅栏处，焦急地朝驻地深处张望。

"谁在叫嚷？"就在守兵挥刀挡住她的当儿，不远处走来一个英挺的护将，见来人张口直呼千夫长的名字，顿时皱眉。然而不经意的一瞥，他的瞳孔突然一张："是你？"

"姓景的？是我是我！"琼儿也认出了景威，着急地拉住他："你快把霍青珑喊来，他弟弟出事了……"

景威眼皮一跳："怎么了？"

"叫小奴的被费弘英那帮人打伤，马上就死了，我家公子把他救了下来，让我赶紧过来通知霍青珑，再不去就看不到人了！"

"怎会发生这种事？"景威大为吃惊，赶紧吩咐身旁的士兵："通知千夫长，叫她速速来此！"

"报！千夫长从午时起就告假出营了，至今未归。"一阵等待过后，换来的却是这样令景威无比焦灼的消息。

"少将军那里有没有找？再去看看！"

"属下问过了，没有见着。少将军也一样，忙完军务后拿了些晚膳，就不见了人影。"

"有这种事？"景威寻思着不对劲，见琼儿越发着急，又不知道褚子逍的情况到底如何，忙拉着她翻上马背："坐好，我跟你去看看！"

然而马鞭还没挥起，就见驻地外的小道上忽而折来一匹烈马，载着主人飞奔归营。

"少将军，这么晚你去哪里了？"景威狐疑地奔过去，竟见他身背行李，更加不解："你出营了？"

楼西越既未否认也未应是，但见景威载着个陌生的姑娘，神情分外慌张，不禁问道："她是谁？你们去哪？"

"霍青珑她……"琼儿快言快语，却被景威一语打断。

"没什么，今个儿在城中认识了个丫头，可怜她连马都没骑过，这就带她去兜兜风。少将军先回营去休息，属下很快就回。"景威见他一脸疲色，又惊又疑，不知道他在消失不见的这段时间里做什么，不想再因这事让他劳神，就借口玩笑道。

"她怎么了？"楼西越驱马挡在他面前，直视过来，追究到底。

琼儿管不住嘴巴："叫小奴的被费弘英打死了，公子叫我来通知一声，却连霍青珑都不见了……"

楼西越陡然变色，不等景威劝说就已经调转马头，风一样绝尘而去。

景威亦稳不下心，叮嘱守兵看好大营，便载着琼儿匆匆追去了。

❖ 第三十九章 ❖
树怨

入夜之后的宅院一片死寂，除过风吹树叶发出的簌簌轻响外，就只剩下匀浅而沉静的呼吸声。突然，房顶飘过一声嗖的细响，惊动了假装睡下的费弘英。

"费公公还未就寝？"房门甫一打开，一个面带笑意的清雅身影缓缓行来，适时挡在了费弘英面前。

与此同时，身手敏捷的黑衣影侍背着伤重昏迷的少年落下房檐，掠至树梢，足点树枝斜飞出墙，眨眼间不见了踪影。

舒九容靠前一步，示意下人将一鼎香炉摆到费弘英房间去，含笑道："夜里蚊虫多，点些熏香有助安眠。"

"九公子来得真是时候。"费弘英似笑非笑，视线穿过漫漫黑夜，落在院中一颗随风摇曳的大树上，"蚊虫多是从那里飞来，要想睡得安稳，需得斩草除根！"语音未落，他飞身跃起，于半空中抽出袖中长剑，朝晃动的枝叶间笔直刺去。

落叶簌簌飘落，惊得栖身在枝叶间的夜鸦扑棱着翅膀仓皇逃走，留下一路惊悸的啼鸣。伴随着鸦声同时响起的还有墙外一阵隐隐约约的兽嚎，声如虎狼，听来格外瘆人。

费弘英心里清楚，人就藏在这间宅院的某一处，但此刻却没有发现任何踪迹，定是被舒九容暗中派人转移走了。区区一个小辈竟也不知死活，处处跟自己作对，那也断无必要再顾虑他的身份，当下手腕一转，长剑倏地朝他飞掷而去。

生死一隙间，一道人影从屋檐上飞掠而下，挥刀一斩，拦腰将飞剑击落。来人用绢帕蒙着脸，看不清面相，解围后急急问道："舒九容，你怎样？"

只一个声音，让舒九容原本淡静的面容上微现惊色，但很快又复如以往，意有所指地安慰她："一切都好，暂无性命之虞，不要着急。"

那人不是别人，正是一路焦急找寻最终追查到此地的青珑。她不知道褚子逍去了哪里，只一想到他被费弘英抓去，恐惧和担心就像盘根错节的藤蔓一样一点点扰乱她的理智。青珑不敢细思，直到在街口遇到一个仓皇逃命的更夫，从他口中得知这条街上发生了打杀事件，一大群阉人追杀一个受了伤的少年，且见人就砍，她心头的希望才又升起，顺着街上的血迹一路找寻，最终追到了这间宅院。

果不其然，那群人正是费弘英的手下。

现下听舒九容如是说，她才得知是他救了子逍，感激的同时心中积压的担虑亦渐渐散去，冷目看着这个一脸阴邪的北凉宫监。

费弘英一招落空，极为不甘地拾剑在手，整个人腾空乍起，似鹰隼猎食，笔直刺来。青珑伸手将舒九容挡开，刀锋一掠斩偏来剑，顺势削向费弘英脖颈。

因着舒九容的身份，费弘英不敢彻底得罪他，那样会将整个北凉与南燕也对立起来，引祸上身。于是他便拿这突然冒出来的人杀鸡儆猴，当下动了杀念，避开刀刃后再次袭来，剑尖改刺她心口。

"小心！"舒九容只依稀看得到不断交错的模糊动影，想上去帮忙，却连哪个是青珑也分不清。情急之下，他就近奔到凉亭，伸手摸到一个悬挂在亭檐下的风铃，揪断一个丢过来："接着！"

青珑不知是何物，慌忙接住，仓促缠到手上。

费弘英不知道舒九容眼睛有疾，自然不明白他是借风铃声来辨别青珑所在，还以为其中有诈，就将目光对准了那只小风铃，剑光一掠削向她手臂。

青珑横刀挡住切入肩身的长剑，一面放低身姿就地打滚翻到一旁，侥幸护住了手臂。身形翻动之间，留下了一阵叮叮当当的清越声响。费弘英的身手诡怪毒辣远在她之上，轻功更不是她所能比，她刚躲过一击还未稳住身形，那把闪着寒光的长剑已然对准她的眉心，毫厘不差地刺来。

她退无可退，俯身闪避，欲举刀刺他腹害。谁想刀锋甫一探出，一抹清影蓦然冲入眼帘，替她挡住了来自费弘英的袭击，连同她手中的刀也将要伤到他。

"危险！"青珑大骇，刀身快速偏向，堪堪贴着他的腰际削过，虽未伤及命害，却在他腰畔划出一道细伤。与此同时，垂在他腰间的一块玉佩也被割断，叮然掉落。

然而更让她揪心的是，费弘英原本持剑杀向她，却因为舒九容的闯入而刺穿他的左肩胛，只差一点便要损伤心肺。

"舒九容！"一切太过意外，令她心悸不已，从身后扶住他。

"没事……别担心……"舒九容额上冷汗直冒，待缓过那阵钻心的疼痛，他朝听见响动后带兵奔来的常琰喝令道："弓手听令，再有人妄动干戈，格杀勿论！"

"是！"赶来后看到这一幕的常琰也无比吃惊，若非舒九容示意他冷静，只怕他早已按捺不住，率令一众护卫杀向费弘英。

短短一瞬间，院中弓手林立，将费弘英和一干北凉宫人密密麻麻地围住，只消舒九容一句命令，便可飞箭齐发将其射毙。

如此不虞之变让费弘英也有了顾忌，料想不到舒九容会为这个蒙面人挡剑，他一时有些发怔地站在那里，思绪乱飞。眼下这贵公子是舒王府的嫡出幼子，倘若在自己手上发生万一，定南王必然不会善罢甘休。现今北凉已经与西夏兵戈对峙，如若在这节骨眼上再与南燕水火不容，后果将不堪设想。何况夏燕素来建交，便更不能做这促使两国联手伐凉的蠢事。

想到此，费弘英慌忙收剑喝退身后的宫人，自己上前一步赔罪道："该死！老奴真是该死啊，头脑发昏竟做了这等混账事，九公子千万息怒……"

舒九容没有理会他，忍痛拦住青珑，在她耳畔低低道："霍姑娘，你先离开这里，稍后我再与你联络……"

"事情未了，你伤得这么重，我怎能安心离开？"青珑自责不已，决计不肯答应，说话间俯下身就要背他去找大夫。只恨她后知后觉，出了事才明白舒九容丢风铃给她是想听声辨位，确认她具体所在，以防万一。

舒九容劝住她说："费弘英不敢将我怎样，不会有事……白前已将子逍转移走，他需要人照顾。方才隐约听见了鬼魃的叫声，说不定……说不定大哥那边又想生什么事端，不能让他们碰面，否则只会耽搁子逍的伤情，你去接应……"

"可你因我而伤，我怎能放着你不管？"

"常琰听令！"舒九容亦不再为难她，于是放弃劝说，冷然下令："射杀所有，生擒费弘英！"

费弘英不欲将局势闹僵，所以从知道舒九容救下那个少年开始就一直忍让，没有采取强硬的手段将这里搜个底朝天。谁想针锋相对到最后还是出了这等事，他心觉拉下脸面好说一句，兴许这件事也就睁一只眼闭一只眼过去了。岂料对方并不领情，他便明白局面已经无法扭转，再犹豫下去便妄想脱身，念及此处他遂点足而起，翻过墙头嗖然不见了踪影。

"取其首级，以我的名义备一份厚礼，快马加鞭送至北凉皇宫。"一场风波终于在这些北凉宫人的尸体纷纷倒地后结束，待庭院里恢复安静后，舒九容捂着伤口走来，如是吩咐常琰。

衣上的斑驳血色衬得他面色惨白，舒九容身子轻颤，借着青珑的支撑才勉强稳住了身形。

"霍姑娘……"

"你不用多说，不管怎样我都不会立刻走，一切等你伤情稳定后再说。"青珑因为失手伤他而耿耿于怀，扶着他回到屋子，仔细给他处理伤口。

随着她的手臂来回动作，腕上那只精小的风铃发出轻灵的响声，如山涧淙淙流动的溪水，涤去了所有惶惶难静的心绪，唯余清宁。

这样天籁之声落入耳中，却叫青珑听来更为自恨，遂扯住丝线将它拽下，满室悠远的清响戛然而止。

舒九容一怔，伸手摸索到被她搁在榻沿的小风铃，略迟疑后解释道："往后我或许目不能视，凡遇险情敌友难察，只能听声辨位，可以戴着它吗？让我知道是朋友……"

青珑怔视着那双虽然清亮如星但却涣散的眼睛，心头百感交集："舒九容，你三番两次救我，恩情难报，我不能再害你……"

舒九容也未强人所难，遂收回此物，达观一笑："也罢，此物动静大，易暴露行踪，如今霍姑娘身在军中，更该谨慎，是我思虑不周，让你为难了……"

"不要这样说自己。"青珑的心里亦过意不去，感激地道："如果不是你的周全策应，以费弘英的身手，我不可能从他剑下脱身，子逍不会逃出他的追捕，王府这些护卫也不可能安然无恙……"

"所以你不用自责，"舒九容反笑一句，打住了青珑的话，眼里忽地晕染出一抹狠绝，"一来是救你，不想你出事，二来费弘英那一剑是我有意承受。"

青珑仿似被雷霆击中，惊在当下。

"如你所言，费弘英忌惮我的身份，自然不敢动我分毫。但是被我坏了事，他心有怨恨，只能拿府上这些护兵出气，杀鸡儆猴，不取走一些人命他是不会甘休的。"舒九容抬起眼眸，视线落在飘曳着烛光的虚空里，像在讲述一件无关自身的事，语声淡淡。"你本就不是费弘英的对手，却救我在先，又不顾后果地护我，我又岂能让你受他伤害？"

"所以你就豁了出去，拿自己的性命做赌注，既逼他罢手又让他没有台面下？"青珑恍悟，不认识一样看着他，"舒九容，我一直认为你冷静自若，做什么事都不会冲动，为何要这么对自己？难道你就没有想过会有万一，要是、要是……"

她不敢说下去，心头无端端地一阵惶恐，不敢回想当时的场面——如果稍慢一些，以当时的情况只怕她收不回刀势，那一刀也许就……

青珑万分内疚和后怕："你的命是自己的，记住，不管发生什么，都不能做任何对不起自己的事。"

舒九容点头笑笑，心下五味杂陈。

青珑从他掌心拿过那只小风铃重新系在自己腕上，打了个死结，注视着他的眼睛，笃定承诺："从今天起，我会一直戴着它，无论上阵杀敌还是冲锋陷阵，都不会解下。"

舒九容颇为意外，感激地道："知音难觅，感谢你能体谅我的不便。"

"是朋友就该两肋插刀，更遑论一只小小铃铛。"青珑笑应一句，说着拿起药瓶欲帮他上药。

"我自己来，只是皮肉伤，没有害及脏腑，休养一段时间即可。子道不知为何落到了费弘英手中，受了重伤，好在抢救及时，保住了性命。白前已将他送走，你先回大营去照看他，我这里有常琰料理，不会有事。"

"我说过要看着你没事再去找子道。"饶是百般牵挂褚子道，眼下青珑也做不到没心没肺地抛下受伤的舒九容不管。就在她为他清洗伤口之时，却见他抬手在腰间和榻上四处摸寻，像是在找什么东西，神色有些紧张。

青珑不解："在找什么？"

"霍姑娘，可有看见一块玉佩？"

"玉佩？"青珑摇了摇头，一个激灵又猛然想了起来，忙道："我知道在哪了，你坐着不要动，我去帮你找回来。"语音落地，她已经足下生风快速奔出屋子，跑到了方才打斗的庭院。

不出所料，亭外的青石花径边缘果然遗落着一块闪着舒润光泽的玉佩，在月光的照耀下剔透澄净。庆幸的是玉身大半部分掉到了松软的泥土中，得了不少缓冲，因此玉佩仍旧完好无损。

青珑拾起它并抬袖擦去上面的泥渍，正要拿回屋子，忽然被玉佩背面雕刻的一行隽秀小字吸引住。借着月色一看，再一细数，她顿时恍然大悟。

舒九容，舒九容……往回走的过程中，她不断琢磨着那三个字眼，才明白那不仅仅只是一个名字，更是一种胸襟和气度。难怪他一直都是如此温文尔雅，清卓从容。哪怕自此眼前的缤纷景致黑暗一片，也依旧做得到风轻云淡，笑对人生的起起落落。

一切源于那几行字——

恭逊容让，渊涵容苟，宽豁容谅；

通达容情，恬然容身，磊落容外；

博厚容物，广怀容人，恻怛容众。

"找到了吗？"正思量着，舒九容万分焦急的声音传来。青珑抬头一看，竟见他不顾身上的伤痛，连衣带也没系好就摸黑出了屋子，伸手在庭院的花木间寻找，可见十分在意那块玉佩。

"你看看是不是这个？后面有字。"青珑忙将玉佩递到他掌心，扶着他返回屋子。

　　总算没有丢失随身坠饰，舒九容如释重负，仿似与身上的伤痛比起来，它竟是比命还要紧的东西。

　　"霍姑娘，我这里一切都好，不用牵挂……子逍的身子你知道，万不能离开人照顾。"安静下来后，他固执地一遍遍对她道，整个人也虚弱地倚着靠背，眼皮开开合合。

　　彼时晨曦初现，疏疏朗朗的清光临窗洒下，落在他毫无血色的面容上，映得眉目恍惚如画，缥缈雅静不染俗尘，一如他手心那块漾着舒润流光的无暇碧玉，缱绻如斯，抵得过世间所有旖旎风光。

　　"舒九容？"青珑轻轻唤了唤他，见他安然睡去，便不忍心搅他清眠，帮他掖好被角。离开的时候，留下一室悠远而绵长的风铃声，在他耳畔徐徐飘荡。

　　是日，青珑快马加鞭，心急火燎地返往大军驻地，恨不能立刻奔回褚子逍的身边。然而行至一半，胯下烈马忽被道旁丛生的藤蔓绊住，前蹄一软跌倒在地，连带着将她整个人甩飞出去。

　　青珑匆忙翻身离马，身子却在半空中被人及时接住，平安落地，旋即耳畔响起一个略带挑逗的懒懒声音："龙姑娘如此着急，连这点雕虫小技也毫无察觉，莫不是出了大事？"

　　青珑转头，一眼对上了一张俊美的面容，那人深褐色的瞳眸在日光的照耀下闪烁着盈盈光彩，宛如一颗璀璨玛瑙。

　　"是你？"青珑一惊，顿时屈肘毫不留情地朝他腹害狠狠击去。

　　沈隽屈身后退，双手却紧紧盘着她的肩膀，躲过她的突袭后灿然笑笑："好歹是我挡住费弘英下杀手，事后还救了令弟一命，连句感谢的话也不说？"

　　青珑心急如焚，没时间跟这看似如谦谦君子，实则狡诈如狐且阴险狠辣的人多说一个字。眼下被他挡住去路，青珑当即拔刀出鞘，径直朝他的脖子削去。

　　她说过，下次再相见，必将他剁成肉泥。

　　沈隽倒似并没动怒，生平第一次遇到狼一样凶狠的女子，反倒激起了他的兴致："倘若没有丝毫用处，费弘英岂会留令弟性命到现在，反还让他拼死跑了？"

　　"你对他做了什么！"青珑满面戾气，挥刀刺向他喉咙。

　　沈隽没有还击，只是偏头躲过，慵懒而叵测地笑了笑："一句话的事。眼见楼西越率兵杀来，这个把柄对费弘英来说还是极为诱惑的，说不定他依旧没有死心，还在寻找令弟的下落。"

　　"你怎么知道这些？"青珑冷然喝问，蓦然间想起一个人，心下一跳："绿盈是你的人？"

子逍是同绿盈一起消失的，那么他们有很大可能在一处，他的情况只有绿盈最为清楚，沈隽又缘何知道他已逃走？更为可疑的是，她和子逍多次蒙受少将军的帮助，这些事沈隽只知其一不知其二，模棱两可的情况根本不可能让费弘英相信子逍能成为楼西越的把柄。除非，他对他们姐弟以及少将军了如指掌，而最有可能与他互传讯息的人，莫过于整日奔波在外的绿盈。

青珑突然想起了来，初识沈隽之时他还说自己认识一位妙医，难道就是指绿盈？

于今看来，少将军因为绿盈乃东冗人士，出于谨慎在兵事上防着她，断然拒绝她接近大军，不是完全没有道理的考虑。

见她神色恍惚，沈隽抬臂擒住她的右腕，反剪到她身后，蛊惑而暧昧地趴在她耳边："若我回答是，龙姑娘会妒忌吗？"

"死不要脸！"青珑瞋目斥道，左手聚力，使了毕生的力气掐住他喉骨。

"乱世求生，要的是命，脸面算什么？"沈隽冷冷讥笑一句，却没有还手，任她拧着自己的脖子，从怀中拿出一瓶药洒到她肩膀上那个因为打斗而开裂的伤口上。

青珑以为他使诈，本能地放手反击，握掌成拳，击向他胸口。

"放心，没毒……"沈隽吃痛，面上的笑意却不减半分，依旧是一副玩世不恭的模样。见她对自己毫无信任，他索性折了一截带刺的草茎毫不犹豫扎入自己指腹，然后往冒血的伤口上倒了些药粉，抬头问她："这回可以信了？"

青珑没工夫理睬这个莫名其妙的家伙，警告性地睨他一眼，翻身上马。

沈隽却没有放她走的意思，展身跳到马背上，伸臂将她环在怀中，抓着她的手反握住缰绳，笑得如魅如妖："不杀我了？"

青珑怒极，掌腕一翻，手中刀尖倏地换向后方，笔直刺入他心口。

沈隽挥臂推刀，左手顺势又拿住她的肩膀，拼命按住她："杀人可以，不过要先保住自己的命。"然后，止血的药就在他连躲带避的间隙里强行而艰难地敷在了她的伤口上。

"你到底想干什么！"青珑像头暴怒的狮子，越是焦急越被他纠缠得紧，偏偏自己再怎么动手他都不还手，无赖一样戏耍她。

如今对青珑来说，最宝贵的莫过于时间。她看不到子逍的状况，这让她紧张又担心，更为忧急的是，她担心绿盈别有用心而子逍却毫无防备，万一绿盈利用子逍的信任再次混进大营，不知道会做出什么不堪预料的事。

所以，必须尽早赶回去拦住绿盈，可是在这千钧一发的节骨眼上，却又碰到了沈隽……

"你在拖延时间？"青珑浑然一个激灵，再也顾不了任何，倏地跳上马背，朝无幽郡的方向绝尘奔驰。

倒是跑得比兔子还利索！沈隽的唇角牵出一丝莫测难揣的笑意，袖中一柄短匕嗖地飞出，径直扎入马腿。

一声马鸣穿透云霄，在苍野咻咻飘散，入耳凄厉。

而在接近南燕大军驻地的地方，同样爆发出一声震地惊天的痛苦吼叫，声如洪钟，听来格外瘆人。与此同时，一只形似犬狼的庞然大物轰然倒地，鲜血从它断开的脖颈处喷射而出，发出腥咸的味道。

另外一只鬼獒见状，撒蹄狂奔以光电之速冲来，扑向马背上一个手持战刀的少将，张开的大口似要将他吞噬得残骸不剩。

楼西越按辔驱马，胯下火曜驹顿时领会了主人的意思，四蹄奔动如箭，将带起的劲力转借给他，顿时人马合一潮鸣电掣一样迎面冲去。到了近前后，他仰面后倾避开那只烈畜的攻击，起身后一刀斩下，将它一分为二。

鲜血如注，溅得他满身都是，但他却无暇理会，心里满是牵挂和担忧，哪管什么舒长轩和燕军，他只想一刀解决这些故意被放出来畜生，好去寻找青珑。

"少将军，不行你先走！"景威被二十多个燕兵纠缠得紧，载着琼儿左右反击，得空对他道。

原本他们一路飞奔，被琼儿指引着往那间宅院赶去，谁想半路上这群燕兵却突然出现，以马蹄太快惊扰大军休息为由挡住了他们的去路，并率先发起进攻。

期间始终不见舒长轩出面，景威心觉定是那个目中无人且傲慢自负的家伙见少将军匆匆往舒九容所在之地赶去，就故意使绊子，不让他如愿。

"杀！"楼西越毫不在乎，手中快刀如疾风骤雨，招招索命。

琼儿被他浑身染血的模样吓呆了，窝在景威怀里，大气也不敢出。

景威也杀红了眼，一连将数名燕兵斩毙，俯身对琼儿道："前面一带都是舒长轩的人马，被他看见你跟我们在一块对你没好处。少将军知道怎么走，你先回去，从这里绕过去。"说完他将缰绳交到她手中，翻身落地。

琼儿的心脏嗵嗵直跳，紧张地拉住他："大公子就是一个疯子，让鬼獒跟野狼交配，生了不知道有多少头怪物，放出来后个个吃人不吐骨头，你们不能再硬闯……"

"他要敢伤少将军一根手指，我率兵碾碎了他！"景威毫无畏惧，"快回吧，你家公子等不到消息也会担心，自己路上当心了。"

"你别去——"琼儿拦不住他，但想起舒九容还跟费弘英那些人在一起，又隐隐不安起来，不得已调转马头，匆匆返回去了。

晌午时分，一个侍从脸色仓皇地跑进一顶大帐里，拱手对斜靠在几案前的一个贵公子禀报："大公子，楼西越杀过去了。"

舒长轩眉目一挑："带了多少人马？"

"就一个，往九公子那边匆匆赶去了，似是有十万火急的大事。"那侍从小心地道："大公子，九公子逼你退兵，自己却又跟楼西越暗地里来往，这当中……会不会有什么猫腻？"

舒长轩寻思着事有蹊跷，尽管仍处于被监禁的状态，他还是有些坐不住，于是强闯了出去，并喝令手下："备马！"

"是！"那侍从忙不迭地跟上了他的脚步，一群人骑上战马，不顾守兵的阻拦，浩浩荡荡奔出大营，在一片宽阔的草地上截住了两匹疾行的烈马。

舒长轩打马向前，一脸傲然地看着楼西越，眸子里尽是揣度的意味："战局惶惶，楼少将军独自出营，欲往何处？"

在他身后，约莫百十个壮兵一字排开，岿然如山。

楼西越冷睨一眼这个王府长公子，只当眼前突然跳出一些市井混混，视而不见般继续赶路。

"舒某不想给楼少将军为难，但杀人偿命天经地义。"舒长轩横身向前挡住了他的去路。

说话间，有人将先前死去的鬼獒的尸体搬来，摆在了楼西越面前。

"畜生也通晓人性，楼少将军下手如此之狠，莫不是让舒某难堪？"

"说话擦净你嘴巴！"景威策马靠前，恼火地道。

舒长轩冷笑一声："楼少将军英名远扬，当是磊落之辈，不会抵赖不认。现如今人证物证俱在，不知这事如何处决？也好让舒某给这些畜生一个交代。"

楼西越冷视着他，字字铿锵有力："当杀！"

舒长轩面上的冷笑顿时凝住，换作若隐若现的怒火，阴恻恻地向身旁一个手下使了个眼色。

那人会意，大喝一声："拿下姓楼的，送我南燕廷尉寺发落！"

语毕，众兵纷纷围攻上来，将楼西越将属二人团团困住，蜂拥扑杀。

景威道："少将军，我来挡住他们，你先走！"

楼西越借他之力冲出重围，忽地收缰调头，人马快如光电，猛杀至弯弓搭箭正欲偷袭的舒长轩身侧，一刀断弦。

骤断的弓弦回抽到舒长轩脸上，留下一道通红的印记。他怒火中烧，弃弓拔刀，但刀身还未完全离鞘，对面一柄战刀已经快他一步，笔直刺向他喉咙。

"且慢——"生死攸关之际，一个温舒而清淡的声音从远方飘来，及时喊住了楼西越。

接着一辆马车快速驶来，停在当下。马车上走下一名年轻公子，眉目清朗比月，正被琼儿扶着手臂，小心往这边移来。

舒九容虽然看不清眼前发生的一切，却听得到混乱的打斗声，不用想也猜得到双方之间发生了什么，于是抱拳歉道："冤家宜解不宜结，家兄意气用事，还望楼少将军海涵。"

相比舒长轩的狭薄气量，楼西越由衷敬重面前这个从容雅致的南燕才俊。也许是他没有忘记自己被夏皇借故监禁在东苑时，他应青珑之求冒险前去看他的那份人情；也许是青珑说过，他曾多次对他们姐弟施以援手，所以他也心生感激。

而现在，他又一次将关乎性命的援手伸向了她们姐弟，他自然心存敬意。

"不敢，九公子言重了。"楼西越回之一礼，目光在与他同来的仆从身上左望右寻，却没有看见牵挂的人，遂压制着心里的紧张问道："但不知情况如何？"

舒九容莞尔道："一切都好，巳时已经离开回了大营，楼少将军尽可放心。想必两位走了岔路，所以未能碰面。"

楼西越如释重负，重重抱拳："九公子大义，楼某感激不尽。"说完，他也没有理会舒长轩的阴冷模样，转身上马。

行将离开的时候，景威见琼儿眼圈红肿不堪，关切地问道："谁惹你哭鼻子了？"

琼儿越发伤心，拼命忍着眼中打转的泪水，抽抽搭搭地道："你别问那么多，跟你家少将军赶紧回去，以后不要让她再来找公子……没一次好事……"

"出什么事了，哭得这么伤心？"景威更奇，见不得女孩子抹眼泪，于是抬起指腹仔细擦掉她眼前的泪珠。

"还不是因为救……"琼儿刚咬出字眼，就被舒九容沉声打断了，唤她过去。

敏锐一如楼西越，第一眼看见舒九容的时候就察觉到了他的异样，知道他此刻正忍受着常人难以想象的剧痛，也能猜到他身上的伤为谁所受。此刻听琼儿话有弦音，便更加没有赘言，与景威速速离去。

舒长轩辱人不成反受其辱，还白白葬送了不少手下，极为不甘。又因为听不懂舒九容跟楼西越之间的简短对话有什么猫腻，怕对自己不利，于是大声喝道："杀人偿命，拿下他！"

舒九容幽然驳了他的话，扬声道："越营出走，聚众斗殴，滋事伤人，当数罪并罚，杖责三十！常琰，押下去行刑！"

"谁敢！"

"违令不遵，再罚十棍，拖下去！"

舒长轩眼里的怒意越滚越浓，无论如何都克制不住，一拳冲向常琰。

常琰错身躲开就要拔刀迎击，却见舒长轩不顾他的刀锋，纵身扑向舒九容。

常琰大吃一惊，正要劈向舒长轩，突然眼前一黑，一个身着戎装的男子闯入视线，手中长刀横空刺出，刀尖直贴舒长轩眉心，只消他再前进一步，刀尖便会透入颅脑。

"有一而再，没有再而三。"楼西越长身而立，冷声警告他："今日承令弟之情饶你一命，若有下次，你命和狗命同取！"

舒长轩额上的青筋突突直跳，冷峻面容也因为把持不住的恼恨而万分狰狞，竟不顾一切持刀刺来。

楼西越旋身易向，刀身顺势探出，一招送入他咽喉。

琼儿在一旁看得喉咙一紧，抓着舒九容手臂的五指隐隐发颤，偏过头不敢看下一刻的景象。

舒九容面色一变，急道："不敬之处，舒某代家兄赔声不是，还请楼少将军手下留情。"

楼西越自知轻重，并没有真正取舒长轩性命的意思，闻言罢手，一脚将他踹倒在地。

常琰见状，忙与两名手下围上去，紧紧困住舒长轩手臂，强行将他押下去了。

离开的时候，空旷草地上留下了这个王府长公子愤恨难消的回声，久久不散："楼西越，他日相逢，我必报今日之辱！"

第四十章
横祸

伏梢未尽，落日如金，入目的霞光红如鲜血，将整片山河包吞其中。

彼时正值晚炊，城中青烟袅袅，一派平静。萧璟浩和贺别正要打马进城，却被倒在城墙脚下的一个少年吸引了目光。

"发生什么事了，怎的弄成这样？"年轻皇子认出了面前这个伤势严重的少年，当即跳下马背，一脸惊讶地上前查看。

"求殿下救救他……我们被凉人追杀，走投无路了……"绿盈扑通一声跪倒在地，声音颤抖，带着浓浓的哭音。"师兄不让我在城中借宿，我以为他性情冷淡难以相处，一时任性就自己离开了，谁想……谁想在半途中遇到了北凉宫人，他们二话不说就要杀我们，子逍为了救我被……被他们……"

"你不要怕，这里已经安全了，我会命军医治他。"萧璟浩忙安慰她一句，叫来随行的士兵，将半昏半醒的褚子逍迅速背进城中了，一面命人去知会楼西越和青珑。

"殿下，他们是谁？"贺别没有见过两人，安顿好他们后好奇地问道。

"受伤的少年是千夫长的弟弟，那位姑娘是少将军的师妹，名叫绿盈。前日他们落难到此，来投靠少将军。"

"千夫长的弟弟？"贺别眉宇一皱，表情有些疑惑。

萧璟浩一奇："怎么了？贺将军有何不妥？"

"没什么，只是好奇而已。"贺别勉强挤出一丝笑容，摇了摇头。

他想起初次见到青珑的时候，楼西越说她有一个结拜兄长叫樊振，已经战死沙场，无亲无故，现下又突然冒出来一个弟弟，委实让他生疑。

"那千夫长还有其他兄弟吗？结义的也算。"

萧璟浩越发觉得他奇怪，趣了一句："怎的贺将军突然对千夫长这么上心，莫不是起了坏心思？"

"不，殿下哪里的话，府上一个就够我受的了，哪敢生歪念。"贺别尴尬地笑了笑，想起离营前楚定云叮嘱他的话，心里的疙瘩不知不觉开始扩大。"一整天都不见少将军的人影，末将去城外找找他，征求下一步的部署。"

"也好，贺将军请便。"

贺别揣着一肚子的疑虑离开了城中，往城外飞奔而去，却在城门处碰到了左右张望的绿盈，不禁一疑："姑娘怎么跑出来了？"

绿盈被身后突然传来的声音吓了一跳，面色发白地收回了视线，敛衽一礼："见过贺将军。"

"朋友受了重伤，姑娘怎的不去照看着他？"贺别翻身下马，目光顺着她方才张望的方向瞅了瞅，"是在等什么人吗？"

绿盈连忙摇头："不……是我不小心丢了祖传的发钗，心里很是着急，我见子道的情况已经稳定下来，就央求守城的大哥给我放行片刻，允我在城门附近找找。失了祖上遗物，实在大不孝，还请贺将军通融一二。"

也许是因为楚定云的交代，贺别始终绷着一根神经，对任何与青珑有关的人和事都没来由地万分敏感，尽管他安插在青珑身边的耳目没查到她对大军存有任何不利的歹心或行举。绿盈虽是楼西越的师妹，但与她弟弟有瓜葛，方才的举动鬼鬼祟祟，不由让他生出戒心。

"来人！"他吆来两个小兵，对绿盈道："多一个人多一双眼睛，姑娘莫要着急，让他们帮你找找看。如今各处都不安定，随时都有可能发生危险，尤其是城门脚下这种鱼龙混杂的地方，姑娘切要当心了，让他们尽快送你回城。我这里还有些事，就先走一步了，姑娘自便。"

绿盈俯身一拜："感谢贺将军。"

"驾！"贺别颔首，一甩鞭子，马驰人去。

贺别一走，绿盈有些不知所措地看着身旁这两个小兵，不知道该如何摆脱他们，正漫无目的地四处找寻着，冷不丁眼前一暗，被一人一骑挡住了光亮。

她抬头，刹那间面色发白，肩膀不由颤了颤。

那人是个少年兵，神色阴冷，面无表情地与她交换了下眼色，牵着马继续向城门靠近。

"慢着！"一声厉喝响起，将那个少年兵阻挡在外。守城的士兵们上下打量了他一眼，疑道："兄弟是哪个营的，怎的如此面生？"

哑奴冷目盯了他们一眼，牵马站在当下，无动于衷。

"奉谁的命令进城的，可有腰牌？"士兵们更加生疑，拒道："少将军下过命令，没有可信的证物，一律不得入城。小兄弟既然不答话，莫怪大哥们不通情面了，快些回去守营吧，当心被人发现你私自出营而吃棍子……"

那些士兵还未说完，几枚泛着寒光的银针忽从哑奴掌心飞出，快得不及他们反应，就已经透入他们的体内，直穿心窝。

这边跟在绿盈左右的两个小兵见势不妙，赶紧飞奔过去，一句"有刺客"还来不及喊出，就已经双双毙命。所有士兵的死状安详而平静，或背贴着城门，或手持长枪直挺挺地站着，不仔细看根本查不出异状。

哑奴从其中一个士兵的腰中解下令牌，拿到手后跨身上马，火速奔向城内。

"哪里走！"突然，一句浑厚的高喝从背后响起，不等他回过身来，一柄战刀铮然亮出，直刺他背后。

贺别目光如炬，骑着战马抢先杀来，暗自庆幸自己多了个心眼，以出城为借口躲在暗处窥视绿盈的一举一动。果不其然，这个女子背后居然有眼线！联想起前日楼西越不允许她借宿在城内一事，他越发肯定了自己的猜测。

哑奴正在抢时间，却被他挡住去路，顿时手段越发狠辣，一个回马枪杀过来，拔刀回刺。

贺别旋身避开，不想几枚锃亮的细小银针突地从哑奴袖中射出，直扎他心脏。他神色一变，借着多年驰骋沙场练就的敏捷应变力，横刀于胸堪堪护住了要害，只是臂膀被哑奴趁机偷袭了一刀。

贺别快速从怀中掏出一串烟火弹，对着高空一拉引线，嗖地炸开一串拖着长长尾音的尖啸，传遍城中每个街巷，这是西川大军的鸣警信号。

哑奴面色遽变，足踏马镫，借带起的劲力飞奔冲来，举刀切向贺别手臂，血溅城墙。

绿盈被这样血腥的场面吓得面无血色，转身跑向城中。

彼时褚子逍刚从噩梦中惊醒，额上冷汗淋漓，忍痛挣扎着下了地，跌跌撞撞地朝屋外走。

他要去找阿姐，告诉她北凉那些战败的宫人不死心，没有全部逃离遥州，还想找舒长轩合手来对付西川大军。

"小兄弟，伤势要紧，怎不好好在屋内休养？"萧璟浩正在城内视察伤情，不经意间看见了褚子逍，便走过来将他拦下。

"我阿姐……请问她在何处……"

萧璟浩也有些担心，方才手下来报，从昨日开始青珑便告假离营，蹊跷的是连楼西越也人间蒸发了一般，只听守营的士兵说他被一个陌生姑娘叫走了，说是很快就会回来，有什么要紧事先交自己和贺别代理。

"这样吧，你先回去养伤，我已加派人手去寻找千夫长了，一有消息就通知你，小兄弟不要太过担心。"

"殿下不好了！"正说着，一阵烟火的爆破声飘过头顶，旋即从远处急急跑来一个士兵，上气不接下气地道："有刺客！刺客进城了，守城的兄弟们都被杀了！贺将军他、他……"

"他怎么了？"萧璟浩如遭雷轰："贺将军如何？快说！"

"贺将军孤身去杀刺客，被他砍了手臂……刺客是一个面相阴沉的少年，身上带有毒器，殿下务必当心！"

萧璟浩一惊，猛然想起现下正是晚膳时分，急声令道："通知所有兄弟，一律停止饮食！然后封锁城门，无论持谁令牌，任何人都不得外出！"说完他翻身上马，一甩马鞭绝尘而去。

褚子逍被这突如其来的消息惊呆，正要追过去，却见绿盈跟跟跄跄地跑了回来。

"子逍，快跟我走！"她知道自己闯了大祸，却不晓得如何跟少年解释，二话不说拉着他的手往城外的方向跑。

"绿盈……到底、到底发生了什么事？"褚子逍的身子极度虚弱，几次换不上气息。

"他找来了，一定会下毒杀人，你不能待在城中！"

"是不是费弘英的人？"褚子逍从她手中挣了出来，"一定是他的人，那我就认识刺客的模样。"

绿盈仓皇失措地拉住他："不是他们，是另外的人，我在城门也看见了。子逍你听我说，刺客混进了城中，一定见谁就杀，你伤势很严重，不能再发生万一，我们先离开，去找你阿姐。"

"可贺将军和那些伤兵怎么办？"褚子逍突然觉得面前这个向来温婉如水的医女有些陌生，"绿盈你医术高妙，一定知道怎么解毒，这个时候不能撒手不管……"

绿盈强定心神："不是我见死不救，而是他们根本就不相信我们。我打听到了，贺别已经知道你阿姐的身份了，怕她别有用心，私底下派人去杀她。师兄对这件事也睁一只眼闭一只眼，你阿姐走投无路，所以才会逃走去找你……"

"不可能！"褚子逍决计不信，"如果是这样，他们不会好心救我，一定见我就杀！"

"子逍你不要太天真，他们留我们性命是想逼你阿姐现身，拿我们威胁她！"

"不会的！楼西越不会让手下将士杀我阿姐，他不会这么做……"

眼见少年转身去找那些人，绿盈强行将他拉住："你不能回去，若是被他们抓到，一定不会留你活口！"

褚子逍伤重刚醒，已经濒临虚脱，依旧固执地往回走："我不信，楼西越不会派人害我阿姐！"

就在两人争执不下的时候，冷不丁前方现出数十个骑兵，疾风一样展身冲过来，眨眼间将他和绿盈团团围住。

"拿下他们！"说话的是为首一名将领，是贺别的心腹，名叫韩忠，闻讯后他率兵火速杀来。

"为什么抓我们？"褚子逍始料不及，怎么也想不通这些西川士兵抓的人不是刺客，反而是他和绿盈，扬声质问。

"把解药交出来，饶你们不死！"

"我们没有害人！"见几个士兵拿刀往绿盈脖子上架，褚子逍抬手挥开他们，勉力让自己保持清醒。只是不等他稳住身形，韩忠忽地从怀中掏出一个药瓶，打开后递给身旁的士兵，令道："给他灌下去，不信交不出解药！"

褚子逍面色生变，那个瓶子他认识，是离开医庐时陆前辈给他准备的，里面装满了他亲自炼制的治疗喘疾的药丸，既稳固病情，又作为他病情发作时的救急之用。

"那是我治病的药，不是毒药，还给我！"他上前一步，想从那些人手中夺回自己的东西。

"与刺客里应外合骗过所有人，休想再跟老子耍这下三烂的苦肉计！"韩忠翻身下马，伸手揪住了褚子逍的衣领，不顾他的挣扎和反抗，强行将瓶中的几粒药丸全部灌进他口中，然后连出几拳冲向他胸口，逼他咽了下去。

"子逍！"看着少年万分难受的模样，绿盈忍不住冲开贴到自己脖颈的刀锋朝他扑去。

这些士兵都是贺别的亲信，眼睁睁看着他失去了一条手臂，更可恨的是刺客还在刀口上抹了毒，害得他一直昏迷不醒，个个心中悲恨难平，急于讨寻解药救他。

"解药拿出来！"韩忠错身过来，一把掐住绿盈的脖子，将她摁到墙角："臭女人，老子是个粗人，不懂怜香惜玉，捏死你比捏死一只蚂蚁还容易，识相的就赶紧交出解药！"

韩忠满面愤恨，见绿盈无动于衷，遂抬脚踢向褚子逍的胸口，冲他们咆哮道："说！解药在哪！贺将军要是有个三长两短，老子灭了你们全家！"

绿盈呼吸无力，拼命摇头，眼角余光望着趴在冰冷地面上不停呕血的少年，心下惶恐不已。

"臭女人，解药拿出来！"韩忠再也没了耐心，手指骤然加力，铁青着脸吼道。

褚子逍一咬牙，忍痛从地上爬起来，出拳击向韩忠后脑。

"找死！再不交出解药，就让你给死去的兄弟们陪葬！"其他士兵见状，纷纷冲过来，持刀砍杀。

褚子逍的身子越发难受，五脏六腑如被蚁噬，胸腔里血味蔓延，翻江倒海般直往上涌。

怎么会这样？他神智混沌地想，之前服用过那些药，根本就没有事，为什么现在变成这样？不是毒药……一定被人偷梁换柱了！他与绿盈都离开了房间，刺客肯定有机会潜进去！

他不能做冤死鬼，这样连阿姐也要被他们怀疑，那时就跳进黄河也洗不清了。求生的意念驱使褚子逍拼尽全力，不断回击落到身上的刀锋。

瞬息之间，原本安静的街上刀影交错，鲜血飞溅如雨。

是日黄昏之时，青珑的心脏莫名跳得厉害，似乎预感到了危险，顾不上身后沈隽的追踪，一路快马加鞭飞奔回城，落入眼帘的场景让她脸色煞白。

青珑失魂般冲开韩忠挥下的刀锋，疾步奔向伤痕累累的少年。

"阿姐……阿姐……"褚子逍未曾想过他还能活着见到青珑，只觉那一刻所有的冤屈和痛苦都不值一提，世间没有什么能比得上阿姐平安如常地出现在他身边。

"是我，是阿姐……到底发生了什么？为什么他们要杀你……"青珑不敢相信这一切，语不成声地紧紧护着他，生怕自己稍一懈力，少年就会像晚秋漂浮的落叶般随风而去。

"有刺客……换药，害贺将军……不是我，我没有下毒……"褚子逍伤势惨重，已经撑到极限，身子不受控制地往下滑，说话声含含糊糊，低若蚊蝇。

"阿姐信你，子道你撑住，阿姐带你去找大夫，一定给你治好！子道你醒过来，不要吓阿姐……"青珑惶恐不已，全身止不住地打战，多少年前亲人一个个相继离去的悲恸和无助她无力再承受，强撑起酸软而战栗的双腿，背起奄奄一息的少年欲带他去找大夫救命。然而脚步未动，几把战刀横空亮出，齐齐朝她脖子架来。

"慢着！"韩忠喝道："不交出解药，休想离开此地！"

青珑尚还不知城中发生的事，一心只想救活与自己相依为命的弟弟，眼见他的状况越发糟糕，她几近崩溃："若他发生万一，我必让你们偿命！"

"不说出刺客所在，不拿出解药，谁也妄想离城！"

"是吗？"突然间，一个慵懒而叵测的语声由远及近传来，随即纵马行来一个清俊公子。马背上的人扫了一眼这些西川士兵，冷笑道："谁敢阻我千夫长的去路，北凉大军必送他归西！"

"原来你们姐弟二人都是奸细！杀！"认出来人后，韩忠无比震惊，当下不由分说率领部下围杀而去。

沈隽旋身下马，袖中长剑叮然抽出，快如光电猛削向他们脖颈，招招取命。

绿盈被困在墙角，于混乱中得了自由，跌跌撞撞地退到了安全的地方，眼中泛泪，懊悔而担忧地望着褚子逍，旋即颤颤巍巍地追向他。

恰此时，一柄长剑刺来，扎穿了扑到她面前的一个士兵身体，吓得她呆立不动。

沈隽推开她，低低道："先走。"

"可子逍……"

"有我，放心。"沈隽不耐于她的迟疑，将她推向外围，自己重新杀向韩忠等人。

绿盈惶惶然，不敢再做停留，拖着受伤的右腿匆匆逃走了。

这边青珑痛心不已，拼命护着褚子逍，冲出众兵的包围圈，携着他翻上一匹烈马，飞奔出城。

沈隽尾随其后，替她挡住涌来的士兵，也未恋战，寻隙翻上坐骑，御马冲出城门，紧追青珑而去。

楼西越风尘仆仆回到城中的时候，一切为时已晚，城门附近尸体横陈，血迹斑斑。

同回的景威见状无比吃惊："发生什么事了，怎会这样？"

一兵回话道："有刺客强闯入城，贺将军为了拦住他，不幸被对方重伤……刺客在军中有内线，其与凉人勾结，兄弟们亲眼所见……"

楼西越不可置信："谁？"

"回少将军，就是……是千夫长。"

"不可能！"景威大为吃惊，脱口而出，却见楼西越闻言面色失常，纵马直奔城内，当即跟了过去。

彼时贺别因伤失血，面无人色，加之毒物侵体，已失去大半意识，不省人事地昏迷在榻上。悬在榻边的那只袖子空空荡荡，无声飘动——那本是战将持刀杀敌的手，如今却空无不再。

楼西越喉咙一酸，怔怔走上前，一股说不出来的自恨和愧疚弥漫开来。

"千夫长姐弟二人与北凉大军有染，害得贺将军断臂中毒，生死难卜，烦请少将军给兄弟们一个说法！"就在所有人万分悲痛的时候，一个带着浓浓指责的声音响了起来，说话的正是领兵截堵褚子逍的部下韩忠。

他跪地抱拳，满面愤慨地质问："早先贺将军就反对她担任千夫长一职，少将军却以性命担保她不会做任何出格的事，可是现在要怎么说？不只他们姐弟，连……连你的同门师妹也有嫌疑，要不是贺将军发现得早通知兄弟们，只怕城中所有人都已经做鬼了！敢问一句，出事的这段时间里，少将军人在何处？"

"韩兄言下之意，可是连少将军也怀疑？"景威听不下去，驳了一句："千夫长是在少将军麾下任职，这无可否认，但凡事拿证据说话，没有查清之前，岂可妄下定论！"

韩忠心情悲沉，不由言辞激烈："毒药是在那少年屋里发现的，救走他们姐弟的也是凉人沈隽，我等看得清清楚楚。除此之外，贺将军昏迷前亲口说过，那个叫绿盈的姑娘与刺客勾连。再问少将军，这些算不算证据？如果不算，是否还要赔上更多将士的性命才算数！"

"你又做过什么？"楼西越幽幽然反问，目光如炬，直直扫来，"不加求证武断行事，甚至大开杀戒，若非被你们逼得走投无路，她怎会逃？倘若是凉人的内线，她岂会置生死于不顾，襄助我军北上伐凉？又怎会将下毒之地选于内城，而非精兵屯集的驻地？"

韩忠语噎，半晌回答不上，却仍不甘心："若无勾连，姓沈的为何要冒死救她？还请少将军不要混淆视……"

"做你该做的事！"楼西越低喝一声，勉力克制着情绪，无声望着昏睡在榻上的贺别，胸口沉沉，"下去戒备，我会给贺将军交代。"

"怎么交代？他们受了伤，根本跑不了多远，少将军若真心如此，为何不派兵追杀，为贺将军报仇！"

"抓不到刺客要不回解药，我自断一臂谢罪全军！"他眼底泛红，字字铿锵，说完拿过桌上的战刀，转身出屋。

翌日夜里，整座城池都笼罩在一片警戒的状态中，各处城门均被严加封锁，排查的对象都集中在少年兵上。事发后，无论城内还是驻扎在城外的大营，都是一片仓皇景象，唏嘘声此起彼伏。

萧璟浩严令所有知情人闭口，更禁止任何将士私议此事，以防中了刺客的计，军心大动。

此时他正率兵在城内搜查，抬眼看到纵马行来的楼西越将属，急急上前："表哥，你去了哪里？"

"可有行踪？"楼西越翻身下马，没有多说，开门见山问他。

萧璟浩摇了摇头，随即又道："我封了城门，只准进不准出，就算刺客乔装成我军也无法出城，所以可以肯定，人一定还在城中。若是如此，不知道他接下来还会做什么，单靠防备只怕做不到万无一失。"

楼西越举目望了望巍峨的城楼，思量顷刻，吩咐景威："派人出城一趟，分头去找绿盈的行踪，务必活捉！"

随后，他又做出了一个令景威和萧璟浩极为不解的决定："出城之路不必悉数封死，必要时留下豁口。"

"为什么？"萧璟浩惊问，一个激灵又恍然大悟，一拍脑袋："我明白了！没有逃生的机会，刺客不会轻易犯险现身，表哥的意思是制造假象钓鱼上岸？"

楼西越颔首默认，翻身上马。

萧璟浩将他拦住，颇为愧疚地道："交我去做吧，若不是我一时糊涂放绿盈他们进城，刺客也不会轻易得逞。此事因我而起，我定要抓到那贼人！"

"护不了麾下将士，责任在我。"楼西越长吸口气，胸口闷痛，不敢让自己想起贺别那条空荡荡的袖子，以及被他的部下重伤的青珑姐弟，哑声叮嘱景威："你护在殿下身边，也注意自己安危。"

说完楼西越一裹马腹，绝尘而去。

是夜，城中忽而兵马奔动，沸腾如潮，留守于内城的士兵不知接到了什么消息，突然撤兵集结，朝城门阔步而去。

通往东城门的一条深巷中，一个少年兵停在了黑暗的角落里，翘首张望主街上的动静，神色犹疑不定。他不知道发生了什么变故，以至于对方防线骤变，忽然停止搜查。

莫非城外出了事？他不得而知，又怕这是西川大军设下的引他现身的圈套，在没有确定真相前不敢轻易露面。念及此处，他转身往回走，但随后发生的一幕却让他猛然顿步，回首惊望。

一波人马刚刚出城，忽有一个身穿夜行衣的蒙面人强闯入内，三下五除二了断城楼下数十名守兵的性命，然后小心翼翼地往城内移动，片刻间不见了身影。

他是谁？

哑奴吃惊地想，公子说过会想办法救自己出去，难道是他派人来接应了？

"啾啾……啾啾……"哑奴从怀中掏出一个骨哨，抵在唇边吹了一下，发出类似虫鸣的声音，但连试数次，四下无人回应。

不是公子的人？还是距离太远，他没有听见这暗号？

哑奴难以判断，试着又往城楼的方向靠近一些，略微加大哨声，依然无果。摸不准情势，他有些举棋不定，但见城楼守卫空缺，契机难得，长久踟蹰过后，他终于鼓足勇气，猫腰迅速挪向城门脚下。

"哪里走！"就在他庆幸可以安然脱身时，脚腕忽被人攥住，惊得他趔趄停下，竟见原本倒地的"尸体"纷纷翻身起立，围住城门，将他的去路紧紧堵住。

城门之外，亦是"兵影"林立。马是精神养足的战马，顺道输送至城外驻地；兵却不全是真兵，十之八九为稻草捆扎的人偶，充数作势罢了。

"交出解药！"萧璟浩御马行来，停在他面前，但对方的无动于衷令他沉不住气，抢身过去砍他右臂，浑然忘记刺客的刀锋上涂了毒，不宜贸然接近。

哑奴惊觉上当，退无可退，只得奋力挡杀，猛扑向萧璟浩，刺他心害。

萧璟浩瞳孔一聚，错身掠开削向哑奴右手，谁知对方一按刀柄机关，顿时飞出十几把细小银针，齐齐射向他胸腹。

到底缺乏实战经验，年轻皇子一时大意，没有防备他的暗手，依旧朝哑奴杀来，等到发觉时毒针已经近在咫尺。

"退下！"千钧一发之际，一个身着夜行衣的男子冲过来，抬手扣住他肩膀，将他推了出去。

黑衣人错身避开暗器，手中快刀舞出纷乱如雨的刀芒，送向哑奴脖颈。

萧璟浩稳住身形，忙令部下鸣鼓传讯，得空又杀过来助阵。

贺别已经如此，楼西越不敢再让任何将士发生万一，手腕一转，刀柄击向萧璟浩的胸口，强行将他挡了回去："景威，护送殿下离开！"

萧璟浩不甘心，恨不能将刺客千刀万剐，逼他说出解药的下落。当下不顾他的阻拦，展身绕到哑奴身后，刺他后心。

哑奴心知自己不是楼西越的对手，便将目标锁定在了萧璟浩的身上，旋足掠开，转而闪到他背后，刺他后脑。

楼西越惊然，拼尽全力冲到萧璟浩身前将他斜推出去。与此同时，手中长刀迅速横出，猛地送入哑奴肩窝，推着他笔直向前，直到将他钉在城墙上才停住。

哑奴大口大口地喘息，见越来越多的西川士兵朝此处涌来，便知自己再无生还之机，渐渐生了同归于尽的念头，尤其当他认出眼前这个黑衣人时，那种想法便愈发强烈。

"解药在哪！"萧璟浩逼问无果，于是想夺他的刀刺伤他，以此追查解药的下落。但甫一靠近，哑奴倏地一甩手，藏于袖中的毒针尽数射出，飞向四面八方。

萧璟浩面色失常，眼睁睁看着几枚尖锐的银针朝他眉心飞来，因为距离太近，他无论如何都躲不掉。与此同时，他的思绪亦陷入空白中，做不出任何反应。

楼西越骇然变色，发力抽刀横抵在他印堂前，堪堪挡住了毒器，同时身子斜过来，伸手将他推向后方。

哑奴得了片刻的自由，不知又摸到了什么暗器，猛然起身，开步如风，扑杀而来。

年轻少将几乎是本能地侧身躲避，一瞬间又想到了什么，反手拽住身后之人，拖着他同时闪开。

如若不然，视野被挡的萧璟浩定然不及反应，生死难卜。但他护住了萧璟浩，却没能顾全自己。

哑奴抱着必死之心拼却全力，抢得一刹那的契机扑至楼西越身前，匿于臂韝中的袖剑弹出锋刃，刺穿他衣裳没入血肉。得逞后的哑奴还想伺机偷袭，却被景威从旁一脚踹飞，并被众兵五花大绑，生擒住了。

"表哥？"危险过后，萧璟浩后悸犹存，格外感激楼西越的相救之恩，但见他身形微微晃了晃，不禁紧张起来："有没有伤到你？我看看……"

"无碍，破了外衣……"楼西越眉宇紧皱，伸手捂住伤口，稍做缓解维持住了平衡，收回战刀劝退他："此人凶险，六皇子先行退下。"

哑奴动弹不得，脸上却挂着万分得意的笑容，毫不畏死地迎上楼西越投来的阴沉目光——尽管暗剑不幸偏离了他的脏腑要害，没能使他当场毙命，但锋刃淬毒，现成的解药仅公子有，他妄想好过。

呵，想要杀出遥州北上浣城，做鬼去吧！

哑奴的嘴里发出含糊不清的啊啊声，恶毒而狠绝地大笑着，猛然间以头撞地，竟欲自杀。

楼西越有所察觉，急奔过去，伸手掐住他喉咙："沈隽在哪？"

哑奴没能成功，一双眼睛恨恨地瞪着他，半点反应也不给。

楼西越满目肃杀，刀柄重重敲到他脑袋上，将他击晕。

"少将军，你有没有事？"方才景威的视线被哑奴挡住，只见他扑向少将军，不确定他是否得手，遂不放心地再三询问，毕竟此人的暗器染毒，丝毫不可大意。

楼西越摇头表示无碍，叮嘱他："城内城外加派兵力，严加巡守，等我消息。"说着他命人将哑奴捆至马上，自己亦翻上火曜驹。

"少将军去哪？"

"解药极有可能在沈隽身上。"

萧璟浩和景威大吃一惊："你一个人怎成？"

楼西越的脑袋有些发晕，强迫自己保持清醒，吩咐他们："看好大军，替我照顾贺将军。"

语声落地，他已策马扬鞭，飞速驶向城外。

《第四十一章》
缘尽

夜凉风寒，雷声轰隆，豆大的雨点伴随着闪电落下，溅起一圈又一圈涟漪，搅乱了心神。

青珑将自己的外衣脱下来，包住伤重的褚子逍，将他紧紧抱在怀中，不时伸出食指颤抖地抵在他鼻翼下，探他是否还有呼吸。已经过去整整三天，褚子逍一直在喝大夫开的药，却丝毫没有清醒的迹象，这让她越发恐惧和不安，日夜守护，不让任何人靠近。

雨势越来越大，临时搭建的茅草棚已经承受不住，在风雨交加中左右晃动，发出吱嘎吱嘎的诡异声响。

"咔嚓！"一声巨吼从天而降，泻下一道耀眼的亮光，映白了她的面容。

沈隽将自己的衣衫搭在她头顶草棚的上方，勉强挡住了漏下来的雨水，然后从怀中拿出一个药瓶，倒了一粒深褐色的药丸递过去："那些人逼他服毒，再不解的话，只怕凶多吉少。"

青珑冷目看去他，眼神如刀似剑，恨不能将他碎尸万段。

见她终于有了反应，沈隽尝试着往她跟前靠了靠，轻笑一句："早在楼西越攻下桃源郡时我就说过，会活到让你后悔那一日，这只是开始。"

青珑抱紧褚子逍，期望死神不要带走这个无辜的少年，哪怕用她自己的命去交换，她也心甘情愿。

沈隽又往前靠近了几分，将解药推给她："绿盈不敢杀人，那毒就不是急毒，也有药可解，但是她给自己留了退路，不肯把配方说出来。我也只要到了两颗解药，留给自己和延龄以备万一，你若相信的话就喂他服下，反正已经这样，死马当活马医也未尝不可。"

沈隽尝试着接近青珑，却被她一个冰冷而狠绝的眼神挡回，遂有些无奈地笑笑："我是卑鄙阴险，但是立场不同，为的只是活下去。站在北凉这边来想，不见得犯境的夏军就是正义之师，我自然会倾己之力阻拦。话已至此，要他生还是要他死，由你自己决定。"

"让开！"青珑并不相信此人，挣扎着背起昏迷的少年，想带他离开这片茫茫无际的野林。

沈隽看不下去，挡住她："人证物证俱在，只怕那些将士铁定认为你们姐弟别有用心，就算你帮西川大军打多少胜仗也无用。"说完他强行将解药往褚子逍的口中送。

青珑满面肃杀，从他腰间拔出佩剑，削向他手臂。

沈隽不管不顾，旋身绕到她背后，撬开褚子逍紧闭的唇齿，强行将解药灌了进去，逼他服下。

青珑惊白了面容，以为他又使诈，毫不犹豫挥剑刺来。

沈隽左右闪避退出茅草棚，行将转身的刹那，眼角余光瞟到了一个黑色身影，那人一脸苍白地站在雨幕中，如石雕一般。

"楼少将军？"沈隽叵测一笑，像个朋友一样跟他打招呼："这么快就找来了。"

楼西越眼眸冰冷，浮动着掩盖不住的戾气，声音冷如寒冰："交出来。"

"这个吗？"沈隽笑得慵懒而狡猾，故意晃了晃手中的瓶子，发出清脆响声，惋惜地笑道："可惜只有一颗。"

楼西越眼里的杀意越发浓烈，一拉绳索，将重伤昏迷的哑奴从草丛里拖了出来，拔刀指着他脖子："我不说第二遍。"

沈隽面上的笑意瞬间凝住，万分惊愕地看着倒在泥沼中的哑奴，但片刻后他的表情又恢复如初，回头看了看茅草棚中的青珑，笑得阴冷如魅："如果龙姑娘也需要解药来救命，楼少将军还会不会抢这唯一的一颗？"

楼西越目光沉痛，抬头凝视着伫立在风雨中的青珑，喉咙被一股说不出来的酸涩和愧疚堵住，沙哑着声音对她道："跟我回去……好吗？"

"少将军……"青珑定定看着他毫无血色的面容，心中悲楚无以言说，"我以项上人头担保，我没有勾结凉人做危害大军的事，我和子逍也不是任何人的耳目。他们所看到的一切，都只是巧合与圈套，他们可以误会我们，但最不该的，就是不问缘由把我们逼到绝路……"

"我相信你。"楼西越哽咽着道，不敢想象当时的景象。

"少将军是来抓我的吗？"

"我信你，也会还你清白，给我一点时间……可以吗？"

"如果一切已经晚了呢？"沈隽阴诡一笑，往青珑身边靠了靠，伸手环住她肩膀："就像这样，怎么保证那些人会相信呢？"

青珑斜视着满脸挑衅的他，目光转悲为恨，挥拳冲向他心窝，恨不能剜出那副黑心肠。

沈隽轻飘飘躲开，不恼不怒，笑容中反还带着一丝邪气和暧昧。

大雨瓢泼，打湿了楼西越额前的发丝，顺着发梢蜿蜒下落，模糊了他的视线。

"闷葫芦，回去吧……"青珑不忍他在沈隽面前受辱，更不敢让自己的视线在他沉黯的眼眸上停留太久。

她天真地恪守着那份与他并肩沙场、以杀止杀的承诺，到现在才明白，他是志在平定乱世的果敢少将，她是立誓重振故国的流浪孤女，选择的路截然不同，如若坚持到最后，谁能成全谁，又该如何决断？

"不要回来……不是我害的，快走……阿姐快走！"大雨之中，突然传来含糊的梦呓声，打乱了周围的死寂和沉闷。

仿佛在绝望中抓到了救命的稻草，青珑暗沉沉的眼里燃起一丝光亮，三步并作两步奔到子逍身边，紧紧抓着他的手，喜极而泣："子逍，我在，不怕了……阿姐在，我们已经安全了……"

褚子逍还陷在被韩忠等人围杀的噩梦中，神智并未清醒，拼命抓着青珑的手，梦语不绝。

"阿姐相信你！我相信你不会害人……子逍你醒过来，不要吓唬阿姐……"见他始终不睁眼，青珑惊恐地抱起他，身子不可抑制地轻颤起来。发觉到有人靠近时，她以为是姓沈的，抱着少年疾速后退，戒备地低喝一声："别过来！"

楼西越的脚步顿住，再也抬不起来，哀然看着坐在冰冷地面上的她，心口生疼，说不出一句话。

沈隽原本也想上前查看，但见青珑极为警惕，便打消了念头，展身向哑奴掠去，寻机营救。

楼西越有所察觉，举步生风抢先奔了过去，手中快刀飞速袭出，斩向他脖颈。

沈隽收势后退，暗想他能亲自前来找寻解药，城中定然也有将士中毒。既然如此，那他倒要看看，这个战地修罗是否如坊间所言，心狠手辣无所畏惧到没有软肋的地步。

沈隽敛容罢手，笑得邪肆而狠毒："以药换人！"说完他毫不犹豫地松开手，将仅剩的那颗药扔向河心。

楼西越面色失常，循着解药下落的弧线追过去，纵身扑入河中，堪堪在它将要触及水面的时候紧紧抓在了手心。然而由于速度过快且无支撑，他的身体失去平衡，连人带药一起沉入水中。

"闷葫芦！"青珑无比恐慌，以为他出了事，冲向河边想也不想跳水救他。

就在那时，楼西越的脑袋忽地探出水面，拼了全部的力气冲上来，于水中环住她身子，将她携上岸边，与她跟跟跄跄地跌倒在泥沼中。

"给你……"他托起她的手，将紧攥在掌间的那颗解药换到她手心，避免雨水冲蚀。指尖相握的那一刻，他自私地想，这是最后一次触及她，等到回到城中面对贺别的股肱部下时，他就要为失信于他们而断掉自己这条手臂。抑或抓不到绿盈，再也找不到多余的解药，他自己也只能坐以待毙……

最后一次……就让时间多停留片刻，毕竟，这还是他生平第一次主动去握女孩子的手，并且发现原来她也有同世间其他女子一样的喜好，喜欢在手腕上佩戴铃铛这样的饰物。

以前怎么没有发现呢？他笑自己的粗心大意，要是最早就知道的话，他就可以亲自给她做一个更好看的。

"不相信我也好，拿着它去救子道。"楼西越反握住她的手，将解药交到她掌心，敛去了那些遥不可及的念想，低低道："我没能护你周全，让你受了冤屈，对不起……"

青珑的目光定格在那双沉黯而疲惫的眼眸上，心头思绪万千，有不舍，有担心，有怜疼，间或夹杂着最深的留恋。她徐徐伸手，想抚平他眉间的固执和倔强，告诉这个一旦交出了心就会认定当真的男子，以后的路好好走下去，如果各自坚守的东西相悖离，谁都无法成全谁，那就及早收手，各安己命，各行己道。

这次出事的是子道，如果再回军营，未来会不会牵连到闷葫芦？这是她最不希望，也最害怕发生的事。

"闷葫芦，拿回去。"她将解药反交到他手中，声音暗哑，几度不忍话别："天晴之后，我就会离开，带着子道和救出的族民回到我的故国。你保重身子，好好活下去……"

楼西越默然坐在河岸边，任滂沱大雨浇灌着混沌的思绪，耳畔萦绕着她越走越远的脚步声。

他想一定是因为自己杀戮太重，欠的命债积累如山，所以这一生都不配得到世间那些弥足珍贵的情感——生母的舐犊亲情，父亲的养育教诲，并肩沙场的将者的信任，通通与他没有交集。可是强撑着走过漫长的二十多年，他对那些早已变得麻木，如今他真正在乎的，是那个不期然闯进他生命，从此住在他心上的坚韧女子。可如今，连这份暗暗贪恋的眷念也要就此夭折，求而不得。

“哒哒哒——”远处忽而马蹄轻响，夹杂在横斜的风雨中飘来。

赶车的是一个两鬓花白的老人，驾着一辆破旧的马车，车身用打满补丁的麻布掩了起来，勉强遮遮风雨，里面还坐着两个小女孩，乖巧地玩着翻花绳的游戏。

老人挥动鞭子，吆喝着不听话的小马驹在泥泞的河边小道上艰难行走。

青珑强行咽下胸口那抹悲酸，目光离开了河岸，转身去向老人求助。

沈隽听到动静后也走了过去，抱拳一礼：“惊扰了，晚辈与朋友遇到了难处，走不出这片雨地，想搭借贵车一用，恳请老伯能够通融一番。”

老人家是个爽快人，一眼看到了躺在茅草棚中的褚子逍和哑奴，赶紧跳下辕座，吆唤两个小孙女先下车。

青珑不胜感激，急忙返回茅草棚，却见楼西越已经背着半昏半醒的褚子逍朝这边移来，无声将少年放在马车里，然后拿出手心那颗解药，往他口中送。

青珑心底万般不是滋味，紧紧攥住他手腕，阻止了他：“子逍已经服了解药，剩下这颗你带回去，给需要的人。”

“闷葫芦……”她眼睛潮红，怔怔望着他，缓缓道：“我走了，保重……”

楼西越凝视着她，心口被一抹说不出来的闷痛填堵，良久之后哑声作别：“照顾好自己，保重……”

说完，他拖着如灌重铅一样无力的躯体，仿佛一具行尸走肉，在重重雨帘中徐徐往回走，不多时消失在高低交错的草丛间。

一股悲酸忽而蔓延而上，让青珑的眼帘越来越模糊，定定站在无边无际的大雨中，眺望着他渐行渐远的背影。

“不走吗？”沈隽走上前来，将一张宽大的绿叶撑在她头顶上方，跟她一样遥望着前方，不知何意地笑了一句：“突然觉得，我得抓住这个机会了。”

青珑会错了意，目光一寒，抬手揪住他衣领，将他推到一棵大树上，冷冷警告：“你与绿盈合手，指使哑奴陷害子逍至此，这笔债我迟早找你算！若你再在闷葫芦身上打主意，我必让你不得好死！”

“是吗？”沈隽懒懒一笑，说话的语气阴魅如妖，却又带了几分认真，“在龙姑娘心里，可是认为沈隽只会做些见不得人的事？无非他为西夏我为北凉，各有各的手段罢了。再者你不杀我，我也未杀你，你我就此扯平，谁也不欠谁。好歹相识一场，又都落难至此，就不能握手言和，好好说些体己话？”

“啪！”随着他语音落地，一个脆亮的巴掌猝然传开，又快又狠地落在他右颊上。

沈隽丝毫没有动怒，反倒拿住她手腕，将一张狼狈而俊美的面容呈在她眼前：“若是介意这种对不起楼西越的话，那我无妨换个说法，既然暂时无处可去，不如你跟我走吧，我们一起回沈府养伤如何？”

青珑眼里的杀意急剧跳动，握掌成拳，使了生平最大的力气朝他面门击去，恨不能将他打成肉饼。

“姑娘，有什么误会说出来就好，切莫动气！”老人不明细由，见方才还有一名男子黯然离去，只当这些年轻男女之间的爱恨纠葛让他们理不出头绪，在远处扬声劝了一句：“你看都已经成那样了，再自己人伤了自己人，谁来照顾你们？”

沈隽偏头躲开了她的拳头，忽听得老人的话，一股别样的喜悦莫名从他心底升起，笑问她：“听到了吗？自己人。”说完他拉住她手腕，满脸笑意地朝马车走去。

青珑几经克制才压下了胸口的起伏，没有当着无辜老人的面下毒手，嫌恶地从他手中挣出来，始终跟他保持着距离，两人一前一后钻进了马车。

“坐好了！”老人吆喝一声，一甩长鞭，车轮咕噜噜滚动起来，缓缓前进。所过之处，一路清响向后回荡，吟唱着如风雨般凄清的离歌。

在他们行过的道路旁，一袭黑色身影徐徐从树后现出，声息不发地望着远行的破旧马车，目光幽暗，心海空无，脚步随着他们的远去而向前，久久不曾离开。

夏末最后一场雷雨断断续续落了五天，雨雾初晴后，寒气悄然袭来，随身衣物已经抵挡不住冷气的侵袭，即使坐在火堆旁，青珑也耐不住凉意打了个哆嗦。

“姐……”一旁昏睡的褚子逍醒了过来，虚弱地唤了唤她。少年身上的毒已经解去，但严重的刀伤还会让他时不时昏过去，加上颠簸奔走得不到静休，他的情况始终不见好转。

青珑起身来到他身边，将他的脑袋埋在怀中，给他取暖“子逍，可有觉得不舒服？”

褚子逍摇了摇头，眼帘半开，口中发出喃喃而自责的轻响：“我没用，总是连累阿姐……”

“不要胡思乱想。”青珑吸了吸发酸的鼻子，截住他的话，抱紧他道：“阿姐现在不是好好的？你也答应阿姐，一定要好起来，好吗？”

少年艰难地点点头，问她：“楼西越……是不是来过了？”

提及楼西越，青珑如鲠在喉，强忍眼眶前打转的泪水，颔首默认。

“他没抓我们，该怎么向大军交代？”

“我把另一颗解药留给他了……子逍，阿姐想过，等你身子康复后就回去看一眼闷葫芦。冤害也好，屠杀也罢，这都不是闷葫芦的意思，我不能让他独自一人去面对那些人的质疑。”

　　褚子逍不安起来，怕青珑回营再受伤害，可他又清楚楼西越在她心中的分量，所以理解她的牵挂和不舍，轻轻点头："我等你回来。"

　　青珑依偎着他，笑中带泪："阿姐答应你，等到一切办妥，我们就回青桑，去找月芜和蔺池他们。以后阿姐再也不会粗心大意，不管发生什么都不会扔下你不管，无论有多艰难我们都一起担当。你也要答应我，什么都不要想，只管让自己好起来，好不好？"

　　褚子逍颔了颔首，没说几句，又在青珑的怀中徐徐睡去。沉睡中的少年面容安详，再也没了当初的惊悸。

　　青珑探得他脉象还有，呼吸还在，连日来一颗惊恐不定的心才慢慢平复下来，将他小心翼翼侧放在破庙中的蒲草地上，起身准备到外面去捡柴火。不过她刚跨过门槛，一大堆折好的干柴枝已然现于眼帘。

　　"大姐姐，给你。"稍大点的小女孩仰起小脸，吃力地将干柴往她跟前推了推。另外一个女孩怀里还抱着一只毛茸茸的小白兔，红宝石一样可人的眼珠四处打转，分外讨喜。

　　两个小不点是老人的孙女，姐姐叫芊芊，妹妹唤作乐乐。数年前她们的父亲被官府拉去充兵，不幸战死沙场。孩子的母亲当时怀有身孕，接受不了这个打击，不仅因为消沉悲郁而小产，人也得了失心疯，被人贩子拐走了，至今杳无音讯。从此后，老人就靠拾荒过活，居无定所到处流浪，既当爹又当娘，将两个孙女拉扯到现在。

　　"丫头们懂事，带着她们在外面飘荡久了，好玩的东西见得多，也就不哭着喊着要爹要娘了，一晃都长这么高了……"途中闲谈的时候，老人挥动着马鞭，叹息一样笑了笑，语声飘散在瓢泼大雨中，带着一丝克制不住的喑哑。

　　青珑心下酸楚——兵戈无情，乱世中又有多少完整的家，因为战祸而沦落至此，飘零无依？

　　此刻看着孩子乖巧听话的模样，她无比感激地接过干柴，抬手摸摸她们的脑袋，柔声道："跟姐姐一起去把爷爷叫过来，我们一起烤火。"

　　"不了不了，"姐姐芊芊像个懂事的大人一样摆了摆手，有板有眼地道："爷爷说了，你们都受了伤，不能多走动，他去给我们拔些野菜回来，晚上大家就不用饿肚子了。喏，火都快熄了，大姐姐你快去加点柴枝，不然那位小哥哥会着凉的。"

　　青珑将两个小丫头带进庙中烤火，刚开始她没有注意，相继加了几根柴枝后，只觉有些地方不对劲，转身看了看在一旁逗弄小白兔的她们，下意识追问了一句："芊芊，这么结实的树枝，你跟妹妹怎么折断的，有没有被刮伤？叫姐姐看看。"

　　两个小姑娘正玩得开心，冷不丁被青珑问到，像做了错事般将手缩到后背，摇头道：

"那是爷爷叫我们送回来的……"

"那这只小兔子也是爷爷给你们抓的？"

姐妹俩不知所措，愣愣地点了点头，生怕青珑抢走自己心爱的玩物似的，将绑在它腿上的藤蔓抓了回来，还将胖嘟嘟的小白兔紧紧抱在怀中。

青珑心觉奇怪，老伯虽然身子硬朗，但是上了年纪，无论如何都追不上一只奔跑如风的敏捷兔子。不等她细问，沈隽背着一大捆干柴走进庙中，她不得不吞回满腹疑惑，重新坐回到褚子逍身边。

"有我在，不用害怕。"褪去了谦谦君子的伪装，沈隽倒显得有些滑头，仿似真把自己当成了老人口中所说的"自己人"，笑得毫不客气。"探过了，都是本本分分的老实人，不然我也不会放心将你留在庙中，跑到外面去捡柴。"

青珑不想跟他多说一句话，冷目睨他一眼，埋头给褚子逍擦拭额上的虚汗。

沈隽将哑奴的颈部用蒲草垫高了些，又加大了火势，随后转身对那两个小女孩道："芊芊，哥哥跟姐姐有话要说，你带妹妹到外面玩一会儿可以吗？"

"外面冷，就跟阿姐待在庙中等爷爷，哪也别去。"青珑起身过去，将两个孩子拉到了自己身边。

沈隽看着她还在赌气的英凛眉眼，失笑出声，想了想从怀中拿出一个玉坠，塞到孩子的手中："这个给你们，将来可以拿到当铺换成银子，在集市上买更多好玩的东西，去吧。"

小孩子不谙世事，只见这个大哥哥笑得好看又温柔，而这个大姐姐却始终冷着一张脸，还总是恨恨地瞪他，就以为他们吵架了，人小鬼大地劝青珑："爷爷说一家人要和气，谁犯错了好好说几句，就又能在一起玩了，就跟我和妹妹一样。大哥哥做了错事，肯定是要给姐姐道歉，大姐姐你不应该怄气，对身子不好。"

青珑听得哑口无言，而沈隽却乐得笑逐颜开，心情瞬间大好："听见了吗？不只自己人，还是一家人。"说完他抚了抚两个孩子的脑袋："乖，以后大哥哥带你们去买新衣服穿。"

两个小姑娘听话地起了身，抱着心爱的小白兔到外面玩去了。

安静下来后，沈隽凑到青珑身边，看了看重伤沉睡的少年，解释道："说实话，我并没有指使延龄去陷害子逍，只是绿盈下不了手，而时间又不多，所以延龄就自己动手了，挑拨事端离间你跟楼西越的部下。不过也好，让你提早看清了自己将来的结局，若是再在楼西越麾下待下去，只怕你羽翼未丰楚定云就会为了大军着想折了你双翅，让你再也飞不起来。任是楼西越再多偏袒，也护不了你十分。"

青珑已经平定的心海再度涌起一股恨意，挥拳过来，狠命击向他胸口。

沈隽不躲不避，良久才缓过那阵剧痛，继续道："我给不了你可以翻天覆地的千军万马，却能给你一方自由无扰的蓝天碧海，让你跟族人安居乐业，生计无忧……"

青珑的心田剧烈起伏，低吼一声："滚！"说完她扶起褚子逍，想带他离开此地。

沈隽默然望着她的背影，沉声拦住她："我走就是，你休息吧。"言罢他远离了火堆，转身出庙。

看着他走远，青珑紧攥的拳头适才缓缓松开，如果子逍现在有自保能力，即便两败俱伤她也定会拔刀杀了他们主仆二人。但是他的话她到底还是听进了一些，让她原本因为少年脱离生命危险而欣慰的心情渐渐跌入低谷，心头百感交集。

不晓得城中哪个将士中了毒，现今情况如何了？出了这样的事，闷葫芦又怎么去跟楚定云交代？

还有舒九容，他的伤现在还要不要紧？如果决定带着救出的族人回到故土，那么要不要去看望友人最后一眼，同他道别？

她无声低下头，凝视着左腕上那只别致的风铃，心神翻涌，忽然察觉到那两个小女孩不见了踪影，这才收回了飘飞的思绪，赶紧去破庙周围寻找。

这边姐妹俩跑出破庙后，不小心让怀中的小白兔溜了，情急之下她俩沿着错综复杂的林间小道去追，好在又碰到了刚才让她们抱回柴枝的黑衣男子，再次帮忙抓住了它。

姐妹俩欢喜得不得了，将那只小胖兔子重新抱回怀中，却见那个黑衣大哥哥一手捂着腰腹，另一手扶着一棵树，缓缓坐在了地上。

"大哥哥，你是不是身子不好？"姐妹俩不解，询问道。

黑衣男子额上满是细汗，面色苍白如雪，闻言后摇了摇头，招呼她们过去，将采摘的一堆野果放到她们衣兜里。

"呀，有果子吃！"乐乐无比惊喜，"大哥哥，我跟姐姐可以吃吗？"

黑衣男子点点头，艰难地从齿间发出几个字眼："小妹妹，可否再帮我一个忙……"

"是要像刚才一样，再把这些果子给大姐姐带回去吗？"

黑衣男子默然点头，右手五指紧紧扣着腰腹，脸色惨白，身子似是不适，缓了缓问她们："她怎么样了？"

"大哥哥，你流血了！"忽见他唇角洇出血色，两个小女孩惊得失声叫道。

黑衣男子眉宇紧蹙，良久才缓过一丝气息，压下了胸腹间不断涌动的血腥味："没事，大姐姐她……现在可好？"

"有大哥哥照顾着，大姐姐很好。"见他能说话，姐妹俩稍稍放了心，脆生生地回答道，"不过大姐姐很凶，刚开始总是打大哥哥，还不让他靠近。大哥哥也不生气，把自己衣服脱了让大姐姐穿，她都不要。"

黑衣男子望着月下荒林，沉默良久才缓缓出声："那现在……现在怎么样了？"

"大姐姐同意跟他说话了，但要是大哥哥讲错了话，大姐姐还是会打他。"

黑衣男子的声音喑哑无力，再问："那他有没有伤害她？"

两个小女孩不知道他问的是谁伤害谁，眼珠子滚来滚去，抓着头发思量一遍，最后坚定地摇头："没有。"

"没有……"黑衣男子哑然重复了一遍那两个字眼，原本的担忧被孩子的回答冲淡后，竟有刹那的失神，不知道该放心还是该继续牵念下去。没有伤害她，愿意同他说话，那是不是表示，再过一段时间后，自己的惦念和担心就会变成多余？

一声浅咳从喉间传来，又将一行殷殷血迹带出唇角，倚树发呆的黑衣男子眉头一皱，忍不住扣上了心口，五指几乎要陷进血肉中，身子克制不住地微微痉挛起来。

"大哥哥，你哪里疼了？"姐妹俩手足无措，担心地蹲在他身边。

"不疼……"黑衣男子摇了摇头，"回去吧，你们不见了的话，他们会找来。告诉大姐姐，就说……就说这些是你和妹妹摘的。"

"大哥哥，那你睡哪儿？"

"我还要回去……"他含含糊糊地道，撑着刀鞘起了身，跟跟跄跄地朝正在吃草的火曜驹走去，独自一人牵马离开，声息不留。

"大哥哥！"姐妹俩喊不住他，但见林间幽深昏暗，也不敢再往远处跑，兜着一堆野果往回走，刚巧在半途中碰到了寻来的青珑。

"大姐姐，给你果子吃！"

青珑下意识地望了望四周，领着她们往回走，奇道："谁摘的？"

两个女孩互相看了一眼，乐乐最先仰起小脸，做了个嘘声的手势，万分神秘地道："大哥哥不让说，大姐姐你只管吃，大哥哥都洗好了。"

"大哥哥？"青珑的脚步忽地顿住，抬头看去迎面找来的沈隽，面上的冷色不由加重，漠然松开衣兜，嫌恶地将那些野果还了回去。然后她牵着两个小姑娘的手，道："不要吃那些，明天阿姐重新带你们去摘。"

"不是大哥哥……"乐乐才意识到自己说漏了嘴，着急地拉住青珑的衣袖，却又解释不清楚，只一个劲道："是大哥哥摘的，不是他……"

青珑以为是沈隽所摘，对他的恨意让她片刻也不想见到他，又怕自己离开的这段时间里褚子逍醒过来，便牵着芊芊和乐乐往回走。

沈隽当自己的出现让她连胃口也没有了，将那些野果一个个拾起来兜在怀中，对着她的背影道："你恨我也好，却跟自己肚子过不去，何苦呢？"

青珑充耳不闻。

沈隽哑然失笑，抬步跟上她："凡事不是一成不变的，相信时间会冲淡一切恩怨。"他伸手抚上乐乐的脑袋瓜，笑道："就跟你有时候调皮揪姐姐的辫子，姐姐生气了就不跟你说话一样，但最后你们总是还能在一起玩耍，乐乐说是不是？"

"嗯！"乐乐的眼珠滴溜一滚，虽然听不懂他前面的道理，却觉得后面的话确实是这样，不知不觉就把自己方才犯的小小错误抛到了脑后，仰头对青珑道："大姐姐，只要做了错事的大哥哥肯跟你道歉，你们一定可以在一起玩！"

青珑看也不看沈隽，牵着姐妹俩的小手加快了步伐，边走边道："乐乐，跟姐姐出门在外要记得爷爷的叮嘱，不要同坏人讲话，被他教坏了爷爷会伤心。"

坏人？沈隽心虚地摸了摸鼻尖，心道：算是吧，至少比小人中听些……

那一晚几人将就着煮了些野菜充饥，勉强填了填肚子。沈隽心知青珑不待见他，为了避免矛盾加深，独自一人搬到破庙外面去睡了。老人家不知道他们的关系，看沈隽对青珑颇为体贴，以为他们之间有恋情，不过因为误会而闹性子，就热心地劝了青珑几句，说得她目瞪口呆。

庙外，沈隽将耳朵贴在门缝处，仔细窥听里面的对话，听到"打是亲骂是爱"的时候，忍不住嘴角上扬，笑意中再无半分叵测，反而像一个抢到心爱玩物的天真孩童，心满意足地睡下了。

四更天的时候，哑奴突然从昏迷中醒来，跑到庙外去找沈隽。

"没事了就好，你去休息吧，里面暖和。"沈隽扶着他的身子将他往庙里带，轻声安慰道："纵然心里有恨，但我救了她们姐弟一命，至少在子逍无法自保前她还不敢跟我拼个两败俱伤，你不用怕。"

哑奴的情绪有些激动，在他眼前频繁打着手势。

"费弘英……"沈隽明白他的担心，琢磨着那个名字，眼里的笑意渐渐消失，变得阴沉而难捱，"经此一闹，楼西越与那些将士之间多少会有些误会，需要一些时间来稳住军心，暂时不用担心。费弘英狗急跳墙去找南燕大军求援，反被舒九容拒绝，事后又重伤了他，此刻定然已经在逃往京都的路上了，要杀他……"

哑奴紧张地摇了摇头，劝他不要冒险，最后忽地将他右手摊平，在他掌心写下了一个名字。

"楼西越？"沈隽低低出声，表情有些复杂，忍不住透过门缝看了青珑一眼，收回视线后问他："城中都有谁中毒了？"说话间与他远离了破庙，往附近的树林深处走了几步。

哑奴面现喜色，又将方才那个名字在他掌心写了一遍。

"包括他？"沈隽有些不可置信，暗忖难怪数日前楼西越亲自追来寻找解药，遂问："严不严重？"

哑奴快速折了一截树梢，拿它反指着自己腰腹，因为好不容易得手而万分得意，打着手势告诉沈隽：这是除掉他的最好时机。

沈隽恍然醒悟："你是说，他也……"

哑奴满脸兴色地点了点头。

"绿盈逃到了何处？"

哑奴摇头，当时情况混乱，他根本无暇顾及绿盈。

沈隽的面上浮出一丝浅笑："那就是说，如果他找不到绿盈，就只能坐以待毙？"

沈隽忽然想起那一天的情景，那颗救命的解药被楼西越从水中抓上来后，首先交到了青珑的手心——呵，倒是个痴情的种！看来自己的判断没有错，他的软肋不在他自己，而是她。

沈隽的平静反应让哑奴有些出乎意料，嗯啊着唤了唤他。

"不急，你我先养好伤。然后你去找绿盈，务必在楼西越派人抓到她之前找到她，带她离开这里。另外别忘了一个人，楼西越的恩师可是誉满杏林的妙手神医，他要是去找他师父解毒，那我们也是枉费心机，所以你给唐佑年写封信，叫他秘密去一趟医庐，看能不能抓走陆鹤之。至于费弘英嘛……她现在状况不佳，不宜跟人交手，还是多休息的好。"

哑奴愕然，吃惊地看着他。

"突然变了主意，楼西越可以死在任何人手上，却不能死在公子手中，不然我的机会就彻底没了，你懂吗？"沈隽抚着少年的脑袋，有几分认真地笑问。

哑奴更加惊愕，不认识一样抬头看着他。原本公子的打算是让绿盈直接接近楼西越，伺机下手，谁知他警惕颇高，不允许她滞留城中。可喜的是那个患病的少年对绿盈信任无疑，她便将计就计引诱少年离开，将他带到了公子和费弘英身边。这样一来，霍青珑发觉他失踪后定然出城寻找，楼西越亦会追随她而来，只消他们找到费弘英，公子既可借他们二人之力伏击费弘英，又能坐山观虎斗，即便杀不了那个不阴不阳的阉狗，至少可以让他跟楼西越两败俱伤！

谁想费弘英防着公子，他虽然拿捏着那两个人质，却并不是十分相信公子的话，所以没有立即拖着他们贸然前去要挟霍青珑和楼西越，而是去找燕兵求援了。公子怕拖下去事有变故，只得暗中出手放走了绿盈，另做打算。巧的是，舒九容在不知绿盈底细的情况下救走了她和那少年，还让手下人将他们直接送至城中。如此，阴差阳错之下，公子又得到了机会——除不了费弘英，那就乱敌军心！

而现在，公子明明还可趁机除了楼西越这个后患，为什么要放弃这千载难逢的机会？万一楼西越抓到了绿盈或者吃了那颗解药，那他解毒后很快又会率兵北上攻城略地，那时要如何收场？

哑奴想不通，不甘心地打手势追问他。

沈隽明白他的顾虑，叵测地道："你放心，我自然不会让这机会溜走。寻找绿盈的过程中你顺便探下费弘英的行踪，想方设法让他跟舒长轩碰上面，楼西越的命最好交在他们手里。"

哑奴了然，忽然耳朵一灵，听见了一阵细碎的风铃声，忙弯了弯腰，佯装咳嗽。

沈隽抚着哑奴的后背，帮他顺气，笑问鬼祟跟来的青珑："龙姑娘深夜跑出来，莫不是受了惊扰？"饶是早已知道她的身份，他对她的印象还停留在那个狡黠又狠绝、自称"一条龙"的女子身上，固执地不肯改变称呼。

青珑没能偷听到什么字眼，又因为脚底打滑趔趄了一下被沈隽发觉，于是冷然扫视了他们主仆一眼，若无其事地转身回去了，留下一路清越的风铃声。

沈隽好笑地凝视着她夜游一样笔直的背影，自言自语般叹息一声："延龄，你说天底下的姑娘都喜欢戴那些玩意吗？"

哑奴不明所以，愣愣地看着他。

"从坏人变到好人，总是需要时间的，公子要好好努力了。"不等哑奴反应，沈隽的眼神渐渐转冷，命道："去睡吧，等到伤势好转后，我就安排你去行动。"

❨第四十二章❩
生死

数日后，青珑一行人在林中穿行，突然一群拿刀的壮汉从草丛中窜出并堵住他们去路，恐吓着要他们交出身上所有盘缠，吓得芊芊和乐乐抱头就哭。

青珑将两个小女孩挡在身后，揭帘远望，暗忖往前再行一程，兴许就会走出密林碰到人家了。这样想着的时候，她的视线不由转到了驱车的沈隽身上，意思不明。

"有我在，不用怕。"难得她肯用求助似的目光看自己一眼，沈隽有些错愕，笑着安慰她，旋即跳下马车。

青珑缩回脑袋，见哑奴伤势稳定，冷声问他："不下去帮你家公子吗？"

哑奴不知道她要玩什么花样，见自己公子似被这女子迷惑了一样，一路上总是讨她欢心，现在还傻傻地一个人冒险去跟那帮强盗周旋，于是恨恨地瞪了她一眼，拿剑下去帮忙。

"姑娘，不行把这些拾来的甲叶都给他们吧……"老人带着两个孙女到处流浪，见多了这种事，劝青珑道："看你们都有伤在身，划不来跟那些人拼命，丫头，将这东西还给那位大哥哥……"说完他从乐乐的怀里掏出沈隽的玉坠，却被青珑挡住了。

她让芊芊和乐乐扶着褚子道，自己转身坐到驭座上，一挥马鞭重重抽打在马臀上。马驹吃痛，仰天长鸣一声，骤然冲了出去。

青珑端坐在车头，手中长鞭一甩，卷起盗匪首领的脖颈将他撂倒在地，然后她催动劲马冲出包围圈，驾车远遁。

沈隽惊觉她的目的，点足而起跃上车辕，紧紧拿住她持鞭的手腕："想走？"

青珑低喝一声："放开！"说话间，她右手一松，将缰绳换到左手，一鞭打在马腹上。

沈隽的半个身子悬挂在马车上，动作受限，只依靠手臂的力量擒住她肩膀，丝毫不放松。

青珑摆脱不了他，目光不由一狠，一横心俯下身来，像头野狼一样张嘴咬住他手背，片刻间双唇血红一片，如妖如魅。

沈隽吃痛，眉头皱了皱，本能地抬脚踢向她，却在足尖将要触及她面门的时候停了下来。就在他迟疑的当儿，两把长刀从身侧劈来，一左一右砍向纠缠在一起的他们。他不得不就此放手，翻身踏上马头借力俯冲而下，伸手掐住强盗的脖子，将其拧断。

青珑横鞭一甩抽到另外一个盗匪的脸颊上，在他吃痛避开后回头看了一眼，片刻也没有停留，驾着马车绝尘远去。

倒是没心没肺啊……沈隽从她远去的背影上收回视线，低头看着手背上那两行深可及骨的齿印，没来由地心里一空，自嘲地笑了笑，原本平静的眼眸里忽地蕴生出一丝狠绝——也好，别怪我做让你后悔的事。

"大姐姐，为什么要丢了大哥哥？"翌日晌午，几人停下来歇息的时候，乐乐跑到她跟前，嘟着小嘴问她，"那些人要抢银子，还拿着刀，大哥哥会被他们打死的。"

"他打得过那些坏蛋，乐乐跟姐姐不用担心。"青珑叫她们放心，也没在这件事上多说，转而问老人家："阿伯，今后跟两个孩子有什么打算？"

老人抬手拭去脸上的汗珠，摇头叹气："都老骨头了，半只脚踏进了棺材，过一天是一天，只苦了两个丫头……"

青珑思量几番，问他："若您不介意，可愿意带着芊芊和乐乐去一个地方，随我们开荒垦地，吃自己种的食物？"

老人笑她道："姑娘啊，你还小，没经过多少风浪，不懂得外面的世道。四国之间时不时在打仗，争的不就是那寸土生金的良田，能不被官府抓去充兵就已经万幸了，哪里还能吃上自己种的东西？地税都交不起啊……"

青珑深知这些挣扎在底层的百姓的艰难生计，先不论连年征战带来的生离死别之痛，光是各种要命的苛捐杂税，就已经让他们饱尝辛酸，不敢奢望任何，如何会相信她的话。

"有一个地方，您一定听说过。"她看着老人，一字一句郑重道："数年前，那里曾是山清水秀的桃源之邦，人人自给自足，安居乐业。可是在诸侯逐鹿中，那里被战火夷为平地，到处充满毒障，成为四国任何君臣都忌惮的关塞荒地，至今没人敢去冒险开垦。"

"大姐姐，那不是很危险？"乐乐比芊芊粘人，扒拉着青珑的手臂，脆生生地插了一句嘴。

青珑抬袖擦去孩子面庞上的污渍，答道："是，不过也正因如此，所以才安全。"

"为什么？"乖巧而懂事的芊芊也被她的话弄糊涂了。

"有句话叫置之死地而后生，就同你们一样，那些贪官污吏要占你们的田夺你们的粮，不给你们活路，爷爷就带着你们跑，一样活了下来。"青珑解释道："阿伯，破解毒障的方法早已有了，如今那里缺的就是人丁，也许刚开始困难重重，但是至少不用带着孩子颠沛流离。"

多年的流浪生涯让老人已经见惯了外面的风风雨雨，多少觉得她的想法太过天真，诚心劝她："姑娘，听老朽一句劝，人活在世，为的就是填饱肚子，不要太在意那些不当饭吃的东西。这世道原本就如此，永远都是狼吃羊，犯不着搭上自己的命去跟豺狼较量。"

"难道就任由他们欺压？"青珑反问一句。

老人沉默了一会儿，后摇了摇头，低低叹了口气："认命了……等到走的那一天，丫头们指不定都长大了……"

"阿伯，您听我说……"青珑还想再劝，却被老人打断了。

"前面不远处应该就能碰到人家了，姑娘你一个人也不容易，这东西且拿去用着，换成银子给你们姐弟买些补身的药。毕竟都受了伤，又淋过雨，在外头风餐露宿很是辛苦，当心身子熬不住。"说完，老人将沈隽送给姐妹俩的那块玉坠还给她。

青珑没有接受，心知一时半刻也左右不了这个热心肠的老者的决定，只得打消了念头，沉声与他们作别。

"大姐姐，要是再下雨了，你就带着小哥哥来钻马车，我们教你翻花绳！"车子开走后，芊芊和乐乐探出脑袋，挥着小手大声道。

青珑不舍地挥动手臂："到时候大姐姐带你们去采果子吃。"

"拉钩！"乐乐冲她扮了个鬼脸，跟芊芊各自伸出一只手，做了个拉钩的动作。

阳光下，孩子的脸上漾着天真无邪的笑，像一湾清透无瑕的浅溪，丝毫不被尘俗浸染。

告别了老人后，青珑背起褚子逍往前方的小镇走去。

"姐……"一声浅咳过后，少年虚弱地睁开了眼睛，挣扎着要自己走。

"子逍，前面就是一座小镇，我们在那里休息养伤。"青珑阻止了他，酸涩着喉咙回头冲他笑笑，"你放心，阿姐答应你，等你好了以后，我们就绕道南下回我们的故土。"

褚子逍的双手紧紧环着青珑，不敢放松一丝一毫，生怕自己没用，撑不到那一天，剩下阿姐一个人孤零零地在这世上。

"那些人会来追杀我们吗？"他望着远方小镇的古朴模样，低低问她。

青珑心里一酸，良久摇了摇头："阿姐相信闷葫芦。"

褚子逍放了心，没多久又担心地道："贺将军一条手臂被刺客砍了，抓我和绿盈的士兵说……说他还中了毒……"

"贺别？"青珑一惊，"子逍，你知不知道将你的药偷梁换柱弄成毒药的人是谁？"

褚子逍并不确定，但心中已有怀疑的对象，只是不愿相信。

"子逍，"青珑不知道如何跟他开口，尽量放慢语速，低低道："你还记不记得三年前我们回到枫林渡口时，阿姐跟你说过的一句话？那时你摘了一支阿芙蓉，阿姐告诉你有毒的不是那些好看的花，而是藏在花下的果壳，还记得吗？"

褚子逍自然有印象，单薄身子伏在她背上，脑袋向下点了点："那时我还小，不太懂，只知道凡是阿姐说过的话就没有错，现在也一样。"

青珑心酸地笑了笑："但是阿姐有时候也会做错事。人心难测，如果许多事情可以重来，早在最初的时候，我就不会为了那些北凉将士将你一个人扔下，让绿盈救到你。"

"姐，绿盈怎么了？"事发的时候，褚子逍依稀看见绿盈跑走了，如今下落不明。

青珑不忍心告诉他真相，艰难地道："子逍，以后不要再跟她来往了……"

"为什么？"褚子逍一脸愕然，隐隐不安："是不是……是不是这件事跟绿盈有关？"

"是，她早已与沈隽相识，里应外合。陆前辈为你炼制的备用药，也许就是被她偷梁换柱，编造伪证……"青珑没再隐瞒，如实道。

褚子逍眼底的光芒渐渐暗下去，陷入长久的沉默中，不言不语。也许他心里早有疑点，只是一厢情愿地把她当成那个初见时温婉善良的医女，所以这样的回答反倒让他安静下来，没有说任何辩解的字眼。饶是如此，少年的心海还是有些微起伏，悲酸难言。

"姐……"他无力地伏在青珑背上，低低问她："我是不是很没用，总是让你为我担心？"

"子逍，不要再说这种话。"青珑眼角潮红，哽咽着道："父帅惨死战场，家中兄弟姊妹遭人毒手，阿娘为了救我被敌人一箭穿心，后来连巫爷爷也撒手人寰……这世上就剩下我孤零零的一个人，如果不是有你陪伴，我不知道自己能不能走到现在。"

褚子逍逼回眼眶前的一层水雾，沙哑着声音道："姐，我听你的话，再也不去找绿盈了。"

青珑心酸地点点头："回到青桑后，一切都将重新开始。子逍，人活着都有自己的愿望，走不到一处了就不要勉强，忘掉不该记的事，相信时间能愈合一切伤口。如果有些人忘不了，那就把他们放在心里，想着他们的好，于悲思中聊以慰藉。"

褚子逍深知她心里同样也有忘不掉的人，颔了颔首，很快又疲倦地合上眼帘。因为这世上最让他信任的温暖和依靠还在，所以他呼吸浅静，气息平稳，宛如一只依偎着同伴的羔羊，在耳畔回响的清越风铃声中渐渐进入了梦乡。

青珑驻足在日光下，回头看一眼走过的漫漫长路，将所有不曾诉之于口的担心和牵挂缓缓放下，背着褚子逍继续朝前方行去。

那一日，天光晴好，万里长空飞鸟成群，唱着婉转而清扬的歌，一路伴随着她，渐行渐远。

千里之外的另一端，楼西越默然驰骋着，连日奔波加上伤毒发作让他的神智越发昏沉，回营的路变得模糊起来，他只能依靠火曜驹的带领，一刻不停地穿行在野外。

"沙沙……"忽然，周围的草丛中发出窸窸窣窣的细响，惊得隐匿其中的蚱蜢上下跳窜，与此同时，几支泛着寒光的箭尖不停变换位置，追寻着他的要害。

"大公子，这里已经接近大营，还要再等下去吗？"持弓的人全身上下都裹着杂草以作掩饰，其中一个发出低低的声音，问身旁身着草色便衫的贵公子。

舒长轩冷睨地看了看身侧的哑巴少年，问他："确定他中了毒？"

哑奴不会说话，也不看他，神色木然地点了点头。

"没看出来啊，沈公子越来越不听话了，回宫后老奴可要好好训他两句。"费弘英瞟了一眼这个野狼般阴狠的少年，警告地笑了笑，"不过这件事办得不错，至少让老奴碰到了大公子，得以商量两国联兵抗夏的事，否则就要因为九公子的拒绝错过这良机，糊里糊涂地回京了。"

舒长轩对他的话置若罔闻，注意力全部放在纵马急行的楼西越身上，尔后笑看着身旁这个北凉宫人："早就敬仰公公的身手，不知今日舒某可有幸一睹风采？"

"大公子，承让了。"费弘英拨开草丛，说话间身形似风，飞箭一样横空跃出，并指如刀剡向楼西越后心。

马背上的人惊觉，倏地拔刀出鞘，回身斩向扑来的手掌。

费弘英疾速收手，凌空一翻，一腿踢向他腰腹。

楼西越偏身躲过，翻下马背，以刀撑地，冷冷看着袭击他的人——北凉宫监费弘英，定南王长子舒长轩及其手下，还有沈隽身边那个侍奴，也许他的主子也藏在某个自己看不见的地方，伺机偷袭。

他背倚着火曜驹，借它的支撑让自己稳住身形，同时悄然将袖中的解药放进皮囊中，抬手拍拍它脖颈，似在示意它什么。火曜驹性灵，感受到了危险的到来，仰天发出一声长长的悲鸣，蜷着脖子不安地蹭他手臂。

"带回去……"楼西越在它耳边低低命道，抬肘叩到它颈间。火曜驹吃痛，顿时撒蹄狂奔，绝尘而去。

"杀！"想起当日所受的耻辱，舒长轩额上青筋泛动，寒声一令，手下人顿时围攻上来，袭向他要害。

楼西越横刀阻击，挡着所有人的进攻。身陷绝境中的他已将生死抛诸脑后，手中长刀挥动，招招砍向那些燕兵脖子。

舒长轩看着楼西越在死亡面前挣扎的狼狈模样，心里很是舒坦，他猛然架起一把利箭，对准了远去的火曜驹嗖然射出。

楼西越的身子斜掠过去，挥刀断箭护住了火曜驹，舒长轩不由神色一冷，三箭齐发再下杀手。

"此人就交给老奴了，算作老奴送给大公子的见面礼。"费弘英自信满满地笑了笑，语毕乍然掠起，身形速移跃至被燕兵包围的楼西越身后，并指如剑，趁他反击的间隙猝然刺入他后肩。

楼西越身子一颤，强忍伤痛，刀锋猛然一转笔直刺向身后，逼得费弘英不得不拔掌后退。

哑奴木然站在圈外围观，视线缓缓转到了长满蒿草的高坡上。

那里无声隐匿着一个人，手持长弓屏息而观，崩在弦上的利箭紧紧追随着交战在一起的楼西越和费弘英，随时准备伏击。在等待时机的当儿，他的心念起起落落，有些惋惜地想着：身为战将，要么马革裹尸，要么凯旋当歌，如今这个被世人忌惮的少将却要死在一个阉人手里，不晓得若她知道后，心里会作何想法？

怕是会将自己千刀万剐了吧……

沈隽恶毒而又无比自嘲地笑了笑，一拉弓弦，嗖然松手。长箭脱弦飞出，带起尖锐的低啸声破空袭去。

楼西越的身子正对箭尖，发觉危险后他的第一反应是错身避开，然而在生死一隙间，他忽然又改变了主意，非但不闪躲，反还露出身前空门，径直向后倒退。

费弘英抽出腰中软剑步步紧逼，正要削他首级，却在同时察觉到飞向身后的暗箭。他慌忙躲避，只是没等身子完全错开，衣襟忽然被楼西越紧紧揪住，并被他推着疾速倒退。

危险的逼近让费弘英大吃一惊，他一剑刺入楼西越的肩髃，想在他吃痛松手的时候闪躲脱身。但是对方毫不懈力，任是被他重伤，依旧拼尽全力推他后退。

飞羽破空，疾如电光，瞬息间洞穿躯体。

"呃……"费弘英痛哼一声，一把抓住透穿自己身体的血色箭杆，眼里一片震惊。

侥幸躲过凶险，楼西越后悔不已，来不及缓口气息，他咬紧牙关，在费弘英出掌击向他胸口时提刀向上，一刀刺穿他掌心，刀锋直抵其心脏。

血光之外，舒长轩和哑奴看得呆住。尤其是哑奴，不敢相信杀除这个祸乱朝纲的阉人的大好时机就这样到来，回过神后他疾奔过去，从费弘英身后疯狂补剑，剑剑捅其心窝。

舒长轩彻底惊呆，万万没想到原本斩杀的目标从楼西越变成了费弘英，吃惊地看着他血肉模糊的尸体，刹那失神过后，搭弓拉弦，对准楼西越的脑袋，飞箭连发。

楼西越伤毒交加快要耗尽气力，脚步虚浮不稳，身子不受控制地颓然下跌，原本清晰的画面也变成了重重交叠的模糊动影，令他眩晕。

远方是巍峨的城楼轮廓，周围霞云缭绕，流光满天。

按照以往应该是集训的时候，营中现在是何境况？贺别出了事，不知道火曜驹能不能将解药安然带去？如果等不及，韩忠会不会一怒之下将贺别带回西川，作为证据拿到楚定云面前，说她与北凉有染，并求他派兵追捕他们姐弟，为贺别报仇……

一间古朴的四合院里，回荡着一个少妇低低的啜泣声。

贺别脸色苍白地靠在她身上，空空的袖子来回飘荡，另一手无力地抬起来为她擦泪，气若游丝地道："将军和殿下都在此，哭哭啼啼的成何体统……听话，快些回去，儿子和女儿还等着你照看……"说完，他又转身看去自己的部下，责备他们："我还没死，又是战后的紧要关头，谁让你们回府上了？"

这么一说，那少妇的眼泪掉得更加厉害，看得楚定云和萧璟浩心酸不已，默然退出了房间。

彼时楼西越拒不派兵，韩忠等人满腔愤懑，怒极之下快马加鞭回了一趟西川，将城中发生的事告诉给了楚定云，希望他能秉公处置。

楚定云大惊，再也坐不住，当即秘密出了营，马不停蹄地赶来查看。

"姨父，这件事全是我的错，不关表哥。"萧璟浩愧疚地跟在他身边，歉道："早先表哥就不让他师妹借宿城中，是我不长记性没防备，又放她跟千夫长的弟弟进了城，着了刺客的道……"

楚定云面色一沉："哪个千夫长？"

"就是表哥身边那姑娘，攻陷桃源郡时她斩敌立功，表哥就封了她军衔，赐她千夫长一职。"

楚定云没说什么，脸色却越发沉肃，阴冷一片："可有他消息？"

萧璟浩不知道他问的是谁，摇了摇头，补充道："已经派人去追了，但一直没有线索，再等下去，不知道贺将军能撑到几时……"

"先找辆马车派人将贺别夫妇护送到京城，去找陆鹤之陆先生诊治，兴许能解毒。另外，"说到此处，楚定云稍稍顿了顿语气，嘱他："日后与他一起作战，殿下务必小心了。"

"姨父，你这话……"萧璟浩惊愕地看着他，刚想追问，突然宅门口跑进来一个士兵，急声道："将军，回来了！"正说着，一匹使性的烈马被人紧紧牵着，连拖带拽地带到了楚定云面前。

"火曜驹！"萧璟浩无比吃惊，想上前安抚它，谁知火曜驹长吼一声，扬蹄踢来，谁也控制不住，蜷缩着脖颈噜弄系挂在身上的皮囊。

"发生什么事了？"楚定云肃声询问牵马的士兵。

那兵摇了摇头："回将军，不知道出了什么事，它一冲进城就朝这里奔来，像是受了惊，已经踩伤了好几个守城的兄弟。"

满院子都是火曜驹制造的响动，将原本适宜养伤的安静氛围彻底打破，楚定云不由蹙了蹙眉："圈到马厩去，派人找回它主子，若是徒劳而返，叫他尽早来见我，也好借他的情面请来陆先生，尽快给贺将军解毒。"

萧璟浩听他语气乏善，知道姨父虽然嘴上没说，心里肯定有所责备，毕竟刺客跟表哥的师妹和他身边的人有瓜葛，作为一军主将，影响自然不好。只是不知道为什么，看着火曜驹如此躁烈的举动，他的心里七上八下，渐感不安。

火曜驹是表哥的贴身坐骑，跟了他将近九年，向来只听他一个人的话，在他面前也很乖顺，怎会突然不听命令，撂下他独自跑了回来，还是以这种近乎癫狂的状态？

"姨父，你昨日刚到，先在城中好生休息，我带人去找回表哥。"

楚定云打算到城外驻扎的大营看看情况，便同他一起走向马厩。牵马离开的时候，他忍不住多看了一眼被强行拴在角落里的火曜驹，沉吟少顷，最终还是走了。

火曜驹性子刚烈，见那些人将自己绑在角落后又都不管不顾地离开了，便发起狂来，不断嘶鸣，到最后无计可施，拿自己的脑袋去撞击栅栏，一下又一下，情绪越发激烈。

马夫看得呆住，不知道如何是好，也不敢上前，想着除了少将军外，平日里只景威能靠近这烈兽，忙叫人去找他。等到景威匆匆赶来的时候，火曜驹已经头破血流，却还是疯癫了一般狠命冲撞铁栏，以此来引起旁人的注意。

景威看得震惊不已，箭步冲进马厩，接连抚弄它，试图平复它的情绪。火曜驹认出来人，这才逐渐平静下来。

景威惊痛难言，只观火曜驹的异常举动，一股不祥的预感忽而弥漫开来，阴云一样压在他头顶："少将军呢？他在哪？"

火曜驹将血淋淋的脑袋埋在他臂弯间，一双漆黑的眼睛定定望着他，突然滚下一行泪水。

景威呆住，顿感不妙："带我去找！"

片刻未停，他当即请调上百精兵，匆促出城。

马鸣萧萧，惊得哑奴骇然远眺，只见一队精骑风驰电掣朝这边飒沓奔来，他仓皇打着手势，示意沈隽有危险。

舒长轩也震愕不已，望着费弘英血肉模糊的尸体惊得说不出话来，这才后知后觉——自己和他，都成了沈隽利用的对象，并且他的目标不只是楼西越，连费弘英也包括在内。如今一个已经气绝身亡，一个正在垂死挣扎，那他便毫无用处。

怕自己也成为下一个费弘英，舒长轩不敢再逗留，当下捂着伤口就地滚入草丛中，逃之夭夭。

"驾！"距离被拉进，依稀看到前方有人影，景威心头的担忧越发浓烈，厉喝一声，催动火曜驹，一步数尺横奔向前。

身后烈马齐飞，铿锵嘶鸣声震九霄。

沈隽收箭惊顾，又回头望了一眼交战中的楼西越，心念闪转间，已经松开的弓弦重新绷紧，暗箭对准他的心口，叮然射出。

"少将军！"距离被快速拉近，景威一眼认出了倚树而立的男子，惊唤一声，拔弓射杀偷袭他的人。

一息间乱箭齐发，急如骤雨，吞没了沈隽主仆所在之地。

哑奴挥剑格挡，眼看队伍越来越近，再不走就可能葬身于此，顿时挡住沈隽，护着他闪入草地，消失得无影无踪。

一刹那，天地无声。

残阳西下，映红了半边天空，整片旷野笼罩在一片绯红色泽中，静谧而安详。

一棵栾树静静伫立在夕阳下，发出沙沙的清响，树身上倚靠着一个人，一把长箭穿透他的肩窝，将他钉在树上，动弹不得。他还能呼吸，胸口缓慢起伏着，只是眼睛半阖，没有力气完全撑开。双手虽然抓着箭羽，却已然虚脱力竭，无法将其拔出，只能孤独而疲倦地站在那里，任由死神靠近。

景威看到那一幕，面色瞬间惨白，抓着缰绳的手一软，整个人几乎从马背上滚落下来，跌跌撞撞地冲向他。

那不是少将军，他不相信！

虽然坊间都把他的少将军叫作修罗，惧他怕他，说他阴绝狠辣，甚至还有人咒他不会有好下场。可在景威眼里，他是所向披靡攻无不克的战神，失败和死亡从来都不属于他，那孤零零的人不是他！

"杀！将凶手碎尸万段！"景威眼红如血，歇斯底里地痛吼一声。

一令出，烈马奔动，载着数百士兵齐齐追向前方。

"少将军……"血色天地里，景威颤抖地抬起双手，不敢碰他一丝一毫，唇齿颤颤地低低唤他。

"景威吗……"楼西越的齿间发出三个低微而沙哑的字眼，虚弱得几乎听不见。

"是我，是属下！"

楼西越气息微弱，用力攥紧了箭尾："帮我……"

"少将军——"景威惊恐地挡住他的手，不敢动用丝毫力量。

"撑得住……"楼西越深吸口气，稍稍加大了音量，断断续续地道："解药……带回……"

景威悲喝一声："不会的，少将军你不会有事！你撑住，我砍了这棵树来救你，少将军你撑住！"说完，他拾起掉落在脚下的血色战刀，对着一尺多粗的树身一顿猛砍。

"帮我……"楼西越说不出完整的话，声音含糊而低哑，语气里隐约带着恳求，同时身子忍痛向前倾了倾，在箭杆与树身之间空出了一条缝隙。

景威怔怔看着他如被血浸的身子，握着战刀的双手禁不住颤抖起来，不敢想象这一刀下去会是什么样的结果。可是，如果不这样做，难道要让他屈辱地被钉在树上，因为失血而一点一点死去吗？

"凶手是不是沈隽！"他悲吼一声，长刀扬起，紧紧贴着树身，斩断箭杆。

景威发誓，必将企图杀害少将军那人五马分尸！

脱离树身后，楼西越身子失稳，一个趔趄倒向旁边。

"少将军！"景威扶住他，紧紧捂着他的伤口，心如刀绞："我们解职离开大军，再也不上战场了……属下带你去京城找陆师父，他一定有办法治好你的伤，少将军你撑住……"

楼西越的额上冷汗如雨，透骨的剧痛让他的呼吸停滞了长久才缓过来，只看得到唇齿微微开阖着，却听不到他说什么。

景威将耳朵贴到他唇边，听到了含含糊糊的几个字眼："想师父……接回西川……"

"少将军你不会有事，不会有事！"景威惶恐至极，急得冲仰天悲鸣的火曜驹吼道："回去叫军医救人，去啊！"

楼西越抓住他手臂，吃力地将他的一只手放到箭尾上。

景威面色苍白，触电一样缩了回来，不敢再使任何力气，只恨不能将凶手千刀万剐，让他尝尝生不如死的滋味。

景威拼命忍着夺眶而出的泪水，屈腿跪在长满野草的土地上，一手扶着他的身子，另一手颤抖地抓住箭尾，迟疑长久，才将断箭从他肩口拔出。

血的腥味弥漫在四野，随风飘散。

楼西越眉宇紧皱，眼睛无力地阖上，捂着伤口的手也渐渐下滑，垂落到地，一动不动地倚在树身上，唇齿翕张。

景威悲从中来，快速脱去战甲，割断自己的衣袍包住他的伤处，然后俯身背起他仓促去找大夫。

火曜驹神情落寞，默默跟在他们身后。

残阳未褪，勾勒出他们艰难移动的昏黄剪影，天地之间就只剩下两人一马，渐渐化成消失于远方的黑点。

萧璟浩带人找来的时候，只看到十数具尸体，其中之一是北凉宫中的阉人，剩下的都身着夜行衣，辨不出身份。见此情景，他不免吃惊："把这些尸体拖回去，查出他们的身份！其余人到附近再找找，看看有没有线索。"

找寻未果，他只得先行回城，正要将此事报给楚定云，一颗药丸忽地呈现在他面前。

"拿去吧，解药。"

"景威？"萧璟浩一奇，继而一喜："哪里得来的？"

"少将军找的，叫我送过来。"景威的声音有些沙哑。

"还好回来得及时，再晚一步姨父就要派人把贺将军送到陆前辈那里去请他搭救了。"萧璟浩准备派人给贺别送去，谁知被人肃声阻止了。

来人正是楚定云，生性的谨慎让他多了分警惕："去把军医叫过来，看看有无蹊跷。"

景威心口一沉："你不相信少将军？"

楚定云从萧璟浩手里拿过药瓶，倒出解药仔细审视着："既然已经找到，为何不回城？"

"解药已给，信与不信，将军看着办吧。另，少将军有事禀奏，唆弄这些事端者并非千夫长，他们姐弟也是被凉人利用而已，请不要伤及无辜。"景威不愿多说，撂完这句话转身便走。

"人在哪？"楚定云面色乏善，喝住他："若是无辜，为何至今不敢现身见本将？传他回营，以定军心！"

"他怎么回！"蓦地，从景威口中爆发出一句低低的吼声，强装的平静再也维持不住，他一把夺来解药，出屋离去。

当场士兵都惊住。

萧璟浩最先反应过来，奔出屋子追上他："事关性命，姨父只是多了些小心，没有别的意思，你不要多想。告诉我，表哥到底去了哪里？为何不回城？"

景威悲难自抑，抬手抹了抹潮红的眼睛，将解药还给了他："倘若殿下信得过，便给贺将军服下，信不过就扔了，当作没有这回事。少将军碰到了麻烦事，暂时回不了，他让我回来转告一声，告辞。"

"景威！"萧璟浩喊住他，想起那些尸体，越发觉得不安："什么麻烦事？是不是……他遭人伏击了？"

"没有，殿下不必多虑。"景威不忍明说，声音里是克制不住的痛与恨。他没有任何心情细说，也不敢想象那期间发生的一切，不等萧璟浩追问，已经埋头离开了。

"私事紧急还是大军要紧？"楚定云踏着沉沉的步子走上前，"告诉他，大军容不下心术叵测之人，有一而再没有再而三，若他一意孤行，休怪本将不近人情！"

罔顾贺别等人的反对，封那疑点重重的女子为千夫长，放心地把精锐之师交到她手里，事后居然只字不提……

如果不是被那个与凉人有染的女子迷惑，他想楼西越不会胆大包天到这种地步。如今终酿恶果发生了这样的事，他不去善后安抚军心，反倒避着所有人去给她寻找退路，愚蠢至极！

"孟捷，三日内若他还不现身，给本将一个交代，北伐大军换你统率，六皇子在旁辅战。韩忠，明日你先送贺将军回西川，安心调养身子。另，派人追查霍青珑的下落，此女既已受封千夫长，手中必然握有军机要密，查到后格杀勿论！"

"姨父！"萧璟浩震惊莫名，急声作解，却被楚定云摆手打断。

"传令下去，大军严加整饬，再有这种事发生，为将者严惩不贷！"

"拿回去！"景威痛吼一声，眼里通红一片，跳动着炽烈的悲和恨，怒极扯下腰牌，狠命摔到他脚下。

"告诉你楚定云，从今天起，少将军与西川大军一刀两断！"说完，他毅然决然跳上马，一挥马鞭，冲向城外。

楚定云被那话震住，思绪有刹那的停滞，竟不知如何回应。须臾惊怔过后，他浑然一个激灵，奔往马厩牵出坐骑，飞驰出城。

月夜清冷，凉风低啸，不日前刚下过大雨的草地里不断有露水滚动，浸湿了衣衫，贴在身上凉入骨髓，倚在树丛中的男子不由得缩了缩四肢。

"少将军……"景威从马背上翻下来，扑通一声跪在他面前，扶起他因为痛苦而痉挛的身子，潮红着眼睛道："属下带你去找陆师父，往后我们就跟他住在医庐里，学些治病救人的本事，再也不去杀敌卖命了……"

"景威，"楼西越形同脱骨，声音低哑而干涩，一只手臂软绵绵地搭在他肩上，借他的支撑站起来，缓缓向前移动："你再加派一些人去一趟医庐，暗中护着师父，绿盈可疑……"

景威听罢喉咙一酸，暗哑着道："如果少将军放心不下陆师父，属下带你去找他，楚定云的人靠不住，我们自己去。"

"不……不要让师父担心，扰他清静……"

"少将军，"景威眼睛发红，悲愤地道："楚定云要你三日之内去见他，给他个交代，如果不行就将大军交由孟将军统率，眼下只怕……只怕我们无权调兵。"

楼西越有些错愕，陷入长久的沉默中，最后低低道了两个字眼："也好……"

他转头看着这个跟他一起长大的发小，心中无限亏欠，哽咽着道："老管家就你一个孙子，一定很想你，回去……"

景威抹了抹眼睛，打断他的话："少将军去哪，属下就跟你去哪，爷爷让我照顾你，我就不会丢下你不管。如果少将军不想让陆师父担心，那我那就带你去找别的大夫，一定治好你的伤！少将军你一定要撑住，会熬过去的……"

正说着，一道被月色拉得细长的人影夹在斑驳树影间，忽而现入他眼帘，停在前方。

景威抬头看一眼来人，视若无睹，只仔细扶着楼西越从他身旁绕过，一点点向前行去。

楚定云脚步发颤地站在那里，不敢相信自己看到的一切，一双眼睛被悔恨和自疚填满，渐渐染上一层水雾，在他眼前不断打转。

他没有想到，那个向来孤傲的孩子会变成如今这样奄奄垂绝的可怜模样，到了需要别人的全力扶持才能行走的地步。可笑他竟不如一只畜生通人情，火曜驹都知道在主人有难的时候发狂不安，想要冲破牢笼去救人，但他是什么反应？

楚定云拖着沉沉的步伐追上前，哑声问道："谁下的毒手？"

楼西越强撑着站直了身子，目光落在幽远的前方，喉咙动了动，却说不出一句话，像一架机械般一寸一寸地挪动着。

楚定云红着眼睛凝视着他远去的背影，心田忽而被一抹无以复加的愧疚填满，击垮了以往所有的威严和冷傲，再度出声："告诉我……是谁下的手？"

"与你何干？"景威满面悲恨地质问他。

楚定云无言以对。

是啊，与他何干？朝夕相对了漫长的十几年，看着他从一个孤僻自闭的稚子成长为一个沉默隐忍的战将，那些轻易就能付诸给这无辜孩子的亲情似乎对他来说是一件比登天还难的事，强加在他身上的除了隐恨、怀疑和防备外，可有半分温情？所以他现在又有什么资格去过问？

"那些成命就此收回，你还是……还是北伐大军的主将。"有生以来第一次，他放低了高傲的姿态，承认自己犯过的错误，却没有意识到这句话是对是错，直到景威无比嘲讽地笑开，他才幡然悔悟。

"楚将军，命都快没了，还要那虚名做什么？你当所有人都能被你呼之则来挥之则去？"

楚定云悔恨不已，眼睁睁看着那具枯槁的身影远离他的视线，宛如一颗徘徊在天地间的飘零落叶，随时都会被冷风卷到遥远的天际，一去不回。他恐极，鼓足了勇气追过去，紧紧抓住他肩膀："留步。"

只是手掌甫一触及，楼西越的身子忽地一颤，肩背弯曲成弓，口中发出一声细微的克制不住的痛苦呻吟，不多时伤处隐现血色。

景威又惊又痛，一拳冲过去将他手臂打开："你做什么！"

楚定云石化般惊在当下，他想过去扶住他，背他回城治伤，可双脚就像被无形的力量钳制着，怎么也抬不起来。

"留下来……"他齿关簌簌，声音发颤："大军需要你。"

需要？轻描淡写两个字，就像在心情低落之时听到的笑话，极为讽刺——那就意味着，哪一日不需要了，仍会被弃如敝屣，或者驱逐出境？

楼西越艰难地挺直身子，迎上他的目光，从齿间发出干哑而无力的声音："需要我……做什么？偿还白楚两门的命债吗？"

楚定云眼神哀痛，哑口无言。究竟把他视为养子，还是充作泄恨的替代者，纠葛十数载，他仍不知答案是何。

"告诉我，如何还？"楼西越撑住摇摇欲坠的身子，哑声问他，可笑这十几年的朝夕相对，充其量他只是攻城略地的用具。可他只有一条命，还了白楚两门的命债后，又该如何去赔付天下无辜苍生的命？

"只要这条烂命不死不亡，便任由将军驱遣，哪怕只剩半息，就算膝行爬地，也保证随叫随到！给我须臾时间治伤，等到这具躯体能自己站起来，我就遵你的命令，率兵出征，助将军与大夏皇六子一统乱世！"

◈第四十三章◈

荏苒

北历九年秋，西川大军于遥州境外整饬调令，行军北上，一路连攻五县，直进封狼驿，边关告危。

暮秋时节，夏军长驱直入，关塞凋零成荒。

同年翌月，北凉朝党纷争激增。以宫监费弘英之死为乱始，邪肆奸佞者各为己利，罔顾天子之令，互相倾轧，内乱不歇。

帝都富贾沈氏有子名隽，胸有丘壑，斐然多聪，受皇帝赏识，赐封天子剑，一时权柄无二，殿堂惊然。

沈氏公子上位后，以雷霆手腕清朝堂，废奸恶，所缢者逾百。诸臣忌，争相靠之，出力抗敌。

北历十年初，夏军入连州，转战平沙里，因雪歇兵，休月余。时有游侠联民扰营，为夏军所擒，败走。凉将江长风奉沈氏公子之命率兵顽抗，收三郡，而精锐之师怠矣。夏军蓄势如虎，一举反攻，杀出平沙里，破连州，陷并州。二月末，掠沧澜郡，赓续北伐。

期间，诸臣数谏天子，依规当立戚后长子萧璟昌为储，夏皇终应之。

与此同时，燕皇病危，瘫痪于榻，言语失能，数日不能早朝。东宫太子齐笃亟欲上位，拥兵逼宫，发动政变。定南王舒晋派兵镇压，以铁血手腕清剿东宫党羽。后代帝废储，贬东宫太子为庶，流放于南荒之地佚州，另立燕皇三岁少子齐礽为储。不久，燕皇殡天，储君齐礽继位。皇帝年小无知，定南王则掌权听政，大肆整改刑律典令，首破燕皇一直遵循的"慎武"之道，以大夏君臣威逼利诱，迫使南燕与其结盟北伐，祸乱天下安定为借口，主动发起进攻，于饶水河畔与夏军虎狼对峙。

南燕兵力有限，不敢扩大战局，只能凭借财资宽绰、粮饷充沛的优势拉长战时，虚耗夏军，成功占领了大夏边陲重地长门关以东的两个要县。彼时领兵的是舒长轩，轻易得来的胜利让这个向来自负刚愎的王府长公子冲昏了头脑，大张旗鼓地向大夏关内挺进，却发现这不过是楚定云欲擒故纵的陷阱。等到他察觉时，十万燕兵已经身陷长门关，死伤过半，余部脱身不得。生死之隙，定南王发书急求停战，并亲自奉上巨额金石和饷银，割城一座才保全了关内的主力军，一行人颓然归朝。

就在大夏和凉、燕两国之间的战事如火如荼之时，雄踞海岛的东亓却选择了沉默观望的做法，谁也不知道东亓君臣的心里打着什么样的如意算盘。而这并不影响战事的持续发端，燕亓两国相继消沉后，战火全然向北扩张。

北历十年冥节日，津、沔两州沦陷，为夏军占领。事后不过两月，怀州烽火再盛，危。时至孟夏，北凉半壁河山已失，民心惶惶。

不到一年的时间，一个原本就让四国臣民忌惮的名字——楼西越，在市井间越发频繁地流传开，人人谈之色变。坊间说他被魔鬼附了身，只知道杀人饮血，率兵所过之处赤地千里。更有甚者说他本就是阎罗转世，生就一副残酷嗜血的模样，毒辣如蛇蝎！沧澜郡一役中，那里的百姓甚至拿出家中仅有的积蓄，集资建庙，筹钱塑像，叫它"鬼祠"。庙门前火把熊熊燃烧，每天都有人宰狗取血朝庙中一个泥塑的持枪而立的少将身上泼洒，驱邪避鬼，口中发出怨毒的诅咒。

沧澜郡失陷以后，那具遍身污血的泥像被当地百姓砸烂肢解，义愤填膺地摔到地上。失了家园的凉民们无比悲恨，竟不顾生死当着那个少将的面将那泥塑像踩得残碎不堪，以此发泄心中的悲愤。

不仅凉民咒骂，连游荡在绿林的侠义之士也经常组织民兵骚扰北伐的队伍，抢占军粮，分发给难民。年轻少将抓过那些绿林之士，并且抓了不只一回，但后来如何处置了他们，却没人知道。

楼西越，楼西越……如此疯狂和贪婪地攻城略地，穷兵黩武，你还能否固守本心，做以前那个不滥杀无辜的闷葫芦吗？

得知这些消息之后，青珑心如石堵，说不出一句话。

一年的时光里，她带着褚子逍踏遍天涯，寻找大夫给他诊治伤病。虽然效果不如当初陆前辈亲自施诊的那般好，但相比于最初日夜胆战心惊的情形，这已经让她欣喜和平静了许多。

一间竹枝搭建的矮厝里，青珑临窗独站，消瘦的身子裹在一袭靛青色的劲装中，英凛而不失挺拔，容颜被黑色面巾遮掩，只一双坚毅的目光显露在外，遥望着窗外的苍茫大地。就在她失神的当儿，一个清冷的语声传来，将她从恍惚中拉回。

"姑娘，有消息了！"

推门进来的是一个身着戎装的女子，不饰朱钗，不施粉黛，眉眼中带着几分孤冷。一头青丝高高束起，扎成马尾自然垂下，别有一番清韵，如隆冬迎雪怒放的寒梅。一年多时间的历练，月芜已经褪去杀手的痕迹，变成了可以号令众军的将领，并且得到那些七尺男儿的敬畏，不得不说这是一件让青珑倍感欣慰的事。

"蔺池派人来报，黛江以北的航运和部分官道已经被我们的人控制在手，日后可轻松进城，深入西南地域各大奴场。"月芜向来寡笑的容颜上漾出了一抹浅浅笑意，从怀中拿出一份密报，呈给青珑过目。"另外近月来，已有逾万名族民陆续回到青桑，今晨又回来一批，连卖身契也已带回。"

青珑有些意料之外的惊喜。回到青桑的这大半年以来，她趁所有人的注意力都集中在夏凉战事上时，一方面重新修筑归龙关的防御壁垒，严加训兵，另一方面招揽绿林豪客和江湖游侠，筹集粮饷，开垦荒塞。而在此之前，月芜和蔺池已经将他们作为杀手时所练就的奇门暗术传授给了裴原和他手下那些士兵，以使步、骑、水三兵不仅仅只专其一，彼此之间的协调配合变得更为敏捷。再加上这半年来招纳的智勇之士，原本的兵力已经从五千增加到将近两万。

但在一切没有把握之前，她还没有大张旗鼓地动过兵深入城池，这些族民又是如何回来的？

"确定那些人都没有问题？"青珑随她出了屋子，边走边问。

"裴原正在带人盘查，基本没有问题，只是当中不少人有两下功夫，也是他们将其他人救出了奴场，一路护送着回到故国，现在已经到了关口。"

青珑更奇，加快了行走的步伐。来到关口一看，护城墙外已经聚集了一大批形容枯槁的老弱幼小，按照裴原的吩咐整整齐齐地排成一字长队，疲惫却满脸欣喜地等待放行的时刻。

"姐，那是我的邻居辛宁！"褚子逍不知道如何得知了消息，放下药碗快速奔出屋子，登上城楼指着人群中一个满脸污渍的姑娘喜道，"旁边那个是她哥哥辛泽，小时候我经常去他们家玩，还跟他们兄妹一起下河游泳，抓过泥鳅和蝌蚪。后来我们被抓到了奴场，一起住了几年后就再没见过面了。"

少年万分惊喜，使劲挥了挥手，站在高高的护城墙上大声呼唤童年伙伴的名字，情难自抑，激动地下楼跑向他们。

青珑心里同样被忽然降临的欣喜填满，凝望着城楼下那些历经千辛万苦终于回到故国的族民，眼前不觉然升起一片水雾。那种感觉就像破茧化蝶之后的新生，所有一切真真实实，却叫她不可置信。

青珑匆匆出城，城门洞开的刹那，一群重归故里的奴民呼啦涌进来，一见里面焕然一新的景致，不禁悲喜交加。

　　年长的奴民口中不断发出轻语，老泪纵横："很多年了，离开很多年了啊……霍将军，您和长缨夫人在天有灵，保佑我们回来了……"

　　青珑拥住那些受尽苦难的族民，帮他们擦去面上的仆仆风尘，哽咽着道："过去了，一切都过去了……以后大家可以住在自己搭建的屋子里，日出而作日落而息，孩子们也可以读书识字，再也不会被那些人欺负了……"

　　"孩子，你就是霍将军和长缨夫人的女儿？"奴民们上上下下打量着她，依稀从那双坚定的眼睛中看到了当年领兵作战的长缨将军的神采，激动地屈腿跪下："霍家没有绝后，还有人在，还有人在……"

　　青珑连忙扶住老人，笃定道："老阿姆，您放心，霍家人一定拼尽全力，救回我们的族人，光复我青桑！"

　　"我的儿子都死在敌军刀下了，就剩下小孙儿了，救回他们，一定要救回他们啊……"老人们泪眼婆娑，紧紧抓住青珑的手，哭得泣不成声，宛如一只被猎人捉走幼崽的母羊，看得旁边一群戍守关塞的七尺男儿也眼睛发红。

　　裴原不由想到了曾经惨死在自己眼前的兄长，抹了抹潮红的眼睛，上前对青珑道："这些人交属下安置，姑娘尽可放心。"

　　青珑颔首答应："月芜，你随裴原一道，去打个下手，之后你们来我住处议事。"

　　"是！"裴原挺身听令，偷偷瞄了一眼月芜，面上的憨笑藏也藏不住。

　　"子逍，稍后你带辛泽兄妹来找我，我有话问他们。"

　　褚子逍只顾着高兴，听到青珑的吩咐后这才察觉到事情背后的蹊跷，默然点了点头。

　　辛宁是一个腼腆的女孩，坐在青珑对面时始终深垂着脑袋，双手不安地绞着满是褶皱和补丁的衣服一角，显得有些局促不安。相比之下，她的哥哥辛泽要外向和乐观许多，尽管满脸泥污，衣衫凌乱，一条裤腿都少了半截，却丝毫不觉得难堪，热忱地讲着他们兄妹二人与族民们回归青桑途中遭遇的种种艰难。

　　"挨饿受冻那是常有的事，实在饿得发慌，就轮流去富人家的田里偷地瓜烤，被看田的人放狗追了好几次，跑得慢的屁股都被咬了一口，好几天走不了路……最要命的是，有一次大家走累了在河边歇息，一伙人贩子居然在上游的河水中下了药，趁大家昏昏沉沉的时候抓走了所有姑娘，我妹妹就被他们拽走了。"说到这里，辛泽停了下来，转头看了看妹妹，把青珑沏给他们的茶水往她跟前推了推。

"他们很凶，要把我卖给一个阴阳怪气的女人……"辛宁轻抿一口，抬眸偷偷望了望褚子逍，后怕地道。

"不怕，有哥哥在！"辛泽拍拍她肩膀，继续道："我们带人找到的时候，那伙人正和那女人估价，都听得到姑娘们的哭喊声了，那两帮人还死不承认！所以我们就跟他们打了起来，折了那人贩子头儿的腿，这才救出了所有女孩。"

"你们的功夫是谁教的？"青珑听得心酸又欣慰，问他。

辛泽抓了抓后脑勺，摇摇头："不知道，他到奴场抓了好多跟我差不多大的人，让我们跟他学。"

青珑面有疑色："他是谁？"

辛泽再度摇头："跟姑娘一样蒙着脸面，穿着夜行衣，不知道是谁。他把我们抓去后，就教我们骑马射箭，舞刀弄枪，还给每个人发了一把匕首，说是碰到危险的时候可以保护自己和身边的人。"说着，辛泽快速从腰间解下匕首。

青珑接了过来，这是一把再普通不过的短匕，外形简单冷硬，锋刃却尖利无比，泛着耀眼的寒光。

"他有没有说什么？为何要教你们武功？"

"他不怎么开口，我们问过，他也不吱声，只说以后会有用。起初当他要杀我们，所以大家还反抗过，合手打过他。后来他总是给我们带吃的，这才明白他不是杀我们，大家就跟着他认真学，已经有快一年的光景了。"

"那你们是如何救出这么多族民，卖身契又是怎么拿到手的？"

辛泽后悸犹存地道："他挑断了奴场主的手筋和脚筋，把我们的工钱全都要了回来，还逼我们……逼我们教训那些人，才拿到了卖身契，大家也就得了自由，被他放走了。"

辛泽的话还在继续，青珑却已经陷入深思中，暗自忖度那人到底是谁，为何会帮助奴场中的人逃脱，还不惜精力和时间，教他们一身自保的武功，这么做的目的又是什么？

"姐，"褚子逍也琢磨不透，担心这是一个陷阱，"要是不放心的话，我跟你去会会那人，这里的事情交给月芜姐他们打理。"

"总归是救人，这事先缓一缓吧，再说时间也不允许。"青珑摇了摇头，收回了那些纷乱念头，"你先带辛泽兄妹下去，顺便通知一声月芜，叫她和裴原来找我。"

一提到裴原，褚子逍便面现紧张："我留下来陪你。"

青珑失笑："那小子现在满心满眼只有月芜，哪里还记得跟他结过梁子的我们，总不能一直这样遮遮掩掩，在他面前连面也不敢露。该来的迟早会来，是时候找机会跟他坦白了。"

当年裴原只与子逍在客栈匆促交过一次手，没怎么记住他的相貌，因而当子逍几次以真容与他一起共事时，他也只是略带疑惑地盯着子逍看了几眼，没想出个所以然就不了了之了。

但青珑不同，当年她跑去凉军驻地偷药那会儿双方僵持了很久，裴家两兄弟当场就记住了她，若被裴原知道这个霍家女儿就是那个偷药贼和挑拨离间的刺客，只怕得解释一阵子了。

但纸包不住火，这件事迟早要坦白。早早承认，他要是想得开肯释怀那最好，反之就需快刀斩乱麻，决不能留下祸患。

褚子逍想想也是，这才放下心来，拉着辛宁的手带他们兄妹回房间去休息了。

安置好那些族民后已至黄昏时分，月芜顾不上歇息，又打马调头转向青珑的住处。

"等等我！"战马刚刚起步，身后一个清朗的声音忽地叫住她，那人旋即飞快跑来，将兜里揣着的一盒点心小心拿给她，憨憨地笑道："累了一天了，你吃点东西休息下，我去找姑娘，有什么事回来转达给你。"

月芜没有下马，低眸看了一眼他手中的东西："哪里来的？"

裴原赶紧解释："你别误会，不是拿军饷买的，你说的话我都记着，粮饷本就勉强，我不会中饱私囊的。这是我跟蔺池在黛江接头时用我自己的零用钱到集市上买的，一直没有机会拿给你……你赶快尝尝，放坏了就可惜了。"

月芜面上的表情微微起伏了下，一贯的清冷却让人看不出丝毫变化，她婉言谢绝道："我不饿，姑娘还在等着，先走一步了，你填饱肚子尽快过来。"

"月芜——"裴原喊不住她，急忙上马去追。

两人一前一后赶到，不过当裴原看到青珑卸了面巾后的清素容颜时，一时竟呆愣在原地。

面前这个唯一幸存的霍家人从来没以真面目示他，今日怎么突然露出真容……但是，怎么好像在哪见过？

裴原极力在脑海中搜索，猛地大喝一声："刺客！你是那个刺客！"

他惊愕不已，几乎是出自本能地握上刀柄。

月芜挺身过来挡在青珑面前，冷冷看着他："不错，姑娘就是挑拨你兄弟二人与罗傲的刺客，却也救了你手下这些兄弟。两相权衡，若你执意要为你大哥报仇，今日先过了我的刀！"

"月芜，你……"裴原表情沉痛，后退一步，不可置信地望着她："你们，你们……"

"非是有意欺瞒，而是以当时的情况，要想救出这些士兵，不得不让你们兄弟离开罗傲。只是没有想到，你大哥不善变通，最终死于对罗傲的忠诚……除了惋惜和愧疚外，我无话可说。"青珑向前几步，如实向他坦白，"你可以认为我不择手段，也可以选择报仇或者一走了之，我不会阻拦。"

"你骗我，一直在利用我们兄弟，害死了大哥……"裴原拿着战刀的手开始发抖，眼睛泛红。

"杀你大哥的是罗傲，非是姑娘。"月芜走到他面前，沉声道："利用只是一时，从带着你们深入奴场救人那刻开始，你们已然与青桑生死同在，是兄弟，是同泽，也是亲人！我可以向天立誓，如若方才所言有虚，必遭天谴！"

裴原依旧不敢相信这一切，惊怔又哀痛地看着面前这两个女子，一听到月芜的毒誓，心便软了下来，迟疑挣扎许久，才逐渐松开刀，尔后拉下她手臂，不让她发如此恶毒的誓言："好，我信你……"

"裴原，那姑娘呢？你还会怪罪她对你一时的欺瞒吗？"月芜心中一动，抬头问他。

裴原眼神复杂地看了看青珑，青珑的目光也落在他面上，两相对视，谁也不说话。

经久，他才出声："凭你不辞辛苦为我们筹集粮饷，不至于使我们饿死在浮顶山，后又千方百计为我们寻找容身之地，看在这份无以为报的恩情上，我便相信你的所作所为。"

青珑舒然，抱拳一礼："如此，便是我青桑之福，我代所有流民诚谢你们的仁义。夏凉两军战火正盛，但请放心，我已通知子逍逐一登记，但凡这些兄弟当中还有亲人身在险地，无论老幼，连同你大哥的尸骨，不出一月我必派人将他们悉数接应过来，安置于我族，贫富与共，不抛不弃！"

裴原胸口一热，由悲转喜："感谢姑娘体恤！"

青珑回之一礼，由衷道："你的大义，我亦铭感于内。"

裴原笑了笑，过往的恩怨虽然又被勾起，但眼前人的坦诚和慷慨已开始令他释怀。

此事化解后，月芜问道："姑娘传我们前来，不知有何要事？"

青珑拿笔在一张白纸上画了一条河流，指了指其中的两段河湾，道："这两处如何？其一上行百里与陆路相接，东西到手后还可直接进城潜入奴场，虽然有危险，但离蔺池安插在那里的据点近，可随时与他联络；其二从下游入手，只需打通黛江一带的航运即可，方便与落霞山上的游侠联络，无须大动干戈。"

"月芜，你与蔺池去过平阳城，熟知那里的地形，黛江上游一带倒腾的军火和粮饷由你负责转运回来，务必小心。"她没有给两人思考的时间，径直下令："裴原，此前你已跑过远路，这段时间稍事休息，黛江下游交给你，届时让子逍助你一臂之力。等这边事情一结束，我会立刻赶往下游，与你们会合。"

"那怎么行！"裴原即刻道："就算月芜身手比我好，可毕竟是一个女孩子，抛头露面的总是不好，还请姑娘斟酌，让我带人沿江而上。姑娘放心，我既然带着兄弟们投奔到青桑，就会把那些奴民当成自己的亲人，若有万一，绝不会弃之不管！"

以前跟着罗傲征战之时，最让裴原兴奋的事莫过于打了胜仗抢得金银珠宝，但那时他不知破坏了多少原本完整的家庭，得到的都是市井百姓的唾骂和诅咒。现在突然从一个杀人屠戮的匹夫变成一个援救无辜的勇士，那种被人信任和拥戴的自豪感让他觉得，比起身外之物的诱惑，救危救难才应是大丈夫立世之所为。

青珑心里也有顾忌，径直道："平阳城隶属大夏，现如今夏凉交战，你身为凉人，心里多少对夏军存有怨恨。若当真出了意外，能否做到平心静气，不与他们大动干戈？"

裴原稍稍迟疑了下，旋即又坚定道："牵一发而动全身的道理我不是不懂，不会让自己失去理智的，更不会让兄弟们陷入险境！"

月芜劝他："姑娘这么做自然已经考虑周全，你就不用再争执了。"

"可是月芜，那里危险……"

青珑沉声打断他："我心意已决，就这样安排，你二人下去准备，明晨启程。"

裴原还想说动青珑，但见她丝毫没有改变主意的迹象，无奈之下就此作罢，不舍地叮嘱月芜："那你小心了。"

青珑站在屋檐下遥望着他远去的背影，打趣着问月芜："什么时候的事？"

月芜一脸茫然，顷刻明白过来她的话中深意，吞吞吐吐地道："不知……姑娘所指是何？"

"兴许你才是让他下定决心留下来的原因。"青珑审视着月芜皎皎如月的容颜，笑道："想当初我还担心他三心二意，为了收拢他费尽思量，现如今才明白，将他的牵挂留在这里，一样可以留住他。"

月芜的清颜上现出一抹慌张，急声辩解："我与他之间没有任何瓜葛，姑娘……"

青珑淡淡笑了笑，给她放心："一切全凭你意愿，若当真喜欢不起来，我也不会利用你去强留他。"

月芜面上的紧张这才消散，凛声道："从知道真相的那一刻起我便别无所求，唯一的愿想就是弥补我和蔺池犯下的愚蠢过错，救出族民，辅佐霍家人重振青桑。儿女情长累己累身，我明白这个道理，更守得住自己的心，不会沾染分毫。"

　　看着月芜眼里笃定而坚毅的光芒，青珑不由欣然："我亦庆幸当初没有痛下杀手，因为陈晟的缘故而取你们性命，否则必要悔恨一生。从今往后我们并肩一起，救出族民，光复故土！"

　　月芜重重点头："是，救出族民，光复故土！"

《第四十四章》

陌 路

黛江是横亘在夏燕两国之间的一条水路，发源于遏江，是其最大的分流。因其上接西夏最大的交易之都平阳城，下通南燕富庶而肥沃的膏腴之地镶州，因此是生意人频繁往来的通行要道。青珑和月芜能够带人潜入平阳城，并将军火与粮饷顺利转出码头，便是借了航运的一大便利。

清晨伊始，天香阁的鸨母坐着一鼎大轿，优哉游哉地赶往码头。听说前些天奴场新进了一批奴民，里面不乏姿色不错的女奴，她一听便坐不住了，赶早跑去物色。

数两碎银丢出去，花些功夫梳妆打扮一下，推出去少说也能从那些达官显贵的身上尝到十倍百倍的甜头，可不得意！前往奴场的途中，鸨母美滋滋地如是作想。

事情进展顺利，鸨母从奴场巡视一圈后，八名女奴已经倒卖到手，年纪从十岁出头到十五六岁不等，凭她阅人无数的眼力，挑的都是好苗子。

"杜妈妈这眼力真不是盖的，相中的可都是上等胚子，调教些年月，个个都是争当魁首的料！"

鸨母腰肢一扭，香帕拂过看场人的面，往他身边倚了倚，笑道："还不就等着在场各位来寻乐子，说好了啊，明晚姑娘们可都在阁里候着，迟了一刻自罚票子！"

两人还欲笑闹，谁知远处传来阵阵哭声，打断了他们的对话。转身望去，只见那些被强买的女奴缩在一起，与亲人抱头痛哭，死活不肯离开。

鸨母媚眼一斜，嗔责道："看你调教的奴隶，如此不知好歹，若是上场后坏了生意，可让老娘我亏折？"

看场的人大步走过去，嫌一名老者抓着两个孙女不撒手，顿时飞起一脚将他踹倒在地，随后命人将这些女奴强行拖走了。

老人痛心疾首，挣扎着爬起来，跌跌撞撞地追上去，拼命拉回自己的孙女，同对方争辩："不卖就是不卖！不进那脏地方……"

然而势单力薄的老人怎敌得过对方，争执中惹得看场那人大怒，招呼手下将他痛揍了一顿。

鸨母等得极不耐烦，付过银钱后便命阁中伙计将这些女奴拉走了。

"爷爷……别打我爷爷……"马车匆促离开奴场，一路留下女孩们绝望的哭声，引得旁边牵马赶路的一名女子不由驻足。

月芜见青珑竖耳细闻，且抬头望向已经远去的陌生马车，亦放缓速度，轻唤她一声，提醒道："姑娘，东西已顺利到手，我们需尽快撤离平阳城，以免身份暴露。"

青珑回神后与她加快了步伐，眉头却仍紧锁，寻思着方才从那车里传出的杂乱哭声，似有几分耳熟。一顿回想，她忽然忆起，似乎是……芊芊和乐乐？

孩子的哭音依稀还在，青珑越想越不对，道："月芜，你顺着那辆马车的来向，去后面看看出了何事，我往前追上他们瞧瞧。"

是夜，聒噪了一天的平阳城逐渐安静下来，唯有秦楼楚馆歌舞笙箫，成为狎客纵情享乐的不二去处，此刻的天香阁亦不例外。

但热闹是属于前楼的，后阁却被鸨母的斥骂声盖住，因为新进的这些女孩哭闹不止，她正在训教惩戒，已罚跪且断其口食近一日了。

训话突然被一阵叩门声打断，来人是两名劲装疾服的年轻姑娘，且还挟着白日看场那人，这令鸨母惑然。

"杜妈妈，她们……"看场那人指了指跪在地上的女孩们，反悔道："她们不卖了……"随即他从怀中拿出收受的银钱，递了过去。

"笑话！"鸨母讥笑一声，约莫看出了名堂，"进了我天香阁的门，那就是野鸡变凤凰，这么点儿碎银子就想赎人？"

"可这才不到一天，杜妈妈就……"

"这个。"没等他说完，鸨母竖指还价。

"四十两？这都翻十几番了！"

"四十两就想打发，我天香阁的胚子就这么被作践？"

"废话不多说，可以十倍百倍给你，但是，"就在那人将欲回话之时，同来的一名姑娘应声，"人是什么模样进来，就得什么模样出去。月芜，去看看。"

月芜依令而去，逐一扶起这些女孩细细检查，除了饿得发晕外，个个掌心残留着数道皮鞭笞打过的红肿印子，数人指尖上还有针刺的细口，隐隐沁出血色。

青珑目光沉沉，挟制着看场人，跨过门槛，步入阁内，顺手关门。

"呵，砸场子的？"鸨母挡住她，冷笑一声："老娘我什么场面没遇过，今个儿让你们见识见识，什么叫找死！给我往死里打！"

鸨母说完，阁内伙计们抄家伙一拥而上，棍棒挥落如风，看似凶狠，实则在月芜面前不堪一击，仅三个回合，二十余名打手便先后倒地起不了身。

这边看场人战战兢兢意欲夺门而逃，哪知屋门方开就被青珑反揪回来，一名打手挥下的棍子重重落在他天灵盖上，看场人当即晕厥过去，因为伤及要害，只怕不死也废，但这是他罪有应得——来天香阁之前月芜告诉青珑，白日奴场一名老者被毒打成内伤，被她救下时只剩一息，送医途中不幸猝亡，此人便是行凶者之一。

鸨母见状面露怯色，还欲喊人，话未开口膝窝被踹，扑通一声跌倒在地。

"想要银子，那她们身上的伤，你需十倍百倍还回来，当场清算！"青珑一手持鞭，一手提住她衣领，鞭子还未挥下，对方便捂住脸面，躲闪求饶："不要了，不要了……我放人，现在就放……"

"大姐姐……"受此大惊，又被迫与唯一的亲人分离，姐妹俩认出青珑后哭声不止，仰起泪脸道："那些人还在打爷爷……求大姐姐救救他……"

青珑与月芜相顾一视，神色黯黯，不忍将老伯含恨离去的噩讯直接告诉她们，只得先瞒住，往回走的过程中委婉劝慰，待这些女孩从惶恐无助的情绪里平静下来后才问她们："告诉大姐姐，是谁把你们卖到奴场去的？"

"他们是大骗子！"乐乐抢先答话，气红了脸。

芊芊紧接着答道："爷爷带我们去换东西，那些人说他们主子给换，就把我们骗到那里去了，骂我们，还打我们，不让我们走……"

青珑了然，看着孩子们可人的模样，心中不是滋味，只怕一开始那些人盯上的就是她们。

"大姐姐现在带你们去安全的地方落脚疗伤，明晚这个时候，我会设法拿到卖身契，彻底还你们自由，让那些欺负你们的人受到应有的惩罚！"

不到半个月的时间里，平阳城接连掀起风波，官府频频接到报案，道是多地奴隶反乱劫持奴场主，抢夺卖身契，屡禁不止，一度成患。

消息走漏到朝廷时，夏皇脸色阴冷，当即召见黑羽卫首领兼禁军武师冯烈，吩咐他："加派耳目潜至奴场，查下是不是之前逃离锽城的霍家孤女在兴风作浪，务必将其一网打尽，决不能给那些贱奴死灰复燃的机会！"

"还有，"如今夏皇的心思主要放在北伐上，无论如何他都不允许此事横生枝节，于是追问道："北凉那边，近日可有战报传来？"

"皇上请放心，一切顺利，不出意外的话，翌月中旬楼西越便可攻获怀州。"

皇帝心下稍安，又叮咛他："燕亓那两边亦不可放松警惕。舒晋两面三刀，东亓赵家小儿亦不是安分的主，难保他们不会隔岸观火坐收渔利，所以你需加紧盯梢。"

"卑职遵命！"冯烈拱手抱拳，领命而去。

皇帝落座，殿外晨光明媚，但是望着空荡荡的璀璨楼宇，他却感到前所未有的寒冷——他当然希望楼西越继续打下去，越快拿到北凉越好，但那之后呢？一旦拿捏不住楼西越的软肋，势必适得其反，何况还有楚定云，还有已然恨上自己的萧璟浩……

夏皇面色一沉，想起自己曾经微服拜会过的一个人，不禁陷入深思中，最终下定决心，喝令道："来人，备轿出宫！"

就在冯烈遵照皇帝的命令派人潜入南燕和东亓暗中打探军情的时候，飘行于黛江上的一艘大船里，临案相对坐着两个年轻公子，把酒临风，恬然畅聊。

"入口清醇，虽烈尤甘，不愧为镶州第一酒！"说话的是一个面色略微苍白的男子，一杯清酒下肚后，他眼角余光轻轻一瞟，望向对面温静浅笑的公子，不吝嘉言赞语。

不过语方落地，他忽地抚上胸口，不适地浅浅咳了一声。侍立在他身后的一个蒙面白衣女子眼神一痛，忙扶住他肩膀，轻轻拍着他后背。

舒九容听他咳声微弱，气息不稳，便知他身体不适，吩咐琼儿奉一盏解酒汤。

"无碍。"那男子摆手笑笑，强撑着坐直了身子，"东亓海岛之邦，吹惯了海风，倒对这里的水土多有不服，来了不过几时便染上风寒，一直不见好转，让九公子见笑了。"

"不知赵公子身体抱恙，竟以烈酒招待，恕九容有罪。"舒九容抱歉地道，顾虑到江上风大，便命人将船往岸边靠拢。

那男子朗声一笑："区区一杯酒水，能耐我何！九公子盛情款待，赵某岂能悭吝？云弋，带上来！"

一令出，舱外一个身着便服的男子阔步走进来，阳光在他身后倾洒而下，映得他的眉目清秀而明净，如水如玉，掩盖了浑身上下的凛冽和肃然。

进了船舱后，云弋下意识看了那白衣女子一眼，不知以眼神示意她什么，待手下人抬着一口箱子进来，他才收回视线，抱拳道："一份薄礼，还望九公子代王爷笑纳。"说完命手下人打开了那个匣子。

白前没有隐匿行踪，而是着一身护卫装束恭敬侍立在舒九容旁侧，闻言后他上前查看，却在刹那间面现异色，附在舒九容耳边低语了一句。琼儿好奇不已，踮起脚尖凑过去瞅了瞅，霎时脸色一白，险些失声叫起来。

只见三尺见方的匣盒里一字排开摆着两个冰冻的头颅，突兀大睁的双眼诡异而阴森，宛如从地底爬出来的索命厉鬼。

"这些人均来自夏宫，受夏皇旨意一路鬼祟跟踪我到了贵国，其心何在，想必九公子已经明白。"

舒九容了然："赵公子英明，正巧父王也有薄礼相赠。"

白前闻言会意，依着舒九容的吩咐转身出舱，待他重新进来时，命人押解着一个被打晕的探子。

"得知赵公子动身南下，父王派人前往横城迎接，同样察觉到了蹊跷。"舒九容神情自若，对着这个身份特殊的男子平静笑道："与其一网打尽，不若以这些人为饵，既顺藤摘瓜，又放长线钓大鱼。再者兵不厌诈，不见得他们探获并传于其主的谍情便一定为真，各中玄机，赵公子定能领略。"

那赵姓公子的眼角余光落向这探子，见其颈间刺的墨色羽状纹身恰与云弋所抓暗探颈部的刺青如出一辙，不用想也是同一伙人。他定定注视对面这个看似不理世事实则含而不露的眼盲公子，眼神变幻不定，强作笑颜"要论英明，当属王爷与九公子为上，赵某自愧不如。云弋，九公子一番肺腑良言，望你铭记于心，日后行事切要周全。"

"是。"云弋俯首答应，虽然知道舒九容看不见，但还是浅笑着朝他微微点了点头，聊表敬意。

男子吩咐道："你带阿婧出去透透气，我与九公子再喝几杯。"

白衣女子眼神不安地望着他的背影，万般担心他的身体，迟疑着不肯走。

"放心吧，几杯酒而已，不会加重风寒。"男子深知她的牵挂，头也不回地催促一句。

云弋更不想让她一个柔弱女子面对那些血淋淋的头颅，况且接下来公子跟舒九容要谈的事攸关大局，听到的多了对她也不好，遂暗暗递给她一个眼色。白衣女子不得不听从，跟着他缓缓退出了船舱，来到了岸边的一条幽静小道上。

"哥……"女子揭下面巾，一脸愁容地看着云弋，迟疑着低低道："我想离开一段时间，很快就回府……"

"又想做什么？"云弋断然制止了她，言语中尽是责备："三年前你留书一封离家出走，怎么找都不见人影，害得一家人整日担惊受怕。如今好不容易收了心，这才出来没几天你又要离开，还想任性到何时？"

"他的病情……"女子眼神一黯，无声低下了头，良久从齿间吐出几个低不可闻的哀痛字眼。

云弋才意识到自己语气重了些，抬手抚上她肩膀，心疼地柔声劝她："阿婧，听哥的话，后宫人心险恶，那种地方不适合你。什么白首不离相扶到老，自欺欺人的话你也相信？皇上要是真心待你，岂会忍心让你为了他如此委屈自己？试问你为他做了那么多，他可有过问你的感受？"

云婧紧张地摇着头："这些都是我自愿的，不关皇上的事。"

"那哥为了爹娘安心，也可自作主张，将你送回他们身边！"云弋脸色一沉，声音不知不觉冰冷了许多，"来人，送小姐回府！"

"哥——"云婧一慌，紧紧抓着他的袖子，"我没有想那么远，我只是想治好皇上的病，看着他没事就放心……再给我一些时间，我一定能治好他的病！"

"阿婧，你不要再骗自己了。"云弋万分心疼自己的妹妹，饶是不想令她伤心，但有些话还是不得不说，"那种病别说是你，就算神仙下凡也束手无策，连皇上自己都……你又何苦固执？"

"他怎么了？"云婧脸色一白，急声追问："哥你告诉我，皇上他怎么了？"

"你知道他为何屈尊降位亲自来舒王府造访吗？"云弋带她远离了大船，边走边道："日前探子来报，楼西越的兵马已经逼近凉都，若他率兵攻下浣城，整个北凉将会就此倾覆。而那时，西川大军因为连月奋战，即便精锐之师还在，也早已疲惫不堪。以皇上的心思，岂会错过这个良机？"

"所以他秘密南下，就是为了……"云婧无比震惊。

云弋点头默认她的猜测，语重心长地道："如果皇上执意西征，除了与南燕结盟外，还会拉拢朝中大将，最直接的方法莫过于充盈后宫，既让那些掌兵者彼此牵制，又给自己安排好后事，为我东亓王朝留下龙脉。父亲虽然名为帝师，但素来两袖清风，不争外物，在朝无党徒，于天子大业助益甚微，皇上的上上之选不可能是云家，所以能成为他枕边人的轮不到你。阿婧，你清醒一点好不好？"

云婧失魂一样站在江边，怔怔遥望着船舱中那个把酒谈笑的男子，胸口被一股蔓延而上的悲痛堵住，沉甸甸的压得她喘不过气。

"话已至此，哥也不想再隐瞒你，回朝后皇上便会迎娶陶征将军的女儿，也许打道回府的路上，他就会对你坦白此事。"云弋抬手擦去她眼角的珠花，安慰道："帝王家里人情冷漠，甜言蜜语也好，缱绻柔情也罢，都只不过是皇上兴起时的口舌之快，根本不会放在心上。为了江山和霸业，他可以毫不犹豫地舍弃你这个青梅竹马。"

云婧的视线落在遥远的天际，那些从年少开始就印刻在脑海中的美好光景彷如昨昔，一幕幕在眼前回放。

七岁时，她在后花园的假山上玩耍，不小心一脚踩空，狠狠摔在了地上，却被一双温暖的手小心扶起。为了不让她哭，他带她去荡秋千，从此她知道了那个有着鹰一样锐利的眼神却笑得好看而明亮的少年管自己的爹爹叫老师。

十岁时，他懊恼地告诉她自己是早产儿，体质不良，容易生病，所以经常被下人逼着喝很苦很黑的药，说完朝她扮了一个万分沮丧的鬼脸。她被逗笑了，颠颠地跑回屋子，将哥哥买给自己的冰糖葫芦拿了出来，却害羞得不敢当面给他，偷偷黏在了他的衣服上。

那之后，她鬼使神差地喜欢上了各种各样的草药，缠着爹娘给她请师父，学问诊，学开方，学针石。她天真地想，要是自己能成为治病救人的大夫，就可以给他熬一碗甜甜的药，那该有多好……

"阿婧，听哥一句劝，好好待自己。"云弋抬起袖子，擦干了从她眼角滑下的两行泪水，重新替她蒙上面巾，"如果你喜欢行医，就在府上开个医馆，接触的人多了，时间一久就会淡忘过去。就当是为了年逾不惑的爹娘，你也要振作起来。"

云婧的目光从辽远的天际收回，抬头看去这个对自己疼爱有加的兄长，眼里满是愧疚："对不起……"

云弋欣慰地笑笑："这就对了。哥不能离船太远，还需在附近守卫，我让珍儿陪你四处走走，沿途看看黛江的风光，有什么事就喊哥。"

"不了，我想一个人静静。"

云弋抬头望望附近的江面，见岸边的绿荫道上有不少行人，就稍稍放了心："那也好，自己小心了，哥去看看那边的情况，稍后过来陪你。"

云弋一走，那些积压在云婧心里的酸涩和悲欢再也克制不住，木偶一样沿岸漫步的她忍不住低低啜泣起来。她恨自己没用，离家的那一年里非但没有找到救他的方法，还做了许多有违本心的事，更让父母和兄长担惊受怕。

"救命，救救我……"突然，旁边的草丛里爬出来一个脏兮兮的小姑娘，万分痛苦地捂着肚子，身子蜷缩成一团，虚弱地向她发出求救的声音。

云婧一惊，匆匆擦掉眼眶前的泪水，跑过去扶住小姑娘："你怎么了？"

"大姐姐，我不小心打碎了主子家的花瓶，怕被他们打，就偷跑出来……后来饿得慌，在码头捡了些烂菜叶，吃坏了肚子，好痛……"小姑娘的面容扭曲在一起，看起来分外难受，说着说着，她颓然跌到了地上，抱着肚子左右打滚。

云婧急忙抓过她的手腕欲把脉诊断，奈何小丫头滚得厉害，小胳膊一溜烟从她手中滑了出去，异常痛苦地嚷叫着："好痛……要死了，大姐姐救我……"说完那小姑娘伸手抓住她衣服，想要借她的支撑站起来。

"你不要怕，大姐姐懂医术，探完脉象后就给你对症用药，很快就不痛了。"

"不行，我疼得快死了……"小丫头死活不让她碰自己手腕，忽地指着江中一艘缓缓靠岸的大船，惊恐地叫道："是主人！他派人来抓我了，大姐姐救我！"说完小丫头像一只受惊的猴子一样跳到云婧身后，另一只手却不安分地移到别在她发间的一支碧玉簪上，趁她不注意嗖地拔下来抢走了。

"还给我！"云婧这才惊觉自己上当，沿着河岸没命地追赶那小贼。那是她十六岁生辰时皇上亲自别在她发间的礼物，绝对不能丢！

小丫头没料到这个贵小姐居然如此吝啬一支发簪，眼见甩不掉，她纵身一跃跳入水中，灵蛇一样向远处游走了。

云婧一心只想拿回簪子，于是想也不想便跟着她一同跳进江中。然而落水的刹那她才意识到自己不谙水性，难受地挣扎着，伸手抓向岸边的水草，却一连灌了好几口冷水，身子也不受控制地向下沉去。

这一幕刚好落在一个出舱观望江面情势的少年眼中，见有人落水，他慌忙跳进水中奋力游来。跟在他身后的一个姑娘见状，也紧随他下水。

云婧的身子渐渐被冰冷的江水淹没，思绪陷入一片混沌中，她以为自己就要死去，不想一双手臂突然从身后环过来，紧紧拖着她的肩膀将她往岸边拉。

"还给我……还我……"不知过了多久，稍稍有些意识的时候，她只觉自己趴在一个人的腿上，磕得胃里翻江倒海，等到一大口水吐了出来，她的神智才渐渐清明。身子被翻过来后，云婧睁眼就对上了兄长万分惊痛和紧张的面容。

听到江上有人喊"跳水了"的呼声后，云弋匆忙奔过来，赶到时自己妹妹已经被一个少年拖到了岸边，好在虚惊一场，没有出人命。

云弋以为她是想不开才做了这种事，又痛又怜地责了一句："阿婧，做这傻事值不值得！"说完他将外衣脱下来，裹住她瑟瑟发抖的身子。

"她可能被这丫头抢了东西，想要追回来，出于本能才跟着跳下去的。"不等云婧开口解释，一支莹碧色的玉簪已经被一只修长的手递了过来。

"谢谢……"云婧感激地接过，一抬头，一张苍白而俊秀的侧容映入眼帘。也是那不经意的一瞥，让她原本窒闷的胸口又是一堵，一个熟悉的名字从心田涌出，一直跳到舌尖，忍不住喊他："子逍……"

少年行将离开的脚步顿住，记忆中那个如水般温婉的医女的名字却怎么也喊不出口。

时间仿似静止在那一刻，将他的思绪拉到往昔，却又夺走了回忆中的许多东西，留下来的只有说不尽的悲酸。

一年而已，再见时已是陌路。阿姐说，时间可以愈合一切伤口，如今自己的伤好了，可为何心口还是会隐隐作痛？

"抱歉，姑娘认错人了。"褚子逍忍下胸口的闷痛，沙哑着声音低低道，转身走向跟他一起下水救人的辛宁。

辛宁听说褚子逍要来黛江办事，就瞒着辛泽偷跑出来了。此刻她正抓着小丫头的胳膊，质问她为何抢别人的东西，没想那丫头狠狠咬了她一口，兔子一样溜了。

云弋皱眉，即刻吩咐手下人去追回那顽劣的孩子。

褚子逍面色一变，三步并作两步奔到辛宁身边，捂住她手背上两排涌血的齿印。

"不疼。"辛宁浑身湿透，齿关打战，忍了忍松开了紧皱的眉宇，冲他摇摇头，然后看了看黯然望着他的白衣女子，不无歆羡地低低问他："子逍哥哥，那位姐姐好漂亮……你们认识吗？"

褚子逍不敢让自己回头，他怕再次面对那张熟悉的清容时，会忘了拿命换来的教训，控制不住地叫出她的名字，可笑自己却连她到底是谁都不知道——阿婧，绿盈，哪个才是真正的她？

他拥住辛宁微微发抖的肩膀，怕她着凉："阿宁，我们回去。"

"小兄弟，请留步。"云弋从他和自己妹妹的对话中听出了一些蹊跷，沉声喊住他们，上前抱拳致谢："方才多亏两位出手搭救，云某不胜感激。今日天凉风大，不介意的话随我到船上换身衣裳，以防伤寒。恰巧舍妹精通医术，也可为这位姑娘清理下伤口。"

"举手之劳，云公子客气了。"褚子逍婉言谢绝，想要带着辛宁尽快离开，但是走了没几步，又被一个神色冷峻的公子拦住了去路。

那人正是舒九容口中所称的"赵公子"，亦是东亓海国的君王，名讳赵彧。此刻他目光炯炯地盯着褚子逍，又瞥了一眼脸色异常的云婧，笑道："船上备有美酒，两位无妨与我共饮几杯，也算本公子聊表谢意。"

"不必了。"褚子逍淡淡道，绕过他继续前行。

赵彧眼神逼人："相识一场，又奋不顾身地救故人于生死之间，想必情深义重。小兄弟却说走就走，未免太不近人情。"

云婧一惊，明白赵彧对她产生了误会，哽咽着解释道："阿婧只是一时恍惚看错了人，不认识这位小公子，还请……"

"是吗？"赵彧截住了她的话，双目凌厉地打量着少年，"听小兄弟的口音不像是镶州人氏，不知千里迢迢来此，有何贵干？"

见这男子咄咄逼人，褚子逍迎上他刀剑一样锋锐的眉眼："阁下也不像本土人氏，跋山涉水远道而来，又为何故？”

赵彧的周身充溢着肃杀的气息，空气也仿佛被浓浓的杀意浸染，压得人喘不过气。他冷冷笑问："相逢是缘，相请亦不如偶遇，小兄弟一再推辞，莫不是本公子诚意不够？"

云婧万分紧张，生怕赵彧因为自己的欺瞒而对褚子逍存了杀心，急声道："小公子既然不愿意，定是有事在身，还请公子不要强人所难。外面风大，阿婧陪你进船……"

褚子逍定定注视着紧张无措的她，心田如涌动的潮水一样上下起伏，击溃了他佯装的所有冷漠。然而肩上担负的责任提醒了他，无论如何都不能再跟这个女子有丝毫牵连，何况今日已经还了她的活命之恩，两不相欠，还有什么理由再唤她一声"绿盈"？

"告辞。"他对着她的背影沉声道别，然后拉着辛宁的手视而不见般绕过赵彧，径直向前行去。

"大胆！"少年的冷漠惹恼了跟在赵彧身边的两个护卫，双双伸臂横在他胸前，斥道："公子好言相请，不要敬酒不吃吃罚酒！"

褚子逍冷然扫了他们一眼，暗暗握紧了手中的拳头。

刹那之间，气氛有些剑拔弩张。兄妹俩惊然，正要上前劝赵彧网开一面，却被背后传开的惊呼压住了声音。

回头一望，只见一袭丽影风一样冲了过来，来人惊喜地抓起褚子逍的手，兴奋得如同吃了蜜糖，说话时暗地里不断给他们使眼色："小泥鳅，小泥巴，果真是你们！不是叫你们早点过来找我，为何这么晚才来？呀，怎的浑身湿成这样？"

褚子逍和辛宁愣住，还没反应过来，琼儿又忙不迭地对赵彧点头行礼："赵公子请恕罪，丫头见到了远房亲戚，太高兴了忘了给您请安。"

赵彧满目疑色地盯着他们，恰在此时一个温和的声音随风飘来，将他到口的问话逼了回去。

"发生何事了？"舒九容被白前指引着，沿岸缓缓走来。

琼儿跑过去扶住他，悲喜交加地道："他们就是我远房堂叔家的两个孩子，家里遭了洪水，一年的收成都没了，很是可怜。琼儿前月给公子说要把他们招到府上当差，可巧今天他们找来了。喏，就在这儿。"

"是吗？"舒九容笑意淡然，面上的诧异显而易见，叫在场所有人都以为那两人果真只是他随身剑侍的落魄亲戚，不过为了生计才跑来这里，不值一提。

"赵公子那边出了什么事，何人落水了？可有救过来？"舒九容目不能视，眼睛随意地一瞥，接连问她。

话已至此，饶是将信将疑，赵彧也不得不给舒九容一个薄面，笑道："虚惊一场，让九公子担心了。"说完，他挥手遣退了手下人。

这边事情还没结束，突然一个厉喝声再次传来，再度将所有人的视线吸引了过去。

"放开我！"那个抢东西的小丫头愤怒地斥责抓他的壮汉，被带到神色肃然的赵彧面前时，她半点畏惧也没有，直直地盯着在场所有人。

冷风低啸而来，吹动了粘在她额上的几缕发丝，露出一双灵动而狡猾的明亮眼睛，一种似曾相识的感觉不由在褚子逍和云婧的脑海中徘徊。惊讶之余，一股无以言表的酸楚也在彼此的心海跌宕翻动。

因为这个招摇撞骗的丫头，他们一起逃难流浪，生死相依地度过了一段艰难的时日。没想到现在又是这个丫头让他们不期而遇，却是以陌路人的身份两相对视。

到底是冥冥之中自有天定，还是造化弄人？

小丫头见人多势众，暗想自己这次要遭殃了，突然眼珠一转，计上心头，一屁股坐在地上，大喊大叫："救命啊！他们欺负小孩子，要把我抓去卖给人贩子，求各位好心人救救我！"

如此叫嚷，顿时引得远处的行人跑来围观。

赵彧愕然，没见过如此顽劣的孩子，皱了皱眉："押去官府！"

舒九容淡笑一声："到底是个孩子，去了那种地方只怕九死一生，东西既已归还，还请赵公子网开一面，放了那小孩吧。"

赵彧暗忖自己是客，不宜太过喧宾夺主，也就作罢，再次邀他入船饮酒。

云婧凝视着他转身离去的背影，心口忽而升腾起一股难以言表的酸涩，堵得难受，哀然道："哥，我们走……"

云弋叹了口气，为她不值，拿衣服裹紧了她的身子，点头答应："明天哥就去向他请辞，带你回府。"

云婧回头望了望少年单薄的身影，想要对他说一声"保重"，但想起自己的所作所为，那股勇气瞬间化为深深的愧疚，再也无法启齿，终究只是凝望他一眼，缓缓离去。

"子逍哥哥……"辛宁见褚子逍恍惚失神，担心地轻轻唤了唤他。

少年这才回神，低头冲她笑了笑："没事，我们回船。"尔后他向琼儿抱拳一礼，由衷道："今日之事，感谢琼儿姑娘与九公子解围。"

"你就这样走了？"琼儿知道他是喘疾之身，受不得寒，想带他们去换件衣裳，却又顾虑地问了一句："霍青珑在不在附近？"

她心觉那女人就像扫把星一样，每次公子碰到她就没好事，一年前为了救她，公子险些被费弘英伤到要害。后来她带着伤重的褚子逍南下青桑，途中与收兵回朝的公子不期而遇，公子在得知她的遭遇后又不听劝，不顾危险帮她躲避西川兵马的追杀，费心劳神，回府后休养了个把月才恢复，以后绝不能让她跟公子有瓜葛！

褚子逍亦不想再给舒九容添麻烦，言简意赅地应道："阿姐还在等我们，再见。"说完他带着辛宁转身离开了。

"叫小奴的，谁叫你走了？"琼儿懊恼地追上他，拉住他和辛宁的袖子，不让他们离开，"戏还没演完，你这么急着回去做什么，要被赵公子的人看见了，又让公子替你们收场不成？你先跟我走，等会结束了公子还有话要问你。"

辛宁被她拉得浑身不自在，想挣脱她，却怎么也抽不出手臂，急得快要哭出来。

"阿宁，不怕。"褚子逍拨开琼儿的手，安慰辛宁："我先送你回去换件衣服，完了后你乖乖待在船上，等着我回来。"

"她是谁？"琼儿好奇地打量起这个腼腆的姑娘，见她虽然面色蜡黄，娇小瘦削，但模样却清丽如兰，很是耐看，顿时笑开："叫小奴的跟他阿姐一样没心没肺，你跟他在一起要小心，千万不要被他骗了！"说着她把自己的外衣脱下来，不顾辛宁的推辞强行披到她身上了。

褚子逍虽然不喜欢这个刁蛮的丫头，却也知道她生就一副心直口快的脾性，肚子里没有坏点子，就道："你放开阿宁，我跟你去就是了。"

等待的时间有些漫长，再次见到舒九容的时候已是午时之后。期间，琼儿遵照舒九容的吩咐将褚子逍带到了附近驿站的客房里歇息，避免他被赵彧的手下碰到。

"身子可还不适？"推开门后，舒九容清远如山的声音传入耳畔，让临窗观望外面情势的少年惊了一下，忙收回视线，摇了摇头。

"坐吧，不用拘谨。"舒九容听他气息不稳，了然笑笑："我让白前知会过镶州官府，不会动你们的人船分毫，无须紧张。"

这话让褚子逍更加惊愕，目光不由避开了那双虽然难视万物但却清亮如星的眼眸，强作镇定地道："九公子此话何意？"

舒九容但笑不语，将一杯茶推到他跟前，避过了这个话题："你阿姐近况可好？"

褚子逍绷紧了神经，点点头："阿姐心里很内疚，也时常牵挂你的伤势，只是不便登门探望，希望你照顾好自己。"

"已无大碍，不必担心。"舒九容笑道，随后让琼儿拿了一个匣子进来交给了他。

褚子逍不解："这是……"

舒九容清浅笑笑："会有用处。"

褚子逍打开一看，一道通关令牌赫然入目，除此之外，下面还压着厚厚的一摞银票，他无比震惊，触电一样推了回去："我不能要……"

舒九容从容浅笑："只可以我之名持它出入城门和奴场，不是让你们的人马对抗官府。我囿于身份无法明着出手，能帮你阿姐的只有这些。事成之后，务必销毁令牌。"

褚子逍惊住，不可置信地看着面前这个温雅的贵公子，暗想难怪他和裴原的行动进展得如此顺利，能够轻而易举就深入到黛江，进而接近镶州一带。难道是舒九容在背后打点？

褚子逍强压下心头的惊诧，屏息问道："斗胆问一句，九公子如何得知这一切？"

"四海鏖战不休，烽烟迭起，但凡对这浩瀚疆土心有觊觎者，皆着眼于夏凉之战，有谁会在乎那些流民的生死？而你阿姐却广结江湖游侠，倒腾粮饷援救奴民，在西南一带掀起不小风波，霍家女儿的大名只怕早就在绿林中悄然传开了。"

说到这里，他忽而停了下来，意有所指地笑道："出了镶州就是落霞山，那里聚集的江湖游侠似乎越来越多了。"

褚子逍听罢，暗暗捏了把汗——如此说来，他对阿姐的动向早就了如指掌。而以他的身份和城府，只怕手下耳目不少，知道这些也不足为奇。但是时至今日，他们的行动都没有发生大的意外和闪失，是否是他在暗中伸了援手？

"你这么做，不怕养虎为患？"少年长吸口气，并没有因为感激而失去理智。

舒九容轻轻笑了笑："难道世间权贵都是一丘之貉，只会为虎作伥滥杀无辜，不能救济贫弱？"

褚子逍语塞，自然明白他不是舒长轩那种人，想了想还是把那个匣子还给了他："你帮我们这么多，我不能拿着它在你南燕的地盘上做对不起你的事。"

"乱世求生，没有谁对不起谁一说，不介意的话就收下。大哥生性阴狠，杀戮太重，算是琼儿一份心意，替他赎罪。将这些换成衣食等物，分给活着的需要的人。"

一旁的琼儿愣住："公子，关我什么事？"

舒九容笑而不答，起身嘱咐少年："赵彧一行会在镶州逗留几日，他非是泛泛之辈，你且小心了。我还有事在身，就此别过，代我向你阿姐问好，也叫她万事当心。"

褚子逍望着他离开的背影，心中的感激无以言表，只恨上天苛待，为何要让这个良善宽厚的贵公子眼盲难视呢？

第四十五章

断拿

"子逍哥哥……"就在褚子逍失神的当儿，门缝处突然趴上来一个脑袋，压低声音叫了他一声。

褚子逍打开房门，一脸惊色："阿宁，你怎么来了？"

辛宁小心看了看身后，被他拉进房间后低头细声道："我怕你着凉，给你把药带来了，姑娘嘱咐过你要按时服药……"

褚子逍把自己外衫脱下来给她穿上，柔声劝道："阿宁，明天我让裴原派人送你回去好吗？"

辛宁抬起头，满脸的紧张和无措："子逍哥哥，我会听你的话，不会给你惹麻烦的。我现在就回去，在船上等你……"

褚子逍心疼地拉住她，拂开贴在她鬓间的一缕秀发，柔声笑道："阿宁很乖，只是外面很危险，你跟辛泽被东家买走那会儿，子逍哥哥以为这辈子都见不到你们了。现在好不容易重逢，不想让你再吃苦受累，更担心你出事，所以……"

一种因为什么也不懂却还胆怯拘谨的自卑感让辛宁眼里的光芒渐渐暗下去，她低头咬着嘴唇不说话，良久默默点了点头。

看到她这样黯然神伤的表情和反应，不知怎的，褚子逍的心里忽而一痛，歉道："阿宁，对不起……子逍哥哥说错了话，没有考虑你的想法，要是你不愿回去，我就带着你看尽外面的风光，往后再教你骑马，想去哪里就去哪里，好不好？"

辛宁面上重现喜色，当自己听错了话，小心翼翼地抬头再问："子逍哥哥，你还会赶我走吗？"

"不会。"褚子逍摇头笑笑，将那枚令牌呈给她看："有了这个，子逍哥哥就可以带着你进出奴场，救出更多族民，再也不让他们遭受折辱。"

辛宁粲然一笑，重重颔首："那我们先从哪里开始？"

褚子逍想了想，道："先联络上裴原，再做定夺。舒九容明着让我们将落霞山上的绿林侠士转走，言外之意许是在暗示我们情况有变，怕出万一，故需抢占先机。"

辛宁虽听得似懂非懂，却认真地点点头，跟着他离开了驿馆。刚拐到正街时，一个瘦小身影忽从他们的眼帘掠过，竟是偷抢东西那小女贼。原来她死性不改又跑去酒楼行窃，结果被行酒令的一群醉汉察觉，拎着胳膊扔到了路边。

褚子逍跑过去扶起她："你怎样了？"

小丫头痛得直皱眉，待认出面前这两人后，顿时脸色发慌，撒腿就跑。

"你别跑，我不会打你。"褚子逍拽住她，"你是哪里人，怎的到处游荡？你有什么难处，非要做这见不得人的糟事？"

小丫头在这两人身上栽了一跟头，再也不肯相信他的话，张口咬上他手背，在他吃痛松手的当儿一溜烟逃走了。

褚子逍见她着实可怜，想追回她问清楚，怎奈未果。

恰在这时，前方一队车马徐徐行来，排场豪阔，边上小厮驱赶着行人为其主开路，端的是一副盛气凌人的模样，竟也无人指责，百姓们反倒显得战战兢兢，躲之不及。

褚子逍护着辛宁退至边角，不经意地一视，车内端坐的一个男子的侧脸从飘开的车幔中显露出来，他脸色瞬变，连忙拉住辛宁："阿宁，快走！"

不是冤家不聚头，褚子逍断没料到竟会在此地遇到舒长轩，不过他也瞬间明白，难怪舒九容方才特意留他相见且在谈话中予以暗示，想必也是怕这杀人不眨眼的魔头察觉出端倪，毁掉青军沿黛江水路建立的各个联络据点。

所幸事无变故，是日他与裴原在码头碰了一面，详议一番后分头行动，由他出入城内各个奴场分批赎买奴隶，裴原则在夜里带人接应。不出三日，沿岸数个码头上待售的奴民皆被顺利转移完。

尽管谨小慎微，但此事还是引起了有心之人的怀疑。

午夜时分，舒长轩临栏而饮，拥着怀中的妙龄歌姬与她耳鬓厮磨，酒意正浓，一名侍从忽而求见，坏了他的兴致。喝得三分醉意的舒长轩烦躁不已，粗鲁地将怀中美人扔开，并斥退了所有舞女。

"查出来没有？"他遥望着冗长而漆黑的长街，阴声问道。

"回大公子，九公子戒备得紧，我们的人手实在无法靠近，不知王爷派他接见了何方贵客，更加听不到他们筹划何事……"

舒长轩怒意顿涌："这人都摆弄不了，养你们何用！营中什么情况？"

"回……回大公子，常琰在王爷面前颇为得势，九公子又不断替他美言，王爷就信了他们主仆二人的话，将南线大营交常琰那厮统管了，一点情面也不给大公子您留。"

情面？舒长轩自嘲地冷笑一声："父王的心一直都在那人身上，何曾考虑过我？"

因为兵败长门关，他被撤销了军衔，禁足于镶州，至今都没有被允回京的意思。呵！论过不计功，这就是父王留给他的情面？谁知老天还是有眼的，不知怎的让他那嫡出的宝贝幼子瞎了眼，再也妄想重见天光。

想到这里，舒长轩的心情又大为舒坦，但随即听到的消息却让他百思不解。

侍从继续禀道："大公子，还有一事，需要您定夺。"

"说。"

"我们的人注意到，这两日有人手持令牌，似是以九公子的名义频频在黛江码头采买奴仆，数量颇多。九公子素喜清静，照顾他起居的侍仆屈指可数，也就琼儿和白前最得他偏爱，此次他却一改做派，行事如此张扬，委实蹊跷……"

"当真？"

"千真万确，小的绝不敢欺瞒大公子。"

舒长轩的脸色像暴雨来临前的天空，由晴转阴，愈发幽暗——一群手无缚鸡之力的奴隶而已，他买那么多做什么，难打是打算给自己培植心腹和耳目？

就靠他们？可笑至极！

舒长轩猜不出其中端倪，又怕他私底下当真在筹谋什么大事，有损自己将来在王府的地位，是以翌日他直奔州府府衙，途中偶见舒九容的车队，想了想便调转方向，故意堵了上去。

琼儿平日里看他最不顺眼，忍不住斥问："大公子什么意思？"

舒长轩高坐马首，冷笑着看向舒九容，含沙射影地警告道："明人不做暗事，九弟若是闷得慌，可常来镶州，大哥有的是时间陪你玩。还有，眼力不好的人走路要当心，以免阴沟里翻船。"

"莫名其妙，你才栽死在阴沟！"琼儿恨恨地瞪着他远去的背影，怒不可遏："公子，当初王爷让你动手，你就不该心慈手软放过这家伙，他眼里只有自己，根本容不得任何人比他好，非但不把你当兄弟看，还百般刁难，简直该……"

"赵公子一行即将返程，我们也该回京了。"舒九容打断她，虽未在此事上多言，但面上素有的温和已消失无余，似乎心里已经有了打算。"你去采办些用物，送走赵公子后也随我启程。"

"公子……"琼儿极不甘心放过舒长轩。

"去吧，我能在父王面前保他，也能让他翻不了身，之所以不动手，是因为……"

琼儿见他顿住，大为不解："因为什么？公子有什么苦衷？"

舒九容的目光转向她，欲言又止，最终还是吞回了话口："知道了对你没好处，不说他了。方才嘱托你的事尽快去办，早去早回，不要贪玩。"

琼儿问不出所以然，只得怏怏地去了。

"公子，"望着琼儿离去的身影，一直沉默的白前迟疑着启齿，似是知道一些内情，劝他："琼儿本性纯良，最是恨他，即便知道真相，未必会与公子反目。养虎为患，何况他已窝藏杀心，更该斩草除根，倘若公子不忍伤琼儿，交于白前来做。"

"死于旁人之手，不若死于自手，也算自食其果，将来亦不得琼儿记恨，回京之后再与我安排吧。"

白前心领神会，颔首应是。

这边舒长轩找完茬继续赶往府衙的途中，他的手下又送来一则让他心惊的消息。

"大公子，查到了！那些奴隶并未被运至王府，而是借助航运之便沿江往下，直奔落霞山的方向去了。那里常有绿林狂徒滋事，他们总与官府作对，这样一想，背后必定大有猫腻。"

"大公子，您说会不会是那些不安分的匪人下山作乱？他们打着九公子的名义，而九公子人在镶州，对此却不做任何反应，可见是默许的，如此深思下去……"

舒长轩眼睛一跳，难道那个人会和绿林匪徒勾结？

"通知州府，落霞山上那些总与官府作对的贱徒，也是时候去会会了！"

"得令，小的这就去做！"

不多时，大街上烈马腾腾，朝落霞山的方向飒沓奔去。

彼时一辆马车正在城外徐徐行走，坐在车里的人被外面的嘈杂声响惑住，掀帘问道："出了何事？"

白前就近询问，摸清细由后答道："回公子，州府忽然出兵，据说是剿匪。"

"哪里的匪？为何如此突然？"

"落霞山。"

"好大的胆子！"马车里的人眸光跳动，面上忽现冷色："转道上山！"

另一边，青珑已从平阳城奔赴落霞山，正在山头与人商议撤离事宜，忽听得山脚下马蹄铮铮，动地惊天，旋即有人上前急禀："姑娘，有人纵火烧山！"

在场之人无不惊讶："谁？"

"舒长轩，州府也出兵了。"

"又是这些横行霸道的混账东西！"聚拢在一起的几个游侠头目拔出腰刀，凛声对青珑道："妹子你且放心离开，这狂妄小子交大哥们去收拾！"

这些都是一群游走在市井之外的江湖豪侠，劫富济贫除暴安良，专与奸佞欺民的恶吏过不去。离开西川大军回到故国后，青珑曾一度游走绿林，在西南边境结交和招纳了不少这样的侠义之士，深为其豪情所折服。这群游侠的头目真名叫梁啸，道上人称梁二，其在绿林中盛名远播，几乎青珑的每一次行动都得到了他的鼎力支持和援助。

而提及舒长轩，若不是看在舒九容的情面上，青珑也万般不会放过他。此次既然不请自来，她便无法再睁一只眼闭一只眼，否则隐患不除，难保日后的行动不会受他破坏。何况此人嗜杀成性，死在他手中的无辜者不计其数，不除他不足以平人愤。

山脚下，锦衣华服的王府长公子背对连绵起伏的山脊，神色冷漠。在他身后，火势冲天，借着风力绵延盘旋，接连成海，将山中飞禽走兽尽吞其口。

"大公子英明，近日风头大，山上更甚，那帮匪徒就算插翅也难逃一死了。"镶州州府来到他跟前，谄媚地笑赞道："清剿贼匪，还边城太平，可谓大功一件，定当……"

"大人小心！"话未说完，忽然箭雨横飞朝他们射来，只听得数名士兵失声大叫，旋即便被利箭穿透心窝，倒地而亡。

马背上的贵公子面现惊色，折身闪到大石后面，但未及掩藏，便被密如雨点的长箭扎穿身体，毙命于当下。

"大公子！"众兵大惊失色，仓皇戒备。

青珑藏身于山脚，透过缭绕烟火依稀看到这幕，颇觉不可思议——连反击都没有就惨死箭下，这让她怀疑那人是不是舒长轩。

但时间紧迫，火势逼人，青珑没功夫多想，遂掠步向左躲在树身之后，开弓松弦，又一箭发出，射向州府咽喉，致使他当场绝命。

趁着山下队伍阵脚渐乱的契机，青珑和月芜打头，梁二率人在旁侧掩护，迅速带领诸位侠士冲出火区，转移出山。

经过那块大石旁时，青珑扫见了被乱箭射毙的尸体，翻过他身子一看，果真应了自己的猜测，那人只是个替死鬼。这就意味着，真正的舒长轩此时可能正藏在某个隐蔽的地方，引诱他们现身后伺机偷袭。

"仔细了，当心姓舒的下暗手。"青珑叮嘱一声，语方落地，倏忽间两道泛着寒光的利箭迎面飞来，笔直射向她眉额。

青珑惊觉，拔剑将其斩飞。身形方稳，便见面前现出一排排乌泱泱的铁甲兵队，岿然如山。马背上的士兵个个手持劲弓，绷紧了弦，作势待发。而领兵那人，正是舒长轩，连同州府都还活生生地跟在他身旁。

舒长轩起先瞧着青珑似曾见过，但并未一眼认出她，琢磨少顷，方才想起"是你？"

怎会忘记，这不知死活的奴女坏过他好事，他曾派人追杀过，却一直无果，而今狭路相逢，她竟已勾连上山匪。再一想舒九容搭救过此女，那么自己的猜测是否应验，他早与这些人暗中往来？有何企图？

舒长轩不屑于去细想，重取箭羽，复又开弓。

青珑亦不打算放过他，先他一步松弦放箭，直射其心害。

舒长轩仓促闪避，怒从中起，大喝一声："杀！"

"谁敢！"一声清喝忽从后方传来，及时斥止了他，旋即一辆马车停于当下，从中走下一个身着竹青色轻衫的男子。那人眉目清疏而雅重，宛如画中天人，清华朗朗，不怒自威，看得两旁持刀的士兵不由往后退了退。

青珑亦愕然相顾，她没想过会在此种境况下与舒九容不期而会，且得见他安然无恙，大有些意料之外的惊喜。

"谁是州府？"舒九容被白前扶着走上前，冷声再问："纵火焚山是奉何人之令？"

州府虽然不认识这个鲜少露面的王府嫡子，但观他形容举止雅致绝伦，步履从容而轻逸，且能在剑拔弩张的变况中如此沉得住气，知他定然来头不小，一时间竟不知道该收兵还是继续遵照舒长轩的命令。

"怎么，瞎了眼自己都管不住，还来管这下贱奴女的死活？"舒长轩收回弓箭，幽幽地盯着他，言语极尽嘲讽。

舒九容听出了他的声音，微为诧异，显然没料到他也在当场，但当听到最后，却不知他所指何人，稍显错愕地看向白前。

白前轻声答道："回公子，是霍姑娘。"

舒九容涣散的眸光亮了亮，如星子熠熠，闪动着喜悦："霍姑娘？"

青珑从护腕里掏出那只小铃铛，轻轻摇了摇，笑着打招呼："好久不见。"

舒长轩阴沉沉地扫视着他们，为了给舒九容一个下马威，于是决定杀鸡儆猴，厉喝一声："来人！将这些犯上作乱的暴徒通通击毙，一个不留！"

一语落地，白前在舒九容的授意下旋身过去，手起掌落，一左一右掴了他两耳光，扇得他眼冒金星。

州府连同众兵顿时傻了眼，愣愣地看着这不可思议的一幕——敢对舒王府长公子动手，此人身份定然不凡，这点眼力他们还是有的，因此自然不敢轻易动手。

舒九容对这个兄长的忍耐似乎已经达到了极限，未再客气："舒长轩，我能称你为兄，也能让你进不了王府大门！"

"就凭你？"舒长轩额上青筋暴起，眼角眉梢写满了不甘，像头愤怒到极致的野兽，持刀猛扑向他。

青珑大惊，错身挡过来，当空一脚踢飞他手中兵器。末了她将舒九容拉到马车前，送他上车："这里危险，你先回。"

舒九容阻住她："霍姑娘，带着你的人先行一步，我自会处理一切。"说着他从怀中拿出一块令牌，抛给黑衣影侍。

白前伸手接住，喝道："舒王府世子在此，谁敢造次！"

一语出，一旁蠢蠢欲动的官兵霎时止步，不敢再上前。

"世子？"舒长轩无比嘲讽地讥笑起来，"作为长子，我打小就被父王扔到沙场去卖命，你在府上惬意自在，就因为出身好，轻轻松松成为世子？是了，我忘了父王始终偏向你，可惜瞎了，老天还是长眼的，哈哈哈……该死的！"

"啪！"又一声脆响乍起，白前这一耳光又快又狠，抽得他嘴角涌血，半天开不了口。

舒长轩怒火攻心，眼里的讥讽转瞬间变为恼恨，伸手拔下束发的簪子，出乎意料地扑向马车，猛然刺向舒九容颈脉。

青珑骇然，手起刀落，几乎与白前同时砍向他左腕，堪堪在簪尖触及命害的片羽之隙间救下舒九容，并推着看不见任何危险的他迅速向后。

手掌飞离，血从断腕处喷涌而出，舒长轩捂着残臂发出歇斯底里的惨叫声，险些痛极晕死。

"霍姑娘？"舒九容不知道发生了何事，分外紧张，以为她与舒长轩拼了个你死我活。

青珑叮嘱他："我没事，而是他要杀你，多加小心。"

一旁的州府见状，慌忙跪地，又是磕头又是求饶："世子饶命！这一切都是大公子的意思，下官也是受他逼迫才干出这等蠢事，不敬之处，还请世子和王爷网开一面……"

舒九容这才注意到他，寒声斥道："身为一州州府，不足履实地却贪功冒进，纵火焚山，罪不可恕，识趣的自去公堂服罪。若敢畏罪潜逃，不出这镶州，定摘你项上人头！白前，记他一过，上奏朝廷！"

"世子开恩！下官立马带人去灭火补救，随即便去自首，日后绝不敢再做任何枉法之事……"州府恐极，当下也顾不得舒长轩了，带着一帮官兵狼狈撤走，仓促前去扑火。

"哈哈哈……"舒长轩没想到自己被玩弄，纵声狂笑，痛苦地捂着失去左掌的断腕，瞳孔睁得异常大。眼里的屈辱、不甘和幽恨恍如身后熊熊燃烧的烈火，愈来愈狠："姓舒的，今日你们断我一掌，他日我让你们生不如死！"

舒长轩幽幽地扫视一眼所有人，将他们的面容牢牢记在了心里，纵身跳入身后五丈多深的潭水里，挣扎着向深处游走了。

舒九容只听得一声闷响，不知道出了什么事，循声朝潭边快速走去，被青珑及时拉住："小心！不要过去，他从水路逃走了。"

"你怎么样？有没有伤到？"

青珑摇摇头，旋即又抬起手腕，轻轻晃了晃那个别致的银铃："安然无恙。"

"那便好。"舒九容感激她将那个小小承诺一直坚守到现在，眸里跃动的光彩与以往的恬然淡泊不同，只被他有意压制，没有过多明显的流露。"白前，你带人沿岸往下找，务必截住他。若他不知悔过不肯束手就擒，也无须再留情面了，该怎么做便怎么做。"

白前不放心他："公子，那你何时启程？"

"你放些话口，谎称我从官道离开，我会带着琼儿沿江而上。"

白前俯首领命，依令去办了。

"舒九容……"

"不用多说，先与我一道离开这里。"舒九容未卜先知般截住了她的话。

青珑不得已吞回话口，将他扶上马车，然后叮嘱月芫和梁二等人："你们先回青桑，稍后我再赶上来。"

"姑娘，那……"

"不必多虑，舒九容不会泄露我们的行动，叫我们的人谨慎即可。"

"那好，姑娘万事当心。"

"去吧，一路小心了。"

青珑钻进马车，在舒九容的对面坐了下来。护卫随即跳上辕座，挥动马鞭，载着他们朝山外飞驰而去。

《第四十六章》

患难

马车在通往城中的捷径上疾速驰骋，外面的天色越发昏暗，随着霜露降临，初秋的寒气也渐渐袭来。

"舒九容，感谢你。"青珑望着他的眼睛由衷道。

舒九容知道她所为何事，反笑了一声："你我各有所得，不必客气。"

青珑不解："这话从何说起？"

"我将令牌送给子道，助你们救出族民，你们帮我将盘踞山头的绿林侠士带走，避免他们总与官府作对，双方不动一兵一卒，可谓两全其美，何乐而不为？只可惜……"他颇有些无奈，惋惜道："人算不如天算，终究还是没能避免伤亡，连累落霞山上许多飞禽走兽和草木也丧于火海。"

"这不是你的错，你同舒长轩截然相反，倘若他能有你一半的胸襟和气度，也不至于落到今日承受断掌之痛的地步。"说到这里，青珑替他不值："舒九容，他是你的手足，与你血浓于水，却如此待你，根本不值得你这样。"

血浓于水这四个字眼让舒九容眼里的光泽黯了黯，苦笑一声，良久低低道："严格来说，我没有手足。"

青珑没有过多揣测他的话，只是担心："我只希望你安好无事，日后不管发生什么，都要记得保重自己的身子。出了今天这样的事，舒长轩定然恨我们入骨，我还好，回到故国后就不会再同他有瓜葛。可你不同，你与他同居一府，若他不念手足亲情起了歹心背地里加害你，我怕……"

"该来的躲不掉，不该来的也定能安然度过。"舒九容轻然浅笑，早已将所谓的"手足"亲情的羁绊抛开："我这双手能救他于危难，也能拔他爪牙，让他翻不了身。

既然不是兄弟，我亦不会放任他继续伤天害理。"

"不是兄弟？"青珑这才反应过来，吃惊地看着他平静如水的面容。

舒九容肯定地点了点头，仿佛丝毫不觉得这个秘密有多么令人震惊。

"那你为何还要忍他至今？你几次救了他的命，他却以怨报德甚至连杀你的心都有，之前你为何不反击？"

"说起来，他也是可怜之人。"舒九容沉沉道，神色恍惚，记忆随之飘飞到了久远的过往，声音里夹杂着一丝悲悯。"他的身世曾在孩提之时生过变故，但因年小不记事，所以他并不自知，也不知道自己还有亲者在世，甚至与她水火不容。我不杀他，也是看在那人的情面上。"

青珑陷入沉默，心猜这怕是一桩埋藏在陈年旧事中的深宅秘事，见他未曾细说，她亦不便追问，一时之间不知道该如何接话，许久才道："不管他可不可怜，至少同样在世家长大，你能独善其身，他却肆无忌惮草菅人命且毫无悔改之心，实在无法原谅。"

舒九容摇了摇头："我不是因为可怜他而放任他的所作所为，只是一旦告诉他真相，只怕他会变本加厉更加滥杀无辜。那时莫说王府上下，以他不甘人下又偏执自负的心性，甚至会觉得整个南燕对不起他都有可能。"

"那他在世的亲者是何人，可否尝试让那人去劝导他？"

舒九容不答反问："除非他们是皇亲国戚，位尊权盛，否则就算知道了，你觉得他会认吗？"

青珑语塞，怔怔望着那双无法视物的淡然眼眸，无言以对。

"不说了，让你见笑了。"舒九容收回思绪，也不愿再纠结那些令人挣扎难断的家事。

青珑理解他的难处，便就此缄口。

马车徐徐进入城中，穿行于人海中，偶尔轻晃一下，带动她腕上的风铃发出悠扬而悦耳的声音。

舒九容心念忽动，轻问一声："这个风铃……你一直带着吗？会不会给你添麻烦？"

青珑低头一视，摇头笑笑："诺不轻许，许必信守，答应朋友的事岂能食言？何况你于我有大恩，莫说是此物，即便挂刀子我也心甘情愿。"

舒九容感激她将这份友情放在心中，笑问："认识这么久，你我既成知交，总是称你'霍姑娘'太过见外，往后我可以冒昧直呼你闺名吗？"

"朋友之间无须在乎那些俗礼，"青珑洒脱一笑，自报名姓："霍青珑即是。"

舒九容笑道："青青桃李，碧玉玲珑，抑或青霄瀚海，蟠龙欲王……我还记得初遇时你的样子，虽然因伤狼狈，却不屈不挠，那份果敢和魄力丝毫不输七尺男儿，至今都是如此，让我打心里佩服。"

"应该是给你添了不少麻烦，才让你记住我这个扫把星的模样吧。"青珑趣道。

"不要这么说自己，琼儿那丫头被我惯坏了，没大没小口无遮拦。"

青珑笃定道："靠不了旁人，就只能靠自己活下去，乱世里刀剑无眼，畏缩不前只有死路一条。"

舒九容怜她的遭遇，道："一个人担负这么大的责任，属实不易，一定吃了不少苦吧？"

"总能熬过去的。"青珑蜻蜓点水般笑了笑，埋头的一瞬注意到系于他腰畔的那块佩玉，心头的恩怨情仇也被镌刻在上面的隽秀小字埋葬在动荡岁月的长河里，化为平静和坦然。

"你的故国一定很美，所以才会值得你付出这么多。"

"春华漫山，夏水淙淙，秋枫如火，冬霜比银。"回想起自己的故国，青珑面上的笑意柔和而轻缓，再无半分戾气，"我们的族民也都很热情，逢年过节，大家会欢聚一处，祭神祈福。若是有客人远道而来，大家还会歌舞相迎。"

舒九容面现憧憬之色："听起来很热闹，若有机会，倒想去你的故国做客。"

青珑自然分外欢迎，喜得道："不胜荣幸。"笑着笑着，她想起一人，疑道："对了，方才在山脚下怎不见琼儿那丫头？"

"我让她去采备些回京途中的用物，想必又在街市上玩得忘形了。"

"那我扶你回去，不然她看不到你，又该说我是扫把星了。"

"不用在意那丫头，她口无遮拦，我会教训她的……"

回到住所后，青珑扶他到房间，两人稍做整顿，等候片刻并未见到琼儿归来。舒九容心想现下街市热闹非凡，那丫头玩得过头也极有可能，故此青珑说出去找找时将她喊住，为她安排了一间雅房，嘱她早去歇息。

但是到了掌灯时分，眼见晚膳时间都要过去了，却还不见琼儿回来，他这才觉得有些蹊跷，叫护卫到街上去寻她。自己也坐不住，不顾青珑的劝阻，跟着她连夜出去寻找。

一夜过去，没有寻到那个丫头的半分影子。

宵禁结束后，他们又马不停蹄地直奔城外，一直找到斜阳西下，始终毫无所得。

舒九容怕耽搁青珑的事情，便道："不若我先派人护送你回青桑，明晨我再继续找找琼儿。"

青珑见他虽然冷静如常，但脸色已经不同以往，明白他的担忧，安慰道："如此节骨眼上我就算回去也无法心安，还是留下同你一道找寻。不要着急，她应该不会走丢，派些兵力乔装成百姓扩大范围搜找，比我们这样来得快。"

这样说着，她突然灵光一闪，想到了被天香阁鸨母从奴场买走的芊芊和乐乐。

在外人看来，琼儿只是舒九容身边的贴身剑侍，但实际上他把她当作胞妹一样宠护，衣着装扮全然以千金之躯对待，丝毫没有半分下人的样子。加之她生得水灵娇憨，顾盼生辉，只知贪玩而不谙世事，就更容易惹得那些登徒浪子垂涎，难道……

想到此，青珑即刻与数名随从直奔风月场地搜寻，但却徒劳而返，结果并不是预想的那般。

此后又过一日，众人各处打探依旧毫无音讯。

"会不会……"无可奈何之计，青珑忽然想起了逃走的舒长轩，却不敢将这种猜测说出来。白前的身手虽然堪称上乘，但水性不佳，否则当时就会将其擒获。舒长轩若耍些花招来个金蝉脱壳，会不会直接将琼儿劫走，以此来要挟舒九容？

如她一般，舒九容亦怀疑到了舒长轩，正要开口，一名男子大步走来，单膝及地，急禀道："常琰不才，请公子恕罪！"

"何事？"

"末将奉命去找人，谁知大公子逃走后潜入营中，将手下亲兵全部从水路诱走了，连同琼儿也在他手上，将近一千人马连夜沿江逃离！末将已经加派水军去追，只来问问公子的意思，倘若万不得已，届时留他一命，还是一网打尽？"

舒九容面现惊色，命道："你差人快马加鞭通知沿岸各郡官府，一旦发现他的行踪，务必全力拦截，救出琼儿。若他一意孤行，暂先废了他手脚，押解回京！另，尽快安排船只，随我追他。"

常琰担心他的安危，道："水路上有他的兵马，公子还是改走官道安全。"

"我会小心，你派些人护送青珑姑娘从官道离开。记住，不得再出差池！"

"此时离开，我也不会安心。"青珑劝住他，话有弦音地道："我能顺利救出族民，当中内幕你知晓一二。常将军的兵马不宜露面，否则会引起百姓恐慌，更会打草惊蛇。但我的人本就身在暗处，行动方便，兴许能打听到舒长轩的踪迹。反正也是同路，索性我们一起找寻，多一个人多一双眼睛。"

舒九容了然："如此，有劳各位侠士了。"

常琰匆匆道："末将这就去备船。"

是日，舒九容与青珑乘船出发，一路快行。

　　早在南下镶州时，黛江近乎一半的航道都有青珑安插的眼线，借助他们的打探，几人很快便查获到舒长轩的行踪。原来他逃出镶州后竟又绕道而行，将亲兵带到了南荒之地佚州。

　　佚州本是中州境外的一个小小族落，民风怪异清僻，几乎不与外界往来，且常有诡诞离奇之事发生，险山恶水和凶禽异兽更是屡见不鲜，因此被中州人称作"太异族"。相传当年中州各藩王叛乱，连累许多异族被攻占，食粮金银等皆被一抢而光。而当一支约莫一万兵力的队伍杀到太异族时，突遇雷雨天，电闪雷鸣，致使阵行溃乱。率兵的将领连同不少士兵均被俯冲而下的滚地雷击中，烧得面目全非。但当雨过天晴后，他们的尸骨却无一寻得。

　　鉴于太异族诡秘奇悬，中州大军不得不放弃对它的占夺，诸王相继登基后，更其名曰"佚州"，将它作为流犯的配所。

　　"舒九容，南燕前太子齐筼不就是被你父王废黜后发配到佚州去了，舒长轩带兵逃到那里，莫不是……"

　　常琰亦料想不到，分外吃惊："公子，倘若大公子屡教不改，率兵犯上作乱，只怕后果不堪设想。"

　　舒九容脸色凝肃，权衡一番，吩咐他："分头行动吧……常琰，你留守镶州，控制住各营，稳住大军，务必不能让此事扰动边境，白前予以协助，不得有任何闪失。我带人赶往佚州，去找琼儿。"

　　"公子，那里危险，不若你……"

　　"我干坐着也是煎熬，一起去找找，你照我的吩咐行事。"

　　常琰深知他的心情，只怕留公子独自等候，他定也心神不宁，只得遵他命令去了。

　　是日，一行人片刻也不敢耽搁，当即调转船头，直奔佚州。

　　佚州虽然占地不广，但山岭连绵起伏，林雾滚滚，举目望去浩如天宫。云烟袅袅，木影横斜，偶尔可见破旧阁楼，斑驳更似古迹，给那片隐秘的异族平添几分阴森和迷幻。

　　"青珑，感谢你们的襄助，我派人护送你先回，就此别过。"登岸下船后，望着远处那片诡谲山岭，舒九容相谢一声，向她辞别。

　　"这是什么话？"青珑不依，"琼儿还未找到，我岂能在这时调头就走？"

　　前路未卜，舒九容不愿将她拖入险境，道："不，另有一事，我想请你再施援手。"

　　青珑心中雪亮，毅然打断他："我知道，你大哥将手下亲兵全部带走，又被我和白前斩断了手掌，定然心有怨恨，指不定会做出什么大逆不道的事。你父王远在烨城，尚还不知细由，他若兵分两路行动，你救得了琼儿却难顾你父亲，因此担心他的安危——可是这个借口？"

舒九容感激她的善解人意，却不改决定："走得匆忙，忘了叮嘱常琰，所以我想承你情面，再次借助道上的兄弟，帮我带话给他和白前，额外派些人手回京，保护好父王。"说完，他解下随身佩戴的那块玉佩，摸索着放到了她掌心："拿上此物，通关时若有不便，可帮得到你，千军万马也须让你几步。"

青珑坚决不收："不需要再找借口了，事有缓急，眼下先把琼儿找到再说。定南王那边如果你放不下心，就让身后这些护兵回去一拨通知到他，做好万全之备。"

"青珑——"

她不答应，俯身将小腿上藏匿着的一把匕首拔了出来，递到他手中："我随时都会带着这些玩意防身，这里深山野岭，袭人的猛兽居多，你也拿一个以备不时之需。什么都不用说，你屡次救我于危难，我不能在你需要帮助的时候置身事外。不管前方是刀山还是火海，都会陪你走下去，帮你救出琼儿。"

说着她不顾舒九容的反对，折断一截树枝，一手扶着他，另一手在地上谨慎探路，与他继续往前行走。

舒九容劝不动她，只得艰难点头，转身命令手下："方才所言之事，你二人速去通报。"

那两人受命："明白，公子也万事当心。"

舒九容颔首，已经感受到了周围的诡异气息，下意识反抓住匕首。

青珑亦仔细扶着他，绕过写有"南荒佚州，流犯配所"的界石，一行人渐次深入族落。

道路狭窄且绵延数里，从入界到看见零星房舍，已是掌灯时分。入夜的太异族一片凄清，到处弥漫着幽森的寒气，冉冉漂浮于虚空，在清亮月色的照耀下更显冷异。

"嗷——"一声狼啸突然从深岭中传出，惊得树顶的墨鸦和血蝠纷纷振翅，发出扑簌簌的响声，令人胆寒。夜行对目力失常的舒九容而言反而影响甚微，即便狭道蜿蜒，他也凭借以往练就的感觉走得从容稳重。

"咳咳……"就在这时，远处一间破败的矮竹屋里忽地飘出一阵干哑的咳声，随之油灯一亮，从门缝里挤出一道细细的幽暗的光。

"咳咳……咳咳咳……"嘶哑的咳声越发频急，听得人毛骨悚然。

舒九容叫来两名护卫："去看看里面所居何人，顺便探一下路。"

两名护卫领命上前，砰砰砰敲了三声竹门。

开门的是一个满脸皱纹的老翁，浑浊无光的眼睛在门外这群陌生来者身上睃巡一眼，显得有些吃惊。片刻后他又靠近几步，冲他们嘿嘿笑了笑，脸上黥刻的一个"囚"字狰狞地挤在了一起，阴森而扭曲。

护卫被屋子里的情形惊得呆住，瞪大了眼道："公子，是个受了黥刑的流犯，已经疯了，他竟然吃、吃……"

青珑一奇，扶着舒九容走上前瞧了瞧，顿时胃里翻江倒海。屋里充斥着腐尸的恶臭味，迎面望去，一只撕了皮毛只剩下猩红肉囊的动物被牢牢钉在竹壁上。周围亦挂着几具已经风干的肉囊，上面生了些许霉点，看得瘆人。

没等一行人缓过那阵不适，四周一阵巨大的骚动忽地齐刷刷响起，由远及近，瞬间湮没了夜晚的沉寂。

"趴下！"舒九容首先听到了身后的异响，低喝一声，顺势将青珑扑倒在地。刹那之间，头顶一大群血蝠俯冲而来，黑压压如排山巨浪，几乎将他的身子淹没。

青珑吃了一惊，抽手拔剑拼命挥砍那些露出尖利獠牙的可怖东西。

舒九容将她护在身下，抱着她疾速滚向一旁，掉到了一个凹沟里，这才避开了那些以吸食人兽血液为生的血蝠的攻击。

就在这时，一道道黑影倏地从前方飞来，强劲而巨大的翅膀犹如上下翻动的风轮，迅捷如风，在空中盘旋了几下，伸出利爪一举擒住了血蝠。

眼见天敌来袭，那些嗜血的可怕动物不得不放弃猎食的机会，羽翼一展，仓皇逃走。

青珑一喜："是鹰鸮！"

舒九容拉住她："快走！不要在这里逗留。"

就在他们准备逃离此处时，一阵隐隐约约的呼声突然闯入耳畔，将舒九容的脚步阻住——

"救命！"

他以为是自己的幻觉，问道："青珑，可有听到喊声？"

青珑竖耳细闻，前方确实有一些嘈杂而混乱的人声，听不清楚在喊什么。

幽林中的浅水区外，几十个壮汉手持长弓追赶着一个衣衫褴褛的女子。

女子慌不择路，逃跑中失足踩进泥沼里，怎么也拔不出双脚，整个身子逐渐往下沉。

"救命！救命！"

她绝望地在泥沼中挣扎，却越陷越深，无助地哭喊："救命！救命！"

"是她……是琼儿的声音！"舒九容面色一白，循着声音传来的方向大步奔去，却不知踩到了什么东西，原本平静的地面忽地迅速蠕动开来。

眨眼之间，一条吐着猩红信子的巨蚺从枯叶下面嘶嘶冒出，四丈多长的粗壮身子一扭，尾巴飞速甩动，乌泱泱地卷压而来。

"小心！"青珑一惊，箭步上去一把抓住舒九容，拼了全部的力气纵身一跃。

栖息在浅水中的饿蚺被这群不速之客惊动，愤怒地摆动着柔长而壮猛的身子，张开的口足有两尺宽，一排排铁锥般的坚固牙齿森然露出，令人悚然。

随行的护卫们大惊失色，拔刀欲杀。但在这条活动自如的巨蚺面前，短刀无异于蚍蜉撼树，没等他们靠近就已经被它的尾巴横扫出去。

"快跑！"青珑面色惨白，大喊一声，拉着舒九容狂奔。

森蚺蠕动如风，脑袋一扭瞬间赶到他们前面，青珑猛推开舒九容，拔出匕首就要刺它七寸，身子忽地一沉，那条巨蛇旋转过来将她紧紧压在身躯下，试图寻找缠绕的缺口。

"舒九容，快逃！"青珑拼尽力气想挣开巨蚺的碾压，然而刚一挣扎，这条庞然大物的柔软肢体猝地一卷，将她上半身牢牢包拢住，越缠越紧，几乎让她窒息。

舒九容不知状况，焦急而紧张地喊着青珑的名字。此刻的他早已不复往日的从容淡定，也不知道横亘在自己面前的是什么庞然大物，伸手摸寻到一截枯枝朝巨蚺刺去。

森蚺吃痛，一边更加凶狠地绞缠身体，一边猛地转回脑袋吞住舒九容整条左臂。

青珑感觉全身的骨头都快碎裂，想要伸手拔出腿上的匕首，一只手却怎么也无法绕过蚺身够到小腿。

突然看到那一幕，她骇得呼吸一窒，也不知道哪里来了力气，脖子一低，猛然张口用牙齿拼命咬它血肉，任它怎么纠缠都不放松。

"青珑！青珑！"舒九容看不到任何情况，他以为青珑已经遭遇不测，遂拿另一条手臂掰住蚺颚，几乎要将自己的脑袋探进去，想从那口无底深洞一样可怖的地方将她拉出来。

"不要靠近！蚺、蚺蛇……"青珑焦急又惶恐，用牙齿将蚺蛇的一块血肉扯下来，两手无力地朝蚺头的方向扑抓着。

舒九容听到她的声音，手臂疯狂地在蚺颚上拉扯，却怎么也抓不到。惊悸之余，他的右肘忽地触到一个冰冷而锋利的东西，顿时一个激灵："我杀了它来救你！"

说话间，他快速拔出腰中匕首，发疯般刺进蚺颚！

一下！两下！三下！

向来不杀生的他，五指紧紧握着青珑交给他的那把匕首，拼命刺杀这只蚺蛇。

倏忽之间，那条巨蚺被他刺得脑袋开花，到最后终于耐不住疼痛，缓缓松开了拱起的身子，栽倒在一旁，被两名护卫拾刀刺穿了要害。

青珑颓然摔到地上，撑着骨裂一样的四肢连奔带爬地扑到他面前，将他的左臂从巨蚺的口中拉出来。

总算蛇口脱险，一行人后悸犹存。

青珑将他的衣袖翻上去，一排排血红齿印赫然映入目中，她关切道："可有不舒服？我带你找水清洗一下。"

所幸，这种体型庞大的森蚺不同于毒蛇，它们大多靠绞缠来使猎物窒息咽气，自身无毒，也就没有危及他的性命。

"救命！救命！"

没等劫后余生的他们说上几句话，那阵模糊的声音忽然再一次传进耳朵，却越来越远。

一行人无暇再逗留，循着声源匆匆追去了。

待找到时，一群身着奇装异服的人正扛着一名浑身泥渍的姑娘返往族落。他们挥动着手中的木棍，四肢做着夸张的动作，显得兴奋无比，口中发出宛如雄兽成功霸占雌兽后欣喜若狂的嘹亮爱歌，浑厚如鼓。

"放下她！"突然一声厉喝响起，将所有人的狂歌打断，他们扭头回顾。

背上的女子吃力地撑开眼皮，借着月色望向来人，虽只辨得出朦朦胧胧的影子，身形却无比熟悉。

那是……公子？

她越看越像，激动难抑，委屈的泪水沿着两颊迅速滚落，泛滥成灾："救我！公子救我！我是琼儿，公子救救我……"

舒九容与青珑闻声俱是一喜，迅速追赶上去，并喊停对方。

一群人愣住，交头接耳，显然听不懂这些入侵者在说什么。须臾怔愣过后，一阵怪叫又从他们口中发出，旋即各个手持棍棒靠拢过来，状似围猎。

青珑愕然，这竟是一群尚未开化的野民，难怪那些流犯不敢深入族落，住到了凶禽恶兽频频出没的幽林里，只怕进去后，也会被这些人视作野兽驱赶出去。

果不其然，对方停止狂歌，首先发起进攻，尽管人多势众，却并非对手，数个回合过后，他们已溃散不堪。

混乱之中，舒九容摸索着寻到了琼儿，将她身上的绳索匆匆解开，无比自责："琼儿，对不起，公子不该让你独自出去……"

琼儿狼狈不已，扑到他身上，咬住他肩膀，所有的委屈、恐惧、无助和绝望再也克制不住，鼻涕眼泪狂涌而出，号啕大哭："我以为再也见不到公子了……"

"不会的，不会的，公子不会丢下你不管，我们这就救你出去……"舒九容愧疚难当，轻轻拍抚她，平复她的心情。

琼儿满身泥沼，趴在他身上不肯离开，哭得不成人样："我买完东西不见公子回来，就去找你和白前，谁知……谁知碰到了大公子，他把我打晕了。等我醒来后，就在这里了……那些蛮人要抓我，我就拼命逃，可是怎么也跑不出去……"

"不哭了，公子在这，不会让你被他们抓走的。"舒九容任她发泄心中的悲伤和恐惧，待她哭够后问道："那你知不知道舒长轩在哪里？他有没有伤你？"

"他把我丢在这里，自己带兵跑了。这里还住着一个鬼脸疯子，天天喊着他是太子，还骂王爷是卑鄙小人，叫人带他去见皇上……"

舒九容心下了然："是不是齐筠？"

琼儿抽了抽气，刚想回答他，忽听青珑大喊道："快走！"

说时迟，那时快，只见十余支利箭忽从前方飞速袭来，笔直射向舒九容所在之地。

琼儿大骇，千钧一发之隙，青珑快步扑来将他们推倒在地，堪堪使来箭掠过头顶，横七竖八地扎进泥沼中。三人还未起身，紧接着又有一波飞箭射来，光电般穿透月夜。

随行的护卫们大吃一惊，拼力冲过来挥刀抵挡，不出几时便被箭雨吞没，渐次倒亡。

青珑护着舒九容和琼儿撤离，然而弓手足有百人，虽都蓬头垢面衣履不整，却孔武健壮，浑身蛮力。加上距离又近，任她反应再快再准也始终挡不住所有，忽觉下肢一痛，一支白羽箭斜向下方飞来，嗖地扎进她小腿。

青珑身子跟跄失稳，却片刻也不敢停下，拼命挥动着手中锋刀，试图杀出血路，终因势单力薄而未果。

那些蛮兵将他们当成入侵者，一拥而上穷追不舍，最后将三人困在当下。三人在撤逃的过程中皆遭受不同程度的创伤，此刻又被这些蛮兵堵住，一时陷入绝地。

领兵的是一个面相狰狞的男子，满脸纵横交错的刀疤，观来异常可怖。很快他举着火把走过来，上下打量他们，首先认出了舒九容，先是一愣，继而眉眼一横，突然间狂笑不止："姓舒的小子？哈哈哈……老不死的，怎么也想不到自己儿子会落入我手，报应啊，哈哈哈……"

"公子……"琼儿被他疯疯癫癫的模样吓住，不由往舒九容背后躲了躲，后怕地道："就是这鬼脸怪物！大公子抓着我躲到这鬼地方，半路碰到了这群正在打猎的怪物，他们围住了我们，大公子就把我扔下了，自己带兵跑了。"

"不怕，有公子在，没事的……"舒九容轻拍她肩膀，安慰她，随后转头问道："青珑，你可还好？"

"我没事，不用担心。"青珑握紧刀柄，目光森森地盯着不断靠近的那人，做好了随时反击的准备，低声对琼儿道："你护好公子，我想办法制住他……"

"不要冲动。"舒九容及时拉住她，自己往前走了一步，正对鬼脸男子，道："你是废太子齐筠？"显然他已经从方才的说话声中听出了对方是谁。

"大胆！"像是被什么字眼刺中，那人一瞬间暴怒，咬牙切齿地疯喊着："我是东宫之主，姓舒的何来资格废我？尔等见了一国储君，还不下跪！"

"跪下！本宫择日即行登基大典，尔等统统给本宫跪下！"他似是神志不清，举止有些失常，丢掉火把，激动地从身旁一个士兵腰中拔出刀，向着舒九容的方向胡乱劈砍，样子极为凶悍。

"小心！"青珑一惊，将看不到光影的舒九容往后挡了挡，低低道："他看起来已经疯了，不要靠近。"

"谁疯了？"这话落到废太子耳中，他面目一狞，挥舞着大刀汹汹指向青珑的眉心，语无伦次地道："谁说本宫疯了？说！是不是你这刁民在背后中伤本宫？是不是舒晋指使的？是不是他？一定是他！一定是他害的！姓舒的全都不是好东西！还有你——"

刀子猛然移开，怒指到舒九容面上，废太子暴躁不已，一张被乱刀划得面目全非的鬼脸凑到他面前，像头发狂的野兽般咆哮着："你看着！睁大你的眼睛看清楚，这就是拜你老子所赐！"说着他情绪失控，疯狂挥刀就要往舒九容面上划砍。

青珑大骇，一手推开舒九容，另一手抬刀而起，哐当一声架住了他的刀身，顺势一脚飞出，踹到他膝盖上。废太子身形失稳歪斜，然而没等青珑的刀刃横贯他脖颈将其作为人质钳住，周围立刻就有数十名蛮兵拔刀而上齐齐斩向她。

"杀！将这些刁民统统给本宫杀绝，一个不留！"废太子暴跳如雷，歇斯底里地吼叫着。

"齐筠！若你不想东山再起，重拾权柄，大可同归于尽！"舒九容看不见眼前的混乱场面，情急之下喝住他。

"你说什么？""权柄"二字对陷入痴狂状态的废太子而言是难以抵挡的诱惑，他愣了愣神，不可置信地看过来，再三追问："你会助本宫一臂之力帮我翻身？你真的会答应？对了，你是舒家人，一定能帮到本宫……不能死，你死了本宫就没机会了，不能死，一定不能死……"

他不知是头脑清醒着还是神智混沌，抱着脑袋自言自语，说到最后情绪又波动起来，拾刀对着虚空一通乱砍，大笑不止："姓舒的，你给本宫等着！很快我就登基了，我是天子，是南燕的新皇，尔等都将臣服于我！"

一群蛮兵拔刀围住三人，见他癫狂成这样，愣愣地问道："殿下，那他们……"

"什么殿下！"废太子吼喝一声，一本正经地纠正他们的错误："皇上，我是皇上，是一国天子！懂不懂什么叫天子？"

舒九容看不到他的反常举止，也就不知道他到底疯癫到何种程度，但总归三人得以喘息，他心里的担忧便落下，继续道："我可以带你进宫，除非你敢随我入京。"

"谁说本宫不敢！"仿佛受到了侮辱，废太子凶狠地瞪着他，令道："把他们通通押住，带着舒家小儿去找他老子，让他跪迎本宫！"

◈ 第四十七章 ◈
相残

烨城。

夜色如水，风清月静。

忽然一朵黑云压过来，遮住了皎皎银盘，天地晦暗。

大街上依旧灯火璀璨，一鼎华轿匆匆穿过人海，停在了舒王府门前。

定南王舒晋拖着疲惫的身子踏进府邸，直奔自己卧房。

丫鬟们忙为他点灯，当火折擦出火花的刹那，黑漆漆的屋子里似有什么东西动了动，吓得丫鬟手一抖，险些将烛台掉到地上。

"出去！"舒晋因为烦心的朝务而心情不悦，见丫鬟手脚不利索，不由斥了一声。

一众仆从忙躬了躬身，忐忑退出。

定南王靠着紫檀木躺椅睡下，悠悠然摇着，缓解一整日的疲劳。突然，黑暗的屋里发出一声轻微的细响，他紧闭的眼睛忽地睁开："谁？"

"劳累一天，父王何不过来小酌一杯？"

定南王一惊，起身离开躺椅，掀开珠帘来到内屋，影影绰绰的光晕里映现出一张阴冷的面容。

"是你？"定南王脸色阴沉地盯着他，"何时回京了，到我房里做什么？"

舒长轩冷冷笑笑："不做什么，就是在边城待久了，想念父王，所以违令跑了回来，顺便看看父王有没有需要儿子帮忙的事。"

定南王不明其意，上下审视他，狐疑而警戒。

"儿子千里迢迢跑回来看望您，就这么不受父王待见？"舒长轩的眼里满是嘲讽的笑意，"除此之外，朝中真的就没有让父王烦心的事？"

"你这话何意？"定南王心下起疑，冷睨着他。

"朝中有人弹劾，说先皇的死是父王所为。不只如此，东宫太子齐筠起兵造反，也是受父王挑唆，可是？如今先皇子嗣冤死的冤死，贬黜的贬黜，就剩下一个乳臭未干的三岁小儿被父王掌控在手，不知道这坐拥天下却如履薄冰的滋味如何？"

"是你指使他们弹劾的？"

"何以见得？"舒长轩抬头，讥笑地看着这个道貌岸然的父亲，"当初瞒着九弟炼制毒药可都是父王的意思，儿子只是奉命行事。东窗事发后，父王一句话也不说，反倒让儿子来当这替罪羔羊。将心比心想一下，我能不给自己准备退路吗？"

"你想做什么？"

舒长轩阴恻恻一笑："怎么，父王怕了？"

这种被玩弄的感觉令定南王怒从中来，挥掌欲掴："孽——"

舒长轩偏头避开，并未恼火，而是懒懒的靠前一步，道："事到如今，难道父王还认为儿子会对您言听计从吗？"

檐下的灯光透过半开的窗扇洒进来，在舒长轩面上留下一道幽幽的细影，映得他的笑意冰冷而阴郁。

定南王胸腔里的惊怒上下翻涌，再无留他之心，喝令一声："来人！"

"不用叫了，护卫们应该都在后院行酒令，不久就会睡下，叫也叫不起来。那些手无缚鸡之力的丫鬟婆子们叫来能做什么？"舒长轩恶毒地笑了笑，一步一步靠近他："父王是自己交出兵符，还是逼儿子动手？"

"痴心妄想！"定南王又一巴掌挥出去，但被舒长轩捏住了手腕。定南王一惊，握掌成拳冲向他面门。

舒长轩面上的笑意猝然消失，挡开他的袭击，决然道："父王无情在先，莫怪儿子不孝！"

定南王大步奔到刀架旁，抽出宝刀迎面朝他砍去，力能断骨。

舒长轩拔剑反击，心里藏有千般不甘："虎毒不食子，父王当真不容我？"

刀剑撞击声中，夹杂着定南王恼恨的声音："自找死路的孽种，不足惜！"

"来人！"他朝外喝令，意欲传人击毙此子，谁料舒长轩抢先一步，挥剑划过他后背，又一脚踹向他膝窝，迫得他踉跄跌倒。

闻讯的丫鬟们慌忙提灯跑来，一见此处情景，俱是一惊。

"滚！"舒长轩冷喝一声，吓得她们噤声不敢言。

"怎样，这回父王可是死心了？"舒长轩蹲下来，将一颗黑色的药丸呈在他面前，自顾自笑道："这东西就是父王曾经收买御医让先皇一直服食的药，虽然儿子没能帮您炼成想要的效果，但终归还是让他归西了，父王要不要尝尝？"

定南王切齿，忍着伤痛咬牙挥刀反击，不过不出几招就再被他划伤胸腹。

"吃啊！"舒长轩扼住定南王脖颈，一拳击向他胸口，一腔怨恨无处发泄，已然失态："凭什么让我在沙场为舒家卖命，却让那人占尽好事！你看看这是什么？被他砍断了，生生被他砍断了！你睁大眼睛看清楚！"

舒长轩将失去手掌的断肢呈在定南王眼前，笑得泪水溢出了眼眶："告诉我，儿子哪点比不上他？为什么你把荣华功名全都赐给他？从小到大你可有正眼瞧过我一回？回答我，为什么？"

定南王看也不看他的残掌，冷嗤一声："野种，死有余辜！"

"你说什么？"舒长轩如被晴天霹雳打中，全然愣住，半晌反应不过来，"谁是野种？"

定南王暗暗蓄力，拾起宝刀倏地朝他刺来。

舒长轩一脚踢到他胸口，扑过去死命掐住他脖子，额上青筋突突直跳，吼道："你再说一遍，谁是野种？"

打从记事以来，他知自己失恃无依，又因为庶出的关系低人一等，故被父王冷落疏远，一直不受青睐，因而处处争强好胜。可他不明白，为何一切努力换来的不是鄙夷和指责，就是旁人的谩骂和诅咒。

如今，他竟又说自己是野种？

舒长轩无法接受这种落差带来的耻辱，五指加力，几乎听得到定南王喉骨脆裂的声音："你说我是野种，那你告诉我，我父母是谁，你养我又为了什么，替你在沙场卖命吗？"

纵然武将出身，但年事已高，又因伤失血，定南王无法像往常一样轻而易举地摆脱他的束缚，在他的钳制下不断挣扎。

"回答我！"舒长轩悲喝一声，一脚下去，狠命踹向他胸口："我不是野种！我是高高在上的舒王府长子！"

眼见事态失控，仆人们皆不知所措，驻足在屋外翘首观望，无人敢入内，一个稍稍年长的佣仆着急地喊人："快去叫醒府兵！"

"他们，他们都被大公子药晕了……"

"谁说是我干的？"突然，房门洞开，舒长轩阴鸷而幽冷的面容出现在众人眼前，吓了所有仆从一跳。

他移步过来，停在一名瑟瑟发抖的丫鬟身边，捏着她的下巴阴阴地笑问："是你说的？"

"不是我……不是我，大公子饶命！"

"一个奴婢，也敢在本公子面前自称我！"舒长轩的手猝然移到她纤细的脖颈上，毫不犹豫断了她的喉咙。

众仆大骇，纷纷跪倒在地，噤若寒蝉。数名婢女径直跑走，但是没等她们完全离开舒长轩的视线，上百名壮兵忽地从墙外翻进来，二话不说飞箭连发，将在场目睹这一切的仆人全部射毙在血泊中。

"众兵听令！"舒长轩笑得冰冷而扭曲："将逆臣舒晋拿下！"

是日过后，不到两天的时间里，一个个令人震惊的命案相继发生在帝都烨城。

护军都尉向珂不知何因，被缢死在府邸。卫尉邵坤中在回府途中遭人行刺，身中数刀，命在旦夕。谏议大夫刘让早朝时突然四肢痉挛，浑身发青，并且口鼻出血，不多时暴毙于御殿内。

诸臣哗然，不约而同看代替定南王坐在龙椅旁边辅政的舒长轩。谁都无法确证定南王当真如舒长轩所说是抱病休养在家，还是他的不露面只是一个借口和阴谋，真正目的是要借他长子之手除掉异党。

常琰带兵赶到京都时，一切已经无法挽回，数名反对舒长轩听政的朝官被他控制，非杀即囚。他这才知道定南王已经失踪多日，府上一半的仆从皆丧命于乱箭之中。与此同时，舒长轩还假定南王口令，擅自将尚不知细由的南北两线大营统领卢成玉与腾丰招来京城——目的是何，显而易见。

常琰预感大事不妙，没有贸然进京，而是率兵候在烨城百里之外，逐一将卢、腾二人的车马拦住。听闻这些变故后，卢、腾两将大惊，与常琰合计着让白前潜入宫中打探情况，他们则快马加鞭去寻找舒九容。

彼时舒九容还被齐筠牵制着无法及时脱身，神智失常的南燕废太子怕他和青珑逃跑，不但不给他们疗伤诊治，还迫使他们星夜驰骋，北上都城。

没过几天，一则更令人震惊的消息传来——废太子齐筠归京，扬言让定南王于城门十里之外跪迎。

接到话后，舒长轩讥讽地勾起嘴角，带着逾千名亲卫飒沓出城。

"舒晋呢？把他给本宫抓来，不然我让他儿子不得好死！"齐筠衣衫褴褛地坐在马背上，鞭子一甩，对着峨冠博带的舒长轩颐指气使，当真一副傲视群雄的模样。

舒长轩睃视一眼舒九容，不由想起"野种"那两个耻辱的字眼，面上冰冷而嘲弄的笑容变成阴狠的杀意，竖手喝道："拿下舒九容，并将反民齐筠千刀万剐！"

众兵拔刀，纷纷杀向这些粗暴的蛮兵，顷刻便将他们斩毙。

齐筠始料不及又不甘放弃，狰狞的脸孔上满是愤怒，吼道："姓舒的，我是一国储君，你胆敢对本宫不敬！"

"储君？"舒长轩嗤之以鼻，刹那间笑意转狠："先皇留下的种，可就剩下那个还没断奶的齐礽了，哪来的储君？"

"小人……全都是伪君子！"齐筠大怒，从地上爬起来，拔刀出鞘冲向舒长轩。

不等舒长轩下令，数名士兵已然奔来，长刀飞划而过，转瞬间在他身上留下一道道深可及骨的刀口，其状凄惨无比。

废太子惨叫一声，早已癫狂如兽，不顾一切地往前扑。然而刀锋未抬，一只体型庞大的鬼獒腾地从舒长轩身侧窜出，将他反扑在地，张开血盆大口吞住他脖颈。

"啊——"废太子仰天大叫，不多时脖子一垂，没了气息。

舒长轩丝毫不为所动，仿佛死在自己面前的是一只蝼蚁，面无表情地翻下马背，缓缓走向被自己手下亲兵包围的舒九容。

"看到了吗？借我之手杀了这疯子，让大哥被世人唾骂，目的达到了，九弟可还满意？"他幽幽地笑着，每个字都似从齿间磨出，冷到骨子里。

青珑握紧了袖中的匕首，犹如一只伺机而起的雪狼，戒备地盯着他。

这样的眼神让舒长轩勾起了嘴角，目光不由转到她身上，笑得阴森如鬼："霍青珑，霍铎与柳长缨之女，青桑，奴隶，不自量力的东西，哈哈哈……"

他见舒九容下意识地将她往身后推，极尽庇护，冷不丁将一张笑得扭曲的脸孔靠近青珑，阴恻恻地问："他能帮你什么？不如侍奉本公子一晚，我就把南燕所有奴隶放了，还让你当将军，如何？"

"啪！"忽然，一记脆亮耳光先青珑的拳头一步狠狠扇在舒长轩面上。

"擦净你的嘴！"舒九容面色苍白，却不无肃杀，一双看不见光亮的眼睛落在虚空，宛如两湾深不见底的幽潭。

舒长轩捂着半边脸颊，眼里嘲辱的笑意瞬间变为恼怒，两指一勾，猛地抠向舒九容，恨不能将他的眼睛挖出来。

青珑大惊，袖中匕首迅速袭出刺向他掌心。

舒长轩瞳孔一睁，被迫收掌，怒不可遏地杀向她。

青珑闪身避开，方要回击，数名士兵已经杀过来，步步紧逼。

恰在此时，舒九容的声音传出："放了她，否则休想得到兵符！"

眼下舒长轩敢明目张胆地在京都横行，要么是父王还不知道他已心生反意未加戒备，要么是他已经出了事。但常琰已先自己一步回京通报了，父王不可能获知不到此事，所以极有可能是后者。而在舒长轩所率领的这些士兵中，并无朝中其他将领的说话声传入他耳，想必他暂时调动不了都城禁卫军。如此猜来，他并未掌控所有军权，既然与舒家彻底决裂，那么就当前情势而言，他最需要的无疑是兵权。舒九容心想，如若以此周旋，或许能争取更多时间，等到常琰率兵前来。

"兵符"两个字眼像一个魔障套住了舒长轩的心，他握柄拔刀的动作猝然止住，不可置信地看过来："区区一个奴女而已，你会交出兵符？"

舒九容不动声色，未予应答。

舒长轩突然间恨透了那双任何时候都从容淡然的眼睛，想起方才那一巴掌，以及此前的断掌之痛，还有舒晋口中的"野种"，便忍不住想要剐掉它们，叫他也尝尝痛不欲生的滋味。

但是，他忍住了。

他需要兵符号令千军万马，他要痛快淋漓地报仇雪耻，要让这些人像狗一样爬在他脚下，让天下人都知道，他不是野种，他是高高在上的王！

可是定南王口风甚紧，任他打骂威胁都不松口。

"放了她和琼儿，我会告诉你兵符所在。"舒九容再度出声，面色沉静。

青珑急道："不要相信他……"

"没事，保命要紧。"舒九容抓住她和琼儿的手，淡淡一笑："这本是舒家家事，不想牵连你，十分抱歉。琼儿不懂事，希望你能照顾她。"

青珑决计不肯独自离开，还没说上话，掌心却忽地一冰，一股温润凉意直穿肌骨。她如遇霹雳，惊愕地注视着他，思绪翻涌如潮，纷乱而起伏。

"带着它离开，帮我找到白前，然后托付给他。"

没人知道他说的"它"是什么，自然而然都听成了"她"，只有青珑听懂了他的话，掌心贴着他的手，不敢放开丝毫。

"带着它，也照顾好自己。"舒九容垂眸，眼睛落在她白惨惨的面庞上，笑意清远如山。

青珑的心脏怦怦直跳，不敢下那样艰难的决定。若按照他的意思行事，任由他被舒长轩带走，在她跟白前和常琰联络的期间会发生什么样的变故她不敢想。

舒九容抓紧了她的掌心，将手中的东西悄然转给她："青珑，帮我这个忙，可以吗？"

不等青珑做出决定，一旁的舒长轩却嗤鼻笑开："你以为我会信你的话，放她去找救兵？"

舒九容幽然笑笑："仅是两个姑娘而已，一个负伤行动不便，一个不谙世事，并无威胁，难道大哥怕了她们不成？"

自负而高傲的王府长公子看了看浑身是伤的两人，良久冷嗤一声："如此，请了。"

这么说着，他却给身旁领头的士兵使了个眼色，一帮人会意，默然点了点头。

"舒九容！"青珑不敢接住那块玉佩，惶恐地叫住他。

琼儿亦不知所措，抓着他的手臂不断啜泣，死活不放。

"放心，不会有事的。"舒九容笑意浅浅，一双瞳眸虽然不见天光，却清和而温暖，如掠檐而过的二月清风，引进一室明媚春光。

所谓风华，恰如斯人。

青珑攥着那块玉佩，惶惶站在那里，待舒长轩的人马一走，她急忙劝住琼儿："不哭了，随我去找白前和常将军，万不能耽搁！"

然而行不过数步，逾百名悍兵忽然围上来堵住入城的路，将她和琼儿团团困住，挥刀便杀，意欲灭口。

青珑拔出身上藏着的匕首，与琼儿各自拖着一条伤腿拼力杀向那些士兵。

千钧一发之时，一名身着劲装的黑衣男子纵马奔来，几招杀出一条血路，然后跳马落地，将坐骑让给青珑："快走！"

"梁大哥？"青珑认出了那人，竟是之前盘踞在落霞山一带的游侠头目梁二，他为人慷慨直爽，性情旷达，很早就带着朋友投靠了青军。

"妹子离开佚州后，道上的兄弟们都盯着。"梁二手肘一扣，撂倒一兵，得空解释道，"子逍禁不住担心带人找来了，快些离开！"

正说着，远处又有数十名便装男子纵马杀来。

青珑定睛一看，是常琰的人马，遂将那块玉佩转交于他，嘱道："拿上此物，务必挡住各军，暂不可妄动，趁着情势尚未失控，一定稳住局面！"

常琰接住，急急问她："霍姑娘，公子呢？"

"他被舒长轩带走了，应该是回了王府，我这就去找他。劳烦常将军派人找到白前，回府增援！"青珑翻身上马，将琼儿交给常琰，亦无暇与梁二多说，请辞后一甩马鞭，身影如风，驶向城内。

深夜，舒王府冷冷清清。

一名幸存的丫鬟一手扶着舒九容，一手挑着夜灯，行走在后花园的小径上，战战兢兢地将舒长轩带到了一座禁闭的院落前，开锁后嗫嚅道："大……大公子，就是这里了……"

舒长轩望着这座颓废的旧院，警告性地睨了一眼舒九容："最好不要玩花样！"

说着他抬脚踢开了木门。

"见了这个人，自然会将兵符拿给你。"舒九容不急不缓地道，被那丫鬟搀扶着，徐徐踏进深院。

身后，长满青苔的木门左右晃动，吱嘎细响飘飘忽忽地回荡在夜色里，经久不消。

院内晦暗潮湿，蛛网遍布，丛生的杂草足有半人高。陌生脚步的踏入惊动了草丛中的虫子，它们争相跳出来发出凄凄的叫声，幽冷而阴森。

"乖孩子，为娘陪在你身边，快快睡觉觉……睡觉觉……"穿过月洞门，一个幽怨的女声隐约飘来，哀戚如鬼妇的哭音，听得舒长轩不由面色发沉。

"乖，你是哥哥，要让着妹妹，不要跟她抢东西……"随着他们的靠近，那妇人的声音越发清晰。

抬头望去，只见一个披头散发的女子弓着背，怀里抱着两个枯草扎成的人偶小孩，坐在破屋门前的石阶上一左一右地跟他们对话。

"年夫人？"舒长轩冷冷看着舒九容，"一个疯疯癫癫的老女人，带我来见她用意何在？"

他想了起来，后院里一直关着一个姜室。小时候听府上仆人议论说她红杏出墙，定南王一怒之下挖了她的双眼，将她幽闭在此，并且禁止任何人探望。时日一久，她也就被所有人遗忘了。此刻若不是舒九容带他来，他早就记不起府上还有这么一个人。

舒九容敛容不语，目光落在清冷的院落中，低低问他："不去看看她吗？"

舒长轩的耐性逐渐被磨灭，顿时有种被他玩弄的羞辱感，低吼道："看她作何？识相的赶紧交出兵符，不然让你们父子不得好死！"

"放了父王，否则今夜一过，你妄想再在人前风光！"

"你说什么？"舒长轩一愣，眼皮不由跳了跳，脑海里回荡着"野种"两个耻辱的字眼，搅得他慌乱又震惊。

"孩子，是你回来了吗……为娘想你想得好苦，快来让我抱抱……"这边的吵闹声飘到了那妇人的耳中，她放下手中的偶人，踉踉跄跄地奔过来。

幽暗光影中，一张被剜掉双眼的可怖面孔突然呈现在眼前，吓得提灯的丫鬟尖叫一声，险些晕过去。

"不要走，让娘亲抱抱，我的孩子……"妇人顶着一双空洞的眼窝，在院落里焦急摸索着，忽然触到一条手臂，忙不迭紧紧抱住，发出沙哑而干涩的喜悦声音："找到了，娘亲找到你了，我的乖孩子……"

舒长轩仿似被人施了定身术，瞪大瞳孔站在原地，面上的表情急速变换。

"滚！"蓦地，他大手一挥，一把将那妇人推倒在地，吼道："肮脏的疯女人，我不是你孩子，滚开！别碰我！"

妇人错愕，唇角欣喜的笑容瞬间垮下来，趴在他脚下左右摸寻，哀怨而又自责地呜咽着："为娘错了，再也不去害人了，不要离开娘……你看还有妹妹，她在等你回来跟你玩，回来……"

"谁是你孩子！不要在我面前胡言乱语，滚！"舒长轩恼怒不已，似乎预感到了什么，却无论如何都不相信，更加接受不了，嫌恶地将这个疯妇推开了。

舒九容沉声道："你的生父早已故去，她是你母亲，你还有个小妹，她们是你在这世上仅剩的亲人。你可以不认，但请不要伤害。"

"够了！"舒长轩嘶吼一声，将吓得瑟瑟发抖的丫鬟踹走，扑过来掐住舒九容的脖子："说，兵符在哪！"

"放了父王，否则休想得到兵符！"

舒长轩咬牙切齿，将他狠狠推到墙角，声嘶力竭地吼道："拿来！"

舒九容不改颜色："放了父王！"

"你再说一遍！"

"放了父王！"

明白他在故意拖延时间，舒长轩的理智被摧垮，整个脸孔近乎扭曲："好！我让你们父子看看，什么叫敬酒不吃吃罚酒！"

丫鬟被舒长轩的模样吓住，脸色苍白地缩在草丛里，眼见舒九容被他扼着命害抓走，慌不择路地跑出了梅院。

阴暗的院落里，徒留那妇人的幽咽和呼唤，凄怆如鬼音。

"舒晋，交出兵符！"不多时，一声怒吼在定南王内屋里的密室中散开，旋即一个人影奔进去，一脚踹醒了被五花大绑的他。

定南王满脸淤青，口鼻上还残留着血迹，本已经气息奄奄，胸口又重重挨了一脚，一口淤血吐出，整个人陷入濒临晕厥的状态。

"看清楚他是谁！"舒长轩紧紧扼制着舒九容的脖子，将他摁压在桌边，说话间拔出腰中短刀，毫不犹豫地刺进他膝盖。末了他拿起桌上一杯毒酒，当着定南王的面就要往他眼睛里倒，一边吼道："说！兵符在哪？"

定南王被惊醒，瞪大眼睛看着眼前发生的一幕，被捆得严严实实的四肢使劲挣扎。

"交不交？不交我让你的儿子彻底眼瞎，并且永远趴在地上！"舒长轩吼声如魔，断掌的手臂压住舒九容的脖子，另一手放下酒杯，抓住刀柄，手腕一转，刀刃毫不留情地削向他髌骨。

舒九容的眼前一片黑暗，看不到任何危险，削骨的剧痛让他眉宇紧皱，拼力抽出腰中匕首，挣扎中本能地向前一刺，偏巧不巧刺中舒长轩的右眼。

舒长轩惨叫一声，抬手捂住血淋淋的眼睛，忽见舒九容拖着残腿移到定南王身边，正拿匕首划割绳子，顿时怒不可遏，大步奔过去，又一刀扎进他左膝。

"九容！"定南王惊痛莫名，悲吼一声，五指撕扯着牢固的绳索，抓得骨节几欲碎裂。

舒长轩快被心中积压的仇恨和舒九容的无动于衷逼到绝路，脸颊上滑落的一行血迹让他的模样狰狞似魔，连连吼叫："不交出兵符，我让你们父子死无葬身之地！"

舒九容的意识被席卷而来的痛苦夺走了大半，身子不住地颤抖，额上冷汗如雨，脸色煞白，靠着残存的气力抓住匕首，朝虚空一掠，猝然刺进他后背。

舒长轩心心念念的只有兵符，面前这对父子越是不说，他就越发绝望和发狂，吃痛之下猛扑到桌边，拿起毒酒，全部倒向那双让他痛恨已久的眼睛："你说那个疯女人是我母亲，那我就让你们父子知道什么叫以血还血！"

"住手——"定南王悲喝不止，像头咆哮的怒狮，挣得血肉都嵌进绳索中。最终他血红着眼睛，随意而无力地示意了一个方向。

见他终于妥协，舒长轩欣喜若狂，不顾伤势狂奔而去。

清冷夜色中，一匹烈马在街上奔驰飞动，倏忽间停在了定南王府门前。不等烈马停稳，马背上的主人已然落地，拔剑出鞘斩向所有拦路者——不同以往，府上已被舒长轩的人马悉数控制。

她从府门杀向垂花门，再到游廊，东厢房，西厢房，内院，耳房，正房，逐一找寻，却一无所获。如此结果令她心神不安，她拖着一瘸一拐的残腿于角角落落搜寻，一边摇动腕上的风铃，希望他能听到并给她一个熟悉而温和的回应。

然而空旷的夜色里，除了庭院花草中的虫鸣外，再无任何回响。

青珑不甘心继续奔走，书房，假山，凉亭，转到后花园的时候，忽见一名丫鬟踉跄奔来，险些与她撞个满怀。

丫鬟惊慌不已，又观她提着剑，浑身血迹，吓得抱头求饶："不要杀我……"

"告诉我，舒九容在哪？"

"九、九公子被大公子带走了……"

就在这时，白前也寻到了此处，急问："哪里？"

"正、正房，他们往正房的方向去了，大公子要兵符……快救救九公子……"

"正房……我知道了，随我走！"白前深知府中各处的布局，一瞬间恍悟。

青珑心头的希望被点燃，当下紧随其后，两人急寻过去。

◈ 第四十八章 ◈
恩仇

密室里光影重重，飘动的火苗投射在冷硬的石壁上，映出幽暗而细长的影子，飘忽不定。

大理石地面上，刺目的殷红血色蜿蜒通向前方昏暗的甬道。

青珑不知是谁受了伤，顺着血迹找过去，心底似有什么东西一直往下沉，由不得她开始心慌意乱。

"舒九容？"她举着火把边走边唤，心中七上八下，待寻到尽头拐角处，忽然间放慢脚步，似被什么羁绊住，不敢向前转弯。

白前随行在旁，亦减缓了速度，屏息向前。

拐角那边，一个浑身血迹的单薄身躯靠在冰冷石壁上，极力压制着自己微弱的呼吸，声息不发。鲜血从他的眼窝和膝盖处淋漓滴淌，不断抽离着他的意识，凄凄欲绝。

"舒九容？"青珑轻轻摇动腕上的风铃，心下惶惶，一点一点移动着。

倚在石壁上的男子不语，深垂着骇人的面庞，兀自拿手抓着淌血的膝盖，拼力压制着伤口的剧痛。

不可以出声，不能被她看到，不能吓人……

他一遍又一遍地在心里默念，拼命克制着四肢的痉挛。

"舒九容？"青珑声音颤抖，面色苍白如雪，脚步发虚地向前迈进。

舒九容的眼窝里不断滑下鲜血，蜿蜒向下，爬满他一张脸，双唇惨白得毫无血色，齿关颤颤。听着不断靠近的脚步声，他倏然转过身，拖着一旁昏迷的定南王拼命往前爬。

青珑听到动静，一瞬间加快速度循声追去。转过弯后，血色赫然入目，眼前的情形让她的胸腔一堵，刹那间呼吸停止。

"舒九容……"她几乎失声喊不出那个人的名字，三步并作两步奔到他身边，拿手捂住他汩汩涌血的膝盖，想要扶起他。可当她抬头看到他面庞的刹那，她的身子仿若被雷霆击中，面色煞白，眼睛被一层水雾打湿，一片潮红。

白前伸出去的手也如木偶一样僵住，石化般一动不动，满目惊痛。

舒九容背过身去，将脑袋深深垂下，沾满鲜血的双手攀着冰冷石壁，吃力地向前挪动。他想此刻的自己一定比吃人的魔鬼还可怕，所以不能让任何人看到他的狼狈模样，独自艰难而痛苦地一步步爬动着。

"舒九容！"青珑紧紧扶住他，自责而痛恨，不敢相信看到的这一切。

她不该心存侥幸答应他的请求，不该眼睁睁地看着负伤在身的他被舒长轩带走。

"我和白前带你离开这里，我们去找世上最好的大夫，你一定不会有事的，不会有事的……"青珑悲恐地扶着他，不让他再移动分毫，泪水夺眶涌出，却不敢让发出半点哭声。

白前依旧不敢相信眼前的一幕，半跪着从一旁撑住他痉挛的身子，眼底通红。

"不要看……"舒九容气若游丝，埋头"看着"冰冷的大理石地面，背对着她无力地道。

"白前，带父王离开此地……"他不敢抬头，俯下身子双臂费力地抓着定南王的肩膀，身子渐渐撑不住而倒下。

青珑惊恐地抓住他的手，声音沙哑而颤抖："我带你离开这里，一定会治好的！你一定不会有事！"说完她拿剑割断衣摆，简单包住他双膝的伤口止血，然后仓皇背起陷入昏迷的他，疾速往密室外转移。

几人甫一走开，舒长轩忽从远处的暗室里跑了出来，一张脸孔狰狞成魔——他已经将那里翻了个底朝天，却丝毫没有搜到兵符的影子，方才惊觉那对父子的谎言。

"舒——"他暴怒，大吼一声，然而语方脱口，跳到喉间的恶毒咒骂猝然卡住，震惊地看着青珑和白前的背影。

他脸色一白，心知自己不是白前的对手，当下再也不敢发声，转身朝相反的方向奔逃而去。

如果那对父子被救出去，一定会在第一时间锁住密室所有出口，将他活活困死在这里，他必须先他们一步逃出去。

十天后，一个令世人震惊的消息忽然从舒王府传出：定南王与其幼子伤重不醒，命在旦夕。

朝堂上，文武百官们不可置信地窃窃私语，突如其来的风波让他们惊愕的同时，也让其中不少大臣暗自兴奋。

定南王只有两个子嗣，长子舒长轩自负阴狠，嗜杀成性，为人所不齿，现在人间蒸发了一样不见踪影。幼子舒九容素来淡泊寡欲，不张不扬，鲜少在朝中露面，只闻他经纶满腹，风华绝世。然而天妒英才，年纪轻轻就眼睛失明，现如今也性命堪忧，不得不令人扼腕唏嘘。

如此，他们都不足为惧。谁能拿捏住定南王的咽喉，谁就能睥睨南燕，像他们舒家一样要风得风，要雨得雨。

所以消息一出，那之后的几天里先后两次有蒙面刺客潜入舒王府，企图刺杀定南王，只是都未遂潜逃。与此同时，舒王府门前车填马隘，前来探望定南王父子伤情的大臣们亦是络绎不绝。

这日，天方微微亮，又有两名大臣带着大包小包的名贵补品恭候在府邸前。

开门的是一个面色苍白的女子，她神情肃杀，一手持剑，一手牵着烈马，一副远行的模样——哪怕掘地三尺，她也要将舒长轩挖出来！

两人没见过这个陌生女子，一时惑住，忍不住上前一步，小心翼翼地问道："不知王爷可还安好？"

"死不了。"青珑看也没看，冷冷应了一句，翻身上马。

"姑娘留步！"其中一人扬声喊住她："可否请姑娘通报一声，就说我二人特来探望王爷和公子。"

"你们是谁？"青珑回身，一双眸子冰冷似雪。

两人被她冷冰冰的模样惊了一下，互相对视一眼，这才道："司隶校尉陶骞，都护唐远志。"

来得正好！

青珑改变行程，目光凌厉地扫视他们一眼，下马落地："随我来。"

两人大喜，跟着她踏进了王府大门。

府中一片冷寂，初秋的凉风瑟瑟刮来，吹动满院草木，落叶纷纷。

"霍青珑！"突然，走廊上跑来一个黄衫姑娘，一双眼睛哭得浮肿不堪。此刻她就像一头受惊的小鹿，紧紧揪住青珑的袖子，语不成声："我不说你是扫把星了……我求你不要离开……"

"我不走。"青珑眼眶一湿，心口生疼，像被什么牢牢揪住。她及时截住琼儿的话，怜疼地拥住她，安慰道："别害怕，我不走。"

身后，陶骞与唐远志面面相觑，须臾而已，两人面上的表情千变万化，却仍旧伸着脖子谨慎观听着，生怕漏掉一个字眼。

"你先回屋去，我片刻就来。"青珑抬手擦掉她面上的泪痕，轻轻道，然后带着那两人拐过走廊，朝偏厅去了。

"不知王爷他……"两人小心落座，迟疑地看着青珑，不晓得这个女子是何身份，竟能在府上来去自如。

见她不回应，两人将手上提着的补品推到她面前，惋惜地道："听闻王爷与公子受伤，我二人分外担心，特地带来血灵芝和千年雪莲，希望对王爷的康复有所帮助。"

"没打听错的话，舒长轩把持朝政那几日里，你们可是呼声最高的。"青珑眼神阴冷，幽幽地盯着他们，拇指下意识地扣上了剑柄。

两人面现惊异，不由挪了挪身子，戒备地道："姑娘此话何意？"

"他在哪？定南王伤重的消息可是他散播出去的？"

两人面色一变，拔高了声音："他是王府长公子，我们怎晓得他在哪？还有，我二人是来探望王爷的，烦请通传。"

"我不是这里的仆人。"青珑逼近他们，眸里光芒幽暗："识相的说出来，不然让你们进得了王府的门，却出不了这厅堂！"

"放肆！"陶骞拂袖，厉声呵斥："大胆刁女，竟敢在本官面前口出狂言！"

青珑按柄拔剑，割向他的脖子。

陶唐二人震惊，双双抽出袖中暗器，嗖然袭向她。

"来人！"青珑厉喝一声，抬腿踢到陶骞面门，又踩着他的胸腹踏过去，长剑顺势切向唐远志。

两人骇然，这才惊觉自己上当，慌忙丢了手中暗器，先后捂着肚子趴在地上，左右打滚，口中嗷嗷惨叫："来，来人……打人了……"

恰在此时，常琰手持大刀，面色铁青地踏进厅内。

"常……常将军，我二人只是前来探望王爷，哪想这疯女人二话不说就朝我们砍来，还将我们打伤。"陶唐二人龇牙咧嘴地从地上爬起来，半推半就地来到常琰面前，一脸委屈："还请常将军向王爷通报一声，就说我们来府上探望，看到王爷和公子没事就好……"

常琰冷嗤一声："进了王府却还随身携藏暗器，这就是两位大人的诚意？"

"常将军千万别误会！我二人都是武将出身，行军打仗没个准数，出于戒备有这习惯，并非有意……"

常琰冷冷截断他们的话："说！舒长轩在哪？"

两人惊愕："他是王府长子，我二人哪里清楚？"

"拿下他们，拖出去秘密处斩！"

两人面色失常："常将军，你这是何意！"

"就冲你们携藏凶器入府，且派人行刺王爷，问斩理所当然！"常琰未留情面，朝身后一众士兵喝道："愣着干什么？拖出去斩了！"

"姓常的，你不要信口雌黄！"陶骞与唐远志惊得面色一白，怒声辩驳。

"是吗？"忽然，一个清冷语声飘进来，轻然反问一句，随之一辆轮椅停在厅外。

来人一袭素色衣衫，身量单薄而虚倦，如盘亘在山崖的枯藤，苍远孤绝，静静坐在轮椅中。一条白绫打横系在他眼睛上，将他的世界隔绝在无边无际的黑暗中，只留下苍白而清绝的面庞，再也看不到眸中的喜怒哀乐。

在他身后，琼儿紧紧抓着轮椅，一双眼睛潮红肿胀，正拼命抑制着徘徊在眼眶前的泪水。

青珑的目光定格在那人身上，心口忽而抽疼，视线却又不敢在他的孤静面容上多停留一刻。

她恨上天，既然已经夺走了他全部的光明，为什么还要生生毁掉他的双腿，让他漫长的余生都在黑暗和轮椅上过活？

一念至此，青珑暗暗攥紧了手中的剑，转身出屋。

"青珑。"舒九容听出了她的脚步声，凭直觉一伸手，恰巧抓住了她手臂，语声清倦，低低而微弱地道："不要再出事……"

青珑蓦然间眼角潮湿，五指紧紧掐着掌心，恨自己的无能为力。

"我不去……"她不得不暂放恨意，蹲下来将轮椅中的绒毯往他膝上轻轻拢了拢，"天冷了，我推你回屋。"

一旁的陶唐二人错愕地看着轮椅中的舒九容，一时竟忘了反驳，经久才回过神，暗地里心生窃喜——果然看不见，双腿好像也不怎么灵便。

"瞎眼又瘸腿，让两位大人见笑了。"舒九容掠向虚空，声音清冽如水，不无冷厉。

两人心里一个咯噔，忙摆手笑道："九公子哪里的话，都是为王爷效命的，定然希望他长命百岁，这样我二人才有出人头地的机会，哪敢对王爷和公子不敬。"

"知道就好。"舒九容想象得到两人的嘴脸，淡淡道："既然愿意为父王效力，舒长轩的事就交你二人去处理，明日午时拿不到人，提头来见。"

陶唐二人震惊莫名："九公子！这……"

"有何不妥？"

"舒长轩失踪的事，同我们半点关系也没有，我们也不知道他跑到了哪里……"

"京城找不到，天南地北总有他的落脚之地。既然接下这重任，即日起你二人解去官职，全力负责寻他，什么时候擒到了，再来续任。"

两人瞪大了眼："九公子，这万万不可——"

"无须担心，两位的官印我会移转他人，交卸一事亦会妥善处置。另，除去二府无辜家眷和佣仆的开支，余下财业一并充作军饷。宽限你们五天时间，届时若无进展，自会有人登门，替你二人摘了项上脑袋。记住，舒家人说一不二。现在，你们可以出发了。"

两人目瞪口呆，满面不可置信。

常琰挥手一令，几个壮兵当即冲上来将他们扳倒在地，摘了他们的官服和官帽。

"这两人交属下处置，公子请放心。"常琰只怕这些天接连发生的变故劳他心神，对他伤势不利，面色忧忡地看着舒九容，然后将一块玉佩交给青珑："此物还于公子。"

青珑接了过来，正是当时舒九容交给她的那块玉佩。她摩挲着玉上镌刻的隽秀小字，将沉甸而忧怆的心绪埋在眸底，推着他回到了住处。

自从出事后，琼儿每次看见舒九容都忍不住暗暗啜泣，现下刚回到屋内，就又声音哽咽："公子，我扶你躺下休息……"

青珑抬手抚上她脑袋，替她擦掉眼角的泪水，安慰道："我在这里照顾他，不会有事的，你去拿药过来，上完药再小憩片刻。"

"霍青珑，你不会走是不是？"琼儿声音喑哑，无助而哀求地问她。她怕她走了以后，再也没人真心帮助公子——那些跑上门来谄媚奉承的，大都是些不怀好意的东西，笑里藏刀，巴不得公子和王爷出事。可恨从小到大，她被公子宠护着，一直过得无忧无虑，顽劣不知世事，从未意识到背后还有一群凶险之徒虎视眈眈地盯着舒家。

"霍青珑，你不要走好不好……"她拉着青珑的袖子，恳求道。"我嘴巴坏，总是说你坏话，你不要生气。我以后再也不会了，你留下来好不好？"

临窗下，舒九容安安静静地斜靠在轮椅中，一手撑着额角，虚弱而疲惫地睡过去了。然而另一手却紧紧抓着把手，五指隐隐泛白，又似在极力克制着什么。

青珑转身望着那抹清倦的身影，良久冲琼儿点点头："去吧，我会留下来，不会走的。"

琼儿悲喜交加，担心地看了看舒九容，抬手抹掉脸上的泪痕，抽噎着去拿药了。

青珑走到舒九容身后，阖上了窗扇，然后蹲下来，将他抓着轮椅把手的五指放到绒毯下，在他耳边轻轻道："要是累的话，我扶你到榻上休息。"

"青珑，"舒九容低低开口，语声轻颤："等你伤势好后，我送你回青桑。"

青珑凝噎难语，将那块玉佩拿出来，仔细给他系回腰间，沉声道："不要再想任何事，我会留下来帮你，不管什么风浪，一定会过去的。"

舒九容的唇角泛出一丝惨淡的笑意，低低道："怒马挥鞭，驰骋沙场，为了你的族人披荆斩棘，那才是你，你不该被我这样的残败之身束缚在一方院落。"

"我会帮助你，相信我。"青珑笃定道。

舒九容蜻蜓点水般笑了笑："能够与你结为至交，实属万幸，诸事险乱，不能再连累友人。我已让白前去了烨城的奴场，那里的人们已经离开，正在归国的路上。去吧，带着他们安然回去，记得照顾好自己。"

"舒九容……"

舒九容轻轻摇了摇头："不要担心，舒家出身王侯世族，基业深厚，父王在朝野也早都安排了人，仅凭舒长轩一人之力妄想翻弄风云，无非是一些利欲熏心之徒蠢蠢欲动，怂恿策动他而已。我没有将父王伤势好转的消息散出去，也是想趁机查整一番，毕竟养痈遗患总是不好。"

"我会帮你，至少一定抓到舒长轩，让他为自己的所作所为付出代价！"

提到舒长轩，舒九容忽而陷入沉默中，良久道出了一句让青珑万分诧异的话："答应我，不要再将他放在心上，至少他不能死在你我手中。"

"为什么？"青珑握紧了拳头，万分不甘心。"你说过，他不是你的兄弟。倘若你顾念这些年来同居一府的情义不忍杀他，那么交给我。你的剔骨之痛，千百奴民葬身鬼葜爪下的夺命之恨，我会一样一样找他清算！"

舒九容摇了摇头，语气里有一丝恳求："就当是为了琼儿，答应我好吗？"

青珑料想不到，惊愕地看着他。

"她一直都不知道，自己在这世上还有一个兄长，生母也没有死，两个至亲近在咫尺，却与她形同陌路。"舒九容语多愧疚，思绪飘飞到了过往，梦呓一般解释着。

"她出生在暗无天日的梅院，母妃不忍心看着那么小的婴孩受罪，就派人将她抱了出来，让乳娘抚养，一直留在府上生活。长到六岁的时候，乳娘病故，她就成了无依无靠的孤儿。那时我的眼疾恶化，母妃担心我因此消沉不振，就将天性开朗的她接了过来，陪我读书，算是给我找个玩伴。后来就教她些礼数，叫她照顾我，直到现在。"

青珑听得喉咙一堵："你的眼睛，年幼的时候就……"

"差不多吧。"舒九容淡然道，"大抵是母胎里带来的，从生下来眼睛就不好使，几乎请遍了当时的南境名医，最多也只能控制住。到十岁的时候，药石已经失效，不久我也就接近于失明了，虽然随后的几年里仍在调理，但一直时好时坏，反复发作。而现在……现在好了，不用再耗费心神了。"

青珑心里发酸，追问道："你说母胎里带来，带了什么会让你的眼睛变成那样？舒长轩非是你舒家血脉，却做了王府长子，这又是为何？琼儿为什么不能与她的生母相认？"

一连串的问题让舒九容缄默了片刻，唇角不着痕迹的笑意无奈而沧桑，意有所指地道："王侯盛府，并不是外人艳羡的那般光鲜富丽，踏进去难，安然走出来更难。"

"你的意思，王妃是被加害，而且是在身怀六甲之时，所以你才……"青珑惊痛难言，突然间想通了一些隐情："是不是与舒长轩的生母有关？你说琼儿生在暗无天日的地方，不愿她受罪，所以王妃为了保护她，才不让她知道自己的身世，那她与舒长轩的生母又是谁？为何她要加害你们母子？"

"青珑，我带你去见一个人。"舒九容没有明说，将轮椅摇向门外。

青珑推着他，顺着他的意思出了屋。

这边琼儿拿到药膏后一边抹着眼泪一边往屋内赶来，谁知推门而进却不见他们人影，她顿时慌了神，夺门而出，抓着院中一个又一个的护兵询问。

舒九容带青珑所去之地，便是那座无人问津的幽暗梅院。

他没有向深处走，只是停在杂草丛生的青石小道上，隔着远远的距离"望"着那个疯癫失魂的妇人。

此时此刻，青珑已经惊愕得说不出任何话，目光复杂地追随着那个妇人的一举一动。

"冤冤相报，伤害最大的，总是自己身边最在乎的人。"舒九容的面容被院内的荫翳挡住，越发显得清卓苍冷。"如果她能珍惜当年的一切，不做出对不起父王的事，也不至于沦落到今天这地步。"

青珑垂睑凝视着他的平静面色，哀声问道："她对王妃做了什么，使你变成这样？"

"她对母妃很好，胜过关心自己。"舒九容轻笑出声，不无嘲讽，抓着轮椅的五指隐隐作颤，极尽可能压下心里的恨。

"父王出征在外的那几个月里，她常常陪母妃散步解闷，殷勤地照顾她的起居，替她打点府上一切琐事，让她安心养胎，日复一日，直到母妃提早生下我。虽是早产，但母子无碍，这让父王很高兴。只可惜好景不长，自那以后不仅母妃的身体日渐衰微，我的眼睛也出现了异样，请了很多大夫，他们说是中毒。"

"中毒？"青珑心惊不已，"什么毒，能不能解？"

"流珠，炼自丹砂，形如水，色如银，挥散后无形无色无味，久积于腑则累及性命。最初谁也不知道是何毒，后来丫鬟无意间在母妃房中的隐蔽角落发现了一个不知是谁摆弄的瓷盒才找到了线索，然后顺藤摸瓜便查到了她和护院身上，不过已经是三年之后的事了，那时母妃的双眼已经因毒失明，身子每况愈下……"

青珑更惊："因为有护院包庇，两人串通一气所以才能瞒那么久？她为什么要加害王妃？"

"一个陪嫁姬妾，争求最多的无非就是名分和地位，何况她在母妃之前先行添下男婴，就是舒长轩。奈何她没有母凭子贵，也未曾得到父王的独宠，以她争强好胜的心性，岂肯甘休？只是幸而母妃对她的殷勤关照有所戒备，她才不敢做得太过张扬，否则我早已胎死腹中，妄想来到这世上。"

青珑胸口吃紧，感谢上苍没有夺走眼前这个玉一样温雅淡然的男子，还让她有幸与他相识，真正知道了什么叫谦谦君子。

梅院的入口处，一个人影突然晃了晃，抬手捂住嘴，不让自己发出任何哭声。

"她的眼睛，是被你父王……"青珑下意识往院门处望了一眼，臆测道。

舒九容点了点头，突然间又不知道该不该去恨那个失了孩子的疯癫女人。

"后来查下去，不只找到了凶手，她与护院之间的越轨之事也被揭开。那时父王才知道，自己的长子并不是舒家血脉，而是别人的骨肉……一怒之下，他就将那护院凌迟处死，并且剜了她的双眼，将她幽闭在梅院。"

"她和舒长轩能活到现在，也是王妃求的情？"

舒九容颔首："她求母妃救她的儿子，如果能保住舒长轩的命，就把腹中另一个还没来得及让任何人知道的孩子让给母妃，也就是出生在这片院落中的琼儿，既是赎罪，也偿还母妃的不杀之恩。想想也是可笑，她嫁给父王五年，先后两个孩子都不是舒家的，却还要拿另一个未为人知的骨肉去换自己儿子的命，不知道琼儿那丫头知道后会有多伤心……"

青珑彻底沉默下来，心海起伏不定。需要承担多大的风险和代价，才能答应一个欲置自己和腹中胎儿于死地的女人的要求，去保全她的孩子？然而转念一想，婴小无辜，再多杀戮也已经于事无补，除了填埋仇恨、徒增孽恶外，可能为自己受尽药石之苦的孩子带来半分福泽？

青珑心想，那个至刚至柔的女子一定也是如是想。只是再大度，一个对骨肉怀着深深愧疚的母亲也做不到把全部的爱割裂开来，分一半给别人的孩子。所以，她才把琼儿送给了舒九容的乳娘去抚养，并没有认她做义女。

然而她的善念义举依旧敌不过苍天的残忍无情，终究还是让他的孩子以血肉之躯承受了那份毁目剔骨的痛苦代价。

躲在院门处的人肩膀簌簌发抖，抱头坐在冰冷的地面上，牙齿咬着自己的手臂，拼命抑制着眼中的泪水，到最后终于承受不住，转身逃离了这里。

"有人进来吗？"舒九容敏感地问了一声。

青珑推他过去，并没有看到任何人，行将回身的时候，她的目光忽地一凝，一个青瓷药瓶正安安静静地躺在地上。

她俯身拾起，瓶身上还残留着余温。

那一瞬间，青珑隐约明白过来，只是她没有告诉舒九容琼儿来过。

"舒九容，你恨他们吗？"她蹲在他身边，举目望着那个疯妇哭笑自语的凄凉剪影，轻声问他。

舒九容错愕，苍白面容转到她这边来。

"她加害你们母子，生下别人的孩子妄图打压正室。你父王为了掩盖家丑不被世人耻笑，养着舒长轩那个狼子野心的东西，利用他稳住军营，然后自己在朝堂翻云覆雨，留着看不见任何危险的你打理府上诸事。舒长轩拿你要挟他的时候，他宁愿心存侥幸眼睁睁看着你遭遇毒手，也不愿用兵符来换取你的性命……"

舒九容微微低了低头，被一层白绫覆住的空茫眼睛不知落向何处，哑然失笑："也许，每个人最在乎的东西不一样。"

"那你在乎的又是什么？"青珑连番逼问："朝堂和军营的安宁？王府的平静？定南王的伤情？那些奴民的着落？还是你担心杀了舒长轩和面前这个女人后，琼儿会难过会恨你？还有腰间那块玉佩，是不是王妃刻的？她教你放开心怀，难道你就可以不考虑自己吗？命是自己的，你有没有在乎过？"

一连串的问题让舒九容缄默下去，停顿长久，他低低道："不说那些了，没事就好。"

青珑将他冰凉的双手放到绒毯下面，道："不要再难为自己了，找个机会告诉琼儿，毕竟这个女人给了她生命，是她的血脉至亲。你把她当同胞妹妹一样宠护，如果她知道了一切，难过伤心会有，但我相信那丫头不会因为这个女人变成这样而恨上舒家和你，更不会变成舒长轩那样的人。"

"但愿吧……"舒九容面上的疲倦渐渐袭来，微不可闻地沉沉道。

"我推你回去上药，等到告诉琼儿后，看她的反应再来决定如何安置这个女人。"

舒九容点了点头，青珑推着他离开，梅院复如以往，空寂而阴冷，妇人自言自语经久不消，凄凄回荡在虚空中。

《 第四十九章 》

意悬

回屋后，青珑给舒九容上完药，正要扶他歇下，常琰忽然叩门。进屋后，他在舒九容耳边小声说了些什么，就见舒九容的面色发生了些微变化，变得凝重而沉肃。

"出什么事了？"她问道。

"没事，我去一趟宫中，很快就回来，你在屋里歇着，顺便给琼儿打声招呼，免得她看不到我又胡思乱想。"舒九容笑了笑，然后便被常琰推走了。

饶是万分担忧，但作为外人，青珑也不好插手南燕朝堂上的事，就没再固执，转而去找琼儿了。但她寻遍王府，连同那方幽暗的梅院在内，也都不见琼儿的身影。

青珑心下一沉，牵马离府到街上继续寻找，但跑了整整一个上午依旧不见琼儿踪迹，这让她不由担心起来，以为那丫头听到她跟舒九容的对话后想不开，故意躲着所有人。

眼见时间一分一秒地过去，舒九容也即将回府，她愈发焦急，正在人海中寻找着，手臂却一紧，被人快速拉到一处角落。

看到她没事，来人一颗忐忑不安的心才放下来，激动地道："姐，是我！"

"子逍？"青珑惊喜交加，回头才发现不只褚子逍找来，梁二也跟他在一处。

双方见过之后，她问道："归龙关内一切可好，那些族民有没有回去？"

"先前一切都好，但近日发现奴场里面被人安插了眼线，我们不敢再贸然行动了。不过你别担心，没出大的岔子，等观望一阵再说。"褚子逍谨慎而焦忧地将她往墙根处拉了拉，着急问她："我听梁大哥说定南王府出了事，现在怎么样了，你伤得严不严重？"

青珑摇头表示无碍，道："子逍，你先与梁大哥回去，通知月芜和蔺池他们这段时间先不要轻举妄动，派人潜伏在奴场暗中查查是谁盯上了我们，揪出幕后主使后再做决定。”

交代完后，她转而对梁二道："另有一事，劳烦梁大哥再行出马，帮我找两个人。"

梁二点了点头："妹子但说无妨。"

"一个是舒长轩，他应该已经逃出了烨城，找到后务必让道上的兄弟们转告我一声。另外还有一人是舒九容身边的侍女琼儿，她清晨刚刚离开王府，不会走太远。"

梁二迟疑了下，忖度着道："这些都是小事，只不过有一句话，大哥一直想问你……"

青珑错愕，很少看到这个游侠头目犹疑不决的样子，倒似有什么事情一直搁在他心里，难以启齿。

梁二长吸口气，神情凝肃地问她："妹子可是铁了心离开，不打算回去了？"

青珑面色一沉，应道："舒九容屡次施我援手，恩同再造，如今他遇到了难处，我便不能不管不顾忘恩负义地离去。"

"我是说……"梁二晓得她会错了意，更加踟蹰，但挣扎了长久终究还是没有明说，横了心道："这件事包我身上，大哥这就去跟兄弟们打声招呼。"

"梁大哥，"青珑心觉他心事重重的样子有些奇怪，喊住他："若有为难，不必勉强。"

梁二摆手打断她："放心吧，人一定给你找到。"说完他也没停留，将风帽往头上笼了笼，大步离开了。

这边青珑还在寻思着，褚子逍已经等不及问她："姐，舒九容怎么样了？"他见青珑神色憔悴，心想他的情况怕是不大乐观，担心地道："要不我留下来，你身上有伤，不宜走动，有什么需要我可以帮得上。"

青珑将他的衣襟扣紧了些，避免风寒，摇头道："无碍，等舒九容的身子好些后我再回去。阿姐不在身边的时候，一定照顾好自己。这里不用担心，你只跟月芫他们联络，该撤的人手尽快撤掉，我会暗中去奴场看看，有什么情况及时告知你们。"

褚子逍点点头："那你小心，我这就去了。"

青珑目送他离开，翻上马背，继续寻人，但行不过数步，忽见舒九容的车马匆匆返往王府，两方在街市上打了个照面。

她思量再三，暂时未将琼儿失踪一事直接告诉他，以免他担忧，想着等收到梁二的消息后再做决定，于是道："今晨用完了药引，我到药堂再添买些……"

舒九容神情肃穆，似是朝堂上有其他的事情困扰着他，所以并未对她的搪塞之词多做深究，只嘱道："这些事交给府中人即可，你无须劳神。"

青珑定了定神，只得随他先行回府。然而回府后，整顿良久仍不见琼儿归来，她不由开始心慌意乱。

舒九容听她气息不稳，察觉出了端倪，加之久久不见那个丫头，他心中亦起了疑："从梅院回来后，怎的至今没见琼儿的人影？"

青珑见再也隐瞒不下去，只得如实相告："听府上人说，琼儿今晨红着眼离开了，没说去哪里，我到街市上寻她，却没能找到。可能……她在梅院听到了一些内情，心里不好受，所以躲开了，也许想通后就会回来，你不要过于忧心……"

舒九容听完沉默下去，心下也有预感，轻叹一声："这道坎，她迟早都要经受，独自静一静也好。"

话虽如此，但他还是不放心，遂唤来常琰，命他派人到城中四处继续搜寻。

青珑安慰他道："琼儿自小与你一起长大，感情深厚胜似兄妹，断不会因为这事就不辞而别，你也不要往坏处想。你身上有伤，又往来宫中颠簸了一阵，不宜再劳神。不如我先扶你躺下歇息，没准睡醒后就能看到琼儿了。"说着她转身去整理床铺。

舒九容将轮椅摇到了窗下，安安静静地"注视"着她的背影，似另有心事相告，欲言又止。

"青珑……"不知道想了多久，他才下定决心开口。

青珑回头，心想也许是朝堂上发生了什么事，所以才让他有些反常，吞吐其辞，"是不是宫中出了变故？"

"没有。"舒九容摇了摇头，之后的每一字一句都显得小心翼翼："有件事，不知道你可有听说？"

青珑惑然："什么事？"

"夏凉两国的战事，发生了些意想不到的变况。"舒九容斟酌着言语，徐徐道来："早上常琰忽然来报，我随他匆忙入宫也是因此。父王伤势未愈，有些事我不得不替他拿主意。"

青珑没来由地呼吸吃紧，强作平静地道："方才我出府，已经听到市井百姓的议论了，说是战局僵化，也许西川大军是以逸待劳，企图一举攻进凉都。"

自从舒九容出事以来，她一直身在王府，外面的状况几乎无从知晓。今日若不是出去寻找琼儿，她也不会得知此事。真真假假，单凭街坊的谣传无法确定，现在听舒九容的说法，这件事已然八九不离十。但他说的"拿主意"又是指什么？难道南燕想从中动作？

"那只是其一，逼不得已的选择。"舒九容话有弦音地道。

青珑神色一凝："还有什么原因？"

"他们的将军出了些意外，这是探子送回来的消息。"

青珑心惊不已："哪个将军？出了什么意外？"

"身患重疾，且遇刺被袭，所以不得不歇兵休整。"舒九容说得极缓极轻，怕她一时难以接受。而青珑早已脸色泛白，原本她推着他往榻边走，闻听此言脚步忽而顿住。

"你说的将军，他是……"那个名字她不敢说出口，怕万一不是他，却让她一语成谶。可是只要主将还在，并且下达了攻令，任何将领都不能无故避战，何况还是在大军势如破竹之时。除了他以外，还有谁能左右得了大军的行程？

她了解那个人，隐忍决绝到几乎对任何伤痛都麻木不仁的地步，只要还有一口气，他都会死命撑着，不会轻易改变自己的决定。可是这次他却突然下令休战，莫非是因为他已经到了生死未卜无以为战的地步？可是他怎么会无缘无故身患重疾？陆前辈医术卓绝，又视这个爱徒如同己出，怎会袖手旁观？到底发生了什么事？

青珑心口发紧，越想越忐忑，面已失色。

"公子，"白前突然有事入内禀报，对舒九容道："卢成玉与腾丰两位将军再过一时便会赶到府上，我已打点妥当，稍后请公子去前厅议事。"

舒九容颔首："你先去候着，我随后就到。"

"是。"白前受命告退。

舒九容的面容转向青珑所在之地，想对她说什么，轻唤一声。

青珑强迫自己冷静下来，由衷道："谢谢你告诉我这些。"说完她欲推动轮椅，手臂却一沉，被他阻止了。

"想去的话就去吧，哪怕是看一眼，也不要给自己留下遗憾。"舒九容轻轻劝她。

青珑明白他的好意，道："什么都不要想，一切等你伤势痊愈后再说。我已经被他们逐出西川大军，再回去看他只会被楚定云的手下认为居心不良，甚至于追杀。"

舒九容蜻蜓点水般笑了笑："有些事你我不说，但都预料得到，那个时候如果再做选择，只怕比现在更痛苦。"

青珑哑然，凝视着他的苍冷面容，仿佛遮掩在白绫之后的那双澄亮眼睛依旧无恙，看得透世间的所有起伏和变幻。

"青珑，世事无常，不是所有的等待都能换来期望的结果，也许晚一步，曾经的借口就会变成无法弥补的悔恨。人生最无憾之事，莫过于所有选择都遵从内心，而不是勉强自己。"

青珑神色黯黯，肃声反问他："你的意思是，让我做一个忘恩负义且出尔反尔的小人，为了一个不知是他将计就计还是市井以讹传讹的谣言，就抛下被虎狼环伺又重伤未愈的朋友离开？"

"那么，你能接受将来与他短兵相接的局面吗？"

青珑回答不出，彻底沉默。

纵然子逍差点死在韩忠等人手中，后来他们姐弟又被楚定云派兵追杀，但平心而论，她都坚信那绝对不是楼西越的意思。对他，她只有感激和念想，没有丝毫恨意，即便立场不同，她也不会伤他分毫。如果没有猜错，舒九容的言外之意便是南燕不会坐看大夏卷兵杀来，定会先发制人。如果自己选择护在他身边，便会与他沙场相逢。那个时候，她无法再如从前一样叫他一声"闷葫芦"，必不可少要与他拔刀相向……

扪心自问，她做不到，除非他将屠刀挥向任何她所在乎的人。

久久等不到答案，舒九容已然心如明镜，坦白道："青珑，告诉你这些，便是我不愿你勉强自己，更不希望你将来陷入两难境地。我虽然不喜欢打打杀杀，也无心权柄，但是朝政大权都被父王掌控在手，已经放不开，更不能放，否则便会重蹈北凉覆辙，陷国于内斗。所以，我不得不以大局为重，可能还会做一些自己不喜欢做的事，希望将来你能原谅。"

青珑看着他，坚定道："舒九容，如果你为了南燕对楼西越下杀手，我会站在他身边，拼死抵抗！同样，他若兵临王府取你性命，我也会站在你面前，拔剑相护！"

舒九容付之一笑，摸寻到腰间那块玉佩，解下来递给她："这是母妃的遗物，父王曾言见此玉者如见其夫妇，拿着它，出关时就不会有麻烦。"

青珑没有收，退给了他："朝堂上人事险乱，定南王既然如是说，对你的作用远大于我，留着以防万一。等我从北凉回来，就会找机会来看你！"

舒九容点点头，将轮椅摇到屋门处，"目送"她安然离开。

是日，一匹烈马载着一个女子奔出王府，向北飞驰。

北凉的苍穹不同于隽秀明朗的南燕，长风日夜低啸，是那种摄人心魄的怒吼声，如同雄狮仰天咆哮，又似蛟龙水底长吟，令闻者胆寒。

夜色消退，远方的弦月和头顶几点星光隐匿了踪影，天地渐渐幻化为微黯的鱼肚白色，将安扎在城郊处的一排排营帐笼罩其中，庄重而肃穆。离晨训还有一些时间，除过守卫和巡夜的士兵外，大部分将士尚未起身，整片营地一派静谧。

突然，不远处响起哒哒的马蹄声，打破了营地的寂静。

一匹枣红色烈马载着一个黑色劲装的男子朝营地疾速靠近，男子身骨清瘦，眉头紧锁，脸色在黎明的微光里出奇的苍白。快到目的地后，他陡然勒住马缰，被白色纱布缠绕的右手上洇出了些血，殷红而刺目。

巡守的士兵认出了那人，赶紧打开营地的栅栏迎他进来，将要替他解下背上的包裹时，却被他拦住了。

男子只将坐骑交给他们，然后独自朝大帐走去。

"少将军……"掠见他手上的些微血色后，守兵们迟疑地喊住他，却没人敢开口询问。

不知为什么，一路逐鹿下来，这个少将的话越来越少，随战的将士大都对他望而生畏。

男子回头，看了看互相推搡的他们，沉声道："稍后通知各营将领，今日我亲自督训。"

"是！"众兵立刻敛容立正，不敢再多想，小跑着去传达命令了。

接到消息的时候，景威万分诧异，再一细问，才知道楼西越又背着所有人消失了大半夜。心惊之余，他匆忙跑去求见，然而军帐里却空无一人，只两名守兵侍立在外。

"人呢？"他恼容质问。

两兵慌忙道："少将军带了水囊，想必是去河边汲水了，应该马上就回来……"

景威厉声责开："派你们照看着少将军，不是让你们像木头一样立在这里，这点小事还要他亲自去做？"

两人诚惶诚恐，为难地道："属下劝不来，少将军不让我们插手他任何事情……"

一句话，将景威心里的怒火浇灭，换为莫名的酸楚。

"下去吧。"他摆了摆手，屏退了那两名侍兵，心情沉重地离开了大帐，纵马去了驻地外面的那片小河。

秋日的河面水汽氤氲，与雾色连为一体，朦胧而缥缈。寒霜始降，枯木荒陌尽染冰晶，如披银毡，一切都似不真实的幻景。

河畔边缘，一个黑色身影半蹲在那里，静静清洗右手上开裂的伤口——那是一道被剑刃划开的血口，约莫三寸长，爬在他手背上。这样的伤于他而言似已习惯，也难怪他的眉头皱都不皱，迅速解下几乎与血肉粘在一起的纱布。

但当他将整个右手靠近河面，想要洗掉洇染在指间的血迹时，动作忽而停住。他缓缓收回了手臂，然后左手拇指一扣解开了水囊的封口，拿起来往右手上冲，避免那些不干净的血迹流入河里。

这血中有什么，自然只他自己清楚，所以不得不小心。

景威在远处看得心酸不已，奔过去夺回水囊："少将军，你这是干什么！"

楼西越左手一空，因为无故被人阻挠而面生薄怒，却没有吱声。他心知这里待不下去了，索性阖上药箱，起身就走。

"你是三军主将，就这么作践自己！"景威痛心疾首，猝然摔了水囊，对着他的背影扬声质问："你没了父母没了她，可你还有兄弟，还有师父！你不休息不要命可以，但你有没有想过他们的感受！"

楼西越猛地回头，幽幽地盯着他，漆黑的眸子里跳动着隐隐的肃杀光芒，似乎有什么敏感字眼触动了心怀，挑起了一直压制在他心底的杀念。

"我比任何人都想活着。"他迎上景威的目光，视线穿透他，落在远处的苍茫虚空里，就仿佛那里站着一群该死的人，下一刻他就会拔刀出鞘将其诛尽灭绝。

景威悲酸难言，惊痛于他的异常，缓缓跪地哀声劝道："倘若少将军还拿属下当兄弟，或者信得过我，请你告诉我，到底发生了什么，为什么你一句话也不说？还有你的病，如果军医和寻常的大夫都束手无策，那我们就把陆师父请来，他一定能治好！"

"我没病。"楼西越背过身去，幽然应了一声，提着药箱的五指却越发用力，攥得骨骼发白。

"那你为什么会变成这副模样？"景威从他背后跪到身前，抬头看着他瘦骨嶙峋的身子以及毫无血色的惨白面容，心里的害怕和恐惧越发厉害。

这种不正常的状态从那次重伤开始，一直持续到现在。

最初的时候，景威以为是少将军死里逃生又负伤率军北伐耗尽心力所致，需要个把月的时间来恢复。但事情并没有像他预想的那样发展下去，随后的半年里，少将军的状况越发糟糕，身体日渐消瘦，形同脱骨，甚至有次夜里巡营时，他还偶然发现他在呕血。

与此同时，他的性情也变得愈发清冷孤立，几乎回到了幼时孤僻自闭的模样。除了商榷战事指挥作战外，最多的时候就是闷在大帐里处理军情和要务，偶尔给自己放松的方式，也只是独坐在夕阳西下的断壁残垣上，望着满目疮痍的山河发呆。

而且这一年多来，他的行为也越发神秘莫测。没有战事的时候，每隔一天他都会在夜里消失一段时间，将近天明之时才悄然回到驻地，没人知道他消失的那段时间里到底在做什么。

景威和萧璟浩追问不出，曾跟踪过他，但是因为太心急，半路上不幸被他发现了。从此以后，他愈加敏感和警觉，大多数时间都是独来独往地行事，连同景威这个跟他一起长大的发小也很难再靠近他。就像画地为牢，他把自己关在里面，一切外人都别想接近。

亦如同当初对楚定云发过的毒誓一样，他把自己彻底变成了一具行尸走肉，放马疆场，肆意挥洒血汗和心力，毫不吝惜地透支着生命，令景威和萧璟浩心惊不已。更有甚者，不知从何时起，凉兵阵营里忽然散播出他身体抱恙的消息，并且这种谣传不胫而走，连市井小民也暗暗议论起来。

景威将信将疑，怕这样任由他不管不顾下去，他的身子撑不了多长时间，长跪不起哀求他：“少将军，你就听我一句劝，趁着现在歇兵，派人快马加鞭到医庐把陆师父请来，叫他给你看看……”

“我说过，我没有病！”楼西越声音阴沉，绕过他大步朝回走。

“少将军！”景威歇斯底里地喊他，却没有半句回应，不禁因忧生怒，猛然站起来对着他的背影大声道：“好，你不去我去！”说完他三步并作两步来到坐骑前，翻上马背挥鞭就走。

“站住！”楼西越厉喝一声。

景威充耳不闻，恨不能立刻让陆鹤之来一趟营地。

楼西越怒极，抢起药箱砸向马屁股。

战马吃痛，“啾”地哀鸣一声，扬蹄将景威甩了下来。

楼西越上前揪住他衣领，眼里充斥着烈焰般的怒火，警告道：“告诉你，没有我的命令，任何人不得擅作主张！”

“那你又背着所有人做了什么！”景威毫不畏惧，怒声反问。

“我的事不用你管！”

“我的事也不用你管！”景威拼力冲开他的束缚，快速从地上爬起来，抓着缰绳跳上马背。

楼西越彻底被激怒，顺势出拳击他下盘，将他从马背上打倒在地。

景威被他屈膝按住，动弹不得，满面怒气地瞪着他：“今天要是你打不死我，我就一定去找陆师父！”

“你再说一遍！”楼西越余怒未消，冷声威胁，眸底深处隐藏的一丝被他刻意压制的哀恨若隐若现。

“放开我！”景威豁了出去，抢起拳头冲他一拳，趁机翻身跳起，纵马而去。

楼西越追不上他的马，跑了几步渐渐停了下来，向西而立，撑着战刀颓然跪在地上。手上的伤口在方才的打斗中再度开裂，鲜血沿着刀柄滴答掉落，洇红了一地冷霜。

景威跑得飞快，转眼间远离了营地。快要拐弯的时候，他下意识望了一眼，赫然看见楼西越半跪的身影，顿时心里一慌，方才的冲动被担忧消散，又勒马返回。

“少将军，你忍着点……”景威扑通跪下，捡起被他摔在地上的水囊，用纱布蘸着水小心替他擦拭血迹。

楼西越面无表情，将心里的恨全部藏在眼底，木偶一样低低道："去了也是送死，师父不会来。"

"为什么？"景威惊愕不已："他都能给陌生人把脉诊治，为什么不会给你看病？"

楼西越抬头，眼里的恨愈滚愈烈："杀不到锽城，我没脸见师父。"

"到底出了什么事？少将军你告诉我！"景威忧急交加，突然想起北伐期间从京城送来的一封信，收信人写的是少将军的名字，寄信人是陆鹤之。

当时他就异常纳闷，陆师父看似风趣随性，骨子里却谨小慎微，即便师徒二人只是互问安好，他也从不在信封上题写真名。怕的就是被有心人知道，徒生枝节，那次却一反常态。

不只如此，那次看完信后少将军的脸色都变了，揪着送信人的衣领险些杀了他。当时景威不在场，这事他也没有亲眼看见过，是事后从几个士兵口中听来的谈资。再后来，每个月少将军都会准时收到陆鹤之的信，信中仅有寥寥数语，生疏得读不出丝毫暖意——师无恙，勿念，尽心而战。

尽心而战？连一句"顺愿戎安"的祝福都没有，莫说那不像一个师者的语气，单就那说话的口吻也叫景威无法相信这种话会出自陆师父之口。

但是信封上却真真切切地写着他的名字，除非……

景威心里一个咯噔："少将军，是不是陆师父他……"

"你可知道，偷袭我的人是谁？"楼西越答非所问，幽然问他。

景威看着他被刃器划伤的手，面色发白，越来越紧张。

楼西越攥紧了刀柄，挣得骨节咯咯作响，从齿缝里磨出一个名字："冯烈。"

"冯烈？"景威眼皮一跳："可是那狗皇帝派来的，陆师父是不是也在他们手上？"

"他们敢对师父不敬，还拿他要挟我，我就让他们君臣死无葬身之地！可谁知道……"楼西越失魂一样幽幽道，声音沙哑而肃杀，说到最后，言语中尽是自恨："谁知道我就像一个废物，救不了自己恩师，反倒指望他来给自己治病……"

楼西越眼里的恨意如烈火燃烧，他蓦然抬手，啪地给了自己一耳光，声音清脆而响亮。

"少将军，你不要这样！"景威惊痛难言，紧紧钳制着他手臂，道："我回西川去给楚定云说，叫他指派别的将领北伐，我们去找那狗皇帝，把陆师父救出来！"

"不用求他，哪怕是病死战死，也不要像狗一样在他面前摇尾乞怜！"

"可是你的身子怎么办？"景威无限惶恐，强行掰开他紧攥着刀柄的右手，然后拾起散落在地上的药瓶往他伤口上撒药。

楼西越像一架只知道战斗的机械般，似乎完全没了痛觉，他撑着刀柄蓦地起身："传令众兵，五日后拔营进军，直取浣城！"

❦ 第五十章 ❧
险境

"报！"一声长啸穿透九霄，异常刺耳地飘向角楼。

"禀大人，楼西越的兵马离开沛州，朝帝都方向杀来了！"

驻守浣城的将领们脸色一白，满面不可置信——几天前楼西越还因病无法指挥作战，被迫退回驻地，谁想北凉大军刚有一丝喘息的机会，他又突然像一条死而不僵的百足之虫，以惊人的速度奋起突击。

连月的防御、反击、败北、退守已经耗尽了北凉多半的精锐之师，朝野俱骇，整个北凉处于一种极度警戒和恐慌的状态中，稍有风吹草动便大惊失色。

京郊外，一众铁骑冲出浣城周边城镇军队的截杀，沿着青石大道绝尘奔驰，朝京畿的方向飞速挺进。战马所过之处，尘埃漫漫，飞沙走石，仿似幕布遮天。

震天的马蹄声和号角声冲荡在城外，惊得来不及撤走的百姓面如土色，四处仓皇躲避。夏军来势汹汹，将一场攸关存亡的劫难从亘远的西川平原带到浣城，直逼这座屹立在北凉腹地的都城。一旦它被摧毁，势必如大厦倾颓，泱泱北凉就此不存，成为史册上的一笔叹息。

城外刀光剑影，杀声如潮，城内鸡飞狗跳，一片仓皇。从夏军犯境伊始，北凉大军的连连败退已经将百姓心中尚存的希望浇灭，胆怯者躲在家里不敢出户，胆大的带着家眷连夜出城逃亡，大街小巷上一片狼藉。

"快点快点，动作放快点！"沈府门外，几辆大马车停靠在路边，不断有家仆从里面搬出名贵珍藏，一箱接一箱地往马车上装。

听闻西川大军挥师杀来且气势凶猛如虎，沈府两位公子再也坐不住，卷起各自家当准备逃命。

此刻，沈家兄弟俩正心急火燎地将妻妾一股脑儿推上马车，又嫌这些女人婆婆妈妈，舍不得这首饰又放不下那珠宝，顿时吼了一声："别磨蹭了，小命都快保不住了！"

"畜生！"突然，一声呵斥在厅堂里面响起，旋即从里面走出来一个步履蹒跚的中年男子。那人面带病色，眉头紧蹙，尽现出抹不去的哀愁。见两个儿子不争气，在这家国危难时刻争相逃亡，中年男子顿时气得跳脚，抄起拐杖朝他们的后背抡去。

"爹，别这样！儿子找到容身的地方马上就来接您……"沈二公子沈恒向来滑头，忙不迭抓住拐杖的端头，嗷嗷叫道。

长子沈卓顺势猫腰，从拐杖下快速溜了过去。

沈由气不打一处来，扔了拐杖一脚踹到沈卓的屁股上："不争气的东西，全都给我留下，哪也别想去！"

兄弟俩充耳不闻，忙得没工夫跟他多说，待家当搬得差不多了，便道了声："爹，您老保重！"然后双双直奔马车。

"站住！谁都不许走！"沈由气得脸色铁青，一把拉住沈恒的胳膊，抬手抽了他一巴掌！"隽儿还在城外抗敌，生死未卜，你们作为兄长不去帮他，净顾着自己逃命，有没有出息！"

沈恒嘴角一拧，反点着他的脑门数落道："我说爹您是不是老糊涂了，没听见楼西越要杀的人是他吗？要不是他不知死活勾结舒长轩杀了费弘英，凭那老不死的身手，十个楼西越也给撕得稀巴烂！还有，若非他跑去招惹楼西越，会有今天这下场吗？说到底，罪魁祸首就是他，活该！"

沈由气结："你这忘恩负义的东西，当初要不是隽儿从费弘英手中救下你，你能活到现在？"

沈恒急着逃走，没时间跟他扯嘴皮子，一把将他推开："您老大把岁数活腻了，儿子可没活够，今个儿无论如何都得走！"

沈由一个趔趄往后倒退，险些摔倒，气得浑身颤抖，痛骂道："狼心狗肺的畜牲！我这辈子瞎了眼，养大了你们这两个没用的东西！"

兄弟俩早已钻进马车，临走时沈恒探出脑袋，挥手道："爹，是您老自己不走，可别怪儿子不孝！"

"滚！沈家没有你们这两个贪生怕死的混账东……"沈由气得呼吸岔住，话没说完四肢一软，仰面向后倒。

家仆们大惊失色，涌上去扶住他，帮他顺气。

恰在此时，沈府的后门吱嘎洞开，一个身着劲装的年轻男子提剑踏了进来。没走几步，庭院里惊慌失措的叫喊声已经传入耳际，他不禁面色一沉，三步并作两步朝厅堂拐去了。

沈由气倒在地，站不起来，呼吸短促，面色涨红，眼里写满了不甘和痛心。突然，他的身子一轻，被人从地上抱了起来，旋即挪到了背上，快速朝房间走去。

"隽儿……是你吗？"沈由抬起头，看到了一张熟悉的侧容，顿时心头一酸。

"走了也好，至少沈家不会断了香火。"沈隽背着他埋头走路，语声淡淡，不带任何感情。

沈由眼角潮红，抓着他的肩膀喃喃悔恨："为父这辈子做的最大的错事，就是偏护他们而冷落了你……那两个混账东西只知风流快活，看不到家国危难……我怎么就生出那么没出息的儿子呢……"

沈隽快步走路，没有回应，进屋后将他平放在榻上，给他盖好被子。

此时，沈由的话依旧在屋内飘荡："爹知道你一直都想杀了费弘英，我怕那两个贪生怕死的东西误你事，就在你毫不知情的时候分了家，让他们自生自灭……隽儿，你会不会怪爹不近人情？"

沈隽抬头看了一眼他满是沧桑的面容，表情没有发生任何变化："沈家的家业我不会要，尽可让大哥二哥放心。父亲也不必事事防着我，即便当时杀不了费弘英而命丧他手，我也不会连累沈家任何人。"

"爹不是怕你连累他们才分的家，隽儿你相信爹……"

沈隽打断他的话："过去的事不用再提了，我让管家找大夫拿些药，路上备着。"

"路上？"沈由恍恍惚惚的思绪被他的话惊醒，从榻上挣起来，颤颤地问："你要做什么？"

"京都不太平，回老家去吧，生意我已经全部推掉了，往后就在老家颐养天年。"沈隽没有多余的解释，转身出去准备马车。

沈由一惊，紧紧抓着他的手臂："那你呢？"

沈隽答非所问，沉声叮嘱他："到了老家以后，自己照顾好自己。"

"隽儿——"望着他毅然决然离去的背影，沈由悔痛不已，惊慌失措地下了榻，赤脚追了出去，抓着他的手不放松。纵使愧对这个幼子，他也不知道能拿什么去弥补他，更没有资格乞求他的原谅。

沈隽唇齿微动，似是想对这个瞬间苍老了数岁的父亲交代些什么，只是话到嘴边，化为一句低低的歉语："儿子不孝，保重。"

"延龄，尽快收拾一下，城禁前送父亲离开。"

哑奴面色发白，扑通一声跪在他前面，抱着他的腿拼命磕头又摇头，嘴里发出难以自抑的哀咽，情绪万分激动。

沈隽俯身扶起他：“听话，回到老家后找个好大夫，兴许能让你重新开口说话。等到将来长大了，还可以像其他人一样娶个漂漂亮亮的姑娘，好好过日子，再也不用四处奔波卖命。”

语音落地，他的背影渐渐消失在走廊上，穿过府邸，行过长街，一步步逼近刀光剑影之所在。

浣城周边早已兵荒马乱，战火熊熊燃烧，将京都外围的大小城镇包吞其中。滚滚烽烟弥漫了整个天地，西天的血色残阳和霞光都被熏成了焦黑色，苍穹之下一片昏暗。铁蹄踏过的地方，楼舍、驿站、长亭、草木、人畜等所有一切相继倾塌消殒，湮灭在殷殷血光中。

噩梦，仅仅只是开始。

破败狼藉的长道上，一群衣衫褴褛的贫民和奴隶推拉着一车车粮草军械，吃力地穿行在战地后方。绳索嵌进他们的肩膀中，勒出一条条布满血丝的印子，鲜血和着汗水粘在他们的衣服上，钻心的疼。

为了减少食物的消耗，保留水粮以维持更长时间作战，城中这些贫民和奴隶被官府强行赶出，然而战马紧缺，能够打仗的士兵也都被派到了前线，他们就被押运官们抓去充当牛马，成了在后方运输物资的工具，任由这些官兵催赶打骂。

随着队伍缓缓前行的，还有一个猫腰躲在道旁杂草丛中的蒙面女子。她不时扒开一条细缝观察，似在寻找下手的最佳方位，幽亮眸子每每落在那些奴民疲惫而虚脱的身上时，眼底深处的痛恨便浓烈几分。

“走快点！”啪的一声脆响炸开，负责输运军火的长官一鞭子抽打过来，落在一名抬手抹汗的贫民背上，打得他翻倒在地，喘着粗气。

长官大怒，又甩给他两鞭子：“没看见前方在催？还不起来干活！”

“求大人开恩，就让我们歇一会……”旁边有人实在看不下去，小声乞求。

“混账，敢跟老子讨价还价！”长官怒目圆睁，长鞭横扫而过，在求情那人脸上甩出一道触目惊心的血印。

人群唏嘘不已。

“啊——”突然，一声惨痛的叫喊从队伍后方传来，那长官的注意力被吸引了过去。

等他走到那边一看，竟见一个士兵不知遭了谁的毒手，后背上别着一把匕首，整个人直挺挺地栽倒在地。

“谁干的！”长官惊怒不已，抽出腰鞭就近甩向一名奴隶。就在他要下第二鞭的时候，尾车上的战刀忽而被周围几个奴隶一抢而光。他们像一群敏捷的猴子，抢身冲到两旁士兵的背后，横臂勾住他们的脖子，将其撂倒。

官兵们被这突如其来的一幕惊住，拔刀反击，谁知一个身形瘦小的奴隶先那长官一步猛地跳到他跟前，挥刀砍来。

动手的都是一些十五六岁出头的少年，约莫有四十个，虽然个个满脸污渍，头发凌乱，但身上却没有任何被鞭打过的痕迹。显然，他们是乔装成奴隶从尾翼混进这支队伍的。

"我们掩护，大家快跑！兄弟们一起上，杀光他们！"那瘦小的奴隶少年大喝一声，一刀捅穿了一个士兵的胸腔。

人群霎时炸开了锅，奴民们一冲而散，纷纷丢下牵车的麻绳，四下逃命。

藏在草丛中的女子惊了一秒，想不到会发生这种事。不过情势紧张，她亦未曾多想，顺势拔出别在小腿上的匕首，点足发力奔到那长官身后，一刀送进他心口。

末了，她快速拔出匕首割断了绑在一个贫民腰上的麻绳："快跑！"

那群奴隶少年十分震惊，全都看得呆住，没想到会凭空冒出一个蒙面女子，也不管她是敌是友，能杀得了这些人就好，立时放声大喊："一起上！杀了这些悍兵！"

"造反了！造反了！长官大人被杀了！"惊呼声乍然响起，沿着队伍尾翼飘向前方。

须臾之间，前面的士兵蜂拥围来，持枪刺向到处逃窜的奴民。

女子眼神一狠，振臂甩鞭，卷住一把长枪猛地一拽，将它从一个士兵手中夺来。得了趁手的兵器，她如虎添翼，舞出的枪花左右飞动，犹如无形的细丝，割喉断臂，招招绝命。不下一盏茶的工夫，十几个士兵已经命丧她枪下。

"姑娘，闪开！"领头的奴隶少年大喝一声，抢起一个火蒺藜，挥动臂膀扔向一群兵窝。

女子身如灵蛇就地打滚避开，只听"嗵"的一声爆响过后，长道上沙走尘崩，鲜血飞溅。

"有细作！"一群士兵不知道这些人的身份，见他们个个凶狠，就以为是西川大军派来潜伏在他们后方企图劫持军火的暗线，于是慌忙弃甲而逃。

"追！"领头的奴隶少年跳上战马，挥刀冲过去，却被一把长枪挡住去路。

"不用追了，小心被援兵围攻。"蒙面女子沉声劝他，说话间拉下面巾，正是青珑。她从车上翻出一张弯弓，解开一桶箭，搭箭于弦，对准了逃命的押运兵，三箭齐飞，以破石之力洞穿了三个人的胸腔。

"好箭法！"奴隶少年们看得心痒痒，拍手叫好。

"我去引开那些兵，你们带这些人快走，不要在此地逗留。"青珑身背弓箭，火速翻上马背。

"你一个人怎行？京城外围到处是西川大军的兵马，大家都想着法子从浣城往外逃，你怎么还敢在这附近徘徊？"奴隶少年感谢她的襄助，围拢在马头前面，一把揪住缰绳不让她去送死。

西川大军……那是不是意味着，闷葫芦就在烽火连天的战地前方？

青珑忽然沉默下来，望着遍布血光的天地，眼里的光芒异常复杂。初闻他身患重疾且被人行刺后，她千里迢迢只身来到北凉，一心只想去看他。而当越来越接近目的地的时候，她反而迟疑起来。

他，还是她念想的闷葫芦吗？

"姑娘？"奴隶少年唤了唤神思恍惚的她，问道："你从哪里来的？一个人跑到这么危险的地方做什么？"

"我来……来找一个人。"她翻身下马，有些心慌意乱地低低道。

也许自己的猜测没有错吧，身患重疾只是他麻痹凉兵的谣言。毕竟攻城的伤亡和损失远大于野战，作为大军主心骨，他不可能在自己随时都会倒下的时候选择冒险强攻。退一步来讲，若当真如此，他又怎会轻易让别人知道自己的软肋，不但动摇军心反而助长敌军士气。

"你要找的人在城中吗？"奴隶少年好奇地追问，旋即又惋惜地道："城门现在都禁了，进都进不去，你要怎么找？"

"你们是从城中逃出来的？"青珑仔细打量了他们一眼，只见他们个个精瘦如猴，浑身上下充满力气，全然不像那些孱弱无力的奴民。

"这……算是吧。"出乎青珑意料，这个问题似乎让他们很难确定，领头那个奴隶少年抓了抓后脑勺，边走边道。

青珑当他们不便明说，也就没有再纠缠，转而问道："京都四周危险重重，你们偷跑出来，接下来有什么打算？"

"其实也不算是跑啦，就是被人抓去逼着学功夫，后来他又把我们放了，也叫我们去找一个人，就是这样了。"

"找人？"青珑脱口而出："你们要找谁？"

"找我们新的将军。"

"你们的将军？"青珑更奇，"你们是逃兵吗？为什么会被那人抓去？是他强迫你们帮他找人的？"

"啊呀，不是这个样子的，反正说来话长，我们也不懂，一时半会不知道怎么跟你说。"少年们变得有些谨慎起来，似在考虑该不该告诉这个陌生的女子。

青珑以为他们遇到了难处，问他们："那你们的将军是谁？我曾在中州四国流浪过，这世上能叫得出名号的将军大抵都能道个二三，说出来兴许能帮到你们。"

"真的？"少年们眼睛一亮，满心期待地看着她，"那你知不知道青桑霍家？还有霍铎和柳长缨夫妇的女儿？听说她活着，没有死，还有人见过她……"

蓦地，青珑快速行走的脚步停住，眼里尽是惊色，诧异地望向这群少年："你们……找她做什么？"

"你真的知道霍家女儿吗？"领头的奴隶少年激动地道："我们之前都以为霍家没人了，可是突然听说霍家还有一个女儿活着。长缨将军把令牌传给了她，她就是我们新的将军，霍家人永远都是我们青桑的将军！"

青珑眼眶发热，心田涌动："你们找她……"

"我们要保护她！"奴隶少年们斩钉截铁地回答道，一字一句有板有眼。

青珑既感动又想笑："抓你们的人不是逼迫你们找她吗，听起来倒似寻仇，你们却要保护她，不是跟那人过不去，就不怕他找你们麻烦？"

少年们齐齐摇头，有一人着急地解释："不是寻仇，是他要我们这么做，而且他还让我们带一件东西给她，说会有用处。我们也想去找我们青桑新的将军，所以就趁他受伤的时候合手打败了他，然后就被他放走了。"

青珑愕然："他是谁？为什么叫你们保护她？你们为何要跟他动手？"

少年们茫然相顾，抓耳挠腮，说不出个所以然来"他跟刚才的你一样，一直蒙着脸，我们也不知道他长什么模样，就更不知道他是谁了。反正他就是这么说的，什么时候能将他打败，才能证明我们有能力保护将军……对了这位阿姐，说了这么多，你知不知道我们的将军？"

青珑突然想起，辛泽和辛宁兄妹之前说过，有个蒙面男子逼他们学了大半年功夫，还将他们救出奴场并送回了归龙关。当时她行动在即无法分身查究，就以为是江湖上哪个同梁二一样的侠义之士，对那些流民伸出了援手。如今又再次从这些少年口中听到一个蒙面不愿被人认出来的神秘男子，难道前后这两个男子是同一个人？他还叫这些少年保护她，这个神秘人到底是谁？

"这样吧，你们先带大家离开这里，回到归龙关，过一阵子她就会去找你们。"

"你知道她在哪里对不对？能不能告诉我们，我们一定要找到她！"

"不行，这里危险，告诉了只会害了你们。"青珑坚决不答应，耐心劝道："你们放心，她现在很好，等到办完了自己的事，就会马不停蹄地回到青桑，带着你们去救更多的族人！"

谁想一群少年铁定了心，围着她齐刷刷地道："我们不走，一定要找到她！"

"可是这里不能久待，那些逃兵很快就会带着援兵过来夺回那些军火，到时候我们跑得了，身后这些救出的人怎么办？"

少年们被问住，交头接耳一阵后很快统一了意见："那你同我们一起走，我们帮你找到人，然后你告诉我们将军在哪里。只要跟着你，兴许能找到她！"

"这更不行！"青珑哭笑不得，当即拒绝道："她现在不需要人保护，你们还小，把自己照顾好。听我的话，等到你们回到归龙关，就一定能见到她！"

"你不能走，你走了我们找不到她怎么办？"为首的奴隶少年抓住她衣服，一副誓要把她挡住的架势。

"不能再耽搁了，援兵马上就到，到时候我们谁也走不了。"

"那你先告诉我们，将军在哪里？"

"我真的不能说……"青珑头疼不已，真希望他们知难而退："她要去一个危险的地方，见一个危险的人，弄不好会被当成奸细抓住……"

"那样我们更要保护她，我们不怕！"

"我没骗你们，她会小心的，真的不需要保护……"

"这是我们的决定，你说了不算！"

青珑彻底认输，举手投降："行行行，你们说了算……赶快先离开这里，到了安全之地再说。"

少年们点头答应，谨慎地道："我们扒些兵服穿上，万一碰到他们的援兵，也许能蒙混过去。等到不用的时候，就把甲叶扯下来给这些难民，还可以换些铜板买窝头填肚子。"

青珑心酸地笑开："小鬼头，倒是很会算账，以前一定吃了不少苦吧？"

"可不是，没被抓去学武的时候，经常挨东家打骂，拣着烂菜叶不用饿肚子都是很开心的事呢。"

"先不说了，赶快离开这里。"

"嗯！"奴隶少年们手脚利落地扒下士兵的兵服穿在自己身上，然后跳上车，各自翻出称手的兵器别在腰间。

青珑也备足了箭羽，将那些奴民召集起来，带着他们迅速转移。

就在一群人火速逃离事发地的当儿，远处的高原上一队骑兵俯冲直下，迅如光电。

"殿下，前面就是红柳镇，从那里穿过去，可直达浣城东门。"队伍前方，一个肤色黝黑的战将手指东南方向，对并肩驰骋的年轻皇子道，语声洪亮如钟，笑容里带着胜利在望的喜悦和兴奋。

皇子勒缰止行，极目远眺，被铠甲映白的面庞上亦洋溢着热血和豪气。拿下正北方那座巍峨耸立的城楼，他就可以高歌凯旋，回京向父皇宣战：他，被贬皇六子萧璟浩，终于成为一名铁血战将，不再是黄金牢笼里那个任人摆弄的羔羊！终有一天，他会紧握手中的三尺青锋，杀出一条血路，冲破冷宫的禁门，救出母妃！

一想到此，年轻皇子血气翻涌，扬声下令："韩忠，你带兵一千，游荡在敌军后方乱其阵脚。剩下的人随我进入镇子，争取五日之内冲过去，一起杀进浣城！"

"杀进浣城！"

"杀进浣城！"

"拿下北凉！"

铁骑军们高举战刀，嘹亮而高亢的呼声如滔天巨浪，翻滚在九天之下，激荡怒号。

"你听，那是什么声音？"还在奔逃的人群里突然传来一声惊呼。

青珑也察觉到了异样，快速俯下身，以耳贴地，只觉整个地面都似在抖动。与此同时，一波又一波的回音震荡开来，犹如千军万马呼啸而过，闷重而浑厚。

"是骑兵，快走！"她骇然起身，最担心的事情还是发生。

"是不是援兵来了？"少年们的面色也开始发白，纷纷拔出腰间的兵器，同青珑一起将那些奴民围护在中间，一行人连奔带跑，加快了前行的速度。

纵然再快，双脚之力也敌不过追光逐电的战马，很快他们便被那队兵马赶超。此时青珑才发现，这些骑兵并非支援先前那拨凉军的援兵，而是北伐的西川大军！此时他们身上还穿着北凉战服，异常刺目地摆在这些西川骑兵眼前，更不幸的是，对方领兵之人竟是韩忠。

谁也没有想到，误打误撞会变成冤家路窄。

韩忠之前一口咬定他们姐弟与刺客里应外合陷害大军，不问青红皂白仅凭一瓶被人偷梁换柱的毒药就围杀子逍，害他遍体鳞伤差点丧命。之后为了给贺别报断臂之仇，他更是率兵追杀，几度将她和子逍逼到绝路。那段血雨腥风亡命天涯的日子，青珑无时无刻不铭记在脑海。

可恨的是，今日她却是以这样势单力薄的状况与他狭路相逢，无故连累了身后这些奴民以及这群热忱勇敢的少年。

青珑不由微微屈身，摸出了小腿上暗藏的匕首，藏在袖中。

韩忠居高临下地睨视着这些娃娃兵，自然把灰头土脸的他们当成了敌方的逃兵，不屑地道："放下兵器，饶你们不死！"

说话的同时，他的视线在这些"逃兵"身上逐一扫过，待落到一个女子身上时，他突然目光凝住，像是发现了什么线索，驱马往前凑了凑："你，抬起头来！"

　　青珑心下发紧，越发埋低了头。

　　韩忠越看她越觉得相像，等不及再靠近几步便换到了她的侧面，刹那间辨认出来："是你！"

　　他的眼前顿时现出贺别那条空荡荡的袖子，无比悲愤，大喝一声："果然是勾结凉兵的走卒！杀了她，为贺将军报仇！"

　　语音未落，他挑起长枪踏马杀来，挥动的枪花如狂风暴雨，频频扫向青珑脖颈，似要将她千刀万剐。

　　这不只是因为贺将军的断臂之仇，更是楚将军的意思：不留后患，斩草除根！

　　如今她自己送上门来，便休想活着离开！

　　横竖躲不过，青珑也不能坐以待毙，遂张弓搭箭，飞矢如电，嗖然射向韩忠面门。

　　韩忠挥枪挡开，高声下令："拿下他们！"

　　语毕，铁骑兵御马围拢过来，潮水般向前逼近，亮出的刀刃无情地架在奴民们的脖子上。在弱者面前，他们的威胁和呼喝就像狰狞的魔鬼，肆无忌惮地放大这些奴民的恐惧，不少人吓得哀声求饶："不要杀我们……"

　　青珑目眦尽裂，足下发力，挣出束缚后跳到一名骑兵的马头上，夺取兵器，一个回马枪杀向韩忠。

　　"我们来帮你！"少年们见状，不约而同拔出腰间的长刀利剑，毫不畏惧地冲向那些骑兵，他们力道虽然不及健壮如牛的悍兵，但反应却快而准，对打十数招下来竟也不曾吃亏。

　　韩忠这才发觉自己小看了这些娃娃兵，再度喝令："杀！斩杀所有！"

　　须臾之间，众兵催动战马，以摧枯拉朽之势飞奔冲来。奴民们无比惊骇，瑟缩着身子跪在地上大声求饶，惊叫声被山洪海啸般的铁蹄声淹没。眼看乞求无望，死亡的逼近激发了他们求生的意念，一个接一个的奴民相继从地上爬起来，沿着两马之间的缝隙撒腿狂奔。

　　"驾！"铁骑兵们毫不动容，一裹马腹，战马应声而起，状如猛虎扑食，前蹄一抬一落，狠狠踩到一个绊倒在地的奴民肚子上。没等那人发出惨痛的呼声，一把长枪顺势下落，噗地捅进他颈部，鲜血狂喷而出。

　　青珑面色骤白，眉目凶狠如狼，长枪回收，易向后刺，当胸穿入那名骑兵胸膛。

　　"韩忠！你不要欺人太甚！"青珑眼里冒火，看着一个个奴民相继倒在血泊中痛苦挣扎的惨景，持枪的手发颤不止。可她必须强忍心中痛恨，一刻不停地挥舞着银枪，刺穿一个又一个铁骑兵的胸腔，为那些无辜被牵连的奴民争取哪怕一丝一毫的生机。

扑溅的血花粘在她眼睫上，模糊了视线，留在眼前的只剩下那些兴奋的、狰狞的、不分青红皂白的可恨脸孔，还有那些瘦小却勇敢的少年的身影……

青珑的心脏猛然一跳，长枪从一个少年腰畔的虚空穿过，一枪刺进迎面冲来的骑兵腹部，末了抓住少年的肩膀，一把将他推出去："快走！"

"可他们不放过这些人！"少年杀得满脸血迹，眼底最初的惊恐被惨烈的杀戮涤净，化为愤怒和痛恨，固执地不肯离开杀阵。

青珑抹掉溅进眼睛里的血花，吼道："去找你们的将军，走！"

"那你怎么办！"

"她在归龙关，去找她！"

少年面带犹豫和挣扎，瘦弱身子却依旧挥动着大刀，不断冲向那群兵马。

"你们不是说过要保护她，那就去找她！去啊！"青珑的眸子里跳动着熊熊燃烧的怒火和杀意，一枪削飞了一匹战马的前蹄，拼死杀出一条血路，冲少年吼道。

少年被她的话激醒，迅速跳上一匹空马，然而刚走一步，他又忽然折转回来："你帮过我们，我们不能扔下你不管！"

但当他扑到一名铁骑兵身后刚刚挥起战刀的时候，背后一柄长枪倏忽刺来，毫不留情地贯穿了他的身躯。

少年惊觉，撑着一口气息向前挺胸，忍痛拔出身子，回转，伸臂，送刀！

只是没等他的刀锋抵达凶手胸腔，长枪刀刃沿着他的后颈横扫而过，生生将他的头颅削飞，在空中划了一道血弧，滚入铁蹄之下。

"十九！"一声悲吼从少年们的口中同时发出，凄厉而惨绝，如同失了同伴的幼麂。

战马之上，韩忠不屑地收枪，冷冷下达着命令："杀！"

青珑满目惊痛，被血色浸染的面庞上滚动着难言的悔恨。她纵身扑上马头，抽出腿上的匕首，切入骑兵脖子。

烈马奔驰如风，载着她冲入又一排枪阵中，尖锐刀刃将她的两臂和身背划得血肉模糊，她却不知疼痛，杀倒一个又一个凶兵，狼一样扑向韩忠。

家国被毁血亲离散，她可以从悲痛中站起来，但是如今，在强悍的对手面前，她越发感到无力和恐惧，害怕面对未知的死亡。

她不该来这里，不该碰到这些奴民和少年，不该连累他们……

杀光这群天杀的魔鬼！

"杀了她！带着这个细作的头颅进军浣城！"韩忠高坐马首，冷声喝令。

荒野之上，血色升腾。

数不清的长枪大刀随着战马的飞驰顺势劈砍，汇成汹汹激腾的银色海浪，咆哮着卷向那些奴民，乞求，哀号，挣扎，奔逃……所有一切声音和身影都被血气吞没，原野一片猩红。

❖第五十一章❖

反 目

就在屠杀进行的时候，一封战报火速送往另一路刚刚结束一场鏖战的队伍。

"报少将军，六皇子传来消息，他们的人马已经逼近红柳镇！"

楼西越接过来扫视一眼，素来疏冷的面容上没有丝毫表情起伏，连同连日奋战后的疲惫也都藏在眼底深处，不露痕迹。

景威瞧他面色苍白，不由担心："少将军，要不要休息一夜，明日再开拔启程？"

"继续。"楼西越握紧了缰绳，语声清冷而沉沉，不容违抗，说完一挥马鞭，默然驰去。

景威无可奈何，赶紧催马跟上。

短短一瞬间，将近两千将士迅速调整好队形，踩着一地血色霞光，向红柳镇浩荡挺进。

几乎在同一时间，几名押运官兵惊慌失措地冲进前线大营，仓皇大喊："杀……杀来了！细作杀来了！"

"什么细作？多少人？"帐帘蓦然掀开，从里面走出来一个中年男子，急声喝问。随后，又有一个年轻公子也闻声出帐。

那些官兵跑得近乎气绝，半晌结结巴巴地道："有细作……他们、他们埋伏在奴民中，杀了长官大人，那些军火都被他们抢走了……"

"饭桶！"中年男子皱眉低斥一声，抬脚踢飞了一个士兵，气得喝道："来人，把这些酒囊饭袋统统押下去斩了！"

"事已至此，杀了他们也无济于事。"就在押运兵们慌恐求饶的当儿，年轻公子沉声开口。

唐佑年无比痛惜，忍不住骂道："朝中那帮混蛋，都是一群缩头乌龟！大敌当前，没一个站出来，求援一批军火还要我们自己搬运，没看到战地正缺人手！"

"多说无益，我去看看后方情况，你派人探探敌兵的动静，当心他们背后偷袭。"沈隽转身向左，提缰翻上马背，扬尘而去。

"愣着干什么，还不去带路！"唐佑年又一脚飞出，怒喝道。

那些押运兵忙不迭磕头，一溜烟追去了。

彼时的漠野，已是血色漫天。

向晚的萧瑟冷风呼呼低啸，浓郁血腥味迎面扑入鼻腔，令人极度不适。地上到处散落着血肉模糊的残肢和尸体，这样的杀法，惊呆了赶来的人。

"这就是你们做的事？"沈隽面色阴寒，冷声问身旁一个押运兵。

"不、不是……不是我们杀的！"众兵颤抖地跪地，头摇得犹如拨浪鼓。

"奉谁的命令抓民运送军械？"沈隽猛地拔出佩剑，驾到为首的士兵脖子上。

"不是我！是长官大人逮的，这里还有西川士兵的尸体，一定是他们杀的人！公子饶命……饶命啊公子……"

沈隽神色阴郁，半分犹豫也无，一剑横过去"咔嚓"一声切了他的脖子。

"违抗军令，下场就是如此！"

众兵骇然，大气也不敢出。

沈隽俯身从一个士兵的尸体上脱下战甲，扔到他们面前："穿上！"

"公子，这……"

"怕了？"沈隽冷然扫视他们一眼，说话间他又扒出一身战衣，也不在乎上面的斑斑血迹，径直穿到了自己身上。

众兵大惊失色："公子使不得！我们就这么几个人，混进去被他们发现就别想……"

"咔——"没等那人说完，一道寒光倏忽闪过，贴着他的脖颈划过，留下一条细长的伤痕，吓得那兵脸白如纸，所幸这只是警告。

"怕死的滚！"沈隽冷斥一声，从尸堆中拾捡了一套马具，将自己和战马全部装扮成西川士兵的模样，沿着一路血迹飞驰追去。

黄昏的天色里，隐约飘荡着叮叮当当的细响，以及战马嘶鸣的声音。

不到一盏茶的工夫，远处奔动的人影映入目中。

沈隽谨慎地放慢了速度，一点点往前深入，寻找浑水摸鱼的机会。令他颇为惊讶的是，与西川铁骑顽抗的仅有二十多名押运兵。即便身体被刀刃划得血肉开花，他们依旧没有退缩，个个像一头愤怒的豹崽，与面前的悍兵恶战在一起。

想不到那群孬兵中竟有这般能独当一面的铁血之士，倒真让他意外。

"驾！"沈隽催动战马趁乱窜入杀阵，袖中长剑悄然刺出，从一个骑兵的后心捅过。回身之时，一个满脸血污的少年兵忽地窜到他身侧，手舞战刀，眼角挂着泪光，声嘶力竭地吼道："我杀了你们！"

沈隽一惊，身子一低从刀刃下方绕到他后背，一把扣住他肩膀："找死！打不过就逃！"

以为少年又要命丧刀下，另一个"押运兵"血红着眼睛冲过来，手中银枪当空掠出，猝然刺向他心脏。

沈隽面色大变，来不及推开少年，抓着他的肩膀掠开，堪堪让刀刃贴着护心镜划过。

"自己人！"他恼怒地低喝一声，抬头的刹那瞳孔陡然大睁，整个人如遭雷击，一动不动地定在当下。

风从天际刮过，吹动那兵被血渍染红的长发，在他眼前来回飘动，几缕发丝随血粘在那人面上，凄艳中透着浓烈的肃杀和痛恨。数道伤口爬在她的手臂和身背，狰狞地向外翻开，令人不忍直视。

沈隽满面不可置信，持剑的手颤动不止，不敢相信还能与一年前那个将他打下马车随即扬长离去的女子重逢。

青珑已经杀红了眼，并没有在第一时间认出他，见他身着夏军兵服且紧紧抓着少年，以为他就是那些魔鬼中的一个——她只认得那些身穿战甲的魔鬼！

无数个声音在她心底齐齐呐喊：杀光他们！

对，杀光他们！为那些被她连累致死的奴民，还有那些甚至叫不上名字的勇敢少年们报仇。

青珑毫不犹豫，张口吞住他手背，发疯一样撕咬，生生扯下一块皮肉！在对方吃痛松手的当儿，她一把将少年反揪到自己身后，然后又送出一枪，径直刺向他眉心。

"是我！"沈隽痛得牙齿打战，偏头一躲，在她耳畔大声道："沈隽！我是沈隽！"

沈隽？青珑愣住，猛然收住再次袭出的长枪，木偶一样惊视着他。

两相对视，彼此的狼狈模样映入各自瞳中，和着杂乱而飞溅的血光，一瞬间令他们不知如何适从——是曾经互相利用与防备的盟者和敌手，还是已经两不相欠毫无瓜葛的陌路人？

千头万绪齐涌而上，一时间谁也无法说清楚。

刹那的停手，危险忽而逼近。

一杆暗箭从弓手手中放出，对准沈隽的后心猛袭而来！

青珑正对着来箭方向，最先察觉到变况，几乎是出自本能地伸手攥住沈隽的衣服，拽着他迅速闪向一旁。

长箭从她的手背嗖然划过，刺开一道血口，鲜血淋漓。而她浑然不觉，躲开危险后又转身投入战斗，杀向疯狂扑来的骑兵。

沈隽错愕地望着她的背影，不敢相信她会出手救他。依稀之中，她的话在他耳畔轻轻回响：不要跟坏人说话。

一年前的林中，她郑重对小女孩说他是坏人，不愿同他讲话。而如今在这样的绝境之中不期而遇，她竟肯救自己？

一股别样的情结从沈隽的心底涌出，说不出那是冲动还是感激，或者是其他，令他的大脑一片混沌，已然忘了自己所处的境地，上前拉住她的手狂奔在刀光剑影中："危险！跟我走！"

青珑奋力甩开他，漠然转身，挥枪刺向一个又一个扑向那些少年的铁骑兵。

"你根本杀不过那么多人！"沈隽惊然，明白她誓死也要救出那些少年兵，又拉不住她，索性豁了出去一头扎进血光中，冲杀到她面前替她挡住接连不断的长枪利刃。

韩忠高坐于战马，一架弯弓端在他手上，眯眼对准了青珑的后脑，三支白羽箭嗖嗖射出。

与此同时，他脸色一变，竟见一个骑兵被魔鬼附身般挥剑杀向自己人。

"该死！"韩忠暗斥一声，再度搭箭拉弓，振臂松弦。

"哐当！"两声巨响先后炸开，沈隽一剑劈断飞向青珑后脑的箭羽，青珑俯身从他臂下穿过，一枪斩断射向他后心的飞矢。

"不用你多管闲事，走开！"青珑朝他大吼一声。

短暂的迟疑过后，沈隽决意下定，他一把扯下身上的战甲扔到地上："你不走，这闲事我就管定了！"

说完他猛扑到她前面，手中长剑笔直刺出，扎穿一个骑兵的脖颈。鲜血喷了足有五尺高，溅了他一脸，他却毫不介意，动如虎豹，纵身扑向蜂拥杀来的骑兵。

居然是沈隽！霍青珑果然与他勾结在一起！

"杀了他们！"韩忠认出沈隽，振臂引弓，长箭穿空，萧萧如风。

"走开！"青珑的眼里充溢着血色，一把推开扑在她面前的沈隽，长枪横甩而过挑飞了来箭。

沈隽回头，脸上挂着与猩红血渍极不相称的笑容："谢了。"

漫天刀光卷来，青珑挥枪反击，冲他怒吼："不知死活！"

"我就是来找死。"

"滚！"

"你先滚！"

"……"她眼里冒火，咔地削断一个骑兵的脖子。

"小心！"沈隽眼角余光一亮，从她身侧转到身后，徒手攥住飞来的暗箭。

旁边一个骑兵见状，挥动枪刃从他臂下笔直上挑。

青珑弓步扑过去，捅向那兵胸腹，堪堪使枪刃贴着沈隽的皮肤划过。没等她从惊悸中缓口气，脑后又一股阴风射来。

"趴下！"沈隽纵身压过来，携着她滚到一边，避开了致命的暗箭。然而起身的时候，他只觉整个头顶一黑，战马的铁蹄竟以透骨之力倏忽踩下。

"出去！"沈隽发力推她一把，马蹄砰然踩来，几乎将他的掌心碾碎在黄土中。他痛得咬牙，拔出血淋淋的手掌，来不及从马腹下滚出去，一柄长枪顺势送来，猛然扎向他心口。

青珑骇然，身子本能地爬过来，拼了全部的残力攥住刀刃："出来！"

杀阵之外，韩忠面上杀意腾腾，拉弓瞄准，三箭横空飞出。

沈隽面色陡白，足下发力，一跃而出滚到青珑身后，以身为墙，一口咬住中间那支快要触及她后脑勺的箭尖，而另外两支一左一右扎进他血肉，弓起的身子砰地被那股来劲冲倒。

"有没有事？"沈隽啐了一口，吐出被箭尖崩掉的一颗牙齿，抬手拔掉扎进肩膀的两箭，喘息问道。

青珑的身子簌簌发抖，吼他："滚啊！"

"要滚一起滚！"

他飞身乍起，风一样奔到一个疲惫的少年身后，攥着他的手发力送刀，砍掉了摔下马背的骑兵臂膀。

青珑抬步起身，重拾银枪，踩着那兵的躯体飞跃而起，状如烈虎捕食，扑杀而去。

天地玄黄，以尸筑山，聚血成河。

萧萧暮色里，一队骑兵驰骋如风，排山倒海奔腾而来。

坐落在浣城东门外围的红柳镇宛如案板上待宰的牛羊，在晚风中簌簌摇动。

队伍轰然踏过，距离目标三百里……

朝夕之间，六十里又过……

距离不断拉近，缩至百里……

七十里……

忽然，为首一匹枣红色战马长啸一声，人立而起。

马背上的主人似是发现了什么，勒缰止行，翻身落地。

荒野静寂，长风呼啸，吹得盘亘在上空的血腥味四下飘动。

冰冷大地上，横七竖八地躺着一具具血肉模糊的尸体，入目惨烈。死去的，都是一些被铁蹄踩踏得面目全非的贫民和奴隶。

景威看得说不出一句话，呆呆地望着那些尸体。

少将军有令，手中战刀只可斩敌杀将，不可屠民屠城。六皇子仁厚，绝非滥杀无辜之人，怎会为了攻进红柳镇而对这些手无寸铁的奴民下手？

"少将军，这些不可能是……"景威吃惊地看着楼西越。

楼西越的视线定格那些尸体上，眼里一片惊色，脚步一点一点地向前移动，握着战刀的五指微微颤动。

突然，他的脚步不小心碰到一颗头颅，那颗头颅翻滚了一下，怒睁的双眼对视着长空，刀一样刺痛他的眼睛。

那是……

楼西越蓦地半跪在地上，徒手捧起那颗头颅，擦掉他脸颊上风干的血渍。

那是、那是……

他心底一凉，抱着那颗头颅猛然站起，在满地尸堆中惶惶奔走，又一具被削断左腿的尸体横在枯草中。那是一个少年的身影，满身累累伤痕，被刀刃划割得体无完肤，临死前却依旧紧紧攥着战刀，至死还战。

楼西越脚底一软，全身的力量都似被抽空，蓦然间跳上马背，沿着一路血迹飞奔追寻。

远处人头攒动，刀剑交织，铿锵巨响散入无边暮色。

杀阵之外，领兵的将领高傲地坐在战马上，举弓拔箭频频射向两个背靠背生死血战在一起的人。

天色渐暗，隔着遥远的距离，他只能看得到所有人的轮廓，有高有低，有壮有瘦，杀得天昏地暗，不分昼夜。

"住手！"楼西越眼里的惊怒如烈火燃烧，他拼了毕生的力气御马飞奔，嘶声吼叫。

韩忠没有听到，离弦的长箭终于射中目标，扎穿了一个少年兵的心窝。

"杀！"区区几十个人而已，却耗了他不少精锐，这不由让他怒火丛生。

"韩忠！"远处，一个愤怒如虎的吼声飞速传来。

韩忠充耳未闻，扯着声音吼道："杀掉这个叛徒！全都给我上，杀了他们！"

"住手！"

这回，韩忠隐隐约约听见了什么命令，却没在意，绷直的弓弦嗖然松开。与此同时，胯下战马忽地嘶鸣一声，砸然倒地。

他毫无预料，整个人翻滚在地，摔得龇牙咧嘴。抬头一看，竟见一支利箭笔直扎进马臀，足足插到箭尾的位置。

韩忠以为有人背后偷袭，愤怒地站起来，按柄拔刀。然而刀身未出，一只拳头砰然挥来，狠命捶到他面门，顿时两行鼻血溢出。

一声怒吼冲破九天："住手！"

天地寂寥，万物皆静。

那些疯狂砍杀的骑兵疑惑地回头，一眼对上了一双血红眼睛，肩膀一颤，慌忙跳下战马，齐齐跪道："见过少将军！"

厮杀瞬间停止。

一息之间，漫天呜咽和悲吼散入血色中。侥幸存活的少年们抱着同伴冷冰冰的尸体号啕恸哭，悲声喊叫他们的名字。

忽然，一个气息奄奄的少年在他们的摇晃中缓缓睁开眼睛，伸出的手无力地在血泊中挣扎。待摸到自己的战刀后，他吃力地举起来，交到同伴们的手中："杀……杀出去！找将军……"

"小五！"少年们痛呼，呼天抢地地哭喊，拼命摇他的身子，然而再大的痛哭声也换不来死神的怜悯与同情。

终究，那个叫小五的少年脑袋一歪，手臂沉下，再无一息。

"小五！小五！"少年们泪如泉涌，跪在地上声嘶力竭地长吼。

在他们身后，无声跪着一个满身血迹的女子。她的肩膀簌簌抖动，手里捧着一颗头颅，傀儡一样看着他的眼睛，齿关发颤，面无人色。

沈隽屈膝坐在她身边，想要劝说什么，但当目光转向她时，忽而心口一痛，到口的话再也说不出来。

她的注意力不在他身上，而是被齐刷刷响起的"少将军"吸引，青珑抬起头，视线穿过那些少年的身影，落在那个人身上。

呵，自己果然是来找死的啊……沈隽自嘲而惨然一笑，一咬牙，拔出为她挡下的刺进小腿的断箭，喘息盯着偌大一群铁骑。

楼西越颓然站在血污中，满地猩红的死尸在他眸中铺展开来，像一片熊熊燃烧的火海，刺得他睁不开眼。

都是心血，为什么会发生这样的事？为什么会这样……

他无力地蹲下来，颤抖地伸出手，缓缓覆在一个骑兵尸体突兀的眼眶前，一点点松开他手里紧攥的刀柄。

长刀之下，一个少年瘦弱的身躯被捅穿，头发凌乱，脸孔向下，脑袋被铁蹄踩进泥血中，一动不动。

他翻过少年冰冷的尸体，甚至不敢擦拭他的面容，怕那又是一张熟悉的脸孔，将他的希冀绞碎得残骸不剩。

"放开十二！"蓦地，怒吼声乍响于耳。

一个奴隶少年拾起战刀，眼里挂着泪，无比悲愤，踉跄着从地上爬起来，挥刀切向他脖子。

景威大吃一惊，拔刀而起，"哐当"一声击飞了少年手中的刀。

少年像头咆哮的狮子，拖着血迹斑斑的身子，不顾一切地冲向楼西越。

韩忠还不知道自己的错，没等少年冲过来，猛地掐住他的脖子，拳掌连出。

楼西越眼里的自恨和怒火喷涌而出，拳头猛攥，狠命挥向韩忠后脑。

与此同时，一道寒光袭来，由上而下劈向韩忠，却因为他趔趄倒地而落到楼西越的头顶，带着玉石俱焚的痛和恨，光电划空一样斩下。

楼西越抽刀欲挡，但当手指触及刀柄的刹那，他神色大变，拔刀的动作霎时停止，如同一座石化的雕像。

长刀猛然斩向头顶，他却维持着那个姿势一动不动，脸色煞白，定定看着映入瞳中的那个人。

充血的眼睛，伤痕累累的身子，同归于尽的恨，毁天灭地的杀意。

烙印在心田上的熟悉面容，以及遥远得回不去的曾经……

——我决定了，以后偏跟你做邻居。

——你不原谅我，我就跟你走到底。

——从前不知你的喜怒哀乐，从今往后我与你共尝。

——闷葫芦，我在龙虫堂里等你，来日与你浴血沙场，诛乱安邦，平定四海！

——我发誓，不管发生什么，都不会做任何对你安危不利的事。

……

无数个影像在脑海回放，苦涩而微酸，像可以止渴的鸩酒，他义无反顾地抓在手中，一饮而尽。

却最终，眼睁睁看着她最在乎的族民惨死在他的铁蹄和战刀之下……

在那份悄然萌动的眷恋面前，他败给了一个叫"命运"的东西，阴差阳错，求而不得。

鲜血沿着他的额头缓缓滑下，汇成一条狰狞的殷红长蛇，爬在他白惨惨的面容上，不断向下蜿蜒。

生死刹那，刀锋忽而止住，在他的头顶剧烈颤动。

就是这个人……跋涉千里，穿山越海，她要看的就是这个人……

如今终于看到了，她却想要一巴掌挥到自己面上，彻底打醒自己！

她如愿了，可谁来偿还那些躺在血泊中的无辜生命？

他们一定恨不得杀尽面前这些魔鬼，机会就在眼前，可是她却犹豫了，退缩了，下不了手了……

她想放声嘲笑自己的懦弱，眼角却被一层水雾漫住，无论如何都发不出声音。

青珑惨然收刀，就这样结束吧，从此沙场之上，你是楼西越，我是霍青珑，仅此而已！

"叛徒！休想走！"一声怒喝突然炸开，韩忠暴跳着爬起来，野兽一样持刀冲过去，笔直刺向青珑后心。

沈隽惊觉，拾剑而起，足下奔动如风，纵身扑到青珑背后，长剑鱼贯送出，反刺向韩忠心口。

但是让他震惊的是，长剑最终刺中的却不是韩忠，因为一个笔挺而单薄的身影先他一步，蓦然横在中间，一把掐住韩忠的脖子，几乎将其拧断。

他把背影呈给她，他的剑自然而然刺向他，若非及时刹住，只怕此刻他凶多吉少。

"快走！"沈隽一惊，收回剑锋，抓着青珑的肩膀跳上马背，绝尘欲去。

然而马蹄初抬，一排排铁骑如泄闸的洪水般奔涌而来，挡住了所有去路，长枪将他们团团围住。

"拿下他！"景威厉声下令，催动战马，率先杀向沈隽。

"让她走……"楼西越声音低沉，背对身后一众骑兵冷冷道，右手紧紧掐着韩忠的脖子，眼里跳动着杀意，只消一用力，就可将他的颈骨拧碎。

景威为他痛心："她竟然跟姓沈的合手要杀你……"

"让他们走！"楼西越低吼一声，已然对所有的伤痛麻木不觉。

一众骑兵愕然，挥起的长枪不由僵在虚空，迟疑许久，不得不依令让开一条通路。

青珑没有回头，木偶一样翻下马，俯身背起一个少年的尸体，向着暮色深处缓缓走去。

沈隽冷然扫视着两旁的骑兵，伸手扶住一个身受重伤的少年："走！"

少年们拼命止住哭声，抬起袖子抹掉眼角的泪水，背着一个个同伴的尸体离开了这片血地。但是，隐藏的恨意却如一颗种子，深深种在了他们的心尖。

韩忠却不甘心，涨红了脸瞪着他们离去的背影："杀……杀了他们！"

"嗵！"一记重拳轰然袭出，狠狠砸在他鼻梁上，捶得他鼻青脸肿。

韩忠不服气地从地上爬起来："他们狼狈为奸，我一定要杀了她，为贺将军报仇！"

"这条手臂，我还给你们！"楼西越拔刀出鞘，猛地砍向自己左臂。

众兵大惊！

景威面色骇白，从马背上飞奔直下，拼死抓住刀刃，不敢松懈一丝一毫的力量，痛吼道："她不值得你这样！"

韩忠也被吓得呆住，愣了一秒才反应过来，冲过去推开刀，大声道："这是将军的命令，末将不得不从！而且她勾结沈隽，害得贺将军不能上战场，兄弟们咽不下那口气！"

将军的命令？

楼西越全身的力气被那句话击垮，蓦然间唇角微抬，发出低哑而凄冷的讥笑。人世间最可笑的事莫过于此——楚定云，姓楼的替你卖了自己的命，你却背着我去杀我最在乎的人，好阴毒的心……

白楚两门冤魂无数，倘若你心里有恨见不得我好，为什么当初不跟锦阳夫人一起，将仇者萧恪的子嗣毙命于襁褓中？

楼西越一脚踢开韩忠，冷睨着他，幽幽然道："带着你的人给我滚，回去告诉楚定云，姓楼的在这里等着他，若敢动她分毫，我必让他血债血偿！"

韩忠大惊："少将军——"

"滚！"

楼西越漠然转身，拖着如同灌了重铅一样疲惫的身子，在满地尸堆中踽踽独行，穿梭在血色旷野中，越走越远。

子夜时分，一场大火蔓延数里，在萧萧夜风中熊熊燃开，将所有奴民和死去骑兵的尸体焚为灰烬，将他们的亡魂送去没有杀戮的安宁之所在。

秋夜风凉，呼啸着卷刮而过，吹起一座座坟冢上方的细土，四十多个勇敢而无畏的身影，转眼间湮灭一半。

风声依旧，少年们的痛哭和呜咽还在，经久不消。

坟茔之外，沈隽半跪在地上，用好不容易从低洼地里寻来的水给青珑清洗伤口。

见她若有所思，却又像什么也没想，自始至终不说一句话，他也就缄默下去，埋头不语。

"你走吧。"许久，三个低不可闻的字眼从青珑口中发出，轻飘飘散入黑夜里。

沈隽抬头，微为错愕，沉默了一会又低下头，只当自己没听见。

青珑撑着想站起来，刚一挣扎，一股眩晕铺天盖地地卷来，她眼前一黑，一口气险些窒住。伤口因为用力又开始翻裂，汩汩涌血。

沈隽看得不忍，紧紧摁住她的肩膀："死了心吧！"

青珑似一个傀儡，听不到任何声音，皱眉抬手，一把将他推开。

沈隽闷哼一声，一个趔趄急速倒退，栽倒在地，因为被她触到伤处痛苦不堪，原本俊美的眉目拧在一起。

青珑惊觉，半起的动作僵住，递给他一只手。

沈隽不可置信，暗淡的眸子瞬间一片光亮，小心翼翼地伸出手，轻轻握住。

青珑拉他起来，一团血肉模糊的伤口突然落入目中，她一怔，沙哑着喉咙问道："疼吗？"

沈隽一愣，顺着她的目光移到自己手背，恍然明了，触电似的松手，蜷回袖子。

"不疼。"他冲她笑笑，眼里闪动着亮芒。

青珑唇齿微动，喉咙有些发酸："谢你援救。"

"也谢你搭救。"沈隽突然间变得嘴拙起来，不知道该说什么。他抬头望了望四处摇曳的枯草，道："你在这里休息片刻，我去去就回，很快。"

说完，他拖着一条受伤的右腿，一瘸一拐地朝草丛深处走去。

青珑望着他的背影发了很长时间的呆，像在做着一个艰难的决定，然后挣扎着缓缓起身，来到少年们的背后。听着低低而哀凄的抽噎声，她鼻尖发酸，抬手抚上他们的肩膀和脑袋，眼眶一片潮红。

"对不起……"生离死别面前，她只能发出这三个卑微的低哑字眼。

少年们满身伤痕地跪在墓碑前，对着上面刀刻的名字喑哑而坚定地道："小五，小八，十二，十九……你们在天上看着，迟早有一天，我们一定杀了那些人，为你们报仇！"

说完，领头那少年蓦地转过身，抬手抹掉眼里的泪，扑通跪在青珑面前："求你告诉我们，我们的将军在哪里？"

青珑心口一痛，扶起他："一定要找她吗？"

"一定要！"

"好……"青珑忍下胸口的闷痛，看着少年们坚毅无畏的面容，一字一句道："我带你们去找，杀掉那些人，救出我们的族人！"

远处草丛里，一只野兔耳朵高竖，四肢发颤，无比惊恐地对视着面前的男子——他已经追着它跑了许久，却仍然没有放过它的意思。

蓦地，男子纵身一跃，状如猛虎扑食，逮住它两条后腿，末了将它抱在怀里，整个人仰面躺在草丛中，疾速喘息，显然为了追到这兔子他耗尽了仅剩的残力。

"算你倒霉了……"他揉着兔子的耳朵自言自语一句，没敢休息太久，撑着虚脱发软的四肢重新爬起来，沿原路返回。

路上，他一手提着野兔的耳朵，一手不时抬起，看看手背上那块被咬去一团血肉的伤口。

疼吗？

他不断回想着她的话，忍不住嘴角轻扬，对着漆黑一片的旷野自语道："不疼。还好，它还在。"

伤口往下一点，是两排清晰的齿印，深深浅浅横亘其上，成为挥之不去的烙印。

一年前的雨后林中，她狠狠咬了他一口，在他手背上留下两道血印，然后没心没肺地跳上马车，绝尘离去。

再见后，她把他当成那些杀人不眨眼的魔鬼，张口咬掉他一块皮肉，却终于肯问他疼不疼了。

真的，不疼。

沈隽自顾自轻轻笑开，一遍遍在心里重复那个答案，月下的芜杂荒草也似乎变得柔美起来，不由让他加快了步伐。

只是脚步穿过一座座堆起的坟冢，看着清冷一片的荒野，挂在他嘴角的笑意突然凝住。

偌大一片荒草地，早已没了人影。

他有些不可置信地拎着兔子，失魂一样看着虚空，眼角眉梢的光彩瞬间消失，像在最高兴的时候被人当头泼了一盆冷水，浇了个透心凉。

就这么……走了？

沈隽呆呆地望着随风浮动的荒草，一动不动。

"自作多情的蠢货！死了心吧！"手中的野兔被他扔出，在空中划了一道弧线，狠狠摔到地上。

兔子吃痛，四肢挣扎着翻滚几下，艰难地跳起来逃走了。

清冷月夜里，便只剩他一人，紧紧攥着拳头立在那里，胸口剧烈起伏，像一头危险的狼。

翌日清晨，一只苍鸽腿上绑着卷起来的字条，扑棱一声离开一个劲装女子的手臂，振翅飞向高空，倏忽之间不见了踪影。

"这样能找到吗？"少年们仰头看着苍鸽消失的方向问她。

青珑眉目沉肃，道："试试看。"

在这之前，她去了一趟安插在浣城周边的青军据点，一面让他们的细作快马加鞭传递命令，一面问他们要了这只从青桑带来北凉的苍鸽，暗语传信给青军。

但愿子道和梁大哥他们能将尽快收到消息，她如是想着。

为首的少年犹豫片刻，从怀里掏出一摞纸稿，拿出来用袖子擦掉封面上的血迹，然后郑重呈在她面前："我们自己去找，如果将军先跟你碰面，麻烦你一定要将这个转交给她。"

青珑微为诧异，封皮上没有任何字眼，她无从猜测里面的内容。

"你帮过我们，而且救过大家，虽然小五小八他们没能活下来，但我们相信你跟那群魔鬼不一样，请你一定帮我们这个忙！"说完，他屈膝跪下，目光坚毅而决绝。

其他少年见状，也二话不说随他跪地："请你再帮我们一次，大恩大德，我们一定记在心里！"

青珑没脸承受，反跪在他们面前，深深垂下脑袋："如果不是我，那些奴民不会死，你们的兄弟也不会死，罪魁祸首是我……"

"是他们！"为首那少年眼睛红肿，悲声反驳："是他们杀了我们的族人，小五小八他们也是被他们杀死的，全都是他们！"

青珑如鲠在喉："好……我答应你们，但请你们也答应我一个要求。"

"你说，我们一定做到！"

"没有等到你们的将军带兵前来，不要做任何傻事。"

少年们忽而沉默。

青珑抚上少年的肩膀，坚定道："如果你们的将军知道这件事，一定不会答应你们孤身犯险去报仇，你们要好好活着，跟着你们的将军一起去救出更多的兄弟姐妹，带他们回青桑，再也不受任何人的欺负和毒打。小五和小八他们也一样，都不希望你们再出事。他们会在九天之上守候，等将来有一天你们穿着凛凛戎装、骑着高头大马，风风光光地将他们接回青桑，让他们在故土安息！"

少年们眼眶一红，拼命点了点头："好，我们相信你，一起跟你等将军带兵前来！"

◈ 第五十二章 ◈

绝杀

红柳镇。

风声萧瑟，阴云滚滚压来。

一支大军如入无人之地，飒沓穿行，惊得在破败屋舍周围流浪和觅食的鸡鸭四处飞蹿，发出"嘎嘎"的惊恐尖叫。

头顶一群乌鸦和秃鹫却似嗅到了腐尸的味道，兴奋地扇动着翅膀，盘桓欲下。

"大人不好了！"惶惶禀报穿透九天，惊得还在营地等待的唐佑年匆匆出帐。

"敌军快要进入红柳镇了！"

一语出，营地一片唏嘘。

"公子呢，有没有回来？领兵者何人？是不是楼西越？"

"不知道，到现在还没有公子的消息……带兵的是大夏皇六子萧璟浩，楼西越的大军还未赶到。大人，敌兵杀来了，我们该怎么办？"

唐佑年勉力让自己镇定下来："继续派人去找公子的下落，其他人全部拔营动身，在东门五十里之外截住敌军兵马，一定不能让他们攻破城门！"

一令下，霎时营地兵头攒动。

此刻的红柳镇早已萧条不堪。惊闻西川大军挥师杀来，镇子里的百姓大都闻风逃走，留下来的妇孺老幼也吓得躲在各家储酒的地窖里，听着地面上传来的轰隆钝响，不敢露面。

大军奔驰如风，毫无阻碍地冲过街巷，向前挺进。

忽然，萧璟浩敏感而戒备地竖手一令，大军在镇子的出口戛然止行。

年轻皇子审视了一圈颓废的四周，默然下马，俯身掬起一把松软的细土。

土质很新，显然是被人翻出来不久，还残留着腐腥和潮湿的气息。

"去前方探探。"

数名侦察兵依令出列，纵马而去。

"轰！"没走多久，一声声爆响炸开，惊得所有人陡然变色。

与此同时，一个被炸得脸面焦黑的士兵沿原路返回，大声喊道："有埋伏，前方有埋伏！小心脚下埋藏的火器！"

一支锃亮的银箭忽地破空飞出，直直射向萧璟浩的太阳穴。

他惊觉，拔刀劈箭，向后倒退了几步才稳住，厉喝一声："戒备！"

倏忽之间，原本死寂无声的坍塌屋舍里窜出一个又一个北凉士兵，从两侧冲过来，挥刀杀向这队人马。

"找死！"萧璟浩低斥一声，身形错动，状如鲲鹏展翅，猛地一刀送出，将扑到他跟前的士兵胸腔捅了个透。

部下们见状，迅速拔刀，与这些伏兵酣战在一起。

血色铺天，倾颓的屋舍也发生了惊人的变化，越来越多的北凉士兵掀翻身上的草垛和竹篾，从灰烬中刨出宝刀，呐喊着挺身杀来。不少人怀抱火器，一扯引线，拼力扔向队伍。

"全都给我杀！不许退缩！"

"谁能取得敌将首级，赏金千两！"

"杀！给我往前冲！"

一波波咆哮漫入苍穹，回音不绝，势如大浪拍岸，吼得小镇在冷风中簌簌抖动。

"轰！"

火器发出雷鸣般的爆破声，刺鼻的硝烟味迎风卷来，似有无形的巨力助推，生生往胸腔和肺腑里压。

萧璟浩看出来了，这些都是抱着同归于尽的心态冲杀而来的死士。前方道路掩埋了火器，定然还有其他埋伏，强行冲过去只怕折损惨重。为今之计，只有先行后撤，干掉这帮人。若不出差错，那时表哥的队伍将会赶来，待与他们会合后再做进一步打算。

"往回杀！"他长声下令，说话间调转马头，马蹄轻疾，落势如锤，踩穿了一个凉兵的肚子。

恰此时，一柄血刀来势如风，毫厘不差地刺向他心脏。

萧璟浩刀锋猛抬，向上一挑，"哐当"一声架住来刀，空出的左手握成拳头击向那人腹部。

"呃……"那人吃痛，却没有退缩，两手并上握住刀柄，将刀刃压到他肩膀，划开一条伤口。

萧璟浩一脚飞出踢向对方下盘，同时身子一斜，快速避开他的刀刃。

"他是大夏皇子，杀他！"那人稳住身形，大喊一声，催动战马复又杀来。

萧璟浩毫不手软，横刀削飞一名凉兵的脑袋，透过血光冷冷看去那人。忽然，他的眼神一凝，不知道为什么，一股似曾相识的感觉莫名涌上心头。

眼前这个人的身形，他好像在哪里见过……

唐佑年见萧璟浩的目光在自己身上快速流转，顿时猜到了缘由，在他思虑的当儿旋身向左，一刀刺向他腰际。

萧璟浩大惊，仰面向后堪堪避开了刀锋。但是脑海中的疑虑却如恶魔一般，始终挥之不去，就好像冥冥中有什么线索破开，指引着他一步步靠近真相。

沸沸扬扬的毓秀宫，大理石地面上一行刺目的血迹，母妃颤颤跪地的孱弱身影，父皇冷酷无情的表情和谕令，表哥压着他肩膀，叫他冷静的坚定眼神，还有……

还有廷尉监捉摸不定的笑！

仲远！

他猛然抬头看向面前这个满面肃杀的男子，心头的震愕又被这张完全陌生的脸孔压了下去。

陈晟在流放途中被杀身亡，仲远也随之人间蒸发。虽然传言他被定南王父子救下逃到了南燕，但后来查到那只不过是有心人挑拨离间的讹传。从此之后，仲远便彻底从世上消失了，踪迹全无。

可萧璟浩这辈子都忘不了那个人！

是他带着大群衙役闯到毓秀宫，一口咬定母妃就是陈晟的帮凶！

如果不是他的伪证，母妃不会被父皇打入冷宫！

一样精瘦的身形，一样的言行举止，甚至连说话的语气都如出一辙，可却是截然不同的面孔……

他到底是谁？与仲远有什么关系？

不管他是谁，一定要杀，杀尽这群不知死活的蠢货！

刹那间，刀光剑影纷繁而迷乱，颓废小镇上血光如劫。

遮天血雾中，年轻皇子果敢拼杀，眉目间带着钢铁般的凌厉和凛然，此刻他像一头在原野上扯蹄奔腾的怒狮，挥动的战刀迅猛利落，招招毙命。几个回合之后，他再度杀到唐佑年身边，扬起的战刀倏忽砍下，猝然切向他脖颈。

"大人！"

凉兵的惊叫霎时响起。

"殿下！"一息之间，惊呼声却换到了西川大军这边。

一把慑人的银色长剑从萧璟浩身后骤然刺出，透穿他肩窝。年轻皇子不可置信，快要砍到唐佑年脖颈上的战刀叮然掉地，他抬手攥住冷冰冰的剑尖，一口气息室在喉咙，几度提不上来。

"殿下！殿下！"痛呼声此起彼伏。

唐佑年更加震惊，快速从地上爬起来，喜得大叫："公子，你可回来了！"

沈隽眼神幽幽，在萧璟浩忍痛反身回击前一掌飞出击到他后枕部，将他打晕过去，然后对扑上来的一众西川士兵冷冷道："回去告诉楼西越，提头换人！"

五日之后，一场倾盆大雨蓄势发端，吧嗒吧嗒从天砸下，不歇不止。

深夜，一声哐当脆响伴随着轰隆雷鸣在军帐内响起，惊动了从旁经过的两个巡夜士兵。

"出去，没事……"没等他们发出询问，一个不容违抗的声音已从帐内传出，阻止了他们的进入。

两兵面面相觑，互相推搡着揭开一条帘缝，里面漆黑一片，看不到任何，又不敢违令，便犹犹豫豫地放下帐帘，一步三回头地继续巡查去了。

待他们的脚步声消失后，烛火亮起，昏黄的光圈晕染开来，穿透布幔散入外面的萧萧雨夜中。

"报！"突然，一匹快马冲过栅栏，奔入营地。

不等战马停稳，马背上的士兵踉跄跳下，一头栽进泥水中。

景威大步赶过去，扶起浑身刀伤的他。

"六……六皇子出事了……"

景威脸色一变："出什么事？"

"偷、偷袭……他被……抓走了！"

"抓到哪里？快说！"

"东、东城门……救他，快救殿下……"

景威惊在当下，猛地起身，飞速奔向军帐，见里面有光，径直揭帘而入。

"少将军，六皇子出——"

忽然，景威瞳孔陡睁，跳出喉咙的字眼生生卡在舌尖，吃惊地望着歪坐在几案前的人，以及他手上紧攥的药瓶。

原本整洁的帐内此刻却散落着摔碎的杯盏碎片，似是被人不慎碰下桌。

只一眼，仓皇收回掌心的药便从他眼前消失。

景威始料不及，但见楼西越额心沁汗，双唇惨白且隐有血色，惊得以为他得了什么绝症却隐瞒不诉，急奔过去："少将军，你在偷吃什么药？"

楼西越匆促起身："旧伤发作，没什么……"

景威观他面无人色，不信这搪塞之词，遂强行夺药欲探究竟。然而动作过迅，推搡中那人趔趄了下，身形失稳摔落在座，随之血色现出，洇红了他的唇角。

"传军医！"一切来得太过突然，慌得景威措手不及，朝外喝令，他又急于知道缘由，不断问他："少将军，怎么会这样？怎么会这样……"

"无碍……"楼西越气息短促，抓着几案一角挣出他，挣扎着坐起来。话未说完，又一口鲜血涌出，滑过他的下巴，染红了寝衣。

"少将军你怎么了，怎会成这样？"景威着了急，冲出大帐，站在大雨倾盆的营外喝道："军医！速传军医！"

"不要叫！回来……"轰隆一声，闷雷响起，吞没了楼西越的所有声音。

转眼之间，帐外围拢了一群将领和士兵，脸色惊慌地看着军医提着药箱奔入大帐。

一夜雷雨，一夜不眠。

五更天的时候，军医才抬着发虚的脚步迈出大帐，尽管天色阴冷，他却满脸汗珠。

"怎样，少将军情况如何？"一个被大雨淋得浑身湿透的将领拉住他，又忧又急地追问。

军医抹了抹额上豆大的汗水，长嘘口气，俯首答道："尚可尚可，及时行针封了几处要穴，现下少将军已经服了药，无甚大碍了。"

又有一名将领刨根问底："怎会发生这样的事？是不是少将军真的……"

军医没有抬头，始终垂着脑袋，视线闪躲，闻言后摇摇头："非是染疾，那是敌兵故意动摇我军士气而散播的谣言，诸位将军切勿轻信。近日突逢连阴雨，天气森寒，引得少将军旧伤复发，加上一路鏖战，费尽心神，这才累成现在这般模样。我已给他服过药，好生休养几日便可缓过来，还请各位将军放心。"

大帐之外，军医和那些将士的对话还在继续，而帐内却一片冷清。

烛火东摇西摆，将临榻而坐的景威的身背拉出长长的细影，在冰冷地面上左右浮动，一如他此刻惴惴不安的心情。

为什么会这样？到底发生了什么，竟使少将军变成了这副模样？

景威低头看着他瘦削如骨的惨白面容，心头的恐惧不断蔓延和滋长，怕他再也不能从昏迷中醒过来。

军医诊断的结果与他对外面那些将领说得不差。可今晚他才知道，这一定是少将军的话，一定是他一早就让军医一直这么骗所有人。

可是为何会这样？到底发生了什么？

"景威……"像是昏迷中思绪还在运转，突然间想起了什么事，楼西越撑开眼睑，沙哑着声音唤他："六皇子出了……出了什么事？"

景威心下一跳，脸色失常，自己做了大胆的决定："没、没什么……殿下差人传话回来，他已兵至红柳镇，快要抵达浣城东门。"

楼西越挣扎着坐起来，幽暗的眸子笔直落在他面上："你说谎……"

景威一慌，扶住他："少将军，一切等你身体恢复过来再……"

"说。"楼西越蓦然加大音量。

眼见瞒不住，景威只得如实道："六皇子他……遭人背后偷袭，身受重伤，被当作人质抓走了。"

楼西越抓着床榻下地的动作猝然停止，石化般僵在当下。

"少将军，抓他的人是沈隽，若他要拿六皇子要挟你，必然不会这么快杀他，所以暂时不会有性命之虞，你不要担心，先把身子……"

"报！"没等景威的话说完，帐外一声禀报传进耳中，让他再度失色，怕又是一个雪上加霜的消息。

楼西越气息不稳，匆匆下了榻，摔坐在几案旁，朝外令道："进！"

进来的传事兵一见他煞白的脸色，斟酌着言语，抱拳不敢言。

楼西越逼视着他的眼睛，容不得他迟疑，那兵慌忙道："禀少将军，天降大雨，向浣城北门挺进的第九营两千精兵被困泥沼地，而且……"

"说！"

"非但行军受阻，附近牧民和猎户还大肆放出驯养的烈畜，尤以猎狗居多，将他们往险地深处逼，到现在已经陷死将近五百人马！"

"报——"又一声急禀传来，惊白了景威的脸色。

楼西越目光幽暗，如无底深洞，只手紧紧抓着几案边缘："继续……"

"后备军着了圈套，被掩在草下的猎夹和铁锥所袭，人马皆伤，并且不断受到当地难民的骚扰，全都被迫停驻在北原城，无法及时赶来。还有探子来报，长雍道附近发现一队骑兵，领兵的并不是北凉将领，却往我军所在靠近，不知道他们的目的……"

"多少？"

"回少将军，不下三千！"

楼西越的五指几乎掐进几案中，极力让自己的神智不被毒发所引起的痛苦夺走："传孟捷。"

一个满脸水珠的将领大踏步走进来，上前待命。

"清点五百轻骑，从后方佯攻游牧之地，支走那些游民，尽全力救出第九营。记住，轻重分寸，自己权衡。"

孟捷抬手抹去脸上的雨水，朗声道："韩忠的前车之鉴末将未敢忘记，请少将军放心！"

"另，即刻通知李竟，从北原城撤出，向后退兵百里，取径白鹿岭，在那里稍做休整，然后向北折转，与第九营余部集结，于百丈原待命。还有……"

楼西越浅咳一声，身子因痛轻颤，极力克制着。

"少将军……"

楼西越转过身子，背对着他们朝屏风徐徐移去："派人……派人盯住靠近长雍道的那一队骑兵，探探他们的底细，务必追查出来。景威，随我从东门进军，救出六皇子。"

"可你的身子……"

"我撑得住。"楼西越的声音从屏风后传出，沙哑却坚定，不容景威再多劝一句。

孟捷也不得不吞回到口的劝语，拱手抱拳，朗声道："末将明白了，百丈原左可进攻北门，右可直取西门，若使一出声东击西之计，敌兵只能跟随我军而动，等同于被我们牵着鼻子走。而少将军人又在东门，这样他们还有后顾之忧，更加不知从何处防守。"

"去吧……"楼西越吃力地换上戎装，声音渐微渐弱。

师父还在皇帝和冯烈手中，杀出浣城后他还要去救他，不能倒下，决不能倒下。

再给他一些时间，不能倒下……他在心里卑微地乞讨着。

大雨飘泼，如帘如幕，断断续续持续了将近十日，又在队伍快要靠近长雍道的时候漫天飘洒。

"月芜，给你这个。"裴原拿出一柄破旧的油纸伞，仔细撑到一个英凛女战士的头顶。

月芜亦是满身水渍，几缕发丝被雨打湿，贴在她两鬓，正抬手轻捋，配上一声戎装，飒爽中不由多了几丝女子的妩媚，看得撑伞的男子如痴如醉。

"看什么呢！"蔺池皱眉，手臂一晃而过，挺身挡在他面前，隔绝了他的视线。

"去去去……"裴原脸一红，慌忙移开眼睛，不满地推走他。

"这里空旷，没有藏身和掩护的地方，极易暴露行踪，大家休息一下，尽快启程。"月芜避开他投来的目光，凛声吩咐一句，却将那把油纸伞撑到了另外一个脸色苍白的战士头上，关切地问："怎么样？要是不舒服了就说一声。"

"不会。"褚子逍摇了摇头，着急地道："我们尽快走吧，阿姐这么急，一定碰到了非常严重的事。"

"子逍哥哥，你再服一丸药。"旁边一个脸色蜡黄的姑娘忙不迭拿出药瓶，倒了一粒出来，打开一直抱在怀里的水囊，一并递到他手中。

看着她瘦削的面庞，褚子逍不忍，又给她撑着："阿宁，累不累？"

"不累。"辛宁使劲摇头，与人说话的时候总是低头揪着衣角："子逍哥哥，天太冷了，那水会很凉，你慢点喝……"

褚子逍愕然，才明白她竟一直试图用自己的体温捂热它，使那水喝起来不至于冰凉透骨。一股说不出来的感动蔓延开来，他抬手拭去辛宁额上的水珠，给她搓了搓冰冷的小手，心疼地道："听子逍哥哥的话，以后不要这么亏待自己，好吗？"

"嗯……"辛宁抿着双唇，轻轻点头。

裴原看得又羡又妒，颠颠地跑到月芜身边，鼓足勇气道："月芜，你冷不冷？我给你搓搓手。"

一只手臂搭上他肩膀，将他勾了过来，旋即那手横在他胸前："我冷，裴兄你给我搓搓。"

"去你的！"裴原狠狠捶了蔺池一拳，对他总是坏他好事的行为极其鄙视："你小子给我识相点，不然我扒了你的皮！"

蔺池揉着胸口，哼了一声："癞蛤蟆想吃天鹅……"

"蔺池！"月芜声音沉沉地打断他的话，"去看看后方的兄弟，叫他们打起精神，准备动身。"

蔺池与裴原大眼瞪小眼地互相盯了彼此一会，这才各行己事。

褚子逍颇是无奈地摇了摇头，笑道："月芜姐，你好生担着。"

月芜十分恼于那种在她看来极其无聊的针锋相对，无异于忙中添乱，有些心烦意乱地一语作结："不说了，没什么大碍的话我们尽快行军。"

褚子逍拉起辛宁，喊了一声伫立在队伍外围的梁二："梁大哥，启程了。"

梁二正在四下观望。一望无际的雨幕中，整片荒原凄冷而迷濛，枯黄的蒿草和荆棘被风雨打得东倒西歪，曾经鲜活而挺拔的生命已经了无生息，犹如只剩残油的枯灯，光华难再。

"梁大哥——"以为他没听见，褚子逍朝他走去，同时加大了音量。

梁二一个恍惚回神，收整一下纷乱的心绪，埋头往回返。

"梁大哥，有什么心事吗？"向来爽朗豪迈的男子一路上时不时心神游离，不知道在想什么，褚子逍以为他介怀于舒长轩和琼儿一事，宽慰道："天大地大，要找到两个人实属不易，梁大哥不必在意，阿姐不会怪你的。"

"嗯……"梁二心不在焉地点了点头，犹豫片刻，问他："妹子有没有说她招兄弟们前来所为何事？"

"没有，所以我才担心。"褚子逍一脸急切："而且到了要动兵的地步，我怕她被楼西越的部下纠缠住。"

"楼西越？"梁二的语调有些异常。

"怎么了？"褚子逍越发觉得奇怪，一提到那个令世人谈之色变的修罗少将，这个天地不怕的游侠头目就无法淡定下来，像是非常忌惮他。

梁二发觉自己失态，忙摇头笑笑："没什么，快走吧。"

褚子逍站在雨天里，疑惑地望着他大步归队的背影。一柄油纸伞忽而撑了过来，隔绝了他头顶上方的大雨。

"子逍哥哥，小心着凉了。"辛宁踮脚撑着伞，细声道。

褚子逍心头的疑云被这样细微而体贴的关怀驱走，暖暖如春，冲她清然一笑："阿宁，以后谁要是娶到你，一定是这世上最幸福的人。"

辛宁脸一红，头埋得更低，音细如蚁："只要子逍哥哥不嫌我笨，不赶我走，我就很开心……"

"不会。"褚子逍抬手擦掉她面颊的水珠，笑道："小时候玩过家家，我们总是扮兄妹，哪有哥哥赶妹妹走的道理？"

辛宁眼里的光芒忽地暗了暗，微微抬头看他，有几分失落，又在对上他的温柔浅笑后仓皇低眉，机械一样轻点脑袋。

自卑就像一道无法跨越的天堑，隔断了她望向他的深切目光。毕竟，他从一个乖巧聪明的男孩子长成了一个翩翩俊少，还率领那么多彪悍的士兵拯救族人，而她却始终是一个丑小鸭，胆小怯懦，连跟人说话都不敢大声，怎么配得上他呢？

辛宁难过地埋头想着，被他揽在马背上靠着他的胸膛加速行军时，突然就鼻尖发酸，眼泪吧嗒吧嗒往下掉。她不敢发出声音，抬起袖子抹了抹眼睛。

马背上的少年正专心策马，目光落在前方的青石大道上，丝毫没有察觉到怀中少女的异常。

苍茫雨幕中，一支队伍如风驶过，留下一路飞溅的水花……

夜色清寒。

浣城南门脚下，一个个精瘦如猴的身影突然从两旁窜了出来，一人抱住一个巡兵脖子，咔地拧断。然后他们跟在一个女子身后，有条不紊地指挥着一群奴民逃亡。

西川大军兵临城下，帝都中几乎所有的奴民都被守将下令捆绑出来，毫不犹豫地驱出城外。

大战来临的时候，这些被驱逐出境的人皆会成为抵挡刀枪箭雨的血肉之盾。

"十三、二十，前方引路！"夜色里，女子的眼瞳幽亮如魅，泛着令人胆寒的冷光。此刻，她正一手捂住一个在城下巡查的士兵嘴巴，一手拔出小腿上的匕首，猝然刺进他心口，压低声音对两个少年道。

少年们利索地奔到前方，领着一排难民向前逃走。

"阿四、阿九，查看周围有无伏兵！"

"是！"少年嗖然放倒两个士兵，转身没入夜色里。

"阿六小七，注意城楼上方巡兵！""唰"的一声，女子的匕首又割断一名士兵脖子。

少年健步如飞，几下奔到背离人群的地方，躲在暗处发出怪异的声音。

"有动静！戒备！"果然，巡兵的注意力被转移，来来回回走动的身影迅速往城墙一角围拢过去。

"十六，掩护左侧！十七，右侧警戒！其他人随我背上老幼伤弱，一起撤！"

"是！"

风雨横斜，雷声滚滚，一群人沿着探好的道路向前急进，神鬼不知地没入雨夜中。

第一晚，一百多名奴民大胆逃走……

第二晚，将近三百名奴民消失得无影无踪……

第四天，身上被捆满火药且强行绑在西城门的一批流民到了晚上又逃之夭夭！

第七夜，为了抵挡飞速逼近的敌兵，用鲜活生命筑就的人肉之盾又被摧毁！

第十夜，第十二夜，半个月后……

轰的一声闷响，战马腾腾驶出废墟，长歌激昂，兵临浣城！

雾霭茫茫，滚滚如云。

"阿姐！"战马未停，少年展身翻下，箭步奔向一个素服女子。

同来的三千将士快速下马，聚于一处，不动如山。

尽管他们的面上满是跋山涉水后的仆仆风尘，却各个眉目凛凛，热血激昂，看得身后这些仓皇不已又惊魂甫定的奴民不禁心下一颤，杵立着不敢动作。

"不怕。"青珑安慰他们道，随后郑重抱拳，回所有将士一礼："各位，辛苦了。"

少年们被这些劲兵的气势震住，齐刷刷看着他们，万分惊愕，到最后视线不由转开，落在青珑面上。

"你是、你是……"他们仍旧不敢相信，全都说不出话。

青珑将少年们引到这些将士跟前，抬手抚上他们的肩膀，沉声道："这就是你们一直在找的，也是我们青桑将来立足于世的希望，你们，他们，更有身后这些数不清的人，全都是！"

见这些陌生的少年神情悲郁，连同青珑在内各个负伤，且皆着素服，褚子道和梁二等人甚为惊诧。尽管不知道这期间发生了什么事，但见此情景，他们心中所猜也已经八九不离十了，遂也不忍细问。

少年们依然惊愕地盯着青珑，不可置信："你也是青桑的？还能招来这么多兵马，难道你、你是……"

说到此处，他们激动难言，想起已经葬身黄土的同伴们，又禁不住眼睛发红，有悲恨，有欣慰，有惊喜，一时语无伦次，泪水又涌了出来："原来、原来你就是……没有白死，小五没有白死，他们没有白死！他们见到了！可是为什么，为什么你不告诉我们……他们都死了，永远也不知道了，为什么不说啊……"

"对不起，我不该隐瞒你们……"一声声的质问和责备让青珑心如石堵，眼角潮湿，抚着他们的脑袋哑声致歉。末了，她又肃声告诉他们："可是要记住，你们是勇敢无畏的男子汉，和身后这些勇士一样，都是将来重振青桑的希望，不管发生什么，都要像我们的先辈那样，百折不屈。虽然小五他们已经不在，但他们若泉下有知，一定希望你们忘掉悲痛和难过，重新振作起来！"

"振作起来！"

身后有数名士兵振臂举刀，不约而同发出鼓舞人心的呼吁，既是在鼓励他们，又像是对自己说。

山河离乱，家国不安，烽火无歇，苍生惶惶……每一个置身其中的人，都饱尝辛酸和生离死别之苦。

所以，振作起来，一切都会过去！

十三抬起袖子，狠狠抹掉眼里的泪光："阿姐说得对，我们是男子汉，还要救更多的人，绝对不哭！"

说完，他从怀里拿出一沓因为浸了雨而变得皱巴巴的零散书稿，呈给青珑："这是那个人让我们交给霍家人的东西，他说会对我们有用。"

青珑接过来，翻开一页，首先落入目中的是一列列参差不整的小字，有拓印的，有模仿当世名家手迹的，更多的是用左手书写，有些歪扭，但却清晰可辨。看得出来，书写者极其谨慎，大抵是有顾虑或是出于其他考量，所以不想暴露自己的真迹，因而才用这样异常艰难且耗时费力的方式著此残稿。

青珑好奇地瞅了一眼，越往下看面色越惊诧，到最后耐不住激动，迅速往后翻了几张——招军训兵之法、进退攻守之道、诱敌惑敌之计，决胜取利之要，对方竟都毫不保留地传授了下来。其心智又不受制于兵籍的桎梏，百变自有百应之策，甚至细到连当世不少大将鲜为人知的软肋也一一列出，直令青珑称奇叫服。

"十三，除了这些，他还有没有说其他的？"

十三摇了摇头："他每去一次，就发给我们几张，只叫我们谨慎保管。"

"不对，"小七想了起来，补充道："他说要是阿姐看了之后，觉得能入得了眼，就把它们全都印出来，发给大家学和练。他还说学会了这些，我们就能像那些将军一样独当一面，收回被那些坏蛋夺走的城池，给救出的族人住。"

"还有呢？如果他再次出现在面前，你们能不能认出他？"

小七道："他虽然很少跟我们说话，我们也不知道他长什么样子，声音是不是真音，但他却手把手教我们骑马射箭，只要近距离看他的眼睛，兴许有机会认出来。"

"姐，又是那个教辛泽他们武功还放走那些奴隶的神秘人？"褚子道听出了一些端倪，同样无比吃惊，一连串的问题涌上脑海："他到底有什么目的？为何做得这么隐秘？如果与我们意气相投，为什么不肯以真容现身？"

"也许真有顾虑。"青珑也猜不透，凭那一沓残稿，她可以断定此人绝对胸有乾坤，腹藏经纶，运筹帷幄的本事不落于当世翘楚俊彦，若能将其招入麾下，必将如虎添翼。

只可惜，此人神秘莫测，来去无踪，一时竟无从寻找。

罢了，眼下夏军开始攻城，在这混乱而紧张的态势下，先将所有流民全部救走再说。

"蔺池，你负责掩护，辛泽一并协助，你二人合力将所有流民转移出战地！"

辛泽没想过自己能接到任务，又惊又喜又忐忑，竟忘了受令，直到青珑投给他一个坚定且信任的眼神，这才浑然觉醒，挺胸向前，凛声道："遵令！"

"楼西越的大军已兵至东门，西北两门亦有他们的精锐之师靠近，不宜在这三处行动，所以我们从南门下手。月芫，你与裴原率领两千精兵，随我深入南门，能攻则攻，杀进去放出所有奴民，速战速决！"

"遵命！"裴原偏头瞧了一眼英姿飒爽的月芫，斗志昂扬地大声道。

"子道，日前探得消息，李竟带领的五万后备军突然撤出北原城，向北折转，极有可能是楼西越变了主攻方位。现下东城门战火已盛，西北两门尚处于备战状态，若没猜错，李竟那队兵马会择其一而突袭，杀凉兵一个措手不及。所以，你带五百兵力前往百丈原，赶在他们前面，务必在他们的必经之路上铺设陷阱，推迟他们的进军速度，给我们争取更多时间！"

褚子道听她在提及"楼西越"这个名字的时候全然没有半分温度，就仿佛从未认识他一样，不知道这期间发生的事是否与他有关，不禁担心她："姐，楼西越他……"

青珑心口忽痛，然而脱口的话却威肃有力，不容少年再多想："褚子道！可是听令？"

"听！"少年惊了一下，忙抱拳受命。

青珑转向梁二："梁大哥，烦你与子逍一道，务必掩藏好行踪，不要被李竟的人马追杀上，得手后立即撤回。"

梁二虽然毫不犹豫地点头答应，但却没有出声。

"那我们呢？"一片急切的声音立马响起。

"你们二十人均分成四拨，分守在四个城门，与我们互递消息，包括夏凉两军的战况，会不会怕？"

"不怕！"少年们齐刷刷道，眼神坚定。

青珑欣然，对着大军扬声道："记住，这是我们养精蓄锐之后的首次行动，切不可因为凉兵溃散离心而轻敌。另，夏军矫捷骁勇，更需要我们勠力同心，不畏不惧！"

"勠力同心！不畏不惧！"

战士的嘹亮呐喊如滚滚惊雷，穿透云霄，直击九天。

《第五十三章》
离情

浣城东门。

战鼓隆隆，旌旗猎猎。

角楼之上飞箭似雨，嗖嗖激射，遮天蔽日。

角楼之下护盾如墙，藏在后面的西川弓手推动钢铁铸成的壁垒，一面飞掷火器一面快速向前挺进。

"砰！"爆破声如雷落地。

"轰！"冲车冲门的巨吼震得天地颤抖。

"哧！"箭尖透穿躯体的低啸瘆人耳膜，异常惨烈。

数不清的凉兵从巍峨城楼掉下，摔得血肉模糊。同样也有一个接一个的夏兵被抛石机砸下云梯，尸沉火海。

两军混战在一起，如两股排山倒海的巨浪互相撞击，迸射出千涛万波，怒拍群峰。号角声声，压不住双方似潮水般激荡的厮杀和呐喊，置身在杀阵中的所有将士皆如猛虎搏击，吞此血肉，断彼咽喉。

刀剑撞砍，枪戟飞掠，箭雨如蝗，嘶吼如雷，一派壮烈而血腥的场面。

这一场生死血战，直杀得天地失色，神鬼颤颤。

矗立在正北方的巍峨浣城如同风雨中簌簌摇曳的枝丫，不复往日的浑厚，变得苍凉而萧瑟。

东城门血战依旧，门破在即。

"楼西越！"突然，一声厉喝从箭楼传来，赫然飘入夏军耳中。

十字木架上，一个浑身血迹的男子被紧紧绑缚在上面，已经神智昏昏，气息更是微弱得只出不进。即便处于濒死状态，他的齿间依旧发出极不认命的喃喃呓语，细若蚊蝇："杀出去……率兵进京……救出、救出母妃……不能死……不能死……"

"楼西越，看清他是谁！"唐佑年满脸血迹地站在城墙上，对着城楼下方的年轻少将厉声喝道。

他的身旁并立一个美如冠玉却面色阴沉的男子，那男子身上同样也尽染污血，殷红刺目，一双幽暗不见底的瞳眸直直落在年轻少将的面上，整个人如一柄随时都会出鞘的冷剑。

楼西越一惊，望着木架上奄奄垂绝的皇子，握着刀柄的五指攥得咯咯直响。

"送上你的人头，方可保他不死！"唐佑年冷然下令。

"休想！"景威呵斥一声，捏住一个凉将的脖子驱马向前，拔刀抵在他颈上："三声令下，再不放人，便屠尽所有！"

"哈哈哈……"唐佑年放声大笑，眼里却一片绝望，"国已难保，再留他们性命，只会做你夏国走狗！"

景威一怒，削飞那凉将的脖子，末了又抓来一个将领，怒问："放还是不放！"

"提楼西越人头来换！"

楼西越惨白如雪的面上杀意横亘，拔箭弯弓，射出的利箭如光电掠空，猝然飞向唐佑年眉心。

一剑忽横，哐当一声击飞流箭。

沈隽收剑敛势，似是抱了玉石俱焚的决心，漠然向唐佑年使了个眼色。

唐佑年会意，阔步奔到木架前，抬手掐住萧璟浩的脖子。一把匕首从他袖中亮出，没有丝毫犹豫，"噗"地刺进奄奄一息的男子肩膀。

年轻皇子惨哼一声，紧闭的眼帘忽地睁开，眸里如同烈火燃烧。被牢牢捆缚的四肢剧烈地挣扎开，手腕上勒出一道道触目惊心的血痕，涣散的眼睛缓缓挪向西川大军所在的方向，语出幽幽如魔——

"杀……杀了他们……杀了他们……杀！全部杀！"

楼西越的眼底似有烈焰喷发，惊痛交织着肃杀不断翻滚，厉喝一声："景威，掩护！"然后他便如一只奔动似风的雪豹，策动火曜驹飞驰如光，人马合一向前突进。

熊熊战火中，他不顾迎面飞来的流矢急箭，穿刀过刃，踏血踩尸，拼了全部的气力御马前冲，借抓钩攀爬而上。待他杀到城墙上方时，整个人犹如索命厉鬼，吓得城头的守兵颤颤后退，不敢靠近他一步。

"放箭！放箭！"守将嘶吼，倏忽间脖子一冷，脑袋被他挑飞，砰然落到城下，被飞驰的铁蹄碾碎，其状惨不忍睹。

凉兵大骇，匆促抬弓备弩，纷纷对准他的脑袋。

"掩护少将军！"景威血红着眼大喝一声，率兵向墙头杀去。

霎时间，厮杀声如潮激荡，仿似无形的利剑怒指苍穹，直要捅穿这血色天地。无数个躯体倒下去，身后的士兵又急速补充上来，嘶吼叫杀，咆哮不止。

"楼西越，再敢靠前一步，便替他收尸！"唐佑年紧紧掐着萧璟浩的脖子大声吼道，说话间他拔出匕首径直朝年轻皇子的臂膀砍去。

楼西越脸色煞白，竟不顾沈隽划向他上臂的枪刃，动如飞虎，身形猛地向前一扎，一枪挑飞了唐佑年持匕的手掌。

"啊——"惨叫响起，匕首叮当落地。

沈隽一惊，长枪顺势下落，带着削筋断骨之力砍向楼西越。

楼西越惊觉，却没有躲避，一记回马枪横出，当胸刺向沈隽。

两枪一落一横，几乎同时触及对方血肉，猩红血迹顿时涌出他们的护甲，淋漓如注。

"公子！"唐佑年大惊失色，拾起匕首，在楼西越踉跄后退的间隙扑过来，蓦地扎进他背后。

"表哥——"萧璟浩弥散的意识浑然被惊回，挣扎着动弹不得的四肢，声嘶力竭地吼道，直掐得掌心血迹斑斑。

楼西越的头顶昏暗一片，刹那间眼睛几乎失明。一道伤口沿着他的锁骨斜切到腰腹，深可及骨，漫出的血色衬得他凄厉如魅。听到叫声后，他撑着一口残息回头，在唐佑年再度下手时扣住他手腕，夺匕，反刺，一下送进他胸膛。

沈隽的意识也濒临涣散，捂着刺进胸膛的枪身半跪着倒在地上，只觉明亮的白昼似乎变成了无边无际的黑夜，辨不清方向。他一咬牙攥紧枪杆，一发狠骤然拔出枪刃，之后忍痛拾枪，身子向前一扑，倏忽间又送一刀。

楼西越身形急转，一把将唐佑年推到刀前。

沈隽陡然收势，指缝间的鲜血滴答坠地。

漫天血花中，两个浑身是伤的男子如虎如狼，阴狠地盯着对方。

高墙之下，厚重城门簌簌抖动，向内凹陷，不断承受着来自冲车的巨大冲击，东门摧毁在即。

突然，一声异常兴奋的呼声漫天散开，惊得绝望中的北凉守兵纷纷顾首。

"公子！大人！还有希望，还有希望！"一个满脸血汗的士兵跑上城楼，喜得大声禀道："敌将李竟率领的大军在半路被人设了陷阱，行军受阻，至少十天之内杀不来了，我们还能守……还能守！"

这样的消息像是一道晴天霹雳裂开九天，惊得西川士兵面色巨变。

沈隽亦是不可置信，撑着一口气问他："属实？"

"千真万确，千真万确啊！"

沈隽思绪飞转，像是猜到了什么，嘴角牵出一丝莫测的笑意，冷冷看去楼西越："你赢了，也败了。"

是她做的吗？

她终于彻底与他决裂了，赔了这座城池，搭上这个腐朽而污秽的国土又有何惜！

"放人！"楼西越低喝一声，声音沙哑而微颤，抓着匕首的五指也隐隐抖动，心口似被一双大手紧紧攫住，生生撕扯开一般，一种无以名状的情结堵在胸中，一直一直往下沉。

霍青珑，霍青珑……

他一遍又一遍地默念着那个名字，心如刀绞。

怎么做都是错……是否，他连守护和等待的资格也没有？

"公子快走！"蓦地，就在他恍惚之时，被钳制的唐佑年大喊一声，屈肘向后一推，拼力击他胸口。

楼西越霎时回神，松手后退，脚尖一勾，长枪顺势落手，快如流星划空，猝地送进企图逃脱的唐佑年后背，穿心而过。

"去接应江长风，不要管我！公子快逃……"呼声戛然而止。

沈隽心头一震，直直看着唐佑年怒睁的双眼，不无惊痛——开战以来，他是唯一一个不为铜臭所惑，心甘情愿陪他死守都城至今的人。

无论如何，至少也要为他收回尸身。

沈隽忍痛挥动血枪，向前一冲，直逼楼西越。

断壁之上，两个浑身淌血的男子各执长枪，带着玉石俱焚的杀意攻向彼此要害。长枪舞动如风，搅出漫天寒光，势如龙战苍野，血色玄黄。

这边景威带着部下拼命冲上墙头，杀向群攻而来的守兵。双方甫一碰面，便如两股汹汹血浪迎面交撞，撼动天地。

城楼之下，战火轰隆巨响，烈焰滚滚，长空大地一片焦黄猩红。

就在双方杀得如火如荼之时，另一支队伍悄然接近南门，奋力杀上城墙。

京都沦陷，就算拼命死守，固执地撑个一年两载，最终还是会弹尽粮绝。那时若再缴械投降，只怕被西川大军生吞活剥了都有可能。这种贪生怕死的念头如流毒一样滋生蔓延，竟相继被文武百官接受，甚至有人直接上书进言，劝君投降。

凉主痴儿一个，位同虚设，若非沈隽暗中保护，早被这些各怀私欲的朝臣诛杀。现今他在外抗敌，朝堂上的纷争和倾轧已无暇理会。小皇帝等不到他，慌得没有主意，诚惶诚恐地听着群臣的禀报，吓得不敢说话。

出乎意料，这次群臣十分难得地统一了意见。然而，他们做出的决定却是：绑缚痴主及佞臣贼子，将其押赴锽城，以示北凉愿意称臣大夏，只求夏皇能够宽宏大量，放他们一条生路。

是以，曾经胆小如鼠的朝官此次却无一例外地"勇敢"起来，将屠刀挥向那些尚有救国之志的臣子。妥协的抓，反抗的杀，短短数天，浣城大街小巷上兵影如潮，不断踏入世家望族的府邸。待他们出来时，不是长索捆缚老幼，就是手提血腥头颅。一时之间，喊杀声、怒骂声、哀啼声、求饶声响遍都城，如鬼哭狼嚎，昼夜不歇。

"公子，快走！"一个被砍得面目全非的武官爬上城楼，跪倒在奄奄一息的沈隽面前，二话不说背起他欲逃离此地。

几日几夜恶战下来，沈隽已经意识渐失，迷迷糊糊中听出了他的声音，抓住他胸前破烂的衣甲："江……江长风呢？北门、北门……"

"畜生！"那武官痛心疾首，仰天大骂一声，噙着满眼血泪悲痛地道："江大人他……他被宫中那群走狗杀害了！他们还在抓公子，要拿公子的人头到锽城去请罪！江大人叫你逃，杀光那群走狗！"

"呵……"沈隽的嘴角勾出一抹惨淡的讥笑，抓着战甲的手指缓缓松开，无力垂下。长久之后，他看着遮天的战火幽幽道："记住这些人……带我走……"

那武官强吞血泪，狠狠点了点头。

浣城南门，兵影甚稀。

面对来自西川的万千铁骑，愿意抗战的武将和精锐之师大都集中在东门，另有一部分驻守西北两门，以防靠近百丈原的另一路夏军袭击。如此，南门的防守相对而言便空缺起来，因为京都已经调遣不出更多的兵力了。

那日城楼血战，惊闻后备军遭遇不虞之变，行军受阻，楼西越已然猜到了幕后主使。原本他打算让大军转战，悄然靠近南门从那里进攻，只留少许扎营在百丈原，制造后备军受阻不能前行的假象迷惑凉兵。

然而命令未下，又有战报传来，一支来路不明的大军已经捷足先登，杀到南门脚下。

捷足先登……

他沉默，会是她吗？

一兵愤愤道："少将军，后备军因他们设陷而损失不少，要不要待他们冲开南门后，我们杀其背害，将凉兵和他们一网打尽！"

楼西越抬头凝望着辽远的南方，一动不动，有片刻的失神。

那个动作，在她一去不回的时光里，他重复了无数次，却始终没有等到天那边的任何回应。

他抬手，五指紧紧扣进那道被枪刃裂开的伤口，似要阻断从里面传来的剧痛，沙哑着声音道："攻东门……"

然后，他勉力维持着残力，复又杀向敌兵。

半个月后，东南两门在同一天先后破开，夏军与青军如两股洪流涌入城中，一支杀向皇宫，一支杀向奴场。

此刻，一群凉兵挟持着随手抓来的逃难百姓，脚步发抖地微微后退，无不惊恐地盯着面前这个衣衫染血、杀得形同鬼魅的女子，以及伫立在她身后的精悍之兵。

"别过来！再过来我……我杀了他们！"领头那兵颤声威胁，五指紧紧掐着一个身怀六甲的少妇的脖颈，惊恐地一步一步倒退。

青珑抬弓，箭尖笔直对准了他。

"放下！放下！谁敢放箭我杀了她！"

嗖的一声尖啸，长箭叮然离弦，穿过那少妇头顶挽起的发髻，猝然扎进那兵眉心，直入额脑。

"啊——"那少妇尖叫一声，吓得晕了过去。

青珑足下发力，快如飞兔，奔过去旋身接住她，抬头看了看两旁的屋檐，示意月芜，厉声下令："杀！"

月芜会意，点足而起，身姿轻逸而柔韧，几步跨上坍塌的墙壁，灵蛇一样翻到屋檐上。一支羽箭从她手中斜斜射出，刺进一个钳制着小孩的士兵后脑。

"好箭法！"裴原大赞一声，亦翻上对面屋檐，利箭如雨飞出。

刹那间，地上死尸无数，各个脑袋开花，惨不忍睹。挣出束缚的百姓仓皇逃窜，在青军的掩护下迅速逃向城外。

"阿姐！"十三和小七匆促跑来，一边跑一边脱掉身上的夏兵战甲，大声对青珑道："杀进东门了！他们朝皇宫杀去了！"

青珑抬头望向东方滚滚升腾的狼火和烽烟，似在与谁默别，目光沉痛而哀凉。

闷葫芦，就此再见……

"通知全军，掩护所有百姓撤！"

"是！"月芜和裴原凛声受命，一挥手，大军行动如风，转身朝南门外涌动。

一间瘫倒的屋舍里，一名武官刨开压在身上的断木，却见背上的男子身子一歪，颓软倒地。

"公子！公子！"他压低声音喊他。

突然，外面一阵叮叮当当的巨响传来，吓得他面色一白。

发出响声的是一群凉兵，手里提着几颗血淋淋的脑袋，正奉命捉拿沈隽。

"公子！"那武官忍恨摇醒他，抱了同归于尽的决心，在他耳边幽幽道："请公子一定活着逃出去，杀光那群鹰犬走卒！"

说完，他猛地起身，毅然决然冲了出去。

"回来！"沈隽半昏半醒地爬起来，想要拉回他，没能追上。

"在那边！"一兵发现了那武官的身影，大喊一声，所有人旋即飞奔追去。大刀如切杂草，密密麻麻地落下，将他砍得皮开肉绽。

身后，一个浑身伤口和血迹的男子缓缓行来，眼神如魔，手里提着一把断刀，疯狂砍向一个凉兵的额顶，将他的脑袋一分为二。

北凉……他在心里大笑，这就是你豢养的走狗和鼠辈，全都见鬼去吧！

有兵认出了面前这个浑身污血的男子，喜得大喝："他就是大人们要抓的人！他就是沈隽！卸了他脑袋可得黄金十万，大家一起上！"

倏忽之间，数十个黑甲在身的精兵蜂拥上前，将伤痕累累男子团团围住。那些精兵们各个满脸兴色，奋力挥起大刀，如吃人的厉鬼一样砍向他。

"小七，你听见什么声音没？"十三耳朵灵光，与同伴快速撤退的时候戳了戳小七。

"是不是楼西越的人追来了？"小七竖耳细闻，想起小五他们惨死的一幕，忽然间眼神一狠，疾走的脚步逐渐停了下来，拉住十三："小五他们就是被他的人杀死了，他现在身受重伤，没有还手之力，我们悄悄靠近他，杀了那些人为大家报仇！"

十三看了看带领队伍火速前进的青珑，短暂犹豫过后，狠狠点了点头。

两个精瘦的少年悄然退出队伍，朝打斗声传来的方向跑去。

青珑正在率领大军和百姓撤退，毫不知情，背后一个怯生生的小孩拽了拽她衣角，指给她看："跑了……"

青珑顺着小孩手指的方向望去，两个瘦小身影蓦地转弯，消失不见。

"回来！"她吃了一惊，急声交代月芜几句，快步去追。

赶到的时候，看到的一切与少年的预想完全不一样，令他们惊愕不已。

只见一群凉兵拿着锋利的屠刀，正在围杀一名男子，个个笑得狰狞如魔，不时喊着"切他脑袋""拿给大人换取荣华富贵"之类的话。

男子仿佛浴血而出，满身猩红，伤势惨重。

"是他！"十三认出了这个曾经不顾危险帮青珑对抗西川铁骑的男子，大喝一声，与同伴拔刀而起，飞身冲过去："你撑住！我们来救你！"

救我？男子眼光涣散，几乎看不清眼前所有人的面容，意念也濒临消失，突然听到几个铿锵有力的字眼，恍惚中他嘴角上扬，无比讥笑和自嘲。

这个时候，没有人不想着将他碎尸万段，切了他脑袋换取铜臭，有人会来救他？真是可笑！

全都去死！一起下地狱！

他强撑口气，抬刀，发力，下劈，沿着一个凉兵的肩膀竖直切下，将他半个臂膀削落。

"取他脑袋！"又一个凉兵跳到他身后，一咬牙，手中屠刀骤然劈出，切进他脖颈。

"割他脑袋！"

"换取金银！"

"换取荣华富贵！"

众兵无比兴奋，挥舞着屠刀疯狂呐喊，犹如地狱里狂欢的妖魔鬼兽，甚至无暇理会两个少年的拼杀。人人争相涌动，伸出宛如魔鬼利爪一样的血手，万分期待地悬在半空，渴望那颗头颅落到自己手中。

一声脆响炸开，头颅应声飞出，鲜血喷涌如注。

"……"十三和小七惊呆在地，瞪大了眼望着那颗头颅飞离出体。

众兵手舞足蹈，狂呼如潮，眼前烧焦的颓废屋舍仿佛变成了辉煌宫殿，里面金玉满堂，光彩四射，就等着他们像个容光焕发的英雄，昂首挺胸地迈进去。

砰的一声，头颅落手，所有凉兵狂奔过去，互相撕扯。只是刹那间，痴想就被粉碎，那头颅……不是沈隽！

"阿姐！"十三和小七喜极，激动地大喊一声，提着血刀跑过来。

青珑一脚踹倒那个没了头颅的凉兵躯体，伸手抓住男子行将倒地的血红身子，惊得说不出一句话。

"沈隽！沈隽！"她大喊，丢了徒手攥住的屠刀，捂住他颈部被划开的伤口。

落入耳畔的声音有些熟悉，男子以为自己临死前出现了幻觉，心觉可笑——那个狼心狗肺的女人，在他拼命为她寻找果腹之食的当儿招呼不打就消失得不见人影，估计连看都不想看他一眼，怎么可能会是她呢……

"沈隽！"青珑大声喊他。

男子缓缓睁开眼睛，一张轮廓模糊的容颜落入他弥散的瞳孔中，虽然眉头紧锁，却比这群面目狰狞的禽兽要温和千倍万倍，也好看千倍万倍。

沈隽浑然被惊醒，眸底一点亮光升起，他努力撑开眼帘想要看清她的眉目，奈何这副被砍得丑陋不堪的躯体不争气，半点力气也使不出来。

"沈隽！"

"你不是……走了吗？还能、还能想起回来……回来……替我收尸……"他的口中发出细若蚊蝇的模糊字眼，却拼了现下所有的残力，唇角浮出一丝满足而无憾的笑意。

"说什么丧气话！"青珑呵斥一句，朝十三和小七厉声令道："杀了他们，撤！"

少年手起刀落，接连放倒这些凉兵。

青珑俯身背起沈隽，带着他艰难地向前移动。

"你走吧……每年的清明，记得……敬我一杯酒，如此、如此……感激不尽……"

"闭嘴！"青珑厉喝一声，咬牙使力加快了前行的速度。

"阿姐快跑！"十三大叫道。

紧接着，一阵铮铮马蹄声传来，快速逼近，随之脚下的地面都似在震动，轰隆如闷雷。

"撤！快走！"青珑背着昏迷的沈隽，片刻也不敢停留，费力地朝前疾走。男子的双脚拖在地上，拉出两行殷红的血印。

马蹄轻疾，以快得惊人的速度靠近，不消片刻如山现出。战马上的士兵拔箭搭弓，箭尖对准了企图逃走的他们的后脑，惊白了少年们的面色。

"又是西川来的！"小七愤怒地惊呼出声，握紧战刀，忍不住冲向他们。

"冷静！"青珑横身向前挡住他，冷冷迎上率兵的将领。

萧璟浩高坐马首，面色惨白，虽然身子虚弱不堪，间或发出细微的咳声，却强忍伤痛，一脸肃杀地盯着趴在青珑后背的沈隽，眼底的杀意翻涌如浪。

"留下他脑袋，饶你们一命！"身旁一个部下拔刀出鞘，大喝一声，驱马向前。

生死一线间，迎面有人回喝一句："谁敢妄动！"

仿佛潮鸣电掣，呼啦啦一声巨响蔓延开来，随之身后一黑，光影皆数被挡，换作无数名坚毅的精兵，齐刷刷汇成铜墙铁壁，将青珑和少年们护住。

青珑环顾一眼，除了子逍和月芜等人的熟悉面容外，无意间她竟然看到了一个不该出现的人，笔挺地伫立在大军前方。

她惊讶不已："常将军……"

"霍姑娘。"常琰转身，朝她微微点头，"青军大肆出动，公子不知何故，放不下心便命我率兵跟上，暗中护着。"

舒九容？青珑默然念着那个名字，感激不已，一想起他的双眼和双腿，心里不知是何滋味。

一时间，三军相峙，铿锵浩荡！

"少将军，六皇子不听属下的劝，醒来后带兵杀走了！"熊熊燃烧的战火前，一个脸色慌张的士兵扑通跪下，对着背靠断墙坐在地上的年轻少将禀道。

楼西越的面色白得吓人，整个人如同地府阴尸，紧紧阖着眼帘，一动不动，仿佛在休息，又似乎早已死去。

"少将军？"那兵颤抖地伸出手指，探到他鼻翼下，却忽然手臂一紧，被一股强撑的力道攥住，吓了他一跳。

楼西越推开他的手，撑着战刀吃力地站起来，每走一步，眼前便黑一截。

那兵想扶住他，伸出去的手却不敢碰他分毫，只得紧张地道："他去杀沈隽，那厮却被人救下，对方还带兵威胁。不仅如此，舒九容也派兵杀进南门，去接应那群人！"

"舒九容，沈隽……"楼西越的脚步停了下来，沙哑着声音念出那两个名字，忽然回头，像在注视那张烙印在心底的决绝清颜，唇角牵出一抹惨淡而自嘲的笑。

"少将军……"那兵不知因何，扑通跪倒在地，等他抬起头来时，已然马蹄声远。

火曜驹奔驰如风，载着主人飞向前方，片刻间只影不寻，唯余一路哒哒哒的回音。

长街之上，双方兵马原地待命，互不妥协。

萧璟浩认出了这个被楼西越封为千夫长的女子，不想她当真如韩忠所言与沈隽勾结，现下居然为了他与西川大军为敌。短短一年的时间而已，连燕兵也为她所用，真是意想不到。

他冷冷道："阳奉阴违的叛徒，一起杀！"

"谁敢！"常琰开弓，瞄准萧璟浩的脑袋。然而长箭未动，那头的皇子却被推开，随之一张令所有青军和燕兵变色的面容缓缓抬起，眉心正对箭尖。

小七和十三等少年的情绪瞬间波动起来，忍不住拔刀出鞘，就要冲过去为小五他们报仇！月芜慌忙上前，命人将他们拦了回来，紧紧压着他们的肩膀。

楼西越翻身下马，一点点向前靠近，眼神空洞，视线却又像穿过青珑，落在遥远的虚空里。

众兵紧张戒备，对面的人每前进一步，他们手中的弓弦便绷紧一分。

沈隽趴在青珑背上，忽地笑开："这回……是他亲自取我头颅，你救还是不救？"

"住嘴！"青珑怒目而视，眼神如刀，狠狠剜向他。

"你在……发抖？"沈隽气若游丝，嘴角的笑意却不减，脑袋以无比暧昧的姿势贴在青珑耳边，呵气如兰。

说完，他万分艰难地抬起头，带着几分挑衅看去楼西越，笑得沙哑如魅："你的心……一定在滴血吧？"

楼西越呼吸一窒,按柄拔刀,身如游鱼,猛地斜向前冲,一刀刺出!

纵然知道结局,他依旧义无反顾,用这样决绝的方式靠近她——作别,也让自己彻底死心。

青珑的肩膀止不住地颤动,心如刀割,她想起自己曾经信誓旦旦地说不会伤他分毫,此刻却拼尽全力与他刀剑相向,还不是争取自己和族人的活路,而是去救一个让她万分痛恨的男人的命。

青珑挥动长刀拼命抵挡横来的寒光,忽然间眼眶潮湿,一层水雾洇出,模糊了她的视线,胸腔也被一股酸楚填满,压得她喘不出气息。

倏忽间耳畔有人大叫,长刀飞来逼向她眉间,却在半途迅速折转,刺向被她放到地上的沈隽。

青珑惊然,为了逼退对方,几乎是本能地一剑划出,当胸掠向他。

楼西越胸口一痛,身形不稳,疾速倒退。

裴原见状展身出阵,一脚横出狠狠踹到他身上,将他踩倒在地。与此同时,裴原手中的长刀顺势下落抵到他喉咙,朝纵马杀来的萧璟浩和一众夏兵大喝:“谁敢过来!”

尔后,无数张劲弓对准他脚下之人的脑袋,弓弦作响。

青珑骇然,仿佛生命里有什么割舍不掉的东西将要逝去,声嘶力竭地长吼一声:“住手!”

楼西越的身子被死命踩在地上,似是肋骨被踢断了几根压到肺部,忍不住咳了一声,带出些微血迹。

此刻,他面如死水,眼底波澜不起,连被踩倒在地的屈辱也已经不在乎。

青珑推开压在他身上的重力,眼波颤颤地凝视着他的惨白面容,心田如被石击。她俯身半跪在地上,扶起他肩膀,压住涌血的伤口,却发现那具躯体轻飘如羽,瘦得脱形,即便穿着战衣也依旧可以感受得到凸出血肉的骨骼,磨石一样从她心尖一下一下重重碾过。

“为什么……到底发生了什么事,为什么会变成这样……”她惊痛难言,抱着他的肩膀喃喃轻语,齿关簌簌发颤。

闷葫芦,闷葫芦,这一生终是我欠你太多。只愿将来魂归地府那一刻,不喝孟婆汤,不渡忘川河,我依然记得你最初的模样,千里万里找到你。那个时候,你不是楼西越,我不是霍青珑,天地静寂,庭外飘雪,你我共煮清酤,檐下欢酌。下一世我不负国耻,不骋沙场,无论你记不记得我,定付你深情……

“你……还会回来吗?”楼西越黯淡的眸子望向她,那里藏有太多未及言说的情真,若她肯信他,愿意回来,无论那一天有多久,他都会抱着那份希望等下去。

青珑哀极失语，心里何尝不愿回头，又何尝不想回到闷葫芦的身边，生死与共，不弃不离，可现实却不允许她感情用事。

"闷葫芦，我已无退路……"她哽咽难言，紧紧拥着他，心有戚戚："哪一日短兵相接，你是楼西越，我是霍青珑，仅此而已……"

字字如刀，戳在他心，也刺在她心。

楼西越眼里的暗光散尽，像是最后的希望湮灭，一瞬间令他无所适从，很久之后，他的口中发出三个沙哑的字眼，轻飘飘落入她耳中："你走吧……"然后他一手撑刀，一手撑地，从她手中挣出，拼尽全力站了起来。

刚一起身，就有长刀利箭复又对准他脑袋，只消萧璟浩敢妄动，便会将他射个千疮百孔。

"霍青珑！"萧璟浩目眦尽裂，拔刀指着她脑门。

"妹子，先走吧。"梁二面色复杂地望着楼西越，满目悲沉，欲言又止。随后他上前几步来到青珑身边，叹息一样劝她："这也许……是他的意思。"

青珑哀然，又怎会不懂闷葫芦的心，只是那样的做法犹如锥心，她下不了这个决定。

"青妹……"梁二虽不忍，亦不得不劝她。

青珑凝视着楼西越的背影，如鲠在喉，良久低低出声，对着身后的大军艰难下令："押着他，撤……"

萧璟浩又惊又急，却前进不得，低声对身边的部下交代了几句。

那部下会意，打马转身，火速跑了。

彼时，景威率兵杀进北凉皇宫，将一些没来得及逃避的凉官悉数擒拿。紧接着，大军飒沓奔出，再度冲向那些高官的家宅和府邸。

一瞬间，整座凉都被烈焰吞没，到处弥漫着呛鼻的味道。无数残肢断臂被烈火包围，烧得焦黑成灰，散发着腥味，引得秃鹫在高空飞旋，伺机扑下来猎食。

大街小巷上，除了来回奔走的西川战士，已经鲜少碰到生还的人。

突然，放置在一间破败屋舍门前的竹筐抖了抖，垒在最顶层的竹筐掉下来，露出一个满是污渍的脑袋。那人万分害怕，身子缩成一团，惊恐地听着耳畔奔动的马蹄声，吓得不敢出声。

"那里有人！"一兵发现了响动，惊呼一声。

景威闻言，勒马停下。

两兵握刀上前，拨开不断抖动的竹筐，何曾想藏在那里的竟是个尚有气息的姑娘，一头长发乱蓬蓬地垂下来，遮盖了她整张脸。女子身上的衣服被大火烧得只剩半截，露出的胳膊青一块紫一块，正抱着四肢，赤脚缩在竹筐堆里。

忽见两兵逼近，她惊骇地大叫一声："不要杀我！"然后拖着被断木砸伤的右腿，跌跌撞撞地拼命逃。

两兵阔步上前，伸手揪住她，将她提到景威面前，拿刀拨开她乱糟糟的长发，低头瞅了瞅，嘿笑一声："景爷，是个胚子，长得标致着呢！兄弟们把风，不妨您把她给办了……"

"找死！"没等两兵说完，景威一脚踹到他们屁股上，训道："少将军怎么下令的？不想活了？"

这么教训时，他的目光移到女子身上，忽地面色一变，翻身跳下马，撩开她的长发，震惊出声："是你？"

那女子全身发抖，如同受惊的小鹿，在这群壮兵面前无处躲藏，发出嘤嘤而绝望的哭声。

"你哭什么，跑这里来干吗？你家公子不要你了？"景威抬手擦掉她面上的灰渍和血渍，又替她抹掉眼泪，低头问她。

女子战战兢兢地抬头，认了很久才认出景威，非但没有停止抽噎，反而哭得更凶，抓着他的衣服哇地放声号啕，似是受了极大的委屈和辛酸，却无处倾诉。

"你家公子当真不要你了？"景威措手不及，笨拙地将她揽在怀中，拍着她后背安抚她，"不要就不要了，又不是没人管你，快别哭了……你看这样行不？这里动乱，你就跟着我，不要再到处乱跑，当心被错杀了，嗯？"

劝了许久，女子的哭声才止住，含含糊糊地啊了一声，也不知是同意还是谢绝。

"是不是饿了？我带你去找吃的。"景威抹干她脸上的鼻涕和眼泪，看了看她蜡黄而消瘦的面容，小心抱她上马，自己也展身上去，将她环在臂弯中。

正欲起步，迎面一个战士仓促奔来，急声道："少将军被挟持了，六皇子命我们从东门出兵，追上那群人救出他！"

"被谁？"景威神色一震，脸色大变。

"霍青珑！"

"她竟敢如此对待少将军，狼心狗肺的东西！"景威咬牙切齿，将怀中的女子交给部下，叫他们好生照顾着，然后他大喝一声，一众铁骑骤然调头，朝东门浩荡涌出。

浣城十里之外，长风呼啸，四野俱寂。

一名银甲在身的男子被十几把战刀指着脑袋，木偶一样随他们前行，身上的伤痛已然麻木不觉，只是每走一步，意识便被攫走一分。

他的视线正对的，是正前方一个女子的背影，而她扶着另外一个昏迷的男子，艰难地朝一辆马车走去。

青珑不敢回头，怕面对他那毫无血色的惨白面容时，自己会冲动，把压在肩上的恩怨、立场、国仇、使命和责任都抛诸脑后，不顾一切地奔向他，抱住他行将倒地的身子。

在她走过的地方，两行克制不住的清泪无声滚下，濡进脚下的灰烬中……

"姑娘，有来兵。"地面上忽地传来一阵闷闷的回音，一个士兵收刀，耳朵贴地听了片刻，起身对钻进马车的女子道。

隔了很久，里面才传出一个发颤的声音："到了……放了他，我们走……"

到了……走到尽头了……

楼西越涣散的目光移向声音传来的方向，看到的，只是一辆冷冰冰的马车，咯吱咯吱向前滚动。

偌大天地里，只剩他一人独立当下，心却被一种难以割舍的情结牵动，沿着马车离去的方向一寸一寸移动。

等了长久，没有等到她的回头，残留在他瞳中的影像，依旧只是一个背影。

他走了一步又一步，走到眼前的一切光亮都消失，化成无边无际的黑暗，身体像被无形的大力扯着，不断往下滑，终于坠入其中，沉沉不醒……

远方的天色里，马车疾速前进。

车帘徐徐掀开，一张挂着泪痕的苍白面容探出，视线落在行过的每一寸天地里，久久不动。

闷葫芦，保重。

盛世

<下>

闻棠

著／

WEN TANG
WORKS

天津出版传媒集团

天津人民出版社

《第五十四章》
泯仇

———————————————————————————————————————

秋风瑟瑟，细雨绵绵。

蜿蜒向北的青石小道上，一辆马车快速行驶，冒雨急进。

"到何处了？"秋雨滴答，一个温和又略带焦急的清音穿透雨声，从马车内轻然飘出。

坐在车前的是一个身着黑色劲装的少年，头戴斗笠，脸埋得很深。闻言后，他回头恭声道："回公子，已经走出夏境，正往北直行。"

"可有常琰的消息？"

"公子请放心，我已派人前去联络，霍姑娘那边应该不会有事。另外不日前得到线索，琼儿离府后一路北上，曾在浣城附近徘徊，应无性命之虞。"

马车里的人道："加快速度，一有消息即刻回报。"

黑衣影侍担心他的身子，劝他："公子伤势未愈，颠簸长久，再不合眼休息恐怕……"

"我没事，快走吧，尽早找到她。"马车里的人语声坚定，不容违抗。

少年默然，便不再多说，转身吩咐车夫。

"驾！"车夫猛地扬鞭，烈马长啸一声，扯蹄狂奔！

朔风凛凛，夹杂着从北方飘来的硝烟味，在长天四下飘散。

时间过得飞快，不知不觉间秋日已逝，初冬的寒气悄然袭来，饶是身在马车内，依旧冻得人齿关打战。

青珑裹了裹身上的衣裳，一言不发地靠在角落里，眼神无光，整个人如同石雕般纹丝不动。

辛宁见她一路上几乎都不说话，怯怯地坐在另一边，不时偷偷掀开帘子，担心地瞅瞅一个病弱少年纵马疾行的背影。

"姑娘，我、我去给子道哥哥送药喝……"她大气也不敢出，嗫嚅着道，攥得衣角皱巴巴的。

青珑回神，游荡在别处的思绪被她的话拉回，抬手抹了抹眼睛，哑声道："外面风大，你就待在里面，我去拿给他。"

"姑娘……"辛宁见她眼角潮红，似是哭过，却不敢问，慌忙拿出绢帕给她递过去。

青珑淡淡笑笑："无碍，进了沙子，一会就好。"行将下车的刹那，她忽而停住，转身看了一眼马车内昏睡的男子，叮嘱她："阿宁，离他远点，有事就大声喊我们。"

"姑娘，他……是不是快死了？"辛宁挪了挪身子，看着男子惨白的面容有些害怕地问道。

已经好几天了，就算姑娘每日给他换药包扎，他还是一直昏迷不动，不知道会不会醒不过来了？

青珑迟疑了下，又转回身子，探了探他的脉搏，道："死不了。阿宁，不管他能不能醒，都不要靠近他。要是他有什么动静，喊我一声就行，不要去扶他。"

"嗯。"辛宁屏息点了点头，从怀里拿出药递了过去。

青珑接过来跳下马车，她一走，马车里复又死寂一片。

男子的呼吸极浅，却不再是最初的长短不一，变得平和而匀静，不多时他的眼帘微动，挣扎了几下，缓缓睁开眼睛。

"啊……"辛宁始料不及，口中发出一个短促而低低的惊呼声。

"……不用怕。"沈隽打断她，声音沙哑而干涩。半晌，他艰难地坐起身子，倚着马车微微喘息。

"你、你要喝水吗？"辛宁再度远离他几步，既担心又戒备地问他。说着她拔掉水壶的封盖，匆匆拿出一个杯子，倒满水后推到他身边。

"谢谢……"男子转身看了看少女惹人怜疼的清容，再想起方才青珑交代她的话，嘴角不禁漾出惨淡而自嘲的笑。

呵，不仅是个彻头彻尾的坏人，还是个轻浮浪荡的淫徒——那个女人，当真像一把直剜人心的刀。

"知不知道……现在走到哪里了？"他伸手握住杯子，想拿起来喝几口水，谁想身子近乎虚脱，半丝力气也使不出。尝试了几次都攥不起来，他不得不颓然放弃，靠着马车闭上眼睛。

辛宁想帮他一把，却不敢靠近他，又害怕他好不容易醒过来，再不喝水会渴死在车上。犹豫了许久，她才挪到他跟前，端起杯子抵到他唇边喂他喝下，一边答道："快到北凉边境了，子逍哥哥说再行十余日便能出去了。"

"北凉……"沈隽喃喃念了一遍那两个字眼，忽然间失笑，心里有些空，"你们准备去何处？"

辛宁如实作答："带大家回青桑。"

"青桑？"他语气微奇，眼底多了几分兴致，"那里现在什么样子？"

"那里很好，没人会打你。"辛宁低头，抿嘴笑了笑。

"是啊，不容易……"他长叹一声，揭开帘子一角，眼睛落在朦胧天色中，一眼不眨地望着青珑策马挥鞭的背影，久久不语。

"那你们……吃得饱吗？"不知过了多久，他才收回视线，问她。

辛宁摇了摇头，旋即又点点头："比在奴场好一千倍，每当断粮的时候，姑娘总会想办法给我们弄来。半年前我们在山脚下种了好多谷物，长势喜人，来北凉之前就有族人开始收割。等到这次回去，就能吃到我们自己亲手种的东西了。"

"那买东西的银两够不够用？"

辛宁见他没有青珑说得那么可怕，心里的胆怯徐徐消失，话逐渐多起来"我们不能乱花钱，要给那些保护我们的战士买大刀使买好马骑，生病的人还要买药喝。选谷种，养牛羊，盖屋子，给小孩子们请教书先生……好多事情都要花银子呢，我们都得省着用。"

沈隽心酸而又欣慰地颔首笑笑："确实，她那么辛苦，你们一定要体谅她、照顾她，快些成长起来替她分担重务。"

"嗯！"辛宁听话地点点头。

沈隽的身子往前倾了倾，问她："有笔墨吗？"

辛宁摇摇头，不解。

他的目光在车内睃巡一眼，实在找不到可以书写的东西，又问："刀呢？"

辛宁吓了一跳，往后退了一大步："你要刀做什么……"

"别怕，帮我把这个割下来，我要用。"他指了指自己衣角。

少女这才敢靠前，从怀里拿出一把匕首，划下一片衣角给他。

沈隽又向她借来匕首，在食指尖上扎出一个口子，鲜血顿时涌出。

辛宁面色大变，几度想拦他，却见他就着血，埋头在衣角上面写着什么。不一会儿，他停下手指，落款提名后重重在名下按了一个血押，将那块衣角卷起来后交给她："这个你拿着，到时候交给她。"

"这是什么？"

"漠北范氏和陶氏，南疆郁氏，东亣蔺氏，还有夏都赫连氏，连同其名下闲庭会在内，这些盛铺望庄都是我名下商号，黑白两道兼而有之，没人知道，包括中州境外的大小店庄，都在这上面写得清清楚楚。"

"啊？"辛宁忍不住惊叹出声，却不懂他的意图。

"算了，还是不要给她了，你就交给……"沈隽忽又改变主意，思量少顷，道："就交给那些将领，比如月芜他们，或者你的子道哥哥。"

"为什么不给姑娘？"

"因为……"男子苦笑一声，"她铁定不屑于我的这些东西，要是被她知道了，就算扔了都不会正眼瞧的，更加不会要。"

辛宁听完，触电似的还给他："姑娘若是不同意，我不能要……"

沈隽笑笑："那你的子道哥哥呢？他身子弱，又有喘疾，发作起来随时都会丧命，你不想给他买最好的药吗？"

"你胡说！子道哥哥不会死！"辛宁小脸一白，颤抖地反驳他一句，顿时眼睛发红。

沈隽忙道："对不起，是我说错了话，向你道歉……你把这个交给月芜，告诉他们，不要让她知道，移交文契我已在上面写好，他们会明白怎样做。到时候，不但你的子道哥哥可以买好药治好病，她也不会那么辛苦，族人不用忍饥挨饿，那些保护你们的将士还能骑上最快的马，握上最锋利的兵器，为你们救出更多的同胞。"

"真的吗？"辛宁抹了抹眼睛。

沈隽点点头："收好它，找个机会拿给月芜，告诉她动作一定要快。"

辛宁不知道这份血契等同的是富可敌国的财富，她心里在乎的是能给子逍哥哥买更好的药，治好他的病，哪怕被姑娘知道后会打她骂她，她也甘愿承受。想到这，她禁不住沈隽的诱说，犹豫着收下了。

沈隽处理完这些，揭帘望向外面，冷风嗖嗖如刀割，苍茫大地间烟雨蒙蒙，间或有晶莹的细小雪珠夹杂在雨丝中，随风飘进马车，触手即消。

"啊……下雪了？"辛宁慌忙站起来，将面前这个虚弱的男子忘得一干二净，拿了条裘衣跳下车，跑向与青珑并肩骑行的少年。

一群壮兵哈哈笑开，玩笑道："那辛泽冻着了怎么办？他可是你亲哥哥哟。"

辛宁垂头，局促不安地站在当下，不知道怎么应付这么多人的"责备"，细声道："可是子逍哥哥身子不好，我、我……"

"不准欺负阿宁！"褚子逍制止一句，抱她上马，将她裹在大裘中，更加惹得一群人不怀好意地戏谑开。

听着外面传来的笑声，沈隽垂下帘子，无力地靠在车厢上，缓缓阖上眼帘。

忽然，一个身影闪了进来，在他对面坐下。

他睁眼，对上一张冷冰冰的清肃容颜，青珑一言不发地盯着他。

"放心，不会赖着你。"他失笑，寄人篱下的滋味着实不好受，随时都会被赶走，"到了前面的镇子稍停片刻……"

"别说话。"她面无表情地截断他的话，从角落里翻出一瓶药，倒了一粒出来，又递给他一杯水。

"死不了，谢……"沈隽不想出丑，摇头笑笑。语音未落，一只冰凉的手捏着那颗药塞进他口中，然后将水杯抵在他唇边，往上一仰。

沈隽被她强行灌了一口水，呛得肺都能咳出来，瞬间面色潮红。

青珑惊住，伸手拍他后背，帮他顺气。

"你这女人……要命也不是这个要法……"沈隽痛得冷汗淋漓，背后的伤口被她拍得撕裂扯开，一股刺痛直往骨髓里钻。

青珑这才意识到碰不得他，赶紧住手。

良久，沈隽才从那阵难受中缓过来，有气无力地斜支着身子靠在车壁上。

刹那间，马车内声息不闻，静如死水。

"活命之恩，谢了。"一阵长久的沉默过后，他首先出声。

青珑看也不看他："两不相欠。"

沈隽侧目，继而自嘲一笑："那得感谢我有先见之明，最先救过你，否则这次必死无疑。"

又是一阵不言不语的静默。

他没话找话，要把该说的都在这一次对她说完，否则不知道日后有没有机会。"我知道，你心里一定恨我入骨，巴不得我被剁成肉泥吧？"

青珑抬眸看他一眼，唇齿翕张，却未应声，因为连她自己也不知道答案。

沈隽自顾自笑笑："错了就是错了，任何东西都改变不了，我也不奢求你的原谅……"

青珑眼帘眨动，微微抬了抬，目光却依旧停留在半空，没有移到他面上。

"不必在我有生之年。"

青珑胸口窒住，呼吸莫名吃紧，掠他一眼："闭上你的嘴，不要吵我休息。"

他哑然笑笑，没再开口惹她厌烦，安安静静地靠在车上。

青珑转身，见他闭了眼睛，脸色苍白一副半死不活的模样，心头的怨结不知道该继续还是该释怀，对着虚空沉沉道："求援东亓，也许不会死得这么快。"

"呵！"沈隽人讥笑一声，"只怕死得更惨。"

"日后什么打算？"

"活不成就死，死不了就苟活。"

"去了夏都，你只有死路一条。"

"你会拦我？"他睁眼，眸底生出意料之外的欣喜。

她语噎，半晌道："爱死不死！"

"……"他愣住，又失望地闭上双眼，"那就不要吵，让我好好休息，养足了精神去锽城。"

青珑起身下车，却因为他随后的一句话而猛然顿步。

"如果我是去杀楼西越，你会杀我吗？"

她倏然回头，目光如刀似剑。

他满不在乎地笑开："就算你杀了我，他也活不了多久。"

青珑眼底波澜起伏，胸口沉沉如被石压，闷痛难语，一颗心惊悸不已。

"功高无二，却又放虎归山，"沈隽自言自语道，笑得神色复杂，"御前受赏时，怕也要弥补这赫赫战功上的瑕疵。那个时候，你觉得他还会放你一马吗？"

"我会在你幸灾乐祸之前杀掉你！"青珑握了握拳头，冷声警告一句，揭帘下车。

"……好，我就等着。"他唇齿轻动，发出低不可闻的字眼。

第二天子夜时分，大军在一条河边扎营休整，大部分人相继进入沉睡当中。

沈隽独自下了马车，望了望连成云海的军帐，巡兵来来回回走动，虽然疲惫，但依旧保持着很高的警觉。他借故远离帐篷，缓缓走向河边。

初冬雨雪纷纷，河面上结了一层薄薄的冰，触之可裂。

几名巡兵从旁经过，见他一个人不言不语地站在岸边，遂走上前好心问他有何吩咐。

沈隽摇了摇头，指了指河对岸，向他们打听前方是何地。

巡兵如实相告，沈隽沉吟片刻，问他们要了一匹马，又叮嘱他们一两句，最后独自纵马离开了。

翌日清晨，青珑照例去给他换药，马车里却空无一人，一打听才从那些巡兵口中得知他已不辞而别。

她的心里没来由地一沉，怔怔站在岸边，靠近河岸的冰层裂了几道窟窿，从里面涌出氤氲的雾气，迷蒙如烟。

青珑隔水远眺，对他的恨犹如那些缺口上面飘浮的水雾，无声散于长天。

她想，可恨之人必有可怜之处，他大抵就属于那种人吧。不是君子，也非忠义之士，却能在家国危难时挺身而出，死守城池，最终落得个垂死挣扎的下场。伤他的，却不是敌兵，而是被他以血肉之躯护在城门内的那些鼠辈，他们争相取他首级，饮他骨血。

姓沈的，我最多做到不恨你，最多——她对着漾漾水雾低低发誓。

远处，一个身着战甲的男子徐徐走来，停在河边沉声唤她："霍姑娘。"

青珑回身，抱拳一礼："感谢常将军出手相助。"

常琰笑笑，摆手示意他不必见外："公子不放心，命我率兵跟护着，不过……"

到此处，他颇是歉疚地道："王爷定然不允，知道后与公子闹得不愉快，训了他一宿。我心觉王爷的顾虑不无道理，却又难违公子命令，出兵后就一直尾随着，没有及时现身。"

"舒九容的伤……"青珑心海涌动，被担忧和牵挂填得不剩一隙。

常琰长吸口气，摇头苦笑："就那样了，只愿公子自己想得开便好……"

青珑胸臆沉痛，眼眶发红，暗暗攥紧了拳头。

"算了，公子不让我们在姑娘面前提他，不说了。"常琰一改话茬，径直道："我来是向姑娘辞行的。"

青珑再度相谢，坚定道："叫他保重身子，待将这些百姓安置妥当后，我会寻机会去王府看他。"

常琰点点头："再行几日便靠近夏境，从那里绕出去还需些时日。你们带着百姓不便转移，稍后我带兵先行一步，打个头阵也探探路，没什么变故的话你们再紧随其后，大雪来临前务必回到青桑。"

青珑无比感激："如此，我代所有百姓和族民诚谢将军厚义，一路小心。"

常琰颔首："保重，姑娘的话我亦会转告公子，来日若有机会，王府再叙。"

青珑莞尔答应，与他离开了河边，目送他率领长长的队伍渐次南去。

北风萧萧，天地苍茫。

她举目望着远去的长队，眼里的寒意愈来愈烈，肃声问身后的梁二："梁大哥，舒长轩的行踪可有打听到？"

"逃出烨城后，他一路北上去了凉都，我们的人追到浣城便失去了线索，不见其踪迹。大抵是他察觉到身后有人追杀，于是金蝉脱壳转逃他处。"梁二将手下兄弟搜罗到的消息转达给她，"还有一人，就是舒九容身边那个丫头，也在浣城出没过。不过这段时间刀光剑影，那里一片狼藉，她身手平平，生还的可能……说不准。"

青珑心里一个咯噔，脸色发白。

"不过别担心，"梁二很快又带来一个有待确定的喜讯，"昨日大哥刚收到一则小道讯息，说是楼西越麾下有个叫景威的部将身边跟着个姑娘，虽着男装，但身形样貌与你提供的画像颇为神似。"

"景威？"闻听此讯，青珑心头的阴霾被驱散了些许，希望顿生，又奇怪景威如何与琼儿在一处？

梁二道："妹子，不行你带着大家先回，大哥再派人去找找。"

"不，"青珑婉拒，"我去找。"

"可是……"

"我会小心。舒九容视她如胞妹，我不能带任何雪上加霜的消息给他，既然人在浣城，顺便我多寻几阵。"

　　梁二无话可驳，过了片刻犹豫着问她："舒九容的腿、目已经药石失灵，余生都只能这样，妹子的打算……"

　　青珑抬眉，眼底的光如涟漪一样荡开，久久无法平静。"他变成这样，一半也因救我。三年也好五载也罢，不管多久，我都不能不管不顾。"

　　"那如果……需要一辈子的时间呢？"

　　她笃定道："既是生死患难的朋友，就该同甘共苦。"

　　梁二没说什么，望着她的侧脸若有所思。作为大军将领之一，他担心的不是她的选择，而是她的选择会给青军带来什么样的后果。

　　楼西越，再多的付出也已成无奈，注定只能短兵相接。

　　而舒九容，他可以容得下青军，定南王却未必如此，除非青珑妥协于南燕，青燕两军一起对抗夏军。

　　但是，霍家女儿不是一个轻易认命的人，无论如何她都不会将生死交付在别人手中。

　　想到此，这个游侠出身的将领又多了几分放心，但愿她此行能顺利找到那个姑娘，早些回到归龙关吧。

《第五十五章》

心灰

北历十年十月中，凉都浣城沦陷，城破，国危。

夏军围城剿兵，数日不退。战火燎原，千里之外依稀可见滚滚浓烟，如巨浪腾空，怒拍九天，望来撼人心魂。

是月下旬，天降雨雪，火势才见消减。此时的浣城已形同废墟，人烟难寻。

次月初，大雪纷飞，压道难行，一辆穿行在风雪中的马车不得已停了下来。

黑衣影侍跳下马车，举目远望，四下苍茫清寂，只隐隐可见前方一座驿馆破败的轮廓，竹竿上悬挂的幡旆在北风的吹拂下剧烈摇摆。

"公子，前方有间驿馆。"他转身揭开帘子，却在瞬间面色大变："公子！"

马车里的人面色惨白，额上沁出细密的冷汗，两行血水沿着眼眶流淌下来，洇红了遮盖在眼前的素绫。他的双手紧紧抓着膝盖，那里也隐隐泛出一丝血色。

"公子！"白前一惊，展身飞入车内，欲解下缚住他眼睛的白绫查个究竟，却被他抬手拦住。

"不要紧……"舒九容的身子有些发烫，意识模糊不清，含含糊糊地问他："有没有……常琰的消息？"

"快了，马上就有，公子不用担心。"白前触他体温发烫，再一观他情形，俨然是伤口耐不住北地的透骨寒气，感染冻坏了。

少年匆匆翻开药箱，却见好几瓶止痛消肿的上等良药都被公子送给了半路碰到的受伤逃亡的难民，仅剩的一瓶也已经见底。

白前惊然，二话不说将舒九容背下马车，三步并作两步奔向驿馆。

"白前，现在走到哪里了？"舒九容趴在他背上，昏昏沉沉地问道，"你身手快，不行再去探探，一路留下暗号，我们在后面追着……"

少年不答，拼了最快的速度往前奔行，却在一瞬间顿住脚步，眼里戒备陡升。

几名夏兵怀抱酒坛跑出驿馆，围在桌子四周搓雪为一个银甲在身的男子清洗伤口周围的血迹。

看得出，那坛酒应该是这群士兵将这驿馆翻了个底朝天才找到的。在断药的情况下，酒无疑可以救急，勉强用来为伤口消毒，免其恶化。

白前眼神一寒，下了狠心，小心将舒九容放进马车，叮嘱车夫照看好他，然后提剑而去。

一群夏兵欣喜地揭掉封泥和包布，正欲倒酒，谁想一只手蓦然横来，抓住坛口，将那烈酒夺走了。

"拿来！"众兵大怒，拔刀围住他。

白前默然审视一眼，认出了趴在桌上的男子，于是往摆在桌上的破碗中倒了一些酒，然后拿着酒坛纵身而起冲出包围圈，扬长而去。

"拿下他！"眼见辛苦所得突然落到别人手中，众兵目眦尽裂，跑到马棚解下坐骑，嗖然翻坐上去，扬鞭就追。

不一会儿，剧烈的打斗声冲破风雪，在四野叮叮当当响起。

男子半昏半醒地趴在桌上，没多久便被那阵刀剑声惊醒，他手臂一动，破碗被碰倒坠地，酒液倾洒入雪，浓香四溢。

萧璟浩的意识猛然醒转，他挣扎着站起来朝驿馆里奔去。只见另一个瘦削的男子屈膝坐在冰冷地面上，背倚着一面坍塌的残壁，双目紧阖，了无声息，外面的斗殴声竟毫无察觉。

"表哥，表哥……"萧璟浩跌跌撞撞地挪过去，摇醒了他。

驿馆外面刀剑铿锵，叮当脆响漫天飘散。响声入耳，将一个纵马穿行在风雪中的女子惊住，她一拉马缰，陡然朝这边转来。

隔着远远的距离，她看不清这些人的面庞，但靠近几步，面色不由大变，被这些士兵围住的，竟然是白前，再匆匆一视，远处雪地停了一辆马车，是否舒九容就在其中？

青珑大感意外，不知他们与夏兵起了什么冲突，以至于大打出手，情急之下调头奔过去。

"发生何事了？"舒九容的耳力远超常人，远远就听到响动，摸索着揭开帘子，问驱马前行的车夫，"白前呢？他去做什么？"

说话时，原本只闻风雪呼啸的旷野中交斗声越发响亮，烈马仰天嘶鸣发出怒吼声。

舒九容渐感不安，蓦然间移出车厢，抓着车辕就要下地。

"公子不可！"车夫抱住他，拼命阻拦："白前去为公子买点酒，伤口冻坏，又无药可医，再不清理会溃烂的……"

"买酒为何与人动手？到底发生了什么事？"

"属下不敢欺瞒公子，只是几个江湖混混撒酒疯，在那比拼……"

依稀间，一阵悦耳的风铃声散入雪地，回音急急。

舒九容神色一怔，有刹那的失神，以为是自己的幻觉，很快他就回过神，快速往外移。

"公子！"车夫拦住他，劝道："那些人在行酒令，说是包了驿馆里所有的酒，白前气不过，就跟他们动起了手……他已经要来了酒，公子您不用担心……"

"说实话！"舒九容骤然低喝一声，紧紧揪着他的衣领，一双被白绫覆盖的涣散眼睛笔直"盯"着他，不无警告："是不是觉得往后的事你们可以自作主张，没必要再告诉我这个瞎眼又瘸腿的废物！"

车夫惶恐跪地："属下不敢！"

"让开！"

车夫只得依令，从马车内卸下轮椅，将他背了上去，推着他追寻那阵风铃声。

萧璟浩将楼西越从昏迷中摇醒时，驿馆外面的打斗声忽然消失。他不知道出了什么状况，起身出去查看，映入目中的景象让他脸色煞白。

苍茫雪地上血迹斑斑，一具具尸体横七竖八地躺在血泊中，一动不动。几匹战马打着响鼻，围着尸体原地打转，不时俯下脑袋噌弄他们的手臂和四肢，似在叫唤自己沉睡不醒的主人。

背对尸体是一个头戴风帽的女子，她系着一袭玄青色披风，迎着风雪翻飞舞动。此刻她足下生风，踩着厚厚的积雪朝远处一辆轮椅急速靠近，一边走一边轻摇手臂，带动腕上的风铃发出悠远如天籁的清音。

轮椅那边旋即应来一个惊喜的声音："青珑？"

风铃声声，回音随风飘散，掠入撑着战刀缓缓步出驿馆的楼西越耳中，久久不消。

他斜倚挂着旗帜的竹竿，眼里的惊色化为深不见底的幽暗，怔怔望着她大步奔向轮椅的背影，心海成空。

一旁的萧璟浩哀然放开一个部下了无气息的尸体，眼里杀意涌动，他猛地拔刀起身，拼着一口气杀了过去。

白前的身手在他之上，一脚飞出，便轻而易举将他踹飞在地。

他只是昏迷了片刻，等他醒来后，这些忠心耿耿护送他和表哥回西川的部下就变成了冷冰冰的尸体……年轻皇子无比悲痛，他拼命从地上爬起来，像头暴怒的狮子，不顾一切地挥刀杀来。

白前急于脱身，被他纠缠得紧，顿时起了杀心，长剑叮然出鞘，如风掠过，当喉切向他脖子。

"哐！"一声乍响爆开，一刀一剑砰然相击，擦出灼灼耀目的火花。

"先来后到的道理，没人教你吗？"楼西越眉目肃杀，冷冷盯着他手中那坛酒。

白前没有料到楼西越也在驿馆中，神色明显惊了一下，眨眼间又恢复如初："北凉的东西，不是只有你西川大军可夺！"

"接着！"他振臂一甩，酒坛顺势脱手，飞向轮椅。

楼西越面色一变，旋身绕过他，箭步冲向酒坛。

与此同时，临近轮椅处的女子应声回头，迅速上前几步伸手握住坛口。几乎在同一时刻，另一只手当空横来，紧紧抓住另一半坛口。

仅剩的半坛酒稳稳停在两只手中，散发着浓香的液面水波荡漾，仿似一面照得穿血肉躯体的明镜，直映两人上下起伏的心。

青珑目光触及酒液，看到里面呈现的倒影，脸色瞬变，抬眸一看，震惊混合着难以言表的悲伤忽如阴云横亘，直压心头。

白前面色失常，冲楼西越斥道："无主之物，休要贪得无厌！"

"白前！"舒九容高喝一声，他看不到满地的尸体，却闻得到扑入鼻腔的血腥味，"到底发生了什么事！"

白前看了一眼青珑，像是心里害怕什么，故意大声道："一群穷凶极恶的歹徒，就为了抢走一坛酒，杀了驿馆老板……"

舒九容不相信他的话，拼力摇动轮椅，往这边移来："青珑呢，是不是这样？有没有事？"

青珑牙关轻颤，定定凝视着对面的人，一个"是"字无论如何都吐不出口。

"我在……"她强忍胸臆间的揪痛，艰难而无力地轻抬手腕，风铃声清远如歌，回应着轮椅上不见天光的舒九容。

大雪纷飞，酒坛里的倒影依旧涟漪微漾，一圈一圈荡开，像无形的弯刀直割心扉。

突然，一个倒影从液面移走，青珑的手一沉，整坛酒归她所有，像是千斤巨石一样吊在她胸口，坠得呼吸生疼。

楼西越注视着她的眼睛，白惨惨的面容静如死水，眼底却有波澜混漾，泛着些微潮红。他想说什么，却觉得现在自己连出现都成了多余，喉咙动了动，最终选择沉默。

就仿佛彼此都不认识一般，他徐徐转身，强撑着来到重伤倒地的萧璟浩身边，俯身艰难地背起他，迎雪而去，渐行渐远。

苍茫风雪中，两排深深浅浅的脚印无声向前延伸，蜿蜒成殇。

"哕哕……"马棚里，一匹枣红色烈马望着消失于天际的足印，突然间情绪失控，发出哀然而急切的低鸣声，脖子左右扭动，不断挣扎。

青珑心如刀割，眼角潮红泛泪，脚步不受控制地往前移动，似乎想要追随那抹背影而去。直到急促的马蹄声飘入耳际，她才从怔忡中回神，放下酒坛走过去，伸手抚摸它的脖颈，安抚着它的情绪。

火曜驹依稀记得这个女子，朝她喷了个响鼻，低下脑袋。

"保重……"她心口抽疼，对着马儿低哑道，解开它脖子上的缰绳，还了它的自由。

火曜驹扯开四蹄飓风一样飞奔出棚，沿着两行脚印飒沓追去。

青珑默然回身，抱着酒坛返回到轮椅旁边，屈膝蹲下为舒九容处理冻坏的伤口。

"告诉我，发生了什么事？有没有见到楼西越？"舒九容感受得到她四肢的微颤，试图平复她心底的害怕。

"没有，我已经被赶出大军，再也回不去了……舒九容，我带你去找大夫，先治好你的伤……"青珑吸了吸鼻子，拼命挤出一丝笑容，心却一直一直往下沉，眼角潮灼。

舒九容猜得到她的异常因为何人，只是不知道那期间他们经历过什么，或者说他的身子当真"病入膏肓"快要走到生命的尽头，所以她惶恐、害怕、悲痛、患得患失。

"不难过，再大的坎，总会熬过去的……"他不再追问，"望着"纷飞如鹅羽的雪花低低道。对面前这个朋友说，也对自己说。

腊月的雪比初冬的还要凶，整片河山银装素裹，映得黄昏惨白如昼。

回到西川的时候，冰冻未消的大地又添新雪，洋洋洒洒漫天飞扬，北风呼啸，发出鬼哭狼嚎的声音，五步之内不辨音容。

萧璟浩趴在楼西越的背上，从迷迷糊糊的状态中醒转过来，挣扎着要下地。

浣城一战虽然获胜，但后备军行程受阻，原定的战期被足足拉长了将近一月，军械、粮食、药材等各方面的供给和消耗都面临着严峻考验，到最后西川大军也自损不少，多数伤兵因为断药不治身亡。好在大军一鼓作气，破门而入，在最后的关头拿下了浣城。

萧璟浩被沈隽重伤作为人质要挟，几乎处于半死状态，获救后率兵剿敌不过数日，他的伤势迅速恶化，加之战后药物紧缺，不得已带着部下回西川疗伤。

楼西越是在重度昏迷中被景威送出城的，等他醒来时已经远离凉京。那里有景威和诸将打理战后事宜，他想以自己当时的状况再返回去，只怕也撑不了多久。

而他，必须活着，活着救出师父……

年轻皇子不知道这一路是怎么走下来的，只感觉离开那座驿馆后他们走得很快很颠，像在马背上，快到西川的时候又慢了许多。

"表哥，马呢？"他隐隐不安，撑开眼皮望了望空荡荡的雪地，只脚下响着咯吱咯吱的细雪声。

"是不是……卖了？换药了？"

两个男人，一个行军在外一个长自皇宫，根本没有随身携带零用的意识。如果他们不经过那个驿馆，那些部下没有去找酒，也就不会发生后来的事，也许火曜驹就可以不用含泪看着它跟了九年的主人拿上银子决绝离去。

萧璟浩看着自己臂上缠绕的绷带，喉咙忽而发酸。

楼西越低头不语，眼底有水雾漫出。虽然背上还背着个人，但他的上下眼帘几乎要合到一起，整片平川也似倒悬在头顶，天旋地转昏昏沉沉，快要撑不下去。

好在，军营渐现轮廓。

是夜子时，辕门附近忽然出现两个人影，守兵认出了楼西越，被告知背上伤重之人是六皇子后，他顿时叫开："快禀将军，少将军和殿下回营了！"

彼时楚定云正欲熄灯，一兵慌张跑来禀报："将军不好了！六皇子重伤昏迷，从北凉回到西川了！还有少……"

楚定云震惊不已，连传事兵的话都没听完，更顾不得披上外衣，身着寝袍便奔出大帐。

靠近辕门的地方，一群守兵围在萧璟浩身边，心急火燎地准备抬他进帐。

"传军医！"借着雪色远远看到那边的情景，楚定云面色一白，大步上前，一把推开旁边一个挡他来路的人，冲进人群背起他。

楼西越猝不及防，险些因为承受不住那道猛力而栽倒。放开萧璟浩后，他全身的力量也随之消失殆尽，眼前大喊大叫匆匆移动的兵影皆成一团黑，令他目眩神晕。

他不敢动，站在旁边稍做缓解，却猛地被一双大手推开，顿时身子失去重心，趔趄倒退，后背结结实实地撞上一排栅栏方才止住。

守兵们四下散开跑向不同的方向，叫军医、备竹架、打水生火忙得不可开交。楚定云惊骇于萧璟浩的惨重伤势，匆促将他挪到自己背上，背着他箭步返回大帐，边走边令："传军医来我处！"

瞬息之间，营门处安静下来，楼西越怔怔站在风雪中，望着一群人焦急离去的背影，忽然间觉得这里的一切异常陌生，自己像个闯进了别人禁区的不速之客。

他转身，拖着风催即斜的躯体狼狈退出了这片领地，向着远方踽踽独行……

天地萧瑟，风雪如刀。

三更过后的街巷一派死寂，只偶尔响起几声犬吠和更夫提着铜锣慢吞吞叫更的慵懒声音。严寒骤降，家家户户都还陷在沉睡中，冗长的街上杳无人烟。

突然，一双小手扒开一堆落满积雪的秸秆，旋即从缝隙中露出一个脏兮兮的脑袋，双目幽亮如明珠，炯炯有神——竟是一个黄毛丫头。

那丫头像是发现了目标，面露喜色匍匐着爬出秸秆，猫腰躲在墙角抓起一把雪，揉成一团后手臂一挥，使力砸向路中央一个迎雪缓行的人影。

那人脚步虚浮，不知是喝醉了还是受了伤，就这么轻飘飘地一直往前走。

一团雪砸过去，却未击中那人，小丫头极为不甘，揉起更大的一团，捏实，压紧，飞掷而出，嗵地砸中他胸口。

那人伸手捂住胸口，发出一声浅咳，身形随之晃了晃，快要站不住脚。

原是受伤了，这点劲都承不住，看来今晚有得好处捞了。小丫头暗自窃喜，整个儿蹦了出来，两手并用接连不断捏实雪球砸向那人。

楼西越晃了晃脑袋，眼前的一切昏昏暗暗，依稀中他只看得到正前方一个少女揉雪砸他的兴奋脸孔。

他想躲开，移动的脚步却不及她的"暗器"来得快，冷不丁额头一痛，一大团冻雪砰然袭来，砸得他眼冒金星。还没从眩晕中缓过来，他再度被她一推，颓然跌到墙角下。

"银子呢？交出来姑奶奶饶你一命！"小丫头从怀中掏出一把锈迹斑斑的匕首抵在他喉咙上，学着江湖匪徒唬人的伎俩，像模像样地威胁道。

还是个蓬头垢面的稚子……楼西越不想与之计较，眼帘无力地合在一起，倚墙而歇，想积攒些许体力继续赶路。

"喂！不会死了吧？"小丫头一手拿匕首，一手在他身上左右翻找，半天才摸出几粒碎银。

"长这么俊，却是个穷酸鬼……"她懊恼地啐一口，又在他腰间翻来翻去，结果半个钱袋的影子都不见。见他脸色白得吓人，整个人也消瘦不已，她暗忖许是得病花光了积蓄。

"算了，姑奶奶心肠好，不跟你这病死鬼计较，天寒地冻的，外衣给我留下来当被子盖，总不能让我白出手。"小丫头麻利地解开他的衣襟，然而却在动手扒下他衣服的瞬间面色大变，触电似的倒退了一步。

只见他脖颈以下，一道道惨白的狰狞伤口爬满身上，最长的一条从锁骨划开斜向下延伸，隐隐还涸出血迹，望来格外恐怖，瘆得她头皮发麻。

小丫头吓得小脸一白，差点放弃，却忽地眼睛一亮，一颗滢光闪闪的碧珠映入眼帘，从扒开的衣服中露了出来。

"猫儿眼！"她揉了揉眼睛，确定不是自己的幻觉，顿时两眼放光，顾不得那些骇人的伤疤，一把从他怀中揪了出来。

那是一串用红缨串起来的手链，左右各垂一珠，中间悬挂着一颗精小银铃，一晃便发出悦耳动听的天籁声。

小丫头大喜过望，忍不住将它串到自己腕上欢喜地摇来摇去，正高兴着，冷不丁手臂一痛，被人紧紧攥住。

她吓了一跳，竟见那人猛地睁开眼睛，拼命攥住她胳膊想要夺回那只银铃。

"放开！放开！"她着了急，猛地站起来，手臂使劲往外抽，"你放手！再不放开我踩死你！放开！"

说着她便真的踩他一脚，却还拔不出手，慌乱间她俯下身小狗一样逮住他的手，狠命咬了下去。

楼西越神智昏昏，紧紧揪着那个银铃，仿佛要抓住生命里无法割舍的东西，哪怕拼了命也要夺回来。

"放手！放手！"小丫头脱不开身，急得再踹一脚，又想着他身子糟糕透顶，受不得这劲力，急得慌忙停住，蹲下来跪在他面前，装可怜扮无辜："大哥哥你行行好，丫头找不到东西吃，又没地方住，孤零零一个人到处流浪，快要冻死了，求你救救丫头……反正大哥哥看你这样子也活不久了，权当拿这东西给自个儿积点阴德。救人一命胜造七级浮屠，丫头一定给你烧香拜佛，求菩萨保佑你投胎到大富大贵人家，有人疼有人爱，一辈子不生病不吃苦……大哥哥求你救救丫头，我给你磕头谢恩了……"

活不久了？楼西越被那些字眼惊住，愕然望着飘飞的雪花，连一个十几岁的孩子都看出他活不久了，可见他成了什么模样，还能等多久？

等着与她重逢，等她回来，等她对他笑，等她张牙舞爪地叫他闷葫芦，等他亲自把那串铃石戴到她手上。

不知不觉，所有一切都等成了回忆，似水东逝，一去不返。

他恍惚转头，看着那串自己亲手雕琢打磨出来的铃石，一念忽醒——那个风铃，他不经意间发现的戴在她腕上的那个精巧风铃，原来是为了回应别人的呼唤。

青珑……他默念着那个甚至都没来得及叫出口的名字，而她温柔回应的，永远都不会是他了。

心如坠冰河，被咬得血淋淋的手也忽而懈力，一点一点松开，终于无力垂下。

"谢谢大哥哥！"小丫头喜不自禁，忙不迭给他磕头谢恩，看得出他把这东西看得比命还重要，一面喜滋滋地摩挲它，一面安慰道："大哥哥你放心，丫头长这么大还从没戴过猫儿眼呢，我一定将它保管好，等戴够了再寻个出手大方的东家，绝对不会糟蹋它的身价！大哥哥你就放心去吧，回头丫头到庙里去给你烧香拜佛！"

楼西越屈膝倚在墙角，一动不动似乎已经死去，呼吸轻不可闻，眼里的光渐渐消失。大雪纷飞，一点点将他的身子淹没。

◈ 第五十六章 ◈
梦魇

西川大营。

军帐里灯光摇曳，热水换了一盆又一盆，军中医术最好的大夫都被请来，行针下药各司其职，紧锣密鼓地救治昏迷在榻上的皇子。

"将军，情况如何？"宋令宣一脚踏进帐中着急地问，眼角余光一扫，却只看见萧璟浩的身影，顿时一惊："小楼呢？"

小楼？楚定云有一刹那的恍惚，起身反问："他也回来了？"

宋令宣痛心疾首，再也不想跟他瞎耗工夫多说一个字，转身就去找，脚步却被一声喃喃呓语拉回。

"表哥……救他……救……"

"他怎样？伤到哪了？严不严重？"宋令宣急急奔回榻边，趴在萧璟浩耳边追问。

"生病，不说……骗、骗我们……"

"生了何病？要不要紧？他送殿下回营后去哪了？"

他意识模糊，听得到耳畔的声音，却睁不开眼："一起回来……卖马背我回来，一起回来的……救表哥……"

一旁的楚定云脸色发白，震惊难言，隐隐约约记起自己好像见过他，却又瘦得不像他。自己似乎还嫌他站在那里碍眼挡路，情急之下恼怒地将他推开了。

宋令宣听得心下一凉，飞奔出屋，三步并作两步来到楼西越的住处，揭帘而进，里面却是冷冷清清，空无一人。

校场、军械库、点将台、各个营所逐一找过，都不见人影。

"再到外面找！附近的城镇和村落，挨街挨巷仔细去找！"

一天，两天，三天，等的消息让宋令宣愈加心惊。

第四天他无论如何也坐不住，牵着坐骑离开大营，疾驰而去。

白露镇，回春堂内屋。

老大夫摇了摇头，将几处救命穴位中的银针拔出，然后给躺在榻上的年轻男子盖好被子，长吁短叹，神情间不无惋惜："唉，年纪轻轻的……"

数日前，老大夫清早开门，发现这个年轻人昏倒在药堂外，像是被人拽着从对面的墙角挪到这里，身上积了些雪，四肢冰冷。兴许再晚一些时候，他就真的没有救治的必要了。

"爷爷，能救活吗？"随他学医的小孙女趴在榻沿，一眼不眨地盯着男子，他生得俊逸非凡就是脸色很不好。

"毒入脏腑，很不乐观，而且肋骨裂折伤及肺腑，还有那浑身的新伤旧疤，撑到现在已经算是老天慈悲了……"老大夫整理好药箱，嘱咐孙女儿："明个儿就腊八了，去收拾收拾，随爷爷回家里祭祖，切莫耽搁了时辰。"

"那他怎么办？"六七岁的小孙女脆生生地问。

老大夫也是两难，叹息道："已经尽力，听天由命吧……你快些去准备，晚了夜里不好行路就赶不回去了。爷爷先去衙门报备下，不然他要出了万一还得摊上事。"

"哦。"小孙女点点头，不舍地再看一眼男子，踩着细碎的步子离开了。

老大夫前脚刚踏出药堂，后脚就听见了一阵咳声，回头一看，男子竟动了动，挣扎着下了地。

"快躺下快躺下！莫再动了……"老大夫忙不迭返回来阻住他，"都昏了三日，可算从鬼门关里拔出脚了，好生休养着，兴许能熬过这一劫。"

楼西越一怔，明白过来，哑声问他："还剩……多久？"

老大夫不忍直言，委婉安慰他："年轻人身骨好，都是些皮外伤，休息一段时间就过去了。听老朽的劝，不要太过担心，该怎么过就怎么过。"

"谢谢……"楼西越了然，俯身一拜，随手在身上摸寻，却发现分文不剩，这才记起昏迷前发生的一切。

"不打紧不打紧，保住命就好。"老大夫热心肠地劝住他，"明个儿还得祭祀，祖宗不能不拜，老朽先带孙女儿回家一趟。年轻人要是没地方去，这几日就先待堂中，药方给你开好配好，就照着分量按时给自己熬着喝。"

"不了，大夫有事就上锁吧。活命之恩，再谢……"楼西越俯首再拜，谢绝了老大夫的好意，转身离开了药堂。

老大夫劝不住他，拿了两瓶药和几粒碎银追到街上强行塞到他手里，再三叮嘱："一瓶内服一瓶外用，镇痛疗伤，隔三个时辰涂在伤口上。"

楼西越谢绝了大夫的好意，还了回去。

"性命要紧，莫再如此固执。"老大夫硬塞给他，热心地道："切记好生待自己，不要到处走动了，天寒地冻的，快些找个地方好生休养啊。"

"谢谢……"楼西越再度对着老人一拜，哽咽着道。

老大夫这才放心地返回，拉着孙女儿出了药堂，门上落锁后背着行李匆匆回家去了。

已是黄昏向晚，家家户户灯火齐明，炊烟袅袅。

天地茫茫，有他走的路，却没有他可以心安理得的立足之地。能去的，只有远在千里的锽城，杀了那对君臣，救出师父和蕙姨。

楼西越眉目肃杀，撑着行尸走肉一样的躯体继续向更西方前行。

身后一匹烈马哒哒驰骋，载着心忧不已的宋令宣飞速穿行在街巷中，甫一拐弯，长街尽头一道孤影赫然映入目中。

他瞧着背影有些像，拼力甩鞭策马停在了那人对面，将他拦下。

"小楼，是我！不认得宋叔了？为何不回……"宋令宣翻身下马怜惜地责道，然而说着说着，跳出喉咙的字眼却蓦地卡住，震惊地盯着他缓缓抬起的眉目。

他脸颊凹陷，面容惨白如雪，四肢骨瘦如柴，已然脱力，浑身冰凉毫无半点生气，唯独一双眼睛幽深如无底黑洞，证明他还活着。

"怎么……怎么成这样了？"宋令宣心惊不已，一股不祥的预感涌上心头，心脏惶惶直跳："告诉宋叔，到底发生了什么事？"

楼西越认出了来人，喉咙动了动，缓缓跪地："宋叔……"

宋令宣眼角发红，蹲下来语声颤颤："到底怎么了？你说句话啊……告诉宋叔，为什么会变成这个样子？"

楼西越未答，屈身一拜："教诲之恩，不孝侄楼西越铭记在心……"

宋令宣热泪盈眶，拼命扶起他，心里既害怕又悲痛："你这是做什么？告诉宋叔，为什么把自己弄成了这个样子啊……"

纵横沙场见惯生死的将者此刻却像一个平平常常的叔父，唯恐白发人送黑发人。

楼西越脑袋深垂，摇了摇头："没有事，什么都没有发生……锦阳夫人生前厌我，我本没有资格踏进听花小筑，可是我去了，那就该死！白楚两门命绝于萧恪之手，深仇大恨总要有人赎，那我就该偿他还他！他是坐拥半壁河山的不世将臣，想要用萧家人的天下去陪葬冤死的亡魂，那我就奉他之命去抢去夺！可是……"

他抬头，眼里充斥着灼灼泪光："我没有时间去等了……"

"你要做什么？"宋令宣面色煞白，惊得心跳加快，想要拉他起来："有什么苦衷你告诉宋叔，天大的事宋叔也一定帮你办到，不要说丧气话做什么傻事，上一辈之间的恩怨跟你没有任何关系。往后你给宋叔做儿子，生父生母欠你的，宋叔给你补回来！"

楼西越跪地不动，垂首道："我答应过您，就算是死，这辈子也只会死在西川。可是这次我做不到了，辜负了您的信任，罪该万死……"

"不要说这些胡话！"宋令宣心揪难耐，喝住他，"宋叔带你回我府上，请个大夫治好你的伤，有什么事你慢慢告诉宋叔，千万不要灰心丧气……"

楼西越不忍直视他的悲切目光，几乎是本能地摇了摇头，可就在宋令宣行将再劝的时候，他又像是突然改变了主意，艰难而沉重地点了点头。

宋令宣悲极生喜，想也不想，激动地道："好，好，就现在！宋叔带你去府上好生休养一些时间，你什么都不要想。"

楼西越举目四望，前面不远处另有一家药堂，他撑起身子朝那里走了几步："我先去药堂处理伤口，在那里等着，劳烦宋叔回营一趟，帮我带些御寒的衣物过来。下雪了，有些冷……另外，书案上的兵籍内夹着一封信，那是北伐前我写给师父的，没来得及完成，还请宋叔帮忙带来。"

"这么见外做什么？府上不缺衣物，婶母会给你拿新的，快些安心回去。陆先生那里，宋叔自会差人给他报平安。"宋令宣慌忙去解自己肩上的披风，想给他裹上，却被他阻止了。

"宋叔，我求您……"楼西越抬眸看着他，目光殷殷。

宋令宣一听这话，顿时陷入两难。一来他极不放心楼西越一个人，怕他骗自己然后一走了之。然而转念一想，这孩子生性孤僻，有事只往心里搁，无论是谁的关怀都被他拒之于外，更不会低头求人。这次他好不容易肯开口寻求自己的帮助，若再多心，岂不要让他心寒透顶，日后怕是谁都不会再信了。

想到此，他心一横，点头答应："那宋叔先送你过去，你在药堂歇着，不要走动，宋叔很快就过来，然后带你去府上。"

楼西越点头进了药堂，当真一副原地等候的打算。

宋令宣不敢大意，千叮万嘱，背地里又交代大夫务必看住他，这才匆匆离开药堂，纵马返回去了。

楼西越伫立在长街上目送他离开，直到马蹄声消，他朝着这个长辈远去的背影俯首弯腰，默然致歉。

宋令宣心急火燎地往营中赶，片刻也不敢耽搁，却在半路被人叫住，倏地勒马停下。

"令宣！"楚定云一提缰绳，调转马头奔到他跟前，脸色发白的问他："可有找到？"

宋令宣看也不看他，急声吩咐跟在他身后的两个士兵回营拿衣服找信物，自己又马不停蹄地返回药堂。

楚定云一看这情况顿时松了口气，悬在心上的石头落地，催马紧跟过去。

然而等他们再回来时堂内却是空空如也，大夫送走了最后一位患者，两个徒弟一个在收拾药屉，另一个噼里啪啦地敲着算盘记账，药堂也即将闭门上锁了。

楚定云惊怔在地，望着空空荡荡的药堂一言难发。

宋令宣从里面出来，神情凄凄，连责备他的心思都没有，只盯着他一动不动的侧影冷声道："这辈子若还能活着见到他，那是你楚定云积了德；要是连他死在哪里都找不到，那你就不用再等任何人质问，自己去向陆先生请罪。"

语音落地，他绕过楚定云翻上马背，沿着飘雪的长街继续去找寻。

黑夜，飞雪飘飘，透骨的寒意却挡不住节日的喜庆。

烟火盛放于空，绽开绚烂的光景。长街上锣鼓喧天，灯火璀璨，人潮如海，极尽盛况。

人们面朝灿金色流苏华盖磕头又抬头，手舞足蹈地兴奋呐喊："吾皇万岁！殿下千岁！战神千岁！"

到处都是陌生的、欢腾的、嘈杂的人流，呼声不绝，一浪盖过一浪。

倏忽间一柄飞剑横空袭来，直刺端坐在龙撵上的威严帝王！

"护驾！有刺客！"盛景戛然而消，化为惊恐和混乱，"保护皇上！保护殿下！"

飞剑来势不减，直逼帝王，但是甫一贴他眉心，一把宝剑拦腰劈下，哐当挡开。

"殿下神武！殿下神武！"人群再现亢奋，欢欣鼓舞。

挡剑的是一个年轻皇子，虽眉目清冷，却丰神俊朗，容止异秀，光辉皎皎如月，清清肃肃更胜古雕刻画。

持剑的是一个蒙面女子，她满目杀意，踉跄几步后定身，聚势发力再击，长剑如光飞出。

年轻皇子飞身迎击，快如雪狼，剑势追光逐电，分寸不偏地刺向女子命害。

两人之间的距离越来越近，最终只剩一步之遥，可就在剑尖即将触及女子喉咙的时候，年轻皇子面现惊色，忽地偏手撤剑。

女子眸中杀意汹涌，手中的剑却只进不退，蓦地刺进他胸膛，穿心而过，直没柄部。

血涌如泉，很快染红了她持剑的手。

"是你吗……"年轻皇子身躯渐倒，在她耳畔喃喃低问，痛苦地伸出手，似要解下蒙在她面上的纱巾，触她容颜。却终究只剩一息，抬到半空的手臂缓缓滑下，颓然垂地。

大雪纷飞，咫尺之间她看清了，那张瘦骨嶙峋的脸突然间变得无比惨白，眸里的光迅速消散，被沉沉阖上的眼帘掩盖，再也没有醒来。

她惊痛万分，抱着他的尸体跪在冰冷雪地，纵声长泣，颤抖而哀痛地一遍遍喊他——

"闷葫芦！闷葫芦！"

轮椅上的男子一惊，在无边的黑暗中触寻到她的肩膀，一上一下地轻轻拍抚，试图平复她的悲痛。

"青珑，出了什么事？"舒九容仓皇伸手，俯身将趴在桌上的女子扶起来，紧张地唤她摇她："是不是做噩梦了？快醒过来……"

女子猛地睁开眼睛，无边血色消失，心口的痛却依旧堵在那里，几度让她窒息。

他扶正她有些微颤动的肩身，柔声安慰："只是一个噩梦，没事了，醒来就好，不怕……"

青珑依旧没从痛楚和压抑中挣出来，一想起那个梦魇，恐惧便无以复加地压上心头，她的手心额头尽是冷汗。

梦里她去行刺夏皇，却杀了闷葫芦！闷葫芦穿着皇室的鎏金蟒袍与夏皇并肩而行，面无表情地接受百姓的瞻仰和赞颂。他将生的机会给了她，她却毫不留情一剑杀了他……

她心口钝痛，眼角隐约还残留着噩梦中滚落的泪水，呼吸越发紧促。

"只是一个噩梦，不是真的，不要害怕。"舒九容的声音及时响起，渐渐抚平了她的心情。

良久，青珑才从那阵揪痛和恐惧中冷静下来，回头一眼对上一张温暖如风的面容。

"舒九容，什么时候醒的？"她轻拭眼角，抬手摸他额头，见高热已退，心里总算得了安慰，推着轮椅扶他去换药休息。"大夫叮嘱要静休，好不容易退了热，这些天就尽量少下地，要是闷了我推你到外面走走。"

"刚醒来，我坐一会，不碍事的。"他没有追问她噩梦是何，只听她口中喊出来的名字，所猜也八九不离十。又想起琼儿至今未能寻到，他心里不安，于是向她请辞："等追上常琰的大军后，我便随他同行，凉境战乱不宜久留，青珑，你也尽快离开。"

青珑心知他亲自来北凉定是为琼儿的事奔寻，便将自己收到的消息告诉他："琼儿之事你不要过忧，梁大哥来讯，说她好像在景威身边随行，所以至少可以肯定她没有像上次那样出什么意外，我会知会道上的兄弟盯紧她的动向。现下凉都局势缭乱，有夏兵把守，又逢大雪压道，入城不易，急也急不来。你先安心养伤，我让小二打水送些早膳过来，洗漱后我们一起填填肚子。"

舒九容明白那个恶梦还在困扰着她，一时半会走不出来，需要一个人静一静，所以没有多说。不过琼儿之事终于有了眉目，他心上悬着的石头也落了地，遂点头答应了。

房门紧掩，一室婉转风铃声戛然而止。

门外，青珑默然伫立在栏杆处，望着楼下来来往往的客人，心情久久无法平静，那个噩梦依旧挥之不去。

"姐？"走廊拐角处，褚子逍喊了喊她。

青珑回望一眼安安静静的屋子，走到他身边："怎样？还是没有进一步的消息？"

褚子逍失望地摇了摇头："从浣城那里就断了线索，只知她在夏军中走动过，俺不确定之后去了何处……要不要告诉舒九容？"

青珑沉思少顷道："景威见过琼儿，若当真救下她，在这兵荒马乱的节骨眼上应是不会放任她离开的，情况不会太糟糕，继续留意着就好。"

褚子逍颔首，心里亦祈盼那个丫头能吉人天相，想通后早点回到舒九容身边，勿再让他挂念。

"对了，潜伏在奴场的卧底是何人指使，可有查出来？"

"黑羽卫。"褚子逍眼神一冷，切齿道，"带兵来北凉前已经被我和梁大哥全部清理掉了，看来夏皇已经盯上我们了。"

青珑细思后摇摇头："不全是。舒九容提过，夏凉两军交战之时，黑羽卫也曾潜入南燕和东亓，大抵是在刺探燕亓两国的动静。如今北凉已覆，夏军尽成疲累之师，夏皇自然心有所忧。"

"你是说，燕亓两国有联兵进犯的意思？"

少年突然想起一事，大约半年前他奉命去黛江办事，在不知情的情况下救下落水的绿盈，因而看见舒九容与一位陌生的赵姓公子江上对饮。那男子气势压人，一副高高在上的倨傲表情，好像全天下的人都得对他顶礼膜拜。而对舒九容，他却颇显客气，未曾驳他脸面。

再一想东亓乃赵氏河山，难道那个赵姓公子，就是亓国的皇帝赵彧？

若是，那依那个赵姓公子对舒九容的态度，他所猜便极有可能属实。

"那他们为何迟迟不动作？或是双方都还有顾忌？"

"心不齐为一，欲兼彼为二，互存戒为三，收渔利为四，诸多私欲不一而足。就算合手，他们的盟军也非勠力同心之师，那么下场只有两个，不是死于敌军明枪，就是亡于盟友背后一刀。楚定云坐拥西川，与夏皇朝野抗衡，他若一心对敌对外，则进可攻退可守；若在夏皇出动京师兵之后增援，他也有足够的时间来养精蓄锐，恢复大军元气，最后输的也不会是他。所以，燕亓两国仍在观望，最大的顾虑不在夏皇，而在西川大军。"

褚子逍认同，又担忧起来："那我们怎么办？刺杀陈晟时搅得锽城鸡犬不宁，夏皇最后竟派出黑羽卫追杀，显然不给我们青桑死灰复燃的机会。现下他又派人盯住了我们，只怕我们以后的行动会更加艰难。"

"所以不能虚张声势，只能避开所有人的锋芒隐忍求存，乱中取利，不然以我们现在的兵力，一旦成为众矢之的，便只有死路一条，这也是我暂未竖旗立旗的原因。"

褚子逍谨慎道："那已经被夏皇盯上，接下来怎么做？遍布中州的据点都已安置妥当，粮草、军饷、军火等储备尚可，可否暗中招兵买马，扩充军力，以便日后收复失地？"

"那是必然。"青点头，又问他："除去此战所耗，截获的粮饷还能维持多久？"

"军需足够半年。"褚子逍默算了下，小心翼翼地看了她一眼，又很快否定了自己的答案，"不，顺利扩展下去的话，以八万兵力计，至少可以维持十年。"

青珑十分诧异："如何预算的，哪有这般可观？"

褚子逍不敢告诉她实情，道："只要拿下漠北大商陶氏和范氏，这一切都不成问题。梁大哥和裴原已经派人过去，只要赶在夏军洗劫之前，轻而易举就可将其控制在手。粮械之患一解，我们便可免去后顾之忧，放手大干！"

青珑惊住："这么大的事为何不告诉我？当年中州敬王朝四分五裂，百年基业分崩离析，历经如此大劫，大多商户的产业都被各藩候吞夺，陶氏与范氏却可屹立不倒，背后若无哪个王候将相操控，岂能兴盛至今？你们何来如此自信？"

"那也不见得……"褚子逍悄悄抬眼，谨慎地窥了窥她，嘀咕着道："沈家不还同他们一样，非但没有成为北凉朝廷附庸，反还家财万贯富可敌国，连那死去的宫监费宏英生前都觊觎沈家财业。照阿姐这么说，沈家父子也不过是充盈国库的赚钱用具，可你觉得沈隽那厮像吗？"

青珑语塞，没心思同他说太远，一语作结："告诉月芜他们，不管做什么决定都不要把局势想得太过简单，大意轻敌。青军现在是夹缝里求生，稍有不慎便会成为众矢之的，一切务必小心。"

"那我先行告退，梁大哥和裴原那边一有消息会及时禀报，请阿姐定夺。"见她没有多心，褚子逍松了口气，没敢再过多试探她，免得露出马脚。

"去吧，率兵在外固然辛苦，但也要注意身体，按时服药。要是不舒服了就跟阿姐说，不要强撑。"

褚子逍颔首，将要离开时，又被她叫住。

青珑语声肃杀，幽幽道："若再发现黑羽卫的暗探，先不要杀，想办法引蛇出洞，斩草除根！"

褚子逍会意，狠狠点了点头。

◈ 第五十七章 ◈
帝子

夏都锽城。

捷报从北凉频频传来，朝野大振。恰逢除夕将至，在这辞旧迎新之际，群臣喜不自胜，联袂共贺，在宫中为皇帝举办了一场空前浩大的庆宴。

已是深夜，金宫宝殿依旧盛况非凡。八角檐顶镶珠嵌玉，如日月凌空，熠熠夺目。水晶宫灯莹莹透光，连成一片云天幻海，映得雪夜明亮如昼。殿内雕梁画栋，金碧辉煌，廊柱上蟠螭戏水，飞龙冲天，蔚为壮观。金屋之下钟鸣鼎食，一张张檀木香桌上摆满金杯玉盏，琼浆玉液尽散芬芳，沁人心脾。诸臣觥筹交错，与帝王畅饮畅聊，争相祝酒作赋，歌功颂德，场面恢宏而盛大。

夏皇酒兴浓厚，一直喝到三更方才醉卧龙撵，被侍卫们抬回了寝宫。

翌日晌午，黑羽卫卫长兼禁军武师冯烈在外求见，已跪候多时。

"奏。"皇帝以手抚额，醉意未消地斜坐在几案前，懒声道。

冯烈稍有迟疑，看了看左右宫人，未曾开口。

皇帝表情一凝，有所意会，拂袖屏退了所有宫娥。

冯烈上前一步，语声萧肃，躬身道："禀皇上，他来了。"

"一个人？"

"是，储药堂静候。"

皇帝明白他所指何人，勾了勾嘴角，再问："楚定云呢？"

"与六皇子同行，不日便到。"

皇帝陷入沉默中，脸上的笑颜有深意，少顷问他："楼西越此人朕甚是看重，他若识相，朕可以不介意还他祖姓。冯烈，给朕出出主意，是像楚定云一样收他作义子好？还是宣之于外，前朝储君萧恪之遗嗣流落民间，曾被楚家收养，如今此子名扬宇内成为我大夏战神，意图认祖归宗好？"

冯烈对皇帝这样大胆的决定甚为吃惊，细思一番，恍然顿悟——若是前者，自然可离间楼楚二人，致其离心；若是后者，更置楼西越于四面楚歌之境地，因为余国之君臣皆容不下前朝余孽，皇上大可以借刀杀人。想通了这点，他心绪激昂，抱拳答道：“一切听凭皇上决断，臣定当鼎力相助！”

皇帝满意地点了点头，整个人容光焕发，大笑：“那就随朕去一趟药堂。另，传朕口谕，年前将有大喜昭告天下，不亚于册立太子，从今起隆重筹备！”

冯烈躬身：“臣遵旨！”

是日夜里，君臣二人微服出宫，来到了陆鹤之开在山下的储药堂。里面早已空空如也，取而代之的是数十名黑羽卫，持刀挺立在各处角落。

背对他们临窗而立的，是一个消瘦的黑色身影，他的身躯单薄如纸，被昏黄的灯光打出一道朦朦胧胧的光影，拖曳到冰冷的地面上。

皇帝跨过门槛停在那道影子前，眼神凌锐地盯着那人的背影。

黑羽卫们当即跪地，齐声恭迎：“参见皇上！”

楼西越闻声转身，眉目肃杀，并未跪迎，幽幽地盯着来人，落在皇帝和冯烈面上的两湾深瞳似无底黑洞，充溢着明灭不定的杀意。

乍一看到他惨白如阴尸的模样和瘦削脱形的身量，皇帝吃了一惊，稍稍平复下心情，他笑道：“想来陆先生收了个好徒弟，不但孝顺，一身攻城略地的本事更让世间英豪望尘莫及，可是羡煞朕。”

“师父在哪？”楼西越攥紧了手中的刀，漠然直问，声音沙哑干涩，却冷冽透骨，一如千年寒冰。

“哦？”皇帝胜算在握地笑了笑：“莫不是楼少将军想通……”

一语未毕，他的喉咙忽地一紧，被人紧紧掐住。

冯烈大惊，拔刀横来。

楼西越毫不理会架在后颈的刀，全部的力气集中在五指上，眼里跳动着玉石俱焚的狠绝：“敢伤害师父，我让你不得好死！”

皇帝笑得冷血无情：“听话，才能见到他。”

楼西越眼神如刀，另一手握成拳头狠命击向他面门，似要将那张可憎的脸砸成肉沫。

冯烈骤然抬腿，猛地踢他下盘。他身材魁梧，四肢健壮如牛，一脚下去将那副风催即倒的瘦弱身子踹到墙角，行将下第二脚时被皇帝出声挡下：“我天朝功将，岂容践踏？”

冯烈一惊，即刻收脚，抱拳请罪：“臣该死！”

皇帝慢悠悠地走上前，屈膝蹲在楼西越面前，抬手挥开他脑袋上方的十几把大刀，居高临下地俯视着那张白惨惨的面容，笑得阴枭而冷酷：“同为萧家人，楼少将军当尊称朕一声堂皇叔。可怜堂皇兄萧恪早故，独留孤子在世，比起毫无干系的楚定云，皇叔更有资格收养堂侄。所以……”

他顿了顿话口，语声幽冷——

“第一，乖乖听朕的安排，当上这至尊无上的天家子嗣，冯烈才不敢动帝子恩师一根手指。”

“第二，楚定云功高盖主，似有贰心，乃朕的眼中钉肉中刺，何时能取而代之，将整个西川交到朕的手中，你才有资格谈条件。"

"第三，一个北凉远远不够，既然一身本事，天下独大又未为不可，朕相信我大夏战神一定能做到！当然，期间若需要协助，冯烈可助你一臂之力。"

楼西越拳头紧攥，冷冷盯着君臣二人的脸孔，灯台的烛火在他眸底左右飘动，映得一双眸子幽亮无比，如毁天灭地的地狱修罗。

天子，天下……这一身枯骨可以取天下，却让你做不了天下之主！

天子又如何？帝王又怎般？千古不流芳，青史不垂名，粉身碎骨，必诛必杀！

楚定云带着萧璟浩踏进雄伟而巍峨的御殿时，群臣争相称贺之词不绝于耳。

依照法礼，若无圣旨传见，郡王不得入宫，即便萧璟浩曾是皇室亲王。但是皇帝没有降罪，甚至对这个许久未见的贬黜儿子表现出前所未有的关切之态，百官也就自动忽略他曾被放逐远疆的经历，大加赞赏他在沙场上的英勇表现和赫赫战功。

而楚定云，百万雄师稳握在手，半壁河山翻覆如云雨，如今西川大军又一举拿获北凉，皇帝都对他三分敬意七分忌惮，群臣更是敬畏有加，无不看其脸色行事。

"大夏能得楚将军这样的不世将才，实乃朕之荣幸，更是万民之福！"皇帝笑声高亢，缓缓走下龙椅。

宫人忙端来玉盘美酒，倒了两盏。皇帝擎起金杯敬在楚定云面前，一双锋锐眸子笔直对视着他，笑意阴寒。

楚定云的周身亦充斥着逼人气息，眸中寒芒滚动，如寸寸锋刀。

君臣二人执酒冷视，像一场悄无声息的逐鹿，生死输赢间遍地白骨。

"当然，浩儿也让朕刮目相看。"皇帝又将目光转向与他愈发生疏的萧璟浩，虽然心里不是滋味，却依旧满脸笑意大加赞扬。"从小长在深宫，锦衣玉食，谁想青出于蓝，即便刀光剑影亦果敢无畏，凭借一身胆量闯出一番战绩，朕心甚悦！"

萧璟浩木然地看着他，只语不应，眼底的冷漠一层层铺开。

战功他可弃，盛名非他所求，他只想大声质问这个冷心冷情的父君：母妃何辜！

父子相对，无言无语，一时间气氛降至冰点。

诸臣噤若寒蝉，许久才想起该如何应对，忙迎合着道："虎父无犬子，皇上才略过人，六皇子殿下自然远胜凡俗！"

"是啊是啊，我朝之福，我朝之福啊……"

"还有一人，更该万民仰颂！"皇帝猛然转身，大笑着走上玉阶，笔挺龙躯稳坐金椅，面对形色各异的臣子昂扬道："论战绩，他一年取北凉，足可称神沙场！论英勇，他万马千军不畏，令敌胆寒！论谋略，他腹有经纶，运筹帷幄决胜千里！"

"另有一事，更让朕欣喜莫名。"皇帝话锋忽转，笑道："众卿皆知，当年中州动荡，朕协助堂皇兄萧恪举兵讨贼，奔波在外。后皇兄因伤惨重，不治身亡，早早离去。朕承其大业，疲于沙场，百般疏忽，竟不知堂皇兄当年留有遗嗣，所幸尚存于人世。"

突然提及前朝国储，群臣无不震惊，交头接耳，窃窃私语。

皇帝睥睨着殿下诸臣，冷笑一声，继续道："天可怜见，此子流落民间被人收留，养父抚育他成人，并精心栽培，助他功成名就，成为我大夏战神，天下景仰。可喜的是，此子始终心系同族，亦有归宗之意，朕心大慰！"

群臣表情千变万化，起落难定，未曾料到这突如其来的轶事，更不知其真假。经久他们才反应过来，齐齐贺道："恭喜皇上！贺喜皇上！宗亲得聚，实乃大幸，彰显我朝国祚昌隆，吾皇万岁！"

楚定云闻言神思大震，笔直站在殿中，思绪被周遭高亢而嘹亮的语声夺走，有一瞬间的恍惚。不消片刻，他的眼里尽是震惊，胸腔里涌动着压抑不住的幽恨。

皇帝一直关注着楚定云，目光不闪不避地看着他，高声炫耀："而这一切所得，皆归功于一人，此人不是旁人，正是大将军楚定云！若非他劳苦功高，朕至今还不知道堂侄身在何处，同宗更不得聚。为使九泉之下的堂皇兄瞑目，朕当视爱侄如己出，故今日应他之请，特收其为义子，位同皇亲，喜上加喜！"

殿堂之上一阵唏嘘，诸臣面色各异，一场波涛暗自翻涌。

萧璟浩更是始料不及，瞳孔陡睁，胸臆间升腾着一股别样的复杂情结。他听出了皇帝说的人是谁，只是完全没有心理准备，一时之间难以相信这样的结果。因着蕙妃一直训诫他避谈楼西越，从前他也就只当母妃担心留不住这个养子的心，怕说多了惹得表哥离开伶仃无子的姨父，去寻找自己的生身父母。

没有想到，这一切的到来太过突然。

为什么会是这样？父皇所言到底是真是假？

"浩儿。"皇帝转而看来萧璟浩，顺着他的心笑道："你满腔热血情怀，自小憧憬纵马杀敌的疆场，一直为楼少将军征南战北、保家卫国的大义所折服，可曾想过自己还有一个同宗堂兄，同样沙场称神，名扬宇内。可喜的是，他正是你一心仿效钦佩之人，今又与朕结义为亲，即为我大夏皇室之义帝子！"

一语出，大殿沸沸扬扬，一阵交头接耳过后，诸臣不约而同跪地，扬声共贺。

"宗亲还归，天赐我朝福泽！"

"恭贺皇上喜得义嗣！"

"恭迎皇义子殿下入朝！"

"吾皇万岁万岁万万岁！"

"殿下千岁千岁千千岁！"

皇帝信心满怀，如同胜了一场旷世奇战，对着九天宣道："拟旨昭告天下，义帝子归宗！从今起复其皇籍，位列亲王，封号越，并赐国姓，赠名逐，即日受封！"

苍茫雪空之上，回荡着皇帝和群臣洪亮的呼声，穿透九霄，直抵云外。

消息不胫而走，很快便在市井和坊间传开。

这一年的夏都盛况非凡，其喧闹程度不亚于太子登基大典。钟鼓齐鸣，礼乐不绝，普天同庆，欢呼雀跃声四海皆闻。诸臣更是费尽心思，到处搜罗奇珍异宝，进献的贺礼源源不断送入越王府，灿金美玉堆积如山。

有人欢喜，亦有人忧。

太子萧璟昌禁不住戚皇后的劝说，不惜屈尊降位，于除夕日摆驾越王府。

见到这个身份不知是真是假的"皇义弟"时，他的眼神变幻莫测，几度忘了允府中所有人平身，目光一动不动地停留在楼西越的面上，笑得甚是牵强。

"经年纵横沙场，义弟多有辛苦。"萧璟昌笑容僵硬地说出那个称谓，将一个装有夜光璧的锦盒往前推了推，"此乃本宫一点心意，权当见面之礼，望义弟笑纳。"

楼西越眉目冷峻，声色不动地端坐在桌前，视线游离在虚空，仿佛一具僵死的枯尸，静默不语。

早闻这个少将疏离冷漠，如今恩宠无加，又战功赫赫，自然不把任何人放于眼中。萧璟昌已有预料，但是戚皇后的话他听了进去——母系党羽式微，他这个太子当得如履薄冰，盛衰起伏全凭父皇心情。倘若他与母后循规蹈矩，不再惹得龙颜动怒，或许可以等到登基称帝的那一日，但深宫险恶，且多虞诈，没有一二手段，根本无从生存。单就被放逐在外的六弟来说，背后有楚定云扶持，他即使稳坐东宫之主，将来也逃不过被架空的命运。更何况其他几个兄弟没有一个不在暗中动作，都想取他而代之。

所幸来了个大夏战神，多出个"义弟"，谁能拉拢得到，谁的胜算便多几筹。

萧璟昌轻吁口气，为着心里的打算，他没有计较对面人的冰冷态度，遂一改生硬语气，试图与他拉近距离，和缓笑言："义弟常年行军，初住这王府，佣仆若有照顾不周之处，但可告诉为兄。"

楼西越脸色苍白，表情毫无起落，当他是空气般一言不发。

萧璟昌吃了闭门羹，很是尴尬。但见他脸色颇差，想必身上负伤，遂关切地笑道："义弟刚刚回京，舟车劳顿，这段时间就好生休养，为兄稍后再来探望。届时选个天清气朗之日，你我兄弟二人围场狩猎，痛快玩一场！"

说完，他踟蹰着转身，带着下属一步三回头地离开。将要走出厅室的刹那，背后终于响起一个沙哑的声音，开门见山毫无赘言，问得他心脏怦然一跳。

"助了你，我的好处？"

"一切好说！"萧璟昌心头一振，大步返回桌边，亲自斟一杯酒敬他："普天之下，只有义弟想要的，没有义弟得不到的！"

楼西越未曾接杯，语声沉肃："带我去地宫，找一个人。"

萧璟昌吃了一惊："地宫皆由黑羽卫把守，听闻关押的也都是举足轻重之人，在父皇未决定其生死之前，任何人都见不得。"

"那就滚。"

大夏太子语噎，拳头攥得咯咯直响，神色忽明忽暗，良久才忍住，探问："但不知义弟要找的人是谁？"

楼西越冷目掠他一眼，对他的废话表示警告。

萧璟昌几欲跳脚，抬手攥上刀柄，一忍再忍方才压下怒火，谨慎地问他："可有……用处？"

楼西越侧目："杀人于无形。"

萧璟昌被他冷若冰霜的可怕表情惊了一下，不过九五之尊的诱惑还是没能让他把持住，大笑道："如此手段，将来必定大有用处，本宫愿放手一搏！"

萧璟昌兴高采烈地迈出越王府，自打当上这处处受父皇牵制的傀儡太子以来，他头遭觉得帝业可望，壮志酬筹。即便这个"义弟"孤傲阴狠，胆敢给他冷脸，但事成之后，他自有让他为今日态度付出代价的手段！

他愤懑又满脸兴色地想着，方要上轿，迎面两个鲜衣华服的人纵马驰来，不期而遇。

"六弟怎的也来越王府探访？"他睨了一眼萧璟浩，再看看与他同来的楚定云，皮笑肉不笑地寒暄："若非楚大将军收养，想本宫还不知道同堂之亲尚在人世，真真是功德无量，在此相谢了。"

楚定云只是象征性地抱了一拳，不曾将一个如同母鸡下蛋后傲慢炫耀的傀儡太子放在眼里，瞥了他一眼，也不答话，将缰绳交给越王府外的守卫。

萧璟浩的心里说不出什么滋味，面色复杂地踏进了这座华丽而庄严的新王府。他至今不敢相信，前一刻的"表哥"突然摇身一变，成为他的"皇义兄"，而且态度也判若两人，几度让他不认识。

"表哥，你身子可有好些？我和姨父从西川找来……"那人临窗而立，背对所有人，甚至都不曾回头。萧璟浩无比心酸地开口，却被他的冷言冷语打断。

"按礼，你当唤我一声皇义兄。"

"表哥，你到底怎么了？"萧璟浩移步靠近他，大声问道，"有什么苦衷你告诉我们，是不是父皇和太子要挟你？为什么你会变成这样？"

"照旧是我，有何变化？"

"你不是表哥，你到底是谁！"萧璟浩大步奔到他身边，想要扳过他身子看个清楚，却被两旁的守卫拦了下来："此乃越王府重地，请殿下自重。"

萧璟浩不曾理会，怒目一瞪，一脚将他们踹开，行将触及楼西越的肩膀时，他伸出去的手忽然僵住，震惊地望着漠然回身的他。

那张脸分明是他，眉目冷峻，只是容色苍白，形销骨立，眼角眉梢却是一片冰冷寒意和沉沉死气，陌生得不像他……

楚定云看得胸口一窒，紧攥的拳头不禁一滞，忍不住颤颤抬步。他想象过无数个在越王府见到他的场面，并且做好了打算，却唯独没有想到这般景象。

他敢如太子那般洋洋得意地在他面前张狂，他就叫他笑不出来！

他以前的隐忍若只是为了今日能翻身归祖，如他生父萧恪那般卑劣，那他就叫他如不了愿！

他敢对那九五之尊抱有任何贪婪的幻想，那他就绞碎他的欲念！

他敢心生叛意，与皇帝一丘之貉来对付西川大军，那他就让他们义父子死无葬身之地！

"这一切……都是你想要的？"他长吸口气，调整自己的心情，带着迫人的冷肃语调逼问。

楼西越不改颜色，冷声反问："荣华功名，谁人不求？"

楚定云面色一沉："以前怎么看不出来？"

"大丈夫能屈能伸，不学乖一点，如何麻痹英明神武的大将军，偷得一身攻城略地的本事？"

楚定云极力克制自己的情绪，神色冷厉："当真是你的本意？"

楼西越侧目，冷冷迎上他的目光："是又如何？"

"表哥！"萧璟浩再也听不下去，蓦然大吼一声，万分悲切地看着他："你不是这个样子的，到底有什么苦衷你说出来，我跟姨父会帮你，我们一起想办法解决！你告诉我，是不是父皇要挟过你……"

"六皇子，"楼西越打断他，惨白面容上丝毫没有情绪的变幻，"你既已失势，还是与楚大将军慎重考虑，自己该何去何从。"

"你不是楼西越！"萧璟浩惶恐又悲怒，倏地拔出守卫腰中的刀，指着他的脑袋喝问："说！你到底是谁！"

楼西越无动于衷，冷然看去楚定云："六皇子年轻气盛，不知分寸，楚大将军难道也不知道，一个郡王刀指亲王对他大呼小叫的后果吗？"

"指的就是你这妖人！你到底是谁？你把表哥怎么了！"萧璟浩怒不可遏，刀锋一掠猛地划向他脖子，伸手欲揪他衣领。

两旁守卫见状，纷纷拔刀将他团团围住。

楚定云眼神一冷，大步过去夺来一刀，"噗"地捅进一个拿刀指着萧璟浩脑袋的守兵胸腔，血溅当场。

"莫说亲王，即便天子在此，犯了大不敬之罪，本将一样照杀！西川容不下越王这样的金贵之身，大军更不留叛徒，想要爬得更顺，但请另攀高枝！"

"叛徒？"楼西越想放声大笑，十几年出生入死，流走的血抵不过只言片语，终究还是活得毫无尊严。

"听到没有？"他指着两个守卫的脑袋，决绝令道："现在你们就奉越王口谕，快马加鞭去西川营地，以叛军之罪论处，烧了楼西越大帐，连同山前那间竹楼一并焚毁，半点残渣也不许剩！然后该扫的扫，该清的清，微尘细末都不要留。余灰不要扔在西川任何地方，要么投江，要么全部给我带来。去，就现在，立刻！马上！"

两兵惊愕相顾，忙不迭依令而去。

"送客！"他肃声下令，一转身，步入珠帘之后。单薄瘦削的身量拢在一袭黑色劲衣之下，与满室的珠光宝气格格不入。

萧璟浩悲痛莫名，胸腔堵得严严实实。他怎么也不敢相信，那段抛头颅洒热血的一年时光，比他在深宫中二十年来朝夕相对的兄弟情还要真、还要实，只从西川到京都这短短一月的时间，一切用生命和热血换来的深厚情谊就会轰然倒塌。

仿佛历经一场噩梦，醒来后物是人非，所有一切都不再是原来的模样。

寝宫中，冯烈躬身禀报近日越王府宾客盈门的热闹景象。

皇帝斜倚在靠枕上，听得甚是舒坦，忍不住嘴角上扬，却又不无后悔地道："早知这招能制服得了他，朕又何必绕弯子。"

"那是皇上仁厚，不忍伤害无辜。"

皇帝若有所思，忽地长叹口气："真要算起来，朕的江山能立足至今，也有陆鹤之少许功劳。

只是他识时务，及时抽身隐退才成为漏网之鱼，侥幸活到现在。与他的聪灵比起来，楚定云太过刚硬，不屑于世故，这种人的下场往往更惨。"

"那楼西越，不，越王萧逐呢？皇上的打算是……"

"他？既作逐鹿天下之用，你便明白他的命数了。"皇帝玩弄着玉扳指，神情肃傲，嗤笑道："怪就怪他不该来到这世上，既然来了，楚定云困他于西川，也就不是意外了。"

看着皇帝胜券在握的样子，冯烈却颇为担心，谨慎道："当年萧恪屠杀白楚两门，按理说楚定云与他不共戴天。有道是父债子偿，面对仇者遗孤，常人定杀之而后快，而楚定云非但没有动手，反还养育此子成人，臣担心……"

皇帝面上的笑凝住，偏头看来，示意他说完。

冯烈斟酌须臾，继续道："臣担心他反心愈重，收养此子是为了假匡扶前朝正统之名，行颠覆大夏之逆举，事成之后再除之代之。如此，既保晚节，又报己深仇。"

"非也。"皇帝了然笑笑，坐直了身子，"楚定云至情至性，朕再了解不过，他能收养楼西越，猜来还因为此子生母，你知道是谁吗？"

冯烈被问住，并未细究过此事。

"蕙妃有个胞姐，闺名玉珠，生就倾世之颜，原为萧恪所觊觎。奈何佳人芳心暗许于青梅竹马，也既楚家那小子，故不为所动，这令他妒忌如狂，不惜用强，也才有了此子。"

冯烈略现惊色："那是说……楼西越的生母，是楚将军已故的发妻，也即锦阳夫人？"

皇帝颔首默认，思绪也回到了往昔，追忆道："当年楚定云与朕同日迎娶白家姐妹，此后不过半载，忽闻他添获麟嗣。按理楚家香火得以延续，这对满门尽失的他而言当属大喜，但据朕所查，他们夫妇二人却对此子颇为冷淡，几乎任其自生自灭，甚少关怀，万般都不像至亲所为，无不让人怀疑此子是否为楚家骨肉。而且对外他们亦闭口不谈，且久禁他于府内，当年朕也未能瞧上一眼，种种迹象着实蹊跷。事后细想一番，萧恪劣行在先，欺过白家长女，依着时间推算，或许……"

冯烈恍悟："皇上很早就怀疑，那孩子是萧恪的？"

"是，但也只是猜测而已，并无实据。不过萧恪屠杀白楚两门，夫妇二人对他恨之入骨，依他们对待此子的态度，此事十之八九是真。楚定云肯容此子，多半因为他乃发妻十月怀胎所出，再者上一辈的恩怨，与那无辜婴小也无关。但是……"

说到此处，皇帝眼里的杀意忽被燃起，幽幽道："楚家骨肉也好，萧恪遗孤也罢，于朕而言都留不得，包括楚定云在内。所以朕先后派人去过楚府，只不过屡次未能得手，现在想想，或许是蕙兰从中作梗瞒着朕通风报信，暗中襄助其姊家。可恨朕千算万算，还是大意疏忽了，没料到还有一个隐于山野的太医令，若非之前从朱吉口中得到他与楼西越暗中往来的线索，以及事后抓了陆鹤之，还有你顺藤摸瓜的查探，朕还不知道他竟是白父的知交，背地里做过白楚两家的外援，不仅收白家长女的骨肉为徒，庇他、护他、神不知鬼不觉地将他转移出府，还替天下人隐瞒他的身份。"

冯烈亦捋顺了来龙去脉："难怪此子长至五岁时，楚家突然对外放出口风道其夭折，此后不过一年光景，楚定云又经人介绍在西川领养一子，也即现在的楼西越。现下看来，这些都是陆鹤之从中斡旋周转，以假乱真的把戏而已，以免此子因为身份特殊，而在京都频遭不虞之祸。"

皇帝默认，五指紧攥，忽地揪断一串珠帘，碧玉珠子散落一地，在大理石地面上弹下坠，犹如他眼里跳动的怒火，经久不息。但是下一刻，一个他不得不面对的问题摆在了眼前："冯烈，你说他会听朕的话吗？"

冯烈从中听出些许忧虑的意味，也总算明白皇帝为何经常在噩梦中喊出"杀光西川所有人"这样惊恐的呓语，想来他也害怕这对养父子同心同气联手报复他，叫他尝尝梦寐以求的东西到手后却整日提心吊胆如坐针毡的煎熬滋味。

而对于这个问题，他自然是会摇头的，怎么看都不觉得楼西越会为荣华富贵和功名利禄所惑，不过有陆鹤之在手中，任他再孤傲难驯，也不得不低头妥协。

忖度过后，冯烈建议道："会不会听话，皇上不妨试探试探。"

"哦？"皇帝神思一转，颇有兴致地回头看他一眼，"冯卫长言外之意，可是心中已有妙计？"

冯烈禀道："听闻浣城那一战的最后关头，不仅南燕派兵过来，还有一支丝毫不逊于西川大军的密军从南门攻了进去，后来三军对峙，越王却自败阵前，甘为人质放走了他们。"

"有这等事？为何不早说？"皇帝面色一肃，"那支密军来自何方，谁人率领？"

"回皇上，是那青桑奴女，非但舒九容不惜后果派兵援她，就连越王也被她迷惑，放虎归山，她才能救走沈隽，安然归去。"

"蠢货！"皇帝怒色渐起，"耽于儿女情长，迟早坏事！"

冯烈点头应是："那依皇上高见……"

"楚定云这只猛虎无奈养了这么多年，一直是心头大患，此次若是制服不了楼西越，怕是会雪上加霜，恐朝局失控。所以朕不希望横生枝节，无论燕亓还是妄图复辟的青桑，你给朕牢牢记住，务必杀无赦！"

冯烈会意："微臣受教，定不负皇上厚望！"

"另，密切跟进燕亓两国的动静，绝不能给他们联兵为盟的机会！舒九容既然还与那奴女在一起，那便即刻动手截住他们的队伍，清干剿净！舒晋就只剩下这一个儿子，出了事必然全力营救，我们大有机会挫一下南燕锐气，最不济也可剿灭那奴女，防止她再兴风作浪，坏朕大事。然后将那女人的头颅带回来，作为厚礼献于越王，也好让他知道，与朕作对的下场是什么！"

"谨遵皇上之命，臣这便去办！"

《第五十八章》

夷戮

这一年的天下沸沸扬扬，市井之间到处都在议论新封的大夏越王，尤其得知他是那个令人谈之色变的"战地修罗"楼西越时，坊间无不唏嘘和震惊。

青珑是在绕出大夏边境折道回青桑的半途中，听来往商客谈论才得知这个消息。

那时，她整个人如同石化，手中的茶杯霎时僵在唇边，心海如落巨石，跌宕难平。

那个噩梦，她亲手杀死的那个身穿华服的皇子，闷葫芦沉沉阖上的眼帘……

她心口一揪，像被什么攫住，呼吸生生堵在胸臆间，脸色苍白，双手颤抖。

"真有短兵相接的那一日，你可会杀我？"城楼之上，血色苍穹里战歌嘹亮，面对浴血而出的万千战士，他郑重而凝肃地问她，暗示她即便对立为敌，也只有她杀他，从无他伤她。

"不知道……可是一旦族人有难，我做不到无动于衷。"她没能意会到他的一片情真，以为那仅仅只是试探，反还回答得掷地有声。

然后，一语成谶……

"青珑，以讹传讹的话，不要轻信。"青珑肩膀一定，忽地被一只白皙而冰冷的手轻轻压住，随之一个温远如清风的语声传入耳畔，让她颤抖的手渐渐恢复平静。

最初听到这样的传言，舒九容也无比惊愕，面色间尽是不可置信。尤其当那些商客大谈特谈，说他攀龙附凤，不知使了什么手段认当今天子为父，摇身一变当上了一国皇义子，竟连祖宗的姓都卖了。

彼时，惊羡者有之，质疑者不乏，不可思议者亦比比皆是，关于他身份的真假，整个客栈里议论得如火如荼。

"你信他了解他，不会是这样的人。"他敛去杂念，轻声对她道。

"没事……"青珑摇摇头，强令自己不再回想那个噩梦，拼命收回思绪，望着他的苍白脸色歉道："害你这个年都无法在王府过，对不住了。"

舒九容浅浅一笑："大家没事就比什么都好，无所谓过不过年了。"

说话间小二端来饭菜逐一摆好，青珑舀了一碗汤，盛了一勺吹了吹，小心喂到他唇边，心酸地道："你的身子尚需一年半载才能恢复过来，不能再出事，一定要好好保重。两日前道上的兄弟传来确切消息，随在景威身边的女子确是琼儿，虽然不知道她因何与景威走到了一起，但总算安然无恙，你也可以放心了。给她一些时间考虑，你们胜似兄妹，想通后她一定会主动回去王府见你的。"

舒九容想自己端汤来喝，却拗不过青珑，便无奈笑着依了她。

如今琼儿终于找到，他心头的忧虑总算可以落下，父王伤势初愈，朝政上的事还需自己佐助，他明日与青军就此分别。青珑率兵回青桑，他回王府，此次话别，日后再见恐怕遥遥无期了。

他关切地问道："明日大军就要启程回青桑了，干粮和盘缠都准备好了吗？"

青珑点点头："那些都不是问题，你不用担心，只管把自己的身子照顾好。裴原和梁大哥他们倒出乎我意料，将漠北两大商户的八成家业弄到了手中，不仅解决了我们的粮饷问题，回去后还可以多购置些良田和骏马。"

"这样就好。"舒九容放了些心，又问："那跌打疗伤的药可有备着？"

"都有，好在一路上未出状况，所有人也恢复得差不多了。"

"衣物可有带足？一旦雪停了会更冷，千万不能冻着。"

青珑笑答："都是里三层外三层，不打紧。再者越往故国走越暖和，问题不大。倒是你，伤势虽然好转，但面上始终不见血色，又一直随我们舟车劳顿，千万要注意了。"

"没事，那些都不算什么。我让白前去附近的药堂买些补药，回去的路上你带着，随时给各位受伤的将士熬着喝。"

青珑啼笑皆非地道："我已经不是三岁小孩了，该注意的都会注意，何况还率领这么多将士和百姓，都得做好万全之备。你有恩于我族，等将来一切安排妥当后，定要邀你来我青桑做客，我们还能再见面的。"

"真的？"舒九容笑着应诺："不胜荣幸，一定赴约。"

这边两人正在说话，白前突然现身出来，不知怎的换上了店小二的服饰，手中拿着一个盘子，俯身放菜的时候在舒九容耳边低语了一句，然后以眼神示意青珑。

青珑一惊，眼角余光瞥见身后两个喝得酩酊大醉的壮汉忽然大喊老板结账，而后起了身，彼此勾肩一晃三摇地朝客栈外走去，她这才后知后觉，竟被两个身份不明的人盯上了！

"跟上他们，查下来历。"舒九容敛容，寒声对白前道："另，速去通知常琰和梁二，严加戒备。"

白前应是，拿着空盘快速退开。

青珑照旧与他用膳，两人神色如常，丝毫看不出异样。一盏茶的工夫过后，她推着他进了客房。

不一会儿，她独自一人又从房里出来，离开了客栈。

楼中一处偏僻角落里，三个头戴斗笠的男子起身离座，互相使了个眼色，两个尾随她而去，另外一个来到房门外，屈指叩门。

令他诧异的是，房门并没有从里面闩上，轻轻一碰便咯吱洞开，一眼望见了摆在窗下的轮椅。视线一转，帷幔之后躺着一个男子，侧身朝里，似已陷入熟睡中。

斗笠男闭了门，蹑手蹑脚地靠近床榻，从大腿外侧拔出一把匕首，猛地扎向男子脖颈。

忽然，一声清啸炸开，一柄战刀急遽横出，轻而易举打飞了匕首。同时一只脚骤然横出，踹向斗笠男胯下。

斗笠男瞳孔大睁，无比震惊，匆促后退。

榻上的人迅速起身，动作迅猛翻身跃下，长刀再出，猛地捅穿他咽喉。

斗笠男的眼珠几乎蹦出，痛苦地扭动了下四肢，头一歪，没了气息。

蔺池拔出血刀，一脚将他踹倒，屈膝在他身上搜索，赫然看见他的颈窝处纹有一个青黑色羽翼，凌厉慑人。

黑羽卫！

他震愕不已，越窗而遁火速追了出去。

街上，另外两个斗笠男跟随着一个女子的脚步，一直追随她到一条甚少人烟的巷子里。

女子的脚步越发频急，却在即将拐弯的时候忽地停住，偏头而视。

两个男子随之止步，左右一闪，隐藏了行迹。

女子折身向右，拐了过去。

两男子迅速现身，复又追了上去，谁知前方人影皆无。正当他们疑惑着四处搜寻时，女子展身跃下房檐，跳到他们背后拳脚连击将其打倒在地。末了她快其一步拔出一人腿间的暗器，刺进他大腿动脉，顿时鲜血狂喷。

另一人挥匕杀来，不想心口一凉，一把长刀从背后猝然透出，穿心而过！

"月芜，有没有事？"裴原拔出战刀疾步奔到月芜身边，见她毫发无损顿时舒了口气，嘴角绽笑。

"姑娘可还好？"月芜扔了匕首，问道。

"已经被我们的人从窗户接应走了，我不放心你，就回来看看。"

月芜目光狠厉，道："区区两个喽啰，足以摆平。"说着她半蹲下来，揪着一个尸体的后领将他的身子扳过，却在不经意间看见了一团玄青色文身。

她脸色一沉，快速拨开他的衣领，终于看清了图案的形状。

"黑羽卫！"裴原惊叫一声。

两人神色顿变，四目相对，倏忽间明白过来，迅速离开。

大夏境外的平原上，一队兵马迎着风雪快速行军，放眼望去，犹如一条银色长龙，在天际蜿蜒，一路向南。

昨日并没有发现异常，仅仅只隔了一个晚上，西川境外涌现出越来越多的黑羽卫。那些耳目皆乔装成三教九流之士，暗暗蛰伏在青珑等人身边，要么企图行刺，要么伺机围杀，全都不再遮掩。

暗箭变明枪，黑羽卫对青军的杀心昭然若揭，却也正中青珑下怀。

夏皇不来，她必设法除之。他若来，便留下脑袋。

"白前，带公子离开此地。"她起身，对驾车的少年道。

舒九容心知，自己残废伤颓之身留下来只会成为她的累赘，便不得不按照原定计划回府，先行避开，嘱她道："万事小心。"

青珑点点头，看着他的面容坚定道："舒九容，你也一样，保重身子。待我得报国仇，他日定飞鸿传音，邀君做客，共饮太平酒！"

他颔首，语声亦沉静有力："愿卿戎安。"

青珑毅然下车，翻身跳上战马，率兵而去。

一条队伍如大江裂开，分向左右。

舒九容将两千兵力留给了她，连同常琰也一并助阵，自己只带了一千士兵继续南下。

青珑吩咐道："辛泽，你率一千兵力，护送所有百姓先行一步。其他人随我截住黑羽卫，来多少杀多少，一个不留！"

"遵令！"辛泽大手一挥，一千骑兵出列，受令而去。

"阿宁，跟着辛泽先回去，路上小心。"褚子逍抱她下马，将她交给辛泽，旋即又重新翻上去，挥鞭就走。

"子逍哥哥——"少女奔跑着追上他，踮起脚尖将怀里的药递给他，冻得通红的小脸上写满担忧，眼波闪闪："我等你回来……"

褚子逍弯腰拂掉落在她头顶的雪花，帮她捋顺被北风吹得四下飞扬的发丝，点头道："你跟族人在归龙关内等着，子逍哥哥定会提上杀害我们亲人的凶手的头颅，将来与你一起祭拜他们！"

语音落地，他打马向前跟随大军而去，病弱身姿却笔挺如木，如一堵挡风遮雨的墙，将驻足在雪地中的少女牢牢护在身后，却也离她徜徉凝望的目光越来越远……

远方雪天里忽地传来地动山摇的闷响，紧接着一排排黑甲骑兵如海啸席卷而来。

领兵的是一脸阴沉的冯烈，一如他当时在锽城外追杀青珑几欲将她逼到绝地的情景，只不过那时她势单力薄，在他眼中犹如蝼蚁草芥。而今再见，她已拥兵自立，手下精锐迅猛如虎，足可抵挡一面。

果真是放虎归山了，他暗道，竖指喝令："杀！"

雪地空旷而辽远，几无掩身的屏障，双方甫一望见彼此便如两条横流碰击，万里平川上雪浪腾飞。苍茫飞雪中，乱箭横空飞射，强敌对劲兵，双方杀得天昏地暗。随着两军距离的拉近，远程射杀很快转为近身肉搏，厮杀声震天动地，糅杂在凛冽朔风中，骇人心魂。

南下的一支队伍中，一声命令忽而传来，惊得驾车的少年神色生变。

"停车！"

白前脸色瞬变，依旧奋力扬鞭，恨不能一步当作十步来使。

"停下！"舒九容清喝他，说着双手探出马车，抓开帘子。

白前劝他道："公子，这才行不过数步……"

他生怕那只是公子的权宜之计，担心这伤残之身连累青军，所以才答应霍姑娘回府，好叫她安心应战，谁想果不其然。

"白前，你去一趟。"舒九容令道："带着这一千兵力赶过去，助他们一臂之力。"

"可公子一个人……"

"我在这里等着，有什么情况即刻派人通知我，不得有误！"

"公子——"

"我的话你听还是不听？"

少年跳下马，跪地不起："白前此生只保护公子一人！"

马车里的人却仅仅只是眨眼的间隔，毅然道："好，扶我出车，马鞭也给我。"

"公子！"白前无奈，见他态度坚定无论如何都抛不下她，只得依令行事，耳语着交代了领兵几句，打马就走。

"我说过是一千兵力，不是空骑！"舒九容耳力超常，即便所有士兵按照白前的嘱咐不出声息地护在周围，他也听得出人马奔驰和空马跑动的声音差异，断然喝住他就要下车。

"公子息怒，我去……"白前瞒不住，只得横下心，留了十数名壮兵保护他，自己率领余兵速速返回去。

彼时的夏皇，还在皇宫中等待冯烈的好消息。

青军的崛起和燕军的襄助将战线足足拉长了数日，黑羽卫不得不连打带撤，飞书求援。

探马还在路上，皇帝尚不知道战情，却也被另外的事情困扰，心情颇是烦闷。

其一，事关蕙妃。

囿于身份和礼教，楚定云不便直接上书为蕙妃平冤，最合适的人莫过于萧璟浩。他不仅心甘情愿以功折罪救赎蕙妃，还公然在御殿上指责皇帝昏谬，陷害无辜。屡谏无果后他放出狠话：这辈子都不会踏进帝京一步，直至他率兵入城摧毁宫门那一刻。

皇帝身躯一颤，一阵心酸和恐慌。当初为了自身的利益，他不得已扳倒蕙妃母子，致使萧璟浩与他父子不和。那之后萧璟浩的心就完全被楚定云收服，死心塌地地追随西川大军，现在还带着他的意思跑来要挟他，跟他这个父亲作对。

皇帝心里颇不平静，放了蕙妃一样收不回浩儿的心，甚至在楚定云的帮助下，他还可能将他母妃带出皇宫远走高飞，将来再跟西川大军一道杀进帝都逼宫，与他父子相残！

其二，事关北凉那群走卒。

早先投诚的不少凉臣都被他视情况做了发落，暂时有用的先安置下来随便给个闲散职位，待日后再细细决定其生死，无用的一概屠净。而新年一过，锽城中接连发生命案，从正月初三开始，几乎每晚都有一人身亡，死的都是被他留下来的北凉臣子。

凶手的手段极其残忍，一剑穿喉，再一剑开膛破肚，挖了他们的心，血淋淋地钉在墙上，恐怖至极。

"沈隽！一定是沈隽！"

所有俯首称臣于夏皇的北凉大臣无一不将凶手指向他，颤抖而惊恐地向夏皇求救。

"沈隽……"皇帝琢磨着那个名字，听说西川大军北伐以来碰到的最棘手的人便是他。若非他背后操纵与心腹抵死顽抗，只怕北凉灭亡的速度远比现在来得快。

"父皇，儿臣愿助您一臂之力，擒拿此人，还帝都太平！"太子萧璟昌赶来求见，躬身立在寝宫内，向皇帝毛遂自荐，一言一语皆是满满的自信。

皇帝偏头看他一眼，心里不屑地哼了一声："是有越王为你拿主意吧？"

萧璟昌一惊，果然父皇紧紧盯着楼西越的举动，谁与他走得近，一切都在掌握中，这样一来于他也大为不利。他平复下心情，强作镇定地道："义弟颇得父皇盛宠，儿臣怎敢劳他贵手？"

皇帝嗤鼻："听你这口气可是心里不痛快？急着立功争光，早先怎么不见你有如此热情？"

被父皇如此奚落，萧璟昌面现不悦，他犹疑了许久，终于鼓足勇气大声驳道："身为储君，却名不符实，父皇亦从未允我监国，儿臣心里岂能痛快？父皇又何曾给过儿臣半点立功的机会！"

皇帝颇是讶异，戚氏党羽被他整治后，皇后失势，太子也唯唯诺诺，半句话都不敢顶撞，现下居然如此指责，不禁怒喝："放肆！"

"儿臣心中的苦郁远未诉完！"萧璟昌毫不让步，且变本加厉，"母后一心侍奉父皇，却受父皇芥蒂，无故压迫戚氏一门，儿臣心里不服！非但如此，父皇还孤立我与母后，宁愿认一个疑点重重的人为义子，开口便封他为亲王，也不正眼瞧儿臣……"

"住口！"皇帝心烦气躁，忍不住低斥一句。

萧璟昌预谋而来，早就做好了承担后果的准备，因而理直气壮，将心里的怨怼尽数倾吐出来。

"反了你了！"皇帝忍无可忍，一巴掌挥到他面上，打得太子踉跄后退，不慎将烛台撞倒，火苗顿时沿着帷幔向上攀爬，并疾速蔓延开来。

他这才收敛，抬起袖子啪啪打掉火花，惊慌失措地跪地求饶："父皇恕罪！儿臣喝了点酒，神志不清，并无冒犯之意，求父皇开恩……"

"来人！"皇帝面色铁青，朝外大喝一声，愤然道："押下去，杖责三十大板！"

"父皇饶命！儿臣不是有意的，求父皇手下留情……"

霎时间，太子歇斯底里的求饶声响彻寝宫。

戚皇后听说这件事后吓得脸色煞白，连夜跑来负荆请罪。眼见烛台瘫倒在地，帷幔也被烧得惨不忍睹，她慌忙命人重新置换了灯台，整整齐齐地摆好。之后她匍匐在地请求皇帝饶恕太子的无心之过，声泪俱下，哭得不成模样，生怕皇帝借此事大做文章，给他们母子重重一击。

"滚！朕不想再见到你们！"皇帝余怒未消，拂袖低吼。

戚皇后却不肯离开，哭得呼天抢地，更是火上浇油，惹得皇帝怒不可遏，喝令侍卫："愣着干什么！拖出去！"

此后的两天里，皇帝的胸中始终憋着一股气，脸色越发难看，像是预感到了什么，莫名变得烦躁不定。

果不其然，第三日晨起，探马仓皇跑来觐见，道是五千黑羽卫遭受重创，折损过半，被迫撤退，却依旧被青军和燕兵追杀，连冯烈也受了伤。

听到这消息，皇帝顿时惊在榻上，胸口一涨，气促咳嗽，全身剧烈震颤，脸面发绀。

宫人大惊："快传御医！传御医！"

彼时，却有一人无比开心，尽管走在地宫这样戒备森严并且随时都会丧命的地方，他还是止不住内心的欢喜，昂首阔步，仿佛苦闷的帝储生涯将要结束，人生从此打开了崭新的篇章。

父皇一倒，这里的一切，都将为他所有！

萧璟昌回头看了一眼随他同来的男子，忍不住笑赞："义弟好手段，果真做得滴水不漏！这回就算父皇能侥幸保住性命，也时日无多。"

这么说着，他摸了摸完好无损的屁股，庆幸母后安排好了人手代他受过，否则没个十天半月他妄想下榻走动。

身后的楼西越面容冷肃，声色不动。

大夏太子吃了闭门羹，语噎，这才问到正点上："不知里面的人……"

"进去。"楼西越冷声道，为了避免被人认出，他漠然埋着头，装作随行的侍从。

萧璟昌看了看笔直伫立在牢门前的两排黑羽卫，不禁有些怯场，奈何被身后人逼得紧，只得壮了壮胆，装作煞有介事的样子走上前，下令："开门！"

守牢的将领眼睛眨也不眨，几乎当这太子是空气。

"开门！"萧璟昌一怒，大喝一声。

对方瞥了他一眼，继续站岗。

萧璟昌怒极，一脚踹过去："本宫叫你开门听见没有！"

"此乃地宫禁地，未经皇上和卫长大人允许，闲杂人等不得靠近，否则杀无赦！"

"你说什么？再给本宫说一遍，谁是闲杂人等？"听到这话他才发觉自己这个太子当得有多窝囊，只怕父皇当初立他为储也只是迫于母族一方的压力而施展的权宜之计，只想暂时封住群臣口舌而已，日后定会借机废掉他，否则不会一直这般待他。

萧璟昌的怒气还想发作，却见一个黑羽卫匆匆跑来，边跑边道："大人，皇上有宣！"说着那人在守牢的将领耳边低语了几句，就见那将领脸色大变。

萧璟昌不禁好奇，何事能让这些木头桩子一样直愣愣的黑羽卫慌张成这样？看来大事不妙，莫非父皇……

他窃喜，却被那将领冷容盯了一眼，顿时干咳两声，两眼一翻，傲慢地抬头望天。

"将太子请回！"那将领低喝一声，便随那名黑羽卫匆匆去了。

他方一走，一大把涂毒的暗器倏地从萧璟昌背后飞出，扎进那些黑羽卫的额头，鲜血淋漓而下，尸体渐次倒地。

萧璟昌吓了一跳，惊恐回头，却见楼西越已经上前，从牢头的腰里搜出钥匙开门。没等萧璟昌反应过来，他已经大步踏了进去。

◈ 第五十九章 ◈
魂断

出乎太子的预料，地宫里面出奇的安静，甚少见到巡查的黑羽卫。举目望去，前方甬道的两旁皆是玄铁打造的囚笼，里面关押着许多人，皆一动不动地盘腿坐着，活像死尸，观来极为阴森。

"是不是这个？"萧璟昌指了指身侧一个老者问道，说完就走了过去，好奇地想看看他长什么模样。然而刚到囚笼正前方，身子不知因何往下沉了沉，然后只听"咔"的一声巨响，头顶一块巨大的石门落下，几欲将他砸碎。

他惊呆在地，冷不丁肩膀被人一扳，堪堪避开。但是没等他喘口气，嗖嗖箭雨忽地从上方笔直落下，直扎头顶。

楼西越拔刀挥斩，弓步一跃，萧璟昌的反应慢了许多，逃出后背部及大腿处各扎一箭，煞白着脸趴在地上，痛得嗷嗷惨叫。

"囚门入口处的玄武岩不要靠近！"他四下观望，察觉到了触动箭阵的玄机，冷冷扔了一句警告，提刀快速向里靠近。

"等等我……"萧璟昌大骇，痛苦地向前爬，指尖甫一碰到一块玄武岩，忽地触电般缩回。

仔细一看，地面是用一块块青底绿花的花岗岩铺就，接缝密致，而在每个囚笼的入口前，却独独采用一小块玄武岩，流纹清晰可辨，四周的接缝却稍有加宽，像是独立出来——蹊跷竟在这块玄武岩下面。

他惊魂未定，退路被石门堵住，唯有向前爬行，大声喊救："义弟，等等我！等等我……"

楼西越并没有折回，而是加快了步伐一间间囚笼挨个找过去，却仍旧不见陆鹤之的身影。既然冯烈也参与进来，他能想到的最隐蔽、最有可能关押师父的地方，就是地宫。

甬道，暗阁，回廊，杀尽一个又一个守卫，闯过一道道机关，他几乎找遍了所有地方，却一无所得。恐惧和幽恨像蜿蜒生长的藤蔓一样缠绕在脑海，搅得他心绪无法平静，不敢想象这一年来，师父在这不见天日的地方经受了什么样的折辱。

最后一处，是一个单独的隔间，楼西越急促地想奔进去看个究竟，却不敢加快速度，他怕看到的结果会将心底的期待和希望彻底绞碎。

这一生快要流干身上的血，却没有从那些应该给予他信任的人身上得到任何温情，到头来还落得个叛徒的下场。只有师父处处为他考虑，始终把他这个世所难容的孤子当作自己的亲子，一腔关怀和爱怜全都付诸他，不求回报。

也许在这世间的最后时光里，他唯一能抓住的就只剩下师父的舐犊亲情。若连这都没了，那撑着走过的二十多个年头中，能让他坚信至今的信念便就此不存。

"小……小楼吗？"随着脚步靠近，隔间里传来一个苍老而沙哑的声音。

显然，里面的人从脚步声辨认出了来者。

楼西越一怔，眸中的阴暗忽然消散，眼眶被一层晶亮的水雾盖住，箭步奔了过去。

隔间不大，正中摆有一个蒲团，上面盘膝坐着一个脑袋低垂的中年男子，形容干净，发髻整洁，然而两鬓的黑发却已变成斑斑驳驳的银色，每根每缕都像尖锐的针，刺痛他的心。

"师父！是我……是我……"他颤抖而急切地拿出钥匙打开隔间的门，不顾一切地冲进去，两手托住陆鹤之消瘦的身子，眼里尽是自恨和愧疚，双膝跪地，狠狠磕了一个响头："弟子不孝！"

"小楼……师父终于等到你来了……"陆鹤之徐徐抬头，眼里闪动着晶莹的泪光，他伸臂扶起楼西越的身子，就像一个慈父拥住许久未见的孩子。

然而欣喜只是一瞬间，当他眼角的热泪滚下，随之视线逐渐清晰，他看到的不是爱徒昔日冷峻凛然的模样，而是形销骨立，全无神采的样子。

"怎么会这样……怎么会这样……"陆鹤之痛心不已，端着他的脑袋端详，言语中尽是责备和疼惜："好好的一个人，怎么把自己弄成这样了啊……怎会变成这般模样……"

"师父，我救您出去！"楼西越吞下心中难言的悲苦，抬袖一抹眼睛，俯身背起他，拼尽所有力气往外跑。

然而才踏出隔间穿过一条甬道，前方忽然出现一排排魁伟的影子，像一座巍峨的山峰，将他的去路堵得严严实实。数不清的劲弓上架着绷紧的利箭，迎面对准他。

"父皇，是他胁迫儿臣进入地宫的！母后送过去的灯台也是他动了手脚，主意都是他出的，他想陷害儿臣和母后……一切全是他指使的，跟儿臣没有关系！求父皇开恩，饶恕儿臣……"太子被两名黑羽卫架着，两腿拖地，额上冷汗淋漓，一见到楼西越便声嘶力竭地向皇帝控诉。

皇帝被人扶着，面色绀紫，一脸阴鸷和肃杀，吼道："拉下去！打入死牢，听候发落！"

"父皇！儿臣知错了，儿臣再也不敢了……求父皇开恩！求父皇开恩！父皇！父皇……"甬道中传来太子歇斯底里的求饶声，回音撞击在冰冷的黑曜石墙壁上，如魔鬼发出的尖叫，惊恐至极。

皇帝目欲喷火，额上青筋跳动，猛咳起来，怒而夺过一张劲弓，箭尖直指楼西越眉心。

御医说他中了急毒，而且是杀人于无形的流珠之毒，猜测是有人从丹砂中淬炼而成，然后放在了寝宫。因其易挥散，毒气无形无色无味不易察觉，所以这些天下来，他无时无刻不在吸入剧毒，却还浑然不觉。

当时一听，皇帝如遭晴天霹雳，身躯越发止不住地颤动，思绪近乎停止运转。一念忽闪间，他猛然想到了太子和戚皇后——除了服侍他的可信宫人外，近日只有他们进出过寝宫，戚皇后还在他愤懑难消的当儿做主置换了被烧毁的灯台。那时他盛怒未消，一时大意，没有防备，倘若戚皇后派人在灯罩内暗做手脚，置毒于其中，待流珠散发完毕，他们的罪证也会消失殆尽。

他们竟敢合手去杀他，显然是有备而来，而且给他们母子一百个胆子，也不敢明目张胆地在太岁头上动土，除非有人在背后怂恿。

"说！有没有解药！"他狂怒，手臂一松，利箭脱弦飞出！

陆鹤之大惊，就要挡过去，生死一隙间，却见楼西越拉住他，错身避开，旋即倒退一步，一脚踩上一块玄武岩。

石门轰然下落，隔绝了皇帝的视线。

他快如游鱼，身子一旋遮住陆鹤之，将他护在身下，然后抓着他的肩膀纵身一跃，一步数尺，蓦地跨过嗖嗖射下的箭雨，扑倒在地。

"小楼！"陆鹤之快速爬起来，推他："你快走！师父拖住他，逃出去……"

"休想离开！"刹那间，外面的机关被触动，石门又起，一个高壮身影大踏步走进来，犹如狂躁的狮虎，弓上三把利箭斜下飞出，快如流星划空。

楼西越以身为盾将陆鹤之紧紧护住，并迅速反击，寻隙带着他逃向地宫之外。但毕竟势单力薄，行不过数步又困于箭阵之中，进退维谷。

"萧祈！"陆鹤之悲吼一声，生怕连累到楼西越，喝住怒不可遏的皇帝："放过小楼，我可以医你！"

皇帝怎肯信他，处于暴怒边缘的他快要失去理智，恨不得将他们碎尸万段："以下犯上的逆徒，杀无赦！"说罢，他复又抬弓松弦，长箭飞射如光，毫厘不差地射向楼西越心口。

楼西越瞳孔陡静，倏地推开陆鹤之，足下生风，手攥一箭，带着同归于尽的狠烈扑向皇帝——擒敌擒王，才有机会救出师父。

黑羽卫见状大惊，纷纷开弓。

"小楼！"陆鹤之悲恐不已，猛地冲上去将他压倒在地，双臂伸出，拼死将他护在身下。

迎面乱箭横飞，激射如雨。

楼西越的后脑撞到坚硬的地面，眩晕而窒息。数不清的利箭破空飞来，发出低低的呼啸声，如夺命的魔音，惊白了他的脸色。

他拼命挣扎想要翻身起来，却被陆鹤之死死压住。血腥味漫入鼻腔，一点点绞碎他生命中的最后一道明光，他心里的恐惧不断扩大。

"师父……"他不顾一切地挣出脑袋，残留在眼前的只剩下血迹。

泪水夺眶而出，生平第一次，他放纵自己的狼狈落在这群人面前。

"答应……答应师父，不要放弃……活着……"弥留之际，陆鹤之拼力压住他不断挣扎的手，耳语一样低低嘱咐。

楼西越悲极嘻声，眼红如血，双手掐着坚固的地面，挣得指尖皮肉破溃，鲜血淋漓，泪水决堤而出，滚烫而烧灼。

"记住师父的话，活着离开……活着……活……"陆鹤之的声音愈来愈弱，如钟鼓敲击后留下的绵长回音，到最后缓缓消失，寂灭不存。

"师父……"楼西越紧紧抱住他，泪水决堤泛滥，如同一个绝望无助的孤独幼兽。

陆鹤之……死了？见此情景，皇帝有一瞬间的发怔，不可置信地看着倒在地上的他们，忽然间身子一歪，不受地控制颤抖起来，惊恐地在心里想：御医无能，解不了这流珠之毒，陆鹤之死了，还有谁能救他？还有黑羽卫，冯烈一旦有事，大夏除了楼西越没有谁是楚定云的对手，可是陆鹤之已死，还有什么筹码能让他低头？

楼西越不能死，他是他捏在手里对付楚定云的用具，没有他的允许，他不能有事！

"来人！"皇帝猛然想起一人，强撑着站直身子，吩咐了几句，几名黑羽卫当即转身，大步跑着离开了地宫。

冷宫幽幽，常年不见天光，与之为伴的只剩阴冷的风声和窗外飘扬的雪花，外面的恩怨纠葛和风云变幻对这里来说，已然成为空白。

一抹萧条而单薄的身姿临窗而立，掩唇浅咳，声息微弱。满头垂下的青丝几乎遮住了她整个纤弱的腰身，忽尔可见几缕刺眼的白发，如雪如银。

相思成疾，催人老。

"娘娘，奴婢扶您去休息。"东雯于心不忍，上前扶住她。

蕙妃摇了摇头，固执地站在飘雪的窗前，遥想自己孩子的现状，憧憬他驰骋疆场的凛凛模样，以及将来觅得意中人与她耳鬓厮磨的甜蜜景象。

如能这般，她这一生也就值了。

"哐当"一声钝响，冷宫的门被人一脚破开，毫无预料吓了东雯一跳。

未及反应，就见几名黑甲壮兵奔进来，左右瞅了瞅，最后将视线锁定在窗前的蕙妃身上，二话不说抓住她粗鲁地往外拖。

东雯大惊，扑过去抱住蕙妃，惶恐地道："你们做什么！娘娘……"

两名黑羽卫抬脚，皮革靴子揣到她肚子上，将她娇小的身子踹飞，后脑勺结结实实地撞到墙壁，颓然倒在地上，口中冒着丝丝血水。

"娘娘！娘娘……"东雯骇然，捂着腹部往门外爬，眼睁睁看着蕙妃被这群凶狠的悍兵抓走了。

黑羽卫强行将蕙妃带到了地宫，那里早已被刀光剑影湮灭。

只见皇帝被牢牢护在中间，余兵蜂拥而上，试图擒住杀得满身血迹的楼西越，逼他就范。然而他早已将性命豁了出去，眼里噙着泪，身上淌着血，带着玉石俱焚的狠绝和幽杀，毅然决然冲向皇帝，千刀万剐不足以弥恨！

"看看她是谁！"皇帝暴喝一声，死命掐住蕙妃的脖子。

楼西越扬起的刀忽而一滞，满目悲痛未消，又被惊痛掩住，不可置信地望着蕙妃惨白的面容，眸底有烈火熊熊燃烧。

"小楼……陆先生、陆先生……"蕙妃一眼望见了陆鹤之的尸体，心如刀割，泫然泣下，唇齿开开合合，伸手挣扎，想要安抚眼前这个伤痕累累，哭得伤心欲绝的孩子。

从小到大，他就这么一个亲人啊……

"蕙姨……"楼西越眼角灼灼，泪如泉下，颤颤唤了一声，五指一聚，眼神一狠，握紧刀柄刺向皇帝眉心。

"再敢上前，朕杀了她！"皇帝面色一白，猛然将蕙妃推到刀前。

"蕙姨！"楼西越心口一堵，霎然止步，被泪水浸湿的眼里一片血红，却不敢再前进分毫——他害死了师父，难道还要再去害蕙姨……

"小楼……"蕙妃涕泪涟洏，口中发出微弱的咳声，两手挣脱出来，抓向虚空，似要替他擦掉眼泪，暗哑着声音安慰他："不，不要难过……"

"住口！"皇帝低喝一声，掐着她后退几步，冷声威胁："给朕听着，蕙妃的生死握在你手上，朕命你率兵出京支援冯烈，无论如何也要灭了霍家女儿，将所有青军、燕兵全部铲除！然后提着她……不，还有楚定云的脑袋一起来换！如若不从，休怪朕不客气！"

听到"霍家女儿"四个字眼的时候，楼西越瞳孔一睁，握刀的手指咯咯作响，满面悲楚，心口的闷痛似一圈一圈荡开的涟漪，向着心海的彼岸无限扩大。

眷恋的人早已离他而去，头也不回。师父也为了救他万箭穿心，从此阴阳两隔，再也不会醒来。是他的错，是他害死了师父。

"师父……"他颓然跪地，抱起陆鹤之如被血浸的身子，在偌大的地宫里哑声恸哭。

"不要难过……小楼，不要难过……"蕙妃看得痛彻心扉，眼泪扑簌簌往下掉。她明白这个孩子对陆鹤之的感情有多深，一半是恩，更多的，却是从他身上汲取到的纯粹亲情。

然而，面对无法改变的结果，她能做的，却也只有陪着那个孩子哭泣。

彼时，萧璟浩正在楚定云的暗中帮助下调兵入京，丝毫不知道蕙妃作为人质被皇帝抓走的事。他的心田被悲愤填满，唯一的念想就是杀进帝都救出自己的母亲，彻底带她远离那座牢笼。

逼宫又如何？哪怕被世人唾骂，他也不在乎！

"意气用事远不足以成就一个君王，你需要的是磨炼和沉积，要放眼天下。苍生黎民，山河日月，疆土草木，你所看到的，要比常人更多更广更深，还要看到他们看不到的东西，比如……"

"比如什么？"见楚定云忽而顿住，萧璟浩一奇，偏头问道。

"人心，真假，虚实。"

萧璟浩想起在无幽郡时楼西越对他说的那番话，言外之意亦如此，突然间鼻子发酸，微哑着声音道："姨父，表哥也曾对我说过，想要救出母妃，只有以其人之道还治其人之身。"

楚定云神色微凝，放慢了马速，但表情的变化却只是瞬间，很快就归为钢铁一般的冷肃："浩儿，你记住，人心难测，嬗变无常。明里虚情假意助你一臂之力，暗中却现阴狠本相，这种口蜜腹剑、阳奉阴违之人，信得太深，迟早会让你万劫不复。"

萧璟浩心酸难耐："姨父，你真的要将表哥赶出西川？他不是那样的人，一定是父皇逼他的，他肯定有什么苦衷！"

"逢场作戏的苦肉计，谁都会演。"楚定云没有回头，挥鞭策马加快了速度。

萧璟浩心情失落，但一想起蕙妃的处境便不得不收回思绪，策马飞扬，率领大军火速奔驰。

然而还未进京，探子呈来的两则消息就让他们震惊无比。其一，太子与戚皇后意图弑君，已被打入死牢！其二，越王率兵出京，一路杀往西川！

"多少兵力？"楚定云的脸色愈来愈肃杀，跳下战马冷声问。

"回禀将军，两千黑羽卫，三万禁兵。"

萧璟浩无比吃惊："哪里来的消息？无凭无据，不要含血喷人！"

"殿下，属下亲眼所见，少将……越王奉旨出征，已于前日夜里率兵出城。此事千真万确，属下绝无欺瞒，更不敢诬陷越王。"

"下去吧。"楚定云沉声遣退他，抬头看去一脸惊愕的皇子："这回你应该知道他的野心了。根基未稳便急着杀进西川抢功，自找死路！"

"姨父——"萧璟浩大惊："求您看在表哥这么多年出生入死的份上，饶他一命！"

楚定云面上的表情有些微变化，隐隐带着哀凉，叮嘱道："我先回西川看下情况，你留在京都，皇帝若没有动作，你也不要妄动。既然是逼宫，便该师出有名，救你母妃这样的理由远不足以服众。你心性仁厚，耿直坦率，若成一代君王，担得起明君的芳名。故而姨父助你，就不能陷你于弑父杀君的地步，让你英名留污。楼西越与太子走得近，必然也有参与，待时机成熟，我们大可以讨伐贼子之名出师，逼他先出手，再反守为攻。"

萧璟浩艰难地点点头，再次央求："求姨父答应，留表哥一命！"

楚定云没说什么，只轻轻点了点头，催他快走。然后自己翻身上马，调转方向疾驰而去，扬起一路雪花。

呼啸的北风中，隐隐传来他与那探子的对话——

"景威还在北凉，你快马加鞭通知卫臻将军，以最快速度召回他的兵马。若其听命，找个理由将他调职到北疆长久安置下来。若他反抗，那便监禁，楼西越叛乱之事未了前，务必不能让他回西川！"

"是，属下明白！"那探子恭声点头，调头向北，扬长而去。

楚定云亦马不停蹄地往西川赶，只他不知道，楼西越的兵马进攻的并不是西川大军，而是另有目标。因着对萧家人的痛恨，他也就"恨屋及乌"，无形之中对楼西越也诸多戒备和猜忌，尤其当他翻身为王的那一刻，他已然动了残忍而无情的念头。

要留，就得断他臂膀拆他筋骨，让他的欲望永远也无力滋长！

要毁，就彻底铲除浩儿帝业之路上的隐患和绊脚石！

"驾！"他一鞭子抽在马臀上，快如光电，眨眼间消失在风雪中。

西川，关塞之外血流成河。

这一仗过后，青军彻底挫败了黑羽卫的傲气，冯烈原本的信心逐渐丧失，灰头土脸一路向西撤退，以期等到皇帝的援兵再卷土重来。

"大人，不若我们求援西川大军……"有部下如是建议。

"混账！"冯烈一抹脸上的血迹，大骂："楚定云拥兵欲反，巴不得先将我们斩除，求他等于找死！"

"可青军一直在后面追杀，如今不到五百兵力，再不想办法只怕要全军覆没了……"

冯烈焦头烂额，走出临时搭建的帐篷，望着惨白惨白的大地，似是想起了什么，冷声道："还有一人可以成为逼她退兵的软肋，并且能让他们不敢妄动。一旦抓住他，我们就有足够的时间等来援兵。通知下去，连夜撤走，追捕此人！"

"遵命！"

是夜，黑羽卫全部弃营，逃之夭夭。

期间，青珑意欲追杀，却碰到了意料之外的棘手之事——探子传报，百里之外出现一队轻骑兵与败走的冯烈会合，猜想来者不善。

但令她疑惑的是，对方按兵不动毫无反击的迹象。为了避免中计，青珑亦未冒进，静观其变。

三日后，梁二一脸沉肃地回到营地，将打探到的敌情带了回来。

"妹子的打算，是冒险强攻还是保守撤退？"他并没有主动说出来，而是反问她。

青珑对他这段时间的变化有些困惑，但却没有言明，想着日后寻机会与他倾谈，也许梁大哥真有什么心事藏掖着。闻言后，她毫不含糊地道："量敌而动。即便这次除不了黑羽卫，往后还有机会，但若作做我们被敌军困住，一切战果将会付之东流。轻重得失，我揣量得来，梁大哥有话不妨直言。"

"来兵不多，两千黑羽卫和三万禁兵，不过以目前的战况来看，打下去我们未必会输，唯一担心的就是西川大军。两虎相斗必有一伤，隔岸观火的人不得不防，所以若决定继续进攻，须先做好万全之备。"

青珑的心里有了决定："斩草不除根，后续行动将更加艰难。黑羽卫乃夏皇暗中驯养的精锐，不亚于他的心血，除了他们他才不会有恃无恐。"

"妹子言外之意……"

"继续杀，主攻黑羽卫，不过见好就收，西川那里稍有风吹草动，我们即刻撤走！"

梁二会意，与众将点头允诺。

"另有一事……"少顷，梁二再度出声，却吞吐不定，斟酌着问她："不知妹子可有把握？"

青珑面色凝住，呼吸莫名发紧，似乎冥冥之中预感到了什么，强作镇定地道："梁大哥请说。"

梁二的表情有些沉重，道："领兵之人是楼西越，或者应该称……越王萧逐。"

即使已经有了预料，但真正听到这个名字，她的心情还是无法平静，心口像被什么揪住，呼吸生疼。铭刻在脑海中的是那双幽暗而死气沉沉的眼睛，那里面空无一物，仿佛这世上的一切人和事都已经与他无关，包括生死。

死……她脸色忽白，五指隐隐作颤，那个让她窒息而恐惧的噩梦再一次萦绕在脑海，像魔鬼伸出的利爪，快要攫走她的理智，让她判断不出那到底是真还是假。

不会的，她不会杀闷葫芦，她希望他活着，无论如何都要活下去。

"姐……"褚子逍见她神色有异，担心地唤了一声。看着她跟楼西越走到今天这样的地步，他的心里也不知道是什么滋味，只觉造化弄人。

忽然间，他就忆起了那个恬静如水的医女，太过久远和陌生的记忆，快要让他记不起来她轻笑时的两湾梨涡——从相知相解到陌路，亦如阿姐与她的闷葫芦。

一旁的月芜伸手拉了拉他，轻轻摇了摇头，他也就沉默下来。

大帐里瞬间安静，落针可闻，须臾之后，一个坚定有力的声音响起，诚恳而无欺瞒。

"他曾予我援手，深情厚恩我不会忘。但是霍家后人起于乱世，此生所求并不只儿女情长。

青桑，族民，家国，不当奴不为隶，与天下所有人平起平坐，这些才是我应该为之战斗并拼力争取的。"

梁二轻吐一息，面上的凝重渐渐消失，朗声道："实不相瞒，大哥确有一事隐瞒，不知该不该如实相告，但冲你这番话，便也不再庸人自扰了。人生在世，不是所有的抉择都能两全其美，总得舍弃一些去成全另一些。"

青珑心里的猜测应验，只是不知道什么事能让这个豪爽而豁达的游侠头目困惑至今，但他一言蔽之，她也就不好过多追问，抱拳道："一路走来诸多不易，小妹诚谢大哥的慷慨相助。"

梁二爽快地摆了摆手："都是把脖子拴在一条绳上的人，青妹不必与大哥客气。"

青珑颔首，转而面向常琰："感谢常将军鼎力相助，这一战风险甚大，故而不想再连累各位将士，况且舒九容几次施恩于我青桑，便更加不能置他的立场于不顾，所以……"

常琰心里也有顾虑，公子是无论如何都不会坐视不管的，但打下去势必会将整个南燕牵连进来。如今东兀虽有与王爷联兵的意向，但真心与否难以定夺，会不会中途变节，这一切都是一场赌局，生死难料。若有万一，多保留一些精锐，也就多一分胜算的把握。

不过这毕竟是舒九容的命令，他只得奉命而为。

"霍姑娘无须顾虑，无论发生什么，常某定当奉陪到底！"

青珑摇摇头，解释道："舒九容违抗父命出兵援我青桑，回府后定要会受定南王惩戒，我无法安心。如今琼儿不在身边，所以希望常将军回去能照应些他。"

"白前已在战后被姑娘支回府上，公子那边不会有什么事，尽可放心。"

青珑再度委婉劝他，月芜和蔺池等人也猜得到她的做法出于什么样的考量，所以相继附和着劝了几句。

常琰犹豫起来，他其实明白青珑的意思，担心舒九容是一，其二青军不能一直依靠燕兵的援助，劲旅之师的壮大，终归需靠自己千锤百炼。想通了这点，他也便释怀，起身道："如此非常遗憾，恕常某无法与各位浴血奋战了，祝各位旗开得胜，凯旋荣归！"

谁知语方脱口，帐外忽然有人传报，说是有个黑衣少年求见。

青珑与他俱是一惑，匆促出帐。

"白前？公子呢，你为何又回来了？"

"公子不放心，途中勒令我们回来援战。而当我战后返回去，公子便无影踪，马车停靠附近有黑羽卫的尸体，公子也许被他们抓去了！"

青珑脸色一白，几乎站不住脚，不敢相信这样的噩讯。

◈ 第六十章 ◈

生离

是夜，搭建在茫茫雪地中的一顶大帐里灯火通明，安静如斯。

靠近几案的地方，一抹萧瑟的身影站着，站成一尊冰冷的雕塑，眼神空洞，声息不发。他垂下的左臂上戴着一条黑色孝布，瘦削的肩背上背着一个行囊，里面装着的，是一个檀木制成的骨灰盒。那里面，是他师父焚成灰烬的尸骨。

他曾说过要接师父来西川，与他一起住在竹楼里，这样也好方便照顾。但师父说不想给任何人添麻烦，始终不答应。可他知道，师父其实是在给他留退路——如果营中待不下去，那就解职回医庐，无论发生什么，那里都是他的家。

可到最后，师父都没能等到不孝徒归家的那一日。

他不忍将师父一个人孤零零地扔在山上，便决定带着他一起离开了帝都。

这一战若生，就找一个没人打扰的地方将他安葬下来，常伴他左右；若死，那就到黄泉路上给师父做伴，不再让他孤苦伶仃。

楼西越如是想着，眼前不觉然漫上一层水雾，视线模糊。

帐帘突然被揭开，走进来一个魁伟身影，正是冯烈。

"不知越王打算何时出兵？"冯烈开门见山，语气略有些焦躁，显然对他迟迟不动兵的做法极为不满，也更加戒备，怕他暗中使什么手段。

楼西越背对着他，一言不发。

冯烈等不下去，冷然道："皇上有令，务必铲除那些绿林贼兵。越王既然不愿作为，那本官便全权做主了！"说完他大踏步离开大帐，将要垂下帘子的时候，里面忽而有了声音，沙哑而干涩。

"你抓了谁？"

冯烈的脚步顿住，身子转了过来："越王可是想好出兵了？"

"抓了谁？"

他笑道："越王放心，不是霍家女儿，而是另有其人。不过皇上不打算给青桑死灰复燃的机会，末将已经让人放出了话，要想救人，就得提着她的脑袋来换，相信过不了多久青军和燕兵就会自投罗网了。至于楚定云的首级能不能拿到，那就期待越王的表现了。"

楼西越沉默良久，什么话也没有说，转身出帐。

见他终于有了反应，冯烈跟上他，盯着他的背影探问："越王的意思……"

出乎他意料，楼西越突然回头，冷冷盯着他："带路。"

冯烈被他的眼神惊了一下，下意识提高了警惕。

他们去的，是另一个大帐，外面重兵把守，围得密不透风，一粒细尘都飘不进去。

楼西越揭帘而入，一眼看到地上躺着一个奄奄垂绝的白衣公子。他的脸埋在臂弯间，眼睛被白绫覆盖着，衣上血迹斑斑，胸口有一处伤，似在打斗中被人刺了一刀，也不知道伤口深浅。

"这个人，想必越王认识。"冯烈仔细观察着楼西越的表情，想捕捉些关于他内心打算的蛛丝马迹，不过他始终一脸漠然。

楼西越定定注视着那个男子，心海的起伏尽数藏在眼底，忽而就想起那日在驿馆与她不期而遇的场景。舒九容看不到，她就用天籁一样的风铃声回他应他，告诉他：我在。

一别经年，世事沧桑，她遇到了知她懂她的莫逆至交，他却等来了一场镜花水月，看得见，却触不到。

他俯身伸指探到那个人的鼻翼下，尚还有气息。不过将要起身的刹那，他的神色忽然凝肃起来，眼角余光掠到那人微微扣合的手心上，似乎发现了什么端倪，眸底的杀意急遽跳动，拇指暗暗扣上刀柄。

空气瞬而静止，充斥着死亡来临的气息。

冯烈的眼皮莫名跳了一下，不由远离了他一步，更加戒备。

楼西越漠然起身，冷声令道："带他到我帐中。"

"这是为何？"冯烈的五指始终握着刀柄，离他十步之遥，"莫不是越王打算放他走？"

"难道黑羽卫没有打探到，他与霍家女儿关系匪浅？"楼西越冷冷反问，像一头蛰伏在黑暗中的狼，危险如斯。

冯烈皮笑肉不笑，自然知道他也被霍家女儿迷惑过，对她念念不忘，必定是要吃醋或者心生嫉妒的。

"那么越王的打算是……"

"有用的是活人，派人送他到我帐里。"楼西越盯着他，眼神冰冷入骨，说完头也不回，瘦削而笔挺的身影快速没入雪夜，留下一句肃杀的命令——

"通知全军，明日出兵！"

而生死，全在今晚了——他在心里决绝道。

冯烈脑海中的血气骤然翻涌，好不容易等到了这一刻，发誓定要清剿所有青军和燕兵，一雪败北之辱！

"来人，照他说的去做，务必盯紧他。皇上有令，一旦越王妄行逆举，即刻就地斩杀。"

"明白！"两名黑羽卫依令而去，将人带到了楼西越的帐中。

他们前脚刚到，数十名壮兵后脚便赶来持刀侍立在帐外，里面的人即便插翅也难飞。

"去传军医。"楼西越指了指其中一人，寒声下令。

那黑羽卫迟疑了顷刻，与同伴使了个眼色，这才奉命去了。

"扶他到榻上。"他再度令道。

"这……"余下那名黑羽卫谨慎起来，不明白他意欲何为。

楼西越靠近几步，目光冷峻："不从？"

"不敢。"那人将信将疑，将昏倒在地上的人扶起来，平放到了榻上，就在他起身的刹那，一道刀影忽然掠来，快如光电，不及他反应，就已刺进他后颈。与此同时，他的口鼻亦被捂住，及时封堵了他跳到舌尖的喊叫声。

待他气绝而亡后，楼西越颓然松手，掠了一眼榻上的人："舒九容不曾舞弄刀剑，手心不会生茧，你不是他，不用装了。"

一语出，犹如石落河心，荡起一圈圈涟漪，打破了帐内的死寂。

那人猛然坐起，揭开覆在眼睛上的素绫，翻身下榻，一把匕首自他袖中横出，抵向楼西越的脑袋。谁料对方竟无动于衷，反倒让他吃了一惊。

"自己换上，慢走不送。"楼西越头也不抬，三下五除二扒掉那名黑羽卫的战甲，丢了过来。

如他所测，那人只是一名燕兵，的确不是舒九容。原本白前留了他们十几人原地保护，谁想却被黑羽卫偷袭，他们竟然要抓走公子。眼看他们都要被杀绝，公子便想以身为饵，调虎离山。可白前的叮嘱他们记得，哪怕只剩一口气，也要想办法保全公子。于是那兵做了一个大胆的决定，打晕公子并换上他的衣着，跳车跑向另一边。

大抵是那些杀来的黑羽卫没见过公子的面目，果真当他就是公子将他抓走。就这样，他侥幸活了下来，而公子有没有脱险，他却无从得知。

眼下既然身份败露，回去已是枉然，他只能铤而走险做玉石俱焚的打算，倏地靠前一截，抬臂，聚力，匕首横刺而来。

楼西越错身避开，长刀如风掠出，却在将要触及此兵心害的时候戛然止住，警告一声："留下他的衣服，从我眼前消失。"

那兵料想不到他会留自己活口，一时愣在当下，怵了须臾方才收回匕首，快速脱下衣服，换上黑羽卫的甲装匆匆走了。

"慢着——"楼西越叫住他，犹豫顷刻，声音忽沉，几乎是带着恳求的语气对他道："离开后，帮我做两件事。"

那兵愕然，怔怔看着他清绝的背影。

"第一，去一趟北凉，告诉景威，往后的路好好走，叫他和宋叔保重。"

"第二，告诉她……"

他突然沉默下来，说不出话。已是狭路相逢，又能告诉她什么？叫她不要忘了这世上还有一个"闷葫芦"恋念于她？还是求她回到他身边，他们一起并肩沙场平定乱世烽火？

可是，他还剩下多少时间？这具被弃如敝屣又被驱逐出境的枯骨又能带给她什么？

"安好，康乐，如愿以偿。"良久，八个简短却又重如千钧的字眼从他齿间飘出，散入烛光摇曳的帐内。

也许那个燕兵也不会将这八个字带给她，因为他只着急走，并无心细听。

但是又能怎么办？他撑到最后需要一点点帮助的时候，却发现站在身边的不是虎视眈眈的豺狼，就是随时准备取他性命的屠手。甚至连他曾经为之出生入死的大军，此刻也在筹划着如何除掉他，因为楚定云一直都认为，他的隐忍寡言是阴险狠毒，他的存在就是六皇子帝途上的最大隐患。

"报——"一声长喝乍响于空，惊动了帐外正在迅速集结的将士，"报大人，青军杀来了！"

"备战！全军备战！"号角声猝然响起，急促而紧张，厚重的闷响传遍整个驻地，惹来一片惊慌。各营将领皆被远方闷雷一样滚滚而来的啾啾马鸣骇住，纷纷出帐打起十二分的精神点兵布阵，一时间营地里兵头攒动，互相传达着急讯，像无数只在暴雨来临前惶惶搬家的蚂蚁一般，聒噪不已。

雪天之外，朔风呼啸，铁蹄铮铮。

那名黑羽卫返回来后见大帐内并无异样，因着营地慌乱不已，他对随来的军医耳语几句便匆匆告退了。

"见过越王。"军医俯首问安，见楼西越背对他而立，没有回应，便小心翼翼地坐在榻边，从药箱里取出几枚细长的银针，逐次捻入榻上之人的不同穴位。

楼西越回身，一言不发地盯着他的动作，却在针灸进行了一大半的时候来到榻边。

"冯烈的意思？"他取出一根银针，指腹摩挲着转了几圈，语声低哑而阴沉。

"小、小人不懂……不知越王此话何意？"

"难道没看出来，他已经是一个死人？"

"军医"一惊，不可置信地看着一动不动地躺在榻上的人，面色急遽变幻。意识到自己再也伪装不下去，他猝地抽出袖中短剑，身形一掠，汹汹刺来。

楼西越眼里的杀意如滚滚烈火，手中那支淬毒的银针嗖然飞出，不偏不斜扎进他一只眼睛。与此同时，长刀横削而过，切了他的脑袋，鲜血飞溅而出。

那夜，在所有黑羽卫和禁兵着急迎战的时刻，冯烈却怎么也找不到楼西越的人影。

青军和燕兵来势迅猛，竟比打探到的时间提前了数日，雪夜里隔空对射不到一刻，他们便以迅雷之势冲破屏障，御马杀进驻地，锐不可当。

冯烈无辙，只得负伤亲自率兵反击，从夜半一直打到晨曦初现，十几个回合下来，非但己方胜利无望，反还伤亡惨重。

"去，把人质带来！"他厉喝一声。

一名黑羽卫急促返回，片刻后又仓皇奔来："大人，不见了！"

"什么叫不见了？"冯烈耳膜一震，大吼道："楼西越呢，去哪了？"

"越王帐里并无人影，属下也不知道他去了何处……"

"该死！"冯烈暗咒一声，调转马头，像头猎豹一样冲进营地。

然而甫一靠近，一声轰隆巨响倏然炸开，数股无形的巨大冲力喷薄而出，力若排山倒海。

一截断肢从火柱中甩飞出来，迎面砸向他胸口，将他连人带马弹开数尺。没等他稳住胯下受惊的坐骑，又一声爆响嗵然炸裂，爆破声接连不断，冲天火柱似一条条腾空的游龙，吞吐烈焰席卷了天地间的一切。

"大人不好，我军火器皆被损毁，兵库周围被人埋了火药，黑羽卫伤亡逾千！"一名救火的士兵冲出火海，顶着一张熏黑的脸孔跑到冯烈身边惊慌失措地禀报道。

冯烈眼里一片阴寒，抬手拍掉溅到身上的火星，慌乱中已然明白凶手是谁，一甩鞭子，冲向营地。

他赶到的时候，楼西越刚好褪下黑羽卫的战甲，换上自己的黑色劲装揭帘出帐。

"是你干的？"冯烈怒火中烧，御马冲到他面前："人质呢？交出来！"

数名幸存的黑羽卫旋即围过来，弯弓拉弦，锃亮的箭尖直对他脑袋。

楼西越不动声色，五指紧握刀鞘，眸子里跳动着冲上云霄的熊熊烈焰，平静而又肃杀——这一战他不求能活着走出去，但求为师报仇。

"奉皇上令，杀了这逆臣贼子！"冯烈的底线被冲破，大喝一声，长箭离弦飞出，射向他要害。与此同时，越来越多的黑羽卫聚集过来，刀光剑影连成遮天的幕布，瞬间将他的身影淹没。

但生死早已不在楼西越的考虑之内，生命的最后一战，剩下他孤军一人，可是至少还有师父陪着，不离他不弃他，这就够了。

"说！人质在哪？交出来！"冯烈杀红了眼，大吼一声，催动战马如电奔驰，嗖然扑向他。挥起的大刀顺势下掠斩到他肩上，三指宽的刀刃将近半数砍进血肉，几欲削断他的肩骨。

楼西越不退反进，手中长刀刺出，"哧"的一声捅进他小腿，刀尖贯穿了筋肉，直没马腹。

冯烈痛极，大喝一声："杀了他！"

众兵依令围杀过来，乱刀挥斩，光影缭乱，很快将他的身影吞没……

那一日，大雪纷纷扬扬，裹着血色漫天飘洒，模糊了青珑的视线。

她浴血而来，载着满肩风雪冲进营地，角角落落搜寻舒九容的下落，每向前走一步，她的心海就无端端地被一阵慌乱搅动。

到底怕什么，她也不知道，只是梁二的话不断在耳畔回响着——领兵之人是楼西越，或者称越王萧逐。

她以为自己可以摒弃过往，当作不认识那个名叫"萧逐"的将领，就算短兵相接也能够从容面对。可是挨到生死边缘，她才知道自己的话有多自欺欺人。她可以不认识大夏战神萧逐，不认识夏皇之义子越王，可她却做不到认不出楼西越，认不出闷葫芦。

"轰！"一声巨响轰隆炸开，如霹雳惊天，刹那间浓烟滚滚，火星四溅。火器爆破后产生的巨大威力将她连人带马阻住，眼睛也快被那一道炫光灼伤。没等她稳住战马，又有一阵雷鸣般的爆响冲破天际，一声接着一声，相继在营地回荡。

小七和十三等人紧紧跟在她身后，将从黑衣人身上学到的本事全都发挥到极致。他们虽然人小身瘦，却个个像一头顽强的牛犊，毫不畏惧拼力杀向那些黑羽卫和禁兵，猛然被营地上空的烈焰震住，喜得大叫："阿姐，炸了！他们自己炸了！"

"杀进去，记得保护好自己。"青珑一挥马鞭，风驰电掣般冲过浓烟，杀进营地中央。

那里到处散落着炸飞的焦黑肢体和甲叶，牛皮军帐多数被烈火吞没，跳动的火焰随风扩散，蔓延数十丈，将黑羽卫储备的火器全部摧毁，就连粮草和药材也无一幸免。

她无暇细看，焦急地在各处寻找舒九容，从清晨找到中午，依旧无果。

"阿姐，那些人会不会把他烧了……"

"不会的……"青珑握刀的右手一颤，心中不祥的预感越来越强，已经坐不稳。她倏然跳下战马，在坍塌的帐篷间刨寻。

远处隐约有打斗声传来，像是刀刃相接，哐当作响。

她惊疑不定，循着声源追了过去。

刚转过一顶烧得倾颓的大帐，一个白色身影倏忽映入眼帘。那人被牢牢绑在一根柱子上，脑袋深垂，覆在眼眶前的白绫连着一头青丝一齐滑下他肩膀，搭落在半空，随着风雪飘动。

"阿姐，在那里！"十三大叫一声。

青珑亦是欣然，然而喜悦还未从她的心头升起，忽见一个穿着黑甲的魁梧身影一瘸一拐地从前方奔过，他伸手掐住那人脖子，另一手匆匆解绳。

"放开他！"青珑心头一震，足下生风冲向那人。谁料几乎在同一时刻，一支火矢横空射来，嗖然穿过她的眼帘，划破雪空扎进那抹白色身影的心害。

"舒九容！"她脸色骤白，悲喝一声，心中尚存的希望像张纸一样被那一箭尽数穿裂。可是没等绝望压来，随后发生的一切再度将她的心田掏空。

箭杆上的火苗上下跳跃，先是引燃了那人垂下的发丝，接着一瞬间扩展到他素色的衣衫上，快到腰际时又突然窜出火星，速度奇快。仅一眼便砰然爆发出一声巨响，眨眼间，那人便粉身碎骨，连同想要抓他做人质的冯烈也一并灰飞烟灭。

"舒九容！"她大骇，奋不顾身地冲向火海。

"阿姐危险！"十三和小七大步奔到她前面，紧紧拽住她："那里有炸药，危险！"

少年们也不敢相信发生的一切，拼命拦住青珑，却在不经意间看到了一张让他们无比憎恨的脸孔。方才射杀舒九容的人，也正是他。

"是他放的箭！是他杀的，凶手是他！"小七眼尖，指着来箭那头的一个黑色身影大声叫道，说话间握紧长枪风一样杀了过去。

十三和其他少年亦在同时认出了那人，顿时拿起刀枪没命地冲向他。

小五、小八、十九……二十多个同伴的命，还有那么多无辜的族民，全部惨死在他们的铁骑之下，甚至连全尸也没有。

小五说过，要杀出去！

杀了他，为他们的伙伴报仇！

少年们眼圈发红，却没有一人流泪，他们奋力挥动着刀枪杀倒一个又一个黑羽卫，义无反顾地扑向力竭倒地的他。小七快他们一步，手中长枪迅速挥出，带着无法抹消的幽恨和悲痛，狠地刺向他心门。

"住手！"一声悲吼从身后传来，声嘶力竭，极度惊恐。

青珑发疯般冲来，用尽全部的力气阻止他们。在又一场即将来临的死亡面前，她怕得脸色惨白，四肢百骸被无以复加的恐惧近乎击垮，伸手拼命抓住了小七手里的长枪。

"是他的手下害死了小五他们，我要杀了他，为他们报仇！"小七满脸通红，看着地上那个被黑羽卫围杀得奄奄一息的人，眼里充斥着血一样的红光，无比愤恨和悲伤，肩膀簌簌抖动。

"杀了他！"少年们齐齐悲吼，呜咽着冲青珑咆哮："他的部下杀了小五，小五他们连自己的将军是谁都不知道，却再也醒不过来了……你为什么阻止我们？他是我们的仇人，是他的手下杀了我们的族民！"

青珑的脑海一片空茫，紧紧抓着小七手中的长枪，不敢放松一丝一毫的力气。而她自己，却连站起来的力量都没有，颓然跌跪在地上。为那些勇敢的少年们，为死去的奴民，还为在她眼前灰飞烟灭的舒九容……

她甚至都没来得及看清他的样子，就那么一眼，被他一箭穿心，挫骨扬灰，不留全尸。

"为什么是你……"她眼里血色涌动，水雾弥漫，却是欲哭无泪，攥着刀枪的五指有些微发颤。

雪势急骤，一片一片地从眼前飘落，模糊了双眼，让她分不清倒在地上的那个人是萧逐，是越王，还是曾经的闷葫芦？

恍惚间，她想起自己发过的誓言还历历在目，可友人却已不在。

她曾说，"舒九容，如果你为了南燕对楼西越下杀手，我会站在他身边，拼死抵抗！同样，他若兵临王府取你性命，我也会站在你面前，拔剑相护！"

而如今，真正到了这一刻，她却连看他最后一眼的机会也没有。

"为什么要杀他？为什么……"悲恨如滚滚黑云压在头顶，让她喘不出气，青珑猛然夺过长枪，指着他的眉心哀声追问。

她以为自己可以狠得下心忘掉他的好，只记得他的铁骑无情踩在那些无辜族民和少年身上的场景，只记得他一箭射向舒九容将他炸为乌有的那一幕，然后为他们报仇。可是枪尖对准他脑袋的那一刻，遮盖在眼眶前的那层水雾终究还是滑下，心口揪痛。

是因为……他也快死了吗？

楼西越的身上满是狰狞的刀伤，鲜血沿着开裂的伤口缓缓洇出，渐渐攫走他仅剩的些微残力。他用后颈靠着一根被血染红的木柱挣扎着想站起来，却连那点力量也没有，只能凝视着她，唇齿开开合合，微不可觉。

他想说，不是他，那个人不是舒九容，叫她不要难过，不要伤心……

然而与他目光相对的，不是她的眉眼，而是锋利又冰冷的刀锋，一寸寸靠近他的脑袋。他喉咙微动，张了张口，然而齿间飘出的细弱蚊蝇的低语终究敌不过呼啸的风声，那些垂死挣扎的无力字眼被风皆数吞没，裹挟到遥远的天际。

"为什么是你？"青珑眼睛潮红，心海被无边无际的悲痛填堵。如果可以，她宁愿他是隐于市井却野心勃勃的义帝子，是世人争相议论的贪求荣华的萧逐，是与太子狼狈为奸犯上作乱的越王，而不是楼西越，不是杀了舒九容的闷葫芦……

"为什么杀他……为什么是你？"她哀然喝问，指骨咯咯作响，攥在手中的长枪突然向前，却在将要刺进他眉心的刹那停住，无力向前。

楼西越因伤力怠，呼吸微弱，半仰的身子往下倾了倾，挣扎许久也无力起身。一声声的质问像冰锥一样刺向他心口，那些麻木的、已经习以为常的、被他拼尽全力压制的伤和痛宛如封冻的冰层突然开裂，湍流破界而出，砰然击碎了心。

终究，做什么都是错。

那个曾如山花一样恣意绽放在他的生命中，笑得无赖而又黠慧的女子，她把最美好、最绚烂的回忆留给了他，却把真真切切的喜怒哀乐付与了别人。就连生命即将终结的最后一次短兵相接，也已不愿再靠近他一分一毫。

他想站起来走向她，替她擦掉眼里的泪水，告诉他死去的不是舒九容。可是这副躯体已经不受他控制，就连说话都变成了含糊不清的耳语。

她的耳旁充斥着愤怒的吼声，少年们扑通跪地，幽咽不止。

"杀了他！为小五他们报仇！为我们的族人报仇！"

久久得不到回应，十三突然站起来，一抹眼泪，拾起手中的兵器，风一样跑开了。

小七悲难自抑，痛喊道："杀了他，青珑阿姐说过要为小五报仇的，杀了他！"

一句句撕心裂肺的悲喝如同汹涌咆哮的巨浪，瞬间将那团黑色身影湮灭。

楼西越木然听着那些如剁血肉的话，无法站起来，便挣扎着转了转脑袋。一步之遥的地方，那里扔着一支断箭，半截斜着别进雪里，箭杆上斑斑血迹已被风干。

他伸手狼狈而吃力地够到它，深眸微微抬起，涣散的目光穿透飞雪定格在她面上，努力想要看清她的容颜。

她还是当初认识的她，却也永远不会是那个叫他闷葫芦的她了。

她是霍家后人，是青桑新的将军，是所有奴民的希望，坚强，果决，不乱于心，不困于情。

如此，败者为寇——他可以自己了断，来成全她的当断则断。

于是他抓起断箭，拼了残存的所有力量，箭尖朝下毅然决然地刺向自己颈脉！

"不要——"青珑脸色煞白，悲吼一声，惶恐铺天盖地地卷来，如同死神突然伸出了利爪，将要夺走她割舍不掉的心头血肉，她惊恐地扔了长枪，不顾一切地扑上去紧紧抓住他的手，用尽一生的力量。

她要他活着，她要闷葫芦活下去！

鲜血沿着指缝徐徐溢出，滑落，融入冰冷的雪地。

"闷葫芦，闷葫芦……"她拼命从他手中拽出断箭，扔在了地上，惊慌失措地压住他的脖子和胸口上的伤，心海如被掏空，填充在胸腔里的只剩下漫无边际的恐惧和惊痛，几乎要让她透不过气来。

一眼之间，一道刺目的黑色孝布忽而闯入她泪眼蒙眬的视线，犹如雪上加霜，将盘亘在她心头的悲痛彻底压垮，青珑整个人如坠冰渊，从头到脚凉到骨髓。

"是谁？是谁……"她跌坐在冰冷的雪地上，紧紧抱起他的身子埋在自己胸口，一瞬间泪如雨下，抬头望着飘飞的白惨惨的大雪，心若凌迟。

为什么会变成这样？为什么会这样？

楼西越的眼皮开了又合，似是极度疲累，想要彻彻底底长眠下去。

从此，无论兵荒马乱还是流离失所，无论烽火狼烟还是山河分崩，无论刀光剑影还是白骨烈血，无论人心冷暖还是恩怨情仇，世人的诟病，坊间的诅咒，生与死，对与错，爱与不能，求与不得，统统都与他无关。

最终，他的眼帘撑开一条缝隙，朦朦胧胧地望着飘雪的天，宛如一架机械，喃喃低语："不是他……"

真的，无关自己。

第六十一章
死别

漫天的大雪飘洒下来，伴着风声呼呼作响，白茫茫犹如翻动在雪原上的一条条素缟，祭奠已去的未知的亡魂，卷走将去将离的枯骨。

不断滑出指缝的血色针一样刺痛着青珑泪眼滂沱的双眼，她惊悸无措地拼力压住楼西越颈部的伤口，将他的脑袋紧紧埋在怀中，害怕彻骨的严寒会攫走他的体温。

多年前那种失去亲人、家国和族民带来的生不如死的煎熬和悲痛像藤蔓一样攀爬在她脑每，她不敢再经历，不敢让那种伤心欲绝的痛苦再如波涛一样席卷而来。

"闷葫芦你撑住，我带你去找大夫……活下去，活下去……"她全身颤抖，害怕得快要瘫倒在地，却不敢松手，越发用力地抱住他，将他往自己背上挪。

然而还未着背，楼西越便顺着她的肩膀滑到了雪地，她拾起一把断刀撑着身子半跪起来，挣扎着想要离开。

他想，所谓的穷途末路，大抵就是他此刻的样子。

梁二和裴原带兵杀来的时候，少年们正围在一起与远处几名冲过来的敌兵拼杀。青珑跌坐在地上，紧紧抱着楼西越的身子，哀然欲绝，拼力想要带他走，救活他。

裴原的表情瞬间凝重起来，掠了一眼仿佛已经死去的楼西越，几经克制，紧握的战刀才不甘地松开。他快速来到青珑身边，想对她说什么，但是近距离看到那个摧毁了北凉的少将后，又再一次胸口翻腾，忍不住拔刀。

"都已经如此，忍忍吧……"梁二低头，怔怔望着地上的两人，阻止了他，然后沉声对青珑道："情势生变，我们得撤了。"

裴原强行咽下心里的恨，抱拳道："黑羽卫自伤过半，仅剩些败卒，逾六成禁兵也已倒下，不过楚定云意欲坐收渔利，亲率五万铁骑浩荡杀来，再不撤就危险了，请姑娘速速决断！"

青珑举目，遥遥天际里忽地响起一阵闷雷般的铁蹄声，沿着地面抖动，一波一波传来。

她俯身，哀然抱紧楼西越，做不到弃他而去。

"姑娘！"裴原大惊，想挡住她，"他毁了北凉，夺了多少城池，兄弟们恨不得将他千刀万剐，姑娘就这么带他走，如何让大家平静？你不能再跟他有瓜葛！"

青珑恍若未闻，要背他去找大夫，楼西越却自己挣开，固执而无力地抓着软绵绵的雪，不肯接受任何人的帮助，哪怕面对死亡。

"你走吧……"他唇齿轻动，对着冰冷的雪地低语，却没人听得到。

青珑的心如被凌迟和鞭笞，几度无法呼吸，固执地继续去扶他，却被裴原阻止。

"姑娘！楚定云所率大军已经杀来了！"

远处，马蹄声急，轰隆如雷。

"撤兵！"她一抹眼泪，断然道。

"不能带着他！"裴原大手一挥，命令身后待命的士兵先行退走，态度却坚决不改，生怕楼西越的出现会引起手下兄弟的哗变。

一旁的小七见状，眼角潮红地对裴原道："他还杀了舒九容，连一块骨头都没有留下。如果不杀他，常将军知道后一定会反过来杀我们！可是青珑阿姐不答应，十三已经去找白前了，一定不能让楼西越活着离开！"

一语出，裴原和梁二惊在当下，满面不可置信。

"这是他的苦肉计！他在离间青军和燕兵，不能信他！"裴原倏地拔出战刀，怒指着楼西越的脑袋，一刀往下砍！

青珑大骇，扑过去推开他的刀，目光望向那根已经被炸得残骸不剩的木柱，心口的血一滴滴往下淌。

马蹄飒沓，近在咫尺，裴原焦急大吼："姑娘，来不及了！"

青珑远望一眼，漫天的吼杀和咆哮依旧，流淌的鲜血将白惨惨的雪地融成殷红水滩，灼灼刺目。再远处，天际寥寥，风雪萧萧，从青河流淌而出蔓延至中州的一段湍急分流离水已经冰封冻结，光洁如镜。大河之后，连绵的山脊起伏如龙，宛如天柱般拔地而立。荒原尽处，河的发端，山的那头，就是她这一生的希望之所在。

青桑，那里有无数个期盼的眼神在等待着他们安然归去。

以及，她说过要请舒九容到那里去做客，可是所有的一切却最终以这样残忍而无情的方式告结。

闷葫芦，为什么是你？为什么这么做？

"阿姐，快走！"褚子逍纵马杀了过来，翻身从飞奔的战马上跳下，焦急地对青珑道。他从十三口中听说了这边发生的事，震惊之余心急火燎地赶了过来。

青珑转而对梁二道："梁大哥，你带着所有人撤走，归龙关再见！"

说完，她的目光转向那根木柱，哪怕只拾得一滴血，她也要将舒九容带走。还有闷葫芦，她杀不了他，也无法眼睁睁地看着他孤独地死在没人知道的冰天雪地里，所以她要将他交给他的部下才能离开。

这是最后一次，她在心里发誓。闷葫芦，倘若你能活下去，从此以后，你我一刀两断，所有情恩一笔抹消。下一次沙场相逢，我必不会因为你而挣扎半分，那时不是你死就是我亡。倘若你逃不过今日这场生死劫，那就当是我亲手杀了你，为舒九容报仇。

可我还是希望你没事，希望你活着，活下去……

"阿姐，西川的将士会救他，可他们却不会放过你，再耽搁就没时间了！"褚子逍哽咽难言，心痛于他的凄凉和青珑的哀伤，却无法抛下她不管，只劝她尽快离开。

"带着所有人撤走！"青珑吼他一声，充血的眸中泛着莹莹泪光。

"我不能丢下你！"

"走啊！"青珑将马缰塞到他手中。

"姐——"褚子逍眼圈发红，一股冲动沿着四肢百骸冲荡开来，他大步奔到青珑身后，横掌一劈，骤然袭向她后颈。

青珑毫无防备，大惊想要躲开，但还没完全回过头，便觉天地倒转，积压在胸口的揪痛被一股眩晕击溃，轻飘飘跌倒在褚子逍的怀中。

裴原立刻明白过来，也同意他的做法，慌忙拉过少年们一齐向营外杀去。不过走了没几步，他犹豫了一下，又再度折回，手中战刀如光掠下切向楼西越的脑袋。

"裴原！"梁二大惊，飞也似的奔回来，"哐当"一声架住他落下的长刀，急声喝道："他都已经这样，别再浪费时间了，快走！"

"斩草不除根，迟早是个祸患！"

"别想那么多了，慢一步就全军覆没！"梁二使力推开他，抓着他的肩膀奋力将他往营外拖。

"梁大哥！不能放他活路……"裴原一百个不甘心，像头倔牛一样不肯放弃，却终于在他的拽扯中跟跟跄跄地杀了出去。

瞬息之间，大军杀出一条血路，向着西南方向疾速撤走，留下仓皇如鼠的禁兵和零星十几个黑羽卫，不知该继续追踪还是掉头就跑。

冯烈炸死在火海中，群兵无首，谁也不知道楚定云率兵杀来后是否会助他们一臂之力。

"裴原，务必堵住十三他们的口舌，舒九容的事先不要让任何燕兵知道。然后你和月芜一起打头阵，带大家一起撤走，我到后方掩护！"梁二一边撤退一边匆匆交代裴原，说完一甩鞭子调头折向队伍尾翼。

而当到达队尾后他却依旧没有停下，而是继续向后方驰骋，纵马来到了方才那片雪地。

彼时禁兵都已逃走，营地狼藉而混乱，烧焦的牛皮帐篷上还残留着火星，沾雪后发出响声，四下飘散的气味令人作呕。

不远处西川铁骑的身影依稀可见，他们各个银甲黑靴，高坐战马，状如一堵铜墙铁壁，以沧海横流之势席卷过来。整片雪川都回荡着咚咚咚的顿重闷响，接连不断，如同地心炸裂了一般。

"你怎样？"梁二急促跳下马，三步并作两步来到楼西越身边，摇了摇眼帘紧阖的他。

楼西越的眼睫微微闪动了一下，努力撑开眼帘，遮天的惨白刺得他眼睛生疼，有那么一瞬间他以为自己到了阴曹地府，喉咙动了动，却喊不出声音。

"我救你走。"梁二不忍看他凄绝的模样，蹲下来将他往自己背上挪。甫一掀开他手臂，三个凌乱书写在雪上的字跳入眼帘，被他身上的血染得模模糊糊，但根据笔迹走向还可以认出来——

不是他……

没人知道他在生命之末用尽所有残力写下那三个字时的心情，他希望她能看到，不要伤心悲痛，不要难过哭泣。可是上天没有遂他之愿，自从分道扬镳后，所有的不期而遇都变成了阴差阳错，就像被命运下了恶毒的诅咒。

梁二鼻子发酸，目光移到那根烧焦的木柱上，有意料之外的惊喜，更有难言的悲酸，喃喃问他："你是说……不是舒九容？死的不是他？"

楼西越微不可觉地点了点头，望着雪天缓缓合上眼睛，生命将终之时的遗憾，也就剩下那三个无关自己的字眼了。

"我救你离开这里！"梁二探上他的脉象，细弱得只剩一丝一缕，不顾他的挣扎，拼力背起他飞驰而去。

苍茫大雪中，正在浩荡挺进的铁骑军中忽地发出一声高呼："将军，那里有人！"

楚定云眯起眼睛，目光透过纷纷扬扬的雪花望过去，隐约看到一匹快马载着两个人快速驶向关内。

"追上去，任何可疑之人，皆就地斩杀！"

"是！"韩忠抱拳领命，招呼了二十几个身手敏捷的弓手正要打马离开，却忽然想起了一个人，踌躇少顷问他："将军，若是越王萧逐……末将该当何决？"

大军这次出兵的目的只有一个，渔翁收利，然后清剿双方——无论是青军和燕兵，还是幸存的黑羽卫和禁兵。

"将军，越王已被逐出西川，若是碰到了他，末将该当何决？"见楚定云没有答话，韩忠再问。

楚定云的眉宇紧紧皱在一起，脑海中思绪乱飞，那个孤傲、隐忍又决绝的身影不断在他眼前闪现。

杀，是否最狠毒最无情的人是他自己？尽管是仇人之后，可那也是玉珠的骨肉啊……

不杀，以浩儿不屑虞诈和太过耿直的性情，会不会在将来的某一天，反受他所害……

"将军？"韩忠抬头看了看他。

缓缓地，几个沉沉的字眼从将者口中吐出，冰一样刺骨的冷："生擒，如若……如若不从，杀无赦！"

身后的部下们瞳孔陡睁，惊道："将军，可他毕竟军功赫赫，又对外敌威慑不小，一旦……请将军三思！"

楚定云背对所有人，并没有转身，也没有任何回应，只是无声望着茫茫雪天，痛苦地阖上眼帘。

他原以为，只要他本本分分地做着这个少将军，远离帝都，远离皇权，远离所有应该属于他却又不能染指的东西，二十余年的隐恨他可以不牵连于他。哪怕不愿多看他一眼，这种对彼此来说都是痛苦和煎熬的"养父子"关系也都能够忍到将来他老死的那一天。

可为什么他不安生？为什么他坦然接纳了至高无上的皇权？为什么选择了一条找死的路？

是他找死！自己找死！

"将军……"这样的决定也让韩忠颇是吃惊，但见他久不表态，便知所有的请求都是无果，索性一狠心，振臂一呼，二十几个壮兵随他火速离开。

楚定云坐在马背上，视线直直望着那匹快马消失的方向，突然感到无比凄冷，心口像有一块血肉被剜去，不痛不疼，只觉得空。

"驾！"他敛去所有思绪，一甩鞭，低喝一声，大军如风掠过，冲开层层雪幕追向西南方。

雪原一望无际，恍如云海。梁二携着楼西越冲向关内，心想必须尽快找到大夫为他救治，否则他性命堪忧。

眼见关卡的轮廓隐约可望，就在他思量着在没有通关文书的情况下，如何瞒天过海带着他混进去的时候，身后飞箭穿空的嗖嗖声突然在耳边乍响。他大惊，闪身调头，长箭擦着他的臂膀呼啸而过，箭尖与铁质的甲叶击撞，险些擦出火星子。

"截住他！"韩忠厉喝，声音宛如虎啸鹰唳，跟在他身后的弓手迅速端起劲弓，弦上架满利箭，飞出的箭雨划过天际，呼呼作响。

"是青军将领！"一兵从对方的铠甲中认出了他的身份，大喊一声，所有的弓手顿时更加疯狂地冲来。

梁二失色，合着进退不能，一扯马缰，混乱中拐向另外一个方向。

"速去调集边防军，一同追捕敌将！"韩忠快速下达命令，派了两兵入关去交涉，自己则策马奔腾，率众前行在滚滚雪雾中紧追不舍。

不多时，身后的追兵越来越多，十几个、上百个、将近一千人，黑压压如乌云摧城，将他们逼到了河岸。

梁二骇然，倏地提缰，携着楼西越从战马上滚落在地，摔到了河畔上被积雪压弯的芦苇丛中。将要扶起他，手臂上忽然传来微弱的力道，楼西越抓着他，眼睛拼命撑开，似是想对他说什么，瞳孔里涣散的光芒重新凝聚起来，炽热如血。

风雪咆哮，压住了他的声音，梁二听不清，只从他微微张动的口形上艰难地辨认。

第一句话，谢……

第二句话，人质……

他想，十几年的出生入死，洒过的血受过的伤无数，即便现在冠以"叛徒"的恶名被驱逐，连死在西川的资格也没有，但至少，他曾经是他们的少将军，如果可以让那些将士们犹豫一下，这样梁二还能有一线生机。

然而，当韩忠将楚定云的命令一字不落地传达给身后的边防军时，他才知道自己的想法有多可笑，一双半合的眼睛笔直看着全副武装的他们，又似乎穿透所有人，落在了遥远的西川。

"越王，请束手就擒。"韩忠向前一步，冰冷声音穿过雪花，异常冷酷地传来，"以你曾经无可匹敌的战绩，将军不会为难你，定能给你一个更好的归宿。"

更好的归宿？楼西越想放声大笑，是被当成畜生一样软禁起来，还是某天情势所需，亲自送他去黄泉路上？然后对世人宣称：楼西越狼子野心，与太子狼狈为奸，欲夺帝位，为保大夏江山长盛不衰，大军特此讨伐，一则斩贼子，二则拥新君。

呵！人世间的情不过如此，凉如水，冷如冰，一腔血捂不热。

也罢，他生为罪子，又斩敌一生，手中死伤无数，造过的孽和欠下的命，今日一并了断！

楼西越抓着芦秆半支起身子，冷目盯着面前的韩忠，猛伸出左手就近抽出梁二腰中的刀，锋尖朝内，决绝刺向自己心口。

梁二大吃一惊，冲过去握住刀身。韩忠也惊了一下，快步蹲下，掣住他左臂："束手就擒，将军会留你一命。"

楼西越充血的眼睛如同烈焰燃烧，滚动着同归于尽的绝烈，谁也没有料到，就在韩忠近身的刹那，他的右手突然探到他腰畔，唰地拔出他的刀，斜向上掠到他脖子。

"韩将军！"身后的士兵惊白了脸，接连架起劲弓。

韩忠低头，不屑地看了一眼脖颈上的锋刀："以越王现在的状况，不堪一击。"

楼西越目光灼灼，唇齿微微动了动，喊出的声音很快被风声压住："放他走……"

韩忠虽未听清，但也知道他此举的目的，顿时面冷目寒，从牙齿里磨出刀子般的话："如此，本将只好奉命行事！"

话音未落，他猝地拧住楼西越左臂，发力一推，刀口顺势前进，刺进他胸口。

"楼少将军！"梁二大惊失色，双手攥刀，横飞一脚出去踢开韩忠。

末了，他扳过楼西越的肩膀就地向后一滚，滑向冻住的河面。尔后他聚掌如铁，咔哒捶向冰面，两下凿开了一个冰窟窿，湍急的水流哗啦一声从破口涌出。

"楼少将军，你曾放我手下兄弟一条生路，今日权当梁某还你不杀之恩，是生是死，且看天意了！"说完他抓着他，扑通一声跳入深水中。

韩忠脸色大变，一把抹掉脖子上的血迹，冲到河边，喝令："留一半人去下游截住他们，剩下的用火器沿岸往下炸，直到捞到他们的尸体为止！"

眨眼间，数不清的引线被拔掉，一个接一个的火蒺藜漫天飞来，落在厚厚的冰层上，砰然爆裂。

冰碴乱溅，水流如银，坚实的冰层上破开一个个缺口，整片冰面沿着炸开的缝隙快速延伸，一瞬间全部坼裂成片。

"放箭！"韩忠大喝一声，乱箭齐飞，以透骨之力穿过冰面，直达河中。

半里外的白螺湾水域，一批正在打眼下网的渔民们被那阵炮火声惊住，纷纷丢了凿冰捕鱼的用具，惊慌失措地张望。

"打仗了！"

"前面打仗了！"

"大家快跑啊！打仗了！"

人群炸开了锅，无头苍蝇一样东逃西窜，嘈杂的人流中隐隐传来争执的尖叫声。

"救命……救命啊！这地痞欺负小孩子！"一个灰头土脸的小姑娘被一个痞子抓着手硬往怀里拽，想要掳走她。

但人群已经慌乱不堪，谁也没注意到这边，皆拼命奔逃："快跑啊！打过来了！"

"咔"的一声脆响，冰面上的裂纹蔓延过来，人群一哄而散，仓皇爬上岸，逃之夭夭。

小姑娘甩开那痞子，正要逃向岸边，脚下忽地一趔，身子一歪，断裂的冰块瞬间翻了过去。

火器依旧不断爆破，声震九天，人群吓得一窝蜂逃窜。生死关头，谁也没有工夫回头去问发生了什么事。

"轰！"一股巨大的冲力沿着水流扑过来，打在梁二的背上，险些将他的脑袋压进泥石中。他伸手抓住楼西越，忽然肩膀一痛，一枚月牙箭扎进他血肉。紧接着，河面上方箭啸轰鸣，滚滚如雷。

他拖着楼西越奋力潜游在河底深处，全身的力道随着鲜血的流失而越发微弱。就在他快要脱力的时候，手心忽然一空，原本紧抓的手臂忽然自己挣扎着滑了出去。

他大骇，一张口冒出一大串气泡，左手被河底不知名的水藻紧紧缠住，右手想要拉住他。又一阵轰隆巨响在头顶炸开，搅动了水流，将他拍到河底的淤泥中，他眼睁睁看着那抹倦薄的身子被急流卷走，渐行渐远，化成一团黑影，越来越模糊。将要消失的时候，他只看得到一串细小的水泡从他唇齿上方飘出，是他在说话，似在请求他什么。

"楼少将军！"梁二本能地大叫一声，却呛得喝了一大口水，伸出去的手朝着他离去的方向胡乱地抓着。

"保护她……"楼西越穷尽一生之力对他说道，明白发出的声音连他自己都听不见，他就努力张合着唇齿，让那三个字的口形变得更加明显。

感谢这世上有一个叫霍青珑的女子走进他的灰暗生命中，教会他爱，教会他信任，把最美好的期许和守望给了他。

原谅他无法再继续天下一统的征途，以太平盛世和锦绣河山为礼赠她，等着她，看着她，念着她。哪怕没有回应，哪怕所有的眷恋都被各自的立场阻隔，只要她平安无事，他都愿意等下去，可是现在已经没有这个机会了。

所以，请那些勇敢的少年们，请他放走的青桑族民们，请愿意追随她重振家国的所有人们，忠于她的凤愿，忠于她的信念，忠于她的决定，帮助她，守候她，保护她。

青珑，请允许他这样叫她一声，安好，康乐，如愿以偿……

"闷葫芦！"一声压抑而悲痛的呓语飘散在疾行的马车中，随之被击晕过去的女子笔直坐起，一把抓住飘飞的帘子，大口大口地呼吸，心脏就像随着什么东西的逝去而被挖走，空洞洞的。

"阿姐——"褚子逍闻声奔进来，一把抓住她的手臂阻止她下车。

外面嘈嘈杂杂，有人在大声喊叫，间或可以听得见刀剑出鞘的叮然响声。

青珑面色惨白，伸手抓着刀割一样钝痛的胸口，呼吸被一股无以名状的恐惧和悲痛压着，说不出的难受，她仓皇推开他，就要出去。

"你不能出去！"褚子逍死死抓着她，不肯放开。

撤退之时，燕兵们知道了舒九容的死讯，突然间躁动起来，而白前早已纵马折返，杀回去找楼西越报仇。常将军万分悲恨，一定会逼阿姐杀了楼西越，或者干脆杀了他们以泄大恨，所以不能让阿姐下去。

"放开！"青珑低吼一声，远处山洪一样的怒吼和咆哮听得真真切切。

褚子逍拼命抓着她的肩膀："我不能看着他们为难你，更不会让你被围攻！"

"松手！"青珑眼里血色如火，烈烈滚动。

褚子逍毫不为所动，催促驾车的士兵加快速度。

"放开！"

"我不能这么做！"

"你再说一遍！"

"我不会让你去送死！"

"啪"的一声，脆亮的耳光狠狠落在少年苍白的面颊上，顿时留下了五道通红的掌印。

褚子逍怔怔看着她，唇角隐隐有血迹洇出。

青珑呼吸一窒，举在半空的手克制不住地发抖，眼眶被一层闪动的水雾遮住，朦胧不清。她抬起佩刀，转身跳下马车，箭步向后奔去。

那里，两军拔刀相峙，双方各执一词，已经处在动手的边缘。

"姑娘，不要过去！"月芜慌忙上前，想要劝住她。

青珑拔刀出鞘，横到常琰胸前，毅然决然道："舒九容因我出事，我却杀不了楼西越，不能为他报仇，对不起……所以，霍青珑项上人头留与各位，待我拿回舒九容的骨血，安葬好他，必会向各位谢罪，告慰他在天之灵！只有一事相求，西川大军将至，望各位以大局为重，先行撤走，不要自相残杀……"

燕兵们大吼一声："交出楼西越！杀了他！杀了他！"

常琰亦是眼神哀凉，握着刀柄的五指松开又攥紧，强忍胸中怨恨："霍姑娘，公子不顾王爷阻拦前来援你，愿你不要负他情谊！常某虽不会违他之命杀你，但是楼西越，我必要将他碎尸万段，为公子报仇！兄弟们，跟我杀回去！"

"杀回去！杀回去！"

"杀了楼西越！碎尸万段！"

"为公子报仇！"

"为公子报仇！"

所有燕兵挥动着手中的战刀，铁青着面色怒声狂吼，奋不顾身跟着常琰向西而去。

"月芜，带大家走！"青珑阻止不了，收刀入鞘，飞身上马。

"阿姐！"褚子逍大惊，横身挡在马前："我求你，不要冲动！舒九容的骨血我会替你取回，但请阿姐冷静！"

月芜和蔺池等人亦阻住他，凛声求请。

裴原大手一挥，所有青兵哗啦涌上来，坚挺着身子挡在马前，齐声央求。

"为了青桑，为了未竟大业，请姑娘三思！"

青珑眼里泪光闪闪，和着血色翻滚如浪："如若无动于衷，我便枉为人。这次我自私一次，答应我，无论前路如何，一定坚持到底，走下去！"

说完，她一提缰绳，向后倒退几步，忽地一跃数尺，绕过所有人绝尘而去。

可就在那一刻，远去的燕兵忽地全体不动，如同被下了魔咒，笔直站在飘雪的天地间。她没有多想，一心只想着随他们杀向西川铁骑，因而御马如飞，似箭离弦，倏忽间却听到一个万分狂喜的惊叫——

"是公子……是他！公子还活着！"

仿佛咒语顿解，翘首观望的燕兵瞬息间喧腾如潮，举刀高呼，向天呐喊："公子没死！公子没死！"

青珑猛然勒缰，远处雪地里快速行来几个模糊人影，其中一个背着一名身形清瘦的男子，另一个使劲挥动臂膀，对着一排排燕兵大声叫喊。

人群猝然沸腾起来。常琰三步并作两步奔了过去，未到近前已经激动得双腿一软，直挺挺跪在雪地上，喜得大叫："公子！"

有那么一瞬间，青珑以为自己目睹的是一场幻景，不敢跨前一步，怕稍一越雷池，所有的惊喜和激动就会烟消云散。

"公子！公子！"所有燕兵的叫声真真切切地传入耳中。

不是幻觉，是真的！

青珑一甩马鞭，追光逐电般飞驰过去，跳下马背奔向那个身穿战甲昏迷不醒的男子。

一样温润的面庞，一样清雅的下巴，一样风华无双的气韵，安静一如盛开在幽谷中的芝兰。

那个人，是舒九容，真的是他。

青珑无法接近他，还没靠过去，就被欢呼的燕兵们挤了出来。她怔怔站在外围看着他，热泪盈眶。然而惊喜过后，随之而来的却是一阵无以言表的痛苦和自恨。

她误会了闷葫芦，差点杀了他，他快要死了，谁能救救他……

"不用难过。"一个低沉的嗓音在她身侧响起，那人伸出的手想要拍她肩膀安慰她，却在半空中停住了，犹豫须臾，终究还是缓缓收了回去。

青珑转头而视，一张满载风霜的俊朗面容映入她眼帘，仪容萧萧，眉目清绝，间或带着些许沧桑和寥落，以往的慵懒和华贵消失不存，蓦然间变得有些凄冷。

她错愕，想不到会是他救了舒九容："是你？"

"嗯。"男子点了点头，风轻云淡地应了一个字。

青珑定定打量着他，太多的心结不知该如何解开："你终究还是去了。"

"是，挖了他们的心，只不过还未结束。"重伤恢复后的男子消瘦了许多，穿在身上的衣服有些宽大，从背影上看，倒与江湖中不拘小节的落拓侠客有几分神似。而他浑然不在乎，喑哑着声音淡淡笑了笑，言语中却有着浓烈的肃杀。

谁能想得到，他曾是富可敌国一掷千金的商子，取舍进退皆在一念之间。如果肯像那些贪生怕死投敌卖国的走卒一样，此刻的他或许就是深受夏皇器重的异国重臣，而他却偏偏选择了一条通向死亡的不归路。

"那你为何又离开？"青珑吸了吸鼻子，感谢他的及时出现，只是不知道自己该以什么样的心情来面对他。

怨恨？厌恶？排斥？还是泯尽恩仇之后的释怀？她说不清楚。

"听说了楼西越的事，他奉旨出兵。"

所以他不放心，就撂下心头大恨，千里迢迢跟到西川，恰巧碰到了被黑羽卫追捕的舒九容。

"谢谢你。"青珑说不出话，低低应了一声，转身跨上马背。

沈隽拉住缰绳："你去哪？"

她没有回答，一抽鞭子，绝尘而去，所过之处雪气滚滚，银雾腾腾。心底有一个声音不断告诉她：闷葫芦，活下去！活下去！

沈隽有一瞬间的恍惚，默然凝望着她奋不顾身地远去的背影。一眼之后，他亦翻上另一匹烈马，紧追而去。

褚子逍喊不住她，也撑起虚弱的病身打马追去，所有的青军都劝阻不了，却没有一人遵从她的命令，继续向前挺进，撤回青桑。队伍沉默了片刻，月芫忽地一拔战刀，怒指长空，肃声问道："三千战五万，你们怕不怕！"

有细微的议论声从青兵中传出，从一至十，从十传百，紧接着声音越来越高，越来越亮，终于有人拔刀向天，浑厚嗓音高声回应她："青桑是我们第二个家，男子汉大丈夫，生当顶天立地，保家卫国！"

"保家卫国！为家国而战！生死不畏！"

蔺池心头的热血滚烫如火，拔刀再问："可是我们的家国为敌不容，这一次保全了性命，还有下一次，更下一次，避无可避！懦夫孬种你们当不当？"

三千声音齐齐回响："不做懦夫！不当孬种！不逃避！不逃避！"

月芫凛然道："好！一起杀回去，生死共存亡！"

裴原一眼不眨地盯着月芫的侧颜，那一刻，男人胸腔里的血液都似在沸腾，面对大军而立，抽刀断雪，激昂道："列队迎战！一起杀回去！生死同在！"

青兵们整饬列阵，以极其迅捷的速度各归其位，眨眼间岿立如山，人人紧握兵器，踏着嘹亮而整齐的步伐向前挺进。

"林姑娘！"常琰隔空喊了一声，低头看着昏迷的舒九容，顷刻迟疑后大声道："就让这些兄弟随你们一起，我带公子回府疗伤。"

月芫止步回头，深深鞠了一躬："感谢九公子和各位勇士冒死相助，但这一战生死未卜，姑娘必不会答应再让你们涉险，请保重。"

说完，她带着三千青军一直向前，队伍转瞬间化成黑点，愈行愈远……

《第六十二章》
长诀

天的那头，已是兵影如林，如涨潮的海水般汹涌袭来。无数匹战马冲破风雪，载着面色冷峻的西川铁骑，在一望无际的关外雪川上扯蹄狂奔。万马奔腾过后，白花花的雪浪和冰碴反溅向长空，恰似一张冰绡织成的密网唰啦展开，撼人眼目。

迎面处，青珑高坐马首，举目望向那片苍茫壮阔之所在。

西川，多少个日夜前，那里还曾是他们姐弟流浪后安身立命的第一个居所，有敞阔清寂的龙虫堂，有潮湿荫蔽的地窖，大街上商贩云集，人潮如水。现在，她向着它的方向奔赴，却不是去看望它，而是杀了回来。

闷葫芦，终究是我欠了你，弃了你，伤了你，所以我豁尽这条命，义无反顾地回来了，在千军万马中寻找你。

所以，不要出事，活着，活下去！

然而，她看得到冷肃威严的楚定云和众多似曾相识的西川铁骑兵，看得到咆哮嘶鸣的战马和冰冷无温的刀枪铁戟，却独独找不到那个瘦削如刀的黑色身影。

是否闷葫芦已经被大军带回去救治了，她连最后一面也见不上？

她如此想着，也这样期许，希望有人能发现重伤昏迷在雪地中的他，背他回去救活他。

"将军，她就是霍青珑。"一名部下驱马靠近楚定云，视线落在对面的女子身上，低声对他道："越王与她走得近，攻陷桃源郡后，他曾枉顾贺别将军的劝阻执意封此女为千夫长，全权处理职责之内的所有军务。当时贺将军建议再看看她的表现，酌情定夺，谁知越王一意孤行。后来北伐大军打到无幽郡后，果然发现她与沈隽暗中勾结，贺将军也因此被他们害得惨失一臂，大军亦险些横遭不测。她身边那个男子就是沈隽，日前京都命案迭起人心惶惶，也是因他所为。"

"他和她，什么关系？"楚定云不动声色地抬起头，冷傲面容上隐现萧肃，犹如一只被惊扰出洞的深山虎王，吃人于一念之间。

那部下愣住，不知道他问的是谁和谁，便接着方才的话猜度道："应该有着某种利益上的纠缠。北凉覆灭，沈隽心有不甘，于是借青军之力妄图东山再起。而青军起于荒凉关塞，生产低下，田地瘠薄，吃穿用度积贫积弱，何况招兵、边防、设营、修城、军需、粮秣等急需外资，所以就顺理成章地与他走到了一处。不仅如此，此女还与南燕舒王府九公子过从甚密，屡次受他援助。"

楚定云一字不落地听着，冷然道："他呢？"

"啊？"那部下不解地张了张口，猛然间一个激灵反应过来，这才明白他方才所指。众人几乎从来没有从将军口中听过少将军的名字，即便以前每次商议战事，将军也一直都称他为"他"，很是生疏，天知道他们之间的那层养父子关系是如何建立起来的。

不过这问题他不敢探究，慌忙道："越王看起来……似乎心仪于她……"

楚定云的面色沉了沉，似有什么东西敲动了心海，无端端泛起一丝波澜——戎马倥偬，恍惚间二十余载春秋更迭，那个孩子，不知不觉已经长大了，一腔热血抛洒殆尽，却唯独小心翼翼地珍藏着那片赤子柔情。

他还记得最初呱呱落地的时候，他只有巴掌大小，浑身青紫，眼帘紧闭，四肢不安分地蜷动着。一晃，已经过去那么多年了。

要是他的妻子和白楚两门的亲眷们都还在，那该多好……

"将军，擒住他们后，是杀还是招降？"那部下敛容问道。

"不必犹豫了，一律斩杀！此女曾在军中走动过，又受封千夫长，大到军械装备、攻防部署、甚或军国大计，小到财计虚实，无一不晓。既然她一心复兴故国，留着只会养虎为患。"

"是！"那部下了然，抱拳受命，振臂一令："杀！"

身后的轻骑兵全体出动，如同一只只出洞的猛虎，挥动着锋利的铁戟长矛，飓风一般猛冲而来，顿时箭矢如蝗，嗖嗖袭射。

"雪地战骑兵的机动性和杀伤力远超步兵，于我们而言，制敌的关键就是铁骑。子道，对射过后，待近身搏击时你率八百轻骑杀向侧翼，迂回牵掣，除掉中尾翼一万步甲兵的后劲。"

少年一身戎装，苍容上的五道掌印依旧若隐若现，而他却浑然忘记了那一掌的痛，狠狠点了点头，目光凌厉地穿过护盾的缝隙，寻找最佳的进攻位置。

青珑指了指另一个方向："月芜，郑淮的第四营三千轻骑攻击和杀伤最强，以狠著称。但我们刚与黑羽卫之间结束了大小数场野战，又长途跋涉，人马俱疲，不能以己之短攻彼之长，单靠拼命来以狠制狠，必须要快要巧。所以大可不必冒险杀人，杀马！你带兵七百，从右翼迎击，摧毁他们的装备。"

月芜凛然颔首，握紧了腰畔的刀柄。

"月芜，一定小心！"裴原看着她，忍不住伸出手，压上她肩膀，言语中的牵挂藏也藏不住，但神色间并无过分的流露。因为他是男子汉，只能比她更勇敢更坚定，绝不该在生死关头牵情动愫，沙场之上，他们是同袍，是战友！

清冷而英凛的女将领转头看了一眼目光如炬的他，同样伸手，拍了拍压在她肩上的那支有力的大手："你也一样，万事当心！"

青珑绕到蔺池身边，端弓拉弦，三箭嗖然飞出，甫地穿透三个凶狠投箭的弓手喉管。

她目光幽幽地望着那个方向，肃然道："蔺池、裴原，杜流飞的第八营四千铁骑大多出身于正规军，接受过更为严苛的训练，对战情的审度更加通透，应变也极为迅速。对付他们必须以假乱真，佯攻上害而实杀下害。一旦对方察觉出企图，则快速变换方位。也就是说你们每个人的出手要'离经叛道'，以快制精！绝不能循规蹈矩，让他们看出软肋，可是明白？"

两人会意，深吸一口气，齐齐颔首，面色冷峻地道："遵令！"

"梁大哥呢？"青珑没有看见梁二的影子。

有士兵禀道："梁将军借口离开，有兄弟看到他独身一人朝黑羽卫所在的方向去了。"

青珑吃了一惊："回去做什么？"

那兵摇了摇头，没人知道。

此刻的离水，沿中游向下早已满目疮痍，火器的轮番轰炸将冰层毁得支离破碎，奔流的河水从冰面下涌出来，淙淙流淌，一寸一寸地消融着尚未坼裂的冰块。

梁二并没有死。

他泅游了一阵，听见岸上的声音不断向下飘飞，便原地待在河底，隐藏在水草中。受惊的鱼群在他面前游来游去，庞大的鲶鱼和贪食的乌鳢不断靠近体力快要透支的他，几度发起攻击，撕咬他裸露在外的皮肉。

好在，岸上的声音终于全部消失。

潜意识里，他以为所有夏兵都已追向了下游，遂撑起虚弱的身子一点点将脑袋探出水面，趴在了岸边的苇丛中。但是双腿刚从冰冷的水中抬出来，就见队伍尾翼的几名夏兵发现了动静，又折身杀了过来。命悬一线时，眼前突然一暗，一道黑影冲破风雪，展身掠入杀阵中。

梁二认了出来，是白前，舒九容身边那个沉默寡言的黑衣影侍。

他吃了一惊，立刻明白他现身此地的目的——十三他们不知真相，已将害死舒九容的凶手告诉给了白前，他必然是杀回来找楼西越报仇的。

梁二想告诉他实情，希望他不要误解并救出楼西越，只不过喊了几声，还没撑着站起来，整个人就已经力竭，人事不知地昏了过去。

远方，狂风卷着暴雪怒吼咆哮，千军万马冲腾在惨白的天地里，载着背上的铁骑兵不断冲向敌阵。双方杀得难分昼夜，战士手中的兵器一刻也不停，挥动如风，刀刀砍向对方要害。

几轮对射早已结束，吃人般的近身搏击汹汹发端。西川大军的攻势如虎似豹，呐喊声撼山动岳，天地间的彻骨严寒都似被他们腔子里喷薄的热血冲散，变得滚烫无比。

"杀！"无数匹战马飒沓狂奔，一跃数尺，犹如飓风横扫，摧枯拉朽。

青军齐齐甩动手中的长枪，闪转腾挪轻巧而果决，倏忽间全部刺向马脖子。

战马吃痛，仰天发出"哕哕"的哀鸣声，砜然倒地。奔冲的西川轻骑兵始料不及，刺向青兵的铁戟来不及换向，便一个接一个摔下坐骑，一头栽进雪地。没等他们完全起身，背后又有青兵冲过去，手起刀落，"切断了他们的喉颈。

"郑淮，护马！"楚定云神色忽变，远没想到青军已被训练得勇猛如虎，动如旋风，彼此间的配合更是天衣无缝，浑然成为一体。

传令兵火速把命令带给那名郑姓将军，他依令做出调整，每四五骑兵成一组，每组中的三两人负责保护战马，剩下的专攻青军，渐渐将溃散的阵形拉了回来。然而那边刚一稳定，这边又有一拨夏兵被青军变幻莫测的战法惑得狼狈不已。

"杜流飞，不变应万变！"楚定云眼神狠厉，提气再令。

旌旗猎猎擦动，迎着风雪飒飒飞扬。军令一出，杜流飞身先士卒，也不管那些疯狂的青军到底要攻夏军哪些要害，只瞅准他们没有铁甲防护的脸面一枪捅进去。

"杀他！"青珑喝令一声，长枪劈下，一刀削断一名夏兵的手臂，调动战马冲向杜流飞。

青军受命，潮水般冲破西川铁骑的阻碍和砍杀，于绝地拼出一条条血路，奋不顾身地围攻夏军将领们，致使他们的命令无法得到及时响应。

下一刻，冲锋的西川战将仓皇调整位置，却被青军扫出的快如厉风的枪花夹击住，进退不得。先是杜流飞胸中一刀从战马上滚落下来，将被抬走时，青珑迎雪冲到他身后，一枪捅向他后背，不偏不斜，正中背害。

"杀了她！"第八营的西川骑兵们歇斯底里地嘶吼着，在杜流飞倒地后暂时无人指挥的情况下处于混乱状态，一齐愤怒地围攻她，一支支长枪刺过来落向她要害。

青珑拼尽力气反击，她已经数不清自己砍掉了多少敌兵的手臂和脑袋，斩断了多少战马的脖子。

漫天血色里，始终有一个男子护在她左右，离她并不是很近，目光却不时望向她所在，一旦发现有兵偷袭她，即刻调头杀过去。就如此刻，一支从楚定云手中射出的鸣镝箭破空而来，分寸不偏地射向她脖颈左侧动脉，他想也不想催动烈马冲过去，"打偏了暗箭。而他自己却不知被谁偷袭，手臂上落下一道狰狞伤口，鲜血淋漓。

青珑已经冲到了前方，没有注意到，甚至已经忘记了他的存在，脑海中只有一个信念：杀！任何剥夺他们活路，欲置他们于死地的人，都要杀！

杀掉那些人，他们才不用做奴隶！不用受欺辱，才能有自由，才能有家国，才能平等地活下去！

沈隽看了一眼她凛凛无畏的背影，默不作声，继续沿着她的方向浴血而去。

一个时辰过后，夏兵左翼先锋大将唐刻身中数刀，命绝马下。

又过了一刻，中军旗牌官中箭，吐血身亡。

青军催动战马奋力杀过去，"哧啦"一声将西川战旗绞得粉碎。

月芫见状，以快得惊人的速度奔到郑淮对面，借身边部下的掩护，一刀刺进他喉咙。抽刀，再刺，又一记枪花射出，沿着甲片的缝隙贯入，狠狠插进他心口。

又有一名要将殒命，西川士兵扯碎嗓子惊吼，舞动手中的兵器，狂风暴雨般劈斩过来。

"杀！"青军毫不畏惧和犹豫，迎头攻向敌方，呐喊着，咆哮着，奔腾着，犹如旷野上飞驰的虎豹。

混乱而疯狂的战场上，人人狰狞着面孔，眼里滚动的血色炽热而凶狠。

一天，两夜，三天，又过一宿……

时间一分一秒地逝去，生命亦如流星快速殒陨灭，杀戮却远没有结束。

第四天时，西川精骑损失惨重，伤亡达到十之七八，大小五名先锋将领被青军围攻得只剩一个，狼狈地继续坚持着。存活下来的步兵也不到一半，虽然仍旧奋力拼杀，劲势上却渐现疲态。而连日的顽强进击也已让这三千青军陷入生死关头，阵亡近乎四成，幸存的将士们无一不是浑身负伤，翻开的血口向外淌着血。

军械、物资、战马和粮草等都在以可怕的速度消耗和减毁着，然而双方都没有心存放弃的念头。

倏忽间一天又过，关外雪原上血流漂杵，尸首成山。

"报！"第五日深夜，一声禀报穿透白惨惨的雪空，还在与幸存战将商量明日反击事宜的楚定云停止了所有动作。

传事兵连夜从离水赶来，上气不接下气地跳下战马，连跑带爬地奔进大帐："报将军，韩、韩将军在离水被燕兵伏击，快要全军覆没，要不要……要不要增兵……"

"什么情况？"帐中的将士们猛地睁大眼睛，惊问。

"韩将军奉命去追杀越王，他却被青军将领梁二救走，韩将军便与一千边防军去追击，将他们逼到了离水，后来、后来……"

"说！"楚定云饱经风云变幻，定力远超常人，即便这边的战况不容乐观，也依旧处变不惊，声音冷肃地道。

那兵抹了抹脸上的血迹，喘着粗气道："后来两人沉河欲逃，梁二被一名武功奇高的黑衣少年救走，剩下越王溺亡，韩将军带人到下游截堵，翌日在白螺湾码头捞到他的尸体……若不是、若不是冬捕的渔民在冰上打眼下网，缠住了尸骨，只怕连人形都拼不起来。可是刚收上岸，燕兵就紧追着杀来了……"

传事兵的话还在继续，向来镇定自若的将者此刻却脸色发白，脑海一片空白，生平第一次情绪失控地大声吼道："他怎么会死！"

那兵悚然，声音颤颤地道："当时越王浑身重伤，话都讲不出来，看着就快不行了，而且天寒地冻，以他那时的状况，在水下根本撑不住……"

楚定云脸色煞白，唇齿发颤，眼睛泛红，悲吼一声："谁杀的！"

那兵吓了一跳，猛磕响头："回将军，是您下的杀令……越王拒不从命，韩将军又牵挂着这边的战况，就只能杀无赦了……"

他下的命令？

楚定云直直看着虚空，笔挺的脊背仿佛一张拉开的弓，恍惚间弯了弯，身子有些颤抖，缓慢又无声地坐在几案前，说不出一句话。他的心里也空落落的，像是长在心尖上的一根毒刺终于被拔除，然后留下来的钻心的疼痛。

帐外朔风凛凛，呼呼作响，帐内灯影摇曳，寂静无声。所有商议的战士都沉默下来，怔怔望着那个瞬间苍老而落寞的背影。

毕竟，大营里早有人私议，纵然关系素来冷淡，他们终究是养父子。再不济，也是出生入死了这么多年的将属。

楚定云徐徐离座，硬朗身子在站起来的那一刻晃了晃，有人急忙去扶他，却被他阻止。将者微微弓着背，独自一个人朝帐外走去，留下一句低低的颤抖的语声："我去看看，去看看……"

那一夜，青军驻地里也是一片安静。风声过耳，隐约夹杂着从某个方向传来的细微的脚步声，踩在冰冻的雪上咯咯细响。

沈隽站在帐外，闻声后回头，来人只是停在离他十步之遥的地方，很久都没说一句话。

他举目遥望着北方，她恍惚凝视着西方。

"倘若领兵之人是他，你能下得了手？"他脚步未动，转身问她一句。

青珑未答，看着三千将士不惧生死随她回头迎敌的那一刻，置身在尸骨丛中奋力搏杀的那一刻，踩着同袍的血不顾一切地杀向敌军的那一刻，她已经忘了自己返回去的目的了。

见她握刀的手背上洇出了血，沈隽返回去拿了些纱布和止血的药出来。这一次，青珑没有反感地甩开他，依旧维持着那个动作，像是一尊雕塑，任他低头鼓捣着，思绪已然飘到了遥远的地方。

"听说了他的事，也许……"沈隽抬头看了看她失神的表情，话口顿了很久，才道："怕是活不成了。"

绿盈下了什么毒他不清楚，据哑奴所言，虽然他的暗器没能刺中楼西越的腹害致使他当场丧命，但至少是不会让他好受的。而且以绿盈的医术，一般的军医和郎中十之八九都无法拔除——从他越来越人不像人鬼不像鬼的模样中就可看得出来，何况已经过去那么久，就算奇迹般地活到现在还不死，他也只是硬撑着一口气而已，迟早都有油尽灯枯那一日。

青珑倏然回头，眼神如刀，冷冷落在他面上。

沈隽轻轻笑了笑，目光却并未闪躲，一边给他包扎伤口，一边道："他变成那个样子，不是因为身体抱恙，而是因为……"

青珑眼里的警告化为若隐若现的惊色，呼吸不由一紧："是你散播的谣言？"

"是，不那么做，北凉的将士根本没有底气顽抗到最后一刻。"

"那是因为什么？"青珑的声音忽地抬高。

沈隽敛容，不紧不慢地道："中了毒，从那日大雨天他来找解药的时候起，也就是你离开西川那天，算起来有一年半了，不得不说他毅力惊人。"

"是你……是你下的毒手？"青珑闻言双眼通红，不可置信。

沈隽淡淡道："是。"

"解药！"刀锋猛地掠来，横到他脖子上，划出一道血痕。

"当时我只有两颗，一颗给了子道，一颗被他拿回去解了贺别的毒，这个你我都知道。"

"拿来！"

"就算有，也不会给他，何况早已经没了。"

"我叫你拿出解药！"青珑眼里的悲愤如熊熊烈火，握拳狠命砸向他胸口。

沈隽趔趄倒地，身上刚刚包扎的伤口又裂开，涌出的血染红了衣衫。他深吸口气，仰起脑袋看着她，笑得阴冷如魅："陆鹤之也死了，没人能救他，我赌他活不到……"

他还未说完，喉咙蓦地被她掐住："你再说一遍！陆前辈怎么会死！"

青珑脸色煞白，胸腔里似有汹涌巨浪在冲腾，恍惚间闷葫芦臂上的那条黑色孝布在她脑海中闪现，他还背着一个黑色行囊，手一直抓着行囊系出的死结，像要在冷冰冰的天地里抓住最后一丝温暖。

那条孝布，那个行囊……

为什么会这样？到底发生了什么事？

她眼圈泛红，泪水涌出，眸里滚动的怒火化为杀意，忽地手指加力："陆前辈也是你杀的？"

沈隽几乎听到了自己喉骨发出的咯咯脆响，唇齿动了动，说不出话。他没摇头，也没点头，一双深潭般的眼睛只是平静对视着她。

"说！是不是你杀的？"青珑哀喝一声，又一拳砸出，恨不能拳头化成寸寸刀锋，一刀挖了他的心。

姓沈的，你的舍命相救我记在心里，但是对你的恨永远也不会消弭！倘若闷葫芦有个三长两短，我必将你碎尸万段！

沈隽终于得了呼吸的自由，冷冷而无所谓地笑着，从楼西越的铁骑踏进浣城，从被那些投诚大夏的鹰犬走卒围杀的那一刻起，他就没打算苟活下去，杀一个是一个！

"姑娘——"忽然，月芜从远处大步奔过来，吃惊地看着他们，不知道两人之间发生了什么争执，突然间就大动干戈。

她拉开青珑，急声禀道："梁大哥找到了！他受了重伤，说是要见你……"

青珑一惊，匆促抹掉泪花，大步奔往营帐。

沈隽单手撑地，艰难地想站起来。

月芜扶了他一把，然后叫了两名巡兵过来："带沈公子去休息……"

"不用了，多谢。"他浅咳一声，谢绝了她的好意，走了几步又停下来，没有回头地道："辛宁转交的东西，望你们加快动作。"

月芜明白他所指，抱拳谢道："我们代姑娘谢过了。"

"不用，我能帮到的，就只有些这些，偏偏是她最不屑一顾的。"

远远的，男子瘦挺的背影消失在雪地里，留下两行蜿蜒的脚印。

梁二是被白前和燕兵发现后救回来的，此刻他还陷在浑浑噩噩的状态中，四肢发抖，面色青紫，唇齿不停地打战，冻得话都说不出来。

褚子道和蔺池等人围成一圈，拼命往他身前身后的火盆里加炭，一面着急地掐他的人中，摇他喊他。

好大一会儿，他才缓缓撑开了眼皮。

"梁大哥！"青珑揭帘而入，箭步奔过去。

"青妹，大哥、大哥……"梁二伸手抓向虚空，眼里尽是愧疚和自责。

"回来就好，有什么事等大哥身子痊愈后再说。"青珑紧紧握住他的手，给他取暖，"再去拿棉被和衣服，蔺池，速去命人烧热水。"

梁二固执地摇了摇头："有话、有话……对你说……"

青珑呼吸吃紧，抬头示意褚子道他们先出去。

等到帐内只剩下他们两个人时，梁二挣扎着挪动身子，二话不说，颤颤巍巍地就要给她下跪。

"梁大哥——"青珑大惊，抓住他的肩膀，拼命阻止他。

"青妹，大哥……大哥对不住你……"

"梁大哥，有什么事你起来说，不要这样……"青珑的心脏嘭嘭直跳，一股不祥的预感在她的心底恣意铺展。

"对不起，大哥没能抓住，楼少将军他……尸沉离水，彻底走了……"

青珑的心跳在一刹那停止，脑海似被巨石砸中，轰地发出一声闷响，眼前的所有一切都变成了无底黑洞。梁二万分自责的话还在耳畔断断续续地响着，而她已经听不到任何声音，像一个没有灵魂的木偶，定定看着虚空，脸色煞白无血，肩膀簌簌轻颤。

"楚定云的命令，韩忠带人围追……杀无赦……杀无赦啊……"

梁二一直不停地重复着那三个字，眼睛有些红，虽然他的体温在逐渐恢复，而心却不知为何越发凉。

"不会的……"青珑眼眶潮红，泪水夺眶而出，喃喃自语，忽然间站起来，踉跄着朝帐外跑。

"青妹！"梁二喊住她，哽咽着摇了摇头，不忍地道："离水里到处都是食人的凶鱼，惨不忍睹……留他最后的尊严，别去了……"

青珑已经听不进去任何字眼，翻上马背，心里有一个声音不断告诉她：不会死，闷葫芦不会死！他还活着，她不能把他孤零零地扔在冰冷的河里，他一定在等人去救他！

翌日黄昏的时候，楚定云匆匆赶到了离水岸畔。

由于酣战刚过，河面上坚硬的冰层几乎全部被毁，湍急的水流哗啦涌动，水汽蒸腾而上，犹如幻境，让人看不到真假虚实。

"见过将军！"韩忠顶着浑身的伤，狼狈不堪地抱拳一礼，然后对下属招了招手。

不一会儿，两名士兵抬出一个用白布遮盖的竹架，摆在了楚定云面前。

"启禀将军，就捞到了这些，已经……面目全非……"

将者的胸口似被千钧重的巨石吊着，呼不出气息，他颤颤巍巍地走上前，手指颤抖地抓着白布一角，很久之后才敢掀开。

映入眼帘的，是一具遭受啃噬后粘连着少许模糊血肉，并且没了左肩和右臂，腹腔空空洞洞，因为严寒而冻结在一起的残缺尸体，尸体五官都已缺失，喉骨和颈椎皆已断裂错开，颓然歪向一边。

楚定云的眼泪一下子涌了出来，哀极失声，蓦地起身，背对所有人。

在场的将士们也都偏过头去，不忍直视，不时叹口气，发出唏嘘的声音。

终于，那具残骨重新被白布盖上，抬离了所有人的视线。

"找个地方，将他葬了……"楚定云沙哑着声音道，始终眼帘紧阖，他怕一睁开，会失态地在这些部下面前老泪纵横。

他也是玉珠的半血骨肉啊，活生生的一个人就变成了恶鱼争相啃食的腹中餐，全尸也没留下，就只剩下一堆零零散散的枯骨，从此彻底没了。那么一个孤傲而倔强的孩子，怎么就被他逼到如此绝望的境地，换来这样狼狈而丑陋的结局……

他终于不再是六皇子帝途上的隐患，他也终于让仇者绝后。楚定云，熬了这么多年，你如愿以偿了，可彻底安心了？满意了？

将者眼里充溢着一片血色和泪光，想放声大笑，更想狠命扇自己一巴掌。

"将军，青兵与燕兵集结了！"满帐沉寂时，一名斥候急步跑来。

"杀！不惜一切手段，斩草除根！"楚定云倏然回身，冰冷声音恍如一把锋利而无情的宝剑，穿心裂髓。

瞬息之间，疲惫不堪的西川将士迅速集结起来，催动战马如飞如跃，一路向离水河岸浩荡进击。

四更时分，青兵阵营里发出备战的嘹亮号角声，所有战士嗖然列队，在数名大将的带领下冲出营地，背水一战。

惨绝人寰的杀戮只消停了一宿，然后在黎明时分复又爆发，铁蹄铮铮如雷鸣，摧残了一地风霜和冰雪。鲜血飞溅进河中，仅仅只是半天的工夫，这条横亘青桑和中州的分水岭已然不复当初，原本清澈见底的河水变成了如地狱里涌出来的血色长河，看起来格外瘆人。

青珑没命地挥刀，疯狂砍向扑上来的夏兵，她全身都已麻木，开裂的伤口觉不到痛，新添的刀口也只会让她更加清醒。

杀！

杀光这群冷血之人！

杀光这群曾将铁蹄踩向无辜族民的屠夫！

杀光这群将闷葫芦逼向绝地的凶残刽子手！

她双眸血红，双手紧紧握着刀柄，拼尽全力杀出一条血路，冲向河边纵身一跃跳了进去。

河水很冰，刺骨的凉意沿着毛孔不断侵入血管和骨髓，冲击着她惶恐而悲痛的心绪。繁密的水草在河底一拱一拱地浮动，不时将她的身子缠住，就像在为那些食肉的鱼类裹挟猎物。

突然，"砰"的一声闷响，一条血淋淋的手臂掉进河中，刹那间染红了周围的水色。旋即几条庞大的恶鱼游了过来，如狼似虎地张开嘴，露出两排尖锐的锯齿，紧紧咬住那条手臂。片刻间，越来越多的同类蜂拥围来，东拉西扯，不一会儿就将那截断臂啃成了一根没了血肉的残骨。

青珑大骇，拼命地游，拨开一丛又一丛水草，像一架机械般不断搜寻。水流犹如冰锥，沿着伤口不断渗进体内，一寸一寸地深入，以她抵挡不住的速度飞快地攫走她的力气。

可她必须清醒着，更不能停，也许晚一秒，闷葫芦就会像那条手臂一样被恶鱼吞噬殆尽。

她一边拼力挥动手中的匕首，试图驱赶攻击她的凶猛鱼群，一边没命地抓扯着水草。时间一分一秒地流过，她一毫一厘地越游越远，许多跌落河中的尸体在她眼前化成枯骨，她越来越感绝望，就像落入一个无底黑洞，生生被卷吸进去，神智还在，但四肢却无论如何也挣扎不出。

沈隽使劲抱住她的身子，奋力将她往岸上托。他已经跟着她游了不知道有多久，久到岸上的厮杀声都已经听不见。活物尚且还会受到那些肉食性鱼类的围攻，何况是死人？

他想劝她放弃，可他心知肚明，一旦那种话说出口，她必会像疯狂砍杀那些食人鱼一样，将刀子无情地刺进他的胸膛，然后独自一人一直找到力竭而死的那一刻……

他又怎么会眼睁睁看着她去送死？

青珑剧烈地挥动四肢挣出来，换一口气后又一头扎进水中，不断在河底深处游寻。

沈隽再次探入，从背后钳住她两臂，双手死死地将她抱在怀中，尔后一使力，猛地将她拖出水面，拼命拽到岸上。

"他死了，死了！"他屈膝将她压在雪地上，大声吼道："告诉你，他已经死了！就算不被吃掉，也早就冻死了！找到尸体又能如何？你冷静一点，他已经死了！"

"啪！"一个脆亮的耳光猛然抽在他脸上，留下一片火辣辣的痛。

青珑握着匕首，抵向他心脏，饶是冻得唇齿打战，然而眸底深处的恨却如怒海狂涛："姓沈的，你再诅咒一个字，我现在就挖了你的心！"

说完，她抬起袖子一抹眼睛，复又转身往河中跳。

沈隽发了狠，纵身一跃，从背后将她扑倒，死命压在地上，愤声斥道："大军在杀敌，在拼命！你身为霍家后人，却为了一个立场相悖的死人白费功夫，你对得起对你信任有加的族民，对得起那些将士吗！"

青珑一头扎到地上，坚硬的冰碴磕在脸颊，刀子一样剐蹭着血肉。可她却感觉不到痛，五指抓着匕首拼命在地上刨，只想挣脱这种无法呼吸的痛苦。

依稀中，父母、兄弟姊妹、战士们血红的眼睛、归龙关内仰面望天的累累白骨、化为废墟的家园……一张张无法忘怀的面容和一幕幕噩梦般的景象在她眼前萦绕，山一样重重压在她肩上，压得她透不过气来。

锋利的刀刃将她的手指割得鲜血淋漓，很快又被寒风冻住，而她却像个傀儡一样毫无知觉，没命地刨着，似要挖出一条通往水下的地道继续去找寻。

沈隽看得心口酸痛，那一刻他才清醒地意识到，她不只是冲锋陷阵的将者和杀敌的锋刀，她还是一个女子，如世间其他姑娘一样有着自己的七情六欲爱恨嗔痴。

他的力道缓缓松开，握着她的手，一点一点地掰开她血淋淋的手指，匕首应声落地，溅起的冰沫飞进她恍惚望着河心的眼睛，刺得她想要放纵自己的眼泪决堤。

远处，几名夏兵奉命将楼西越的尸骨抬离战场，谁也没想到前方会有人。彼时，他们边走边唏嘘，一路叹息。

"你们说……将军为什么要杀少将军？"

"别瞎叫，应该叫越王！皇帝不都颁布诏令了，说收他为义子，封他为王。"

"听说将军想扶持六皇子上位，少将军却突然成了义帝子，皇帝还说他是前朝国储萧恪的遗孤，不是等于六皇子的阻碍又多了？他的死没准就是因为这。要还这样叫他越王，指不定将军更加不高兴。"

"啊？那少将军，他真的是……"

"谁晓得呢，算算少将军来大营也有十多年了，除了景威和宋将军外，他跟谁都不走动，身世也从来没人提，就跟谜一样，兄弟们哪里知道……"

"可就算是这样，将军也不该……"

"唉，事已至此，说什么都无用，赶紧带回去葬了，让少将军安息吧……"

几名士兵摇头叹气，加快了步伐。冷不丁一个女子闻声后从积雪压弯的草丛里冲了出来，发了疯似的奔向尸骨。随后又跟过来一个男子，二话不说挥拳就打。

"是青兵将领，杀了她！抢回少将军！"带头的士兵惊喝一声，几人霎时血脉偾张，拔刀砍来。

青珑的脑中轰然一声闷响，定定看着映入眼帘的白布，越靠前一步，心就越害怕越恐惧，所有倔强得不肯放弃的执念通通被那些字眼绞碎，心若凌迟。

沈隽夺刀杀了两个士兵，剩下的全都仓皇跑了，大抵是去搬救兵了。他大步奔过去扶住她摇摇晃晃的身子，屏息抓住白布一角，踯躅良久，唰地一下揭开。

那一刻，他瞳孔陡睁，整个人惊在当下，一动不动。

青珑四肢一软，半跪的身子倏然向前栽去，胸腔里压抑的一股悲痛上下翻滚，一直堵到胸口，刺痛，窒息，眩晕。整片白惨惨的雪川亦仿佛一架水轱辘，她被束缚在上面，随着它一起颠转，越来越快，越来越快！

长空大地，山河草木，黄土苍雪，所有一切都成了越发昏暗的光影。她逃不出，也不想逃，只想随着它不断下坠，沉陷，堕入一片无尽的黑暗里。

她想在那里地方号啕大哭，可是胸腔已经被无以复加的悲痛堵塞，喉咙里发不出任何声音。她伸手牢牢抱住那具被啃食得残缺不全的枯骨，心就像被人一刀一刀划割。

头颅上的空洞眼窝随裂断的颈骨歪向一边，直直"注视"着汤汤奔流的离水。看着它从天际发端，流经关外荒原，汇入白螺湾，绕边地而过，一路向远……

离水，离水，离恨之水。

终究他只是西川的一个弃子，洒尽一腔滚烫的血，留下一身冰冷的骨，最后在最美年华里以最丑陋的姿态默然离去……

◈第六十三章◈
暗 波

二月二，龙抬头。这在民间是一个充满希望的节日，家家户户凑钱修庙，备礼飨神，祈求年年风调雨顺，五谷丰登。

大地回温，冰雪消融，随着严寒的退去，春耕渐渐临近，百姓们相继忙碌起来。入蛰的动物开始从沉睡中苏醒，出洞觅食，远迁的候鸟也展翅腾飞，在万里晴空中游弋翱翔，寻找回归的漫漫长路。

然而平静只是表象，从这一天起，蛰伏的杀戮和征伐进入了前所未有的惨烈状态。

夏都锽城，清晨伊始，御医们拖着疲惫不堪的身体踏出宫门，各个神色焦虑，形容恐慌，仿似大祸临头般匆匆离开了。

皇帝中毒太甚，怕是救不活了。以他喜怒无常的性子，倘若知道了自己的情况，一帮御医绝无活路。所以，他们必须赶快为自己寻找生路。

寝宫里，皇帝无力地撑起上半身，一双手愤怒地扯开帷幔，趴在龙榻边喊叫："冯……冯烈……"昔日鹰目里充斥的凌厉光芒如今已经消失殆尽，那股慑人的威严也已不复存在，只剩下不甘的挣扎和对生的极度渴望。

"回皇上，冯大人他……"宫监胆战心惊地走上前，匍匐在地嗫嚅着道："冯大人他、他已经不在了……"

"黑羽卫呢？把他们都给朕叫来！去叫……咳咳咳……通通叫来！"皇帝情绪激动，剧烈咳嗽起来，一口血蓦地喷出，溅到宫监刚刚抬起的面容上，吓坏了他。

彼时，皇宫之外风声鹤唳，数不清的精兵从四面八方涌来，悄然潜藏在周遭。

重重宫墙外，一名宝马轻裘的年轻皇子高坐马首，肃容注视着那座他从小长大又被驱除出去的璀璨殿堂，眼底波澜涌动。

"启禀殿下，一切都已部署妥当。"远远地，一个部下纵马行来，抱拳对他道："现下皇上的安危由黑羽卫全权负责，想要接近他恐怕有些困难。不过这对我们来说未必是坏事，至少黑羽卫无法分心，我们的行动也才可以隐蔽不露地进行下去。"

"阿非，父皇的身体现在如何？"萧璟浩语气低沉，略略带着沙哑。

叫阿非的部下摇了摇头，正色道："不容乐观，昨个儿我们的人在半路上抓了胡太医，他说就在这几天了。楚将军的人也从宫里送出消息，与胡太医的说法不差。"

"皇兄们什么动静？"

"早就开始暗中奔走，尤其太子下狱被赐死后，动作更甚。不过他们外力薄弱，都不成气候，与西川大军比起来，直如虾米斗鱼鲨，不足为惧。"

阿非原是校场里的一名小队长，萧璟浩没有被贬黜前，他与一帮手下充当他练武的靶子。那时的皇子虽然身份尊贵，但秉性耿直率真，对人也实在，丝毫没有皇家子嗣的傲慢与跋扈，甚得这些"虾兵蟹将"的拥戴。打着打着，一群热血男儿就与他成了铁哥们，以至于后来他与蕙妃蒙冤落难，被京都那些膏粱年少们疏远时，一群穷小子却想都不想全跟着他远去寒疆，誓死追随至今。

年轻皇子忽然沉默下来，长长叹了口气，问出的话使阿非瞬间惊愕住："你说……姨父真的可以完全相信吗？"

"过去的事他们闭口不谈，我也无从探究，只是不知道像个蛀虫一样依附着他，将来有一天自己会不会落得与表哥一样的下场……"萧璟浩的目光飘向远方，眼睛潮红，弥漫着水雾。落日的余晖斜斜照在他俊朗的面庞上，像是笼了一层纱，越想看清前方的路，视线就越模糊。

"殿下……"阿非明白过来，只是再多的安慰也已经挽不回故人，只能劝他："人死不能复生，您节哀顺变。楚将军那边，至少他现在还是一心帮着您的，您切不可胡思乱想。"

"二十余年啊，不敢掐指算……他连自己的养子都会杀，又与父皇有何不同？"年轻皇子轻吐气息，仿佛一瞬间看穿了许多，又似乎置身在重重迷雾中，越发混沌。人心的真假和叵测，世情的丕变与虚实，无端端让他有些迷茫。

精明如阿非，也沉沉低下了头，回答不出。

"阿非，待我杀进皇宫后，你率领五千兵力偷偷去往外城，将远驻京郊的禁兵和那些将领们笼络住，务必保全他们。"萧璟浩一改悲郁神色，抬头望着城楼，肃声下令。

阿非惊愕不已："殿下，一旦起事，那些人很有可能被皇上调来帝都，与我们作对，保他们作甚？"

"你不懂，姨父太可怕，我必须牢记表哥是怎么死的。"萧璟浩注视着夕阳下的锽城，目光清明，眸里的悲痛、伤感、落寞和迷惘渐渐消失，取而代之的是坚定。

"阿非，照我说的去做，命令一出，即刻行动！"

"是！"阿非一挥鞭子，风一般沿着宫墙驰骋而去。

彼时的宫中早已人心惶惶，暗流涌动。

即便皇帝中毒一事被黑羽卫封锁得极为严密，甚至每个为其诊治的御医都被监视起来，消息还是不胫而走，一股阴云瞬间压在了原本光辉万丈的皇宫之上。

事实上，皇帝的情况也确实越发糟糕，从中毒以来只撑着上过两次早朝，之后便一直病卧龙榻，文武百官的眼睛何等犀利，从一些细枝末节上也都有所觉察。加上东宫太子萧璟昌和戚后先后被赐死，时局便越发紧迫与微妙起来，诸臣暗地里都在提着脑袋下赌注下一位真命天子会是谁，不然一旦站错了队，等待他们的不是鸩酒就是三尺白绫。

是月初五三更时分，寝宫内发出一阵又一阵的咳声，越发频急。皇帝的两眼不甘地翻着，面色和皮肤一片绀紫，观来格外吓人。

也许是意识到了什么，从入夜起他的情绪反而渐渐稳定下来，不再是以往声嘶力竭的大喊大叫。寝宫外跪求接见的皇子、妃嫔和大臣来了又走，走了又来，却都被黑羽卫挡住了，连只蛾子都飞不进去。

谁曾想到，皇帝突然召见被关押的蕙妃。

看着昔日伟岸而威严的帝王变成如今这般垂绝的模样，蕙妃不胜悲恨，潸然泪下。她吸了吸鼻子，将所有难言的情结吞下腹中，安安静静地在榻边侍奉着他，为他轻掖被角，不时擦擦他额上的虚汗。

"蕙妃……"皇帝缓缓开口，艰难地转过头，看着双眼红肿的她低低问道："你恨……恨朕吗？"

"皇上……"蕙妃泪眼婆娑，心如刀绞，无以为答。那一刻，再多的恨也都成了担心，毕竟木已成舟，他是她的丈夫，浩儿的爹，纵然这亲情隔着灭门之仇。

"朕对不起你们母子……"皇帝挣扎着靠在软枕上，一双眼睛死气沉沉，对着憔悴不堪的她哀声致歉。"要是……要是朕当初不那么狠心，浩儿就不会与你两地分隔了……"

"皇上，过去的事都不重要了，只希望您保重身子……"

"难说了，那个祸害……祸害啊！"皇帝面上的怒火复又燃起，情绪一激动，大口的血喷了出来，咳得肺都要炸开。

蕙妃玉容失色，一面扶住他，一面慌张地朝外大喊："御医！快传御医！"

"没用的……"皇帝阻止了她，拼命伸出手，抓住她手腕："告诉朕……是不是、是不是你和楚定云早就知道了？只有朕……只有朕还心存侥幸……"

想起冤亡多年的白楚两门，蕙妃恨不能自已，又悲难自抑，泪如雨下，缄口无言。

"是了……"皇帝惨然笑了笑，"早都知道真相了，早都知道了……当年朕算无遗策，却终究天网恢恢，利用你，骗了你，也害了你一辈子……"

蕙妃泫然泪下，纤弱的身子簌簌颤动，悲郁的不是对亡亲的思念之苦，不是所嫁非良的无奈与怅惘，不是被命运捆缚着丢进高墙深院的苍凉和凄冷，而是与仇为夫的憎怨与自恨。

可他偏偏又是浩儿的父亲……

"蕙兰，"皇帝突然改叫她闺名，直直看着她的眼睛："事到如今，你会帮着楚定云……来杀朕吗？"

蕙妃独咽悲苦，低头啜泣，无法回应这个问题。

"会的，会的……"皇帝自问自答，凝目注视着憔悴的她，眼里有些不忍和愧疚，却终究化为狠绝，沉声对一名侍立在侧的黑羽卫吩咐道："呈上来吧。"

须臾，一个鎏金圆盘被黑羽卫端到龙榻前，上面静静摆放着一盏湛碧色玉杯。

酒液清澄，却似要溢出血来。

"皇上！"蕙妃骇然，身子颓软滑到地上，抓着龙榻边缘哀声恳求"浩儿还在外面作战……

臣妾很久没有见过他了，求皇上开恩，允臣妾见他一面……就一面，臣妾别无所求，就看他一眼……求皇上开恩……"

泪水像断了线的珠子从她眼中滑下，然而再多的苦再多的泪都换不回皇帝的绝情，他长吸口气，再度闭上眼睛："蕙兰，朕欠你太多，喝了这杯酒，所有的怨和恨，都到那边去了结……"

"皇上！求您允臣妾见浩儿一面！求您开恩……就只看最后一眼，看一眼就走，求您开恩啊……"蕙妃匍匐跪在地上，纵声长咽，战栗而枯槁的背影如同凋零飘落的枯叶，被秋风无情地卷进泥埃中。

皇帝痛苦地闭上眼睛，低低道："蕙兰，先走一步……"

说完，他朝黑羽卫挥了挥手，示意他们动手。随之响起的，是他越发急促的呼吸声，似被人紧紧捏着脖子发出的声音，一波一波地回荡在空旷的殿内。

寝宫之外，跪拜的皇子和大臣们伸长脖子观望着，紧张焦虑之余，暗地里无不互相交换着眼神。

是夜，一颗流星快速划过天际。萧璟浩正在跟部下商讨着什么，突然就像灵魂出窍般，直直盯着它的尾巴，一动不动。

远处，一名探子纵马急来，唤他："殿下？殿下？"

年轻皇子的心口莫名抽疼了下，很久才回过神，收回目光，问他："如何？"

那人一把抹掉头上的汗，喘着气道："不行了，话都说不了了……殿下，何时行动？"

"静观其变。"代替萧璟浩回答的，是一个沉肃的男声，随即说话之人从高墙投射的阴影里徐徐走出。

"将军，这是为何？"那人愕然，十分不解："现下宫里乱作一团，各路兵马都在看不见的地方待命着，这个时候如果我们不抢占先机，六皇子殿下恐怕……"

萧璟浩木然地听着那些话，心头百感交集——父皇快死了，他却在这里与人相商，谋划着如何去反逆……可是他不放过母妃！她是他的枕边妃，他却无情至此，拿一个无辜母亲的性命去要挟自己的儿子……

不是父皇……他没有这样的父亲！

他仰头望着方才那颗流星消失的方向，拳头越攥越紧，恸然捶到坚硬的墙壁上。

"浩儿……"楚定云伸手搭在他肩上，轻轻拍了拍，喉咙微动，因为心里的悔疚而说不出任何话。

萧璟浩回头，对上一双盛满了悔恨和痛楚的眼睛，和一张瞬间沧桑衰老了许多的面容，顿时如鲠在喉。

有些人，有些事，已经彻底埋葬在荒草黄土中，从此以后谁都不会再提起。

"一切全凭姨父做主。"经久之后，年轻皇子松开拳头，转过头看着漫漫黑夜，语声沉痛。

时间一分一秒地过去，夜色在慢慢流逝，漫长的等待对所有人来说都成了煎熬。

二更天，御医们齐聚寝宫，却都束手无策。

三更时，黑羽卫全体出动，分布在皇宫各个角落。

四更天，禁兵亦列队完毕，似要进入迎战状态，稍有风吹草动或是发现可疑之人也已经不再上奏，而是就地斩杀。

五更天，似乎所有声音都已停止，寝宫外安静得落针可闻，有细微的汗水从每个跪立的人手心溢出。

晨曦缓缓洒开，一点点冲破黑暗。

一盏茶过去了。

又一炷香的时间流过。

终于，"当"的一声闷响破开，丧钟浑厚的回音撞击在每个人的心尖。

"皇上……殡天了！"

宫监尖锐而颤抖的声音响起，如同刀子划过铁器，令人悚然。

霎时，一片凄凄惨惨的哭声响彻整座皇宫，或真或假，皆如歇斯底里的鬼哭狼嚎。隐藏的各路党羽再也按捺不住，紧锣密鼓地进行着自己的行动。

先是皇四子萧璟晖的兵马冲破禁兵的阻挠，以彻查皇帝中毒一事、全力逮捕嫌犯为借口，强行闯向寝宫，试图抢占先机在遗诏上动手脚。

紧接着，皇二子萧璟恒联手数名朝中大臣和一帮部下暗杀了东门守将，一大波兵马如潮水般涌进宫中。

皇三子萧璟渊向来耽于笔墨书画，以文会友，自在如闲云野鹤，看不出丝毫野心。此刻他的周围却聚拢着一帮各怀艺能的门客兼杀手，被他安排着潜伏进皇宫各个角落，不时有人头落地的细微声响在某个看不见的地方回荡着。

仿似一股压抑而蛰藏的巨大力量终于释放，一瞬间暗流涌动，喷薄而出！

大夏皇帝中毒猝死，消息撼动宇内。

千里之外，一间禁止任何人靠近的雅间内，凭栏摆置着一桌盛宴，对饮的是一长一少两个男子，他们各自身后站立着数名便装武卫，挺立如柱。

"驾崩了？"年轻男子徐徐捻动着青玉杯，意味深长地重复着那三个字眼，眼中的笑莫测难揣。

"据传是楼西越一石二鸟之计，既借刀杀人毒害夏皇，也断了东宫太子的帝途，可谓兵不血刃。也因此，西夏政局风云变幻。夏皇的尸骨尚还停柩待殡，萧氏小儿们已经等不及蠢动开了，寒心呐！"年长的男子假意唏嘘一声，笑着与他互碰一杯，仰首一饮而尽，胸中顿时激荡着滚烫的热流。

"楼西越……"年轻男子琢磨着那个名字，摇头笑了笑："可惜天妒英才，不然是个值得一较的对手。"

"这算是天遂人愿吗？"年长男子哈哈一笑，踌躇满怀："接下来，就看赵家皇帝意向如何了。"

东元年轻的帝王轻啜一口，禁不住那股火辣的冲击，浅声咳了一下，苍白面色中带出些微不正常的红晕。他强撑着胸中不适，起身敬他："王爷宝刀未老，亲自出马，朕岂能犹疑不决？定奉陪到底！"

定南王同时离座，大笑："那就祝我们马到成功！"

宴毕酒罢，一个黑色身影嗖然退出，先于所有人悄然匿走了。

"王爷答应了？"舒王府中，常琰既吃惊，又有些欣喜地问归来的黑衣少年。

楼西越之死不亚于一座天堑从刀光剑影的沙场上轰然垮塌，属于他的传奇从此以一摊白骨终结于世——这对戎马倥偬的他国大将们来说，无不是个振奋人心的消息。

加上夏皇驾崩，帝位悬空，夏宫中的各方势力齐齐发难，一时间情势云谲波诡。

最重要的是，西川大军刚结束了与北凉之间的血战，尽成疲累之师，又在离水一战中惨遭败北，士气大损。现下楚定云又全力扶持萧璟浩上位，正是挫其锐气的最佳时机。

白前点点头："后日歃血为盟，誓师立约。"

常琰忖度了片刻，目光转向默然"凝视"着院中虚空的素衣男子身上，小心问他："公子，您怎么看？"

舒九容静默不语，仿佛所思所想全然不在他们的对话上，良久低低道："青军还好？"

两人面面相觑，常琰俯首应道："损兵逾两千，回到青桑后霍姑娘广发檄文，招兵买马，民间响应者颇多，想来她以前便做足了功夫。加之夏皇派出的黑羽卫尽数死于青军之手，关外和离水一战中其又逼得西川铁骑败走，因而青军声名鹊起，日前王爷还向末将问起过她。至于霍姑娘下一步的动作，暂未得知。"

他自顾自说着，但见轮椅上的人不发一语，仿佛在听，又好像神游物外。白前暗地里推了推他，以眼神示意了些什么，他才醒悟，接着小心道："不过……楼西越的死对她打击颇重，但悲郁只是一时，相信时日一久，霍姑娘定能振作起来，公子切勿担心。王爷将您禁足在府上，并非是怪罪您擅自动兵援她，过早与夏军正面冲突，而是为您的伤势着想，还望公子保重。"

"知道了，下去吧。"

"是。"常琰躬身退出了别院。

舒九容以手抚额，揉了揉眉心，心绪有些不宁。

白前走上前，沉声劝他："当日之事实属意外，并非有意欺瞒，原本也不是公子的错，公子无须自责。霍姑娘明理通情，不会责怪于您。"

白前明白，莫说青珑，连他自己在内都以为是楼西越杀了公子，误会了他。听十三说，当时霍姑娘万分悲痛，只差一点就杀了他为公子报仇。在此之前，谁也不知道沈隽会尾随黑羽卫赶来西川，鬼使神差地从他们的刀口下救出了公子。然而这边刚刚得知喜讯，那边楚定云却已经下了杀令将楼西越逼到绝地，致使他沉水溺亡，为恶鱼所蚕食。

想来公子定是心里内疚，因为自己的"死"，直接导致霍姑娘在楼西越生前最后一刻误解了他，对他拔刀，也更担心她从此解不开这心结吧。

"公子若是不放心，明日我派人去一趟青桑……"

"不必了，让她静一静。"舒九容发觉了自己的失态，勉力克制着情绪，将轮椅调转回头，语声沉肃："叮嘱常琰及其部下，父王再有问起，青军一切虚实均不可如实告知。另，一旦联兵，最应防备的不是大夏兵马，而是东亓将士。亓皇鬼蜮之雄，阴柔害物，断不会做为人作嫁之事，当心战情丕变时他袖藏暗箭背补一刀，派人暗中盯紧。"

"明白。"白前颔首,察觉到远处有脚步声靠近,便没再多说。

来人是定南王,他两手交握于背后,凝目看了一眼轮椅上的清瘦背影,神情复杂,许久之后问他:"舒长轩……不,那个畜生死了?"

舒九容语声淡淡:"也许吧。"

只是不知道,琼儿那丫头肯不肯回来,是否还在怪他……

"伤势可有好些?"

"已无大碍。"

父子俩突然安静下来,像有无形的鸿沟横亘在中间。

一阵沉默过后,定南王上前几步,看了一眼他白绫遮眸、困于轮椅的模样,意味不明地道:"有个决定,父王一直没来得及和你商量。"

舒九容微微抬了抬头,心里已有预感,反而平静下来。

"你知道,父王与你母妃情深,故而在她香消玉殒后一直不曾续弦,再添子嗣,替我分担些劳神之事。"定南王神伤道,片刻间话锋一转:"岁月不饶人,父王的身子渐不如前,如今你也……成了这副模样,所以父王思量着将你远房三叔家的长子调到了烨城。无论朝堂还是军营,连同府中诸事,他都能替父王担当着。这样你也不用费神,往后就安心在府上休养吧。"

仿佛石落江心,惊起波涛。

白前震惊不已,跪地求情:"王爷,公子不是有意违令,属下一定劝他回心,求王爷收回成命!"

"不用了,父王既然心有抉择,儿子自当遵从。"舒九容摇动轮椅,单薄身影从定南王面前绕过,渐渐移向走廊之上。

白前求情无果,待他追过去的时候,竟见舒九容以手撑地半跪着,拖着还没有完全康复的残腿从门槛外爬进了屋。

"公子!"黑衣影侍惊住,扑过去想要将他抱回轮椅。

"不用碰我。"舒九容制止了他,"手脚还在,进得了门。"

白前扑通跪下:"公子金贵之躯,求您珍重!"

"父命所赐的东西,收回去理所应当。天下之大,比我残缺的人不计其数,他们能活下去,我一样也可以!"

屋外,定南王负手而立,摇头长叹了一声,命令守在院中的下人:"看紧公子,莫再让他为了那帮贱奴擅自行事!"

说完,他沉着脸,头也不回地走了。

❧ 第六十四章 ❧
天命

___

黑夜，大帐内灯火通明。

唰啦一声脆响，一张地图被一双修长而苍白的手展开，平铺在桌上。

戎装在身的女子手指夏都，冷冷道："夏皇驾崩，萧氏皇子们互相攻讦，锽城一片浑水。无论禁兵、黑羽卫还是各方势力，注意力都集中在帝都。楚定云一心扶持萧璟浩，定然不会错此良机，精锐之师半数都往京畿方向转移。对我们来说，阻力大为减轻。"

女子的指尖向东南方向转移："已接到消息，亓皇与定南王秘密会晤，于两国的锁钥之地淮州订立盟约，盟军开始向西挺进。届时，战火会悉数往大夏扩张，我们就从大夏南线下手，以望城为缺口，争取一月内拿下它与桑都，收回失地。"

"蔺池，你速将北凉所有据点的人马召回望城，另外安排少许探马藏匿在锽城附近，负责传送情报。然后加急储备军需粮秣，二十日内送达望城外围。"

"月芜，你率一千精兵，沿饶水西行，以最快速度抵达乌兰镇。过河后迅速砍断钩锁，均分两路隐藏在镇外的密林中。你们的任务，一是适时从背后偷袭，二是阻绝城外的增援路线，切断夏军的运兵要道。"

"梁大哥，你负责联络各地义军，在望城四周设伏。事成之后发动城外的难民暴动，不过全由我们的人马佯装而成。守城的将士若中计放行，则我们不战入城，可深入敌腹开杀，若不放，为了稳住军心起见，他们极有可能射杀所有。"

女子眼里一片血丝，目光沉静却狠绝，转向身侧的将领："裴原，此时你务必组织人马做好后方掩护。但不必急于攻击，只在壕沟内防御，半退半攻，引诱守兵出城。这个时候，先锋队一举出击，必须一招制敌要害，决不能给他们撤回城中坚守的机会，明白吗？"

裴原愣愣地看着好似什么事都没有发生，并且异常平静的她，又与对面的梁二面面相觑。月芜推了他一下，他才回神，赶忙点头，大声应了一句："明白！"

"子道，你因伤病发，便留下来安心休养，负责新募士兵的操练事宜，此次行动由辛泽妄替你。"

褚子逍面色惨白，颇是担心地道："姐……"

"不用担心，这次我们攻其不备，夏兵再凶恶反应再快，也会对逼向心害的战刀措手不及。"

女子一语截住他，像是在刻意回避着什么，因而不给思绪片刻的停滞，脑子飞快运转着："辛泽，一旦战火拉开，你负责刺杀敌军派出的密探，传送虚假情报给对方。必要的时候伴降，从而混进敌阵，可以泄露些无关紧要的消息，以保全性命，然后与我们里应外合。十三、小七，你们几人一并跟着辛泽，彼此担待。一有万一，及时点燃流火弹，我们会第一时间营救，记住了吗？"

"嗯！"两名少年深吸口气，齐齐点头。

"那好，一切按筹划进行，到时候大家各司其职，随机应变，拼力拿下望城！"

在座的将领们互相对视一眼，最后屏息看向她，神情中尽是说不出来的担心。

辛泽担心地问她："姑娘不跟我们一起行动吗？"

女子眼神阴暗，语声幽幽："我会在另外的地方，助你们一臂之力。"

一时间，大帐内安静得不出声响。

很久之后，梁二首先离座，转身出了帐。紧接着月芜将裴原拉走，蔺池也招了招手，与辛泽领着小七等人先后跟了出去。

褚子逍最后一个出来，甫一揭开帘子，一张被料峭寒意冻得通红的面容映入目中。

"阿宁，这是各位将军议事的大帐，不得在外面徘徊，快些跟我回去。"辛泽拉住少女的手，责备地将她往回带。

"哥……"辛宁央求一声，紧紧攥着手里的药瓶。

褚子逍挡住了辛泽，惨淡的唇角牵出一丝笑意，对着少女莞尔道："阿宁，听辛泽的话，稍后子逍哥哥再去看你。"

辛宁紧张地摇了摇头："我不是来打扰青珑阿姐的……子逍哥哥，已经过了子时了，我给你送药过来……"

"这丫头，倒是极贴心。"裴原颇有些羡慕地道，说话时不由多看了一眼正与梁二商量战事的月芜。

月芜察觉到了他的目光，转头与他对视，面上表情没有起落，倒把他看得像做了贼一般，慌慌张张地收回视线。

"癞蛤蟆，想得美！"蔺池捅了捅他，做了个落井下石的古怪表情。顿时两个男人像孩子般掐起架来，半打半捶地回去了，为即将到来的行动做准备。

很快，所有人相继退回各自的营帐，只清冷的月影悬挂在夜空中，孤独地俯瞰着大地。

时间恰似东流的水，不会因为谁的离去而停止。昼夜交替，日月轮转，四季更迭，草木枯荣，所有一切都按照原来的轨迹运行着，快速向前推进。

帐内，青珑恍惚坐在桌前，一动不动，似乎灵魂离开了躯体，飘到了遥远的地方。烛火将她的身影拉在冰冷的地面上，拖成一道长长的细影。

沙漏静静流淌，夜色越发深沉。

困意来袭，她却不敢合眼，思绪稍有停顿，那具面目全非的残骨便会呈现在脑海中，就像一个永远也醒不过来的噩梦。她觉得闷葫芦不会死，那具惨不忍睹的尸骨不是他，他一定还活着。

所以那一战过后，她没命地在河里找，一直找到那些渔民们曾经下网捕鱼的地方，可是未果。她又继续往下找，去了白螺湾，不断敲打附近渔民的家门，问他们有没有见过他。

然而，没有一个人点头。

她不信，又马不停蹄地跑回龙虫堂，那里阴暗森冷，空无一物。她再找，又去了竹楼，可是连它也不见了，就仿佛从来都不曾存在过，门前的那条小溪也早已冰封冻结。

天地静寂，只有垂柳枯槁的枝条时左时右地在风中摇曳，像在与谁挥手作别。

那一天的风格外冷，刀子一样迎面扑来，刮擦着皮肤，一直割到心尖，给了她一个不得不接受的残酷事实。

夜深人静的时候，她会仰面躺在榻上，睁眼看着黑暗，彻夜不眠。

想着龙虫堂外嘈杂的人海中，纵马而来又漠然离去的孤傲背影。那一眼的对视，如今像一道烙印在心间上的血口，刺痛难耐，却找不到可以抚平伤疤的地方。

还有她张牙舞爪地叫着闷葫芦，他屡次警告未果时一脸杀人的危险气息，却又对她无可奈何，最后闷闷不搭理她的模样。

他把自己唯一的家让给他们姐弟住，信誓旦旦地说："只要不跟你做邻居，怎样都行！"

她像个泼皮一样回他："我决定了，以后偏跟你做邻居，天天深更半夜去你家。"

可是那一战的最后，宋副将军闻讯赶来含泪带走了他的尸骨，她却连将他安葬在自己身边的资格也没有。

从前不知他的喜怒哀乐，她答应往后与他共尝，却到现在都还没有兑现。

那一日的雨天，她不该头也不回地决绝离去。

梁大哥说，夏军北伐的时候他动员绿林豪杰不断扰军，抢他们的粮饷分发给战地的百姓和难民。闷葫芦擒获了他们后却没有杀，条件只有一个，那就是带着手下所有侠义之士去落霞山投靠她，誓死追随她，保护她！她应该在最开始就对梁大哥的异常有所怀疑，进而追查其中的内情，明白闷葫芦的心，不该后知后觉。

杀她族民和那些勇敢少年的是韩忠，是楚定云的心腹。她不该迁恨于闷葫芦，不该带着青军去与他作对，不该把他当人质，不该跟他去抢那坛清理伤口的酒。

他苦于伤毒之痛，一个人撑着走到了生命的尽头，却在最无助的时候被大军无情抛弃和驱逐，说他是叛徒，说他狼子野心。他只有平定离乱山河的决心，没有称王称帝的私欲。只是陆前辈的命握在皇帝的手上，没人帮他，没人过问他的苦衷，他只能像一只离群的狼一样忍着，等着伺机杀了那些人，救出自己的师父。他终于杀了他们，可是陆前辈却走了。

他一定很悲痛很难过，那个时候她应该陪在他身边，不该不知道他的痛，不该把他扔在冷冰冰的雪地里，不该对他拔刀，不该误会他，不该再一次离他而去。

明明可以救走闷葫芦的，明明可以的啊……

"姐，"帐帘揭开，褚子道走了进来，定定注视着她憔悴而哀绝的容颜，哽咽着道："要是难过的话，就在没人的时候哭出来，会好受些……"

"没事，你去休息吧。"青珑匆匆卷起地图，转身将它收好，再次回头的时候，眼睛发红，有些微的水雾弥漫在眼眶前。

褚子逍低下头，猛然跪在地上，声音暗哑："对不起……"

如果不是他自私地只想着救阿姐，不顾她意愿强行将她打晕带走，或许她可以将楼西越救出雪地，他也不会被楚定云逼到那种绝境。

青珑屈膝跪在地上，紧紧抱住他苍白的脸，声音里有极力压抑的痛楚："答应阿姐，一定让自己的病好起来，不要出任何事。父兄死了，阿娘为了救我也被敌人杀了，我的兄弟姐妹都死了，巫爷爷也撇下我撒手人寰……如今闷葫芦也走了，怎么找都找不到了，再也不会回来了，阿姐害怕身边任何人出事……"

褚子逍直起身子，反手揽住她瘦削的肩膀，沙哑着声音狠狠点头："我答应你，一定努力好起来。可是你也答应我们，振作起来，再大的苦都会过去的。"

青珑吞泪入腹，无声点了点头。

夜风低啸，吹刮着刻有"归龙关"三个大字的青石碑，发出萧萧的细响。

昏暗的月影下缓缓现出一匹马，马上的男子按辔徐行，停在了离界碑十丈之遥的地方，静静注视着这广袤的关塞。

再往前一点，巍峨的防护墙和坚固的深沟高垒毫不客气地将他阻隔在外。

他突然想起好心的老伯和两个小孙女，记得就叫芊芊和乐乐，说他们是"自己人""一家人"，听得他十分得意，跟个没头没脑的一样。天知道他想看她一眼，安慰她一句，却连她的家门都进不了。

那个女人……他喉咙动了动，忽然就不知道该怎么说她了。

她的闷葫芦死了，背负着叛徒、逆臣贼子、弑君篡位的骂名，死得无比丑陋和凄惨，她一定难过得要死吧。

罢了，总归她不是那些哭哭啼啼寻死觅活的小家子女儿，该走的路还是会坚定走下去的。

而他，也该去做自己没有结束的事情了……

夏都，锽城。

寒风凛冽，白缟飞舞。

大街上人山人海，百姓们纷纷匍匐在地，跪送薨逝的夏皇。

葬礼的排场恢宏而浩大，极尽奢华，一辆辆车马上满载金玉和奇珍，连同陪葬的宫人一起跟随在皇帝的棺椁之后，由黑羽卫护送着徐徐走出城门，转向皇陵。

人潮之外，一名黑衣男子持刀而立，眼睛红肿，脸颊上还残留着未干的泪痕。望着渐行渐远的仪仗队，他握刀的五指攥得越发紧，终于忍不住扣上刀柄。

"殿下！"东雯惊恐地拉住他，跪下来死死抱住他的脚，哭得声音嘶哑："娘娘在天有灵，一定不希望您做傻事……"

豆大的泪水从宫女憔悴的面容上滑下，宛如断线的珠子，一颗接一颗地砸向冰冷的青石地面。

年轻皇子的眼里满是血丝和泪水，堵在胸腔里的恨犹如烈焰喷发，指尖狠狠掐进掌心，似要滴出血来。

他以为努力了就能换来期望的结果，可是他把那座黄金牢笼想得太简单，把里面的冷暖炎凉想得太单纯，再殷切的祈愿也敌不过帝命的残忍——他那狠毒无情的父亲逼死了他无辜的母亲，他连她最后一面都没有见到。

萧璟浩带兵冲进冷宫的时候，只看到他母妃早已冰凉透骨的尸体，凄绝地倒在哭晕了的东雯的怀里。

他发誓，这一生决不再做任人宰割的羔羊！他一定要用手中的刀杀到那座龙椅上，去掌控天下人的命！

"东雯，跟我走！"年轻皇子冰冷的眼神从灵柩上收回，笔挺背影冲开两旁高竿上飘飞的素缟，宛如新出鞘的宝剑，浑身上下充满危险的肃杀气息。

东雯啜泣着跟上他，却忽地瞳孔一睁，满面震惊。

迎面处，一群蒙面人如水蛇交错，将萧璟浩团团围住，二话不说拔剑出鞘，齐齐砍向他脑袋！

"殿下！"东雯大惊，消瘦的身子簌簌发抖。

萧璟浩按柄拔刀，血红着眼睛，一腔恨意喷薄而发，蓦地鱼贯扑过去，一刀捅穿一人心脏。蒙面杀手们挥剑如雨，密集而无形的剑气纷纷切向他脖颈。萧璟浩紧握刀柄，舞动的刀芒如飓风横扫，唰地横劈一刀，平削一个杀手脑顶。

鲜血飞溅，东雯吓得花容失色，瘫软在地。

杀手们的招式更加狠毒，专攻他的心害和脑袋，分明受了谁的指使，不留他活路。

"殿下！殿下！"东雯恐极，手足无措地扑过来，抱住一个杀手的腿，发了疯地咬。

那人恶狠狠地回头，一脚踹出将她踢飞出去，旋即长刀如光袭出，直要洞穿了宫女娇小的身躯。

萧璟浩眼里的肃杀如烈焰滚动，抢身冲过去，刀锋斜向上一掠，挑断了那人整条右臂。

他知道这些人是谁所派，但是在这风口浪尖上，他独自现身在街头也不是偶然，而是为了钓鱼上钩。

"轰！"身后似有什么东西不断靠近，发出沉闷而铿锵的回音，震得大地都似在颤抖。

杀手们迅速交换方位，包围圈越来越小，凌厉的刀芒直逼萧璟浩要害。突然，一支飞箭当空射来，透入一个杀手的后脑，从眼窝横贯而出。

紧接着，恍似平地起雷，一队森然而威严的弓手如涨潮的海水，嗖然现出。

蒙面杀手们震惊抬头，愕然不已。

"杀！"阿非高坐马首，竖手一令，声音冷厉如石。

杀手们惊觉中计，慌不择路地逃窜，却快不过如光似电的飞箭，不一会儿全部命绝箭下。

阿非收弓下马来到萧璟浩面前，恭敬道："启禀殿下，楚将军派人来报，我们可以开始了。"

年轻皇子打横抱起受惊过度的东雯，冷冷俯视着地上的尸体，凛冽道："进宫！"

"是！"一众弓手赫然回应，雄浑回声穿透清冷的高空，余音震天。

三日之后，这场场面壮观却劳民伤财的葬礼终于落幕，而后宫的血雨腥风已然由暗转明。

按照圣意，皇九子萧璟晔立为新帝，执金吾东日昶、骠骑将军郎德、御史大夫谢从则三位重臣辅政，然而皇帝的遗诏一直被三人压着，并未见光。

头七甫一过去，谢从则突然暴毙于房中密室内，症状如同中风发作一般，口眼歪斜，下肢瘫痪，气血逆乱而亡。谢氏门下数名学子亦仿佛人间蒸发，音讯全无。

旋即，武将出身的郎德无故失踪两日，后来在京郊外一片林子的入口发现了他的尸体，前胸后背皆是致命重伤。此后不过六天，其长子朗宁亦横遭天劫，于夜半时分惨死在一间民宅内，连同宅子的主人也一并绝命。

三名关乎国政的重臣，唯一免遭厄运的就只有身执金吾主掌禁兵的东日昶。

事发之地蹊跷，死因存疑，血案扑朔迷离。是他们各自倾轧而致，还是各个皇子暗中动作互相牵制所为，真相只能由最后的胜利者书于千层缃帙之上，盖于万叠琅函之中，留后人揣度嗟叹。

二月初十，皇九子萧璟晔在东日昶等一干大臣的呼声下宣立登基，并行大典。典礼刚刚开始，忽然有一名臣子拔刀怒喝，称诏书造假，众人大惊，东日昶当即下令将那人斩首。

头颅一落地，另一份诏书赫然又现，称天命所归者乃文德武才的皇二子萧璟恒，随即一场兵戈之乱在宫中上演，死伤无数。

几乎在同一时刻，皇四子萧璟晖也率兵加入战局，名为护驾，实则不断接近萧璟晔，终于趁其不备重伤了他。而他自己却不知被谁背后捅了一刀，倒在血泊里，最终死于乱刃。萧璟恒则失势被擒，择日问斩。

两天后，萧璟晔也不治身亡。局势忽转，以东日昶为先，相继簇拥皇三子继承大统。一直观望的萧璟渊终于从沉默中走出来，以高傲的姿态出现在世人眼前。

那一日，他身着璀璨夺目的龙袍，登高欲呼。

谁料在兵变中被生擒的萧璟恒不知得谁相救，突然从死牢里逃了出来，满身血迹地冲进大殿，破开嗓门，发出歇斯底里的尖叫——

"凶手是萧璟渊！父皇本已中毒，他还推波助澜，勾结韩太医再行加害！他养了许多杀手，四弟就是被他的人杀的！他还派人刺杀六弟！"

礼乐戛然而止，阖场哗然。

瞬息之间，一排排身穿铠甲的士兵恍似涨潮的海水，哗啦涌入殿堂，刀锋毕现，寒光灼灼。

满殿震愕，诸臣不可置信。

"拿下凶手！"一个浑厚的嗓音冲破紧滞的氛围，响亮传开。

出声的不是令人望而生畏的大将军楚定云，也不是皇六子萧璟浩，而是唯一幸存的辅政大臣，拥立萧璟渊的东日昶。

只见他伫立阶下，睐了一眼万分吃惊的萧璟渊，凛然道："弑兄杀弟，谋害亲父，是为不仁不孝！豢养奸恶，弑君夺位，是为大不忠！罔顾太平，祸乱朝野，是为大不义！拿下凶手，斩立决！"

围拢在萧璟渊身后的忠党们唰唰拔刀，极为不甘地与冲上来的士兵拼杀。

东日昶从容穿过厮杀的血腥场面，含笑来到楚定云面前，抱拳一礼："多亏了大将军英明，一举告发奸党，否则株连之祸我等均难幸免。"

楚定云神色如常，抬手握拳，郑重回他一礼："东大人，辛苦了。"

那一刻，萧璟浩如被雷击，万分惊愕地看着面前这两位自然而然互相问礼的权臣。

身后的阿非意识到了什么，亦是满脸惊色——难怪楚定云劝谏殿下静观其变，并且事情进展得如此顺利，难怪各个皇子争相攻讦的时候，他一直对外示软，无所作为。

原来，他是在放长线钓大鱼。而他之所以如此自信，是因为东日昶，他竟然也是……

那么谢从则和郎德等人的死，包括诏书在内，以及私放萧璟恒出狱，都是东日昶动的手脚，而授意之人，毫无疑问是……

萧璟浩眼里的震惊久久难消，一直停留在楚定云的面上，已经不记得东日昶是如何赞他天纵神武、智韬机深的，不记得群臣是如何全体跪拜，请他俯顺舆情，继任皇位的。紧接着，那股声音穿透殿内的血光，直抵九天云外——

"天命得归，玺运昌隆！"

"恭迎六皇子殿下承袭天愿，登临皇舆！"

"万岁万岁万万岁！"

二月十五，惊蛰日。

登基大典在飞溅的血光中如期举行，只不过前一刻的"帝储"已经被押上断头台，在御殿之外就地正法，血儆众世！

从此真命天子，大夏国新的帝王，终于尘埃落定。

同年，大夏更易年号，是为太初。

很快，消息传遍大江南北。

远离锽城的大夏北疆大营此刻已是觥筹交错，将士们皆举杯欢庆，喜不自胜。谁也料想不到，当初被放逐远疆的失势皇子会一举成为睥睨寰宇的一代新帝。亏得楚将军慧眼独具将也安排在北疆历练，日后大营的将士们少不了要受龙恩眷顾。

就在所有人狂欢的当儿，两名士兵却各自抱着一坛下了迷药的酒远离人群，递给了辛苦守营的士兵们。烈酒下喉，不多时，守兵们一个接一个地沉沉倒地。

"快，快点！"营外，两匹空马跟在一个身穿兵服的女子身后，及时来接应他们。女子心急火燎，着急地问："钥匙和令牌呢，在哪里？有没有偷到？"

"拿到了，快走！"

三人飞身上马，在夜色里火速奔行，前往霁州辛城府衙。

一间单独设立的牢房里，关押着一名来自西川的偏将，他的四肢皆被锁链束缚着，就连脖子也不例外。只要他稍稍挣扎，颈部的铁索便先勒住，让他窒息，继而喊不出话。

然而这些痛苦并没有让他妥协。

仔细看，他的手腕和脚腕皆是挣扎的痕迹，已经皮肉模糊，伤口溃烂如泥，间或可以看得见磨破血肉后惨露的骨头。喉颈部亦留下了一圈磨蹭的血色伤痕，洇出的血染红了衣襟。

狱卒们照例前来送饭，有一搭没一搭地闲聊着。

男子听见了脚步声，瞬间情绪波动开，像一头发狂的猛兽不断挣脱拴链。血肉被蹭掉，脖子如同悬梁，可这些痛苦非但无法消弭他眼里滚动的熊熊怒火，反而愈来愈盛，仿似火山喷薄而发。

"景威！景威！"一个带着浓浓哭音的女声从甬道传来，由远及近，响彻牢房。

女子风一样奔过来，颤抖地打开牢门，一观他的情形，顿时抱住他满是血痕的脖子，惊恐地放声大哭。

认出了来人，男子的情绪才渐渐平静下来，颓然跌在地上，双膝跪立，脸孔深深埋了下去。

"景爷，您最了解少将军，他不会背叛大军，只有您才能去给少将军烧一炷香了！"跟着同来的两名士兵几招放倒了狱卒，跑过来跪在他面前，双眼发红地恳求道。"快走！一旦卫将军发现令牌和钥匙不翼而飞，他会派兵再来抓你的，快走！"

"景威，景威……"女子逐一打开锁链，惊悸地抱着他，哭得不成模样。

"杀出去！"男子突然开口，发出嘶哑而干涩的声音，如同声带被钝刀割过一般。尔后他不顾浑身的伤，抓着女子的手飞快朝牢外奔去。

越来越多的狱卒仓皇涌来，试图阻止他越狱。男子一脚踹倒一人，死命掐着他的脖子，嗵地将他推到墙根处，握起的拳头仿佛铁锤，对着他的面门一顿狂揍！

打死这些狼心狗肺的东西！

打死这些冷血无情的刽子手！

打死这些忘恩负义的畜生！

打死这些铁石心肠的伪君子！

他的眼神如刀似剑，含着悲痛和愤恨，眸子里似要喷出血来，打得那人惨呼不已。

"景威！景威！不要打了，我们快走……"女子害怕地抱着他的手臂，拼命将他往牢外拉。

是夜，一名看守大牢的狱卒仓促跑到军营，求见卫臻。

"卫将军，您交代给我们的犯将逃走了！"

喧闹场面有一瞬间的凝滞，举到各个将领唇前的酒杯蓦然顿住。但出乎所有人意料，卫臻将军的面色非但没有因此而惊讶，反而异常平静，神情有些沉重。

很久之后，他挥了挥手，低低道："让他走吧。"

"……"狱卒发懵地啊了一声。

最先卫将军只是将那犯将关押在普通牢房，后来他在手下的帮助下逃了几次，但都被卫将军派人抓了回来，出于无奈才将他锁住，可见十分在意他。这会儿人又逃了，卫将军却无动于衷，这不由让那狱卒费解。

"那小子对少将军忠心耿耿，就不怕他找将军的麻烦？"旁边一名将领凑近卫臻，低声问他。

"那能怎么办？既无罪也无过，难不成要将他软禁一辈子？"卫臻颇是无奈地摇头叹口气，"而且宋副将军来信，这也是他的不情之请，总不能不承他的情面。只希望宋将军好好劝劝他吧，毕竟人已经没了……"

其他将领们会意，皆不再言语，心想怕也是卫臻将军有意留下的空子，让他们偷到了进牢的令牌，这才能成功越狱。

"来来来，难得大醉一场，继续继续……"短暂风波过后，将士们再度举杯碰酒，场面复又欢腾起来。

深夜，一辆马车穿行在小道上，朝着远离霁州的方向急速飞驰。

琼儿半跪在车里，给面色沉痛的景威包扎伤口。她已经哭得眼睛肿胀，却仍旧克制不住时不时滚出眼角的泪水。

她还清楚地记得，当初将她拉出战火的，是一个热血方刚、洒脱俊朗的战将，他一笑，就像暖暖的阳光在周身涤散开。那时她满心想要杀掉舒长轩替公子报仇，可她非但笨得跟丢了他，最后连自己也被困在浣城内，像个流浪的动物一样东躲西藏，无家可归，更没脸回去见公子。

离开了王府，陷入人吃人的战火中，生活一下子跌入无底深渊，是这个叫景威的男子伸手将她拉了上来，给她吃最香的饭菜，住最舒服的房间。而当她一颗惴惴不安的心刚刚平静下来，他却被那些可怕的将领们强行从浣城押回北疆，囚禁在大牢里。

她一路尾随，想救出他。那期间，突然听说他的少将军成了夏皇的义子，被封为越王，没过多久又死了，而且死得极惨。

她想一定是卫臻将军亲口告诉了他，或者那些狱卒议论时被他听到了，不然他不会难受成这样，一瞬间就像变了个人，再也没有笑过。

"景威，景威……"她哇地哭出声，不断摇着他手臂，希望他能振作起来。

男子抬头，沉黯的眸子静静望着她，抬手拭去她眼中的泪，喉咙里发出沙哑的字眼："我送你回王府。"

琼儿死死抓着他的手，眼泪如同断线的珠子："你打不过那些人的，不要去送死……"

"不哭。"景威再次擦掉她的泪花，将她的脑袋埋在怀间，一下一下地抚着她簌簌颤动的肩膀，平复她惊恐不安的心情。在他的另一只手中，紧紧握着一柄锋刀，从逃出辛城府衙的那一刻开始，就从未松开过。

战士的目光落在虚空，眼里已经没了当初火热的光芒，只剩下极力压抑的哀痛和明明灭灭的幽恨。

路的尽头，天光渐现，红晕铺展，如一张血色帷幕缓缓拉开。

❖ 第六十五章 ❖
刺杀

太初元年三月十五，距离新帝登基刚满一月，一场燎原的星星之火悄然发端，快速向大夏逼近。

彼时的年轻帝王正一头扎进新朝旧制更替的漩涡里，外应兵戈和党争，内修政理与生产，忙得焦头烂额。每每深夜，他都还独自坐在偌大的上书房内，伏案疾书，处理政务。

他必须忘掉所有的悲和痛，包括母妃的死，父皇的死，表哥的死，那些笑里藏刀欲置他于死地的手足的死，他要以最快的速度让自己成熟和独立起来。

时间静静流淌，转眼间夜已深沉。

二更天的时候，困意和饥饿使然，他短暂停歇了片刻，传唤消夜。而阿非带来的，却是让他无比震惊的消息。

"皇上，大事不妙！"

"什么事？"年轻帝王伸了伸懒腰，却见阿非匆促跑进书房，跪倒在地，神色间不无慌张。

"探马来报，鹿鸣关五十里外山地发现燕兵，将近十万人马，正向关隘挺进！除此之外，东元出动十五万水师，沿遏江逆流而上，并在大江之上横架浮桥，事成之后，其铁骑便可长驱直入。两军一旦会师，鹿鸣关便会两面受敌！"

萧璟浩猛然挺直了身子："敌兵行动如此之快，为何到现在才发觉？边关斥候兵干什么吃的！楚定云和东日昶呢，他们可有接到消息？速传！"

"是！"阿非忙不迭站起，刚一踏出书房，迎面一个将领慌张走来，手中又有一道八百里加急文书。

"皇上，望城被袭了！"

同样接到这个消息的，还有正准备离开将军府，火速去面圣的楚定云。

彼时韩忠风尘仆仆地从京郊大营飞奔而来，将西川那边呈来的战情禀告给了他。

他颇为吃惊："望城怎会出事？"

"是青军干的，那帮野奴趁火打劫！"想起离水和关外激战的惨败，韩忠愤愤不平，额上的青筋突突直跳，直恨得咬牙切齿。"他们沿城到处设伏，并切断了外援兵的一切进军路线，西川那里两次派兵去援战，无一不中计，损失颇惨。将军，是舍望城保精锐，以应对燕亓敌军，还是血战到底，一城不失？"

这一次，楚定云无法再像之前一样轻视原本在他看来毫无可能的下层奴民的力量，更加无法再称那个女子为"奴女""野女"。

"望城可以舍，但是青军必须全歼，否则日后必成大祸。"

韩忠腔子里的血液即刻沸腾起来："请将军明示！"

"你率兵两千去解围，佯装围堵所有出路，只留下青军凯旋的必经之地，不惜一切代价一举截获，让他们有来无回，有胜无归！"

"围师遗阙，末将遵令！"

是夜，韩忠带着数名部下火速驰骋，铁制的马掌踏在青石铺就的地面上，一路尽是铮铮鸣音。

他挥动马鞭，回头催促部下："全都给我跟上，加快速度！"

"驾！"御马声响过，长鞭唰唰落下。

两排林立的高楼犹如光影掠空，迅速向后倒退。

突然，一支凤羽箭从身侧嗖然飞出，直射他太阳穴。

"有刺客！将军小心！"众兵大惊，倏地勒马，冗长而清冷的大街上，霎时间马鸣萧萧。

韩忠更是骇然，拔刀一挑，堪堪躲开了致命的暗箭，顿时大喝一声："谁？出来！"

浓密的夜色里，一个劲装疾服的女子蓦然现身，三支利箭搭在她手中张开的劲弓上，脱弦欲出。

看清刺客模样的刹那，韩忠的脸色陡然巨变："是你！"语音未落，迎面而来的飞箭已如光电，带着透骨的力道齐齐射向他心门。

他忙不迭躲开："杀了她！"

刹那间，十多名部下催动战马，挥刀冲向刺客。还没到跟前，一枚烟雾弹忽地在脚底轰隆炸裂，惊得战马嘶鸣不绝，人立而起。那些部将人仰马翻，滚滚烟雾眯得他们睁不开眼睛，等到浓烟散尽，所有人都颓软地倒在地上，半天爬不起来，显然烟雾有毒。

"下三烂的手段！"韩忠紧紧捂着口鼻，怒斥一声，催马杀向她，四肢的力道却在快速消退。

青珑不动声色，眼底尽处充斥着杀意，抬起的劲弓毫无停滞，叮的一声啸响过后，三箭复又飞离出弦。

韩忠只觉天旋地转，浑浑噩噩地挥刀，挡开袭向心门的两箭，却在同时腰腹一痛，竟是最后一箭穿过他腹腔，贯体而过。

他踉跄倒退，身形未稳，三箭再度迎面射来，呼啸着穿透幽暗的夜色，齐齐扎穿了他的躯体。

"你、你——"他咄然坠下战马，一双瞳孔睁得快要蹦出眼眶，眼里似有烈火喷薄而出。

"你是第一个。"青珑冷冷俯视着他，手中弓弦缓缓抬起，对准了他的心口，在他怒骂挣扎的间隙一箭射出，血花飞溅。

闷葫芦，不管用什么样的卑劣手段，我都会送那些杀你害你之人去黄泉地底忏悔——这是他们欠你的。

翌日清晨，楚定云从宫中匆匆赶回，方一踏进将军府，身后便传来仓皇失措的声音："将军，韩将军出事了！"

旋即，昨夜负责巡街的禁兵抬来十多具被白布遮掩的尸体，掀开一看，皆是被利箭穿心而亡，个个面色乌青，瞳孔突兀而可怖地大睁着。

恍如晴天霹雳当头落下，惊得楚定云脸色骤变："谁下的毒手？"

领队的禁兵慌忙跪地："请将军恕罪！凶手还在查……"

"报案缉凶！"楚定云冷喝一声，大步踏进府邸。新君初立，政势未稳，燕亓两军趁机叩关，望城战火渐急，在这内忧频仍外患紧迫的节骨眼上，谁又在暗处推波助澜，刺杀了韩忠？

然而敌兵来势迅猛，鹿鸣关的困境容不得他分心丝毫，必须尽快赶过去。

回府后他茶都没喝上一口，甚至连房中飘散着的一股不同于平常的熏香味都无暇理会，便匆匆褪下官服，换上一身戎装，欲奔马厩。谁想刚一打开门，一个清瘦的人影跨进了门槛，将他的脚步拦住了。

那人一身将军府丫鬟的打扮，微低着头，只隐约看得到些微苍白的侧颜，萧萧凛凛，一如从她袖中渐渐亮出的利剑。

"是你？"楚定云惊了数秒，猛然间明白了一切，蓦地扣柄拔刀。

"将军不必紧张，"青珑横剑架住他的刀柄，挡了回去，语声沉静而幽幽，"再是十万火急的事，也不差这一时半刻。"

她自顾自踏进屋中，一眼看到一个灵位，上面悬挂着一幅年岁已久的画作。画中女子容光倾世，绰约娉婷，眼角眉梢尽是如水风情，缱绻如斯，却又万般不同于那种柔弱无骨的怜姿，而是隐隐透着一股冷艳和刚烈。

细看来，那双眼睛，还有那样绝烈的眼神，像极了另外一个人的。

"很美的女子。"她低低道，视线忍不住锁定在画中女子的双眼上，久久不移，"值得楚大将军这样的当世英雄相思不忘，想来这房中的一切，也都是按她生前喜欢的样子摆设的。"

楚定云如鲠在喉，握着战刀的五指隐隐发颤，许是猜到了她的言外之意，拔刀的冲动忽然间就被弥漫而来的悔痛压了下去。

"真好啊……"青珑长长吸了口气，压下胸臆间的痛楚，"虽然香消玉殒，去时却依旧是最美好的模样，尸骨安全，无人惊扰，有亲人看望陪伴，日夜守护着灵位，终归在那边也不会太过孤单。住的地方用的东西都还在，活着的人可以眷想、追忆，睹物思人，长念往昔……"

"相比而言，我的一位故人就要孤零许多……一个人战，一个人死，走得彻底决绝，唯一的竹楼也焚了，要不是上天垂怜，只怕连一堆丑陋不全的尸骨都留不下来。想要回想他生前的模样，却总是被恶鱼围着他争相蚕食的噩梦惊醒……"

楚定云神色哀戚，眼角发红，全身止不住地颤动，痛苦地喝住她："本府不迎不速之客，走！"

青珑眼里和着血和泪，冷然回头："大将军错了，我不是客，而是刺客！"

楚定云面色一寒，唰地拔刀出鞘，对准她的心害笔直刺出。

青珑眼神冰冷，被嗜血一样的杀意浸透，弯腰俯身，拔剑横掠过去，一剑切向他手臂。

楚定云大惊，莫名觉得脑袋沉沉，而身体却飘飘如醉，屋内的一切物什恍惚交错，不断变换着方位，天旋地转几乎令他分辨不清。

他使劲晃了晃脑袋，猛然间意识到了什么："卑鄙！"

青珑供认不讳，掐断了预先在灵位前点燃的一支迷香："是，比起大将军的狠毒，不过半斤八两。只怪我不谙毒道，调不出可以蚀骨噬心的毒，让楚大将军也尝尝被自己迫害致死的养子生前遭受的罪！"

"你说什么？"楚定云神色一震，蓦地打断她。

"怎么，听不明白？"青珑冷冷看着他，"难道大将军不知道，那颗以命找回的解药也是他最需要的，却被你们拿给贺别服用了？你又是否知道，他为了救谁而中毒？北伐的那些凶险日子里，你们心安理得地坐等一个又一个捷报传往西川，有谁知道他毒发时的苦痛和折磨？唯一最亲最敬的师父被困险地，他不得不向人低头，以保他周全，伺机救出他，但大将军认为他的孤注一掷是什么？叛徒？叛了谁？"

她定定凝视着画像上的那双眼睛，眼前逐渐漫上一层水雾："眼睛真像，没猜错的话，是他生母吧？不知道到了黄泉地底，她还能否认出自己面目全非的骨肉……"

楚定云的胸腔被无以名状的悔痛堵住，持刀的手越发颤动，迷药的效力让他站不住脚，跟跟跄跄地跌坐在桌前，眼里一片潮红。

青珑提着剑，一步一步走近他："他是我的少将军，我是他的千夫长，这笔命债，我会替他全部讨回来！"

楚定云不断晃着脑袋，努力让自己保持清醒，猛地撑刀斩过来。

青珑错身避开，冷剑飞掠而出，横切他手腕，袭来的刀锋陡然下落。她足尖一挑，接手后飞掷出去，钉在门框上。

楚定云大惊，摇晃的身子让他无法站稳，突然间倒向桌子，拂袖一挥，玉质的酒瓶和杯盏叮当落地，发出清脆的巨响。

"什么声音？"院子里守卫的武丁听到了异响，疑惑地奔过去。恰在这时，一个手持锋刀的男子从走廊行来，眼神阴狠，目光如炬，浑身上下充满肃杀的气息。

已是耄耋之年的老管家蹒跚着双腿，跟在后头，焦急地挥手喊他："回来！浑小子，你给我站住……快把他拦住！拦住他！"

守卫们愣住，这才认出了那个万分可怕的男子竟是老管家的孙子，小时候他在府里长着，后来去了西川军营，就很少回府了。

"拦住他！别让他去见将军！快拦住他……"老管家跑得上气不接下气，惶恐地大喊。

守卫们见状不对，忙不迭围上来，将他堵在长廊上。

男子面容冷厉，抬头盯着他们，就像在看着一群冷酷无情的刽子手，二话不说，挥拳冲向他们面庞。

"兔崽子，你给我住手！住手！"

一刹那，老管家歇斯底里的惊叫传遍中院，旋即是越发响亮的打斗声。

屋内，楚定云目光阴沉地盯着青珑，不断挣扎着想要站起来。

"不想死，是吗？"她提剑走向他："他的恩师尸骨未寒，不曾入土，在你下令杀他的时候，可有问过他的遗愿？"

"楚大将军，你是第二个！"她眉目骤然一狠，再也克制不住心中的悲和恨，一剑乍然掠出，刺向他心脏。

"来……来人！"楚定云大喝一声，强撑着掠开身子，就地滚向一边，带动桌椅哐当倒地，发出异常响亮的声音。

随着神智和力气的快速消散，他的眼前越发模糊，映入眼帘的一切都成了重重交叠的动影，恍惚间竟当胸吃了一剑。他大骇，拼着残力紧紧攥住剑刃，一脚踹出。

青珑也不避让，血红着眼睛，握柄推剑，只恨不能将那颗铁石一样冷硬的心挖出来扔进离水。

剧痛让楚定云越发无力，他跟跟跄跄地向后倒退，猛然间指尖一凉，碰到了什么。求生的意念驱使，他也不管那是什么，一把握住它，反刺向青珑心害。

青珑身形一侧，避开了致命的一击，拔剑下劈，直要斩断他手中的锋剑。然而目光甫一锁定，一个生疼的字眼忽然跳入眼帘，让她的呼吸瞬而一室，已经落下的剑蓦地停住。

剑身之上，刻着一个"楼"字，平正冷凛，磅踏峻健。

那是闷葫芦的佩剑，他以命为誓，信她不会抱着歹心入他麾下。故剑独在，斯人却远，再也不会回来了……

她怔怔看着那个字，恍惚间如同进入幻象，那里有他冷冰冰的好看眉眼。有他一脸黑线地皱眉横她，却拿泼皮的她没办法，然后闷声闷气地不理她的孤傲模样。有他口是心非，嘴上跟她斗得凶，却总是帮她救她，一腔挂念和眷恋默然付诸她的执守。可她却连他最后一面都没见到，连他的尸骨也没能保全……

楚定云神智混沌，在她懵怔的当儿骤然发力，剑光移位，向上一抬，猝然划过她手臂。一招见血，他剑尖一转，向上掠出，直刺她心门。

青珑猛然痛醒，顿时面色阴狠，身形错动间一剑送出，刺进他胸口。

楚定云呼吸吃紧，强撑着意念，拼力攥住剑柄，贯入她肩膀。

"为什么要杀他！"她痛喝一声，丝毫没有松剑，不顾一切地推剑向前，几乎要将他钉死在墙上。

景威带着满腔悲恨冲进房间的时候，被眼前的景象惊住，追来的守卫们更是大吃一惊，拔刀抽剑，纷纷砍向青珑。

"有刺客！保护将军！"

一声声惊恐的尖叫蔓延开，传遍整座将军府，各个角落看守的武仆相继奔过来，片刻间将房间围得水泄不通。

景威几拳连出，挥倒一群人，冲到楚定云面前，拔刀指着他脑袋："谁敢动手，我杀了他！"

老管家硬是拼着一口气挤进人群，吓得面色土灰，扑到他跟前，拼命抓住他手臂，哭着求着捶他打他："你这鬼上身的混账崽子，要害死我这把老骨头啊……快放了将军……"

青珑没有料到方才院中的打斗是因景威而起，但是震惊只是一瞬，很快她的眼里又被血色浸透，忍痛向前，似要一剑透穿楚定云的胸腔。

"还不走！"景威的胸口剧烈起伏，蓦然扣住她肩膀，痛吼一声，眼里有烈焰般的怒火在滚动。

"走啊！"他吼她一声，说话间挣出老管家的束缚，一把将她推后数尺。

长剑脱离她的肩窝，顿时鲜血淋漓，而青珑浑然没有离开的意思，身形还未稳，又急奔过去，只手抓住淌血的剑刃，一把从楚定云手中夺了过来，并取下架子上的剑鞘，合入其中。

那是闷葫芦的佩剑，是他在世上唯一留下的东西了。

"拿下他们！杀！"领头的守卫大喝一声，立时有数十人手持弓箭从窗口瞄准他们的要害，甚至已经有人爬上房顶，揭开瓦片欲从洞口射杀。

"谁敢动！"景威怒吼一声，横出的利刀猛然划向楚定云的脖子。

他目含恨意，直直盯着他的眼睛，握刀的五指剧烈颤动——只需要一个狠绝的念头，他就可以切下他的头颅，为少将军报仇！

"兔崽子，人都去了，你听爷爷一句劝，心里想开……放了将军，快放手啊……"老管家扑到他身上，手足无措地哭求着，就差给他磕头了。

景威的眼里血雾弥漫："霍青珑，还不走！"

"谁也妄想离开！"守卫大喝一声，房顶的瓦片被快速移走，窗户也被嗵然破开，数十支利箭笔直地对准了他们的脑袋，离弦欲出。

"放箭！"

"让他们走……"生死一隙间，忽然飘来几个低沉的字眼。

"将军——"

楚定云低吼一声："放他们走！"

他抬不起头去面对所有的质问，捂着胸口的伤缓缓转过身，撑着摇摇欲坠的身子向屋子深处走去，步履沉重，就像胸腔里那颗冷硬的心。

玉珠走了，至亲和岳家也早亡了，蕙兰离开了，曾经援助过白家的陆先生被害身亡，还有那个孤傲的养子，也不声不息地躺在了黄土之下……

终于，想要的结局如他所愿了，可是失去的，要到哪里去找回啊……

"楚定云！"景威喝住他，一把扯下腰牌狠命砸到他后脑勺上："姓景的这辈子到死都跟大军再无瓜葛！"

说完，他俯身背起老管家，带着他毅然决然踏出了府邸。

楚定云止步，徐徐回身，望着他们爷孙远去的背影，满目悔痛和哀戚。

"你走吧……"他涣散的目光收回，看了一眼箭光中冷冷盯他的女子，继续向前走。

"下一次，你不会这么幸运。"青珑眼里的锋芒如寸寸弯刀，紧紧攥着那把刻有"楼"字的血剑，转身离府。

踏出门槛的时候，景威背着老管家背门而立，站在大街上等待。他已经不似往日那样敦厚爽朗，笔挺的五官上依稀可见落寞和黯然。

青珑怔怔望着他，喉咙动了动，却不知如何开口。

"伤势不轻，随我找个地方处理一下。"

"不碍事，我自己会小心。"她悲声将那名燕兵战后告诉她的话转告给他："闷葫芦生前托人带话给你……叫你和宋将军保重，往后的路好好走下去。"

景威眼圈一红，小心将老管家放下来，上前几步直视着她的眼睛一字一句道："你这么做，也不过是让自己心里好受一些而已，真要报仇，别忘了还有沈隽，你会杀他吗？还有你，你也是凶手——他们杀了他的身，你早就杀了他的心。"

一句话，就像一把刀子扎进心头血肉，青珑的肩膀簌簌发颤，攥着血剑的五指越发惨白。鲜血从她的肩膀徐徐洇出，染红了半边身子，可是心海被无边无际的自恨和念想堵住，容不下任何外伤的痛苦。

"我不会怪你什么，你也不要为少将军再做任何危险的事，生前你离他而去，死了就让他走得安心，不要让他到了那边还要继续挂念你。"

说着，他脱了自己的外衣包住她的身子，然后拽住她手臂，拉到附近药堂买了些止血止痛的药，最后将她带到了一间客栈。

一路上，他只跟她说带她去见一个人，之后便没再开口说话。

青珑不知道他说的是谁，开门进入客房的刹那，迎面一个明黄色的身影快步奔向景威，却在看到她的那一刻蓦然止步。

两个人都是无比吃惊地看着对方，几乎是异口同声地叫出了彼此的名字。

琼儿瞬间喜极而泣，风一样扑到青珑身上，还没开口便放声大哭："我不该自作主张离开扔下公子不管，我对不起他……"

青珑摸着她的脑袋，白惨惨的面容上漾着意料之外的惊喜："一直不见你回去，公子还担心你会恨上他，现下想通了就比什么都好。不哭了，公子没事，他只是很想你。"

"她重伤在身，不要粘着她，帮忙先上药止住血，我去找大夫。"景威将她从青珑身上拉开，把药递给她，嘱咐了一句便转身出去了。

"你们怎么会在一起？"上药的时候，青珑忍不住问琼儿。

"我去杀舒长轩，只怪自己笨，反倒被困在浣城，是景威救了我。后来他出了事，我就一直等着他，到现在才得了自由。"

青珑一惊："出了什么事？"

琼儿瞬间又有哭鼻子的迹象，抹了抹眼睛，带着哭音将事情的原委诉说给她。

"他们一定是怕景威带着部下哗变，坏他们好事，所以才把他关起来。他在牢中才知道他的少将军被他们害死了，所以就很伤心，一直都不说话……"

青珑想象得到那种煎熬的滋味，指腹摩挲着剑格下的"楼"字，眼里有混合着自恨和痛楚的热泪闪烁。

"那以后，你有什么打算？"

琼儿摇摇脑袋，难过地低下了头："他不开心，我就陪着他，走到哪里就是哪里。"

青珑心里一酸，抬手擦去她面上的泪痕："公子也很想你……"

豆大的泪滴从琼儿的眼里吧嗒滚下，砸在青珑的手上，滚烫如火。她抬起袖子抹掉面颊上的痕迹，泪水却来得越发凶："我想回去看公子，照顾他，可是……可是景威怎么办？"

青珑拥她入怀，轻轻抚着她后背，擦掉她的泪："长大了就是这样，总要自己做些艰难的决定。但不管是景威还是公子，他们都不想看你难过伤心，所以不哭了。只要你过得好，还像以前那样无忧无虑，公子就比谁都高兴，不会介意你在哪里。"

琼儿抬起水汪汪的泪眼："那你呢？还会回王府吗？"

"如果他需要帮助，我会尽我所能想尽一切办法帮他摆脱困境，不会犹豫。"

"可是我希望你永远留在王府，那些人笑里藏刀，只有你肯真心帮公子。"

青珑低头，看了一眼腕上那个风铃，凝眸道："你还小，不懂得'生死之交'和'生死相依'的不同。在我心里，它们都弥足珍贵，只是一个是情谊，而另一个是情意，却彻底被我负了，再也找不回……"

剑格下的"楼"字被她紧紧贴在掌心，一笔一画，都像一道道印刻在心上的不灭伤疤。

所以，她要穷尽一生心意去守它，哪怕是活在回忆里。

琼儿一脸惑然，似懂非懂地看着她。

青珑没再解释："往后的路与景威好好走，想公子了就回去看看他，无论什么时候他都会等着。年夫人和舒长轩的事，不要埋怨他瞒你至今，不是他不想坦白，而是顾忌着你的感受，不想你因此失了本性，他希望你永远都是最初那个像雀鸟一样欢快又热闹的丫头。"

琼儿眼角发红，点点头，心里却有不甘："可是他们母子恩将仇报，害了王妃和公子……"

"我会一直派人找下去，只要舒长轩还活在这世上，天涯海角都不会放过。他加诸公子身上的剜骨之痛，必会让他加倍偿还！"

琼儿刚要说话，突然听见街上传来一阵嘈杂的马蹄声。

青珑隐约察觉到了什么，起身来到窗前，竟见一名黑羽卫率领着几十个部下，纵马朝他们所在的客栈狂奔而来。

琼儿不由发慌，死死地抓着她的手："是楚定云变了卦派人来杀你吗？"

"不是，另有其人。"青珑收剑入鞘，没时间跟她解释，仔细叮嘱道："至少他不会对景威心存歹念，你待在这里不要动，等着景威回来，跟他在一起会安全许多。告诉他，闷葫芦的剑我带走了，必当以命护之，就此别过，保重。"

"霍青珑——"琼儿骇然伸手，想要抓住她，却见她已经忍痛翻上窗户，二话不说跳了下去。

◈ 第六十六章 ◈

遽变

韩忠遇刺身亡，大将军楚定云亦被行刺，伤势惨重。消息不胫而走，不到半天的时间便传到了宫中。

萧璟浩无比震惊，尤其得知行凶者后，更加震怒。

阿非当即奉萧璟浩的命令，率领数十名黑羽卫出宫缉凶。继位后，年轻的新皇并没有听从楚定云和东日昶的提议，采取铁血手腕将忠于先皇的黑羽卫赶尽杀绝，只是处斩了几名将领，然后以怀柔之法收拢了为数不多的存余兵力，并编制入伍，纳入禁兵。

阿非心想，皇上是有他自己的打算的。

禁兵如今由东日昶掌管，而西川又有百万大军隶属楚定云麾下，皇上这个帝位要想稳坐，无疑要仰他们鼻息。因而宫变时他没有对驻扎在京郊的禁兵痛下杀手，现在又收拢了残存的黑羽卫，将他们编入禁兵，只怕是要让他们做自己的另一双眼睛。毕竟楚定云在朝中说话的分量和威望，比他这个一国之君还要高。加上东日昶都是他安插在宫中的眼线，这么多年来隐藏得滴水不漏，连先皇都未察觉，竟还在临终时委以重任，不由让人唏嘘。皇上向来坦荡耿直，不屑虞诈，想必面对这两大手握重兵的朝臣，也才真正知道了什么叫"如履薄冰"吧。

此刻阿非心无旁贷，一心催动战马，火速追向跳楼遁走的青珑。

青军在望城作祟，而她却现身京都，杀了韩忠并重伤楚定云，一则出其不意，乱所有人方寸，二则楚将军一出事，无异于摧倒了可以抗衡亓燕两国盟军的擎天之柱，届时少不得朝野人心惶惶，本就微妙的时局将更加紧张，正好给青军可乘之机。

这个奴女和青军无论如何都不能留，否则假以时日，必定会因风燎原，燃毁一方天地，擎起另一片青空。

"通知下去，各个城门严加盘查，若发现霍青珑的踪迹，不必上报，就地斩杀！皇上有旨，拿她头颅者，赏金十万，功加三等！"

乍暖还寒的都城里，刀锋烁烁，马蹄轻急，卷起一地黄尘。

青珑捂着涌血的伤口左避右闪，好不容易甩开他们，得了一阵子的喘息，便趴在房檐上观望情势。突然身后一双大手伸过来，压在她肩膀上，旋即她的腰身被人紧紧箍住，对方稍一使力，就将她整个儿扳进怀中，跳檐逃向另一个方向。

她一拳挥出，却在对上一双幽深的眸子时蓦地顿住。

"怎么，下不了手了？"那人低头对视着她，眼角眉梢盛着一丝戏谑又开心的笑。

然而话音刚落，停滞的拳头忽地从他面门换到肩膀处，狠命击出："放开我！"

"找死！"那人低斥一声，更加用力地抱紧她，"十万黄金，这笔生意想不想做，皆在我一念之间。"

"看你有没有这本事！"青珑拔剑而出，沿着他脖子虚划而过，逼得他不得不放开双手。

闪身后退的当儿，他的眼角余光瞥到剑身上镌刻的"楼"字，神色有一刹那的恍惚，却很快被自己无所谓的笑意掩盖了："好歹生死与共过，就这么不待见我？"

青珑归剑入鞘，神色复杂地盯了他一眼，然后收回警告意味的眼神，转身离开了。

沈隽不理会，自顾自跟了上去。

"别跟着我！"

"大夏的王法从未规定，这条路只允你一人行走。"

青珑猛然立住，目光如刀地瞪着他。

沈隽不动声色，一双俊目懒懒的迎上她的视线。

似乎每一次的相逢和相见，都是一场针锋相对——他可笑地想着，转身凝视着她毅然决然往后走的背影，说不出心里什么滋味。然后他也没说什么，继续向前走，那里有萧萧马蹄声响亮地传开。

青珑心里一个咯噔，忽然回头，跨前几步伸手扯住他衣服。

"干什么？"一股暖意忽然游走心田，让男子的嘴角不由弯了弯，却仍旧假装不悦地皱眉道。

青珑不松手："不用你多管闲事！"

沈隽止步回身："你的头颅价值万金，我的比你更值钱。"说完他扳开她的手，仍旧向前走。

青珑眼里怒火蔓延，横身过来挡住他："姓沈的，就算你不知死活地去引开他们，我也不会感激你分毫！"

"是吗？"他苦笑一声，"你的嘴，当真比挖心的刀子还毒。"

说完他不顾她的反抗和挣扎，强行抱起她风一样闪进了一条小巷，七拐八绕地进了一座府邸的后门，避开仆人将她带进了一间客房。

他并没有让传唤来的大夫进房查伤，只让他开了些最好的治疗刀伤的药，便将他遣走了。

"不用担心，至少一天之内不会有人怀疑到这里，而这期间，我应该有不止一种办法将你救出城。"他把药拿给她，想伸手扶她到榻上，却被她一个凶狠的眼神瞪了回来，不禁无可奈何："行不行？女孩子温柔一点，不要总是这么毒辣，整天打打杀杀闹得满城风雨。"

青珑没跟自己的身子过不去，接住药道："出去吧。"

"我跟大夫说不小心伤了自己，这会儿应该是我在房中上药才对，出去岂不空惹怀疑？"

青珑切齿，"唰"的一声拿剑割开一条帏帐扔到了他脸上："自己蒙上，背过去坐着。"

说完，垂下的床帏将他和她的视线彻底隔绝开，谨慎得一丝一缝都不剩。

将走之时，沈隽又多了些防备，扒开床帷将脑袋探了进去："你就那么相信我？"说着他从她手里夺来药瓶，瞭一眼她手中紧握的剑："借它一用。"

"别忘了你做过的事，这把剑不是借你用的，而是用来取你脑袋的！"

他的眼神黯了黯，旋即又无所谓一笑："好吧，那我就等着。"

说话间，他拿着药远离了床榻，背对她坐到了桌边，不知埋头鼓捣着什么，一边道："先清洗下伤口，好了后喊一声，我自会蒙着眼睛奉上药。"

青珑见他鬼祟，怀疑地跟了过去，竟见他摔了一盏酒杯，拾起一块碎片猛地在自己手背上划了一道口子。然后他也没擦血，掸了掸药瓶，径直洒了些药粉上去，忍痛吹了两下。

她微惊，张了张口，欲言又止。

沈隽俊颜微抬："看什么看？放心拿去用。"

"……"望着塞到手中的药，她的心里不知道什么滋味，往回走的时候，不禁嘀咕道："脑子被驴踢了。"

"狼心狗肺！"他气极反笑，"你有本事，自己想办法去试试那药有没有问题。"

帏帐内安静下来，很久都没声音，一室死寂忽然被门外的脚步声和叩门声打破。

沈隽眉目一凝，扯下眼帘的碎帷条，当先出去了。

青珑也停止了抹药，戒备地握紧了手中的剑，屏息静听。

首先开口的是个中年男子，声音有些抖："听说公子受了伤，不知严不严重？可否要下官找更好的……"

"不必了，这点伤，捏死一只蚂蚁绰绰有余，还不至于兴师动众。"沈隽挑眉睇他一眼，然后抚了抚手背上的伤，神色极为慵懒，语声却叵测，"正要上药，汪大人就风风火火地赶来了，可不巧。"

"下官莽撞，无意惊扰公子，请公子恕罪！我这就走……"中年男子脸色一白，当即俯首请罪，说完逃也似的转身离开。

"慢着——"

沈隽徐徐上前，两指夹着一粒朱红色的药丸，笑着呈到他眼前："既然来了，就一并服下它，免得夜里七窍流血，自己吓到自己。"

中年男子大骇，猛然跪倒在地，不断磕着响头："公子饶命！下官一定听公子的话，照您说的去做……出卖公子和江长风大人的凉臣就剩一个人了，求公子给下官一些时间！求公子……"

沈隽无动于衷，面上的笑意敛尽，化为慑人的戾气，居高临下地睨视着他，忽地松手。血色药丸顺势落下，在地上弹跳了几下，滚到了一旁的草甸中。

中年男子求情未果，骇得脸色煞白，最终顺着药丸滚走的方向爬了过去，将药丸拾起来吞入腹中。

沈隽站在当下，平视着他远去的背影，眼里闪动着刀一样冰冷的锋芒。

"你给他吃了什么？"青珑走出屋子，倚门而立。

他冷笑一声："恋生恶死之人，一颗生热的普通药丸，也会因为恐惧而被他视为穿心烂肠的毒药,自己逼死自己。"

"就算杀尽那些鹰犬走卒,北凉的结局也已无法改写,何必再将自己置于险地。"

"奴颜媚骨卖主求荣,骨子里贪生怕死,却总想着争权夺利。恶心的蛆虫,注定该死!"

"那你又为何隐于夏京,藏身于此?"青珑敛容直问,语声顿了顿,附加了一句:"非主非臣,你大可以不理,带着万贯家财隐姓远走,痛快活着。"

"听起来,你不打算杀我?"他突然回头,一改面上的冷厉,戏谑而惫懒地笑了笑,眼底明亮如星。说着他走上前,停在了她面前,笑吟吟地端详着她。

青珑面色一滞,恶声道:"我会在你活得最痛快的时候送你去西天!"

他的笑容凝住,自嘲而无奈地收回目光:"好吧,哪天我要是活得风光了,一定告诉你我身在何处,并且恭迎你的大驾。"

说话之时,他走进屋子,找来几套自己的衣服搁到榻上:"不介意的话挑一件换上,宵禁之前我送你出城。"说完,他背对她坐回桌边,自斟自饮。

青珑默然看了一眼他清肃而萧疏的背影,没说什么。对于他,她始终不愿承认那份怨憎已经消弭,从最初的互相利用到干戈相向,再从势不两立到后来的浴血共战,他的舍命相救她记在了心里。但是,同样铭刻于心的,还有他直接或间接加于闷葫芦身上的所有伤痛,这一辈子都不会忘记!

所以,她只能报他以冷言冷语和恶颜恶相,永远也不会接受他的情义。

最多做到不恨他,最多——她如是告诫着自己。

宅邸的外面,已经风声鹤唳。

为绝祸患,锽城内外的通路都已被封锁,阿非不信她能插翅从天上逃走,很快奉天子之命调动了约莫五百名黑羽卫,沿着各个街巷和角落开始了地毯式搜索。不到两个时辰,终于查到了蛛丝马迹。

有人指控,霍青珑被一名男子救走,逃到了一户官家府邸。

瞬间,奔动的马蹄犹如飓风横扫,将汪府团团围住。阿非一脚踹开屋门,大手一伸,揪住了意欲从窗户逃走的汪禄。

"不是我!是他陷害我,人肯定是被他救走的,求大人饶命……"汪禄吓得四肢发抖,匍匐跪地,不断磕头求饶。

阿非眉梢一抬:"他是谁?"

"沈隽!先皇陛下留下的凉臣都被他杀了个精光!小人也是受他所迫,逼不得已啊,求大人饶命……"

"杀了正好,皇上不似先皇,最不喜欢的就是你们这群卖国求荣的叛徒,迟早都会清理掉!"

一语毕,战刀唰地离鞘拔出,顺着他的脖颈削过,头颅滚下,抛出一地血弧。

阿非嫌恶地一脚踢走它,刀子在无头的尸体上抹了抹,归入冷鞘:"收兵!"

"大人,那需不需要派兵出城去追杀?"汪府翻了个底朝天,也没有发现沈隽和青珑的踪迹,想必两人早已逃之夭夭了,几名手下心知中了计,惭愧而小心地问道。

阿非表情愤郁，又有些微颓然和不甘："京都都没能圈住他们，出了城荒山野岭到哪去追？敌兵已经叩关了，孰轻孰重？还嫌里里外外不够乱？"

"可她重伤了楚将军，任是再封舌，只怕也锁不住有心人的嘴。这事要传到敌兵耳中，恐怕他们的气焰更加嚣张。此女不除，长此以往终究是个祸害，更何况她竟已暗中培养出这么多精兵悍将，就更不能留。事发之时，景威也在当场，并且刀胁楚将军救了她。但不知……他那里，可否能抓来逼问出一些线索？"

阿非疾走的脚步顿住，面色沉重地权衡起来，最终还是伸手指着他们训开："我警告你们，他是楼西越的发小和部下，情同手足，楼西越又是皇上最为敬重之人。他死于非命，皇上心里始终难受着，在他没有下令动他部下之前，你们休要在皇上面前说出这等找死的话！此女该不该除，皇上比你们更清楚！"

几名手下忙不迭答应："是是是，属下糊涂了。"

是夜，两匹烈马并排驰骋，奔腾如风，将雄伟而崔巍的锽城远远甩在了身后。

忽然，一匹马背上的主人身形晃了下，一脚踩空就要摔下去。旁边的男子见状一跃而起，旋身移到她的马背上，右臂一伸拦腰托住她，另一手倏然勒缰，这才稳稳停了下来。

青珑的额头冷汗淋漓，眉宇紧紧皱着，一咬牙挣开他，翻身跳了下去，捂着伤口走向一边。

"要不要紧？"沈隽心里担忧，步步紧跟着她，一双手不觉然伸了出去，始终停在半空。

"我歇一会就好，你走吧。"

他不由默然，怔怔望着她头也未回的背影，双脚再也抬不起来。良久，他从怀里拿出了疗伤的药，递给她："这是内服的，用来调养，对你伤势恢复有好处，路上小心了。"

她回头，看了他一眼，接了过来："谢了。"

沈隽笑笑，也没问她下一步的打算，因为问了也不会得到答案，便道："我也该走了，保重。"

"姓沈的，"青珑扬声喊住他，上前几步："汪府极有可能出了事，那里就不要再回去了，最好离开锽城，天大地大，总有你的容身之处。"

"我能认为，这是你的关心吗？"他高坐马首，将要挥下的马鞭及时收回，回头冲她笑了笑。

"最好这辈子都不要再相逢，因为每见一次，我就想杀你一回。"

他哑然失笑："真毒的嘴巴，枉我为了救你提早弃了手中最后一颗棋子，以后只能浪迹天涯了。"说着，马鞭应声落下，狠狠抽在了马臀上。

烈马仰天长啸一声，顿时扯开蹄子载着他融入远方的晨曦里，化成越来越小的黑点，终于消失在天边。

青珑一直眺望着他远去的背影，很久之后才收回目光，一低头，手中紧握的冷剑映入眼帘。

她拔开剑柄，寒光映容，照得她的脸色苍白如纸，她就这么一眼不眨地凝视着剑身上的"楼"字。

风从天边刮来，吹起她的衣裳，袂带猎猎翻飞。夜尽天明，破晓的赤色浮光四下铺展，连成一团团诡异而狰狞的图案，宛如魔鬼张开的血盆大口，将要吞噬掉整片天地。

北凉已覆，西夏易主，燕亓两国结盟，联兵西征。四分而治的乱世分成两半，彼此展开了疯狂的杀戮。然而，夹缝里的卑微生命也总有破岩而出的一天。闷葫芦，以后我会像你守护大夏百姓一样拼尽全力去解救我的族民，为了生存，我的战刀许会毫不犹豫地挥向曾经与你浴血奋战的将士，你会不会恨我？

可是纵然无情，纵然一直与你背道而驰，我仍旧要义无反顾地走下去。

青珑缓缓阖剑入鞘，深深吸了口气，毅然翻上马背，挥鞭向着天际飞驰而去。

恰如所有人的预料，虽然几经掩盖，楚定云遇刺受伤一事还是很快传开。鹿鸣关周边城镇和州郡本就风声鹤唳，亟待他率兵前去震慑，危急关头却突然发生这样的事，不亚于雪上加霜，将边关将士的信心打垮了不止一筹。

与之相反，两国盟军的驻地里，却不时传来 "天助我也"的亢奋声音，大营内外士气高涨如火。从筹架到通行，仅数天时间，两座重型军渡浮桥赫然横跨堤岸。数百只巨大船艇借助水流和风力漕渡至规划好的区域，以铁制缆索相连，作为浮游在水中的脚墩，往上铺设坚固的梁板，纵系留索，横沉铁锚，以固定桥身，三百丈宽的江堤就这样生生被贯通。

在此期间，驻守鹿鸣关的大夏将领曾多次派遣精兵偷袭，试图摧毁盟军的运兵路线。江岸之上火器轰炸如雷，数不清的筑桥之人因此牺牲，纵然伤亡惨重，两座通江大桥终究还是在彼此的攻防中成功落成，以撼人眼目的身姿平跨遏江。

紧接着，一拨接一拨来自东卮的轻重甲兵牵着战马渡江而过，其他作战所需的物资也被匆速运到彼岸，向着鹿鸣关的第一座军事重地都阳郡加速挺进。

那里已有南燕的将领们开始勘察地形，派遣暗线刺探敌情，并商讨突围和夹击的进攻路线，非正面冲突的小范围血战和零星交火已经展开了不下三十次。再需要半个月，东卮出动的大军就可全部输运过来，届时两军齐齐发动，陆路围困，水上袭扰，鹿鸣关所面对的，将是人吃人的炼狱。

而望城内外，已然战火轰隆，整座城已经被困月余，方圆五十里之内到处都有青军设下的埋伏，外援无法靠近，里面的将士只能死守。被困的百姓和下等兵丁们已经处于绝粮的境地，家禽、牲畜、野草、树皮、泥土……能吃的不能吃的通通都被填入腹中。到最后实在撑不住，就有人开始袭击城内传递情报的斥候兵，抢走他们的战马就地宰杀饮血。

因而，当城外的青军发出"降者不杀，归者予食"的劝谕时，不只绝望的百姓开始动摇，就连不少久久联络不上援军的守兵们也心生归顺之意。

然而，守将狄霆没有点头松口，谁也不敢把这个不亚于叛军的念头吐露出来，便都跟着他死守城池。之后的每一分每一秒，无不是一种煎熬。

天蒙蒙亮，守将狄霆满脸尘垢地踏上城楼，一身铠甲上沾满血迹和烧焦的灰渍，整个人仿似从炭窑里爬出来一般，无比狼狈。此刻他双眼微眯，眺望着狼藉一片的四周，不断喘着粗气，显然连日的奋战和强守已经让他筋疲力尽。

"大人，如果选择固守，快想想办法啊，不能就这么被动地等下去！"一名满脸狰狞刀疤的下属随他登上箭楼，一见城墙脚下死尸无数的惨烈景象，顿时悲痛又着急地道，"比起鹿鸣关，望城只是一座不起眼的边城，上无险山为屏，下无恶水为障，失之如擢一发，无关痛痒。一旦鹿鸣关紧张起来，上头就不会调遣精兵前来救援我们了，到时只有被困死的命！大人，快想办法突围吧！"

狄霆压力更甚，此刻正烦不胜烦，一拳头捶在坚硬的石壁上。他抬起如同灌了重铅的脚步，来来回回地走了几圈，忽然间心一横，下了一个背水一战的决定："你去告诉青军，就说守军不堪兵燹之祸，内里意见不统，五百枪兵愿降。"

那下属惊愕："大人，真、真的要降……"

"怎么可能。"狄霆面色沉重地俯视着脚下的土地，"想办法先弄一些人出去，探探外面的状况。倘若援军情势可观，能突破重围打进来，哪怕万分之一，我们也得继续守。"

那下属彻悟，吃惊地道："可是如果联络不到外援，那五百枪兵就都成了敢死队……"

"那就决围，争取最后一线生机！"他心情沉痛地道。

夜半时分，事情突然发生了转机，一个天大的喜讯传来，让城墙上正欲迎战的守兵们激动得手舞足蹈。

"大人，不是青军！是援兵！援兵杀进来了！望城有救了！"

狄霆心头一震，不可置信地奔到墙垛处。

放眼望去，城下黑压压一片皆是全副武装的精兵。幽黄的战火在焚毁的战械上不断跳窜，为浓密的夜色增添了些许光亮，借着这点不甚清晰的明光望去，粗略估计下来约莫有近两千人。饶是阵型有些微散乱和狼狈，却丝毫不损战士的凌厉骁强之势，反而愈显浴血奋战后的孤勇和雄健。

阵型的前方，一面帅旗迎风招展。

一名身量挺拔的将帅高坐马首，提气呐喊，声势磅礴浑圆，带着一股雄厚的力量："本帅伍怀安，奉命援战，共讨敌兵，共守望城，保边地平安！"

语毕，不只身后的战士，就连城头上方的守兵也喜得同声呼应，挥舞着手中兵器，扯着嗓子大叫。被绝望包拢的城池瞬间热闹起来，各种声音混杂在一起，轰隆如雷。

"共商退敌之计！共剿敌兵！"

"守住望城！守住望城！"

"快开城门！"

"开城门！"

狄霆激动得指尖都在微微发颤，眼神炽热地俯瞰着他们，险些就下令大开城门，喜迎援兵入内商榷。然而身为守将，肩负的重任和后天练就的谨慎还是让他多了一份小心，他提足底气，隔空放话："尔等何来何往又作何！"

只停了少顷，组织好辞藻后，那边领军的将帅当即回应："平川万马走金铢！"

金铢，五行属金，对应方位为西，与平川相合，又借万马代指千军，所有信息整合在一起后即是西川兵马。暗号成功对接上，狄霆为之一振，顿时腔子里的血液都似在沸腾，暗想莫非楚将军终于派兵打进来了？

即便如此，他也没有被突如其来的喜悦和兴奋冲昏头脑，依旧保持着高度的警惕。因为现在是黑夜，虽然从甲胄装备上来看这些无疑都是西川兵马，但隔着这么远的距离，包括那名将领在内，大部分人的面相根本看不清。只需要再给他个把时辰，夜尽天明后，他才能断定这支浴血而来的队伍是否是真正的援兵。

然而他的优柔多疑又引起了城下战士的不满，僵持了将近一个时辰，依旧久等无果，人群一下子炸开了锅，抱怨声纷纷传开。

　　那名将领抬手示意身后的战士克制情绪，提足气力喊道："狄大人，请放行！莫让我等再被青军背后袭击！"

　　"开城门！"

　　"开城门！"

　　"开城门！"

　　战士嘹亮而不满的吼声如同闷雷，一波一波地响起，震得面目全非的城楼都似在颤动。城下不满情绪暴涨，楼上守军急得像热锅上的蚂蚁，各种劝诫杂乱地飞入狄霆耳畔。

　　"大人，您不相信自己人，后面谁也不会来救我们了！"

　　"大人，快让兄弟们进城吧！"

　　"再不放行，青军杀来后果就难料了！"

　　"大人，您快下定主意吧！"

　　"大人，开门哪！"

　　"大人！"

　　"大人……"

　　狄霆的耳膜被海啸般的声音堵塞，敛容屏息，继续观察下面的动静。尽管他面色沉着，但面对这个关乎生死的决定，无论如何也无法保持平静，手心都隐隐沁出了汗。

　　但是时不待人，就在他一分一秒的等待中，远处突然吹起一声号角，仿似沉雷惊天，没等回声散尽，紧接着就是千军万马奔腾的铮铮鸣音，势如洪水猛兽，嘶吼而来。

　　刹那间，城上城下的抱怨声戛然而止，人人大惊失色。

　　狄霆身躯一震，微微眯起的瞳孔猛然睁圆。

　　城头下方，队伍以抵挡不住的速度躁动起来，长刀纷纷出鞘，一群拼死赶来的将士怎么也想不到会被拒之门外，并且面对如此质疑。

　　"主帅，是青军！青军杀来了！"

　　"狄霆！你开不开门！"那名将帅同样无比恼怒，大喝一声，当先调转马头，抽刀向天："兄弟们，随我杀回去！"

　　"杀回去！杀回去！杀回去！"

　　战士们的眼里弥漫着血色和愤怒，却没有一人再犹豫大喊，齐刷刷转身，迎敌而去！

　　城上的士兵惊恐又焦急，争相劝谏。

　　"大人！他们是自己人！"

　　"大人！再晚一步就没用了！"

　　"大人，您快下令开门哪！"

　　"大人！"

　　狄霆的额头和掌心满是沁出的细汗，无数个念头在他脑海呼啸而过，望着毅然决然掉头将走的队伍，他的理智终于被绝望击溃，蓦地高声喝令："开城门！"

　　闻言后，城头上的士兵们无比开心，大声呐喊着："开城门！快开城门！请兄弟们进城，共商退敌大计！"嘹亮而高亢的声音如山兽咆哮，远远盖过了不断逼近的号角声和马蹄声。

将欲离开的队伍倏地止步，所有战士齐齐回头，驱动战马靠近城楼，跳动的战火映得每个人的眸子幽亮如萤。

狄霆捏了一把汗，目不转睛地盯着队伍的举动，一颗心已经提到了嗓子眼，气都喘不过来，整个人近乎窒息。将近半里的距离，在他的眼皮子底下被快速缩短。

终于，"嘎"的一声闷响，紧闭的城门轰然洞开！

兴奋而激动的守卫冲出，神色焦急，生怕青军会追来，扯着嗓子大喊："快进城！动作快点，快！"

那一刻，整支队伍仿佛奔腾的江水，足下生风，飞驰如光，以快得惊人的速度冲向城门。

狄霆长舒口气，只希望外援的到来能改变望城的命运。

可是，就在他抬手准备擦掉额上汗水的时候，忽然发生的一幕让他大吃一惊，他面色刷白冲着城下守卫歇斯底里地吼道："关城门！阻止他们！快关城门！"

只见一群骑兵冲到离城门几步之遥的地方，突然就像鬼附身般擒住两旁迎接的守卫，战刀唰唰离鞘刺向仓皇阖门的士兵，一瞬间惨叫连连，满地血光飞溅。

城上欢呼的守兵顿时惊呆，如遇晴天霹雳，愣了一秒后慌忙架起投石机，向着城下一通乱发。

然而一切为时已晚。

纵马飞奔的轻骑一跃数尺，跑动的战士逐风蹑影，将近两千人马合在一起，势如洪流激荡冲破一切阻碍和屏障，嗷哮着向前挺进，席卷入城！

❧ 第六十七章 ❧

攻心

队伍的攻势犹如迅雷烈风，凶猛如虎，前一刻看起来还稍有些狼狈的他们，此时却变得格外彪悍和骁健，好似突然间天赐其拔山扛鼎之力，几下就破开城门，踩着石阶火速杀上城楼，将许多措手不及的守兵团团围住。

城楼之下也在瞬息间兵影林立，一大拨军队从两侧冲出来，宛如飞驰的猎豹，一步数尺，挥刀杀向悬门。

"抛石！射箭！扔蒺藜！杀死他们！"

狄霆肺都能气炸，青筋暴跳，声嘶力竭地喝令着，自己勾脚挑起一把长枪，捅穿了一个率先杀上城楼的"援兵"胸腔，一脚将他的尸体踩下高楼。

再怎么谨慎，还是中了他们的计，该死的青军，全都去死吧！

"杀！不准弃刀！给我杀！放悬门困死他们！"

他扯着嗓子大声命令，仍在争取最后的生机，然而就在他挥刀砍掉一名青军战士的头颅后，一柄长枪毫不留情地从他背后刺入，带血的刀尖破开镗甲护镜，一直穿出他的血肉，没等他攥住，又倏地抽出，顿时鲜血狂涌。

"……"他痛得险些断气，瞳孔突兀几乎要挣出眼眶，捂着胸口踉跄转身，一眼对上了一张冷凛而肃杀的秀颜。

是一名陌生的女将，从开战至今，他从来没有见过。

"你、你是……你是霍……"他充血的眼睛瞪得异常大，猛然间猜到了她的身份，拼命挥动手中的战刀，身子却东倒西歪。

"霍青珑。"女子替他说完，漫天的血色在她眼底流动，交织成惨烈的景象，一如当年归龙关那场惨绝人寰的血战。

"十年前，你们的铁蹄曾这样踏进青桑。今天，我们回来了！"

"败者为寇……自不量力的贱奴！杀！"狄霆猛地抬起刀锋，咬牙刺向她。

然而还未靠近，立刻就有两名英勇无畏的少年从她身后冲出来，人各一枪，一左一右刺进他心肺。

"嗵"的一声闷响，怒目圆睁的尸体从高高的城楼上摔了下去，仰面向上，扎入几把倒插在地上的断箭里，悲壮而凄惨。

青珑屏息俯视着狄霆极为不甘的面容，说到底，他是个顶天立地的热血真汉，性缜密，意坚韧，不畏生死，败就败在他固守了城池，却没能固守住自己的心。

当她负伤从锽城返回望城的时候，这里虽然已经被困，但青军也要面对外援兵的不断侵袭。时间拖得越久于青军越不利，偏偏狄霆的谨慎和小心超出了所有人的预料，以青军目前仅有的兵力，如果做不到速战速决，就必须兵不血刃，将伤亡和损失降到最低。既然最大的阻碍是狄霆的死守，那就直攻他心！而最好的办法，莫过于在绝望之时突然给他以希望，开他心门。

欲陷之，先友之，予信之，使附之，近之，摧之！

这是出自那个神秘黑衣人留给小七他们的散稿里的一句话，短短十六字，道尽一场不见枯骨盈城血流成河，却破敌陷阵制胜千里的心术之战的诡谲和玄虚。

青珑曾花数晚一字不漏地熬夜读完那些散稿，惊赞之余即做整理，将其分成武争、心战、诡伐、谋攻、诱降五篇，然后印制出来分发给将士们探讨研习。

一直以来，她始终无法查到那个神秘人的踪迹，更加不知道他缘何在兵略和战事上有如此之深的造诣，为什么要帮她救族民，教小七和十三他们武功，还让他们保护她，又为何隐瞒身份，刻意连手迹也不显露……

她不敢往下想，心里似乎已经预感到了答案，却更加无法原谅自己的后知后觉和所作所为。

而她之所以知道夏兵联络的暗号，一半因为她曾在闷葫芦麾下做过千夫长，西川境内不同兵种和营地之间通报、对内对外传递情报，兵士之间互通讯息、确认身份等多种情况下的暗号均被他交代过，而另一半则是那些散稿上也有所提及。再有梁大哥的人马稍加刺探，一番比对和权衡，成功接头的机率十有八九。

所以，才有了这次的"援救"。

城守狄霆一死，慌乱的守兵更加不知所措，只有零星将士抱着同归于尽的决心奋力挣扎。一名面带伤疤的下属像一头拼了命的顽牛，血肉模糊的躯体猛地从刀光剑影中冲出来，暴喝一声，挥动长矛刺向伫立城头的女子的咽喉："杀！卑鄙小人！卑贱奴——"

但是最后一个字眼还未破喉吼出，一柄迎面刺进他喉咙的银枪便将它永远堵在了他的嗓子里。

他四肢一软，哐当一声松开长矛，双手抬起痛苦地攥住刀尖，眼睛睁得如铜铃一般大，口中发不出任何声音。

青珑面色幽幽，一双眼睛冷凛而肃杀，冷冷盯着他："听清楚，我是小人，但不是奴隶！"语音落地，手腕倏然一转，平枪削过他脖子。

飞起的血花溅到她苍白得没有血色的脸上，合着瞳孔里跳动的幽亮火光，宛如暗夜里飘动的鬼魅。

"城中所有人听着！"她手持一面金底红边的旌旗，将它插在城楼上，提气清喝："新皇初立，西川半数精兵迁往帝都，余下皆因北伐而元气大伤，亟须休养，断不会再因小失大前来送死！更有甚者，燕亓两军联兵西征，鹿鸣关战火已盛，楚定云遇刺重伤卧榻，新皇为振士气，有御驾亲征之意。州郡兵官虽有心施救，却无破围入城之力，因而渐生弃意——所有一切都告诉你们，从大局者，军防重心皆在锁钥关隘，根本无暇顾及此地！"

一语落地，不少还在握刀拼杀的守兵们面色陡变，发出不约而同的抽气声。不过很快就有人清醒过来，拔刀怒指她："胡说！全是你这骗子的片面之词！大家不要信她的话，她在动摇军心！"

"不要信她！大家一起上，杀了这些骗子！"

月芜眉目一狠，唰地拔刀出鞘，上前一步冷声道："众军听令，自取灭亡者，杀！"

"杀！"青军齐齐回应，势如烈虎吼叫，震得汹汹扑来的守兵不由顿了顿。

约莫僵持了一刻，有人依旧悲愤未消，扯着粗浑的嗓音怒斥道："兄弟们当是援兵，谁曾想到却是你们这群骗子！大家一起上，不要犹豫！不要再上他们的当！"

就在双方即将刀剑相向时，青珑突然示意青军住手。城楼上夜风萧萧，吹得她的发丝有几分凌乱，却丝毫不减她面上的沉着与凌凛。她迎上所有守兵充血的目光，面色冷毅如钢，坚韧如铁，扬声道："那么你们的选择：一是马革裹尸，轰轰烈烈战死城楼！从此父母失爱子，妻子失丈夫，儿女失父亲，兄弟失手足，同袍失战友……二是大丈夫能屈能伸，一切从头开始！"

"拿起你们的战刀，与我们并肩一起，救弱小于兵争，救无辜于战祸，让更多人拥有完整的家，完整的国！普天之下，人无尊卑，万物生灵皆有安身之所，赡老抚幼，孝上怜下，与家齐悦，举国同安，共享太平之乐！不再烽火连天！不再流离失所！不再生离死别！"

她手持银枪立于城楼，面向所有人而立，身量单薄，却笔挺如柱。身后那面旌旗随风飞舞，正中一个大气磅礴的"青"字如同翻滚起伏的大浪，红边上挑绣的几只雪色海东青昂头向天，振翅欲翔，似在以千难万险都无可抵挡的速度和力量直击长空。

冷风低吟，依稀还回荡着她的话，前一刻还情绪愤懑的守兵们此刻却相继沉默下来。有人转了转头，眺望着城楼内残破不堪的屋舍，想起了家中的亲人。有人紧握的战刀松了松，陷入沉思——他们撒过汗，流过血，杀过人，也护过百姓，可是从来没有想过，这样的日子什么时候是个尽头？

"是生是死，由你们自己选择！十声过后，愿横尸楼下者，但可与我们血战到底！"

"一！"

"二！"

"三！"

被青军包围的守兵里，开始有低低而微弱的慌乱交谈声传开，很快被压了过去。

"四！"

"五！"

怎么办？是无愧于心拿起战刀继续反击，坦然面对自己葬身城楼、整座城池也有可能沦陷的结局？还是如她所说不再做无谓的斗争，而是目光向远，努力活下去，将来去救更多的人，让这世间再无战祸？每个人都在心里焦急地思考着，挣扎着。

"六！"

"七！"

"八！"

"九！"

青珑屏息凝神，视线从望城守兵的面上逐一看过，目光炽热，炯炯如火。

时间一分一秒地过去，决定命运的一刻不断逼近，每个守兵都屏住了呼吸，踯躅吞声，表情痛苦而凝重。

天地万物于瞬息间进入空前死寂的状态，包括青军在内，没有任何人发声，只有高楼上过耳的风声呼呼作响，飘扬的旌旗猎猎翻动，一下一下地回应着所有人胸腔里那颗剧烈跳动的心脏。

"十！"

在场的每一个战士都绷紧了神经，终于在最后一声报数声响起后砰然松开。

"空口无凭，我们如何信你！"

几乎是同时，几个守兵当先跨前一步，勇敢地站了出来，凛然对视着这名青桑新的女将，高声喝问。

"传令下去，运粮五十袋，净水十坛，即刻送上城楼！"青珑迎上守兵们惊疑不定的眼神，毫不犹豫地道，"霍青珑敬各位是宁死不屈的好汉，必不会趁尔之危。若疑我诚心，但可吃饱喝足，大家决一死战！"

很快，果腹的干粮和热腾腾的净水被搬了上来，一字排开摆在惊愕的守兵面前。虽都是些粗糙的大饼就酱菜，但对于这些已经饿得前胸贴后背的守兵来说，无异于珍馐佳肴，好些人忍不住悄悄舔了舔干裂的唇角。

青珑亲自倒了一大碗热水，拿出一块干饼递到方才质问她的那兵手上："扪心自问，大丈夫顶天立地，所求当为何？杀戮？抢夺？你死我活？山河疮痍？还是以杀止杀平定战祸，还世太平？想想此刻蜷缩在家中的亲人，他们最需要的，又是什么？"

那兵握饼的手有些微颤动，眼角模糊，却依旧眉眼刚毅，强忍着不让自己表露出分毫妥协之意。

"没有毒，只是不好吃。"青珑在他手中那块干饼上掰了一小块，送进自己口中，就水咽了下去，然后平静地看着他。

比起眼前这个女子的魄力，士兵突然觉得有些羞愧，不觉然侧了侧脸，仿佛那双黑色瞳眸里盛满了千钧之力，逼得他抬不起头。可到最后，他还是缓缓转回了头，张口在干巴巴的饼上咬了一口，喉咙动了几下，吞入腹中，吃着吃着渐渐泪眼蒙眬，纵使饥肠辘辘，却再也咽不下去。

"可不可以……拿回去给老母？"他潮红着眼睛看了她一眼，低头发出细若蚊蝇的声音。

"好男儿！"青珑紧绷的心弦松开，由衷露出笑颜，心酸又欣慰，抬手拍拍他肩膀："只要你们愿意，相信我们，相信大家，相信这乱世间千千万万需要我们勠力同心去凝聚的力量，终有一天，我们饱受磨难的亲人和出生入死的战友，都能像那些王侯权贵一样吃上最可口的饭菜，喝上最醇烈的酒！"

"驻箭楼第二分队队长樊有天，愿投青军！"砰的一声顿响，那兵撂碗在地，双膝及地挺身跪下，语声铿锵有力。

跟在他身后的下属兵们不约而同，发出不再迟疑的坚定而洪亮的声音："愿投青军！"

紧接着，又有一人放倒长枪："第九分队枪兵教头卢亦铁，愿投青军！"

"弩兵齐文浩，愿投青军！"

"抛石兵邝小刀，愿投青军！"

"悬门护兵武一雄，愿投青军！"

"愿投青军！以杀止杀！"

"以杀止杀！"

"还世太平！"

犹如海潮翻滚，一波接一波荡起，守兵们纷纷跪喝道。所有青军也声色俱震，应和着他们，发出齐刷刷的响亮誓言，人人抽刀立戟，怒指苍天，一瞬间雷鸣般的呐喊拔地而起，无惧无畏，刺穿苍茫夜色，撼动天宇。

是夜，被战火包吞的望城仿佛枯木逢春，原本的死气沉沉突然被打破，蜷曲在绝望深渊里的饥饿兵民们争相走出杀戮的阴影，望着始料不及的平静结局，心海久久难平。

而青军也做到了当初的承诺，降者不杀，归者予食。从翌日开始，果腹的食物相继下发给城内百姓和兵丁，他们最开始的排斥、警惕、戒备、怀疑一点一点消减，仅挣扎了数天就完全相信并接受了这一切。

他们同任何人一样平等，不是战俘，不是奴隶，不是失败者。

那个女子凛然告诉所有人，他们不是脚下卑微的草芥，而是黑夜里启明的星子，是新的力量，新的希望！

就这样，望城的战局以出乎所有人意料的结果扭转过来，短暂却收效颇丰的磨合过后，青军即刻广贴檄文，征召新兵，响应者源源不断。从收复这座城池开始到青军主力成功破毁外围的封锁，打开了一条贯通望城与归龙关的军事要道，兵力急遽增加，形势大好。

这一切，也源于鹿鸣关激烈战况的牵制，如若不是这般，大夏兵马定然有足够的精力应对来自青桑的威胁。这一点，青珑心知肚明，或者说她当初冒险选择刺杀楚定云，一半的目的也是因此。只要他倒下，大夏定然措手不及，燕氕两国盟军巧钻空子的同时，一定程度上直接压制了夏军的反击，青桑也才得以抓住这难得的契机。

闷葫芦，我又自欺欺人地骗着自己，也骗了你，生生夺走了你曾以命相护的城池和子民。他们欢呼，喧腾，踩着你用骨血铺就的平路追随我而去，却再也不会有人提起你的名字了，再也不会了……

闷葫芦，我希望你恨我，希望你活过来找我算账，而不是孤零零地躺在荒草黄土中，无声无息，一个人在岁月的长河中越走越远……

远远地，裴原勒马解缰飞快跳下战马，然后兴高采烈地登上城楼，一上来却被早已静候在城头的月芜拦下了。

他愣了愣，顺着她的视线看过去。

落日的余晖中，一个单薄身影背对所有人，静静站在城墙一角眺望着远处的茫茫天地。那里落霞如火，归雁成群，东来西去的飞鸟欢快翱翔，脚下长河流淌，叮咚成歌，山峦换绿装，新发的嫩草在拔尖，不知名的野花吐露芬芳，吸引蜂蝶翩翩起舞，流连不走。

一切都是热闹的，唯独那抹剪影，孤身而立，安静得仿佛游离在一切之外。

"月芜，多久了？"他张了张口，诧异地问她。

月芜摇了摇头，猜得到青珑的心事，所以没有上前打扰她。

"你也别担心，兴许姑娘是在想下一步的行动。"裴原点点头，盯了一眼那个憔悴而孤寂的背影，安慰她道。

"你倒是会宽慰人心。"月芜叹口气，清冷秀颜上露出难得的淡淡笑意，言语中的忧虑却始终不减："不知道为什么，姑娘越是平静，我倒越觉得放不下心。日不食夜不寐，就算是铁打的身子也熬不住，何况还要应对庞杂的军务战事，长此以往……"

"可她不像是想不开的样子……再说要杀楼西越的是楚定云，这事当时谁也不知道，根本不能怪姑娘，犯不着冒着生命危险去给他报仇，更没必要对他的死心怀愧疚。"

月芜面色沉了沉，抬眸看了一眼略显愤郁的他："裴原，他率兵踏平了北凉，你自然希望他不得善终，如是怨恨无可厚非。可是于姑娘而言，那是她心之所系，超乎生死的依托，刻骨铭心，无关旁人看法和眼光。"

"月芜，我……"

"我没有怪你挟藏私心，只是希望你能稍加体谅姑娘的苦衷，不管日后发生什么，都不要以国仇私恨来为难她……裴原，这些也算是我求你，可以吗？"

他定定注视着她，唇角抿成一线，陷入沉默不语中，过了一会问她："月芜，如果我做不到在楼西越死后一笑泯恩仇，你会不会就看不起我气量狭薄？还是说，你心里从来就没有过我，无论我再怎么努力，还是入不了你的眼？"

月芜始料不及，望着他黯然而又期待，却又充满自卑的固执目光，心里有一丝丝涟漪微动，那是一种酸酸的甜意，就像是青果的诱惑。

"如果你这么看待自己，那在没有认识姑娘之前，我一直认贼为父，不仅是陈晟手中的杀人用具，还视我青桑一门忠魂为叛徒，岂不是瞎了眼，何尝如你？"

"我不在乎你以前做过什么，我只知道姑娘派你带我们回归龙关避险，第一次见到你时的样子。你沉静勇敢，凛若秋霜，话少，没有蔺池那臭小子破规矩多，也不训人，可是只要你不动声色地看一眼哪个犯错的兄弟，他就会马上乖下来。那个时候，我就在心里佩服你，并且一直偷偷关注着你，可是却没有勇气直面你。月芜，我决定誓死追随姑娘，也是因为有你在青桑，我不求别的，只愿……只愿你能明白我的心意……"

就像心底一直固守的防线被打开，女将领素来清冷的容颜上现出一丝慌乱，微热发烫，呼吸也越发紧迫，只想逃避那道炽热而真诚的目光。她不是不懂他的真心，只是现在时局紧迫，她唯一的心愿就是跟着姑娘重振青桑，带着那些受尽苦难和折辱的族民回到故土，回到属于自己的家园。为此，她必须心念坚韧，决不能像那些深闺怨女一样陷入儿女情长中患得患失，那会分她心神，弱她意志。

"月芜，我知道你现在一心专注于战事，所以也不强求你立即回应，给你添乱。但是我会等，天有多长地有多久，我就能等多久！你说的事我全都答应你，也会开导兄弟们，不再拿我们对楼西越的恨来为难姑娘。"

月芫抬头，沉冷眸子里有点点波光闪动，轻轻颔首："裴原，感谢你的宽容。"

男人慌慌地抓了抓后脑勺，苦涩又开心地笑了笑，为自己终于敞开心扉的那股勇气。

月芫被他孩子般的笑容逗得动容浅笑，拍拍他："你先回去休息，要紧事我去转告姑娘。"

"也不打紧，就是后天丘良堡和新口马市开市，会有约莫千匹良骏在官市上流通，机会难得。梁大哥的意思是我们去观望观望，没准能全部倒腾下来，就看姑娘有没有兴致一块去见识下，可都是些难遇难求的上等货，铁定彪悍健壮！"

"也好，我去透个风头给她。"月芫颔首应允，又提醒他："不过饷银的事，姑娘过问了好几次，已经开始怀疑了。以她跟沈隽之间的纠葛，知道真相后未必肯接受他的好意，所以军需上往后我们出手节制些吧，一步步慢慢充实起来。"

裴原晓得个中意味，心领神会地点点头，再度深深看她一眼，这才转身下去了。

月芫走上前，停在了青珑身后。

青珑回头，刚巧看到一个脑袋伸出垛口，极为不舍地向这边张望着，见她望过来，又嗖地缩了回去，可不正是裴原那小子。

"你这块天鹅肉，倒是让他眼馋得紧。"她看了眼冷艳逼人的月芫，不禁失笑，只是笑容不免有些凄凉和冷清，无论看着谁，目光都仿佛游弋在虚空里，不再像以往那么专注。

月芫担心她，迟疑着问："姑娘……可是有心事？"

青珑面色一凝，很快又恢复过来，邀她下城楼，边走边道："鹿鸣关现在战局胶着，南燕精兵与东亓水师互相借力，围困了整个关隘。大夏新帝御驾亲征，发兵二十万正面迎击，虽然抗衡得住，却始终无法退敌。而这短短一个多月的时间，一来足够楚定云养伤，二来西川大军多少也得到了休养。顾虑到这点，燕亓两国必会大肆增兵，届时三虎相斗，只怕战期更长，情势也更加惨烈。"

"姑娘的意思，是希望夏军破敌，还是盟军入关？"

青珑以为她觉得自己会在这件事上有所动摇，沉声道："当年归龙关战败后，我族九城之邦被敌割据，自此帝都桑城沦为大夏附庸，常年有夏兵驻守，掠金夺银，攫取劳力，生杀予夺全凭喜恶。还有败陷的碧波和秀城，早已为南燕所控，不复我地。近海的苍城、襄城、白城等也相继沦亡，成为东亓水军的演武场，活靶就是那些奴役的无辜族民，生还之人所剩无几。地缘上北凉偏远，又有夏亓两国左右掣肘，据我城池颇多挟制，抢完国库夺走矿藏后便也撤走。若非毒障难解，只怕当时归龙关和枫林渡也保不住。与失去的国土相比，望城仅是十之一二，我们要走的路还很长。无论出于私心还是从大局，只有盟军牵制住大夏兵马，双方互争雄长，我们的阻难才更小，契机也会更多。"

月芫一字不落地听着，不时抬头观察着她。纵然她面色沉静如常看不出任何悲郁，但一起共事这么久，以她对姑娘的了解，其实猜得出也看得到，她真正的心结并不是这些。

"算起来，离水一战至今已有三个多月了……"

青珑脚步忽顿，呼吸发紧，心口止不住地抽疼，不觉然握紧了手中的剑。

"是啊，时间过得真快，一转眼天下风势遽变。从北凉打到离水，三千燕兵对我们援助颇多，却也损失不少，这份大恩厚义始终不得机会去报答他们，也不知道回府后舒九容的伤势恢复得如何。"

"姑娘……"

青珑打住她的话:"月芜,明日你差人快马加鞭替我送封信到定南王府,亲自转交给舒九容,并替我转告他,叫他保重身子,安心养伤。另外琼儿已经找到,一切都好,叫他不要太过担心。"

月芜驳了她的意思:"姑娘心里明白,我说的不是这些。"

青珑了然,眼底滢光闪闪,拼命压制着胸中的刺痛。"人已经走了,不曾为他守过灵,入殓出殡也不在场,就连下葬时都没能去看最后一眼。天下之大,不知道哪里是他的立冢之地,百日之期,又能去谁的坟头祭奠?"

她紧紧握着剑,攥得指节发白,长吸口气,逼回了眼角的泪光:"放心吧,父帅和阿娘的遗训未敢忘记,同袍的遗愿仍然铭刻于心,族人的期待与希望,你们的安危,两万新兵的生死,三万主力的存亡,还有而今失而复收的望城,亟待克复的故土……这些,都在我心里装着。"

"通知新兵,明日起开始转运粮械,沿麓岭运往桑城,辛泽与蔺池率一千轻骑暗中掩护,并托梁大哥知会沿途的绿林人士辅援我军,以防劫匪和夏军偷袭。望城这里留五千精兵驻守,其余主力稍事休整。具体事宜近日我们详细部署,半月后开拔动身,再抢先机,转战桑城!"

◈ 第六十八章 ◈
荒冢

细雨蒙蒙，淅淅沥沥地从天而降，为晨起安静的城镇增添了一抹清冷和萧瑟气息。

似乎嗅到了硝烟的味道，街上行人寥寥无几，皆背着行囊匆促赶路，打算逃难到远方。不时会有数名斥候兵飞速驶过，留下沉闷而紧张的马蹄声，敲击着惶惶不安的人心。

望城失守，鹿鸣关据说也快经受不住燕亓两军的左右夹击了，京师兵不断出城增援。就连早先覆灭的泱泱北凉也死灰复燃，一些尚还恋念旧国的流亡将士竟在民间组织力量，袭击镇守他们的大夏官兵，已有两名武官被害身亡。

"天杀的祸端呐，唉……"客栈生意惨淡难以为继，老板不得已开始收拾家当，准备闭门停业，好带着一家老小寻找避难之所。只是看着好不容易兴起的生意又要因为战火搁浅一空，他难免心痛。

"老板，住店。"正在他摇头叹息时，突然来了客人。

老板抬头一看，是两个年轻男女，一身仆仆风尘。男子背着行囊，手上拿着刀，神情分外清冷。说话的是他旁边那个姑娘，一直抓着他的手，担心地仰头望他一眼。

"年轻人快走吧，已经有敌军打进桑城了，你看地方兵都紧张起来了。"老板估摸着他们是从外地赶回来的，好心劝一句。

那姑娘无奈，只得放弃，转而抬头看向身旁的男子，想要安慰他，而男子的目光却落在大街上一排飞驰而过的斥候兵身上，不可抑制地握紧了手中的佩刀。

"景威……"琼儿反握住他的手，不敢放开，越靠近西川，她的心里就越害怕。

景威收回视线，抬手擦掉她面上的尘渍，沙哑着声音道："跟我走。"

五月的细雨迷蒙如雾，卷着远方的风沙和硝火从天而降，落在长满青青蒿草的山麓中，一点点浸润成泥。

山头不高，但幽僻深远，因为是千百年侵蚀而形成的一座断峰，历经沧海桑田渐渐与主峰割裂开来，故而在岁月的变迁中屡易其名，最终被世人称作断山。这里鲜有人烟，常年寂静而冷清。所幸有脚下昆虫鸣歌，山中松竹做伴，头顶飞鸟徜徉。上天无情斩断了它，却没有忘记赐予它新的生命。

从百天前起，这里多了一对师徒，长眠于此。

确切地说，葬掉的只是数本关于医理的遗著，和一副残缺不全的枯骨，代表着他们的亡魂。

碑冢掩映在一片青草中，无声，无息，不惊天地，不扰红尘，又或者早已被世间遗忘，始终如一地游离在动荡之外。上面也没有题名，只是简单刻了两个相同的姓：陆。

远远的，一个头戴斗笠的中年男子提着一壶酒，踩着泥泞小路向这里艰难靠近。看样子，他打算在此处停留一宿，故而另一手还挑着一盏灯，到时候照明用。

到了坟前后，他卸了斗笠，就这么静静站在雨中，低头凝望着一大一小两座墓碑，瞬间眼睛发红，说不清楚是眼泪涌了出来，还是雨水打湿了眼眶，视线模糊。不惑之年的将者，原本身躯挺拔如柱，面上经常挂着慈父般的温和笑容，威严却不失儒雅，此刻却形容沧桑，微微弓着背，眼里一片哀凉。

他缓缓俯下身，对着较大的墓碑叩首，头深深埋进青草中，似乎忘记了抬起。很久之后，有暗哑而悲怆的颤抖声音夹杂在雨雾中飘了出来。

"陆先生，一路走好……小楼，宋叔来看看你们……"

辽远的桑城，千里之外的鹿鸣关，狼烟四起战火纷飞。他有一种错觉，似乎依稀间还能看见那个孩子纵横沙场冲锋陷阵的凛凛身影，想他孤傲而坚毅的面庞，倔强又隐忍的目光，还有陆先生宽豁风趣的脾性，和蔼可亲的笑容。庭外飞雪飘飘，医庐内暖如阳春，师徒二人一长一少，或煮酒弈棋，或试茶阅书，尘世的纷扰与缭乱不会波及那里，一切都安适而温存。

然而，所有恬静而美好的景象，早已埋葬在萋萋断山中，湮灭于青青蒿冢下。

"宋叔如了你的愿，到了那边，就去给陆先生当儿子，把这一世不该认识的人、不该遇到的事、不该牵绊的情都忘了，痛痛快快地过……答应宋叔，好吗？"

山静无语，草木无声，回应他的只有淅淅沥沥溅在墓碑上的雨声，以及身后不远处咀地跪在泥水中发出颤抖呜咽的男子的哭音。

他没有想过，北凉一别会成永诀，甚至连最后一面都没见到，从此便人鬼殊途，再见时只能空对冷冰冰的碑冢。那些年少时走马飞鹰习武修兵的旧日时光，一起出生入死抛头颅洒热血的满腔情怀，是主仆是将属更是兄弟和手足的至真情谊，就这么生生变成了似水东逝的回忆，有呼无应。

他恨那些杀了他的刽子手，恨那个心如铁石冷血无情的将者，恨所有心安理得地接受他以命换来的庇护，却说他是个杀人如麻的魔鬼和修罗，咒他骂他不得好死的西川人！就让刀枪、战火、兵马、铁蹄、杀戮、鲜血，所有一切全都卷来！

该死的是他们！是他们！

可是他却不能杀了他们去报仇，不能报仇……

他恨自己的无能为力，头埋在青草中，五指紧紧掐进地里，像一头悲痛而绝望的孤兽，口中发出沙哑的低低哭声，全身止不住地颤抖着。

跟在他身旁的女子克制不住，眼中的泪水频频掉落，伤心又难过地蹲在他身边，伸手抱住他，含糊不清地哭着劝他："景威……不要哭……不要哭……"

宋令宣复又热泪盈眶,起身来到景威身边,蹲下来握住他深深抠进地里攥得骨节发白的手,拍了拍:"孩子,想开些……听宋叔的话,不要再做傻事,保重自己……"

景威泪如泉涌,缓缓抬起头,袖子一横,抹了抹混合着雨水和泪花的面庞,就这么一直跪着,隔着远远的距离,一步一步跪到墓碑前,一见那两个一模一样的字,瞬间眼帘模糊,眼眶红肿。铮铮铁骨的男儿,砰地一头下去,对着两座荒冢连磕三个响头。

"少将军,陆师父,景威敬你们一杯……"他不断擦着涌出眼眶的泪水,抬起酒壶,声音沙哑而悲痛。

宋令宣站在身后,轻轻拍着他肩膀安慰,一双潮红而沉黯的眸子怔怔望着墓碑,语声悲沉:"除你之外,宋叔没有告诉任何人,外面再怎么乱,都不会有人打扰到这里。"

景威含泪点点头,眼里一片通红,末了转过身,对着他深深叩了一拜:"景威有负宋叔栽培,罪该万死!"

宋令宣潸然直下,扶他起来:"离开西川,不管那里变成什么样子,永远都不要再回来。宋叔这辈子最后悔的事,就是没有将你们赶出大营……"

"我不走,少将军若还在,一定不会坐视敌兵犯境,就算是同归于尽,我也会秉承他志,拼死护……"

"说什么傻话啊!"宋令宣悲声劝住他,"你们都是宋叔看着长大的,就跟自己的亲儿子一样,已经走了一个,难道还要再让白发人送黑发人?"

"景威,你不要冲动……"琼儿站在雨中,担心地望着悲痛欲绝的他,害怕地吧嗒吧嗒掉眼泪,抓着他的手臂不肯松开:"你的少将军要是还活着,一定不会让你去送死的……你答应过我要保护我的,不要出事,你答应我不会出事的……"

景威心口发酸,面对将全部依恋和信赖都付于他,因为他而忡忡不安的她,说不出任何话。他抬手擦掉她面上的雨和泪,脱掉自己的衣服将她紧紧包住,声音暗哑:"对不起……"

琼儿惶恐地抱住他的手臂,伤心不已,哭得语无伦次:"明明答应了的……我想公子,我想他……却跟着你来到这里……你说好不再出事的,明明说好了的,你这个骗子……"

景威眼睛发红,无法回应她的指责,只能无声将她抱在怀里,任她发泄。

"孩子,不哭。"宋令宣柔声对她道,安抚住了琼儿惴惴不安的心情,然后拍拍景威:"带着她离开西川,远离战火,安安静静过完这辈子,就当这是宋叔的命令。那个一手遮天的人从来只在乎自己的苦恨,旁人不该承受的痛全被他当作应该。他已经跟任何人都没了情分,留下来只会让宋叔更痛心……"

"宋叔……"景威眼中热泪滚动,心如刀绞。

西川,那片曾留下男儿青春年华和满腔热血的苍茫原野,如今已变成一个可笑可恨又可怜的地方,以至于他在决定远离的时候,心中竟没有任何恋念。唯一放不下和割舍不掉的就只剩下断山上的这两座荒冢,还有面前这位苍凉而悲郁的叔父。

"去吧,无牵无挂地走……宋叔还有妻儿扎根在这里,纵然心凉到骨子里,这辈子也只能老死西川。"

景威忍泪,艰难而沉痛地点点头,双膝跪地,对着他重重磕了一个响头,以报这十多年来的培育之恩。然后他对着坟头,再度叩首作别:"少将军,陆师父……你们保重!"

但是，那片你拼尽命力打下来的北凉，我一定替你守住，不死不退！

他强忍心中悲恸，隔着模糊视线注视着墓碑，暗暗在心中发誓。

宋令宣哀然扶他起来，不舍地道："离开以后，好好过活。"

"宋叔，保重。"景威含泪收回目光，一把擦掉蔓延到眼眶的泪花，深深拜了一拜，拉着琼儿的手走向山外。每一步，都仿佛踩在荆棘针芒上，走得悲切痛楚。

雨势渐甚，顷刻间将他们的背影淹没，孤寂而清冷的坟头前，就只剩下将者悲沉沉站在雨幕中追思故人的寥落身影和眺望着远方狼烟的哀痛目光。

被战火包吞的桑城，已经动荡不堪。

纵然大雨滂沱，清寒入骨，杀戮依旧以所有人预料不到的速度展开。

望城的收复犹如一团明光，重新燃起了那些挣扎在黑暗深渊里的奴民的希望。在青军转攻桑城后，许多闻讯的奴民喜不自胜，竟自发组织起来反抗欺压他们的奴场主，袭击城中斥候兵。尽管有人为此血洒长街，但胜利的喜悦俨然已成为推动他们为自由而战的巨大力量，再也没有人像以往那样犹豫退缩。

所有人都坚信，总有一天，他们会彻底摆脱折辱和摧残，不再是匍匐在地的卑贱奴隶。

被禁锢的力量，终有崛起复苏之日，那才是光复青桑的真正希冀之所在。当桑城沦陷，城门破开那刻，看着兴奋而悲喜交加的奴民如潮涌出，为久违的自由欢呼雀跃时，青珑如是想。

五月的雨天宛如一张无形的雾网，眯得她睁不开眼，历经鏖战的她就像一个木偶，牵着战马恍恍惚惚地穿行在遍地污血的桑城中。大雨将她浇得湿透，冲走了浑身的污血，只留下泛白的伤口，而她却感觉不到任何刺骨之痛。

何曾想过，眼前的满目疮痍曾是繁华之所安乐之都，十年沧桑变幻，如今终于挣破樊笼，却是以血的代价换取。

三十年河东，三十年河西，终究还是一场人吃人的轮回。

闷葫芦，你说这样的路，走到什么时候才有尽头？

她低头凝视着手中的剑，回答她的，只有大雨溅落的滴答声，一下一下地敲击着她的心门。

一天的时间，她独自穿过这座有死亡也有新生的旧都，不知不觉又重新回到了城楼下，站在兵来兵往的开阔地，怔怔眺望着远方的烟雨和山岚。

大雨之前，脚下的一方黄土曾是杀戮的起点，大雨过后，又会是什么样的景象？

一名传事兵见她久久不动，小心翼翼地向四处看了看，迟疑着上前，低头禀道："姑娘，梁将军有请。"

青珑这才回神，匆匆擦了擦面上的雨水，抹去一脸狼狈，将马缰递给了身旁的小兵，随他去了。

"可有说是什么事？"见去的方向并未通往常走之路，而是幽僻小道，她有些疑惑，途中即将拐弯时随意地问了一句。

那兵回头，四处张望了一眼，然后躬身答道："具体事由梁将军未曾交代，只道是要紧事，命小的速叫姑娘前往相商。"说完，他越发加快了步伐。

青珑看那兵表情颇为紧张，似是在防备着什么人，更重要的是他模样生疏，就更加狐疑，想了想叫住他，试探性地道："这样吧，城外那里明日该夏将军换防，你去知会下他，叫他提早过去换回梁大哥，有什么事入城商榷。"

"可梁将军有令，小的也不好违抗……再说雨势急骤，来回诸多不便，指不定就给耽搁了，还望姑娘体谅小的难处……"

"放心，我会替你开脱，你去通知夏将军，叫他即刻动身前往城外驻守，换回梁大哥。"语音落地，青珑转身便回了。

那兵着了急，连忙追回来堵在她面前，百般恳求："善后之事繁多，夏将军定然要务缠身，脱不开身。梁将军那里兹事体大，耽误不得，还请姑娘三思……"

青珑忽然神色一冷，抬眸逼视着他："关于夏将军，你没有要问的？"

那兵愕然，迎上她的目光。

"所有青军里，没有姓夏的将军，众兵皆知，独你不明，何方细作！"

几乎是同一时刻，一刀一剑唰地出鞘，快如疾风，刺向彼此要害。

闪躲的间隙里，那兵匆匆从怀中拿出一个小木哨，对天吹啸几声，顿时远处草木簌簌抖动，犹如巨蛇匍匐而过。不一会儿，二十多个蒙面的黑衣刺客骤然跳出草丛，将她围在中央。一瞬间刀锋交错，密集成光，纷纷刺向她心害。

大雨滂沱，噼噼啪啪如敲钟鼓，淹没了纷乱而铿锵的刀剑撞击声。

城头内，几名少年身穿铠甲，坐在各自刚刚选中的高头大马上，心情激动难抑，竟不顾下雨天从大街上飞驰而过。

这些战马都是从丘良堡和新口马市上运转过来的，虽然因为战事吃紧时间匆忙，没能将最初预定的千匹良骏全部弄来，但差不多也有将近八百匹，各个彪悍健壮，神骏非凡。

"小鬼，当心点！"蔺池正率兵巡街，一见几人兴奋的模样，招手笑道。

"蔺池哥哥，我们有战马骑了！月芜姐让我们自己挑的，我们有马了！"十三欣喜地朝他挥手，率领身后伙伴嗖然飞过，溅起豆大的雨点，惹得一排巡兵纷纷让道，哈哈笑着孩子们的傻气和英勇。

"哈哈，我们有战马喽！"少年们可不神气，各个像头竞逐的小狮子，呼啸而过，留下一路骄傲而自豪的笑声，一直蔓延到城楼下。

他们要告诉青珑阿姐，允许他们在将来的某一天，骑着战马穿着铠甲迎风奔向北凉，将小五他们接回青桑，带回他们自己的家。

马蹄甫一停下，十三和小七便迫不及待地奔出城楼，高兴地大声叫道："青珑阿姐，我们有自己的战马了！"

然而城门外除了来来往往巡查的士兵外，根本不见她的身影。

十三不解，跑到站岗的士兵跟前，问他们："青珑阿姐呢？她去哪了？"

"方才姑娘还在，后来被梁将军派来的人叫走了。"

蔺池收兵后走了过来，听到他们的对话后一疑："叫到哪里去了？"

士兵摇了摇头："姑娘没说，不过像是往城外的方向去了。"

蔺池抬头看了看昏暗的雨天，心里隐隐不安，担心桑城一战刚刚平息，城外就有敌兵卷土杀来。但他转念一想，倘若是情势吃紧，梁大哥定然鸣鼓传讯，通知城中守兵戒备，断不会把时间浪费在来回路上，除非事情不急于一时半刻。而若真是这样，明日他就会换防回城了，何必要抢在这一晚上？

他越思量越觉得不妥："可有说今晚回不回城？"

"这个姑娘没交代，就跟着走了。"

十三和小七有些不放心，跟着几名伙伴翻上马背："那我们去找找。"说完，几人甩开鞭子，犹如离弦的箭一样驰骋而去。

蔺池也跳上战马，一踩马镫，紧追过去。

远远的，雨幕之中血光飞溅，交错的刀锋连成一团，宛如削筋断骨的光刃从戎装女子腰间切过，几乎要将她一分为二。

青珑身子一倾，险些栽倒，她以剑撑地，转身的时候剑光向左一刺，捅进一名蒙面黑衣人的颈脉。

鲜血喷射而出，溅得她满脸都是，狰狞如魔。

"杀！"领头的蒙面人头戴一顶斗笠，见状长喝一声，倏然绕到她背后，以近乎同归于尽的方式靠近她，一刀扎入她后背。

青珑倒吸口冷气，拼命维持住混沌的意识，手腕一转，剑尖向后从腰间虚空向后刺出，一剑贯穿他腰腹。

"将军！"

"阿姐！"

几乎是同时，双方的惊呼在大雨中炸开。赶来的少年们大吃一惊，催动烈马飞奔过来，汹汹杀向那些蒙面人。

"阿姐！阿姐！"十三惊恐地扶住她，歇斯底里地漫天大喊："有刺客！有刺客！来人！"

同来的蔺池震惊不已，从马背上飞跃而起，落地时锋刀离鞘，咔地平削了一名蒙面人头颅。

"十三，快去通知裴原！"他箭步奔向青珑，背着她拼命杀出包围圈，一刀割断衣角，匆匆给她包扎伤口。

眨眼的工夫，城外马蹄轻疾，飒沓而来，一排排弓手弯弓拉弦，长箭纷乱如雨，唰唰射向那些蒙面人。

"留……留活口……"青珑紧紧抓着手中的剑，勉力维持着意念，"查出他们的身份，然后彻查全军，以免、以免……"

"留活口！"蔺池会意，竖手一令，乱箭即刻停止，生还的刺客仅仅剩下三名，均已身中数箭，虽然没有射中要害，但也足以夺去他们大半条命。

"给我拿下！"他大步奔过去，一脚踢掉领头那刺客头上的斗笠，伸手揪住他身上的箭，毫不客气地全部拔出。

"将军！"另外两名刺客悲喝一声，吃人一样怒视着所有青军。

"哪个手下败将，使这等手段！"蔺池刀锋一抬，挑开他蒙面的黑巾。

映现在所有人眼中的，是一张并没有戾气的平静面容，温和如风，隐隐透着苍凉。

蔺池意想不到，不可置信全写在脸上，吃惊地看着他。

青珑更加震惊，无论如何也不会想到是他，涣散的意识蓦然被激醒，不顾重伤之身，撑着剑大步奔向这边，惊痛难言，跌跪下来："为什么？"

"杀人，可以不给理由。"失血让那人的脸色越发惨白，一双眼睛深沉如海，却并没有流露出一丝一毫对死亡的恐惧。

青珑眼底热泪滚动，声音暗哑："您是闷葫芦敬重的叔父，哪怕短兵相接，霍青珑也绝不会伤您分毫，为什么要这么做？"

"沙场上只有敌我，没有情分。"

青珑怔怔看着手中的剑，心如刀割——她就这么当着闷葫芦的面，与他生前敬重的叔父互相残杀。闷葫芦，倘若你泉下有知，会有多伤心……

宋令宣眼角余光看到了那把佩剑，顿时眼前水雾弥漫，哀然闭上双眼："要杀要剐，悉听尊便。"

青珑吞泪入腹，撑着剑缓缓起身："带回城中。"

"本将可以任由处置，放了他们。"

"休想！"蔺池厉喝一声，周围青军顿时围拢上来，刀锋齐齐架在三人脖子上。

"放了他们。"青珑沉声下令，握剑的手隐隐发颤，"带宋将军回城，找大夫好生救治。"

"可是……"蔺池不甘心，怕宋令宣再使什么诡诈伎俩，但见青珑态度坚决，也就只得依令而为。

大雨依旧，从九天浇灌而下，不断冲刷着地上的殷红血迹。血雨交融，汇成一湾湾恣意扩散的赤色水洼，宛如魔鬼张开的血盆大口，贪婪吞噬着天地间的所有活物。

夜色很快铺展下来，静得像一片幻境。尽管城中戒备森严，还是有一抹暗黑色的身影冒险潜了进来，掠入宋令宣所在的屋子，靠近昏迷在榻的他，试图救走他。

只是甫一揭开被角，十几把锋利的暗器忽然从稻草扎成的人偶中嗖嗖射出。黑衣人惊然，转身即退，屋内各个角落的机关却先他一步瞬间开启，顿时乱箭齐发，快如光电。饶是他反应再快，也躲不过毫无罅隙的箭阵，顷刻间被疾矢穿心，牢牢钉在冰冷墙壁上。

房门洞开的时候，青珑一眼对上了那个惨烈将死的黑影。

屋里光线很弱，隔着远远的距离，她看不清他的眉眼，只依稀辨得一张棱角分明的轮廓，宛如一个冰雕，惨白惨白的，虚幻得不真实，仿似随时都会消散。

可是为什么，那道黑色身影会如此熟悉，就像烙印在心底的一道伤疤忽而被撕开，淋漓滴血。

她面色煞白，猛地夺过身后士兵手中高举的灯台，发疯一样奔向他。

不是他，不是闷葫芦，不是他！

心头有千万个声音齐刷刷响起，却还是没能抵过现实的残忍——一样冰冷而苍白的脸，一样深邃而幽暗的眸子，一样决绝而孤独的身影……

她的身子止不住地颤抖，眼前一片炫黑，就仿佛天地倒转，陷入无尽的黑暗中。

一眼的对视，她蓦地泪如雨下，拼命抱住他的肩膀，摇他唤他。

他张了张口，似有什么话对她说，只是仅剩的一口气息已经让他发不出丝毫声音。渐渐地，他的面庞越来越模糊，忽然间整个肉身消失不见，留下一具残缺不全的枯骨，松松散散地被乱箭钉死在墙上。

"闷葫芦！"她悲痛欲绝，惊恐而无助地抱着他的尸骨，哭得撕心裂肺，恨不能一刀杀死自己。

"姑娘！姑娘！"月芜一直守在榻边，终于听见了她的动静，焦急地叫她。

青珑猛地惊坐起来，额头冷汗淋漓，脸色惨白如雪。

一室明光，刺得她睁不开眼。

"是不是做噩梦了？"月芜帮她擦掉额角的冷汗，扶她躺下。

青珑仿佛一架机械，浑然感觉不到伤口的痛，伸手抓住床头的剑，双手发颤地紧紧握住它，不敢松开一丝一毫。她怕稍一松手，闷葫芦就会消失不见，就像刚才那场可怕的噩梦。

"宋将军怎样？有没有醒过来？"

"脉象已经平稳下来，只是伤势惨重，能不能完全脱险还需要一段时间的观察，我已安排人照顾他，姑娘不用担心。"

"月芜，扶我去看看。"青珑揭开被角，挣扎着就要下地。

月芜急忙拦住她："姑娘重伤刚醒，不能……"

"我没事，扶我去看看，就现在。"青珑握着剑，固执地下了榻。

月芜劝不住，只得帮她穿上外衣，来到了宋令宣养伤的地方。

门外两兵正要行礼，却被青珑屏退了，就连月芜也不让跟着，她独自一人踏了进去。

屋子里面很安静，声息不闻。靠窗的地方坐着一个身穿白袍的男子，视线穿过微微敞开的缝隙，落在灰蒙蒙的远方。

"宋将军。"青珑走上前，停在了离他两尺之遥的地方。

宋令宣没有回头，声音沉静而冰冷，犹如一把透骨的刀："动手吧。"

青珑喉咙一酸，肃声道："我不会杀您。"

将者忽然沉默下来，背对着她，一动不动。

"您牺牲自己一世磊落清名，为了什么？"

"杀你。"毫不犹豫地，从宋令宣口中跳出两个冷厉的字眼。

青珑望着他清寒的背影，语声肯定："不单单是为了这个。"

宋令宣亦斩钉截铁："没有第二个目的。"

"那您现在就可以动手。"她靠前几步，将手中紧握的剑横放在桌，"千刀万剐，晚辈也绝不还手。"

宋令宣垂睑，微微侧了侧身，目光落在那把冷峻长剑上，沉痛而悲凉。然而过了很久，他都没有拿起过它。

"晚辈想知道，您以一世清名换取的，到底是何物？纵然赴汤蹈火，霍青珑一定成全。"

宋令宣不语，良久沉沉道："第一，杀了本将，两军痛快酣战，不死不休。"

青珑抬头，定定凝视着他的清冷背影，眼底悲沉。仍旧记得第一次竹楼照面时，面前这个副将儒雅可亲的笑容。而现在，他浑身上下只剩下寒凉，再也看不到当初的点滴温暖。

"第二是什么？"

"离水以东三城两镇皆数化归青桑，西川所有奴民的卖身契，本将自会差人逐一讨回，还其自由身。以离水为界，双方休战十年，十年之内两军不越雷池半步。如有后虑，本将自当远赴青桑，为质十年，任尔族作弄。"

青珑始料不及，心海像被什么东西敲击到，翻涌难平。未来不知需要多少鲜血和杀戮才能换来的平和与安宁来得太过突然，以至于让她的思绪有一瞬间的排空，换作由衷的欢喜和欣慰。就漫漫黑夜忽然破晓，晨曦洒遍大地，虽然微光蒙蒙，却依旧带给人重见天光的无限希望。

可是，这一切却要用闷葫芦最尊敬的叔父的声誉和性命作筹码，她又再次做了一件伤他之心的事，狼心狗肺得彻底。

"宋将军恺悌君子，耿直重诺，晚辈深信无疑，只是还有一事，望您答应。"

宋令宣背对着她，态度坚决："只有这些，没有再多条件。世事无常，从无定数可言，得到了便该满足，强求太多，失去的也越多。两条路，你只能择一。"

"求您原谅晚辈的贪心。"她俯首，对着他的背影深深鞠了一躬，潮红着眼睛恳求他。

宋令宣长长吸了口气，依然没有回头："那就杀了本将。"

青珑双膝及地，缓缓跪下，消瘦身影匍匐在地，如同一片被秋风刮落的枯叶："求您告诉晚辈，闷葫芦的埋骨地……"

一句话，让宋令宣深沉的眸子瞬间发红，宁愿相信这世上还有人真心牵挂那个孩子，而不是像如今西川百姓到处议论的那样，说如果楼西越还活着，一定能打退青军，护住边城人，却把他们当初称他为杀人饮血的沙场魔鬼，诅咒他不得好死的恶毒字眼忘得一干二净。而那个当初下令杀他的冷血无情的将者，或许连他葬在哪里都不屑于过问吧。

乱世纷争，所有人都在为各自的利益奔走拼杀，有谁愿意放慢脚步，将时间浪费在缅怀故人上？

"宋将军，晚辈留您在此，只有这一个原因，求您告诉我……"

宋令宣眉目凄然，缓缓阖上眼帘："做你们该做的事去吧，把一切都交给时间……也许是一年，也许是三年五载，再多的念想，它总能一点点带走。"

"宋将军，我求您……"

"我累了，你走吧。"

青珑潸然泪下，惶恐而悲痛地趴在地上，一遍遍求他："我知道您的担心，可是您放心，只要有我在，绝不会让任何人打扰到他，哪怕是那些北凉部下，就算拼尽这条命，我也会保他安宁。"

"人已不在，这样的万一我赌不起。"

"宋将军……"

一天，两天，十天，半月，转眼间一月已过……时光如箭穿梭，她照旧每日来看他，找最好的大夫替他疗伤换药，跪他求他。然而宋令宣始终如一，没有向她松口。

他想，如果那些北凉部下义愤填膺地去毁碑灭冢，霍家女儿绝对不会选择去杀他们雪恨。

　　既然如此，那就让他走得彻底。生前他浴血征伐没有为自己活过一日，死后就让他安安静静地陪着陆先生，师徒二人在泉下共享天伦。

◈ 第六十九章 ◈
和战

———————————————————————————

一个月的惶恐度日，将青珑的心力摧残殆尽，她以为至少可以去陪陪闷葫芦，与他说说话，向他忏悔，问他在那边过得好不好……可是，所有的哀求都是徒劳，这样的机会已经彻底没有了。

"送他走吧。"最后一次走出屋子，她持剑站在院中，举目望着西天的云海和山脊，瘦削身骨站成一尊石雕，久久不动。

风从远山刮来，吹散她肩头的长发，不知从什么时候起，原本的乌黑中悄然夹杂了几缕刺目的银白，随风飘了出来。

"姑娘……"月芜不忍相视，紧紧跟着她，生怕她撑不住而倒下。

"就明天……明天再送吧。"她喃喃低语，像是已经放弃，又似乎依旧抓着最后的希望不放。

月芜点了点头："姑娘放心，我会安排裴原和蔺池，让他们亲自把宋将军送回大营。"

"不，"青珑一口否决，"我去送，谁都不要插手。"

"姑娘，你又何苦自己冒险？"月芜担心她的安危，劝道："裴原已经答应我，不再迁恨于任何西川将领，也就不会中途变卦对宋将军不敬，何况还有蔺池在，定能将他完好无损地送回本营。"

"我想回去看一眼。"青珑遥望着远方，沉声道。

那里有属于她和闷葫芦的回忆，她想看一眼他曾经住过的地方，留下的每一个脚印，还有他为了等她而夜半煮茶的壶、为她烤地瓜的炭炉，甚至是他安安静静坐在灯下夜读的幻影……

只是她不知道，他留在西川的一切早已被焚于烈火，抹消得干干净净。

送宋令宣回营的那一日，天空刮起了大风，像是暴风雨来临前的征兆。

马车沿离水西行，两岸芦荻飘荡，细叶倒映在河中，青翠欲滴。放眼一望无际的荒原，新生的野草足有半人高，随风一拱一拱地翻动着。碧水长天，青川绿野，比起冬日的惨白，这里终于有了一丝鲜活气息。

只是走过的每一寸土地，都像荆棘一样刺到她心口。

望穿秋水，盼来了故城，却盼不回故人。

"姑娘，穿过那座桥，就到西川的边镇了，要不停下来歇歇脚？"辛泽打马靠过来，将水囊递给青珑，转身就去探路了。

尽管月芫和梁大哥他们不放心暗中安插着人手跟着，但明面上随行的士兵只有零星几个，越靠近西川大营，辛泽心里就越不安。

一是怕宋令宣食言，违背他答应姑娘的事；二是怕大营的将士们出暗手，对姑娘不利，毕竟在宋令宣刺杀失败被擒于桑城养伤期间，不断有来自西川的将士想尽办法前来搭救。要被他们知道姑娘独自一人将他送回本营，只怕踏进去容易，安然走出来就困难了。

想到此，辛泽捏了把汗，神经绷得紧紧的，仔细盯着周遭和远处的动静，任何风吹草动的迹象都不放过。

果不其然，马车还未靠近边镇，前方已隐现一队弓手，稳稳停在镇口，犹如一排铁铸的坚固壁垒，肃杀冷绝。

而高坐马首的，是谁也想不到的楚定云。

将者满面风尘，隐有疲态，显然从鹿鸣关的战火之地一路飞驰，马不停蹄地奔回西川，耗尽了心力。然而他的一双眸子却凌厉如刀，攥着战刀的双手指骨发白，极力克制着自己的情绪。

青珑冷冷对视着他，一直压抑的悲和恨犹如激荡的浪花，在胸中肆意冲撞，禁不住按柄扣剑。

"兹"的一声清响，弓弦大开，张到最大的弧度。对面的弓手警惕地注视着她，几乎是先她而起，开弓欲射。

辛泽驱马上前，轻喝一声："堂堂西川大军，就只这些胆量！"

弓手们没有多余的话，箭尖指向他们："放了宋将军！"

"以城易人！"辛泽不改颜色，厉喝道。

"放了宋将军！"旋即，弓弦兹兹清啸。

所有人都看不见的角落里，藏匿的或乔装的青军像一只只蛰伏的猛兽，纷纷探手入怀，有流火弹的引线露了出来。

"放人！"楚定云低喝一声，一双发红的眼睛恍似被鲜血浸透，快要成魔。

外敌犯境，他可以去拼死抵抗，哪怕马革裹尸也绝不会犹豫。可他不希望在这样的危难时刻，刀光剑影里杀出来的生死兄弟反过来排斥他，远离他，甚至……甚至是威胁他，背叛他。

当在千里之外的战场上听到宋令宣不战而降，割让城池给青桑的消息时，他应该愤怒、斥责、骂他懦弱不争！可是相反，他突然感到无比恐惧和害怕，面对着横铺在眼前的舆图，握刀的手止不住微微发颤。

衔悲茹恨二十余年，隐忍到今日，他赢得了半壁江山，甚至是只要一个恶念，就可以拥兵自重，做俯瞰天下的主。可他却永远失去了爱妻，疏远了对白楚两门有援助之恩的陆鹤之，害死了蕙兰，又残忍杀了那个无辜的养子……身边的人一个接一个离去，就剩下这个跟着他出生入死快一辈子的兄弟了，他害怕再有万一发生。

"放人！"他悲喝一声，无法克制地拔刀出鞘。

青珑眉目肃杀，眼里尽是血色，有泪有恨，忘不了噩梦中闷葫芦残缺不全的枯骨，更加痛恨自己，到死都要伤他心，负他情，却连面前这个下令诛他的刽子手也杀不了。

"弓手备箭！"久等无果，楚定云猛然下令，厉声道。

瞬息间，劲弓冷箭齐刷刷指来，连成一片刺目的寒光，将马车紧紧围成一圈。

"谁敢妄动！"辛泽大喝一声，战刀直指马车，面上尽是同归于尽的绝烈。远处的青兵皆目光一狠，有人探上腰中隐匿的暗器，有人已将硝火弹的整条引线拉出，只等最后一声令下。

长风倒涌，卷起漫天飞沙，在广袤的边镇上空咆哮。

剑拔弩张之时，马车的帘子被人缓缓揭开，随之露出一张平静而苍白的面容。重伤初愈的将者消瘦了许多，眼眶深陷，然而一双眸子却深远如海，没有丝毫戾气。

楚定云面色瞬变，定定注视着他，眼里的血色越发浓烈，几乎就要冲过去，一拳挥到他面上，打醒他，骂醒他！可不知为何，他的怒火非但没有爆发，眸底的血气也一点点消散，攥刀的五指颤抖地松开。

生死兄弟安好无恙，这世上依然还有能与他推心置腹的人，没有比这更让他欣慰的事了。

宋令宣下了马车，徐徐走来，停在了离楚定云十步之遥的地方，抬头看着战袍翻飞的他，神情如水，不起丝毫波澜。

随行的几名青军迅速拔刀，紧紧盯着他的举动，就要刀指他脑袋的时候，被青珑下令禁止了，便都退了回去。

"宋某十五岁上阵杀敌，誓死追随将军至今，算起来也有二十五个年头，不敢说公而忘私，至少对得起天地良心。此次败阵被擒，不惜弃城保命，确属宋某本意，倘若将军认为功过难抵，但可逐我出军，任杀任剐绝无二话！"

"何意？"楚定云料想不到，翻身下马，神色凛凛地站在他对面："你是三军副帅，是我楚定云的生死兄弟，没有本将的命令，谁也妄想动你分毫，更不要提以城易人！笑话！"说话间他一声令下，身后的弓手迅速变换位置，嗖地冲上来，将青珑围住。

"谁敢放箭！"宋令宣大喝一声，猛然抽出楚定云腰间的战刀，直指他眉心。

"宋令宣！"楚定云哀吼一声，眼睛通红，满面不可置信。

"我视他如子，知道白发人送黑发人的痛！今日我必保青桑，倘若该死，将军但可下令放箭。但宋令宣既已承诺，必当以命守之！"

一句话，彻底浇灭了楚定云心中涌动的杀意，唇齿轻颤，目光悲沉，也似乎在一刹那明白了他的做法，愿意让自己冷静下来，去细想他的所作所为。

"十年光阴一晃而过，如果那个时候我能放下心中怨怼，心平气和地面对你，宋某依然还是三军副帅，只要将军有令，上刀山下火海在所不辞！"语毕，他手腕一翻，长刀飞出，扎入楚定云脚下的土地中，左右晃动。

最后一次，他看也没有看惊怔而悔痛的楚定云，转身走向马车。

"宋将军——"青珑从震惊中回过神，扬声喊住他："您不必如此。"

"率兵取城，换成宋某本人，必定杀你而后快！但是亡侄生前有求，我可以应他之请，保你一命。"

青珑瞬间眼睛发红，只是当着所有人的面，她必须让自己平静如常。而当马车启动，咯吱咯吱地往回返的过程中，她徒步跟在后面，终于克制不住，紧紧捂着嘴，泪如泉涌。

翌月中旬，在接连拿下望城和旧都桑城，夺回被夏军占据的失地后，青军整饬收兵，带着摆脱奴籍的族民沿离水南下，转渡青河，在盛夏清亮而悠远的蝉鸣中踏了漫漫归途。

至此，这场始于离水雪战，亦终于离水之约的烽火狼烟终于缓缓熄灭。

启程的那日晌午，楚定云曾只身前往桑城，高坐战马停驻在重兵把守的城楼外，目光沉沉地注视着徐徐驶出城门的一辆马车。

将者逆光而立，即便烈日临头，依旧感受得到他周身的冷肃气息。

青珑没说什么，示意两旁的兵马后退，然后与月芫等人先行一步，远离了马车。

楚定云催动坐骑上前几步，停在了车帷旁，很久之后艰难启齿："你我半生浴血沙场，出生入死肝胆相照，没有你的耿耿忠心和鼎力相助，就不会有今日的楚定云。"

车帘并没有揭开，从里面传来的声音平静如水："是兄弟当两肋插刀，是将属当丹诚相许。"

楚定云眼角发红，心头的百转千结和悔恨，全部融入两个微颤而凝重的字眼中："保重……"

车轮咕噜噜转动起来，穿过他的眼帘，迎着夏日的骄阳一路驶向远方。

"宋将军身为三军副帅，功德卓著，又当壮年，十年里可以为西川做许多事。倘若您愿意回头，晚辈定不会为难。"经过身旁的时候，青珑征询他的意愿。

马车里的人沉默了一会儿，声音低沉："留下楚定云的命，这就是宋某所做之事。"十年既漫长难料，又是弹指一瞬，他不知道自己何时才能淡忘断山上的那两座孤坟，如果与刽子手朝夕相对并肩作战，不确定哪一日他突然就会克制不住，像景威一样拔刀冲上去，杀了他以泄此恨。

青珑想了想："也许不只如此，可能别有用意。而楚定云，也应该权衡到了当中利弊，否则不会默许您的做法，与我青桑离水立约。"

宋令宣面色一凝，眼睛向帘外转了转。

马车吱吱滚动，伴随着细细的杂音，青珑缓缓道："先有北上伐凉之行，鏖战十数月，虽势如破竹无往不利，但兵疲马倦，财粮耗损颇巨。后有庙堂党争之变，帝薨而新主立，朝局颠动，民心惶惶，国是待定。旧令新政更迭之隙，外敌伺机蠢动，彼时正当用人，功绩卓绝的一代新秀却惨遭诛杀，魂归离水。而楼西越……他的死，等同于自折羽翼，直接助长了敌军士气，乃至燕亓联兵犯境，数十万雄兵连日抢关，战火纷乱愈盛。上有强敌夹击，下有青兵扰动，于大夏而言，当下正万危难存亡之际。"

"你想说什么？"宋令宣平放在膝的五指攥了攥，眼里有血气流淌，握刀斩敌的动作，已然成了将者的习惯和本能。

青珑拉了拉缰，跟着车轮的节奏放慢了速度，目光向远，面容平和而宁静。"晚辈只是在想，千里征战万里杀伐，固然能树国威立国势，但黎民屈从的，也许并非刀剑，惧怕最多的，抑或也不是死。"

"你觉得是什么？"

"绝望。"她若有所思地道:"有所追求,乃人存活于世的根本,希望不灭,则生命不止。而今四海分崩,诸国混战,哪里都是燎原战火与屠命冷刀。城池毁了可以再建,家园没了可以落脚他处,但至亲骨肉去了,就再也回不来了……"

她想起了战死沙场的父母,归龙关内的累累白骨,还有黄沙道上佝偻着脊背,艰难跋涉的难民队伍,瑟缩在奴场中的孩子惊恐而无助的眼神,关外境内到处弥漫的硝烟,被铁蹄碾揉进泥土中的少年们瘦削而单薄的尸体,飘雪天里两军厮杀的惨烈景象,还有……还有烙印在她噩梦中的闷葫芦残缺不全的枯骨……

马车里的人垂了垂眼帘,顷刻才轻吐气息:"生逢乱世,你没有选择和逃避的权利。"

"所以十年一过,青夏两军必有殊死一战,抑或者根本等不到十年。"青珑转向车帘,挑明了话:"楚定云之刚严治军,宋将军之柔韧克心,晚辈受教了。离水之约一稳西川乱局,看似忍痛让城,实则以退为进,舍小保大。肘腋之患一解,西川的精锐之师便可倾巢而出,直上鹿鸣关,迎击两国雄兵。倘若大夏险中取胜,随后的目标无疑是我青桑。"

宋令宣默认:"看来你没有被胜战冲昏头脑,无怪乎青桑能异军突起,稳打稳胜。那么宋某甘愿亲赴青桑为质,背后的目的你也猜到了。"

"是。"青珑供认不讳:"如今诸国混战,乱世风云变幻无常,离水之约虽在,但不代表两军会恪守契书,暗室不欺,一切皆随势而变,晚辈不无提防,宋将军心有戒备亦不为过。大夏正处于风口浪尖,您身赴青桑,自然会放眼青军动向,且秋毫必察。"

宋令宣哀然轻笑:"宋某赏识你的坦率和胆略,如若没有家国立场的阻隔,而小楼也还在,也许你们能成为比肩沙场的一对璧人。"

青珑胸口一堵,心底隐隐作痛。造化弄人,终究每次都是她转身而去,丢给他冰冷而无情的背影。

景威说得没有错,他们杀了闷葫芦的躯体,她杀了他的心。

队伍长途行走,沿岸远涉了将近一整月,才全部抵达归龙关。

远远望去,新筑的壁垒森严而坚固,与身后连绵起伏的百止山融为一体,鬼然挺立于天地间。沟垒前大约百丈的地方,矗立着一块花岗岩铸就的界碑,历经风雨的侵蚀,碑身已成为斑驳青苔色,沧桑却挺拔。正中刻有"归龙关"三个遒劲大字,两旁各有一行血色印迹,虽已风干,却依旧力若透骨:青空碧水回,桑田沧海归。

队伍继续前行,虽无言语,但每一位走过界碑的战士都在心底暗暗感慨,十年离乱与变迁,受尽苦难和屈辱的青桑子民们终于回归家园了。

穿过营地来到城楼脚下,当城门大开的刹那,一切都仿佛进入了一场幻境。曾经尸骨盈野的苍凉城池,如今渐渐恢复生产,被摧毁的屋舍重新修葺加固,整整齐齐连成数排。绵长而平坦的青石街上,人潮争先往城楼的方向涌动,夹道欢迎风尘仆仆归来的大军,场面欢腾而热闹。大街两旁,酒肆、茶楼、客栈、脚店、当铺、药堂、书馆、学舍等先后开张或办学。比起离开时的模样,这里新增了不少生气和景象。

彼时盛夏的璀璨朝霞映满天际,将这片城郭拥在其中,宛如新生婴儿睁开惺忪睡眼,懵懂而安静地端视着睽违了十年的平和与安乐。

"青珑阿姐，我们会住在这里吗？还能找到我们自己的家吗？"少年们高坐马上，激动地不停追问。眼前的街景不由得让他们想起儿时记忆中的家乡，有卖糖葫芦的阿爷，会烤出香喷喷烧饼的阿婆，能捏各种小泥人儿的胖阿叔，集市和庙会上敲着铜锣叫卖吹糖人的小贩们，唱戏的花脸瘦子，以及口中能喷出大火的杂耍艺人，花样应有尽有。

而当年那一战过后，仅仅五六岁光景的他们就被迫离开了族落，逃难到异乡。转眼数年过去，他们回过大营，却还是头一次骑着高头大马进城，一切都显得陌生而新奇。面对两旁越来越高的呼声，少年们略显矜持地扬着笑脸，难掩兴色。

青珑转头，冲他们笑了笑："明天阿姐带你们去一个地方。"

"去哪里？"少年们眼睛一亮，好奇不已。

稍做安顿后，第二天清早，少年们揣着一肚子的疑惑，被青珑带去了枫林渡。

沿着渡口进入百止山脚下，赫然映入目中的，是一座青石白瓦修筑的墓园，四周松柏林立，苍翠欲滴。园内的亭子正中有一块大碑，碑身高逾两丈，上面刻满了密密麻麻的名字，烈日不会暴晒，风雨冲蚀不到，飞沙风尘亦不会沾染每一位安静长眠的英烈。

少年们呆住，怔怔望着偌大的墓碑，惊得说不出话。

"来，跪下。"青珑仰头注视了一眼，虔诚跪地。

少年们明白了过来，跟她一起跪下，磕了三个头。

"那时你们还小，不曾见过当年的惨景，碑上的这些兄弟，好些跟你们现在的年纪相仿，憨厚又热情，像荒原上奔驰的小豹子一样无畏。之前与你子逍哥哥逃出奴场后，阿姐曾带他来过这里，到处都是露天的白骨，这么多年过去，许多死去的兄弟都已经查不到名字，还有一些至今不知道生死和下落。"

"青珑阿姐……"十三哀然应她一声，声音放得极轻极低，生怕打扰到什么，"那还能找到吗？"

青珑苦笑一声，失望地摇了摇头："一直都派人在找，但结果不尽人意。不过有一点阿姐还是很欣慰，那就是他们留下的希望都还在，便是勇敢的你们。若非如此，也许这里依旧是一片废墟，桑都也至今未复。"

少年们埋头看着地面，似在沉思，很久后小七抬起脑袋，眼神坚定："我们决定了，不能住城中。"

青珑愕然："为什么？"

"那是给老百姓住的，我们要住大营，勤学兵法和武艺，将来保护他们，还要夺回被那些人抢去的城池。"

青珑摇头笑笑："原本那就是你们的家，当然能住，虽然很多亲人都已不在，或者还身陷奴场，但将来我们一定会把他们救回来。来这里没有别的意思，只是没事的时候过来坐坐，陪阿姐扫扫墓，祭奠所有离去的英魂，让他们在九泉之下瞑目安息，或者给阿姐讲讲你们也行。"

"我们？"少年们神色一惑。

青珑带着他们出了墓园,在枫林渡口四周徜徉，边走边道"说些关于你们和那神秘人的事，比如都是怎么认识的，被抓去后有没有吃什么苦受什么罪，为什么都不叫自己的名字……"

"我们人太多了，估计他起不过来，就按个头排了。"十三抓了抓后脑勺，憨憨地道。

"那你们当时答没答应？"

十三摇了摇脑袋："那会儿大家都不认识，不知道他从哪个奴场挑来的，也不懂他要做什么。只知道好些有钱人家遭逢丧事时，都会成批成批地买奴隶去陪葬，我们就当他要那么做，非常害怕。"

"那后来呢？"青珑仔细问道，"人多了后，你们有没有合手打他？"

小七毫不犹豫地点头："打过，拿刀子把他的胳膊和手背都划出血了，也想办法跑过，但都被他抓了回来。"

青珑呼吸窒住："那他伤得重不重？"

"不知道，他总穿夜行衣，蒙着脸，把自己裹得严严实实，但看起来很单薄，好像是身子不好，可是身手却很了得。"

"所以你们就不再针对他，开始听他的话了？"

"不全是，他问我们想不想回青桑，想不想回自己的家，大家这才知道他不是抓我们去陪葬的，就肯放心吃他带来的东西了，但还是怕他骗我们。"

青珑哽咽难言："你们再怎么打他，他也不还手？"

少年们齐齐点头，小七抢先道："他就持剑站在那里，盯着我们，一直都不说话，看起来有些可怕，大家打着打着也就住手了，同样看着他，不知道该怎么办。"

想象得出那种既尴尬，又紧张冷肃的场面，青珑笑得眼角涌出了泪花："他还真是那样一个古怪的人啊……"

"还有比这更奇怪的，白天他就凭空消失，到了晚上才会出现，他教了我们一年多时间的功夫，给我们送吃的，大家却连他长什么样子都不知道。"

"他应该很忙，不露面是因为有自己的难处。"

"什么难处？"

青珑遥望着西天徐徐浮动的云海，静静道："比方说……如果他是一个少将，既要处理繁杂的军务，还要率兵出征，很忙很累，也非常危险。加上他身子不好，假使有一天撑不住了，就随时都会倒下。所以他不让任何人认出自己，这样生也好，死也罢，都是他一个人的事，与谁都无关。"

"为什么？"少年们听不明白，不解地追问："他没有朋友吗？我们可以给他找大夫啊……"

"朋友？"青珑喃喃低念了一遍，"有是有，很多，数都数不过来，但也少得可怜。"

少年们更加困惑，面面相觑，十三试探性地问她："是说他交不到真正的朋友吗？"

"也许是他不愿交，因为在不相信他的大将军看来，交了就等同于结党，他怕连累其他人，所以就独来独往。也许是他觉得这世上的事只能靠自己去解决，哪怕再痛再苦再难，都得一个人担着。又或者他打小就是这么走过来的，不像别的孩子一样被父母疼着，久而久之就成了习惯，改都改不掉。"

想起月夜下的那抹孤影，少年们似乎懂了一点，十三感慨地道："真可怜，难怪总是一个人……可他这么忙这么累，为什么不去休息，却要教我们学功夫呢？他还叫我们保护阿姐，他是不是认识阿姐，阿姐也认识他，不然怎么会知道这些？"

其他少年一听，接二连三地急急问她："那阿姐知道他是谁吗？长什么样子？他在哪住着？我们离开的时候还打过他，现在想给他道歉，可是再也没见过他了，阿姐知不知道他身子好些了没有？"

青珑的胸口堵得慌，闷痛而窒息，拼尽全力压制着，点头答道："猜得出来他是谁，也知道他长什么样子，夜里还会梦到他，可是却看不到他的模样……他现在卸了军职，去找他师父了，同他一起住着，旁的人就是想找也找不到。阿姐想跟他说说话，问他们过得好不好，住的地方会不会很黑，师父有没有治好他的身子，也都寻不到……"

"青珑阿姐，你不要难过，我们可以跟你一起找。"

她长吸口气，摇头："不找了……等安定下来后，阿姐就带你们去北凉，把小五他们接回青桑。"

少年们闻言激动得眼角通红涌泪，又惊讶地看着她，不明白为什么阿姐想他，却又不找了。

"打从认识以来，阿姐几乎把所有的精力都放在了光复故国上，心里有太多的贪念——盼着救出所有族人，夺回被抢去的城池，希望我们过得好，不愁吃不愁穿，又想尽各种办法去反击那些不给我们自由和活路的人，还想让我们变得更强大，抵得住将来可能会面临的种种危险……很多很多，却没有哪一个是跟他有关的。而他非但不怪阿姐，反而去帮阿姐实现心中所愿，所以就教你们兵法和武功，让你们长本事，杀了奴场主放回很多族民，帮他们要回工钱，就连那些想要置他于死地的绿林游侠，也全都被他放走了，他还说服了他们前来投靠我们的队伍，帮助阿姐去打敌人……"

"可是在此之前，阿姐不知道这些都是他做的，几次三番离他而去，甚至还想着跟他断绝关系，这样将来在战场上狭路相逢就不必心慈手软。所以最后一次短兵相接，阿姐差点向他动手。也许是这种狼心狗肺遭到了天谴，从那以后，阿姐就再也没有见过他……"

少年们安静地听她诉说，十三忍不住问道："阿姐既然想他，为什么又不找了？"

"不找了……"青珑面朝西天，望着飞掠而过的白鸟呢喃道："这辈子阿姐要做的事太多，从没一心一意地去回应他。答应了他很多，却非但没把这些承诺放在心上，反而总是负他伤他，对不起他的笃意情真，所以不找了……下辈子，下下辈子，往后的生生世世，阿姐就只做一件事，那是踏遍万丈红尘，翻过万水千山，穿越茫茫人海去寻找他。一天接着一天，不管白昼黑夜，也不论风霜雨雪，地不老天不荒，就不会放弃……"

⟡ 第七十章 ⟡
鬼凶

───────────────────────────────

　　岁月在动乱中无声流淌，任硝烟荼毒兵戈肆虐，也割不断光阴越拖越长的尾巴，更绊不倒它向前奔走的脚步。

　　数不清每天有多少个地方都在上演着水深火热与生离死别，战火像一头贪婪而残忍的巨兽，狰狞着脸孔咬开边关缺口，越吞越大，恣意蚕食着疮痍河山。

　　继青夏两军离水立约后，之后的时间里，夏、燕、亓三国之间的恶战已然由关卡深入境内，并大范围扩张，愈演愈烈。

　　太初元年中，燕亓盟军各增兵三十万，沿河出击。队伍兵分两路，成剪形夹击之势汹汹涌入鹿鸣关，血战两月，全面包围了夏境边城大小十数镇，屠戮逾五万，掠金劫粮无数。几场大火下来，边镇凋敝如野，鲜见人烟。

　　翌月末，盟军西进葭城，摧墙破壁，借涨潮之际大凿河道，引遏江水入城，淹浸死尸。时值多雨之秋，城中积水没踝，屋楼基部迅速霉变。加之尸体久浸腐烂，疟痢遽增成患，终至瘟疫爆发，兵民病亡惨重，葭城败陷。盟军乘胜进击，继续攻伐，先后抢占月州五郡，合云州两城，破夏军于武陵驿，困其月余。

　　太初二年春，在连败数仗后，大夏新皇不得已启用因不战割城而负罪在身的楚定云，于一月内将西川十之六七的精锐全部运往云州。大军历经雪藏，因北伐而削损的元气有所恢复，顿如潜龙出渊，一举溃围，武陵一役，杀敌近十万，退盟军于百里之外，首战告捷！

　　同年五月，楚定云率兵二十万，避短扬长，诱东亓九万水师至夷山，据险围之。亓水军困陷绝地，阙短毕现，顿失神采，大败，阵亡逾八成。

　　七月上旬，夏军绕敌后方，十五万精兵聚燕境，动如电光，速取燕关四城，斩敌五万。燕二十万精甲回首痛击，截夏军于上壁，双方鏖战数月，各损近半，皆退。

　　十月初，亓燕水陆雄师二次联盟，加兵五十万，围夏军于荇州。夏皇调派三十万精兵援此危局，反堵盟军于长丘。三军对垒，昼夜痛战，数十日不歇。盟军求胜心切，用兵火急，又因分地作战以致取地过广，互通战况多有贻误，军援、战资、粮储等供不应求，终现疲态，胜负间往复无常。

至此，长丘一战陷入僵态，长达半载。

战地烽火漫天，厮杀声彻夜响震九霄。孩子的啼哭、百姓的哀号和呜咽犹如万里雨天中夹落的一滴残痕，在战火面前显得尤其微弱和渺小，没有什么能挡得住锋刀利剑的无情杀戮。荒芜而破败的村落已然成为鼹狗、秃鹫等食腐动物的乐园，它们恣意蚕食着累累尸骨。漫漫古道边到处都是逃亡的流民，各个衣衫褴褛，脊背佝偻，在血色残阳中拖着沉重而疲惫的步伐，踏向不知生死的远方。

翌年仲春时节，在坐观三虎血战中蓄势近两年的青军突然秘密出兵，六万精锐渡江而过，齐聚怒海沿岸滩城。亓军闻讯大惊，速撤兵五成回朝解围。谁料青军声东击西，早已迂回杀进苍城。亓军长途奔行，疲累倦怠，兵未至，城已失。

而长丘战地，夏军阻力大减，兵将奋起痛斩燕军十数万，短短两月内，先后收复月州三郡，并取燕地两郡一城。

至此，以亓军撤兵救城，致使盟军溃散，燕痛失城池为引火索，曾经坚如壁垒的盟约开始出现裂痕。两军互为指责，言语激烈，亓将一怒之下斩杀数十燕兵，燕将愤极而取亓将首级！事态愈演愈烈，竟隐有大动干戈之迹，后亓皇与定南王帐中会晤，上位者从中调停，两军适才罢休。

而此时，僵局早已打破，夏军趁乱东进，连取亓三城。青军亦借乱起事，盘踞海地，久而不退，于一月内一举拿获襄城，重收故土。

时有流言传出，道是青夏两军早已联手为盟，明里各出己兵，互不照面，暗中则远近相合。恰在此时，两军离水立约的隐秘也被亓将派出去的细作搜罗出来，消息不胫而走，更加佐证了这点。

就这样，时局的真真假假、虚虚实实在市井中传得玄之又玄，坊间一片惶恐。曾经被碾压在脚底的奴国就像悬崖上悄然怒放的龙胆花，在不经意间以绚丽姿态显露于四海风云中，被上位者所忌惮和防备。

殊不知，这是年轻的夏皇故意遣人散播出去的谣言——一则为夏军增添了一道根本就不存在却又相当有用的防线；二则惑乱敌心，分散燕亓对夏的进攻，使其摸不清虚实；三则陷青军于风口浪尖，以防其坐山观虎斗，成为螳螂背后的黄雀。

这个天下，谁也太平不了！

太初三年夏，在经过又一轮部署后，燕亓两军三度联兵，八十万雄师碾尸踏骨，冲破夏军在云州的防线，一举杀入云中地带。几乎在同一时间，夏军兵分两路，其一集五成主力，避实就虚杀往燕亓锁钥之地淮州，抢先破关入境，浩浩铁骑雷动九霄，南下燕都，以迫使燕军撤兵解围，再一次瓦解燕亓联盟。然而就在战火胶着之时，一场飓风袭海，亓军架筑于遏江上的两座通江浮桥轰然倒塌。海浪滔天，洪波淼淼，怒拍两岸，瞬间卷走了坍塌桥身，片板不留！就连助其水上冲锋的五艘巨型楼船也半毁半损，无力开动，只能搁浅海岸。不下半月，就被沿岸自发组织起来抗敌的百姓烧毁，化为灰烬。

盟军困战云中，夏军亦兵陷燕地，谁能冲破战火抢渡险江，以最快的速度杀回本营包抄敌军于本国境内，谁就能成功自救。于是，在背后本土兵力和正面敌方火力的双重轰击下，一场彼此间你争我夺的渡江之战惨烈拉开。为抢占先机，三军昼夜激战，数十日不歇兵火。江中积血如绸，白骨填沙，望来直如黄泉鬼蜮，异常恐怖。

一时间，战火悉数往沿江区域蔓延，粮草与兵力大肆耗损。长达百日的酣战过后，双方皆兵微将寡，不得已转攻为守，以保主力。三军久峙江岸，虽然缓解和压制了紧张战局，却使其再次陷入无休无止的僵持之态，沿岸百姓苦不堪言。

此时的盟军大营内，也是怨愤不绝。

梅雨绵绵，淅淅沥沥地从天降下，砸在布幔围成的大帐上，发出嗒嗒嗒的响声，闷捶一样敲击着帐中将官们烦躁不安的心。

几名燕将疲惫地支着脑袋，围在火炉旁取暖打盹，突然帐外爆发出一句响亮的怒骂声，惊醒了所有人。

"呸！霉团子都长出来了，这是给人吃的东西吗！"

不用想，燕将们也知道出了什么事，互相看了一眼，充耳不闻一样又继续小憩。

帐外大雨连珠，将送膳的小兵浇得浑身湿透。见这些将官们不肯将就，那小兵极尽好言："还请各位大人担待担待，这阵子多雨潮湿，晒过的咸鱼干都成这样了，不过小的已经命令火头军仔细清洗……"

没等那兵说完，一名亓将揪住他："去，到河里捞些鲜鱼，烤熟了给本将送来，顺便打些酒，带些下酒菜。"

小兵惶恐："大人，河里能捞的都已捞光了，实在抓不到……而且天色已晚，又下着大雨，要赶不回来的话就得困在营外，指不定夜里就会碰到袭击我们的夏兵，请大人……"

亓将不耐："叫你去你就去，啰唆什么！"

小兵慌忙跪下："大人，还请你们体谅一下，不是小的不去，而是……"

正解释着，一双大手伸过来，揪住那兵的肩膀将他从地上拽了起来。想必外面的嚷嚷声打扰到了帐内的清静，燕将们也睡不住了，相继走出来。

"去看看马厩的棚顶有没有漏雨，顺便往马槽里加点料，别饿着那些畜生了，省得它们夜里叫来叫去。"一名燕将走上前，睨了一眼亓将们，指桑骂槐地吩咐那兵。

小兵如获特赦，赶忙弯腰听令，转身欲走。

"回来！"亓将大喝一声："你是乖乖听爷的话，还是愿被龟孙子摆布？"

"你骂谁呢！"另一名燕将忍不住挺身过来，怒气冲冲："只有拴在链子上的狗，才会见人就乱叫！"

"老子说的就是你！"亓将们面色铁青，憋了一肚子的气："拿耗子的不只有猫，同样也有多管闲事的狗！"说着其中一人一把将那兵揪来："去！今晚见不到下酒菜，明日有你好看！"

燕将们也怒火冲天，再也顾不得那兵骑虎难下的处境，反手将他又揪了过去，喝道："没听见那些畜生在乱叫？还不快去加料！"

"爷就不信，一群王八还能爬到人头上！"亓将们不甘示弱，粗鲁地将那兵又扯过来"走！有没有鱼，本将看着你抓！"一语落地，两名亓将已经提着那兵往营外拖去了。

气氛顿时聒噪而紧张起来，双方你一言我一语，尽是些不堪入耳的难听话。争执了一阵，到最后压不下怒气，终于长刀毕现！

"出什么事了？"千钧一发时，一名年轻的亓军将领拐了过来。那将领年方二十又五的样子，长身而立，观来风姿特秀，最是一双温和而深远的眸子，清明如皓月。

他一发话，所有亓将霎时止声，瞪着对面的燕将，不甘地收刀入鞘。

"回禀云将军，末将只是传些消夜过来，谁知对方出言挑衅，反还骂起了人，末将……"

一名燕将晃了晃刀，插嘴驳斥："信口雌黄！别一有靠山就变成了孬种！"

"比一群乱咬人的疯狗强太多！"

一波未平一波又起，眨眼的工夫，双方再次拉开了口水战，个个脸红脖子粗，闹得不可开交。

"都给我住口！"年轻将军实在听不下去，俊眉一皱，轻喝一声，亓将们这才不得不噤声。

"谁传的消夜？"他上前几步，停在了四名亓将的面前，平静而冷肃地盯着他们，"晚膳刚过不久，谁带头给自己开小灶？又是谁挑起事端？"

听他语带责备，亓将们皆低下头，没人敢站出来背这个黑锅，便都沉默着不答话。

燕将们好不得意，忍不住在一旁添油加醋："还是云将军明事理，那姓杨的不但嘴皮子馋，还嫌东嫌西，合着姓曹的把一兵拖了出去，非要当场给他抓鲜鱼烤……"

那云将军并没有理会这些洋洋自得的燕将，厉声盘问面前的部下："说！谁带的头？"

眼见事情瞒不住，几名亓将这才肯招供："是……是曹兄和杨兄……"

"来人！"一声厉喝响起，数名亓兵闻声奔来，挺身待命。

"曹、杨二人滥用特权，蔑视军规擅离职守，杖责三十！差人给我拖回来，是夜行刑！"

"另，周、田等人煽风点火，聚众滋事，为逞口舌之快而枉顾军纪，脊杖十五！"

"云将军——"四人大惊，纷纷指着燕将们叫屈："是他们寻衅在先，恶语伤人，末将只是……"

"违令不从，各加罚五杖，押下去，即刻行刑！"

"是！"

不出一会儿，军营里传出一阵杀猪般的惨叫声。

"云将军不愧是军中翘楚，非但铁面无私，而且雷厉风行，我等佩服！对付这些不知好歹的怂货，就该打！狠狠地打！哈哈哈……"总算痛痛快快地解了气，燕将们得意至极，连那刺耳的嚎叫听来都格外舒坦，落井下石地对那将军道。

年轻的右将军转身看来，面上的冷肃之色已经敛尽，虽是淡淡一笑，言语中却不无警告："大亓的军法管不到各位，是是非非自有裁定，在这之前，我云弋的部下，还轮不到轻狂竖子辱笑！"

霎时间，燕将们的大笑凝结在脸上，要多难看有多难看。

"就只能惩戒自己的部下吗，云将军？"离开了是非地，云弋径直拐向用刑之地，却在半途中被一个阴沉声音唤住。

他转身一看，黑暗的角落里缓缓现出一个人影。那人脸形瘦长，额丰颧高，鼻梁犹如刀刻般笔挺，观来棱角分明，然而勾起的嘴角却噙着一丝似是而非的笑，叫人看来极不舒服。最是他的右眼，戴着一只黑色眼罩，在白皙肤色的映衬下，宛如一个无底黑洞，莫测而阴寒。

"你叫什么？"云弋一奇，停住脚步。

那人弯了弯腰，算是行礼，语调却幽幽而叵测：“养马的杂卒而已，不敢劳云将军记挂。”

如此奇怪而诡异的马夫，云弋还是头一次见到，不由打量起他，待目光落到他左臂时，忽地一凝。

那人左侧袖子短一截，沿腕以下没有手，露出的光秃秃的残臂异常可怖地袒露在外。

那人顺着他的视线低头看向自己的残臂，阴鸷一笑：“被人砍掉了，没吓到云将军吧？”

云弋正了正色，收回了这样很不礼貌的目光，抱歉地摇头笑笑，叮嘱加命令：“营中戒备森严，没什么要紧事的话，夜里尽量少走动，回去吧。”

“是。”那人应道，抬起的独眼幽幽地注视着这名右将军远去的背影，片刻后身影又没入黑暗中。

而远离了那人后，云弋止不住心里的疑虑，问身旁的亲随：“他是谁？可曾见过？”

亲随忍不住回头看了看，同样满腹狐疑：“应该是新来的吧，看他那模样，估计以前有案底，讲话阴阳怪气的。公子，要查吗？”

“留点心，两军本就矛盾重重，切勿再叫人挑拨。”

“明白，那曹、杨二人……”

提起那几个不争气的裨将，年轻的右将军不禁皱眉：“带人拖回来，严惩不贷！”

“是！”亲随抱拳，转身领命而去。

大军驻扎的地方靠近一条小河，趟过去再走大约一炷香的脚程，就是云州边境的一座偏远小镇。因为燕亓大军杀来，从半年前起，镇上的百姓就已经陆陆续续逃走，剩下的俘虏不是死于屠刀，就是被抓去干各种繁重的劳役。

此时大雨滂沱，吧嗒吧嗒落到地面，溅起一串串水泡，回声在不见人烟的破败小镇里飘散，急促而萧萧。

“大人，镇子里的人早都逃光了，根本找不到酒……”这样清冷的雨夜不由叫人毛骨悚然，小兵摊开袖子遮住胸前的火把，不敢再往前走，回头为难地道。

“啰唆什么！”那姓曹的将官踢了他一脚，“老子不把你拖出来，岂不要在那群撒泼乱叫的人面前落了下风？”

“曹兄，你也真是的，”随行的姓杨的将官也颇是懊恼，跟他发了一通牢骚，“明知是这鬼天气，还非得死要面子。这下可好，冲动出了营，要空手回去，指不定得被他们笑死。”

“嘿，倒埋怨起了我，怎就不说是你小子嘴馋惹下的祸端？”

姓杨的哼了哼鼻子：“说得好像你能受得了军中那些作践嘴皮子的伙食一样……”

姓曹的一瞪眼睛：“你这嘴巴，就是贱！”

“你不也一样……”

“两位大人息怒，不要再互相指责了……你们看天色越来越晚，酒也找不到，鱼也没有，不如我们先回去，赶明儿个小的叫火头军专门给你们备些下酒菜解解馋，如何？”

“去去去，回去看见那群人的嘴脸就烦！”姓曹的性子急躁，不耐烦地推开那兵，沮丧地道，“这会子营门都关了，回去也是白搭，不行今晚就到镇子里找间破屋将就一晚，明日再寻机会，趁早溜回大营。”

无奈也只能如此了，于是两人拖着那兵骂骂咧咧地继续朝小镇靠近。

镇口有一棵生长了百年的粗壮榕树，枝叶亭亭如盖，垂下的根须密密麻麻地交缠在一起，在冷风的吹拂下左右晃荡，乍一看宛如悬梁的死尸，令人心生恐慌。

经过那棵树下时，头顶突然响起一阵簌簌细响，惊了几人一下。

"谁？"姓杨的眼皮一跳，抬头喝问。

响声越发剧烈，到最后呼啦一声颤动，栖息在密叶间的墨鸦扑棱着翅膀齐刷刷卷来，顿时头顶黑压压一片，扇起的劲风扑打在脸上，吓得小兵大叫一声。

曹、杨二人骇然拔刀，向着密密麻麻的鸦群一通乱砍，一口气下去，半空中顿时掉下数只黑鸦的血淋淋尸体。

"胆小鬼，一群秃鼻老鸦也把你吓成这样！"

虚惊一场，姓曹的气呼呼地踢走脚下鸦尸，大步踏进镇子里一间房梁未塌的破屋。姓杨的也跟着进去，抖落满身雨渍，吩咐那兵："去，把角落那些木板整整，铺些茅草上去，然后在旁边生堆篝火。"

那兵依令而去，甫一掀开一张遍布蛛网的焦木板，一堆黑乎乎的活物就映入眼帘，还没等他看清，就唰地扑了出来，吓得他登时发出尖叫，转身就跑。

曹、杨二人屁股还没着凳，闻声后俱是变色，纷纷拔刀。谁知那些从头顶呼啸而过的东西，不过几只肥大的蝙蝠而已。

"你还让不让人安生了！"姓曹的哭笑不得，气得踹了那兵一脚，正要归刀入鞘，同伴又发出一声惊呼。

"你听，什么声音？"姓杨的推了推他，"好像在隔壁……"

姓曹的不耐："别跟个怂包一样一惊一乍的，还睡不睡了？"

姓杨的嘘了一声，扯了扯他："不是雨声，真有，你仔细听。"

姓曹的这才竖起耳朵。

果真，隔壁似有什么东西在扑腾，发出翅膀扇动的摩擦声，随后隐约传来怪叫，像是在……打招呼？

"你好——"

"你好——"

两人对视，愣愣地发不出一个字，急躁如姓曹的也不禁抽了抽嘴角，握刀的手一下子就软了。

"你好！你好！"

冷不丁那阵诡怪叫声复又传出，异常清晰，吓了两人一跳。

姓曹的指了指畏缩在身后的那兵，将火把塞给他，"你过去，看看是谁在装神弄鬼？"

那兵脸一白，连连摇头，却又违令不得，只得深吸口气，壮着胆子走向隔壁废屋。

里面杂乱不堪，桌椅等物横七竖八地倒在地上，布满了蜘蛛网，间或有昆虫的死尸粘在上面，颤巍巍地垂于半空，冷风一吹簌簌抖落下来。靠墙的一角立着一个大背篓，火把发出的光照过去，在墙上投射出杂乱交错的影子，幽灵一样左右飘动。

"谁？"那兵分不清是手中火把晃动还是那个背篓在动，喉咙吃紧地发问，"有……有人没？”

　　“坏人！坏人！”蓦地，背篓后面发出响亮的回应声，惊得小兵差点瘫坐在地。

　　“谁……谁在后面？出来！”他惊魂未定地握紧火把，颤抖地伸出手，抓住背篓豁出去一把踢开。

　　然而映现在眼前的不过一个十五六岁的小姑娘，留着齐眉刘海，睁着玛瑙般乌黑的大眼睛，同样一脸紧张地看着他。在她怀中，抱着一个巴掌大的鸟笼，里面关着一只紫翅椋鸟，扑腾着翅膀上下跳动。

　　而发出骇人怪叫的，就是这只鸟。

　　“有坏人！打他！打他！”此刻，那只椋鸟依旧不知好歹地扇着双翅，冲那兵叫嚷。

　　那兵终于松了口气，嘀咕着骂了一声，抬手擦掉额上的冷汗，叫道：“大人，是个黄毛丫头在作祟！”

　　小姑娘见状，猛地抱起鸟笼，滋溜一下从那兵身侧冲出去，不过还没跑出屋子就被曹、杨二人堵住了。

　　两人围拢过来，上下打量，见她生的水灵剔透，一张娃娃脸娇俏可人，粉嫩樱唇甜得似要滴出蜜来，顿时舔了舔嘴角，片刻前的恼火消失得无影无踪。

　　姓曹的吹了声口哨，冲姓杨的递了个眼色，顿时两人心领神会，挑逗地问她：“小丫头，打哪来的啊？”

　　“打坏人！打坏人！”笼中椋鸟感受到了危险气息，扇着翅膀叫开。

　　“哟，还会叫，哥哥我就喜欢被人打，哈哈哈……”姓曹的将食指伸进笼子，拨了下鸟儿的嘴，与姓杨的发出禽兽般的猥琐大笑。

　　那兵意识到了什么，上前劝道：“大人，昏天暗地的，这丫头想必也害怕，所以才躲在隔壁破屋，算是虚惊一场，你们不如就回去好生休……”

　　“去去去，给老子到外面把风！”姓曹的一把推开他，“吃不到下酒菜，吃口荤的也不错嘛，哈哈哈……”

　　“别过来！我会杀人的！”小姑娘吓得小脸发白，猛然从腰间拔出一把短刀，在他们面前晃了晃，然后抱紧笼子绕开他们，撒腿就跑。

　　曹、杨二人大笑一声，胳膊一伸就将她的蛮腰搂住。

　　“救命！救命！”小姑娘挥动手臂，在他们身上胡乱踢打，惊恐地朝虚空大喊：“你回来！救我！救我！”

　　呼救声穿透雨夜，飘荡在冷寂而幽森的镇外，宛如魔音般召唤着地狱罗刹。

　　曹、杨二人丝毫不觉得身后有什么东西在靠近，也不顾那兵的劝阻，依旧抓着小姑娘放荡轻笑，双手不安分地往她小脸上摸，直到一道夜魅般的鬼影盖在他们手上，才倏地停住笑。

　　一回头，一眼对上一双漆黑而幽亮的眼睛，只不过没等他们的叫声散开，剑光已然如电击空，沿着他们的脖子横切而过，血溅雨夜！

　　身旁那兵瞳孔陡睁，惊恐地看着两具轰然倒地的尸体，尖叫一声，连滚带爬地逃离了镇子。

　　获救后，小姑娘惊魂甫定，好大一会儿心跳才平稳下来，跑到一边拾起掉落在地的鸟笼，刀子伸进去，惩罚性地割向鸟喙："让你这崽子乱叫！"

"打坏人！打坏人！"椋鸟扇弄着翅膀，慌忙躲开。

"再叫我打死你！"

"打你！打你！"

小姑娘瞪它一眼，却拿这玩意儿没办法，只得作罢，等她抬起头来时，救她的黑影已经远去，鬼魅般移到了那颗榕树下。

"喂——"小姑娘喊了一声，提着鸟笼追上去，停在他背后，笑吟吟地将脑袋探出来："我就知道你没走，果然这世上骗子多。"

"骗子！骗子！"笼中椋鸟附和两声。

"瞎叫！"小姑娘恶狠狠地拍了拍笼子，制止了它，望着方才那兵仓皇逃跑的方向，不甘地问："还有他，为什么不一起杀了？"

黑影充耳不闻，留给她的，始终是一抹颀长的背影，以及手中一把明晃晃的剑。

雨越下越大，偶尔有微弱的闪电划过，擦亮浓密的夜色，留下闷闷的雷鸣。

"怎么办？好不容易找了遮雨的地方，却遭了晦气，真是不干净……"小姑娘懊恼地望着颓废小镇冷森森的轮廓，擦了擦脸上滑下的雨水，将鸟笼往怀中拢了拢，嘟着嘴不甘心地道。

黑影头也不回，提剑离开大树，径直步入雨夜中。闪电的微光照下来，打在他的黑色斗篷上，隐约看得见几缕飘出风帽的长发，在暗夜中翻飞舞动，宛如地狱鬼物的触手。

"你要去哪？"小姑娘忙不迭追上他，一步不落地踩着他的步伐。

"你应该没地方去吧？"她像个跟屁虫一样追随在后，甩都甩不掉。

"你忘了大夫的叮嘱了？就你这样子能走多久？"

"下雨呢，你知不知道？会淋出病来的……"

得不到回应，她把鸟笼往腰中罗缨上一挂，蹲下来，在地上扯了一大把草，编成一个草环，然后小跑着赶上来："喏，这个给你。"

黑影侧目，只见得一张白惨惨的侧脸，刹那间又收回，视而不见般继续向前走。

"好丑！好丑！"笼中椋鸟快要淋成落汤鸡，扑扇着黏糊糊的羽毛，不知趣地嚷了两声，对她的手艺表示鄙视。

"啪！"小姑娘甩出一巴掌，扇到笼子上，"再叫我炖了你！"

"救命！救命！"聪明的鸟儿很快就学会了她方才的话，跟着就冒出口。

小姑娘自己戴上勉强可以遮雨的草环，然后撮紧笼子，胡乱地撩起衣摆，将它整个儿包进去，再也不让它瞎嚷嚷。然后她又马不停蹄地追上黑影，仰头看着他冷冰冰的背影："哎，刚才我跟你道歉呢……"

"我不该闹脾气，给你惹麻烦，要是你嫌弃，那我就悄悄跟着你好了，不跟你说话，反正你也与哑巴不差……"她无比沮丧，眼珠子一转，忽然又计上心头，得意地偷笑了两声，脑袋歪到他身侧，嘻嘻道："要不这样吧，你给我三百两银子，让我吃香的喝辣的，我就不做你的跟屁虫了，你爱去哪就去哪，我也管不着，如何？"

想必觉得这个买卖可以接受，黑影沉默了一下，事实上他也几乎从未开口跟她说过话。

"怎样，答应了？"小姑娘眨巴着眼睛笑问，双瞳在暗夜里亮得宛如星子。

黑影抬头凝望着漫漫雨夜，像是在思考和权衡，很久之后，两个沙哑而低沉的字眼飘出口："三天。"

"一言为定！"小姑娘不信他一个药罐子能在短短三天内弄到那么多银子，除非去偷去抢，所以自信满满地拍着胸脯，心想反正不管怎样，跟着他总归是好的，于是很自然地继续踩上他走过的脚印。

然而，黑影手中的剑向后一伸，鞘端不偏不斜，警告性地正抵她胸口，意思是：在这期间，各走各路。

"什么人嘛，骗子！"小姑娘无比懊丧地跺了跺脚，对着他的背影大声怨道："走就走，谁稀罕你的破银子！当乞丐也比看你的鬼脸强！"

有些话言者无心，而对于听者来说，却像一把刀子刺入心口，再疼再痛，也只能默默忍受。

一道电光从远处的夜空划下，映亮了黑影的面庞，一双黑瞳空洞无物，像一个无底深渊。那张脸也比常人苍白许多，在黑衣黑帽的映衬下，愈发显得阴森和冰冷，宛如林间游荡的鬼物。只一瞬间，他的身影便与黑暗融为一体，唯一可见的，就只剩下手中闪着冷光的剑。

是夜，燕亓两军驻地外发出一声歇斯底里的惊恐大叫。

"有鬼……有鬼！快放我进去！放我进去！"

云弋闻讯赶来，只见被曹、杨二人拖出去的那兵独自跑了回来，脸色煞白，瞳孔大睁，浑身止不住地颤抖，表情恐骇至极。

"出什么事了？曹、杨二人呢？他们去哪了？"

"杀、杀了……被鬼杀了，不，不是，被鬼吃了……他们被鬼吃了……"

"胡说！"亓将们无比震惊，怒道："哪来的鬼怪？纯属无稽之谈！"

云弋估摸着他受到了惊吓，神志不清，故摆手止住了众人的厉声盘问，蹲下来缓缓问他："你已经回到了大营，这里很安全，不用害怕。告诉我，离营的那段时间里，你们看见了什么？他二人现在何处？"

那兵战栗不已，险些被吓死，语无伦次，极为夸张地道："鬼、鬼……只有一双眼睛……一下子飘了过来，非常快！然后、然后就吃掉了他们的脖子……"

"公子，大事不妙！"正说着，营外十几名士兵跳下马，领头那人箭步奔来，神色凝重地在云弋耳畔低语了一句。旋即，两具脖颈上开出血花的尸体从马背上被卸下，异常恐怖地摆在众人面前。

一切都发生得太过突然，让前半夜还互相谩骂的燕将忍不住哆嗦了一下，惊得说不出一句话。

然而谁也想不到，接下来发生的事，更让两军震愕不已，因为死亡远没有结束。

《第七十一章》

祸起

就在云弋派人到大营外搜寻线索时，第二日入夜时分，唯一见过鬼影面目的那名小兵也突然暴毙。巡兵发现时，那兵尸体仰面躺在地上，嘴巴半张，双眼睁大，眼珠微微向上翻着，以一种极其惊恐的表情盯着上方。尸体脖颈上残留着一道外翻的狰狞伤痕，割断的血管往外冒着鲜血。

更为蹊跷的是，在随后不到两天的时间里，当日与那些燕将起过争执的周、田二人亦先后身亡。死状与之前三人相似，都是被一刀封喉。

一时间，众兵唏嘘不已。短短数天，凶案的频频发生很快让两军的议论和猜测铺天盖地蔓延开。矛头直指邻帐而宿且一直与曹、杨等人摩擦不断的那几名燕将，道是他们心胸狭隘，为泄私愤雇凶杀人，然后再装神弄鬼糊弄众人，企图掩盖事实。

自然，对方是不会承认的，并且因为含冤莫白而气得骂道："死了活该！"

雾蒙蒙的清晨，数十名亓兵推着小车艰难地踩在泥泞的土地上，将尸体运往营外的荒野中，露天焚化。而不远处，几名燕兵提着木桶，到河边去打水，一路上说说笑笑，不时往这边瞅瞅，顿时激起了亓兵们的怒火，抡起拳头就冲了过去。

凶手到底是人是鬼的谣传还处于沸沸扬扬的扩散状态，营中上下忐忑，生怕自己会是下一个刀下亡徒，一场流血群架又再次发生，就连闻讯前来喝止的将领们也因言语不和而拔剑相斗。事态愈演愈烈，两军由来已久的矛盾进一步加深，竟至于各怀怨恨和猜忌。

远远地，一群被俘虏来的杂役兵围在营门处，紧张地围观着营外这场斗殴事件。

"该干吗干吗去！站这里看什么看？"身后，一名亲随呵斥一声，这些杂兵慌忙让开道路。

刚刚议事完毕的云弋还没来得及回帐就被告知出了事，便火速赶了过来。好在风波已经结束，伤员们正被同伴搀扶着一个接一个地狼狈运回大营。

"简直胡闹！"看着鼻青脸肿的他们，向来温和的右将军直皱眉头，恨铁不成钢地斥了一声。

不过死者为大，正经事还没办，他也只得压着心头怒火，令道："备马！"

"云将军，您请。"很快，一匹健壮的战马被人牵来。

云弋翻身上去，行将起步的不经意间，眼角余光扫见了送马的独眼马夫。

四目相对，马夫扬了扬嘴角，微不可觉地对着年轻的右将军笑了笑，然后连同那些杂兵，一起被亲随喝走了。

云弋凝目沉思，匆匆一眼便收回视线，与亲随驱马奔向营外，点火焚了曹、杨等人及那名小兵的尸体。

"公子有心事？"亲随见他伫立在焦火前久不离去，诧异地道。

"展平，有没有查过，方才那马夫是何时入的营？"

"有个把月的时间，差不多就是我军杀进云中那时。"叫展平的亲随答道，尔后又不解："公子，你的怀疑是……"

云弋沉吟片刻，再问他："以前两军之间可有如此频繁的冲突？"

展平回想了下，摇了摇头："除了长丘一战时，主帅撤兵近半，杀回潍城反击青军，间接导致燕失三城，那些杂碎就把责任推到我军身上，拔刀相向而致引发几起命案，之后就再没起过能惊动营中各大将领的摩擦了。纵然心里不痛快，但大家都有意克制着，避免再起事端给敌兵可乘之机。可这些月来，双方就跟中了邪似的，连那些毛头小兵私底下也敢折腾，闹个没完。"

说到这里，他似乎明白了一点："公子，你是怀疑……有人挑唆离间，而且怂恿的人就是方才那马夫？这么说来，他可是敌兵派来的细作？"

出于意料，云弋却否决了他的猜测："倘若是训练有素的细作，必会谨小慎微，收敛喜笑，一言一行皆守分寸，断不会面露阴诡笑意，空惹怀疑。"

"那依公子之见，是要……"

"先盯着他，但需小心，勿打草惊蛇，同时在大营外继续追查，若能寻到那兵口中说的鬼影，便可追根溯源找出幕后主使，以免两军再起纷争。闹下去，势必自相残杀。"

展平了然："属下明白。"

"另，"云弋又补充一句："昨夜接到父亲来信，因两军被困云中，无法破围杀出，空耗下去恐成祸端，所以上面的打算许会有变。"

展平顿时一奇："那太傅大人有没有明示，皇上会做何决定？"

"倒没说，兴许父亲也只是听到了些风头。不管怎样，叫大家都打起精神，勤加操练，待梅雨一过，务必要抢占先机，以防困在燕境的楚定云率兵渡江而过，杀回云中。"

展平立即抱拳："是！"

大营内，马夫右手拿着木桶和洗马刷，没有左掌的残臂上紧紧绑着缰绳，低头牵着一匹战马走向马厩。经过营门口的时候，他忽而停下脚步，抬头望向远处正在交谈的两人的背影，不知为何，莫测而诡异地勾了勾嘴角。

"看什么看？干活去！"一排带刀巡查的燕兵以为他偷懒，鞭子毫不留情地甩在他背上，催了一声，然后扬长而去。

马夫痛得踉跄一下，直直盯着那些燕兵远去的身影，目光阴狠。

是日深夜，云弋正在处理军务，忽然一个人影从帐前飘过，一闪即逝。

云弋面色一沉，起身拿刀，紧追而出，却仅有几名巡兵在军营内来回走动。

"啊——"突然，一声尖叫响起，划破黑夜。

云弋一惊，循声追去，却还是慢了一步，一名巡兵中刀身亡，死在了距离那几名燕将大帐约百步的黑暗角落里。

而这回，凶手被抓到了，是那名马夫。

"说！谁派来的？竟敢诬陷我们！"闻声出帐的燕将们二话不说，拔刀抵在他眉心。

"云将军，小人冤枉。"马夫低头跪在地上，向云弋求饶。

"冤个鬼！"总算洗清了嫌疑，燕将们不由分说，纷纷拔刀："大半夜鬼鬼祟祟，跑到我们帐外杀人，企图嫁祸，受了谁的意？说！"

"小人冤枉……"马夫低着头，解释道："小人来这里是想找些你们喝剩后叫人丢出去的烧酒，可是刚离开就看见一道影子飘了过去，那兵许是与他撞了个正着，就吓得大叫一声，于是被灭口了。"

尽管没人相信他的话，但他手中果真攥着一个剩底的酒壶。

燕将们半信半疑："胡说！找酒做什么？"

"小人白日日挨了鞭，伤口红肿见血，因为没药治，就想着抹酒清洗下，否则拖到伤口化脓，只能等死。"说着，他用右手艰难地褪下衣衫，敞开上半身，然后转过去，一道惨红的血色鞭痕赫然入目。

任凭燕将们聒噪不已，云弋也始终没有发话，安静打量着马夫，直到最后给亲随递了个眼色。

展平先是不明，随后彻悟，达成默契后腰中战刀铮然出鞘，没等众人反应过来已经刺进马夫心口。

"云将军，你这是做什么！难不成想杀……"燕将们大吃一惊，"杀人灭口"这样怀疑的字眼还未完全跳出，就见展平忽地又撤刀，因此刀尖只是轻微刺破了那马夫的皮肤，并没有造成重伤。

马夫用残臂撑着地，右手捂着受伤流血的胸口，缓慢抬起头。

"很明显，他只是一个普通的养马杂兵，几无身手，危险临近时都还没有反应，绝对做不到快刀毙命。"对于这样的试探结果，展平的面上也略有异色，但见马夫不说话，他只得归刀入鞘，对那些燕将解释说。

"这是何意？难道云将军还是怀疑是我等指使凶手，杀了曹、杨等人泄愤？难道他就不会有同伙，或者跟那鬼影里外勾结？"

元将们嗤鼻："要论嫁祸，方法不止一种，难道我们会杀掉自己的同伴来诬陷你们？有什么好处？要说自己没有嫌疑，拿出证据说话，否则就是狡辩！"

"血口喷人！"

"做贼心虚！"

"够了！"云弋低喝一声，警告自己的部下："再有人煽风点火，当斩不赦！"

"还有你们，"他冷冷看着那些燕将，道："虽各有军纪，但亓燕立盟之初亦曾约法三章：一同心对敌，二不睦者除，三恶逆者诛！若是忘了，继续纵容手下嚣张跋扈，恣意生事，我云弋定履行盟约，杀其儆众！"

"展平，拿点药给他。"在燕将们面面相觑的惊愕表情中，年轻的右将军转身离去，厉声喝令巡查的亓兵："增兵双倍，全营上下严加巡视，缉凶者重赏，懈怠者概惩不赦！"

见这素来性情温和的右将军彻底动了怒，放出狠话，众人便都不敢再言语，乖乖地各归各岗去了。

展平将随身带着的伤药给了那马夫，吩咐手下抬走尸体，然后追上云弋，还没开口询问，就听到几个万分肃杀的字眼："必要时，监视他。"

展平惊得轻啊了一声："可刚才……"

话音未落，一道闪亮的刀锋忽而掠过眼帘，快得在他闪躲的当儿，就已经横到他脖子上。

他僵立在当下，不可置信地瞪大眼睛："公子，你这是作何？"

云弋收回刀，沉声道："寻常人等，突然被人刀刺要害，第一反应是躲，事后总会追问，何况是喊冤之人？未曾昭雪前，便更想知道莫名要被处死的缘由。"

展平顿悟，回想起方才那马夫的反应，这才了然："难怪总觉得此人奇怪……那时我站在公子旁侧，距他约二十步，近身过去也非眨眼之隙。就算以他一只眼的视野，一开始没注意到我拔刀，却不至于后来连逼到眼皮子底下的危险都察觉不到。且在生死攸关之时，他上身挺直，毫无躲避的迹象，像是……有意为之。"

"这能说明什么？"云弋微微眯起双眼，莫测反问，继续点拨下属。

"他在赌。"展平毫不犹豫地道，"或者说，冒着风险在掩饰自己。"

云弋颔首默认："这是其一。"

展平已经越想越明白："其二，当时属下有掌握力度，刀尖贴身后就已经收力，虚惊过后，他非但不问我为什么动手，反倒显得很平静。再有，比起见血的鞭痕，那点伤顶多痛得咧下嘴，牙一咬就过去了。可那么重的鞭伤都能忍住，到了替自己说话的时候，他却反而沉默不言，细想下委实蹊跷。"

"他已经看出了我们的意图，所以自然而然等你替他辩白。"云弋接过话，不紧不慢地道，"而你开口，等同于我开口，相比于他自己开口，结果大相径庭。"

"还是公子心细如发，想得深远，属下佩服。"展平彻底大悟，喜得连连赞叹。"若是他主动为自己辩解，那些燕将针对的只是这个不起眼的下等兵，顶多揍他几拳解解气，再不济就杀了他，事情就过去了。而若换作是我，他们就会将矛头直指公子，怀疑我们在诬陷，争执到最后，双方势必闹开，这不果真就是这样。"

说到这里，他起了狠心，径直道："公子，如此疑点重重的人待在大营，暗中唆弄两军，长此以往，只怕没等夏兵杀来，我们自己就先吃了大亏。夜长梦多，不行属下今晚就动手，宁可错杀一人，也不能养痈遗患！"

"不要冲动。"云弋阻止了他，道："还有许多疑点需要彻查，否则根患不除，这场风波很难平息。其一，当夜杀死曹、杨二人的鬼影是谁？后来在营中连毙数命的凶手又是谁？其二，今夜从我帐外飘过的黑影又是何人，那名马夫？还是与之前的鬼影和凶手同属一人？

如是前者，至少他破绽已露，敌我皆明，我们还有九成把握防备他的暗箭；但若是后者，则敌暗我明，若他与那马夫里勾外连，杀了他就等同断了线索，再出事端的话，许会一筹莫展。其三，他挑唆两军的目的是什么？与夏兵有无关联？如有，则我之前的判断有失偏颇，他的身份就与细作无异，但物尽其用，若是这样，我们可以让他传回去的军情，变成相反的另一面。"

展平汗颜，惭愧地松开了紧握的刀柄："还是公子思虑周全，属下糊涂了，那接下来……"

云弋寻思了下，道："这阵梅雨过后，月牙岗的草料会拔高一截，后天差人出营一趟，割些马草回来。"

展平约莫明白了他的意思，却有些担心："公子，就这么放他出去，不怕出万一？"

"不放长线，钓不到大鱼，正好我也去会会他，引蛇出洞。"

展平大惊："危险！公子不可……"

"坐以待毙，只会死得更快。"

月牙岗是大营百里外的一座低矮山岗，也是云州与尚未遭受兵戈屠戮的雀城的交界地，周围绿草悠悠，繁花烂漫，成片的山豆、稗草、狼茅等交错相连，远眺油润似毯，近观仿若置身碧海。突然被派到这样惬意的地方来割草料，对于这些整日在营中被当作牲畜一样驱遣干着繁重苦役的下等兵们来说，直如做梦一般。

"手脚都放麻利些，大后天晌午之前每人割五十篓，谁先完成谁就可以休息。"展平按辔徐行，从这些杂兵的身旁徐徐穿过，有时会控制不住自己，暗暗瞟一眼那马夫。

因为没有左手不便抓草，他就专门负责背竹篓，勤奋地与另一兵合作。

白天那马夫似乎并没有什么异常，展平也未捕捉到任何蛛丝马迹。平静过完了两个晚上，挨到第三日夜半时分，他辗转反侧想不出眉目，忍不住悄悄出帐，想去找一直隐匿在灌木丛中的云弋。

然而踏出大帐没几步，一道黑影忽地一闪而过，消失于垒起的草堆处。

他脸色一变，正要提刀追过去，肩膀被人一按："留在此处，护着所有人！"

"公子——"没等他叮咛一声小心，一抹身穿夜行衣的矫捷身姿已奔掠而去。

暗月初悬，婆娑木影间，两个黑色身影宛如夜游魂，一前一后疾步奔行。似乎发觉到被人跟踪，前面的黑影微微侧目，独眼阴阴地扫了扫身后，越发加快了速度。直到三更时分，他才停在山麓下的一片林子里。

很快，前方一颗粗壮的大树后走来一个男子，黑衣黑帽，蒙着脸，张口就道："江湖规矩。"

独眼人从袖中拿出一个沉甸甸的钱袋，抛给他："擒贼先擒王，杀几个裨将无关痛痒。预付三成，事成之后悉数奉上。"

蒙面人掂了掂，尚能接受，便不予追究："下一个是谁？"

"能被南燕舒家父子列入死单的，困陷云州的亓将中，也没几人。"

"舒家父子？"蒙面人稍稍有些吃惊："可是定南王？既然联兵犯夏，不是该同仇敌忾，何故如此？"

独眼人冷嗤一声："渡不过悬崖困地，便只能背捅一刀，用所谓的盟友的尸体填出一条通往活岸的血路。舒家父子道貌岸然，做起这阳奉阴违之事来倒也不差手腕。"

蒙面人了然："所以困陷云中后，舒家父子便已暗结夏兵，并且开始动手了？"

幽暗树丛间，云弋闻言后惊了一下，满目不可置信。

独眼人往那边瞅了一眼，很快又收回目光，笑道："这对你来说，不正是大赚一笔的良机？舒家父子万人之上，最不缺的可就是白花花的银子。"

蒙面人眼神一寒："那么，下一个轮到谁？"

"就看你的剑够不够快。"独眼人笑得叵测而阴寒，从齿间磨出字眼"因为，他近在眼前！"说罢，他袖中的暗器飞掷而出，寒光刺破斑驳阴影，笔直射向树丛。

云弋惊然，身形一掠，飞速闪开。

蒙面人见状，骤然拔出腰中链剑，长链卷动如蛇，将他的右臂紧紧缠住，几乎勒进血肉。

云弋右掌松力，左手顺势接住落剑，右手紧握链刃，发力猛拽将蒙面人拉至近处，剑尖向上，猝地刺穿他小臂。然后他眼疾手快，在他吃痛懈力的间隙抽身出来，拔剑刺向袭他背害的独眼人。

月冷夜黑，荒芜的深林中剑芒闪动，利刃撞击的叮当声划破夜空，回音向远……

远离月牙岗的雀城外，两名轻装简骑的女子牵着烈马，混在熙熙攘攘的人海中，停在了城楼下。

"姑娘，已经日夜兼程了数天，休息下吧。"身穿湖水蓝色绣云纹水衫的女子擦了擦额上香汗，对同行的女子道。

那女子身着柳青色衣衫，细腰如削，未施粉黛的面容上尽染风尘，倍显憔悴。

斜阳向晚，城楼下行人如织，都在抓紧时间进出，不一会儿就只剩下零星几个，视野陡然开阔起来。

"要实在心疼的话，就叫那小子出来吧。"柳青色衣衫的女子从马背上卸下行囊，换到肩上，往后看了一眼，打趣一句。

月芜向来清冷的面上隐现慌张，低了低头，以掩饰自己的窘迫。

青珑淡淡一笑，突然回头，果不其然，夹杂在行人中的一名男子躲闪不及，直愣愣地与她四目相对，于是尴尬地朝她们挥挥手，嘿嘿笑了两声。

青珑走过去，揪着他耳朵将他拖到月芜面前，一巴掌拍直了他后背："七尺男儿，就这怂样。"

"疼……姑娘你轻点……"裴原惨叫一声，立刻挺直脊梁，一边揉着耳郭，一边两眼放光地看着月芜。

"你怎么跟来了？"纵然早已发现他跟踪，但真正现身出来，还是让月芜有些心神慌乱。

裴原揉了揉后脑勺，憨笑一声："我不放心你们，刚好子道要跟来，梁大哥怕他身子吃不消，就换我来了……我怕你不高兴，就没敢出来，一直在后面跟着……"

"你知道我们要做什么？"月芜心里感激，却依旧是惯有的不冷不热的语调。

裴原点点头："梁大哥跟我说了。"然后他敛了敛笑，压低声音问她们："云中这么乱，不好找吧？再说这种事交给兄弟们去办就得了，姑娘你何苦自己来……"

"我说过，剔骨之痛，必叫他以命偿付！既然有他的踪迹线索，就不会放过。"青珑语声肃杀，眉目冷如冰霜。

梁大哥安插在云州的耳目传回密报，道是数月前舒长轩曾在云州一带出没，直奔燕元大军驻地。彼时云中到处都有战火爆发，夏、燕、元三军对垒，战事紧迫而惨烈。那些耳目难以深入战地，只得乔装成难民在外游荡，很久之后才打听到一点风声，说盟军驻地里有一个独眼残掌的马夫，有时也会拉着那些长官的坐骑到营外的山坡上遛马，喂它们吃些鲜草。

果是踏破铁鞋无觅处，得来全不费功夫！为了找他，三年来她没少安排罗网，从北凉到东元，再从南燕各关卡到西夏，到处打听他的下落。纵然期间线索时断时续，她也一直没有放弃搜寻。

这一次，定不能再错失机会，让他活着踏出云州！

裴原和月芜不好再问，默然跟上她进了雀城。

彼时夜幕初垂，歇脚的商旅增多，离城楼最近的清风客栈前宾客盈门，掌柜手中的算盘珠子敲得噼里啪啦响。

"住店！"不一会儿，一个灵气十足的少女走了进来，她背着个斜肩布袋，手中提着一个鸟笼，而发出这响亮声音的，正是笼中那只椋鸟。

掌柜和客人们都被逗乐，有几个凑上来好奇地瞅着这只稀罕物，甚至一些见过世面的商贾直接出价，想要买走它。

"不卖！都走开都走开……"小姑娘搂了搂鸟笼，一口回绝，踮脚趴上高高的柜台："要住店，马上给我们安排。"

掌柜被她小鬼大的模样逗笑："丫头几个人？要几间？银子够不够？"

"授受不亲！两间！"鸟儿扑棱了下翅膀，不断重复着一路上从小姑娘口中学到的话。

"多嘴！"小姑娘拍下鸟笼，还没开口，眼前突然一暗，一抹冷峻身姿出现在柜台前。

那人身着黑色斗篷，风帽遮头，大半张脸都被盖住，露出的少许侧脸惨白如雪，在楼内灯火的映照下阴森而冷郁，乍一看犹如地狱归来的魅鬼，吓了掌柜一跳，楼中客人亦受了一惊，不由往后退了退，窃窃私语。

"一间。"随着银子落下，两个嘶哑的字眼从那人口中飘出，仿佛一口历经风雨摧残，被岁月无情侵蚀的古钟拖出的绵远回音。

小姑娘抬头望着他，不知怎的突然咧嘴一笑，竖起手指头，很是高兴地大声道："听见没？两个人，要一间！"

然而一语未毕，黑衣人已经转身，一人一剑，步入不见明光的幽暗巷道里，似乎黑夜才是他唯一的伴。

"你去哪？回来！"小姑娘脸上的笑容瞬间垮了下来，鼻子一酸，委屈得直跺脚，提起裙裾追了出去。

"啪——"迎面又来三个住店的，她跑得急，与其中一名女子撞了个满怀，鸟笼顿时掉落，滚向远处。

"死了！死了！"椋鸟受到的惊吓不轻，连同笼子躺在地上，翻不起来，便奋力扑扇着双翅，大喊大叫。

"对不……"被撞到的女子没有计较她的冒失，拾起鸟笼马上跟她道歉，不料却被她打断。

"你赔它！赔它！"小姑娘眼睛潮红，大声吼道。

青珑愣住，见她快要哭出来，忙把鸟笼仔细递给她："是我们粗心了，给你说声对不起，快看看它有没有摔伤……"

小姑娘吸吸鼻子，没等她说完就一把从她手中夺过鸟笼："你看，这里都瘪了！赔钱！"

"是你这丫头自己撞上来的，反倒还自己委屈。"裴原瞥了眼完好无损的鸟笼，马上意识到她想讹人，驳了一句。

青珑示意他别跟一个孩子计较，掏给她一粒碎银："你别哭，这个给你吧，算是我们跟你道歉，给它重新买个笼子。"

"买个！买个！"椋鸟学着她的话，不分场合地叫了一声，尽管它听不懂他们在说什么。

青珑忍俊不禁，摸了摸少女的头："要不这样吧，我带你去买，挑个你喜欢的，怎么样？"

小姑娘没有接，上下盯着她看了几眼，前一刻还委屈得眼睛雾蒙蒙的，后一刻眼珠子滴溜一转，道："不够！这么稀罕的东西，根本就买不到！"

"那你要多少才行？"月芜忍不住道，担心被这心术不正的丫头缠上了。

小姑娘见他们着了道，于是装模作样地掰了掰指头，最后牛哄哄地翘起三根。

"三十两？"裴原不知数目，"打劫呢你？"

"不够！"小姑娘气呼呼地道："三百两！一文都不能少，否则我就喊人了，告你们欺负小孩子！"

这数目一出，三人顿时瞪大了眼，委实吃了一惊。

恰在此时，客栈的伙计喊了一声："几位客官可要住进来？"

"住！银子都付了，别想赖我账。"小姑娘回头道，又怕这几人趁机逃走，便抓着青珑的袖子，死活不放："赔我银子！不然我就叫人了，打得你们满地找牙！"

"呵，叫就叫，看谁打得过谁！"裴原扬了扬佩剑，想吓唬吓唬她。青珑递了个眼色，将他挡了回去，对那小姑娘道："这样吧，你跟我们先进去，等填饱肚子再慢慢算账，如何？"

小姑娘一脸防备地盯着她，不知道此时心里在打着什么如意算盘。

"想吃什么尽管点，一文钱不用你出，怎样？"

"这还差不多。"总算达到了目的，小姑娘暗暗窃喜，却仍旧装作一副清高的模样，秀鼻一哼，指了指台阶："你们走前面，我看着。"

裴原真想把她扭送到衙门去，奈何被月芜拉住，只得忍着不发作。

几人先后进店，那小姑娘也不客气，叫全了清风客栈的招牌菜，鸟笼往凳子上一搁，拿起筷子就狼吞虎咽。

青珑盛了一碗汤递给她，笑眯眯地道："喝点这个。"

小姑娘抬起头，正咬着一根香喷喷的烤鸡腿，见他们都不动筷，就生起了戒心："你们怎么不吃？"

"大人嘛，总该让着小的。"裴原贼笑一声，显得不怀好意，又把一盘香煎鳕鱼推到她面前。

"说好了的，算你们的。"她再三确认。

青珑点点头："一文钱不用你付，我们说到做到。"

小姑娘这才放心，复又埋头啃起鸡腿，吃饱喝足后吧唧下小嘴，叫道："掌柜的，找他们结账。”

裴原诡笑一下，不紧不慢地掏出一文钱，递给掌柜："剩下的找她。"

"你骗人！"小姑娘惊觉上当，猛地站起来。

"说好了的，一文钱不用你出，没说剩下的也替你付。"总算叫这讹人的鬼丫头尝到了苦头，裴原敲着桌子，傲然一笑。

小姑娘着了急："他们是骗子！想抢走我的鸟，所以就给我灌迷魂汤！"

"它不好好地在你怀里待着？"

"好待！好待！"鸟儿不知道发生了什么，欢喜地扇了扇翅膀。

小姑娘恶狠狠地拍了下鸟笼，眼睛瞟了瞟那桌菜，心里盘算一通，这些少说也得四五十两银子，只怕要给"他"惹下麻烦，顿时急了，在掌柜的质问中抱起鸟笼就往外冲。

"聪明反被聪明误，迟早要着道。"裴原哼了一声，喊住掌柜的："记我们账上，把她放了。"

青珑轻笑一声："行了，适可而止就罢手，别让孩子误解了。你们先慢用，我去看看她。"

楼门外，青珑追上了那小姑娘，主要给她解释，谁知她竟对他们有了敌意，小胳膊滋溜一抽，像个泥鳅似的从她手心滑脱了，抱着笼子跑走了。

"你别怕，我们只是跟你开个玩笑，没有恶意的。"青珑一直追她到那条巷子里，一路上解释了很久，那少女才渐渐敛去了抵触之心，却仍旧不肯回去，沮丧地提着鸟笼，在黑漆漆的小道上穿行。

"你别跟过来，我要找人。"很久之后，她才开口说话。

青珑一奇："你要找谁？你们走散了吗？"

不说则已，一提起这事，小姑娘遍又暗自神伤，鼻子通红。她把鸟笼往地上一扔，靠墙坐了下来，捡了个石子儿百无聊赖地在地上乱画。

看着她万分寥落的模样，青珑有些心酸，便陪她一起坐下："是不是碰到了什么难处，我们能不能帮上忙？"

"他讨厌我。"小姑娘的脑袋埋在双膝间，自生自气，闷闷地道。

"他是谁？"青珑捋顺孩子的头发，关切地问。

"不知道，他不跟我说话。"

青珑有些疑惑："那他是你什么人？是不是误会了你什么，所以不跟你讲话，你有没有跟他解释过？"

小姑娘自顾自地道"不知道，我就是跟着他，找大夫开方子，自己去挖药，采到了他就走了，等都不等我……"

青珑惑于她的答非所问，转而道："为什么要自己采？不怕错挖成毒草吗？"

"自然是大夫让他吃那种买不起的鬼药，所以他只能自己找。"小姑娘抱怨一句，却又无可奈何："可是不吃的话，他的病又好不了……"

青珑神色一黯，心口像被什么揪住，连声问："他患了什么病？大夫说能不能治好？现在还严不严重？他采的又是什么药？"

"他不跟我讲话。"小姑娘郁郁寡欢，表示自己也不清楚，沉默了一会儿，问她："死亡花你听过没？"

"死亡花？"青珑的胸口莫名吃紧，她没有听说过这味名字很不吉利的药。

小姑娘把石子儿狠狠往地上一扔，仿佛做了一个重大决定，拍拍屁股起身："回去了。"

"那你不找他了吗？"

小姑娘很是潇洒地挥挥手："找了也是白找，不管了。"

青珑见她释怀，欣然一笑，忍不住低头凝视着手中那柄剑。

时光宛如指间流沙，一晃已经过去了近一千个日日夜夜。长眠在黑暗里的人啊，你可还安好？

◈ 第七十二章 ◈

疑 信

回到客栈后，小姑娘依然一脸戒备地盯着裴原和月芜，抱着笼子从他们身旁谨慎走过，等到了二楼走廊上，才趴在栏杆处俯首朝他们做了个鬼脸。

"小兔崽子！"裴原啼笑皆非，问青珑："她哪来的？这才几岁，鬼心眼就这么多，长大了还得了！"

青珑看他一眼："那就是搁这岁数的时候，你还是个傻愣子？能混到现在，着实苦了你。"

月芜扑哧笑出声，很快又正了王色。

裴原语塞，痴痴地看着月芜难得一见的笑颜，尔后窘得干咳一声："讲真的，我很好奇她是干什么的？总不至于一个十五六岁的丫头，带着一只会说话的奇葩怪鸟来闯荡江湖？"

"她有同伴，可能是走散了……"小姑娘的话依旧在青珑耳畔环绕，看得出她应该是吃过苦流过浪的，靠着自己的小聪明外加一点小胆量，倒也混得有滋有味。虽然心术略邪，但能依靠自己的力量在这乱世里顽强活下去，那份勇气也是值得肯定的。

说到这里，青珑犹豫了下，忍不住问他们："有种花……不知你们有没有听说过？"

她也不知道自己为什么会对小姑娘口中那位素未谋面的"他"的病情万分担心，仿佛冥冥中有根无形的线牵着她的心，让她难以心安。

月芜和裴原皆是诧异："什么花？"

"名字不是很吉利，但却是一味药，叫死亡花。"带着些许期待，她屏息请教。

月芜面有惊色，抱歉地摇了摇头："既能入药，想必定有特效，却以死亡为名，想来很是费解。"

裴原也惊讶地道："这名字可真够让人胆寒的……姑娘，你问这个做什么，谁需要它？"

"没什么……"青珑恍恍惚惚地低应一声，有些失望地埋头沉思。

月芜见状后，不放心地追问她："姑娘，是不是出了什么事？"

"没……没什么事，我只是代人打听下，你们没听说过就算了。"她回过神后，马上为即将到来的行程做打算："舒长轩既然行踪不定，明日一早，我们兵分两路行动。你们走山路，我直上云州，多条道就多一个找到他的机会。"

"那里现在成了燕兀大军的地盘，他们一见到可疑之人就杀，你一个人怎成？"

"我会小心，这件事已经搁在我心里整整三年，必须速战速决！"

两人劝不过来，只得点头答应。

翌日，青珑早早起身去跟小姑娘道别，谁知她竟已不在房中。青珑找了一圈，才发现她一个人跑到了屋檐下，带着鸟儿坐在台阶上，两手托腮，若有所思地望着空荡荡的长街。

听到脚步声后，小姑娘回头，仰起脑袋看了她一眼："你们要走了？"

青珑点了点头："你在这里等他？"

"才不。"少女一脸傲气地挑眉，脸上却不见笑，尔后提醒她："你还忘了一件事。"

"什么事？"

她把小手往后一摊，摆了个伸手索要的姿势，意思已经很明白了。

青珑失笑："你不会还要跟我们讨那三百两银子吧？"

仿佛受到了侮辱，小姑娘不屑地扬起眉梢："别看我人小，江湖规矩可是懂的，一言既出，驷马难追！再说了，看你们也不像有钱人，合着榨干了也就百八十两的模样，昨晚又替我出了那么多，估计也就剩下啃干粮填肚子的份了。"

"那你还要？"青珑真真服了她的能耐，模样灵气十足，讲话又有板有眼，活脱脱一个机灵鬼。

"你说的，要跟我去买鸟笼，要没时间的话，换成碎银子抵账也行。你看它都饿得不叫了，我下一顿都还没着落呢，哪管得上它……"

"不叫！不叫！"安静的鸟儿突然欢腾地扑了一下，声脆音亮，将自己小主人的如意算盘暴露无遗。

小姑娘一窘，啪地一拍笼子："傻鸟，笨死了！"

青珑轻笑一声，摸了摸身上，想了想，在没有找到"他"之前，这孩子就拿区区几两碎银估计得亏待自己，就道："你等着，我去给你多拿些。"

小姑娘回头，望着她快步上楼的背影，愧疚地长叹一声，对着鸟儿自言自语："唉，这世上还是傻人多一些……你这笨鸟，别忘了就是靠着他们的福气，才能胖成这样的。"

说着，她暗沉沉的眸子忽而一亮——清晨氤氲的雾气里，赫然现出一抹纯黑色的身影，那人载着满肩晨雾，一手持剑，一手拿着一个钱袋向客栈走来。

"你终于来了！"小姑娘一扔鸟笼，欢喜地跑到他身边，话没说完，一个藏青色钱袋递到了她面前。

"这是什么？"她打开一看，瞬而明白，陡然变得紧张无措："我只是开个玩笑，你不要……"

那人没有说话，隔着浓重的雾气，看不清他的脸孔，只一双黑瞳幽深如潭，静如死水。

他把钱袋往她手心一放，一句话没说，转身离开。

"我说的那些都不算数，你别把它当真，不要走……"小姑娘不安地向他解释，再没了从前的自信。这一次，她比以往任何时候都害怕，怕前路未卜的危险，怕他离开后的孤独流浪生涯，更怕自己以后再也见不到他。

黑衣人似乎下定了决心，头也未回，眨眼的工夫，瘦削身影已经被白茫茫的雾气淹没，不复踪迹。

冗长的街上就只剩下小姑娘一人，她追着追着便停了下来，孤零零地站在那里，失魂一样呆呆望着他消失的方向。

青珑下楼后发现她不在，只鸟笼搁在台阶上，误以为她出了事，紧张地寻了过来。

小姑娘一动不动地站在路中央，目光停留在晨雾缭绕的远方，眼睛通红而湿润。

"出什么事了？"青珑心口一揪，揉着孩子的脑袋问她，把拿来的银子递给她。

"他走了，不要我了……"她从青珑手里拿过鸟笼，却没有接她的银子，袖子一抬，抹了抹眼睛，丢下几个带着哭腔的字眼头也不回地走了。

青珑眺望着长街尽头，那里雾霭苍茫看不到任何东西，而她的内心却似被什么牵引着，不由追了上去："我带你去找他。"

"我走了，你们也走吧。"小姑娘没有接受她的好意。

"我跟你一起去找他。"作为置身事外的旁观者，她应该比小姑娘更能看得开，但她也不清楚，为何自己反而比那小姑娘更坚持。

那种心慌难定的感觉，就好像有一个机会摆在她眼前，一旦抓不住，就将是死也不会瞑目的遗憾。

所以，不能放弃，即便她也不知道为了什么。

"不找了。"小姑娘低低道，几个再平常不过的字眼落下，霎时就像一堵墙挡在面前，拦住了她的脚步。

青珑蓦地怔住，多少个日夜前，她也说过同样的话。

"我从很小的时候起就一个人流浪，连个说话的伴都没有，一样混到了现在。"小姑娘见她不动，回头看了她一眼，嘴角扯出苦涩而淡淡的笑，"我问他要三百两银子，他很大方，一下子给了我五百两，够我养活自己好长时日了……你走吧，不要再跟着我了。"

"我跟你去找他。"青珑固执地道，越往前走，心就越难平静，莫名有种急切地想要一探究竟的冲动。

"你不是要走吗？都没有自己的事要办？"小姑娘站住，带着些期望问她。"他应该没有家，也很少进城，几乎不会待在有人的地方，从来都只在山野间飘荡，要找他需要很久，还不一定能找到，你有那么多的时间和耐心吗？"

一连串的问题将她彻底激醒，仿佛当头冷水泼下，浇灭了那股冲动之火。

"那你回去办自己的事情吧，不要再跟来。"小姑娘了然，眼里的亮光瞬间熄灭，神色黯黯地转过身，踩着一地流雾离开了。

"能告诉我你叫什么吗？"青珑凝望着她的小小背影，隔着远远的距离问她："还有他长什么样子？我一定帮你留意！"

小姑娘止步，回头道："我希望自己每个今天都有金子花，所以就叫金今。他穿黑衣，拿着剑，一着凉身子就不好受，到了阴雨天更糟糕，所以总是戴着风帽遮寒。还有他脸色很白，看起来很可怕，旁的人不敢靠近。他怕吓到人，就不去有人的地方，要是你们走山道林道看见了他的话，就跟他说我在找他！"

"我记住了，一定会的！"

"谢谢啦！"小姑娘冲她挥挥手，鸟笼往腰间一挂，攥着小布袋的肩绳，转身踏向白茫茫的街头，娇小身子渐行渐远，很快消失于迷蒙晨雾中。

雾茫茫的长街上，就只青珑站在那里，怅然若失。

但愿她能找到他，他的病也能治好。但愿人世间多一些聚合之喜乐，少一点离散之悲苦。

她如是想着，然后独自踏上了去往云州的路。

雾散天清，秋阳当头，月牙岗的林道中，两匹快马飞奔如风。

前方林木深深，雨后的青叶上泛着点点银光，恍如明镜，秋蝉隐匿在茂密的枝叶间，扯着清亮嗓音高吼，声声不息，衬得此地越发清寂。

突然，疾行的女子一勒马缰，似是发现了什么，倏地翻身落地，用剑鞘拨弄着一丛草木。

"月芜，怎么了？"裴原亦止步下马，定睛一看，一摊尚未风干的血迹映入目中。拨开草叶后，地上有一行血色长痕，蜿蜒向前，细看之下周围也有打斗过的痕迹。

两人万分诧异，顺着血迹走了几步，一截尚在溢血的断指赫然入目，且断口齐整，显然是利刃所割。看来此地曾有人持械出没，而往前走就越来越接近燕亓大军的驻地，只怕需要谨慎了。

"我们乔装下，万一碰到兵了就说我俩是逃难的。"裴原从地上抓了些土往身上和脸上抹了抹，又故意在衣服上割了几道口子，末了把袖箭解下递给她，道："外携的佩剑得扔了，以免被人质疑，不过若有不时之需，这个就派得上用场了。"

"还是你拿着……"月芜推给他，怕他两手空空无以为敌。

"你是女孩子，我得保护着你。"裴原挽起她的袖子，亲自给她绑好箭筒，约略装扮，两人彻底变了样，灰头土脸的活似讨饭的可怜乞丐，不禁相视一笑。不过正要启程的时候，远处的草丛里忽然传出一阵细微的咳声，紧接着草尖簌簌抖动，隐约有一个人头冒了出来。

两人相顾一惊，裴原把月芜挡在背后，谨慎地走过去，靠近一看，一个身着夜行衣的年轻男子昏倒在那里，意识尚未完全清醒，四肢微动，正吃力地挣扎着。

"喂，兄弟？"裴原蹲下来摇了他一下，突然一个令牌从他衣间滑了出来。

裴原拨正看了一眼，不禁变色，竟是亓军的右将军。

月芜亦认了出来，戒备地按上袖箭。

裴原对她使了个眼色，耳语道："留着他，兴许我们办事更容易些。"

正说着，男子缓缓撑开眼帘，伸手过来紧紧攥住令牌，欲夺回自己的东西。

"别激动，这个还你。"裴原挡护着月芜，物归原主，然后扶他坐起来，这才发现他右臂带伤，细看下十指无恙。

联想起方才他和月芜看到的断指，裴原心下明了，估摸着是这人跟对方打斗，他一剑切了对方手指，对方应该也伤了他。见他力殆体虚的样子，估计是对方的凶器上涂了毒才会致他晕厥，否则这点见血的伤不至于放倒一个统兵千里的将军。

男子揉了揉眉心，晃了晃脑，努力让自己清醒过来，撑剑欲起。

"先别动，看你这样子八成是遭人暗算了。"裴原拉住他，转回身暗暗朝月芜使了个眼色。

月芫始终处于高度戒备的状态，见状后从怀中掏出帕子递给他，裴原接过将那亓将手臂上的伤口包扎住了。

此人正是云弋，昨夜他跟踪独眼马夫，果然发现他有帮凶藏身在月牙岗一带的野林里。正如裴原所猜测的那样，与对方交手的过程中，他不慎被那蒙面人的链剑绞伤，手臂见了点血，没过多久便体力不支，靠毅力撑了数十个回合，都没看清自己切了谁的指头就颓然倒地，直到此时方才苏醒。而昏迷期间发生了什么事，他已无从知晓。

"你们是……"他费力地撑着眼帘，这才注意到这个蓬头垢面的陌生男子身后还有一个同样形容狼狈的姑娘。对于突然出现在荒山野林的这两个人，年轻的右将军自然也是满腹狐疑，更不乏警惕。

"我们啊……"裴原抓了抓脑袋，灵机一动，诓骗道："我们是跑江湖的，给人送镖，要带到江岸去，路上听人说前面一直在打仗，怕是过不去了，头儿就派我们探探，看何处方便绕过去，不料经过此地碰到你了。还好你醒得早，不然这里到处都是血味，引来吃人的野兽就惨了！"

见云弋打量完他后，目光又在月芫身上徘徊，裴原忙拉住月芫的手，假装憨厚地补充道："这是在下表妹，小时候家里遭了灾，没了双亲，就被家母收留了。别看她是女孩子，胆子可一点都不输人，跟着我跑东跑西，学了两下子，身手可利索着呢！只不过……"

云弋面色一惑，带着询问的表情看向他们。

"只不过她说不了话，小时候发烧落下的。"裴原一本正经又甚是惋惜地道。

月芫愣住，好大一会儿才明白他的意思——多一个人说话就多一些说漏嘴的风险，而且这样交代过后，就算有万一，此人也不会再过多逼问她什么，让她为难。

她微微抬头，悄然注视着裴原的背影，心头泛起丝丝涟漪，第一次在他身上感受到了一些不同以往的东西。

"失礼了。"云弋抱歉地道，以剑撑地，试图站起来，单手刚一离地身子又跌下。

"兄弟，还行不？"裴原扶了他一把，"需要搭把手吗？"

云弋勉强稳住身形，四下望了望。

现在已是黄昏，眼下有太多事情需要他速去查清，而且他更担心展平那边的状况，必须尽快赶过去。可是这迷药效力强劲，到现在还缓不过来，靠他自己一步步挪回去，不知要耽搁到什么时候。一番权衡，他只得求助于人，即使对他们的信任还不到五成。

"那就劳烦两位了。"

而对于裴原来说，目的已经达成一半，只消接近此人，多少都能套出一些话口来，也好方便打探混入盟军驻地的舒长轩的下落。

"好说好说，出门在外谁没碰到过难处。"他朗声一笑，爽快答应了，把自己的马让给了他，然后与月芫同乘一骑。

是日掌灯时分，云弋才与带人焦急寻他的展平碰上头。

在身份可疑的陌生人面前，他不便追问营中详情，就只简单介绍了下。不过展平一听说这两个跑江湖的人帮了公子，一时感激，遂少了戒心，谢过之后顺口便道："那公子先行歇息，属下带人到这附近找找，总归他受了伤，跑不远……"

云弋打断他："饿了一天，先备些酒食过来，不得怠慢恩客，夜里派人护送两位出林。其他事无须多言，我自有定夺。"

展平这才意识到自己薄待了恩人，正要应承下来，谁知裴原摆手一笑："举手之劳而已，兄弟客气了。几位都有事在身，生火煮水颇费周折，无须辛苦了，随便一口干粮果腹即可。我们也还赶路，稍后便先行一步，后会有期。"

裴原嘴上虽是这么说，心里却盘算着，这些人都是行伍出身，警戒之心较常人重，怕是不会轻易相信他们，与其找借口死皮赖脸留下来空惹怀疑，倒不如欲迎还拒。一旦假装离开，只消找机会撂倒两兵，拿到腰牌换上他们的戎装，便可浑水摸鱼，以"亓兵"的身份潜伏到这些人里面去，那时后面的事就好办了。

云弋也未强留："如此，恕在下怠慢了。"

裴原收回心思，点头谢过，拉着月芜随两个小兵去了他们搭营的地方。

展平急不可待地靠过来："公子，刚才……"

"话留三分，防着些。"云弋浑身无力，疲惫道。

展平会意："那属下这就去吩咐，多派些人分头行动。此次既然失手，想必他还会卷土重来。"

云弋点了点头，待他安排完，又问他："营中可有异况来报？"

"这个公子放心，昨夜出事后属下已经派人去过大营了，一切如常，并没什么动静。"说到这里，展平又有些不可思议："公子，那马夫伙同帮凶伤了你后，就真的逃了？"

对于这点，云弋也一直疑虑重重。若说他受了舒家父子的指使潜入大营刺杀东亓将领，那么在他昏迷之后，他们完全有机会下手，不可能双双负伤潜逃。更难捉摸的是，既然使了手段下毒加害，剑口上又怎会只涂些致人眩晕的迷药？

"我在想，或许我们一直被他牵着鼻子走。"他埋头寻思，梳理着混乱的头绪，一些猜测让他的疑虑渐渐明朗起来。

细想一下那马夫在营中唆弄的这些事端，无一不是在挑拨两军。最先从底下的裨将开始，加剧矛盾导致事态愈演愈大，惊动众多上层将官。近日来，他又里外勾连，暗中买凶杀人，蹊跷的是遭遇不测的皆为亓将，燕将却相安无事，种种迹象无不让人将疑凶直指燕军。经过昨夜一事，那马夫与蒙面人一番对话，又公然将他与舒家父子对立起来，就更加佐证了他的臆测——对方意不在杀亓将，而是间接利用亓军挑起他们对燕军的怨恨，继而去对付他们。

展平听他道完心中猜疑，不免吃惊："公子，那他的目的是什么？自演自戏说幕后主使是舒家父子，难不成他们之间有仇怨，而他势单力薄斗不过，才使出这借刀杀人之计？"

"也许是，又或者他是夏军派来的细作，挑拨离间。这两种可能最大，除此之外尚不可知，但只要营中再无根患或耳目，便可放心了。"

展平了然："属下明白了，守好大营严加盘查就是，其他的一概不论，以防中计。"

"去吧，这几日再作搜寻，务必查清虚实，揪出同党，明日我先启程回营，看看动静。"

展平刚要受命，一名传事兵匆促赶来，抱拳肃声道："云将军，帝都横城那里来消息了，各位将军请您速速回营！"

展平一奇，问他："怎么说？"

那兵左右环顾，谨慎地靠过来，在云弋耳畔低语一句，就见这个素来稳重冷静的右将军也脸色大变，显得颇为震惊。

"备马！"

没等展平细问，他已大步迈开，翻上马，扬鞭疾去。

黑夜迅速降临，整片月牙岗静谧无声，偶尔有野兽的嚎啸穿透丛林，散入夜空，凄厉而森冷。

天边星子寥寥，一轮黯月独挂枝头，在飘曳的薄云间穿行，照得斑驳树影忽明忽暗，没多久乌云堆积，遮星掩月，天地漆黑一片。

突然，远方光点跳动，惊了搜查的亓兵一下。四十几个人顿时围过来，握紧战刀，顺着光源所在的方向徐徐靠近。

空旷的山野中，一堆御寒的篝火烧得正旺，火光窜跳。两步开外有一棵雪松，树身上轻靠着一个身穿斗篷的黑衣人，背对着那些兵，看不到正脸，正倚着树一动不动，似乎睡了过去。

"果不其然，还未跑远。"亓兵们拨开草叶，细声细语地交谈着，根据展平的描述，已经可以肯定此人就是那名拿了马夫钱财替他害人的帮凶，只要抓到他，就能逼问出马夫的下落。

领头的士兵做了个嘘声的手势，小心翼翼地拔出一箭，屏息弯弓，对准黑衣人的后背嗖地射出一箭。

飞矢如光，刺穿跳动的烈火笔直袭来。

黑衣人早有察觉，猛地睁眼，拔剑，回身，迎声劈下，飞箭一削为二。

火星四溅，在他眼底肆意飘动，幽幽如萤。

"拿下他！"亓兵大喝一声，所有人倾巢而出将他团团围住。

一口宽大的风帽将黑衣人大半张脸遮住，露出的些许肤色苍白如雪，衬得一双眸子黑似点墨。暗蓝的天色透过叶隙倾洒下来，打在他面上，显得尤显阴冷。

"说！他在哪！"亓兵们看得不由一惊，为首一兵刀锋一抬，厉声喝问。

黑衣男子手持利剑，冷目盯着这群亓兵，显然他对于这样劈头盖脸而又莫名其妙的盘问有一瞬间的不解，但很快，不解就被眼底随之泛起的肃杀和戾气冲散。

亓兵们把他的沉默当成伺机反击，不由分说掠刀齐上，对准他的面门蜂拥劈来。

黑衣男子眉目冷峻，阴寒如冰，仿似一只被惊扰出山的雪豹，冷厉地盯着这些不知死活的蠢兵，剑刃斜削而下，沿着一兵的左颈切到右胸，鲜血飞溅如泉，喷了数尺高，惊得众兵唏嘘却步。

不过很快，他们又发起第二轮攻击，刀刀逼人。

树丛之外，两个脑袋忽地探出，躲在密密麻麻的草隙中旁观着树下的血斗。

"月芜，此人会是他们说的帮凶吗？"裴原拨开草，睁大眼睛，想要努力看清黑衣人帽兜下的面容。奈何相隔较远，对方身手轻快，闪来闪去，而且生起的篝火又在恶斗中被踢散，不一会儿渐次熄灭，黑不见光，根本无从捕捉。

"没准，拿下再说。"月芜攥紧手中的刀柄，做好了随时出手的准备。

依照原先的打算，他们是想混入军营的，所以跟随那两兵去拿干粮的途中，裴原有意与他们攀谈，问他们抓什么人，抓不到的话几时回营等等。士兵禁不住他的热情和好奇，说着说着话就多了起来，不仅把他们这几天的行动吐露于外，还把那马夫装神弄鬼害死很多人的事一股脑都说了出来。

起初他俩没在意，只想跟他们套近乎，于是裴原顺口问了那马夫的模样和体型，道是之后他也可帮忙留意着，没准碰到了就过来知会他们一声。这一问不打紧，那兵的回答却让两人颇为意外：独眼，戴着眼罩，左掌沿腕以下断缺，身形精瘦，高近八尺。

独眼，断手，又混在军营，这马夫的相貌与踪迹与舒长轩完全吻合！

故而两人暗中折回来偷袭了那两兵，换上他们的兵装和武器一路尾随亓兵至此，虽没找到那马夫，却也发现了他的帮凶，不枉此行。

"唰"的一声清啸，两人拔刀出鞘，展身掠出，一左一右刺向黑衣人肩颈。

此时的雪松树下已是血味扑鼻，亓兵的尸体横七竖八地躺倒在血泊中，皆被一刀切喉。剩下零星数人死撑着，见有人相助，顿时扑到他正面，不给他闪避及反击的机会。

刀风贯耳，生死一瞬间，黑衣人猛地肩背前倾，手中剑光飞出，沿着迎面两兵的膝盖横削而过，与此同时，他手肘向后一屈，剑尖易向，反刺向背后的一个偷袭者，速度快得惊人。

夜黑如墨，谁都看不清对方的模样，只听声辨位，依靠模糊的轮廓追寻对方的死穴。

月芜弓身避开，刀锋向上一挑削向他手腕。裴原趁机攻击他面门，刀势如风，猛地掠向盖住他面庞的风帽。

黑衣人仰面后倾避开刀芒，又收剑旋身，步履快如疾风，几下掠出了两人的包围圈。身形未定，他已然飘到再次扑上来的三个亓兵跟前，没等他们的战刀挥下，三颗头颅便斜飞而出，血溅如泉。

仅剩的两个士兵瞬间怯懦，惊恐地看着他几乎与黑夜融为一体的鬼魅侧影，不敢再靠近，举刀喝问，想给自己壮胆，发出的声音却颤抖不止："说……说出他的下落，但可饶你不死！"

黑衣人微微侧目，睨了他们一眼，沉默如往，不懂这些找死的蠢兵在问什么。但那与他无关，他也没有兴趣知道，便什么都没说，提着淌血的剑转身步入黑漆漆的夜幕里。

亓兵们未曾罢休，一人匆速跑掉回去搬救兵，另一人咬紧牙关扑到他背后，双手抬刀劈向他头顶。

黑衣人止步，手中长剑向后一掠，斜向上刺出捅穿他喉咙，没等那兵咽气，手中的刀已经被他拔剑挑开，飞掷而出猛地扎进跑开的那兵后心。

裴原和月芜一惊，双双掠起，长刀一左一右架过来，挡住行将离开的黑衣人："留步！"

"买凶杀人的马夫，是不是舒长轩？"裴原盯着他的侧颜，逼问道。掩起的风帽将那人的侧脸挡住，只露出些微轮廓，模糊不清。

黑衣人原本握紧了剑柄正欲出手，听到那名字后突然顿住，眸中的冰冷杀意也随之凝住，目光瞟向裴原。不过一如他二人，黑暗中谁都看不清对方的容貌，他便收回了视线。

"说出他的下落，今晚你我都好去好走。"裴原手中的刀往他脖颈处靠近了些，做好了随时挑开帽兜的准备，以探察他的真容。

黑衣人对他们的纠缠置若罔闻，提着剑迈开步子，继续前行。

两人见他软硬不吃，遂发起了狠，双刀成剪形夹击，猛地划向他脖子。

黑衣人的忍耐已经达到极限，而且经过方才一阵厮杀，他的体力也有些透支，呼吸渐促。眼下再次被这两人纠缠住，他杀心复起，倾身低头，错开刀锋，回身时长剑嗖然出鞘，刺了过来，双方交手三十多招后，他一剑削向裴原颈脉。

裴原偏头躲开，一横心，徒手攥住他剑柄，死死拽着不松，另一手蓦地抓向他面庞。

月芜见状，手中长刀快如光电，趁黑衣人偏头闪躲的间隙一下刺进他肩头。裴原大喜，当下一记重拳挥出，嗵地击向他胸口。

黑衣人踉跄闪身避开了他的袭击，捂着伤口退到一棵树前，口中发出一声极力克制的浅咳声。尔后他以剑撑地，艰难地直起身，而此时，两把长刀已经架到他的颈部。

"话不多说，带我们去找他。"月芜刀指于他，冷声道。

黑衣人不动声色，捂着肩口的伤口，一步一步向前挪动，等到身后没了障碍时，剑刃一挑推开一刀，与此同时向后倒退一大步，从他们的刀口下脱身出来。

两人大惊，闪身避开他随即送来的剑光，谁知快到跟前时，原本看似逼向一人的剑尖却忽地易向，猝然刺向另一人要害。

"月芜！"裴原才觉上当，惊得变了色，不顾一切地冲过来，劈向黑衣人后背。

剑尖飞速向前，离月芜的眉心仅有片羽之隙，却随着裴原的一声惊叫而倏然停止，石化般定在那里。

黑衣人似是对这个名字有些微印象，遂于生死一瞬间停止了击杀，只不过刹那的惊怔和恍惚，背后裴原挥出的刀刃狠命落下砍进了他肩膀，将要削向脑袋的时候才被他惊觉，偏头避开。

"月芜，你怎样？"裴原惊魂未定，挡住她后怕地问道。

月芜愣了一下，不明白方才此人为何突然收剑，只不过情势紧迫不容她多想，是以回神后她重新举刀。但对方并没有再杀过来，仅是勾脚挑起地上一把乱刀踢了过来，然后在他们飞快闪避的当儿没入密密麻麻的丛林，一晃便不见了身影。

第七十三章
重逢

雀城与月牙岗的交界处有一片乱葬场，坟头青草萋萋，夜间鬼火飘动，阴森而骇人。除了白天偶尔有人拉尸体过来填埋，这一带少有人烟，到了夜晚更加冷清，只有树顶几只寒鸦盘旋，时而发出嘶哑而凄厉的哇哇声，听来分外瘆人。

夜色正浓，一名女子轻装简骑小心穿过林立的新旧坟头，深入月牙岗。

数丈之外，与她一起摸进深林的还有几名蒙面人，牵着马谨慎地往前靠。

随着距离的拉近，几乎在同时，双方都听到了细细的脚步声，瞬间扣上各自手中刀剑，屏息探察。

"沈公子，杀了还是……"一名蒙面人拉下黑巾问领头的男子，说话间他向后招了招手，几人会意，就近将马绑在树上，纷纷拔刀。

"生擒，先探清楚。"男子背对着他们，身形掩映在草丛中，看不清晰。

几人受令，顿时飞闪而出，刀锋快如光电，齐刷刷刺向草隙。

青珑抬手够到头顶矮松，攀着树枝向上一跃，一脚飞出，踢向最先冲过来的蒙面人脑袋。末了她从他们头顶飞掠过去，剑光出鞘，犹如流星划空，眨眼间削向一人后颈。

突然，唰的一声清响，一柄长刀拦腰落下，力能断刃。

青珑一惊，猛然错开身子，挥剑斩向对方手腕。那人速度也快，收臂撤刀，一个回马枪杀过来刺向她脖子。青珑偏开脑袋，剑尖移下切向他腰腹，对方横刀一挡，那一剑便贴着他衣角飞出，刺了个空。

咫尺之间，两人擦肩而过，谁也看不清彼此的容颜，夜风拂乱她的发丝，淡淡清香散开，不禁让他顿了顿神。刹那恍惚间，剑啸破空，迎着他的眉心笔直刺来。

他恍然回神，肩膀一斜，堪堪避开，却不料对方剑刃一转，由竖变横沿颈削来。生死一瞬间，他肩口一低，脚步旋开，整个人如游龙飞舞，掠至一旁，一把困住她右手。

青珑右臂使不上力，挣扎不出，于是左手紧握，拳掌犹如疾风扫叶，侧挥过来击向他面门。

对方及时偏开头，空出一手，摊掌接住她送来的拳头，一把握住。

"放开！"青珑怒喝一声，双手动弹不得，便一脚向后甩出，狠命踢向他膝盖。

对方正欲闪躲，却在听到她的声音后惊住，竟忘了避让，生生挨了一脚，踉跄倒退了几步。几名蒙面人见状，冲过来挥刀就砍。

"住手！"一声低喝响起，制止了他们的进攻。

乍一听对方的声音，青珑微微愣了下，却没多想，挑剑刺来。

"真不巧，冤家路窄。"眼见剑风扑来，对方非但不还击，反还收刀，双手环抱于胸，带着几分戏谑和久违的被他压制的激动与喜悦，略显慵懒地道。

剑尖在快要触及他喉咙的时候倏然止住，石化一样僵在虚空。

"怎么，听不出来是谁？"沈隽并指夹住剑尖拨向一边，往前靠了靠，一张黑乎乎的看不太清的俊脸凑到她面前。

青珑如被电击，猛然回过神，从他指间抽回剑，远离了他。

沈隽始料未及，指腹被利刃划出一道血口，一滴血珠冒出，滴入草地。

"是你？"她收剑入鞘，满目不可置信，戒备而冷冰冰地盯着面前的一团黑影。

"为什么不能是我？"沈隽懒散地笑了笑，向后挥了挥手支走了那几名蒙面人，只留他和她在此地。

夜色深沉，隔着一道不算很远的距离和无形鸿沟，他看不清她的面容，也就无法知道这三年来她过得可还安好，以及……以及心中的伤痛有没有随着时间的推移而淡化一些，这样也许就不会苦了自己。

"好歹相识一场，别总拿看仇敌的眼神来看我。"见面前的影子一动不动，用脚指头想也猜得到她的凶狠眼神，为了缓和不期而遇却一见面就干戈相向的冷局面，他首先变相地道了个歉："怎样，没伤到吧？"

语声虽然散淡，但背后的关切，只他自己心里知道。

青珑抱着剑，没有吱声，摇了摇头。

三年不见，突然邂逅于异国他乡，恍惚有种隔世经年后物是人非的沧桑感，不知该问些什么，也不知从何问起。过往恩怨一如烟云细雨，积得再多再深，终究还是会一点一滴消弭。

"你不待在青桑，来这里做什么？"最终，还是他打破死寂，首先开了口。

"你呢？"青珑抬头问他。

"我？"沈隽两手一摊，洒然笑笑："拿人钱财替人消灾，没事跑跑腿探探路，倒也有趣。"

青珑淡然一笑："难得。"

沈隽付之一笑，两人沉默了一会儿，他问她："不想知道东家吗？"

"能让你低头的，世间罕有。"

"你这是在夸我，还是在夸他？"

"随你选。"

沈隽失笑，正要开口，一个蒙面人忽地跑过来，在他耳边低语一句。

青珑见他有事在身，便解了马缰准备请辞，谁知沈隽走上前，把她拦下了："先缓一程，有情况。"

青珑停住，转身回望。远处黑压压的坟场中，幽蓝色的鬼火阴森闪动，恍如来自阴司的冥灵在旷野间游荡，令人毛骨悚然。

沈隽下意识地挡在她面前，一手握紧了刀柄："你在这待着，我去看看。"说完他叫了三个人过来，留下保护她。

青珑无端端地有些坐立不安，也跟了过去。

夜色昏沉，林木凄清，一道孤影以剑撑地，在繁密的草径间艰难穿行，所过之处，草叶沙沙细响，间或有血腥味夹杂在风中徐徐飘开。

确定甩开了追踪者后，他捂着肩膀无力地瘫坐下来，背靠着一棵大树。伤口很深，因长时间剧烈走动而没有凝结的迹象，鲜血渐渐溢出他的指缝。

稍稍缓了缓，他从怀中掏出一个药瓶，解了封口，却什么也没倒出来。

夜黑如墨，只有手中空荡荡的小瓷瓶泛着白亮的光泽，冰冷无温，刺进他眸底。

他有些出神，盯着药瓶看了很久，最后手臂一斜丢了它。接着他撑剑倚树，挣扎着站了起来，微微弓着脊背继续踏向夜幕深处，每一步都走得孤寂而苍凉。

忽然，周围脚步声响起，隐匿在草叶中的人头一点点探出来，一双双眼睛犹如黑夜中的狼目，紧紧盯着他。

他顿住步伐，侧了侧脸，冷目掠视着晃动的草尖，五指缓缓扣上剑柄。

暗夜无光，隔着三丈多远的距离，青珑无法窥清他的身形和轮廓，依稀只看到一抹几乎与黑夜融为一体的孤影在徐徐前行。

不知为何，她原本平静的心海随着他的远离渐起涟漪，一圈一圈漫开，撞击着她无端端波动的心绪，让她心悸难安。这种无来由让她发慌的感觉，如同失去心之所珍命之所依，又像一道无形的力量牵引着她，一直将她拉往未知的彼岸。

"哪里不舒服了？"沈隽听她呼吸有异，偏头看了看她。

"没事……"青珑被他一语激醒，定了定神。

"对方身手不知，你不要过去了，安心待在这里，我去探探底。"说完，他展身掠出草丛，长刀离鞘，朝黑衣人所在之地飞刺而去。

青珑屏息静观，尽管拼命压制，但心跳的速度还是不受控制，随着铿锵交错的刀剑撞击声一下一下起伏，越来越快，心口似被什么东西堵住，气息急促而紊乱，以至于连附近另一处地方的响动都没发觉到，还是两个蒙面人率先冲了出去。

来人正是裴原和月芜，半路上他们着了些道被那黑衣人甩开了，方才忽然听到打斗声，于是循声追来，谁知此处一下子冒出这么多人手。

"月芜？"青珑靠近一点，瞧着两人的轮廓有些微熟悉，不确定地询问了一声。

"姑娘！"两人大喜，听出她的声音后赶紧收了刀："这些人是谁？"

裴原一眼瞥见了黑衣人，不等青珑说出来由，又连忙道："有线索了！舒长轩混进军营当了马夫，买凶杀人后逃逸，就是昨晚三更时分发生的事。还有，前面那人就是他雇买的帮凶，抓住就能顺藤摸瓜逼问出他的下落！或者欲擒故纵，悄悄跟上去，两人迟早都会再碰头的……"

青珑颇觉意外，目光顺势移到被沈隽和几名蒙面人围杀的黑衣人身上，心底的惊喜很快被毫无缘由的不安冲散。裴原的话还在继续，而她的大脑似已排空，听不进任何，于是慌忙拨开草木追了过去。

没走几步，忽然脚底一硌踩到了什么东西，她俯身拾起来，是一个空药瓶，上面残留着未干的血迹。

她呼吸一窒："你们跟他交过手？"

裴原点头："他受了伤，不宜久战，我这就去……"

"别出手！"青珑急急喊住他，横身过来挡住他和月芜。

"姑娘，你……"两人愣住，还没反应过来，她已经箭步奔了过去。

随着距离被拉近，黑衣人的背影渐渐从夜幕中显现出来，帽兜遮住了他的脑袋，只隐约有几缕细发被风吹出，寥寥如斯。斗篷宽大，看不到掩映在它之后的身量，但是直觉告诉她，那是一副瘦骨嶙峋的身子，寂寥而孤绝。

对方身手了得，一时擒不住，沈隽见她跑来，担心之余便起了杀心，猛地绕到黑衣人背后，长刀对准黑衣人的后心飞刺而出。

"沈隽！"青珑惊喝一声，拼尽全力冲过来，一拳击出将他手臂推向一边。

刀光萧萧，陡然变了方向，贴着斗篷刺向虚空。而在同时，黑衣人转腕屈肘，剑锋从他腰间现出，以快得惊人的速度反刺向后，却在听到她的声音后猝然顿住，一动不动。

剑尖距离她的腹害只有片羽之隙，只消再前进一点便会刺穿她单薄的身子。反应迅速一如沈隽，也没料到黑衣人会突然收剑杀向后方，慌忙抱住她闪到一旁。

背后的人已经避开，黑衣人手中的剑却还僵在半空，久未收回。夜色浓如泼墨，他独自站在那里维持着方才的动作，似已化成冰雕。伤口的血一滴一滴砸下，再多的痛于他而言早已麻木，此刻他却在微微颤抖，一双黑瞳凝望着空荡荡的前方，眼底水光泛溢。

幸存的两名蒙面人拾起佩刀从地上爬起来，一左一右挥刀下劈，斩向他两肩。

青珑瞳孔一睁，夺过沈隽手中的刀鞘丢向一个蒙面人脚下，一招将他绊倒在地。与此同时，一个药瓶自她手中呼啸飞出，正中另一人眉心，砸得他仰面瘫倒。

"你疯了？"沈隽被她的举动惑住，十分不解，就要杀过去，却被她横臂挡住。

"我认识他。"她抑制着剧烈起伏的心海，强作镇定地道，轻描淡写一句话，驳回了他和裴原到口的追问。

月芜顿觉吃惊，一起共事这么久，姑娘所认识的人没有她不知道的。而眼前这黑衣人，明显是个来历不明的陌生人，何况他还是追查舒长轩的线索，为何就让她失去了理智？

"月芜，你们先走，我跟他说几句。"青珑也想让自己冷静下来，可越是刻意去压制，心就越发难以平静。

"可他……"裴原一百个不死心，像头倔牛一样不肯离开，生怕好不容易抓到的线索又断了。

青珑截住他："我知道，有事我会喊你们，先走吧。"

沈隽默然盯着她，没说什么，很快目光穿过她，落到一步步远离的黑衣人身上，眼里尽是探究的意味。很久他才收回视线，叮嘱她当心，然后退到远处。

所有人一走，此处彻底安静下来，只有黑衣人穿过草径，衣服拖动草叶发出的沙沙清响，牵动她跌宕翻涌的心海。

　　青珑攥紧了剑，循着他远去的脚步追了过去。

　　黑衣人一步未停，身后的响声越靠近，他便走得越匆促，鲜血沿着衣服滑到他握剑的手上，再次让他的指尖不可抑制地微微发颤起来。他忍不住扣上伤口，似要挖出血肉，来抵消心口的刺痛。

　　"你别担心，"青珑屏息止步，沉声唤住他，"也许只是一场误会，我不会为难你。"

　　"你受了伤，再不止血会撑不住的，我带你去找大夫好吗？"对方继续往前走，没有停留及接受她帮助的意思，她亦步亦趋地跟着，从怀中拿出随身备用的外伤药，伸手往前递了递："我这里还有一些药，对你的伤会有帮助……"

　　见黑衣人依旧不肯停下，她深吸口气加快了速度。然而没到跟前，一柄并未出鞘的长剑忽地自他腰畔探出，反向后方刺来，停在了她腰腹处，阻住了她的步伐。

　　"我没有恶意……"青珑不得不止步，越靠近这个神秘而清绝的陌生人，那种让她心神不宁的感觉就越发强烈，藤蔓一样在心田疯长纠缠。

　　黑衣人持剑的五指隐隐作颤，黑夜里看不到他的表情，只一双被远处鬼火映亮的眸子里暗芒滚动。

　　"我是受人之托，特地帮忙留意你的。"青珑难以靠近他，便小心把药放到地上，起身后跟他解释道："有个叫金今的姑娘，你认识她吗？"

　　"你跟她说的一样，黑衣黑帽，随身带着剑，应该没错了。她说你没有地方去，就在山野间漂泊，还有你的身子……"她忽而顿住，心口像被什么刺痛，堵得发慌。

　　"刚才我拾到一个空药瓶，那是你丢掉的吗？她说不久前你辛苦找了一味难寻的罕见药，足够服用数月，头天夜里她才跟我提过这事，第二天她就收到数百两银子，是不是……那天晚上你把它拿去当铺或药堂换了？"

　　黑衣人一如既往地沉默着，没有出声，也一直未回头，攥了攥手中冰冷的剑，独自一人继续前行。

　　"你断了药，身子能不能撑住？"青珑心下难受，握紧了手中的故剑。在这个陌生人的身上，她似乎看到了另外一个跟他一样决绝而孤僻的影子，可是他已彻底离开，留下的，只有一把冷冰冰的剑。

　　"她很担心，到处在找你。"青珑俯身拿起药瓶，想把它递给他，但是甫一靠近，对方的剑鞘复又抵过来，毫不犹豫地阻绝了她。

　　"你跟我的一位故人很像……"青珑难以前进，怔怔看着他模糊而朦胧的背影，眼角潮红。她把药往前伸了伸："今晚的事是一场误会，我会回去跟他们解释清楚。如果是我的人伤了你，我跟你说声抱歉，然后带你去找大夫治好伤，可以吗？"

　　行走的人一直往前，未曾驻足回望，反而拼尽气力越发加快了速度。

　　青珑追了一程，始终得不到回应，更无法接近他分毫，怕这样僵持下去对他伤势不利，她无奈只得收住脚步，重新将手中的药搁到地上，叮嘱道："这些药留给你，希望对你有帮助，也真心祝你痊愈安康。"

　　黑衣人五指轻颤，眼底幽光如波，涟漪一样潋滟。他没有接受任何可怜的施舍，也不需要卑微地去向任何人证明自己的清白，所以他头也未回，撑着清瘦的身骨，一个人，一把剑，一步一步融入漫漫长夜。

青珑凝望着他远去的背影，依稀间仿佛看到了记忆中另一个人渐行渐远的孤独身影，眼眶不由发红。见裴原提刀追过去，她慌忙叫住他："凶手另有其人，不是他。"

"姑娘，那他是谁？一个人鬼鬼祟祟在此地出没，有什么意图？"裴原百思不得其解，与月芜面面相觑，"而且我们才到此地不久，都不知道他长什么样，你们怎么认识的？"

"他跟那个小姑娘是一起的，昨天夜里去过雀城，第二天早晨还给过她东西，之后才离开。"青珑调整了下心情，沉声告诉他们。"另外，你们说那帮凶是在三更时逃走，而从雀城到此地，单程至少需要半日，他一则没有足够的时间出城，二则无法在清晨返回，三则我们的身份并未泄露，他又不知道我们来此作何，没道理与那姑娘事先串通制造不在现场的假象，所以不可能是他。"

"那他为什么扔下那鬼丫头，自己跑这儿来了？"裴原和月芜自然还记得那个古灵精怪的小女孩，心觉她一个小孩子，随身带着一只惹眼的会说话的怪鸟招摇过市，却没被心术不正的歹人盯上，定然是与人结了伴的，出了事肯定受他庇护。这么一想就释怀了，但好不容易有了些许线索到头来却扑了个空，两人心里不免有些失落和自责，忍不住多问了一句。

"他……"青珑有口难开，不忍提及他的状况，遂一言蔽之："他们没交代好，走散了。"

沈隽在他身边默默听着，没有询问什么，只是在她说完后微微抬头，再次望向黑衣人消失的方向，眼底光芒明灭。

"说了半天，还不知道你们在找谁？看起来不怎么顺利，可帮得上忙？"寻思顷刻，他才收回了犹疑不定的目光，双手环抱于胸，故意装成一副事不关己的模样，心下却希望青珑肯主动点头，即使他从未奢望能得到她的信任。

裴原对他有些好感，若非他瞒着青珑暗中接济，将自己名下商号转到他们手中，军饷和粮草等就会成为青军养兵扩兵的一大瓶颈，于是径直道："我们……"

"没什么，尚能应付过来。"青珑一口回绝，摸黑找到方才被她扔飞的刀鞘，递给他："误会一场，连累你了，抱歉。"

沈隽接了过来，归刀入鞘，笑了笑："我只不过奉命行事，自然对所有可疑之人都要留心，动手是难免的，没有连不连累一说。但毕竟他们死在你所认识的人剑下，真要道歉，得看东家肯不肯海涵。"

"东家是谁？"

沈隽叵测一笑："见了自然便知。"

青珑一脸疑色地看着他，不知道从他嘴里吐出来的话是真是假，但一想到舒长轩昨晚连夜逃出月牙岗，十有八九会经过离此地最近的雀城，她不能错过这个机会，所以没有久逗的意思，道："要紧事缠身，改日再登门赔……"

"与我交情浅薄，但跟老朋友见面，也不叙叙旧？"沈隽一语打断她，声音自嘲而疏懒。

"走吧，人在雀城，不会耽搁多久。"不容青珑细思，他已解下缰绳，牵来了马，然后对那两名手下低声交代了几句，就见他们点了点头，依令继续向月牙岗深处去了。

青珑将信将疑，颇为警惕地盯着他，思绪飞快运转，猜了不下十几回，也没锁定他口中所谓的"老朋友"是谁。所以，当她怀揣疑窦再次踏进清风客栈，看到二楼雅间独坐窗下的男子的清瘦背影时，久难置信，临门而立半晌，都还没有从惊愕当中回过神。

彼时夕阳初降，晚霞透过窗棂倾泻进屋，洒在窗前的男子身上，投下一圈朦胧光晕，玉一样柔和而温雅。原本他目光向外，落在辽远的天际，专注听着身旁一个黑衣少年读信。听到响动后，他转动轮椅徐徐回头，一双清明如溪但却毫无焦距的眼睛正对门口，砰然击痛了青珑的心。

"有人来了？"轮椅上的男子轻声询问开门的少年。

白前同样吃惊地盯着青珑等人，难以相信，一度以为自己看花了眼。

"而且是个女人。"沈隽双手环抱于胸，懒散地靠在门上，带着看热闹一样的口吻笑了一声。

"沈兄风趣。"舒九容看不到任何，面上依旧如常，他摇动轮椅往前转了几步，停在桌角处，摸索着拿起一杯烫好的茶，低头轻抿，一边趣笑："想必欠债的是你。"

沈隽干咳一声，直了直身子，反笑道："不巧，找你的。"

舒九容面上的轻笑凝住，颇有些不解地抬头"看"过来。

沈隽笑而不答，漫不经心地偏了偏脑袋，给白前递了个眼色。

白前会意，转身退出屋子，对着惊愣得说不出话的裴原和月芜招了招手，领着他们去安置住处了。

沈隽交握着双臂，也不管舒九容一脸询问的表情，恶作剧般笑了笑："这个女人有些凶，好自为之了。"语毕，他提着刀潇洒地离开了。

舒九容被蒙在鼓里，不知道发生了何事，叫了声白前，却没人应答，便自己指了指凳子，温和笑道："请坐。"说着，他倾身向前，伸手在桌子上触寻，摸到了茶壶，正要奉茶，手中杯盏却被人拿走。

他抬起头，强压着心中困惑，笑问："不知姑娘所为何事？"

青珑展颜莞尔，眼角渐渐潮红，看原本盛满星子一样清亮的双眸变成如今空茫茫的样子，心中五味杂陈，经久哑声笑道："讨一笔债。"说话间，她给他的杯子里添满新茶，端起来小心递到他手中。

舒九容正要道谢，闻声后双手猛地一顿，满脸惊色。

青珑将袖子往上拉了拉，掏出被护腕裹住的那只铃铛，轻晃一下，满室叮当声飘起，悠远空灵。

"青珑？"舒九容意想不到，笑容里含有退不尽的诧异："怎么是你？"

"不欢迎老朋友？"她给自己也倒了一杯茶，安安静静地坐在他对面，凝视着他一双难以视物的清眸，心里百感交集。

"当然不，"舒九容有些措手不及，心情久久无法平静，紧攥着杯子笑道"只不过兵荒马乱，我以为此生难逢了。"

"谁像你这么大架子，好几封信飞到王府，请都请不动，我只好未约登门了。"青珑抿了一口茶，抬头望着他的苍白面庞，强颜欢笑。说着她起身来到屏风处，取来一条长裘盖到他腿上。

舒九容的目光游移在虚空，低头苦涩一笑，也没接话，最后转了转头，换到她这个方向，迟疑了很久，小心问她："青珑，这些年……你可还好？"

青珑心口一抽，笑容顿住，像是极力在逃避什么，没有回答，仰头反问他："你呢？"

舒九容明白她的心情，就没再追问，云淡风轻一笑："就像现在这样。"

"我比不过你，干的都是杀人放火的事，做梦都被人追着跑。"

舒九容笑意轻漾："所以你来大夏是……"

青珑看着他的眼睛，目光肃杀，一字一句道："讨债。"

舒九容唇角的浅笑凝住，呼吸一顿："怎么说？"

"也没什么大不了的，不值一提。"青珑敛了敛色，一笑而过，喝了口茶道"还是说说你吧。"

"我？"剔透如他，很快意会过来，了然一笑："你是指沈隽？"

青珑点头默认："我不会怀疑你用人的眼光，只是……"

直到现在，她还无法从方才初见时的场景当中平定下来，心中积压了太多疑虑，最甚者莫过于沈隽为何会心甘情愿地替舒九容办事。虽知不能以己之心度人之腹，但这个人看似逐金好利，骨子里却清高冷傲，自尊心极强，断不会为了铜臭而屈居人下，何况他最不缺的就是金山银海。

那他会有什么目的？

舒九容自然心知她此刻的困惑，淡笑着解释道："是我找的他。"

青珑颇为诧异。

"两年前沈家出了些事情，正巧我外出碰到，就让白前摆平了，而且沈隽于我有过活命之恩，断不能袖手旁观。事后我与他一起喝了几杯，一夜长谈，见地竟也相仿，便熟络起来，渐成知交。"

青珑晓得了原委，没忍住又追问了一句："他家里……出了什么事？"

舒九容停顿了下，轻叹一声："当年浣城败陷后，他的两个兄长双双搬回老家避战，非但游手好闲不堪造就，反还聚赌成瘾，没多久便败光家业负债累累，险些被人围殴致死。若沈隽晚回一步，只怕家都要被拆了。"

青珑听完后，感慨万千，不知该说什么，经久才道："是你出手救了他们吧，不然以沈隽的性情，断不会为了还债而低头。"

"我只解了一时之需，能不能改过，看他兄长的造化了。何况沈老先生年事已高，身体抱恙，经不起这般折腾。"

青珑陷入沉默中，低低道："同样是骨肉，一个饱练世故能谋善断，两个却吊儿郎当不务正业，难为他了……"

这么说着，她又意识到了什么，抬头看着那双清明又空茫的眼眸，目光不由一狠，心下暗暗决定，必须加快行动。

游廊处，沈隽安排客栈伙计摆弄好一桌晚膳后已近掌灯时分，楼内灯火次第亮起。闲暇无事，他便擎着一杯，长身立于栏杆旁，迎风独酌，凭栏遥望着街上来来往往的人群，惬意而悠闲，似乎心无他事，又仿佛所有心事尽藏于胸。

裴原和月芜搁了行李后稍事整顿，出了房间，往这个方向一望，犹豫少顷走了过来。

沈隽闻声回头，淡淡一笑："没有怠慢两位吧？"说着他摆了摆手，邀其入座。

两人相顾一视，没有落座，裴原倒了两杯酒，递了一杯给月芜，与她共举起来，敬道："千恩万谢，都在这杯酒中了，请！"

沈隽诧异万分："两位这是……"

月芜正了正色，郑重道："宝珠金玉于沈公子而言轻如鸿羽，但于我青军而言，却是立足之必需，若无公子慷慨援助，也许青桑难有今日这番光景。"

听完他们的解释，沈隽了然笑笑，抬手与他们碰杯："喝酒可以，道谢就不必了。"

"没记错的话，你本是罗傲的部下吧。"清酒入腹后，他辗转着酒杯，打量了一眼裴原，随意地笑问。

不经意提起的往事却让裴原心下一痛，目光陡然变得阴寒，五指聚力，攥得酒杯都似要碎裂。

"他杀了我大哥。"良久，他才闷声应道，一字一句冷如寒冰。

月芜察觉到他情绪失控，伸手轻握他手腕，朝他微微摇了摇头，才使他从回忆当中走了出来，渐渐放松了拳头。

"好在罗傲已死，大仇已报，节哀。"沈隽安慰他一句，"真要说起来，你我同为北凉人氏，也是眼看着它一步步倾覆的，现下不照样活得自在。"

裴原心里一个咯噔，以为他恋着故国，故而接近舒九容，想利用他来达成什么目的，不禁一惊："沈公子莫非……"

"识时务者为俊杰，哪有那么多歪心思，多虑了。"沈隽洞明其疑虑，轻描淡写一笑应之，"何况不过一具腐朽的躯壳而已，有什么值得人念念不忘的？"

裴原低了低眉，沉声道："至少你为它尽过力卖过命，问心无愧，而我早就弃了它……"

"那你现在活得有愧于谁吗？"沈隽给他重新添了一杯酒，笑问。

裴原怔住，转头望了一眼月芜，自在心里权衡着，顷刻后摇头："没有。"

"这不就对了。"沈隽举杯敬他们："忘了过去，全心跟着她，相信你们做得会更好。"

两人逐一迎杯相碰，道："沈公子慷慨周济，我们亦会代姑娘铭感于心！"

酒刚入肠，沈隽正要询问他们一行三人来雀城所为何事，突然眼角余光瞥见了什么，于是收住声，望向街头，目光渐沉。

裴原和月芜见状，往栏杆前靠了靠，朝下一望，亦如他一般警觉起来。

彼时天色已暗，行人脚步匆匆，各归己家，原本熙熙攘攘的人潮渐渐稀疏起来。就在这时，一个黑衣黑帽的身影闯入视线，那人低头看着地面，手捂着肩膀跟跄向前，血迹从他指缝溢出滴到青石道上，一点点蜿蜒向前。行人们被他的样子吓住，迎面走来也像躲瘟神一样赶紧避开，聚到两旁小声议论。就连许多摊贩的叫卖声也停了下来，与摊位前的买主们盯着黑衣人走过去的背影，窃窃私语。

"是他？"裴原惊呼出声，换了个方向想看清他的面容，奈何等他们发现时，那人已经从楼下走了过去，拐进一条僻静的巷子，只留些微背影。

"都在看谁？"青珑推着舒九容走了过来，一眼看过去，只见他们三人站成一排，正围在栏杆旁观望着什么，尤其裴原，半个身子都快要探出去。

月芜闻声拽了拽他，将他拉了回来，摇头道："没什么……"

青珑一脸疑色地走上前，往下瞅了瞅，只见行人聚集成堆，朝同一个方向指指点点。她顺势看过去，却什么都没有，只地上隐约残留着血迹，不禁问道："出什么事了？"

"旁人的事，如此紧张做什么？"沈隽收回目光，辗转着酒杯，不咸不淡地反问一句。

青珑这才迟疑地收回目光，重新回到桌旁，将舒九容推到了座位上。

沈隽亦离开栏杆，笑道："传言雀城的桑果酒入口醒人，难得来一趟，不品上几杯实属遗憾。各位先坐，我去挑一壶。"

青珑临栏而坐，盯着他下楼的背影，不放心地又回头朝街上望了望，很久之后才缓缓移回视线。

◈ 第七十四章 ◈
末路

此时楼下的议论声已经随着黑衣人的离开而渐渐消失，人群亦三三两两散开。街角有一家面馆，生意红火，熟客不绝，路过的一个小姑娘看到，忍不住驻足，舔了舔嘴角。

"要吃！"小姑娘手中提着一个鸟笼，没等她出声，笼中椋鸟就已经不争气地扑腾开，并且记性极佳，把小主人一路上自言自语念叨的佳肴通通点了出来"八汤！红肉！龅牙大侠！大侠！"

一语出，吃客们纷纷大笑，有几个指着对面的酒楼调侃道："龅牙大侠在那边呢，哈哈哈……"

小姑娘一窘，狠劲拍了下鸟笼："笨死了！是八珍汤，红烧肉，姜爆鸭，炒大虾，什么龅牙大侠！"说完她摸摸自己口袋，又仰头望望对面酒楼金灿灿的牌匾，欲走还停，踯躅颇久，才一横心掏出一粒碎银给老板，拍拍屁股落座："我要大碗加牛肉的，还要一笼包子！"

面馆老板麻利地起笼，佐料还没端上桌，小姑娘就双手各抓一包狼吞虎咽，馋得笼中鸟儿不停扇动双翅，小眼珠子直勾勾地盯着桌上香喷喷的大包，样子极为着急。

她得空掰了些馅料洒到鸟笼里，然后滋溜吸了一口面条。这时，街对面的行人似是看到了怪物般怯怯地躲开，一拨接一拨地围聚起来，不知在议论什么，引得几个吃客也匆匆撂下碗追过去看热闹了。

小姑娘抬头瞟了一眼，没怎么上心，等到那些人再次回来围桌猜议，她才好奇地竖起耳朵。听着听着她的小脸渐渐发白，最后筷子一丢，抓了个包子，提起笼子撒腿便追，可她最后看到的就只有地上几滴血迹，并没看到"他"的身影。

天色已黑，百草堂内问诊的患者相继离走，大夫拾整好药箱准备闭门歇息。谁知刚要阖栓，一只带着些许血迹的手伸了过来，掌心平放着两粒碎银。

大夫吃了一惊，抬头一看，面前站着一个身披黑色斗篷的男子，眉目深垂，侧脸惨白胜雪，整个人也因失血而虚脱，另一手无力地扶着门框。

大夫被他的模样吓了一跳，好一阵子才冷静下来，欲迎他进去，却被他一语谢绝："药……"从他口中飘出的字眼嘶哑而生涩，宛如一口生锈的老钟拖出的沉闷响音。

仅靠野外生长的止血草药缓解撑不住伤势，稍稍牵动伤口便会开裂涌血，断断续续走了一天仍不见好转，为了延续这条苟延残喘的烂命，他不得不回到这里来寻找疗伤止血的药。

如此伤者还是第一次见，大夫惊愕之余慌忙拿过银子，匆匆调配了两瓶药，又剪了些包扎伤口用的细纱，一起装到纸袋里递给他。

黑衣人接过，道谢后转身就走，拐向一条破败的小巷，没走几步，迎面一点灯光映入眼底。

"你要去哪？"小姑娘提着买来的一盏灯笼，顺着一路血迹找到这里，怕他赶她走，就一直躲在药堂外边，忡忡不安地凝望着他的背影。

"是谁把你伤成这样的？"她走到近处一看他的伤势，顿时脸色大变。

黑衣人看了她一眼，垂眸未语，单手扶着墙，捂着伤口继续前行。

小姑娘紧张不已，不知道短短一天内发生了什么事，又是谁将他打伤成这样。纵然心里害怕，她却不敢出声，寸步不离地跟在他身后，一直走到了巷子外的一条河边。

沿着桥头的石阶下到最后一层，黑衣人颓然坐下，埋头清洗伤口周围的血迹。河岸上高楼林立，荧荧灯火倒映在水中，随波荡漾，仿似闪烁的璀璨星光，照亮了桥下一方暗角。冷风从桥底嗖嗖上飘，吹掉他头上的风帽，露出一张苍白而瘦削的侧脸，毫无血色。

小姑娘提着灯笼站在岸上，低头看着他瘫坐在桥底，像一个被驱逐出境的动物一样独自舔舐伤口，顷刻间鼻子一酸，抽了一下。

黑衣人沉默如往，心死成灰，旁人的指指点点，岸上那个小姑娘的纠缠，甚至包括他自己在内，都成了与这具行尸走肉毫不相干的东西。

"你冷吗？"她小心翼翼地走下石阶，提灯坐在他旁边，心里既害怕又担心，不时望向他被水光映白的侧脸。

黑衣人目光空茫，一言不发地眺望着对面的堤岸，那里琼楼倒影如林，来来去去的人影穿插在斑斓灯彩中，随波轻晃。桥下光点熠熠，明珠一样镶嵌在河面上，绚烂如梦，却一触即碎。

"你吃过东西没？饿不饿？"小姑娘从胸前的布兜里拿出一个包子，往他面前递了递："我给你留了一个……"

笼中椋鸟巴巴地瞅着她手中的小笼包，扑棱着翅膀，眼馋得不行，硬是把脑袋往缝隙外挤："吃包！吃包！"

"吃你个头！"小姑娘啪地扇了它一巴掌，蹲过来挡住它的身子。

包扎好伤口后，黑衣人斜倚着碎石砌成的桥壁，渐渐阖上眼帘，不发一语。重伤所致，他已经身心俱瘁，脸色在黑夜中显得尤为惨白，胸口缓慢地起伏着，呼吸轻不可闻。

小姑娘越想越惶恐，不安地盯着他，她怕他睡过去就起不来，于是细声跟他说话："你的伤……还疼不疼？"

黑衣人眼睫如扇，不着痕迹地闪了闪，依旧没有任何声响。

"这里风很大，我们去找住的地方好不好？"她解开口袋，匆忙抓出一锭银子，呈到他眼前："这些都是你的，我没乱花，可以请郎中买好多药，一定会治好你的！"

黑衣人倚着冷冰冰的石壁，阖目不语，似已昏睡过去。

小姑娘知道他一直都是清醒的，不忍心见他如此，红着眼睛道："大夫说过，你不能着凉的……"说着她伸手过去想帮他把风帽遮上去，只是小手还未触及他的衣服，便猛地被他抬起的剑鞘挡住。

黑衣人睁开眼，目光凌厉而戒备，犹如一匹迷失在暗夜中的狼，画地为牢，把自己锁进去，既不相信任何人，也对所有近身的东西充满警惕，容不得其他人靠近分毫。

小姑娘怵了一下："我只想帮你……"

"不需要。"他哑声谢绝，收回剑，冷然道："走。"

"就算给了银子，我也不会走的！"小姑娘赌气伤心又委屈，更怕他伤病交加撑不住，又见不得他这么疏忽自己，不禁道："那个被你埋在不忧山，叫陆什么之的人，一定是你亲人吧？要是你有个好歹，让他瞑不了目，我现在就回去，扒他的坟也要把你的一切告……"

"唰"的一声吟啸，长剑嗖然离鞘，没等她说完，便已横颈切来！

小姑娘吓了一跳，字眼生生卡在舌尖，微张着嘴，惊恐地瞪大眼睛。

"说够了没有？"黑衣人眼底泛红，目光阴冷，伤口因为拔剑而牵痛，引得手臂隐约轻颤，长剑却未曾放松丝毫，紧紧贴着她脖颈，只消她敢把歪念动到那座坟茔上，他就会毫不犹豫地削掉她脑袋，叫她再开不了口。

小姑娘委实被吓坏，第一次见他说这么多话发这么大火，惨白着小脸，不知所措地盯着他："我……我……"

"说够了就走。"经久，黑衣人收剑入鞘，捂着刺痛的伤口，缓了一阵却不见她离开，便撑着剑鞘，挣扎欲起。

"我走还不行！谁爱管你这个不人不鬼的家伙！"小姑娘噘了噘嘴，气得泪眼汪汪，袖子一抬抹抹眼睛，拾起灯笼跑上堤岸，趴在桥上冲他吼了一声："爱死不死，我再也不做你的跟屁虫了！"

黑衣人颓然倚着冷壁，以为赶走了她就没了后顾之忧，谁知刚一转头，就对上了一双黑豆一样圆鼓鼓的小眼睛。

巴巴地看了他很久，确定没有危险，鸟儿才敢扇弄羽翼，在笼中上蹿下跳，尽情欢叫："屁虫！屁虫！屁虫！"

他面无表情地盯着这只不知死活的傻鸟，拇指扣上剑柄，随时都有拔剑砍掉它脖子叫它闭嘴的可能。

"屁虫爱死！屁虫爱死！"椋鸟不知道发生了什么，欢快地在笼中跳跃，正起劲时，忽地眼前一黑，桥墙上一丛杂草被削掉唰唰掉进笼子，没几下就将它淹没，再也跳不起来，叫了几声，终于渐渐收住尾音："死了！死了！死了……"

夜深如幕，城中行人渐稀，万籁俱静。

通往百草堂的一条街上，一名男子提灯独行，偶尔微微俯下身，在路面上找寻着什么。快到药堂的时候，他忽地听见了身后响动，向后一瞥。

距他一丈之遥的地方，一个身着劲装的女子猛然收住脚，闪进窄巷里，一双眼睛透过街角幽幽的暗光，紧紧锁定在他身上。

"明人不做暗事。"男子已然察觉到背后有人跟踪，侧目止步，对着虚空冷笑一声。

青珑敛容，踟蹰了下不得已现身出来，一本正经地问他："酒呢？"

沈隽料想不到是她，一时语塞，找不到借口搪塞自己的行径，故作轻松地耸肩笑笑："有银子，却不一定就有好酒。"

"那你跑到这里做什么？"

"你不也来了，看到我做什么了吗？"

"……"青珑哑口，像捕快审视嫌犯一样打量着他，指了指地上的血迹："这是谁的？"

沈隽低头，提灯照了照："一路上被人当怪物一样指点议论，既然认识他，何不邀来小酌一杯？"

青珑微惊，呼吸发紧，攥了攥手中故剑，心口莫名抽疼，冷声道："姓沈的，我不管你是何居心，休要打探他。"

"否则呢？"

"送你去西天。"她毫不犹豫地丢下一句警告，绕过他，循着血迹走向药堂，敲开了百草堂的门。

沈隽提灯站在街中央，背对着她，眼底的笑意自嘲而讽刺。等她从药堂退出，沿着一路血迹走向对面一条深巷，他才出声叫住她："去哪？"

她头也未回："我有事，先回吧。"

"舒九容看不到也走不了，不要让他把时间都浪费在找你上。"

青珑倏地停下，沉痛难语，并未回首："不用找，一盏茶后找不到他，我自会抄近路回客栈。"

沈隽回身，还未迈开步子，就被她的话挡回。

"你不要跟来。"

一语落地，她已经握紧剑，疾步踏进深巷。

夜色渐深，家家户户开始熄灯关门，没了傍晚时分的喧闹。街上寥寥无影，小姑娘失落地提着灯晃荡，走过一家又一家，最后停在了一处高阁前。放眼清冷长街，只有这里依旧灯火通明，阁内丝竹声声，萦绕于耳，欢客醉酒扑向窈窕人儿的影子跳动在一排排窗扇上，笑闹声经久不绝。

她好奇而又百无聊赖地瞅着那座阁楼，躲在街对面窥了一会儿，看着里面歌舞升平的热闹场面，心事渐渐重了起来。没多久她黯然收回目光，倚着冷壁坐到地上，望着远处渐次熄灭的万家灯火发呆。

顷刻之后，一股混合着脂粉香的浓烈酒气扑面而来，随之从阁楼里走出一个醉醺醺的男子，手中拎着一壶酒，仰面往自己嘴里倒。

小姑娘惊了一下回过神，赶紧吹熄了灯笼，往黑暗的角落里躲了躲，嫌恶地捂着鼻子，屏息看着他从眼前一摇三晃地走了过去。

"不正经！"她嘀咕了一声，仿似碰到了脏东西一般，拍拍衣服起身，正要到别处去游荡，却被背后突然响起的低喝惊住。

"谁？"醉酒男像是发现了什么，扔了酒瓶，勉力稳住身子，探手入袖。

小姑娘以为说的是她，撒腿准备跑，却有人先她开口了："不知道这里的姑娘合不合意？"

"是你？"醉酒男认出了迎面而来的人，使劲晃了下脑袋让自己清醒几分，收手后又摊平伸了过去："正要找你，剩下的七成几时偿清？"

来人提着铜锣，打扮成更夫的模样，叵测笑笑："不急，事成之后，不会亏你。"

一听这话，醉酒男一双迷离的眼睛顿时睁开，警觉心起："人替你杀了不少，戏也替你演完了，还丢了一根手指，想赖账？"

"岂敢。"来人客气地笑道："演完了戏，却不知看戏人是否入戏，还要劳烦兄弟再走一遭。"

醉酒男冷笑一声："姓云那小子谨小慎微，你以为这点把戏就能让他信以为真？"

"哦？莫不是兄弟还有妙招？"

"笑话！"男子嗤鼻一笑，醉态复现："谁不知我鬼头手最喜穿花蛱蝶，哪的烟花风月醉人，脚就不听使唤往哪跑。放着大好春宵不去消受，会为了你这独眼小人继续去卖命？"

"小子，乖乖把剩下的七成备好，要是兄弟手上的票子花光了却还不见送来，那你该准备的可就不只银子了，"醉酒男的身子摇来晃去，伸指在他被眼罩遮住的面庞前画了画，一脸醉态地靠近他："还有你的脑袋。"说完他拍拍他脑袋，大笑一声，跟跄着脚步扬长而去。

如此嘲辱令来人目光一寒，他面上如蒙冰雪，愤而厉喝："站住！"

躲在角落里的小姑娘被那一声吓住，木偶一样睁着眼，屏住呼吸不敢动弹，生怕弄出响声被发现。

醉酒男浑浑噩噩地转回身："怎么，气急败坏了？"

"你去不去？"来人额上青筋狰狞，齿如磨刀。

醉酒男想了想，当下变了主意，跌跌撞撞地朝他走近几步，口中含糊不清"去倒是可以……不过除了加银子外，还得你小子当个诱饵把那些个亓军将领统统引出来，杀他个干干净净！一不做二不休，事儿弄得越大，那些亓将们才肯相信是舒家父子派人下的毒手，否则这节骨眼上怎肯轻易跟燕军玩命？你这仇怎么去报？"

来人长身站立，阴狠盯着他，带着命令的口吻冷哼一声："推磨的鬼，也敢跟有钱人谈条件？"

"怂了？那还是算了，兄弟我挣够了钱，不稀罕多出的那点……"

"我再问一遍，去不去？"来人一忍再忍，声如寒冰，阴森森瘆人耳膜。

醉酒男恍若未闻，头也不回，沿着空旷的长街趔趄前行。

来人右手握得咯咯响，再三克制，最终没能忍住，恼羞成怒，一扔铜锣，从腰间拔出短剑，几步奔到醉酒男背后，猛然刺出。

谁料男子早有防备，身形一错，轻巧弹开。躲过致命一击的他醉态忽敛，同样面露杀意，探手入袖，一柄匕首铮然抽出，在对方震惊的当儿迎面刺来。

长街上剑光萧萧，叮当交响，不远处的阁楼内依旧莺声燕语，琴瑟悠悠。大堂中央，一群窈窕佳人腰如水蛇，正竞相卖舞，想要博取垂帘品酒之人的青睐，却无一成功。那客人端坐在桌前，自斟自饮，视线穿过轻纱流连在她们身上，却又眼神清明，丝毫没有沉醉于吴侬软语的迹象。

恰此时，一名随从走来，在他耳边低语一句，就见他勾嘴一笑，弃杯起身，持刀踏出了阁楼。

离开药堂后，青珑提防着沈隽，摸黑穿出巷子，七拐八绕来到一户普普通通的农家后院，叩门静候。

"谁呀？"里面传来一个略显浑厚的声音："有何贵干？"

青珑四下瞅了瞅，正色道："天上飘雨，地下有月，龙王问路。"

这是一个暗号，分别取自霍姓上头，青字下头，珑字拆分，表明了她的身份。

语音落地，后门吱嘎打开，出来一个驼背的提灯老者："快请进。"

青珑点头道谢，跨过门槛进入后院。

"姑娘，你怎么亲自来了？""老者"阖门插闩，匆匆撕掉下巴上的假胡须，挺直身背吃惊地问，"正准备往回传信，我们的人手刚冒险潜入驻地，那厮已捷足先逃离大营了，只怕找起来又得费些工夫……"

青珑长话短说，道："我来便是因为此事，尽快联络他们撤出大营，以免节外生枝。出了月牙岗便是雀城，舒长轩的藏身之地很可能就在这一带，两天时间不会走太远，放大范围搜索，一旦抓到就地斩杀！"

那人点点头："姑娘放心，兄弟们明白了。"

"另有一事，想请大哥帮忙……"忽地，青珑语气微沉，垂眸从怀中拿出两瓶药，迟疑了下递了过去。

那人看着药瓶愣了愣，但很爽快地应承下来："梁二的朋友便是道上兄弟们的朋友，姑娘有事尽管开口，不必客气！"

她攥紧了剑，深吸口气道："有一个未曾谋面的……朋友，入夜时来过雀城，他负伤在身，大哥若是有幸碰到，帮忙把这两瓶药带给他，叫他保重身子。"

那人犯了难，抓了抓后脑勺："姑娘，你说没见过这个朋友？那他长什么样？"

青珑大致描述了下昨晚她看到的情形，随后补充道："也不用刻意费神去找，一切随天意，毕竟他看起来独来独往，不喜欢与人接近，不必勉强……"

那人点头答应，疑惑地收下药，不懂未曾谋面怎么能算是朋友呢？

"夜已深，我需赶回客栈，不打扰大哥休息了，有消息再联络。"

那人重新粘上胡须，弓起背，开门送她："路上当心了。"

青珑原路返回，走了两步又停下，谨慎起见她改了路线，换了另外一条僻道，路过一间快要打烊的酒坊时买了一壶竹叶青，提着它赶往客栈。

一路行人稀疏，长桥两岸灯火已灭，黑夜像一张无边无际的幕布从九天铺盖下来，淹没了白日里的所有欢闹声，偶有栖息在水岸的蟾蜍发出咕咕的叫声，也愈发显得清宁。

她低首垂睑，踩上碎石铺就的桥面，匆匆穿行在凉风徐徐的黑夜里。

步履声微，惊醒了桥下渐陷昏迷的黑衣男子，一睁眼，已是万籁俱寂，天地无光。

对一切外物保持极高的警惕和防备已然成了他的固有意念，此刻纵使负伤在身，气力消散，他依旧紧紧攥上剑柄，似乎只有它才能带给他绝对的信任。

桥上的人似乎只是途经此地，并不像那些蜂拥围攻对他痛下杀手的人。等到脚步声远离后，他才颓然松手吃力地抬起手臂，捂上刺痛渗血的伤口。

一桥一水，近在咫尺，却远如天涯。

夜静风凉，她握着那把从未离手的故剑，最后一步走下桥头，既像听见了什么响动，又仿佛下意识顾盼回望。

长桥尽头，只有风声阵阵，黑夜无边。

一刹那的恍惚过后，她收回目光，行将赶路，却被远处一句拔高的尖叫惊住。

"杀人了！杀人了！救命啊！救命！"

惊叫声犹如魔音穿耳，无比凄厉地划破黑夜。

青珑顿步，不知发生了什么事，吃惊之余犹疑了下，三步并作两步循声追了过去。

彼时，青楼里面早已鸡飞狗跳，欢客与舞女吓成一团抱头鼠窜，一旁的老鸨扯着尖锐的嗓子，惊恐地吩咐打手："把他轰走！轰走！"

原是一个独眼男子被人围杀，情急中他闯进楼内，不分青红皂白掐住领舞的花魁脖子，短剑抵上去，粗暴地将她往外拖，却在门外被几名迅速褪掉华袍锦衣露出劲装疾服的一群男子围住，进退维谷。

"谁敢过来！"独眼男子扼紧了花魁纤细的玉颈，喘着粗气高喝一声，远没料到这些寻花问柳的欢客中，竟潜藏着大夏国的黑羽卫。甚至就连那名被他雇买来的帮凶，也是这些卫兵当中的一员。到这时候他才明白，只怕在他最初寻找帮手复仇时就已被这些黑羽卫盯上了，于是他们顺水推舟杀了真正嗜财贪色的雀城地霸鬼头手，然后乔装成他接近自己，反过来也利用他去挑拨燕兀两军。

此刻，醉酒男已经不复方才醉醺醺的邋遢样，一改衣装的他神志清醒，目含冷光，见那独眼男子拿一风月场的女子当挡箭牌，不禁握刀上前，俯首对面前的黑羽卫首领道："卫长大人……"

新任的黑羽卫卫长正是新皇萧璟浩的心腹阿非，此刻他摆了摆手，示意手下后退，自己持刀上前几步，像看一只案板上待宰的羔羊般打量着独眼男子，轻笑一句："舒大公子是吧？你大概想不到，捕蝉的螳螂背后，还有黄雀盯着。"

"谁敢过来！"舒长轩厉吼一声，掐着花魁的脖子不断往后倒退。意识到自己上当后，他已经无法保持冷静，额上青筋暴突，浑身颤抖。

阿非瞥了一眼花魁，满不在乎地笑笑："你觉得，我会为了一个脏女人心慈手软？"

舒长轩眉目狰狞，面庞惊恐而不甘地扭曲在一起，近乎癫狂，刀子猛地在舞女的脖子上豁开一道口子："再往前一步，我割了她脑袋！"

阿非眼神肃杀，并不为动，手一摊平，身后下属递过来一弓一箭。

兹的一声尖啸，弓弦大张，箭光映目。

舒长轩双眼陡睁，像猎刀下无处藏身的兽物，疯狂地拖拉着唯一可以遮住自己要害的舞女，并尽所有气力倒退逃窜。

"唰！"长箭穿空，割断女人的流苏耳坠，堪堪贴着她的肩头飞出，刺进舒长轩的肩窝，穿体而过。

花魁吓得尖叫一声，两眼一翻昏了过去。阿非抢先扑过来，挥手拨开她半个身子，右腿利索地踢出，一脚端飞了舒长轩。

血光入目，吓得角落里的小姑娘抱着四肢缩成一团，大气也不敢出，恨不能化成虫子钻入地中。独眼男的身子直直朝她飞来，砰地摔倒在地，压扁了她搁在身旁的灯笼。咫尺之间，她骇得动也不动，生怕这个可怖的人像刚才一样，狗急跳墙捏住她当替死鬼。

大恨不仅未泯，竟反被人算计，舒长轩极不甘心地撑起身子，行将爬起时一眼对上了一个瑟瑟发抖的人影，他如同发现了救命稻草般伸手去抓。

"啊！"小姑娘大叫一声触电似的猛然跳起，左胳膊被他扯住，遂身子一低，拾起挑灯的木杆狠命戳他脸孔，在他松手的当儿一溜烟跑开。

舒长轩咬了咬牙，就地一打滚，像头癫狂的猛兽一样冲到她背后，左脚一横勾住了她。

小姑娘跑得飞快，腿脚突受牵绊，扑通一声一头栽倒，没等她缓口气，舒长轩就已经猛扑过来，匕首毫不犹豫地落下，刺进她后背。

"谁敢动手我杀了她！"末路绝境，他的脑海已经被求生的欲念填满，但凡还有一线生机都会拼死抓住。刺伤小姑娘后，他的残臂快速一横，粗鲁地将她扯到自己胸前，紧紧夹着她脖颈。

阿非惊住，没想到暗角竟还躲着个十几岁的少女，一瞬间惊怔过后，挥手制止了下属的进攻。

"救我……救我……你在哪儿？救我……"小姑娘痛得几近晕厥，浑身瑟瑟发抖，四肢无力地朝虚空踢打，眼睑半垂半开，口中发出痛苦的呼救声。

"是个男人，就放了孩子！"阿非攥紧了横在腰畔的刀柄，冷冽道。

舒长轩如同从地狱爬出的魔鬼，浑身是血，笑得阴魅而凶狂："黄泉路上，杀一个是一个！"

阿非满面戾气，唰地抽刀，未及出鞘，却被舒长轩喝住："谁敢动！"

他凶狠地拖着奄奄一息的少女踉跄地向后倒退，甫一拐进巷口，脖子猝然一凉，一柄长剑横出，电光一样切向他颈脉。

舒长轩骇然侧开身子，右手蓦地拔出短剑，对着来剑方向猛劈几下，脱险后一把将小姑娘拽到面前，剑尖直抵她喉咙，歇斯底里地大吼一声："我杀了她！"

一语方出，他忽地瞳孔大睁，不可置信地盯着对面的人，刹那震惊过后，又发出魔鬼般的狞笑："哈哈哈……全都来了，新仇旧怨一起算！"

同样惊立在当下的还有提着酒壶赶来的青珑，更让她吃惊的是，被挟持的人是不久前才认识的那个叫金今的小姑娘，而凶手居然是人间蒸发了的舒长轩！

"救，救我……救我……"小姑娘脸色惨白，脖子被紧紧勒住，已经气若游丝，双手无助地伸向虚空，拼命攫取着能让她活下去的渺茫希望。

"来啊！想救她全都给我来啊！"舒长轩猛地拖着小姑娘转身，扯开嗓子狂吼一声："杀了姓霍的！杀了她我就放了这小东西！全都来啊，杀了她！"

阿非不知何人出手，稍稍一愣，戒备地率众围过来，借着阁楼顶端投射的微光望过去，幽幽深巷口赫然立着一个眉眼清肃的劲装女子。看清她面庞的那一刻，任是他再冷静，也不由惊道："霍青珑！"

三年前，此女刺杀楚将军未遂，他奉帝命全城搜捉，谁知她与沈隽狼狈为奸，里外勾连逃之夭夭。尔后她竟趁大夏与燕亓酣战之机率兵压境，夺城取地，不仅坐收渔利，还逼得楚将军和宋副将军不战而让，弃城立约才得保西川太平。随后她一面养精蓄锐，一面隔岸观虎斗，如今她又突然现身雀城，难保不是为了什么不可告人的目的——皇上说得没错，此女不除，定成隐患！

"杀！"虑及此处，阿非的面上杀气激荡，比起大患，无辜幼女的安危在他眼里已成其次。

一令出，数名黑羽卫奔动如雷，掠刀而起，齐刷刷砍来。

"救我，我不要死……你在哪里……救我……"小姑娘的气息越发微弱，无力地伸手抓着虚空，眼帘开开合合。

青珑大惊，错身旋步灵蛇一样闪开刀锋，箭步扑到企图逃窜的舒长轩身侧，一剑挥向他脑门，意欲从他怀中拉出小姑娘。

舒长轩骇然，手臂一拧，猛地将小姑娘推到面前，迫得她猝然收势。脚步还未立稳，她便又被如狼似虎的黑羽卫围攻，顷刻间卷入刀光中。

他如逢生机，方一得空便拉扯着奄奄垂绝的小姑娘逃往巷道深处。

青珑急于救她，见状顾不了许多，一剑豁出一道缺口，从黑羽卫频频夹击的刀锋中强行冲了出去。

阿非弃刀拔弓，黑羽箭破弦窜出，飞如流星，笔直刺向她后心。

舒长轩回望一眼身后的恶战，丝毫不敢停留，挟制着小姑娘跌跌撞撞地窜出巷子，疯也似的逃向石桥，快要到达最高点的时，他却忽地石化般定住。

只见迎面走来一团黑影，半边脸掩埋在风帽中，数步之内难辨音容。河底阴风倒卷上桥吹动他的斗篷，衣袂猎猎翻舞，宛如野鬼伸出的挖人心肺的锋利爪牙。

"谁？"有那么一刹那，他当真以为自己见到了鬼，仅剩的一只眼突兀地大睁着，惊悸地望着不断靠近的黑衣人，进退间犹疑不定。

小姑娘撑开眼帘，双手伸向前方拼命挣扎，声微音弱，眼里尽是对生的渴望："救救我……我不想死……救我……"

黑衣人的胸口微微起伏，眼里的惊色一闪而逝，化为刀锋般的冷锐和肃杀，尔后他屈身放下笼子，待抬起头来时，拇指倏然扣上剑柄。

舒长轩骇得变色，短剑抵到小姑娘的咽喉，一边后退一边朝他大吼："让开！不然我杀了她！"

"放开她。"黑衣人的声音喑哑而冰冷，维持着拔剑的动作，一步一步靠过来，逼得舒长轩惶恐倒退，犹如疯癫的野兽，发出歇斯底里的吼叫："给我站住！再过来我杀了她！让开！"

"唰——"剑刃出鞘，寒光流转如银，沿着他的胸腹径直刺来。

舒长轩惊骇交加，以为对方会以硬制硬，于是想也不想，右臂一横，狠命箍着小姑娘的脖子将她弱小的身躯扳到跟前，严严实实地挡住了自己胸腹的要害。

那一剑快如电光流星，利落而果决，毫不拖泥带水。就在舒长轩护好空门准备砍向对方手臂的时候，剑锋却忽地止住，一团发白的不明物体突然从黑衣人掌心飞出，砰地击到他眉额，力能裂骨。

那暗器，竟只是一瓶药。

舒长轩始料不及，以为是什么夺命的凶器，身子踉跄不稳，本能地抬手捂额，还未反应过来中招，黑衣人手中的剑已经飞速易向，剑锋朝上一掠，陡然穿过小姑娘肩头的虚空，捅进他身子。

"……"他痛得近乎咽气，惊悸地瞪着这张近在咫尺的惨白脸孔，隐约认出他的模样后，那只混合着痛苦和惧骇的独眼登时大睁，口中发出不可置信地惊呼："你是……你是楼、楼……"

同样，距离拉近后，黑衣人也隐约锁清了他的眉眼，霎时眼底杀意翻涌，没等舒长轩吐出最后的字眼，便拉开小姑娘，剑刃一转一横，沿颈削过。

血溅如绸，头颅飞离出体在暗夜中划了道弧线，重重摔到桥面，咕噜几声滚到了远处。无头的躯体倚着护栏直直挺立在桥上，发出浓郁的血腥味，随风四散。

"救我……救……"小姑娘已经神智衰微，声音越来越弱，像只濒死的动物一样趴在桥上，绝望地呻吟低语。

黑衣人扶住她，拿出剩下的另一瓶药敷在她的伤口上止血，末了正准备抱她去找大夫，一阵急促的刀剑声却快速逼近。紧接着，河对岸的小巷里忽然窜出数个人影，个个飞奔如豹似乎正在围攻跑在前头的一个人。只偏头瞥了一眼，甚至没等他看清状况，那些人便架起弓弩朝那人乱箭齐飞。

他吃力地抱起渐渐陷入昏迷的小姑娘，方一起身，一把不知是射空还是被打偏的利箭呼啸飞来，擦过他身旁的石柱落入河心。旋即飞箭急如流星，在黑夜里胡乱袭射，哪怕在桥拱高处再多逗留一步都有可能成为箭下亡魂。

夜色漆黑，宛如浓墨从天泼下，离开了街上那片稀疏灯火后，便谁也看不清谁的面庞。五丈长的桥，一端是他一手提着笼子，一手抱着伤重的小姑娘拼尽力气向对岸撤离的模糊轮廓，一端是青珑一边躲避飞箭，一边心急如焚地追寻小姑娘的匆促身影。

从她所在的角度望过去，正好看到护栏旁挺立的无头躯体。她以为舒长轩拿孩子使什么诈，便侧身贴着护栏，纵声一扑，冲过乱箭就地滚了过来，却被看到的景象惊呆了。

那躯体已经没了头颅，断颈处淋漓淌血，腥味扑鼻，就近掉落着一颗脑袋，独眼似要崩出眼眶，突兀如魔，俨然是舒长轩的尸体和首级。然而孩子的安危和下落依旧悬而未知，她已经顾不得去猜想是谁杀了他，当先扑下桥头，风一样闪到河岸的遮掩物后面，不见了踪影。

《 第七十五章 》
风声

乱箭在黑夜里频频飞来，等到黑羽卫耗尽箭矢火速杀到对岸时，那里已经人声俱消，只有河底阴风呼呼低啸。

"大人，"一名黑羽卫走上前，抱拳征求阿非的意见："需不需要通知雀城太守增派兵力，全城搜捕霍家女儿？"

离他们不远处的幽暗巷子里，一道黑影抱着受伤的小姑娘准备撤离，却在听到"霍家女儿"四个字眼后忽地定住，一动不动。

阿非一脸腾腾杀意，但他为人还是持重沉稳，并没有为了追杀一个在逃的罪女而闹得满城风雨："现在是城门禁闭时段，量她也飞不出去，先兵分三路搜找，一旦抓到就地正法！另，此地离敌兵阵营只隔一山，本就处于风口浪尖，动静不要太大，以免扰动市井引发躁乱，给敌兵可乘之机，坏了皇上的打算。"

那下属会意，点头应是，大手一挥，当即率领三路人马隐入纵横交错的小巷中，一双双眼睛幽亮如鹰目，在暗夜中到处捕食逃窜的猎物。

阿非起步就去，却耳朵一尖，听到了细若蚊蝇的响动声，霎时顿步，循声走向背后的巷口。一眼看过去，那里杂物堆积，凌乱而逼仄，方才那声音就是从一个破烂的背篓后面发出来的，窸窸窣窣像是什么东西在扇动。他以为有诈，谨慎地靠近，方要拔刀刺过去，一声怪叫却将他惊住。

"坏蛋来了！打坏蛋！打坏蛋！"

行伍出身的黑羽卫卫长，纵然在沙场上杀敌无数，鬼魔不惧，也不禁被这人不像人鬼不像鬼的诡异叫声骇住，他脸色一变，登时后退几步，喝道："什么人？出来！"说着他的刀锋骤然出鞘，行将刺向背篓，一把冷冰冰的长剑却先他一步从后方掠来，沿颈贴向他脖子。

阿非一惊，脑袋一歪绕开剑刃，长刀快速扫向唰地横扫过来，谁知对方反应更迅，顺着刀势旋至他身后，前后过了十几招，一脚踹向他后膝窝，又一剑刺进他后肩。

阿非被困在地，无法回身反击，连出手之人长什么模样都没能探到，只得忍痛半跪着，另一手握紧了刀柄，做好了随时反扑的准备。

然而他的想法还未付诸行动，手中的刀便被对方的剑挑飞，旋即那人扯掉他衣带，三下五除二将他两手捆住，接着往下一拉，另一头又绑到他两条腿上，竟使他还手不能，还脚更难。

"打坏蛋！打坏蛋！打坏蛋！"

背篓后面的叫声愈发频繁，在死寂的夜里显得尤为沙哑和响亮，回音更是不绝，方圆两三里内都能隐约听到，瞬而将尚未走远的黑羽卫全部吸引住，纷纷调头杀了回来。这一看，才知自己的卫长大人已经被人挟持了。

而钳制住他的，并不是他们追杀的霍家女儿。

那人把阿非推到身前，自己掩映在杂物堆后，轮廓不清，犹如暗夜中无形无影的魅鬼，叫这些黑羽卫不由绷起神经。

刀锋疾如电光劈天，以狂风扫叶之势扑杀过来。

那人剑刃一削，顿时在阿非的脖子上豁开一道细小伤口，以示警告。

如是做法，逼得阿非不得不喝止了下属："住手！"

"阁下何人？"阿非动弹不得，眼角余光不断向后瞥视，仍旧看不到利用怪物将他们拖延在此的人是何模样。而且稍一动作，横在他脖颈间的长剑就会多加一分力，他只得被迫收回目光。

"跳……"那人齿间飘出一个简单的字眼，生疏而嘶哑，似乎声音已经生锈。

阿非不明所以，咬了咬牙，暗暗尝试着解脱的法子。他听得出也感受得到那人气息不稳，短促而微浅，拿剑的手都在隐隐作颤，倘若不是因伤克制自己，便是身子抱恙，久战必衰。

"他们……全跳……"就在阿非还在思量时，那人蓦地一使力，将他的身子扳向正对河岸的方向。

阿非恍悟，河深且急，两旁又都是光秃秃的石壁，高逾十尺，任是水性再好，跳下去不折腾几个回合也妄想爬上岸。那时不只此人逃脱，连被追杀的霍家女儿也早就匿迹，如何找得到？

"你是她的同党？"他长吸口气，冷不丁侧身一倒想就地打滚扑开，臂膀却先被那人紧紧揪住，险些折断膀子。

黑羽卫们大惊，僵持许久无果后只得收刀后退，在阿非的无奈默许下极不情愿地跳入河中，一个个如落汤鸡一般扑腾着，顷刻间在水流的冲击下七零八散。

那人亦将阿非推到河边，就在他以为自己双手被缚推下去只能等着溺死时，那人却剑锋如光，割断衣带，没等他的拳头挥出，复又一脚蹬向他膝窝。

阿非趔趄前曲顺势栽入河中，扑通一声巨响过后，溅起的水花足有三尺高。

"坏蛋！坏蛋！"受惊的椋鸟奋力扑棱着翅膀，在笼中跳蹿，扯着嗓子吼叫。

那人气力微弱，颓然跌倒在岸边，四肢因失血而逆冷，呼吸衰弱。然而重伤的小姑娘还需救治，容不得他先倒下，他只稍微缓了缓便挣扎起身，脚步未抬，迎面一个急促的声音忽而入耳——

"金今！"

他闻声止步，恍惚立在那里，身影被黑暗吞没。

来人是青珑和沈隽。

避开黑羽卫后，久久不见对方杀来，她以为出了变故，加上对那怪鸟的叫声有几分熟悉，情急之下便循声返回长桥，在半路上碰到原本在药堂附近等她，后来同样被那怪叫引来的沈隽。

"救命……救我，救……"小姑娘奄奄一息地趴在背篓后面，听到有人叫自己的名字，眼里顿时有了亮光，喉间飘出虚弱的求救声。

鸟儿不知道自己小主人受了重伤，一个劲学她："救命！救命！"

青珑循声奔来，但见小姑娘的伤口被人上过药，血已止住，心里悬着的石头终于落地。

"她是谁家孩子？"见她如此在乎一个陌生的小姑娘，沈隽颇是诧异。

青珑扶起少女，没时间细细解释："说来话长，先别问。"

眼下救人要紧，沈隽也就没再多疑，俯身背起少女，与青珑合计着将她带往药堂，找大夫为她疗伤。

杂乱而幽深的巷子里，两人一左一右互相扶持着，渐渐融入夜色里。

路的另一端，怔怔站着一道影子，无声无息，凝望着他们远离的背影。

只是目光再远，也穿不过夜的黑。

她还是她，那些人还是那些人，而这世上早已没了他，除了做鬼，他还能做什么？

像是有什么东西牵住了心，走着走着，青珑突然回头望了一眼，冗长的深巷尽头，夜黑如墨，人影皆无。

"怎么了？"沈隽停下来，随她回顾，目之所及，并无异样。

"没什么，我多心了。"她无来由地心里有些空，摇摇头，迅速调整好状态，想了想道："医馆暂时不要去了，以免暴露行迹。"

"分两路吧，你带她回客栈，我去引开那些黑羽卫。"

青珑拦住他，一番权衡，道："跟我走。"

远处，两名好不容易爬上来的黑羽卫趴在岸边，吃力地将还在水中挣扎的同伙往上拉，费尽周折，一行人才全部上岸，等杀回原地时，那里已无半个人影。

"该死！"阿非颓然坐了下来，烦躁地扯掉缠在腿上的衣带，越想越沮丧且不甘，一拳捶向地面，却牵痛伤口，闷哼了一声，问道："方才那人是谁，可有看清他模样？"

"他处在暗角，看不大清楚。"一名下属给他包扎伤口，摇了摇头，"好在他没伤到大人要害，不然情况就糟了。"

阿非也非常困惑，倘若此人是霍家女儿的同党，必定要置他们于死地，那一剑权当他没使得逞，但后来他完全可以直接推他下河致他溺亡，但他却反而事先解了他的束缚，想必并无杀心，不见得与她有瓜葛。但若是这样，他又为何出手拖住他们，让那罪女有足够的时间逃脱？

人已远走，思来想去也已无用，况且大事将近，容不得他为了一个罪女而因小失大，乱了皇上的计划，阿非亦只得暂先作罢，冷声下令："那女孩不见人影，想必在他们手中，需得找大夫疗治，先去城中各家药铺和医馆搜搜，留那人活口生擒，但那罪女见之则杀！"

"是，属下明白！"

"还有，去把桥上那尸体清理掉，免得明日吓到人。"

下属领命，又问他："大人，那接下来……"

阿非拧了拧衣服上的水渍，闻言后目光森森，幽然道："接下来，就等皇上的旨意了。"

下属会意，默然点了点头。

"整顿一下，明日随我去清点兵力！"

"是！"

那一夜，变得似乎比往日更为漫长。初秋的连阴雨方才停歇不过数日，天边再度乌云滚滚，一场暴风雨又在酝酿中。

幸有药物止血，小姑娘的伤情还算稳定，没再恶化下去，只不过受到的惊吓不轻，即便被抱到了安全之地，仍旧不断喊着"救命"，额头冷汗不止。

青珑坐在榻前，埋头替她擦汗，沈隽则拿着剪刀剪了条布条，将那只总是不分场合胡乱叫嚷的傻鸟从笼中揪了出来，紧紧绑住了它的嘴巴。

如此，整间农舍才安静下来，只有窗外夜色无声流淌。

一名驼背的老者匆匆叩门，将之前青珑给他的药递了进来，并道："那些兵已经走远了，我再去瞧瞧，有什么情况再来通知，另外客栈那边我也叫人去知会二位的朋友了，姑娘请放心。"

青珑起身致谢："有劳大伯了。"

沈隽因为要回避，便暂时出了屋子，在天井处望风，直到青珑替小姑娘清理好了伤口，才重新进来："她怎样？"

青珑掖了掖被角，看着小姑娘渐渐睡下，终于舒了口气："所幸未伤到要害，但被吓得不轻，得缓一阵了。"

沈隽抬头，随意地瞅了瞅这间被她称作"朋友家"的旧屋。

青珑看了他一眼，自然心知这借口挡不住他心里的猜疑，索性打开天窗说亮话："有什么话就直问吧。"

如此开门见山的态度倒让沈隽有些愕然，继而一笑："你就不怕我把这里抖出去？"

"对你有什么好处？"

"自然是各为其主。"沈隽打趣般地笑笑："你的性命丢在了大夏，往后青夏两军怕是要水火不容了，这对南燕而言，未必不是一件好事。"

青珑审视着他，还是当年的翩翩之姿诡诈心思，却少了些阴沉，多了分洒脱，说话不再拐弯抹角。原以为北凉倾覆后，他会仗剑携酒放浪世外，或者白马轻衣尘世独行，不管何种活法，总是不同于前的。

而现在看来，他却似择木而栖，确确实实选择了南燕，再一次走上了从前的路。

仅仅是因为受了恩惠？

"三年过去了，天下大势已变，你却还是如此愚蠢，且自以为是。"毫不客气地，她回了一句。

"哦？"沈隽被逗笑，煞有介事地问她："怎么说？"

"羊会把狼请进自己棚下吗？"

沈隽颇觉意外，又有些克制的激动："这么说来，你信我？"

"信的不是你，"青珑不咸不淡地道，仿佛在对着空气讲话，"而是我的判断。"

沈隽咋舌："三年过去了，你的嘴巴还是这么毒。"

"半斤八两。"与他对话，她的语气始终暖不起来，就连道谢也是这般不冷不热："不过，还是感谢你的逆耳忠言。"

"我只是提醒一句，现今形势缭乱纷杂，最好悠着点，隔岸观火也好，坐收渔利也罢，终须有个度。时候到了，撒出去的网也得适时收回，否则一旦被人缠住拖下水，再想爬上岸可就不是一件容易的事。"

有些事即便嘴上不说出来，彼此也都心照不宣，既然沈隽选择了南燕，三年来青军做了什么，以及往后的动向只怕也逃不过他的眼睛。对于这点，青珑心知肚明，甚至包括舒九容在内，虽都是生死患难两肋插刀的朋友，但在家国立场上，彼此间始终隔着一张没有捅破的纸。而底线，则是你的兵，没有侵临我的城。"黑羽卫是夏皇的心腹，却现身雀城，想来值得深究。"沈隽也没有探究她的意思，长身立于窗下，望着乌云笼罩的暗空回测道。

青珑认同他的判断，又想起初见时，他正带人在月牙岗中秘密穿行，似是往盟军阵营的方向去，便道："你们来雀城，想必也不是那么简单。"

沈隽没有反驳，当是默认，却也没有言明，问她："你呢？"

"杀人。"她干干脆脆地道，掷地有声。

沈隽略微惊讶地看过来。

"只不过他已经死了。"想起在桥上见到的无头躯体和脑袋，青珑面上的戾气这才渐渐散开，颇有些沮丧，"就在昨晚，被人杀死在了那座桥上，尸首分家，可惜我迟了一步，便宜了他。"

沈隽沉默了片刻，道："但至少，你的事情也算办完了。"

"可以这么说吧。"

"那就回去吧，这里不安全，很快又要起风了。"

同样的夜，远离大夏的燕境内，一根根照路的火把在奔涌的大江前熊熊燃烧。

"将军，这里水势浩急，强闯的话后果难料。"一名部下从江岸退回，来到将者面前，满脸疲惫地道。

就在不久前，这支十万有余的队伍接连遭逢了大小数十场生死搏杀，昨日才从二十万燕兵的围剿中成功杀出，大多都已筋疲力尽。

将者的下颔上还残留着几片风干的血迹，在火光的照射下倍显萧肃，一双幽瞳深如远峰，静稳而有力，却仍旧掩盖不住眼底浓浓的倦意，尤其眼窝，早已深深凹陷了下去，显得整个人苍老了许多。

又或者从三年前起，他在一夕间就已经老态毕现，只是眼角快速起皱的皮肤被杀戮溅起的血色遮盖，蒙住了身边所有人的眼。

他从部下手中接过火把，伫立江岸，环顾了一圈，沉声吩咐："再去找找，明日再行决议。"

"报——"正要应承，一声急禀传来，所有将士皆惊得回头。

所幸，并不是让他们连喘口气的时间都没有的关于燕兵动静的消息，而是来自帝都锽城的密信。

向来沉静的楚定云就着火把看完信后，忽然一改往常的冷肃神色，变得有几分惊讶。

"将军，皇上怎么说？"周围的部下们绷紧了神经，连忙追问。

楚定云一时难以接受，短时间内无法权衡，沉默未语，把密信给了他们。

"亓贼！居然如此卑鄙！"仓皇扫完信后，部下们唏嘘连连，忍不住大骂一声。但怒归怒，他们还是得就事论事："将军，如此反复无常之人，怎能轻易就信？今日他为了苟活可以这么做，明日就能倒打一耙，反过来咬我们一口！"

"皇上的旨意？"楚定云已经从最初的惊诧中平静下来，并没有立即表态，转身问送信的探马。

探马俯首，恭敬地道："皇上说，一旦举事，敌兵自顾不暇，楚将军若能突围，自会知道如何做。如需增兵，可随时向皇上呈报，就算是拼死，帝都那里也会以最快的速度赶来增援。"

"这是几个意思？"几名部将颇为吃惊："一旦进退维谷，千里驰援少说也得个把月，难不成不让我们回朝了？后果有没有想过？这么大的决定，皇上为何不与将军相商？"

"各位将军请息怒，皇上并非此意，而是……"

楚定云摆手打断了他，将密信对折两下，就火烧成灰烬，然后平静地道："回去告诉皇上，大军定不辱君命。"

探马闻言大喜，连连道谢，请辞后翻身上马，长鞭唰唰落下，人马疾驰而去！

"将军，这事你怎么看？"虽然不见得是坏事，但部将们还是不放心。

楚定云凝神沉思，眼里飘动着幽幽的火光，冷声道："自然只能信其一分，但有这一分，就已足够！"

天公不作美，今年的雨量比往年多而频，连日的大雨歇了不过短短数日，路上的积水还未退净，天边再次乌云笼罩，犹如墨染的棉团被无形的力量牵着在暗空飘游，转瞬间遮天压城。

"不成！决不答应！"帐内的商议只进行了一半便开始发生争执，一名燕将腾地起身，对亓将提出的部署和策略大加反对。

出乎意料地，对面的亓将并没有因为他们持相左意见而脸红脖子粗，更没有因不久前发生的一连串凶案而记恨燕兵，反而耐心相劝。

一人站起来，友好地拍拍他的肩膀道："左将军行事谨慎，向来思虑周全，我等鲁莽之辈自愧弗如。但时不待人，又一拨夏兵已经齐聚云中，再这样耗下去势必只能坐以待毙。何况近日阴雨不绝，江水滔天，再不抢渡，等到月中大潮来临，只怕机会更为渺茫。"

"是啊，陶将军所言甚是。"又有一名亓将起身，附和着同僚，振振有词："一条路不够，我们何妨再杀它几条！贵国兵马主辟水路，我大亓的将士四面掩护，同时以己为饵，引开进攻的敌兵，为我们双方争取更大的胜算之机！"

"如此大快人心！水路一通，双方兵马便可再次长驱直入，夷平夏土！"

"没错！来多少杀多少，不来的照样叫他无处躲藏！"

在座的亓将滔滔不绝，仿似下一秒眼前便是伏尸百万的场景，只要燕将对他们的策划提出一句驳词，他们即刻就以十句的理由来还击，并试图说服对方接受。

"陶将军！"终于有人听不进这样的高谈阔论了，猛然站起。

年轻的右将军胸口剧烈起伏，眼神锋利如鹰，全无往日的温和，像把刀子一样直直盯着同排的各个元将，拳头握得咯咯响，极力克制着自己的情绪。

陶征呵呵笑着拍了拍他，善解人意地向对面的燕将们解释道："云将军身子不适，故而请辞，无碍无碍，我等继续相商……"

云弋冷冷盯着他，手中的拳头攥了又松，松了又攥。

陶征目光扫，责备一声："展平，还不快带云将军回帐休息？"

展平身子一颤，忙抱拳应是，劝道："公子，此事自有诸位将军安排，我们先回吧。"

"失陪了！"礼毕，年轻的右将军拂袖离帐。

展平忙不迭跟了出去，一直追他到大帐，好心开导他："公子，这是皇上的旨意，你切不可……"

"小人！"云弋强忍着胸腔里的一股冲动，低斥一声，攥得手中的杯子都快要炸裂。

展平语噎，挠了挠头，正要开口，这时帐帘掀动，进来一个中年将领，遂施礼道："陶将军。"

来人宽豁地笑笑，并没有计较部将方才的失态："怎的跟自己生这么大气，何苦来着？"

云弋起身，敷衍地行一军礼，然后扭过头去，也不答话，展平暗地里戳了戳他，照旧无用。

陶征哈哈一笑："到底是太傅大人的亲儿子，连这脾气都照搬了他。"

云弋强忍着怨怼回头，抱拳道："陶将军！此事……"话未说出，他就被陶征摆手打住。

"打仗可不同于念文章，是什么字就该怎么读，攸关生死之事，需得讲求应变，甚至说东往西都可以。你小子啊，还是太年轻了些，一根筋莫要通到底，凡事不能认死理。"

云弋怒道："可这么做跟背……"

"信义能当退路？能救得了大军？能让万千兵马免遭屠戮？能让你我安然杀出重围？"陶征截住他的话茬，一连四个问题抛出，瞬间将他胸臆间的愤慨和郁气压了下去，木偶一样站在当下，定定看着他，说不出一个字。

"云弋，陶叔可是念着与太傅大人的同僚之谊才跟你说这些体己话，要是听得进去，就跟着陶叔好好干，大把前程等着你，切莫过于执拗。"语毕，脚步声走。

人已远离，而云弋依旧定在案前，脑海中不断回荡着那四个直叩心扉的问题，久久不动。

两个时辰后，一场议事草草结束，燕将们骂骂咧咧地出了帐，还未完全散开，一名燕兵突然跑过来，说营外有人求见，并将一把雕双龙头金纹的宝剑呈给了他们。

一名将领接过来一看，倏地双瞳放大，低呼："这不是……王爷的佩剑？"

众将皆是一脸惊色，大步赶往营门。

果然，营外站着两个黑衣黑服的男子，已等候多时的样子，一见他们出来，双双跪地问安："见过诸位将军。"

"你们是……常将军的部下？"有人认出了他们，挥手将周围的守兵遣退，然后惊道："这是怎么回事？王爷的东西怎会到了你们手中？出了何事？"

"王爷有请。"两人肃声答道，说着一人从怀中掏出了一块镶金令牌，"左将军，请随我们一趟。"

是夜，三匹快马追风逐电，直奔雀城。临近城楼时，三人皆换成平常百姓的装束，先后混入了内城。

一间安静的上房内，左行之无比吃惊地看着候他的公子，怅了一会儿才回过神："九公子？怎么是你？"

"将军不必惊慌。"舒九容淡淡一笑，将轮椅从窗下摇到了桌前，歉道："九容冒昧，假父王之名相请，得罪了。"

左行之乃定南王的股肱大将，陪他打了二十多年的仗，同时也是看着舒九容长大的，对这个晚辈的品性深信无疑。此刻听他言外之意，竟是他瞒着定南王来到这战火之地，不禁惊问："公子，你这是……"

舒九容没有立即回答，而是命白前奉了一杯酒给他，神色虽然平静温和，却隐隐透着不同以往的凝肃，不由令左行之更加紧张，以为王府发生了什么天翻地覆的大事。

"时间不多，九容便不与将军闪烁其词。喝了这杯酒，接下来要说的事可能不尽乐观，但请大将军务必冷静。"

左行之接过酒杯，迟疑地仰头饮尽，急声问他："公子言下之意……"

"攸关生死，"舒九容辗转着空杯，声音沉静而有力，如同一块巨石倏然掉入江心，激起滔天白浪，"以及云中这三十万燕兵的存亡。"

左行之眼皮一跳，屏息道："还请公子明示。"

白前依令从随行的包裹中拿出一个匣子，里面存放着两封探子截获的密函，一并递给了他。

左行之匆匆接来，看第一封时表情只是微微生变，呼吸渐渐短促起来，然后迫不及待地拆了第二封。匆匆一扫，他整个人仿佛霹雳击身，脸色发白，双手微颤，气得几乎要捏碎那密函，怒喝一声："无耻之徒！两军歃血为盟，如今生死关头，竟想做这阳奉阴违之事！"

"兵政诡谲，一切皆随势而动，将军身经百战，自当领略颇深。可以愤怒，但请将时间压至最短。"

噩耗临头，再怎么愤懑也于事无补，左行之一点即醒，忙收敛情绪，撩袍就座"公子请讲。"

"第一，通知各营将官，清兵点械，收拢军需，以应万一。不得自乱阵脚，亦不可打草惊蛇，内稳军心，外察敌情。"

"第二，水路难通，来之前我已命常琰率兵，化整为零，从山道辗转，秘密前往云中，不出意外的话三日后即可全部抵达并集结，故营中能拖则拖，给我们足够时间周转安排。但敌方亦会暗中行动，故不可久峙，五日为限。"

"第三，紧盯亓军动向，尤其是兵力部署及交战路线，随时与常琰互通讯息，里应外合。"

左行之一字不落地听完，双拳紧握，攥得手心全是细汗，郑重道："兹事体大，左某必会慎之又慎，公子请放心，我即刻回营安排！"

舒九容点头应允："小心为上。"

左行之起身就走，不一会儿蹬蹬蹬下楼梯的脚步声响起，急促如鼓点。

漫长的一夜，终于在冷风的吹拂下静静逝去。

翌日下午，小姑娘才从昏迷中醒来，虚弱地抬头环顾这间陌生的屋舍，问青珑："这是你家？"

"当然不是。"青珑笑笑，递来水和药，喂她服下："现在感觉怎么样？还难受不？"

小姑娘仍旧有些迷糊，过了一会儿才把昨晚发生的事全部回想起来了，心有余悸地道："那个人很吓人，他要杀我……要是我不任性乱跑的话，就不会出那样的事了……后来是你救了我？"

青珑摸摸少女的脑袋："别怕，那个人已经死了，这里很安全，不会被人发现的。"

"那他呢？他在哪里？你有没有见过他？"小姑娘突然紧张起来，浑然忘了自己身上的伤，掀起被子就要下地，被青珑及时扶住了。

"你说的他……是他？"她的呼吸不由屏住，无端端地有些慌，"我们赶过去的时候，就只看到了你，那只鸟也放在旁边，但却没有看到他……你是说，是他把你救下了？"

那么，杀掉舒长轩的人，是否就是他？那他可还安好？

"他走了吧……"小姑娘听完，嘴角耷拉下来，本就苍白的小脸霎时黯然失色，抱着双膝坐在榻上，双眼呆滞地看着虚空，全无神采。

青珑看着她的样子，鼻子有些发酸，柔声道："他不顾自己重伤之身，肯出手救你，就说明还是在乎你的安危的，也许是他有什么苦衷，怕你跟着他吃苦，所以才不辞而别的……"

"可他没有家，没有亲人和朋友，身子也不好，又能去哪里呢……"小姑娘低头呢喃，眼睛一红，拼命眨了下，才吞回了泪花。

青珑无以为答，听得胸口闷痛，说不出的难受。

没有家，没有亲人和朋友，身子也不好，又能去哪里——闷葫芦，是否你在九泉之下，也走着与这个人一样孤独而无助的路？

她忍不住握紧了手中的故剑，只有它在身边，才能带给她片刻的心安。

"砰砰砰——"

屋外有人敲门，沈隽的声音传来："是我。"

青珑收拾了下沉郁的心情，起身开门，却吃了一惊，同来的还有另外的人。

"舒九容？你怎么来了？"说着，她从白前手中接过轮椅，匆匆将他迎进屋中。

"别怕，没人发现。"舒九容莞尔，笑如春风冬阳，叫青珑一颗悬着的心终于落下，旋即又无比自责。

"对不起，引来黑羽卫，给你添乱……"

"不用在意，没事就比什么都好。"

"我有事，走不了路啦！"小姑娘被晾了一会儿，又心情郁郁，便闷声闷气地大声道，浑然不把自己当外人，更表示自己不是空气，顺带好奇地瞅了瞅轮椅上的陌生男子。见他生得雅致脱俗，笑容温暖，一看就是好相与之人——不像他，好看是很好看，却跟个哑巴一样，冷冰冰的话都不说一句。可惜的是，这么清雅高贵的人却看不见东西，腿也不灵便，果然上天不会让人十分好过。

舒九容顺着声音传来的方向"望"过去，笑着安慰她："别担心，我会安排人，掩护你们安全撤离。"

青珑不放心："那你们……"

"别怕，我应付得过。"舒九容笑意清浅而自若，相较从前并无异样，叫青珑一时捕捉不到任何蛛丝马迹。

但越是如此，她就越做不到一走了之："可是……"

"可是什么？"一直抱剑靠在门口的沈隽突然出声，截断了她的话，嫌她总是胡思乱想，"你这个人，嘴巴越来越毒，怎的胆子越来越小？你不走，她怎么办？"

刹那间，所有目光齐刷刷移到榻上，小姑娘抬头逐一看过所有人，最后视线锁定在青珑身上，却并没有求助的意思："你去办自己的事吧，不用管我，再说我也跟你不熟，但还是感谢你昨晚出手搭救。等我伤好了，自己会离开，天大地大，总有地方可以待人的，不会赖着你们。"说完她转过身去，被子一裹，蒙头大睡了。

舒九容失笑，佩服她的骨气，问青珑："她是你新结识的朋友吗？"

青珑也哭笑不得，敢情这小滑头受不得半点薄待，点点头："算是。"

"那就不要再犹豫，明天就走，越快越好。"

❖ 第七十六章 ❖
进退

天色骤暗。

风从山巅呼啸而来，卷起漫天尘沙，遮人眼目。长道漫漫，两旁的葱茏草木被刮得东倒西歪，枝叶翻飞，不时有树枝折断的声音飘来，足见风力之劲。天边黑云滚滚，成片成片地聚集在一起，宛如群魔乱舞，血口大张，不一会儿便压过头顶，被狂风卷着恣意蔓延，吞噬了一方明光。

瞬息间，天地失色，万物无辉。

"吧嗒——吧嗒——吧嗒——"

豆大的雨点从九天坠下，砸在身上冰凉入骨。

"下雨啦！下雨啦！"

大雨来得快而猛，引得小道上的行人惊呼不绝，纷纷抱头四窜。

独行的黑衣男子停了下来，几乎是本能地跟随着那些人去寻找避雨之地。甫一转头，他忽而意识到了什么，还未迈开的左脚便顿在雨中，抬头望着远处村落的朦胧剪影，渐渐收回了脚步。

毕竟，那里有他们的家……

他握了握剑，默然转身，一步一个脚印，徐徐向前挪动。

前方有人往这边跑来，因为头顶戴着斗笠挡住了视线，不慎撞到他。正在愈合的伤口被牵痛，他忍不住蹙眉，良久才缓过来。

"对不……"大汉连忙致歉，刚准备去扶他，伸出去的手却在看到他模样的瞬间僵住，不自觉地往回缩了缩，道歉的话也戛然而止。

那张脸苍白如纸，有种异于常人的阴森之气，乍一看就像从坟墓里爬出来的死尸，叫人心惊胆战。明眼人一看就知他是久恙之身，再看他唇色苍白浑身上下全无生气，想必不大乐观，还是少碰这晦气为好。

"实在抱歉，雨太急，先走一步了……"大汉赶紧缩手，慌慌张张地戴好斗笠，见鬼似的连奔带跑。

眨眼间，小道上的零星人影全部消失，天地间只有风吼雨啸，一片苍茫。

他未曾开口，稳住身子，一个人在无边无际的雨幕中继续穿行。

"驾！驾！"

过了不知多久，身后响起御马驱车的声音，很快散开在雨中。

他停住，下意识往路旁避了避，退到边上，发现那里有条岔路，便转身拐了过去，没多久身子被齐人高的野草掩住，一点点消失于雨天中……

马速很快，一步数尺，车子吱嘎一声飞驰而过，水花四溅。

"吁——"疾行时，驾车的人忽地一勒马缰紧急刹住，摘下斗笠往回扫了一眼。

裴原惨然，正要问月芜，马车的帘子却被掀开，一个"男子"从敞口探出身子，先他开口了："怎么了？"

说话间那人探出半个身子，斜出来往后看了看，凄风冷雨，草倾木斜，并无人迹。

"是我眼花了，以为此处有埋伏。"月芜环顾一圈，未发现异常，这才放了心，暗想自己太谨慎而疑神疑鬼，方才匆匆一闪而过，不知把路边什么移动的黑影看成人了。

"小心一些。""男子"收回目光，重新钻进马车。

"驾——"长鞭落下，烈马复又奔腾如风，在茫茫雨天里火速前进。

大雨滂沱，吞没了万物，连车里的对话声都快被压下去。

说话的是一身男装行头的青珑，和那个受伤的小姑娘。

"他们会追来吗？"

青珑把身上的披风解下来，盖在她肩上，答道："放心吧，这里已经安全了。"

"要是碰到麻烦，你们会把我丢在半路上吗？"小姑娘呆呆地看着她，小脸苍白，眼神无光，仿佛一朵枯萎的朝阳花，完全不同于初见时的灵动慧黠。

青珑失笑："得看你会不会把我们身上的盘缠都给骗走。"

小姑娘挑眉，不屑地切了一声："出门在外，谁没有难处？敢说你没骗过人……再说了，要不是它嘴馋，我才懒得打你们的主意。"

"嘴馋！嘴馋！"鸟儿不知自己小主人正拿它当挡箭牌，欢快地在笼中蹦跶了一下，高声叫着。

"再瞎叫我炖了你！"小姑娘恶狠狠地瞪它一眼。

青珑好奇地看着她的宝贝："这玩意儿可真逗，哪里来的？"

"他给的。"

"他？"青珑一脸诧异，"这么闹，他看起来不像很喜欢它的样子，怎么会……"

"捡来的啦。"小姑娘嫌弃地瞥了瞥鸟儿，"又傻又笨，跟一群大山雀争泥鳅，扯不过人家，脸都被啄花了，光不溜秋的，毛都没剩几根。"

青珑有些同情它，又忍俊不禁："单枪匹马恶战群兵，是够胆的，那后来呢？"

"当然活不成啦，我们下山经过的时候，那群大鸟嘴里叼着泥鳅呼啦一下全飞了，就它可怜巴巴地焉在那里。"

"是你把它救下了？"

"怎么可能，我烤它都还来不及呢，傻到没救了。"小姑娘面朝鸟儿努努嘴，扮了个十分鄙视的鬼脸，"他把它捡了，给它找东西吃，花了很久它才飞起来，大树林里绕了一圈又屁颠屁颠地回来了。见撵不走，他就做了这个竹笼，装进去丢给我了，还骗我说那东西会讲话，意思就是叫我别烦他，去跟它说。我不信，才教了个把月，结果它现在就成这样了，整天瞎叫叫，吵死了。"

青珑伸手摩挲着笼子一角，看着如今活蹦乱跳的鸟儿，再想象它当时的惨样，心情不由明朗起来，会心一笑："这么罕见的鸟儿他都知道，那看来很不一般，见识一定很多吧？"

小姑娘撇撇嘴："鬼才知道呢。"

青珑一奇："听起来……你跟他不熟？"

"谁说的？"小姑娘不乐意她这么说，一脸傲气地挑眉，不过很快又委顿下去，闷声闷气地认了怂："他又不讲话，谁知道他姓甚名谁干什么的……"

青珑更加不解："那你怎么会跟着他？你们是怎么认识的？"

"我救过他，还抢过他东西，他也不记恨，看起来靠得住，就这样跟着呗。反正我也没地方去，连个说话的人都没有，跟着他总比自己一个人当乞丐到处流浪好。"说着，小姑娘一只手伸进布兜里，就要掏什么东西出来炫耀。见青珑新奇地瞅了一眼，她又赶紧捂住兜口："不许看！"

青珑啼笑皆非，乖乖背过身去："什么宝贝？看把你紧张的，我又不抢……"

语音未落，清亮而悠扬的银铃声突然飘开，伴随着车外的雨声，叮叮当当宛如天籁，声声入耳，直抵人心。

"喏，就这东西，他紧张得要命，也不知道是准备送给哪个姑娘的，为了抢到手，我都差点踩死他了呢。"小姑娘把一串用红缨穿起来的铃石手链戴到手上，在她面前晃了几下。

青珑定定凝视着它，心像被那颗小小银铃牵住，随着它的来回摆动而起伏，忍不住摸到自己手腕上的那颗小风铃。

小姑娘瞄了一眼："你也有？"

"没……"青珑掩了掩袖子，摇摇头。

"别藏啦，我都看见了。"小姑娘笑她是小气鬼，"瞧你紧张兮兮的，我还看不上你的呢。"

青珑一笑而过，静静注视着她腕上的那串铃石："很漂亮，一定花了他不少心思打磨。他身子不好，你就这样抢去，还踩伤他，很不厚道。"

"是啊……"小姑娘面上的笑容垮了下来，忽地长叹口气，仔细将它收回布兜，埋头道："天寒地冻的，谁叫那时又冷又饿，我没东西吃，身上又没银子，就只能去偷去抢了。怪他运气糟，大晚上的受了伤，都快死的样子，还一个人在街上游荡，换谁碰到这样的好事不去下手？"

青珑喉咙一酸："所以你就去抢他东西了？后来为什么不还给他？"

"他不要，又不是我不还……"小姑娘闷闷地嘀咕一句，"还好我没把它卖掉，要不是这样，我也早就一命呜呼了。"

"怎么说？"青珑偏头问他："你方才不是说过，是你救过他吗？"

谎言不攻自破，小姑娘脸一红，索性破罐子破摔，大言不惭地道："反正他看到这东西后把我拽上岸，我也帮过他就是了，谁也不欠谁。"

青珑怜她，又责备她的任性："你都说了两不相欠，也知道他身子不好，不能断药，却还问他要那么多银子，逼得他把那么罕见的药全部拿去换了。"

"换什么？"小姑娘一惊，好似当头挨了一棒，"什么拿药换？"

想起那个空荡荡的药瓶，青珑于心不忍，却又必须让她知道，自己一时的任性所得是他用什么样的代价换来的。

"就你兜里那些银两，我虽然不敢确定是不是这样，但所猜也八九不离十了。记得你说过一味叫'死亡花'的药，对他的身子有帮助，但很稀缺。费尽千辛万苦采到，熬炼成救命的药，却顶不住你一句话……"

"不可能！"小姑娘脸色发白，一口驳了她的话，"他又不傻，怎么可能会拿那么难找的药去换银子？"

青珑见她死不承认，无奈叹了口气："那就是他手头宽绰，区区数百银两不足为道，权当我多想了吧。"

"停车！"一声急喝炸开，惊得飞跑中的马儿嗷了一声。

裴原倏地勒缰，与月芜双双回头，还没开口询问，就见小姑娘一脸惊慌地探出头，不顾身上的伤和漫天白雨，胳膊跟条泥鳅似的从青珑手中滑出，跳车就往回跑。

青珑紧随而下，使劲拉住她，原本平静的面上多了几分薄怒："早知今日，何必当初任性？再说回去能怎样？你知不知道他把药卖给了谁？买的人有没有吃掉？他在哪里，你又能找得到？"

小姑娘双眼发红，怔怔站在大雨中，回望已经走过的泥泞古道。天地尽处，皆被白茫茫的雨幕吞噬。

"好了，别怕了。"青珑不忍见她伤心，语气缓和起来，停顿了一会儿，实话告诉她："我们离开只是权宜之计，为的是不让我的朋友担心，因为还有人在追杀我们，等躲过这阵风头并且你的伤痊愈后，我们就回城。"

"真的吗？"小姑娘为自己贪生怕死，丢下他不管，没犹豫几下就跟着他们逃出城的行为而后悔，此刻听她如是说，眼里才又泛起亮光。

"小东西，我们才不像你这么狼心狗肺，丢下生病的朋友就跑路。"被她讹过，裴原不怎么待见这个亦正亦邪的丫头，更遑论还要带上这个包袱，多少有些行动不便。

如今三军久峙云州，拖下去对他们都没有好处，黑羽卫突然出现在雀城，想必夏皇早已暗动手脚，企图扭转局面。风口浪尖上，舒九容竟也跋涉而来，又有沈隽相佐，用脚趾头都能想得到，他定然是得了十万火急的风声，否则不至于冒此凶险奔赴战地。

种种迹象表明，云州怕是要变天了。

顾虑到离水之约，青夏两军十年不动干戈，如果舒九容有危险，姑娘虽然不会率兵介入与夏军正面冲突，但作为朋友，在不确定他是否会有性命之虞的情况下她是断不会掉头就走的。

正想着，大雨中忽地现出两团黑点从雨帘中冲了出来。快到跟前看清楚后，竟是两个身穿蓑衣、头戴斗笠的青壮男子，胳膊和腿上满是开了花的伤口，流出的血被雨水冲得淋淋滴淌，就连跑过的路面也已是一地血色积水。

几人颇为吃惊，青珑拉着小姑娘往路边让了让。

两名男子行色匆匆，发现这么大的雨天路上还停着人，经过的时候便扫视了一眼，显得格外谨慎。其中一人甚至伸手入怀，有漆黑的刀柄从蓑衣的缝隙中显露出来。

"啊……"小姑娘被满脸刀伤的他们吓了一跳，往青珑怀中缩了缩，险些叫出声。

见都是平常百姓，另一人及时伸出手挡住了同伴，两人便未停留，将要走时，又突地转回身，将一锭白花花的银子塞在小姑娘手中。

就在几人愣住时，两名男子已经三下五除二解下缰绳。

"站住！"裴原大喝一声，将银子还给他们，扯回马缰，"这马不卖！"

"由不得你！"两人着急赶路，话不多说，其中一人一拳挥向裴原，意欲强夺，哪知竟被他轻松避开，反而还了一脚。

"找死！"那人啐一口，就要拔刀，被同伴紧紧按住肩膀："事不宜迟，快走！"

像是有要事在身等着去传送，两人也就没再还手，转身飞跑而去，留下惊怔不已的几人。

"姑娘，这两人看起来不寻常。"月芜盯着他们远去的背影，面色间多了几分谨慎，"伤口为新伤，皆是刀刃所割，若是普通的山贼流寇，方才定不会善罢甘休。按着他们的来路，莫不是前方山脚出了什么事？"

青珑亦觉蹊跷，沉声道："上车，我们绕道。"

裴原赶紧绑好马，几人刚刚跳上车正要调头，迎面二十余匹烈马飞驰而来，蓦地停在他们面前，每匹都神勇彪悍，健壮有力，一看就知是经过训练的上等良骏。

而坐在马背上的，竟是一群夏兵。

领头的将官冷目扫一眼，腾地翻下身，不等裴原和月芜挡过来，就已抽刀拨开车帘，却只见得一个弱不禁风的年轻人和一个十几岁的丫头坐在里面。

"你们干什么？"小姑娘缩在角落，见他拿刀在车里乱刺，壮着胆斥了一声。

"说！有没有看到两个人跑过去？"一兵走过来，凶狠地问道。

几人顿时了然，原来刚那两人是被夏兵追杀，那他们又是谁？

亓军的斥候兵？燕军派出去探路的？抑或是其他？

在不确定对方身份的情况下，青珑只得跟他们打马虎眼，道："舍妹生病，在下带其出城寻医，不巧突逢大雨，困在半路，并未……"

士兵扬了扬刀："别那么多废话！就问你看没看到？一共两个，带伤的，往哪跑了？"

"那边。"她胡乱指了个方向。

唰的一声，白光突现，朝她眉心径直刺来。

月芜和裴原大惊，就要动手，刀子却在命悬一线时倏然停下。

"抬起头来。"将官盯着她，声音冰冷如铁："方才的话再说一遍。"

青珑绷紧了神经，拳头紧握，看样子这将官是个谨慎之人，只怕方才情急之下搪塞的借口露了什么破绽，被他怀疑上了。

不等她答话，那将官使了个眼色，竟然命令下属将裴原和月芜各自支开数步远。然后他看过来，再次问青珑："她是你妹妹，他们是谁？"

青珑脑袋一轰——完蛋了！

"朋友。"她捏了把汗。

"如何认识？"

"因为……因为舍妹生病，得他们相助。"

"两人可是亲兄妹？"

尽管天气阴冷，又下着雨，面对这些无法串接说辞的提问，青珑的后背还是隐隐渗出汗水，诓骗道："堂兄妹……"

而同样的问题，月芜往这边扫了一眼，迟疑着回答她与青珑是发小，裴原则毫不犹豫地摇头，回答他与月芜是表兄妹。

如此，结果不言而喻。

偏巧不巧，那只椋鸟警觉地怪叫一声："打坏蛋！打坏蛋！"

一息间，战刀纷纷出鞘！

"把这些企图出城的可疑之人统统抓起来！如有反抗，格杀勿论！"

就算身份没有败露，如果被抓进夏兵阵营，一样等于找死。情非得已，三人迅速出手反攻夺他们的刀，一刀封喉。

"杀！"不经意的盘问，简简单单几个问题竟使这些人原形毕露，原来他们竟各个身怀绝技，看来并非等闲之辈。那将官杀心顿起，拔刀喝令，四名士兵冲破风雨继续去追踪方才逃跑那两人，剩下的皆围上来挥刀杀向青珑几人。

风急雨骤，天地间一片惨白。鲜血与冷雨交汇，霎时间聚成血池，在泥泞的土地上铺展，越扩越大。

"进去坐好！"青珑挡住惊呆了的小姑娘，一把将她塞进马车最里面，尔后甩鞭驱车。马儿吃痛，仰头嘶鸣一声，扯蹄狂奔。

"上车！"她迅速持缰调头，一手伸出稳稳抓住月芜。

月芜一刀袭出，刺穿了迎面杀来的夏兵胸腔，收势时足尖点地，身如灵蛇瞬间跳上车身，同样伸手出去："裴原！"

裴原挥刀杀开血路，冲过来攥住她的手，飞身跳上去。

"驾！"

烈马调头一转，奔驰如电，冲破浓密的雨帘载着四人狂奔不止。

就在这时，一阵密密麻麻的脚步声咚咚传来，铿锵厚重，向这边快速逼近，竟是一支浴血杀来的山地步兵和弓兵，合在一起约莫两千人。

"大人，他们逃了！"奔来的队伍里有人慌张禀报。

"围住所有岔路，一个都不许放过！"将官从弓手的背后拔出箭，三箭搭于劲弓之上，嗖然穿风过雨，飞至百步以外："去，把那辆马车给我碾平了！"

一令出，士兵们动如飞豹，恍似大河分流，转瞬间分成数路，黑压压一大片火速奔向不同的方位，凶猛如烈虎，沿着岔路展开地毯式搜索。而其中一支数十人的弓手队在那将官的指令下大步追向逃走的马车，排山倒海般压路而行，所过之处泥水四溅，压得草叶伏地不起。

下一秒，乱箭集结于一点，犹如蝗群过境，从眼帘一晃而过，嗖嗖飞出。

"趴下！"青珑大骇，猛压住小姑娘的肩膀，俯身趴在车上。

箭雨激射，飞过白雨扎穿车厢，即便是质地坚硬的桦木竟也承受不住尖锐的冲击力，不消一刻整个车身就被扎成了马蜂窝。

"唰！"一箭裂草，飞如流星，咝地射进马肚。

烈马痛嘶一声，前蹄骤弯，于疾行中重重倒地，车身在那股猛力的驱使下猝然翻弹起来，将四人甩飞出去。

"死了！死了！"椋鸟已经成了落汤鸡，在同样吓呆了的小主人的怀中惊恐大叫，躁动不已。

青珑惊魂未定，摔得浑身的骨头都似要散架，一手握剑，另一手抓着小姑娘的手，还没从淤泥中爬起，数名弓手已经追风逐电当先追了过来。弓弦大张，架在上面的利箭被崩到极致，刷刷射来。

青珑拉着小姑娘就地一滚，迅速闪进草丛中，嘱她："堵住它的嘴，趴下来不要动。"说完她一个鲤鱼打挺翻身而起，借着草叶的遮掩匍匐前进，绕到一名弓手背后拔剑刺进他后心窝，夺弓在手，旋即利箭上弦，不偏不倚，正中一兵心脏。

一个，两个，三个，四个……不断有弓手倒地身亡，随后补充上来的兵力却急遽增加，仿佛一层层翻卷而来的巨浪，铺天盖地般向前推进。

距离被拉近，目标愈加集中，箭势更是穿身裂骨，寒光逼人！

沿着一段斜坡下去，是一条地势低洼的河谷，此刻那里正聚拢了百十个身穿蓑衣头戴斗笠的男子，大部分人身上都带着不同程度的伤。大雨从天冲下，浇得他们的伤口已经泛白浮肿，看上去十分狰狞。

显然，这支队伍历经酣战，冲破围阻从山间杀了出来。

"将军，大事不好！"探马一声惊呼，带回来令所有人大吃一惊的噩耗。

"前面的路全被夏兵包围了，往前三里正在恶战，不确定我们的人有没有顺利杀出去……"

"能不能看清模样？"领头的是一个不到而立之年的将领，胸前手臂皆有刀伤，下颌似是被飞箭刮擦过，鲜血刚从血口涌出，就被面颊上滑落的雨水冲掉。闻讯后他摘下斗笠，抬起袖子抹了抹脸，喘着气息问道。

"雨太大，实在看不清，属下担心我们的行迹泄露，没敢靠太近。"

"该死的夏贼！"围在他身边的几人大骂一声，拳头攥得咯咯响，"将军，公子铁定还在等我们的消息，这下如何是好？"

那将军的胸口同样起伏不定，几经克制，才缓缓归于平稳，忖度后道："兵分两路，一半随我去看看，务必保证有人杀出去报信。剩下的继续往云州的方向冲，不管发生什么都不许撤回，明白吗？"

人群突然静默不语，各个面色沉重，像是在奔赴刀山火海，一旦出现万一，便会死无葬身之地。

"定不辱命！"短暂迟疑后，有人抱拳领命，紧接着一呼百应，众人纷纷郑重点头。

"好，生与死，全看这次了！"那将军拍拍士兵的肩膀，抽刀出鞘，肃声道："弟兄们，战场上见！"

"将军保重！"

没有过多言语，众人就此分别，士兵们蹚过河滩，按照原计划继续往西奔走。那将军率领约莫五十人跨过水洼，在探马的指引下火速前往事发地。

此时，那里已经血流成河。

月芜护着小姑娘躲在翻起的马车后面，正紧张地割断衣角绑住那只椋鸟的嘴巴，生怕它不知死活地突然发出怪叫。裴原靠在他们旁边，两手见缝伸出去，拔下插在车厢上的箭，叼进嘴里，传递过来。

青珑垂手接住，迅速搭于弓上，半个脑袋透出车顶，瞄准一个正在搭箭的夏兵，骤然松弦。

箭啸铮铮，快而狠，稳而准，猛地扎入那兵颈部。因着距离近，箭矢穿肉而出，劲势依旧还在，又二次刺进他身后的士兵胸口，爆出一大团血花。

"拉开距离，绕到侧翼射杀！"夏兵将领额上青筋突突暴跳，既为自己没放走如此具有杀伤力的一伙可疑人而庆幸，又恼恨于难以击毙他们，瞅准方位后大喝一声。

夏兵动如雷电，快速调整间距，原本正面袭击的弧扇阵型从中一分为二，分别绕到马车的两侧射杀，任是青珑他们速度再快，也难以顾全左右。挡了数个回合，几人便先后中箭，就连那马车都快被腾腾箭力掀翻。

"我挡着，快撤！"裴原的肩膊上别着一支箭，连拔掉它的间隙都没有，仍旧站在月芜身侧，挥刀如风唰唰抵挡迎面飞射来的劲羽。他得空抓住车辕，拼尽全力一转，将翻倒的车身立起来，勉强挡住了一侧。

"往前有一段斜坡，爬过去往下跳！"青珑一把抓起缩在地上的小姑娘，向前一推，堪堪避开了飞入她心肺的利箭。

生平第一次经历这种吃人不吐骨头的杀人场面，小姑娘已经被漫天箭雨吓傻，脸色煞白，抱着笼子动也不敢动。

"愣着干什么！跑啊！"青珑催促一声，一剑劈断几根飞箭，开了一条路，就要伸手抱起她，却猛地右腿一曲，险些栽倒，回头一看，一支利箭飞入她小腿，几乎要震碎了骨头。

她咬牙，一剑斩断箭尾，然后拾起长弓，在裴原和月芜的掩护下数箭连射，相继又放倒了几个弓手。随后的三箭一齐上弓对准那将领的心窝，正待发射，却忽地定在她手中。

风雨晦暝，恍似银河倒泻，白茫茫眯人眼目，萧萧草木在狂风的扫荡下左摇右摆，犹如万顷碧波在眼帘剧烈晃荡。恍惚间竟让她分不清楚，方才眨眼的间隙落入视线中又很快飞掠过去的一抹黑色身影，是自己眼花看错，还是凭空出现的幻觉？

就像变戏法似的，原本集中往这边激射的箭矢忽地减少了将近一半，换向另外的方向，然后那边像是出了什么乱子，有夏兵慌张大叫的声音刺破雨幕飘过来。

阻力一减，逃生的机会瞬间大增，青珑却仍旧不敢大意，重新端起弓，接着方才未射出的箭猛地放飞出去，正中三兵胸腔。

"姑娘，有人杀来了！"裴原突然惊呼一声，指向夏兵所在的后方。

青珑举目遥望，疾风骤雨中，似有一个身穿蓑衣的人举刀扑到夏兵身后，切了他半个胳膊。

紧接着，旁边又冒出一个戴着斗笠的脑袋，纵身扑到一个弓手旁侧，一刀挑飞了他手中的劲弓。尔后，第三个，第四个，第五个……人头越聚越多，从天而降般骤现于夏兵周围，与他们恶战在大雨中。

"没事了，没事了……"三人终于可以大喘一口气，累得瘫软在破烂不堪的马车后面，心都能跳出嗓子眼。

青珑扶起浑身溅满泥血的小姑娘，把她揽到自己臂弯间一下一下拍着她后背，安抚她惶恐不已的心。

如此血腥而惨烈的场面，想必已经快要把她吓傻了吧。

"你们……你们是什么人？"小姑娘早已骇得魂飞魄散，又惊又恐又愣，像一条从淤泥里钻出来的蚯蚓，浑身泥水，颤抖着声音问道，显然也被他们方才的凶狠样子吓住了。

"还问，没我们早见阎王了。"裴原揪着眉宇，攥住刺进肩膀的箭尾，深吸口气，猛地拔出，顿时一股鲜血涌出，顺水滑下。

"我给你包住……"月芜脸色一白，伸手就要拿剑去割自己的衣服给他包扎，却被他挡住了。

"没事……别担心……"他强撑着松开俊眉，扯了扯嘴角，报她以极为勉强的笑容，比哭还难看。

总归都没有伤到要害，三人便也松了口气，伸出脑袋往那边观望了一眼。雨雾渺茫，仿佛白浪排空，只见数十个斗笠男子奔动在那些夏兵身后，眨眼间与他们展开了近身搏杀。双方刀锋急掠，皆砍向彼此的致要害处，不断有尸体伏倒于地，互相杀得凶残而狠绝。

"保护将军！"暴喝乍响，似是那夏军将领遭遇了什么人的伏击，周围的夏兵见状后大惊失色，全部杀向一处。

"姑娘，那里有人？"裴原指了指，伸长脖子张望。

青珑顺着他所指的方向看过去，潇潇风雨，血色如绸，苍莽草木中一片惨白殷红交织，那里隐约有一团黑影在闪转。那人身形轻快，一晃而过，没等她看清，他的侧影便又被草叶遮住，若隐若现。

真的有人？难道方才不是幻觉？

青珑心下一跳，急忙站起来，想要看得更清楚，身子却被裴原和月芜使劲摁了回去："小心！"

语音未落，正前方一柄锃亮的长箭笔直朝她脑袋飞来。所幸身子及时弯下，那箭便贴着车身顶部横掠过去，远远飞到身后了。

虚惊一场，青珑的心脏剧烈跳动，喘口气平复着慌乱不安的心情，从车上拔下两箭，开弓欲射，却见方才朝这边放箭的夏兵的头颅一飞数尺高，断颈处鲜血如泉，向上喷出一道刺目的血弧。

无头的躯体杵立一秒后轰然倒下，出现在尸体背后的赫然是一张被风帽遮掩的苍白侧脸。滴血长剑在那人的手中微微颤抖，他却维持着方才拔剑削颈的动作，眼里血色弥漫。

"杀！把这里的人全部处死！谁也不准走出去！"夏兵将领暴喝一声，像一头发狂的怒狮，弓步扑到他背后，挥起的刀风力能破石，劈向他头顶。

"咔！"一声脆响，刀剑相击，擦出的火星猝然熄灭于倾盆大雨中。

一兵得空，嗖地冲向右翼助阵自己将领，在黑衣人架住劲刀的同时刀锋一掠，削向他右臂。

"是他！那个人是他！"破烂不堪的马车之后，小姑娘大叫一声，原本她抱着笼子缩在车厢后面忐忑而惊悸地伸出脑袋观望，想看看杀他们的人有没有死光。一眼的窥视，她却捕捉到草丛中一闪而过的黑色身影，说不出那是真实存在还是镜花水月般的幻象。

"姑娘危险！"月芜心惊肉跳，还未锁定那人在何处，青珑已经抓起弓箭从箭雨中扑了出去，顺着草丛猫腰朝远方时隐时现的黑衣人飞快靠近。

彼时风潇雨晦，天地昏暗，夏兵、蓑衣客、小姑娘口中的"他"和他们在内，四方于暴雨中激烈混战，以命相搏。就在月芜准备冲出去将青珑拉回来时，一尺开外的藤草中猛然豁开一道路，旋即一个身穿蓑衣的人影飞奔而出，半路拦截，死死将青珑摁在地上。

"往哪里去！"蓑衣人大怒，呵斥一句，等到青珑回头，震惊同样写在那人的脸上："你不是？"

青珑以为遭人暗算，陡然抬起弓，笔直对准他的脑门，行将松弦，却一下子定在那里，尔后她抬袖擦掉挂在眼帘上的雨水，一脸不可置信："常……常将军？"

常琰也像被人施了定身法，双眼大睁，一把抹去脸上的血雨，又惊又愣："霍姑娘，怎么……怎么会是你？你怎么会在这？"

想起那两个浑身带伤逃走的蓑衣男子，再一看常琰的装扮，青珑顿悟："刚才逃走的是你们的人？"

"你见过他们？"常琰眼睛一亮，总算成功杀了出去，能尽早联络上公子了，这下他可以心安了。

生死攸关，不容他们细说，常琰双指抵在唇边，对着远处正与夏兵拼杀的蓑衣人连吹三个响亮口哨，示意他们转攻为撤，然后对青珑道："他们护着，快点离开这里！"

"我还有朋友，将军先走！"青珑回头，目之所及，漫天白雨中倏忽闪动的黑影却突然不见。

她一慌，拖着血淋淋的伤腿，提弓携箭，一瘸一拐地继续往前冲。

"霍姑娘！"常琰惊喝一声，追上去拼命按住她："你不要命了！"说话间，他一刀劈飞了两支来箭。

青珑搭箭开弓，两箭呼啸而出，一左一右扎穿了两个夏兵的眉额，尸体砰然倒下，淤泥和着血渍横飞四溅。

血花落下，黑衣人的背影又从草隙间闪过，转瞬即消。

是他！

青珑一惊，提弓欲冲，迎面却猛地一黑，十数支飞矢急如星火，刺破雨幕朝着他们斜冲而来，力能穿颅裂脑。顷刻间，已经减少的夏兵人数又陡然增多，竟是方才分道去搜寻的一支队伍闻讯后调头火速补给到这边来，此刻正疯狂射杀。

"他们兵力近千，杀不完的，快走！"常琰舞刀如风，手臂都快要挥断，抵挡顷刻，已经架不住这吞天的箭雨，手臂又吃了一箭。况且杀了这一波，后面还有好几批夏兵在等着，强撑和顽抗不亚于自寻死路。

青珑的神经也已崩到了极致，满眼都是飞速而来的密集箭光，根本看不清放箭的夏兵身处何地，反击已成枉然。没多久一道利箭擦肩而过，划出一道血红的口子，大雨灌进去，血雨横流。

"那就只有捏住他脖子！"她喘息不止，几乎不约而同地与常琰一齐搜寻夏兵将领，将要扑杀过去，一声清喝猝然炸开——

　　"住手！"

⟪第七十七章⟫
咫尺

狂风怒号，暴雨依旧。

夏兵的人数还在持续增加，开弓狂射，却都在一瞬间中邪了似的僵在当下，脸色遽变，齐刷刷望向声音传来的方向。

"住手！"

发出命令的，是夏兵将领。

此刻他微微弓着背，维持着旋踵反击的动作，像尊雕塑般纹丝不动。三尺开外的野树上，一把尽染鲜血的战刀刺入树身，上下剧烈晃动，带动坠落其上的雨点四下迸溅，血雨如珠。

刀本是夏兵将领的，他却拔之不得，因为一柄飞剑已快他一步从后背穿肉入体，只消他敢妄动便会瞬间贯心而出。

站在他背后的是一袭墨铸般的清瘦身影，面容被夏将的脑袋挡住，看不到丝毫模样。

"将军！"所有看得见这边情形的夏兵皆目眦尽裂，震惊不已。

"让开……"夏兵将领痛苦不堪，眉宇紧紧皱在一起，喝令下属让道，然后随着身后人的脚步缓缓向后退去，所过之处，箭羽渐次停止。

时间慢如龟蜗，在煎熬中一分一秒向前推进。一行人离开那片事发地找到暂时安全的避身所时，已是向晚时分，天色早已昏暗如幕。

大雨还在滴滴答答，一场搏杀下来，他们已经筋疲力尽，狼狈不堪地躺倒在泥水中，气喘吁吁。

"霍姑娘，你们怎会来这里？"常琰也已疲惫不堪，歇了片刻后拿了几件蓑衣过来分给青珑他们遮雨，这才有机会询问他们事发的缘由。

"不巧碰上的，看样子他们已经封堵住出路了。"青珑亦对他的出现颇为惊疑，只怕更加验证了自己的猜测，舒九容和沈隽秘密奔赴雀城，实不一般，必然发生了什么大事。另一方面，云中的兵燹之祸尚未殃及雀城，不日前这里还能进出，短短几天出路便已被夏兵暗中封堵，行动之快令人瞠目，背后定然有不为人知的目的。

是否事关这场旷日持久的渡江之争？

那么，云中一战又会发生怎样的变故？

"有人！有人！"

突然，一声乍响传开，惊醒了正在歇息的所有人。

但是目及四野，大雨飘飘洒洒，漆黑一片，查探许久却并无异样。

"再叫我宰了你！"小姑娘一慌，赶紧又把椋鸟的嘴巴堵住。

虚惊一场，大家这才放了心。

"这姑娘是谁？"常琰被这模样生疏的少女惑住，问青珑，说话间他抬头望向远方，"跟那个人是一起的？"

那里有棵半人粗的树，树身上用藤条绑着陷入昏迷的夏兵将领。再往前数丈是一片杂草地，黑衣的男子远离所有人独自站在草木中，任大雨浇灌，浓墨一样化入漆黑夜色中，难辨身形。

从始至终，他都与这堆人保持着远远的距离，谁也无法靠近。

青珑点头默认，心中百转千回，拿起襄衣一瘸一拐地朝他走过去。不出所料，还未跨过那棵树，一截折断的草茎在他手中化作警告般的暗器，从她肩头嗖然飞过。

"是我……"她停在离树几步的地方，看着前方参差不齐的黑沉沉的草木，努力在其中寻找他的身影。

"你有没有受伤？"她呼吸沉重，一手拿着襄衣，一手紧紧攥着剑，屏息道："我带了挡雨的东西，过来拿给你。"

风雨凄清，她的声音静静散开，却并未得到回应。

青珑长吸口气，拖着伤弱的腿，尝试着又往前挪了两步："你的身子好些了吗？"

"今天，谢谢你出手相救……"她诚恳谢道，却又更加担心他，每每捕捉到他的模糊身影，哪怕只有远处一团黑点，她都有种错觉，恍惚以为自己看到了记忆中另外一个人的音容，这个未曾谋面的男子轻易便牵动了她的心。她担忧，紧张，挂怀，又暗暗向天祈祷，希望他康安无恙，逢凶化吉。

"还有那天晚上挟持金今的人，我本来是去杀他的，找到的时候，他已经死在桥头上了。"她收回了沉痛思绪，郑重相谢："哪怕是碰巧，也要感谢你冒险替我解决了他。"

草地中的男子长身独立，并没有任何回应，一株扯断的草茎在他手中攥得粉碎。白天还能透过苍茫雨雾依稀看到一点夺目的黑色，现在的他已经完全被黑暗吞噬。

"你经过这里，是要离开雀城吗？"青珑望了望黑漆漆的四周，拖着伤腿轻轻往前走，"夏兵已经包围了出路，你一个人会很危险……"

"与你何干？"

蓦地，几个冰冷字眼穿透夜雨，恍惚飘入耳中，声音沙哑而低沉。可是纵然陌生，那种睽违已久且铭刻入骨的熟悉感觉还是破冰而出，倏忽涌进青珑的脑海。

她脸色一白，惊在雨中一动不动，以为方才那一瞬间捕捉到的声音是自己的幻听，一不留神就会灰飞烟灭。就像无数次出现在她噩梦中的那具冷冰冰的枯骨，每当她伸手去碰触，他就在会刹那间烟消云散，徒留惊恐而悲痛的她在漫无边际的大雪中没命找寻……

"你是谁？"她双唇轻抖，喃喃低语，双脚已经不受控制，仓皇而急切地奔向声音传来的方向。

"咔!"一声脆响,草茎在黑衣人的手中骤然折断,飞掷出去,擦着她的侧颊疾掠而过!

比之于方才,这已是显而易见的警告了。

"宋令宣在你手中?"同样嘶哑的声音,再次从他口中飘出,冷漠一如方才。

青珑如被雷击,他怎会知道宋将军?又为何担心他的安危?素未谋面,他又怎会认识自己?一连串的惊疑她不愿再去细究,已经顿住的脚步像被无形的大力牵扯着忽地再次迈开,她一瘸一拐疯狂奔向那片黑暗,生怕迟一步他就不复存在。

"我是他麾下旧部。"猛然间,短短几个字从黑衣人口中飘出,表明了他的身份,以及他随后的目的。

"需要几城,才够你放他?"不容她多想,黑衣人冷然开口,语声喑哑,似被斑斑锈迹侵蚀。

"放了谁?"出声询问的是不知何时出现在青珑背后的小姑娘,她穿着蓑衣,提着鸟笼,双眼被大雨眯得睁都睁不开,低头道:"我不是被她抓来的,你又不让我跟,我自然就随他们走了,总不能坐等被那些人追杀……还有你给的那些银子,是不是……"

"你不打算走?"黑衣人截住她,声音冷如冰石:"还想继续留下来,做别人的累赘?"

青珑一慌,想要挽留他:"她身上有伤,这里又到处是夏兵,我们人本就所剩无几,分开走的话极易陷入包围,你一个人……"

"与你何关?"没等她说完,黑衣人嘶哑而生涩的声音便盖住了她的话,还未跳出的字眼于是生生卡在她舌尖,如吞荆棘,如咽针芒。

"那你打得过他们吗?"接连遭受不虞之变,命悬一线,小姑娘委实害怕了,垂着头沉声问他。前路凶险,同心合力总比孤军奋战更多一些活下去的机会,她不想死,所以自私地希望能待在人多的地方。可是,如果她就这样贪生怕死,丢下他不管,那他一个人该怎么办?

草地里没有传来任何回应,唯一从那里飘过来的声音,照旧是雨打草叶的嗒嗒声。黑衣人独立雨地,再深的伤口早已麻木,那个问题却刺醒了他——比起人,手中这把没有生命的冷冰冰的剑也许更有温度。

从生至死,从死到生,你不丢它,它就永远不弃你。

靠它,这就够了。

"我想让你也留下来……"久久听不到响动,小姑娘抱着笼子往前走了走,恳求他:"这里人多,我们可以一起对付他们。好姐姐说你身子不好,叫我不要跟你任性胡闹,可见她不像我这么坏心眼,一定会……"

"他不喜欢听这些,"青珑压住她肩膀,摇了摇头,把蓑衣交给她,轻声道:"他也禁止我靠近,我怕惹恼他,就不触他底线了。你去跟他说,劝他留下来,如果他不愿意跟我们一起,至少带着人质离开,他一个人走,我不放心。"

小姑娘抽着鼻子点了点头,抱紧鸟笼,谨慎而缓慢地走向那片草地,生怕他一不高兴就又跟她翻脸,小心翼翼而又愧疚地道:"你还好吗?我过来看你了……"

那里漆黑如墨,大风呼呼低啸,吹动参差不齐的野草,如同起伏的黑浪,一波一波翻滚。

"我真的过来了……"小姑娘屏息,一步一步往前,"我知道自己很没出息,可是你不要生气,说不定大家一起想办法,就能顺利走出去……"

久无回应，青珑心乱如麻，忍不住迈开脚步，拖着伤腿徐徐靠近那片草地。

然而除了风雨声，那里已无半丝半毫的动静。她紧张地拨开草叶，才发现他人已经不知何时离去，只留下一瓶疗伤的药孤独地放在地上，瓶身在雨夜里泛着白亮的光泽，刺痛了她的眼。

这场暴雨持续了一天一夜，翌日清晨风停雨歇，头顶却是成片黑云，天色反倒比以往更加阴暗。

此时的雀城已经不复大雨之前的平静，一夜间进入剑拔弩张的状态，街头巷尾兵马飞驰，成排成排涌向城外，飒沓如流星。战马过境，污泥四溅，平地兴雷。时隔仅两天，约莫二十万兵力先后从城中输出，奔驰向北，分赴云州。

官道自不必说，山野小径与平地陆路皆已封锁，就连转渡的水运码头都有夏兵驻守。以雀城为集兵点，队伍左右排布，如大鹰展翅形成庞大的包围圈，几乎断绝了云州的所有出路。

在这之前，一辆马车冒雨疾行，穿过月牙岗停在了盟军驻地外。

一张地图挂在议帐内，亓兵将领手指一处，昂扬道："由我率兵掩护，王将军从旁牵制夏贼，李将军在尾翼拦阻其援兵，贵军若能从这里杀出血路，则上可渡遏江，下可迂回穿山，独辟蹊径！"

"不可！"一名燕将起身，拂袖反对，"论强盛，当以你东亓水军为最，如今正乃生死关头，拖延下去势必粮草尽绝。只怕不等杀出活路，光云中三十万夏贼就可将我们困住。情势紧迫，尔等不避短扬长，击其痛处，倒好意思缩在后面，将我军推往水火之地，居心何在？"

"话不能说得这么难听，"亓将并未恼火，而是客气地晓之以理，"所谓兵不厌诈，倘若还未出战便叫对方猜到我们兵出何人，未雨绸缪加以应对，岂不等于自己往虎口闯？故而水路交由贵军探底，成则大好，不成则即刻绕往山路，我军必做好掩护、增援、设诱、防击、反扑等万全之备！"

就在燕将即将出声反对时，帐外一个声音传来，替他答应了："如此甚好。"

旋即帐帘掀开，进来一个便衣男子，他逆风而立，舒朗潇然，手中一柄长剑闪着冰冷寒光。

亓将们错愕，目光闪转不定，吃惊地盯着帐口的陌生男子："来者何人？胆敢擅闯……"

"燕兵总监军。"未等他说完，外面又有人答话了，接着一辆轮椅缓缓入内，坐在上面的年轻男子笑如蜻蜓点水，波澜不惊。

亓将们脸色瞬变，彼此互视，又惊又疑，满脸戒备，已有人暗暗握上刀柄。

陶征最先反应过来，身子往前靠了靠，挡住了部下拔出的刀，抱拳一笑："原是九公子，幸会幸会。"

舒九容含笑点头，回之一礼，指了指身旁："这位沈隽。"

陶征惊住，沈家公子的名讳在座诸将岂会不知，而这并不单单因为他富甲一方。据说当年楼西越率兵北伐，此人一力阻敌，若非他屡次牵绊，只怕北凉倾覆的速度远比那时快得多。一介商子竟有如此能耐，挡得住无往不胜的楼西越的脚步，只怕胸中乾坤都包藏在金银的皮壳之下。

而舒家这位公子素来在军政和朝野上风轻云淡，世人传的无外乎他的才情，至于城府几何，因其不张不扬，便颇难探知。但据悉他自小打点整座王府，也算长自钩心斗角之地，却能处理得井然有序，足可见其手段。尤其当年舒府蒙难，定南王伤重且性命堪忧，此子赫然登顶庙堂，以雷霆手腕平息哗变，一稳乱局。由此可见，他虽是瞽目残足之身，却含而不露，论眼光论心计，只怕亦令人心惊。

而现在，两虎不斗而和，齐齐现身驻地，这对亓军来说又意味着什么？

陶征显然没有预料到这点，只能尽量保持冷静，笑道："可都是翘楚俊彦，如虎添翼啊。"

"过奖。"舒九容淡然一笑，目光转了转，"左将军，你意下如何？"

左行之长吸口气，稳住心神，点头道："陶将军好胆，本将自当不让。"

舒九容颔首："如此，承蒙陶将军佐助了。"

"联兵抗敌，这是应该的，九公子客气了。"陶征笑得极为勉强，双方客套了几句，他便率先离帐去为即将到来的破围做准备了。

人走光后，沈隽轻步踱到那张地图前，看了几眼地形，肃声道："这一次，怕是要将命留在云中了。"

舒九容笑他长他人志气："夏军覆你北凉，如今仇敌在前，借我南燕之手，你应该会痛快酣战才是。"

"那也难说。"沈隽手指地图上的云州，一字一句道"这里还有四十万亓军盘踞，与虎谋皮，企图阵前倒戈。"

舒九容看不到光，望着眼前的黑暗，冷冷道："那就杀。"

帐外，一名亓将耳朵贴在帘缝处，闻言后打了个突，慌忙走了。

他刚一走，身后的帘子便揭开一角，露出一双幽幽瞳眸。

"赶得上吗？"

轮椅上的人点点头："白前的身手不成问题。"

只一眼，帐帘复又阖下。

"陶将军，不妙！"那人甫一进帐，便一脸惊慌。

"可有听到什么？"陶征亦在帐中来回踱步，暗暗忖度这件事，乍一听到这话，顿时止步。

"如你所测，果然走漏了风声，舒九容已经知道了我们的打算，现下左行之正在外面清点兵力，想来是要着手撤离了。而夏军那边尚未得到消息，如若任由燕兵离开，只怕……"

陶征面色一冷，朝外低喝一声，传来数名探马，令道："传话给夏军，即刻行动！"

是日，探马们避开燕兵，奉命秘密出营，一路马蹄轻疾，飞奔如光。

经过一条幽径的时候，忽地一人勒住缰绳，朝四周望了望，喝道："出来！"

几人闻声止行，举目观望，四野草色青青，木叶簌簌摇荡。胯下战马也似察觉到了异况，喷着响鼻，不安地在原地打转。

"哗"的一声，草木豁开，黑衣影侍快如疾风，飞到一名探马背后，没等他回头，便已拔出他腰畔的战刀沿颈横削而过。

其余探马大惊失色，拔刀出鞘，然而刀锋还未砍到行凶者的身上，几人便已中招倒地，只余受惊的战马在野外乱窜。

十里之外，一支精兵锐卒倏然勒马，停于约定的地点静候消息。

然而半天已过，并无探马前来，队伍开始按捺不住。一名黑羽卫催马上前，谨慎道："大人，会不会出了意外？"

"再等等。"阿非眉头紧锁，暗自沉吟。

但是两天过去了，依旧毫无音讯。

久等无果，阿非目光冷凛，厉声道："杀！"

一声令下，队伍策马奔腾，迎风北上，势如飓风过境，轰隆蹄声动地惊天。

紧随他们之后，又有一队兵马翻过山头，齐聚一处。

看着轰然现身的燕兵，青珑心下一震，隐感不安。

难怪常琰会与一帮手下躲在山脚，原来他们的身后还藏有精兵。夏军突然围山困路，他担心队伍被发现，便召集了一拨死士，故意暴露行迹，不退反进，将夏兵往雀城的方向诱引。

"云中这里是何景况，霍姑娘也已目睹，常某不再赘述。"尽管浑身是伤，常琰依旧行动迅捷，几下换甲带刀，重回一将雄风。"战地险恶，几位也都负伤在身，我差遣五十人护送你们离开，后会有期。"

匆忙交代一句，他便翻身上马，也不等青珑谢绝，便已下令进军，浩荡队伍飞驰而去，留下一路铮铮啼鸣。

"怎么办？"小姑娘意识到了危险，紧张地抱着鸟笼。

"别怕。"青珑心里有了打算，将她交代给裴原和月芜："你二人带着她，由这些燕兵护送，尽快离开。"

"姑娘，我留下同你一起……"月芜不依，自然明白她心中所想。

舒九容曾不顾定南王反对，于青军危难之时施以援手，而今他身赴险地，姑娘是无论如何都不会坐视不管的。谁知她还没说完，青珑便一口否决。

"不，另有事情需要你们分头行动。绕出此山后，你二人兵分两路，月芜去趟桑都和望城，通知守城的将士做好接应燕兵的准备；裴原，你带着金今速回青桑，与梁大哥和子逍商议一番，出兵进驻亢境，施压并牵制住他们，并盯紧亢军动向。倘若他们有任何增兵的迹象，即刻拦杀！"

两人面色一沉，已经猜到她的意图："姑娘你可想好？若被夏军知道我们插手进来，只怕日后……"

青珑心意已决："所以务必谨慎。"

"明白，我们这就去，姑娘也万事小心。"

临走前，青珑看着一脸茫然又发慌的小姑娘，俯身对她道："不要怕，他们会把你送到安全之地，待我朋友脱险后，我便同你一起去找他。"

她从未花过心思去找寻闷葫芦的埋骨地，因为害怕和恐惧，怕有一天找到，就真的只是她面前一座冷冰冰的坟墓了。哪怕午夜梦回看到的都是他溃烂成骸的枯骨，她都可以对自己说，只是相隔千里无法照面而已，与死亡无关。

而现在，那个莫名让她心难平静的陌生人的出现，仿佛上天应了她的希望，不管是不是，她都不能放弃。

"驾！"长鞭唰唰而下，她催动烈马扬尘远去。

此时，盟军驻地早已人去兵空，因为探马被杀，消息延误，陶征迟迟等不到夏军回话，又不能看着燕军从自己眼皮子底下全部撤走，便命人跟踪，谁料被对方发觉，派出去的人只活着回来了一成。等他与阿非接上头，已是五日之后了。

"人呢？"阿非高坐马首，一脸腾腾杀气。

陶征也以为夏兵故意不作为，面色乏善："撤了。"

两军对峙于山野，不知从何时起已经化敌为友，共同的目标变成了燕军。

但是谁都清楚，乱世无义战，亓皇的妥协示好，夏皇的让步迁就，都只是上位者的权宜之计，等到猎物除尽，下一刻也许双方就又会反目成仇，互相撕咬起来。

阿非强忍胸中怒气，寒声道："那还不行动？"

说完他调转马头，率领手下策马而去，队伍浩瀚无垠，飓风一样呼啸远走，两日后终于围住了一批燕兵。

对方兵力不多，只有区区五千，领兵的也非燕军主将，而是沈隽。

"自找死路！"阿非恨得咬牙切齿，早在北伐之时，此人曾重伤过皇上，还拿他当人质威胁楼少将军。此番狭路相逢，他竟已投身燕营，必要将其大卸八块，方解此恨。

想到此，他拔刀向前，遥指对面的沈隽，冷然喝道："谁能斩他首级，功加五等！杀！"

一令出，夏兵动如雷霆，于刀光剑影中寻罅抵隙，依令从不同方向切入，汹汹杀向燕兵阵中。两军甫一碰头，便似猛虎遇烈豹，剐肉割血，酣战如魔。

燕兵人数远少于夏兵，一人对抗数敌，却没有一个畏缩迟疑，彼此间竟自杀般地拉开距离，战刀狂舞，枪花乱扫。

一兵困陷敌群，漫天刀锋刺向他躯体，咽气的刹那，他忽地扯开衣甲，拉掉引线。

轰的一声爆响，火光四射，围在他四周的夏兵约有十数人，连同那兵尸体在内眨眼间挫骨扬灰，炸得残骸不剩。

"轰！"没等夏兵稳住受惊的战马，远处又有火器爆破，烈焰腾空，吞噬了数名夏兵，被硝火蚕食的尸体发出刺鼻的焦味，硝烟漫野。

阿非一惊，忙令手下将士散开，切勿扎堆聚集。旋即他抽出数支木箭，卯足劲力扔向火海，末了打马冲过去，刀锋一拨，挑起一根箭杆着火的残箭，不顾灼烫紧攥于手，搭弓拉弦，对准一个燕兵胸腹嗖地飞射而出。

但是出乎意料，火箭上跳窜的烈焰烧焦了那燕兵衣甲，却并未爆燃，这就意味着这五千燕兵并不是每个人都身捆火药。这样一来，一旦围杀，如若碰上携带火器的，则有可能毙敌一命自损十数倍兵力，但若不放开胆去剿杀，势必又会拉长战期。

该死！阿非怒喝一声："剁手砍头，一刀毙命，不留气息！"

夏兵闻令挥枪，以骑兵当头，专挑燕兵脖子。

这边沈隽刀锋如光，破开夏兵的围攻，纵马扑过烈火，长枪倏忽劈下，切断阿非胯下战马脖颈。

无头的烈马骤然扑倒，连累阿非直直甩出数尺。他目欲喷火，就要翻身而起杀回去，一名燕兵忽地冲向他，衣裳大敞，成捆的火器赫然映目！

阿非失色，点足一跳蚱蜢一样窜开，身子甫一坠地，火光扑来,轰隆巨响几欲震穿他的耳膜。

沈隽一脚踢向身旁一匹空马腹部，战马四蹄奔动如风冲过焦黑的余火，腾空而起，落蹄踩他，若非阿非打滚扑开，当即就变成了肉饼。

而当他起身之时，耳畔忽有下属破嗓大吼，随之脑后阴风飞射。阿非惊觉，身子猛地一弯，暗箭贴着他的肩背嗖嗖飞过，扎进火堆溅起火星。

沈隽不知何人相助，顺着来箭方向惊望，只见一个小兵打马奔来稳稳停在他面前。那人面上抹满了鲜血和余灰，红一块黑一块，活像唱戏的花脸小生，乍一见竟有些陌生。可当他的目光落在那人一双黑沉沉的眸子上时，瞬间变脸："还来找死！"

"别废话。"青珑喝住他，说话间一剑划过一名黑羽卫的喉咙，得空问他："舒九容怎样？他在哪？"

"不好。"沈隽一刀掠出，咔嗒切断一名夏兵臂膀。

青珑心下打了个突："不好是什么意思？"

"没死就是了，杀出去再说！"沈隽收住话茬，一门心思应敌，"你左我右，边打边撤！"

青珑点头，一甩鞭，与战马凌空并起，踩飞一名夏兵，冲断阻力杀入阵中。

阿非与她相去甚远，并未认出背后偷袭自己的"燕兵"就是青珑，错当此人是沈隽的得力属下，见他们配合得天衣无缝，顿时召集了百名黑羽卫，均分两队分别对准她和沈隽的要害，暗箭接连激射。

紧接着，他又命令步兵就火引燃砍倒的树枝，抢起火把唰唰扔向燕兵。

"嘭！"火器惊爆如雷。

阿非号令众士，刚准备发起又一轮扑杀，突然迎面一箭嗖然飞来刺进他左胸。好在他及时避开，又拼死攥住了箭杆，否则那一箭必然穿心贯体，一招毙命。

沈隽收箭敛势，轻喝一声，打马冲向青珑："撤！"

燕兵们火速集结，炸出一条血路杀了出去。

从交战到完全脱困，五千燕兵整整恶战了三天。期间历经大小近二十回搏击，等退至山麓，兵力已经折损近八成，剩下千余名残卒。阿非因为伤势加重，不得已放缓了行军速度，这才给了燕兵喘息的间隙。

此时兵至山脚，暂时安全，沈隽却丝毫不敢大意，一下马便对一名燕将交代了些什么，然后他望向青珑，面色阴沉："把她也拖走。"

"不会误你大事。"青珑拖着伤腿走向伏地而卧的战马，倚着它席地坐下，擦拭剑上的血迹。

"知不知道你在做什么？"沈隽盯着她，只差将她五花大绑送走了。

"我已见过常将军，知道了这边的变故。"青珑抬头看他一眼，轻描淡写地道："所以更不会一走了之。"

沈隽摩挲着刀柄，一脸危险气息："别忘了离水之约，若被夏军认出你，只怕……"

"乔装一下，撤到望城吧，然后经由桑都，折回南燕。"青珑毅然打断他，正色道："我已命月芫先行安排，届时会联络青军接应各位。"

沈隽拿她没办法，却也没有理会她的话，转身对那燕将道："记住军令，一路往前，不要恋战回头。"

"沈公子也小心。"燕将抱拳一谢，招呼一声，千余人马依令整饬，深入大山，隐入丛林消失不见。

偌大空谷，就剩下两人，彼此浑身血迹，狼一样平静地盯着对方，最终还是他先妥协，从马背上卸下水囊，扔给了她："休息一下，准备策应另一拨。"

"一共多少？"青珑问他，约略猜到了他们的筹划。

强渡险江不成，东亓皇帝赵彧为了保留云中这四十万兵力，不惜反叛友军向大夏示降，与其暗通款曲，反过来联手剿燕，企图将他们全歼于此。好在舒九容对赵彧早有防心，及时探到了风声。眼下燕军腹背受敌，若集兵于一处，与夏亓两军白刃相搏，一旦发生万一，则难有退路，免不了全军覆没的局面，故而分拨拉垮敌军的包围圈，以保主力。

沈隽疲倦地坐下来，应道："六拨，约三万死士，这才是第二拨。"

青珑不知说什么，看着他满是血迹的侧脸，经久吐了两个字："疯子。"

沈隽也想骂她不知死活且多管闲事，终究还是忍住了，道："舒九容那里还有，只怕也被追上了。"

青珑不由呼吸一顿："主力军不在他那边？"

"他的身份最能诱敌，自然不会跟随主力。"沈隽沉声答道，短暂歇息后又撑刀起身，问她："行不？"

"撑得住，事不宜迟，快去找他。"青珑握紧剑，拖拉着一条腿起身，吆喝战马趴着别动，自己就要爬上去，一双手却从她背后伸过来，打横抱起她。

她始料未及，触电般推搡他。

沈隽不管不顾，将她放到马背上，不屑地哼了一声："就你这凶样，鬼才轻薄。"

青珑刚要开口，忽地面色一变。

"坐好。"沈隽也听到了响动，一掌拍起战马，自己也翻上另一匹，两人不敢再在此地逗留，当下挥鞭飞驰而去。

马蹄萧萧，回音清亮，一伙约莫万人的散兵游勇吼叫一声，闻声窜了出来。

为首的头儿弯弓大开，瞄准迎面而来的两名燕兵身影松弦放箭。

"围住他们！"他大喝一声，当先冲下山。

一令下，万人齐动，将前路围得水泄不通。

两人错身躲开来箭，勒马止步，举目惊望，前方人影幢幢，岿然如山，竟是一群响马！

而身后不远处，千军万马奔动，回声沿着地底向前扩散，咆然如雷鸣，俨然追来的夏兵也已靠近。

刹那间，两人身陷绝地，进退不得。

青珑捏了一把汗，目光如炬，紧盯着远处的响马头儿。

❦第七十八章❧
决胜

随着距离拉近，他的面容越发清晰起来。不像一般的山野匪徒生着令人生畏的粗狂外相，那人不过二十五六的年纪，一脸勃勃英气，双目深沉似海，眸底却带着几分疏懒，正按辔缓行，徐徐走来。

在他身后跟着一个身形娇小的手下，不时紧张地拉他袖子，似在低声求他什么。

"看清楚了，现在是你南燕的悍兵踏在我大夏国土上。"那人遥指远处马背上的两人，转回头，张口吐掉嘴里叼着的狗尾巴草，使了个眼色，几个壮丁立刻靠过来，劝走那手下："放心吧，景爷待你不薄，会留分寸的，只要他们肯说出燕军主力逃往何处，就不会为难他们。"

正说着，打探消息的人赶了回来，抱拳道："回景爷，是夏兵，正朝这边追来。"

响马头儿挥了挥手，一裹马腹，朝前奔去。

青珑屏息而视，手心隐隐溢汗，心脏上下跳窜，等那人走近后，她的呼吸瞬间凝住。

竟然是景威！

三年未见，他竟已落草为寇，在山野游荡。

景威昂首看来，并没有立刻就认出满脸血渍和黑灰的她，而是一眼锁定在沈隽面上，眼底的慵懒顿时烟消云散，取而代之的是突然窜起的腾腾杀气。

"拿箭来！"他大喝一声，一把攥住手下递来的劲弓，搭箭于上对准马背上的男子，满面肃杀："你也有今天！"

沈隽自然也认出了他，并且知道他的恨因何而起，催马往这边倾了倾，挡住了青珑，淡然一笑："三十年河东，三十年河西，不算意外。"

景威猛地拉弦，崩到极致："那这一箭还你！"

"景威！"青珑的心紧紧揪在一起，蓦然喊住他。

景威闻声愣住，偏头往她这边看过来，终于辨清了她，又见她竟然和沈隽同战一地，俄尔冷笑一声，笑意背后尽是嘲讽："你想拦我？"

仿佛正在目睹一场极为滑稽的戏，他冷目看着并肩一起的两人，笑得眼角潮红，接着倏地收声，面冷如冰："你有什么资格！"

语音未落，他叮然松弦，长箭顿如电光穿空，以碎骨之力划过眼帘，扎入沈隽胸口。

那一箭快而狠，突然射出，不及所有人反应。

沈隽踉跄失稳，身子一颤，险些从马背上栽下。大片血花从伤口涌出，淋漓不止，几乎夺去了他的呼吸。

"沈隽！"青珑大骇，打马冲上前，挡住了景威复又架起的一箭，脸色发白，却什么话也说不出。

景威怒目而视："你以为我不敢杀你！"

"你不敢……"沈隽调整气息，稳住摇摇欲坠的身子，横刀推开她，轻笑着迎上景威的目光，"她死了，想必楼西越会从地底爬出来找你……"

"你没资格提少将军！"景威痛喝一声，眼角泛红，双手颤抖，箭尖忽地一移，瞄准他的心脏嗖然飞出。

青珑骇然失色，拔剑劈下，拦腰斩断飞箭。

刹那间，天地无声。

危险已过，她的大脑也随之一片空白，已经很久没有听人叫过少将军了，这个称呼忽然落入耳中，像根刺一样扎进心口。故剑轻灵，此刻拿在手中却重如千钧，压得她浑身轻颤，再也使不出分毫力道。

轰然一声闷响，背后兵影如林，火速涌往这边，顷刻间齐聚一地。对面的马匹受惊齐鸣，漫山遍野响起，似要撕破这长天！

"是夏兵！"已经离开的一千燕兵闻声后惊得顿步回首，在杀回去与继续走之间犹疑不决，最终燕将一横心，遵从了军令："走！"

"将军，那万一沈公子和霍姑娘……"

那名燕将也十分担心，可若是两人已经走远，他们再贸然返回去泄露了行踪，只怕会全军覆没于此，白白丧命。两相权衡，他拿定了主意，交代部下："你带着大家往回撤，勿回头，我杀回去接应公子！"

"将军——"

"别耽搁，快走！"

众兵只得遵命，沿着山路继续往前。那将领目送手下离开后，往自己身上捆好火器，身背劲弓，手拿战刀，迅速折回。

山路险峻，奇石罗列，一块凸起的大石后面忽然闪过一个黑色人影，惊动了那燕将。他以为是夏兵派出的探子，当即振臂开弓，对准石块后面露出的黑色衣角嗖然飞射。

疾光飞掠，流矢低啸而去，还未近身，石后的人已有察觉，忽而避开不见了踪影。铁质的剑尖射中大石。

燕将不敢大意，谨慎地移过去，只有正前方的繁密草叶轻轻颤动，并未见人。他脸色一变，松弦再射，一道剑光咄咄逼来，不等他移形换位，胸口已然一凉，头一低，血淋淋的剑锋赫然入目。

他痛得闷哼一声，未及喊出，喉咙便被一只染血的手从脖后拧住，顿时语噎。燕将拼死挣出他的束缚，甫一回身，一张苍白似雪的阴冷面容映入目中，嶙峋身骨宛若游走的僵尸，望之生畏。

燕将大惊，一箭射出，却被那人闪身躲开，于是他伸手入怀，就要引爆火器与他同归于尽！

黑衣人的面上闪过惊色，生死一瞬间抢身冲来，长剑扎穿了燕将的手掌，在他懈力的同时蓦地透入喉咙，破颈而出！

引线没能成功拔掉，燕将依然维持着那个动作，双目大睁，却已没了气息。

黑衣人默然看着倒下的尸体，呼吸急促，身形微微失稳。

想起那夜他独自离开那片草地后便只身前行，欲从山路绕出夏境，谁知到处都有零零散散的夏兵，短短数天他已被当成可疑之人围杀了不下四次。

他抬头望着那些陌生的士兵，还都是一群新兵，最小的不过十六七岁。很明显，战火纷飞，无休无止，但凡家中还有男儿都会被官府强行拉去充兵，他们就是那些不幸者中的一部分。

杀，还是被杀，他都觉得可笑。就像为了救她，他亲手削了夏兵头颅，又把手中的剑刺进了那名夏兵将领的身体一样。

时间飞快，轻易就带走了许多，他都快忘了自己早已是乱臣贼子和叛徒，死得彻底，更死得大快人心，而今有什么脸面提自相残杀呢？

可最终他还是松手收回了横在被他生擒的人质脖子上的冷剑，转过身，拖着行尸走肉般的躯体艰难地往前移动。但那人却没有放弃，俯身拾起刀，箭步扑向他背后，一刀刺来。

他惊觉，闪身避开，回刺的剑锋却在生死刹那停住，未曾向前。

身后刀光剑影呼啸而来，他已无退路，脚下是崎岖山径，连前路也成为深渊。他没有犹豫，毅然往前一奔，纵身闪入荆棘丛中，顺着斜坡一路滚下，最后重重跌在起始之地。昏了多久他也不知道，方一醒来，便碰到这群燕兵，从他们口中听到了刺一样的字眼——霍姑娘。

慢一步，也许此刻他已经葬身火海粉身碎骨，还有多少力气够他去过问她的事？

彼时的山谷，旌旗蔽野，兵马齐聚，肖然待命。

阿非高坐马首，颇为吃惊地望着对面截堵沈隽的景威，没有料到危急关头他还是愿意回到大夏，斩杀敌兵。要知道自从楼西越被杀后他就彻底同西川大军决裂，连带着皇上的人情也不受，一个人远赴北地，率领旧属整日周旋在那些妄图复辟的凉人之间，镇压起义，平定叛乱。

一年前皇上派他去过北地，想要召他回朝，意欲起用。

年轻的响马头儿斜靠在藤椅上，跷着二郎腿，提着酒器，怠急而懒散。听闻阿非的来意后，他嘴角轻扬，笑得冷漠又讽刺："回去告诉皇帝，在他不给少将军昭雪正名，以及楚定云没有死之前，姓景的只做土匪！"

"区区匪首，敬酒不吃……"随行的部下怒而拔刀，被阿非伸手拦住了。

他克制着情绪，好言劝他："楼少将军在天有灵，必不会坐视敌兵犯境，望你三思。"

"去他的三思！"砰的一声，酒壶迎面飞来，砸在阿非身侧的门框上，摔得粉碎。

阿非多少明白他的心情，所以并未动怒，平静对视着双眼通红的他，最后一次劝道："你是楼少将军的生死兄弟，皇上也是，他一直……"

"来人！"不等他说完，景威大吼一声，喊来手下兄弟："把这些说客通通赶出去，有多远轰多远！谁再多说一句废话，给我干掉他！"

"是！"满寨子的兄弟齐齐出动，像堵墙一样围过来，气势慑人，当真一副白刀子进红刀子出的干架模样。

阿非无奈下山，却大大放了心——至少他是规矩的，并没有因为心中有恨就在远离帝都的地方做对皇上不利的事，且由他去吧。况且近年大夏腹背受敌，若不是他压制那些蠢蠢欲动的凉民，只怕情势会雪上加霜。

此时不期而遇，面对被围困的沈隽，阿非亦不得不收了过往思绪，专心应敌："黑羽卫备箭！"

这一次，必将姓沈的万箭穿心！

黑羽卫闻令开弓，对准中间的两人，箭光萧萧。

"燕军主力在哪？"阿非驱马上前，停靠在五丈开外，幽声逼问。

沈隽捂着伤口，气息急缓不定，闻言笑笑："放她走，我就带你去。"

阿非扫了一眼，经久才认出他背后的小兵，顿时面色一寒，猛然端弓："信不信，我先杀一做百？"

语未毕，弓弦倏地收紧，瞄准青珑的眉心。

沈隽长吸口气，按辔靠过来，挡住她，笑着看去景威："她有危险，你认为……楼西越会视而不见吗？"

浩浩大军，也唯有景威是唯一一个有可能留她性命的人，所以哪怕是找死，他都得用激将法逼他。

"闭上你的嘴！"青珑哀喝一声，握着剑，脸白如纸，双手微颤，当空翻到他的坐骑上，与他同乘一马，肩膀撑住他摇摇欲坠的身子，毅然道："能活着冲出去，算是阎王好心；冲不出去，黄泉路上有你垫背，摔得也不惨！"

"抓住我，坐好！"她陡然牵住缰绳，倾身将行，右手忽地一紧，被一只血手紧紧攥住。

"你的楼西越曾被伏击，重伤之下还受了……受了一箭，钉死在树上……你可以想象，鲜血一滴一滴往下淌的样子，他却动不了，只能等死，屈辱，独孤，又可怜……"他抓住她的手，稳住坐骑，在她耳畔低低道，笑得惨然如魅："放箭的人，就是我……"

仿佛当头霹雳，打得青珑大脑一片空白，胸口似有什么东西堵住，一直往下沉。她回身盯着轻笑不止的他，眼里水雾混漾，握剑的手咯咯作响，蓦地揪住他衣领，恨不能掐死他。

沈隽伸出血淋淋的手，拂开她鬓前飘飞的乱发，让她看清自己不择手段的可恶嘴脸："他死了，我才有机会得到你……"

一记重拳忽而袭出，凌厉如铁石，几乎耗尽青珑浑身的力气，狠命砸向他脸门。一念之间，拳头在即将触及他面颊的时候却又收住，僵滞在半空，颤颤不止。

青珑眼底血泪滚动，喑哑着声音道："我说过，会在你活得最痛快的时候送你去西天，所以不是现在！"

"抓住我，坐好！"她顿缰而立，眼神如鹰，盯着面前的阿非，一裹马腹急冲而去。

"自找死路！"阿非冷喝一声，挥手下令，一瞬间乱箭齐发，嗖嗖逼来。

跟随在景威身后的一个小兵面色发白，打马冲上来，拉着他的袖子，急得哀声道："她是霍青珑，景威你跟她认识的，快叫他们放过她，我求求你了……"

年轻的响马头儿握着劲弓，胸口上下起伏，呼吸紧促而无声，拼命压制着心中悲恨。纵然相识又如何？少将军从未负她分毫，在他身陷绝境九死一生，跌入生命中最绝望的深渊时，这个他曾以命相惜的人却为了别人误解他，对他拔刀相向，往他心口再添一伤——狼心狗肺的女人，为什么要救！

"琼儿，我们之间的事，你什么都不要管。"他拂手推开琼儿，双臂一抬，弓弦大张。箭尖左右轻晃，最后定格在沈隽的后心口，脱弦欲出。

对面的阿非亦张开大弓，见他久滞不动，就知道他心里在挣扎，于是先他一步，长箭森然飞出，带着穿心裂骨的劲力，直直飞向马背上挥剑格挡的女子心口。

沈隽瞳孔一睁，伸手抓住缰绳拼力一拽，横冲的烈马猛受牵引，旋蹄调头，骤然回身，马背上的两人在一股大力的冲击下失稳，重重甩飞出去。

青珑有一刹那的眩晕，头顶天空黑了一下，等她惊恐地睁开眼，漫天箭雨消失，只剩一张满是血迹的脸孔。豆大的冷汗从他额头淌下，混着血渍滴到她额上，针芒一样刺痛。

"沈隽……"她呼吸吃紧，看着他半开半合的双眼，心口像被人挖走了一点，呼不出气息，连声音也颤抖得发不出。

"我得罪的人太多，活该……活该不得好死……"沈隽合了合眼，又缓缓睁开，低头看着身下的她，笑得极为认真："我也知道，你恨我入骨，却愿意同我共赴黄泉，那就是……就是我活得最开心的时候……"

她仰面看着他，骇得浑身战栗，想要从他身下挣出来，却被他半跪着死死压住。一把长箭刺进他后背，箭尖贯体而出，鲜血顺着箭峰淋漓滑下，打在她身上，滚烫而灼心。

"听着，只有景威会救你，所以你……还有希望，前提是不能再同我有瓜葛……记住我的话，杀出去！"说完他身子一直，右手握刀，反肘伸向背后，贴着脊梁一砍，切断了箭杆，左手顺势攥住箭尖猛地拔出胸口。

鲜血如泉，淋淋涌出破口，染得他的衣甲嫣红如绸，整个人仿佛从地狱爬出来的嗜血鬼魔，他朝着景威大笑不止，不断刺激他："今日她若遭遇不测，他日到了阴曹地府，我必收拢魑魅魍魉，逐楼西越入十八层地狱，永世不能翻身！"

"给我闭嘴！"青珑与景威不约而同地嘶吼一声，景威眼睛通红，充斥着浓烈的血色，蓦然抬弓拉弦，却被琼儿死死抱住手臂："她是霍青珑，你以前很好的……我求你放过她，不要杀她……"

阿非冷然扫了一眼景威，自然心知，以他对楼西越的忠心，就算心里再恨也一时难下杀手。为了避免夜长梦多，他当先弯弓，瞄准沈隽和扑到他面前的青珑，厉声再问："最后一次机会，燕兵主力在哪？"

"放了她，我就告诉你……"沈隽笑得邪肆如魅，横着刀，身子踉踉跄跄。

阿非耐性已尽，逼不出实话，也就没有必要留他们性命了。何况拦住他们的是景威，他若心意一改决定救人，以后再想除掉霍青珑这个隐患只怕会难上加难。想到此，他的目光霎时一狠，一支闪着寒光的黑羽箭铮然离弦，嗖地飞冲出去。

景威心口一紧，来不及反应，拼尽全力挥刀，想迎头打落它，但刀重如石，不比利箭来得轻巧，终究还是落空。

箭光闪闪如银，在空中划过一道白光，破空袭来。

他面已失色，一催战马冲向前方，没走几步却猛然勒缰，双目大睁，转首惊望。

一支飞矢堪比流星，拦腰斜射过来，势如疾光掠空，没等他锁定来箭的方向，它就已经冲上迎面飞向青珑眉心的箭口。铁制的尖锋猛撞在一起，擦出几点火花，灼灼刺目，尔后生生将阿非射出的箭锋拐偏，两箭在空中打了个转，散落各地。

夏兵惊呼一声："有埋伏！"

不等他们的语声落地，又一箭飞出草木，朝着拔刀戒备的景威斜冲而去。

景威慌忙举刀，就要一刀斩飞从他眼前飞掠过去的暗箭，却惊觉箭尾上挂着一片枯叶，风一吹，背面似有血色字迹露出。他伸手攥箭，取下那片黄叶一视，上面当真写有一字：救。

青珑转身扶住沈隽，握剑的手隐隐发颤，抬头望向暗箭袭来的方向，不知道是谁出手搭救，更加不知那人在叶上写了什么传给景威，以至于他在看到后突然变色，魔怔了般一动不动。

阿非心中更是怀疑，生怕出变故，顿时喝令一声，百箭齐发，一面射杀青珑和沈隽，一面射向远处的草丛。

飞箭如雨，漫天散下，倚靠在树身上的黑衣人匆匆拾起弓，闪到了树后，就着血，在一片宽大的叶子上重重写下一字：救。然后一箭扎穿叶端，串在箭杆上，复又射向景威。

景威还陷在震惊中，屏息难言，面色发白，不可置信地盯着手中血红的字，在乎的不是让他救人这件事，而是那个字本身。他以为是自己眼花，看错了字形，每一笔一划的走势也只是相像而已，或者是别人的伪迹，不可能与少将军的字迹如出一辙，何况他已经、已经……

可同他一起共事了十几年，朝夕相对，他对他的字形再熟悉不过，眼前这字也根本看不出伪造的迹象，那会是谁？还有谁能写出与少将军的手迹一模一样的字来？

就在他惊愕的当儿，又一箭横飞而来，划过他眼帘，扎进土地，箭杆上串连的一片叶子随风摆动，打了个旋，贴到地上不动。

他翻身下马，大步奔过去，拔箭拿下那片叶子，翻过来一看，霎时间脸白如雪：分明还是与刚才一样的字迹，同少将军完全一样的字迹！

那人是谁？让他救霍青珑的人是谁？

眼前乱箭齐飞，晃得景威脑中也一片混乱，他突然翻上马，挥鞭冲向阿非，在他指挥夏兵杀向那片草丛的时候拔他战刀，横架在他脖子上。

"谁敢过去！"他大吼一声，惊得当场所有士兵愣住，反将他团团围住。

一众响马同样无比吃惊，不知自己头儿受了什么刺激，说好的截杀燕兵，那就与夏军是一条道上的，怎就突然干起架来了？但见他被围困，这些手下二话不说齐齐打马杀来，又从外围将夏兵们围住。

"你干什么？"阿非又惊又愣，低吼一声，最担心的事还是出现，他也就顾不得喉咙上的刀锋，仍旧命令黑羽卫："杀了他们！"

"你敢！"景威猛一用力，声锋刃割进他脖颈，鲜血顺着刀口汩汩涌出，"谁敢放箭，我立刻切了他脑袋！"

黑羽卫惊住，行将飞射的利箭被迫收回，一齐瞄向他。

"你疯了！"阿非怒不可遏，就要伸手去拔身旁下属的刀，嵌进他血肉的刀刃却猛然加深，再往下一点，当即就会割断动脉，由不得他顿住，怒道："别忘了他们做过的事！"

景威紧紧攥着那片叶子，握得指骨都似要脆裂，拼命压制着心头的冲动，冷声道："出了变故，先留住霍青珑的命，剩下的随你处置，最好将他大卸八块！"

"轮不到你来命令我！"大患在前，阿非岂肯轻易放过两人，竟不顾了死活，徒手攥刀，生生从刀刃下挣了出来，旋即一脚飞出，当胸踹向景威。

转瞬之间，两人大打出手，连带夏兵和一群响马也攻击在一起，混战不休。

青珑惊愕不已，挥剑刺倒扑来的夏兵，翻上一匹空马，扬鞭冲向被围困的沈隽，伸手递给他："上马！"

沈隽伤势惨重，视线模糊不清，有些错愕地望着伸到面前的那只满是血渍却坚定不动的手，短暂恍惚过后，他一掌拍向马臀！

青珑大惊，小腿往后挡住，同时上身俯下，强行拽住他的手，死命将他拉上马。

"驾！"一声清喝响起，战马载着两人飞冲出阵，一跃数尺窜入深谷。

"狼心狗肺！"景威望着她头也不回地逃走的背影，心底无限寒凉，大骂一声，气得一拳冲向阿非肩膀。

阿非同样像一头暴怒的狮子，拳掌相加，嗵然击到他胸口，恨不能砸爆这头顽牛。

楼西越已死，他却置天子之意于不顾，宁肯窝在山寨当土匪也不择主臣服，原本断无留命的必要。若非念着他对大夏忠贞无二，从无逆反之心，这些年又平叛北凉余孽有功，皇上又岂会忍他到今日？

"放火烧了山谷，绝不能让他们出逃！"阿非眉目冷冽，捂着挣开的伤口寒声下令。命令下达，携带火石的夏兵即刻生火，不一会儿便有引燃的干柴枝扔向草茎间的落叶上。

"灭火！拦住他们！"景威面色忽变，叮嘱几名手下带琼儿撤出去，自己一转马头，挥鞭冲向一处草丛。

火势因风速起，很快向深处蔓延，浓烟滚滚升腾，在深谷中四处飘荡，发出刺鼻的焦味。青珑扶着沈隽正纵马飞驰，乍一望见弥漫进深林的焦烟，脸色一白，骇然勒马。

而山路的前方，仿佛平地起雷般响起急促的脚步声，竟是已经逃走了又不放心他们迟疑着杀回来的那队燕军。

青珑不知该说什么，断然喝住他们："继续行军！"

"沈隽，沈隽……"她摇了摇陷入短暂昏迷的他，掏出药抹在血口上，然后解去战甲脱下外衣将他的伤口紧紧包住，末了把缰绳交到他手上。

沈隽的意识浑浑噩噩，却拼死攥住她的手不肯放开，一用力，伤口血迹涌溢如泉，眼前的景象越来越混沌，紧接着他脑袋一歪，倒向一边。

青珑扶住他，附耳过去，声音低沉："一定活下去，保重……"说话间她将他仔细放在马背上，连人带马交代给那些燕军，自己翻身下去。

燕兵们见沈隽伤成这样，慌得也没时间细问，手忙脚乱地接住他。

"按着他的叮嘱一直往前走,杀出去不要再回头,否则只能送死。尽快找大夫给他诊治,务必救活他!"

"霍姑娘,那你呢?"

青珑重握故剑,胸腔里似有铁石堵着,压得她呼吸生疼,心如刀绞。她怎么也想不到,她竟会亲手放走曾经置闷葫芦于死地的人,就算回去被景威削了脑袋千刀万剐,她也心甘情愿承受,因为她早已没了还手的资格。

而她必须回去,向被她伤过负过的闷葫芦,还有他的兄弟赔罪。

只道了句保重,她便转身冲进烟火,沿原路返回,顷刻间没入丛林,消失不见。

景威正在纵马狂奔,无意间与冲出深林的她碰面,立时五指握拳,额上青筋跳动,双目阴寒而凌厉。

青珑无话可说,下马落地,与他迎面相对,如鲠在喉。

景威下地走来,一双眼睛仿似浸了血,潮红而灼烫,无比嘲讽地笑开:"你会回来?你还有什么脸回来?"

"说!你有什么脸回来!"他暴怒,猛地冲上去,一把掐住她脖子,只恨自己不够歹毒,下不了重手毙她之命。

三年而已,她就把少将军用在她身上的情狼心狗肺地转付于别人,竟还到了生死相许舍生忘我的地步,可笑他为什么要救她?

青珑泪盈于眶,没有脸替自己辩解,哪怕沈隽于她来说,只是他救过她的命,而她必须要还,所以不能眼睁睁看着他葬身于此那样简单的关系,她也没有理由开口,因为她曾在闷葫芦濒死之时,无情而决绝地又杀了他一回……

那一道无形的伤凉入骨髓,被他带入冰冷而黑暗的地底,纵使千言万语,再多愧疚和自恨,也已愈合不了。

她能为了舒九容对他拔刀相向,又能当着他兄弟的面放走残害过他的仇敌,却从来没有为他做过任何事。就像景威说的,她有什么脸回来?

"说话啊!你一次次离少将军而去,现在救走姓沈的跟着他远走高飞,又跑回来做什么?你可以相信舒九容相信姓沈的,为什么不能相信少将军!"景威目光如炬,连声吼问,到最后情难自抑,一把夺过她手中的剑扔向大火。

"这原本就不是你该拿走的东西,一切早都结束了,狼心狗肺就是狼心狗肺,别再惺惺作态自欺欺人!滚!"

青珑面色煞白,发疯般冲开他,大步扑向火中。

景威眼红如血,拳头紧握,嗵然捶向面前的树身,砸得指节血肉模糊,胸中悲恨却似这片熊熊烈火,越烧越旺。

"景威!景威!"琼儿骑马追来,一看他的模样,吓得跳马扑过来,拼死抱住他手臂,不敢放松丝毫:"你别这样……景威你别这样对自己……"

景威看清了她模样,咧嘴大笑,将她往马背上推:"你跟踪我跑来这里,不就是为了去找你家公子吗,那你现在就可以去……要是嫌自己一个人有危险,我把那些兄弟全都让给你,让他们保护你,通风报信也好,跟着你家公子回王府也罢,我都不会拦你,反而祝你一路顺风……"

"景威，你冷静下来……我知道自己嘴笨，不会说什么安慰人的话，可是不管出了什么事，我求你不要这样，我害怕……"琼儿抓着他手臂，惊慌失措地从怀中掏出帕子给他包住血淋淋的手。

雪白的娟帕顿时嫣红一片，景威盯着它，像是突然想起了什么，惊白了脸。他抬头环顾一眼周围火势，顿时箭步奔向坐骑，翻上去一裹马腹，鞭子刷刷急落，风一般冲向远处一处草丛。

"景威！"琼儿大声喊他。

"去找霍青珑！"景威回她一声，说话间人已远去。

琼儿一奇，正要策马追去，忽见大火中有一个人影，定睛一视，竟是不知何时返回来的青珑，骇得大叫："霍青珑！"

青珑恍若未闻，像一个迷失了心智的疯子，徒手刨开冒着火花的枯枝烂叶，没命地在大火中找寻。烈焰滚烫，烤干了从她面颊上不断滚落的泪水，熏烤得她皮肤黝黑如炭。而她早已对疼痛没了知觉，心就像被锋刀剐走，空洞洞地淌着血，除了恐惧和害怕，就剩下无以复加的自恨。

火势借风燎野，发出呲呲的尖啸，仿佛火魔食骨啖肉的可怖回声，吞没了一切外音。她俯身半跪在地上，拖拉着一条腿疯狂地在余烬中掘挖，双手被大火灼伤，红肿起泡，稍一蹭碰便被刮烂。火苗顺风窜了过来，扑到她衣上，而她不管不顾，挥手拂走一堆火，刨出来的却不是她要找的剑，而是一截烧焦的断枝。

绝望铺天盖地地压来，打得她眼前一黑，泪如雨下，无助地在大火中号啕："明明在这里，为什么找不到……为什么不见了……"

"霍青珑！危险！"琼儿骇然大叫，捂着口鼻左闪右躲，终于来到她身后，不断拍打她身上的火花："你不要命了！快出去！快跟我走！"

眼见青珑得了失心疯似的往火里闯，她一着急，从后面盘住她右臂使劲将她往外拉："有什么比命还重要！会烧死人的，快走啊！"谁知青珑甩开她，不要命似的继续往大火深处跑。

琼儿慌得没了神，紧追过去，甫一迈步，脚底却被什么绊住，身子踉跄一下险些摔倒。她回头一看，似有一柄剑落在那里，卡在嵌入地下的凸起石块间，立时大喊："是不是找这个？在这里！"说着她伸手去拾，还未拿稳，又触电般扔掉了，烫得她直跳脚。

青珑闻声冲来，浑身已经熏黑，几乎辨不出脸面，衣上还有火苗窜动，一头青丝也被烧走了一大把。一眼望见这边的情形，她就像一个没有神智的傀儡，踩着大火急奔过来，刨出没入余烬的故剑，攥起它，浑然不觉其烧灼难忍，激动得瘫坐在火中，纵声呜咽。

那一刻，她不再拼命克制，而是放纵自己已忍受长久的泪水，号啕恸哭。

≪第七十九章≫

复生

大火还在肆虐，顺着风向往山林深处扩散，烟雾由薄转厚，置身其中已经睁不开眼，周围亦尽是扫射的火光，烘得人快要窒闷气绝。

胯下战马受不住，开始不听使唤，胡乱奔窜，意欲逃离火海，景威不得已弃马步行，慌张奔走，寻找方才藏身于此射出暗箭授意他去救人的人。

能与少将军的字迹毫无二致，要么是他本人，要么便是仿迹——如是前者，他定会欣喜若狂，哪怕立刻叫他去上刀山下火海他也毫不犹豫！可若是后者，仿他笔迹的人是如何得到他的真迹的？

心情就像涨潮的海水般跌宕起伏，他打心里希望应验的前一个猜测。

一念至此，景威加快了脚步仔细搜寻，不放过任何蛛丝马迹，先是发现了一张被遗弃的弓箭，半截已被烧焦。随后他看到地上隐约有一行脚印，于是顺着它们延伸的方向横穿烟雾，依稀望见一个移动的黑影。只一眼，他的视线就被扑来的浓烟遮住，再顾无影。

"且慢！"景威呼吸一紧，隔着远远的距离急喊一声，足下生风，狂追过去。

黑衣人低着头，一手提剑一手捂着肩上未愈的伤口，晃晃悠悠地向前移动。重重影像交叠在他眼前，黑沉沉地上下左右颠转，晃得他视线愈发模糊，意识涣散，天地都似已倒悬而立。

"且慢！"景威心急如焚，连奔带跑，追在后面扯嗓高唤。

呼喊倏然入耳，仍是旧时昔年熟悉的声音，惊得黑衣人脚步一顿，身子往后转了转。刹那间他又收住回望的目光，像一只游荡在山野间无处遁形的狼狈动物，撑着一口气慌忙加快了速度。

"站住！站住！"景威一步数尺冲向前，歇斯底里地大喊。那人身骨单薄萧条，虚弱无力，看得他心脏惶惶乱跳。见他不停，他急得再吼："站住！再动休怪我不客气！"

黑衣人急于离开此地，头也不回，拼却全力，加快速度闪进一旁的草丛。

景威骇然变色，几步奔过去，风帽盖住了那人的侧脸，眉眼难见，他紧追于后，颤声急问："你是谁？" 说着，他伸手擒他肩膀。

黑衣人慌张闪开，情急之下扯住一把茎干上带着尖刺的火棘猝然剐向自己脸面，竟欲毁掉这张不人不鬼的皮相，以免被人认出来。

景威脸色大变，一脚踹向他手腕踢掉那些火棘，然后他的身子快如飞虎，猛冲上去扑到他正面！

四目相对，在看到那人面容的一刹那，他的瞳孔陡然放大，定在当下纹丝不动，眼角瞬而发红，双唇轻颤，卡在喉咙的字眼不断翻滚，却不敢往外跳出，生怕自己看到的只是一场幻象，一惊就烟消云散，不复存在。

黑衣人定定注视着他，眼底通红，眼帘有水雾涌出，涟漪闪动，握剑的手不受控制地发颤，顷刻间移开目光，转身就走。

"少将军……"景威双膝一弯，扑通一声跪下。

七尺男儿，面对早已被打入地狱而今又活生生站在他面前的生死兄弟狂喜不已，但看到他瘦骨嶙峋脱形得如同阴尸一样的模样又悲切莫名，哑声喊出那个曾经挂在嘴上的称呼后，便双眼湿红，热泪滚动。

楼西越怔住，本已冰封麻木的心被那一声戳中，刺痛而窒息。

"少将军！"见他头也不回地离开，景威惶恐难耐，复又扑到他面前，激动得大哭大笑。

楼西越颤颤回身，屈膝扶起他，双唇开阖，良久从齿间飘出沙哑而沉重的字眼："感谢……"

感谢他肯出手救她，感谢他好好活着，感谢他的忠心，感谢他还能认出一个形同鬼物的半死之人……

"少将军是我！我是景威，是景威！"如此疏远的字眼让景威心惊不已，紧紧抓住他肩膀，泪水夺眶而出："我该死！我愚蠢！我不该送你离开北凉，让他们将你害成这样，我对不起少将军……陆师父也不在了……我该死！我没有保护好你们，我该死……"说着说着他情难自抑，砰地一头下去，接连磕地，悔恨交加。

楼西越热泪盈眶，拼尽残力扶正他身子，回应的仍旧只有两个字："谢谢……"说完他撑剑起身，跌跌撞撞地走向没有尽头的前路。

景威忍泪，深垂着脑袋，跪在那里不起："少将军是我！我是景威……为什么你会变成这样？为什么把自己弄成这样了……我是景威，你不认自己的兄弟了吗……为什么会变成这样……"

楼西越双眼潮红，并未答话，脚步越发加快，左手捂着伤口几乎是掐进血肉，以此来麻痹自己。因为走得急，倏忽间他的身子一晃，右脚不受控制地趔了下，半跪着跌向草地，眼前顿时黑了一大截。而他就像个垂死兽物，撑着直起身子，一寸一寸地继续挪移。

"少将军！少将军！"景威悲痛万分，误以为他出事，慌得扑过去拉住他："属下带你去找大夫，少将军你撑住，会没事！会没事的，少将军你撑住……"

连日断药，又负伤颠沛辗转，楼西越快要撑到极限，心力所剩无几，潜意识里他却还在挣扎，想挣脱束缚，像往常一样独自一人上路。没几下他开始神智不清，连咳了两声，血色洇出唇角，淋漓滑下。

"少将军——"景威又惊又痛，吓得面色惨白，不顾他的反抗，俯身背起他快步流星地飞跑出去。

　　山谷的斗殴还在进行，阿非望着乱成一团的场面，气得恨不能宰了这群响马，几番克制才忍住。被这些蛮牛纠缠这么久，那霍家女儿与姓沈的早已逃之夭夭，穷追只会徒耗气力，乱了方寸，他不得不收令后撤，率兵另寻敌军。

　　另外的地方，同样截住一拨燕军的还有陶征，与阿非一样，他也扑了空。对方领头的是左行之，作为燕军主帅，他也仅仅率了六千余兵力。陶征起初无比惊诧，很快又平静下来，血战中也只是敷衍了事，匆促结束了战斗，便领着手下转道他处，完全不理会逃走的燕军残卒。

　　他心里清楚，反叛原本的盟军转而向大夏示好仅是皇上的缓兵之计，真正意图还是要他争取时机，保存主力杀出云中。现下夏军正不遗余力全面搜杀燕军，此时他不金蝉脱壳，还要与他们纠缠到何时？

　　至于燕军，他现在反而希望他们能够生出超乎以往的锐气和斗志拖垮夏军，这样两虎相斗，他才有利可收。

　　"陶将军，右将军那里如何是好？他还在全力追敌，要不要派人去知会一声……"望着紧锣密鼓地修补大桥的队伍，一名部下急问陶征。话未说完，身旁就有同僚伸胳膊捅了捅他，示意他别多嘴。

　　陶征斜目扫了问话那人一眼，一脸阴冷，也不吭声，照旧指挥队伍加快速度。

　　同僚把那部下拉远了一些，低声训他："都到这点上了，还看不清势态，问那找死的话？"

　　"可右将军……"

　　"说你天真，还真缺筋，云陶两家现在什么局面你难道看不出来？"同僚笑捶了他一拳，避开人群，将声音压得极低，寥寥几语点醒了死脑筋的他："陶家长女贵为皇妃，又替皇上诞下龙子，封后那是迟早的事，但皇上却似乎并没有这个意思。右将军的妹妹既无名分又未封号，皇上却整日与她粘在一起，还赐她令牌，允她随意进出宫闱，这说明了什么？"

　　那人语塞，转头瞟了一眼远处的陶征，说不出话来。

　　"这叫互相牵制，懂不懂？皇上既需要陶家替他打江山，又不敢放任陶党坐大，所以才会在背后同时扶持云家。而搁到陶家这边来说，你以为他就心甘情愿在外卖命？还不是为了家族前途打算！太傅家若是凭借一女势起，陶将军岂能坐得住，怎会真心栽培云家儿子？没准杀回去后，右将军就已经战死沙场喽……"说着，他手臂一横，做了个抹脖子的动作，唏嘘道："作为喽啰，要想活得久，最该长的不是本事，而是眼色，可懂？"

　　那人瞳孔放大，盯着他，愣愣地住了嘴。

　　长河岸边，一队两万余人的水军截住了一拨将要渡河的燕兵。此河是遏江的一条分支，横贯云州，下通险山。显然恶水难渡，燕兵们只得另辟远路，想法杀出去了。

　　已是黄昏时分，岸上冷风呼呼，年轻的右将军向敌而立，大风刮得他的披风猎猎翻飞。面对曾经的盟军，再想起九重宫阙中高坐龙椅上的帝王传来的旨意，他莫名觉得心空，更觉讽刺。

　　可他又深知，兵不厌诈，如若存了妇人之仁，保的是自己的清誉，断送的却是千千万万个生死兄弟的性命。就像陶征反问他的，信义能救大军于绝地？

陶征的为人他很清楚，但他的话他却无从反驳。

"这场仗，云某没有脸面打下去，但不得不打。"两军相峙于岸上，如虎如狼，他却按兵不动，擎杯一盏，没有酒，便以遏江水替之，徐徐走来，敬对面的男子，为己军的背信弃义深感愧疚。

男子安静坐在轮椅上，风轻云净，自若如水，虽难视一物，却感受得到两军剑拔弩张的气氛，也想象得到随后厮杀的血腥场面，接杯后他从容应道："生死场上，是敌是友从无定数，云将军不必介怀。"

说完他举杯回敬，正要喝下去，白前却伸手挡住，意欲替他饮下，明显对对方递来的入口之物分外谨慎。

舒九容淡然浅笑："云将军磊落君子，公子自不能度人之腹。"

云弋心中一动，续接一杯，仰首饮尽。河水清冽无味，他却觉热辣无比，入喉烧灼，刺得他无从开口，抱拳言谢："九公子仗义，身边人曾救舍妹于生死一瞬，这份厚恩，云某没齿不忘！"

大约四年前的事了，舒九容并没有多深的印象，短暂诧异后才忆起来。当年云弋的小妹不知因何落水，子逍在黛江执行军务碰见后将她救上了岸。当时赵彧也在场，大抵不悦于那种肌肤之亲，言词间颇多为难少年。为免双方交手，他便授意琼儿出面，谎称子逍是前来投奔的远亲，这才圆了场。

"举手之劳，云将军无需记挂。"

"活命大恩，不敢忘怀。"他敛容而立，郑重许诺："刀枪无眼，九公子若有万一，云某必保全尸，亲送王府厚葬。"

舒九容洒然一笑："多谢。云将军若遇不测，舒某亦会护送尸骨回府，不损毫发，不毁英名，完好交于二老。"

云弋释怀，重重抱拳："不胜感激。"

话音落地，他面临河水，一箭射向一艘顺流驶远的战船，声音沉重："动手吧。"

身后两万亓兵闻令而动，纷纷冲下水岸，弓手放箭射杀舵手和敌兵，掩护同伴进攻。攀上战船的亓兵拔刀砍敌要害，抢取飞浆和绳索，试图截获敌船，缴夺军火。鲜血飞溅，迸射进河水，四下晕染，原本清澈见底的支流顷刻嫣红似绸缎，奔涌向前。

亓兵急于杀敌抢夺，无暇顾及河底的状况，各个手起刀落，疯狂砍杀，不到一刻就已渐次冲上三艘战船，在一里外的河岸拐口处扭转舵浆，调头靠岸。

燕兵人数远少于对方，见势也不顽抗，幸存者接连跳下战船，下水泅游到对岸，藏身于草莽间躲避亓军飞射的箭雨，短短数个回合的恶战下来就已损兵逾半。

亓兵士气顿涨，旌旗飒飒飘扬，战鼓雷动天外，欢呼声直逼云霄，各个杀劲十足，血脉偾张。

"公子……"展平立于云弋身侧，俯瞰着水上战况，直看得胸臆激荡。但不知为何，轻易就得来的胜利让他莫名不安起来，却又说不出哪里不对。

自始至终，云弋都是眉头紧锁，越到最后，心下越发狐疑。这场仗胜得太轻而易举，以至于让他不敢相信，在场的这个人就是舒王府九公子。

果然，战船靠岸不久，一声尖叫突然从擂鼓助威的亓兵口中发出，众人还未明白怎么回事，他就已中箭落水。紧接着，似是什么机关被无意触动，舱体上突然敞开数十个暗孔，乱箭从孔中漫天飞射，猛扎向正在抢船的亓兵，转瞬之间死伤逾百。

云弋震惊不已，一刀斩断了飞向这边的乱箭，命令周围士兵撤离开阔地段，隐藏在林木之后。而等避过箭雨后，幸存的燕兵已有十之七八游到了河对岸，深入山林。

"放火！"他紧攥战刀眺望着一群即将爬上岸的燕兵，毅然喝道。身后部下得令，顿时点燃火器猛掷向河岸。

轰的一声爆响，火光映亮天际，被炸飞的尸体溅落到河中，激起的水花足有数尺高，遮人眼目。

白前不谙水性，便护着舒九容迅速退往下游，到安全地后，只听他道："按照原计划，退走的兵力从对岸撤出，与常琰的五万大军集结，拖住陶征率领的主力。另，以牙还牙！"

白前会意，回望一眼远处的战况，当即吩咐随行的数名燕兵行动。几人迅速点起火箭，振臂开弓对准废弃在浅滩上的战船舱部，集中位置激射。

木质的舱体遇火即燃，受风力影响，火苗斜吹入敞开的暗孔，引爆了埋藏在舱内的火球。冲天火柱腾空炸开，照得四野亮如白昼，几乎在同一时刻，船舱底部亦窜出数条火龙，纵横交错，竟沿着洒落在草叶下的火药向前兹兹飞窜，速度堪比电光。

"有埋伏！"亓兵们大惊失色，仿佛无头苍蝇一般争相逃窜。

云弋脸色大白，断然喝住失控的队伍，再一观情势，想要打水灭火已经来不及，更何况他们根本不知道燕兵埋藏的火器爆炸点在何处，于是高喝一声："下水！"

说时迟，那时快，正当被火蛇包围的亓兵猛冲到河边扑通跳进河中时，身后一声接一声的巨响爆开，气浪排空，火光腾空升起，硝烟漫野，眯得人睁不开眼。未及撤离的士兵眨眼间被烈火吞噬，观来心惊不已。

"公子，此地有诈，我们要不要先撤，再行定夺！"抖掉飞落在身上的碎物后，展平仓皇爬到云弋跟前，一抹脸上的焦灰，急声劝他："属下已命人火速联络陶将军支援我们兵力，在前方五十里处拦截舒九容的队伍！"

"砰！"语方落地，又一声震天巨吼在远处炸开。

云弋猛地摁住他脖子，俯身趴在地上。待响声过后，他抬头一看，四周已是一片狼藉，黑烟滚滚，尸体堆积如山，发出刺鼻的焦味。

"报——"一名传事兵冲过烟火，顶着一张熏黑的脸孔，连跌带爬地跑来禀报："右将军不好了！陶将军……陶将军他……"

"他怎么了？"

"他将主力和几处分队集合一处，并未与燕兵交战，而是率众筑桥，意欲偷渡遏江，我们……我们被他利用后抛弃了！"

"怎么可能！"展平大吃一惊，难以置信。

"属下亲眼所见，怕被陶将军看到后灭口，就没有露面，立刻跑回来禀报了……"

"卑鄙小人！"众人闻言后皆惊骇交加，义愤填膺，争相问道："公子，我们怎么办？还打不打？"

云弋的胸口剧烈起伏，显然也没料到会是这样的结果，望着战死河滩的一众士兵，胸臆中突涌的悲恨和愤怒犹如眼前的熊熊烈火，在四肢百骸间冲腾激荡。

可他必须冷静。

先是背信弃义，亲手毁了燕兀联盟，换得苟延残喘之机，好不容易险中求来生路，他却又临阵撤兵，率众潜逃。短短数日下来，已让兀军里外不是人，既与南燕树敌，又欺了夏军。因着陶征阳奉阴违的种种行径，他若再打下去，势必就是一个笑话，意义何在？

而陶征弃他的原因和目的，他自然猜得到几分。

"撤！"想到此，云弋紧握刀柄，攥得骨节发白，一声令下，慌乱的队伍渐次平定下来，在他的带领下转攻为撤，匆匆退离战地。

远处还在戒备的燕军不可思议，一名探马俯身靠过来，将信将疑地禀报："公子，敌军突然全部撤走了，会不会有诈……"

舒九容也心觉蹊跷，稍做权衡后道："不必恋战了，兵分两路，通知对岸的将士尽快离开。白前，清点兵力前方开路，掩护所有伤兵撤走。"

白前依令吩咐下去，随后牵来马车，正要背舒九容上车，却忽然听到一阵隆隆闷响沿着地底疾速飘来，紧接着四野马蹄奔动，星星点点的火把由远及近，光电一样快速逼向这边。

"是夏兵！"

白前不由变色，安置好舒九容后火速跳上马车，一挥马鞭，队伍绝尘而去。

"轰！"马蹄阵阵，闷雷一样敲击着地面，仿佛野兽在暗夜中咆哮。

领兵的是阿非，在得知陶征暗中撤逃的消息后，他非但没有因此而愤怒，心里反倒松了一口气，因为这样不战而退敌的结局恰如皇上所料，也是他所希望的。

赵彧阴险叵测，恶战这么多场下来，以皇上对他的了解，自然明白他抱着什么样的目的，防备是必然。但若对东兀君臣求和的意愿不予应承，则大夏依旧两面受敌，危机重重。故而皇上假意应从，一则瓦解了燕兀联盟，二则缓解了大夏当前的危局。

但是这不代表，皇上会放任那些曾经屠城的兀兵安然撤回海岛——相信回朝的途中，会有意想不到的"惊喜"等着他们去领受。

如今他要做的，就是除尽尚且困于云州的所有敌兵。

"奉皇上命，犯我河山者，杀无赦！"一令方出，夏军动如雷霆，推倒一车又一车灌满桐油的罐子，火把一扔，大火沿着流淌的油液轰然铺开，蜿蜒扩展，很快连成一片，方圆五里竟无驻足之地。

黑夜，刹那间亮如白昼。

旋即，火羽疾如流星，寒光汇聚成一片片无形的幕布，遮天盖地，朝着脱身离去的燕兀两军嗖嗖飞射。中箭的士兵如同一团火球，情急之下皆数往河中冲跳，只是四野到处都是熊熊燃烧的战火，烧伤了不少人，加之夏军火力太猛，大部分士兵刚一触水就已奄奄一息，没多久力竭而死。烧焦的尸体像一条条黑鱼，渐次浮上水面，顺着水流冲往下游，放眼望去惨烈如斯。

这边火箭密集，纷纷射向马车，力能穿木。正在驾车的白前回身冲进去，拂袖挥开箭头，护着舒九容倒伏在地。战马无人驾驭，加上外界的惊扰，霎时失去了控制，在遍地火光中胡乱奔窜，忽地被飞箭射中脖子，痛得仰天哀号一声，人立而起。

车辕顺势一摆，咔嗒一声折断，急走的车轮磕到石块，连带马车侧翻过去，打了几个滚才止住，彼时整个车身已经被大火吞没，快要垮塌散架。白前挣出手臂一拳飞出冲破车厢，然后背着舒九容奔出大火，不断闪身以抵挡横飞而来的利箭，一直撤到石堆之后方才得了喘息之机。甫一松手，掌心一片血迹。

"公子！"他大骇，往后一看，竟见一截黑羽箭没入舒九容肩头，所幸伤口不深。

"没事……"舒九容伸手向后，不等白前处理就已经够到箭杆，自己咬牙拔出，缓了一口气息后低低道："能走的尽快走，不得逗留……"

白前心忧不已，死活不答应扔下他独自脱身，于是不顾他的命令，身子一低弯腰将他背在背上，攒足劲力冲了出去，游龙般掠火而过，踪影渐渐没入黑暗中。

当晚，除了对岸成功撤走的一拨燕军，这边冲出夏军火力的就剩下寥寥十几名士兵，几人星夜赶路，于子时在一处山洞口停下，正要进去，里面却隐约有模糊的回声传出来。

"有人……"舒九容因伤失血，神智不佳，昏沉中低喃一声，制止了随行的部下，示意他们避开。

白前心忧他的伤情，不敢再颠簸，便忤逆了他，派人去洞口和周围暗暗查探，倘若只有零星夏兵或亓兵，他自然是抱着除掉他们的打算。

就在几人趴在叶隙间观望谨慎向里靠近时，山洞里响起脚步声，有人手持火把端着一柄大叶子走了出来，俯身在洞口外的山涧中取水。那人蓬头垢面，脸上黑一块白一块，形容狼狈，长发凌乱地散落在肩上，是名年轻女子，却身着男装。

正接着水，她似是察觉到了窸窣细响，仰起脸警惕地往这边张望了一眼。借着微弱火光掠到她面容的刹那，白前神情一变，颇有些不可置信，往前走了走，终于认了出来，略带吃惊地道："公子，好像是……琼儿？"

"谁在说话？"琼儿立马起身，像只受惊的兔子般竖起耳朵，仓皇戒备。

景威不告而别丢下她匆匆走了，一群响马也不知杀到哪去了，偌大一片深山野林里到处都是狼嚎虎啸的可怖回声，就剩她一人陪着烧伤的青珑从白天一直挨到了半夜，心里惶恐不已，生怕遇到搜山的士兵。

想到此，她举起火把，稳定心神，壮着胆朝声音传来的方向迈了几步。那里的草木唰地闪动几下，骤然窜出几个人影，吓得她脸色一白，险些失声大叫。

"琼儿，是公子和我……"久别重逢，看到这个丫头安然无恙，向来冷冰冰的黑衣影侍脸上也泛出一丝喜色，背着舒九容走过来。

"白前！"琼儿一愣，惊叫一声，丢了火把疾风一样扑向他们。一眼看到舒九容，她顿时热泪盈眶，情难自抑，抱住他和白前又哭又笑，既欣喜若狂又悔恨交加，激动得不成模样。

"他们都该死，是他们害得公子成这样……我跟丢了人，杀不了他为公子报仇，我没脸见公子……我对不起公子……我以为公子再也不想见我了……"

"琼儿，不哭了……"舒九容腾出一只手摸着她脑袋，久而未了的一件事终于尘埃落定，总算放下心来。

自从知道她身在北地后，他一直派人盯着，数月后手下人传来音讯，说琼儿与一个年轻的夏国将军在一起，经常与他同乘一骑，脸上笑意也渐渐多起来，不像是被胁迫的样子。

"此人姓景，单名威，楼西越麾下部将。"

这是探子带回的消息，让他彻底放了心。

景威他见过，忠厚耿直，楼西越自不必说，相信能得他信任且常随他左右的股肱部将，也定是磊落之辈。

倘若琼儿与他互相有意，未必不是一件坏事，如能让她重拾往日笑容，淡忘掉王府的恩怨重新开始自己的生活，他也就无憾了。

至于年夫人，这些年来孤苦度日，人已神志不清，疯傻无知，放出去不见得能活下来，索性便独留后院，做了两个小人偶相伴她晚年，聊以慰藉一个母亲的舐犊之情。

既已自食其果，再多的恶和孽，就让它们都烟消云散吧。

余生所有人都顺遂无恙，那便胜过一切。

"公子没有什么，不是你的错。听话，不哭了……"此刻听她抽抽搭搭止不住哭，舒九容让白前放他下来，倚靠在洞外的一棵古树上，抬手抚上她脑袋，劝慰伤心不已的她："跟公子说说，这些年你过得怎么样？"

"公子……"白前心里担忧，就要点火照明帮他清理伤口，却被舒九容挡下了。心觉一点皮肉伤，他撑得住，好不容易见上这个丫头的面，本该开心，不想吓到她。

琼儿仰起满是泪痕的脸，抽噎道："我离开后就去找舒长轩，想要挖掉他眼睛砍断他双腿，为公子报仇！可是跟到了北凉，一不留神却让他跑了……那时候夏凉交战，我被困在浣城，一个人到处躲，是景威把我救了。后来……后来因为楼西越的事，他被楚定云下令关押，历尽艰难才逃出来，之后他就恨上了夏军，再也不去西川了。我怕他再有危险，放不下心，就跟着他，前不久才从北地回来……"

"那他人在哪？你怎会在这里？"

"不知道发生了什么事，他很着急地走了，我去追，却看见了霍青珑，要是再晚一步，她就……"

"她怎样了？现在何处，出了何事？"

琼儿将事情的经过说给了他，最后道："已经没什么大碍了，她在里面坐着发呆，什么话都不说。只是白天在火中困得太久，双手被烧烂了都不知道，哭了很长时间，我才把她拽出来的。"

舒九容听完，陷入短暂的沉默中，大抵明白她的心情。

"公子，"琼儿摇了摇他，"她听你的劝，你去说说她，叫她不要那样了。"

"你去把里面的篝火灭了，让她早点休息吧。"

返回山洞后，青珑依旧侧身倚着石壁，背对外面木偶一样坐在地上，怀中紧紧抱着那把烧黑的剑，不发一语。琼儿喊了喊她，没有回应，她便熄了火堆，轻步出来了。

里里外外漆黑一片，只能看得到人影，却看不清面容。舒九容坐在她身侧，没有出声打扰，安安静静地陪她想她心中所想。心属之人已逝，说再多的节哀都只是苍白无力的字眼，作为朋友，他唯一能做的就是在她悲痛绝望的时候，借一个肩膀给予她依靠，聊以抚慰她的心情。

"累的话，就靠过来睡一觉。"他拖着双腿往前移了移，声轻音暖。

青珑一呆，一双红肿的眼睛里暗光一闪，怔怔回身。

"可以不用回头，"舒九容已有料想，及时出声："就这样放心合上眼睛，有朋友在，什么都不用怕。"

青珑眼眶一红，热泪滚出，声音哽咽而沙哑："我辜负了他，连他遗落在这世上唯一的东西也没能保全……"

山洞里的回声消失了许久，他才启齿："那就把你的悔，你的恨，你所念想的人，还有你后悔做过的事，全都倾诉出来。"

她抓着焦黑的剑，抱膝坐在冰冷的石壁下，泪水沿着脸颊簌簌滑下，烧灼而刺疼："我想闷葫芦活着，好好活着……"

舒九容心口一痛，才知道她的坚强已经撑到了极点，濒临瓦解。就像一座摇摇欲坠的楼宇，风吹不倒，雨侵不蚀，但只要轻轻一击，摧倒承重的柱子，它就会在瞬间坍塌支离。

"青珑……"他低低唤她，柔声问："你还记不记得，他生前常对你说的话是什么？"

青珑错愕抬头，泪眼蒙眬中，依稀看到了他模糊而苍白的容颜，无论她是最初的假意亲近，还是后来真心相待，他总是闷声数落，叫她管好自己就行。甚至在生前最后一刻，当她差点手刃了他为舒九容报仇时，他依然只是希望她安好，康乐，如愿以偿……

"我虽然不知道，但也猜得出来。"舒九容空洞洞的目光定格在虚空中，静静对她道："他愿你无恙康安，不管发生什么，都要照顾好自己。"

青珑掩口失声，双手环膝贴着冷壁，抱着剑，脑袋深垂，泪如雨下。

舒九容语声轻缓："所以为了能让他心安，你需要保重自己，善待自己……青珑，你能做到吗？"

她含泪点头，心底压抑长久的悲痛和思念就像决堤的大河，在胸臆间泛滥横流。

"那就安心睡一觉，不要胡思乱想，无论明天是风是雨，朋友永远都在身边陪着。"

第八十章
今昔

太初三年白露日，僵持数月的战局彻底扭转，原本夏、燕、亓三军鼎立，久峙云州而不散，渐渐显露出同归于尽的疲象，但因为亓军的叛燕亲夏、虚降实遁之策，逼得燕军尽数撤离。如此，于夏军而言，原本两面受敌的险局得以转圜，开始大面积追剿敌军，阵势浩大，无孔不入。

得了喘息之机的亓将陶征则亲率主力，谨慎避开夏兵，悄然于后方架桥，准备抢渡过江撤回本营。然而事情并没有那么简单，当一座匆促筑成的浮桥刚刚竣工，亓兵准备通行时，一声声震天巨吼突然从四野飘来，顷刻间马蹄飒沓如雷，几乎不到一刻，数万兵马齐现江岸，一语未发，漫天箭雨已经铺天盖地地激射下来，转瞬间淹没了慌成一团的亓兵。

陶征始料不及，怒而回望伫立在岸上的夏兵主将，一双瞳孔睁得犹如铜铃，不敢相信己军反受其害，竟也被夏军算计进去了——原来他们追杀的根本不是燕军，而是故意造势，意在麻痹他耳目，等他召集主力齐聚一地时，他们就可以一网打尽！

阿非伫立在岸上，神色凛凛地俯视着他，待得禁军统领，也是皇上指派的主将东日昶一声杀令放出，他顿时率领黑羽卫随着千军万马齐齐奔动，杀入阵中，势如洪波怒吼，雷霆惊天。

"撤！"陶征暴喝一声，率众冲上乱箭横飞的浮桥，杀开血路往河岸退。

夏兵紧追不舍，俄尔困住了亓兵尾翼，顿如猛虎扑食，一场惨绝人寰的杀戮便在江边激烈发端，数日不绝。

已过子夜时分，远处的天边仍旧火光溟漾。恐战火殃及，开战后雀城大部分百姓已闻讯逃难，剩下不到三成民众都紧锁屋门，躲在里面不敢轻易出来，城中一时凋敝凄冷，空空如也。

吱嘎一声，一间宗祠的门打开，走出来一位年迈的郎中。回头望了一眼，他不禁摇头长叹一声，对站在门口送行的男子道："恕老夫见识浅薄，实在不知如何解毒，恐也无能为力了……"

景威如鲠在喉，送走郎中后便呆立在门外，握着药方，心里悲楚不已。良久他才回神，阖门而入，将祠堂内的柴火加大了些，驱走秋夜的寒气，然后又将自己外衣脱下来，仔细盖到倚柱昏睡过去的楼西越身上。正要拿走他手中的剑好让他安心休息，谁知昏迷中的人一下子被惊醒，拼尽残力握住剑身，就像抓住生命中唯一的支撑。

景威惊住，心下悲酸不已，哽咽道："少将军，是我……"

楼西越看着他，沉默顷刻才微微松开紧绷的神经，却不知该以什么样的身份来面对昔日的生死兄弟和下属，喉咙动了动，发不出任何声音。

景威在一旁坐下，望着憔悴得不成模样的他，心头的恐惧和悲痛一点点蔓延，渐渐盖过了最初的狂喜和激动。可是不管怎样，少将军还活着，那就比什么都好。

"少将军，这些年……你是怎样熬过来的？"

楼西越无力地靠在柱子上，视线飘落在遍布蛛网的虚空中，呼吸轻不可闻，眼底黯光流转，沉默了许久，齿间才飘出沙哑而撕裂的字眼，沉沉如空谷回音："我很好……"

景威瞬间眼睛潮红，不忍再细问。可以想象得到，纵然死里逃生，但之后的每一时每一刻，于少将军而言，无不是炼狱般的煎熬和痛苦。

"陆师父他……"一语未尽，景威已经眼眶模糊，到口的话再也跳不出来。

楼西越的目光凝滞不动，听到"师父"两个字，原本暗沉沉的眼里忽而涸出一片水雾，一合眼，便湿了眼睫。

"答应师父，不要放弃……活着……"

无数个恶魔缠身的午夜，师父临终前的声音总是一遍遍在他耳边萦绕，铭心刻骨，久久不散。谁曾想，害死师父的人恰恰是他最怜疼的孽徒！如果当初他不那么冲动，也许事情就不会变成后来的样子，师父不会死，蕙姨也不会受牵连。他恨自己，宁愿被挫骨扬灰死无葬身之地的人是他，也想活下来的人是无辜的师父和蕙姨……

景威不胜悲慨，低头自责："属下愚蠢，不该把少将军一个人送走……如果我能跟着你一同回来，就算是死也要陪着少将军一起杀进皇宫，救出陆师父！"

"与你无关……"楼西越低低道，撑着剑暗暗挣扎，甫一动身，伤口处便传来阵阵剧痛，手臂一懈力，重新摔回原地。

景威慌忙按住他，不让他再动弹，哽噎问道："少将军，当年你被楚定云逼到绝地，后来……后来是怎么活下来的？"

他没有目睹当年离水一战的情形，是回到西川后逐一找过几名参战的幸存士兵，从他们口中逼问到了一二。他们说，当时少将军浑身是伤，命悬一线，连说话都已听不清，又拒捕顽抗，大家就只得奉命行事，一起围剿，把他逼得走投无路，沉河溺亡了。打捞到尸体时，他整个人已经被水里的恶鱼啃了个精光，独留一副残缺不全的枯骨。

活下来……

楼西越怔立当下，心口像被什么刺中，那些窜进噩梦中的场景再一次血淋淋地交织于脑海，刻入骨髓的冰冷、黑暗和绝望。

就像堕入万丈深渊，抓不到攀爬向上的藤蔓，也看不见照路的点滴明光，只能被死神扼住咽喉，迅速拖向地狱之门。站在悬崖上的人，不是伸手拉你一把，而是抱石投掷，恨不能将你砸得粉身碎骨！

"奉将军令，杀无赦！"天地苍茫，被无边无际的雪色覆盖，只剩一片空白，死寂又聒噪，最响亮的声音莫过于"杀无赦"。隔着寒冰冻水，他还能隐约听到岸上的嘶吼——

"杀！"

赶尽杀绝，不留活口！

那大概是他这一生最艰难的时刻，难到他心死成灰，没了任何力量去挣扎，无声向死亡做了妥协。

河水冰冷透骨，急流卷着他越飘越远，河底水藻团簇，宛如魔鬼乱舞的触手，裹缠住他的四肢和咽喉，把他拉往黄泉鬼蜮。成群的恶鱼扑过来，伺机噬咬他裸露在外的血肉和肌肤，忽然他的身子一轻，有什么东西从背后松开掉下，径直沉往河底。

已经混沌将死的意识霎时被惊醒，他想了起来，那是师父未寒的尸骨，他还没能让他入土为安，怎会眼睁睁看着他被恶鱼争相啃食！那一刻他不知哪里来了力气，发疯似的挣扎身上的水藻，逆着水流扑向河底，冲进密密麻麻的鱼群，从它们的口中夺回了行囊。然后抱着师父的尸骨，在濒临亡命的最后时刻，与死神争夺活下去的渺茫机会。

不知道过了多久，火器破冰的轰隆声趋于平静，以他当时奄奄一息的状况，也已经听不清岸上的杀况了，就只靠着仅剩的微弱力道，在恶鱼的围攻下护着师父的骨灰盒拼命向水上挣扎……

突然，就在他快撑不住的时候，有什么东西发出的璀璨光泽刺进他渐渐合上的双眼。水波动荡，他看不清那是什么，随着距离拉近，它的轮廓才一点点凸显出来——是一只银铃，用红缨绳挂着，两边各垂着一颗珠子。

他认出了它，熟悉得不能再熟悉，却忘了它早已无法戴到最初所期待的那个人手上了。执念使然，他仍旧冲了过去，伸手抓住它奋力向水上拖。

不能死，她不能死，他要救她上岸，不能死……

数不清的影像在他脑中混乱交叠，有年幼的她笑如榴花的灿烂容颜；有千军万马压境时，瘦小的她倒在血泊中的殷红身影；有数年后长街初遇，她站在龙虫堂外抬眸望他的平静清容；还有后来她来到他身边，一声又一声叫他闷葫芦的慧黠笑脸……那些消逝如梭的过往，一起冲锋陷阵的铁血岁月，走过的路，流过的血，一去不回的情真，全都化在那串他亲手打磨的铃石中。

不能放弃，他要她活下去，不能死……

意识模糊的他固执地把戴它的人当成她，以为是她落入水中，于是不顾将死之身，一手抱着陆鹤之的骨灰，一手抓着铃石那端的手腕，拼尽生命的最后一丝气力，破水而出！

"臭不要脸的，想糟蹋我！下去！我踩死你！下去！"爬上岸头的小姑娘终于得劲，吐出口里的积水，然后大喘一口气息，右脚一踹，狠命将挂在她腿上的一个地痞蹬进水中。只听一声哀号，不谙水性的那人扑腾了几下，重新被卷入河心，越冲越远，最终被庞大而饥饿的游鱼围住，争扯着拖到了河底。

"谢啦！"总算是脱险，小姑娘咻溜一声扒开芦苇，拧了拧湿哒哒的衣服，头也不回地对拉她上岸的人道。远处炮火不绝，还有士兵在打仗，自己好不容易死里逃生，一刻也不能耽搁，必须尽快离开。

这样想着，她快速扯掉粘在身上的水藻，哈着热气，搓着发僵的双手，随口问了一句："你是干什么的，怎会掉水里去了？"

她自顾自说着，全然没注意到背后的人一半身子泡在水里，一半蜷在芦苇丛中，呼吸越来越微弱，眼睫闪了闪，渐渐就没了动静。

小姑娘回头一看，这才察觉到异常，推了推他："喂……你怎样了？"

"轰！"一声巨吼忽而炸开，震得茫茫雪地抖了抖，吓得她抱头缩进芦丛，以为已经跑到下游的士兵又杀了回来。

爆炸声灭，她才敢拨开苇秆，确定没有危险，这才完全离开水岸，撒腿就跑。

不过跑着跑着，她又倏地刹住脚步，迟疑地回头，心下纠结起来。

毕竟是他拉了自己一把，就这么跑了，好像有点不太厚道……可看他半死不活的样子，指不定得拖累自己，要真管下去，那她肯定也凶多吉少。

算了，保命要紧，管不了那么多了！

一念之间，她仓皇奔走，瘦小身影顷刻化成黑点，从他渐渐阖上的眼帘中消失。

随着小姑娘的背影一起消失的，还有风雪中回荡着的那只银铃的缥缈清音，带走了过往的点点滴滴，也彻底了断了一切。

就像她说的，他是楼西越，她是霍青珑，仅此而已。

若能活着走下去，他就带着师父的尸骨离开，去一个没人的地方，余生长伴他坟前，弥补他亏欠师父的所有恩情。

苍茫大雪中，他拖着冻得僵冷的四肢，抱着师父的骨灰，一寸一寸地向前爬行，最终陷入毫无知觉的黑暗中……

从昏迷中醒来时，已经是数日之后了，彼时他躺在一辆破旧的马车里，驱车的人是那个小姑娘，手中正抓着一把枯黄的狗尾巴草，逐个扔向雪地，边扔边自言自语："烧了他，不行……烧了他，再等等……烧了他，兴许还有救……烧……"

十几个回合下来，她捏着剩下的最后一根草穗，终于下定决心，勒住马缰，转身钻进马车里，准备点火焚尸，却喜得大叫一声："你醒啦！"

"要不是那日你拉我一把，我才懒得返回去找你。大夫说了，你也活不了多久，我是看你可怜才肯带上你，免得你死后被野狼叼走。既然活过来了，那可不能赖我车上不走，我连自己都养活不了，可不想再被一个病死鬼拖累……"

见他不说话，她径直蹲在他旁边，掐指细数，开始盘算请大夫诊治、开方买药以及为了方便逃走不得不咬牙掏从他行囊里顺来的银子买下这辆马车所支出的巨大花销。"看你长得这么俊，又救过我一命，就不跟你要跑腿的小费了。听好了啊，零零散散合起来总共六十九两，外加十五文铜钱的零头，好算起见，你就给我七十两银子好了。喏，这儿还有大夫开的方子为证，卖马车的人我也让他按了手印，不会诳你的。"

她喋喋不休地讲着，他置若罔闻，挣扎着撑起身子，左右一望，不见师父的骨灰盒，霎时慌了起来，疯了似的到处找寻。

"我跟你算账呢，听到没有啊？"小姑娘揪住他，好似自己遇到了无赖一般："你还我银子，我都饿得没东西吃了！"

见他急得仓皇失措，理都不理自己，她赌气道："别找了，那么晦气的东西，我早扔了！"

他猛然顿住，回头看着她，脸色煞白，眸底血色蔓延："在哪？"

"你先把银子还给我，不然就别想知道那东西丢在哪……"

"在哪里！"重伤初醒毫无气力的他，霍地发出一声痛苦而自责的低吼，眼圈通红，身子簌簌颤抖。

小姑娘吓了一跳，声音小了一截："你还我银……"

不等她说完，他已经冲了出去，疯子一样跳下马车，向回奔跑，一个趔趄不稳，砰然栽倒在雪地，而他却不要命了似的，爬起来继续找。

小姑娘看得呆住，大抵意识到了那东西对他的重要性，想必也觉得自己过了分，又怕他把自己折腾死了，就从布囊里取出他的包裹，追上去挡住他："不就装死人的盒子嘛，看把你宝贝的，我还没来得及丢呢，还给你。"

面对失而复得的恩师遗骨，从鬼门关里爬出来的他，第一次当着陌生人的面，颓然跪倒在雪地，发出克制不住的啜泣声，像离群的幼兽哀哀的悲鸣和呜咽。那些积压并隐忍了二十多年的委屈和无辜，血肉至亲的疏远与厌弃，求而不得的眷恋与情真，最亲的师父为了救他永辞人世的痛苦与自恨，素志未竟反遭诛灭的绝望与心死，死里逃生却生不如死的煎熬和悲苦……在那一刻通通像泄闸的洪水，再也压抑不住，砰然冲破了他千疮百孔的心海，泛滥横流。

小姑娘呆呆看着他，不知所措又若有所思，抱着行囊哀然蹲在他旁边，默默不出声响。

四野俱寂，风从天边呼啸而来，吹散枝丫上的积雪，簌簌飘落……

两个多月后，他背着师父的骨灰，跋山涉水来到了极西之地不忧山。

山脚有一个流民杂居的小村，人丁凋零，虽是穷山恶水，却是师父毕生难忘的所在。因为在那里，年轻又英俊倜傥的他曾邂逅了一位娴静农女，与她缔结同心。

师父曾说过，他此生唯一的遗憾，就是少有机会回到那里，去看看自己的妻儿。

现在，他把他带回去了，与早已在战乱中香消玉殒的师母合葬而葬，近旁亦是他们战死沙场的儿子的英雄冢。

睽违了十数年，一家人终于团聚一处，长眠于不忧山顶，俗尘纷扰不再。

那期间市井传出的一些流言，他已然在来这里的途中听说了。楼西越彻底死去，从此支撑他活下去的，就剩下碑冢上飘落的尘埃与风霜。他撑着瘦骨嶙峋又毒入脏腑的垂绝躯体，拂过昼夜晨昏，拂过春夏秋冬，一守便是三个年头。

这一切小姑娘都看在眼里，很难想象，她会为了那些原本就不属于她的银子，像个跟屁虫一样一路追着他。他不说话，她就牵着马儿默默跟在后面；他不吃不喝日夜兼程，累得再也站不起来，她就在他睡着的时候去找野果；碰到他毒发咳血，她就用卖掉马车重新换来的银子给他找大夫诊治。

七千多里路，他没有回头看过她一眼，却总能在她碰到豺狼虎豹，或者被山匪大盗纠缠上的时候突然出现，救她于生死一线。

她想，纵然他像个无趣的哑巴，身子也越来越糟糕随时都有可能倒下，但跟着他总归是可靠而心安的。况且那些银子本就是在他重伤昏迷时从他的行囊里偷偷顺走的，良心上她无论如何都过不去，留意他也是应该。

每每望着跪在坟前不言不语的他，她就站在远处的树下，暗暗对自己如是说，哪怕叫她住在不忧山，再也看不到外面的风光，她也不会离开。

因为她不想看着他一个人孤零零地死去，更不想他死。

但每次追问时，那些找来的郎中都语焉不详，说不出他到底得了什么病，只对她说些命不久矣之类的胡话。她自然知道这是他为了赶她走授意大夫说的，可越是这样，她就越赖在不忧山不走。后来她遇到一位年迈且善良的大夫，对方实在看不下去，才在他离开药堂后追了出来，偷偷向被关在门外的她透露，说死亡花这味罕见的良药兴许对他身子有好处，可以找来补补。

尽管没有足够的银子去买如此昂贵的稀缺药，但这样的消息还是让小姑娘激动不已，至少还有能够延续他生命的希望，无论如何她都不能放弃。

"你先回去吧。"飘雨的村口，她打着伞，扬声对走在前面从不回头的他道。

他没有回应，提着在山下买来的一些祭品继续赶自己的路，支离瘦骨如同料峭春寒中飘零的落叶。

"我不回去啦！"得不到回应，她跺脚大声道。

他依旧如故，一个人独自在细雨中穿行。

她嘴角下垂，黯然道："我决定了，明天就离开这里。"她相信，按照老大夫的指点，花几天时间，或者几个月也好，翻遍四周的深山野林，总能找到那味药。只是希望这期间，他一定要撑住。

他脚步顿了顿，微微向后侧了侧头，俄尔又收回，苍白面容上并没有情绪的起伏，始终如一地朝着未知的远方踽踽独行。

"我走了！"她不舍而担心，既失落又沮丧，撂了一句狠话，却不见他任何反应，便恨恨地叫住行将出村的一辆驴车，不知跟赶车的人说了些什么，就自来熟地攀谈上了，最后还搭上顺车，坐在辕座上要来鞭子自己驱赶。

"大叔，你人真好！"经过他身边的时候，她故意跟车夫有说有笑，用着生怕他听不见的高声夸赞，顺带瞥他一眼："不像有些人，你再怎么担心他，他都不理你，良心早就被狗啃光了！"

他埋头走路，漠然置之，在她和车夫热闹而欢快的对话中调头拐向上山的方向。

她耷拉着脸，懊恼不已，又慌得不行，连忙道："大叔我们走那边吧，有条小路很近的……"说着她也不管车夫同不同意，自个儿一提绳，将车子调了个头，朝他离开的方向追了过去。

"你这小鬼，我们好心载你一程，这般无礼。"车夫显然不乐意了，从她手里要来鞭子，一边摆正车头一道道："你是哪家的孩子？天都快黑了还不回去，跑外面做什么？"

"我哪里有家……"她回头望了一眼他的背影，颓丧地撇着嘴，心情郁闷，既生他的气，也生自己的气，心不在焉地搪塞着热情的车夫："你们离开这里准备去哪？"

"自然是回家了。"车夫笑着道，一脸向往之色，"一家子逃难，离开西川都快三年了，不知道回去后会是什么样子。"

"那里不是在打仗吗？"

"你没听说过吗，早就谈拢了，不打喽。"

"和谁谈拢了？"她好奇起来。

"就我们大夏的兵马和那个什么青军啊。"

细雨霏霏，车夫的声音爽朗而洪亮，随风散开，飘入独行者的耳中。正走着，他忽地停下，心口像被什么字眼刺中，攥了攥手中的祭品。

一瞬间的发怔，他便又迈开脚步。

车子缓缓行走，身后的对话还在继续。

"他们不是打得很凶吗，为什么还能走到一起？"

"这当中的猫腻寻常百姓哪里知道，听人说是因为宋将军，两边才谈开了。"

"这么了不起！哪个宋将军啊？跟他有什么关系？"

"那些人不知使了什么卑下手段把宋将军抓走当人质，才逼得楚将军跟他们讲和了，上奏朝廷和议，不然两方不会这么快就消停……"

行走中的人突然变色，脚步放慢，最后倏地回头，大步追向车子。

当他终于有了回响，她喜不自胜，谁知他却绕过她径直奔到车前，面色煞白又身骨薄弱的阴冷模样吓了车夫一跳。

"有没有出事？"长时间不曾开口，加上慢毒所致，他的声带似已生锈，从喉咙飘出的字眼嘶哑而生涩："宋将军，宋令宣……"

车夫受的惊吓不小，驱车远离他，点点头又摇了摇头："没，听说被抓去青桑了……不知道，都是听人瞎言传的，你去跟别人打听吧……"

话未说完，车夫扯了扯绳子，牵着毛驴绕开他，见鬼似的赶紧走了。

天色渐沉，蒙蒙烟雨中，剩他一人独立荒郊，心海跌宕难平。"宋将军""被抓""青桑"等字眼在他脑海不断跳动，刹那间撬开了他尘封已久的心门，往日的点点滴滴再也不受控制，一齐从他无力回想的记忆中涌了出来。

道听途说的这一切，是真是假？

那年的冰天雪地里，如果叛将弃子楼西越被万箭穿心，世上肯为他收尸立冢的，除了远在千里的景威外，他想，也许就剩下视他如己出的宋叔了。

师父已去，他不能让这个叔父也流落异国失去自由之身，连回一趟家看一眼自己的妻儿都不能……

景威看着他的垂死模样，心有戚戚，不忍再追问他当年的一切，终归是噩梦，他不想少将军再记起。而今他最欣喜若狂的，是他还活着；最担心的，是他饱受慢毒侵袭的清瘦身骨；最希望的，就是恨不得立刻找到姓沈的，还有他的帮凶绿盈，同归于尽也要找他们拿来解药！

不！不能这么直接，那样他们就猜到少将军还活着，定然会生出什么阴险恶毒的主意来对付他。当下时局微妙又紧张，指不定他们会将这消息散播出去，借刀杀人，让楚定云获悉此事，那样少将军必会再受他迫害。当务之急就是瞒住此事，任何人都不能知道，先治好少将军的伤，设法保住他的性命，其他一切从长计议。

一念至此，他立刻清醒过来，俯身道："少将军，此地不宜久留，我先带你离开……"

话未说完，一阵窸窸窣窣的脚步声传来，间或夹杂着马蹄奔行的声音，在清冷长街上回响，是一群摆脱夏兵纠缠后的响马在四处寻人。

景威一喜，趴在门缝处观望了一会儿，确定是自己的手下，忙打开祠堂破旧的木门，然后又紧紧阖上，站在门口喊来他们。

终于找到了头儿，一群人大喜过望，纷纷围拢过来，还没开口询问他为何跑来这里，就见他急匆匆地掏出一张方子，递给他们，仔细交代道："清点下盘缠，储足干粮，并备一辆马车，注意不要被任何人发现，顺便照这方子多抓些内服的药，需够喝个把月。快去，半个时辰之内一齐送来此地。"

响马们吃惊不已："景爷，你受伤了？"

"先别问，照我说的去做。事成之后，召集所有弟兄打道回寨，不必待在云中了。"

一群人大吃一惊："景爷，当初不是你决定来这里打敌军的，这才刚开始怎么就……发生什么事了？为何要赶我们回去？"

景威心里痛恨不已，握紧了拳头，当时是当时，现下他心意已变，唯一要做的事就是救少将军。哪怕现在知道少将军还活着，他也不会原谅任何夏兵和西川大军，这辈子到死都不会跟那些忘恩负义的东西走一道！

"景爷匆忙离开后，琼儿姑娘也跟着去找了，这会儿还没寻到她，倘若要撤走，那要不要等……"

一想到自己情急之下将琼儿丢给霍青珑的做法，景威的心里自责不已，道："你们派些人到山林里继续找，寻到后征询她的意思，琼儿要是执意去找舒九容，就遵照她的意思安全送她到王府；若她肯回北地，你们就护着她一起离开，在寨子里等着我。"

"是，兄弟们这就去办，但我们的人手先撤回去一半，剩下的暂时留下，听候景爷吩咐。"响马们抱拳受命，正要走，忽然听见祠堂里传出响声，立马又狐疑地顿步回头。

"快去吧，别愣了。"景威焦急不已，挡在门口，大声催促一句支走了他们。等所有人走光，他匆促闪进宗祠，却见楼西越撑着剑艰难站起，意欲离走。

"少将军！"景威横身冲过来，拦住他，悲切不已："你看清楚，我是景威！你不再相信任何人，连自己的兄弟也不肯认了吗？"

楼西越垂睑，无以为答，绕开他缓缓走向门外，孤绝身子被黯月拉成一道长长的细影。手中的剑，俨然成了他唯一的支撑和依靠。

对于兄弟，他不是不认，而是不容许这副枯朽将死的躯体成为任何人的累赘。景威有了自己的寨子，受一帮忠心耿耿的手下拥护，也遇到了自己喜欢在意的姑娘，生活就该向着明光重新开始，不该受他牵连。

"没事，就好……"跨过门槛的时候，他留下一句喑哑的话，一个人步入幽森而冷异的长街。

"少将军——"景威大步追出去，挡在他面前："你不认自己的部下和兄弟，我认！你去天南，姓景的追随到底！你去地北，姓景的寸步不离！"

楼西越看着他，眼眶通红，握剑的手有些微颤抖，几经挣扎，终究还是没有向前伸出。

"少将军！"景威明白他的想法，悲喝一声喊住他，横刀于他身前："这把刀，是我加入少将军麾下那一天，你亲手转赠于我。十几年已过，物是人非，倘若你不认了昔日兄弟，收走它，从前的一切风吹云散！从今天起，我，姓景名威，绿林浪迹之徒，重新与你结识，做你的兄弟！"

楼西越的眼底血泪交融，猛地攥住刀身，却觉重如千钧，怎么也抬不起来。煎熬许久，轻颤的五指才徐徐松开，战刀重新跌回景威手中。在他万分期盼的目光中，他的喉咙里飘出嘶哑而低沉的字眼："好……随我东行，救出宋叔。"

这是他辞别师父离开不忧山，从极西之地向东奔赴的唯一目的——给她想要的疆土，换回有恩于他的叔父余生的自由。

《第八十一章》
厄难

向晚时分，一辆马车从雀城四周的林道里穿出，沿途寻找绿竹上刀刻的印痕，然后顺着它们的指点快速向西南方向驰骋。

而在他们之前，已有一拨约莫千人的队伍成功杀出重围，迅速远离云州，到了安全之地后才兵分两路。

"顺着这里南下，向东拐到平阳城，与常将军的援兵会合后，立刻从黛江水路撤回燕境，然后驻兵于镶州。我先带着沈公子去前面的小城求医，顺便在此地等候公子，你们先行一步。"

一名小将边说边在靠近树根的地方用刀刻下一个标记，然后又交代了几句，队伍便就此分开，剩下他和两名随从三下五除二脱掉战服，牵着马车赶往城中，就近找了家驿站。安置好重伤昏迷的沈隽后，那小将留下两人照看他，自己匆忙外出去找大夫了。

夜色已经深沉，住店的人本该歇脚，谁知陆陆续续涌进几拨人，彼此勾肩搭背骂咧咧，然后齐聚一室，没多久就有嘈杂而混乱的声音从里面传来，先是猜拳行酒令，渐渐换成摇骰子和赌大赌小的吆喝声，以及旁观者的起哄，摔酒壶砸酒杯的争吵声……

很明显，这是一间并不正经的店面，白日里经营生意，到了晚上就成了那些赌徒和酒鬼行乐的场地。

已过二更，楼下依旧喧嚷不绝，昏睡的男子被惊醒，皱了皱眉，正要挣扎起身，却见一个人影顺着窗户摸进来，蹑手蹑脚地在屋里乱翻东西。

沈隽半撑起脑袋，向外看了一眼，长时间的昏迷让他思绪含混，一时都不知道自己身在何处，直到包扎过后的伤口传来阵阵刺痛，意识才渐渐清醒。但见那人越来越近，他暗暗握住枕边的刀，屏息戒备。

借着月色看去，来人只是用黑巾蒙了脸，并未着夜行衣，且脚步粗重，行动不灵便，观来不像是训练有素的刺客，倒像是慌里慌张跑来偷东西的毛贼。翻完桌上堆放的几包草药，并未捞到好处，他又贼心不死悄悄溜到榻边，拨开纱幔意欲偷拿行囊。谁知还未得手，一柄明晃晃的长刀如风掠过，笔直刺向他喉咙！

小贼吓得腿一软，举手做投降状，"别杀我"三个字还未喊叫出，房门哐当一声撞开，睡在隔壁屋子的三名燕兵齐齐冲进来，大喝一声："什么人！"

说着其中一人飞踹一脚，毫不客气地将那毛贼踢飞了，正要拔刀砍来，那贼捂着肚子，慌忙跪地讨饶："大侠饶命！小的有眼无珠冒犯你们了，求各位侠士饶命！我一定改过自新，再也不敢了，求你们饶命……"

普通贼人而已，三人也就没放在心上，点灯去查看沈隽的状况，却见他脸色发白地盯着趴在地上磕头求饶的那毛贼，神情万分惊愕，握刀的手都有些微颤抖，像是在极力压制将要爆发的情绪。

"沈公子，你的伤……"三人欲扶他躺下歇息，却被他摆手谢绝并支走了。

那贼也不敢抬头往上看，沈隽提刀往前走一步，他就弓着背往后挪一步，最后像个鸵鸟一样缩在桌子底下。

"抬起你的头。"沈隽克制着拔刀的冲动，冷脸盯着他。

那毛贼觉得落入耳中的声音有些熟悉，仰头惊望，却狠狠撞到头顶的桌子，忙又痛得捂住脑袋。认出面前人后，他仿佛碰到了夺命的无常厉鬼，慌不择路地爬出来，远远退开了。

"你别动手！这都是大哥指使的，我也是被逼无奈才这么干的，不知道你在这里住着，你……你找他理论去！"说着，他指了指楼下，"他就在底下，还等着我拿银子去赎他，再不去就要被人拆胳膊折腿了……"

沈隽的胸口剧烈起伏，拳头攥得咯咯脆响，连浑身的伤痛也似已不觉，最终没忍住，冲过来提住他衣领一拳捶向他面门，恨不能揍死这个败家子。

沈恒被打得眼冒金星，慌乱中抄起桌上的茶杯朝他脑袋一通乱砸。

沈隽身子一错，踉跄中挨了他一拳，正中胸口，顿时倒退了几步，伤口开裂，渐渐有血色洇出，顷刻间殷红一片。

沈恒急于脱身，当下也不管他，翻窗逃之夭夭，临走时不忘提醒他一句："大哥还被他们揪着不放，你要是有良心的话，就快点到楼下去看看！"

沈隽怒极，捂着撕裂的伤口强撑着稳住身子，一口气堵在胸口，几乎失去理智。

楼下一间宽敞而隐蔽的房间内，一群人围在桌子两旁，撒疯般大吼。

"砍左边！"

"右边的也不顺眼！"

"干脆全都砍掉，叫他长点记性！哈哈哈……"

语声未消，匕首唰然扎下，被按在桌边的人右手拇指削飞，血流如注。

"别砍……别砍我……"沈卓痛得满头冷汗，发出歇斯底里的惨叫，险些昏死过去，双眼惊恐地盯着在他面前晃动的血淋淋的匕首，浑身发抖，吓得眼珠子都似要夺眶蹦出。

打手们并不客气，匕首在他脸上拍了拍："敢来这里，至少得备一样东西，要么金子银子，要么就是一条烂命，沈大公子可想好要哪个了？"

"要命！要命……"沈卓的脸被摁在桌上，双手被掣制，动弹不得，闻言惊恐至极，小鸡啄米似的急急扭动脑袋，点头表示自己会想办法："二弟去找了，一定能还上！再给我……

给我们一天时间，一定还上……求各位好汉高抬贵手，放了我……别杀我……"

"放了你，万一跑了找谁要？"打手们哈哈大笑，揶揄了几声，有了折中的办法："听说沈家原本家财万贯，想必祖田肥沃，没个千亩也有五六顷。这样吧，还不上银子，拿田产来抵押倒也是条明路，不知沈大公子意下如何呢？"

沈卓骇然，仅仅迟疑了一瞬，打手们就已经失去耐性，突然拔出别入桌子的血红匕首，切向他手腕。

"别杀我！我给，我给……"惊悸不已的他，颤抖地出声求饶，被逼无奈之下一口答应。

目的得逞，打手们痛快大笑，将早就拟写的田契拍到他面前，强压住他左手按下了手印。就在沈卓大松口气以为自己可以离开后，收债的人却装好契书，伸指点了点凳子，示意他继续坐着。

沈卓一脸惊骇，被一群打手困在中间，瑟瑟发抖不敢出声。不明所以之时，一人猛地从背后捂住他的口，刀子对准他的咽喉，毫不留情地刺下去。

生死一隙间，一把刀鞘迎面飞来砸到持刀人的手腕上，那人痛得一懈力，匕首应声而落。

房门大敞，沈隽脸色惨白地站在门口，正对收债人和一群打手，手中出鞘的刀闪着冷异的寒光，另一手上提着一大一小两袋金玉，将小袋当空抛给了他们，语声幽冷："放了他。"

沈卓早已吓得魂飞魄散，又背门而坐，并不知道何人出手，但随后从声音里听了出来，慌得连连求饶："他是我三弟！他有金山银海，一定会还给你们的！求求你们别杀我！别杀我……"

收债人顺势接住钱袋，拆开看了看，叵测一笑："沈三公子可知道，令兄从上一年头至今欠了大伙多少银子吗？就这点，塞牙缝都不够，哈哈哈……"

"足够了足够了，还有田……"沈卓急于保命，慌忙补充，还没开口说完，就被打手一拳捶到嘴上，登时闭嘴不敢言。

沈隽目光一冷，提刀走来，在正对收债人的空凳上坐下，神色阴寒："金山银海在此，就看你有没有本事拿得去。"说着，一个沉甸甸的大钱袋从他手中提上来，平静搁置在身旁。

打手们眼睛发亮地盯着钱袋，收债人身子亦往前倾了倾，俄尔眯眼笑了笑："不知沈三公子赌大还是赌小？"

"不赌大小，"沈隽直直盯着他，冷冽道："赌命。"

一群人噎了一声，须臾又发出讥讽的大笑，收债人斜了眼惶恐不已的沈卓，转动着扳指冷笑道："他的命，连蚂蚁都不如。"

"赌你的命。"毫无预料地，在聒噪的嘲笑声中，沈隽幽幽而冷厉的声音飘出，满室大笑戛然而止。

不等打手们做出回应，临桌而坐的男子猛地拾起手边的钱袋，飞掷而出砰然击中对面收债人的脸面，里面装的并非金银，竟是摔碎的瓷渣。与此同时他拼尽一口气，提刀起立，身如游龙般踩桌掠向对面，一刀捅入他颈窝。

一切发生得太过突然，谁也没想到这个脸色苍白而倦怠的男子会是心狠手辣的主，且身手如此敏捷，反应过来的打手们震惊不已，纷纷拿出武器冲上去，顷刻厮打在一起。

沈卓被晾在一边，见状想也不想，捂着血淋淋的断指连滚带爬地夺门而逃。

深夜的小镇寂静无声，偶有犬吠声响起，越发显得清冷。行将破晓的时候，街头一间古旧的大宅里接连发出急促的咳声，惊动了宅子里寥寥无几的仆人。

沈由不知做了什么噩梦，受惊起来后着了凉，加上心情惶惶，下地走了没几步突然双腿一颤，重重跌倒在地，随后痼疾发作，咳得说不出话。

隔壁屋子一个哑巴少年听见，飞快跑来，背起沈由就往城中的医馆冲。

"我跟你去……"看管后门的仆人上了年纪，闻讯被自己的孙女搀扶着，急匆匆跑来前院。那姑娘见状，慌忙跑到哑巴少年的身边，伸手轻拍沈由的后背，帮他顺气，一脸紧张地道。

哑奴摇摇头，嗯嗯了几声，口里发出晦涩难懂的字眼："不放……大、大夫……烧药……"

女孩立刻了然，便不再固执，听话地回应他："你放心，我会跟爷爷看好家门，不让任何人进来！你快带着老爷去找大夫，我去烧水，把上一次剩下的药先熬好备着。"

哑奴腾出一只手，拂去她鬓前的乱发，冲她点点头，然后背着沈由去找大夫了，另外两名下人挑着灯给他照路，也先后跟出去了。偌大一座宅子，就只剩祖孙二人一前一后看守着。

沈恒从后门爬墙溜进宅子的时候，里面冷冷清清，不闻人声。他弓背猫腰，贼头贼脑地四处张望，想摸进自己父亲的房间偷些祖传的宝贝卖掉，好再去逍遥快活。正想着，他的脚底突然一软，似是踩到了什么，回头一看，一只大狗竖耳怒视，幽亮的眼睛冷森森地盯着他，旋即冲了过来，狂吠不止："汪！汪！汪！"

沈恒整日在外面鬼混，自然不知道宅子里何时养了一条如此凶狠的看家狗，登时吓得不轻，落荒欲逃。

"谁？"正在厨房熬药的女孩听见了响声，忙放下手里的活走出来，一眼就认出了这个能将老爷气死的混账东西，顿时抄起扫帚，毫不客气地挥向他："打死你！打死你！叫你还来偷东西，打死你！"

沈由早已发话，阖府上下，谁要看见那两个孽障踏进宅门，抢起棍子往死里打。

女孩身子瘦弱，气力远不及沈恒，见打不着他，匆忙去解绳子就要放狗咬他。沈恒脸一白，趁她转身的当儿扑过来，一把捂住她嘴巴连拖带拽地推搡进厨房，将她死死捆住。怕女孩出声，他又粗鲁地扯掉她的外衣，团成一团欲塞进她嘴巴。

突然，他手忙脚乱的动作猝然停止，双眼发亮地盯着女孩光洁的脖颈和秀嫩的脸蛋，喉咙滚动了一下。旋即他嘴角一咧，露出禽兽般的狰狞笑容，猥琐又迫不及待地扑到女孩身上……

看门的老人正蹒跚着脚步慌张地从前院赶来后院，却见那只大狗冲着厨房的方向狂叫，顿时紧张地奔过去。

老人推门而入，里面杂乱不堪，女孩双手被捆侧躺在地上，衣服被扯得七零八散，嘴里死死咬着一只血淋淋的耳朵，双目紧闭，头歪向一边，已经没了呼吸。沈恒寻乐完毕，一手捂着被咬断的右耳，一手死命掐着她的喉咙，痛得咬牙切齿。

"我的孙儿……"年迈的老人承受不住这样的打击，悲怆地喊了一声，身子不稳，一头栽倒在门前。

沈恒抬头惊视，仓皇提上裤子往外逃窜。老人痛恨不已，伸手抱住他脚踝，发了疯似的抓扯

"畜生！你这天杀的畜生……"

眼见事情闹大，狗急跳墙的沈二公子顿时发了狠，抬脚踹向老人胸口。怕他将自己的行径告诉父亲，揪扯中他竟杀心又起，咬牙掐向老人的脖子。

"汪！汪！汪！"后院狗叫不绝，几乎淹没了前院那边传来的叩门声，哑奴背着病情稳定下来的沈由焦急地站在檐下等候，却迟迟不见祖孙俩前来开门。

他不由担心起来，把沈由交给随行的两名仆人，自己翻墙进去开了门。彼时后院的狗吠声此起彼伏，哑奴片刻也没停留，循着声音跑了过去。沈由更是坐不住，被仆人搀着紧追而去。

哑巴少年最先赶到，看到的不是女孩明媚又羞赧的笑脸，却是她狼狈不堪的尸体。他哀叫着扑向女孩，抱起她的尸体痛哭。

忽然，地上几点血迹映入目中，顺着事发之地一直向外延伸。哑巴少年盯着那滩血色，眼底的痛苦和自责蓦地变成冷冰冰的杀意，他轻轻放下女孩，脱下外衣包住她的身子。尔后一抹眼泪，面色凶狠而可怕，他起身拿起案板上的菜刀，顺着血迹一路搜寻，追到了后院墙角，不远处就躺着老人的尸体。看门的大狗不知是自己挣脱了绳子还是老人弥留之际拼命解开了它，大狗朝攀墙欲逃的沈恒愤怒吼叫，之后腾空跃起，张口逮住他一只脚，生生将他从墙上扯了下来。

哑巴少年攥着刀，看到这一幕后悲吼一声，像一头发狂的野兽般扑到他身边，猛地朝着他的后背狂砍！血肉飞溅，染得他的面庞可怖如魔鬼，痛极而失去理智的他全然没了意识，恨不能将这个禽兽不如的东西千刀万剐！

彼时的街上，正在逃窜的沈大公子被一名浑身是血提刀而立的男子堵住，一脸惊惧地向后倒退，连连向他求饶："三弟你听我说，这都是沈恒那小子惹的祸，大哥也是想拉他一把，才被他拖下水的，真的不关我的事……"

沈隽目如锋刀，紧紧盯着他，眼底深处满是戾气，冲过去掐住他脖子，另一手丢了刀，转而揪住他头发，以头当石，将他的后脑勺接连往墙上狠命撞击。

"说！你们都做了什么！"暴怒到极致的他握着一张满是血迹的皱巴巴的田契，怒声喝问，说着他接连两拳挥出，重重砸向沈卓的鼻梁，霎时两行鼻血淋漓淌下，加上脑袋重击了几下，痛得沈卓抱头缩在地上哭爹喊娘。

沈隽气不打一处来，拾起刀将欲砍他手脚，被赶来的三名燕兵挡住："沈公子重伤在身，方才又与那些地痞一阵恶斗，千万要保重身子。自家兄弟有话好说，切莫伤了和气……"

"这是沈家的家事，不用管……"沈隽推开他们，尽管眼前模糊一片，神智昏昏沉沉，他仍旧极力让自己保持清醒。

"疗伤要紧，那群地痞已经走远，日后再处理这事也不迟，沈公子先行……"

"走。"沈隽侧目，不动声色地盯了他们一眼，言语森然，随后走向墙角，一刀划断沈卓的衣角，包住了他拇指，然后提起他衣领，拖着他朝街头去了。

三人语塞，一时半会不知如何是好，一方面估摸着公子循着他们留下的暗号差不多也快找来了；另一方面沈公子重伤未愈，刚从昏迷中醒来就发生这样的事，再不治疗休养恐怕性命堪忧，到时候也无法跟公子交代。权衡一番，他们最终决定分头行动："你去城楼那边守着，近日多加留意，紧盯着公子的车马，我二人跟随沈公子去看看，注意留下暗号，以便随时联络。"

此时的街上还有更夫打更的声音远远响起，本该深寐的时刻，对沈家来说却是一场难以入眠的噩梦。

空空冷冷的宅子里眨眼间横躺了三具尸体，其中一具被乱刀砍死，血肉模糊惨不忍睹。沈由哀哀欲绝，颤颤喊了一声："造孽啊……"之后他便一个趔趄倒地，一口气险些换不过来。

哑奴扔了刀，满脸血泪横流，扑通一声朝他跪下，一个接一个地磕着响头，嘴里发出含糊不清的呜呜声。他替女孩报了仇，可是却杀了沈家二公子，哑巴少年自知再无颜面面对沈由，悲痛不已的他想不开，蓦然间拾起刀朝自己身上砍去！

沈由老泪纵横，一瞬间似苍老了数岁，四肢战栗不止，伏在沈恒血淋淋的尸体前，打他又不断摇他，哭得肝肠寸断："你这孽子，孽子啊……"

两名仆人早已被这场面吓住，惊在当下，许久才回过神，惶恐地去拉劝哑奴。此时的少年情绪失常，大吼一声不让任何人靠近，想要把加诸沈由身上的痛苦一刀一刀还给自己，然后再到阴曹地府去陪伴那个受辱而死的无辜女孩……

"住手！快住手！"沈由泣不成声从自己儿子的尸体旁爬过来，伸手去夺刀。

哑奴后退一大步，俯身朝他重重磕了一个头，表示自己对不起他和公子的恩情，起身之时，手中刀刃猛地向上切向自己脖颈。

"住手——"阴暗的旧宅里，一声歇斯底里的悲吼刺破清寂的夜色。

沈隽拖着沈卓，在他的指引下来到了这座宅子，不知出了什么事，夜半时分宅门却半敞着。他心下起疑，甫一推开门，那阵悲恸欲绝的回声便传入耳中。他一惊，循声奔向后院，落入目中的惨景让他眼前一阵眩晕，浑身强撑的力道也霎时匮竭，脸色煞白无血，双眼潮红。

哑奴维持着俯身磕头的姿势，脖颈处血如泉涌，人已经了无一息。沈由跌坐在血泊中，垂老身子犹如风中凋敝的残叶，簌簌发抖，捶地痛哭："我这是造了什么孽啊……"

看门的大狗站在一旁，尾巴下垂，耷拉着脑袋哀然注视着所有人，嘴里发出呜呜的悲鸣。

"爹……"沈隽几乎不敢相信眼前的一切，颓然跪倒，哽咽难言。

父子两年未见，沈由以为自己眼花，泪眼蒙眬中竟有刹那的怔忪。但见他浑身血迹，顿时吓得痛切不已，他以为又要失去自己的小儿，哀叫一声"隽儿"便呼吸一窒，身子歪向一边，一口气息堵在胸口，几乎断了性命。

沈隽惊痛不已，看着父亲满鬓的白发以及曾经忠心耿耿伴他左右的哑巴少年的尸体，心如刀绞，自责难当。他无法想象，在自己离开沈府的这两年里，面对败光家业且常常惹祸上身的两个儿子，年迈无依的父亲过着怎样心惊胆战的窘迫生活。早在驿馆里，知道真相的他便恨不得一刀砍断两个兄长的手脚，让他们知道什么叫痛苦，什么叫代价！

可谁想……不过眨眼的间隙，恶念成谶，断送的不是兄长的手脚，而是性命，还有任劳任怨衷心于他的哑奴，一对看管后院的无辜祖孙。四条人命，就这样冷冰冰地躺在破晓的微光里，凄凄如斯，刺痛了他的眼睛。

"儿子不孝，来晚了……"他扶住父亲苍老的身躯，眼眶里的泪光灼灼如火。

"都是爹的错，都是爹的错啊……"沈由抱住他的双臂，哭得不成模样："爹不该偏心向着他们……是爹无能，没有教好自己的儿子，都是爹的错，都是爹的错……"

沈隽抱着他，看着他垂垂老矣的瘦弱身骨，潜然泪下："儿子在身边，不会再离开了……"

被拖来的沈卓早已呆若木鸡，双目圆睁着站在一旁，惊恐地看着沈恒和哑奴血流肉烂的尸体，惶惶不敢言。两名仆人见他还有脸回来，痛恨不已，随手拾起烧火用的木棍，抽向他屁股："这就是你们造的孽！睁大眼睛看看……"

沈卓一个激灵惊醒，撒腿就往外跑，生怕晚了自己会成为下一个沈恒。

然而片刻之后，已经跑到街上的他又忽地顿住脚步，双腿发软地往后倒退，如同碰见魔鬼一般，无比惊恐。

远处来了一大拨黑帮地痞，正拉着一具尸体和几个受伤的同伴风风火火地朝这边赶来。他们各个手持刀斧，汹汹如兽，很明显是为死去的收债人讨说法来的。一人看见了奔出宅门的沈卓，顿时大喝一声，其他人也飞似的追来。

沈卓吓得魂飞魄散，想也不想飞奔进屋，拴紧大门。紧接着，满院子响起他歇斯底里的求救声："杀来了！他们杀来了……救我！救我！"

深陷痛苦中的沈由闻言身子一颤，踉跄站起。年老羸弱的他，在先后遭受骨肉惨死以及家仆丧命的变故后，再也经受不了任何打击，他像头老牛一样将自己的孩子往身后推，紧紧护着："隽儿快藏好，不要出来……爹这把老骨头去跟他们拼了！天杀的恶棍……"

沈隽攥住他手臂，反将他推向背后，眼里的水花化为浓浓的杀意："离开这里，剩下的交给儿子来处理。"说着他将沈由交给仆人照顾，行将离开的时候冷冷扫了一眼缩在人后的沈卓，一脸警告之色。

"我会的！我会看好爹的……三弟你放心，我再也不敢乱来了……"沈卓频频颔首，忙拦住固执得不肯躲走的沈由，与两名家仆强行拖着他从后门逃了。

沈隽蹲下来，缓缓将哑奴的尸体平放在地上，望着少年血泪交融的冰冷面容，哽咽着道："延龄，走好……"

片刻后，一场大火在后院熊熊烧起，送无辜的和造孽的人一起去往西天极乐净土。

一群打手翻墙进来的时候，后院已经火光冲天，追寻的路完全被阻断。一名男子面对着前方的火海，长身立于走廊，持刀静候着他们。

"找死！给我上，往死里砍！"眼见人财两空，地痞们怒火中烧，亮出武器一哄而上。

当冲在最前面的打手挥起斧头，将要砍到他脑袋上的时候，男子蓦然旋踵回身，长刀出鞘，刀尖径直刺入他喉咙，森森然问道："哪个道上的？"

随后冲来的打手们俱是一惊，已经在客栈里见识过他的身手，故而都心有忌惮，不敢贸然前进。何况他还带了三名护卫，这会儿却不见人影，指不定躲在哪个角落准备偷袭，或是暗中设陷。

不过这群黑帮的头儿却大怒，吼喝一声，声音还未收尾，刀子刷地从那人喉咙拔出，转向正对他眉心的方向："乐安的闲庭会可有耳闻？"

"哟呵，靠山挺硬啊，唬谁呢？"那头儿眉梢一挑，讥讽而不屑地大笑一声，俄尔脸色一冷："告诉你，闲庭会那帮弱崽杂碎，也就敢在乐安的地盘上叽歪两声，在我苍鹰帮眼里，屁都不是！"

"好,道上的事就用道上的手段解决——要命,眼下就是,看你拿不拿得去;想要金珠宝玉,够胆的随我走一趟。沈家也曾朱门绮户,金银遍地洒放,即便中道弃商,早先放出去的贷银亦是车载斗量,莫说区区赌债,千万狗命也够赔!"

"你——"那头儿咋呼一声,气得就要发作,却忽然冷静下来,摸着下巴暗中寻思,自然是听过沈家大名的。照那两兄弟的德行,就算输光了家业,以沈父的精明头脑,不至于连存银或退路都不留。再者闲庭会只不过是乐安镇一些经营诗画的杂商合手筹建的师院而已,捏死他们比捏死蚂蚁还容易。如能借此大好机会收缴他们手中的财资,大赚一笔,那更是爽快至极。

面对如此诱惑,那头儿显然动了心,歪着脖子上下打量沈隽一眼:"沈三公子明白人,无凭无据,怎知说的话是真是……"

沈隽松手,"叮当"一声,手中长刀掉落扎入木质的走廊上,柄端簌簌晃动。旋即,有凌凛的语声从他口中幽幽飘出:"命在此,你没有种?"

"痛快!"一拍即合,那头儿仰头大笑:"那就劳烦沈三公子开路了。"说完他使了个眼色,数名打手受命,用刀胁着他朝外走去了。

翌日晌午,一队从云州方向驶来的车马停在了城门下。一行人风尘仆仆,一看便是长途奔波的模样,个个脸色疲惫。马车停稳后,驾车的黑衣少年率先跳下来,谨慎地环顾一圈,确定没有异况后才恭敬地揭开帘子,低声说了几句。

负责接应的那名燕兵认出了坐在里面的男子,喜得奔过去就要俯身行礼,却被黑衣少年谨慎地拦住了。毕竟他们才从虎口脱险,正借道迂回折往南燕,尚未完全离开大夏,一举一动都得慎之又慎,以防被人盯上而横生枝节。

那兵会意,连忙起身,随他一起坐上辕座,挥着鞭子驱动马车缓缓入城。

"沈公子的兵马可有联系到?"嘈杂的人流中,马车里面飘出轻微的语声。

那兵点点头:"公子放心,已按照原定部署安全撤离了,不过沈公子受了重伤,宜静不宜动,属下们安排他在此地休养,顺便静候公子。"

闻言后,马车的帘子揭开一角,探出半个脑袋,说话的是一个女子,接连发问,声音中夹杂着几分紧张:"他现在怎样了,可有清醒过来?情况是否稳定?"

"人是醒来了,不过又出了点变故……"

马车里的人俱是一惊:"出什么事了?"

那兵将他们看到的一切沉声道来,作为旁观者,最后无奈地叹口气,补充道:"听沈公子半路上逼问老大,说是一年前两人合计着偷走了房契,将沈老爷子气了个半死。一时走投无路,沈老就带着几名家仆搬走了,辗转颠沛月余流落到了西夏,临时落脚在老友家废弃的旧宅里。哪知没过几天安稳日子,那两兄弟又找上门来了,死性不改偷抢家当,最后还惹上了当地的黑帮,昨个儿赌钱又输了,险些被砍死。要不是我们下榻在那间客栈,老二输钱后误打误撞偷到了沈公子房里,他还不知道家里发生的这些事。"

舒九容与青珑沉默下来,心里万般不是滋味,问他:"现在怎样了?"

"昨夜沈公子揪着老大去找沈老,我们仨劝不住,最后分头行动,他二人跟上去了,这会儿还不知道情况如何。"

"先去看看。"舒九容叹息一声，转而吩咐道。

"公子，可你……"琼儿担心地插了一句嘴，怕他伤势还未好转。

青珑也不放心，附和着劝他找地方休息，由她带人先去找沈隽，被他打断了："皮肉之伤，不要紧。沈隽的状况恐怕经不起摧折，眼下先找到他要紧，往后的事一步步来。"

几人点头答应，白前一挥马鞭，顺着那兵的指引驱车火速赶去。

当他们费尽周折找到人后，已经是申时了。落日绯红，天边霞光似火，和着郊外荒野中横七竖八倒在血泊中的尸体看来，甚是凄惨。

两名燕兵一左一右持刀与数十名打手周旋在一起，混乱厮杀的场面中，却不见沈隽的踪影。

青珑跳下马车，挥剑杀到两人附近，急急问道："沈隽呢？"

"这帮贼子的头儿跑了，放了流火弹召唤众部，沈公子怕他找人报复沈老爷，顺着这条道杀去了！"

舒九容忙令琼儿拍过去一匹马，吩咐道："白前，速去追！此处再留五人收拾残局，其余人前方搜寻，务必找到沈隽！"

黑衣少年翻身上马，一挥鞭率先沿着那条路飞驰而去。

"青珑，上车！"舒九容一行人紧随其后，片刻间融入血色残阳中。

《第八十二章》
分道

日暮沉沉，远离乐安的小镇外，四个人没命地在偏僻小道上奔逃。跑在前头的是个年轻人，他单臂夹着一个老者的胳膊，惶惶然往前逃窜，一步也不敢停。

嫌父亲行动迟钝，沈卓不耐烦地叨叨开："我的爹啊，你能不能利索点儿，夺命鬼就要杀来了！"

沈由跑得上气不接下气，一步三回头："隽儿……他……没来……"

"管那么多做什么，能活一个是一个！三弟那身手一杀一个准，你就甭操心了，快点溜吧。"

如此狼心狗肺的话气得沈由顿步，他拼了余劲一个耳光抽到沈卓脸上。

"你——"沈卓痛得眼一瞪，反手就抬起巴掌唿了他一下，捂着半边脸恨恨地道："好，这么舍不得你那宝贝儿子，那你去找他，是我拉不住你，可别乱嚼舌根跟他说我不管你！"一语毕，他一把从仆人手中夺过行李，抢走了一袋盘缠头也不回地跑远了。

"畜生！畜生！"沈由险些被气死，家仆忙帮他顺了顺气，整个人才缓了过来，他将自己拇指上的翠青玉扳指摘下，给了二人充作盘缠："你们拿上这个，逃命去吧……"

仆人死活不肯弃他不顾，劝说几句无果，沈由只得随了他们，三人往回走了一段，躲在路旁的草丛里等待沈隽。

而已经逃走的沈卓，不到一刻就被一群黑帮喽啰绑着脖子重新拎到了沈由面前。原来他为了更快离开此地，刚跑到前方，见有个农夫牵着骡子进村便找他去买，结果毫无预料地与先他一步来到此处召集众部倾巢出动的黑帮头儿撞了个满怀。最后他不但盘缠被劫走，身上还挨了几刀，鼻梁也被打断了。要不是有人提议拿他威胁沈隽，只怕他当场就会被那头儿下令大卸八块。

远远看见自己儿子被当成牲畜一样拎着拉往这里，沈由哀叫一声冲了出来，跌跌撞撞地跪倒在那群人面前，求他们放沈卓一命。可那头儿哪肯罢休，誓要将沈隽五马分尸以报此大仇，于是在四处设伏，叫主仆三人引诱他来此。

沈由不肯连累自己儿子，决计不答应，被那头儿下令猛揍。而沈卓却怕了这些人的手段，为了活命捣蒜般连连点头，哭喊着表示自己一定配合，绝不敢乱说话。沈由一听，顿时心如死灰，含泪爬到他面前，猛然拔出束发的簪子刺进了他喉颈！

在场之人全都傻眼，等反应过来时，只听沈由抱着咽了气的沈卓脑袋，痛喊一声："孽子啊，随爹走吧……"说着他便拔出血簪，毫不犹豫地刺进了自己心口！

两名家仆一见，怒冲向那些人，就要与他们同归于尽，最后却被他们活活打死了。

短短一瞬间，荒芜的僻道上又多了四具尸体，凄惨如斯。

舒九容和青珑驱车追来的时候，白前正与那些人恶战。沈由的尸体旁跪着一个浑身是血的男子，右手持刀，刀子刺穿了一名黑帮打手的喉咙，将他牢牢钉死在地上。另一手扣进血地里，脑袋深垂，单薄的身子弯成了一张血弓，在落日的余晖中簌簌轻颤。

那黑帮头儿满脸是血，在手下的护卫中冲到沈隽背后，面如凶兽，抢起大刀朝他脑袋劈下！

"琼儿，护着公子！"青珑叮嘱一声，揭帘掠出马车，几步奔过去横剑切向那人手臂，那人半截臂膀随着刀子飞出，端口处喷出的血溅了她一脸，宛如妖魔。

"沈隽！沈隽！"她俯身蹲下，看到的同样是一张杀红了眼的面容，有血色的泪光交织在他眼帘。

"你……可好？"他微微抬头，逼回了眼前的水雾，从没想过自己会以如此狼狈的模样出现在她面前。

然而仅刹那间柔光便散尽，他眼中杀意再现，猛然拔出刀子，意欲杀向见势遁走的黑帮头儿，却在起身的那刻身子剧烈一晃，竟连站起来的力气也已经没有了。

青珑扶住他，如鲠在喉，明白再多的安慰也填补不了失去至亲的痛苦，她唯一能做的，就是陪着他，当他的支撑，帮助他重新站起来。

"报应……"沈隽离开她，撑着刀颤颤巍巍地起身，像一个断了引线的木偶般，漫无目的地向前游荡。望着满地的狼藉景象，他忽而发出低低而暗哑的惨笑，笑着笑着眼泪涌出，无声砸向地面。

青珑默默跟在他身后，取走他手中的刀，将他一只手搭到自己肩膀上："保重身子，沈家的后事我们会帮忙打理……不要难过，往后你还有新交的兄弟舒九容，还有我，以及……"

沈隽凝望着她的侧颜，有刹那的恍惚，饶是清楚这是她安慰的话，那句"还有我"仍旧像一颗小小石子投入他的心海，泛起一丝丝涟漪。

"我们……会成为什么？"他打断她，发出轻不可闻的声音，恍如梦呓。

青珑怔住，抬头看去他，停滞片刻沉声答道："朋友。"

朋友……他的目光依旧定格在她垂下的侧脸上，眼眶模糊，尔后才渐渐收回，机械一样点了点头，笑得失落而悲酸："是……朋友……"

这辈子，也只能是朋友了……

数日之后，处理完沈家的后事，几人便启程南下。

期间沈隽伤势惨重，昏迷了将近三天才醒，醒来后便一直守在沈由的灵堂前直到他下葬入土。

打理完一切后，沈隽将自己关在房间内酩酊大醉了一场，等白前破门而入，他却早已翻窗离开，消失得无影无踪。翌日破晓时分，他才被几人找到。

彼时他右手拎着酒壶将自己灌得烂醉如泥，东摇西晃地在街上游荡，左手提着一个黑色包裹，不时有血滴从里面渗出，而他整个人也像一个嗜血的魔鬼，浑身上下尽是血渍，观来异常可怖。

借着酒劲，他含糊不清地告诉大家，失踪的那一晚他去了乐安的闲庭会，当着那些黑帮喽啰的面把那头儿大卸八块！

青珑看着醉醺醺的他，说不出一句话，只从他手里拿回了酒壶。

舒九容也没说什么，叫来白前吩咐了一声，少年便点了点头，依令去办了。

翌日清晨，这座原本安静的小城炸开了锅，曾在当地不可一世的苍鹰帮不知因何一夜间化为废墟，大火烧了足足两日方才渐渐熄灭。一时间市井唏嘘不绝，百姓争相猜议，更多的是拍手叫好。官府也十分欣喜，张榜悬赏，寻找铲此黑窝之人。

拥挤的人潮中，一队车马徐徐开路，驶出了城门，逐渐化成天边的黑点。

沈隽倚靠在马车的角落，脸色苍白，双眼无神，傀儡一样盯着虚空，不言不语。

青珑坐在旁边，给他伤口换药，安安静静不出声响。

琼儿呆呆地望了一眼车上的人，气氛太过沉郁，也不敢随便开口，便掀开帘子探出脑袋，向西眺望，脸上少了几分从前的天真无忧，多了些不舍和期盼——也不知道景威做什么去了，就这样丢下她不管，自己一个人跑了……

最终打破沉默的，是舒九容。

"借道望城，绕路去南疆吧。"他沉声道，摸索着拿起一瓶药，递了过去，"那里多是防守要塞，鲜少兵马侵袭，较为安定，且景致清幽，适宜养伤。"

青珑伸手接住，闻言道："我已安排月芫在桑都和望城接应，现下你二人的状况不宜奔波，不如留在望城……"

"去南疆。"沈隽打断他，撑着坐直了身子，沙哑着声音道。

青珑还想劝说，舒九容摇了摇头，显然也已下定决心："我会与常琰率兵随同，一起过去看看，顺道护沈兄周全。"

"京城那里……"沈隽抬头看他，像是有什么要事同他相商，顾虑到青珑在身边，怕她担心又及时打住，并未挑明来讲。

舒九容会意，道："此次大军败归，想来也颜面无存，一时难有气候，无需多虑，我会派人随时留意其动向。倒是青珑，"他转了转身子，目光落在青珑所在之处，叮咛她："青夏两军立约在先，此战本不该连累你卷入……"

"说什么连累不连累，青桑起兵之初，若非你冒天下之大不韪施以援手，只怕没有现在的我们，这份情恩，就是以性命来报也不足为偿。"

"那种丧气话不要讲了。"沈隽截住她的话，满不在乎又意味深长地道："山不转水转，过去的就让它过去，心界眼界往前看，潇潇洒洒活着，便胜过所有。最好……最好趁着大好年华，把自己风风光光嫁了，那样就不用一个人担着整个青桑了……"

"黄花菜已凉，哪里端得上台面，你这嘴皮子就不要给我添堵了。"青珑眼睛一湿，趣笑一句，攥着被大火烧黑的剑，心头如被针芒刺中。

沈隽哑然失笑，眼底也是一片潮红——世间英豪何其之多，除了早已化成泉下白骨的楼西越，能让她放下执念，愿意与其执手偕老的又有谁？

几人各怀心事，一直行到望城，小歇了一日才就此辞别，各分东西。

一路回望都没有等到景威追来的身影，琼儿暗暗神伤，沮丧地跟着舒九容。连同沈隽在内，三人带了数十名燕兵，轻车简骑往更南方折转，踏上了去南疆养伤的漫漫长路。青珑站在城楼上眺望着远去的他们，心如潮涌。

红尘离乱，再会无期，山长水阔，各自安好。

"姑娘，马车已经备好，我们该启程了。"月芜走上城楼，恭敬道。

青珑长吸口气，握紧了剑，敛去了心头恍惚："走吧……"

当天晌午，她便与月芜纵马离开望城，火速奔往归龙关。得知梁二等人已经率兵进驻东亓后，她们又转道水路，向着亓境出发了。

至此，在经历大小数十场战火的摧残后，饱受患乱的云州终于换来安宁，驻扎其中的悍兵劲卒渐次消亡，死伤难计其数。

即便如此，杀戮仍未结束，像一头蛰伏的猛兽，在未知的角落里静候猎物的到来……

翌月中旬，一拨拼死渡过险江冲出夏军包围圈的亓军队伍狼狈逃往本营，原本数十万的兵马现今只剩下不到七万，生还的大都遭受了不同程度的创伤，情势不容乐观。

陶征率领着这支残兵败卒，回去的路上一直阴沉着脸，想起这一战的惨败后，他心里愤愤不平，恨不得上天借他百万雄师，卷土重来杀回去，一雪耻辱。

已是仲秋，凉风阵阵，吹刮着空荡荡的树洞，发出鬼哭狼嚎的声响，入耳瘆人，淹没了远处不断靠近的细微脚步声。

队伍驻扎的地方位于丘陵，往前再行三百多里便可深入亓境，本该一鼓作气，但因长途奔波后人马俱疲，实在坚持不了几日，陶征不得已下令扎营歇息。而更大的缘由，则是主力折损了十之六七，仅剩些败兵赢卒杀了回来，他实是不知归京后如何向皇上交代。这一战回去，只怕陶家威势必然减损，另一方面，云家看似清高，背地里又会不会借机蠢动？

云家……他端坐帐中，拇指摩挲着刀柄，忽而想到了什么应对的法子，身子一倾，眯了眯眼。

恰此时，帐外的响动越发剧烈，号角声频频传来，急促而慌张，士兵们像热锅上的蚂蚁，惶惶攒动又局促不安。

陶征起身出帐，见几名探马惊悸地朝这边跑来，再一观四处情势，已经顺畅的心情又七上八下，皱眉喝道："慌什么慌！出何事了？"

"将军，情……情况不妙！我们在前方十里开外发现了追来的敌军，他、他们正……"

"胡说什么！"陶征大怒，揪住那兵的衣领训斥。

此系东亓关隘之外，倘若有敌兵杀来，如此大规模的动作不可能惊动不到戍守边关的将士。何况为了这区区七万残兵，不远万里从大夏追到东亓，光兵马和粮草的耗损就绝非小数，算起来得不偿失，夏军岂会被胜利冲昏头脑犯蠢到这地步？除非他们不计劳师动众之失，更不惜代价，大肆率兵进攻亓地。

"将军，此事的确属实，属下们亲眼看到数万夏军秘密进军，正朝我们安营的方向杀来，请将军速速定夺啊！"

陶征听得无比吃惊，扬声喝令："撤！"

对方来势迅猛，亓军动身不久，来敌就已悉数追赶上来，势如蛟龙出渊，眨眼间似铜墙铁壁交织穿插，并呈合围之状将亓军尾翼团团困住。

"陶将军，别来无恙。"箭光灼灼，将发未发之时，一个低沉而浑厚的声音从包围圈中传出，惊得陶征勒马回望。

天色昏暗，且距离较远，再加上丛林阴影的遮挡，陶征并没有一眼就认出敌方主将。那人按辔徐行，穿过层层叠叠的阵线来到队伍最前方，停在他的正对面。木叶的斑驳光影渐渐从他脸上褪去，最后现出一张棱角分明的威肃脸孔，双目黑沉如珠，眸底寒光跃动，似有千刀万剑迸射而出，令人胆寒。

那是……楚定云！

陶征措手不及，握缰的五指忍不住松颤了下，脸色发白，呼吸吃紧。

作为大夏镇国功将，楚定云掌西川百万雄师，坐拥大夏半壁江山，他的威名早就流传于诸国，陶征自然有所耳闻，更有与其一较高下之心。眼下虽然己军兵力倍于彼方，但在如此狼狈不堪的节骨眼上与这深山隐虎狭路相逢，他还是心生惶窘，连对半持平的自信也没有，攥刀的手心里隐隐冒汗。

"盾手掩护，撤！"陶征驱马调头，渐渐没入一排盾手之后，向尾翼的将士发出撤退的命令。

楚定云面现腾腾杀意，竖手一令，早已准备就绪的弓箭手振臂张弓，须臾间乱箭齐飞，力若穿石，狂风暴雨一样嗖嗖射向对面的亓兵。

短暂平静过后，一场生死鏖战又在东亓边境拉开。

杀令甫一发出，两军便陷入惨烈而疯狂的命搏中，纷纷箭雨卷着飞溅的血花，在暗沉沉的天空铺拉开来，遮人眼目。

亓军虽已师老兵疲，但自知遇上了夺命瘟神，闯不过这一关就要命丧此地，便都不敢懈怠，负隅顽抗。尽管如此，在兵强将勇的西川大军面前，他们仍旧一触即溃，因为实力悬殊，对战的结果了然于目，亓军损兵逾九成，惨败而逃。夏将们正要率兵追击，却被楚定云摆手喊住了。

他抬整心情，肃声下令："收兵回朝。"

往前行三百里便靠近关隘，再是勇武也不能过于亢奋，及锋而试即可，否则一旦被关内亓兵反杀过来，他们将会陷入孤立无援的境地。况且这支队伍离开大夏也有数月，期间因为渡江不成久困异国，先后与燕兵交锋数十次，损筋动骨，元气大伤。

随后他们破围杀出，正要想法杀回去援解云州危局，宫中却传来东亓反燕联夏的消息，无不叫人吃惊。不仅如此，皇上的意思竟是令他们兵驻于外，分两路分别埋伏在亓军和燕军撤逃的必经之地，将其一网打尽！

如此凶险的手段，莫说云州的战况是否会发生万一，单就让这支孤军徘徊在异国边关而言，一旦行迹败露，极有可能一去无回。

"如此做法，实在叫人气愤！"彼时将士们纷纷抱怨，心情像涨落的潮水，无法安定，生怕战势丕变。而他们更猜不透的，却是皇上此举背后的深意，莫非他根本没打算让他们活着回去……

这样大胆的臆测说出来势必动摇军心，随行的部将也都强压在心里，未曾言明。毕竟新皇上位不久，根基未稳，内政外务皆需倚仗将军定夺，断不敢在战祸频仍的节骨眼上持什么歹念。

而部下的心思，楚定云又岂会看不出来？可他更希望这一切只是自己毫无真凭实据的游思妄想，毕竟浩儿是他看着长大又一手扶持起来的……

那一刻，他几乎忘记了自己将臣的身份，仍然天真地站在一个长辈的立场上，把一朝天子当成曾经那个一心救母的忠厚孩子。

不过可是很快他就意识到，这已经成为过去了——也许在浩儿的心里，早已认定他是一个只手遮天翻云覆雨的权臣，不仅铁石心肠，而且寡情薄义，更是心狠手辣。

他目光沉沉地望着远方，心下戚怆，眼角的皱纹像枯死的枝丫一样在他脸上蜿蜒，鬓角凌乱的发丝中不知从何时起又多了几缕银霜，催老了他的身心。

“将军，前方有异况。”行军不到一个时辰，探路的士兵突然跑回来，禀道：“有一伙身份可疑的车队正顺着这条路往此处赶来，看样子是要入关，十有八九是落在陶征背后的余兵。”

楚定云神色一凝，下令队伍停步，问他们：“多少人？”

“不多也不少，将近五千人马。”

话音落地，队伍顷刻沸腾起来，不少士兵兴奋扬刀：“来得正好！一起送他们见阎王！”

楚定云顺着探子手指的方向望了一眼，点了点头：“跟上去。”

大军一呼而应，游蛇般隐入四周，将这条通关必经的道路封堵起来，罅隙不漏。

此时夜色已浓，秋风瑟瑟，黯月枕山，天边的星子忽明忽灭，映得地上的光影斑驳而冷异。

啾啾虫鸣中，一支似商似兵的车队在荒野中缓缓行驶，约莫千人骑着马在最前头领路，尾翼拉着将近一百箱的物什，前后护着中间一辆载人的马车。想必察觉到了四周的异常，有人揭开帘子探出头，对就近的手下说了什么，那人便纵马而去，火速跑到前面传话，不一会儿队伍停了下来，原地戒备。

“将军，动手吗？”一名部将猫腰靠过来，问隐藏在荒草之后的将者。

楚定云目光如炬，牢牢锁定在中间那辆马车上，寒声道：“先擒车里的人，控制住这支车队，如确属亓军，拒降者杀！”

“明白！”那部将领首领命，率领三万多壮兵冲出去，将这支仅有五千多人的队伍围了个水泄不通，不一会儿乱箭飞射，纷纷扎向马车。

对方的人马不约而同靠过来，围成一堵密不透风的人墙，各个拔刀挥剑，护着马车，奋力抵挡从四面八方激射而来的劲羽。

混乱中，有几支利箭穿过虚空，扎透车厢敞口处垂下的帘子，嗖然飞进车内。

车帘一角被震开的瞬间，敞口中显露出两个人影。只听唰的一声清鸣，长剑从其中一人手中拔出，拦腰砍下，箭杆一分为二叮然落地。

那人身着黑色斗篷，连着的宽大风帽遮住了他大半张侧脸，仅露出瘦削的下巴，在冷月和剑光的辉映下，泛着阴森森的惨白色泽。

只一眼，楚定云看得心口一跳，像是敏感的神经被牵动，无来由地心神一颤。梦魇中不止一次出现过那似曾相识的煞白侧脸，虽身处云里雾里辨不清音容，可他知道那是谁。不过每每他脚步颤颤地追上去，那抹身影就会在黑暗尽头停下，转回头，脸白如纸，眼如深潭，接着便血肉散尽，化成一架坍塌的尸骨，七零八落地跌入无尽黑暗中……

"杀！"

正当楚定云恍惚时，马车里另外一个人发出命令，五千多人马转守为攻，好似困兽出笼，带着腾腾杀气猛扑向西川大军。

紧接着，马车里的那两人亦先后掠了出来，一左一右杀向正在指挥的夏将。

黑衣的男子不知何时已经蒙了脸，身量清瘦如竹，风催即倒，手中的剑却堪比光电，灼灼寒光连成一张割喉断颈的无形密网，仅数步便杀到了夏将马前，削断了马蹄。

夏将从马背上跌落下来，狼狈地在地上打了几个滚避开了他的剑锋，行将起身时，那人已如魅影般绕转至他的身后，剑光顺势刺出直逼他后背。

楚定云吃了一惊，一箭搭弦，对准黑衣人的后心开弓飞射出去。

生死一瞬间，黑衣人不得不收手撤剑，旋踵回身一剑斩飞了射向心脏的劲羽。旋即他夺过一兵手中的银枪，翻身跨上一匹战马，动如游龙，朝着大军主将的方向浴血杀来。

月色萧萧，幽暗的光辉从天洒下，映得那人的身影阴森如鬼。可是不知为何，黑衣人的一举一动一招一式都似在哪里见过，无端端让御马迎战的楚定云心神不定。杀阵中人影杂沓，他似乎透过他看到了另外一个身影，虚虚实实恍恍惚惚，不断在他眼前交叠变幻，直到耳畔一声乍响传开，他才彻底被惊醒。

"保护将军！"还在厮杀的将士们瞭见这边的景象，惊喝不绝，纷纷杀过来，将蒙面的黑衣人围得缝隙不剩。

楚定云垂睑一视，失神之时自己手中的兵器已在交战中被对方挑飞，那人勒马而立，侧对着他，手中长枪横刺过来，刀刃堪堪贴在他咽喉上。只消他身子稍有妄动，刀子便会割颈断喉，置他于死地。

"放了将军，饶你们不死！"周围将士手中的刀剑又逼近几分，抵向黑衣人的背害，齐声喝道。

"孰生孰死犹未可知！"五千人马中，一个冷肃声音传出，旋即说话那人刀指夏将后脑勺，逐渐向里逼近，紧紧护着阵中的黑衣男子，并朝外围的手下大喝一声："兄弟们听着，谁敢下黑手，立刻摘了他脑袋！"

楚定云一听，瞳孔蓦地放大，像是从对方的语声中听出了什么端倪，不可置信地看过来，口中跳出一个令他无比震惊的名字："……景威？"

景威同样惊了一下，正要命令手下点起火把好看清半路伏击他们的是哪路军队，却在听到楚定云的声音后慌忙收回命令，久藏于心的仇怨如海浪般涌出冲撞着他的胸腔，恨不得提刀冲上去剁他几刀，叫他尝尝生不如死的滋味。

可他必须冷静，因为少将军就站在他面前，无论如何都要保住他的身份，绝不能让楚定云知道他还活着。

但是，如果少将军要杀楚定云，他绝不会阻拦！

"少主，要杀，你就点个头，兄弟们听凭你意！"景威眼神凶狠地盯着楚定云，身子下意识往前靠了靠，隔绝了他落在黑衣人身上不断探寻的目光，压低声音道。

为了避免被人识破，在手下兄弟和外人面前，他改口称楼西越为"少主"，也不准任何手下靠近马车十步以内，毕竟这些响马中十之七八的人当年均隶属于少将军麾下，更容易认出来。

楼西越只语未发，刀刃贴在楚定云的颈脉上，纹丝不动，而心海却似有暗流扰动，跌宕难平。

刀口那端的楚定云却浑然没有意识到自己处于生死一线，神色恍惚地望着面前的黑衣男子，喃喃问道："你是谁？"

"是谁跟你没关系，你没资格知道！"景威怒喝一声，刀锋指向他眉眼，将要杀过去，肩膀却突然一沉，被一双手紧紧按住。

"少主——"他消解不了心中大恨，固执地道。

楼西越掣制着他，没有发话，只手将他推向阵外，意思已经很明显了。

景威拗不过，无奈只得放弃这个机会，在楚定云下令撤兵后才恨恨地归刀入鞘，渐渐退向外围。

双方人马各自退开，贴在楚定云喉咙上的刀刃才缓缓撤走。

楚定云定定注视着黑衣人转身离开的萧疏背影，忍不住上前，颤声发问："你是谁……"

黑衣人驱马走开，没有应声，而当他第三次追问时，已经收回去的银枪蓦地掷出，刀锋穿过楚定云肩上的虚空嗖然飞向远处，扎进草地。

比之于陌路殊途，这已经是他能隐忍的最大极限了，倘若对方再多问一句，或者再靠近一步，此刻刀子扎穿的也许不是空气，而是楚定云的心脏！

杀他，只在一念之间；而放他，却需要忍到极致。

这一刀的警告让大军惊悸不已，虽然没出意外，还是有人咽不下这口恶气，愤愤不平地道："几年不见，景威这小子越发猖狂！不知道跟了谁去混，敢对将军这般无礼，绝不能……"

楚定云摆手制止了他，目光始终落在纵马离开的黑衣人身上，神情沉肃而凝重，良久吩咐道："派人跟上去，查清此人来历，以及一行人东行的目的。"

部下会意："将军是怕他生了二心？"

楼西越死后，景威便恨上了西川大军，与他们决裂，三年来一直待在北地，连大夏也不回。尽管不知好歹，但人还算老实，并没有因为心中怨恨而做过什么出格的事。现下他却不知从什么时候突然投奔了一个身份不明的家伙，带着手下向东而去直奔亓国，细想来委实蹊跷，不知怀了什么企图……

"去查下，有异况速禀。"楚定云沉吟着道。

是夜，数名探子离开大军，寻迹追向远离的车队，悄悄跟在了他们身后。

队伍似是急着赶路，平息了方才的打斗后便加快了速度，一路马蹄飞驰，不过途中他们停了一次，是因为有人发现了前方堆积如山的亓兵尸体。

"血迹已凝，其色褐红，但伤口还新，估摸着这些亓兵死于日晚之时，想必就是楚定云那伙人干的。"景威翻看了几具死尸，最后手持火把来到马车前，对着里面道，顺便将一枚令牌递了过去："少主，发现了这个，尸体上翻出来的。"

楼西越接过一看，令牌上刻有"魏确"和"校尉"的字样，表明了死者的姓名及生前所任军职。片刻沉吟过后，他顺着帘子的缝隙望了望这些尸体，道："乔装一下人马，借此入关，另外也留意着背后。"

景威会意，点了点头："少主放心，楚定云叵测阴诈，我会防着他的。"说着他吩咐众人扒下这些亓兵的戎装换上，连带兵器也全部撤换。

停顿少顷，队伍重新启程，车轮咕噜咕噜的回音在月夜飘散。

≪ 第八十三章 ≫

构陷

亓都横城。

一支残兵星夜驰骋，终于在清晨抵达京畿。

早朝已经开始，年轻的君王却攥着传回来的战报一言不发，一向苍白的面容也在不知不觉中转为铁青色，额上暴跳的青筋似蠕动的蚯蚓，在他的肌肤里一节一节地拱着。

诸臣手持笏板，皆埋头噤言，大气也不敢出。

突然，宫监尖锐的嗓音响起："陶将军觐见——"

"宣！"龙椅上的君王抬起头，语声肃杀，目光阴狠地盯着御殿的入口。

赶来的一群将领依次入内，以陶征为首，各个蓬头垢面，浑身血迹，观来狼狈不堪。

"臣有负圣恩，请皇上降罪……"甫一归位，陶征便屈膝跪地。

赵彧目寒如冰，像一头濒临暴怒的狮子般睥睨堂下，终究还是没能克制住，拂袖将奏报砸到他面前，声吼如雷："数十万精锐，仅月余便全军覆没，十之一二也未能保住，朕养着一帮废物有何用！"

陶征匍匐在地，脊背弯曲如弓，声音悲沉："臣失责，纵然拼死顽抗，仍难抵敌锋芒，致使我军大败亏输……臣愧对皇上的嘱托及厚望，万死难辞己咎！"

从接到战败消息的那一刻开始，赵彧的心情便异常暴躁，愤怒到近乎失去理智的境地，此时闻言后更是怒不可遏："来人！收缴兵符，拖出去斩首示众！"

"皇上不可——"一名文臣吃惊不已，首先替他求情："沙场胜负无常，既由人定也由天定，陶将军乃我军之栋梁，立过汗马功劳，若因一战之失而受死，只怕会军心躁动，后果不堪设想，恳望皇上三思！"

"太傅大人所言甚是！"另有臣子进言，附和道："战前我朝军机极为隐秘，外敌难知，此次却轻易走漏风声，导致大军被敌围杀，猜来军内混杂异心之人。依臣拙见，为今之计应当清查此战失利之缘由，揪出耳目，就地正法，以统军心！"

赵彧怒视着一众求情的朝臣，胸口如潮奔浪涌，剧烈起伏着，冷静了许久，才肃声道："死罪可免，活罪难逃！降职五等，罚俸两年，上缴禄米十万斛以充军粮，于三日内给朕一个交代！"

陶征早已料到了后果，因此对这样的裁决也不敢持有异议，跪地叩谢："皇上仁厚，臣谢主隆恩！但有一事，关乎大军溃败之根由，臣欲当堂禀奏，恳请皇上恩准。"

赵彧面色一沉，仍旧怒气冲冲："说！"

陶征早已组织好说辞，俯首道："按照原定部署，我军明修暗度，而当微臣率领主力渡江撤退时，谁想却中了敌方圈套，被其围杀，以至于三军暴骨。此事经核查，是因为有人怀揣异心，早在我军行动之前就与敌兵里外勾连，设下陷阱。"

"一派胡言！"赵彧岂会不知道陶征的心思，无非是想转嫁罪责于他人，顿时气得吼住他："除去朕指派的监军，西征将帅大多出自陶家军，以往无事无非，偏巧不巧就在生死攸关之时原形毕露，平日里你是如何统兵摄下的！"

"陶将军所言句句属实，微臣愿以人头担保，请皇上明察！"随行的部将忙不迭补充："我等承蒙皇恩拔擢，对陶家军、对皇上、对我大元忠心无二，愿肝脑涂地而在所不惜！可西征诸将并非人人报此决心，因为还有人不属于陶家军，他是皇上您亲自指派……"

"大胆！"宫监厉喝一声："皇上慧眼识才，何时出过差错？尔等竟敢怪罪于圣上，该打！来……"

赵彧挥手制止他插嘴，背对着诸臣，几经克制才让自己的心情缓和下来，冷然回身："继续说。"

那部将抹了抹脸上的冷汗，抬头看了陶征一眼，低头接着道："此人是谁，想必各位大人皆已知悉，还要请……要请太傅大人给死去的将士一个说法……"

一语出，阖殿惊然。

官居太傅的云士鸿更为震惊，正要启奏，皇帝摆手挡住了他，一语压来。

"你们所说的，可是右将军云弋？"赵彧冷冷盯着陶征及其一众党羽，从龙椅上缓缓走下，停在他们面前："右将军年少有为，朕看好这个后起之秀，故有意锤炼。陶将军指证他泄露军机，证据何在？"

迟疑了顷刻，有一人从怀中拿出一封密信，呈在手上："这是我等得知军情丕变后从右将军帐中搜罗到的信物，上书其与夏兵密谋勾连之事。虽不是其手迹，但上面盖有右将军印章，显然他是首肯这种做法的。更为可疑的是，竟连……连太傅府的官印也盖上了，可见……"

"绝不可能！"云士鸿早已按捺不住对儿子的担心，上前一步："犬子耿介磊落，奉命唯谨，即便马革裹尸也绝不会为了苟活而做出有辱门楣、坑害同泽之事！微臣斗胆叩问，为何西征诸将能安然回京，犬子却至今未归，生死难卜？是否……是否已被别有用心之人陷害，再拿死无对证之事加以污蔑，辱我云家清白……"

说到最后，云士鸿已经声颤音抖，自从与儿子断了联系后，这种不祥的预感便像阴云一样压在头顶，惶惶不可终日。而今他不只要担心骨肉的生死安危，还雪上加霜，被小人诬陷，以死明志的心都快要萌生出来。

"下官冒昧相问太傅大人，西征将士何其之多，为何密函上盖的偏是右将军的印章？无风不起浪，是不是这背后有什么不可见光的黑幕？"

云士鸿持着笏板的双手颤抖不止，面色涨红："官印将印皆可伪造，一家之言何以论定！"

参战的将士联名上书，跪地不起："皇上，数十万将士暴尸异国，难道连为他们讨个公道的机会也没有吗？臣不才，既然不能保全他们，也不能让奸佞伏法，再无颜面苟活，愿同生死兄弟共赴黄泉，请皇上成……"

"够了！"赵彧怒喝一声，放眼殿中以死逼迫的陶氏一党，气得胸口胀痛，有一瞬间的眩晕，身子趔趄了一下。幸有宫监及时扶住，他才站稳了脚跟，却克制不住胸口的血腥味，掩唇轻咳了一声，放手后唇角隐约有血迹溢出。

"陶征，你身为西征大军主帅，却智计庸下，不擅变通，连累数十万将士埋骨沙场……而今又煽风点火，拿虚妄之证构陷忠良，其心当诛！念你往日功勋，朕饶你不死，罚你回府思过三月，这段时间，大军暂由朕亲自调教！"

陶征没有料到皇帝如此手段，大惊："皇上！臣……"

宫监见赵彧情况不妙，忙喝止了陶征："皇上宽仁，陶将军还不领旨谢恩？"

"太傅大人，"赵彧缓了缓神，愧疚地望着自己的恩师，纵然心有不忍，还是不得不下令："此事朕会差人调查，若是清白，必不会让忠良蒙冤；反之，自当给死去的将士一个交代。"

"退朝！"宫人细亮的嗓音响起，情愿或不情愿，诸臣也都各怀心思，陆陆续续走出了大殿。

翌日夜里，几名身着亓人服饰在都城游荡了一天的青壮年齐聚城下，于宵禁前出了城门，御马直奔郊外。

"景爷，打听到了！"已经有人在那边等候，刚一照面，那些人便将搜罗到的消息告诉给带头的男子："这个魏确无甚丰功，人也是登徒浪子，坊间风评不佳。其父曾在禁军任职，前年因公殉难，上头念其军功，准允魏家后人承袭军衔。魏父生前与陶征有同窗之谊，私交甚厚，其子魏确亦是，平日里常在陶家军中走动，有依仗陶家权势之嫌。此次西征，魏确能连升三阶一跃成为校尉，猜想也是受了陶征提拔。"

"一丘之貉！"景威嗤之以鼻，哼了一声。

"景爷，我们在查探魏家底细时，还碰到了一件大事。"又有一人补充道："昨日太傅府被皇帝派兵包围了，进出皆不准，说是此次西征，云家父子密谋通敌，泄露军机，导致大军铩羽惨败，就被陶征当堂举证了。迫于压力，皇帝已将云府主仆全部禁闭，配合调查，这会儿那里连只苍蝇都飞不进去。"

"有这等事？"景威万分诧异，揣着一肚子的疑惑道："将你们搜罗到的消息全部写下来，等我斟酌后再做定夺。通知弟兄们私下行动谨慎些，也都打起精神，不出几日我们的行动便会展开。"

"景爷，"不用想，头儿必是去找那个神神秘秘的人商量去了，一帮手下早就按捺不住好奇心，多嘴问了他一句："你请的那位'少主'是谁啊？这般神秘……"

景威心酸难言，说不出话，只拿出一张委托画师画好的人像，递给他们："是谁不用管，往后也不要过问。再派些人照着这幅画像帮我找个人，翻遍天涯海角也要把她揪出来！"

众人点头受命，顺便摊开画纸扫了一眼，映入目中的是一个女子清丽而温婉的面容，双瞳剪水，黛眉微簪，观来风姿绰约，看得一帮汉子惊叹不绝，啧啧坏笑："比琼儿那丫头片子周正多了，景爷，不会你在这儿还有藏货？"

景威全无心思开玩笑，说出的话叫众人立马噎住："找她要解药，如若不给，杀无赦！"说完他提着刀，心事重重地低头走了。

　　看过的大夫告诉他，少将军由于长期受慢毒侵害，又遭受不少重创，已经命若悬丝，即便能找到解药拔毒也只是续命而已。因为脏腑已衰，早已超过常人所能承受的极限，能活到现在本就是奇迹和幸事，不能奢求再多。

　　但于景威而言，从知道少将军还活在世上的那一刻开始，他就无法眼睁睁看着他饱受摧折，哪怕只剩一线希望，他都不会放弃！所以他瞒着楼西越支走了一些手下，授意他们去寻找绿盈——既然当年是她与沈隽里外勾连指使哑奴下的毒，必定知道如何解。

　　剩下的事便是全力配合少将军，将这五千游勇淬炼成蚀骨灼心的毒药，于不知不觉间渗入到东亓帝都之中。

　　"时间有限，关于这个校尉，能打探到的就是这些。"景威将整理好的谍报拿给楼西越，一面道："此次梁军西征失利，不仅一败涂地，也与南燕彻底决裂，更惧怕夏军乘胜长驱，故而整座横城人心惶惶，局势越缭乱紧张，于我们便越有裨益。少主，只要你下了决定，我们随时都能动手！"

　　楼西越站在大帐一角，屏风投射的阴影将他整个人掩埋在其中，看不清面容。隔了很久，他才回过身，抽出一张纸条递给景威，语声干涩而沙哑："这个人，生死可知？"

　　景威接过一看，万万没想到他注意上了云士鸿之子，也即此次随同陶家军西征的右将军云弋，奇道："陶征既然有意设陷，只怕此人凶多吉少，具体我会再派人调查……"

　　"不重要，"出乎意料地，楼西越阻止了他："横城的天，交给他们自己去捅破。我们要做的，只是顺水推舟。"

　　景威眉梢一抬，颇为吃惊："少主，你有想法？"

　　楼西越就着烛火烧了那些纸条，道："随我来。"

　　帝都的夜，清冷如霜。

　　正东方一座巍峨宫阙的殿堂内亮着一盏灯，经久不熄。

　　殿内有阵阵轻咳声传出，间或夹杂着陪侍的宫监仓皇失措的声音。

　　"皇上，皇上……您撑着，老奴这就去传太医……"

　　赵彧阖上奏章，扯住他衣角："除了阿婧，朕的病情……越少人知道越好……"

　　见他病情越发严重，竟咳出了血，宫监慌得没了主意："对对，还有阿婧姑娘，她已离开数天，快回来了，老奴这就派人去找……"

　　赵彧没有松手，望着案上堆积如山，且十之五六都是弹劾云家的奏章，眼底杀意渐盛："陶征这个没用的东西，朕错付他厚望，害得……害得……"话未说完，一口血又从他嘴中咳出，淋漓滴下，染红了胸前寝衣。

　　宫监一边慌慌张张地喂他服药，一边安慰他："事情没到最后，会有转机的，皇上切不可自责，养好您的身子才是首要。"

　　"转机？"赵彧自嘲地笑了笑："这病将朕折磨得半死不活，等得起吗？"

　　宫监哑口无言，哀然垂了垂头，劝他："阿婧姑娘本就着手成春，这些年又为了皇上的病情遍访名医，悉心钻研，一定能治好！"

"阿婧……"赵彧喃喃低语一声，疲惫地坐了下来："整座云府被朕下令禁闭，断了她回家的路，朕何来颜面见她？"

"可皇上这么做也是迫不得已啊！陶征的目的很明显，必是不想在自己失势后被云家占到半分功劳，所以不惜玉石俱焚拉着云家一同下水。皇上若不顺着陶征来，只怕他在接受处分的这段时间里私下动作更甚。近日皇上又要提防外敌，整顿军心，心思不全在这事上，只怕不等陶党串供的这些伪证被推翻，太傅一家上下就要坐实这通敌的罪名了。到了那个地步，只怕皇上更加为难，杀也不是，不杀也不是……"

赵彧长叹口气，苦笑一声："还是你最懂朕的心思。"

宫监问他："皇上，那接下来您打算……"

赵彧揉了揉眉心，抬头看着虚空，灯火幽幽的光芒在他眼底飘忽。"所有证据都是陶党一方呈供，单靠被动查证显然不妥，朕也不希望权柄落于庸徒手中，所以必要之时，以其道治其身！这些，你回头安排下，交给自己人去做。"

宫监了然，当初为了西征大计，皇上不得不亲拢陶家，谁曾想其不堪重用，一战之失葬送了数十万主力，又为了一己之私构陷忠良，偏偏云家还是皇上为了防止陶家坐大而有意扶持的。此等庸才宵小，根基未稳便已瞪鼻子上脸，再留着只会徒增烦扰——陶党可以制造伪证诬枉贤良，同样皇上也可仿其道而行，杀其锐气！

"另外你再多派些人手，务必找到云弋，朕活要见人，死要见尸，也算是给云家一个交代吧。"

宫监点头答应，正要启齿，殿外突然脚步频频，一名禁军将领匆促跑来求见，被允入内后脸色慌张地道："皇上，大事不妙，云府出事了！"

宫监惊问："出何事？"

"夜里监守太傅府的禁兵遭受袭击，生还者无几，凶手行动利索，手段狠辣，连带杀了太傅大人一家老小。末将闻讯带人赶去时，对方已经纵火灭迹，将府宅烧了个精光！"

赵彧脸色一白，从椅子上惊起："谁下的手？"

"尚未确定，但从事发之地搜到了这个，末将不敢妄下论断，特请皇上过目。"

那人摊开白布，里面包着一把沾满灰渍的军刀，长不足两尺，式样奇巧，挟藏方便，握柄处置有连弩机关。

甫一入目，宫监便认了出来："这是……魏家亲兵所使的暗器？"

魏父殉职后，其子魏确顺服于陶征，与其来往频频，俨然已经成为陶氏一党。魏云两家并无权势牵绊，素日也无怨无仇，魏家亲兵又何来理由诛杀云家？难道……难道行凶者是受了陶征的指使？

赵彧一脸阴寒地盯着那把军刀，拳头握得咯咯直响："移驾出宫！"

"皇上不可！这个时候您千万要冷静，绝不能去陶府啊！"宫监慌忙劝住他："陶征敢在战败后委罪于云家父子，必然是不甘心被冷落的主，想要除掉他只能下暗手。而今我军萎靡待振，再也经不起半点煽动，如若皇上凭此凶器到陶府抓人，万一逼起陶党反意，只怕不等外敌长驱而入，我们便先自相鱼肉起来了……"

"那要怎么办！"接连遭受的打击让赵彧狂躁不已，他猛地拂袖掀翻了案上的奏章，伏案咳喘不止，眼里不甘的怒火熊熊燃烧。

翌日天微微亮，一名远行归来的女子背着行囊，勒马停在了宫外。侍卫似是认识她，没等她出示令牌就客气地走上前打招呼："云姑娘回来了，皇上已等候多时，请随我来。"

女子满肩风尘，神色间多有焦忧，想必归途中已经听闻了西征大军覆败的消息，一见到病卧龙榻的君王便眼睛发红，泪水止不住在眼眶前打转。

她当然明白，西征是皇上筹划已久的大事，在那之后还有南征北战，可谁知天不遂人愿，一战败北且折损颇巨，往后他的日子该怎么过？

"阿婧，过来。"赵彧招了招手，唤她到榻边，笑了笑，替她擦掉眼角的泪花："怎么样，这次收获如何？"

云婧吸了吸鼻子，忙从怀中拿出一瓶新制的药，倒了两颗出来："再试试，此药逐瘀去咳……"

赵彧伸手攥住她手腕，盯着她问："没办法了，是不是？"

四目相对，云婧眼底水光又涌，无以为答。

赵彧松开手，默然下了榻，背着她道："最近不太平，暂住宫里吧。"

"皇上……"云婧惶恐地追到他身后，克制着心中的忐忑不安，问他："西征兵败，我哥他……会不会获罪？"

赵彧哑然，很久才启齿，回头冷冷反问："在你心里，朕只会杀人砍头，而承不住败北之辱？"

她心下一跳，盯着面前的君王，心中不祥的预感就如怒海狂涛般平息不住，片刻也不想在此地多待。

"云婧不敢妄猜圣意，只是我女儿之身，夜宿宫中委实欠妥，请皇上收回成命，云婧告辞……"

"阿婧！"赵彧猛地拽住转身离开的她，目光灼灼如火："留下来，就当是陪我。"

她眼睛潮红，冷冷逼视着他："那谁来陪我爹娘？"

赵彧脸色一变："你都听说了？"

"是。"她敛衽一礼，请辞离去，却被匆匆赶来的宫监拦在了殿外，苦口婆心地劝她先待在宫中，道是皇上定会查明真相，还云家清白。

谁知正说着，赵彧却摆了摆手，示意他让路。

眼看云婧头也不回地匆匆出宫了，宫监着了急，担心地道："皇上，阿婧姑娘第一时间赶来宫中看您，必是最担心您，仍对您有意。可要是被她看到府上的惨状，只怕不会再相信皇上了，您怎能放她回去啊？"

赵彧焦躁地揉了揉眉心："派人半路截住她吧，强行带走，能瞒几时是几时。"

宫监了然，点点头："老奴明白了，这就叫人快马加鞭跟上去。"

是日，云府发生的那场大火在市井传得沸沸扬扬。大抵是这位云太傅刚直清正，颇得坊间拥戴，又或者是有心人放出口风，事发后不断有人聚在府外向查案的官员申诉，恳请朝廷公正裁断，将诬陷忠良、逾法杀人的奸佞之徒缉捕处决。

一时间，云府外面被围得水泄不通。

"可惜了这个云家，被害得这么惨……"密密麻麻的人群中，一个女扮男装的姑娘唏嘘一声，黯然望着烧得残破不堪的府邸。

随她一起的是个年轻男子，同样叹了口气，然后拉着她退出人群，声音放得极低："先回白城吧，帝都内外尚未派兵，可见东亓君臣并未察觉到我们的行踪，可报与梁大哥等人，商议择日出击，杀其不意！"

那姑娘点了点头，两人一起拐进一条深巷，渐渐远离了事发之地。

"子逍哥哥，"途中那姑娘不时偷偷看他几眼，见他始终心不在焉，就知道他有心事，便安慰道："姑娘身手利索，又有月芜姐跟着，不会有事的，你别胡思乱想。也许是路上碰到事情耽搁了，很快她就会来跟我们会合了。"

褚子逍一怔，继而启齿一笑，摸摸她的头："还是阿宁最惹人疼。"说着他拉住她的手，穿出了巷子。

辛宁赧颜垂眸，唇角微微扬起的弧度掩饰不住她的羞涩，默默跟上了他的脚步。

然而行不过几步，前面街角忽地窜出十来个骑着高头大马的蒙面人，各个飞奔如豹，一前一后一字排开，虎狼一样停在正街上，吓得周围的百姓仓皇逃走了。

褚子逍不知何故，忙将辛宁推到身后，带着她闪到一处隐蔽的角落。正要寻机撤走，辛宁拽了拽他衣角，吃惊地道："那些人在抓一个姑娘！"

此时人群散尽，空荡荡的街上只剩下那些蒙面人，以及一名被他们围困在中央吓得脸白如雪的年轻女子。

褚子逍探了探脑袋，透过那些蒙面人的缝隙，只依稀看得到女子的背影，竟恍惚有种似曾相识的感觉。不容他细想，领头的蒙面人一挥手，十几人争相跳下马，像两面墙一样堵来，不顾女子的反抗就要动手抓人。

辛宁猫腰贴在遮掩物后面，压低声音道："子逍哥哥，大白天他们抓一个姑娘做什么？会不会跟我之前碰到的人贩子一样，要把她卖了……"

褚子逍也心觉蹊跷，但看得出来，这些蒙面人各个骑术精湛，行动迅捷，不像是普通的贩夫。再者皇城脚下，一般歹徒岂敢明目张胆地劫人，除非幕后主使位高权重。但若是这样，他们又何须遮遮掩掩，莫非有什么不可告人的勾当？

困惑归困惑，救人紧要，褚子逍也就没再深想，叮嘱辛宁道："你待在这里不要乱动，我去看看。"说着他从怀中拿出一块黑色面巾蒙住脸，拾起一截棍子，瞅准时机冲了出去，嗵地抡到一人后脑。

那蒙面人吃痛，放手捂上脑袋，被他抓住的女子顺势挣了出来，惊恐万状地逃了。

褚子逍与那些蒙面人过了几招，最后一棍子挥到他们骑来的坐骑身上，马儿受惊，当下横冲直撞胡乱飞奔，场面一度混乱不堪，险些失控。

"这里！这里！"辛宁一把拽住惊慌失措的女子将她拉到安全的角落，免她被烈马撞飞。

"这位姐姐别害怕，我跟子逍哥哥会救你，不让你被那些人抓走……"辛宁拉着她左躲右闪，说话间看了那女子一眼，却在一瞬间愣了愣，隐约在哪里见过她，但一时想不起来。

"子逍？"云婧也被她的话惊住，喃喃低语，脸色发白得望向与蒙面人恶斗在一起的瘦弱男子，几经确认，终于认出了他的背影。

往事如烟，一幕幕在眼前晃荡。那年的他还是一个温顺而安详的青涩少年，与他阿姐相依为命，乖巧又懂事。何曾想她看似医者仁心，却与人为奸无情利用了他，险些害他至死……

"阿宁，上马！"正在她神思恍惚之隙，两名蒙面人又冲向这边，褚子逍眼疾手快，一拍马腹，轻喝一声。话锋落地，他双手持棍甩向蒙面人后背，打得他们跟跄倒地。

辛宁猛冲出来，拉住他拍过来的空马，翻身而上提住缰绳，伸手出去："这位姐姐快上来，我们救你走！"

云婧心下慌乱不已，双脚腾空一起，忽地被人揽住腰身匆促搁到了马背上。

"子逍——"她回头惊望。

褚子逍急于甩掉那些蒙面人，放稳她后冲向另一匹逃窜的烈马，闻言猛地顿步，不可置信地回身。

四目相对，过往一点一滴尽涌心底，个中滋味难以言说。

一秒的迟疑，又一名蒙面人已经拔刀奔来，手中刀锋一掠，嗖地削出！幸而褚子逍反应迅捷，侧身一让，堪堪护住了背后心害，那一刀便从上臂划过去，刮出一道血痕。

"子逍哥哥！"辛宁小脸一白，就要撂下缰绳落地，褚子逍手中长棍送出，拼力推向马臀。烈马载着两个姑娘飞驰而去。

褚子逍挡住那些蒙面人的追击，又与他们过了几招，得空扯住一匹马，顺势溜了上去，逃之夭夭。

追上辛宁后，他弃了那两匹马，任由它们在偌大的郊外胡乱奔窜，引诱身后的蒙面人扑到别处去，自己则带着她们躲开了。

"子逍哥哥，你的伤严不严重？"辛宁匆忙拿出帕子给他包住伤口，紧张地问。一抬头，她却见他失神地望着救下的那个姑娘，目光锁定在她身上，一刻也舍不得移开。

女子风姿绰约，驻足在那里，宛如画中走出的仙人，玉一般纯美无瑕。

辛宁比之不及，叫不动自己的子逍哥哥，顿时目光一黯，自卑而难过地低下头，不再说话。

"子逍……"黛江一别三载，再见之时物是人非，云婧心下怆然，哽咽难言，为自己曾经的所作所为道歉："对不起……"

褚子逍亦不知还能说什么，恩恩怨怨，都已风流云散，再见形同陌路。

他还是他，而她却有了属于她自己的真正身份，早已不再是那个明净如水的医女绿盈了。

"陆师父，还有楼西越，都已不在了……"褚子逍悲声告诉她，心里愧疚至今，他还曾答应过陆前辈回医庐去看望他，却再也没有机会了。

云婧鼻子一酸，红着眼睛点点头，也已经知道这些了。倘若不是她调配毒药给沈隽，与他联手行小人之道，也就不会间接害到师兄。

外人所知的她，仁心仁术悬壶济世，可是没人知道，她的心装不下苍生疾苦，她想救的只有一人。面对痨疾这样的绝症，宫中御医束手无策，不甘心放弃的她瞒着父母和兄长，不辞辛苦，独自一人远漂天涯，遍访世间高人，悉心求教。然后再翻山越岭到各处寻找身患痨症之人，用所学去验证效用，只为找到最行之有效的续命良方——这就是那时的她常年外出义诊的缘由。

接近陆鹤之，并拜入他门下亦是为此。

可她一心救治心属帝王的命，那人最想得到的却不是残喘延年，而是太过沉重的天下，重到他根本拿不起。

她想帮他，哪怕绵力也好。而这机会，便是从认识沈隽开始，在那之前，她从不敢生出害人这样的歹念。

可是不这么做的话，皇上的夙愿如何达成？

自那之后，她的心便不由自己。就像沈隽对他说的，立场不同，守护的东西也不同，各有各的手段罢了。

然而帝家薄凉，她把真心抛付，十二分心血却重不过一二权柄，眼睁睁看着别的女人为他诞下龙嗣，而他笑得眉眼开花。

她并非冥顽不化，看得开，于是死心。那些做过的错事，害过的人，就用她后半生的悬壶济世去赎罪吧。

看着她黯黯神伤的模样，褚子道无限悲慨，良久克制着心情，问她："那些抓你……云姑娘的人，是否认识？"

云婧摇摇头，心中还牵挂着府上状况，声音悲沉地向他请辞："今日感谢……公子相救，活命之恩没齿不忘，府上有急事，改日若有机会，必报答公子的厚恩。"

褚子道点头，看着她转身匆匆离去，却在刹那间思绪一转，喊住她："令尊可是当朝太傅？"

数年前黛江相遇，他得知她有一个姓云的兄长，那她出自何家则不言而喻。既然兄妹俩能双双陪护在东兀皇帝左右，猜想也是重臣子嗣，身份不凡。而今云府蒙难，再听她说遇到急事，前前后后的线索联系起来，他也能猜到七八分。

云婧诧异地回头，点点头，呼吸有些吃紧。

褚子道观她面色紧张，但并无悲痛，想必还不知道府上出了事，一时不忍相告，又怕那些蒙面人抓她与云府遭此劫难有关，于是劝她："那些人未抓到云姑娘，只怕会在半路设伏，此时现身恐有性命之虞，不妨先随我们避些时日，确定安全后再行回府，报以平安。"

"不了，感谢公子好心。"云婧着急回去，并未停留，匆匆走了。

"子逍哥哥……"人已走远，见褚子道依旧痴痴地望着那姑娘的背影，辛宁鼻子一酸，细声细语地叫了叫他。

褚子道低头，一眼对上辛宁发红却克制着泪花的双眼，顿时怜疼地摸摸她的脑袋："阿宁，不难过。云姑娘曾给子逍哥哥看过病，还救过我，后来……后来发生了一些事，一命还一命，谁也不欠谁，就彼此疏远了。今日不期而遇，难免心有所触，往后同云姑娘之间，最多也只能是朋友……"

辛宁恍然明了，恨自己的自卑、脆弱和敏感，低头道："子逍哥哥，我……"

"阿宁是这世上最乖最好看的女孩，懂事贴心，谁也比不上。"

辛宁破颜浅笑，想起方才看到的惨景，又不禁担心起来："那位姐姐家遭了变故，回去看到后一定受不了，会不会做傻事？"

褚子道也不放心，道："我们暗中跟上吧，一来看着她，二来防着那些蒙面人，等太傅府的后事办完，我们再离开。"

《第八十四章》

策反

海国的风咸涩而冷冽，打在脸上刀割般生疼。

远处，一辆大船迎风驶来，从清晨氤氲的雾气里缓缓浮出海面，随海浪上下翻动。

甲板上站着一个女子，正四下眺望，隐约可以望见远处海岸和码头的轮廓，便对随后走出船舱的另一个劲装女子道："姑娘，快到了。"

青珑与她并排而立，极目远眺："都准备好了？"

月芜颔首答道："粮草军械与兵力从水陆两处分拨送入，一切都已安排妥当，裴原一行已在亓地等候多日，就等着与姑娘会合后部署进军方略。"

青珑点点头："多加小心，西征之失令东亓痛失精骑，但留守本土的多属水军，锐不可当。我军虽在暗处可杀其不意，但仍需避短扬长，切不可被对方逼入水上开战。若有万一，便等同于以己之短攻彼之长，难有胜算。"

"属下明白。"月芜了然，问她："此次亓皇失算，既未吞得大鱼，又未斩获熊掌，反还损兵折将，横城内外当是惶惶不可终日。除了防备夏军乘胜追杀之外，还要警惕燕军反扑一口，报其背捅一刀之仇，我们何不借此火上浇油一把，以虚助实，乱其阵脚？"

"妙！"青珑会意，晒然："下船后先走近道，摸进帝都探探周遭动静，顺便随我去趟铺子，买些布料造几面假旗，佯装成他国兵马，届时从旁助阵，然后再与我们的大军碰头。"

帝都横城，坊间躁动，私议声此起彼伏。

在这局势紧张的节骨眼上，云家又无故遭受灭门之灾，市井唏嘘不已。从大局考量，赵或严封了所查获的有关行凶证物的一切消息，以免为陶征所知，狗急跳墙生出暴动之心。

然而事与愿违，仅仅隔了半日，坊间便流言四起，道是陶征妒忌忠贤，大败而归后为保陶氏一门权势，竟不惜下暗手，指使并联合魏家兵诛害云家，心思与手段歹毒至极，法理不容。

"乱嚼舌根的贱民！""啪"的一声，一桌茶具被获悉传言后气急败坏的陶征拂袖甩出，摔得粉碎。

"将军，属下敢以人头担保，那夜我们被楚定云的人马伏击，魏确已经死于乱刀，不可能派人到云府行凶，这明显是有人假他名义嫁祸于我们。宫中那边尚没有动作，可我们却进也不是，退也不是，如何是好？"

确如那部将所言，陶征并没有下这样的杀令。就算他不想看着云家坐大，那也不是朝夕之间就可将其铲除之事。纵然利令智昏，他也绝不会蠢到在毫无准备的情况下使这下三烂的手段，给自己徒增麻烦。

查证的结果尚未出来，但在云家这件事上，皇帝明显是站在那边的，已经对陶家军心生弃意，于是暂扣他军权。说好听点是罚他思过，说难听点就是架空了他，若要在最短时间内重拾权柄，唯有揭竿而起！

这种局面就像燎原的星星之火，风吹即燃，而这风恰恰就是悠悠众口。

云家满门尽焚，致使坊间情绪暴涨，大骂奸臣当道，皇帝如果不对他动手，便难以抚平民愤，于国而言，不亚于雪上加霜，危中添乱。而一旦朝廷下手，陶家军又岂肯坐以待毙？

是否有人在暗中推波助澜，伺机策反他？

想到这里，陶征心里咯噔了一下，脸色瞬变，正要开口，府上下人仓皇跑来："不好了！有人闯进将军府了！"

陶征与部将俱是一惊，匆促出屋。

正门处，一群凶神恶煞的男子手持刀枪，浑身是伤，面目狰狞，正强行往里面闯，府兵竟阻拦不住，眼看他们就要杀到陶征这边来。

"大胆狂徒！"部将厉喝一声，拔刀而起，击向领头闹事之人。

那人头发凌乱，形容狼狈，满面风干的血迹，快要认不出模样。此刻他宛如地狱里爬出来的魔鬼，早已杀红了眼，身子一偏，手中长刀一横，从迎面攻来的部将喉咙上削过。

那部将颈动脉被切断，鲜血喷出，尸体嗵然倒地。那人没有停留，旋身冲过来，猎豹一样径直扑向陶征。

一切太过突然，快到不及人细想，陶征惊得目瞪口呆，猛地拔刀出鞘，横臂挥刀，奋力架住了那人劈向自己脑袋的致命一刀。

"你是谁？"他惊问，并下令府中弓兵出动，将强行闯入的这些人围了起来。

那人抬头，一双眸子里血泪交织，宛如吃人的厉鬼，幽森森地盯着他。

认清他面容的刹那，陶征双瞳陡睁，满面震惊。

竟然……竟然活着杀回来了！

"陶征！你陷我们于虎口，委罪于云家，又杀了云府满门，今日必拿你狗命来偿！"展平嘶吼一声，抹去脸上的血迹，跟随着自己的公子疯魔般直扑过来。

他怎么也想不到，陶征竟以公子所率大军为诱饵，弃他们于不顾。等到察觉一切，夏军已经席卷而来，将正与燕军拼死搏杀的他们围得水泄不通。偌大一片云州，到处都是飒沓涌来的悍兵，万马奔腾，势如滚滚惊雷，动地摇山。

而那时的他们，就剩下区区一万疲卒。

面对夏军一波又一波的猛烈进攻，公子率领着他们浴血顽抗。狂刀乱箭像过境的蝗虫，击穿一个又一个将士的心脏和咽喉。没有渡河的战船，他们以腿当桨，冲破战火，从遏江的分支流域拼死往对岸游杀。

一天，两天，三天……那些孤军奋战的时日里，每一时每一刻都是炼狱般的煎熬，眼睁睁看着一个又一个生死与共的兄弟命绝倒地。被绝望和悲痛吞噬的他们，为了争得活下去的渺茫机会杀得天昏地暗。

死，他们不怕，怕的是死得不明不白！

哪怕到最后只有一个人杀了出去，也要将他的罪行大白于天下，让那些枉死的将士黄泉瞑目！

哪里知道，拼死杀回帝都的他们，却成了害得大军全军覆没的通敌罪人。公子闻讯近乎崩溃，率领他们飞奔回府，可谁知接应他们的不是老爷夫人，而是遍地焦尸和化为乌有的废墟……

"放箭！射死他们！"反应过来的陶征惊恐不已，举刀推开面前这个已然疯魔般的男子，在他踉跄后退的时候猛奔过去，一刀贯进他身体。

"公子！"展平发出一声痛吼，双手抢刀，哧啦一声切断了两兵脖颈，竟不顾漫天飞射来的利箭，发疯似的扑过来。

云弋眼前一黑，转瞬间天旋地转，却拼尽残力攥住他手腕，右手中的血刀向上一抬，噗地捅进他躯体。

与此同时，陶府弓兵一箭射向他背后，力能碎骨。

一息间，天昏如幕，密密麻麻的箭矢从四面八方袭出，射向这些浴血而归后仅剩了不到二十人的残兵。

陶府大敞的正门外围拢了一群观望的百姓，皆被这见血夺命的惨烈场面吓得不轻，尖叫几声作鸟兽散，逃也似的跑开了。

正对府邸的对面有一条小巷，此时巷口并立两名年轻男子，身形掩映在阴影里。其中一个身着黑色斗篷，黑巾蒙面，头顶风帽遮掩得几乎看不到他的脸面，唯有露出的一双深瞳幽邃如海，一眼望不到底。

"没想到云家的儿子还活着。"景威手持利剑注视着陶府内的状况，听着里面传出的刀剑交碰的脆响，不由血气翻涌。"今日这一闹，真相势必盖不住，陶征行恶在先，保不住大军又构陷忠贤，现下又杀人灭口，动静如此之大，相信很快消息便会传到赵彧耳中。他若再不向陶征动手，明日我们的人便会策动横城百姓为忠良鸣冤，搅他个鸡犬不宁，逼他下手。届时陶党走投无路，选择束手就擒则必死无疑，若要活命，唯有举兵暴动。"

楼西越不发一语，静静听着，眼里的光明暗交替，似在思量着什么。

"少主，已经准备妥当，待明日横城事发，当夜我们便可行动。"

许久不见他说话，景威以为他又毒发身子不舒服，顿时面现紧张："少主，我带你回……"

楼西越摇了摇头，表示自己无碍，忽然道："救下他。"

景威不解："即便此人非奸非恶，但却同陶征一样犯我河山，死……"

话锋未落，却见楼西越从他手里夺过弓和箭，一个闪身奔到对面陶府檐下，踩着门前石狮翻身而上，眨眼间攀到房梁上，疾风一样折向天井处。

景威吃了一惊，一吹口哨，顿时从附近各个角落涌出数十个身份不同的散民，竟都是他手下的散兵游勇乔装而成。

"留十人在附近把风，备好马车，其余的随我进去救人！"景威一声令下，拉上蒙面的黑巾率先追随楼西越而去。

那些人闻令蒙脸而动，藏匿在身上的兵器嗖然亮出，齐刷刷涌进陶府，杀向弓兵。

京城西街。

一间普普通通的布庄里，两名年轻女子正在挑选布料，待老板裁完后仔细收好。结完账两人转身就走，脚步刚踏出，一个原本出去送货的伙计抱着布匹慌里慌张地返回来了，与迎面将出的她们撞了个满怀。

"你这冒失鬼，一点眼色也不长，净来砸我生意。叫你去送货，跑回来作甚？"老板骂骂咧咧地说了伙计一句，又忙不迭向两人道歉。

那伙计脸色发白，面上满是惊骇之色，仿似碰到了夺命的无常厉鬼，结巴着解释道"送……送不过去了，半路在杀人！抹脖子那种……见血了……"

"哪里？"青珑与月芫没有计较伙计的莽撞，正要走，却被他的话惊了一下，疑惑地止步回头。

还没等到伙计回应，尖叫声便从街上传来。

"杀人了！杀人了！"

"陶府出人命了！"

"杀人了！快去报官！"

寻常百姓哪里见过白刀子进红刀子出的杀人场面，更不知此事传扬出去的后果，皆像无头苍蝇般吓得到处躲藏，生怕那两方人从陶府杀到街上，连累他们白白送命。

"陶府？"青珑颇为吃惊，试探性地问那伙计："哪个陶府？"

"就那个打了败仗的陶将军……突然闯进去十几个人，模样凶残，浑身是血，说是要取他的狗命，这会儿正杀得不可开交，连大门都顾不得关上……哧啦切脖子割肉的声音，魂都能吓破……"那伙计好心，说完还不忘白着脸提醒一句，叫她们回去时千万不要从那儿经过。

两人听罢俱是吃惊，面面相觑，最后道了声谢，揣着选好的布料离开了布庄。

她们自然没有听取伙计的劝告，而是逆着行人逃走的方向悄然去往陶府。

同样移驾赶去的，还有闻讯后震惊不已的赵彧，以及他率领的一行禁兵。

此时的陶府已是死伤一片，而杀戮仍未停止，因为又有一伙便装蒙面的陌生人闯了进去，夺弓抢箭，二话不说杀向府兵。他们各个行动迅猛，异于常人，无论刀法箭法皆精确无误，一杀一个准，竟有以一敌十之势。

"将军，快走！"仅靠府兵根本挡不住这群人，下人不断抵挡那个浑身是血却仍旧杀得癫狂如魔的男子，护着身受重伤的陶征拼命往后院撤，企图逃走。

陶征惊慌不已，震惊顾望，不知这些蒙面人从何而来。但现在他已然顾及不到这些了，眼下最重要的事，就是赶在消息传出去之前设法除掉云家儿子。

若此人将真相上报朝廷，公之于众，那他坑害云家又嫁祸给他们的罪名便就此坐实，非但自己人头落地遗臭万年，连陶家满门都要被抄斩。

而若不杀，今日这一闹势必留下短柄，民怨难平，皇帝何时除他便只需点个头，他岂肯束手待毙任人宰割？

"杀了他！"箭在弦上，一步也不容许他后退，陶征不得已横下心，厉声下令："通知陶家军余部集兵待命，听我号令行事！"

兵权被夺，他唯一救命的稻草，就只剩下驻守帝都的两万亲兵了。

大不了鱼死网破，杀出去！

一念忽动，他目光一狠，振臂开弓，对准持刀扑来的云弋，利箭忽发！

箭矢飞出，疾风般呼啸而过袭向男子心口。

一丈，三步，两尺，寸缕之间……

"咔！"尖喝声在云弋胸前爆响，一支劲羽横空飞来，拦腰击上即将入体的一箭。铁制的尖端猛烈撞击在一起，擦出几点火星，噼啪炸破。

生死一瞬间，两箭应声落地！

众人吃惊四顾，高墙洒落下来的阴影里，一个黑衣黑帽的男子收弓敛势，一双眼睛幽森森地注视着陶征。但是眨眼的间隙，那人便如鬼影般闪入暗角，消失不见。

这时，一个蒙面人冲进陶府，杀到景威身边，匆匆在他耳边低语了几句。

景威闻言收刀入鞘，沉声道："少主，接到风声，宫中来人了。"

楼西越颔首，口中发出沙哑的字眼："撤。"

景威一吹口哨，清喝一声，所有蒙面的男子依令齐聚一处围成一堵人墙，将早已奄奄垂绝却仍然拼死扑向陶征的云弋及其手下挡护住，拖着他们迅速退到府外。

门外已有负责把风的手下准备好的三辆马车和数匹烈驹，景威命他们将这些重伤晕厥的云家残兵塞了进去，然后跟随楼西越翻身上马绝尘而去。

其余蒙面人则如往常一样，三三两两聚在一处，隐藏到不同的方向去了。

而混乱而血腥的陶府，则传出下人的叫声："将军，保命要紧，追不得了，快走啊！"

渐渐地，里面的声音越来越微弱，最终归于平静。

此时的街上，马蹄轻疾，回音不绝。

十几个蒙面人围着三辆马车，一步数尺，奔动如雷，腾腾冲向郊外。

青珑与月芜即将拐往陶府看个究竟，却听马蹄声快速向这边逼来，于是止步后退，双双闪进巷子里暂作掩蔽，只微微探出脑袋观望。

那一队车马迎风驶来，打头的是一个蒙面的黑衣男子，身量清绝而萧疏，此刻他目不斜视，手中长鞭唰唰急落，疾行中带起的劲风撩动斗篷的下摆，衣袂猎猎翻飞。

"驾！"一行人飞驰如流星，从眼帘一晃而过。

一眼的窥视，马背上黑衣男子的侧影从青珑的视线当中划过，未及锁定便一闪而逝。取而代之的是哒哒的回音，犹如闷捶，一声接一声地敲击她原本平静的心海。

青珑一惊，心就像被那个消逝而去的黑色身影牵住，瞬息间不由她控制，忽地引颈翘首，跟着便迈出脚步，慌乱而失魂地奔出深巷。

疾行的人眼角余光似是瞥到了什么，恍然勒缰，烈马长啸一声，仰脖抬蹄，人立而起。

紧随其后的队伍全部惊住，慌忙勒马，以为周围有埋伏，皆顺着他的目光看过来。

"姑娘！"月芜吃了不小一惊，伸手死死摁住青珑的肩膀将她扳了回来，压着她俯身藏在一堆杂物后面，屏息不动。

"少主，有异常？"景威环顾一圈，并没有发现可疑之处，一脸疑惑地靠过来，在他耳边低声问道。

楼西越没有出声，目光定格在虚空里，神思有一瞬间的恍惚，被景威的话激醒后，他摇了摇头，复又持缰落鞭，纵马远去。

确定那些人全部离开，月芜才敢放手，直起身子掸了掸落在衣服上的灰尘。

青珑也不知为何，心神在方才一刹那全部被搅乱，此刻依旧难以平复，迫不及待地奔出巷子，持剑驻足在街上，举目遥望那些人离开的方向。

那里早已空荡荡不见人影，扬起的尘土重新跌落至青石路面上，就连马蹄的回音也很快消失不闻。

"姑娘，刚才怎么了？险些暴露行迹……"月芜惑于她的反应，询问一声。

青珑还陷在怔忪中，以为刚从她眼前飞掠而过的黑衣人就是小姑娘口中说的那个"他"。可他没有朋友没有家，经常一个人独来独往，行踪无常。纵是相似的身形和背影，这个人却一呼十应，怎么会是他呢……

她慌乱地想着，忍不住又朝他离去的方向远眺。

"姑娘？"久问不答，又见她脸色不正常，月芜担心地唤了一声："是不是哪里不舒服？"

"没……"青珑这才回神，克制着七上八下的心情，目光转而落向他处，道："随我去陶府看看。"

最终，她们没能去成。

陶府外已被调遣而来的禁兵围得罅隙不剩，为了避免身份败露而影响即将到来的行动，两人被迫半路撤走了。

皇帝亦微服出宫，被卫队护在中间，双拳紧握，脸色铁青，胸口剧烈起伏着，目光灼灼如火。

从敞开的大门望去，府内血流满地，断箭陈列，府兵的尸体横七竖八地堆在天井中，狼藉而血腥。

赵彧满腔怒火濒临喷发，低吼一声："满门抄斩！"

"是！"受令的禁兵动如雷霆，汹汹涌了进去，循着血迹杀向陶府后院。

"皇上，情势越是纷乱危急，您越要冷静啊，万不能乱了方寸……"宫监担心他怒火攻心，惹得痨症发作，紧张地劝他。

赵彧长吸口气，经久额上凸起的青筋才渐渐舒开，指着满院血淋淋的尸体低声对那宫监道："禁兵照旧追杀，做做样子，但这些尸体的脑袋给朕全部割掉，明日沿街游行！另，从大牢找一个与陶征身段相近的死囚，划烂他的脸，一并于坊间示威，并传朕口谕：陶征为图一己之私，残杀忠良，已将其绳之以法，三日后处以极刑，既儆奸恶，亦告慰帝师在天之灵！"

宫监茅塞顿开，大舒口气，喜得道："皇上英明！如此一来，便暂时封住了悠悠众口，坊间民怨一解，我们才可专心应敌。"

赵彧挥了挥手："去安排吧。"

宫监转身便吩咐人手去办，这时几个亲信从远处匆匆跑来，跪地谢罪："卑职该死，未能带走云姑娘，致使其被人救走，请皇上责罚！"

"没带走？"宫监脸一白："谁救走的？带哪里去了？"

"卑职该死，将人追丢了……"

"一个姑娘也带不走，养你们一群饭桶，回去自行受罚！"

宫监的怒火还在发作，却见赵彧一拂袖转身走了，于是匆匆追上去了。

赵彧最后去的是化为灰烬的云府。

烧焦的府邸前，归来的女子跌跪在阶上，望着焦黑的屋宇悲痛欲绝，泪水滚滚直下。她不顾现场查案官员的阻拦，从地上爬起来硬往里面闯，哭得撕心裂肺。

"爹！娘！"查案的人无情将她拦截在外，她连父母的遗骸都未能见到，顿时眼前一黑复又跌倒在地，朝着家门的方向恸哭，泣如雨下。

人群之外，褚子逍潮红着眼睛定定注视着她战栗不止的背影，心若凌迟。

触景生情，辛宁亦不由想起了小时候自己家破人亡的景象，泪水在眼眶前打转，拽了拽他的衣角："子逍哥哥，那位阿姐太可怜了……"

褚子逍叮咛她："阿宁，你就装作寻常百姓混在他们中间，子逍哥哥过去一趟。"

说完，他拨开人群快步走到阶上，从地上抱起哭得泪干肠断的女子，柔声安慰。

只是逝者已矣，面对失去至亲的痛苦，旁的人无法替她分担丝毫，再多慰藉的话都成了苍白的字眼。

云婧难以从悲痛中平静下来，趴在他肩头幽咽不止。

围观的人看得于心不忍，替她打抱不平，声讨行凶的佞臣："这个姓陶的，要遭天劈哟……几十万大兵都不够他坑害，还要杀死太傅大人一家子……"

云婧听到了他们的对话，猛然起身，跌跌撞撞地扑向人群："谁杀的？你说谁杀的？凶手是谁，求你们告诉我凶手是谁？"

这样的问题自然无人敢明说，她不甘心，疯魔般冲到正在查案的捕役面前，扯着他们的衣服，一遍又一遍地哭求："你们一定知道……是不是已经查出来了？是谁害死我的家人？告诉我凶手是谁！是哪个姓陶的……是不是陶征？是不是他！"

"云姑娘……"褚子逍将她抱开，给她一个肩膀，来承住她接受不了的悲痛与绝望。

"为什么会这样？为什么要杀我爹娘……为什么……"云婧泪水横流，脑袋无力地瘫在他肩上，哭得语无伦次："我不该让他们担心……我该死！为什么总要往外跑……我没有听他们的话，害我爹娘担心……该死的是我……"

失去亲人的大悲大痛褚子逍从小就经历过，感同身受。云姑娘满门尽失，家已不再，纷扰乱世里就剩她孤零零一个人，无依无靠，往后的路要怎么走下去……

他无限悲切，轻抚她簌簌颤抖的瘦弱肩膀，哽咽道："我会陪着你，直到你振作起来。"

纵使缘分散尽，他也有军务在身，不该再与她有任何瓜葛，但相识一场，他终究还是狠不下心来弃她于不顾。

远处，皇帝一脸阴沉地站在大街中央，目光冷冷地注视着贴在一起的两人。

"云府虽毁，但她仍有可依可信之人，轮不到不自量力的宵小碰触！"

幽幽语声飘来，惊得所有人转身回望。查案的官员最先认出他，正要跪拜，被宫监摆手阻止了。于是他们依令退下，顺便将这些不明所以，却对云家被害之事议论纷纷，指责朝廷办事不力的围观百姓一并疏散了。

辛宁不放心褚子道，不肯独自离开，于是藏到一边去等候他。

赵彧神色惶然，踏着沉重的脚步走到云府檐下，伸手出去："阿婧，不哭了，随我走。"

云婧仰头而视，撑着站了起来，朦胧泪眼直直盯着他，忽然间明白了自己为何会遭人绑架，声音凌厉地问他："你早就知道了这一切，抓我的人是不是你派的？"

赵彧答非所问，抬手擦掉她面上的泪水："不难过，还有我在。"

云婧拂袖打开他，反揪住他的衣服，哭着逼问："为什么要瞒我？凶手是不是陶征？是不是他！杀人偿命，为什么不把他绳之以法！"

赵彧拉住她的手："你要的结果，明天就能看到，随我走。"

云婧挣开他，猛地冲到一名随行的禁军护卫跟前，拔出他腰间的锋刀，杀气腾腾地奔向陶府的方向。

褚子道惊然，快步上前拦住她，劝她冷静的话还没得及说出口，一双狼目般阴森的眼睛便定格在他面上，如针如芒。

赵彧横身过来挡住了他，并令护卫将情绪激动的云婧掣住，强行带走了。

"阁下何人？似乎在哪见过。"皇帝上下打量一眼褚子道，语声幽幽而迫人。很快，他想起了三年前黛江上发生的一幕，认出了他，不由心生警觉。"舒王府的下人，无故出现在我朝，意欲何为？"

褚子道同样认出了他，并不为惧："手脚不利索，总是坏事，被赶了出来。天大地大，总有留人之处，来这里讨份差事，不可？"

"是吗？"赵彧冷冷一笑："想谋什么样的差？说出来，兴许本公子能搭一手。"

褚子道对视着他，目光不闪不躲："不劳赵公子费心。"说完他转身离开了。

赵彧面色阴冷，向宫监使了个眼色。

宫监会意，高声喝了一句："站住——"

说着他走了过来，扬着嗓子道："近日不太平，可疑人等一律收押受审，尤其是混入京城的异国人士，更不能掉以轻心，押住带走，严加盘查！"

"是！"禁军护卫齐声而应，动如雷霆，顷刻间围成一堵人墙。

远处，藏在杂物后面的辛宁惊白了脸，焦忧而紧张地望向这边，慌得不知所措。

褚子道握了握拳，几乎忍不住要动手反抗，可是几经挣扎，最终他还是选择了束手就擒——自然，他早就看到了躲在远处的辛宁，真要动起手，恐会连累到她。其二，当年黛江上琼儿救场时的三言两语，让赵彧误以为自己是舒王府的人，凭此便怀疑舒九容在亓境安插了眼线，可见防心甚重。如果再动手，被他看出自己身怀武艺，只怕更增其疑心，若他背后派人查探一番，难保自己真正的身份不会泄露，惹得他加强警戒，全城内外搜捕青军同党。一旦他们的人手被发现，势必会坏了阿姐的部署。

念及此处，他松拳回身："若是赵公子查不到呢？"

赵彧冷笑道："那就看小兄弟有没有本事像现在这般，竖着自由来去了。"

宫监厉喝一声："拿下他！"

护卫闻令而动，擒住他双手将他押走了。

经过一处角落时，褚子逍侧目，微不可觉地向躲在那里的辛宁摇了摇头，示意她不要妄动，更不要现身出来。

辛宁骇得脸色惨白，眼睁睁看着这些人将他抓走，慌得没了主意。忽然想起梁二和裴原等人早已率兵密驻在近京之地的白城，于是她像抓住了救命稻草，慌慌张张地沿着巷子跑了。

人一动，发出轻微的细响，惊动了这些禁军护卫。

赵彧也已察觉，循声望过去："跟上。"

护卫们领命而去，步履轻快，几无足音。

横城的街上，兵影如林，四处攒动。

大部分是追杀负伤逃逸的陶征及其余党，另有数名护兵跟在一个脚步匆匆的姑娘身后，企图顺藤摸瓜查到可疑之人的据点。

"扑通"一声，疾走中的姑娘脚步一绊，重重摔倒在地，手腕与膝盖蹭出了血。

辛宁孤立无援，心里想的全是拜托梁二他们救救子逍哥哥，偏偏自己怯懦软弱，离开他就什么都做不好，急得快要哭出来。

她回头拖起跌痛的腿，行将起身的刹那，似乎有身穿兵服的人影一晃而过。

"谁在后面？"她挣着爬起来，四处惊顾，忽地撒腿狂奔。

几名跟踪的护兵互相使了个眼色，从暗角涌出来，加快速度，再次无声无息地跟了上去。

疯跑中的辛宁猛地顿步，嗖然回身。

有两名护兵来不及掩蔽，全然暴露在外，他们身形高大健壮，面目凶狠，如虎似狼。

"你……你们干什么？"辛宁被他们凶神恶煞的模样吓住，脸白如纸，心脏都能跳到嗓子眼。这才明白过来，自己早已被那群人发现了。

可他们没有像抓走子逍哥哥一样抓她，更没有杀她，他们要跟踪她做什么？

不抓她不杀她，还放她走，难道……

辛宁浑然一个激灵，如果自己跑去找梁大哥，那他们就会跟着她查到青军的踪迹，到时候……

不，不能被他们发现大军！

可是子逍哥哥怎么办？谁去救他？

辛宁慌得没了主意，又惊又恐又无助，屏息看着这些凶鬼一样的护兵逼近，不敢再往前跨一步。

左右没藏住，十几名护兵便齐数现身，很快，他们就将辛宁逼到了墙角绝地，挡住了她所有的出路。

辛宁大气也不敢喘，生平第一次遇到这样的场面，吓得快要晕死过去，情急之下从两名护兵中间的缝隙中钻了出去，疯狂奔逃。

"咔！"长刀出鞘，唰地从她后背劈下。伤口翻卷裂开，顺着肩膀一直延伸到腰部，鲜血淋漓涌出。

辛宁扑倒在地，险些气窒痛死，张了张口，喉咙里发不出声音。

"说！背后的主子是谁？"一名护兵弯腰俯身，粗暴地揪住她的头发，生生将她从地上提了起来。

辛宁痛得牙齿打战，泪水夺眶而出，拼命摇头，不敢开口。

"装哑巴，叫你装！"哧啦一声，刀尖从女孩的左颊划下，刮出一道深可及骨的血伤。

"说不说？从哪来的！"等不到回答，暴躁的护兵又一拳挥了过来，打得女孩瘦小的身子弯成了一张弓。

辛宁口中的呼救声因为痛苦而变成了耳语，还没从剧痛中缓上一口气，久等无果的护兵心生不耐，又一刀挑出从她的右脸上划过，拉出一道长长的血痕。

数丈开外，两名年轻女子从深巷里匆匆拐了出来，正要往城门的方向赶，却猛然听到前方的人声，并且看到了那群护兵的背影，立时收脚止步。正要绕道，她们又被从那里传出的嘤嘤哭音惑住。

声音不大，却自有几分熟悉感。

那是……辛宁？

两人惊疑不定，双双变色，谨慎地往那边移了移，却见一兵举着血刀，反手欲刺。

来不细想，她们脚步奔动如风，几下冲过去一左一右劈飞了即将送入女孩腹中的血刀。

护卫们始料不及，纷纷拔刀砍向这突然冒出来的两名女子。

辛宁没了掣制，双膝一软，身子颓然跌倒，鲜血汩汩涌溢，爬满了她大半张脸。

青珑惊痛不已，抱起痛得簌簌发抖的辛宁，看着她满面浑身的血口，心揪不已。

辛宁痛苦不堪地痉挛着，身子缩在青珑的怀中，唇齿蠕动，发出低低而模糊不清的耳语："救……救……"

"阿宁不怕……是青珑阿姐，我们来救你，阿宁不怕，不怕……"青珑颤抖地脱掉自己的外衣包住女孩血淋淋的身子，然后背起她疯狂往城外跑。

月芜出手狠厉，几招上去屠尽了那些护兵，跟随在后护着青珑奔往城外营地。

《第八十五章》
大势

横城的风雨，来得急促而猛烈。

接下来的几天里，暗流无时无刻不在涌动，而身处水上的人，却还不知道即将翻船的漩涡藏在何处。

帝都内外，刀光剑影随处可见，鲜血如绸，铺开一片血色天地。

尽管年轻的帝王以死囚假冒陶征，游街过后处以五马分尸之极刑，民愤暂缓。但纸终究包不住火，不久就有流言传出，皇帝以假乱真欺弄坊间，已死之人并非陶征。

真正的陶征，已经召集了两万亲兵，举旗反了！

外敌伺机反扑，内乱骤然发端，横城上下一片惶恐。

帝都北城门，杀声震天。

重伤未愈的陶征率领自己的亲兵，冲破禁兵一轮又一轮的剿杀，拼死往城门外杀，企图携着家眷出逃。

皇帝迫于坊间压力，不得已又增补一万兵力，全城追杀陶家军。

暴乱迅速展开，血战持续了两天两夜，双方杀得天昏地暗，人马俱疲。

陶征快要撑不下去，濒临虚脱时，被禁兵剿杀得只剩十之四五的残兵忽地重见天光。仿似天伸援手，突然间市井冒出数百名魏家军，各个神勇彪悍，以一敌百，合着他的队伍与禁军疯狂搏杀。

是日子夜，交战了不到两个时辰，紧闭的北门嘭然破开。

绝地逢生的陶家亲兵蜂拥出城，催动战马火速遁走。

远离皇城后，浴血杀出来的这支疲兵连火把也不敢点，生怕被追兵发现。此刻，仅剩的八千残兵全部窝在城外的荒山脚下，稍事休整。

"将军，可还好？"一名领头的魏家兵来到正在包扎伤口的陶征身边，一边抹掉脸上的血渍，一边关切地问道。

陶征后悔不已，握剑的手簌簌发抖，此时他的心脏仍旧扑通扑通乱跳，情绪难以平静。

907

但总算死里逃生，这要命的一劫算是挺过去了。

他喘着粗气，抱拳一礼，无比感激："魏家小弟果真厚义，不枉本将非次拔擢，救命之恩，在此谢了！只可惜魏小弟已经……"

明白陶征对他们不计后果出手施救的做法持有疑虑，不敢完全相信，那兵头顺着他的意思，神色黯黯地道："我家主子生前最钦佩陶将军，能得您提拔关照，乃无上荣幸。主子虽已不在，但小的们秉承其志，愿誓死追随陶将军！"

陶征面上虽然表现得万分信赖，心下却摇摆不定，问他们："本将被逼到今日，也是因云家而起，皇帝一口咬定是本将派人杀了云府满门，以虚妄之罪辱我声名。嫁祸给我的凶手是谁，你们可知？"

那兵头面现愤色，语气不由跟着拔高："将军心有愤慨，小的们亦是！两军交战胜负无常，皇帝却气量狭薄，打得起输不起。见我家主子生前与将军交好，暗地里便防着我们，外面传言的将军指使魏家兵杀害云府满门，根本没有的事！早在这之前，小的们就已经收到我家主子战死的消息了，如何领受他的命令？再说平日云魏两家也无宿怨，为何要去干这遭雷劈的事？"

"所以凶手是谁，你们也不知道？"

那兵头摇摇头，苦想了一会儿，压低声音道："小的寻思着，兴许这一切，会不会跟皇帝有干系？"

陶征眼皮一跳，屏息看着他，等待他坦露心里的想法。

"皇帝不是想对我们下手吗，却又没有可以服众的理由，不敢明着直接来。云家那小子通敌死在了沙场，云士鸿后继无人，云家也就成不了气候，皇帝哪里还肯花大力气去扶植？没准他就弃了这枚废子，再将计就计做掉云家，把它作为诬捏将军的伪证和借口，然后就顺理成章地向将军动手……"

陶征呼吸发紧，惊愕难言——杀死云家的真正凶手到底是谁他至今一无所知，而魏家兵头的臆测仿若拨云见日，三言两语帮他理清了头绪。

不过令他气恨的是，云弋那小子竟然没有死绝，还杀回了陶府，快要命丧他手时又被一群不明身份的蒙面人救走。

那些人究竟是他的旧部，还是云家的党羽，这些他已无从猜测。但听这些留守京都的魏家兵的说法，似乎他们还不知道云家小子活着并且带人杀进陶府的事，可想而知探问他们也是多此一举。关键是，就算他知道了，也已无济于事。

"将军，事已至此，往后要如何打算？"那兵头问道。

这正是陶征当下面临的最紧要之事，回头已是决计不能了，唯有率领余兵往前冲。但对这些魏家兵意料之外的忠厚和殷勤，他还是无法付诸十二分的信任，于是试探地道："魏家小弟已死，你们何故跑来趟本将这趟浑水？"

"将军这是哪里的话，皇帝将我家主子也搅弄进去，显然不打算放过我们。主子一走，我等便群龙无首，早晚都会被皇帝七零八落地收拾掉。左右骑虎难下，小的们思量长久，与其等死，倒不如随了将军，同他拼了！"

"好！"陶征心绪一昂，顾虑再多都已无用，索性彻底放手，与天搏命。

魏家兵头也是情绪高涨，与他商议道："将军，那接下来我们怎么做？"

"看你头脑精明，想得深远，有何计较说来本将听听。"

兵头细思一通，徐徐道："城中还有约莫五百兄弟，困在内城出不来，将军既然愿意收留，小的需想办法把他们捞出来。另外，往后我等免不了要被皇帝派兵围剿，粮草和军火对我们来说势必短缺，还得再多倒腾些。再有就是，临逃前我们给皇帝捅点篓子，让他焦头烂额自顾不暇，给我们争取更多撤逃的时机。"

这些话真真说到陶征心坎里去了，当下生死存亡之际，他最需要的莫过于援手和粮械。纵使孤军顽抗，但皇帝加于他身上的耻辱，他岂是轻易就能咽下去的，又怎会给他好过！

想法不谋而合，翌日陶魏两方便沆瀣一气，以电光之速开始行动了。

由此，噩耗一个接一个地传往宫中。

"报皇上！水兵总头邓丘在其府内遇刺，当场身亡了！"

还在为剿杀叛党而忙得不可开交的皇帝吃惊不已，想起日前他委任邓丘新筑一批巨型战船的军务，顿时发了慌："楼船的机关图呢？有没有失窃？"

"已经、已经全部被凶手盗走了，片纸不剩……"

皇帝气得脸色乌青："混账！给朕去查！"

通报的官员忙不迭应是，前脚刚走，后脚又有急奏来报。

"皇上，西城外的军船厂失火了！微臣核查过，将要下水备战的五十艘舰船均遭受不同程度的损毁，尤以甲板和舱底为甚，近七成已经无法修复……还有在建的几艘巨型艨艟亦尽数被焚，支离散架，全部功亏一篑……"

皇帝的怒火正要发作，又有一名将领求见。

"皇上，军械处潜入细作，对方于昨日亥时手持邓总兵头的令牌，连夜紧急调走十车军火，说是用来剿灭叛党……"

皇帝气得恨不得剁了他脑袋："请调军火如此大的事，为何不上报朝廷！"

那人惶恐跪地："微臣大意，请皇上恕罪！只是叛将陶征仍未捕获，皇上您下过口谕，令各部倾力配合禁军。当时邓大人早已回府，微臣无法当面请示，又怕稍有迟疑而延误了剿杀叛党的时机，所以暂先应允对方一半的需求，可谁知……谁知翌日便听闻邓总兵头遇刺的事了……"

"报！皇上，白城遇袭了！"

仿似雷霆炸开，惊得皇帝耳膜轰隆一声，有片刻的失聪，身子已经站立不稳。

兵临城下的，是无人察觉的青军。

相峙不过半日，待命已久的青兵犹如蛰伏的烈兽，乌泱泱齐现白城。城楼上下，飞射的火矢连成灼目的耀眼弧光，中箭的守兵躯体不断从巍峨的城墙上摔下，城头上方的兵力以守将始料不及的速度迅速缩减着，几轮血战下来，再也难成气候。

终于，破晓时分，外城的防守圈被突破，青军如潮水般涌入，随后激战不到一个时辰，终于占据城楼制高点，逼得所剩无几的守兵全部缴械投降。

几乎在同一天，毗邻帝都的另一座城池——茳城同样失陷。

不同于青军的彪悍神勇，攻陷茬城的另一路大军仅四千兵力，却神秘莫测，仿似突然从天而降，一夜之间抛飞爪攀上城楼，行动迅捷如虎，快而狠。翌日晌午不到，便已撬开了城门。

噩讯火速传往宫中。

"皇上，茬城失守了！"

"报！发现陶征的踪迹，其与魏家兵里外勾连，举反旗杀往观澜郡了！"

不虞之变接踵而来，几乎不给人喘息的间隙，皇帝惊得胸胀如鼓，郁愤骤积，噗地一口血吐出，猝倒在御殿，阖殿惊然！

云府祠堂，一个身着孝服的女子跪在一排排灵位前，为死去的云家亡魂祭烧黍梗。

头七已过，后事处理下来，她已憔悴不堪，整个人瘦了一圈，脸颊与眼窝深陷，双目红肿。烧着烧着，她又开始失魂，望着盆中的袅袅青烟，双眼不知不觉被克制不住的水花淹没，泪水簌簌滑了下来。

"阿婧姑娘，皇上倒下了，快去看看他……"突然，宫监慌里慌张地跑来，惊回了陷在悲痛中无法自拔的女子。

"阿婧姑娘，老奴求求你，去看看皇上，再不去……再不救治他就撑不过这一次了，就当老奴求求你了，阿婧姑娘……"

在又一次即将来临的死亡面前，云婧害怕得浑身颤抖，喉咙像被死神掐住，呼不出气息，惨白着脸跌跌撞撞地狂奔向宫中。

等她赶到的时候，皇帝正在接受一名御医的诊治，病情暂时控制住了。

见她来了，赵彧屏退御医挣扎着从龙榻上坐起，朝她招了招手："阿婧，过来……"

云婧潸然泪下，挪动着如灌重铅的双腿，走过去扶住他要给他把脉，皇帝却阻止了。

他抽出手，替她擦掉两行泪水，气息急喘，低低笑道："朕不怕死，朕是不甘心……父皇交给朕的疆土，绝不允许那些下贱的奴隶劫夺！即使、即使它们都是烧杀抢掠而得……"

"告诉朕……"皇帝突然目光一狠，情绪波动起来，拼尽残力抓住她肩膀，力能碎骨，"告诉朕，那个男人是谁？是不是青军的细作？你跟他是什么关系？你们背着朕做了什么？全都一五一十告诉朕！"

云婧呼吸发紧，心里却一凉，正要开口，一名传事兵在外禀报："皇上，此人口关甚紧，招不出什么东西，要不要……"

"杀！"皇帝嘶吼一声，暴怒到极致，"给朕五马分尸，丢到那群妄图夺城的贱奴面前！告诉他们，这就是自找死路的下场！"

云婧脸色煞白，猛地扑到那兵面前，急急问道："抓了谁？你们把谁抓了？是不是……是不是……"

她想起那日自己被护卫强行拖走，留下褚子逍在当场，以皇帝多疑的秉性必然不会轻易放他走。那就表示，他抓的人是……

云婧身子一颤，疯也似的跑向大牢。

"阿婧姑娘！阿婧……"宫监大声喊她，追了出去。

皇帝既没有阻止，也没有因为她的不告而别而降罪于她，一个人一动不动地坐在龙榻上，盯着她惶恐离开的背影，眼里寒光滚动。

大牢里面阴暗潮湿，散发着刺鼻的霉味。甬道尽头的一间囚牢里，一个浑身是伤的男子被拴在木柱上，前胸后背被鞭笞得惨不忍睹，肩口斜向下刺进一把匕首，伤口汩出的血正沿着木柄缓缓滑下。铁链将他的双手紧紧捆缚在后，几乎勒进血肉。再过些时候，想必他就会因为承受不住，双臂缺血坏死，最终失血身亡。

"子逍！"云婧看得脸白如雪，推开阖着的牢门扑进牢中，端起男子垂下的脑袋，惊痛不已。

"子逍！子逍！"她惊悸地喊着他的名字，慌张地替他解开锁链。

褚子逍身子一软，颓然倒了下去。

云婧扶住他，又惊又恐，生怕他熬不过这一关。

经久，褚子逍从昏迷中醒来，目光涣散，看了她很久，才认了出来："云姑娘……"

随着意识的渐渐恢复，他四下打量了一眼牢房，有气无力地问她："你是如何……如何进来这种地方……"

他心有疑窦，云婧不谙武艺，一个弱女子怎会轻而易举且毫发无损地来到大牢？更为蹊跷的是，赵或至今把他当成刺探情报的细作，故此前牢门外都有数人把守，此时此刻非但连一个狱卒都看不到，牢门竟也不曾加锁。

"这些先不用管……子逍你撑住，我救你离开这里……"云婧手忙脚乱地从怀中拿出一瓶随身备着的止血药，接着拔下头顶的簪子划开衣角。简单准备好这些，她伸手够到血淋淋的匕首，却紧张得不敢使出分毫力气。

褚子逍长吸口气，一咬牙自己将匕首拔了出来，霎时肩头鲜血如注。

云婧匆匆给他上药包扎伤口，之后也不敢在此地久待，扶着他往外走。

"云姑娘……"褚子逍含含糊糊地开口，话还没说，就被她打断了。

"他不会将我怎样，不用担心……子逍，我现在带你出去，离开这里之后你去白城找你阿姐，外面的人说她带人打进去了，不要再回来。"

褚子逍心中一动，听云姑娘如是说，莫不是阿姐已经与大军会合，打入白城了？

然而他心中的喜悦还未升起，就被随之入耳的一声细响浇灭——死寂的大牢里，隔壁隐约有短促的喘息声。

有人在窃听！

褚子逍面色一变，环顾一圈，再想起自己方才的疑虑，心中顿时明了，只怕云姑娘已经被人算计了。

他强压住心头的震惊，快速驳了她的话："我与她，早已……一刀两断，她不是我阿姐了。"

云婧吃惊不已，转头望来，一脸不可置信："子逍，你跟你阿姐之间……"

"说来话长，她杀了我阿叔全家，我与她势不两立！"

"为什么会这样？"

她仍旧无法相信褚子逍的话，印象里这对姐弟相依为命，不是手足胜过手足，怎会走到今日水火不容的地步？

此时，大牢的隔间里有耳语一样细弱的对话依稀飘来，回音嗡嗡如蚊。

"公公，果如皇上所料，此人与青军干系不浅。不过云姑娘口中说的杀进白城的阿姐，又是指谁？"牢头声音极低地问道。

"子逍……"宫监琢磨着这个名字，忽地想起了什么，心中敞亮，低低道："若探子带回的消息无误，便是那奴女霍青珑了。"

早在青夏两军离水立约的消息传出后，皇上就已经开始注意青军，尤其是那个妄想光复青桑的霍家奴女。后来皇上命人打探过此女及青军虚实，得知其有一旁姓兄弟佐助，两人虽不是血缘之亲，却姐弟情深，患难与共。

如此，这未必不是此女的软肋之一。

牢头恍悟，既喜又忧："但听此人方才所言，似与那奴女割袍断义，不知能否利用得上？"

"未必。"宫监思量一番，更加肯定了自己的推断："若此人当真与那奴女不共戴天，又怎会宁死不吐半字，替她隐瞒青军动向至今？"

牢头被一语点醒："好个刁钻狡猾的小子，敢骗我们，找死！"

宫监挥了挥手："通知禁军去做吧，不要伤到云姑娘。"

亦如褚子逍所测，这一次，他算是在劫难逃了。

纵使轻易就被云婧用一令牌带出大牢，但大牢之外，等待他的却是数百禁兵围成的箭阵。

"阿婧姑娘，皇上真心待你，你却与青军余孽勾连，实在令他心寒。念你也是受其蒙蔽，不知者不罪，皇上不予追究。过来这里，老奴带姑娘去找皇上赔罪。"宫监招了招手。

云婧仿如当头一棒，大惊失色，才意识到自己的冲动之举非但没能救出褚子逍，反还害了他。

"云姑娘，你走吧……"褚子逍强撑着稳住身形，在她耳畔沉声道："感谢你将我救出大牢，接下来是生是死，由我自己决定！"

"子逍！"云婧大骇，身子一个趔趄，被他拼力推开。她疯也似的往前冲，想要拉回自杀般猛扑向宫监的褚子逍，却被数名身量魁梧的禁兵扭住双手，拖离了箭阵。

"放箭！"宫监冷冷看着扑来的男子，一声令下，站在他左右两侧的数名禁兵同时挽弓，箭光呼呼，嗖地离弦飞出。

褚子逍旋身躲开，顺手攫住一箭，拼尽残力掷向宫监。

他心里明白，这些人既已知晓他身份，却不同时放箭处死他，定是要生擒他作为诱饵引出阿姐。

他不敢想象阿姐上当后的情形，可是在这之前，哪怕万箭穿心，他也绝不会给这些人那样的机会。

念及此处，迎面一箭飞来，他不避反迎！

两兵霍地拔刀，一人抛刀打飞即将飞入他心口的长箭，另一人身如虎豹，持刀扑到他身侧。

"嘶！"刀锋沿着他的腰腹横切而过，血如泉涌。

"子逍——"一声痛吼冲破天际，幽幽飘向远方……

近京的茌城已被一支密军攻陷，大军占领高地，正在做短暂休整，同时为即将到来的下一轮部署做准备。

城楼之上，一名身穿黑色劲装、肩着皮甲的蒙面男子长身立于墙剁处，眺望远处观澜郡的战火。

"少主，"景威走上前，拂手屏退了箭楼附近的守兵，只留他二人，沉声道："查到了，攻占白城的锐卒为青军。"

楼西越呼吸一顿，一双静水般不起波澜的眸子里泛出一丝涟漪，被他极力压制着。

景威自然知道他的心思，却不希望他在死过一次之后又把自己的心深陷进去。见他不答话，他也就没再继续，转而道："另外观澜郡那边，陶征的一切动向也都在我们的掌控之中，只是属下有些担心……"

顿了顿，他道："陶征尚不知道那些魏家兵是我们的人手，暂可继续利用，但若放任他坐大，属下担心将来会失控，反受其害。而且探子来报，怒海南岸发现了燕兵的踪迹，西海关那边也聚拢了一拨黑羽卫，想必两方也要来分一杯羹了。"

楼西越自然明白，并不打算留陶征活路："观澜郡得手后，从背后做掉陶党。夏燕两军的动向也密切跟进，防其截收渔利。"

景威会意，点头答应，但似乎有什么心事，站在他后面欲走还留。

楼西越转头看他一眼，声音沙哑地道："说吧。"

景威这才敞怀："少主，属下实在困惑，宋叔被困在青桑做人质，若要救他，我们但可杀进去，或者生擒霍青珑，以人易人！若少主不想与她短兵相接，那我们直接打下白城给她青军，足以换回宋叔，又为何来抢这茫城与观澜郡，随后还要转战别处，却都不是青桑失去的故土？还是说少主你……"

有一个大胆的臆测，他言说不出。

楼西越替他言明："你怀疑我心有所图？"

景威惊然，心却坚定如铁，毫无动摇，甚至哪怕他真怀有此种想法，他也定当全力以赴，肝脑涂地在所不惜！

"大夏的万里河山，少主也有资格拿取！楚定云诛害少主在先，扶萧璟浩上位，那里妄动不了，我们可以另取他处！待到将来势均力敌，必定杀过去，拿回属于少主的一切！"

楼西越的胸口微微起伏着，那些生不如死的煎熬时光像毒瘤一样根植于心。

恨吗？他恨。

可是对于一个过了今天不知道明天还能不能睁开眼的人来说，那之后呢？

那样荆棘与刀光剑影同存的路，他已无时日去走。

"少主，"久不见反应，景威径直道："这个天下没有主，却谁都想做主，疆土万千，终要臣于一方，兄弟们替你打！报仇雪恨也好，了这烽火也罢，只需少主一句话！"

"你不想我抱憾含恨而去，所以才说这些话？"

目的被识，景威脸色瞬变，如鲠在喉。

楼西越目光平和，缓缓回身，拉下蒙面的黑巾。映入景威眼帘的，是一张煞白而瘦削的面庞，毫无生气，如同地府阴尸，乍一看阴森骇人。

"少主——"景威惶恐不已，恨不得丢下这边的战况，天涯海角去寻找绿盈要解药。

"不用害怕，"楼西越复又回过头，俯瞰着脚下的断壁残垣，语声喑哑却平静："没有什么遗憾，拿不动的东西就放下，时间到了就得走。"

"那些庸医胡说八道危言耸听，少主你不要轻信，会有办法的，一定会有办法的……"

"景威，"楼西越转开话题，声音始终沉静："东亓若灭，这个无主的天下势必更为动荡。若想平定，要么大开杀戒互争雄长，要么彼此制衡。"

"北凉虽倾，青军却起，险中稳立足跟。东境这片海土，既有夏燕环伺，又有青军盘踞其上，国是已危。三军分亓后尽剩疲师，彼此间必会借力打力，却又都两面三刀，就像之前的燕亓盟军，明面上联手犯夏，暗中却随势而动，互信但无信。"

"可与我大夏和南燕相比，青军乃初生牛犊，夹在两虎之间根本不足为惧。别说什么离水之约尚在，不过盖章画押的一纸黑字罢了，想翻脸借口多如牛毛。没准收拾完东亓，楚定云就会奉命出征青桑，灭……"

说到这里，他忽地一惊，恍然大悟："少主，你夺莊城和观澜郡，难道是……"

白城原属青桑，不用说，青军自会收复，无须插手。莊城与观澜郡近京且靠海，航运繁盛，陆运通达，物资供养充盈，得之可解粮械之虑。地缘上两地毗邻白城，若悉数拿下，不亚于开辟一条向南延伸的军事防线，下通青桑。东亓倾覆后，这个天下便三分而治，若夏燕青三军互不动干戈，青军仍可都桑城，定内防外，休养生息。反之若夏燕联兵入侵，青军可舍小保大，迁都白城，倚借开拓的这条防线抗衡外敌，保一时平安。

但是，此前燕军挥师西征，陷大夏于危难，夏燕两国早已反目成仇，即便为了扩充疆土而有再结盟约的可能，必然也不会长久牢靠。吃一堑长一智，谁都会担心对方绵里藏针背捅刀子，故而不敢贪功冒进，步入后尘。

另一方面，因着霍青珑与舒九容的关系，青军必不会联夏犯燕，舒九容也不会放任南燕的精锐之师踏入青桑半步，青燕两军大动干戈的可能性微乎其微。大夏若对青桑用兵，舒九容定也会伸出援手，而若夏军挥师南下，兵指燕地，青军又岂会袖手旁观？

排除以上可能，以青军当下的实力，短期内显然不能与夏燕两军任何一方平分秋色，绝不会出兵扰敌，做这飞蛾扑火自取灭亡的蠢事。

如此，未来很长一段时间内，三军彼此牵制，谁都不敢妄动。

这样猜来，难道……难道少主要把这些拿命打下的疆土全部让与霍青珑，换回宋叔的自由，同时也给青军周全？

不仅如此，他留下云府满门活口，甚至冒险救出云家小子的性命，难道也是意欲招揽给青桑，将来协助霍青珑镇守关隘？

没人知道，太傅府里烧焦的尸体，除了一些监守的禁兵，其他全部来自于乱葬岗中的已死之人，并非云家主仆。云士鸿一家的性命至今仍在，只是被少主藏到了别处。

"少主，你就不怕霍青珑将来假借舒九容亲拢燕兵，双方联手犯我夏土？"

然而这么说着，他又更加痛恨当年那些将少将军逼入死地并且将自己当狗一样囚于辛城的夏人，恨不得以血还血，让他们尝尝痛不欲生的滋味！

可那又是他的国土，他做不到看着它沦陷消亡……

一时之间，他陷入纠结中。

"千里之外，还有你的大军。"楼西越回身看着他，面色凝重。

景威吓了一跳，这样大胆的想法他从来都不敢生出："少主，你的意思，是要让我……"

楼西越毫不犹豫，点头："是，要么归顺朝廷，要么暗中养兵，不贵多，但要精。楚定云与萧璟浩若不动你，青燕两军也不犯境，你便还是游荡于北地定乱除患的绿林响马，明哲保身；若君臣二人不义，或者青燕两军联兵侵夏，你便是一方雄主，既在庙堂倾轧中有自保之能，又在强兵叩关时有掣敌之力。"

景威听得心脏通通直跳，惊出一身冷汗。从前因为少将军的死，他与西川大军决裂，带领旧部在北地率性而为，却从未想过自己的所作所为在皇帝眼里意味着什么，更没有想过一帮兄弟往后的出路。难怪一年前皇帝的亲信阿非会奉命前往北地，说什么朝廷意欲起用他的找死话，原来那不是诚心实意，而是变相的试探……

"少主，你将所有人的退路都想好，有没有想过自己？"

楼西越答非所问："我的覆辙，不要重蹈。景威，我希望你的选择，不是最后一种。"

景威心酸不已，红着眼睛道："往后的路往后再说，等收拾完残局接回宋叔，属下带你去找大夫，一定能寻到法子……"

他回过身，没再多说："去休息吧，两日后进军鏊州。"

景威还要劝他，一名手下忽地跑上来，喜滋滋地就要过来禀报，被他拦住了，不让任何人靠近："就在那说吧。"

"景爷，好消息，观澜郡那边顺利破关，兄弟们打进去了，不出几日便可拿下！"

"知道了，其他风向也都盯紧点，切莫大意。"

"得！"那手下领命，不忘好奇地瞅瞅这边。

景威一个眼神剜过来，那手下缩回脖子，将走时又一拍脑袋："差点忘了，今个儿发现一队青军往横城方向去了，走得十分匆忙，不知何故。景爷，要不要去查查？"

景威不解，青军才拿下白城，不做善后，跑去横城作甚？

"去查查，看他们在作弄什么。"

"景爷，出动了！"正说着，又有一名探马跑上城楼，喘得上气不接下气，呛了一口才道："禁兵、禁兵出动了！"

景威脸色一变："哪里？"

"横……横城，就在城楼上……"

"继续去盯着，叫弟兄们都长些眼色，不要放松警惕。"

"是！"两人受令，噔噔蹬跑下城楼。

尽管对青军的做法颇感困惑，但景威不想楼西越再理会他们，于是没有在这事上多言，岔开话道："少主，禁兵开动，我们也得十二分小心了。"

楼西越默然听着，持剑的手松了又聚，如此反复，最终收住，另一手拉上蒙面的黑巾。

景威着急喊他："少主——"

然而对方只道了句"你留下"，便匆匆下楼去了，不一会儿纵马飞驰的身影从城楼下晃过，一路向远……

《第八十六章》

故人

落日如金，徐徐沉入西天，铺开一张血色帷幕，吞拢了耸立在海土之上的横城。

城墙上兵影憧憧，人人手持劲弓，弓弦大开，架于其上的利箭直指城楼下方，兹兹待射。

高墙之上悬吊着一个人，身上被乱刀砍得皮开肉绽，血淋淋触目惊心。

为防咬舌，他的口中被塞了一团白布，竟是求生不能求死不得。正对他下方的地面上，一堆大火熊熊燃烧，城楼上不断有士兵往火中添倒桐油，烈焰滚滚升腾。

城楼之下，一队飒沓追来的青军倏地勒马，峭然待命，虽然人人手持兵器，却都不敢妄动。

"姑娘！"月芜与裴原紧随青珑之后率兵追来，一见此处情势跳马落地，抢身冲过去，一把拉住扑向城墙的青珑，不敢放开。

那日救回辛宁后，她重伤昏迷，被军医救治了数天才于今晨从鬼门关拔出脚，神志不清地发出梦呓般的惊恐求救声，说着叫梁大哥他们救救子逍的胡话。

而在她昏迷的那段时间里，青珑已经不吃不喝疯狂寻找了两天两夜——大军驻扎在亓境后，子逍和辛宁一直在一起行动，现下两人却分开，辛宁已经出了事，子逍却迟迟未归，不用想定也是凶多吉少了。

可是辛宁未醒，子逍的生死状况谁也无从知道。唯一能肯定的就是他失踪的地方在横城，若是生，却下落不明；若是死，却寻不到尸骨；若是行动失败身份泄露被人擒住，那么抓他的人是谁？又会不会将他转移到别处？

突如其来的变故让所有人都心惊不已，恰在此时，横城传出败将陶征举兵叛变的消息。

一时间，帝都风波骤涌。

倘若禁军雷霆出动，全城内外大面积捕杀可疑叛党，秘密驻扎在近京之地的青军便有极大可能会被殃及，遭受重创。

若撤兵居安，日后再要打入白城，只怕契机难碰，损失亦巨，唯有在逆乱中伺机而起，快刀斩乱麻！

而且，子逍与辛宁双双出事，对方如果在事发前已对两人进行逼供盘查，那么青军的行踪有可能也已泄露，种种未知的风险当头压来，已经不容他们迟疑后退半分，必须先发制人。

当天中午，在与梁二等人紧急部署后，是日天昏时候，一万青军倾巢出击，直取白城。

在那段浴血奋战拼死收夺故土，却也因担心褚子逍的生死而煎熬又惶恐不安的时日里，青珑无时无刻不在向天祈盼，如果子逍不幸被抓，希望对方能把他留为把柄而不是直接取他性命……这样青军的出动无疑也是激将法，逼对方现身。

可是，怕就怕子逍死咬牙关一字不漏，那样他就算不被极刑逼供致死，对方也会没有任何留他的可能了……

然而占取白城的那几日里，对方却毫无动静，这种不祥的预感便一日强过一日，压得她喘不过气。

直到今晨，辛宁才有了些微意识，眼未睁开，便惊魂未定而又无助地抓着他们的衣服，口中喊着"救子逍哥哥""赵公子""抓走"之类含混不清的字眼。

赵公子？

京城，赵公子……

想起那日围杀辛宁的士兵皆着宫中护卫的衣装，青珑更为震惊——难道抓走子逍的，是东亓皇室之人？

恰此时，数名禁兵御马奔来，停在城下叫嚣，扬言若要救人，且随他们走一趟。

青珑脸色一变，匆匆交代梁二守城善后，便提缰上马疾风般挥鞭追去。

一到帝都外城，看到的便是血淋淋地被吊在城墙上的褚子逍，千刀万剐般刺目揪心。

"姑娘，你冷静！"月芜困住情绪骤然失控的青珑，自己也看得惊痛不已，急急道："还活着，还活着……我们想办法，一定能救下来！"

"子逍！"一墙之隔，却无法近身，青珑心如凌迟，嘶声呼唤，几日来强撑的力气刹那间垮塌。

褚子逍近乎弥留，气息只剩一缕，闻声后深垂的脑袋微微抬起，却无力转动，眼睫闪了闪，撑不开沉重的眼帘。他想对阿姐说不要管他，蠕动的唇角也已发不出任何声音。

"说出你们的条件！"裴原看得目眦尽裂，挺身而立，怒吼一声。

很快，城楼上高声回应——

"第一，还城退兵！"

"第二，收夺茌城！"

"第三，除杀叛党！"

"第四，缴械投诚！"

"妄想！"裴原怒气填胸，振臂开弓，长箭未及射出，城楼上数支待命的劲羽忽地飞来，笔直射向他们心害。

青珑拔剑挥开，又别剑入鞘，搁入皮囊，从里面抽出飞爪，抢臂掷向墙头。铁制的四趾爪头牢牢勾在石墙上，没等城楼上的守兵拔刀割断绳索，她已顿紧绳头，点足踏墙，借力猛地向上一攀！

城楼上一阵躁动，领兵之将大喝一声："放箭！"

守兵闻令而动，数十支箭头唰地转向下方，对准攀墙之人的身子嗖然发射。

月芫大惊："掩护姑娘！"

电光火石间，身后的青军迅如猛虎，挽弓瞄向墙头上方守兵的脑袋，飞箭连发。

墙上飞矢急落如雨，迎着脑顶鱼贯而下，青珑双手攀绳，双膝微屈，足跟抵墙奋力一蹬，身如秋千般掠出，躲过一波箭雨。忽地，两箭当头而来，她身子向左一偏，堪堪躲掉一支，另一支却避之不及，箭头擦着她脸颊划过，扎进肩膀。

她倒吸口冷气，咬紧牙关，腾出一手拔出箭头。

"弓手掩护！"月芫急声喝令，弃弓取飞爪就要攀墙支援青珑，眼帘却一黑，裴原横身过来挡住她。

"我力气大，我上去，你带人在底下接应！"说着他一抡上臂，铁爪从他手心飞出，咔哒一声勾住墙刹。

没等月芫喊住，他已身如游龙，抓着绳头唰唰几下攀到半墙高的位置，速度快而猛，却是以颈窝吃了一箭的代价来换取。

月芫心揪色变，三箭上手，朝割绳放箭的守兵飞射而去，一招毙倒他们。

尸体倒头栽下，如重石般砸向青珑头顶，她一咬牙，蹬墙掠开，反复攀越几次，最后拼尽一口气力，霍地翻过墙头，落地夺刀反击。

"姑娘断绳！"大半墙高的地方，裴原悬空而挂，双足抵墙，大喝一声，蓄势待扑。

青珑已被乱刀包围，拼死杀过去，一刀削飞朝下倾倒桐油的士兵脑袋，护住挂着裴原的飞爪和吊着褚子逍的绳索。

"接住！"她回喝一声，刀锋下落咔嚓斩断绳子。

生死一隙间，裴原单手抓绳，双脚猛力斜蹬城墙，身子向后一弹，又向前一扑，另一手臂伸出，当空接住下坠的褚子逍，携着他急急落地。

那一瞬间，青珑的心脏都要跳到嗓子眼，下方烈火滚滚，稍有差池便是尸骨不存。

可是没有时间让她思考，真正到了绝境，在万千将士拿命夺回的故土与这个相依为命的阿弟之间，她甚至不知道自己会选哪一个。而这其中任何一个都是她的支柱，哪怕让她用自己的命去换，她也绝不会犹豫。

心头有无数个声音齐齐呐喊，不能抛弃故土，不能抛弃子逍，不能抛弃陪她熬过最艰难时日的亲人……

所幸，一切安在。

她后悸犹存，没命地挥动战刀，疯狂斩杀蜂拥扑来的士兵。锋刀利剑划割在身，她已不知疼痛，唯一的意念就是杀。

人质已经失去，为首的将领慌了神，再也容不下丝毫闪失，不惜增兵支援。随着他一声令下，就见远处的守兵齐聚此处，一窝蜂似的杀过来，将青珑困在城墙一角。纵然她拼尽全力，但孤身一人势单力薄，尝试数次也无法冲出将近一千强兵的包围圈，更遑论攀飞爪溜下城楼，不消片刻，腹背就已吃了十多刀，伤势惨重。

城下的青军飞羽连射，在月芫和裴原的带领下狠命袭向墙头密密麻麻的守兵，给青珑争取撤逃的机会。

刹那间，城楼上下血光如绸。

忽然，远处铁蹄铮铮，轰隆如雷，震得地表都似在抖动。身形还未落地，纵马飞来的一伙蒙面人已经开弓激射，箭势堪比流星划空，迅猛而急促。

先这些人奔来的是一个蒙面的黑衣男子，漫天血色扑入他瞳中，快速变幻，最后残留其中的，只剩下被刀光剑影包围的女子孤身迎敌的血红背影。

他眼里的惊痛一闪而过，纵马穿过密集的箭雨，猛扑到城墙脚下，从一名正要攀墙的青兵手中夺过飞爪的绳索，足蹬石壁，拽着绳拼命向上攀掠。

"少主危险！"景威大惊失色，拔箭开弓，一下子扎穿了挥刀砍绳的守兵喉咙。他恨自己千不该万不该，不该当着他的面提及任何有关青军的字眼，以至于让少主连自己的命也不顾。但眼下情势紧迫不容多想，于是他合着城下的青军拼力掩护他们。

楼西越速度奇快，不出几下已经攀至剁口，在没有可供抵挡的武器的情况下，以血肉之躯为刃，雪狼般猛扑而上，跨过墙头，冲开砍向他肩颈和手臂的刀刃。

顾不得去管身上割开的伤口，甫一落地，他急奔到一兵身侧，拿腕，夺刀，横削，一刀连切五兵脖颈！

鲜血从裂开的伤口中扑出来，飞溅如泉，咽气的尸体纷纷倒地，却有更多的士兵补充上来，疯狂挥动着武器朝他要害袭击。

数步之遥，只需她一个回身，便是四目相对。纵使他蒙着脸面，但那双牢牢定格在她记忆中的深邃眼眸，她也一定能够认出来。

而他不希望如此，所以杀出血路径直奔到青珑身后，刀子从她耳畔的虚空掠出，贯穿了挥剑刺向她心窝的一兵咽喉。

青珑一惊，一只苍白的手划过她眼帘，又忽地拔刀撤走，杀向别处。

一眼的掠视，怦然击中了她的心海——无数个噩梦里，她瘫坐在冰天雪地中，抓着一只何其相似的苍冷手掌向天求命，不敢松开丝毫。可不管握得有多紧，那只手总如指间流沙，眨眼间血肉散尽，化为一摊白惨惨的枯骨，灰飞烟灭。

"闷葫芦……闷葫芦……"

胸腔里的血液在撞击，心底最深处似有什么声音替她呼唤，那种直觉像风催而起的海浪，沿着她的骨血冲腾而上，直涌大脑。

青珑满脸是血地转头惊顾，一道黑影如疾风闪过，掠到她背后。那人一手攥住劈向她脑顶的枪刃，一手紧握战刀，刺穿了迎面杀来的士兵心脏。

"杀！"城楼上的守将气急败坏，歇斯底里地吼令。

众兵闻令群扑，如蝗虫过境，黑压压一片。一名远身搏击的士兵靠向他身后，挥动长枪蓦地砍进他肩部，力气之大，几乎要劈断肩胛骨。

他有一瞬间的发昏，咬牙挺住，身子迅速一俯，刀口脱离血肉，枪身贴着他的后背空划过去。

"咔嚓！"青珑手起刀落，一刀削断那兵脖子。

他亦顺势夺枪在手，削过并排数兵的喉咙，奋力杀开一条冲往墙剁的血路。

置身在刀光剑影中，青珑杀得目眩神晕，一个急转身扑来，已经混沌的意识被那人瘦削的背影猝然激醒。

是他？

是小姑娘口中说的他！

为何他会在此地？为什么他总是在她陷入绝地的时候拼命救她？

他是谁？

为什么……为什么与闷葫芦的背影如此相似？

可那分明就是闷葫芦的背影！

落日的余晖中，她看得清清楚楚，那是闷葫芦的背影！

耳畔杀声冲天，青珑却已经不闻，大脑被突然涌入的狂喜和大悲填堵，急切而惶恐地冲向他。而她更害怕，怕这只是一场触不到的镜花水月，怕噩梦中的场景在她眼前复现，怕一靠近，他就会在瞬间化成一堆白骨，跌入城楼下的烈火中，灰飞烟灭……

闷葫芦！闷葫芦！

被彻骨的长思和自恨摧折的她，一瞬间眼底血泪交织，挥刀斩兵，疯也似的杀向有他的地方，害怕迟一秒，他就会突然消失不见。

一千多个日日夜夜，她终于盼来了，那个人是他，是闷葫芦，是她日思夜想的闷葫芦……

还活着……他还活着！

在云州的时候，他就重新从她的生命里无意经过，她却毫无自知……

青珑狂喜莫名，又痛恨自己的后知后觉，疯魔般杀掉一个又一个围上来的士兵脑袋，于咫尺之间拼命追逐他的背影。杀着杀着，泪水便夺眶而出，和着血迹滚滚滑下。

楼西越的身子在轻颤，眼底水雾氤氲，通红一片，却不敢回头看她哪怕一眼。那些回首难及的过往早已成为流逝的光影，从三年前他被宣判死亡的那一刻起，就已沉河消亡。

活下来的，只是一具时日不多的行尸走肉，又能给她什么？又该以什么样的身份去面对她？

刹那的恍惚，一名士兵像凶猛的豺狼，挥枪跳出来，刀子直刺他背害。

青珑惊恐至极，不顾挡路的刀枪剑戟，发疯般横冲过去。

阴风呼呼灌耳，楼西越惊觉危险，急转回身，横臂抱住她，倏地旋踵错开，那兵刺出的刀头便扑了个空。

惊魂一瞬，死生亦一瞬。

他强忍胸中悲喜，压抑着跌宕起伏的心海，紧紧护住她，以自己的后背抵挡刀锋，携着她冲至刹口，却不俯首，不垂眉，不看她，怕一眼便会沦陷，至死方休。

墙头上挂着一枚飞爪，他伸手抓住，猛旋到她面前，咔地勾住她束衣的衿带，一使力，推她下城。

青珑脸白如纸，身子向后一倾，仰面坠下，却疯了般伸手向上扑抓，想要够到刻印在瞳中的那个人，与他同立于战地，同活于血光。

然而，一切挣扎都是枉然。

绳索从他手心飞速划过，将他和她的距离越拉越远，就像轻快流走的旧日时光，一去不复返。

快要及地的时候，以免她的身体承受不了猛然收住的劲力，绳子下落的速度逐渐减慢。最终，在离地不到半尺的高度，绳子顿住，飞爪那端的人俯身遥望着她，只一眼便决绝收回，夺刀断绳，也了断了他和她之间的牵绊——从前的他已经回不来，就算回来，也已经不复昔日的模样了。

他回心收神，迎敌而去。

青珑眼睁睁看着他从墙头消失，悲悚不已，喉咙似被死神紧紧扼住，发不出声音。刚一坠地，她便扯掉飞爪，爬起来冲到墙角，抓住悬挂的另一截绳索，不要命了一样再次向上攀缘。

"姑娘！"月芜大惊，率兵杀过来，挥刀抵挡迎头乱飞的劲羽，将伤势惨重的她拖离了危区。

裴原带人围护过来，扬声喝令："保护姑娘！其他人随我杀上去！"

对于突然出现的这群陌生蒙面人，青军不明其身份。但总归他们施以援手，城墙上那人又冒死救下姑娘，大恩难报，唯有拼死射杀群攻的亓兵，助他脱身。另有数十名青兵已在弓手的掩护和裴原的带领下火速抛掷飞爪，准备攀墙救人。

青珑惶然，冲开月芜的束缚，拔弓射毙了数名亓兵，然后足下生风，穿过箭雨狂奔到城墙脚下，伸手抓绳，蹬壁上墙。

"咔！"突然，一柄战刀横劈而来斩断绳索。

青珑重重跌下，还没从地上爬起，那人就已粗暴地揪住她胳膊，将她火速提到远处，毫不客气地扔到了地上。

"你还要害死多少人！"景威眼里似要喷出火来，通红一片，冲她大吼一声。

如果少将军有个三长两短，他一定手起刀落，杀了她！

青珑栽倒在地，额头猛磕到碎石上，身上的伤口亦挣得翻开，剧痛嘶嘶地直往骨髓里钻，吼她那人的声音入耳，一下子惊醒了她浑浑噩噩的意识。

她抬手抹掉从额头滑到眼里的血迹，死撑着爬起来，错身绕开他，抢弓在手，三箭上弦，飞射而去，恨不能射爆那些亓兵的头颅。

这时，一个黑影从剁口闪过去，一枪豁开围攻的亓兵，然后撑住枪身点足一跳，一步猛跨至墙头，接着毫不犹豫地纵身跃下。

闷葫芦！

青珑大骇，脸色煞白，疯狂扑过去。

然而那人在急坠中腾地伸手攥住悬垂的绳索，顺着绳子飞速滑下，落地后足下生风，一步数尺撤向远处。

"放箭！"城墙上传出歇斯底里的吼叫。

"掩护！"城楼之下，景威应声喝令，率领手下狂射乱箭，合着青军弓手连成一道密不透风的人墙，掩护所有人撤离。

短短一瞬，青珑的心情犹如骤起骤落的滔天巨浪，惶恐至极，仿佛失去命之所系，又狂喜万分，因为他从绝地当中活下来了。

她翻身上马，鞭子急急挥落，循着他的脚步和背影奋不顾身疾驰追去。

楼西越扯住一匹空马，正要翻上去，眼角余光却瞥见她的身影，目中的戾气瞬间消失殆尽，化为无言的沉黯。但是刹那恍惚之后，他便决然上马。

"闷葫芦……"青珑惶惶追来，在他身侧颤声轻唤，声音真真切切，却低沉而清远，就像触之即消的泡影，她不敢打破，怕这一切都是一场空欢喜的梦影。

楼西越行将落下的鞭子顿住，胸口剧烈起伏，压抑不住。

"闷葫芦……"她低低唤他，一点一点小心翼翼靠近他。

"闷葫芦，是你吗……"

"闷葫芦……"

楼西越停住不动，一声声的呼唤落入耳中，像是无形的刺，刺痛了他心底最为柔软的地方。

青珑驱马停在他身边，缓缓伸出手，想要捂住他涌血的伤口，却不敢碰他的血肉之躯，怕他又化成枯骨一堆："闷葫芦，是你吗……"

"闷葫芦……"

"闷葫芦……"

楼西越的心口被难言的悲酸堵住，窒息而沉痛，眼角潮红。

最终，他回她以喑哑而决绝的字眼："再见……"

语音落地，长鞭重重挥下，烈马长啸一声，载着他从她眼前飞奔而过。

景威喝令一声："撤！"

战马扯蹄狂奔，飓风般席卷沙尘，飒沓远去。

漫天飞尘中，剩下她一人怔怔立在原地，眼里热泪涌动，终究没有克制住，滚滚滑下。

青军也已在弓手的掩护下渐次撤走，城楼上依稀还有呼天抢地的吼喝声传来，箭雨纷纷不绝，却已够不到这边。

月芜扶着受伤的裴原上马，与他同乘一骑，挺肩搭住他下巴，支撑着他的身子驱马行来。

"裴原……"她望着青珑孤寂而单薄的背影，心里百转千回，行走途中唤了唤压在她肩上的男子，不再是以往冷冰冰的模样，间或多了一丝柔情。

裴原伏在她身上，闻声撑开眼皮："嗯？"

她一阵慌乱，以为自己羞于启齿的心思被发现，急忙道："没什么，就是想喊你一声……"

"没死呢。"粗心的男子不懂她的意思，虚弱地扯了扯嘴角，笑得极其难看。

她的心终于稳住："那就好……"

撤回到白城的时候，夜已深沉。

经过连日激战，兵困马疲，受伤的将士正在接受军医的诊治，除了负责巡逻和侦察的士兵外，其余人渐渐进入浅眠中。

褚子道的伤势惨不忍睹，虽然还有气息，但从救回来后就一直昏迷，不确定还要多久才能醒过来。青珑包扎好自己身上的伤口后就寸步不离地守着他，从夜半到天明，又从天明到黄昏日落，几乎快要坐成一尊石雕。

深夜的时候，屋外有幽幽的啜泣声传来。

青珑抹了抹潮湿的双眼，撑着起身去开门，门外的人却转身就走，一时匆忙，脚步打了结，跌倒在阶上，半天爬不起来。

"阿宁！"青珑急奔过去扶起摔倒的女孩，带她进屋坐下，上下查看她的伤口是否裂开。

辛宁摇摇头，深垂着脑袋，不敢抬起来，怕自己丑恶的模样被人嫌弃，或者她的子道哥哥将来厌恶她。可看到他伤痕累累的样子，她更害怕他再也醒不过来，一颗心惶惶而不安。

"子道哥哥……"她喃喃低唤，泪水扑簌簌滚下。

青珑眼睛一红，替她擦掉泪水，拥抱入怀："阿宁不哭，会没事的……青珑阿姐在你身边，不管碰到什么困难，我们一起担待，会熬过去的……"

闷葫芦，这就是你不认我的原因吗？

她寸心如割，家国与情思，都是她弃舍不掉的心头血肉，为什么他要狠心把自己剜离出去……

辛宁缩在她怀中，身子簌簌轻颤，悔恨不已："是我害了子逍哥哥……青珑阿姐，对不起，对不起……"

青珑咽下心中悲郁，轻抚她的脑袋，平复她的心情："不是你的错……阿宁很勇敢，哪怕自己受伤也什么都不说，没让那些人得逞。不是你的错……"

"我不该让子逍哥哥去救人……如果不是我多嘴让他去看云姑娘，他就不会被那些人抓走，是我害了他……"

"云姑娘？"

"那天子逍哥哥准备带我回营，可是路上碰到有人抓一位姐姐，那些人很凶残，我们就……就顺手把她救下了。那位姐姐是出事的云太傅家的女儿，还给子逍哥哥看过病，他们很早就认识……她家人都被烧死了，一定会难过得受不了，我就跟子逍哥哥去看她，谁知有个赵公子也带人来云府，就把子逍哥哥抓走了……"

青珑揉揉她的脑袋，将她重新拥住："阿宁是个善良的姑娘，路见不平，能帮得上忙的就该出手，换成阿姐也会这样去做。所以这不是你的错，不要难过自责。阿姐陪你守着子逍哥哥，他一定会醒过来的。"

很久之后，辛宁的心情才渐渐平定下来，却仍旧眼睛红肿。青珑担心她身子受不住准备背她回去休息，可辛宁却坚持要守在这里等她的子逍哥哥醒过来，青珑拗不过，又怕她回去后又胡思乱想，便将她留下来了。

至此时，青珑都没在辛宁说过的话上留神，直到与她安静下来，才寻思到了不对。

"阿宁，你刚说救下的那位姐姐是太傅家的千金，她还与你子逍哥哥很早就认识？"

这几年里，褚子逍大多数时间都和她一起共事，他接触过的人她都知晓一二，阿宁说的太傅家的女儿她却从未听他提起过。先不管她贵为太傅千金，家世显赫他们哪里高攀得上，而且她还给子逍看过病，并且很早就与他认识？

青珑越想越觉得事有蹊跷，既然她是东丌太傅家的千金，即为丌人。东丌姑娘，还会医术，给子逍看过病，与他很早就认识……

青珑呼吸发紧，能想到的只有一人。

"阿宁，你们救下的那位姑娘叫什么？"

辛宁想了想，道："那个姓赵的公子叫她阿婧，就是那个人把子逍哥哥抓走了，追我的那些兵都是赵公子的人。"

阿婧？不是她？

心里陡升的希望之火又突然熄灭，如同被人当头泼了一盆冷水。

可是除了绿盈以外，子逍还有什么机会认识其他来自东丌的懂医术的姑娘？难道绿盈只是她的化名？

沈隽知道！

当年是他与绿盈里应外合利用子逍来离间她与闷葫芦，也许他清楚绿盈的底细！

但从这里传信到南疆找他确认和证实，往返最快也要月余，届时这片海岛不知道会变成何种模样，更不知道闷葫芦还在不在东亓？

"阿宁，那个姑娘长什么样子，你还有没有印象？对了，这里有梨涡，一讲话就能看到，她有没有？"她指了指自己嘴角外侧。

辛宁点点头，她在那位姐姐和子逍哥哥说话的时候偷偷看过，随后她又略微惊讶："青珑姐怎么知道？"

青珑紧绷的神经又一松，当年在北地初见绿盈，最是那两湾浅笑即现的梨涡令她印象深刻。

她没有猜错，阿宁说的太傅府的千金，就是绿盈。

无幽郡兵变后，绿盈就不知所踪，如果不是她自己逃回东亓，就是沈隽派人将她转移走了。

不管怎样，她还活着，沈隽告诉过她，毒是绿盈调配的，那她一定知道解毒的完整方子，那么闷葫芦的毒是不是有希望化解？

青珑悲喜交加，急急问辛宁："云家被毁后那位姑娘去了哪里，阿宁知不知道？快告诉青珑姐……"

"她被那个姓赵的年轻公子带走了，不知去哪了……但是斋七未过，她还要供祭家人，一定在京城。青珑姐，你也认识她吗？"

青珑激动不已："阿宁，那个姑娘对我来说很重要，谢谢你告诉我这些。你安心待在城中养伤，阿姐这就去找她！"

就像阿宁说的，云家丧事未毕，短短十几天内她应该不会离开京城。何况她是在子逍看她的时候被那个赵公子带走，而这赵公子又以子逍威胁青军，显然他已经知道了子逍的身份，或许还会怀疑绿盈也与青军有染，就更不会轻易放这个重臣之女离京。

最有可能的，就是绿盈在这个赵公子手中。

而如自己此前猜测，此人能号令禁军护卫，十有八九为皇室中人，何况东亓本就属于赵氏河山。

再一细思，赵氏先皇一脉单传，皇族的年轻一辈，唯剩一人……

赵彧！

如此，目标锁定——皇宫！

是夜，趁着青军在城中休整，青珑抽身离开了白城，星速奔往帝都。

事出突然，月芜颇为不解，不晓得她还有伤在身，如此匆忙地外出做什么。但一想到那个不明身份的救她的蒙面黑衣男子，直觉告诉她，或许与那个人有关。

那他又是谁？

除了与出现在云州，也就是那个叫金今的小姑娘口中所说的"他"有几分神似外，她想不出所以然。

"裴原就先养伤，城中我与蔺池和辛泽守着，月芜你跟着姑娘，边上护着。"梁二听她述说完那日的情形，同样确定不了那人的身份。顾虑到近日不太平，安全起见，他就叫月芜也一同去了。

怒海西海关，一支大军在青珑离开白城之前早已现身亓地。

数名斥候兵从不同的方向纵马奔回，聚往一处，大报捷讯。

"大人，陶征叛变，亓军不战自乱。"

"茌白两城已破，观澜郡告危，亓军内忧外患，自顾不暇。"

“另外，南线已有三拨燕军陆续靠岸，我军不可再等，需尽快动手，抢占先机。”

领兵的是黑羽卫卫长阿非，此刻他闻讯一振，胸中血气冲荡，拔刀喝令：“众军听令，拔营进军，破关攻城！”

几乎同一时刻，燕军高举战旗向着怒海南岸浩荡挺进。

“王叔宝刀未老，亲自披甲上阵，这次定能砍下赵氏小子的头颅，叫他知道两面三刀、叛我大军的代价！”

说这话的，是定南王舒晋的选房侄子舒明远。早先舒长轩祸乱朝野，定南王父子均遭受重创，逆子被驱逐后，他便将此侄从军中调来京都做他下手，顺便打点王府诸事。

这三年舒九容因腿目创伤需要静养，索性便搬出了王府，寂居于南郊的别庄，清净自处。

他一退出，此子上得定南王提携，下得府中佣仆逢迎，人也亲和圆滑，不似舒长轩那般暴戾嗜杀，倒也混得风生水起。

此刻听闻他的话，定南王胸臆激荡，想起数年前与赵彧会晤，共商西征大计的情景，他又不免感慨：“断没料到，本王也差点栽于阴险小儿手中，不过这一战打进帝都，想必再见会是另一番景况。”

西征之事他绸缪已久，三年打下来却大败收场，打击自然不小，胸中愤郁久积难消。幸有舒九容谨小慎微，一早就在横城安插了耳目，故而先他一步察觉到赵彧君臣阳奉阴违的狡计，在最后的生死关头早寻退路，保全了余军十之六七的主力，并迂回折转安然带其撤回本营，不至于落得全军覆没的下场。

一想到这，他就恨得牙痒痒，故而此次东征，一报赵彧背信弃义，反叛燕军且陷他们于死地之血仇！二是在这风云际会之际，伺机雄起，开疆拓土，内振军心，外立国威！三是有一件关乎国祚的心头大事已筹备数年，亟待此次东征立威后尽快安排。

但这件事，舒九容非但不热心支持他，反而一直与他政见不合，此前更是多次违背他的命令，兵指夏境，施青军以援手，任性至极！他心里不痛快，却不能将这个独子怎样，又因为他身残不便，许多事情上更加勉强不了，至今令他头疼不已。于是，为了霸业皇图，他不得不疏远这个儿子，于三年前开始逐渐削减他在王府与朝堂上的职务。

既然无法改变他的心意，但至少不能让他成为自己的阻力，所以只能困他于一隅，在权势的荆棘之路上将这个独子排挤在外。

老死寿终，总好过逼他虎毒食子。

而舒明远恰恰相反，此侄本事虽然平平无奇，却对他言听计从。居高位者如他，在某些事情上需要的并不是明慧之人，而是一张如簧巧舌，使得称手，便能让他逆天改命的不臣之举变得名正言顺……

舒明远已然揣摩到了他的心思，昂扬道：“风水轮流转，王叔韬光养晦，智算神武，打完了这场仗，傍有不世功勋，大燕的江山便该王叔来指点！”

定南王侧目，笑而不语。

身后，随军出征的常琰望着志得意满的定南王，没有出声，心情却复杂难静。

是日，大军朝着怒海南岸快速挺进。

也是从这天起，东兀的厄劫骤然来临。

◈ 第八十七章 ◈
逆亡

东历十四年，秋。

怒海南岸。

入侵的燕军动如惊雷，以电光之速席卷入境，与南岸亓师正面交锋。酣战三日，迎战的亓军水师溃败难敌，死伤填海，血踪如绸，百川皆赤！

燕军弃船登岸，一夜间挺进东亓第一雄关——旻关。

翌日，旻关内战火冲天，血光飞溅。

同一时刻，亓国西海关为夏军抢占。

破关登陆的夏兵如鱼得水，所向披靡，又有黑羽卫旁应侧击，一时间锐不可当，逢者兢兢，不战而屈。

两军交锋不久，亓两城之兵抵之无力，尽数偃旗，投诚顺之。

西陲重城一通，夏兵阻力骤减，队伍由西向东长驱而入，直冲京畿！

轰！

千里之地，铁骑奔突似雷，从不同方向涌往一地，状若迅疾而凶险的裂流，夺命于一瞬。

整座海国霎时间如群狼围困的麋鹿，万死一生。

"报应！报应啊！哈哈哈……"观澜郡里，探子送回来的战情让陶征痛快而解恨，发出猖狂的狞笑："赵家小儿，你得鱼忘筌，活该遭此天谴！"

"全仗将军英明，天助我军神威！"拼死杀出重围并连夺观澜郡三座重城的陶家兵们亢奋不已，在短暂休整的间隙里烹牛宰羊，大快朵颐。人人限杯五盏，虽不能如往日那般畅快醉饮，但比之于最初如履薄冰、胆战心摇的窘境，今日的胜利实属意料之外，令他们血脉偾张，欣喜若狂。

而这一切，全靠天赐其良机，不仅青军乘虚而入夺城取地，一战祸起，夏燕两军亦伺机而动，雷霆出击。更有甚者，连不知从哪跑来的野军也火上浇油，巧夺茌城，加上他们的队伍在内，凑足五马，正好分尸了这泱泱海土！

赵家小儿，受死吧！

陶征如是想着，脖子一仰，一杯烈酒下肚，火辣辣地刺着他的胸腔，却更让他神清气爽。于他而言，平生最惊喜之事莫过于劫后余生，反败为胜。杀出这片海岛，他就彻底自由，世上死了一个陶征，却活了一个王！

成功斩获观澜郡后，他便顺应众兵之请，登城立旗，自封为王。

"我等誓死追随陶王，刀山火海不惧，腥风血雨不畏，开疆拓境，万死不辞！"魏家兵头擎杯上前，表露忠心。

众兵被他的言语一激，顿时胸臆激荡，一呼万应："万死不辞！"

"干！"陶征开怀大笑，与他碰杯。

最开始的时候，他对这些魏家兵还持有戒备，不敢付诸全部的信任，怕这背后有什么猫腻。但从京都打到观澜郡，一路观察下来，对方竟是拿命替他们打拼，他心里的疑虑才渐渐消弭。而且说实话，若不是这些人襄助，靠他自己未必能走到如今这地步，因为与他的残兵羸卒相比，这些魏家兵显然更为骁勇，一马当先以一敌十。

但是，这也意味着，等到借其战力打出去并且宏图顺遂之后，这些人就将成为他最强劲的内敌。

陶征仰首，杯中酒水入喉时眼珠一斜，幽幽地瞥了一眼魏家兵头。随后的欢宴上，他一手举杯回应众兵的热情，另一手却攥着腰畔的战刀，拇指暗暗摩挲着刀柄。

而他丝毫不知，期间一名魏家兵悄然离席，跑到了郡外的一座沙丘上，那里正有无数双狼目般的眼睛森然盯着他们的一举一动。

"景爷，成了！"跑来的那兵喜道，将一张画满陶家兵驻扎地点的图纸交给了他。

景威环视一眼，点头："做得很好，通知郡内兄弟，戌时一过，即刻行动！"

"是！"那兵领命，又驱马匆匆返回去了。

景威收好图，走上来沉声道："少主，里外一切准备就绪。"

楼西越不动声色地望着远处的城郡，闻言道："带他出来看看，夜里助你们一臂之力。"

"少主是说……云家那小子？"景威了然，这段时间以来，少主命他将这些云家兵妥善安置，保住了他们的命。那些人大仇未报，见了陶征只怕更为凶猛狠毒，此时放出来，不亚于如虎添翼。

他当即会意，吩咐下去了。

不一会儿，一个双眼被蒙双手被缚的男子被带上沙丘，此人正是云弋。

景威命人解去他所有的束缚，笑道："云将军，委屈了。"

云弋的双眼有一瞬间的模糊，待适应了眼前的光亮后，他的视线从周围逐一扫过，最后定格在长身立于沙丘最高处的那袭黑色背影上。但说话的不是他，而是定时带人来给他们送药送饭的人，他认得此人。

纵然承恩于他们，但这些人一直扣押着他们，此时突然被其放出，他还是不免心存戒备："你们是……"

景威客气地笑笑："此前多有冒犯，得罪了。今日带云将军出来别无他意，而是去杀一个人，相信云将军定不会推辞。"

云弋的眼里满是疑惑与警觉，纵使不知道这些人要借他之手杀谁，但能重获自由，就有机会逃走去找陶征报仇，掘地三尺，也要把他挖出来碎尸万段！

景威自然明白他的心情，也不隐瞒："要杀的这个人，恰好就是云将军心中所想。"

云弋一惊，赫然抬眸，眼中的悲恨浓烈如火，忍不住握住拳头，声音沙哑而狠毒："他在哪？"

景威拔刀，遥遥地指了指远处的观澜郡。

云弋眼里血红一片，就要扑过去，却被他横刀阻住："不急这一刻，劳烦云将军夜里随我们走一趟了。"

远在观澜郡的陶征，此刻正与部下把酒庆贺，并未意识到危险已经悄然来临。

酒过饭饱，他尽兴离席。回到自己住处时，一点灯，屏风后面竟然有个人影。

"谁！"他吃了一惊，拔刀戒备。

那人幽幽地走了出来，缓缓抬头，双眼通红如魔，恍如吃人的厉鬼。

"是你！"陶征惊得身子一颤："来——"

话音未落，云弋已经拔刀而来，疯魔般砍向他脑袋。

如果不是他，他的那些兄弟不会白白死在云州，这耻辱而无妄的通敌之罪，更落不到云家头上，他的父母和妹妹，也不会被大火烧得面目全非……

而今真正的祸首非但没有伏法，反还杀出帝都，抢这城郡自立为王！

天不长眼，天不长眼！

他心中的悲恨如狂涛巨浪，在腔子里汹涌翻搅，一刀砍到他脸上。

陶征惊慌后退，大吼一声："来人！"

哐当一声，门外十几个士兵闯进来，然而他们的刀锋杀的却不是刺客，而是他。

"陶征，你也有今天！"展平痛喝一声，率领这些手下奔到云弋身边，从炼狱场中爬回来的他们心齐如一，围成一圈，狂刀乱剑搅来，对打不过几招就将这个罪魁祸首的身子刺成了马蜂窝！

陶征惊恐地捂着伤口，歇斯底里地朝外吼叫，却无一人应答。

因为外面的护兵已经全部命绝于刀下，不仅如此，他的那些股肱部将也全部被"魏家兵"团团包围，尸体先后倒在血泊中。

能从刀口下活命的，只有那些肯识时务放下战刀降服的士兵。

"天既助你，我送你去见天！"云弋狂吼一声，目欲喷火，足下生风扑过来，刀子一横，蓦地捅穿了欲夺门而逃的陶征的胸腔，将他牢牢钉死在门框上。

近万条性命被这个人弃于死地，他不甘心！

"噗"的一声，刀子拔出，溅起的鲜血糊了他一脸。

他像个吃人的魔鬼，攥紧刀柄，疯狂连捅，刺得尸体肠烂肉糊，却仍然停不下来。

"公子！公子！"展平惊痛不已，连声喊他，害怕他受不了这打击而疯掉，吓得丢刀困住他双臂："陶征死了，他死了！害死兄弟和老爷夫人的陶征已经死了！"

经久，云弋才渐渐冷静下来，瞬间身子一软，滑跪在地，目中尽是眼泪，面朝京都的方向痛吼一声："爹！娘！儿子不孝！"然后他脑袋垂下，牙齿咬着自己血淋淋的拳头，不让自己的哭音发出来。

夜色深处，一个蒙面的黑衣男子长身而立，持剑默默望着这边的景况，不出声音，双眼却不知从何时起已经湿润模糊。

绝望心死、孤立无助又无所适从的悲切，感同身受者莫过于那年跪在冰天雪地中的他了。

"少主……"景威偏头，正要问他接下来如何处理云家人，却见楼西越眼中泛泪，心下顿时一酸，明白他是触景生情了。

那些年他是怎样熬过来的，景威并不知道，而他也只用"我很好"这三个字回答了一切，他也就不忍再追问。

此刻一见，想必那时的他，也如这云家儿子一样放声痛哭过吧。

意识到自己失态，楼西越长吸口气，逼回了眼前的水雾，提剑走了过去。

"少主，你为了救那姓霍的落伤在身，不宜走动，一切交给我去处……"

"我没事。"

景威劝不住，只得跟上他。

云弋已从大悲大痛中止声，正要撑刀站起来，一只不知被什么磨得血肉溃烂的苍白手掌及时递到了他眼前。

他愣而抬头，看到的是一个黑衣黑帽又蒙面的男子幽深的双眼，而他是谁，当初为什么要带人救他，现在又为何帮他报此深仇大恨，他一无所知。

迟疑了片刻，他握住这个黑衣男子的手，借他的力量重新站了起来，喑哑着声音道："谢谢。"

楼西越如实相告："同袍尽诛之悲难弭，蒙冤被诬之恨难雪，但失亲之痛可消，并无此事。"

云弋还深陷悲痛，神志恍惚，错愕地抬头看他，一时没理解过来，随后才一个激灵被点醒，眼中忽现亮光，既惊喜又不可置信，更加不明所以。

展平及一干手下亦是，惊愕地看着这个莫测而疏冷的蒙面男子。

楼西越道："随我来。"

云弋喉咙发紧，克制着剧烈起伏的心情，迫不及待地追了上去。

所到之处是莊城一座破旧的宅院，四合而围，高墙层叠，昼夜都有专人把守，只允许外面的人进去送膳，里面的人却逃不出来。

云弋双手发颤地推开大门，一眼望见瑟缩在院落中的一群人，一个个竟都是何其熟悉的面庞，他顿时眼睛闪亮，热泪又泛了出来，不敢相信自己看到的一切，猛冲进去，口中发出狂喜不已的呼喊——

"爹！娘！"

当朝太傅云士鸿正安慰着担惊受怕的妻子，突然听到儿子的声音，两人面色俱变，回头惊望，刹那间老泪纵横，脚步颤颤地迎住他，一家人抱头痛哭。

历经大劫，彼此都以为对方已经遭遇不测，没有想到还能见到活生生的人，激动得难以言表，很久之后才吞回了眼泪。

"阿婧呢？"云弋环视一圈，父母和家仆们都在，却唯独不见自己妹妹的身影。

云士鸿夫妇亦是担忧挂念，心里却仍有安慰："出事的时候，阿婧施诊采药去了，并不在府上，为父庆幸她当时不在啊……可如今又不知道她身在何处，安危与否……"

云弋劝慰道："爹娘放心，儿子这就去找她！"

说完他一抹脸上的血迹和泪水来到大门外，楼西越就在外面等着，背门而立，不动如山。

云弋克制住心情，好让自己快速理清云家的这一场虚惊，到底是陶征暗下杀手未遂被这些人救下，还是这些人为了某个目的在背后筹谋的一切。

如是前者，当属其义举，他感恩戴德，当牛做马报其大恩；如是后者，他们利用云家的目的是什么？

这些他不得而知，但无论怎样，他们将他从陶府的刀光剑影中救了出来，也留下他一家老小的命，他最亲的家人还活着，这让前一刻还悲痛欲绝的他喜出望外。

云弋重重抱拳，正要开口谢其大恩，楼西越却突然回身，竖手制止了他。

"论德没有，论恩也只救过你命，但家宅焚于我手，且受我欺瞒利用，两不相欠。"

云弋与展平惊愕互望，果真应了他的猜测，这一切都是有心人的局。

他强压心中惊疑，道："敢问阁下何人？"

楼西越迎上他的目光，不闪不避，声音沙哑却沉沉："夏人。"

一语出，云弋等人俱是变色，忽生戒备："那又为何救我？你求什么？"

楼西越斩钉截铁地答道："将兵之才。"

"夏军犯我河土，自当以命相抗，焉能降之？"

"若无恶敌犯夏在先，岂有今日之祸？"

"狡辩之辞！风势起落，兵戈无常，怎知贼兵没有犯我境土之心？"

"风势起落，何不定之？兵戈无常，何不平之？"

"……"

云弋哑口，无以为答。

楼西越也不多说，一语作结："好自为之。"

看着他转身离去的瘦削背影，云弋愕然："你不杀我？"

对方并没有回头应他。

景威上前一步，道："云将军至情至性，深明大义，我家少主惜之，以命胁逼所得，并非诚意真心。若当真不愿择木而栖，你可以带着家人离开，但留给云将军的路只有两条——或与双亲避世安居，平凡度此余生；或天地游荡，不问纷争。现如今三军入元，朝夕间可致海土沦亡，强抵强抗既无力回天，又徒增死伤。云将军心存仁义，必不希望如此。是傍一身才略，却横死或苟活，于事无补，还是顺应时势另施抱负，望你三思。"

说完他招手一令，驻守在宅院四周的手下皆数撤走，一行人渐次离开。

云弋被留在当下，黯然望着远去的他们，心海跌宕起伏，难以平静。而想得更多的，却不是他往后的出路，而是那个蒙面的黑衣男子质问他的话——

风势起落，何不定之？兵戈无常，何不平之？

一时间，他心乱如麻，不知所措。

"公子……"展平唤了唤他。

云弋烦乱不已，强迫自己不去想，吩咐道："准备几辆马车带大家离开这里，我去找阿婧。"

他想，以自己妹妹执拗的性子，定然不会离弃那个薄情的帝王。也许她就陪在他身边给他配药治病，支撑他走完生命的最后一程。

展平点点头，依令去了。

偌大空地上，就剩下他一人驻足在那里，心情郁郁，面色沉黯，独自挣扎着，也扪心自问着……

横城的天，随着皇帝长卧病榻变得越来越灰暗。

关隘失守，强兵源源不断涌入，如同狂风掀起的巨浪，势不可挡。

城楼上的守兵在昏黄的暮色中来回走动，巡逻戒备，形容肃杀又紧张。因为从城门中奔驰入内的探马带回的消息，皆是让人心惊胆战的噩讯。

这时，东城门五十里开外的驿站处，数名探骑猛然勒缰，方一落地，胯下烈马就因连续多日的急驰而累惨，轰然瘫倒在地，吭哧吭哧地大口喘气。

探骑们也已累极，一边拿起碗猛灌茶水，一边掏出火牌交与驿长核验，对接无误后换得新马。领头的探骑招呼一声，一行人片刻不敢耽搁，又火速动身，丝毫没有察觉到远处荒草中露出的眼睛。

那里隐藏着两个人，已守侯多时。当探骑从眼前经过时，两人足跟点地一蹬，扑出草隙，身如游蛇，猛缠到尾翼的两匹烈马上。

探骑的惊呼还没喊出，就已被割喉放倒，连同惊闻异响后勒马回望的同伴，均在眨眼间死于两人射出的乱箭之下。

尸体被抬到荒草中，两人手脚利索地扯掉他们的兵服换到自己身上，然后带着火牌，扮作探马的样子纵马奔向帝都。

在这之前，都城四处的城门早已禁闭，城墙上守卫森严，青珑在暗处徘徊了一整日都未能寻到机会进入。于是她不得不与月芜转道潜藏于近京的驿站附近，半路截杀向宫中传递战情的各路探马，以期摸入内城。

所幸，终于让她们等到了时机。

"报——"掌灯时分，又有战报传来。

两名探骑纵马驰入城下，满脸土灰和血渍，焦急地在城门外等候放行。

城门半开，两名守兵小跑出来，随后门又紧紧阖上。

青珑与月芜屏息低头，将从那些探骑身上缴获的用于通行的公文和令牌递给守兵。

一切查验无误，两兵才向戍守城墙的将官请示准入。

"嘎"的一声，木质的厚重城门重新洞开，城内的亮光透过敞口乍泄而出，照得逆光中的人脸阴恻恻如游魂。

青珑与月芜相顾一视，皆埋了埋脑袋，迅速上马，鞭子唰唰落下，疾如流星。

两人刚一进城，紧随其后又奔来数名侦察兵，停在城外惊慌失措地大喊："备战！"

一声嘶吼划破黑夜，惊得城外旷野中的黑鸦振翅离枝，凄厉鸣叫。

旋即，大地簌簌轻颤，沉闷而低促的回音一波接一波向城楼逼近，声势浩大，似风行电扫，惊雷击空。

不一会儿，远方黑黢黢的天地里忽然涌现出一排排人影，随着地势高低起伏，犹如被狂风推卷的黑浪排山倒海而来。

城楼上炸开了锅，惊叫声此起彼伏："是敌兵！敌兵杀来了！他们杀来了！"

一瞬间，鼓点密急如雨，频频传递敌军侵袭的危情，声震满京，闻者色变。

城中闻讯的将士从各条街上迅速涌出，似百川归海，齐齐聚往城楼的方向。

血战骤然发端！

从这一夜开始，映亮帝都的不再是璀璨流光，而是冲天的战火。

噩耗频频传递，正在接受御医诊治的皇帝身子一僵，脸色煞白，胸中血气沉浮不定，有气无力地问传事兵："守得住吗？"

"回皇上，舒晋亲率十万大军，过怒海南境，破旻关，随后兵分两道，其一攻关抢城，其二日夜兼程，直逼帝都……从两天前起，在城楼下叫阵的，就是、就是他的亲兵……还有，另一路夏兵也已靠近西城门了……"

"都来了，都来了……"赵彧嘴角一扬，发出凄凄而自嘲的大笑，笑着笑着重咳一声，带出一口血。

短短半月以来，接连不断的打击已经让他的心变得麻木，不再像当初那般暴躁，或者说，他已经嗅到了死亡的气息。

"皇上……"宫监哀然启齿，惶恐而悲痛地跪下来。

几乎所有人心里都清楚，这一次的劫，他们逃不过去了。

"下去吧……"皇帝走下榻，疲惫地挥了挥手，赶走了寝宫内的所有人，连同宫监也没有留下。

那夜他独立窗前，遥望着无边无际的黑夜，耳畔依稀回荡着远处火器爆破的轰隆巨响，一下一下地敲击着他的心海。

听着听着，他身着寝袍独自一人离开寝宫，夜游一样在偌大的九重宫阙中徐徐穿行，走过他处理政务的上书房，走过与众臣朝议的御殿，最后停在皇家的宗祠前，望着被他追封为太祖皇帝的父亲的灵位，眼睛发湿。

开国的，是当年中州各藩候皆谋自立时，身为异姓藩王的父亲。可他有命打下这辽阔疆土，却无福消受臣民的长久叩拜，仅坐了十天的龙椅，就赔了所有心血，以及一去不回的命。

濒临驾崩之时，父皇的眼睛瞪得异常大，像吃人的野兽，双手几乎是掐着他的肩膀，不甘地对他道："拿下……全拿下！全拿下……拿……"

拿下什么，他没有告诉他，却把答案全部写进了那双至死没有瞑目的眼睛里。

那一年他十三岁，听懂了他的话，不仅拿，也用刀子抢，用人命去夺，直至今日。

拿了十四年，却终究守不到最后。

他没脸踏进宗祠，只在外头深深鞠了一躬，便徐徐离开了。

经过行廊的时候，尽头立着一个女子，她手提药箱望向这边，纹丝不动。

赵彧怔住，随后走到她身边，低头笑笑："阿婧。"

云婧眼睛红肿，心里的痛和恨在对上他目光的刹那便无法言说，她吸了吸鼻子，伸手过来就要给他探脉。

赵彧手臂一抬，反握住她的手。

云婧一惊，使力抽了出来。

赵彧面色一沉："阿婧，你变了……"

她抬头望着他，神色冰冷而漠然："是，经历过一些事后，人大都会变。"

"阿婧，以前你不是这样的……"

她眼帘模糊，弥漫着水雾："皇上有皇上所求，为了得到它可以费尽思量。云婧也有自己所求，当发现它不适合自己，或者不是自己心中期望的那样，就无须再执着了。"

赵彧心下一震，双手抓上她肩膀："阿婧，朕以为……以为在这世上，无论发生什么，唯一对朕不离不弃的人，只有你……"

云婧后退一步避开他，眼前水光滟漾："对不起，我还有我的家人，可在他们遭遇不测后，我却不能陪守亡灵，送他们最后一程……包括于我有救命之恩的朋友，我天真地以为我能救他出牢笼，没想到最后却害了他……"

她深吸口气，抬手抹掉眼泪："说那些都已无用，如今我也出不去，是生是死就都留在这里了。皇上若是身子不舒服，可以随时传唤云婧诊治，夜里天凉，回寝宫吧……"说完她敛衽一礼，提着药箱转身离开了。

"阿婧，"赵彧唤住她，来到她面前，笔直逼视着她的眼睛："你当真为了那个男人，断了对朕的情？"

"从未付情，何来断情？"

他的心一空，苍白的面色渐渐转冷，又忽地大笑开来，无比讥讽："你骗朕，连你也玩弄朕……滚！全都滚！"

她抬头望着狼狈不已的他，吞泪入腹，只语未言，绕过他走了。

"阿婧！"赵彧想起了什么，倏地回头冲过去，扔掉她手中的药箱，然后抬手紧紧困住她，犹如垂死挣扎的兽物，又仿佛失心的疯子，面目狰狞："只有你能救朕，不能走，绝对不能走……"

云婧被他的模样吓得脸色发白，在他的禁锢下拼命挣扎。

"不能走！"他吼住她，又大喝一声："来人！"

恰在此时，宫监带人小跑着寻了过来，一看这边的情形，急得上前来劝："皇上您看清楚，这是阿婧姑娘啊……"

赵彧低头盯着她，心口刺疼，片刻后又眼神一寒，心意已决："把她交给禁军，引那个男人和青军出来。"

宫监大惊："皇上！那可是阿婧姑娘啊……"

赵彧拂袖，背对所有人，头也不转："照朕说的去做！"

已是穷途末路，他唯一救命的稻草就只剩阿婧了，哪怕故技重施，他也不甘心放过任何机会，纵使这个机会极其渺茫。

那个男人被青军救走，如果他还活着，还对阿婧有意，就有救她的可能。

那时他便能以此逼迫青兵，让其顺从亓军，抗衡来自西夏和南燕的劲敌。

没人肯帮他，他只有阿婧这一个筹码了……

云婧惊呆在地，不可置信地望着他的背影，心口某处似是裂开了缝隙，一滴一滴地淌着血，身体渐渐被攫空，只剩一个壳体。

这，就是她对父母和兄长的牵挂不闻不问，不惜性命奔赴险地求药，拼尽心力想要救治的心属帝王。

她想替九泉之下的家人一巴掌打醒自己！

宫监于心不忍，却不得不依令而为："阿婧姑娘，委屈你了……"

两兵走上前，就要押她走。

云婧惨然笑笑，心如死灰，猛然抽出一兵手中的刀，毅然决然切向自己颈脉！

宫监惊白了脸，大叫一声："阿婧姑娘！"

赵彧听见拔刀的声音后吃惊回头，霎时脸色大变，冲过来一掌打掉了她手中的刀。

"说！你和那个男人什么关系？为什么宁死也不帮朕！"他吼问一声，原本毫无血色的面容涨得通红，攥住她左腕粗暴地将她往宫门的方向拽。

比起宫监的惊慌失措，云婧反而异常平静，声息不发，表情木然，如同没有血肉的傀儡。

"皇上！皇上……"宫监急得在赵彧面前跪下："燕兵已经杀进内城，没用了，老奴带人护着皇上逃吧……"

赵彧蓦地顿步，眼前一黑，几乎站不住脚，身子剧烈晃了晃："你们、你们瞒着朕……"

"老奴该死！"宫监跪地不起，匍匐在他脚下，"皇上病情加重，老奴不想皇上被击垮，瞒住了这两日的部分战报……皇上，只有活着才有希望卷土重来，老奴带皇上逃吧……"

"能逃到哪去！"赵彧吼喝一声，气积于胸，咳出一口血，脚步一时不稳，跟跟跄跄滑向地上。

"皇上！皇上！"宫监骇白了脸，一面支人去传御医，一面转向云婧："阿婧姑娘，求你看在老奴的面上，快给皇上看看吧，算是老奴求你了，阿婧姑娘……"

云婧俯身蹲下来，扶起剧烈咳喘的皇帝，却没有像往常一样给他诊治，而是抱住他冰凉的身子，哽咽着道："最后的路，我会陪着皇上走完……"

赵彧咳得嘴角全是血迹，惨然大笑，俄尔止住，双眼冷冰冰地注视着一个方向。

那里聚满宫中守兵，正挥刀砍向闯入者，却仍然阻挡不了对方的速度，不一会儿相继倒于血泊，尸首填成了一道通往这边的血路。

"赵家皇帝，我们又见面了。"定南王身着铠甲浴血而来，手中提着的刀子正淋漓滴淌着血珠，在灯火的映照下泛着殷红的光泽，入目灼灼。

此刻他睥睨而视，像在目睹一只垂死的猎物，笑容里既有大恨得报的痛快，又有对濒死者的可怜，不过很快都化为狠厉，挥手一令："杀！"

闻令的燕兵汹汹扑来，手起刀落，砍断一个又一个守卫的脖颈，血花四处飞溅。

赵彧推开云婧，自己挣扎着站起来，抓着走廊的栏杆立稳身子，哈哈一笑："独虎背后，还有结伴的狼，王爷不要笑得太早……"

"死到临头，看你狂妄几时！"舒明远跟随在定南王身侧，闻言大喝一声，转而道："王叔，夜长梦多，这个亡国之君交由小侄处置了。"

定南王却并未动怒，而是看着狼狈不已的赵彧，笑笑："话虽逆耳，却是忠言，冲这点，本王可以留你全尸，自行了断吧。"说罢，沾血的锋刀脱手，被他扔到了赵彧脚下。

宫监先他一步，猛扑过去拾刀，意欲砍向定南王。但是还未够到地上的刀子，舒明远就已挥刀刺出，毫不犹豫地捅穿了他的心脏。

刀子拔出，带出的鲜血斜射出去，溅得赵彧满身满脸都是，恍如魔鬼。

"皇上——"云婧骇然变色，颤颤巍巍地扑向他，却被一名燕兵绊住，推刀刺向她心窝。

哐当！

生死一隙间，舒明远一刀挡开那兵，伸手提着她后衣领将她拖到自己身边，不顾她的拼死挣扎，低头凑过去嗅了一口，无比陶醉："香，真香！"

赵彧冷冷盯着他们，忽然间无比厌恶，就似乎这个女人为他外出求医只是一个借口，实际却在他看不见的地方做着与现在一样恶心的事。

他拾起刀猛然间旋踵转身，刀子却没有抹向自己脖颈，而是笔直横出，狠命刺向她。力气之大，几乎能一刀捅穿纠缠在一起的两人。

舒明远察觉异况，脸色大变，猝地将她推出去，自己闪身躲开。

云婧被他一推，身子趔趄前屈，猛地撞上迎面刺来的刀子！

因为低了低身，那一刀偏离了心脏，却比诛心还痛。

赵彧的眉目痛苦地扭在一起，张了张口，却发不出声音，一只手往前伸了伸，却已无气力，最终颓然垂下，脑袋一歪，站着死在了她面前——一柄战刀从他背后刺出横贯了他的心口，刀尖从他左胸露出，鲜血顺着豁开的口子汩汩涌出。

动手的人是定南王。

舒明远摸摸胸口，后悸犹存："还好王叔出手快，救了侄儿一命……"

定南王猝然拔刀，睨他一眼："耽湎女色，迟早要了你的命。"

舒明远忙拱手："王叔所言甚是，小侄受教了。"

"赵家小儿已死，尽快去行动。"定南王吩咐道，将要率兵杀向别处时，又止步看了一眼重伤倒地的女子，最后收回目光，落到舒明远身上，意思已明。

要叫他去杀一个无辜的柔弱女流，有失身份与气度，于是他也就对这个侄子的龌龊心思置之不理。

舒明远会意，嘿嘿一笑，忙不迭道："王叔您放心，小侄不会坏您大事的……"

"不成器的东西！"定南王羞于点明舒明远的腌臜心思，冷哼一声转身走了。

《第八十八章》

流离

就在定南王前脚刚离开，后脚便有两名燕兵跑向这里，其中一人脚步匆匆，面色焦忧，目光四处搜寻，似在寻找什么人。

那两人并非真正的燕兵，而是青珑与月芜所扮。

本以为借着好不容易截获的战报能鱼目混珠进入皇宫，谁料它却被一名宫监收走。不仅如此，那人还将各路探马拒于宫外，不准任何人将这些惨败失城的噩耗禀奏给赵彧。

恰在那时，燕兵大肆侵攻横城，帝都内外一片狼藉。

那两日里，青珑拖着重伤未愈的身子四处奔走搜寻绿盈，横城的角角落落几乎快要被她踏遍了，仍不见一点曙光。

太傅府早已成为一片灰烬，没有她的影子，云家的祠堂她也去过，毫无人影。

唯一的希望，就落在这座被重重高墙围起来的深宫里了。

她不能等，于是从燕兵的尸体上扒下兵服，扮成他们的人，趁着战乱混入大军，随其杀进宫中。

"姑娘，会不会人已经……"途中月芜才知道，青珑来横城是要找一个化名为绿盈的女子，但辗转都城各处，却一无所获。月芜不免担心，燕军已经攻入帝都，城中一片混乱，此女若无护身之术，只怕生还的可能性甚是微小。

青珑闻言心中一颤，又急又慌又怕，如火焚心，面上的冷静和沉着再也维持不住，望着满地血淋淋的尸体，持剑的手克制不住地微微发抖。

"再找找……"一死俱亡，只有找到绿盈才有可能化解闷葫芦的毒，她不能放弃最后的一线希望。

"啊！"忽然，一声杀猪般的惨叫响起，刺破宫中这一角的安静。

声音是从走廊尽头传来的，青珑与月芜闻声奔去，却被映入目中的景象惊住——一名燕将欺在一个女子身上，像久饥的禽兽般疯狂撕扯她的衣服，欲行不轨。女子的脸被散乱的头发遮了大半，手中紧紧攥着一把尖头带血的簪子，似是在方才的挣扎中拼力刺了那燕将，更加惹得他以此丧尽天良的恶行来报复。

"将军，将军……"青珑揪住那燕将的衣领，将他脑袋往上提。

舒明远极为恼火，以为是哪个不长眼色的手下坏他好事，抬头吼一声："滚……"

青珑目光凶狠，捏紧他衣领，一剑送出，贯穿了他喉咙。

舒明远始料不及，还未说出口的字眼便卡在喉间，双眼惊恐地大睁着，上身抽搐了几下，很快咽了气。

青珑拔出剑，一脚将他踹到一边，这才发现此女受了重伤，胸口血迹斑斑。

"姑娘？姑娘？"她屈膝蹲下，将她从地上抱起来，伸手拨开她凌乱的发丝。

只一眼，就砰地击中了青珑的心，惊喜混着不可置信一齐涌入她心头，她急急擦去她脸上的污血，再三确认，一颗心急遽跳动："……绿盈？"

云婧陷入短暂的昏迷，被耳畔低低而急促的呼喊唤回意识，无力地睁开眼。

一别数载，她快不认得青珑的容颜，不记得她的声音了，盯着她看了很久，才渐渐回忆起来"是你？"

青珑险些喜极而泣，见旁边有一个药箱，立即翻出纱布和止血药帮她包扎伤口，一边急不可待地问她："告诉我，当年在无幽郡，你与沈隽合手给青军下毒，解药的配方是什么？到底怎么解？绿盈你告诉我……"

"姑娘，她现在神志不清，一时半会儿恐怕记不全。我作掩护，先带她离开这里，稳住她的伤势再慢慢细问。"月芜扯走已经死去的舒明远腰间的令牌，又扒下他的衣甲披到云婧身上。

青珑心忧而乱，忙背着她起身就走，却被身后传来的声音喊住。

"公子，王爷喊你快点行动，早点拿下横城早点安心，千万别坏了大事……"说话的是舒明远的亲随，见他竟然被人背着往宫外走，身形也与往常大不一样，一群人委实不解，说着就走上来："公子，你怎么了？公子？"

甫一踏上走廊，那些人一眼便看到了舒明远的尸体，惊得大叫一声："来人！快来人！公子被人杀了！来人！"

不远处，正在血洗亓宫的定南王听到喊声，心里一惊，带了几名部下奔过来。

亲随指着前方挥剑砍杀的两人，惊恐地道："王爷，我军里面混有细作，就是那两人！他们把公子杀了……"

定南王同样无比震惊，当真以为是细作，大喝一声："拿下他们！"

一令下，兵影攒动，从宫中各处角落涌出来，杀向这边。

"姑娘快走！"月芜紧紧护着青珑，出手利落而狠绝，招招毙命。但终究兵微将寡，何况青珑自身负伤，又带着重伤的云婧，仅靠两人微力根本挡不住成百上千的燕兵，尝试着冲了几次，她俩非但没能杀出血路，反而都挨了几刀，顷刻便被他们包围，无法还手。

定南王走上前，一双锋锐而犀利的眼睛落在两人面上，语声慑人："何人？"

青珑缓缓抬头，迎上他的目光，不闪不避："舒王爷，久仰大名。"

定南王目光一凝，细作竟是两名女子，救走的人是方才赵彧身边那姑娘。再一想舒明远的做派，对于这个远房侄子的死因，他心里也就清楚了。惋惜虽有，但还不到伤心的地步，毕竟他也只不过是自己手中的棋子而已，并无多少亲情可言。

"奉承话本王早已听腻，自救的路子只有一条——"他幽幽地盯着青珑，声音缓慢而冷厉："如实招供。"

"说！你们哪路人马？谁派来的？识相的招出来！"一名部下扬了扬刀，附和一声。

青珑深吸口气，压制住上下起伏的心情，以让自己冷静应对："行不改名，坐不改姓，霍青珑。"

定南王未曾料到，惊了一下——离水一战，青军声势骤起，从那时起，他就无法再把这个名字与曾经世所不容的奴女等同起来了。

"白手兴兵，够胆魄。"他笑笑，眼里的杀意收敛了一些"难怪犬子视你为知交，处处帮护。"

青珑启齿，回他以轻笑："王爷聪明人，应该不会介意我就此请辞。"

"是吗？"定南王眯了眯眼，自在心里盘算着，"时局丕变，可以有不止一个霍青珑，姑娘如何自证真假？"

"要杀要剐，当是王爷一句话的事。"青珑将云婧交给月芜，独自上前一步，迎上定南王投来的叵测目光，意有所指地道："只是离开时我留过话，若明日回不了本营，必是救人未果，为燕军所杀，翌日所有青军便要亲近从西海关杀来的盟友了。这种事，想必王爷最不希望它发生。"

一语击中痛处，定南王不由绷起了神经，拇指磨了磨掌中的刀柄。

诚如她所言，青夏两军早已立约于离水，此女又出自西川大军，虽说后来不知因为什么原因与其分道扬镳，但比起南燕，总归与夏军渊源深厚。倘若她是如假包换的霍青珑，今晚死于他手，势必引得青军与南燕结下梁子。届时，莫说青军转而亲拢夏军，甚至后者趁机笼络青军，双方联手侵他南燕的可能性也甚高。两军不谋而合，这对攻获东兀后尽剩下疲兵羸卒的燕军来说意味着什么，他比谁都清楚。

但是身为主将，其生死关乎青军稳定，她却孤身犯险，当真只是为了救一个深宫女子？

被救的这个人，对她又有什么用？

还是说她并非霍青珑，只是细作而已，为了虎口逃脱才倚借外力施压于他？

定南王眉目凝肃，摩挲着刀柄，暗自在心中沉吟着。

是与不是，杀与不杀，就在他一念之间。

而一旦决断失误，必将陷燕军于万劫不复之地。

青珑也不说话，挺身而立与他目光相对，从容不迫。

一时间，定南王竟难以抉择，呼吸渐渐加重。

"王爷，青军还在白城守着，霍青珑怎会来这里？一定是这细作的花言巧语，不可被其迷惑。"久不见他下令动手，一名部下附耳过来，对他道。

定南王却竖手示意，然后扫了一眼月芜，笑道："放与不放，本王自然马虎不得，予以确证那是必须。但委屈霍姑娘留几日，让身边这位部下带人回去报个平安，想必也……"

青珑截住他："我若只是在贵军帐中饮酒品茶，她传给青军的话，想必是生死未卜命悬一线，王爷敢打个赌吗？"

定南王心里自然也不含糊，转而大笑："如若借霍姑娘一人，引来青军投诚呢？"

"不巧，来之前我已将兵符托付于部下。"青珑摊手一笑："既敢深入虎穴，所有可能的后果，必然留有应对之策。一旦我被贵军置于阵前，王爷认为青军选择拥立新主亲夏反燕的胜算大，还是被迫降服充作死士与你抗衡大夏的强兵劲卒更有活路？"

"好一个霍青珑！"定南王放声一笑，非但没有恼羞成怒，反而颇为痛快——与其除了霍青珑无故给南燕树敌，倒不如想法拉拢。

至于用什么样的方式，他心里已经有了眉目。

青珑看着他："我可以走了？"

定南王竖手，挥了挥手指头，屏退了所有燕兵。

青珑扫了一眼这些士兵，重新扶住绿盈，在月芫的掩护下向外走去。

"王爷，就这么放走她们？万一她并不是霍青珑，而是细作，却拿那些话危言耸听，到时……"

"派人跟上盯着，是则留，不是则杀。"定南王幽森森地注视着她们远离的背影，心下拿定了主意，道："差人写封信，飞鸽传书给公子，叫他速来。"

"王爷，战地凶险，公子腿目不便，恐……"

"去做吧，本王自有分寸。"定南王虽心有愧疚，但为了不使燕兵成为孤军，总得捷足先登将青军笼络在手。单靠他显然做不到，最有希望促成此事的，便是他的儿子。

总归九容与她交情深厚，若能让这层关系更近一步，未尝不能将青军纳为己用。

定南王如是筹算着，很快收回心思，率众杀向皇宫深处去了。

是夜一过，横城彻底变成一座火城。

赵彧的头颅被燕军割下悬在东城门上，面朝正东方的浩瀚怒海，无声无息。

希望就像被滂沱大雨浇灌的烈火，明光一点点消散，最终湮灭无存，徒留一地冷灰。

朝野无首，亓军成为一盘散沙，又腹背受敌，死伤惨重，渐渐连抵抗的力气也没有了，近京部分郡县的将士因为挺不住，甚至已经开始弃甲投降了。

云弋一身便服，远远站在城门外，默不作声地望着帝王的头颅，心里空落落不知何往。城墙上来来回回巡查的守兵早已换成了燕兵，墙头旌旗飞扬，金底黑字的"燕"字格外瞩目，刺一般扎在他心口上，滴着血，却不知痛。

所谓盛衰枯荣，恰如昔日的巍峨城楼与此时此刻的断壁残垣。

往后的路该怎么走，他不知道。

云弋抬起头，茫然四顾，片刻后迈开脚步，跟随着这些失了家国的流民，踏向未知的远方。

赵彧已死，他担心他妹妹也会想不开，做什么傻事。但这不祥的预感又不敢对年迈的父母说，怕他们伤心欲绝。

天大地大，来日方长，心里留着一份希望继续找下去，至少证明他还活着，不至于看起来像个空有躯壳的行尸走肉。

前方有一辆马车驶得飞快，后面却分散着几名纵马的男子，彼此间不停交换眼神，模样鬼鬼祟祟。

突然，马车停下，敞口中探出一张女子的脸，未施粉黛。她虽不是倾城容色，但眉眼凛然大气，秀而有神，颇有辨识，就像一柄出鞘的宝剑，不必舞动，内蕴自在其中。

被盯了一眼，那些男子瞬间又拉开距离，行向各处，却始终跟着马车的方向走。

"公子，不像是正经人。"展平靠过来对他道，以为那些人想对那辆马车下手。

云弋调头过去："先跟着看看情况吧，不要冲动。"

马车里的人是青珑，驾车的是月芫，自然她们知道身后这些人是谁——从离开皇宫的时候起，他们就一直跟着。

青珑心知，定南王能放走她，必然是有他不为人知的目的，只怕日后需要多加防备。

"姑娘，可以了。"月芫将车子驾到了偏僻的地方，然后停下来，低低道："一共十二人，可以摆平。"

"当心了。"

她点点头，在那些人试图隐藏行迹的时候猛然挥剑杀回来，出手快而狠，逼得对方全部现身，围住马车攻击。

只是这些燕军没有想到的是，他们也被人背后偷袭了，出手的是两名男子，合月芫之力，三人快刀斩乱麻，三下五除二就地解决了所有跟踪的人。

对于突然冒出来的这两个陌生人，月芫颇为吃惊，感激之余也心存防备，见他们在方才的打斗中也未受伤，于是谢过之后便转身离开，浑然不觉展平一直瞅着她打量，像是在哪里见过……

"公子，是她！"片刻之后，展平一拍脑袋，想了起来："还记不记得在云州的时候，公子遭那马夫暗手，救你的人就有这姑娘……"

被他一点，云弋这才想起，确是颇为神似，忙往前走了几步，扬声道："姑娘留步。"

月芫急于走人，忽然被他们喊住，以为其中有诈，暗暗攥紧剑柄，做好了随时反击的准备。

"公子还有何事？"她面色清冷，回身问道。

"别无他意，姑娘不必紧张。"云弋抬手抱拳："当日得姑娘相救，事后多有怠慢，此时不期而遇，特此补谢一声。时值战乱，前路凶险，姑娘也多加小心了。"

印象中，当时与她同行的表兄说她不会讲话，如今看来，怕是他们行走江湖防人护己的借口罢了。

月芫这才认出了他们，自知露馅，不再多说。

马车里，青珑正在给云婧换药，她的伤已经控制住，虽然身子虚弱，但方才的打斗惊动了她，这会儿已经清醒过来。

"谁在说话？"她无力地靠在车厢上，问青珑。

因为隔得远，她只隐约听到有人在说话，时断时续，纵然有些微熟悉，声音却无法完全辨认。

青珑探出脑袋，唤了一声："月芫？"

"姑娘我就来。"月芫收剑入鞘，抱拳回云弋主仆一礼："多谢提醒，告辞。"

"告辞。"云弋点头目送她离开。

至于那辆马车里还有谁，因为没有任何借口去打探旁人的私事，他与展平并没有多心追问。故而谢过之后，他们也就转身踏上了前行的远路，继续去寻找他在战乱中失踪的妹妹。

短暂风波平息后，马车重新开动，加速前进。

青珑的心情就像脚下车轮滚动时发出的咯吱细响，难以自抑，望眼欲穿急不可待，又欣喜不已——绿盈已经帮她拟好了方子，并且愿意帮她调配可以解毒的药。

这就表示，闷葫芦很快就有救了。

这毒摧折了他数年，把他一点点变成如今形销骨立、不人不鬼的模样。她不知道这些年闷葫芦独自一人是怎样熬过来的，一想到那个叫金今的小姑娘说过的话，她的心就像被遍地针芒碾过。

如果当年的她不那么冲动，肯听巫爷爷的话承袭了他的医技，或许很早的时候她就可以解去闷葫芦的伤毒。

狼心狗肺在她，无情无义在她，天要报应，可以找她，为什么偏偏要找闷葫芦……

好在还有希望，一切都来得及，闷葫芦一定要撑住，很快就有救了。

青珑紧紧攥着手中堪比性命的药方，心中百转千回，其中一味就有小姑娘对她说过的"死亡花"。

"高山林下，腐植之中，时值其花期，碰对了地方，就不难发现。"云婧坐直了身子，望了望她，虽然不知道她要这解药去救何人，但见她神色焦虑，悲喜不定，想来也是分外在乎，便出声劝了一句。

只是随后，她又不得不告诉她事实："但拖到现在，脏腑已损，就算解了毒，也依旧是苟延残喘，年寿难永。我会尽力调治，但希望不大，望你想开……"

仿佛当头一棒落下，一下子将青珑打入黑不见底的万丈深渊，心头的希望被浸没得一丝亮光也不剩。以至于当她根据云婧的指引在千仞高的深山中寻到那味罕见的"死亡花"后，狂喜过后很快又瘫坐在地上，怔怔望着这些药，心力交瘁。

花是从腐叶中冒出来的，其状似钟似铃，数朵聚堆而生，色白如晶，剔透明净，观来亦幻亦真。一株株花朵含羞垂下，发出神秘而诱人的幽白光泽。

总归是能救闷葫芦的，不到最后时刻，就不该心灰意冷。

青珑连同腐土一起挖下，连夜带下山。半个多月后，三人按着方子找齐了所有药，交由云婧调配。

候到翌日午夜，青珑终于盼到了心中所求，她颤抖地从云婧手中接过药瓶，匆忙倒了一粒出来，自己就水吞了下去。

"姑娘——"月芜阻拦不及，惊道。

十几日来负伤奔波，云婧已经疲惫不堪，见状唇角牵出一抹虚弱的笑："事到如今，我下毒害人还图什么……没有意外，你大可放心。"

可于青珑而言，闷葫芦的命只有一条，任何万一她都不能再让他承受，所以不得不小心。

"子道的事，代我向他说声对不起……"云婧屈了屈身，哽咽着道。

"也感谢你肯给我解药。"青珑同样谢她，忆及昔日她们齐聚在陆前辈的医庐里的光景，不免悲怆。

转眼物是人非，逝去的永远也无法再追回。

"往后你如何打算？"云府被毁，东亓危若累卵，一个失了家国的柔弱女子，青珑不知道她该怎样走完余生漫长的路。

云婧苦笑一声，眼神空茫"战事一过，替家人守孝三年，之后就游走天涯，悬壶济世吧……"

"若不介意，青桑的关隘允许一个叫绿盈的医女自由进出，栖身也好，过客也罢，随时欢迎。"

"感激不尽。"云婧释怀一笑，"回去吧，我也该启程了。"

青珑心中五味杂陈，紧紧攥着药瓶，沉声与她作别："保重……"

"你也一样。"云婧点头笑笑，唇角外侧的两湾梨涡如春水漾漾，融入人心，一如最初她明丽而温静的模样。

是日，在辞别了云婧后，青珑纵马飞驰赶往白城。

经过横城的时候，她联络到了几名游荡在那里的青军密探，交代他们跟上她暗中保护，确保她往后的平安。

剩下的，就是找到闷葫芦，把解药交给他，亲眼看着他服下。只要解了毒，闷葫芦的身子便能好起来，不会出事，他一定不会出事……

青珑如此企盼着。

从她离开到动身返回，前后不过月余，而在这短暂的时间内，战势风起云涌。

腹背受敌的猎物已然被狩猎者的屠刀一点点瓜分，瓦解得四分五裂。

以燕军抢占横城，先后斩首皇帝及数名上将为转折点，前一刻还坚守城池的亓军瞬间溃散不堪，转守为降。

定南王缴获皇玺与虎符，坐镇帝都，发号施令，不到一月便迫使近京大部分城郡的兵民缴械臣服。此后不过数日，驻守京都的燕军顺利与向北攻杀的余部会师，大军环绕怒海水岸驻兵立旗，成功拉通了一条从南到北输运重兵的进军路线。旋即，燕军又以横城为军防重心，据地利而势起，继续向北进攻，扩充疆土。

夏军从西海关拦腰切入，径直向西进攻，虽未能抢先攻占帝都，却在近京之地改变部署，兵分两路，各自迂回杀向西北与西南的要塞和城关，既与本土关隘打通，稳固防线，又避免与燕军发生正面冲突。一时间，大军顿如利箭出击，直刺亓军肋害，又大伤其胸腹。

与此同时，一支谁也没有刺探出来的密军绕开夏燕两军一路向南进军，兵力虽少，却骁勇善战，无一不是精锐。以攻陷茌城为起始，密军势如破竹，先后斩获观澜郡内五座重城，之后继续南下破鏧州关卡，连取两郡三城。势头之猛，杀劲之足，一时惊动众军。

由此，血战之余，关于这支密军的零碎讯息也被探子源源不断地送出。

夏都，锽城。

上书房内。

贵为天子的萧璟浩静静听取密探传回的消息，然后抬头，望向被他宣来的一名将者："此事楚将军有何高见？"

相比曾经身为皇子时的磊落洒脱，如今荣登九五的帝王多了几分深沉，为人持重老成，喜怒哀乐已经很难从他面上看出来了。

楚定云心念闪转，虽然并不确定这支密军听命于何人，但至少跟一人有关，而这人是谁，他所猜已经八九不离十。

那夜遇到景威的人马后，他心中生疑，派人去打探他们东行的目的，但却没有收到探子递来的任何消息，想必已经败露行迹，非死即被擒了。

但这件事他没有向上禀奏，因为一旦说出来，眼前的君王必然不会留景威活路。

"暂时无从察知，皇上若不放心，臣加派人手速去调查。"

萧璟浩既没有点头答应，也没有拒绝，而是停顿了一会儿，意有所指地道："朕听闻，楼西越的旧部景威曾带兵来过云州，本意是助阵我军抗敌，却不知半途受了何人蛊惑，与黑羽卫大动干戈，之后便不知所踪。这件事，楚将军可有听说？"

楚定云心下一惊，抬眸看着面色平静的君王，说不出话。

萧璟浩离座而起，拂了拂袖，屏退了上书房内所有的宫人，只留下他一人。

气氛变得死寂而紧张，甚至连彼此的呼吸声都能隐约听到。

"皇上既已获悉，不知如何打算？"将者呼吸深重，望着从他面前走过的君王挺拔的背影，沉声问道。

萧璟浩停于半开的窗前，望着窗外高楼上的绚烂光景，思绪飘忽，反问他："姨父，换作是你的话，会怎么做？"

"姨父"这个称谓，自从楚定云亲手将面前这个晚辈送上龙椅后，就几乎没再他叫过了。此时忽然入耳，却由往日的亲密和信任变成了今日的试探与揣测，不由让楚定云神伤，如鲠在喉。

"一切……全凭皇上定夺。"许久，几个艰难而违心的字眼从他齿间飘出，隐隐作颤。

萧璟浩长叹口气，视线转到他沉黯而憔悴的面容上，低低道："说句心里话，朕最想听到的，是姨父亲自开口为他求情。"

楚定云始料不及，哀然垂下了头，眼角丛杂的皱纹像一张网，将他的锋芒掩藏遮尽，不复当初。此时的他就像一个孤苦伶仃的垂老之人，被岁月磨平了棱角，外人只看得到他铠甲在身的威仪和荣光，却不知撑起那身战甲的躯壳早已在不知不觉中迅速衰微着，内中一片空虚，苍凉而孤寂。

萧璟浩眼睛发红，突然有些心酸，想起当年自己母妃被父皇打进冷宫的那段时日里，像堵墙一样支撑着他、给他信心和希望的，就是面前这位姨父。那时的他伟岸如松，天地不怕，而今面对他这个晚辈，却变得小心翼翼，如履薄冰。

是他变了，还是他变了，谁都明白，却谁都说不清楚。

"姨父，你老了……"他扶正他低垂的双肩，声音哽咽。

楚定云悲切难言，哀声问他："浩儿……你会赶尽杀绝吗？"

"朕不想。"萧璟浩迎着他的目光，没有犹豫地答道，"北伐之时，楼西越救过朕的命，这份厚恩忘不了……当年他身负弑君叛将的恶名，横死离水，唯一留下来的，就剩他远在北凉的兄弟，一命还一命，朕不想杀他……"

"可是，"萧璟浩面上的沉痛渐渐散尽，化作伤人伤己的锋芒："他必须规矩，破了规，姨父也救不了他，包括您自己在内，是吗？"

"臣……明白……"楚定云心如刀割，被悔恨填堵了数年的心化为一地冷灰。

宋令宣骂得对，他固执而无情地把猜忌防备加于朝夕相对之人，毫无根据地认定他心狠手辣、阴险叵测，疑他、逐他甚至残忍恶毒地逼死了他。然后把一腔心血全部付诸眼前人，认为他从无歹心，却唯独忘了防他。

"姨父……朕的父皇走了，母妃走了，曾经不顾性命救朕的兄弟走了，那些想杀朕的兄弟也走了，浩浩皇都，剩下朕孤家寡人，只有姨父一个亲人了……您能留在帝都陪朕吗？"

楚定云悲怆不已，已经能预见到他未来的结局，要么老死都城，要么常住西川，但不管在哪，那些曾与他浴血奋战过的将士都不可能再继续跟随他，更不会直接由他来统率了。

"姨父，您愿意吗？"萧璟浩再问。

比起赶尽杀绝，年轻的君王更希望他的主动释权与朝野一统都能自然而然进展下去，不必用尔虞我诈和明争暗斗来换取，也没有反目成仇的杀戮。

于公于私，这是他一个君王所能争取到的最大的仁慈和恩义。

而这些，楚定云再清楚不过。

良久，他的身子颤颤伏地，跪了下来："臣……谢主隆恩……"

"好……"萧璟浩欣然，扶起他垂老的身姿，"景威一事，劳烦姨父出马，他的生死，全权由你决断。人心是肉，也知痛痒，希望带回来的是忠良归顺的捷讯，而不是贼子逆徒的人头。"

是日，楚定云星夜驰骋，率兵赶往东亓。

但最终，他还是来晚了。

谁也没有想到，短短数十日来这支密军连取城池，无往而不胜，却在数天后全部弃城撤走，甚至连任何反抗的迹象都没有。

取而代之的，是盘踞在白城的青军。

不只旁人觉得不可思议，连不明真相的青军也甚是惊愕，以为做了一场白日梦。

"梁大哥，这、这真的假的？"蔺池高坐马首，与梁二并排而立，望着通往壑州的空荡荡的关隘，吃惊地问他。

身后的五千多名青军亦是诧异不已，各个面面相觑，难以置信，以为关内有诈。

梁二面色复杂，欲言又止，最后道："我去探探，你们先候在这里。"

"这怎成？"蔺池拦住他："姑娘没回来之前，梁大哥就是我们的主心骨，出了事如何向她交代？此处实在蹊跷，不行先让斥候兵……"

"放一百个心了。"梁二打住他话口，虽是调侃的语气，却笑得沉重而凝肃，说完一挥马鞭，向着关口飞驰而去。

蔺池越想越觉得古怪，嘱咐身后的士兵原地待命，自己快马追了过去。

果真，里面已经被扫荡一空，一个活的亓兵都看不到。

蔺池看傻了眼，呆若木鸡："梁大哥，这……这怎么可能？"

江城如此，观澜郡亦是，连壑州也是这模样，怎么可能会有如此奇事？

梁二哈哈一笑，却是皮笑肉不笑那种："就当他们都是被我大军吓跑的吧。"

"不是……我正经问你，到底你是怎么个神机妙算法？怎样掐好时程，预知到城关之内无人把守？"

梁二正色，煞有介事地道："天机你知道吗？大哥从前跟人学过占卜。"

"梁大哥！"蔺池急了："你越这样，大家心里越怀疑。姑娘临走前交代过，除非夏燕两军扰动我们，否则一切等她回来再做定夺。这些天我们不费一兵一卒轻易就拿获这些城关，到时如何向她解释？"

"好小子。"梁二拍拍他肩膀，重重心事无法向人言说。

个中玄机，只有他自己知道。

第八十九章
两路

五天前的夜里，梁二率兵在城外巡查敌情的时候，见到了一个这辈子都忘不了的人。

那人身着夜行衣，身形隐匿在林间，只露出一双眼睛，幽然盯着他。

"谁？"梁二有所察觉，以为是敌方派来的刺客，嗖地下马落地，拔刀搜寻。

那人一直将他引到远处才停下，却并没有因为行迹泄露而动手，似乎就是专门在等他，已候多时的样子。

"来者何人！"梁二抬腕，刀锋一横，直刺他后脑。

那人回身，抬手拉下蒙面的黑巾。

月色清亮，映现在梁二眼中的是一张苍白而瘦削的脸孔，活死人一般，毫无神采。

但这张脸，却……

横在半空的刀忽地剧烈一抖，梁二惊得瞳孔大睁，微张着口，脸色失常，连呼吸都已停住，以为自己看到了鬼。但他从来都不信鬼怪邪谈，可是怎么会有这样的事？

他不是已经……

梁二喉咙发紧，被无以复加的震惊堵得严严实实，一个"楼"字卡在他舌尖，吞回又跳出，却始终不敢飘出来，甚至于从他手中刺出的那柄刀都忘了拿开。

最终，还是那个人先开口："梁将军。"

声音沙哑虚弱，似乎已经锈迹斑斑，不复当年那般沉静有力。

梁二这才彻底回神，仓皇地收回刀，盯着面前的人，几度失声，依然不敢相信自己看到的一切："楼、楼少将军？"

楼西越点了点头。

"你还……你还活着？"梁二热泪盈眶，激动得手脚都不知道如何安放。

当年没能救下他，他一直心怀愧疚，而今老天突然睁眼，了他遗憾，还能让他看到活生生的人，心情就比打了一场胜仗还要狂喜。

"太好了……你还活着，还活着……太好了……"他难以克制猝涌的惊喜，一遍遍重复着，说着说着像是想起了什么，急不可待地问他："青妹她知道吗？楼少将军有没有见过她？这些年她一直在恨自己，恨当时没能救……"

"梁将军……"楼西越的眼睛有些微发红，出声截住了他的话，喑哑道："我来找你，另有要事所托。"

梁二一惊，急红了眼："妹子想你想得晚上睁眼到天亮……楼少将军，你真的不去看她吗？"

楼西越的眼角泛出水雾，心底最柔软的防线被击溃，在他看不见的地方一滴一滴淌着血，刺骨锥心。

他见过她，却不能再看她。

家国的重负压得她喘不过气，这具苟延残喘的躯体给不了她安稳，也就不能再变成她的累赘。

长痛不如短痛，肉伤给药，心伤就交给时间去慰藉，日月轮转，昼夜更迭，总能一点点风干心头血。

"楼少将军，你真的不让妹子知道吗？"梁二悲戚不已，哀声问他。

楼西越没有回答，从怀中拿出一封未曾署名和落款的信，递给他："这些，有劳了。但请务必先斩后奏，否则她必然反对。"

梁二怔怔接过，拆开一看，吃惊不已："这些城关都是楼少将军以命所得，叫我怎么下得去手……"

"雄心与野心，希望她兼而有之，不失正，也能辅之以邪。否则人吃人，青军永远只能是被吃的后者。事关长远，望将军斟酌。"

梁二拿着那封信，只觉重如千钧，压得他双手颤颤，说不出一句话，良久问他："楼少将军，那你往后立足何处？"

楼西越举目望着远处的黑夜，声音低低而喑哑："垂绝之身，一抔黄土足矣。"

"楼少将军——"

"将军，"楼西越就此打住，"此事全靠你了。"

梁二握着那封信，心酸难耐，艰难而沉重地点头应下。

"另有一事，有求于将军……"

梁二毫不犹豫："莫说一事，就是豁出去这条命，梁某也一定替楼少将军办到！"

楼西越如鲠在喉，哑声道："宋令宣宋将军，半老得子，妻有心疾，一家人离散两地，个中悲苦难以言说，恳请各位还他自由。"

"楼少将军——"梁二拦住抱拳俯首的他，声音悲沉："宋将军的事包在梁某身上，但是我必须把这件事的经过说给你，以免你与妹子之间生出不该存有的误会……"

"我能猜到十之八九，也信她。"楼西越感谢他的好意，心里也清楚。事实若是自己道听途说听到的那样，当年青军抓了宋叔胁迫大夏割让城池，依照宋叔的性子，他是宁死都不会顺从的，更不用说奔赴青桑为质。

没人逼迫得了他，除非他心甘情愿，在大夏危难存亡之际，以十年自由为代价，舍小保大，换取一地安稳。而在青桑的这些年里，他想，她应该是不会苛待宋叔的。

梁二几度哽咽："感谢楼少将军对妹子的信任……"

楼西越欣然，将要请辞时，他又补充道："千军易得，一将难求，还有一人，将军可以考虑招揽。"

梁二一奇："楼少将军请讲。"

"云士鸿之子云弋，傍一身文才武略，行事正派，非奸恶之流。时值用人之际，杀之可惜，将军可先结交，若合心意，便可向她引荐，助青军戍关卫国。"

"就是市井传言，满门尽死于陶征之手的云家？他们不是已经全部……"

"并非，安然无恙，无一伤亡，目前暂时移居外岛。战事了结后，劳烦将军出面安抚。"

梁二会意，重重点了点头。

交代完这些，楼西越心中释然，郑重抱拳："青桑于她而言得之不易，有劳将军及一众将士倾心佐助，楼某感激不尽。"

梁二痛心不已，固执地再次追问："楼少将军，妹子她把眼泪往肚里吞，你真的不去看她一眼吗？"

楼西越眼睛通红，摇摇头："生死关头，不该再乱她心神。"

梁二语不成声："那我能替妹子去看望楼少将军吗……"

"不了，过不了多久，我就会离开。"

"楼少将军……"

楼西越一语作别："将军，就此告辞。"

梁二悲不自胜，声音发颤地与他辞别："保重……"

楼西越遥望着白城的方向，双眼潮红，最终收回视线，身形一闪，渐渐没入斑驳木影间。

梁二抬起头来的时候，那里已经空无一物。月影婆娑，清清冷冷，一切都似乎只是一场梦，只有那封信真真实实地攥在手中，山一般重重压在他心上……

"梁大哥，"蔺池的声音在他耳畔响起，将他的思绪拉回到现实当中，"别的不论，就先说说怎么跟姑娘解释这怪事？"

梁二长吸口气，声音低沉，自言自语一样道："妹子若是知道了，她比谁都明白……办正事吧，时机难遇，切不可错失，一定要赶在她回来之前将这些城郡拿到手，确保向南开辟的这条防线贯通青桑，内稳根基，外固屏障。"

说完，他挥手一令，关外的大军顿时止声，扬鞭驱马，势如洪波，从界碑处呼啸而过，涌入内关……

通往横城的官道上，一辆马车连夜奔行，不日即达。

车内原本静寂无声，此时一个紧张的女声传出，打破了安静的氛围。

"公子，王爷这么匆忙地把你叫来，会是什么事？"

听到探子传来的消息后，琼儿极不放心，死活都要跟来，舒九容劝不下，只得由着她了。但对她的问题，或者说定南王的目的，他也百思无解。

"沈兄，你怎么看？"舒九容目光一转，涣散的双眼落到对面。

沈隽也全然猜不到，笑笑："不是好事就是坏事，都被赶出家门了，你觉得能是哪个？"经过一段时间的疗养，他的伤势基本愈好，对于家人他已无牵挂，心却更加空了起来。

"王府本来就是公子的，那个姓舒的小子有什么资格住进去！还教唆自己的狗奴才到处说公子的风凉话，取笑他看不见走不了……"不说还好，一说这事，琼儿便悲愤难平，气红了眼。

断没有想到，三年前公子因为出兵帮了青军，王爷罚卸他职务，之后还把舒明远那混蛋弄进了王府。可恨她跟着景威远走北凉，害怕面对关在梅院的那个疯女人，更没脸回来见公子，不知道他的处境如此艰难……

一想到此，她就恨不得撕烂舒明远和那些狗奴才的嘴巴！

沈隽看着她的模样，不由失笑："这么些年了，姓景那小子就只把你当宝贝捧着？难怪还是个长不大的黄毛丫头……可别把你家公子想得多冤，以退为进，玩的都是阴招，不信你去南疆大营溜一圈，看是实打实听他号令行事的将士多，还是应付定南王的兵卒多？姓舒的连你家公子眼里一颗沙子都算不上，值得你气成这样？"

琼儿抽搭两声，看向舒九容："公子，是他说的这样吗？"

"公子不是好好的，伤心什么？舒九容宽慰她道，自然清楚她的小心思："想景威了？"

琼儿低头，吸了吸鼻子："他丢下我就跑，找都不找，不要我了……"

"不难过了，也许他有更重要的事，等忙完了就会去找，或者已经派人在找，只是暂时没有寻到而已。要是想他，等一切安定后，公子就让白前带你去北地，成不成？"

琼儿泪眼汪汪地点了点头。

沈隽慵懒地靠在马车角落，摇头苦笑："没见过你这样的主子，操碎了心，自己的事还是先寻思寻思吧。"

"吁——"正说着，马车忽地停下。

一名燕军将领飞驰而来，挡在了前头。

白前跳下车与那人互相问过，回头对着马车道："公子，是常将军。"

舒九容揭开帘子，面露不解，常琰随父王出征，怎会截他车马？

"公子，"常琰火急火燎地赶来，神色间既有焦忧，又显露着几分喜色，着急地问他："王爷的决定，您可知道？"

舒九容更加错愕："常将军请明示。"

"先去白城，到了那里后，公子自然就明白王爷的意思了。"

舒九容脸色一变："白城怎么了？父王对青军做了什么？"

常琰道："公子别紧张，当前风势大动，夏军团聚亓地，王爷不敢当着他们的面与青军短兵相接，否则两败俱伤，得利的终究是夏军。"

"那怎么说？"

常琰欲言又止，既担虑又欢喜，显得神神秘秘："反正公子就去呗，去了肯定会高兴……只是末将不放心，怕王爷生出什么算计，所以他那边我会随时盯着，一有动静就与公子联络。"

"好事？"沈隽的面色变得凝重起来，一脸猜疑。但常琰是舒九容的人，暗中效命于他，既然他说青燕两军并未交锋，那便表示青军无恙，那么……她也就不会出事，所以多少放了些心。

舒九容一如他，怎会相信是好事，问常琰："父王人在何处？"

"还在横城。"

"劳烦常将军帮忙留意，我先与沈公子转道去白城，随后再前往横城面见父王。"

赶到的时候，那里的景象让他们震愕不已。

一路提心吊胆，本以为会是两军剑拔弩张的局面，谁知非但不是，反而一派平静。

百余名燕军押送着十车金银，一字排开摆在城楼下，箱子上披金挂红，张罗得喜气洋洋。队伍最前头还有一位红娘，扯着嗓子朝上喊话："军爷，你们看这霍丫头整日操劳，自己的大事都没个着落，搁着搁着黄花菜都要凉了……王爷觉着，霍丫头与九公子交情匪浅，可不正对上眼！"

城楼上的青军全部懵住，各个紧张又戒备，神经崩到极致，狼一般一眼不眨地盯着城下这些莫名其妙的燕军。

这种状态已经持续三天了，红娘说得口干舌燥，仍被身后的燕兵逼迫着，口若悬河不敢停下。

"姑娘方才传话，闲杂人等不得靠近城池，逾界者杀无赦！"辛泽提足底气，朝下吼喝一声，还不能让这些燕兵知道姑娘不在城中的情况。

"杀！"守城的青军一呼而应，扬声吼道，声震九霄。

裴原肺都能气炸，振臂开弓，对准滔滔不绝的红娘吼道："再瞎叫嚷，看我不爆烂你的嘴！"

姑娘并未回城，都不知道这件事，怎能就这样叫她被这些士兵当猴耍！她和舒九容彼此都将对方奉为知己，肝胆相照，并无男女私情，如此言说，岂不让他们尴尬？定南王这老不要脸的，竟连自己亲生儿子都利用，心里藏着什么谋算他岂能不知！

红娘是燕军在降服的百姓中揪出来的，平日里替人牵姻缘，一张嘴巧舌如簧，但哪里碰过这般场面，吓得一哆嗦，屁颠屁颠地转身欲跑，却被身后的燕兵拎住衣领，意思就是靠她嘴皮子的这事成也得成，不成也得成！

"胡闹！"赶来的舒九容远远就听到了红娘的话，怒喝一声，总算明白了定南王的企图。

往年时机未熟，南燕单方面无力与大夏冲突交战，那时父王气愤于他出兵援佐青军的做法，甚至为此舍弃了他。而今燕两军彻底交恶，双方血战三年久而不歇，之后又都即刻兵指东元，尽成疲师。西征初期青军虽然大规模出动，拼力收复望城与桑都，但离水之约过后，他们便相继蛰伏于关内，开始了长达两年的休整，既安国抚民招兵买马，又养精蓄锐以逸待劳。夹缝中的这股力量，已然根基牢稳，渐为壮大，小觑不得。

所以，父王索性变脸，意欲先下手为强，利用他与青珑的交情将青军拉拢在手。

沈隽站在轮椅旁，怔怔望着那些代表喜庆的聘礼，心中五味杂陈，最终归于释然和欣慰。

她应该最多只做到不恨自己，朋友或许都算极限了，但能有一辈子，他已知足无憾。

而舒九容能给她的，远不是金铢美玉所能相比。如果她点头，往后的青桑将不再是她一个人的心头血肉，同样也是他的命，有生之年里他必定拼尽血力，护其万全。

可是，她会答应吗？

沈隽举目，四处搜寻青珑的身影，并没有看到她。

他心下诧异，并不知道青珑已于上个月秘密离开白城，寻找绿盈去求药。

她此时正快马加鞭穿行在回城的路上，与月芫就快抵达。不过对于突如其来发生的这件事，她还一无所知。

"也许你一句话，好事就定下了。"沈隽笑笑，语声散漫似玩笑，却又带着几分真诚："都已经老大不小了，想好。"

"沈兄，连你也取笑我。"舒九容正恼怒于燕兵的厚颜纠缠，无甚心思同他打趣，何况他深知青珑已有心属之人，即便那人早已化骨成灰，她亦对他念念不忘。作为朋友，怎么也不该拿这事折辱她，叫她难堪。

而父王的手段他心知肚明，拉拢青军只是其一，最终目的是要将其掌控在手，变成他手中对付大夏的利刃，用后则弃。

他怎能做这为虎作伥之事？

"白前，推我过去。"舒九容沉声吩咐。

白前受命，将他推到领头的燕兵将领面前。

那名燕将极尽好言："公子，王爷也是为你……"

"东西搁着，留给城中的贫民，人走。"舒九容出声堵住了他的话，声音虽然平静如常，却不容违抗，"白前，你盯着，出了差错唯你是问。"

白前俯首答应，敦促那些燕兵卸掉所有缎带，开箱逐一验过，确定这些都是真金白银，且没有动过任何手脚，才将它们抬到城门脚下，整整齐齐摆好。

燕将干看着没办法，想阻拦却又不敢，急得道："公子，这也是王爷的命令，末将不得不从。"

"霍姑娘的芳心早许于他人，作为知交就该尊重她的意愿。你回去问父王，他若罔顾事实执意如此，置舒家颜面于何地？"

"王爷这么做也是为南燕考虑，公子你看这……"

"白前，"舒九容喊了一声，令道："无关人等撤回本营，违令者斩！"

"公子！可王爷那边……"

一柄没有出鞘的剑横过来，挡住了燕将落在舒九容身上的目光，白前冷冷盯着他，让开一条路："请。"

燕将没辙，只得俯首遵命，然后招呼一行人狼狈撤走了。

"各位，唐突了。"舒九容抱拳一礼，扬声向城楼上的青军道歉。怕定南王一计不成又生一计，他便不再逗留，准备前往横城。

刚一回身，迎面一个熟悉的声音突然传来："舒九容，感谢你……"

青珑勒马停住，翻落在地，因为连日奔驰，她的面色颇多疲惫，苍白而虚弱，满肩仆仆风尘。

方才她与月芜一靠近白城，便远远看见城外的这些燕兵，最初以为是城内的兵民被外敌围攻，心惊不已。拼力赶来后，她们却见那些士兵在白前的催促下搬弄箱子，如此场面一度令她措手不及，愕然不解。

想起那日在皇宫被燕兵围困，定南王最终选择放她离开的情景，此事由谁策动，目的是何，青珑了然于心。

她相信舒九容的磊落为人，再多裨益，他也不会逼迫朋友。

"舒九容，感谢你出面，不至于给我出难题。"青珑上前由衷谢道，如果不是他亲自来此催走那些燕兵，她不知道这些人会纠缠到何时，既徒增流言搅乱军心，又阻扰他们的出兵部署。就算杀一拨，明日也许还会有第二拨，甚至他们还会押着无辜百姓前来城下给她施压，如此无休无止。

舒九容听出了她的声音，一双看不见外物的眼睛往这边移了移，惭愧一笑："如此厚颜之事因我而起，青珑，也感谢你的包涵，父王那边我会设法阻住，不再滋扰你们。"

青珑点头谢过，又指了指城门外的一排箱子："这些我会差人还……"

"权当给你们压惊赔罪了，你不需要，城中却有更多人需要。"沈隽默然看着远行归来后倦怠不已的她，最后出声打断了她的话，也彻底结束了此事，"回去歇着吧，我们也该上路了。"

"一路保重。"青珑心中释然，目送他们转道向北，折往横城。

当燕兵们陆续退走后，城门一里外的一座小土山上，忽地有一个人影低了低头。那人身上遮着几乎与黄土融为一色的枯草，正小心翼翼地挪动身子，渐渐溜下山包，很快不见了踪迹……

四周重回安静后，青珑纷乱的心情渐渐平定下来，她的手中紧紧攥着药瓶，丝毫不敢松开，这是闷葫芦救命的药，千难万险，她也一定要找到他，交给他。

"裴原，派出去的探子是否跟住那支密军，可有消息传回？"没有回城休息，她又调转马头，意欲出行。

如果不是那日认出将她救下城楼的人是闷葫芦，没有听出之后吼她的人是景威，她还不知道这支趁乱拿获茳城的密军来自何处。那之后她可以完全肯定，那一定是闷葫芦的人手。

此前她离开白城的时候，他们刚刚拿下茳城，这些时日会不会转攻他处，她虽然不得而知，但在动身前往亓宫前，就已派人前去茳城秘密追随他们，以防到时候她找到绿盈拿到解药，却不知道闷葫芦的行踪。

裴原和辛泽出城准备迎她回去，见状双双惊住："姑娘，你还要出去？"

青珑愧对这些将士的等待，垂眸道："再给我一些时间……"

"是不是去找上次救过姑娘的那人？姑娘可认得他，他是谁？"裴原忍不住接连追问，不解地看向月芜，不知道究竟是何人，值得姑娘放弃良机暂缓军征，千里迢迢铤而走险。

月芜同样不知，只知道青珑在找药，除此之外的疑虑她在途中全然问不出来。

青珑不能告诉任何人，一旦闷葫芦生还的消息泄露出去传到夏军耳中，他势必会再次遭受楚定云的打压和诛杀。

不仅如此，定南王说不定也会借着闷葫芦与楚定云之间的旧怨，生出什么利用他去对付夏军的歹计。

这些险诈，她不能不顾。

"其他先别问，告诉我有没有消息？"青珑未答，急声问道。

裴原与辛泽相顾一视，也知事情瞒不住，便如实相告："那些人从半月前开始，就不知怎的渐次撤走，人去城空。恰好地缘上这些城关对我军防守大有裨益，万一被夏燕两军侵吞，不仅城中百姓转移不出，我军也要被其掣肘，极是凶险。反正他们又不要，梁大哥觉着可惜，虑及长远，大家便听他指令前去取城了……"

青珑脑袋一轰，眼前发黑，脸色煞白，声音不由拔高："那有没有跟上人？"

"有，他们转去塈州，拿一城弃一城，十分诡异，梁大哥已经率兵赶过去，净捡便宜了……"

"看好这里！"青珑心脏猛跳，语声未落，手中马鞭已经落下，纵马穿过白城这片必经之地，一路继续南下，向着塈州的方向飞奔而去。

这边青珑刚走，那名藏匿在山包上的人已经跑远，正在向一名男子禀报刺探到的状况。

"景爷，退了！全都走了，这下可以放心了。"

景威不敢相信，这些燕兵已经在城外叫嚣了三天，怎会说走就走？

"千真万确，属下亲眼所见，来了几个人，将那些燕兵全打发走了，只把聘礼搁城门脚下了。"

景威一脸狐疑："谁支走的？"

"隔得远，看不清随后赶来的那些人的模样，也听不到双方说了什么，不过有个人瞧身形像是见过……对了，还有一个坐轮椅的，走不了路。"

"坐轮椅？"景威愕然，正寻思着，忽地灵光一闪想起了什么，一面比画着，一面着急地问他："是不是他身边还跟了个姑娘，就是你刚说的在哪见过的那个，长这么高，到我这儿？"

不良于行，肯出手帮青军解围，还能慑住定南王的手下，除了舒九容还能有谁？倘若他所猜不假，那是不是表示，那丫头也跟在她家公子身边？

下属一拍脑门，终于可以肯定，喜道："琼儿！没错，就是那丫头片子！还指望她来压寨呢，景爷，要把她弄来吗？"

景威喜不自胜，已经有好一阵子没见到她了，不知道那日他把她丢给霍青珑后匆匆离开一去不回，那丫头会不会埋怨并且恨上他？

可是很快，他面上的喜色便凝住，化作沉黯和忧愁。

他挥手屏退了那下属，旷野之中，便只剩他和旁边一位蒙面的黑衣男子。

冷秋的风呼呼地刮着，打在脸上冰凉如铁，枯叶上早已显现霜花，过不了几日就要开始结冰降雪。一旦冬日来临，亓地的风将比割肉的刀子还刺疼，在这之前，他必须带少主南下避寒。

"少主，燕兵已撤，确定白城没事，你也可以放心了。此地风寒，对你身子不好，大夫特意嘱过……"

楼西越的脑袋被斗篷宽大的风帽半掩着，只看得到上半张侧脸，萧疏而清冷。

"去找她吧。"他的目光从白城的方向上收回，落到景威面上，抬手拉下蒙面的黑巾，声音低沉而平静。

景威一惊："这边事情已经了结，我们可以抽身了。我说过，剩下的事就是帮少主找大夫解毒，治好你的身子，在这之前我哪里也不去！"

楼西越从怀中拿出一封拟好的亲笔信递给他："找到她后去一趟青桑，等到此战结束青军重回故土时，就拿着这封信去找一位人称梁二的将军，他会帮着你安全将宋叔送回西川。"

"要去一起去！"景威眼圈一红："宋叔视少主如若己出，他要是知道你还活着，能亲眼见到你，不知道会有多高兴。"

楼西越心里愧疚，喑哑道："时间不多，不知道能撑多久，分两路吧。你去接宋叔，我去找解药，无论成败，两月后都会回北地去你的寨子看看。希望那个时候，宋叔与我能喝到你的喜酒，如此无憾……"

说到最后，他的唇角微微扬起，有轻不可觉的笑意在面上流转，有对这个兄弟的亏欠和自责，更多的是对他的衷心祝愿。

景威无比心酸，不管怎么说都不放心他一个人奔走亓地。"派人去青桑接宋叔，我会留下来跟着少主。当年是绿盈配的毒，只要找到她，就一定能治好少主！"

立场不同，谁是谁非远不能用一己私念来清断，楼西越已经不在乎。未了之事，便是希望宋叔能重获自由，安然回到西川。那里有他的妻儿和兄弟在等候他归回，属于宋叔的功勋和光耀，不应该被"降虏"二字所扼杀。

景威殷切地道："少主，派人去青桑接宋叔，我留下来陪你去找绿盈要解药。"

"你亲自出面，旁的人不一定理解宋叔的所作所为，你去看看他，我也放心。"

"解药我们一起找，宋叔我们一起去接，我不放心少主一个人。"

"已经习惯，不用担心。"楼西越看着他，语气里多了一丝恳求"景威，宋叔那边就靠你了。"

景威几经劝说，却无果，无奈只得艰难地点头答应，却依旧不放心他独自奔走。但若与他同行，带着大军赶路行程必然受阻，少主的身子又不允许他耽搁分毫，思虑良久，他只得道："那我留五十名精兵，少主若不喜欢人多，我让他们在暗处护着，顺便也打听绿盈的下落，绝不打扰少主。两个月后，我与宋叔一同在北地，等少主来喝我的喜酒！"

"好……"楼西越欣然，哽咽着点了点头："不见不散。"

景威心有不舍，希望这期间一切顺利："少主，保重……"

楼西越看着他，点点头："记住我说过的话，一路小心……"

那之后，两人就此辞别。

是日，黄昏时分。

一辆马车飞速行驶，以期在天黑之前赶到横城。

途中，白前眼角余光似是看到了人影，忽地面色一寒，顿缰停下。

疾行中的烈马受到惊吓，前蹄骤起，差点掀翻了马车。

白前以为是刺客，三步并作两步冲进草丛，与鬼鬼祟祟藏在那里并且不断靠近他们的一个蒙面人动起了手。

琼儿听见打斗声，掀开帘子瞅了瞅，乍一见那个蒙面人的身形，眼睛一亮，堪比闪烁的璀璨星子。但见白前拳掌连出，毫不客气地击向那人胸口，逼得他倒退数步，她火急火燎地跳下马车，飞跑过去，死死扭住白前的胳膊"你干什么不分青红皂白就动手？谁让你打他了？"

说完她身子一横，挡在蒙面人前面，并且喝住了白前："我不准你欺负他！"

白前愣住，一脸茫然："你认识他？"

蒙面人拉下黑巾，克制着激动而愧疚的心情，唤了一声："琼儿……"

不听还好，一听到这个让她日思夜想的人的声音，琼儿就顿觉可恨，委屈巴巴地转回头，张口逮住他胳膊狠狠咬了一口。

景威的眉头皱在一起，痛得险些跳脚，拼命忍着不出声，任她发泄心中的憋屈劲儿。

白前看明白了，默默转身走开。

到底还是于心不忍，琼儿又心疼地松口，砸他一拳："姓景的，你混蛋！"

景威有愧于她，心里的苦衷却也无法对任何人倾诉，抬手轻轻拭去她眼前的泪花，紧紧拉住她手腕："跟我回去，好不好？"

琼儿心中纠结，跑向马车，低头站在外面，突然觉得自己忘恩负义，愧对公子对她从小到大的疼护。

舒九容行动不便，于是从敞口探出身子，伸手触寻到她脑袋，莞尔道："公子没有说错吧，景威已经找来，不难过了。"

琼儿双眼发红，眼泪吧嗒吧嗒止不住，带着浓浓的哭音悲声道："我舍不得公子……"

"那我呢？"一向冷冰冰的影侍白前也不禁动容，像看白眼狼一般吃醋地插了一句嘴。

"就你话多！"琼儿破颜，呛他一句，却忍不住紧紧拥住他，鼻涕眼泪抹了他一身。

白前一脸嫌弃，本想推开她，双手却违心地轻拍她后背："别哭了，找你的心上人去，公子还有我呢。"

琼儿蹭了蹭他肩膀，抹干净脸面，才又转头："公子……"

舒九容像兄长一样拥住她，由衷欣慰："不难过，要是想公子和白前了，就回燕京来玩，说不定哪天公子去北地，也能看望你，以后还是能见到的，不难过……"

琼儿含泪点点头："我走后，公子要照顾好自己，我会经常回来看你们……"

景威正了正色，走向马车，对着舒九容抱拳一礼："事出有因，不得已不辞而别，但请九公子放心，仅此一次，下不为例！往后只有琼儿离我，不会再有我弃她。"

舒九容含笑道"景威，琼儿长于王府，自小衣食无忧，不知疾苦，相处中若有任性顽劣之处，还望你多加包容。琼儿，往后跟着景威，你也要识大体知分寸，不得无理取闹，知道吗？"

琼儿点头答应："我会记着公子的话，不给景威惹事……"

景威紧紧握着琼儿的手，就此请辞："后会有期。"

"归途迢远，一路当心。"

景威扶琼儿上马后，与她同乘一骑，一路向南渐渐消失在昏暗的天色里。

马车也重新启动，低啸的风声中，有细微的对话声从里面传出，回荡在四野。

"不可思议……"沈隽懒洋洋地抱剑靠在车厢上，望着虚空笑了笑，"他是楼西越的兄弟，想当年他们将属北伐，我差一点就杀了他，可惜没成。但于今看来，也算幸事一桩。"

舒九容先是诧异，既而了然笑笑："那倒要感谢沈兄成全了。"

"得，高帽子别给我戴。"沈隽受之有愧，"是姓霍的救了他，真要谢，你去找她。"

听到这里，舒九容轻叹一声，没有接话。

沈隽心里明白，有些惋惜："经此一闹，只怕她心里更不好受，毕竟愿意让她点头答应的那个人已经不在了。"

舒九容亦是无奈，叹道："她的心伤无人能治，除非楼西越复活……"

沈隽哑口，回答不出。说得再多，究其根本，不过是自欺欺人罢了。

余生知己和友人，必当沥尽心血，护她周全，保她国土常在。

"驾！"白前刷地落鞭，驱赶着马车向横城飞奔而去。

而在他们之前，先行离开的那队百余名燕兵却在半路遭到伏击，无一生还。

动手的是景威派给楼西越的那五十名暗卫，杀戮进行得迅速而利索，毫不拖泥带水。

一帮暗卫虽然不知道楼西越招惹这些燕兵做什么，但既然景爷都对这人十分敬重，又吩咐他们百分之百顺从他，照顾他，保护他，他们也便不曾迟疑，齐齐上阵杀进燕兵队伍，一个不留。

从始至终，楼西越只动手杀了扑向他的燕将和几个小兵，之后便抽身退出，伫立在远处，默然观望着一切。

暗卫们很快结束完战斗，一齐聚向这边，将要问他下一步去往哪里时，却全都瞳孔大睁，吃惊地看着挂在高草枝上那件空空荡荡的黑色斗篷，它的主人早就如同人间蒸发了一般，不知何时消失不见。

暗卫们大惊失色，原来他是趁乱脱身！

"这里有字！"一人眼尖发现了什么，惊叫道，说着他指了指地上，慌忙蹲下来拨开草叶。

疏松的土层中，写着两个字——回寨。

对方的意思很明显，是要让他们撤回北地。

但没人知道，他去了哪里。

第九十章
诛天

___

白前远远看见这些燕兵尸体的时候，四周已经空无一人。

行凶者是谁，舒九容与沈隽当时无法得知。

事情诡异，他们也不敢耽搁，加快速度赶路。

亓都，横城。

天色已晚，寒风阵阵，发出低低的吼声，如鬼哭狼嚎，在窗外飘荡。

定南王处理完军务，心情大好，小酌了几杯。各路大军传回来的无一不是捷报，这让他心胸激荡，壮志满怀。

剩下的，就看白城那边知不知好歹了。

"砰砰砰！"即将就寝时，有人叩门传话，说是派去白城那边的人有消息了。

定南王神思一动，此事久等无果，终于有了眉目，他不禁开怀，急切地想要知道结果，遂起身整衣："进来。"

房门吱嘎打开，门外站着一名燕兵，微低着头，拱手拿着一封对折起来的信和派出去的燕将腰牌。护卫确定了他的身份，但对于名不见经传的生疏小兵，就得收缴他战刀，搜身完毕后才敢放他进去。

一切妥当，护卫入内点灯，随后掩门而出，继续在外守卫。

那人得以进入，在定南王低头穿鞋的时候只手向后，轻轻旋下门闩，然后不动声色地走了过来。

定南王抬头，随意又颇为警觉地瞟了一眼，结果和门外那些护卫一样，初见便被这士兵瘦骨嶙峋的模样惊了一下。

但他在意的不是他的病态面相，而是他带回来的结果，所以平静又略为急迫地问他："怎么说？"

"迫于将军施压，已应承，但有条件，请王爷过目斟酌。"那兵回答道，始终微低着头，眼角余光四处流转。

屋内富丽堂皇，熏香缭绕，空气中还残留着淡淡的酒香。

他的目光逐一穿过桌椅，暖炉，十锦橱，书架，屏风……

这些都不是他要找的。

最终，他的目光定格在床榻附近。

一把名剑搁置在架上，寒光闪动，映入深眸。

不只如此，榻上枕边也平放着一柄战刀。

很明显，那是定南王防身所用，就连卧床寝息，他都不敢放松警惕。

居高位者，无不如是。

沙漏静静流淌，时间仿佛凝滞不动。

定南王接过他呈上来的信函，一层层展开，直至最后。

出乎他的预料，仅是白纸一张。

仿佛被戏弄，定南王面现怒色，惊疑地转头看他，却在瞬间脸色大变。

那兵早已锁定目标，旋踵转身，速度奇快，仿佛游龙扑水，眨眼间奔至剑架，嗖然拔剑。

剑光如电般刺来，直贯心害。

"来人！"定南王大惊失色，错身躲避，朝外吼喝一声。

剑尖虽然偏离了要害，但仍从他的后肩刺出，血如泉涌。

一切突如其来，猝不及防，定南王惊骇交加，身子向前一挺，拔离剑刃，歇斯底里地大吼："来人！"

"嗵嗵嗵！"敲门声急如鼓点，护卫们惊慌失措，如临大敌。

但房门已经落栓，短暂时间内无人能入。

而刺客需要的，正是破门的这一点点时间。

所以他没有任何停顿，足下生风，几乎拼尽了毕生劲力，在定南王扑向床榻拔刀砍来时不躲不避，一剑掠出，刺入他心脏！

剑尖贯身，穿透定南王的躯体，直没柄端。

一瞬间，剑刃被抽离，又噗地捅进他喉颈，将他到口的字眼生生定在舌尖，从此再发不出。

"哐当"一声，门窗皆破，护卫们拔刀冲进来，见此情景，皆似被雷霆击中，惊恐万状。

彼时常琰正在外院巡守，闻讯后仓皇奔来，但终究还是迟了一步。

定南王倒在血泊里，身子半靠着床榻，四肢痛苦地扭动了几下便了无气息。已死的王者双眼怒睁，紧紧瞪着面前的刺客，瞳孔突出，眼白毕露，青筋暴起，死相极为不甘。

"王爷！"领头的护卫大惊失色，当先扑过去，一刀劈向刺客。

那人身子一颤，拔剑起身，带起的血花溅在他脸上，恍如厉鬼临世。

"说！谁人所派！"护卫吼问一声，已经忍不了突涌的愤恨，纷纷杀向他，恨不能将其碎尸万段。

赶来的常琰望着定南王暴毙的尸体，心惊不已，却在刹那间清醒过来，回头喝令一声："传令！封锁王爷死讯！"

事发突然，快得不及人准备，倘若王爷被刺身亡的消息流传出去，南燕必将朝野大动，内乱无穷。不仅如此，同在亓地攻城的夏军定然士气倍涨，等到这片海土一灭，他们就会疯狂反扑，将无主的燕军击得溃散不堪。

虑及此处，常琰骇然失色，急急吼来亲卫，"速去接应公子！"

不能慌，绝对不能慌！当务之急，必须先封住消息稳住大军，越少人知道越好，其他一切等公子前来定夺。

迅速阻止远处士兵靠近此处后，常琰奔进屋内，胸中怒气翻滚，奔至被护卫们围攻的刺客近处，刀锋一抬，猛地刺穿那人肩窝。

他目能喷火，攥着刀柄将刺客推离到远处，牢牢钉死在木架上，低吼一声："说！谁指使你刺杀王爷！"

见他还有挣扎的迹象，一名护卫飞起一脚踢走他手中的剑。与此同时又有两个人扑来，一左一右擒住他，刀子毫不犹疑地扎进掌中，将他两手钉在柜子上。

那人动弹不得，被长刀贯穿的单薄身子微微疼挛着，剧痛让他的意识有短暂的散失，无力发声。鲜血顺着伤口涌出，凝成血珠，一滴接一滴砸向地面，殷红刺目。

目的达成，生死于他而言，已无差别。

此处戒备森严，一旦事成，便是有进无出，他心知肚明。

"说！"常琰吼声如雷，眼底杀气腾腾。

幕后主使，到底是驻扎在白城的青军，还是远在异地的夏军？

若属前者，那便是公子遇人非良，必将霍青珑千刀万剐，以泄杀父之恨！

若是夏军所为，来日方长，定要让他们血债血偿！

"到底是谁！说！"常琰的理智已经濒临瓦解，刀子一转，额上青筋暴跳。

血肉被绞，那人额上冷汗淋漓，面对常琰的接连逼问，他没有出声回应，依旧垂着脑袋，不言不语。

"说！"常琰勃然大怒，再也克制不住，五指拧住他脖子，几乎要折碎他颈骨！

那人半垂的脑袋随之一抬，映入常琰目中的是一张煞白而阴森的脸孔，他的心口猝然一颤，仿似被人施了定身术，一动不动。

这个人，竟然、竟然是……

"公子！"一声惊呼响起，外面有人跪地请罪，随即轮椅滚动的急促声响飘来，散入屋内。

常琰盯着刺客的模样，一脸吃惊，经久才从认出那人的惊异中回神，又自知失责，负疚痛心，一见匆忙赶来的舒九容，便下跪不起，无颜面对他。

舒九容不知何故，以至于所有人都不说话，心中忽而涌出不详的预感，推动轮椅仓促进屋。

满室血味扑鼻，盖过了熏香和酒气。

沈隽紧随其后，一眼看到了打斗过后一片狼藉的场面，以及定南王怒目圆睁的可怖尸体。他料想不到，震惊地看着这一切，大脑几乎被排空。

舒九容看不到眼前触目惊心的惨状，但血的味道却让他心慌意乱，着急地唤道："父王？在不在？出了何事？"

没人应他，怕他承受不了这场意外的打击，以及随后需要面对的重压。

"常琰？"舒九容心急如焚，拼命转动轮椅，在无边无际的黑暗中慌张找寻，"常琰！父王在哪？到底出了何事？告诉我！"

一向淡定自若的他，也已经在无声无息的死寂中开始慌乱起来。

"公子……"常琰痛心疾首，跪在他面前，不忍相告，却又承担不起隐瞒的后果："王爷他……走了……"

"轰"的一声，脑中似有闷雷炸开，舒九容的呼吸有一瞬间的断失，就像被死神掐住脖子。

轮椅上的他已经无法平静如常，身子轻颤，双手抓着轮轴快速向前移动，却在半途碰到打翻的桌凳，重重绊倒在地。

"公子！"白前惊痛难言，奔过去扶起他。

舒九容推开他，双手发颤地在地上急急摸索，触到血迹，然后拖着残废的双腿爬向前方，最终碰到定南王垂在血泊中的手。

那是一个父亲长满老茧的手，粗厚而宽大，充满力量，如今却半蜷着，动也不动。

"父王……"舒九容寻到他的身子，一碰，双手黏稠一片，满是血迹，顿时眼睛通红，里面水雾涌出。只声音颤抖地低唤了一声，他的胸口就已经被堵住，窒息般的闷痛和难受。

沈隽俯身蹲下，伸指探了探定南王的鼻息，已经没有丝毫气息。

这样的遭遇他感同身受，纵使与父亲的感情说不上亲密无间，但骨肉相连，血缘上的牵缠无论如何都斩断不了。

舒九容更不必说。

生母早早离世，作为王府唯一的子嗣，他最亲的人也就剩下定南王。即便这个父亲耽于权柄，父子二人无形中疏远，但血浓于水，那种扎根在骨的舐犊情深只怕也不是轻易就能磨灭的。

"节哀……"他沉痛道，拿起他的手放到定南王突兀的双眼上。安慰的话说再多，也已经无济于事，唯有希望他能在丧亲的悲痛中保持清醒。

舒九容的眼底泪光涌动，沾满鲜血的手颤动不止，拂过定南王的面颊，阖上了那双怒睁的眼睛。

"沈兄……"很久之后，他逼回眼底的泪水，声音哽咽，渐渐转冷，"烦你相助，控制所有知情者，事情未了，暂先监视限行，委屈各位配合。"

"白前，"舒九容几度失声，强忍着胸中苦痛，继续道："差人收殓父王遗体，妥善留存，待我……待我处理后事……"

"常琰，假父王口令，逐一召回近京各将，收缴令牌，命其驻守城池，听候指示。凡有异心暴乱者，一律暗中毙命，以战死为由厚葬。远京各路出征大军可先隐瞒，传回的战报转交于我，由我批复。"

常琰听命起身，将去之时又回头，到现在依旧压不下心中惊疑，补充了一句，方才离去。"公子，刺客身份特殊，由您决断了……"

沈隽也已经注意到了那名被擒住的"燕兵"，偏头看了一眼，起初他并不是十分在意，只单单对他有能耐刺杀得了定南王颇感吃惊，至少证明他的身手以及那份狠劲绝非常人可比。

但这不重要，重要的是躲在暗处操纵这名刺客的人。

是夏军？亓军？那支查不出来路的密军？抑或，是南燕内部想取定南王而代之的人？还是说曾经深受这个权王残害的仇家跑来报复？

究竟是哪一个，只能从这个刺客的口中撬出线索。

舒九容忍痛离开定南王的尸体，在满地血泊中胡乱摸寻，挣扎着想要站起来。沈隽二话不说，俯身背起他放到轮椅上，然后推到刺客的面前。

那人奄奄一息，脑袋无力地垂着，胸口的起伏几乎微不可见，仿佛已经失血死去，又似乎就在等待死亡——杀父之仇不共戴天，以命偿还，天经地义。

他知道这样做的后果。

舒九容停在离他五步之遥的地方，抬头看着黑暗的虚空，语声里有极力压制的悲痛，也有面对杀父仇人的幽恨："说出来，受谁指使？"

那人无动于衷，就像被引线束缚的傀儡，心魂已灭，只剩躯壳，就连伤口的剧痛都已经麻木。

舒九容深吸口气，压回胸中的苦痛，一改话口："你当真以为，自己目的已达？"

听到这话，那人的头微微抬了抬，但还没到能够让人看全他面相的高度，就又垂了下去，面上并没有现出任何惊色。

定南王的模样他认得，这世上很难找得到长相及体型完全相同之人，以假身提防遇刺的可能微乎其微。退一步讲，死的若不是真的定南王，一屋子的人也不会慌乱至此。

所以，他的言下之意不在于此。

"杀了父王，还有我。"舒九容平静地道，神色间难掩肃杀，"眼盲成瞎，不表示心智混沌，亓军夏军也好，底细难知的隐敌也罢，害群之马亦不必猖獗，总有蛛丝马迹可察。"

"白前，"他唤来影侍，声音冷厉无温，犹如冬日封冻的冰雪，"从头到脚彻查，抽筋挫骨也要搜到一二线索！"说完，他调转轮椅向后，退到了远处。

白前点头领命，早已经压不下心中杀念，刺客既然不坦白，那就不可能再留他活路，必要让他拿命来偿。

他挥了挥手，几名护卫抢身过去，粗暴地扯掉那人身上的戎装上下搜寻，却一无所获。

白前已经没有耐性再耗下去，奔到那人身边，逼问无果之下蓦地揪住他头发，就像他刺杀定南王那般狠毒，手中长刀毫无迟疑地刺向他喉咙！

可是突然间，刀子在离他喉颈三寸有余的地方刷地顿住，一动不动。

白前瞳孔猛睁，如同见了鬼，满脸惊愕。

比他更吃惊的，还有站在轮椅旁边的沈隽。

同白前一样，有那么一瞬间，他以为自己看到了鬼，那张脸就像挥之不去的阴影，任时光荏苒，烙印在记忆中的面容依旧不灭。

可是那个人、那个人明明已经……

沈隽的神色刹那间失常，再也无法淡定，脚步不受控制地往前挪了挪，那张脸竟真真切切，没有任何易容的痕迹！

可已死之人，怎么可能重活于世？即便亲眼所见，他还是难以置信，除非……

除非那年死于离水中的人，并不是他。

那么青珑……她知不知道？

沈隽极尽可能遏制着剧烈跳动的心脏，在最短时间内平复心情，重拾镇静。

"居然是你……"他走上前，拨走白前手中的刀，看着那人白惨惨的面容，竟不知道是该继续留着他，还是彻底了断他性命。

楼西越的目光幽幽暗暗，黑瞳里几乎看不到生的光彩，即使面对曾经势同水火的冤家也都没有任何起落。

沈隽凝视着他，两相沉默，一时间思绪万千。

平心而论，定南王的死带给他的除了始料未及的震愕以外，更令他彻底松了口气。他明白，站在朋友的立场来说，这种念头忽略了舒九容的失亲之痛，偏私自利且冷血无情。

但定南王在世一天，他的野心便滋长一分，青军无论如何都摆脱不了被他威逼胁迫的境况，而夏军又岂会作壁上观无动于衷？若想安定，青珑的生路只有两条，要么称臣于夏皇，助他荡平四海；要么屈从定南王，做他霸业皇图之路上的屠刀。

那之后呢？谁都容不下她。她失而复得的故土，也逃不过为他人作嫁衣的下场。

能够给她活路的，只有舒九容。

所以面前这个人不惜一切豁出性命，先所有人一步动了手。

他诛除定南王，再把舒九容逼到他父王的位置，以此护她两全，并彻底保全她的族民和故土。

舒九容若能持政，青燕两军必为一世友邦，私情公义剪之不断，休戚与共。夏皇纵有侵夺之心，面对腹背夹击的强兵劲卒，又岂敢轻举妄动？

只要青珑与舒九容没有联手夺夏的野心，未来的几年、十几年、甚至数十年内，都不会再是人间见白骨的离殇与凄苦，而是兵歇民休，乐业安居，各自收拾疮痍河山。

楼西越啊楼西越，你赢了……

但你已经死过，何苦又来复蹈前辙？你有没有想过，她要是知道这一切，心里会是何种凌迟的痛楚与自恨？

沈隽怔怔看着他，心头百感交集，生平第一次彻底心服于一个人的决绝和阴狠。

"知道吗，"他抬手屏退了护卫，望着狼狈不堪且奄奄垂绝的他，低低道："你只要活着，活着站在她面前，什么都不说，什么都不用做，就足以让青珑死活不顾地留住你……"

楼西越不发一语，眼睛通红，里面有压抑的泪，他缓缓阖上眼帘，逐渐垂下脑袋，无声无息。

"楼西越，你没有活路……"沈隽双眼发红，转身背对于他，伸手向后骤然拔出刺穿他肩身和双掌的长刀。

楼西越的身子失去平衡，重重跌倒在地，透骨的剧痛近乎夺走他全部的呼吸，他微微张了张口，连呻吟声都已发不出来，犹如垂死的动物，坐等一切被了断。

舒九容独自坐在轮椅中，浑身止不住地轻颤，眼底潮红，混合着血色和泪光，还有听到那个名字后猝不及防的震惊。他想过许多，几乎把所有相关的可能都已算到，却唯独忽略了最不可能的这一个。

那个人活着，他还活着……如果没有发生今晚这一切，因为青珑，这个人的突然出现甚至会让他惊喜莫名。

可是他却痛下毒手，杀了他在这世上唯一的血脉至亲……

为什么会是那个人？为什么是他！

"舒九容……"沈隽走过来，垂眸看着目瞎腿残，永远囿于轮椅、活在无边黑暗和孤寂中的他，几度说不出话，"你所听到的，就是真相……"

舒九容的胸口急速起伏，双手抓着轮椅，五指快要扣进坚硬的木轮中，掐得指腹惨白。

他应该杀了他，千刀万剐挫骨扬灰，为他死不瞑目的父王报仇雪恨！

可是，青珑怎么办？

那个人，是她魂牵梦萦念念不忘的闷葫芦，她要是知道他还活着，一定欣喜若狂，哪怕与天拼命，也不会再离他而去。

杀了他，那就等于是在凌迟她心，把她往死路上逼……

"楼西越，"舒九容的眼里似有烈焰滚动，血红如绸，声音冷得仿佛抽筋剥髓的刀，"你的手段，当真阴毒……"

"公子！"护卫们都是定南王的心腹，因为他的暴死而义愤填膺，扑通一声屈膝跪地，痛恨不已，"凶手身份已明，不管他是谁，害死了王爷，绝不能放过！请公子秉公处置，让王爷瞑目！"

说完，一名护卫拾起刀，像头愤怒的豹子，猛扑过去劈向楼西越脖颈。

"白前！"一声压制又颤抖的吼声从舒九容口中传出，示意他拦下。

纵然不愿放过凶手，但白前不得不依令而为，飞身乍起，一脚踢走了即将贴及楼西越血肉的锋刀。

"公子——"护卫们极不甘心。

"先下去……"舒九容强压着胸中悲恨，哀戚道："沈兄，将凶手收押……"

然后他推着轮椅，也不让白前跟着，独自一人移出屋子。

楼西越倒在冰冷地面，沉默不语，伤口的血缓缓流淌，一点一点攫走他的气息。一双泛红的眼睛落在轮椅离开的方向，倏忽间痛苦而愧疚地阖上，眼睫中有水光闪动。

那一夜，燕军骤然易主。

除心腹之外，知道缘由的士兵皆已被监禁，集中看管。无论对内还是对外，消息全部封堵，百密无疏。

近京各地，看得见的和看不见的杀戮也在不分昼夜地进行着，不到两天的时间，已经先后传出四名参战将领阵亡的消息。鲜少有人知道他们真正的死因，因为战势忽然大动，紧张得让不知情的将士没有精力去猜度其中的蹊跷。

舒九容必须隐瞒所有，不能说——近京各地讯息联络快捷，一旦掌控失手，以往稍有异心却无熊胆的将领便会暗通款曲，朝夕间群起而来，一争雄长。根基若被动摇，暴乱就会像疯狂滋生的毒瘤，以横城为中心急速向远处扩散，最终蔓延至国中，致使南燕朝野大乱。

两天来，他近乎变成一架不知疲倦的机械，日不休夜不寝，接替定南王处理庞杂军务，同时还要应对军内越发嘈杂的疑声。也幸而此前西征大军靠他援济，余部得以安然回朝，故以左行之为首的大将一直感念于他，对他深信不疑。有他们出面力挺稳住军心，各类猜忌和疑声才渐渐消止。

之后的一天里，他推着轮椅去了停放定南王遗体的隐秘之地，面对冰棺，陷入长久的沉默。

沈隽其实清楚，他在回避一件事。

但该来的始终要面对，躲不了，也逃不掉。

翌日，舒九容去了死牢。

凶手倚着冰冷墙壁，靠在囚牢逆光的角落里，浑身是血，纹丝不动。

牢门口摆了几盘饭菜，一口也没动过，两只肥胖的耗子爬在上面，欢快地咀嚼食物，直到听到脚步声，才倏地抬头顿脑，哧溜一声逃了。

牢门吱嘎打开，有人来探监。

尽管来之前舒九容已经调整好心情，从悲痛中冷静下来，但真正面临杀父仇人，他的心海还是起起落落，跌宕难平。

"楼西越，我敬你为友……"他拼尽定力，不至于使自己失控，语声里有难掩的痛和恨。

楼西越的眼皮徐徐撑开，一双眸子如无火的余烬，黯淡苍凉，一片荒芜。

"我杀了你父王……"声音从他齿间飘出，嘶哑而微弱，像被砥石磨过。

舒九容深吸口气，眼中遍布血丝，最里面是压抑的杀气，再无往日的清远与温和："景威挡车，与你刺杀父王有无干系？"

倘若不是半途停顿的那点时间，他也许赶得上，这一切就有可能被阻止。

楼西越动也不动，低低道："他不知道。"

舒九容再问："弃城的密军，与你有关？"

"没有。"

"那青珑呢？"舒九容眼睛一红，水光闪闪，滚烫如火，"她呢？"

楼西越忽而沉默，头埋了下去，不说话。

"她一定想见你……"舒九容胸口很沉，像被巨石吊着，双手抓着木轮，似乎掌下就是定南王那双死不瞑目的眼睛，刺一样扎入血肉。

楼西越眼底血红，水雾晃动，那一声"再见"，也许就是这一世情真的终结，再也难见。

"可你没有活路……"舒九容决然道，哪怕因为她，他也做不到放过杀父仇人。

白前侍立在侧，闻言会意，看了一眼角落的人，然后转身出去了。

再次进来时，他的身后多了两名护卫。其中一人手中端着盘子，盘上静置一壶酒，一盏杯。

沈隽无声站在牢外，看着他们从身旁走过，心口无端端地一沉。

"动手吧……"舒九容咽下胸臆间的悲楚，声音颤颤，喑哑不成语。

白前颔首点头，倒了一杯酒拿过去，放在他面前。

玉质的酒杯泛着幽冷的光泽，酒液清凉，柔软入骨，穿肠蚀心。

楼西越的脑袋微微动了动，目光落在酒杯上，片刻后伸出一只血肉模糊的手，拿了起来。

舒九容心海翻涌，道："因为青珑，我只能做到留你全尸……"说完，他哀然转过轮椅，徐徐向牢门外移去。

身后，有低低而沙哑的声音飘来。

"对不起……"楼西越歉道，为自己夺走他至亲的阴毒和残忍行径，就算他千刀万剐了他，他也罪该承受。

以命偿命，公道如是。

"余生，请你们……护她周全……"语音落地，他的双眼已经灼红一片，然后没有犹豫，仰首饮尽杯中清酒。

舒九容紧闭的双眼撑开，心下悲戚，应他之求："你放心，有我在世一日，必视青桑为友邦，不掠不侵，不扰不动，祸福与共。"

"谢谢……"楼西越由衷道，也深信无论是她一直信任有加的舒九容，还是与她早已冰释前嫌的沈隽，都不会加诸她伤痛和危苦。

"仇者之尸，我做不到坦然安葬，埋冢立碑，你走吧……"舒九容转动木轮，徐徐移向牢外，离开的时候，留下一句沉郁的回声，轻飘飘散入虚空。

"沈兄，送他上路……"

说完，他的背影逐渐远离，消失在了囚牢的甬道尽头。

沈隽走过来，缓缓蹲下，解开了束住他双手双脚的铁链。

毒不会立即致他身亡，从他喝下那刻开始，最多剩下半天，足够他远远离开这里。天涯海角，都可以是他的葬身之地，唯独不能出现在舒九容面前——杀父之仇者，本该痛快手刃，但因为青珑，他已忍让到极限。

他心里无限悲慨，纵然残酷，但她不得不面对。

"能站起来吗？"沈隽伸手拂开他额前凌乱的发丝。

楼西越奄奄一息，没有说话，独自挣扎着撑起身子，一寸一寸地向外挪动，走了不过几步，便因为力竭而摔倒在地，裂开的伤口上有血色洇出。

他想放弃，就这样狼狈地死去，可他心知，这具躯体罪恶而肮脏，污人心目，所以撑着一口气，拼命爬了起来，继续往外。

沈隽不忍相顾，追了过去，在他身子一斜快要跌倒时及时扶住，然后不顾他的反抗，将他挪到自己背上，背出了死牢。

囚牢之外，已经银装素裹，初雪飘飘。

沈隽牵着马送他出城，走了不知道多久，才停了下来。

远方的路，无穷无尽，白茫茫一片。

他抬头望着马背上垂绝的男子，心有戚戚："你走吧……"

楼西越的身子摇摇晃晃，无法保持平衡，眼前也开始变得朦朦胧胧，抓着缰绳，默不作声地在雪天里向前移动。

"入夜之前，我会找到你的尸体，将你安葬，也算给她一份念想。"

楼西越停了一步，眼底水波荡漾，之后继续往前。

风雪之中，留下他低不可闻的暗哑声音："不用找……这件事，当作谁都不知道……"

沈隽哽咽难言，心中却释然。

一个是她刻骨铭心的眷恋之人，一个是与她情深谊长的莫逆之交，任何一个出事都会令她痛苦万分，更何况是他和他走到了杀与被杀的地步。

此生不知，她亦少一分心伤。

楼西越，你安心走吧……

城楼之上，轮椅中的人静静"望"着前方，沉默不语。

飞雪如絮，渐渐吞没了离去之人的身影，就连地上留下的一行行马蹄印，也很快被新雪覆盖，消失无存。

天地寂静。

第九十一章
终局

积雪压道，一支急行军的行程受阻，不得已停了下来。

"将军，前方就是亓都与白城交界处，上有燕军，下有青军，继续往前恐会暴露行踪，于我军不利，请将军定夺。"斥候兵对领头的将者道。

楚定云举目四望，大雪洋洋洒洒，能见度低，无论正面交锋还是遇险撤兵，情势都不容乐观。但是萧璟浩的话却一直在他耳边萦绕，他没有退路，因为一旦空手而归，未来等待景威的只有死路一条。

这三年来他无时无刻不在悔恨中度过，已死之人无法弥补，唯一能做的就是保住他兄弟的性命，所以必须设法让他的心回归大夏。就算他不答应，至少不能与大夏以外的任何大军有所牵连，否则谁都保不住。

"留百人随我搜寻，余众先撤回大营。密军的行踪既然在白城附近断失，又恰逢降雪，想必走不远，继续找找。"

下属们劝道："将军，万一碰上敌军，这太危险……"

楚定云不肯放弃，竖手阻止了他们的劝说，一提缰绳，牵引战马率先驰骋而去。下属们便也不再多说，分成两拨奔往不同的方向搜寻去了。

荒野无垠，一匹烈马迎雪飞奔，溅起的雪浪高足数尺。

马背上的女子脸色苍白，被迎面扫来的刺骨寒风刮得皲裂洇血，她却片刻也不敢停下，提缰落鞭，拼尽气力与死神角逐。

青珑没能如愿见到那支密军，因为梁二所率队伍已经告捷归返，在她南下壑州的途中截住了她。

"迟了一步，我们去的时候，那些人已经全部撤走了，不知所踪。"召回的探子如是说。

她恍惚听着，脑中却空空洞洞，所有的心力和希望，一瞬间都被探子口中的那个"迟"字击溃成泥。

只观她反应，梁二就已预知到了什么，当即下马跪地，悲酸难言："妹子，大哥私自做主，对不住你了……"

他知道，如果换作青珑，死也不会削夺那个人以命打来的一切。

青珑双眼通红如血，握着药瓶的手簌簌发颤，猛地调转马头，飞驰而去。

天地浩大，她疯狂地奔寻其中，可是目光再远，又怎能一下子够到浩瀚河山的角角落落，连时间也不肯停慢脚步，仍旧在她卑微而急切的祈求中无情地快速流逝。

她只能拼死追赶，比它更快更急！

唰！唰！唰！

鞭子频频落下，一下比一下快。

烈马扯开四蹄，一天接着一天，狂奔如电。

最终，她虽然不敢放弃，它却已经撑到了极限。

"嗵"的一声闷响，疾驰中的烈马前蹄一屈，整个儿倒翻过来重重跌在雪地，哼哧哼哧了几声，渐渐合上眼睛。

青珑被那股劲力甩向远处，一头栽倒，眼前一片眩晕。

她撑着爬起来，刨雪拔草，匆匆往它嘴里塞。然而马儿已经累到极点，哀鸣了两下便再无一息。

青珑就像失魂的傀儡，抱住它脖子拼尽全身残力拉它起来，怕慢一步就赶不上死神的脚步。

可是天野无边，谁能告诉她，闷葫芦究竟去了哪里……

绝望和惶恐犹如泄闸的洪水，铺天盖地涌入心头，将她残存的希望湮灭殆尽。

她攥着药，拿起剑，只身冲向风雪，魔怔般地疯狂奔寻，不知方向和日夜，不知自己身处何地。

牵动她心，拉着她前行的，就剩下越发不祥的预感……

前方大雪纷扬，白茫茫的天地里，有一个黑点漫无目的地游荡，不经意间闯入眼帘。

隔着飞雪，她看不清那是什么，连跌带滚地狂奔过去，却不是她要找的闷葫芦，仅是一匹空马。并且因为她突如其来的出现，惊动了它，马儿抖落满身积雪，撒腿就跑。

青珑拦腰冲过去，提住缰绳点足一跳，猛扑到它背上，将欲骑走，却在瞬间脸色生变。

马身上有殷红的血迹，从脊背染到腹部，像是它的主人身受重伤，滑落坠地，所以就剩它独自在荒野徜徉。

这是谁的坐骑？

受伤的是谁？

青珑惶惶地想着，心像被什么揪住，莫名害怕起来，在直觉的牵引下，任这匹孤驹载着她飞奔。

终于，地上一行血点扑入眼中，嵌在深浅不一的脚印中，蜿蜒向远，一点点被飘落的新雪覆盖。

足印的那一端，是一个身穿黑衣的人影，宛如断了引线的木偶，在飘扬的大雪中踽踽独行。

只一眼，青珑就已面无人色，匆匆跳下马，踩着一地血迹飞追而去。

"闷葫芦！"

声音穿透风雪，飘入耳中，叫住了神志不清的楼西越。

他以为是自己生命最后一刻出现的幻听，停了一步，没有回头，踉跄着走向不知终点归于何处的远方。

"闷葫芦！闷葫芦！"

这一回，他有了一些微弱的意识，撑开半阖的眼帘，停在原地，可也只是片刻的恍惚，随后就又迈开脚步，身子晃晃悠悠，风吹就倒。

"闷葫芦……"

身后的声音沙哑而颤抖，已经近在咫尺。他听清了，不是虚无的幻音，而是她真真切切的语声。

"闷葫芦，闷葫芦……"青珑不敢相信自己看到的一切，满目的斑斑血迹让她窒息失声，心就像被一刀刀凌迟，扑过去抱住他坠地的身子，泪水一下子涌出眼眶，滚烫如火。

"闷葫芦，为什么会变成这样……是谁伤了你……我带你去找大夫，我们找大夫……闷葫芦你撑住，你撑住……我带你去找大夫，还有救的，还有救……"青珑泣不成声，跪坐在地上紧紧抱住他冰冷的身子，给他取暖。可她又怕碰到他的伤口，于是松开，惶恐地抓起他的双手，来回搓着，然后贴到自己脸上，想给予他一些温暖，却发现那双手早已血肉模糊。并且因为她的动作，原本已经凝结的豁口再次裂开，鲜血淋漓涌出，大滴大滴地砸向雪地，化成血水。

青珑心如刀绞，泪水泛滥横流，哭声却严严实实地堵在胸口，发不出来，她拼命想要抱他起来："我带你去找大夫，闷葫芦你撑住……你跟我说话，我们三年没见了……"

楼西越意识浅微，力气衰弱，借着残力半跪在地，暗自挣扎着想要站起来。他疲惫地伸出手，够到她面颊上，帮她擦掉滚落的泪水，声音低弱："你回来了……"

他以为此刻，是那年她毅然决然转身离去的雨天，他独自坐在滂沱大雨中，期盼她答应他，留下来，可是许多年过去了，她终究还是没有回来……

青珑泪如泉涌，抓着他血淋淋的手，握住伤口，又抱住他冰凉的身子，寸心似割："我回来了……闷葫芦我回来了……"

楼西越的眼底有水雾漫出，潮红灼烫，低低对她道："我要走了……"

"不会的，不会走，闷葫芦你不要放弃……"青珑心口一颤，骇然变色，紧紧拥住他，怕稍微懈力他就会被死神拖走，再也回不来。

她以为是从前的旧毒发作，从怀中掏出瓶子，慌乱地倒出解药送进他口中："还有药，我找绿盈拿到了解药，一定能救闷葫芦……不会走的，闷葫芦不会走，你快服下解药就不会走了……"然后她不顾他的挣扎，拼尽全力想要背他起来去找大夫诊治。

然而事与愿违，解药刚一入腹，忽然就有一行血从他唇角洇出，滑到他的下巴，紧接着越来越多，止也止不住。

没有毒，她亲口吃过的，为什么会这样，为什么会害得闷葫芦成这样。

青珑惶恐至极，又回身抱住摇摇欲坠的他，无助而绝望地跌跪在雪天，向死神求命，求他们放过她的闷葫芦。

"不哭……"楼西越压制着胸口翻涌的血气，心里清楚这种反常意味着什么，他抬手拭掉她眼前的泪水，动作吃力，却温柔而仔细："我想去很远……很远……没人的地方……一个人……"

青珑悲痛欲绝，泪水像断线的珠子，环臂紧紧拥住他，再也不松开："我跟闷葫芦去，一起去！闷葫芦走到哪里，我就跟到哪里，一直跟着，不离开，一直走到底……"

"很远……"楼西越的声音越来越轻微，渐渐被风雪盖住"……我走不动了……送我一程，然后就回……很多事……你还有很多事要去做……"

青珑痛不欲生，惊恐不已，拼命抱住他，怕他赶她走，更怕她再也见不到他："我不回！不回……闷葫芦去哪里，我就跟你去哪里……我们一起走，不离开……"

"听话……"楼西越的眼皮开开阖阖，努力撑着不让它们闭上："就这一次……"

"哮……"马儿不知何时晃荡过来，停在他们不远处，抬头怔怔望着他们，发出一声悲鸣。

"青珑……"他喃喃低语，唤出了那个压抑在心中许久的名字，泪眼蒙眬，"……很多事……回去……"

借着所剩无几的气息和力量，他拼死站起来，颤颤巍巍却又匆促地走向安静站于一旁的马儿。

不能回头。

他怕自己撑不住倒下去，她会跟着他就此沉沦在这片雪地，忘了她失而复得的疮痍故城，忘了她仍需壮大强盛才能抵挡危殆和祸患的大军，也忘了她身后千千万万失去国土需要安抚的流民……

不能回头。

这一程，到此结束。

"闷葫芦——"青珑惊悸不已，从身后死死抱住他，不放手。

如果是阎罗来抢命，那就把她和闷葫芦都带走，她要留在能看得到他的地方，不再让他孤孤单单，一个人天涯漂泊……

楼西越艰难地回过身，后背倚靠在马身上，承住自己不断下滑的身子。然后他伸出血淋淋的手，指腹轻缓拂过她脸颊，替她抚平冻裂的伤口。

安静的雪天里，忽然响起哒哒哒的马蹄声快速向这边靠近，依稀还有"姑娘""青珑阿姐"之类的模糊声音传入耳际。他隐约听到了，也看到了逐渐寻向这边的几个人影，心里的牵挂和眷念终于落下，凝望着她，最后一次拂开她眼前凌乱的发丝，替她擦掉不断滚下的泪水，细语呢喃："好好活着……"

说完，他抓着缰绳翻身上马，却在一刹那身子剧烈一晃，差点承受不了强撑的那道猛力而倒地，压抑在胸口的血气蓦地上涌，滑出他唇角。但他不敢停留，通红的双眼也不敢转过来看她，怕自己舍不了撑不住，会彻底沉亡在最后那一眼的回望中。马儿晃了晃脑，喷了个响鼻，蹄子一动，就在鞭子毅然决然落下的时候飞奔而去。

"闷葫芦——"青珑惶恐而悲切，没命地追向他，跑断双腿也不敢停下。可纵使她拼了全部的力气也依旧追不上飞奔的烈马，很快被它远远甩在后面，再也看不到。

漫天雪絮飘洒下来，无边无际，移动在其中的那抹黑点越来越远，越来越小，最终消失不见……

青珑绊倒在雪地，抓着一触即消的马蹄印，如万箭攒心，仿佛只要拽住它们，就能追回那端的人。

"阿姐……"一双手从身后伸过来将她从地上扶起来，随之响起一个熟悉的声音："不哭……"

青珑怔怔回头，风雪中的这张脸苍白瘦削，却是鲜活而真实的，就像历经摧折和毁灭，最终从鬼门关闯过来之后重获的新生。

那一刻，她所有强撑的坚强都被绝望和无助击碎，抱住他声泪俱下："子逍，阿姐的闷葫芦走了……再也不回来了……"

褚子逍的眼底瞬间涌泪，半跪在雪中，无声抱住她累极而虚脱的瘦弱身子，给她支撑和依靠。

辛宁蹲在他们背后，看得眼中泛泪，伸手拂去青珑衣上的雪花。打从认识以来，她没见过青珑阿姐哭得如此伤心欲绝，印象中的她从来都是坚韧且勇敢的，无论发生什么，都无所畏惧，更不会哭泣流泪。

她能伤心成这样，一定是因为那个走了的人对她很重要。

与此同时，她也更加感谢她的子逍哥哥，感谢重伤初醒后他第一眼看到她丑陋的模样时，非但没有嫌弃还说这辈子都不会再丢下她。

如今她希望青珑阿姐能振作起来，挺过这一关，再大的难处和苦楚，都有大家陪在她身边，不离不弃。

还有那个走了的人，也一路平安……

冬雪依旧不歇，飘飘如絮，伴随着呼啸的北风，在天际飞扬。

一支约莫三十余兵力的队伍四处搜寻，忽见远方的风雪中夹杂着一个快速移动的黑点，顿时戒备起来，隐匿在低凹处，开弓瞄准了来人。

"将军，看不清模样。"所有士兵都以为是青军或燕军派出去刺探军情的细作，无奈距离远，隔着棉絮般的大雪，一时难以从其装束中辨认和察知。"不过此人形迹可疑，可先生擒，若与青军有关，兴许能盘问出一些内情……"

楚定云的目光锁定在那个人的模糊身影上，无端端地有些心慌意乱，连耳畔下属给出的意见都没有听到。

"将军？"身侧一名将士再次喊了喊他，问道："您意下如何？"

他这才清醒，强压下心头的奇怪感觉，点头默允。

士兵会意，抬起弓，移动箭尖，对准那人胯下奔驰的坐骑，倏地松弦。

飞矢疾如光电，嗖然划过天际，狠狠扎入烈马前腹。

马儿吃痛，脖子一仰，人立而起，随后侧翻过去，摔倒在地。

马背上的人本就濒死，已经看不清眼前的路，更无力应对这样突如其来的袭击，被重重甩了下去，在地上翻了几个滚，跌入雪中，所过之处，一地殷红。

"将军，人不行了！"士兵们跑过来，戒备地端起弓，三十多支利箭齐齐围住他，可到近处一看，才发现擒住的是个将死之人，想要逼供一些实情，怕是没用了。

楚定云闻言面色一变，急匆匆赶过来，双腿像被无形的大力拉扯着，越到跟前反而越走不动。

士兵们让开一条路，指给他看："就是此人，看着不行了，从他身上也搜不出什么……"

那人浑身是血，侧躺在雪中，脑袋半歪着，眼睛落在一支支锋利的箭尖上，目光如死灰般平静，眼帘渐渐闭合，胸口的起伏微弱得几乎看不出来。

就是这一眼，彻底击溃了楚定云的思绪。

他就像被人当头敲了一棒，有短暂的发怔，不敢把自己看到的这张真切的面容与噩梦中虚无的苍白脸孔联系到一起。头脑空荡，闷闷地响着，无数个逝去的光影从他眼前飞掠而过，化成深深的悔痛，填堵在他的胸口，压得他喘不过气来。

明明已经死了，死得彻彻底底，为什么……为什么这世上还有他？

楚定云面色失常，呼吸屏住，不知道自己应该怎么做。一瞬间的惊痛过后，他大步扑过去，抱起浑身是伤的他，双手剧烈打战，喉咙里发不出任何声音。

"……"生平第一次，他像个白发人送黑发人的苍老父亲，害怕到极点，紧紧抱着唯一的濒死孩子，惶恐地擦掉不断滑出他唇角的鲜血，眼眶泛红，鼻子发酸，唇齿开开合合，颤动不停，已经失了声。

楼西越目光涣散，很久才认出了他，眼底的枯黯化为浓烈的幽恨，拼却最后一口气息抬起手，死死揪住他衣领，恨不能挖出他的心，看它是冷是热。

"人头……放过……"他已撑到极点，口中发出的微弱声音被低啸的风声吞没，一双眼睛笔直盯着他，里面有警告，有痛恨，有决裂，冰冷如铁，锋利如刀。

楚定云听出了他的意思，被悔恨和内疚占据的心悲痛不已，一时情难自抑，老泪纵横，艰难而沉痛地点了点头："我答应你……"

在他抑制不住的哭声中，抓着他衣领的那双手逐渐松开，最终轻飘飘地垂到雪地，一动不动。

但是那双眼睛却仍旧睁着，直直地看着他，刀剑一样戳在将者的心上，叫他这辈子也忘不了。

楚定云泪涌如泉，心似石堵，抱着他冷冰冰的身子，哀然欲绝，很久之后，刀子才从鞘中颤抖拔出。

刀断颈，人断头。

想去的地方，他没能去成。

大雪飘飘洒洒，淹没了一地血色，留下一望无际的苍白与空冷……

这一场雪连下数日，埋葬了遍地烽火与屠刀下的血尸。苍生的呜咽，杀戮的惨烈，山河的伤痍，看得见的和看不见的哀痛，都被苍雪逐一覆没，唯余死寂。

但是，未曾停歇的征伐，依旧在日夜轮转中快速进行着。

海国的城关，就这样一点点被夏、燕、青三军吞分，元军强撑无果，最后无力抵抗，偃旗屈从。

不久，世有浮言传出，道是青燕结为一世友邦，守望相助，安危同存。大夏虽有侵夺之心，但连年用兵，元气损伤，已无争胜之力，终与两军隔江相峙，久无兵戈。

浩浩天下，大势一分为二，各定国是，各安民心。

至此，山河永寂。

战事初了，一队人马便护送定南王的骨灰回到南燕。也是那个时候，这位权王的死才公之于外，死因不是遇刺，而是痼疾复发，不治薨亡。

舒九容处理完后事，便以颓残之身署理军国大务，逐步成为继定南王之后，南燕新的摄政权者，辅佐幼主齐礽，掌朝野诸事。

在那期间，他曾遭遇过不止一次两次的刺杀和异党的弹劾，所幸这条路上的凶险他已有所预料和准备，故而化险为夷。在政局未稳之前，这种攸关生死的险恶也许会更甚，但事已至此，他没有退路——一旦朝野失主，南燕无疑就会成为下一个东兀。

这期间，也亏了沈隽在暗处多方筹划和襄助，诛逆除乱，伐异求同，才得保大局稳固，内患肃清。

那之后，沈隽执掌武事，官拜大司马，成为舒九容亲自拔擢及培植的股肱重臣，更是他的一双眼睛，替他看遍诡谲风云。

远离南燕的北地，已经积雪覆山，皓然一色。

不同于山外的苍茫景致，寨子里被红色的绫罗绸缎装扮得喜气洋洋，鼓乐喧天，爆竹声声。

新郎身着大红喜服，站在寨口迎宾，虽然心中的喜悦溢于言表，但他的目光却时不时地望向上山的蜿蜒小路，恍惚出神，似乎是在期盼和等待着什么，眼底深处的哀凉和黯然若隐若现。

喜宴上单独设了一张桌，避开风口，摆在最重要的位置，上置玉壶瑶盏，兼珍馐美馔，色味俱佳。但他交代过，这桌只准一人坐，任何兄弟都不能靠近打扰。所以从始至终，那张宴桌都安安静静放在那里，游离于喧嚣之外，等一个人来。

"还没到吗？"两鬓月灰的长者停在新郎身边，随他一起眺望远方，沉声问道。

长者依旧儒雅平和，只是相比从前的孔武矫健，身心衰老的速度快了许多，仅三年多不见，他的面上就又添了许多细纹，鬓角发丝成灰，眼窝也陷了进去。

景威告诉他，当自己和琼儿成婚时，会有一位非常重要的稀客前来赴宴，并且他见到这个人后，一定激动不已。

但这个人是谁，他没有说，他想给宋叔一个惊喜。

可是当他回到寨子时，派出去的暗卫也在同时全部回来了，空手而归。

他的心一下子就凉了……

"宋叔……"景威收回目光，看着他苍老的模样，眼睛突然有些潮红，说话声也变得哽咽起来。

不敢想象，如果真正在青桑过完这十年，那个时候宋叔会变成什么样子。

"多喜庆的事，眼红什么？"宋令宣拍拍他肩膀，帮他将喜袍整理服贴，由衷替他高兴："路远又下雪，你姊母不便过来，宋叔就替你主婚了……你说你小子要是争点气，早个几年成家，老管家也就能看到，小楼也……"

说到这里，他及时打住，语噎难言，自己倒也眼圈发红起来。

"新娘到——"恍惚之时，新娘被喜娘挽来，蒙着红盖头，小心翼翼跨过火盆，步入正堂。

盖头底下的人儿面如桃花，俏丽可人，唇角漾着娇憨而羞涩的笑，一颗心似小鹿乱撞。

吉时已到，那位新郎一直在等的稀客，却依旧不见踪影。

"宋叔，我们开始吧……"景威眨了眨眼，逼回了眼前的水光，声音低沉而哀痛："他不会来了……"

宋令宣眼中的好奇和期待倏然凝住，尽管并不知道对方是何人，他的心里还是像缺了什么似的，望着空荡荡的路口，怅然若失。

婚礼伊始，一对璧人遵照赞礼者的喊唱，行拜堂之仪。

"一拜天地！"

"二拜高堂！"

"夫妻交拜！"

"礼毕，送入洞房！"

新郎手执彩球绸带，仔细牵着余生的另一半，徐徐步入洞房。

满寨欢笑声起，热闹非凡。

那张独位的桌上，煮过的喜酒渐渐凉下，余温不再。

生死兄弟大喜，本不该缺席，终究，他还是失约了……

在这之前，远居锽城的萧璟浩曾收过一个四方的匣子，因为里面装冰的缘故，拿到手上后，一股寒气袭来，冷到他骨子里。

匣盒是楚定云从东亓带回来的，未经任何人之手，由他亲自转交给了他。

打开的刹那，萧璟浩面失常色，煞白无比，整个人呆坐在深夜空冷的上书房里，彻夜未眠。

东征凯旋的黑羽卫长阿非守在外面，并不知道匣盒里面装着什么。但见天色已晚，又还飘着雪，恐皇上感染风寒，他便出声劝他早歇。

萧璟浩浑然未闻，目光落在盒中的头颅上，久未移开。

楚定云眼底潮湿，也没有说话，躬身退了出去。

翌日，他向朝廷请辞，解甲归田。

昼夜交替，时间静静流淌。

从北到南，气候逐渐温和，积雪也开始消融。

冬阳和暖，一群个头高低不同、年龄大小不一的孩童正在枫林渡口玩耍。

"十三哥，我要学这个！"芊芊拿起弓，搭好箭，却半天拉不开弦，不甘心地叫道。

十三被孩子们缠得紧，结束晨练后连休息的时间都没有就被他们拽到了这里，非要跟他学功夫。闻言他拍拍一个正在扎马步的男孩，纠正他的姿势，然后来到芊芊身边。

"就你这小胳膊小腿，能成什么气候。"这么说着，他还是认真指点，握住女孩的手，教她掌握发力和瞄靶的窍门。正教得入神，谁知屁股一痛，被人拿石子儿袭击了。

"羞羞羞，叫你占我姐姐便宜……"乐乐拿着弹弓，站在身后的远处，朝他努努嘴，咯咯笑着。

"小东西，乱讲！"十三还没意识到自己做错了什么，被他一说，脸顿时红了，佯装去教训她。

步子还没迈开，他又被两个半人高的孩子一左一右抱住腿，央他教他们爬树，看大鸟喂食。

他快招架不住这些屁孩儿的纠缠，无奈摇摇头，拽住其中一个抱起来，把他架在肩膀上，挨近鸟窝。

大鸟受惊，叼着虫子扑棱棱飞走了，剩下一群雏鸟在窝里叽叽喳喳乱叫，惊慌得不行。

孩子不懂事，伸手就要抚摸雏鸟的头。

十三远离一步，放他下来。到底在营中训练过，他就像个严肃的兄长，板着脸一字一句教训起他们："夫子怎么教你们的？饿肚子是天底下最不能容忍的大事，天上飞的地上跑的，都跟人一样，打搅不得，知道自己错在哪了吗？"

夫子并没有教过这样的话。

孩子们也不记得，呆呆地点了点头。

"那十三哥也饿了？怎么办？"

"笨蛋，他想溜走。"不等孩子们说话，一个不屑的声音已经传来。

说话的，是个眉眼灵动的姑娘，相比孩子们的闹腾，她倒安分许多，独自平躺在河边的大石头上，拿书盖住脸，惬意地晒太阳。

"就你精。"小七替十三解围，走向河边，挨着她坐下来，实在不懂这个入住在他们青桑的鬼怪女孩："整天讲话酸不拉几的，跟谁欠了你银子要不回似的……"

"要你管。"小姑娘嫌弃地拿书盖紧脸，翻过身呼呼大睡，不跟他说话了。

"喂？这就生气了？"小七拽拽她衣角，对方雷打不动，于是跟她道歉："是我说错话了，成不成？"

好梦被打搅，小姑娘爱理不理地坐起来，满腹委屈无处诉说，冲他发作："就你们有家有地方去，有什么了不起？等我找到他，才不待在你们这鬼地方……"

说完她扔掉书，跳下石头，提起放在地上的鸟笼，眼睛红红地走了。

"你哭什么嘛？又不是我们不要你，不跟你玩……"小七不放心，拾起书追了过去，琢磨着她应该是想家想亲人了。但青珑阿姐说过，这女孩无亲无故，以前到处流浪，吃了很多苦，她还特意叮嘱过，叫族里的伙伴们多加照顾她。

天知道她一点都不合群，十分难处，对她好也拉着脸不领情，想跟她开个玩笑逗她笑笑，她也针锋相对。

"喂？"小七喊她："你往哪里走？"

小姑娘走在前面，也不回头，更不理他。

"那边是上山的方向，没准会碰到野兽，它们咬人的。"

小姑娘回身，出口就赶他走："你别跟着我。"

"我不看好你，你被大灰熊叼走了怎么办？"

"那你敢上去吗？"见撵不走他，她赌气般问他。

"我还要回军营呢，没工夫陪你胡闹。"

她鄙视地看他一眼，撇撇嘴："胆小鬼！"说完转身又走了。

"喂！"小七喊不动她，又担心她的安危，最终还是硬着头皮追过去了："青珑阿姐叫我们保护你，我得看着你，你要是找人的话，那我跟你一起找吧。"

她一脸不信，却口是心非地把自己衣带同他胳膊绑起来。

"你做什么？"小七走路不便，磕磕碰碰的，皱眉反对。

"你这人芝麻点胆量，要真遇到大灰熊，我怕你吓得丢下我自个儿跑了。"

小七哭笑不得，懒得跟她拌嘴。

两人一前一后，前面的人负责探路，后面的人踩着他的脚印，徐徐走向远处。

通往枫林渡的小路上，默然站着一个人。

青珑注视着小姑娘远离的背影，一些已经知道结果的事，她没有狠心对她讲。留着一份希望，哪怕是自欺欺人的幻想，都能给她以支撑。

她收回视线，转向枫林渡口的粼粼河面，一站就是半晌，若有所思。

很久以前，渡口周围曾经出现过一个少年，容止殊绝，风仪孤迥。

他寡言少语，甚至有些自闭，所以很多事情没有告诉过她，她也就不知道，所以会对莫名闯入她梦中的那个少年的模样倍感困惑，时不时过来渡口看看。比这更不可思议的是，梦里的他会长成闷葫芦的样子，一双眼睛几乎与他的眸子重叠为一，叫她难以辨别。

"你是谁？"十二岁的她问少年。

少年不说话，漫无目的地一直往前走。

"你要去哪？"她追在后面。

"很远……"他越走越远，声音飘飘忽忽，等她追上的时候，他都已经长大，眉眼冷峻，与闷葫芦的模样如出一辙。

她也不再是幼时的她。

"那你什么时候回来？"他不言不语，她就默默跟着他。

"不知道……"他专注地走着路，目不斜视，想了很久，才抬头望着西天的落日，沉声道："也许不回来，也许下辈子吧……"

她想一直跟着他走，他不让。

"那我在这里等你。"她拗不过他，但还是不想放弃，于是抬了抬手中的剑："就用这个做信物，你看到它，就知道是我了，我叫霍青珑。"

他低头看着那把剑，从她手里拿过来，拔出一截，剑格下的"楼"字映入眼帘。他看得出了神，经久收回思绪，轻轻推剑入鞘，物归原主："我记住了。"

语声散尽，他已远去，消失在落日的余晖中。

一梦忽醒，她也被抓回到了现实。

所幸，故剑仍在，他说他记住了。

这辈子的时间，她用来守她的国，她的城，她的民，还饱受离乱的他们以太平盛世，安定无虞。

下辈子，下下辈子，永生永世，她将辗转于红尘，找一个人，等一个人，纵使人海茫茫，她也能一眼就认出他的模样，而他也不会忘了这个信物……